옮긴이 **홍순도**

1958년 경남 진주에서 태어나 경희대학교 사학과를 졸업했고, 독일 보쿰대학교 중국정치경제학 석사과정을 수료했다. 매일경제신문 기자를 거쳐 문화일보 기자와 베이징 특파원으로 활동했다. 중국 인민일보 한국대표처 대표를 역임했으며, 아시아투데이 편집국장을 지내고 현재는 베이징 지국장인 국내 최고의 중국 전문가이자 번역가이다. 한국기자협회 '올해의 기자상'과 '한국언론대상'을 받았으며, 관훈클럽 선정 '국제보도 부문상'을 수상했다. 저서로는 『시진핑』, 『베이징 특파원 중국 경제를 말하다』 등이 있으며, 옮긴 책으로 얼웨허(二月河)의 '제왕삼부곡' 시리즈인 『강희대제』(전12권), 『옹정황제』(전12권), 『건륭황제』(전18권)가 있다. 그 외에 『화폐전쟁』 시리즈와 『삼국지 강의』, 『진시황 강의』 등도 우리 말로 옮겼다.

백
록
원

백록원

The Plain of
White Deer

천중스 장편소설

홍순도 옮김

더봄

소설은 곧 민족의 사적인 역사이다.

-발자크

일러두기

1. 번역에 쓰인 원전은 2017년 7월 중국 북경 인민문학출판사에서 출간한 《白鹿原》 제21차 인쇄본을 사용
   했다.
2. 한자와 인명, 지명은 우리말로 표기하고, 꼭 필요한 경우에만 괄호 속에 원음을 병기해 이해하기 쉽도록
   했다.
3. 본문 중의 괄호 안에 뜻을 풀이한 것은 모두 옮긴이의 설명이다.
4. 맞춤법과 띄어쓰기는 한글 맞춤법과 외래어 표기법에 따랐다.

중국 교육부 지정 '대학생 필독서'이자,
한국에서 드라마로도 방영된 중국판 《태백산맥》

소설《백록원》은 지난 2016년 4월, 73세의 비교적 빠른 나이에 타계한 천중스陳忠實 작가가 무려 6년 동안에 걸친 각고의 노력 끝에 완성해 1993년 세상에 선보인 수작이다. 분량이 약 53만 자字로, 중국에서도 상당히 긴 호흡의 작품이다. 더군다나 한국어 번역본을 읽게 되면 더욱 놀랄 것이다. 무려 원고지 5000매가 훨씬 넘기에, 대하소설로 불러도 무방하다. 원문을 읽어본 한국의 중국학 관련 전공자들이 이 소설을 중국판《토지》나《태백산맥》으로 부르는 것은 다 이유가 있지 않나 싶다. 천 작가의 열렬한 팬들이《백록원》을 지난 30년 동안 발표된 소설 중에서 가장 뛰어난 중국의 '국민 소설'이라고 주장하는 것 역시 수긍이 간다. 실제로도 '국민 소설'답게 1994년 중국 최고 권위의 문학상인 '마오둔茅盾문학상'의 제4회 수상작이 되었다.

그러나 천 작가는 이 상을 받기 위해 온갖 비난과 어려움을 감수해야만 했다. 무엇보다 자신의 집필 의도는 도외시한 채 작품에 에로틱한 장면이 너무 많다는 사실을 집요하게 추궁하는 평론가들과 문학 애호가들의 혹평을 견뎌내야 했다. 결정적인 수모는 '마오둔문학상' 최종 심사 현장에서 일어났다. 당시《백록원》은 4년마다 한 번씩 선정되는 올해의 수상작 중 하나로 심사위원들로부터 일찌감치 내정돼 있었다. 하지만 정작 최종 심사가 열리자 분위기가 이상하게 변했다. 당 중앙선전부 부부장(차관) 출신인 자이타이펑翟泰豊 작가협회 서기 겸 부주석이 책상을 내리치면서 "아니 정신들이 있는 겁니까? 이 소설이 어디가 좋다는 말입니까? 이런 하삼람下三濫(강도·절도·매매춘을 하는 사람이나 행태를 이름) 같은 쓰레기 작품이 권위 있는 우리 문학상에 어떻게 어울린다는 겁니까? 가당치도 않아요."라면서 분기탱천한 것이다. 사실 그의 말이 완전히 틀린 것은 아니었다. 평론가들과 문학 애호가들의 혹평처럼 소설 곳곳에 '하삼람'의 분위기가 물씬거리는 것은 부인하기 어려운 사실이었으니까.

만약 그가 이때 좌절했다면 자신이 영혼까지 갈아 넣어가면서 집필한 소설은 불후의 걸작으로 남지 못했을 수도 있었다. 그 역시 자이타이펑 서기가《백록원》을 '황색 소설'로 매도한 사실을 심사 현장에 있었던 지인들로부터 전해듣고는 격노한 끝에 수상을 거부하겠다는 극단적 생각까지 했던 것이다.

하지만 그는 소설 속의 문제가 되는 부분을 대거 들어내면 수상이 가능하다는 주변 지인들의 설득에 마음을 돌렸다. 이어 아픈 마음을 부여안고 자신의 피로 썼다고 해도 과언이 아닌 4만 자를 들어냈다. 한국어로 번역할 경우 원고지 350장 정도나 되는 분량을 눈물을 흘리면서 삭제했다. 그로써《백록원》이 제4회 '마오둔문학상' 수상작이 되는 데는 문제가 없어졌다. 내친김에 2009년 건국 70주년에 '신중국 70년을 대표하는 70편의 장편소설'로 선정되는 기염을 토한 것은 덤이라고 할 수 있었다.

이 소설은 중국 섬서성陝西省 서안西安 관중關中 지구에 소재한 농촌인 백록원이라는 곳에서 일어난 사건들을 다룬 작품이다. 전근대적 봉건사회의 막바지인 청나라 말기 이후부터 문화대혁명(문혁)의 혼란기까지를 시대 배경으로 하고 있다. 소설의 큰 축이 봉건주의의 몰락과 군벌의 발호, 공산당과 국민당의 국공내전, 문혁의 혼란기 역사를 관통하고 있다. 시대적 서사로 볼 때 중국판 《토지》나 《태백산맥》으로 불리는 것은 괜한 게 아니다.

대하소설다운 분위기를 물씬 풍기는 작품답게 등장인물들도 대단히 많다. 그러나 전체 줄거리를 이끌어가는 주인공은 작품 제목에서 어느 정도 알 수 있듯이 마을의 토호들인 백白씨와 녹鹿씨 가족의 조손祖孫 3대라고 할 수 있다. 거의 반세기에 걸친 기간 동안 얽히고설킨 은원 관계를 긴장감 넘치게 아슬아슬하게 이어가는 것이 상당히 스펙터클하다. 한번 읽기 시작하면 지루하지 않게 끝까지 독파하고픈 생각이 들 만큼 스토리의 흐름이 박진감 있다. 아마 그래서 영화나 TV드라마를 비롯해 섬서성의 전통극인 진강秦腔, 화극話劇 등으로 형식을 바꿔 재탄생하지 않았나 싶다.

이들 중 한때 선배들인 장이머우張藝謀나 천카이거陳凱歌의 뒤를 이을 것이라는 기대를 모았던 왕취안안王全安 감독의 2012년 개봉작은 지금도 중국인들이 다시 감상하고 싶어 하는 영화로 유명하다. 국민 배우 반열의 탕웨이湯唯가 출연을 확정했으나 너무 선정적이라는 이유로 막판에 거절해 화제를 모은 바도 있다. 이후 그녀는 "앞으로는 선정적인 영화에 절대 출연하지 않겠다."는 입장을 밝혀 또다시 큰 반향을 불러 일으켰다. 그녀의 출연은 불발됐으나 이때 이미 흥행을 예고했다고 할 수 있다.

2017년에 방영된 77부작의 드라마 역시 수많은 화제를 불러왔다. 그해 10대 '국민드라마'로 선정됐다면 더 이상 설명은 필요 없으리라. 지금은 초특급 톱스타로 우뚝 선 덩룬鄧倫이 출연하면서 널리 알려졌다. 한국의 중국 전문 채널에서도 방영되었으므로 관심이 있는 국내 독자들이라면 열심히 검색할 경우 인터넷 상에서도 감상하는 것이 가능하다.

이처럼 중국 문학사에 굵직한 족적을 남긴 천중스는 이 소설의 무대인 서안 출신으로, 고교 졸업 후 어린 나이 때부터 교사로 일했다. 그러다 1965년 문필 활동을 본격적으로 시작했다. 하지만 큰 반향을 얻지는 못했다. 생계를 위해서 1968년 11월까지 교사 생활을 계속할 수밖에 없었다. 그가 작가들이 해변가의 모래알처럼 많은 문단에 어느 정도 알려진 것은 고향의 문예지《섬서문예》陝西文藝에 단편소설《접반 이후》接班以後를 발표한 이후부터였다.

1979년, 그의 나이 35세가 돼서야 중국작가협회에 입회한 그는 그해에 소설《신임》信任으로 '전국단편소설상'을 수상했다. 비로소 전국구 작가로 인정을 받았다고 할 수 있었다. 이후 그는 주로 전국 및 성省 작가협회의 일에 많은 관심과 열정을 쏟으면서 꾸준히 작품 활동을 이어갔다. 그러다 동향의 절친한 후배인 루야오路遙 작가가 1986년《평범한 세계》平凡的世界를 출간해 엄청난 반향을 일으키자 큰 자극을 받고 다시 창작열을 불태우기 시작했다. 결국 6년의 간난신고 끝에 자신의 문필 인생에 있어 유일한 장편 소설인《백록원》을 탈고, 출간했다. 이후 그는 섬서성 작가협회 주석을 거쳐 중국작가협회 부주석을 역임하면서 계속 왕성한 작품 활동을 하다 지병으로 타계했다. 중국 문단으로서는 아까운 인재를 너무 빨리 잃었다고 할 수 있겠다.

옮긴이는 천중스 작가가 광활한 우주 속으로 영원히 사라지게 되면서 중국 문학사에 길이 남게 된《백록원》을 출간된 지 얼마 되지 않은 시점에 접했다. 당시 재직하던 언론사의 지면에 소개했던 기억도 새롭다. 젊은 시절부터 작가 겸 번역가로 겸업을 하던 처지라 번역을 하고픈 욕망 역시 없지 않았다. 그러나 기회가 닿지 않았다. 이후 30여 년이 흘렀다. 역자는 1997년부터 현재까지 거의 30여 년 동안 두 언론사의 베이징 특파원 등으로 일하면서 3편의 소설을 포함한 약 20여 권의 저서와 100여 권 이상의 역서를 출판했다. 지금 생각하면 너무 경망스럽게 나댔다. 과거를 되돌아보면 부끄러움이 없지 않은 데다 나이도 있는 만큼 이제 그만 표표히 사라져야겠다는 생각 역시 하게 됐다. 세상에 끝나지 않는 잔치는 없지 않은가 말이다.

실제로 2년여 전 과감하게 영원히 절필하기로 마음먹었다. 가족을 비롯해 가까운 지인들에게는 결심도 밝혔다. 그럼에도 가끔씩은 저서 및 역서 출판 제의가 왔다. 하지만 결심을 굽히지 않았다. 그런데, 더봄출판 김덕문 대표의 이 소설 번역 제의는 거절하기가 정말 어려웠다. 30여 년 전 처음 대하던 때를 생각하면 운명이라는 생각도 들었다. 그래서 정말 그 어느 때보다 열심히 작업을 했다. 부끄럽지 않을 생애 마지막 작업이라고 생각했으니 그럴 수밖에 없지 않았나 싶다. 때문에 이번 작업은 100% 완벽하지는 않더라도 최고의 번역이 됐다고 감히 자부한다. 독자 여러분들에게 일독을 권해마지 않는다. 마지막으로 정말 운명 같은 기회를 준 더봄출판사에 마음에서 우러나오는 감사를 드린다.

2025년 봄, 베이징의 우거寓居에서

홍순도

차례

제1장

　백가헌白嘉軒이 훗날 인생을 돌이켜볼 때마다 가장 장쾌하게 여겼던 것은 한평생 사는 동안 무려 일곱 여자를 아내로 맞은 일이었다.

　첫 번째 아내를 맞은 것은 그가 열여섯 살 생일을 갓 넘겼을 때였다. 그녀는 백록원白鹿原 서쪽 들판 공가촌鞏家村의 대부호 공증영鞏增榮의 맏딸이었다. 그보다 두 살 위였다. 그는 아무것도 모른 채 신혼 첫날밤을 보내면서 죽을 때까지 남한테 말하기 부끄러운 기억을 남겼다. 그 기억은 자신이 살아 있는 동안 영원히 잊지 못할 것이기도 했다. 1년 후 그 여인은 아이를 낳다 난산 끝에 숨을 거두었다.

　두 번째 아내는 백록원 남쪽 들판 방가촌龐家村의 부잣집 방수서龐修瑞의 수양딸이었다. 이 여자는 그보다 두 살 아래였다. 생김새도 반반한 데다 눈치가 여간 빠르지 않았다. 그녀도 혼인을 한다는 것이 무엇인지 정확히 모르기는 했다. 그러나 그 나이에 벌써 남녀지간에 말 못할 은근한 비밀이 있다는 것쯤은 알고 있었다. 겁먹은 듯 당황하는 그녀의 모습을 바라보면서 그는 자기가 첫날밤을 보낼 때의 허둥대던 모습을 떠올렸다. 그 당시보다 더욱 강한 자극도 느꼈다. 요리조리 몸을 피하면서도 감히 남편의 뜻을 거스르지 못하는 어린 아내를 으르고 달랜 끝에 겨우 자신의 그것을 그녀의 몸 속으로 집어넣었을 때 그는 고통스러워하는 아내의 울부짖음을 들었다. 피로에 지쳐 늘어졌을 때는 겨드랑이 안쪽이 찔리는 듯한 아픔을 느꼈다. 그녀가 신랑을 덥석 물어뜯은 것이다. 아픈 상처를 어루만지고 있으려니 응석받이로 자라 제멋대로 구는 계집의 방자한 행위에 자신도 모르게 부아가 불끈 치밀어 올랐다. 그런데 이번에는 그녀 쪽에서 은근슬쩍 어깨를 끌어당겼다. 한 번 더 하자고 유혹하는 수작이었다. 남녀 간의 운우지정을 처음 겪은 후 그녀는 절제 없이 밝히는 방탕한 계집이 되었다. 그러나 이 여인이 꽃가마에서 내려 붉은 면사포를 쓰고 백씨 白氏 가문의 문턱을 넘어섰을 때부터 얇디얇은 널빤지 관에 누운 채 다시 그 문턱 너머로 떠메어져 나갈 때까지의 세월은 채 1년도 못 되었다. 이번에는 폐결핵이 원인이었다.

세 번째 여인은 백록원 북쪽 들판 번가채樊家寨의 제일가는 부호의 맏딸로 열여섯의 몸매가 스무 살의 처녀만큼이나 성숙했다. 펑퍼짐한 엉덩이에 큼지막한 젖무덤까지 지니고 있었으니 말이다. 육체가 조숙했든, 아니면 혼전에 남녀 사이 운우지정의 지식을 터득했든, 일단 이부자리 속으로 파고들었다 하는 날이면 남편의 몸뚱이를 단단히 부여안은 그녀의 양 팔뚝은 색정에 굶주린 것처럼 저돌적으로 돌진했다. 그리고는 작은 북처럼 팽팽하게 부풀어 오른 풍만한 젖무덤을 털끝만큼도 부끄러워하는 기색 없이 남편의 가슴에 찰싹 갖다 붙이고는 했다. 그가 그녀의 몸속으로 들어갈 때마다 곧 숨이 넘어갈 듯이 헐떡거리면서 비명을 질러대기도 했다. 그것은 고통의 소리가 아니라 환희와 열락에 빠진 소리였다. 그녀는 남편의 품속에서 보채고 애를 먹인 지 1년 만에 탱탱하던 몸뚱이가 말라비틀어진 옥수수자루처럼 나날이 수척해졌다. 그러더니 마지막에는 피를 토하고 죽었다. 무슨 병으로 그 지경이 되었는지는 명확하게 밝혀지지 않았다.

네 번째 아내로 맞아들인 여자는 백록원 남쪽 들판 산자락에 가까운 미가보촌米家堡村에서 데려왔다. 그는 이 여인에 대해서는 거의 기억이 남아 있지 않다. 그가 무슨 짓을 하든 그녀는 어떠한 반응도 보이지 않았다. 물론 남편이 몸을 요구할 때면 핑계를 대고 미루거나 거절하는 법은 없었다. 그러나 요구하지 않으면 절대로 자신이 먼저 남편에게 들러붙는 법이 없었다. 그저 이른 아침부터 밤늦도록 자기가 해야 할 일만 묵묵히 할 뿐, 말도 거의 하지 않았다. 그녀가 죽었을 때 그는 집에 없었다. 읍내에 나갔다 돌아와 보니 여인은 이부자리 한 귀퉁이를 악문 채 죽어 있었다. 손톱이 벗겨지고 손바닥에 묻은 피가 채 굳지도 않은 상태였다. 침상과 잠자리에는 검붉은 핏덩이가 엉겨 붙어 있었다. 손톱으로 후벼 판 자국도 있었다. 아버지의 말에 의하면 오후에 갑자기 배가 아프다기에 곧바로 읍내로 달려가서 냉 의원冷醫員을 불러다가 응급치료를 했다는 것이다. 냉 의원은 우울증으로 진단을 내리고는 침을 놓아 응어리진 피를 뽑아내려 했다. 그러나 그때는 이미 시커멓게 변한 피가 걸쭉해져 나오지도 않더라는 것이었다. 그녀는 숨이 넘어갈 순간까지 얼마나 고통스러웠던지 온 몸뚱이가 마른 새우처럼 뒤틀린 채 웅크리고 죽었다.

네 여인이 잇달아 죽어버리자 백가헌은 더럭 겁이 났다. 그리고 마을 사람들이 오래전부터 수군거리던 소문을 믿어야 할지 고민이 되기 시작했다. 그건 자신의 팔자가 세서 아내를 넷씩이나 잡아먹었다는 소문이었다. 또 다른 걱정은 하늘이 자기를 한평생 홀아비로 살다 죽도록 운명 지어놓은 것이 아닐까 하는 두려움이었다.

아버지 백병덕白秉德 영감은 그런 걱정을 아는지 모르는지 아들을 또 한 번 결혼시킬 채비를 서둘렀다. 가헌은 아버지에게 생각을 좀 해보자고 말했다. 백 영감은 대답 대신 뻐끔뻐끔 빨아대던 곰방대를 수연통水烟筒에다 겨냥하고 "후!" 하고 불었다. 이어 담배 연기와 담뱃재를 다 털어낸 다음 또다시 솜처럼 보드랍고 누릇누릇 잘 익은 썬 담배를 곰방대에 꾹꾹 눌러 담았다. 그리고는 가느다란 종이끈으로 불을 붙여 입술에 물고 뻐끔거리기 시작했다. 두 콧구멍으로 짙은 담배연기를 내뿜고 나서야 백 영감은 아들이 반대하지 못하도록 딱 부러지게 말했다.

"나귀 한 마리를 또 팔아야겠다!"

이튿날 오전, 백 영감은 나귀 한 마리를 끌고 백록진白鹿鎭으로 떠났다. 어둑어둑해질 무렵에야 돌아온 그는 철사와 가죽으로 만든 고삐를 던져놓고 아들에게 일렀다.

"며느릿감은 이야기가 다 됐다. 백록원 동쪽 들판 이가촌李家村에서 목수 일을 하는 위씨衛氏 댁 셋째 딸이다."

그녀는 가난한 집 딸이었다. 이제는 가문 같은 건 따질 형편이 아니었다. 목수 일을 하는 위노삼衛老三 영감은 딸을 다섯이나 키우고 있었다. 그래서 이것들을 어떻게 치울지 걱정이 태산 같던 참이었다. 따라서 값비싼 예물단자만 받는다면 사윗감의 팔자가 사납거나 하는 것은 별로 중요하게 여기지 않았다.

이 무렵, 백록원 일대의 인근 마을에는 또 다른 좋지 않은 소문이 나돌았다. 백가헌이 팔자만 드센 게 아니라 생리적으로 또 다른 비밀이 있다는 소문이었다. 이야기는 그야말로 황당했다. 우선 백가헌의 그것이 개의 물건 같다는 것이었다. 또 그 길이가 넓적다리를 한 바퀴 두를 정도로 길 뿐 아니라 그 끄트머리에는 독성을 지닌 갈고리가 하나 뻗어 나와 있다고도 했다. 여자와 교접할 때마다 여인의 오장육부를 짓이기고 독액을 내뿜는다는 이야기는 더욱 기가 막혔다. 그랬으니 번듯한 가문이라면 어느 집안이 이 '개 물건 달린 괴물'에게 귀한 딸을 보내겠는가. 백록촌白鹿村 백 영감 댁의 조상의 음덕이라든가 부유한 가업에 혹하겠는가!

있다면 오직 한 부류였다. 이가촌의 가난뱅이 목수 위노삼 영감처럼 딸자식들을 대문 밖으로 걷어차 내보내지 못해 안달난 이들 뿐일 터였다. 그런데, 조상 대대로 이어져 내려오는 엄격한 절차와 예법에 맞추어서 혼사 준비에 박차를 가하던 중에 이번에는 백 영감 자신이 덜컥 죽고 말았다.

때는 음력 4월을 갓 넘긴 소만小滿 무렵의 일이었다. 보리타작 마당에 유채꽃 열매 꼬투리가 마르는 시절이었다. 농사꾼들이 한겨울 내내 입었던 솜바지 저고리를 홑겹으로 갈아입고도 더위를 견디지 못할 무렵이기도 했다. 백 영감은 점심 식사를 끝낸 다음 머슴 녹삼菉三에게 가축들을 배불리 먹이도록 했다. 오후에는 면화를 심으러 가자고도 당부했다. 그런 다음 자리에 누워서 한동안 쉬었다. 날마다 점심 식사가 끝나면 이렇게 쉬고는 했다. 어떤 때는 잠깐 동안 눈을 붙이기도 했다. 그렇게 해서 깨어날 때면 침상 아래로 훌쩍 뛰어내릴 정도로 몸이 회복됐다. 그런 다음 찬 물수건으로 얼굴을 닦아내고 나면 온몸이 가뿐해지고 기분까지 상쾌해졌다. 그럴 때면 오전 내내 쌓인 피로가 모조리 가시는 느낌이었다. 이어 의자에 앉아 차를 한 잔 마시고 담배를 한 대 피우면 온몸의 뼈마디와 근육이 마치 태엽을 잔뜩 감아놓은 탁상시계가 울릴 때처럼 흥분에 떨곤 했다. 부쩍부쩍 힘도 솟아났다.

　녹삼이 가축들에게 여물을 먹이고 나면 그는 마치 전쟁터에 출정하는 대장군처럼 정신을 번쩍 차렸다. 그리고는 녹삼과 함께 쟁기 끄는 말을 몰아 동구 밖을 나서서 밭으로 향했다. 그렇게 오후 내내 활기차게 밭일에 몰두했다. 젊은 머슴 녹삼은 늘 진땀을 줄줄 흘리고 숨이 턱에 차도록 일했다. 아무리 지쳐도 쉴 생각을 하지 않았고 언제나 정력적인 모습을 보였다.

　백영감은 머슴에게 욕설 한마디 해본 적이 없었다. 손찌검을 한 적은 더더구나 없었다. 품삯이나 새경을 새로 책정하는 자리에서도 보리 한 됫박, 돈 한 푼 깎는 법이 없었다. 세수를 할 때도 머슴과 똑같은 놋대야를 썼다. 하루 세 끼 밥도 머슴과 같이 먹었다. 그래서 그가 고용한 머슴들은 누구나 주인을 위해 있는 힘을 다했다. 하나같이 그와 돈독한 사이가 되었다. 따라서 백록원 일대에서는 백록촌의 후덕한 백 영감에 대한 칭송이 자자했다.

이날도 점심을 마친 백 영감은 느긋하게 침상에 누워 졸기 시작했다. 곧이어 눈까지 감자 이상한 꿈에 빠져들었다. 그는 여느 때처럼 큰 낫을 메고 소를 타고 보리를 베러 밭으로 나갔다. 그런데 갑자기 머리 위에서 무엇인가 번쩍했다. 그러더니 하늘에서 별똥별이 소나기처럼 쏟아져 내리는 것이 아닌가! 이어 별똥별 하나가 백 영감의 가슴에 정통으로 떨어지더니 '치직, 치지직!' 하고 살이 타들어 가는 소리를 내기 시작했다. 백 영감은 소잔등에서 곤두박질쳐 황톳길 옆 풀밭으로 굴러떨어지고 말았다.

깜짝 놀라 깨어 보니 몸뚱이는 어느새 침상 아래 벽돌 바닥에 떨어져 있었다. 그는 얼른 가슴부터 만져 보았다. 불에 덴 흔적 하나 없이 말짱했다. 그런데 심장 부위가 불이 붙은 듯 뜨겁고 쓰라렸다. 뿐만 아니었다. 금방이라도 불덩이를 토해낼 듯 목구멍이 뜨겁게 달아오르면서 입안과 혓바닥까지 화상을 입은 것처럼 뻣뻣하게 굳어 가고 있는 게 아닌가!

"우웩!"

백 영감은 쥐어짜듯 죽을힘을 다해 외마디 비명을 질렀다. 기척을 들은 아내가 허겁지겁 달려 들어와 남편을 부축했다. 그러나 그녀의 힘으로는 도무지 그를 일으킬 수가 없었다.

"어이쿠, 큰일 났다! 애야! 녹삼아!"

그녀는 정신없이 고함을 질러 아들 가헌과 머슴 녹삼을 불렀다.

이윽고 셋이서 힘을 합쳐 백 영감을 침상 위에 누이고는 다급하게 물었다.

"아버지! 어디가 아프세요?"

"여보, 어떻게 된 거예요!"

"어르신, 어디가 편찮으십니까?"

셋은 조급한 마음에 두서없는 질문을 연달아 퍼부었다. 그러나 이미 말을 할 수 없게 된 백 영감은 그저 거칠고 두꺼운 손톱으로 목덜미와 가슴을 후벼 파면서 입술 사이로 괴상한 신음 소리만 흘릴 따름이었다.

"우웩! 우웨엑……."

그것은 마치 발길질에 걷어차인 동네 강아지가 억울하게 짖어대는 소리 같았다. 가헌과 어머니는 당황한 나머지 어찌할 바를 몰랐다. 그나마 녹삼이 정신을 차리고 재빨리 고함을 쳐서 두 모자를 일깨웠다.

"어서 가서 의원을 모셔 와! 어서!"

가헌은 그 소리에 정신이 번쩍 들어 즉시 밖으로 뛰쳐나가 백록진으로 의원을 모시러 갔다.

백록원 서쪽 백록진의 작은 길거리에 약방이 있었다. 냉 의원은 대청에 앉아서 진맥을 하고 한약을 조제하고 있었다. 가헌에게서 증세를 전해 듣자마자 냉 의원은 그것이 무슨 병인지 금방 알아차렸다. 곧장 서랍에서 가죽 주머니 한 개를 꺼내 허리춤에 챙기더니 가헌의 뒤를 따라 황급히 백씨 댁으로 달려왔다.

냉 의원은 백록원 일대에서 명의로 손꼽혔다. 언제나 꼼꼼하게 바느질한 노르스름한 비단 적삼과 검정 비단 바지를 입었다. 그래서 걸음을 옮길 때나 손을 휘두를 때마다 헐렁한 바지통과 부드러운 소맷자락이 나부꼈다. 마흔 남짓한 나이의 그는 머리카락이 먹물을 들인 것처럼 새까맣고 기름을 바른 듯 반들반들했다. 얼굴 빛깔도 불그레하니 윤기가 감돌았다. 눈빛이 초롱초롱한 중년인 그가 약방 대청에서 진맥을 할 때는 앞뜰이나 대문 앞이 맥을 짚거나 약을 지으러 오는 사람들로 북적일 만큼 인기가 좋았다.

냉 의원은 환자의 집안 형편이 가난하고 넉넉하고를 따지지 않았다. 문벌이 좋고 나쁘고를 따지는 법도 없었다. 사람을 가려가면서 진료를 거절해 본 적 역시 없었다. 그래서 돈 많은 부잣집은 가마나 털방석을 깐 우마차에 태워 그를 모셔 갔다. 또 가난뱅이는 당나귀에 태워서 모셔 갔다. 당나귀조차 마련할 형편이 못 되는 사람이 왕진을 요청해도 그는 망설이지 않았다. 걸어서 환자 집을 찾아 나섰다.

그는 부잣집에서 금은으로 치료비를 듬뿍 내도 거절하는 법이 없었다. 가난뱅이가 동전 몇 푼으로 지불해도 스스럼없이 받았다. 치료비를 내지 못할 만큼 가난한 사람을 만나면 굳이 치료비를 요구하지도 않았을 뿐 아니라 언제 주느냐고 채근하는 법도 없었다. 그저 치료를 끝내고 환자의 형편이 좋아지면 알아서 사례하는 대로 받을 따름이었다.

그런 터라 그는 명망이 아주 높았다. 그의 아버지 냉 노선생이 세상을 떠났을 때 이 사실은 확인됐다. 50리 안팎의 여덟 마을에서 그의 손길에 목숨을 구한 사람들과 순수하게 그의 덕망 높은 의술을 흠모하는 시골 사람들이 보내온 금빛 액자와 비단 만장輓章들로 거리가 가득 메워졌던 것이다.

젊은 냉 의원이 반들반들하게 옻칠한 검정 의자에 앉았을 때 사람들은 그가 돌아가신 아버지보다 더 차갑다는 인상을 받았다. 불에라도 데인 듯 조바심에 안달하는 환자를 앞에 두고도 여러 말을 하지 않았다. 그렇다고 해서 치료를 게을리 한 적도 없었다. 언제 봐도 그는 침착했고 태연자약했다. 말수가 적다고 치료를 못 하는 것도 아니었다. 그는 환자에게 적절한 처방을 늘 가슴속에 지니고 있었다. 병세가 호전되어도, 악화되어도, 심지어 환자가 죽어나가도 표정과 태도에 변함이 없었다. 그는 어떤 환자에게나, 또 환자보다 더 조급해서 안달하는 가족들에게도 똑같이 이런 인상을 심어주었다.

그래서 병세가 호전되어도 사람들은 그것을 냉 의원의 뛰어난 의술 덕분으로 여기지 않았다. 또 그 결과를 놓고 과장된 칭송을 늘어놓지도 않았다. 병세가 악화되거나 죽어가는 사람을 보아도 사람들은 그것이 불행히도 당사자가 불치병에 걸린 탓으로만 여길 뿐이었다. 절대로 냉 의원의 의술이 변변치 못하다고 탓하지 않았다. 이렇듯 침착하고 냉정한 자세는 환자와 그 가족들에게 100명의 의원을 불러온다 해도, 심지어는 약왕보살이 환생을 한다 해도 손쓸 방법이 없다는 굳은 확신을 품게 만들었다.

방안에 들어선 냉 의원은 침상 위에서 몸뚱이를 꽈배기처럼 꼰 채 여전히 '우웩, 우웩~!' 하고 울부짖으며 신음 소리를 내고 있는 백 영감을 발견했다. 그는 차가운 얼굴빛으로 환자의 왼손 맥을 짚어 봤다. 이어 다시 아랫배를 문질러봤다. 그다음에는 두 손으로 백 영감의 입을 힘껏 비틀어 열었다.

"흐음!"

냉 의원은 가볍게 외마디 소리를 내더니 가헌을 돌아보고 물었다.

"소주 있나?"

가헌의 어머니 조씨趙氏가 얼른 대답했다.

"있습니다, 있고 말고요!"

조씨는 얼른 부엌으로 달려가서 소주를 병째 들고 돌아왔다. 냉 의원은 다시 청자 대접을 하나 달라고 하더니 소주를 콸콸 쏟아부으면서 가헌에게 술에 불을 붙이라고 눈짓을 했다.

가헌은 진땀을 흘리며 와들와들 떨리는 손으로 부싯돌을 쳤다. 그러나 손이 워낙 떨리는 바람에 도무지 불을 붙일 수가 없었다.

"이리 주게."

곁에 있던 녹삼이 부싯돌을 받아 들고 단번에 쳐서 종이 심지에 불을 붙였다. 그리고는 불씨를 훅 불어서 소주 대접에 불을 옮겼다.

냉 의원은 바지 허리춤에 차고 있던 가죽지갑을 풀고 단추를 열었다. 겹으로 접혀 있던 가죽지갑을 펼치자 칼과 송곳, 굵은 동침銅針이 가지런히 드러났다. 삼각형의 칼날 한 개가 번쩍번쩍 빛을 발하고 있었다. 그것은 상처의 고름을 긁어낼 때 쓰는 도구였다.

냉 의원은 보릿짚만큼이나 굵은 강침鋼針 하나와 철판 한 개를 꺼내 소주 표면의 활활 타오르는 파란 불꽃에 갖다 대고 달구기 시작했다. 이어 가헌에게는 영감의 양 팔뚝, 마나님 조씨에게는 두 다리, 그리고 특별히 녹삼에게는 주인의 머리통과 목덜미를 단단히 찍어 누르고 있으라는 분부를 내렸다. 지금부터 무슨 일이 일어나더라도 절대로 놓쳐서는 안 된다는 경고까지 덧붙였다.

모든 절차는 냉 의원의 분부대로 엄격히 진행되었다. 이윽고 냉 의원이 철판 조각을 백 영감의 입안에 쑤셔 넣었다. 이어 왼손 검지 한마디를 V자 형태로 구부려 철판 조각을 받쳐놓고는 입술이 극한까지 벌어지도록 눌러놓은 다음 나머지 한 손으로 소주 불길에 벌겋게 달아오르다 못해 누런빛까지 도는 강침을 집어 들어 목구멍 깊숙이 찔러 넣었다. 어떻게 된 영문인지 사람들이 미처 알아차리기도 전에 강침이 쑥, 뽑혀 나왔다. '뿌지직!' 하는 소리가 들렸다. 곧 백 영감의 입안에서 파란 연기가 풀썩 나오더니 이어 살갗 타는 누린내가 역겹게 풍겼다.

"됐네, 그만 손들을 놓게."

냉 의원이 헝겊으로 도구를 닦아내면서 말했다. 그리고 마지막으로 소주 대접에 타는 불꽃을 훅 불어 껐다.

꽈배기처럼 뒤틀렸던 백 영감의 팔다리가 풀어졌다. 사지는 빨래뭉치를 아무렇게나 널어놓은 듯 침상 위에 큰 대자로 나른하게 놓인 채 꼼짝달싹도 하지 않았다. 입에서 끈적거리는 시커먼 점액이 주르륵 흘러나와 구역질나게 만들었다. 아들 가헌이 수건으로 조심스럽게 그것을 훔쳐냈다.

백 영감이 천천히 눈을 떴다.

"아아!"

가헌과 조씨, 녹삼이 이구동성으로 탄성을 질렀다. 실눈을 뜨는 환자의 눈꺼풀 속에서 생명이 회귀하는 약한 빛을 발견할 수 있었던 것이다. 마치 지루한 장마철에 짙은 구름 사이로 부드러우면서도 생기발랄한 햇빛이 쏟아져 내리는 듯했다.

기쁨과 놀라움에 탄성을 터트린 세 사람은 왈칵 눈물을 쏟으면서 냉 의원 쪽을 돌아보았다.

"끓여서 식힌 물을 조금 떠먹이게."

냉 의원은 으레 그렇듯 여전히 차가운 말투였다.

세 사람이 허둥대면서도 아주 조심스런 손길로 환자의 벌어진 입에 끓인 물을 몇 숟가락 떠 넣었다. 그러자 백 영감이 부스스 일어나 앉았다. 정말 신기한 노릇이었다. 영감은 냉 의원의 손을 꽉 붙잡고 우스갯소리를 늘어놓았다.

"어이, 조카! 내 염라대왕님의 생사부에 막 이름을 올릴 참이었어. 그런데 누가 내 손에서 붓을 낚아채더니만 목구멍에다 콱 쑤셔 박지 뭔가. 그래서 염라대왕한테 말했지. '보셨죠? 이건 제 탓이 아닙니다!' 하고 말일세. 이제 보니, 바로 자네였군!"

그 말에 세 사람은 눈물범벅인 채로 껄껄껄 웃고 말았다. 백 영감은 늙은 아내를 꾸짖으며 분부를 내렸다.

"뭘 하는 거야? 의원님께 차를 올리고 한 상 차려드리지 않고."

아내 조씨는 생명의 은인을 홀대한 것이 미안한지 부리나케 자리에서 일어났다. 잠시 후 부엌에서 물 긷는 바가지 소리와 풀무질하는 소리가 들려왔다.

냉 의원은 여전히 말이 없었다. 가헌이 아버지가 쓰시던 백통 담뱃대를 건네자 유유히 담배를 피워 물 뿐이었다. 이윽고 조씨가 금테 두른 도자기 대접을 받쳐 들고 들어왔다. 대접에는 백옥 같은 달걀 세 알이 곱게 담겨 있었다. 그러나 냉 의원은 군말 한마디 없이 손짓으로 딱 부러지게 거절의 뜻을 밝혔다.

조씨가 뭔가 감사의 말이라도 건네려고 입을 열려 할 때였다. 백 영감의 팔다리가 또 기름에 튀긴 꽈배기처럼 비틀리더니 몸이 뒤로 벌렁 나가떨어지는 게 아닌가! 경련 증세는 이전보다 더 극심했다. 눈동자에 비치던 빛도 재빨리 걷혔다. 죽음을 앞둔 그늘진 기색이 얼굴 전체에 뒤덮였다.

"우웩! 우웨에엑!"

개가 울부짖는 듯한 신음 소리가 또다시 터져 나오기 시작했다.

마음을 완전히 내려놓고 있던 조씨와 가헌, 그리고 녹삼은 대경실색했다. 기뻐하기에는 너무 일렀던 것이다. 환자는 보다 더 깊고 무거운 위기 속에 빠졌다.

그럼에도 불구하고 냉 의원은 의연했다. 당황하는 기색이라곤 하나도 없었다. 그는 앞서 썼던 방법대로 소주 대접에 불을 붙이고 철판조각과 강침을 파란 불길에 달구기 시작했다. 세 사람이 덤벼들어 백 영감의 팔다리와 머리통을 찍어 누르는 동안 새빨갛게 달아오른 강침이 또다시 목구멍을 쑤시고 들어갔다. 그러자 누린내를 동반한 쪽빛 연기가 풀썩 일었다. 백 영감은 다시금 안정을 되찾았다. 이어 눈에도 생기가 돌아왔다. 그러나 이번에는 염라대왕의 생사부에 동그라미를 찍었다는 우스갯소리를 감히 꺼내지 못했다. 세 사람의 얼굴에서는 의혹의 그늘이 걷힐 줄 몰랐다.

냉 의원이 반들반들 닳아빠진 가죽지갑에 도구를 주섬주섬 챙겨 넣더니 바지 허리춤에 둘러찼다. 그리고 작별 인사를 건넸다.

"이만 돌아가 봐야겠군."

가헌과 어머니, 머슴 녹삼이 한꺼번에 달려들어 냉 의원의 팔을 붙잡고 늘어졌다.

"어이쿠, 의원님! 이렇게 가버리시면 어떻게 합니까? 의원님이 떠나가신 뒤에 또 발작을 일으키면 그때는 어쩌란 말입니까?"

냉 의원은 눈썹 하나 까딱 않고 얼굴빛을 굳힌 채 이렇게 말했다.

"속담에 뭐랬나? '한 번 두 번은 있지만, 삼 세 번은 없다'고 했네. 발작을 더 일으키지 않는다면 그건 병덕 아저씨가 복을 지은 덕분이야. 계속 발작을 일으키면…… 그때는 내가 염라대왕의 생사부에 동그라미 그릴 붓을 빼앗아도 안 되는 노릇일세."

냉 의원은 말을 마치자마자 방문을 나서더니 안마당을 가로질러 대문 밖으로 성큼성큼 걸어 나갔다. 가헌이 배웅을 나가면서 아버지의 병이 무슨 병이냐고 물었다. 냉 의원은 그저 '눈먼 병'이라고만 일러주었다. 가헌은 문턱조차 넘어설 기력도 없어 발걸음을 멈추고 말았다. '눈먼 병'이라니! 말뜻은 명확치 않았으나 도무지 고치지 못할 불치의 병임에 틀림없었다.

백 영감은 곧 죽을 운명이었다. 아버지의 죽음은 가헌에게 있어서 사람이 죽는 과정을 처음 경험하게 해 주었다. 할아버지는 그가 이 세상에 태어나기 전에 죽었다. 할머니가 죽었을 때도 기억할 만한 나이가 아니었다. 네 여인이 잇따라 죽었을 때도 그는 그녀들이 마지막 숨을 거두는 모습을 직접 목격한 적이 없었다. 아내들이 숨을 거둘 때마다 어머니 조씨에게 억지로 끌려나가 녹삼의 마구간에 처박힌 채 원귀가 몸에 달라붙지 못하도록 붉은 보자기를 덮어쓰고 있었기 때문이다. 따라서 아버지의 죽음은 그에게 사람이 이승에서 저승으로 들어가는 과정을 처음으로 지켜볼 수 있게 해 주었다. 그 죽음은 그에게 영원히 잊지 못할 기억을 남겨 주었다. 그 기억은 세월이 흘러도 흐려지거나 사라지는 것이 아니었다. 해가 갈수록 깊어지는 주름처럼 뇌리에 깊이 박혔다.

냉 의원이 가죽지갑을 허리에 차고 백록진의 약방 중의당中醫堂으로 돌아간 직후 가헌과 어머니 조씨, 그리고 머슴 녹삼은 침상 주위에 둘러선 채 마치 임금님을 호위하는 충성스런 경호병들처럼 죽어가는 백 영감을 에워싸고 있었다. 가헌은 어머니와 번갈아가며 병자에게 설탕물을 한 숟가락씩 떠먹였다. 그러면서 마치 살얼음을 밟듯 아슬아슬한 심정으로 발작이 멈추기를 바랐다.

백 영감은 나약하기 짝이 없는, 거의 애원하는 눈빛으로 자기를 에워싼 세 사람을 차례로 바라보았다. 그리고 또 이들 포위망 사이로 집안 전체를 훑어봤다. 그러더니 냉 의원이 없다는 사실을 깨닫고 잠시 머뭇거리다가 눈을 도로 감았다. 두 눈이 다시 뜨였을 때는 죽은 이와 다를 바 없는 침착함과 고요함이 한 가닥 비쳤다. 그는 직감적으로 시간이 얼마 남지 않았음을 알았는지 침착한 눈길로 아들 가헌을 바라보았다. 그리고 또렷한 어조로 말했다.

"난 이제 죽은 몸이다. 목수 위씨 댁으로 냉큼 달려가서 아내를 맞아 오너라."

"아버지, 그 이야기는 나중에 하십시오! 우선 아버지 병환부터 치료하고 다시 말씀하셔도 되지 않습니까?"

가헌이 대답을 끝내기도 전에 백 영감은 재빨리 말끝을 낚아챘다.

"난 이제 죽은 몸이라고 말했다. 내가 듣는 앞에서 당장 대답해라."

가헌은 난처한 나머지 조건을 붙여 반승낙을 하고 말았다.

"정 그러시다면…… 삼년상을 마치고 하겠습니다. 그게 예법이니까요."

"예법이라고? 글은 읽어서 아궁이에 처넣었느냐? '불효에 세 가지가 있다. 그중 후사後嗣가 없는 것이 가장 큰 불효라고 했다. 우리 백씨 가문은 몇 대를 내려오며 재산이 크게 늘었으나 자손은 번창하지 못했다. 네 할아버지는 외아들이었다. 나도 외아들이다. 또 너 역시 외아들이다. 내가 똑똑히 기억하지만 백씨 집안의 남자들은 모두가 단명했다. 네 증조부는 마흔여덟까지밖에 못 사셨다. 또 할아버지는 마흔여섯, 나도 기껏 살아왔다는 게 쉰을 갓 넘겼을 뿐이다. 이제 네가 삼년상을 치른다고 해서 효자가 될 듯싶으냐? 후사가 끊기는 것이야말로 가장 큰 불효란 말이다!"

죽음을 앞둔 아버지의 역정을 들으면서 가헌은 이마에 땀이 송골송골 맺혔다.

　백 영감의 말이 이어졌다.

　"네가 아내를 넷씩이나 거쳤다는 건 나도 안다. 하지만 그 계집들이 죽은 것은 우리 백씨 집안사람이 되지 못할 운명을 타고났기 때문이다. 집안에 사람이 없다면 아무리 재산이 많은들 무슨 소용이겠느냐! 지금 우리에게는 아직 충분한 재산이 있다. 한마디만 더 하겠다. 후사를 낳아줄 며느릿감은 꼭 맞아들여야 한다. 소도 팔고 말도 팔고 땅도 팔고 하다못해 집까지 몽땅 팔아 치우는 한이 있더라도……."

　가헌은 어머니가 눈짓을 보내는 걸 보긴 했으나 답답한 마음에 대답이 나오지 않았다. 삼년상도 치르지 않고 혼사를 하다니! 그런 불효자식이 어디 있단 말인가. 그렇게 머뭇거리고 있으려니 백 영감의 몸뚱이가 또다시 뒤틀리기 시작했다. 눈동자에 남아 있던 한 가닥 생기도 스러지더니 입술 사이로 '우웩, 우웩!' 하는, 개가 울부짖다가 토하는 듯한 신음 소리가 또다시 흘러나오기 시작했다. 세 번째 발작이 일어난 것이다.

　세 사람은 어찌해야 좋을지 몰라 허둥대기만 했다. 그때 돌연 백 영감이 손을 쑥 뻗더니 가헌의 팔목을 움켜잡았다. 길고 거친 손톱이 살을 파고 들어갈 듯 단단히 움켜잡은 손아귀 너머 죽음의 그늘이 드리운 눈망울에는 사나운 광채가 번뜩였다. 입에선 하얀 거품이 흘러나왔다. 그러나 몸뚱이가 침상 위에서 걷잡을 수 없이 뒤틀리고 꼬이는 와중에도 아들의 팔목만큼은 놓지 않았다.

　"어서 그러겠다고 말씀드려라. 어서!"

　어머니가 애가 타 소리쳤다.

　"냉큼 대답하게, 그러겠노라고!"

　녹삼도 다급하게 다그쳤다.

"흐흐흑!"

마침내 가헌이 울음보를 터트렸다.

"아버지! 당부하신 대로 할 테니 마음 놓으십시오!"

그제야 병덕 노인의 손길이 스르르 풀렸다. 이어 뒤로 훌떡 넘어가는 몸뚱이가 한두 차례 버둥거리더니 이내 숨이 끊어졌다.

"아버지!"

가헌은 외마디 통곡과 함께 까무러치고 말았다. 정신을 차리고 깨어났을 때 아버지는 벌써 생전에 즐겨 입던 옷으로 갈아 입혀진 뒤였다. 영구를 모신 제단에는 향불과 촛불이 타오르고 있었다.

"마냥 울고 있을 때가 아니네."

곁에서 녹삼이 당부했다.

"우선 초상 치를 일부터 의논해야 하네. 자네가 상주 노릇을 하지 않으면 우린 아무 일도 못 하네."

가헌은 즉시 일가친척 중에 어른 몇 분을 모시고 초상 치를 절차를 의논했다. 그리고 우선 꼭 해야 할 일을 먼저 확정 지었다. 이어 다시 가까운 친척 네 사람을 사방으로 급히 보내 인척들과 아버지의 지인들에게 부고장을 돌리게 했다.

장례 회의는 계속되었다. 제일 먼저 결정해야 할 문제는 묘터를 어디에 쓸 것인가와 장례 기간을 얼마나 잡느냐는 것이었다. 상주 가헌은 이렇게 주장했다.

"묘터는 지관이 방위를 잡기 전에 우선 광중壙中부터 파 놓고 봉분을 쌓아올릴 벽돌과 대석臺石을 깎아 두는 것이 좋겠습니다. 저희 아버님은 평생토록 고생만 하시다가 돌아가셨으니 집안에 삼 년은 모셔 두었다가 장례를 치러야 마땅합니다. 그러나 임종 때 삼일장으로 하라는 유언을 남기셨으니 모든 절차를 간략하게 할까 합니다."

"상을 간단히 치른다 해도 삼일장은 너무 짧지 않은가? 시일이 촉박하기도 하고 말일세."

문중 어른 가운데 한 분이 반대하고 나섰다. 그러자 가헌이 자기 생각을 밝혔다.

"저도 삼일장으로 대충 넘어갈 생각은 없습니다. 그래서 칠일장이면 산역山役도 다 준비되지 않을까 싶습니다. 어르신들 의향은 어떠신지요?"

문중 어른들도 상주의 생각에 별다른 반대 없이 동의했다. 모두 가헌의 팔자가 기구하다는 것을 잘 아는 마당에 장례를 길게 끌 필요가 없다고 생각했기 때문이었다.

아저씨뻘 되는 분이 딱 부러지게 결론을 내렸다.

"속담에 '앞을 바라보되, 뒤도 돌아보아야 한다.'는 말이 있어. 그러나 앞뒤를 한꺼번에 볼 수야 없는 노릇 아닌가. 그저 앞일을 내다보고 나서야 뒤를 돌아볼 수 있을 것이네. 같은 이치로 죽은 사람과 산 사람을 한꺼번에 온전히 돌볼 수는 없네. 우선 살아 있는 사람부터 돌보고 나서 죽은 이를 생각하는 게 도리가 아니겠나?"

장례 절차는 순조롭게 진행되었다. 7일 후 백 영감은 조상들이 묻힌 선산의 한 모퉁이를 차지했다. 새로 파낸 축축한 흙더미가 무덤 위에 차곡차곡 쌓이면서 봉분을 이루었다. 잔디가 아닌 벽돌이 덮이고 대석이 둘러쳐졌다. 그의 무덤은 백씨 가문의 항렬에 따라 아버지의 무덤 왼쪽 아래에 자리 잡았다. 오른쪽의 빈터는 두말할 나위 없이 그의 아내 조씨가 세상을 떴을 때 평안히 잠들 거처로 남겨두었다.

이런저런 비통함 속에 초상은 무사히 끝났다. 집을 떠나간 이는 아버지뿐이었으나 집이 온통 텅 비어버린 것 같았다. 숨 막히는 적막감이 흘렀다. 어머니는 위채로 옮겨가고 가헌이 본채에 들었다. 머슴 녹삼은 여전히 마구간에 거처했다. 어머니의 기침 소리마저 없었다면 이 넓은 집안에서는 밤이나 낮이나 인기척 하나 들리지 않았을 것이다.

그날 늦저녁 어머니는 아들을 불러다 앉혀 놓고 언제 아내를 맞이하겠느냐고 물었다. 그는 적어도 1주기를 보내고 나서 천천히 생각해 보겠노라고 했다. 그러나 어머니는 1주기까지 기다려 봤자 다 쓸데없는 짓이라고 했다. 집안이 너무 쓸쓸하고 허전할 뿐 아니라 그녀 혼자서 청소하고 빨래하고 밥하기가 힘에 부친다고 했다. 삼베나 무명을 짜는 등 살림살이에 보탤 일은 더 말할 나위가 없다고도 했다.

"어머니, 그럼 백일 탈상만 지내고 나서 다시 의논하시죠."

아들이 중재안을 내놓았다. 그러나 어머니는 그것마저 거부했다.

"백일까지 기다릴 것도 없다. 사십구재만 지나면 바로 밀어붙이련다."

결론은 사십구재였으나 실제로 일을 벌인 것은 두 달이 지나서였다. 보리를 거둬들이고 타작을 끝낸 다음 동한기에 버금가는 하한기가 되어서야 그는 다섯 번째 아내, 즉 목수 위노삼의 셋째 딸을 데려올 수 있었다.

신혼 첫날밤은 견디기 어려울 만큼 무더웠다. 가헌은 신방에 빗장을 지르고 돌아서서 저고리와 바지를 벗었다. 그러자 이제껏 침상 위에 얌전히 앉아 있던 신부가 별안간 넙죽 엎드리더니 이마가 침상 바닥에 닿도록 절을 해가며 애걸복걸하기 시작했다. 제발 속옷만은 벗지 말아 달라는 것이었다. 가헌이 왜 그러느냐고 물었더니 신부는 자기가 팔자를 사납게 타고나서 그렇다고 대답했다. 오죽하면 진강秦腔(섬서성의 전통극) 〈오전파〉五典坡에 나오는 가난뱅이 세 처녀보다 더 박명한 계집이라 했다.

그는 뭔가 짚이는 게 있어 신부에게 따져 물었다. 어디서 무슨 소리를 들었느냐고. 그녀는 솔직히 대답했다. 남편 되는 사람이 아내를 넷씩이나 먼저 보냈다는 사실을 알고 있다고. 그녀는 또 이런 말도 했다. 남편 될 사람이 팔자만 사나운 게 아니라 그 '물건' 끄트머리에 독즙이 담긴 갈고리가 길게 뻗어 나와 있어서 여자의 오장육부를 모조리 짓뭉개고 썩게 만들어 무쇠로 두드려 만든 여자의 몸뚱이라 할지라도 그 절구질에는 배겨낼 재주가 없다는 말도 들었다고. 신부는 말을 다 토해낸 다음 급기야 오들오들 떨며 울음보를 터트렸다.

"우리 아버지가 당신 집안에서 주는 예단에 눈이 어두워 딸년이야 죽든 말든 상관 않고 저를 떠밀어 보냈어요. 이건 저더러 우물에 빠져 죽으란 이야기가 아닌가요? 전 죽고 싶지 않아요! 이렇게 일찍 죽는 것보다는 차라리 당신을 오래오래 모시고 살고 싶어요. 세숫물도 떠다 바치고 차도 끓여 내오고 밥도 짓고 청소도 하고 바느질도 해드릴 수 있어요. 하다못해 소나 말이 되라고 해도 원망하지 않겠어요. 그저 당신이 밤중에 그 '물건'으로 놀라게만 하지 않는다면 그걸로 족해요. 서방님, 오라버니! 제발 너그럽게 이해해 주시고 나 좀 살려줘요!"

가헌은 기가 막혀 멍하니 의자에 앉아 있었다. 은근히 들떠 있었던 신혼 첫날밤의 기분이 싸늘하게 식는 느낌이었다. 그 역시 오래전에 이런 황당한 헛소문을 듣기는 했다. 그렇지만 어떻게 해명할 수가 없던 차였다. 또 실제로 다른 사람과 자신의 '물건'이 어떻게 다른지 명확하게 구분할 방법도 없었다. 그래서 장이 서는 날 읍내 공동변소에서 오줌을 누는 척하고 다른 사람들의 '물건'을 몰래 훔쳐본 적도 여러 번 있었다. 그러나 둥글둥글하고 길쭉한 것이 저마다 달라서 의혹만 더 깊어졌을 뿐이었다.

밤이 으슥해졌다. 목수 위씨네 셋째 딸은 계속 가련하게 목숨만 살려달라고 애걸했다. 그러나 그것은 가헌의 동정심을 불러일으키기는커녕 그의 자존심을 건드렸다. 격노하게도 만들었다. 그는 의자에서 벌떡 일어나 단숨에 침상 위로 뛰어 올랐다. 그리고 나머지 속옷마저 깡그리 벗어던지고 그녀가 보는 앞에다 자기 '물건'을 들이대었다.

"자 봐라, 갈고리가 어디 있어! 독즙이 어디서 나온단 말이냐!"

신부는 부끄럽고 무서운 나머지 와들와들 떨면서 대성통곡을 했다. 그녀가 그럴수록 가헌은 더욱 화가 치밀었다. 내친김에 신부의 저고리, 바지, 속곳 할 것 없이 옷을 모조리 뜯어 벗겼다. 일을 끝내고 그녀에게 오장육부 어디를 다쳤느냐고 물었을 때였다. 그녀는 이미 두 눈을 하얗게 까뒤집고 기절해 있었다. 당황한 그는 부랴부랴 인중혈人中穴을 문질렀다. 정신이 돌아온 그녀는 침상 구석으로 도망쳐 몸을 잔뜩 웅크렸다. 그는 더 이상 화를 내지 못하고 너털웃음을 터트렸다.

마음을 풀어 준답시고 아무리 달래고 쓰다듬어주어도 그녀의 마음병은 도무지 나아지지 않았다. 밤만 되면 그녀는 이불 속에서 학질 걸린 병자처럼 바들바들 떨었다. 반년도 못 버티고 그녀는 정신이 오락가락하더니 반미치광이가 되어 연못가 빨래터에서 발작을 일으킨 끝에 물속으로 뛰어들어 죽고 말았다.

목수 위씨네 셋째 딸을 장사지낼 때는 앞서 네 여인의 경우보다는 어설픈 정도가 한결 덜했다. 그는 백양나무 널판자로 관을 만들었다. 수의도 앞서간 아내들에게는 세 벌씩만 입혔지만 이번에는 다섯 벌이나 겹쳐 입혔다. 상여꾼도 부르지 않았고 성대한 장례식도 치르지 않았다. 그러나 그 정도만 해도 젊은 나이에 죽은 여인에게는 아주 너그럽고 후한 대접이었다.

가헌이 그녀에게 이토록 후한 대우를 해서 보내준 것은 다 이유가 있었다. 뭐랄까, 말로 형언하기 어려운 어떤 심리적인 요인이 작용했기 때문이었다. 물속에서 끌어올린 여인의 시체는 썩은 진흙에 뒤덮여 퀴퀴한 냄새를 풍기고 있었다. 그 시신을 물수건으로 대충 닦아서 관 속에 들여보내기 직전 가헌의 마음속에서는 죄책감이 우러났다.

결혼하던 그날 신방에서 신부의 면사포를 벗기는 순간이었다. 그는 아내 될 여인의 육체를 보고 깊은 인상을 받았다. 그녀는 외모가 단지 아름다운 것만이 아니었다. 건강미도 풍기고 있었다. 발그레하니 윤기를 띤 얼굴과 탐스럽게 벌어진 앞가슴이며 흑진주처럼 영롱하게 반짝이는 두 눈동자, 다부진 팔뚝, 그 어디에서나 강인하면서도 굴복하지 않는 기백을 엿볼 수 있었던 것이다. 그녀의 손바닥에는 굳은살이 박여 있었다. 그것은 아버지가 타향으로 도목수 일을 맡아 돈을 벌기 위해 갔을 때 어머니와 함께 논밭에서 고된 농사일을 해왔다는 증거였다. 노동으로 단련된 건강한 육체와 강인한 정신력을 지니고도 터무니없이 허황된 유언비어에 넘어가다니……. 가헌은 그것이 못내 안타까웠다.

또다시 독수공방 신세가 된 그는 밤마다 침상에 누울 때가 되면 신혼 첫날밤 자기 앞에 엎드린 채 애걸복걸하던 그녀의 모습을 떨쳐버릴 수가 없었다. 당시 그의 품에 안겨서도 바들바들 떠는 그녀의 팔과 다리는 얼음보다 더 차가웠다. 그랬다. 그녀는 사랑의 유희가 빚어내는 환희를 맛보지 못하고 그저 두려움만 느꼈다. 도저히 떨쳐버리지 못할 공포가 쌓이고 쌓여 그녀의 육신과 영혼을 무너뜨린 것이다.

오늘도 가헌은 하루 종일 맥을 놓은 채 밭일을 하다 돌아왔다. 그리고는 썰렁한 침상에 홀로 누웠다. 흙벽돌로 쌓아올린 이 온돌 침상은 자태가 제각기 다른 다섯 여인을 받아 뉘었다. 또 똑같이 뻣뻣하게 굳어버린 시체 다섯 구를 떠나보냈다. 그동안 이들 다섯 여인을 아내로 맞느라 허비한 곡식과 면화, 노새, 은을 모두 합치면 가산의 절반이나 될 정도로 엄청났다. 또 그것은 차치하더라도 가장 문제가 되는 것은 심리적인 타격이었다. 잇따른 혼사와 상사로 말미암아 상심이 커졌다는 게 더 큰 문제였다.

그는 침상에 홀로 누워 궁상맞게 한숨을 쉬기도 지겨웠다. 세상만사가 다 귀찮았다. 몸과 마음이 지칠 대로 지쳐 아무것도 하고 싶지 않았다. 맥이 다 빠져 종잇장처럼 가벼워진 몸뚱이는 산들바람만 불어도 구만리장천으로 훨훨 날아가버릴 것만 같았다. 세상만사가 모두 허망했다. 몸이 아득한 피안에 가 있는 느낌이었다.

하루해가 저물고 어두워질 때까지 그는 줄곧 침상에 누워만 있었다. 저녁을 먹으라는 어머니의 목소리가 들렸으나 그는 배가 고프지 않다고 대답했다. 어머니가 또 머슴 녹삼을 고함쳐 불렀다. 녹삼은 혼자서 밥을 먹기가 민망해 그를 데리러 왔다. 그러나 그는 "어서 가서 밥이나 먹으라."고 달래서 보냈다. 앞뜰의 포도나무 밑에서 녹삼이 저녁밥을 먹는 소리가 유별나게 크게 들렸다. 세상에 그 어떤 먹음직스런 음식이 있기에 저토록 달고 급하게 씹는 소리를 내는가? 그는 정말 이해할 수가 없었다.

설거지를 끝낸 어머니가 뜰로 나오더니 치마 앞자락의 먼지를 털어내면서 그를 고함쳐 불렀다.

"가헌! 이리 건너오너라."

그는 마지못해 일어나 위채로 건너갔다. 어머니는 아버지가 살아생전에 늘 쓰던 의자에 앉아 있었다. 소박하게 격식만을 겨우 갖춘 태사의太師椅였다. 어머니의 앉은 자세가 어딘가 아버지를 닮았다. 그는 탁자 옆 다른 의자에 앉으면서 짐짓 무심한 척했다.

"내일 아침 일찍 네 외갓집엘 다녀와야겠다."

어머니의 말에 그는 시큰둥하게 물었다.

"무슨 일로요?"

"네 외할아버지께 며느릿감을 물색해 달라고 할 작정이다."

"서두를 거 있습니까? 좀 더 기다려 주세요."

"기다려서 좋을 게 뭐냐! 스물 몇 살이 되고도 이르단 말이냐?"

뜻밖에 어머니는 세게 나왔다.

"어쩌자고 날마다 시무룩하게 풀이 죽어 지내는 거냐? 여자란 창호지와 같은 거야. 찢어지고 낡으면 뜯어내고 새 창호지를 바르듯이 마누라도 죽고 없으면 새 여자로 맞이하면 되는 거다. 다섯이 죽었다고? 이 어미는 너한테 다섯이라도 더 장가를 들일 작정이다. 가산을 모조리 탕진할지언정 손자 손녀 하나 남기지 못해 조상님 제사상에 향불이 끊어지는 꼴은 못 본다. 이 집 재산을 몽땅 쏟아붓는 한이 있더라도 그 꼴은 못 봐!"

가헌은 더 이상 할 말이 없었다.

닷새째 되는 날이었다. 어머니가 외갓집에서 돌아왔다. 일이 결정된 것이다.

백록원 남쪽 들판에 호씨胡氏 성을 가진 사람이 살고 있는데 밥술이나 제법 먹고 살 만한 중산층이라고 했다. 그러나 도박에 미친 것이 화근이 되었다. 하룻밤 새 집안 살림을 몽땅 걸고 마작을 했다가 살림이 거덜 나고 말았다는 것이다. 노름꾼들이 집까지 쫓아와 곳간에 쌓아 두었던 곡식과 외양간, 마구간의 송아지와 나귀 새끼를 몽땅 끌어내고는 황소와 나귀가 끄는 수레에 세간과 곡식 자루를 바리바리 싣고 사라졌다고 했다. 호씨 아내는 기가 막혀 초주검이 되었다. 노름꾼 호씨 역시 부끄러움을 견디다 못해 뒤뜰 호두나무에 목을 매달아 죽으려고 했다. 그러나 다행히도 이웃 사람들이 발견해 가까스로 살려냈다고 했다.

이 지경으로 패가망신을 했으니 딸을 달라는 요청에 즉석에서 응낙할 수밖에 없었을 것이다. 호씨는 그 대가로 제정신을 가진 사람이면 혀를 내두르고 머리가 아찔할 만큼 엄청난 액수의 예단을 요구했다. 보리 스무 섬, 열 근짜리 면화 스무 묶음을 현물로 주거나 시가로 쳐서 은화로 지불하되 반드시 한꺼번에 넘겨야 한다는 조건도 달았다. 그 액수에 가헌은 등골이 오싹해졌다. 그러나 어머니는 낯빛 하나 바꾸지 않은 채 이미 호씨 가문에 승낙을 했노라고 말했다. 이제 남은 것은 중신아비가 된 둘째 외숙이 관례적인 결혼 절차를 이행하는 것뿐이라고 했다.

가헌은 놀란 눈빛으로 어머니를 바라보았다. 어머니의 일 처리와 과감한 결단력이 실로 아버지를 능가한다는 것을 새삼 깨달았기 때문이었다. 더구나 그녀는 앞뒤를 재가면서 조심스럽게 일을 밀어붙이던 남편과는 달리 오로지 목표 하나만을 바라보고 나갔다. 좌고우면하지 않는 집중력과 과단성마저 있었다. 그러니 가헌으로서는 그저 모든 게 놀랍고 신기할 뿐이었다.

이렇게 해서 아버지의 기제사가 다가오기 한 달 전, 바야흐로 복사꽃 피는 춘삼월 좋은 시절에 마침내 여섯 번째 신부가 흥겨운 풍악 소리에 맞추어 백씨 가문의 문턱을 넘어섰다.

여섯 번째 아내 호씨의 면사포를 벗겼을 때 가헌은 저도 모르게 몸을 떨었다. 짓궂게 신방까지 몰려온 구경꾼들도 깜짝 놀라 낄낄거리던 웃음소리마저 그친 채 모두 벙어리가 되고 말았다. 한마디로 그 여인은 전설 속의 미녀를 연상시켰다. 무대 위에 오른 고귀한 주연배우 같기도 했다. 가헌이 신방에서 극성맞은 동네 하객들에게 떠밀려 잔칫상이 푸짐하게 벌어진 대청으로 나왔을 때 누군가 고함을 지르기 시작했다.

"호봉련胡鳳蓮이 왔구나! 호봉련! 호봉련!"

호봉련은 경극 〈유귀산遊龜山〉에 고기잡이 아가씨로 나오는 아름답기 짝이 없는 절세미녀로, 그 이름을 모른다면 섬서陝西 지방 사람이 아니었다.

아름다운 밤의 순간이 왔다. 가헌은 그녀와 한 침상 위에 마주 앉아 아내의 모습을 훔쳐보았다. 눈부시도록 곱고 아리따운 그녀의 자태는 가헌의 머릿속에 아직 남은 다섯 여인들에 대한 암울한 기억을 말끔히 씻어주고도 남았다. 보리 스무 섬과 면화 스무 묶음이라는 엄청난 액수의 예단도 더 이상 아깝지 않았다. 이제 남은 것이라곤 베개를 같이 베고 나란히 눕는 일뿐이었다.

그러나 일은 그렇게 바라는 대로 순순히 이어지지 않았다. 쑥스러운 손길이 신부의 몸을 더듬고 끌어안고 뺨에 입 맞추고 다시 입술을 찾을 때까지만 해도 그녀는 모든 것을 순순히 받아들였다. 그러나 점차 대담해진 손길이 그녀의 속곳을 벗기려고 매듭 끈에 가서 닿았을 때 그녀는 펄쩍 뛰어 일어났다. 이어 베갯머리 밑에서 가위를 끄집어냈다. 오래전부터 마음먹고 숫돌에 갈아 두었는지 붉은 촛불 아래 가윗날이 새파랗게 번뜩였다. 그녀는 침상 위에 꿇어앉은 자세로 눈처럼 뽀얀 젖무덤을 드러낸 채 가위 끝을 남편에게 겨냥하고 이렇게 말했다.

"내 속곳 끈을 건드리기만 해 봐요. 그 '물건'을 싹둑 잘라버릴 테니까!"

그는 어쩔 수 없이 호씨의 요구 조건을 받아들였다. 이렇듯 아리따운 여인을 곁에 두고 잠이나 자야 했으나 그것도 없는 것보다는 낫다 싶었다. 그러나 밤마다 솟구쳐 오르는 갈등을 억제할 길이 없었다. 심지어 그는 자신의 그 '물건' 끄트머리에서 나오는 액체가 진짜 독을 품고 있는지 의심을 품기 시작했다. 그래서 남몰래 그 액체를 받아서 돼지우리에 가서 먹여 보기까지 했다. 세 번이나 돼지에게 먹이고 지켜보았으나 돼지란 놈은 중독되기는커녕 피둥피둥 살이 오르고 잘만 돌아다닐 뿐이었다. 눈곱만큼도 이상한 증세를 보이지 않았다.

그는 읍내로 가서 냉 의원에게 답답한 속사정을 털어놓기도 했다. 냉 의원은 그 이야기를 듣고 껄껄 웃었다. 자기도 오래전부터 할일 없는 작자들이 쑤군대는 헛소문을 들었지만 전혀 터무니없는 우스갯소리라고 단정 지었다는 것이다. 그가 의원 노릇 20여 년을 해 오는 동안 정액이 넘치는 사람, 정액이 아예 안 나오는 환자, 물처럼 멀건 정액을 흘리는 사람은 보았으나 '물건' 끄트머리에 갈고리가 달리거나 독소 품은 정액을 가진 사람은 하나도 본 적이 없노라고도 했다. 냉 의원은 곧 웃음 섞인 처방을 내주었다.

"여보게 아우님, 그쪽에서 잘못 생각하고 있는 바에야 이쪽도 장계취계將計就計(상대편의 계략을 미리 알고 이를 이용하는 계책)로 나가세! 저쪽이 가위를 내밀면 이쪽도 꾀를 써서 대응해야 되지 않겠나?"

냉 의원은 말을 마치자마자 종이 한 장을 펼쳐놓고 붓에다 먹을 듬뿍 찍더니 단숨에 약방문을 써 내려갔다. 남자의 정력을 돋우는 보양강장제 처방이었다. 냉 의원은 이어 이것을 하루에 일곱 번씩 100일 동안 꾸준히 달여 마시라는 당부까지 친절하게 곁들였다.

가헌은 약봉지 한 꾸러미를 안고 집으로 돌아와 호씨에게 넘겨주었다. 그리고 귓속말로 이렇게 말했다.

"이건 독을 풀어주는 해독약이야!"

호씨의 기쁨은 이루 말할 수 없었다. 그날부터 그녀는 아침저녁으로 '해독약'을 정성껏 달여서 남편이 약사발을 다 비울 때까지 곁에서 지켜보는 것을 낙으로 삼았다.

"독이 말끔히 풀어질 때까지 백 일만 꾹 참아요. 그럼 당신이 날 어떻게 다루든 다 들어줄 테니. 저도 당신한테 나쁜 감정은 하나도 없다니까요."

밤이면 밤마다 그녀는 남편의 품에 안겨 꼼지락대면서 이렇게 종알거렸다.

가헌은 하루에 일곱 번이나 그 쓰디쓴 한약을 꿀물처럼 달게 마셨다. 백일이 가까워 올 무렵 가헌은 보양강장제의 약효 덕분에 얼굴빛마저 훤해졌다. 그제야 호씨는 금기禁忌를 깨뜨렸다. 그리고는 마침내 속곳 매듭 끈을 제 손으로 풀었다. 두 사람은 뜨겁고 치열하게 사랑을 나누었다. 아무리 거듭해도 만족을 느끼지 못하는 희열과 지칠 줄도 모르는 사랑의 행위에 침상 흙벽돌 두 장이 부서져 내렸다. 그러자 그들은 낄낄대면서 아예 방바닥으로 이부자리를 옮겨 깔았다.

호씨가 허리띠를 풀어놓은 뒤부터 두 사람의 뜨겁고 광적인 행위는 꼬박 사흘 밤 동안 계속되었다. 가헌과 호씨는 모두 지칠 대로 지쳤다. 결국 나흘째 되던 밤에는 허리도 펴지 못하고 서로 기댄 채 꿈나라로 빠져들고 말았다.

혼곤한 잠 속에서 가헌은 느닷없이 귀청을 찢는 날카로운 비명 소리에 놀라 잠이 깼다. 허둥지둥 정신을 차리고 보았더니 아내 호씨가 두 팔과 두 다리로 자기 몸을 단단히 휘어 감은 채 숨도 크게 못 쉬고 온몸을 사시나무 떨듯 떨고 있었다. 그는 황급히 등잔불을 밝혔다. 호씨의 눈에는 온통 의혹과 공포의 기색이 감돌았다. 눈동자도 중심을 잡지 못했다. 이리저리 흔들리는 것이 정신이 온전치 않아 보였다.

"왜 그래? 가위에 눌렸어?"

그가 달래며 물어도 호씨는 대답도 제대로 못 하고 입속으로 어물거리기만 했다. 이어 한참만에야 겨우 한마디를 뱉어냈다.

"귀, 귀신이 있어요!"

그러고는 다시 이불 속에 머리를 처박고 전보다 더 힘껏 남편을 부여안더니 죽어라고 놓지 않았다. 귀신이라니! 가헌은 머리털이 곤두서고 등골이 섬뜩해졌다. 온몸에 소름이 쭉 끼치면서 닭살이 돋아났다.

"귀신이라니……, 그런 게 세상에 어디 있단 말이야?"

남편의 어정쩡한 물음에 호씨는 덜덜 떨리는 목소리로 대답했다.

"말 못 해요! 무서워 죽겠어요!"

가헌은 자신의 몸뚱이를 찰싹 휘감은 호씨의 팔다리를 뿌리쳐 가며 가까스로 침상 아래로 내려섰다. 그리고는 겨우 바지만 걸쳐 입은 채 알몸뚱이로 뛰쳐나와 이층 다락에 올라가 곡식자루에서 완두콩을 반 되 남짓 퍼서 지붕에서부터 담장머리에 이르기까지 한꺼번에 좌악 흩뿌렸다. 이어 다시 몇 줌을 움켜쥐고 굴뚝에서 온돌 침상 밑 아궁이, 침실 바닥에 온통 흩뿌려 놓았다. 주르륵! 메마른 완두콩이 소나기처럼 요란하게 쏟아져 내렸다. 그 소리에 둘은 솜털이 곤두서는 기분을 느꼈다. 곧 침상 바닥과 방바닥은 온통 초록빛 완두콩으로 뒤덮였다. 어렸을 때 아버지가 이런 방법으로 귀신을 쫓아내고 놀란 아들의 마음을 가라앉혔던 것이다.

한바탕 난리를 겪고 나자 호씨는 눈에 화색이 돌더니 한숨을 길게 내쉬었다. 진정이 되는 모양이었다. 남편을 껴안고 훌쩍훌쩍 울기는 했으나 더 이상 몸을 떨지는 않았다. 그는 아내를 껴안은 채 날이 밝을 때까지 그 자리에 앉아 있었다.

동녘이 훤히 밝아 오자 그녀는 비로소 자신이 본 귀신 이야기를 했다. 침상 앞에 다섯 여자가 나타났다는 것이다. 다섯 여인은 그녀를 꼬집고 할퀴고 때리고 침을 뱉으면서 욕설을 퍼부었다. 심지어 다섯이 서로 밀치면서 자기가 남편과 자겠노라고 아귀다툼을 벌이기까지 했다는 것이다. 가헌은 도무지 이해할 수가 없었다. 호씨는 앞서 죽어간 여인들 중에 그 어느 누구도 본 적이 없었다. 그런데 그녀는 다섯 망자^{亡者}의 생김새나 특징을 살아 있을 때의 모습 그대로 묘사했다.

가헌은 어머니에게 그 사실을 알렸다. 어머니는 즉시 이렇게 말했다.

"오늘 밤 어두워지거든 법사님을 모셔다가 그놈의 원귀들을 낱낱이 잡아들여야겠다."

법사는 이름 석 자를 숨기고 살았다. 그래서 사람들은 '좀털'이란 별명으로 불렀다. 왼쪽 턱 밑에 사마귀가 하나 돋았는데 거기에 검정 터럭이 한 줌 나 있어서 붙여진 별명이었다. 가헌에게서 귀신 소동 이야기를 들은 법사는 곧 뒤따라가겠다며 주소만 묻고 돌려보냈다. 가헌은 법사가 탄 가마를 귀신들이 떠메고 바람처럼 달린다는 소문을 들은 터였다. 그래서 뛰다시피 집으로 돌아왔다. 아니나 다를까, 법사의 가마가 발뒤꿈치를 물어뜯을 듯 뒤따라 들이닥쳤다.

법사는 대문 앞에 도착하자마자 문설주에 그물을 활짝 펼쳤다. 이른바 '천라지망'^{天羅地網}을 펼친 것이다. 집안에 들어선 법사는 머리에 붉은 수건, 허리에 붉은 띠, 종아리에 붉은 각반을 두르더니 위채를 덮었다가 다시 봉당 구석을 내디뎠다. 놀란 호씨는 이불을 뒤집어쓰고 엎드렸다. 이윽고 법사가 겹문 뒤에서 귀신을 잡아챘다. 그는 목에 매달고 있던 도자기 항아리의 주둥이를 붉은 보자기로 단단히 틀어막은 다음 등잔불 밑에 비춰 보였다. 붉은 보자기 마개는 마치 쥐 같은 것이 항아리 밖으로 뛰쳐나오려는 것처럼 쉴 새 없이 들썩거렸다.

법사는 식구들에게 분부를 내렸다.

"물을 한 솥 펄펄 끓이게. 이놈의 원귀들을 푹 삶아 죽여야겠어!"

녹삼과 가헌이 번갈아 가며 풀무질을 했다. 곧 항아리를 삶는 가마솥 안의 물이 펄펄 끓기 시작했다. 구역질나는 냄새가 풍겨 나왔다. 먼저 토한 것은 가헌이었다. 곧이어 녹삼도 구역질을 하며 토했다. 두 사람은 토하면서도 계속 물을 끓였다. 가마솥에 절반쯤 차 있던 물이 졸아들다 못해 한 방울도 남지 않을 때까지 계속 풀무질을 하고 불을 지폈다.

법사는 수고비를 받아 챙기고 도자기 항아리와 천라지망을 쳤던 그물을 거둬들였다. 그리고 귀신이 떠멘다는 가마를 타고 영마루로 돌아갔다.

그 소동을 벌인 후 과연 귀신은 두 번 다시 나타나지 않았다. 그러나 호씨의 정신은 회복되지 않았다. 그녀는 날이 갈수록 침울해질 뿐 즐거운 기색은 보이지 않았다. 뽀얗던 살갗이 거무죽죽해지고 나날이 메말라 갔다. 냉 의원이 처방해 준 한약을 수십 첩이나 먹었어도 효험이 없었다. 그 와중에 유산도 했다. 그렇게 핏덩이를 하나 쏟아 놓고는 병상에 누운 채 일어나지 못했다. 얼마 지나지 않아 숨이 끊어지고 말았다.

가헌은 절망에 빠졌다. 그런 그에게 냉 의원이 조용히 귀띔을 해 주었다.

"여보게 아우, 점쟁이를 불러다가 집터와 선산 무덤을 봐 달라고 하게. 어딘가 동티난 곳이 있으면 살풀이를 해서 액막이를 하는 것이 좋겠네."

제2장

여섯 번째 아내 호씨가 세상을 뜬 이후 그들 모자는 중대한 의견 차이로 대립했다. 어머니 조씨의 주장은 여전했다. 죽은 며느리 호씨도 낡아빠진 창호지에 지나지 않으니 냉큼 뜯어내고 말짱한 새 종이로 갈아붙여야 한다는 것이다. 그녀가 보여준 고집은 백병덕 영감이 살아 있을 때보다 더 지독했다. 그녀는 자기가 백씨 가문에 들어왔을 당시의 일화까지 들먹이며 아들을 설득했다.

그녀가 남편을 처음 만난 것은 시아버지 될 분이 아들 병덕을 데리고 산중에서 약재 수집상을 하고 있을 때의 일이었다. 백씨네 둘째 아들 병의秉義는 집에서 농사를 짓고 있었다. 그러나 그해 병덕의 아우 병의는 시비 끝에 남의 손에 죽임을 당했다. 그러자 시아버지는 부랴부랴 산을 내려갔다. 집으로 돌아가던 도중에 토박이 비적匪賊 무리를 만나 중상을 입기까지 했다. 다행히 겨우 목숨만은 부지한 채 집에 당도할 수 있었다. 그러나 결국은 피를 토하고 죽고 말았다. 병덕은 두 집안의 약재 수집 점포를 오씨吳氏라는 산사람에게 임대를 주고 백록촌으로 돌아와 죽은 아우 대신 농사일을 맡았다.

그녀는 남편과의 사이에 딸 일곱과 아들 셋을 낳았다. 그러나 살아남은 것은 두 딸과 어린 백가헌뿐이었다. 나머지 일곱 중 여섯은 풍토병에 걸려 한 달을 넘기지 못하고 죽었다. 갓난아이들의 시체는 외양간에 버려져 쇠똥오줌과 범벅이 된 채 썩었다가 나중에 거름으로 논밭에 뿌려졌다.

가헌의 형은 여섯 살까지 살았다. 그래서 사과나무 줄기를 흔들어 열매를 떨어뜨릴 만큼 튼튼하게 자랐는데, 갑자기 이름도 모를 병에 걸려 배가 팽팽하게 부풀고 팔뚝과 다리가 가늘어지면서 온몸이 투명해지도록 황달이 들더니, 끝내 살아나지 못하고 말았다.

지금 가헌에게는 아내뿐 아니라 대를 이을 자식도 없다. 또 어머니는 언제 갑작스레 세상을 떠날지 모른다. 어머니는 아들을 설득했다. 저승에 가서 남편 백 영감을 만났을 때 무슨 말로 변명하란 말이냐고.

가헌은 간곡히 말씀드렸다. 어머니의 말씀이 모두 옳다, 그 중요성이나 이해관계를 자신도 모르는 바 아니다, 마음은 어머니와 똑같이 초조하고 급하다, 하지만 무턱대고 또 일을 벌일 수야 없는 노릇 아니겠는가? 이런 식으로 가다가는 그저 아내를 맞아들이고 초상 치르느라 경사慶事와 상사喪事에 세월을 다 보낼 것이다, 평생토록 아무것도 이루는 게 없을 것이다, 그러니 우선 용한 점쟁이를 한 분 모셔다가 도대체 어디서 탈이 나는지 알아보기로 하자……. 결국 어머니 조씨도 아들의 이런 말에 동의했다.

밤새 큰 눈이 내렸다. 농사꾼들은 눈이 두껍게 쌓인 집안에 갇혀 쌓인 눈더미나 치울 뿐 아무 할일이 없었다. 머슴 녹삼 역시 일찌감치 일어나 마구간과 외양간 앞을 다 쓸고 타작마당과 방앗간 문턱의 눈더미까지 말끔히 치웠다. 혹시 동네 사람이 밀가루를 빻거나 보리를 찧으러 올지 누가 알겠느냐는 이야기였다.

가헌이 일어나서 큰길 쪽 대문을 열었을 때 그는 마지막으로 안마당에 다시 들어가 남은 눈더미를 치우고 있었다. 대문을 열자 녹삼이 기다리고 있었다는 듯 그를 불러 세웠다. 길거리 눈을 미처 쓸어 내지 못했으니 가헌에게 작은 수레를 끌고 나가 눈더미를 밀어내라는 말이었다.

그는 어머니 외에 다른 사람에게는 점쟁이를 부르러 간다는 말을 하지 않았다. 가뜩이나 말도 많고 탈도 많은 자신이 또 쓸데없는 구설수에 오를까 싶어서였다. 그는 대문 앞 눈을 치우라는 녹삼을 뒤로 하고 대문을 나서 걷기 시작했다.

마을 앞길은 집집마다 자발적으로 눈을 치운 덕분에 동구 밖까지 훤히 뚫려 있었다. 마을 밖 우마차 길에 쌓인 눈이 보리밭에 쌓인 눈과 한데 어우러져 도로의 경계를 분간하기 어려웠다. 그는 나뭇가지 한 개를 주워 들고 짚어 가면서 은백색의 들판으로 걸어 나갔다. 발밑에서 뽀드득 뽀드득 눈 밟히는 소리가 상쾌하게 들렸다. 눈밭에는 초록빛, 쪽빛, 붉은빛 띠가 눈부시게 반짝였다. 가끔 미궁迷宮처럼 오색찬란한 천상누각天上樓閣이 그림처럼 펼쳐졌다.

밭두렁을 하나 건너뛰었을 때는 벌써 등줄기에서 땀이 나기 시작했다. 그는 바지를 끌러 내리고 소변을 보았다. 뜨거운 오줌줄기가 세차게 뻗어 나가자 두툼한 눈밭 위에 쥐구멍 같은 동굴이 뻥 뚫렸다. 그는 느긋한 눈길로 들판의 설경을 바라보면서 생각했다. 저 가운데 우리 집 보리밭 이랑이 어디까지더라? 그러나 눈에 덮여서 가늠할 수가 없었다.

이때였다. 무심결에 훑어보던 눈길이 한 곳에 가서 딱 멎었다. 비스듬히 경사진 땅에 축축하게 젖은 흙무더기가 눈길을 끈 것이다. 들판 전체가 온통 흰 눈에 뒤덮여 있는데 어째서 저곳에만 눈이 없을까? 소쿠리 테두리만큼의 흙더미만 녹아 있다니? 누가 저기다 오줌이라도 싸 놓았단 말인가? 그런데 아무리 둘러보아도 눈밭 위에 사람의 발자국이나 들짐승이 지나간 흔적은 보이지 않았다. 이상했다.

그는 호기심을 품고 그리로 다가갔다. 새하얀 눈밭에 축축하게 젖은 황갈색 흙더미가 드러나 있었다. 심지어 뜨거운 김이 모락모락 솟구쳐 오르고 있었다. 아니 그보다 더 괴이한 것은 땅 위로 선명한 초록빛 가시덩굴이 뻗어 나가고 있다는 사실이었다. 얼핏 보아서는 가시엉겅퀴 같았다.

지혈과 해독 작용에 도움을 주면서 체내의 열을 내리게 할 뿐 아니라 이 뇨제로 쓰인다고 〈중약보〉中藥譜에서 설명하는 약초였다.

정말 이상한 일이 아닌가! 세상의 모든 나무는 앙상한 가지만 남긴 채 잠들어 있었다. 풀이란 풀은 모조리 얼어 죽었다. 온 산과 들판에 초록빛이라곤 실낱만큼도 찾아볼 길이 없었다. 한마디로 엄동설한이었다. 그런데 어떻게 가시엉겅퀴가 이토록 파릇파릇할 수 있단 말인가?

그는 그 자리에 쭈그리고 앉아서 손으로 흙더미를 파헤쳤다. 기적은 그 순간에 일어났다. 흙더미 속에서 뽀얀 버섯처럼 생긴 하얀 잎 한 개가 불쑥 드러난 것이다. 흙더미를 파헤치는 그의 손길이 더욱 조심스러워졌다. 똑같은 빛깔, 똑같은 모양의 잎이 또 나타났다. 그의 손길이 더 깊숙한 곳으로 파고 들어갔다. 드디어 여인들이 쓰는 분가루처럼 뽀얀 줄기가 여린 모습을 드러냈다. 그가 흙을 완전히 다 헤쳐 보니 그 줄기에는 크기가 다른 잎이 다섯 개 매달려 있었다.

그는 뿌리째 캐내려다 생각을 바꾸었다. 누가 알겠는가? 이게 진귀한 약초인지도 모른다. 섣불리 뽑아냈다가 죽어버리면 어쩌겠는가? 약효를 잃어버리면 아무짝에도 쓸모없게 된다.

그는 다시 젖은 흙을 긁어다가 조심스럽게 덮어 파헤친 구덩이를 도로 메우기 시작했다. 그리고 주변의 눈더미를 옮겨다가 그 위에 덮었다. 신기한 현장을 남의 눈에 안 뜨이게 위장해 놓은 것이다.

그는 그러고도 마음이 놓이지 않았다. 결국 아예 그 자리에 쭈그리고 앉아 바지를 내리고 똥을 한 무더기 듬뿍 싸 놓았다. 이렇듯 지저분하게 해 놓으면 여기저기 발자국이 찍히고 어지러운 현장을 보고도 의심할 작자는 하나도 없을 테니까. 그는 손바닥에 묻은 진흙을 눈에 문질러 닦은 다음 앞서왔던 우마차 길로 되돌아갔다.

그는 앞서 왔을 때 디뎠던 눈밭의 발자국을 되밟아 가면서 생각했다.

점쟁이를 찾아가는 일은 하루쯤 늦춰도 될 것이다. 지금은 우선 집에 돌아가서 생각을 정리하고 찾아볼 게 있었다.

집에 당도하자 어머니가 놀란 눈으로 왜 그냥 돌아왔느냐고 물었다. 그는 비탈길에 눈이 두껍게 쌓이고 너무 미끄러워 올라갈 수가 없노라고 둘러댔다. 어머니는 그 말을 믿고 수긍하며 고개를 끄덕였다.

방으로 돌아온 그는 궤짝 속에서 책 한 권을 끄집어냈다. 석판본으로 찍은 《진지약초대전》秦地藥草大典이란 인쇄본이었다. 그 책은 백씨 가문 대대로 전해 내려오는 희귀한 보배였다. 할아버지와 아버지가 생전에 진령산秦嶺山 산중에 들어가 약초를 사들일 때마다 이 그림책을 펼쳐놓고 진짜를 가려냈던 것이다.

그는 참을성 있게 그 두툼한 책을 하나하나 들춰보았다. 얇고 바스러지기 쉬운 대나무 속껍질로 만든 연노란색 종이를 한 쪽씩 넘겨가면서 머릿속에 담아둔 그 신기한 잎줄기와 일일이 대조해 보았다. 그러나 책장을 끝까지 뒤적여도 똑같은 것은커녕 비슷하게 생긴 약초도 찾아낼 수 없었다.

책장을 덮으면서 그는 자기 나름대로 단정을 내렸다. 그것은 괴물이 아니면 보물이라고. 만약 그것이 괴물이라면 섣불리 건드렸다가 재앙을 초래할 우려가 있다. 하지만 보물이라면 어떻게 할까? 보존하는 방법도 모르거니와 조제하는 방법도 모르는데, 섣불리 캐냈다가 썩어서 못 쓰게 되면 큰일이 아닌가?

머릿속에 갑자기 냉 의원이 떠올랐다. 냉 의원이라면 분명 그게 무엇인지 알아볼 수 있을 것이다. 하지만 그 물건이 진짜 진귀한 보물이라면 어떻게 될까? 냉 의원이 자기를 속이고 가로채지 않는다고 장담할 수 있겠는가? 그런 생각에 냉 의원을 만나볼 마음도 깨끗이 접었다. 조바심이 나고 마음은 다급한데 그 순간 또 한 사람이 뇌리를 스쳐 지나갔다. 매형妹兄

주 선생朱先生! 옳거니, 매형을 잊고 있었구나! 가헌은 속이 후련해졌다.

주 선생은 남쪽 지방에서 강학講學을 마치고 최근에 돌아왔다. 항주杭州에 사는 어느 선비가 그의 독창적인 학문의 깊이를 흠모한 나머지 남북의 여러 학자들과 교류를 하고 남국 경치도 유람할 겸 한번 다녀가라고 간곡하게 초청을 해서 떠났던 여행이었다.

그는 떠날 때 기분이 좋아 가벼운 발길로 남행길에 올랐다. 어려서부터 고담준론을 익히고 주야로 글을 읊조리며 고독하게 서탁을 지켜온 것이 마침내 학계의 이목을 끌고 괄목상대하는 경지에 이르렀다는 생각이 들었던 것이다. 따라서 이번 여행으로 자기가 여러 해 동안 갈고 닦아 온 정자鄭子·주자朱子 사상의 독창적인 견해를 유감없이 천명할 수 있을 것이라는 기대감에 부풀었다. 더불어 관중학파關中學派의 정통 사상을 널리 떨칠 수 있으리라는 기대도 없지 않았다. 기분이 좋았던 이유는 또 한 가지 더 있었다. 그는 어릴 적부터 지금까지 섬서성陝西省(중국 대륙의 중앙에 위치해서 흔히 '관중 지역'이라고도 한다)을 한 걸음도 벗어나 본 적이 없었다. 그렇기 때문에 풍광 좋다는 강남 지방을 한 차례 돌아보며 식견과 안목을 높일 생각도 있었던 것이다.

그러나 여행은 그리 유쾌한 것이 못 되었다. 갈 때는 신바람이 났으나 돌아올 때는 기분이 완전히 상했다. 강남에 도착하자 그를 초청한 사람들은 강학 일은 제쳐두고 주야장천 산천 유람만 다녔다.

처음에는 그래도 새로운 구경거리에 눈이 밝아지는 듯했다. 그러나 사흘도 못 가서 싫증이 나고 끌려다니는 것도 지겨워 흥이 깨지고 말았다. 그럴 수밖에 없는 것이 가는 곳이 아담하게 꾸민 돌다리며 작은 시냇물, 누각과 정자, 명산, 고찰들인데 보는 것마다 거기서 거기였다. 한마디로 딱히 별다를 것이 없었다.

하루 종일 술이나 마시며 흥청망청 놀러 다니는 생활은 여러 해 동안 형성된 그의 생활 습관, 다시 말해 아침 일찍 일어나 책을 읽고 오후 내내 학문을 연구하던 일상을 흐트러뜨렸다. 그는 속으로 짜증이 났다. 그러나 그렇다고 벗들에게 왜 강학을 열지 않느냐고 묻기도 어려웠다. 그저 입을 꾹 다물 수밖에 없었다. 모임을 같이 하게 된 남북의 몇몇 학자들은 아주 빠른 속도로 난잡하게 어우러졌다. 예절 바른 인사치레는 줄어들고 불손한 태도와 해학적인 농담들만 끝도 모르게 이어졌다.

그들의 관심은 약속이나 한 것처럼 주 선생의 옷차림과 말투에 쏟아졌다. 그는 무명옷을 입었다. 푸른 적삼, 푸른 바지, 푸른 두루마기에 검은 신발에 이르기까지 모두 현숙하고 부지런한 아내의 솜씨였다. 면화를 심고 물레를 돌려 실을 자아내거나 천을 짠 다음의 마름질에 이은 바느질까지 아내의 손을 거치지 않은 것은 하나도 없었다. 머리부터 발끝까지 서양 실이나 명주실은 한 올도 걸치지 않았다. 그러나 아내가 풀을 빳빳하게 먹이고 다듬이질로 두드린 중국식 전통 복색은 그들의 눈에는 그저 투박하고 촌스러운 것일 뿐이었다.

또한 서안西安(섬서성의 성도省都로, 당나라 때는 장안長安으로 불렸다.) 지방의 중후한 말투와 강남의 가볍고도 매끄러운 억양은 서로 다른 민족의 언어나 다를 바 없었다. 가끔 그들의 웃음거리가 되기도 했다. 그는 갈수록 저들의 경박한 행동거지와 말투에 염증을 느꼈다.

어느 날 저녁 만찬이 끝난 후였다. 그들은 주 선생을 데리고 홍등가를 찾았다. 거기가 어떤 곳인지 알아차렸을 때 그는 걷잡을 수 없이 격노했다. 소매를 떨치고 뛰쳐나와 숙소로 돌아온 그는 자기를 강남으로 초청해 준 벗들에게 불벼락을 내렸다.

"남의 사표師表가 되었으면 옳은 말을 전하고 학업을 가르쳐 의혹을 풀어주는 게 마땅할 터 아니오? 오늘날 세상 풍속과 인심이 점점 옛날만 못해지고 있음은 우리들의 책임이오. 마땅히 책을 쓰고 정론을 세워 큰 소리로 질타하여 세속의 기풍을 바로잡아야 할 게 아닌가! 그럼에도 불구하고 날이면 날마다 대낮에는 산천 유람이나 술로 세월을 보내고 한밤에는 화류계의 꽃들이나 찾아서 취생몽사醉生夢死로 지새우다니!"

벗들은 변명을 거듭했다. 그런 뜻으로 홍등가에 데려간 것이 아니다, 몇몇 친구들이 가만 보니 요즈음 주 선생의 기분이 썩 좋지 않은 듯싶어 혹시 집을 떠난 지 오래 되어 가족들 생각이 나는가 하여 호의를 베푼다는 것이 그렇게 되었노라고 했다. 하지만 주 선생은 한마디로 그들의 말을 딱 끊었다.

"군자는 홀로 있을 때도 도리에 어긋나는 짓을 삼가는 법! 그것이 학문하는 사람에게 있어서 수신修身의 기초가 아니겠소! 표리부동表裏不同의 뜻이 뭐요? 안팎이 다른 행동을 하면서 어떻게 비뚤어진 인간 세상을 바로잡는단 말이오! 나는 그런 황당한 주장은 처음 들어보오!"

그는 즉석에서 결단을 내렸다. 날이 밝는 대로 귀향길에 오르겠노라고 선언했다. 그러자 벗들이 펄쩍 뛰며 재삼 만류했다. 강학도 한 번 열지 않고 총총히 떠나버리면 기껏 초빙해 온 자기네들의 체면이 뭐가 되겠느냐고 하소연을 했다. 주 선생은 마지못해 양보를 했다.

그러나 강의 첫머리에서부터 언어가 또 커다란 장애가 되고 말았다. 경박한 자제들 몇몇이 강의는 들을 생각도 않고 낄낄대면서 그의 말투를 비웃었던 것이다. 주 선생은 더욱 울화통이 터졌다. 겨우 강학을 마치자 그는 한마디 개탄의 말을 남겨 놓고 귀로에 올랐다.

"남국에 재사才士는 많으나 학문은 전혀 없구나!"

가슴 가득 울분을 품고 관중關中(섬서성 관중 분지를 가리킨다. 동쪽의 함곡관函谷關, 남쪽의 무관武關, 북쪽의 소관蕭關, 서쪽의 산관散關 등 네 관문의 중앙에 위치해서 얻은 이름이다.)으로 돌아온 그는 내친김에 화산華山으로 달려가 정상에 올랐다. 그리고 숨을 길게 내쉼으로써 쌓이고 쌓인 울분을 말끔히 떨쳐버렸다. 이래야 산악이라고 부를 만하지 않겠는가! 뒤이어 그의 입에서는 칠언절구七言絶句 한 수가 흘러나왔다.

천만 겹 흰 구름 밟아 깨뜨리고,
하늘 우러르니 천지에 물결이 출렁이네.
허공을 휘저어 산을 밀어내노니,
세상에 굴하지 않는 게 바로 이 봉우리일세!

踏破白雲萬千重
仰天池上水溶溶
橫空大氣排山去
砥柱人間是此峰

주 선생은 타고나기를 뛰어나게 총명했다. 16세 때 현과縣科에 합격하여 수재秀才가 되었다. 또 22세 되던 해 성시省試에 응시했을 때에도 절묘한 문장으로 장원 급제하여 문거인文擧人의 영예를 안았다. 그 이듬해 상경하여 회시會試를 볼 무렵 부친이 병으로 세상을 뜨는 바람에 주 선생은 삼년상을 치르느라 벼슬길에 오르지 않았다.

당시 규정에 따르면 이런 처사는 성시 장원으로 얻은 거인擧人의 자격이 박탈되어야 마땅했다. 그러나 섬서성 순무巡撫 방승方升은 그의 재능을 크게 아꼈을 뿐만 아니라 그 효성에도 감복했다. 급기야 조정에 상주하여 적극 추천했다. 이에 황제도 감명을 받아 마침내 전례를 깨뜨리고 성시의 결과를 비준했다.

순무 방승은 그에게 중책을 맡기려 했다. 그러나 뜻밖에도 주 선생은 완곡한 언사로 거절했다. 임명장이 대여섯 차례나 바뀌면서 오고갔으나 그는 여전히 굳게 사양하고 부임하지 않았다. 나중에는 방 순무가 직접 방문했으나 주 선생은 이렇게 말했다.

"대인은 저를 대인의 수족으로 보는 모양입니다! 하지만 이 점을 아십니까, 모르십니까? 지금 대인이 앓고 있는 병은 전신마비입니다! 제 팔뚝 한 개, 다리 한 짝을 보태서 휘두르고 걸으려 하지만 말짱 소용없는 일입니다. 제가 대인의 팔뚝이나 다리 노릇을 하지 않고 신령님께 빌어 영단묘약을 구해다 드리면 대인의 육신이 자유로워질 테고 팔다리도 신통하게 움직일 수 있을 것입니다. 그렇다면 대인은 제게 팔다리 노릇을 해 달라고 요구하시겠습니까, 아니면 영단 묘약을 구해 달라고 하시겠습니까? 대인은 분명 후자를 택하실 겁니다. 제가 왜 이런 말을 하는지 그 말뜻을 분명히 알아들으셨으리라 믿겠습니다."

그 말에 방 순무는 더 이상 강권하지 못하고 돌아갔다. 주 선생은 그 즉시 백록서원白鹿書院에 들어가 살았다.

백록서원은 현성縣城 서북쪽 백록원의 비탈진 들판에 자리 잡고 있다. 또 다른 이름은 사려암四呂庵, 그만큼 역사가 유구한 서원이다.

송宋나라 당시 하남河南 지방의 여씨呂氏라는 어느 말단 관리가 관중으로 부임해 오는 길이었다. 그 관리는 나귀를 타고 진령 고개를 넘어 자수현滋水縣에 당도해서는 가마로 갈아탔다. 부임길은 자수하滋水河를 끼고 뻗어 나갔는데 강변의 짙푸른 버드나무 숲과 들판의 파릇파릇 돋아난 보리싹이 절묘한 조화를 이루고 있었다.

이때 갑자기 눈처럼 흰 사슴 한 마리가 허공에 뛰어올랐다. 그러더니 금세 다시 푸른 들판으로 숨어 보이지 않았다. 관리는 즉시 가마를 멈추게 하고 내려 한참을 두리번거렸다. 그러나 흰 사슴은 그림자조차 보이지 않았다. 그는 급히 가마꾼더러 물었다. 이 들판 이름이 무엇이냐고. 가마꾼은 '백록원'白鹿原이라고 대답했다. 관원은 고개를 끄덕이고 가마에 올라 말없이 그곳을 떠났다.

보름이 못 되어 그는 다시 이곳을 찾아와 흰 사슴이 나타났던 터를 사들인 다음 집을 짓고 정원을 꾸몄다. 이어 가족들을 모두 데리고 와 그곳에서 살았다. 죽을 때가 되자 그는 자신이 파묻힐 묘혈墓穴의 방위를 정확히 그어 놓았다.

그 뒤 그의 외아들은 말단 관원에 불과했으나 손자 넷은 모두 진사進士가 되었다. 그중 한 사람은 좌승상左丞相에까지 올라 당대의 석학이자 명재상이던 사마광司馬光·문언박文彦博과 더불어 명성을 떨쳤다. 진사 넷은 저마다 각자 나름대로 학문적인 저술을 남겼다. 손자 넷이 모두 세상을 떠난 후 황제는 칙명으로 사당을 세워 그들의 공덕을 기렸다. 그리고 사당의 대문 앞 양쪽에 높이와 규모며 격식이 똑같은 전탑磚塔 넷을 쌓았다. 그러나 벼슬의 고하를 따지지는 않았다. 장유유서長幼有序의 항렬에 따라 세운 다음 어필御筆로 친히 '사려암'四呂庵이란 제호의 편액을 내렸다. 그런데 훗날 여씨呂氏의 후손 중에 한 사람이 사당을 강학소講學所로 바꾸고 '백록서원'이란 간판을 내걸었다고 한다.

전설 같은 이 신비스런 옛날이야기는 1,000년을 두고 백록원 일대에 살아온 후손들의 입을 통해 대대로 전해 내려오면서 더욱 흥미진진하게 각색되었다. 그러나 주 선생이 처음 백록서원에 도착했을 때는 건물 안팎에 잡초가 무성하게 자라나고 있었다. 심지어 대들보 위에는 박쥐 떼가 마늘 꾸러미처럼 주렁주렁 거꾸로 매달려 있을 정도로 황량했다.

주 선생은 방 순무가 풍족하게 내려준 은을 풀어 기술자들을 불러다가 건물 안팎을 철두철미하게 수리한 다음 방 순무에게 부탁해 '백록서원'이란 편액을 처마 끝에 걸어 놓았다. 앞서 황제의 어필로 쓴 '사려암'이란 편액은 금칠을 입힌 탓인지 이미 오래전에 행방불명이 되고 말았던 것이다.

　대전 안에는 어느 왕조 때 누군가 빚어 세운 네 분의 신상神像이 덩그러니 모셔져 있었다. 주 선생은 일꾼들을 시켜 그것을 뜯어내게 했다. 일꾼들이 신령님의 노여움을 탈까 겁을 집어먹고 나서지 않자 주 선생은 제단에 올라가 직접 신상을 넘어뜨렸다. 그리고 이렇게 훈계를 했다.

　"성현의 말씀을 배우지는 않고, 그저 촛불이나 밝히고 향불이나 올리다니. 절을 하면 할수록 바보 멍청이가 될까 무섭구나!"

　그러나 주 선생은 자기도 모르게 스스로 신령처럼 떠받들리기 시작했다. 그의 신기한 행적이 백록원 들판 사람들의 입에 신상의 내력보다 더 신비스럽게, 더 열렬하게 퍼지기 시작한 것이다.

　어느 해였다. 보리 수확을 마치고 방앗간 일이 끝난 후 집집마다 타작마당에 햇보리를 빼곡하게 널어놓고 있을 때였다. 태양은 불덩어리처럼 이글거리고 만 리 창공에 구름 한 점 없는 가뭄철이어서 그런지 길거리 골목에는 사람과 집짐승들이 내디딜 때마다 메마른 흙먼지가 풀풀 일었다.

　그런 마당에 주 선생이 엉뚱한 모습으로 나타났다. 뙤약볕이 쨍쨍 내리쬐는 대낮에 나막신을 신고 동네를 요란하게 딸깍거리며 돌아다닌 것이다.

　나무그늘 밑에 쪼그리고 앉은 채 한 해 양식을 지키던 농사꾼들은 훈장 선생이 머리가 돌지 않았는가 싶어 껄껄대며 웃음보를 터트렸다. 따가운 해가 머리 위에서 이글거리고 비가 내릴 기미는 손톱만큼도 보이지 않는데 나막신을 신고 돌아다녔으니 그럴 만도 했다. 그들은 주 선생이 혹시 서양풍이 들어서 그런 것은 아닌지 모르겠다면서 웃었다. 동네 조무래기들 역시 재미있는 구경거리라도 난 듯 주 선생의 꽁무니를 졸졸 따라붙으면서 깔깔 웃었다.

　하지만 주 선생은 역정을 내지도 않았고 야단을 치지도 않았다. 동네 사람들의 물음에 대꾸도 않고 변명도 없었다. 그저 동네를 한 바퀴 빙 돌고는 집으로 돌아가 털썩 누워 낮잠을 자기 시작했을 따름이었다. 현숙한 아내도 기가 막혀 웃음이 나왔다. 공부를 하면 할수록 바보가 되는 모양이지? 날씨가 맑은지 비가 올 것인지조차 분간을 못 하다니!

농사꾼들이 여유만만하게 오후의 휴식을 즐기고 있을 그때였다. 난데없이 세찬 바람이 크게 일어나더니 시커먼 구름장을 휘몰고 들이닥쳤다. 눈 깜짝할 사이에 비가 쏟아지기 시작했다. 걷잡을 새 없이 퍼붓는 비에 보리를 말리던 타작마당은 순식간에 물바다가 되었다. 마을은 온통 난리가 났다. 적지 않은 집들이 한 해의 양식거리를 홍수에 떠내려 보냈다.

그제야 사람들은 주 선생이 나막신을 신고 돌아다닌 수수께끼 같은 행동의 의미를 깨우칠 수 있었다. 그들은 너 나 할 것 없이 돼지보다 어리석고 아둔했던 자신들에게 마구 욕설을 퍼부었다. 얼마나 분하고 원통했는지 주 선생이 보여준 호의마저도 야속할 지경이었다.

또 어느 날 밤이었다. 주 선생이 밤늦도록 책을 읽다가 대문 밖으로 걸어 나와 팔다리 근육을 풀면서 하늘에 가득 떠 있는 별을 우러러 바라봤다. 이어 별 생각 없이 불쑥 한마디를 중얼거렸다.

"흐흠, 올해에는 콩이 제법 되겠군!"

말을 마친 그는 다시 집으로 들어가 책읽기에 몰두했다. 그런데 공교롭게도 친정집에 다니러 와 있던 그의 누님이 때마침 변소에서 일을 보다가 그 소리를 들었다. 이튿날 자기 집으로 돌아간 그녀는 남편에게 그 이야기를 들려주었다. 이들 부부는 그해에 보리 수확을 끝내자 밭에 온갖 콩이란 콩은 다 심었다. 곧 삼복더위가 오래 계속되더니 가뭄이 들었다. 그러면서 옥수수, 벼, 기장과 같은 농작물들은 모두 말라 죽었다. 그러나 가뭄에 내성이 강한 콩 종류는 가뭄을 이겨 내고 대풍을 거둘 수가 있었다.

가을걷이를 마친 매형은 나귀 등에 온갖 콩을 싣고 주 선생을 찾아와 사례를 했다. 이어 원망 섞인 푸념까지 늘어놓았다.

"아우님은 이런 재주를 가지고 있으면서 왜 가까운 친척들에게 미리 귀띔을 해 주지 않았어? 해마다 여름, 가을 두 철에 무슨 농작물을 심어야 되며 무슨 작물이 실패할지 미리 알려 주면 우리 모두 큰 부자가 될 것 아니냐."

그러나 주 선생은 입을 꾹 다문 채 아무런 대꾸도 하지 않았다.

이 소문은 급속도로 퍼져 나갔다. 그러자 농사꾼들은 해마다 주 선생이 밭에 무슨 씨앗을 뿌리는지 지켜보고 나서 자기네들 밭에도 같은 씨앗을 뿌렸다. 그러나 주 선생의 매형이 그토록 의기양양해하던 일은 두 번 다시 일어나지 않았다. 주 선생네 농작물도 다른 집과 똑같은 재앙을 입었다. 우선 냉해에 옥수수가 결딴났다. 이어 해충이 미처 덜 여문 보리 이삭을 갉아먹었다. 그런가 하면 메뚜기 떼가 몰려와서는 벼를 해치웠다. 심지어는 나뭇잎까지 말끔히 뜯어먹었다.

그러나 사람들은 이런 사실을 놓고 주 선생에게 신통력이 없어서가 아니라고 생각했다. 다만 천기天機를 누설할 수 없기 때문에 빚어진 결과라고 쑥덕거렸다. 자기네 어른들과 친척들에게조차 천기를 깨뜨려가며 알려줄 수 없었으리라고 생각한 것이다.

나중에는 옷가지나 물건을 잃어버린 사람, 하다못해 장터에서 아이를 잃어버린 사람까지 주 선생 댁으로 달려와서 점을 쳐 달라고 졸라대기 시작했다. 그가 입을 열지 않으면 그들은 물러나지 않았다. 울고불고 매달리면서까지 자기들이 당한 재난을 하소연했다. 심지어 막무가내로 떼도 썼다. 주 선생은 하는 수 없이 응했다. 점을 쳐준 것이 아니었다. 물건이나 아이를 잃어버린 시간과 장소, 까닭과 경위를 자세히 물어본 다음 자기 나름대로 판단을 내려 도움을 주었던 것이다. 건망증이 심하고 우직한 농사꾼들은 그가 말해준 대로 찾아가서 많은 효과를 보았다.

백록서원을 개설한 이후 귀신에게 복을 빌거나 점을 치러 찾아오는 사람들이 귀찮을 정도로 늘어났다. 그러자 주 선생은 그 폐단을 아예 뿌리 뽑기로 작정하고 제단 위에 모셔 놓은 신상을 하나씩 넘어뜨렸다. 그러면서 벌벌 떨고 있는 일꾼들에게 이런 말을 했다.

"나는 신이 아니라 사람일세. 애당초 귀신 따위는 믿지도 않는단 말이네!"

백록서원이 개원하는 날, 주 선생은 눈코 뜰 새 없이 바빠서 쩔쩔매고 있었다. 그때 웬 젊은 농사꾼 하나가 땀을 뻘뻘 흘리면서 대문 안으로 뛰어 들어왔다. 사연은 기가 막혔다. 새끼를 밴 암소를 풀밭에 놓아먹였는데 어디로 달아났는지 행방을 몰라 주 선생에게 물으러 왔다고 했다. 주 선생은 바야흐로 성대한 개원식을 준비하던 참이라 불청객의 등장에 짜증이 났다. 그러나 그는 역시 수양이 아주 깊은 데다 워낙 천성이 온화하고 겸손한 사람이었다. 농사꾼의 두서없는 이야기를 끝까지 다 들어주고는 기쁜 기색으로 이렇게 말해 주었다.

"소는 남쪽 방향에 있으니까, 냉큼 뛰어가게! 늦으면 다른 사람이 끌고 가버릴 테니."

젊은 농부는 그 말을 듣기가 무섭게 발길을 돌려 냅다 뛰어나갔다. 그리고 동구 밖 논두렁 샛길을 따라 정신없이 남쪽으로 내달렸다. 그런데 일이 공교롭게 되느라 그랬는지 때마침 두 처녀가 비좁은 샛길 맞은편에서 손을 잡고 나란히 걸어오고 있었다. 젊은이는 숨이 턱에 닿도록 뛰어가느라 비켜가지 못하고 그만 두 처녀 사이를 뚫고 지나가고 말았다. 아가씨들은 잡고 있던 손을 무참히 놓치자 그를 못 지나가게 붙잡아 놓고 마구 욕설을 퍼붓기 시작했다.

그러자 근처에서 보리밭을 매던 동네 사람들이 우르르 몰려왔다. 이어 젊은이를 에워싸고 불문곡직 두들겨 패기 시작했다. 젊은 녀석이 남의 댁

귀한 처녀에게 못된 장난질을 쳤다고 오해한 것이었다. 젊은이는 뭇매를 막아낼 힘도 없는 데다 변명도 통하지 않는 터라 사람들의 손길을 밀쳐내고 냅다 도망치기 시작했다. 동네 사람들은 그 뒤를 따라 "저놈 잡아라!" 하고 바짝 따라붙었다.

젊은이는 다급한 마음에 방향을 잃고 허둥댔다. 그러다 높다란 둔덕에서 훌쩍 뛰어내렸다. 엉덩방아를 찧고 나자 눈앞에서 별이 번쩍 튀고 허리가 시큰거렸다. 고개를 들고 보니…… 아니, 누렁이 암소가 둔덕 아래 흙구덩이에서 갓 태어난 송아지 새끼를 혓바닥으로 유유히 핥아주고 있는 게 아닌가! 자줏빛 고운 터럭의 송아지는 콧잔등으로 어미의 궁둥이를 들썩여 가며 젖을 빨고 있었다.

젊은 농부는 엉금엉금 기어가 단숨에 고삐를 움켜잡았다. 그리고 둔덕 위까지 줄기차게 뒤쫓아 온 동네 사람들을 향해 두 손을 번쩍 쳐들고 미친 듯이 고함을 질렀다.

"형님들! 아저씨들! 잘 두들겨 패주셨소. 정말 너무 잘 때려 주셨소!"

그는 이어 주 선생이 암소를 찾아주었다며 환호성을 질렀다. 그 이야기를 들은 동네 사람들은 둔덕 아래로 주르르 미끄러져 내려가 그를 에워싸고 살아 있는 신령님인 주 선생이 점을 어떻게 쳐 주었느냐고 캐물었다. 남의 집 귀한 처녀를 희롱한 죄는 완전히 잊힌 뒤였다. 소를 찾은 청년은 신이 나서 떠들었다.

"주 선생님이 사자비결四字秘訣을 귀띔해 주셨소! '암소를 찾으려거든 남쪽 방향으로 냅다 뛰어라! 두 아가씨의 맞잡은 손을 뿌리치면 어미 소가 송아지를 핥아주고 있을 테니!' 이렇게 말입니다. 어떻습니까, 정말 신통하게 들어맞지 않았습니까?"

이 신기한 소문은 말할 것도 없이 백가헌의 귀에도 들어갔다. 나중에 매형을 만났을 때 그렇게 비결을 가르쳐준 게 사실이냐고도 물었다. 매형은 그저 싱겁게 웃어보였다.

"허허, 그것 참! 신령님 노릇을 하고 싶지 않아도 내 마음대로 안 되는 군!"

가헌은 매형을 줄곧 존경해 왔다. 그렇지만 일반 농민들처럼 주 선생이 천기를 꿰뚫는 신령이라고 생각해 본 적은 한 번도 없었다. 사실 그가 처음 매형을 보았을 때는 살짝 실망스럽기까지 했다. 오래전부터 백록원 일대에 명성이 시끌벅적한 수재 어른께서 큰누님 벽옥^{碧玉}을 아내로 맞으러 집에 왔을 때였다. 그는 매형 될 사람의 준수한 모습과 풍채를 기대하고 있었다. 그러나 당시의 수재 매형은 생김새가 그저 그랬다. 걸음걸이도 평범한 보통 사람일 뿐이었다. 소문에 들리는 것처럼 신통한 신령님의 모습이라고는 찾아볼 길이 없었다. 어머니가 신부를 맞이하러 온 사돈댁 사람들을 떠나보내고 나서 그에게 물었다.

"네가 보기에 큰매형의 생김새가 어떻더냐?"

가헌은 눈꺼풀을 잡아당기면서 관심 없다는 듯 대답했다.

"그저 평범하게 생겼던데요."

어머니는 열렬한 찬사가 나오리라 잔뜩 기대했던 모양이었다. 그러나 만족스런 대답을 듣지 못했다고 생각했는지 아들의 뒤통수를 냅다 쥐어박았다.

그가 매형에게 존경심을 품기 시작한 것은 공부를 하고 세상일에 차츰 철이 들면서부터였다. 그렇다고 해서 뿌리 깊이 박힌 첫인상이 바뀌지는 않았다. 매형에 대한 존경심은 그가 신령님 노릇을 해서도 아니었을 뿐 아니라 '그저 그렇고 그런' 범부로 보이지 않아서도 아니었다. 그건 사람들이 아무리 매형을 성인^{聖人}으로 단정을 지어도 자기 자신을 일개 평범한 인간에 지나지 않는다고 여기는 매형의 겸양 때문에 우러난 것이었다.

성인은 범속한 인간의 은밀한 정까지 꿰뚫어 볼 수 있는 반면 범속한 사람은 성인이 하는 일을 알아차리지 못한다. 범속한 사람과 성인 사이에는 영원히 뛰어넘지 못할 태생적인 간격이 존재한다. 성인이 범속한 사람들의 이익을 다투는 행위를 시시콜콜 거들떠보지 않는 반면 범속한 사람들 역시 성인들의 지극한 이치와 명언을 자기네들의 생활 철학으로 삼고 지켜내기가 어렵다. 성인들은 구전으로 광범위하게 이어져 내려오는 생활 철학을 여러 사람들에게 노래, 말씀으로 일깨워주긴 한다. 하지만 일상생활에서 그것을 실천할 수 있는 사람은 성인들뿐이다. 범속한 사람은 근본적으로 불가능하다.

"집은 허울 좋은 간판이요, 땅덩어리는 힘겨운 짐이다. 금은보화를 쌓는 일은 목숨을 재촉하는 귀신이다."

이것은 성인인 매형의 명언 중 하나였다. 시골 농사꾼들은 가난뱅이든 부자든 이 격언을 노래처럼 읊고 다녔다. 어느 돈 많은 지주가 비적 떼의 습격을 받아 재산을 모조리 약탈당하고 목숨까지 잃었다는 소문이 전해졌을 때였다. 마을 사람들은 '금은보화야말로 목숨을 재촉하는 귀신'이란 성인의 말씀이 지극히 옳다며 고개를 끄덕였다.

그러나 그 진리를 몸소 실천하는 사람 역시 아무도 없었다. 범속한 사람들은 남의 불행과 재앙을 은근히 즐기는 한편 또다시 목숨 걸고 아귀다툼을 벌여가며 목숨을 재촉하는 귀신을 맞으러 달려간다. 될 수 있으면 한 뙈기의 땅이라도 더 사들여 가산을 늘릴 절호의 기회를 놓치지 않으려 버둥거리는 것이다. 범속한 사람들은 성인의 말씀을 절대적으로 믿고 복종하나 진실한 마음으로 실천에 옮기지도 않는다. 그것이 범속한 사람이 영원히 성인이 될 수 없는 까닭이다.

백록촌에서 북쪽으로 방향을 잡으면 우마차 바퀴에 짓눌려 움푹 파인 관도官道 한 줄기가 백록원 북쪽 들판 끄트머리까지 곧바로 뚫려 있다. 경사진 들판을 내려가서 자수하를 건너면 자수현성滋水縣城이 코앞에 다가선

다.

가헌은 들판 머리에서 비스듬히 내리꽂힌 샛길을 골라 내려갔다. 멀리 백록서원을 뒤덮고 있는 울창한 잣나무 숲이 내다보였다. 눈이 쌓여 미끄러운 길을 천천히 걸어 마침내 서원 문턱에 다다랐다. 고개를 들어 문설주를 올려다보니 흰 사슴과 백학白鶴이 새겨져 있다. 어디에선가 길게 목청을 뽑으면서 글 읽는 소리가 들려왔다.

그는 문턱을 넘어서자 좌우를 두리번거릴 것도 없이 곧장 앞마당을 가로질러 매형과 누님이 있는 뒤채로 건너갔다. 누님은 침상 위에 앉아서 바느질을 하고 있었다. 그녀는 모처럼 찾아온 동생을 보고 반색을 하며 차를 끓여 내놓았다. 어머니의 안부도 물었다. 매형은 뭘 하느냐고 물어볼 필요도 없었다. 지금 이 시각이면 학생들을 가르치고 있을 테니까. 그는 의자에 앉아 기다리는 동안 누님과 이런저런 집안 얘기를 하면서 한담을 나누었다.

백록원 일대의 마을을 통틀어 가장 명망이 높은 매형, 주 선생의 아내인 큰누님 역시 거칠게 짠 무명옷을 입고 있었다. 비단이라고는 하나도 걸치지 않았다. 쪽물 들인 적삼에 청색 무명 바지, 자그마한 두 발에도 집에서 짠 헝겊으로 만든 신발 한 켤레가 고작이었다. 남들과 다른 점이 있다면 옷가지와 신발의 바느질 솜씨가 꼼꼼하고 정교하기 짝이 없어 적삼에 달린 헝겊 단추와 단춧구멍에 실로 꿰맨 바늘 자국이 거의 보이지 않는다는 사실이었다.

누님은 친정집에 있을 때보다 더 깔끔했다. 살도 조금 쪄 보였다. 뚱뚱한 것이 아니라 몸가짐이 단정하고 정숙해서였다. 신중하면서도 온화한 눈빛, 엄격하고 준엄한 표정의 누님은 예전에 어린 동생을 씻기고 터진 옷솔기를 꿰매주면서 잔소리를 하던 큰누님이 아니었다.

뒤뜰에서 자갈마당을 내딛는 발자국 소리가 들려왔다. 그가 문밖으로 내다보니 아침 일과를 끝낸 생원生員 한 무리가 뒤채 쪽으로 걸어오고 있었다. 그들은 하나같이 점잖고 신중한 기색에 하늘이라도 떠받칠 듯한 기백을 떨치면서 식당으로 들어섰다. 그리고 후원은 이내 잠잠해졌다. 매형이 뒤따라 들어왔다.

처남과 매형 사이인 두 사람은 문안 인사를 나누고 때늦은 아침을 들었다. 상차림은 아주 간단했다. 붉은 콩을 곁들인 좁쌀죽, 밀가루에 불린 콩을 갈아 넣고 빚은 거무스레한 찐빵, 잘게 썬 무채에 참기름 몇 방울을 떨어뜨려 무친 것이 전부였다. 아침을 먹고 난 후 매형은 입안의 무채 냄새를 없애기 위해 말린 찻잎을 입에 넣고 한참 동안 우물우물 씹었다. 수업 시간 중에나 다른 사람과 이야기할 때 입 냄새가 나지 않도록 찻잎으로 우려내는 것이다. 이어 매형은 그를 서재로 데려갔다. 용건을 들어보자는 것이었다.

서재는 다섯 칸짜리 웅장한 대전大殿으로 붉은 옻칠을 먹인 기둥은 반질반질 윤기가 났다. 전당 안에는 책꽂이가 줄줄이 늘어서고 선반마다 책이 가득 꽂혀 있었다. 서재에 들어섰을 때는 맑은 종이 냄새가 그윽하게 풍겼다. 칸막이벽을 쌓은 서쪽에는 두꺼운 백색 무명 휘장이 걸려 있었다. 또 큼지막한 책상이 창문가에 놓여 있었다.

책상 위에는 옥돌로 정교하게 조각한 붓통, 역시 옥돌을 깎아 만든 붓걸이와 책장을 누를 때 쓰는 옥돌 문진文鎭 한 쌍이 가지런히 놓여 있었다. 모두 매형이 아끼고 귀히 여기는 물건들이었다. 자수현에서 생산되는 아름다운 옥돌은 명품으로 이름나 옛날 진시황秦始皇이 쓰던 옥새玉璽도 여기서 나온 옥돌로 깎아 만들었다고 했다.

그런데 책상에는 붓통과 붓걸이, 문진 한 쌍 이외에는 어떤 집기나 장식물도 없었다. 심지어 책 한 권 펼쳐놓지 않았다. 종이 역시 한 장도 보이지 않았다. 사방 벽에도 그 흔해빠진 수묵화 한 폭, 족자 한 점 걸려 있지 않았다. 그나마 장식물이라면 서쪽 벽면에 가는 붓으로 그린 지도 한 폭이 전부였다. 자수현 일대의 지도였다.

백록서원을 찾아올 때마다 가헌은 늘 똑같은 생각을 했다. 문인 학사들이라면 으레 벽이란 벽을 온통 서화나 족자로 도배질하듯 채운다. 그러나 실상 그들 중 대다수는 운치와 멋을 맹목적으로 추종하는 머저리들이었다. 매형처럼 진정한 학문을 갖춘 사람은 실력을 겉으로 드러내 보이지 않고 온전히 자기 머릿속에만 간직하고 있을 뿐 벽을 빼곡히 채우거나 남에게 위세를 떨지 않는다.

두 사람은 책상 양쪽에서 의자 등받이에 꼿꼿이 기대어 앉았다. 가운데는 숯불 화로가 하나 놓여 있었다. 숯불은 연기도 불꽃도 없이 하얀 재만 남기면서 고요히 타올랐다. 발갛게 달구어진 참숯의 나뭇결에 따라 줄무늬가 또렷이 드러나며 방안에 온기가 퍼졌다. 매형이 화로에 숯을 몇 개 더 얹더니 세발걸이 주전자에 물을 붓고 찻잎 한 줌을 집어넣었다.

가헌은 물이 끓는 동안 매형에게 하고 싶었던 이야기의 자초지종을 들려주었다. 우선 점쟁이를 찾아 나섰던 일부터 시작해 어떻게 눈밭에 오줌을 싸게 되었는지를 말했다. 이어 비탈진 설원에서 눈이 쌓이지 않는 흙더미를 발견한 사실, 또 축축하게 젖은 흙더미 속에서 기이한 식물을 어떻게 파냈는지를 언급했다. 심지어는 똥을 누어 현장을 감춘 일도 입에 올렸다. 한마디로 모든 과정을 낱낱이 털어놓았다. 그러고 나서 매형에게 물었다.

"형님, 이전에도 이런 일을 들어본 적이 있으십니까?"

주 선생은 끝까지 조용히 듣고 나더니 눈빛을 번뜩였다. 그는 아무 말 없이 붓통에서 붓 한 자루를 꺼내 처남의 손에 쥐어주고 이렇게 말했다.

"자네가 보았다는 그 하얀 괴물이 어떻게 생겼는지 그려 보게."

가헌은 붓대를 잡고 붓끝에 벼루의 먹물을 조금 찍은 다음 서투르나

마 진지한 솜씨로 그림을 그리기 시작했다. 처음에는 잎사귀 다섯 개, 그 다음에는 줄기를 그리고 다섯 잎을 하나씩 조심스럽게 연결시켰다. 그래도 뭔가 미진한 듯 쑥스럽게 웃으면서 매형의 손에 붓대를 넘겨주었다.

"잘 안 되네요. 워낙 그림에는 재주가 없어서."

주 선생은 말없이 종이를 집어 들었다. 이어 마치 제갈공명諸葛孔明이 팔괘진도八卦陣圖를 연구하듯 찬찬히 들여다보더니 입술을 비죽 내밀면서 신비한 듯이 물었다.

"처남, 잘 보게. 자네가 뭘 그렸다고 생각하나?"

가헌은 종이를 받아 들고 다시 한 번 꼼꼼히 살펴보았다. 그러나 입에서는 여전히 멍청한 대답이 나왔다.

"기본 틀은 제가 파냈던 괴물과 똑같습니다. 솜씨가 서툴러서 그렇지……."

매형이 껄껄 웃더니 종이를 도로 건네주려는 가헌에게 한마디 툭 던졌다.

"자네, 사슴을 한 마리 그렸구먼!"

가헌은 주 선생의 말에 이게 무슨 소린가 싶어 말이 나오지 않았다. 그는 종이를 다시 한 번 내려다보았다. 이상한 노릇이다. 방금 자기가 그려낸 그림은 서투르기는 하나 보면 볼수록 하얀 사슴 같아 보이지 않는가!

전설이란 모두 연대年代의 정확성을 중요시하지 않는 아주 오래고 오랜 옛날이야기였다. 이 들판에 흰 사슴 한 마리가 나타난 적이 있었다. 그 사슴은 무엇보다 몸의 털이 눈처럼 희었다. 다리도 하얗고 네 발굽도 희었다. 더구나 사슴뿔마저 속까지 들여다보일 정도로 투명한 백색이었다. 그 흰 사슴은 팔딱팔딱 뛰면서 마치 바람결에 나부끼듯 동쪽 들녘에서 서쪽으로 달려가더니 눈 깜짝할 사이에 사라지고 말았다.

들판에서 밭일을 하던 농부들은 흰 사슴이 사라진 뒤 불현듯 보리 이삭이 지면 위로 부쩍 돋아난 것을 발견했다. 누렇게 시든 채 낟알이 몇 개 달리지도 않았던 약해빠진 보리 이삭이 검푸른 빛깔이 감돌 정도로 싱싱하게 자라난 것이다. 그러자 온 들판과 하천 늪지대에 이르기까지 거의 모든 곳이 초록빛 보리 이삭으로 뒤덮였다.

흰 사슴이 달아난 이후 어떤 사람은 자기 밭고랑에서 뻣뻣하게 죽어 넘어진 이리와 겨우 숨이 붙은 채 할딱거리는 여우를 발견했다. 또 어떤 사람은 웅달진 습지 안에 두꺼비 떼가 무더기로 죽어 있는 것을 발견할 수 있었다. 인간 세상에 해악을 끼치는 독충과 들짐승이 전부 소리 소문 없이 죽어간 것이다. 이어 더욱 놀랍고 기이한 일들이 일어났다. 하루 일을 마치고 집에 돌아간 어떤 농부는 전신마비로 구들장 신세를 지고 있던 늙은 어머니가 멀쩡한 몸으로 지팡이를 짚고 부뚜막에서 밀가루 반죽을 하고 있는 모습을 발견했다.

기적은 거기서 끝나지 않았다. 어떤 사람은 반평생 눈먼 장님으로 지내오던 늙은이가 두 눈을 시퍼렇게 뜬 채 키질을 하면서 보리에 섞인 모래알과 지푸라기를 골라내는 것을 보았다. 대머리 둘째 영감의 부스럼투성이 머리에 윤기가 자르르 도는 검은 머리카락도 듬뿍 돋아났다. 뿐만 아니라 언청이에 사팔뜨기 추녀들이 복사꽃처럼 아리따운 모습으로 바뀌었다…….

이것이 바로 백록원의 전설이었다.

가헌은 그리 복잡하지 않은 어른들의 말씀을 겨우 이해하게 되었을 때부터 할머니와 어머니, 아버지, 마을 사람들이 거듭해서 들려주는 흰 사슴의 신기한 옛날이야기를 귀에 못이 박히도록 들어왔다. 사람들의 이야기가 조금씩 차이가 나기는 했으나 흰 사슴이 나타났다는 것만큼은 의심할 나위 없이 똑같았다.

백록원 사람들은 대를 이어가며 사슴의 전설을 이야기해 왔다. 더욱이

전란이 터지고 전염병이 돌거나 홍수나 가뭄과 같은 천재지변에 기근이 닥칠 때마다 견디기 힘든 고통 속에서 사람들은 흰 사슴이 한 번 더 나타나 주기를 애타게 바랐다. 물론 그런 일은 다시는 일어나지 않았다. 그러나 사람들은 여전히 포기하지 않고 전설을 얘기하며 희망을 품었다.

그것은 확실히 참고 견디며 음미해볼 만한 가치가 있었다. 백설처럼 하얀 신록神鹿 한 마리, 부드러운 몸통과 네 다리로 환희에 들떠 춤추듯 달려와 넓디넓은 들판 위를 마음껏 뛰노는 신령스러운 짐승이 가는 곳은 숲이 번성하고 벼가 튼튼하게 자랐다. 오곡五穀이 풍성해지면서 육축六畜이 왕성해지기도 했다. 역병疫病이 사라지고 독충과 사나운 들짐승들이 죽었다. 모든 집안에 행복과 건강을 안겨 주었다. 이 얼마나 아름답고 풍요로운 태평성대란 말인가!

이렇듯 흰 사슴은 사람들 마음속에서 영원히 잊히지 않고 기억되었다.

방금 자기가 그린 흰 사슴이 그려진 종이를 움켜쥐면서 가헌의 머릿속은 이미 활기차게 뛰노는 신령스런 백록의 모습으로 꽉 찼다. 그는 자기가 범속한 인간이고 매형은 성인이라는 생각에 더욱 확신을 굳혔다. 눈밭 아래 발견한 기이한 것을 자기 손으로 직접 그려냈으면서 어째서 그것이 흰 사슴이라는 생각을 하지 못했단 말인가? 매형은 첫눈에 백록의 형상을 알아보았는데 말이다. "자네, 사슴을 한 마리 그렸구먼!" 이 한마디가 범속한 인간의 눈에 드리워진 두꺼운 종이를 걷어내며 탁 트이게 했다.

범속한 사람과 성인의 차이점은 바로 눈앞을 가린 그 종이에 있었다. 범속한 인간은 태어나면서 전생에서 죽었을 때 눈앞을 가린 종이를 여전히 붙이고 태어나지만 성인은 그 무지無知의 종이를 떼어냈다고 할 수 있다. 범속한 인간은 세상일을 한 치 앞도 내다볼 수 없으나 성인은 어지러운 세상사를 훤히 꿰뚫어본다. 범속한 인간은 눈앞을 가린 무지의 종이를 성인이 벗겨주고 깨우쳐 주어야만 비로소 깨닫는다. 그러나 그것도 한순간이라고 해야 한다. 이내 다시 까막눈이 되고 흐리멍덩한 속물로 변하고 만다. 가헌도 범속한 인간 축에 들었으나 그 점만큼은 깨우쳐 알고 있었다. "이건 사슴일세." 그 한마디를 입 밖에 내었을 뿐 매형은 더 이상 아무 말도 하지 않았다. 그것이 말 없는 축객령逐客令임을 알아챈 가헌은 즉시 작별을 고하고 일어섰다.

집으로 돌아오는 내내 가헌의 머릿속은 온통 흰 사슴 생각뿐이었다. 그 사슴은 오랜 옛날 이미 백록원 들판에 녹아들었다가 수천, 수백 년이 지난 오늘에야 한 마리의 정령精靈으로 변해 나타났다. 뿐만 아니라, 그 상서로운 징조를 백가헌에게만 슬쩍 드러내 보였다. 만약에……, 만약에 말이다. 여섯 아내가 잇따라 죽지 않았다면 그는 다급하게 선산 묘혈을 봐달라고 점쟁이를 찾아 나서지 않았을 것이었다. 또 하필이면 점쟁이를 찾아 나서기 전날 밤새 보기 드문 폭설까지 내렸다. 이렇듯 하늘과 땅이 온통 눈에 뒤덮여 대문 앞까지 꽉꽉 막혀버린 궂은 날씨에 초상집 부고장을 돌리는 사람이 아니고서야 어느 누가 대문 밖을 나서겠는가? 돌이켜보건대 그것들은 신령님께서 은연중 백가헌에게만 내려주신 명확하고도 절묘한 기회였다.

공교로운 일은 또 있다. 가령 가헌이 평소처럼 아침 일찍 일어나 뒷간으로 달려가서 일을 보았다면 언덕 비탈에 올라가 오줌을 눌 일은 없었을 것이다. 그랬다면 미끄러운 길에만 신경을 썼을 뿐 기분 좋게 사방을 두리번거리지도 않았을 터였다. 수십 보나 멀리 떨어져 있는 비탈 아래의 눈 녹은 흙더미도 발견하지 못했으리라. 만약 이런 일이 없었다면 그는 언덕 비탈 아래의 땅을 영원히 밟을 일이 없었을 것이다. 그 땅은 녹자림鹿子霖의 소유였으니까.

길을 걸으면서 그는 줄곧 생각에 잠겼다. 기왕에 신령님께서 백가헌에게 흰 사슴의 길조를 보여주셨다면 그 토지의 참된 소유주는 녹자림이 아니라고 할 수 있었다. 그렇다면 백씨 가문을 도와주시려는 신령님의 뜻에 따라 행해도 괜찮으리라.

하지만 문제는 녹자림의 그 땅을 어떻게 손에 넣느냐 하는 것이었다. 그건 아무래도 머리를 좀 써야 할 듯싶었다. 일을 추진하되 만에 하나라도 실수가 있어선 안 된다. 또 티끌만큼도 낌새를 채게 해서는 안 된다. 앞뒤 좌우를 세심하게 재서 모든 계획이 딱 들어맞게 밀어붙여야 한다. '진인사대천명'盡人事待天命이라고 했다. 신령님이 먼저 상서로운 징조를 보여준 이상 내게는 최선을 다하는 길밖에 없다. 일은 사람이 만드는 것이다. 성패의 관건은 얼마나 교묘하게 숨을 죽이고 침착할 수 있느냐에 달렸다. 조급한 마음에 일을 서두르거나 어리숙하게 처리해서는 절대로 안 된다. 그리고 일단 만반의 계책이 확정되기만 하면 신속하게 그리고 과감하게 일을 밀어붙여야 한다. 백가헌은 그렇게 마음을 다지고 또 다졌다.

제3장

저녁을 먹고 백록진으로 냉 의원의 중의당을 찾아갈 때, 백가헌의 표정은 속내와는 정반대였다. 그의 가슴속은 일을 밀어붙이려는 욕망의 불길로 활활 타오르고 있었다. 그러나 얼굴 표정은 비장하기 짝이 없었다. 어쩔 수 없는 운명의 타격을 받아 지칠 대로 지치고 초췌한 기색이었다. 그래서일까, 누구라도 연민의 정이 저절로 솟구칠 만큼 불쌍해 보였다.

그는 서글픈 목소리로 냉 의원에게 하소연했다. 우선 선친께서 급작스레 돌아가시고 아내들은 단명해서 백씨 가문의 꼴이 말이 아니게 되었다는 사실은 모두가 알 것이라 못을 박았다. 이어 이제는 막다른 골목에 몰려 살아갈 희망도 거의 없다고 하소연했다. 사나운 운명을 타고난 탓에 선조 대대로 이어온 가업이 자기 손에서 끝장나게 되었으니 장차 이 노릇을 어쩌면 좋겠느냐고도 울먹였다. 그러면서 하늘이 백씨 가문에 내린 재앙을 자기 혼자 힘으로는 감당할 수가 없노라고 계속 넋두리를 늘어놓았다.

냉 의원은 차가운 눈빛으로 말없이 듣고만 있었다. 가헌은 냉 의원이 눈치채지 못하게 한탄을 섞어 가면서 슬그머니 용건을 끄집어냈다.

"이제 나는 막다른 길에 서 있습니다. 한 걸음만 더 내디디면 절벽 아래로 떨어지거나 우물에 빠져 죽는 수밖에 없어요. 하는 수 없이 조상님들께서 아끼고 아끼던 토지, 즉 강물을 끼고 있는 관개지灌漑地, 수답水畓 2묘畝(1묘는 200평)를 팔기로 했습니다. 백록촌 사람들이라면 누구나 탐을 내겠으나 2묘나 되는 땅을 단번에 사들일 만한 재력은 녹씨 가문 외에는 없을 것입니다. 그러니 수고스럽겠지만 형님께서 선친과의 돈독한 정을 생각해서라도 녹씨 측과의 교섭을 맡아주면 어떻겠습니까……."

여기까지 말한 가헌은 자기도 모르게 눈물을 주르륵 흘렸다. 조상 대대로 이어져온 전답을 팔아먹게 됐으니 이제 백가헌은 백록촌은 물론이고 백록원 일대의 모든 사람들에게 패가망신한 불효자라는 치욕스런 오명을 듣지 않으면 안 될 것이었다.

냉 의원은 하소연을 다 듣고 나서 냉랭하게 물었다.

"다시 생각해 보게. 땅은 팔지 않으면 안 되겠는가?"

그러나 백가헌은 물러서지 않았다. 오히려 한 술 더 떠서 손가락까지 꼽아 가며 셈을 해보였다.

"앞서 아내 여섯을 맞아들이는 데만도 돌아가신 아버지께서 수십 년 동안 모은 재산을 다 쏟아부었어요. 또 나귀 두 마리까지 팔아 치웠죠. 이제는 외양간에 남아 있는 말 한 필, 황소 한 마리를 처분해도 아내를 얻을 예단을 마련할 수가 없어요. 지금 혼담이 오가는 여자가 있으나 처가댁에서 요구하는 예단이 먼저 여섯 아내 때보다 더 많아요. 더구나 가축을 팔아버리면 농사는 어떻게 짓겠어요? 이래저래 수도 없이 생각해 보았으나 역시 땅을 내놓는 수밖에 딴 도리가 없어요……."

냉 의원의 눈썹이 살짝 꿈틀했다.

"자넨 그저 중매꾼을 내세워 아내를 맞을 준비나 하게. 모자라는 돈은 내가 책임지겠네. 땅은 팔 수 없네, 절대로! 땅이란 자고로 팔기는 쉽지만 사들이기는 어렵네. 나를 거간꾼으로 내세울 모양이네만 나는 못 하겠네. 나더러 훗날 저승에 가서 병덕 아저씨를 무슨 낯으로 보란 말인가?"

가헌은 묵묵히 앉아 있기만 했다.

냉 의원의 부친인 냉 노선생이 백록진에 중의원中醫院을 개업하고 첫 진맥을 했을 때 가헌의 조부가 힘써 도와주지 않았더라면 남쪽 들판 산 밑자락에 살던 타향 사람으로서 냉씨 가문이 백록진에 발붙이고 자리 잡기는 불가능했을 것이다. 가헌의 할아버지는 진령산 깊은 산중에서 나귀로 실어온 귀한 약재를 냉 노선생이 필요하다고만 하면 무엇이든 아낌없이 약방으로 갖다 주었다. 그렇게 맺어진 교분은 의기가 통하는 절친한 벗으로 발전했다. 냉 의원과 가헌의 아버지 백 영감 대에 이르렀을 때에는 이미 막역지우의 교분을 맺고 있었다.

냉 의원이 의리로 돕겠다는 말은 가헌에게 깊은 감동을 주었다. 그러나 속으로는 원망스러웠다. 백가헌이 노리는 것은 녹씨 가문 소유의 명당자리이다. 지금 꾸미는 연극은 '1보 후퇴, 2보 전진'의 책략이다. 냉 의원이야 그런 속내를 전혀 알 리 없으나 그렇다고 이쪽에서 먼저 내막을 털어놓을 수도 없는 노릇이었다. 그는 여전히 시무룩한 말투로 고집을 내세웠다.

"형님, 돈을 빌리면 결국 갚아야 하는 것 아닙니까. 지금 저희 집안 형편이나 돌아가는 운세로 보자면 설령 형님께서 빌려주신다고 해도 저는 받을 수가 없습니다. 만에 하나 이번에 데려올 신부마저 변고를 당한다면 어떻게 하겠습니까? 아버지께서 생전에 골백번을 당부하셨습니다. '우리 두 가문은 의리로 교분을 맺은 것이지 이해관계로 맺은 것이 아니다. 의리로 맺어져야만 세교世交가 될 수 있다.' 그런데 만약 제가 파산하고 돈을 갚지 못하면 어쩝니까? 절대로 그럴 수는 없습니다……."

가헌의 간절한 말에 냉 의원도 마음에서 우러나오는 말을 바꾸지 않을 수 없었다. 그는 길게 탄식을 내뱉으면서 마침내 승낙하고 말았다.

"자네 뜻이 정 그렇다면 할 수 없군! 알겠네, 녹씨 댁을 찾아가서 말을 붙여보겠네. 하지만 분명히 말해 두겠는데 앞으로 다시는 땅을 파는 일로 날 찾아오지 말게! 그런 가슴 아픈 일은 더 이상 못 봐주겠네."

녹씨 가문은 최근 들어 운수가 트이고 일이 순조롭게 풀리고 있었다. 그래서 오래전부터 농토를 늘리고 싶어 했다. 한데 어찌 된 일인지 좀처럼 일이 성사되지 않았다. 물론 액운으로 가세가 기울어진 사람도 없지 않았으나 그들은 차라리 대추나무 지팡이를 짚고 남의 집 밥을 빌어먹으러 나설망정 조상 대대로 물려받은 농토만큼은 내놓지 않았다. 어쩌다가 제 살베어 내듯 아픈 심정으로 땅을 팔려는 사람이 있기는 했다. 그러나 그것들은 대부분이 척박한 토지 아니면 가뭄에 약한 농지뿐이었다. 게다가 당장 죽어 나자빠질 사람이 이를 악물고 관개농지를 내놓는다 하더라도 기껏해야 손바닥만 한 밭뙈기가 고작이었다. 그런데 백가헌이 팔겠다는 땅은 하천을 끼고 있는 토지로서 봄과 가을에 두 번이나 수확할 수 있는 황금의 땅이었다.

녹자림의 아버지 녹태항鹿泰恒 노인은 백씨 가문에서 물 좋은 땅을 2묘씩이나 내놓겠다는 말을 듣고는 자기 귀를 의심할 정도로 놀랐다. 그는 어이없는 눈초리로 냉 의원의 차가운 얼굴을 한참 동안 쳐다보고 나서야 그 말에 거짓이나 속임수가 없다는 확신을 했다. 그럼에도 그는 도리질을 했다.

"안 되네! 병덕 아우님이 비록 이 세상에 없다고는 하나 내 어찌 그 아우의 땅을 넘본단 말인가? 가헌 조카가 요 몇 해 운수가 불길했던 모양인데, 사실 나한테 그런 말은 한마디도 안 했네. 이 얘기는 못 들은 걸로 하겠네. 돈이나 양식거리가 급히 필요하다면 내가 좀 내어줄 수도 있네. 그러나 땅만큼은 절대로 팔면 안 된다고 이르게!"

녹태항은 선량하고 의로운 이웃 어른답게 마음을 써 주었다.

냉 의원은 가헌이 땅을 내놓지 않으면 안 될 처지임을 거듭 설명했다. 또 자기가 돈을 빌려주겠다고 했다가 거절당한 얘기까지 털어놓았다.

그러나 녹태항 노인은 요지부동으로 고개를 흔들었다.

"가헌 조카가 기어이 땅을 내놓는다 하더라도 나는 그 땅을 살 수 없네. 사람들이 나더러 남의 위기를 틈타 이득을 챙긴다고 비난을 할 것 아닌가! 또 훗날 앞서 간 병덕 아우님을 무슨 낯으로 대하겠는가? 가헌 조카가 기어이 그 땅을 팔겠다면 막을 수야 없겠지만 나는 살 수 없어. 그러니 다른 사람을 알아보라고 하게!"

냉 의원이 드물게 미소를 지었다.

"아저씨 뜻은 잘 알겠습니다. 그러나 백록촌은 온통 소작농 천지인데 어느 누가 물 좋은 농토를 2묘씩이나 사들일 수 있겠습니까? 그러지 마시고 가헌을 도와주시는 셈 치고 그 땅을 사주십시오."

이쯤 되자 녹태항 노인도 고집을 꺾을 수밖에 없었다. 처음 이런 희소식을 들었을 때의 놀라움과 기쁨은 이제 기정사실이 되었다. 그의 마음 역시 평정을 되찾아 느긋해지고 있었다.

몇 마디 의견 교환을 거쳐서 녹태항 노인은 우선 '남의 위기에 편승하여 가산을 빼앗았다.'는 오명을 벗기 위해 가헌이 땅을 내놓은 의도가 진심일 뿐 아니라 중도에 변덕을 부리지 않겠다는 다짐까지 받아내는 데 성공했다.

사실 그가 '다른 사람한테 팔라.'고 한 것은 전혀 진심이 아니었다. 적어도 백록촌 전체를 통틀어 그 토지를 살 수 있는 이는 그를 제외하곤 없었으니 말이다. 녹태항 노인은 마지못한 듯 결론을 내렸다.

"정 형편이 어렵다면 그렇게 하세! 이 일은 내 아들 자림을 데리고 가서 진행하도록 하게. 그 아이는 가헌과 항렬이 같은 형제니까 이야기도 잘 통할 테고 일도 잘 풀어나가리라 보네. 나 같은 어른이 젊은이들과 흥정을 하고 계약서에 도장 찍는 일을 해서야 되겠나? 자림도 이제 어른이 다 되었으니 땅 문제를 처리할 만하지……."

냉 의원은 약방 점원 왕상王梢을 읍내 음식점으로 보내 여덟 가지 요리를 맞춰 놓고 소주 한 병을 사오도록 했다. 준비가 다 되자 그는 상석을 차지했다. 이어 백씨와 녹씨 양 가문의 매매 계약 당사자들을 앉힌 다음 사방탁자 한 귀퉁이의 남은 자리에 늙은 수재^{秀才} 녹태화^{鹿泰和}를 불러다 앉혔다.

냉 의원은 성격대로 간결한 말투로 요점만 꼭 짚어 일을 주재했다. 형식적인 인사치레 한마디가 없었다. 그는 우선 자신부터 소주 대접을 들고 세 사람과 일일이 건배를 한 다음 단번에 비웠다. 그리고 곧장 본론으로 들어갔다.

"다들 아는 사정을 구구절절이 늘어놓을 필요는 없으니 지금은 그저 흥정을 어떻게 할지만 이야기하세. 할 말이 있거든 분명히 하고 나중에 군말이 없도록 하세."

모든 것이 순조롭게 진행되었다. 머뭇거림이나 착오 따위는 전혀 없었다. 가헌은 당연히 패가망신한 자손답게 부끄럽기 짝이 없는 얼굴 표정을 지어 보이면서 소주 대접을 비운 다음 먼저 입을 열었다.

"조상님의 땅을 내다 파는 놈이 이러쿵저러쿵 따질 게 뭐 있겠습니까? 그저 남들 보기 부끄러워 얼굴을 들지도 못 하겠는걸요. 형님은 매사를 공평하게 처리하시는 분이니 무슨 말씀을 하시든, 어떻게 중재하시든, 저는 두말 않고 그대로 따르겠습니다."

녹자림은 아버지에게서 미리 귀띔을 받은 게 있는 터라 근엄한 기색으로 토지를 사들이는 자의 기쁨과 흥분을 꾹 눌렀다. 그리고 백씨 가문이 당한 불행에 동정과 연민을 드러내 보이면서 비분강개한 어조로 말했다.

"형님, 그대로 진행합시다! 우리 두 형제가 모두 형님을 철석같이 믿고 하는 일인데 나중에 누가 딴소리를 늘어놓겠습니까? 무엇이든 따를 테니 말씀만 하십시오."

냉 의원은 술 몇 잔을 잇달아 들이켰다. 그러자 차가운 얼굴에 발그레하니 생기가 피어나면서 남에게 아부할 줄 모르는 외골수의 강직한 성품이 그대로 드러났다.

"말은 분명히 하세. 자네들 양 가문은 백록촌에서도 큰 집안이야. 두 분 영존令尊 모두 내 선친과 의리로 교분을 맺은 사이네. 내 비록 어느 한쪽 편을 들어줄 마음은 없지만 이야기가 오고가다 보면 아무리 정확한 잣대질이라도 눈금이 어긋날 수 있을지도 모르네. 이 점을 두 분 아우님들이 너그럽게 양해해 주셔야겠네."

말을 끝낸 냉 의원은 날카로운 눈빛으로 녹자림을 힐끗 쳐다보았다. 녹자림 역시 똑같이 확고부동한 눈빛으로 응했다. 냉 의원은 다시 눈길을 백가헌에게 돌렸다. 눈길을 받은 그는 금방이라도 울음을 터트릴 듯한 표정으로 고개를 떨어뜨렸다.

"가헌, 후회가 되는 모양이로군. 그렇다면 아직 기회는 있네. 쏟아진 물은 주워 담지 못한다고 하지 않았나. 물은 아직 여기 있으니 지금이라도 늦지 않았으니까 말해보게!"

냉 의원이 한 번 더 물었다.

가헌은 고개를 들었다. 이마에 진땀이 송골송골 맺혔다.

"후회하지 않습니다. 다만 후대 자손들의 분노와 미움, 동네 친척들의 시선이 두려울 뿐입니다."

이어 가헌이 우물쭈물하며 자기 생각을 밝혔다. 말인즉슨 무작정 논을 팔기보다 명분을 세워 팔고 싶다고 했다. 환지換地를 하면 어떻겠느냐는 게 핵심이었다. 그가 다시 입을 열었다.

"물 좋은 전답 2묘는 녹씨 집안에 팔겠어요. 그 대신에 녹씨 집안 소유인 비탈진 언덕 땅 2묘를 백씨 집안에 넘겨줬으면 해요. 토질이 비옥하고 척박한 것을 따져 녹씨 측이 백씨 측에게 정산해 주면 되지 않겠어요? 면적도 똑같으니까. 그래야 남 보기에 어느 정도 체면이 설 것 같아요."

가헌은 이런 방안을 내놓고 나서 벌떡 일어나더니 가슴을 두드리며 얼굴을 붉혔다.

"이건 순전히 체면이나마 좀 세워보려는 것입니다. 형님, 제발 부탁입니다. 너그럽게 봐 주십시오. 자림 아우도 부디 내 뜻을 이해해 주게!"

잘 되어 나가던 이야기가 곁가지를 뻗고 나오자, 냉 의원은 언짢은 기색이었다.

"자네, 그런 생각이 있었으면 진작 말할 것이지! 그래야만 나도 땅을 사는 쪽과 미리 이야기를 해 놓았을 게 아닌가? 어쨌든 지금이라도 말해 주었으니 알겠네……."

그는 여기서 말을 끊고 녹자림을 쳐다보았다. 이 제안을 어떻게 생각하는지와 받아들일 것인지의 여부를 묻는 것이었다.

녹자림도 처음에는 가헌이 막판에 와서 변덕을 부리는 줄 알고 가슴이 덜컥 내려앉았다. 물 좋은 토지 2묘가 코앞에까지 왔다가 사라지는 건가 싶었던 것이다. 그런데 가만히 듣고 보니 땅을 바꾸자는 이야기여서 가슴을 쓸어내렸다. 녹자림은 짐짓 너그러운 얼굴로 시원스럽게 응낙했다.

"그것도 좋겠습니다. 가헌 형님의 체면을 세워줄 수만 있다면 그렇게 하지요!"

냉 의원은 당연히 불만이 없었다. 쌍방이 원하는 일이 아닌가. 다만 골치 아픈 것은 이 돌발적인 변수 때문에 미리 계산해 놓았던 땅값을 처음부터 다시 계산해야 한다는 점이었다. 그것도 즉석에서 계산하고 쌍방을 만족시키자니 일이 복잡하게 되었다. 하지만 냉 의원은 역시 참을성이 많은 사람이었다.

"해 보세. 조건에 사소한 변동이 있다고 해서 못 할 것은 없겠지!"

그가 가헌을 돌아보고 먼저 제안했다.

"가헌의 밭은 천자天字급에 속하는 땅이야. 또 자림의 경사진 밭은 인자

사^思급 땅일세. 천자급과 인자급 땅값 차액은 나라에서 징발하는 곡식 수량에 따라 환산할 수 있네. 두 아우님이 이 방식에 동의한다면 계산이 간단해질 텐데……, 어떠신가?"

백가헌이나 녹자림이나 둘 모두 제 손금보다 자기네 토질에 대해 더 잘 알고 있었다. 둘은 언제 누가 농토를 천^天·시^時·지^地·리^利·인^人·화^和의 여섯 등급으로 나누고 이 등급에 따라 국가에 바치는 양곡의 수량을 책정했는지 분명히 알지는 못했다. 그러나 자기네들 농토의 어느 필지가 몇 등급에 속한다거나 그 소출 가운데 얼마만큼의 수량을 나라에 바쳐 왔느냐에 대해서만큼은 자기들 손바닥 보듯 정확히 알고 있었다.

토지 등급은 부^府와 현^縣 관아에서 측량하고 매긴 것이다. 국고에 납부하는 양곡 수량도 국법으로 책정한 것이었다. 누구 땅이 후하게 책정되고 누구 땅이 박하게 책정되었는지 시비를 따질 여지가 없었다. 그것은 그야말로 운수를 하늘에 맡긴 공명정대한 제도였다. 그러니 두 사람 모두 이의를 제기하지 못했다.

냉 의원이 주판을 꺼내 늙은 수재 영감에게 건넸다.

"여기, 천자급과 인자급 땅값 차이가 얼마나 되는지 계산 좀 해보시구려."

늙은 수재는 따닥따닥 주판알을 퉁기기 시작했다. 계산은 두 차례 이어졌다. 천자급 토지 1묘는 대체로 인자급 토지 4묘와 맞먹는다. 이런 계산법으로 녹자림이 백가헌에게 정산해 주어야 할 액수가 얼마나 되는지 분명히 계산할 수 있었다. 심지어 그 차액을 시가로 따져서 곡식 몇 섬, 면화 몇 묶음이 되는지도 환산할 수 있었다. 냉 의원은 검산을 막 끝낸 수재 영감을 돌아보고 재촉했다.

"좀 서두르셔야겠소."

그러나 늙은 수재 영감은 옆에서 독촉을 하든 말든, 약방 점원 왕상이 가져다 놓은 벼루에 물을 붓고 느긋하게 먹을 갈기 시작했다. 그의 역할은 아주 단순했다. 쌍방 간에 합의가 이루어졌을 때 토지매매 계약서를 작성해 주면 그만이다.

수재 영감이 먹을 쓱쓱 가는 것을 지켜보면서 녹자림은 격정에 몸을 떨었다. 그렇다, 백씨 가문의 물 좋은 밭을 손에 넣을 수만 있다면 산비탈 자락의 농토 10묘와 맞바꾸자는 조건도 흔쾌히 받아들일 수 있다. 하천을 낀 농토는 1년에 두 번 수확이 가능하다. 보리 수확이 끝나면 옥수수를 심고 옥수수 수확이 끝나면 보리를 심을 수가 있다. 더구나 면화를 심기에는 그보다 더 좋은 토질이 없을 정도다. 비탈진 산자락의 메마른 농토는 단 한 철 수확도 보장하기 어렵다. 더구나 하천을 낀 땅은 지세가 평탄하기 때문에 거름을 운반하거나 수확물을 거둘 때도 힘이 덜 들어서 품도 많이 절약된다. 우마차에 거름통을 싣기만 하면 어디든지 갈 수 있다.

녹씨 댁도 하천을 낀 농토가 20묘 정도 있었다. 그러나 한 묘, 반 묘씩 잘게 쪼개진 필지를 기회가 있을 때마다 사들인 땅인 탓에 강변 구석구석에 흩어져 있었다. 면적이 제일 큰 필지라야 고작 2묘 7푼짜리로 그것도 우물을 파고 물을 대야 1년에 두 철 파종과 수확을 보장받을 수 있다. 나머지는 모두 자투리땅이어서 우물을 파서 물을 댈 규모가 아니었다. 그렇다고 물을 대지 않으면 농작물이 말라 죽고 수확이 뚝 떨어지니 골칫거리였다.

그런데 가헌이 내놓은 땅 2묘는 공교롭게도 자기네 1묘 3푼짜리 땅과 맞붙어 있어 두 땅을 합치면 3묘 3푼짜리의 큰 필지가 된다. 다시 말해서 하천을 낀 땅을 통틀어 가장 큰 필지가 되는 셈이었다. 봄철 한가할 때 노는 일손을 빌려 우물만 파놓으면 보리 수확이 끝난 후 가뭄이 들더라도 노새가 끄는 수차*車로 물을 길어다 뿌려서 시기를 놓치지 않고 파종을 할 수가 있다. 그는 덤덤한 척 실눈을 가늘게 뜨고 수재 영감이 써 내려가는 계약서를 곁눈질했다. 머릿속에는 벌써 노새가 끄는 수레 위에서 물통이 삐거덕거리는 유쾌한 소리가 들리는 듯했다.

백가헌은 두 주먹을 맞잡아 책상 위를 누른 채 늙은 수재 영감의 손에 잡힌 붓끝을 보지 않았다. 이맛살을 잔뜩 찌푸리고 약장 서랍마다 촘촘하게 쓰인 약재 이름만 노려보는 품새가 심사가 침통하기 그지없어 보였다. 그렇지만 그의 마음도 녹자림 못지않게 격한 흥분에 일렁이고 있었다. 그렇다, 백록의 정령이 깃든 명당은 이제 내 것이 된다. 조금만 더 기다려라, 수재 영감이 계약서를 다 쓰고 서명만 찍으면 끝이니까. 이제 팔고 사는 토지에 감추어진 비밀을 아는 사람은 이 세상에 아무도 없으리라!

이윽고 계약서 초안이 완성되었다. 냉 의원이 먼저 그것을 받아 들고 한 차례 읽어보더니 매매 당사자들에게 넘겨 훑어보게 했다. 이어 냉 의원은 붓을 가헌에게 건네주었다. 가헌은 잠시 머뭇거리다가 마음을 먹은 듯 계약서에 자기 이름 석 자를 단숨에 썼다. 붓이 상대방에게 넘겨졌다. 녹자림은 가볍게 휙 갈겨썼다. 마지막으로 냉 의원이 서명란 아래 중개인의 이름을 쓰고 끄트머리에 수재 영감이 서명을 했다. 냉 의원이 인주를 꺼냈다. 네 사람은 차례차례 검지 끝에 인주를 묻힌 다음 계약서가 접힌 부분에 나란히 눌러 찍었다. 계약서 두 벌은 매매 당사자에게 한 벌씩 돌아갔다. 냉 의원이 빈 술대접마다 소주를 가득 채우자 네 사람은 일제히 잔을 들고 단번에 비웠다.

토지매매라고 해도 좋고 환지換地라고 해도 좋을 거래가 끝난 다음날 아침 식사 때에야 백가헌은 비로소 이 사실을 어머니에게 알렸다. 아들의 말이 채 끝나기도 전에 어머니 조씨는 아들의 귀싸대기를 후려갈겼다. 손목에 차고 있던 묵직한 순은 팔찌가 가헌의 잇몸을 찢어 놓는 바람에 입안이 피투성이가 되었다. 그러나 아들은 변명할 말이 없었다. 머슴 녹삼이 젓가락을 내려놓고 냉수 한 그릇을 떠다가 가헌에게 입을 헹구라고 내밀었다.

조씨는 그 즉시 냉 의원의 약방으로 달려갔다. 그러나 문턱을 넘어선 그녀는 한마디도 채 끝내지 못하고 쓰러져 인사불성이 되고 말았다.

"그 땅을……!"

때마침 어느 농사꾼 아낙을 진맥하고 있던 냉 의원이 손을 놓고 달려와 침착한 손길로 가죽지갑에서 가느다란 은침을 꺼냈다. 그리고는 조씨의 인중혈에 비벼 꽂았다. 이어 정신을 차린 조씨의 입에서 "으앙!"하고 울음이 터져 나왔다.

냉 의원은 그제야 가헌이 어머니와는 아무런 상의도 없이 일을 저질렀다는 걸 알았다. 그러나 이미 엎질러진 물이었다. 그는 차분한 태도로 참을성 있게 조씨를 위로했다. 젊은 녀석이 처음 이 세상에 나와 무슨 일이라도 하고 싶어 하는 마음을 이해해 주어야 한다, 나이 몇 살 더 먹고 세상 일이 어떻게 돌아가는지 깨닫게 되면 지금처럼 덤벙대지 않고 용의주도하게 일을 처리하게 될 것이다…….

조씨가 가슴 아파하는 것은 그 물 좋은 논을 왜 팔았느냐가 아니었다. 그보다 더 중요한 것은 아들이 감히 어머니를 속이고 멋대로 일을 저질렀다는 거였다. 한마디로 어머니를 무시했다는 말이었다. 영감이 죽은 지 얼마나 됐다고 아들이 벌써 자기를 무시하다니, 조씨는 생각할수록 분통이 터져 죽을 노릇이었다.

하루도 못 가 백록촌에 소문이 파다하게 퍼졌다. 백가헌이 마누라를 맞는 일이 얼마나 급했으면 금쪽같은 천자급 땅을 다 팔아먹었다는 둥, 오죽했으면 늙으신 어머니조차 속이고 땅을 팔았겠느냐는 둥, 그놈의 '몽둥이'가 뭐라고 참지 못하고 집안 기둥뿌리마저 들어먹느냐는 등등 온갖 험담과 우스갯소리가 동네에 떠들썩했다.

녹씨네 부자는 천만다행이다 싶었다. 어머니와 아들 둘이서 잘 싸운

다! 기왕에 벌어진 일인 바에야 동네뿐 아니라 백록원 사람들이 모두 다 알도록 난리를 피우면 더욱 좋겠다 싶었다. 그래야 백씨네 천자급 땅이 녹씨네 손에 넘겨졌다는 걸 모두 다 알 것 아닌가!

백가헌은 퉁퉁 부어오른 뺨을 어루만지기만 할 뿐 동네에 무슨 소문이 나든 아랑곳하지 않았다. 그는 어머니에게도 아무 대꾸도 하지 않았다. 매형 주 선생 한 사람 외에는 백록의 정령이 나타났다는 비밀도 아무에게도 발설하지 않았다.

어머니는 아침 식탁에서 땅이 팔린 사실을 알고 백록진 냉 의원의 중의당을 찾아가서 일대 소동을 벌였으나 결국 아무런 소득도 없이 돌아왔다. 다만 그 소동으로 혹시나 백가헌에게 무슨 꿍꿍이속이 있는 것은 아닐까 하고 일말의 의심을 품었던 녹씨네 사람들에게 매매계약이 기정사실이라는 확신을 굳혀 주는 효과는 있었다.

계약서에 합의된 조문에 따라 쌍방은 보리 수확을 끝내고 땅을 넘겨주기로 했다. 다시 말해서 올해의 여름갈이 곡식은 원 소유주가 거둬들인 후 땅을 넘겨준다는 것이었다. 그러니까 가을걷이 농작물부터 새로운 주인이 파종을 하게 되는 것이다.

녹씨 부자가 곡괭이와 철제 가래를 메고 새로 사들인 토지에 발을 내디뎠을 때는 하늘빛이 부옇게 밝아올 무렵이었다. 새들도 주인이 바뀐 것을 아는지 아침부터 유난히 수다스럽게 지저귀면서 상공을 맴돌고 있었다. 이 땅이 자기네 소유가 되었으니만큼 제일 먼저 해야 할 일은 백씨 가문의 경계석을 파내는 작업이었다. 녹씨 부자는 이 엄숙한 행사를 남의 손에 맡길 수 없었다. 결국 직접 하기로 결정하고는 머슴 유모아劉謀兒에게 다른 일을 하도록 내보낸 후 둘이서 이렇듯 아침 일찍 찾아온 것이다.

아버지가 발끝으로 땅바닥 한군데를 가리키면서 말했다.

"여기부터 파거라!"

아들이 곡괭이를 쳐들었다가 힘껏 내리찍었다. '쨍!' 하는 쇳소리, 단단한 돌에 부딪쳐 튕겨 나오는 곡괭이 소리가 날카롭게 고막을 때렸다. 경계선의 방위를 가리킨 표석은 요지부동으로 그 자리에 박혀 있었다. 이윽고 푸른 머릿돌이 희뿌연 새벽빛 아래 축축하게 젖은 모습을 드러냈다. 겉면에 작은 글씨로 동서남북을 새겨 놓은 청석 밑바닥이 굳어진 석회와 숯가루로 뒤범벅이 된 채 흑백을 선명하게 드러낸 것이다.

"아버지, 이 머릿돌을 언제 박아 놓았는지 기억나십니까?"

방금 캐낸 표석을 노려보면서 녹자림이 물었다.

"나도 모르겠다."

아버지 녹태항은 대수롭지 않다는 듯 대꾸했다.

"네 할아버지께 여쭤봤지만 그분도 말씀을 못 하시더구나."

녹자림은 다시 묻지 않았다. 물어보나 마나 이 농토는 백씨네 조상 몇 대를 내려오도록 움직여 본 적이 없는 가업의 터전이었을 것이다. 그러나 이제 그것이 바뀌었다. 그것도 자기가 나서서 해낸 일이 아닌가!

녹태항은 다부지게 움켜쥔 두 손으로 뒷짐을 진 채 발끝으로 그 머릿돌을 툭툭 걷어찼다. 모난 돌은 낯선 발길에 채여 작은 샛길까지 굴러 내려가서야 멈췄다. 표석이 박혀 있던 지점을 중심으로 남쪽에서 북쪽까지 둔덕 한 줄기가 길게 뻗어 있다. 그것은 아무도 범하지 못할 장엄한 자연의 경계선이기도 했다. 약쑥과 말초리풀, 왕골, 박하, 매자기풀, 도꼬마리 따위의 잡초가 무성하게 웃자란 둔덕, 그 양편으로 갈라진 땅 주인들은 모두 그 잡초들이 자기네 땅에 자라도록 용납하지 않았으나 그것들을 뿌리째 뽑아내지도 않았다. 따라서 그 잡초들은 몇 대를 두고 오늘날처럼 이렇듯 무성하게 자랄 수 있었던 것이다. 하천을 낀 여러 농토에서 경계선 둔덕을 놓고 온갖 저주와 욕설, 아귀다툼이 끊일 새 없이 일어났다. 그러나 이곳 양편의 땅 주인들은 그래도 모범을 보여 왔노라고 자부할 수 있었다.

녹씨 부자는 다시 부지런히 손을 놀려 이 둔덕의 잡초마저 뽑아냈다. 무더기로 뒤엉킨 잡초들은 검정색, 노란색, 갈색, 붉은색 등 뿌리마다 색깔도 다양했다. 녹씨 부자는 잡초 뿌리에 엉겨 붙은 흙을 곡괭이와 가래에 툭툭 털어내고 보리밭 이랑에 내던졌다. 이제 하루만 지나면 햇볕에 바짝 말라 아궁이의 땔감으로 처박히는 신세가 되고 말 것이었다.

몇 대에 걸쳐 뭇 사람들의 목숨을 이어주고 굳게 지켜 오던 자연의 경계선은 이제 녹씨 부자의 곡괭이질 아래 한 자 한 자씩 지워져 갔다. 노새란 놈이 쟁기를 끌고 밭두렁에 들어섰을 때 그 둔덕은 이미 흔적도 없이 사라졌다. 녹씨네 1묘 3푼짜리 토지와 새로 사들인 백씨네 2묘는 완전히 합쳐져 한 필지가 되었다.

"오후에 우선 옥수수부터 심어야겠습니다."

"그래 심어라!"

아버지 녹태항이 아들 녹자림의 말에 대답했다.

"가을 파종을 끝내면 여기다 우물을 파야겠습니다."

"그래, 파라!"

아들은 우물 팔 사람을 몇 명 예약해 두었다고 말했다. 그리고 나무물통과 수차를 만들 목수도 이미 불러놓았다는 사실과 이 두 가지 일을 동시에 해낸 다음 우물파기가 끝나면 수차를 설치하겠노라고 말했다.

"아무렴, 그래야지! 그래야 품삯도 밥값도 아낄 테니까."

아버지가 고개를 끄덕였다.

해가 벌써 이글이글 뜨겁게 내리쬐기 시작했다. 돌아가서 아침을 먹을 때였다. 그 순간 아들이 느닷없이 물었다.

"소문 들으셨습니까?"

"소문이라니? 뭘 말이냐?"

"가헌이 죽은 아버지의 무덤을 옮긴다더군요."

"갈수록 엉망이로구나! 무덤을 옮기든, 제집 기둥뿌리를 뽑든 저 좋을 대로 하라지!"

아버지가 싸늘하게 중얼거렸다.

언덕 비탈의 보리싹이 밤새 쏟아져 내린 비를 맞고 한층 파릇파릇하게 돋아났다.

백가헌은 새벽에 잠에서 깨어나기 무섭게 목을 놓아 대성통곡을 했다. 통곡 소리는 어머니 조씨를 놀라 펄쩍 뛰게 만들었다. 그는 꿈에 아버지를 보았노라고 했다. 어쩌다가 그렇게 되었는지 모르나 아버지는 온통 진흙투성이가 되어 있었다. 흠뻑 젖은 옷에서는 물이 뚝뚝 떨어졌다. 게다가 추위에 덜덜 떨고 있었다고 했다. 또 어디서 생겼는지 모를 발밑 수렁의 깊은 연못이 아가리를 쩍 벌리고 있었다. 아버지는 그 구렁텅이에서 기어나오려고 무진 애를 썼다. 하지만 발이 자꾸 미끄러져 도로 굴러떨어졌다. 아버지는 가헌이 손을 뻗어 끌어올리려고 했으나 그대로 가라앉더니 물 위에 두 손만 내밀고 마구 휘저으면서 살려달라고 애원했다. 가헌은 고함을 질렀으나 목소리가 나오지 않았다. 급한 마음에 통곡하다 꿈에서 깨어났다.

어머니는 가헌의 꿈 이야기를 다 듣고 나더니 별로 놀란 기색도 없이 그저 한마디만 툭 던지고는 자기 방으로 건너갔다.

"날이 밝거든 아버지 산소에 가 보려무나."

날이 밝았다. 백가헌은 머슴 녹삼에게 가래 한 자루를 메고 따르게 했다. 이어 질척거리는 길을 따라 아버지의 무덤으로 향했다. 그는 봉분 둘레를 한 바퀴 돌아보다가 물이 들어갈 만한 구멍을 하나 발견했다. 밤새껏 퍼부은 빗물이 그리로 해서 묘혈로 흘러든 것이다. 그는 녹삼에게 간밤에

꾼 악몽을 이야기해 주었다. 녹삼은 그것 참 괴이한 노릇이라며 연신 혀를 찼다. 두 사람은 힘을 합쳐 가래질로 구멍을 메우고 물이 들어갈 길을 단단히 틀어막은 다음 흙더미를 높이 돋우어 쌓았다. 일을 마치고 가헌은 이렇게 말했다.

"무덤에 물이 들어차서 아버지의 유해가 잠겼을 거야. 아무래도 이장^移^葬을 해야겠어."

보리를 거둬들이고 방앗간 일이 끝나자 백가헌은 지관^{地官}을 모셔다가 들판의 여기저기에 널려 있는 백씨 소유의 밭뙈기 대여섯 군데를 돌아보고 새 무덤 자리를 고르게 했다. 놀라운 일은 지관에게 아무런 눈치를 주지 않았는데도 그의 나침반이 신기하게도 가헌이 물 좋은 땅 2묘를 떼어 주고 맞바꾼 녹자림네 언덕 비탈땅을 가리켰다는 사실이었다. 뿐만이 아니었다. 무덤 자리를 구체적으로 가리킨 지점 역시 그가 백록의 정령을 발견한 그곳이었으니 신통하기 짝이 없는 일이었다. 지관은 이렇게 설명했다.

"머리는 남산을 베고 다리는 북령에 올랐소. 사면을 두른 언덕 비탈이 모두 무덤 쪽을 향해 완만하게 내리뻗었으니 평안하게 발전할 기운이오. 지세가 뻗어 지향하는 방위로 보건대 수맥이 흩어지지 않고 모조리 이 터에 모였음을 알 수 있소."

그 말을 듣고 백가헌은 자신의 결정이 틀림없었다는 확신을 더욱 굳혔다. 점심때 그는 여덟 가지 요리를 푸짐하게 차려 지관을 대접했다. 그는 지관의 말을 한마디도 빠뜨리지 않고 가슴에 새겼다. 그러나 다른 사람들이 물을 때는 두 팔을 벌려 보이며 한숨을 내쉬었다.

"허허, 그것 참! 대여섯 군데나 돌아다녀 보았으나 지맥은 한 군데도 없더군. 그래도 그 터가 동네와 가깝고 비탈이 조금 완만해 할 수 없이 거기다 묘를 쓰기로 했소."

새로 옮긴 묘는 호화롭다고 할 것도 없었다. 그저 푸른 벽돌로 봉분을 둘러 꾸몄을 뿐이었다. 백가헌이 이장을 하는 동안 녹자림은 우물을 다 팠다. 가히 큰 공사라고 할 만했다. 새로 짠 물통과 수차도 우물 옆에 설치되어 이미 시험 가동을 마친 뒤였다. 대패질로 껍질을 하얗게 벗겨낸 나무틀의 산뜻한 모습이 삼복의 따가운 햇볕 아래 눈이 부셨다. 수차의 멍에를 메고 가는 노새의 경쾌한 걸음걸이와 콸콸 쏟아져 나오는 물소리가 그렇게 상쾌할 수가 없었다. 녹자림은 다시 버드나무 네 그루를 캐다가 우물 네 귀퉁이에 옮겨 심었다. 나무가 다 자란 뒤에는 세 방향에서 비치는 햇빛을 막아줄 수 있을 터였다. 사람과 가축이 무더위의 고통에 시달리지 않을 수 있게 배려한 것이다.

　백병덕 영감의 유해를 이장하던 날, 백록촌 사람들은 평소의 친소를 따지지 않고 집집마다 어른 한 사람씩 참석하여 이 엄숙하고도 성대한 천장遷葬 의식을 지켜보았다. 풍악놀이패는 새로운 유택幽宅에 당도할 때까지 신명나게 북을 치고 풍악을 울렸다. 삼관묘三官廟에서 초빙돼 온 스님이 장중하게 법회를 열었다. 녹자림과 그 아버지도 당연히 초청을 받아 참석했다. 그리고 자기네들이 '가당치도 않은 짓거리'라고 평가를 내렸던 그 이장 예식을 끝까지 지켜보았다.

　저녁에 집으로 돌아온 녹자림이 그예 참지 못하고 아버지에게 물었다.

　"진짜 터무니없는 짓일까요?"

　그리고 자신이 품었던 의혹을 처음으로 내비쳤다. 백 영감의 무덤을 파헤칠 때부터 유해를 들어낼 때까지 줄곧 유심히 살펴보았지만 무덤이나 관 어디에도 물이 스며들어간 흔적을 찾아볼 수 없었다. 백가헌이 꿈을 빙자하여 이장을 한 것이 남의 입을 막기 위한 거짓말일 수도 있었다. 또 이런 일련의 일들로 보건대 비옥한 땅과 척박한 땅을 맞바꾼 백가헌의 진짜 이유가 과연 무엇인지 의심을 품지 않을 수 없었다. 또 한 가지 백가헌이 지관과 사전에 묵계한 대로 이런 술책을 꾸며낸 것은 아니었을까 하

는 의문도 들었다. 한마디로 그는 모든 것이 의심스럽다고 했다. 녹태항 영
감은 아들의 세심한 분석에 속으로 찬탄을 금치 못했다. 그러나 입으로는
자기 소신을 굽히지 않았다.

"더 신경 쓸 것 없다. 애당초 가당치 않은 짓이니까!"

그리고는 이런 말을 덧붙였다.

"네 할아버님이 돌아가셨을 때 나도 지관을 모셔다 그 터를 보인 적이
있었다. 그분 말씀은 사면으로 내리뻗은 지세나 방위가 모두 물 고인 습지
이고 또 한군데로 몰려 있기 때문에 지맥이 뻗어나갈 데가 없다고 했다.
너도 생각 좀 해 봐라. 지금의 풋내기 지관이 제 아비보다 묏자리를 더 잘
볼 듯싶으냐? 기껏해야 엄벙덤벙 한두 수 배운 것 가지고 설쳐대는 거지."

백가헌은 아버지의 유해를 백록의 정령이 깃든 명당에 평안히 옮겨 모
셨다. 그리고 보따리를 간단히 챙겨 진령산으로 들어갔다. 그를 맞은 반룡
진盤龍鎭의 한약재 수집상 오장귀吳長貴는 나라님이 행차라도 한 듯 극진히
대접했다.

두 사람은 일 년 내내 불씨가 꺼지지 않는 뜨끈뜨끈한 구들장 위에 책
상다리를 하고 마주앉았다. 바닥에 깔아 놓은 털 담요는 본고장 유림楡林
의 수공예 제품이었다. 아담한 식탁에는 김이 무럭무럭 오르는 요리들이
쟁반마다 가득하게 올랐다. 아직도 연기 냄새가 가시지 않은 훈제 멧돼지
고기, 금계 백숙, 도롱뇽 구이, 거액을 주고 사들인 곰 발바닥, 또 원숭이
골은 모두가 진령 산중의 특산품이었다. 참나무버섯, 목이버섯, 둥굴레 따
위의 산중에서 늘 먹는 보통 음식도 물론 적지 않게 차려져 있었다.

가헌은 마음이 느긋해져서 술 몇 잔을 더 마셨다. 취기가 얼큰히 올랐
을 때 그는 요 몇 해 동안 겪었던 불행한 일과 액운을 다 털어놓았다. 이
어 이번 여행길에 오른 이유를 솔직하게 밝혔다. 즉 지금 백록원 일대에서

는 더 이상 신붓감을 찾아내기가 어렵다, 설혹 있다 해도 앞서보다 열 배, 스무 배의 값을 요구하니 도저히 감당할 수가 없다, 그래서 이렇게 먼 데까지 찾아 나설 수밖에 없었노라고 말했다.

"아저씨, 이 일만큼은 아저씨한테 부탁을 드려야겠습니다."

오장귀 영감은 잠시도 주저하지 않고 선선히 응낙했다.

"그야, 어렵지 않지! 자네가 돌아갈 때는 신붓감을 데려가도록 해줌세."

아주 여러 해 전, 가헌의 할아버지가 아들을 데리고 반룡진에서 한약재 수집상을 하고 있을 때였다. 당시 오장귀는 약초를 캐 수집상에게 파는 가난한 산골 약초꾼에 지나지 않았다. 그의 운명을 행운으로 바꾸어 놓은 계기는 뜻하지 않은 계산 착오 덕분이었다. 그는 진귀한 약재 황기한 묶음을 수집상에게 넘기고 돌아오는 길에 돈을 더 많이 받았다는 사실을 알아차렸다. 수집상의 계산 착오였다. 그는 곧장 점포로 돌아가서 백가헌의 아버지를 만났다.

"젊은 주인장, 당신 계산이 틀렸습디다. 이만큼을 더 주셨더군요!"

말을 마친 그는 엽전 한 꾸러미를 계산대 위에 올려놓고 곧장 발길을 돌렸다. 그러자 계산대 뒤에 있던 늙은 주인이 그를 불러 세웠다. 그리고 약방 안으로 들어오라고 했다. 그렇게 해서 그는 백씨네 약재상 점원이 되었다.

그는 진령 산중에서 나는 약재라면 모르는 것이 없었다. 따라서 복잡한 약재를 조제하는 방법과 가공 기술을 빨리 터득할 수 있었다. 이어 주판 놓는 솜씨며 장부 적는 법까지 금방 배웠다. 그의 타고난 총명함과 성실하고도 온후한 성품은 사람을 알아보는 백씨 부자의 안목을 여실히 증명해 준 셈이었다.

그의 운명에 한 번 더 중대한 전환점이 생긴 것은 아이러니하게도 백씨 가문에 연속으로 들이닥친 재앙 때문이었다. 집안의 살림살이를 도맡아 오던 둘째 아들 병의가 백록원에서 발생한 소요 사태에 휘말려 어이없는 죽임을 당했다. 백씨네 늙은 주인은 그 소식을 듣고 급히 집으로 돌아가던 도중에 비적 떼를 만나 세상을 떠났다. 맏아들 백병덕은 어쩔 수 없이 백록원 본가로 돌아와 살림살이를 떠맡았다. 반룡진 약재수집상은 오장귀에게 운영을 넘겼다. 오장귀로서는 소득의 일정 부분만 백씨 집안에 건네주면 나머지 이익금은 모두 자기 몫이었다. 이때부터 오장귀는 더 이상 약재 바구니를 둘러메고 수집상을 들락거리는 구질구질한 촌뜨기가 아니었다. 그는 반룡진 일대를 주름잡는 4대 부호 중 한 사람이 되었다.

백 영감이 불행히도 급사를 당하자 그는 머나먼 진령 산길을 단숨에 달려와 장례식에 참석했다. 그리고 영구 앞에 주저앉아 아들 가헌보다 더욱 서럽게 통곡했다. 백 영감의 상여가 나갈 때 그는 길이가 10장尺이나 되는 백색 비단으로 만장輓章을 내걸어 백록원 일대의 모두를 깜짝 놀라게 만들었다. 시골 장례 행렬의 만장이라면 으레 백지 몇 장을 붙인 것 아니면 갈포 돗자리나 내거는 게 고작이었다. 그런데 이렇듯 막대한 비용을 들여 백색 비단 만장으로 조문했으니 오장귀는 실로 은혜를 알고 또 갚을 줄 아는 진정 의리 있는 군자였다.

오장귀는 얼굴이 창백해지도록 취했다. 주량도 엄청나지만 워낙 땀을 많이 흘리는 체질인 그는 술잔을 잡은 채 수건으로 얼굴과 목덜미를 연신 닦았다. 그는 반룡진 마을 동쪽에서 서쪽 끄트머리에 이르기까지 집집마다 들러가며 술을 얻어 마셔도 추태 한 번 부린 적이 없노라고 했다. 그가 백가헌에게 말했다.

"내 다섯째 딸년을 데려가게!"

가헌도 이제껏 이렇게 많은 술을 퍼마신 적이 없었다. 오장귀 영감에 비하면 상대가 되지 않았으나 가헌의 말투는 벌써 제멋대로였다. 냉 의원이나 녹자림이 이 모습을 보았더라면 눈을 의심했을 것이다. 지금의 가헌은 얼마 전 중의당 안에 마주 앉아서 녹자림과 토지매매 계약을 체결할 때 보이던 부끄러워하던 말투, 겁먹은 표정, 가련하기 짝이 없던 태도와는 확연히 다른 모습이었다. 가헌은 혀 꼬부라진 목소리로 고래고래 악을 썼다.

"천만의 말씀! 안 돼요, 안 돼. 아저씨, 제 팔자가 마누라 잡아먹는 팔자란 걸 모르십니까? 다섯째 누이를 데려갔다가 무슨 꼴을 보려고요! 하하, 전 차마 그런 짓은 못 하겠습니다. 아저씨, 그저 치마만 두른 여자면 되니까 아무나 한 사람 소개시켜 주십시오. 우리 백씨 가문의 대를 이어 줄 씨받이로 말입니다."

오 영감이 말했다.

"됐네, 됐어! 지금은 술이나 마시자고. 혼담일랑 내일 다시 이야기하고……"

가헌이 취기에서 깨어난 것은 이튿날 점심때가 다 되어서였다. 간밤에 술을 얼마나 퍼마시고 무슨 이야기를 지껄였는지 하나도 기억나지 않았다.

오장귀 영감은 멀쩡한 정신으로 다시 혼담을 꺼냈다. 막내딸을 신붓감으로 데려가라는 이야기였다. 백가헌은 고개를 절레절레 저었다. 그리고 어젯밤 취중에 한 말을 거듭했다. 반대하는 이유 역시 똑같았다.

오 영감은 더욱 간곡하게 설득했다. 사실 이제 와서 하는 말이지만 가헌이 혼기에 접어들었을 때부터 셋째 딸을 주고 싶었다, 그러나 백록원 일대에 사는 사람들은 예절이나 가법이 엄격해서 산골 처녀들을 신붓감으로 마땅치 않아 하는 줄 알기 때문에 그때는 말을 꺼내지 못했었다, 그런데 지금은 당사자가 직접 찾아와서 혼담을 의논하니 그런 문제는 없어진 셈이 아닌가, 따라서 이쪽도 마음 놓고 가헌에게 막내딸을 줄 수 있게 되었다는 이야기였다.

오씨 영감은 끝으로 이렇게 말했다.

"산골 계집아이라 못 배워 거칠고 볼품없네만 그래도 싫지 않거든 내 막내딸을 데려가게."

백가헌은 더 이상 거절하지 못했다. 오장귀 영감에게는 2남 5녀가 있었다. 딸들은 모두 돈 많은 집안에서 귀엽게 자란 터라 여느 산골 처녀와는 달리 살갗이 보드랍고 쌍꺼풀에 고운 이마를 지닌 규수들이었다. 그러니 가헌으로서는 마다할 이유가 없었다. 그는 두말없이 자리에서 일어나 오 영감에게 큰절을 올렸다.

백록촌으로 돌아온 백가헌은 그날부터 서둘러 혼사를 준비했다. 오장귀 영감은 나귀 등에 막내딸과 혼수를 싣고 결혼 전날 저녁에 백록진에 들어와 냉 의원의 중의당에서 하루를 머물렀다. 냉 의원이 중신아비 노릇을 맡았다. 결혼 당일 백가헌은 꽃가마 뒤를 따라서 냉 의원의 약방으로 신부를 맞으러 왔다. 모든 일이 순조로웠다.

일곱 번째 신혼 첫날밤이었다. 가헌은 오씨네 다섯째 딸을 바라보면서 뭔가 쑥스러운 기분을 느꼈다. 뭔가 궁지에 내몰린 것 같은 느낌도 받았다. 그가 맞아들였던 일곱 여인 중에 그녀는 결혼하기 전부터 만난 적이 있는 유일한 여인이었으니 말이다. 뿐만 아니라 친남매처럼 지내던 사이기도 했다.

해마다 농촌 일이 한가할 때면 그는 진령산으로 들어갔다. 그 시기는 대부분 삼복 무더위의 피서를 겸해 한약재를 사들여 도매로 넘기는 장사를 배우기 위해서였다. 그는 갈 때마다 당연한 듯 오장귀 아저씨 댁에서 묵었다. 그러다 보니 오씨댁 아들, 딸들과 친남매처럼 어울리고 허물없이 지냈다.

그런데 지금 갑자기 붉은 촛대 한 쌍이 일렁이는 불빛 아래에서 단둘이 대하고 보니 거북하고 멋쩍은 느낌이 들었다. 선초仙草, 이것이 그녀의 이름이다. 하지만 그녀 역시 산골 바깥 세계의 삼복 무더위를 이기지 못하겠는지 이미 거추장스런 저고리와 바지를 얌전히 벗어놓고 돌아앉은 채 매끄러운 팔뚝과 벌거숭이 넓적다리를 남편의 눈앞에 차분히 드러내고 있었다. 가냘픈 허리 뒤에는 자그마한 몽치 세 개가 달가닥달가닥 소리를 내면서 흔들리고 있었다.

가헌은 호기심을 가장하고 슬그머니 다가앉아 그 몽치들을 어루만졌다. 그런 식으로 어색한 분위기를 떨쳐버리고 싶었던 것이다. 선초가 돌아앉았다. 아랫배 속곳 끈에도 똑같은 크기의 나무 몽치 세 개가 달려 있었다.

"선초, 이 몽치들은 왜 매달고 있지?"

가헌이 묻자 선초는 거리낌 없이 대답했다.

"귀신을 쫓으려고요!"

가헌이 몸을 부르르 떨더니 몽치를 매만지던 손길을 딱 멈추었다. 그는 장승처럼 뻣뻣하게 굳은 채 멍한 눈빛으로 신부의 얼굴을 바라보았다. 여섯 개의 몽치, 그것은 복숭아나무로 깎아 만든 게 틀림없었다. 옛날부터 복숭아나무는 액막이용으로 쓰였다. 어떤 악귀든지 복숭아나무 말뚝을 가장 무서워한다고 했다. 그렇다면 이 여섯 개의 복숭아나무 몽치는 지금 이 침상에서 떠나가고도 아직껏 원한을 풀지 못한 채 떠돌고 있을 여섯 여인의 원혼을 상대하기 위해서 차고 있는 건가? 그렇다. 선초는 미리부터 충분한 대비책을 세우고 온 게 분명했다. 생각이 여기까지 미치자 가헌은 조금 전까지 뜨겁게 타오르던 정욕이 삽시간에 수그러들고 말았다.

선초는 남편의 그런 심사를 모르는 듯 달가닥거리는 몽치들을 찬 채 자리에 누워 바둑판무늬의 홑이불을 끌어다 덮었다. 가헌은 의기소침해져 아내 곁에 몸을 뉘였다. 그녀의 숨결과 체온이 느껴졌다. 따뜻하고도 포근한 숨결이 마치 장미꽃 향기처럼 가슴에 젖어들면서 울적한 기분을 서서히 몰아내자 또다시 욕정이 조수처럼 밀려들었다.

그는 용기를 내어 아내의 몸뚱이를 끌어안았다. 손길은 그녀의 상체 구석구석을 더듬어 갔다. 매끄러운 목덜미의 살결, 풍만한 어깨와 팔뚝, 그리고 가장 유혹적인 젖무덤도 어루만졌다. 그녀는 묵묵히 받아들였다. 놀라거나 당황하거나 반항하지 않았다. 사내의 억센 품안에서 그녀의 작은 몸뚱이가 파르르 떨리더니 숨결이 빨라졌다. 이런 변화에 고무된 손길이 점차 하복부 쪽으로 뻗어 내리다가 섬뜩한 이물질의 촉감에 멈칫했다. 재수 옴 붙은 물건, 빌어먹을 놈의 몽치를 건드린 것이다. 한껏 들뜨던 흥분이 또다시 수그러들었다.

그녀는 남편의 손길을 붙잡았다. 시집오기 전 어머니가 술자리를 마련해 놓고 사악한 귀신을 쫓는 법사를 한 사람 초청한 바 있었다. 그때 그 법사는 신랑 측 사연을 다 듣고 나더니 즉석에서 복숭아나무로 몽치 여섯 개를 깎아주고 갔다고 했다.

"법사님 말씀이 이걸 차고 백 일만 지나면 속곳 끈을 풀어도 된대요."

"또 그놈의 백 일 금기야!"

그녀의 말에 백가헌은 화가 치밀어 저도 모르게 버럭 고함을 질렀다.

"백 일이지 백 년은 아니잖아요?"

선초는 참을성 있게 남편을 달랬다.

"그저 백 일 뒤에 절 맞아들이는 셈 쳐요. 조금만 참으시면 석 달 열흘쯤은 금방이에요. 이건 저 때문이 아니라 당신을 위한 일이에요. 당신도 여덟 번째, 아홉 번째 부인을 맞고 싶은 건 아니겠죠?"

우호적이고도 냉정한 말을 듣는 동안 그는 아내에게 붙잡힌 손길을 슬그머니 거두었다. 그 대신에 그녀의 몸뚱이를 으스러져라 끌어안았다. 그러자 마음이 오히려 맑고 깨끗해졌다. 그는 자리에서 일어나 주섬주섬 옷가지를 찾아 걸쳤다.

"뭐 하시는 거예요?"

선초가 덩달아 일어나 앉으면서 물었다.

"안 되겠어. 마구간으로 가서 녹삼 형님하고 같이 잘래. 밤새 고생하느니 그쪽이 낫겠어."

"그것도 좋겠죠. 당신이 곁에 누워 있으면 저도 견디기 힘드니까. 하지만…… 내일부터 마구간에 가면 안 될까요? 오늘은 첫날밤인데……."

그러나 남편은 딱 부러지게 거절했다.

"됐어, 오늘 밤부터 시작이야. 건너갈 테니 그리 알아요!"

가헌은 홑이불 한 장을 둘둘 말아 옆구리에 끼더니 곧장 빗장을 열고 바깥으로 나갔다. 선초는 잠시 머뭇거리다가 침상 아래로 뛰어내리며 외쳤다.

"잠깐만 기다려요!"

그녀는 남편을 다시 방안으로 끌어들였다. 그리고 빗장을 닫아걸더니 남편의 옆구리에 낀 홑이불을 빼앗았다. 가헌은 영문을 몰라 어리둥절했다. 그러나 억지로 부드러운 얼굴로 다독였다.

"왜 이래? 당신이 하자는 대로 할 테니까, 이러지 말고 보내줘. 그러는 게 나한테도 좋고 당신한테도 좋고……."

"그만! 됐어요!"

침상 위로 도로 기어오른 선초가 그의 말을 딱 끊었다. 이어 그녀는 스스로 허리띠에 주렁주렁 매달린 뭉치 여섯 개를 하나씩 뜯어내기 시작했다.

와르르!

앞가슴을 단단히 감았던 헝겊 천이 풀렸다. 그 안에서 소담한 젖무덤 한 쌍이 하얀 비둘기처럼 뽀얀 모습으로 불쑥 뛰쳐나왔다. 그녀는 속곳마저 벗어던진 다음 벌거숭이인 채 누우면서 이렇게 말했다.

"난 겁 안 나요! 내일 새벽 해 뜨기 전에 죽음이 온다 해도 달게 받겠
어요."

제4장

8월 말 이른 아침이었다. 백가헌이 양치질을 끝내고 세숫물에 손을 담 갔을 때 방안에서는 윙윙 물레질하는 소리가 들리기 시작했다. 죽음을 무 릅쓰고 금기禁忌를 깨뜨린 당찬 여인이자 마침내 임신 조짐을 보이는 아내 선초가 물레 앞에 앉아서 실을 잣는 소리였다. 그는 세숫대야에 손을 담 근 채 두 눈을 지그시 감고 귀를 기울였다. 괴머리 가락 돌리는 소리를 들 어 보아하니 방추紡錘에는 이미 줄풀 크기의 하얀 실타래가 매듭지어졌으 리라.

시어머니 조씨도 벌써 기침을 했는지 홀로 기거하는 위채에서 물레를 돌리는 소리가 들렸다. 아마 침상에 앉아서 익숙한 솜씨로 며느리와 내기 라도 하려는 모양이다.

세수를 마친 그는 마루로 올라갔다. 그리고는 아버지가 살아 있을 때 늘 쓰던 의자 등받이에 기대앉아서 차를 한 모금 마셨다. 그다음에는 죽 은 아버지가 남겨 놓고 간 백통 곰방대에 담배를 채우고 불을 붙여 물었 다.

담배에 인이 박힌 지도 이미 오래전이다. 아버지가 세상을 떠난 이후 그는 매일 저녁 어머니가 침상에 들기 전과 이른 아침에 일어났을 때 이렇 게 두 차례에 걸쳐 차를 마시고 담배를 피웠다. 집안일을 의논하거나 한담 도 나누곤 했다. 그런데 며느리가 들어오면서 일과가 조금 바뀐 것이다.

이른 아침부터 집에서는 물레 두 대가 번갈아 가며 삐거덕삐거덕, 윙 윙대는 소리로 가득찼다. 물레질 소리는 위채와 아래채 양쪽에서 서로 꼬리에 꼬리를 물고 어우러지다가 겹쳐 들리기도 했다. 이쪽에서 한숨을 돌리면 저쪽에서 울려 나오거나 저쪽이 잠잠해지면 이쪽에서 울려나오면서 차분한 공기, 평화로운 분위기를 온 집안에 가득 채웠다. 오랜 연원淵源을 지녔으면서도 싱그러움이 가득하고 활기찬 물레질 소리에 잠겨 있노라니 백가헌은 온몸의 뼈마디와 혈관이 한꺼번에 부풀어 오르는 느낌을 받았다.

머슴 녹삼이 쟁기와 굴레, 고삐, 줄을 챙겨 놓고 마구간에서 말을 끌어내다 앞뜰 돌말뚝에 비끄러맸다. 그러고는 안채로 휘적휘적 걸어오면서 큰 소리로 오늘은 무슨 씨앗을 심을 거냐고 외쳐 물었다.

집안에서 가헌이 걸어 나갔다.

"차나 한 모금 들고 나가죠."

녹삼은 뜰 앞에 서서 안 마시겠노라고 하며 다시 일거리를 물었다.

"보리와 완두콩을 어떻게 섞을 텐가? 보리 둘, 완두콩 여덟 비율로 심을 건가? 아니면 셋, 일곱으로 나눠 심을 건가?"

"오늘 그 밭에는 약재를 심을 거요……."

대답을 하면서 가헌은 담뱃대 물부리를 훅 불고 남은 재까지 다 털어냈다. 그러더니 마지막으로 차를 한 모금 더 마시고 말을 이었다.

"씨앗은 내게 있으니까 형님은 신경 쓰지 않아도 돼요."

그가 마구간으로 들어가는 동안 녹삼은 말의 입에 재갈을 물리고 쟁기를 메웠다. 이윽고 가헌이 묵직한 무쇠 고무래를 떠메고 나왔다. 겨드랑이에는 또 곡괭이 한 자루, 대빗자루 한 개가 끼워져 있었다. 녹삼이 흘끗 돌아보더니 눈을 휘둥그레 뜨고 물었다.

"아니, 대빗자루는 가져다 뭐에 쓸려고?"

"다 쓸 데가 있습니다!"

가헌이 설명을 해 주지 않으니 녹삼도 더는 묻지 않았다.

주인과 머슴 두 사람은 길거리로 나섰다. 곧 동구 밖을 벗어나 개천으로 내려갔다. 붉은 터럭을 지닌 말은 빈 쟁기를 이끌고 논두렁 밭두렁 길을 우당탕퉁탕 시끄러운 소리를 내면서 걸어갔다.

들판은 벌써 다른 모습으로 바뀌어 있었다. 울긋불긋 온갖 잡색이 뒤섞였던 가을빛은 깃털 빠진 새 다리 모양으로 휑하니 비어 있었다. 하천 역시 한여름 시끌벅적하던 소동 끝의 고요를 차분하게 드러내고 있었다. 관개 수로를 따라 길게 뻗은 둔덕길이며 우물가에는 논밭에서 말끔히 거둬들인 옥수숫대가 차곡차곡 쌓여 있었다. 보리 파종을 거의 끝낸 참이라 씨를 뿌린 지 얼마 안 되는 밭이랑에 갈아엎은 흙덩어리가 아직도 축축하게 젖은 채 드러나 있었다. 일찍 심은 밭두렁에는 벌써 파릇파릇한 보리싹도 움터 있었다.

가을 장마철도 이미 다 지나간 뒤여서 강물과 농촌 마을을 오래도록 뒤덮던 음산한 날씨와 사람의 가슴을 답답하게 짓누르던 저기압도 말끔히 가셔져 있었다. 대지도 간결하고 우아해져 있었다. 탁 트인 창공은 가없이 깊고 아득했다. 이른 아침 맑고도 차가운 공기가 밤새 토담집의 탁한 냄새에 시달리고 나온 사람들의 정신을 번쩍 들게 해 주었다.

말이 먼저 주인 밭을 알아보고 털레털레 들어섰다. 녹삼은 쟁기를 흙더미에 박으면서 뒤를 돌아보고 물었다.

"약재를 심는다고? 난 그런 건 심어 본 적이 없는데."

가헌은 그저 보리 파종할 때처럼 땅을 부드럽게 갈아엎고 씨를 뿌릴 간격은 쟁기 한 발 아니면 옥수수를 심을 때처럼 보습 두 개 간격으로 고랑을 파 나가면 된다고 일러주었다. 그리고 씨를 고르게 뿌리자면 흙덩어리를 잘게 부수어서 모래흙에 잘 스며들게 해야 한다고도 일러주었다. 왜

냐하면 씨앗이 너무나도 작기 때문이었다.

"이려, 쯧쯧!"

녹삼은 말 못 하는 짐승에게 호통을 쳐가며 밭을 갈아엎기 시작했다. 쟁기질 한 번에 다시 바짝 붙여 또 쟁기 날을 박고 밀어 나가는 동안 흙더미는 보리밭 이랑을 갈아엎을 때보다 더 촘촘하게 파였다. 갈아엎은 흙더미를 가만히 지켜보던 가헌이 생각을 바꾸었다.

"우선 쟁기질을 끝내고 써레질을 한 번 더 합시다. 지금 상태로는 안 되겠어요. 딱딱하게 굳어버린 흙더미를 잘게 부순 다음에 씨를 뿌려야겠습니다."

여름, 가을 두 차례의 홍수를 겪고 보리를 거둬들일 때 짓밟힌 땅은 엿보다 더 끈적끈적 달라붙는 강한 황색의 점토질이었다. 며칠만 지나도 햇볕에 단단히 굳는 탓에 쟁기 날이 뒤집어 놓을 때마다 딱딱하게 굳어진 흙덩어리가 뒹굴었다. 따라서 자잘한 씨앗은 이런 흙덩어리를 깨뜨리고 나와 싹트지 못하고 그대로 토층에 파묻힌 채 죽어버릴 터였다.

"도대체 무슨 약재기에 보리심기보다 더 조심하라는 건가?"

녹삼이 궁금증을 참지 못하고 또 물어 왔다.

"앵속!"

백가헌은 한마디로 간단히 대답했다. 마치 앵속이 보리나 옥수수, 완두콩이라도 되는 것처럼 말이다.

녹삼은 더 묻지 않았다. 앵속이 뭔지 모르는 자신을 이상하게 여기지도 않았다. 수백 가지나 되는 한약재 가운데 열 가지 이름도 기억하지 못하는 그였다. 그러니 앵속도 그저 한약재의 한 종류로만 알았을 뿐 꼬치꼬치 캐물을 필요가 없었던 것이다. 더구나 그 앵속이라는 게 보리, 옥수수보다 값이 더 나간다면 바랄 것이 뭐 있겠는가?

태양이 백록원 상공에 한 발 높이나 떠올랐을 때에야 오늘 씨앗을 뿌릴 밭을 갈아엎는 작업도 거의 끝이 났다. 가헌은 쟁기를 풀어 놓고 말에게 써레를 메웠다.

"이랴, 가자!"

백가헌은 호통을 쳐 가며 고삐를 이리저리 몰아 나갔다. 붉은 털의 말이 밭을 한바탕 오가며 써레질을 하고 나자 지면은 평평하게 성근 땅으로 바뀌었다.

녹삼은 써레를 끌러놓고 또다시 쟁기를 메워 써레질로 평평해진 흙바닥을 골고루 뒤엎으면서 씨앗을 뿌릴 이랑을 만들기 시작했다.

가헌은 녹삼의 뒤를 따라가면서 보습 두 개 간격을 떼고 잘게 바스러진 흙더미에 씨앗을 뿌린 다음 대빗자루로 조심스럽게 흙을 끌어 모아 씨앗이 뿌려진 이랑을 덮기 시작했다. 낱알이 작고 여린 앵속 종자는 부드러운 흙더미 속에 얕게 덮였다.

이 무렵이 되어서야 밭에 나와 일하던 사람들도 비로소 허리를 펴고 일어서서 이들 젊은 주인과 머슴이 벌이는 해괴한 거동을 지켜보기 시작했다. 밭일을 하면서 쟁기로 갈아엎은 흙바닥을 제집 안마당 쓸 듯 대빗자루로 조심스레 쓸어내고 있으니 멀찍이 떨어진 곳에서 바라보는 구경꾼들 눈에야 이상하게 보일 수밖에! 농사꾼들은 그렇게 흥미진진하게 바라보다가 그것만으로는 성에 차지 않아 가까이 가 보기로 했다. 도대체 백가헌이 무슨 꿍꿍이를 벌이고 있는지 두 눈으로 직접 확인해야 직성이 풀릴 모양이었다.

그들은 밭두렁에 옹기종기 쭈그리고 앉은 채 잘게 부스러진 흙더미를 들춰냈다. 이어 방금 이랑에 심어 놓은 씨앗 몇 알을 조심스럽게 집어 들어 손바닥으로 문지른 다음 손톱 끝으로 비벼 보았다. 흙이 벗겨진 작디작은 알맹이는 손바닥 안에서 마치 자줏빛 보석처럼 반들반들 윤기가 났다. 그들은 신기하다는 듯이 물었다.

"가헌, 여기에 뭘 심은 건가?"

"약재요."

백가헌은 태평스레 대꾸했다.

"약재라니, 무슨 약재?"

"앵속이오!"

가헌은 앵속이 보리나 옥수수라도 되는 것처럼 심드렁하니 대답했다.

열흘쯤 지났을까? 대빗자루로 쓸어낸 밭이랑에 조그만 생명의 싹이 돋아나기 시작했다. 곧 그것들은 주인 앞에 수줍고도 연약한 자태를 드러냈다. 그리고 백록촌 농사꾼들에게도 앵속이 어떤 것인지 알게 해 주었다.

"호오, 앵속이란 것이 요렇게 생겼군!"

"흐음, 겨자 같기도 하고 유채 같기도 하네그려!"

농사꾼들의 비유는 딱 들어맞았다. 코끝에 갖다 댄 어린 앵속의 새싹은 겨자 싹 냄새와 전혀 다를 바 없었으니 말이다. 만약 백가헌이 곧이곧대로 '아편'이라고 귀띔해 주었더라면 그들은 놀라 자빠져 두 번 다시는 겨자 따위와 비교하지 않았을 것이다. 가헌과 녹삼은 어린 새싹이 겨울 추위에 얼어 죽지 않도록 우마차에 보릿짚을 세 차례나 운반해 밭이랑을 덮어주었다.

이듬해 봄철이었다. 한겨울 눈보라와 진눈깨비에 시커멓게 썩어버린 보릿짚 밑에서 파릇파릇한 잎이 돋아나왔다. 그것들은 청명이 지난 뒤 마디가 올라오고 줄기에 곁가지를 치기 시작하면서 더욱 겨자나 유채를 닮아갔다. 꽃이 필 무렵이 되어서야 그것들은 겨자나 유채와 본질적으로 다른 점을 드러냈다.

유채꽃과 겨자꽃은 금싸라기 같은 노란 빛깔이었으나 앵속은 꽃봉오리를 터트릴 때부터 붉은빛, 하얀빛, 분홍빛, 노랑빛, 자줏빛 등 온갖 색깔의 꽃송이를 피웠다. 오색찬란하게 빛나던 꽃떨기가 시들고 나서는 점차 먹물처럼 짙은 초록빛 타원형의 열매로 자라났다.

얼마쯤 지나서 동네 사람들은 백가헌과 그 집 머슴 녹삼, 게다가 들판에 나선 적이 거의 없던 어머니 조씨, 심지어는 몸놀림이 둔하고 무거워진 며느리 오씨까지 온 집안 식구들이 모두 밭에 나온 것을 발견했다.

그들은 굵은 송곳이나 주머니칼로 초록색 타원형의 열매를 째고 그 밑에 도자기 사발을 받쳐놓았다. 생채기를 낸 열매에서 흘러나온 것은 젖빛처럼 뽀얗고 끈적끈적한 점액질의 액체였다.

그들 일가족 넷은 날마다 이른 새벽녘, 하늘이 부옇게 밝아올 무렵이면 밭에 나갔다. 그러다 아침 해가 떠오를 때면 일제히 일손을 놓고 집으로 돌아갔다. 그들의 이런 행동거지는 그 기묘한 약재의 신비스러움을 더욱 가중시켰다.

그러나 그 젖빛 액체가 무슨 병을 치료하는 데 쓰이는지 아는 사람은 아무도 없었다. 그저 서로 신기한 목소리로 똑같은 말만 되풀이할 따름이었다.

"저게 앵속이라네. 앵속이 앵속이지 뭐야. 한약재 아닌가!"

밤이 되었다. 가헌은 장인 영감이 가르쳐 준 대로 아궁이에 작은 가마솥을 걸고 불을 지폈다. 그리고 솥에 점액질 액체를 쏟아붓고 졸이기 시작했다.

액체가 팔팔 끓어오르면서 풍기는 기이하고도 그윽한 향기에 그는 마치 술에 취한 듯 정신이 나른하게 풀렸다. 위채 침상에 누워 있던 어머니 조씨도 흠뻑 취했다. 부뚜막에 앉아서 풀무질을 하던 아내 오선초 역시 깊이 취했다. 그윽한 향기는 온 집안을 가득 채웠다. 4월의 부드러운 밤바람에 실려서 백록촌 일대에도 퍼졌다.

마을 사람들은 어른 아이 할 것 없이 모두 코를 벌름거리면서 향기로운 밤공기를 맡았다. 그러다 하나둘 깊은 잠에 빠져들었다. 향기에 도취된 사람들은 누구나 즉시 마음속의 근심 걱정을 떨쳐버릴 수 있었다. 온갖 세상 시름에서 해탈한 듯하고 신선들처럼 훨훨 날아다니는 환상에도 빠져들었다.

이튿날 아침 일찍 부옇게 밝아 오는 길거리에서 농사꾼들은 그제야 깨달은 이야기를 이웃들과 마주칠 때마다 반복했다.

"앵속이 뭔가 했더니 바로 아편일세그려!"

백가헌은 제련에 성공한 아편 덩어리를 도자기 항아리에 담았다. 이어 그것을 보따리에 싸서 어깨에 걸쳤다. 그리고 우마차를 타고 유유히 시내로 들어갔다.

백가헌이 진령秦嶺 산골에서 일곱 번째 아내 오선초를 데리고 돌아왔을 때 그의 주머니 속에는 앵속 씨앗이 감춰져 있었다. 백록원 사람들은 새로운 여자가 또다시 백가헌의 '물건'에 당해 원귀가 될 것인지의 여부에만 관심이 있었을 뿐 쪽빛 두루마기 주머니 속에 앵속 종자가 한 봉지 숨겨져 있으리라고는 꿈에도 생각지 못했다.

장인 오장귀 영감은 막내딸을 그에게 시집보내기로 결정함과 동시에 앵속 씨앗도 곁들여서 넘겨주었다. 장인 영감은 그때 이렇게 말했다. 지난 연초에 상주商州를 거쳐 한구漢口로 내려갔을 때 황금 한 덩어리를 주고서야 겨우 앵속 씨앗 한 봉지를 손에 넣을 수 있었노라고. 진령 산중은 기후가 너무 차서 앵속 모종이 동지섣달 엄동설한을 견디지 못하지만 백록원은 앵속을 재배하기에 딱 알맞은 기후라고도 했다.

그는 사위에게 앵속 씨앗을 건네주면서 재배 요령 역시 자세히 일러주었다. 보리 파종과 같이 가을철이 끝날 무렵 씨앗을 뿌린 다음 역시 이듬해 보리 수확기를 전후해서 거둬들이라고 했다. 보리 생장에 알맞은 토질과 기후면 어느 곳에서든 앵속을 재배할 수 있다는 것이 그의 설명이었다.

그가 강조한 말은 이랬다. 자기는 오로지 백씨 가문의 은혜를 갚기 위해서 앵속을 사들였으니 황금덩어리도 아깝지 않았노라고. 그는 사위에게 파종하는 방법과 수확하는 요령, 더구나 그것을 졸여서 가공하는 방법까지 낱낱이 일러주었다.

판로는 문제가 없다고 했다. 시골이든 도시든, 재산 많은 부자든 돈 한 푼 없는 가난뱅이든, 평범한 백성이든 벼슬 높은 귀족이든, 모두 눈에 불을 켜고 이 물건을 찾아 헤매는 실정이니까. 아편에 중독된 사람은 흡입용으로 상술에 뛰어난 사람은 이익을 남기고 팔기 위해 닥치는 대로 사들일 거라고 했다.

앵속 재배의 이점과 눈부신 앞날에 대해 장인 오장귀 영감은 단 한마디도 꺼내지 않았다. 이 물건이 금보다 더 비싸고 귀하다는 사실은 모르는 이가 없었으니까.

백가헌은 보따리를 메고 한약방 강복원康復元으로 들어섰다. 이 점포는 그의 조부가 반룡진에서 한약재를 수집할 때 세워진 도매점으로 서로 믿고 의지하는 관계였다. 그는 우선 조부의 이름을 밝히고 이어 아버지의 이름을 댔다. 그리고 마지막에 가서 장인영감의 이름을 밝혔다.

강복원의 주인 강씨康氏 영감은 역대 백씨 사람들과 오장귀 영감을 대하듯 그를 맞이했다. 그리고 즉석에서 아편을 사들이면서 가헌이 제조한 제품의 질이 떨어진 이유와 가공 기술상의 결함을 차근차근 지적해 주었다. 아울러 앵속의 유액을 졸일 때 불의 세기와 시간을 어떻게 조절해야 하는지의 비결도 알려 주었다. 백가헌은 다음에는 더 좋은 제품을 만들겠다고 약속했다.

강씨 영감의 약방을 나서면서 받은 은화 꾸러미를 메고 오는 동안 그의 어깨는 몹시도 무거웠다.

백가헌은 3년 연속 하천을 낀 10묘(2,000평)가 넘는 농토에 모조리 앵속을 심었다. 그저 메마른 밭과 비탈진 언덕 밭에 씨를 뿌린 게 다였다.

앵속 재배가 가져다주는 엄청난 이익은 아편의 향기보다 더 큰 유혹이었다. 단 1묘에서 거둬들이고 제련한 아편은 천자급 밭 10묘에서 산출되는 보리를 몽땅 사들이고도 남았다. 10묘에서 재배한 앵속의 가치는 한마디로 100묘의 농토에서 생산되는 보리와 옥수수의 값과 맞먹었다. 그러니 완전히 10배의 이득을 남기는 농사였다.

백가헌은 그렇게 모은 돈을 흥청망청 낭비할 만큼 어리석지 않았다. 그는 조상 대대로 이어받은 낡은 가옥부터 꼼꼼하게 손을 봤다.

이끼가 긴 낡은 기왓장을 모조리 벗겨내고 백록원 일대에서도 가장 규모가 큰 가마터와 계약을 맺어 새로 구워낸 기와로 지붕을 덮었다. 그리고 또 흙벽돌로 올려 쌓은 대문 앞의 벽을 허물고 꽃무늬를 새긴 병풍식 격자 창문으로 바꿨다. 사합원四合院 대청과 곁방도 우중충한 때를 벗겨내니 깔끔하고도 우아한 분위기를 풍겼다.

봄철에 안채와 곁방 보수 공사를 마친 후에는 늦가을부터 초겨울에 이르기까지 문간방과 대문, 담장 보수 공사에 들어갔다. 그중에서도 대문에 가장 신경을 썼다. 이전에는 문설주와 담장 모두 겉면만 청석 벽돌을 붙이고 나머지 안쪽은 흙벽돌로 쌓았으나 지금은 안팎 모두 청석 벽돌로 반듯하게 쌓아 올렸다. 또 문설주 윗부분은 하나하나 갈아 끼우고 윤을 냈다. 목수와 석공들은 최대한의 기술과 정성을 쏟아 담장 벽에 장식 도안을 새겼다. 정문을 중심으로 한쪽에는 눈처럼 하얀 두루미, 다른 쪽에는 백색의 사슴을 새겼다. 대문 전체에서 원래 있던 장식물이 남았다면 옥돌판에 '경독전가'耕讀傳家라고 새겨 넣은 편액 하나뿐이었다. 그것은 매형주 선생이 성시省試에 급제하고 거인擧人이 되었을 때 아버지가 초빙하여 쓰게 했던 친필 수적手跡이었다.

대규모 개축 공사를 마쳤을 때 이전의 백록촌에서는 볼 수 없었던 우아한 사합원 저택이 사람들의 눈길을 끌면서 어엿하게 들어앉아 있었다.

마구간은 이듬해 봄철에 늘려 지었다. 보릿단과 마른 흙을 저장할 수 있는 널찍한 창고도 여러 칸 만들고 탈곡장과 마당 주변으로는 널판으로 담장을 둘러쳤다. 그렇게 하자 붉은 털의 암말이 낳은 밤색 망아지 한 마리가 새로 둘러친 탈곡장 울타리 안에서 마음껏 뛰어놀 수 있었다.

백가헌이 오로지 장인 영감의 말에 따라 멋모르고 시작한 일의 위력은 대단했다. 그로부터 3, 4년에 걸쳐 백록원 일대와 하천 지대는 앵속으로 뒤덮였다. 자수현의 현령이 연이어 앵속 재배 금지령을 내렸으나 경작지는 끊임없이 늘어나고 번성했다.

그해 봄철이었다. 바야흐로 앵속이 첫 번째 꽃망울을 터트리던 때였다. 백록서원의 주 선생이 찾아와 백가헌이 새로 지은 저택의 대문 앞에서 백학과 백록의 도안 장식을 감상하고 있었다. 그의 눈길이 자기가 쓴 '경독전가' 편액을 올려다볼 즈음 가헌이 부리나케 달려 나왔다.

"어이구, 형님! 이게 어인 행차십니까? 자, 어서 들어가시죠!"

백가헌이 반색을 하면서 매형을 안으로 모시려 했다. 그러나 주 선생은 뒷짐을 지고 선 채 엉뚱한 요구를 해 왔다.

"내가 쓴 저 편액 당장 뜯어내게."

가헌이 영문을 몰라 어리둥절하고 있으려니 주 선생은 똑같은 요구를 반복했다.

"저 편액을 뜯어내라니까!"

"아니, 그게 무슨 말씀이십니까? 편액을 뜯어내라니……."

가헌이 당황해서 물었다. 그러나 주 선생은 세 번째로 같은 말을 했다.

"뜯어내란 말일세!"

난처해진 가헌은 손바닥을 비벼 가면서 또 물었다.

"형님, 저 편액을 뜯어내려고 오신 겁니까?"

주 선생이 고개를 끄덕였다. 백가헌은 이해할 수가 없었다. '주경야독

晝耕夜讀, 열심히 일하고 학문을 익히는 가풍을 대대로 전하라.'는 말씀이 어떻다고 뜯어내라는 말인가? 내가 뭘 잘못한 걸까?

"정 어려우면 보자기로 덮어씌우게!"

주 선생이 또 요구했다.

가헌은 냉큼 안으로 들어가 검정 보자기를 찾아 가지고 나왔다. 그리고 녹삼에게 사다리를 가져오게 해서 타고 올라가 처마 끝에 걸린 편액을 보자기로 단단히 덮어씌웠다.

그래도 주 선생은 집안에 발을 들이지 않고 다른 요구를 했다.

"자네 집에 황소하고 말이 있지? 내가 좀 쓸 테니까 빌려주게."

"그야 뭐 어려운 일입니까. 마음대로 끌어다 쓰시죠."

가헌은 선뜻 응낙하고도 미심쩍어 내처 물었다.

"그런데 가축들을 어디다 쓰시렵니까?"

"우선 쟁기 두 벌을 메어주게. 두 마리 다!"

성인 매형의 분부이신데 어찌 머뭇거린단 말인가! 가헌은 매형을 마구간으로 안내하고 머슴 녹삼과 함께 황소와 붉은 말에 쟁기를 한 벌씩 멨다.

주 선생은 담장에 걸린 채찍 한 개를 떼어 들더니 녹삼의 손에서 쟁기 자루를 건네받았다. 그러고는 '이랴!' 소리 한마디에 황소를 몰고 마구간을 나섰다. 처남인 가헌도 말을 몰고 뒤따랐다.

머슴 녹삼이 송구스러운 나머지 주 선생의 손에서 쟁기 자루를 빼앗아 자기가 대신 끌고 나가려 했다. 점잖으신 거인 나리께서 쟁기를 끌고 동네 길거리로 나서서야 너무 체통 없는 노릇이라 생각해서였다.

그러나 주 선생은 고집을 부리고 쟁기를 넘겨주지 않았다. 녹삼의 호의를 모르는 바 아니나 자기도 어려서부터 소를 몰아 밭을 갈아 본 적이 있으니 놔두라고 했다. 녹삼은 어쩔 수 없이 주인의 말고삐를 넘겨받았다.

가헌은 빈손으로 털레털레 따라가면서 물었다.

"형님, 도대체 그 쟁기로 뭘 하시려는 겁니까? 어딜 가시는 거예요?"

"그저 따라오기만 하게! 가 보면 아니까."

지나가던 마을 사람들이 주 선생을 발견하고 이게 웬일인가 싶어 줄줄이 따라붙었다. 위엄 높으신 수재 거인 나리께서 두루마기 차림으로 황소를 몰고 나섰으니 그럴 수밖에 없었다. 도대체 뉘 집 밭일을 맡았는지 궁금하기도 한 모양이었다. 아무튼 보는 사람마다 모두 득달같이 달려왔다.

주 선생은 누구와도 말을 섞지 않은 채 그저 묵묵히 소를 몰고 동구 밖으로 나섰다. 개천 여울목으로 내려선 그는 백가헌이 최근에 일찍 파종한 앵속 밭으로 가서야 걸음을 멈췄다.

가헌과 녹삼은 밭두렁에 검은 관복을 입은 관리 7, 8명이 서 있는 것을 발견하고 깜짝 놀랐다.

주 선생은 소를 몰고 다짜고짜 앵속 밭으로 들어섰다. 그리고 쟁기 날을 흙바닥에 푹 박아 넣었다. 이제 막 꽃을 피우기 시작한 앵속 포기는 뿌리째 갈아엎어져 질척질척한 흙더미에 파묻히기 시작했다.

"형님! 뭐 하시는 겁니까?"

가헌이 달려와 고삐를 붙잡고 늘어졌다.

주 선생은 한 손으로는 쟁기를 밀어붙이면서 남은 손으로 품속에서 종이 한 장을 끄집어내 가헌의 코앞에 들이대었다.

"나는 지금 현령의 지시를 받들고 와서 아편 재배를 금하는 중일세!"

그 말에 가헌은 크게 머리를 얻어맞는 느낌이었다. 그는 다리에 힘이 풀려 밭두렁에 쭈그리고 앉아 두 손으로 머리를 감싼 채 말을 잇지 못했다.

"이랴, 이랴!"

주 선생은 채찍을 휘둘러 가며 소를 몰아 앵속밭을 모조리 갈아엎어

나갔다. 밭두렁은 벌써 놀란 사람들로 빙 둘러싸였다. 밭을 한 바퀴 돌고 돌아온 주 선생이 아직도 멍청하니 쭈그리고 앉은 가헌을 보고 한마디 툭 던졌다.

"어서 들어오지 않고 뭘 하나?"

백가헌이 일어섰다. 그리고 아무 말 없이 녹삼의 손에서 말고삐를 넘겨받더니 쟁기를 끌고 밭으로 내려섰다. 그제야 주 선생이 얼어붙었던 표정을 풀고 고개를 끄덕였다.

"암, 그래야지. 그래야 내 아우님이지!"

두 사람은 황소와 붉은 말이 끄는 쟁기를 잡고 앞서거니 뒤서거니 밭을 갈아엎기 시작했다. 얼마 안 있어 앵속밭은 완전히 결딴나고 말았다.

"워어!"

주 선생이 황소를 멈춰 세웠다.

"여보게, 또 다른 밭이 있지? 우리 그것도 마저 갈아엎으러 가세!"

밭두렁과 갈아엎어진 앵속 밭고랑에는 남녀노소를 막론한 백록촌 사람들로 빼곡했다. 녹자림과 그 아버지 녹태항도 군중 속에 끼여 있었다. 녹태항은 인파를 헤치고 앞으로 나왔다. 그리고 주 선생에게 두 손 모아 예를 올렸다.

"잘하셨습니다, 주 선생! 잘하셨고 말고요!"

이어 그는 아들 녹자림과 머슴 유모아를 돌아보고 분부를 내렸다.

"냉큼 가서 쟁기를 메어 오너라. 우리 밭도 모조리 갈아엎자꾸나!"

주 선생이 쟁기 자루를 놓고 다가왔다. 그리고 녹태항의 손을 잡고 허리를 굽혔다.

"절 받으십시오, 어르신!"

주 선생은 허리를 곧게 펴고 뭇사람들이 보는 앞에서 현청이 반포한 〈금연령〉禁煙令 20조를 차근차근 읽어 내려갔다. 마지막에 그는 백가헌을 돌아보고 이렇게 말했다.

"이젠 알겠나? 내가 왜 문설주에 걸어 놓은 편액을 보자기로 덮어씌우게 했는지."

주 선생의 말과 행동은 삽시간에 백록원 일대를 진동시켰다. 열흘도 못 가 하천 지대와 들판에 꽃을 피우기 시작한 앵속밭은 모조리 결딴나고 말았다.

그러나 이날의 거사는 그로부터 얼마 못 가 주 선생의 장탄식과 더불어 활기를 잃고 말았다. 새로 부임한 자수현령이 그 후 두 번 다시는 주 선생을 초빙하지 않았던 것이다. 뿐만 아니라 그 수입 좋은 직분을 엉뚱한 작자에게 넘겨주기도 했다.

그 후 앵속의 붉은 빛깔, 하얀 빛깔, 분홍 빛깔, 노랑 빛깔, 자주 빛깔 등 온갖 아름다운 꽃송이가 또다시 백록원 일대에 흐드러지게 피어나기 시작했다. 그리고 더 이상 재배를 금지하는 법령도 단속관도 내려오지 않았다.

여러 해가 지난 후, 즉 백가헌이 앵속을 재배하여 크게 성공하고 여러 해가 지난 후였다. 중국에서 가장 지명도가 높은 미국인 모험가이자 기자였던 에드거 스노는 백록원에서 그리 멀리 떨어지지 않은 위하渭河 유역의 관중關中 지역을 방문했다가 온 들판에 끝도 없이 펼쳐진 오색찬란한 앵속 꽃을 보고는 자신의 저서 《중국의 붉은 별》을 통해 이렇게 개탄했다.

'서안西安에서 북쪽으로 뻗은 대로에는 2km를 지날 때마다 중국 민족의 풍요롭고도 다채로웠던 역사의 찬란한 기억을 떠올리게 만들었다. ……이 기름진 위하 유역은 공자孔子의 조상이며 피부 빛이 거무스레한 야만인들이 자신들의 미작 문화米作文化를 발전시킨 곳이다. 오늘날 중국 농촌 마을의 신화 속에 여전히 힘 있는 민간 전설을 남겨 놓기도 했다. ……새로 닦은 자동

차 도로를 따라가노라면 길가 어디에서나 앵속의 열매가 부풀어 오른 머리
통을 나부끼면서 거둬들일 사람들의 손길을 기다리는 광경을 볼 수 있다.
……섬서성 일대는 오랜 기간 동안 아편 생산지로 명성이 높은 곳이다. 지
난 몇 해 전 서북방에서 대기근이 발생하여 300만 명이 목숨을 잃은 적이
있었는데 미국 적십자사 조사원들은 이 참극의 원인을 대부분 아편재배 탓
으로 돌렸다. 그 당시 탐욕스러운 지방 군벌軍閥들이 농민들에게 압박을 가
하여 아편 경작을 시켰던 것이다. 가장 토질이 비옥한 땅에는 어김없이 아
편을 심었다. 한발旱魃이 엄습한 그해 서북 지방 사람들의 주요 식량인 밀과
보리, 옥수수는 엄청나게 부족했다…….'

앵속은 다시 한 번 이 유서 깊은 평원의 대지를 점령했다. 밀밭은 앵속
밭 사이에 점점이 자리할 뿐이었다. 사람들은 이제 앵속이라고 부르지 않
았다. 아편이라고도 부르지 않았다. 명칭이 그 해악에 비해 너무 고상할
뿐더러 발음도 너무 어려웠던 때문이다.

농부들은 아편을 부를 때 '대연'大煙 혹은 '양연'洋煙이라고 불렀다. '대연'
이란 잎담배와 비교해 붙인 이름, '양연'은 토종 아편과 비교해 붙인 이름
이었다.

사람들은 앞서 외국에서 수입한 제품, 즉 황제의 특명을 받은 흠차대
신欽差大臣 임칙서林則徐에게 금지당했던 아편은 '양연'이라고 불렀다. 그리고
자기네 농토에 씨 뿌리고 거둬들여 만든 아편은 '토연'土煙이라고 칭했다. 그
리고 마지막에 가서 '토연'마저 '토'土라고 줄여 부르기에 이르렀다.

그로부터 한 농부의 재산이 얼마나 많은지 평가하는 기준도 바뀌었다.
보리 몇 가마, 10근짜리 면화 몇 묶음을 곳간에 쌓아 두었느냐가 아니라
'토'를 얼마나 많이 보유하고 있느냐가 빈부의 척도가 된 것이다. 이제 백
록진에 장이 설 때마다 길거리는 '토연'을 파는 농부들의 좌판으로 아수

라장을 이루었다. 지난날 번성했던 곡물장터는 구석으로 밀려났다. 백록진 전체가 '토연' 교역시장의 중심지가 될 지경이었다.

백가헌이 결혼한 지 1년이 지난 후, 백씨네 집 곁방 침상에서 갓난아기의 울음소리가 우렁차게 들려왔다. 선초는 시어머니 조씨의 극진한 시중을 받으며 산후조리를 했다. 얼마 후 침상 아래로 내려섰을 때 그녀의 얼굴은 생기발랄한 빛으로 가득찼다. 탐스러운 젖무덤 한 쌍을 불쑥 내민 태가 남정네의 가슴을 설레게 만드는 젊은 아낙으로 바뀌어 있었다.

첫아들의 돌맞이를 경축하는 의식은 성대하고도 엄숙하게 열렸다. 그리고 뜨거운 열기 속에 치러졌다. 중요한 혈족과 인척, 친구들이 모두 초청장을 받았다. 여러 해 동안 왕래가 끊겼던 먼 친척들조차 풍문을 전해 듣고 기쁘게 참석했다. 가헌은 돼지 한 마리를 잡아 축하객들을 푸짐하게 대접함으로써 기쁘기 한량없는 마음을 표시했다.

그는 별로 고민하지 않고 대충 젖먹이 아들의 이름을 지어 '망아지'란 뜻의 '마구'馬駒라고 했다. 그것은 아버지가 자신에게 '집 지키는 강아지'란 뜻의 '요구'搖狗라는 이름을 붙였을 때와 똑같은 의미를 지닌 것이었다.

중국인들은 태어난 자식이 귀하고 소중할수록 천한 이름을 붙이는 관습이 있었다. 그래야만 악귀들이 눈독을 들이지 않아 건강하고 무탈하게 자란다고 믿기 때문이었다. 이렇게 해서 아기가 유아기를 거쳐 죽지 않고 자라나 서당에 들어가 공부를 할 나이가 되면 그때는 아버지도 심사숙고해서 정식 이름을 붙여 주었다.

가헌은 새로 태어난 아들에게 복을 빌어주고 축하하는 인사말을 귀에 못이 박히도록 들었다. 그러나 아무리 들어도 질리지 않았다. 그보다 더 유쾌한 말은 없었다. 그는 연신 싱글벙글 웃어 가며 축하객들에게 차를 대접했다. 담뱃대에 불을 붙여 권하기도 했다. 모든 친척과 벗들에게 친소를 떠나 똑같이 대접했다.

아무리 성대한 잔치라도 사흘을 못 가는 법이다. 기쁨과 경축에 한껏 들뜬 나날도 한때에 불과했다. 백가헌은 그럼에도 이후의 세월 내내 미몽에서 깨어나지 못한 채 줄곧 과거의 추억에 도취되어 있었다.

아내 선초는 비록 산골 여인이기는 해도 어려서부터 오씨 가문의 엄격한 가정교육을 받고 자란 덕분에 사람을 대할 때나 사물에 접할 때나 교양 없고 거친 산골 처녀들과는 달랐다. 다만 아쉬운 것은 산중에서는 목화를 재배하지 않고 삼만 심었기 때문에 물레질을 할 줄 모른다는 사실이었다. 반면 산골 처녀들은 삼대를 베어다 불려서 껍질을 벗긴 후 바싹 마른 삼 줄기를 다발로 엮어 머리에 이고 들판으로 내려와 무명 몇 필과 바꾸는 일을 아주 잘해냈다.

그것은 며느리로서 중대한 결함이었다. 실을 자아 무명을 짤 줄 모르는 여인은 주부로서의 책임을 감당할 수 없다. 가헌이 신붓감을 물색할 때마다 매파는 으레 소개하는 규수의 가정교육이 얼마나 엄격한지 살림솜씨가 얼마나 꼼꼼하고 날랜지 허풍 섞인 칭찬을 늘어놓고는 했다. 한데 그보다 더 중요한 것은 신붓감이 손수 짠 실타래나 무명천을 직접 가져와 구경시키는 일이었다.

선초를 백씨 가문에 맞아들였을 때는 이런저런 조건을 따질 겨를이 없었다. 그저 대를 이어 줄 씨받이 노릇만 착실히 해 준다면 그만이었다. 어머니 조씨도 그 점을 분명히 알고 있었다. 따라서 며느리를 맞아들인 이후에도 아주 통 크게 너그러운 태도를 보였다.

그녀는 물레를 앞에 며느리를 앉혀 놓고 시범을 보였다. 괴머리 가락에서 퉁겨진 솜뭉치 토리를 어떻게 고동 사이로 들여보내 꼬이게 하는지를 우선 가르쳤다. 또 그 실끈을 어떻게 방추 끝에 받아 걸어 물레줄로 연결시키는지를 자세하게 알려줬다. 이어 물레바퀴를 어떻게 돌려야 실이 가늘거나 거칠지 않고 고르게 나아가 단단하게 뽑혀 나오는지도 시범을 보이면서 가르쳤다. 마지막에는 뽑혀 나온 실을 어떻게 풀을 먹이고 빨고 당겨야만 천을 짤 수 있는 실타래가 되어서 베틀에 올려놓는지도 차근차근 말해줬다. 한마디로 그녀는 모든 과정을 하나도 빼놓지 않고 낱낱이 며느리에게 가르쳤다.

실 잣는 방법을 다 가르치고 나자 이번에는 며느리를 베틀에 올려 앉혔다. 그리고 베틀신대를 딛는 발놀림과 북과 꾸리를 잡은 오른손 놀림, 바디를 잡은 왼손 놀림, 이 세 가지 동작을 어떻게 조화시켜야 하는지와 북을 던져 넣을 때 얼마나 민첩하고 정확해야 하는지도 일일이 시범을 보이면서 가르쳤다. 거기서 한걸음 더 나아가, 온갖 빛깔의 실타래를 가로세로 엇갈려 걸어 각종 무늬와 바둑판 격자의 천을 짜는 법 역시 가르쳤다. 딸들을 가르칠 때보다 더 정성을 쏟으며 큰 인내심으로 지도했다.

선초 역시 타고난 천성이 부지런하고 손놀림도 빨랐던 터라 금방 배웠다. 그래서인지 그녀의 솜씨로 자은 실타래나 무명 폭은 거칠거나 성근 데가 하나도 없었다. 그렇게 열심히 배우고 솜씨마저 훌륭하니 시어머니도 가헌도 흐뭇하기가 더 말할 나위가 없었다.

외손주가 달을 채우자 장인 오씨 영감은 축하선물 두 광주리를 나귀 등에 나눠 싣고 찾아왔다. 그 안에는 먹을 것, 입을 것, 장난감 등등 외손자에게 줄 선물이 가득 들어 있었다. 정교하게 만들어진 자그만 은팔찌 한 쌍에는 소귀나무로 깎아 만든 뭉치 두 개가 매달려 있었다. 백일이 지나자 어린 '망아지'는 그 작은 뭉치를 입에 넣고 젖꼭지처럼 쪽쪽 빨았다. 어린 아들의 그런 모습을 바라보면서 가헌과 선초는 의미 있는 미소를 주고받았다. 신혼 첫날밤 그녀의 속곳 허리띠 끈에 매달린 채 달랑거리던 복숭아나무 뭉치 여섯 개를 떠올린 것이다.

'망아지'가 돌이 지나자 선초의 젖이 나오지 않았다. 망아지가 엄마의 젖가슴을 아무리 빨아도 젖은 더 이상 나오지 않았다. 아이는 밤새 울고 보챘다. 그러자 선초는 다급하고 불안한 마음에 시어머니에게 하소연했다. 젖이 왜 갑자기 안 나오는지 모르겠다고 하자 시어머니는 며느리를 놀리 듯이 웃으며 대답해 주었다.

"젖을 딴 녀석이 몰래 훔쳐 먹었나 보지!"

선초는 그만 얼굴이 화끈 달아올랐다. 간밤에 남편이 자기 젖을 빤 걸 어머니가 어떻게 아는가 싶어 당황했다. 나중에야 시어머니의 말이 다른 의미인 것을 깨달았다. 젖을 몰래 훔쳐 먹은 '딴 녀석'은 자기 배 속에서 꼼지락거리는 또 다른 생명이었다.

둘째 아들의 아명은 '새끼 노새'란 뜻의 '루구'累駒였다. 이 귀여운 '새끼 노새'의 탄생은 백씨 가문에 큰 변화를 일으켰다. 앵속 재배로 재산이 급 격히 늘고 아들이 잇따라 태어남으로써 백씨 모자의 가슴속에 줄곧 드리 워 있던 암울한 그림자와 불운도 깨끗이 사라지게 되었던 것이다.

조씨는 이제 아들이 하는 일은 집안일이든 바깥일이든 일절 참견하지 않았다. 아들 가헌을 완전히 믿었다고 할 수 있었다. 뿐만 아니라 며느리 의 살림살이에도 간섭하지 않았다. 며느리 선초 역시 한 집안의 여주인으 로서 해야 할 일을 정연하게 처리할 만큼 충분히 단련되었다고 생각했기 때문이었다. 그녀는 백 영감이 죽은 후부터 집안일을 주재해 오던 지위에 서 물러나야 할 때가 왔다고 생각하고 정말 뒷전으로 물러났다.

이제 그녀는 손자 둘을 하나는 안고 하나는 걸게 하면서 유유자적하 게 마을을 걸었다. 겨울철에는 양지의 볕을 찾아다녔다. 또 무더운 여름철 에는 나무 그늘을 찾았다. 완전 할머니가 된 것이다. 가끔 골목길에서 꽃 떡 장수, 얼음사탕 장수, 땅콩 장수와 마주치면 그녀는 주머니에서 동전을 아낌없이 꺼냈다.

행상들은 장삿속에 도가 튼 터라 떡 광주리, 사탕 바구니를 백씨댁 문 앞 느티나무 아래에 내려놓고는 조씨가 대문 밖에 나타날 때까지 목청껏 소리를 지르거나 방울 북을 요란하게 두드려댔다.

백가헌은 재산과 후손이 이토록 홍성하게 된 까닭을 부친의 묘소를 이장한 덕분이라고 생각했다. 아쉬운 점이 없는 것은 아니었다. 무덤을 옮길 당시의 그는 큰 곤경에 처해 있을 때였기 때문에 관곽을 안치한 광중과 봉분 둘레를 청석 벽돌로 둘러치기만 했을 뿐 다른 장식은 전혀 꾸미지 못했다. 그렇다고 형편이 좋아졌다고 무덤을 다시 고쳐 쌓을 수도 없었다. 공연히 잘못 건드렸다가 흰 사슴의 정령을 놀라게 할 경우 나쁜 결과를 초래할 수도 있기 때문이었다.

그는 생각다 못해 보완 조치를 취하기로 결심했다. 우선 무덤 주변에 벽돌을 쌓은 다음 봉분 위에 상징적으로나마 집 한 채를 지어 놓기로 한 것이다. 그렇게 하면 무덤이 비바람을 피할 수도 있거니와 흰 사슴의 정령이 안주할 수도 있었다. 풀 베러 오는 아이들이나 나무꾼들이 무덤을 훼손할 염려도 없었다.

공사는 순조롭게 끝났다. 몇 년 전에 옮겨 심었던 잣나무 숲도 울창하게 가지를 뻗었다. 나중에 또 옮겨 심은 탱자나무도 뿌리를 탄탄히 내렸다. 백 영감의 유택은 백록원 일대에서 가장 그럴 듯한 선영先塋이 되었다.

백가헌이 엉뚱한 분규에 휘말린 것은 아버지의 무덤을 보수할 때였다. 그때 벽돌 운반 일을 하던 녹씨 성을 가진 젊은 녀석이 반 묘쯤 되는 밭을 그에게 팔고 싶다고 했다. 그의 아버지는 토박이 건달 도박꾼들과 주사위 노름을 하다가 집안 살림살이를 몽땅 들어먹었다고 했다. 가족들 볼 면목이 없어진 그는 어디론가 사라졌다. 죽었는지 살았는지 모른다고도 했다. 그래서 그의 식구들은 우선 목구멍에 풀칠이라도 하려고 땅을 내놓았다.

백가헌은 선뜻 승낙했다.

"그러세! 그럼 거간꾼을 찾아가 땅값을 얼마나 받고 싶은지 말만 하게. 곡식 섬으로도 줄 수 있고 면화 묶음으로 줄 수도 있네. 거간꾼에게 말하면 그대로 해 줄 테니까."

녹씨 성을 가진 젊은이는 냉 의원을 거간꾼으로 내세웠다. 냉 의원이 백가헌에게 땅 주인이 요구하는 값을 이야기하자 그는 즉석에서 이렇게 말했다.

"그 값에다 보리 서 말을 더 얹어주겠다고 하십시오."

이렇듯 보기 드물게 너그러운 처사는 마을 사람들에게 칭송을 받았다. 그리고 이 소문이 퍼져 나갔다.

그러자 백록촌에 사는 이씨^{李氏} 성의 과부가 중의당으로 냉 의원을 찾아와 0.6묘의 밭을 백씨 댁에 팔고 싶으니 거간을 서 달라고 부탁했다.

가헌은 역시 호기롭게 그 요청을 수락했다.

"아무렴요! 아비 없이 홀어머니 밑에서 자라는 아이를 봐서 보리 서 말, 닷 말이라도 더 보태줘야지요. 좋습니다. 닷 말을 더 얹어주기로 하지요!"

매매 계약서에 서명 날인을 한 다음날 아침 백가헌은 새로 사들인 과부네 밭을 보러 일찍이 집을 나섰다. 그런데 어찌 된 노릇인지 자기가 새로 산 밭에서 누군가 노새와 말을 꾸짖어 가며 열심히 밭을 갈아엎고 있는 게 아닌가? 초여름이라 해가 벌써 높이 떠오르고 들판은 온통 아침노을로 자욱하게 덮여 있었다. 노새와 말은 덜미를 곧추세우고 호통 소리에 맞춰 죽어라고 쟁기를 끌고 있었다. 그 광경을 밭두렁에 검은 장포를 걸친 키 큰 사람이 손으로 허리를 딱 짚고 지켜보고 서 있었다. 가만히 바라보니 녹자림이었다.

백가헌은 슬그머니 부아가 치밀어 빠른 걸음걸이로 밭두렁으로 다가갔다. 등 뒤에 누군가 인기척을 내는데도 녹자림은 못 들은 척, 못 본 척,

뒷짐을 지고 쟁기질에 허덕이는 가축들을 노려보기만 했다.

백가헌은 결국 참지 못하고 울화통을 터트렸다.

"자림! 어째서 내 땅에서 밭을 갈고 있는 건가?"

녹자림은 일부러 놀란 기색을 보이면서 의아한 듯 되물었다.

"무슨 말이요? 이건 우리 땅인데!"

"계약했다는 말도 못 들었나? 냉큼 가서 냉 의원님께 물어보라고! 이게 누구 소유인지 금방 알게 될 테니까."

"무슨 말이오? 이씨 과부가 우리 집에 찾아와서 이 땅을 나한테 넘겼는데!"

"허튼소리 작작하게! 어젯밤에 그 과부가 계약서에 서명하고 압인押印을 찍었단 말일세."

"호오, 그래?"

녹자림이 짐짓 목청을 길게 뽑았다.

"당신네들이 어두운 밤중에 무슨 수작을 했는지 내가 알게 뭐요? 그 과부가 내게 보리 닷 말하고도 은화 8원元을 빌려 가면서 이 땅을 담보로 잡혔다는 걸 모르나 보오? 상환 기간도 아직 많이 남았으니 내가 밭갈이를 하는 것이 당연하지!"

녹씨네 머슴 유모아가 때마침 노새를 밭두렁까지 몰고 왔다. 녹자림은 그 손에서 채찍을 낚아채더니 쟁기를 잡고 방향을 틀어 기세 좋게 밭을 갈기 시작했다. 분명 백가헌에게 보란 듯이 시위를 하는 것이었다.

참지 못한 백가헌이 달려들어 고삐를 움켜잡았다. 싸움은 삽시간에 벌어졌다. 나이도 체구도 비슷한 청년 두 사람이 한데 엉겨 치고받기 시작했다. 머슴 유모아는 감히 싸움을 말릴 엄두도 내지 못한 채 난데없는 소동에 놀라 날뛰는 가축들을 달래느라 바빴다. 노새란 놈은 쟁기를 매단 채 벌써 보리 이삭이 움트는 밭이랑을 천방지축으로 짓밟으면서 내닫고 있었다.

두 청년은 과부 이씨네 밭에서 드잡이를 하다가 물이 말라붙은 배수로에서 발이 미끄러져 잡초투성이 구덩이로 굴러떨어졌다. 주먹질과 발길질은 구덩이에서 기어나온 뒤에도 그칠 줄 모르고 계속되었다. 그들은 서로 잡아당기고 밀치다가 또다시 방금 갈아엎은 땅바닥에 나뒹굴었다.

그러자 마을사람들도 우르르 몰려왔다. 싸움판에 먼저 뛰어든 것은 녹자림네 조카 몇몇이었다. 이어 백가헌의 가까운 친척도 가세하면서 백씨와 녹씨 가문의 패싸움이 벌어졌다. 싸움은 순식간에 온 들판으로 퍼져 흙바닥에는 찢겨진 옷자락이 날렸다. 주인 잃은 신발도 나뒹굴었다.

조씨가 며느리의 부축을 받으면서 전족繼足을 한 발로 뒤뚱뒤뚱 달려왔을 때는 싸움판도 거의 끝나갈 무렵이었다.

백씨네 고부姑婦 두 사람이 당도하기 직전 한 발 앞서 달려온 냉 의원이 벽력같은 고함을 질렀다.

"싸움을 멈춰라!"

마른하늘에 날벼락 같은 호통 소리에 양쪽의 투사들은 흠칫 놀라 모두 주먹을 내리고 발길질을 멈추었다. 냉 의원은 장포 자락을 잡고 앞으로 내닫더니 한 손으로는 백가헌의 덜미, 또 한 손으로는 녹자림의 덜미를 낚아챈 다음 곧장 발길을 돌렸다. 녹씨 성이든 백씨 성이든 싸움판에서 마구잡이로 설치던 패거리들은 주인공들이 붙잡혀 가자 멋쩍게 뿔뿔이 흩어졌다.

두 청년은 중의당으로 들어설 때까지 볼썽사납게 덜미를 잡혀 있었다. 냉 의원은 구경꾼들이 몰려들지 못하게 우선 대문부터 닫아걸었다. 그리고는 세숫대야에 물을 떠 와 각자 피가 나고 흙이 묻은 얼굴을 씻게 했다. 얻어터진 상처에는 지혈제인 백약白藥을 붙여 주었다.

"이제 집에 가서 아침이나 들게. 그래도 분이 안 풀리거든 현청에 고소장을 내든가!"

냉 의원은 돌아앉으며 나가라는 손짓을 해보였다.

백가헌이 사건의 내막을 알게 된 것은 그 직후였다. 과부 이씨가 땅을 녹자림에게 먼저 팔아넘긴 것은 확실했다. 그리고 차용 형식으로 우선 보리 다섯 말과 은화 8원을 받아 챙겼다. 나중에 계약서에 서명할 때 나머지 땅값을 정산하기로 한 것이다.

그런데 가헌이 노름꾼 아들에게 땅값을 후히 쳐주었다는 소문을 듣자 과부는 생각이 달라졌다. 우선 그 땅을 가헌에게 넘긴 다음 그 돈으로 녹자림에게 빌린 돈을 갚는 게 낫겠다는 계산을 한 것이다. 결국 모든 허물은 이중 매매를 한 과부에게 있었다. 그 경위를 알고 나자 백가헌은 욕설이 절로 나왔다.

"이런 못된 과부를 봤나! 소갈머리를 그렇게 굴리다니. 정말 어쩔 수 없군. 에잇, 참!"

그러나 일이 이렇게 되었다는 것을 알고 나자 더욱더 녹자림의 소행을 용서할 수 없었다. 집으로 돌아간 그는 아내를 붙잡고 화를 냈다.

"과부가 나쁜 것은 사실이야. 나한테 한마디라도 귀띔을 해 주었던들 누가 뭐래도 그 여자 땅을 샀을 턱이 있나! 하지만 그쪽은 접어두고 녹자림이란 놈도 정말 괘씸하기 짝이 없잖나! 내가 계약한 것을 뻔히 알면서 보란 듯이 그 밭을 갈아엎다니. 이건 분명히 내 얼굴에다 똥칠을 하려고 작심한 게 아니고 뭐냔 말이야!"

과부 이씨가 중간에 무슨 농간을 부렸든 자기와는 상관이 없다. 내 손에는 명백히 토지매매 계약서가 있으니까. 현청이든 주아문州衙門이든 사리를 따져 고소할 수 있지! 그는 즉각 현청으로 달려가 고소장을 냈다. 녹자림 역시 고소장을 접수시켰다.

녹자림은 과부 이씨가 백가헌과 계약서에 날인했다는 사실을 그날 저

녘에 알았다. 매매 당사자들이 거간꾼 냉 의원과 함께 검지손가락에 인주를 묻혀 계약서에 눌러 찍을 무렵 녹자림은 이 일에 대응할 조치를 생각해 놓고 있었다. 그는 아버지 녹태항에게 과부가 토지를 이중으로 팔아넘긴 경위를 아뢰었다.

녹태항이 물었다.

"그렇다면 너는 어떻게 할 생각이냐?"

아들은 자기가 구상한 대응방법을 이야기했다. 그리고 이렇게 설명을 덧붙였다.

"이 과부네 땅이야 있든 없든 상관없습니다. 이건 백가헌이 저를 망신주는 짓 아닙니까!"

"그 점을 꿰뚫어 봤으면 됐다."

그는 아들이 결정한 조치를 묵인했다. 그의 입장에서 보자면 백 영감이 세상을 뜬 후 백씨 집안은 몰락했어야 옳았다. 그런데 뜻하지 않게 백가헌의 액운이 그쳤을 뿐 아니라 햇병아리 녀석의 날개가 해가 갈수록 더욱 탄탄해지고 있지 않은가! 그는 그 점이 못마땅했다. 그렇다면 앞으로 백가헌이 녹자림의 경쟁 상대가 될 터였으니까.

그는 생각했다. 내가 눈뜨고 살아 있는 동안 아들 녀석이 적어도 백씨 가문과 맞서는 것을 보고야 말리라. 하늘이 두 쪽 나는 한이 있더라도 백씨네 자식이 내 아들의 얼굴에 똥칠을 하게 내버려 둘 수는 없다. 오냐, 좋다! 고소를 하자. 고소를 하고 끝까지 물고 늘어져 철저하게 때려눕혀야 한다. 가산을 탕진하고 길거리에 나앉을망정 반드시 이겨야 한다!

자수현청에 고소장을 내고 돌아오는 길에 백가헌은 백록서원에 들렀다. 그는 매형 주 선생에게 사건의 전말을 털어놓았다. 녹씨 집안이 너무 안하무인이라고 하소연도 했다. 그리고 매형더러 현령에게 말씀을 해달라고 부탁했다. 가헌은 자수현에 신임 현령이 부임할 때마다 으레 백록서원으로 찾아와 매형 주 선생에게 인사를 드린다는 사실을 잘 알고 있었다. 그러니 매형이 한마디 해 준다면 송사에서 이길 수 있으리라고 생각해서 부탁한 것이다.

사연을 다 듣고 나자 주 선생은 이렇게 말했다.

"나도 어제 자네가 땅 문제를 놓고 녹씨네와 대판 싸웠다는 이야기는 들었네. 그래서 자넬 위해 이렇게 고소장을 한 통 써 놓았지. 다음번에 아문에 내기만 하면 될 걸세."

"고맙습니다, 형님."

"약속하게. 집에 가서 뜯어보겠다고."

기쁜 마음에 서둘러 집에 돌아온 그는 편지 봉투부터 뜯었다. 종이에는 단정한 글씨로 간단히 몇 줄 쓰여 있었다.

가헌 아우님에게.

자네는 세력을 믿고 상대방을 억눌렀으니,

송사를 걸어 봐야 양쪽이 모두 다칠 뿐일세.

부자 노릇을 하려거든 어짊을 생각하고 의리를 무겁게 여기는 법,

겸손하게 한 걸음 양보하면 그 너그러움은 열 길이 되느니.

매형의 글을 다 읽고 났을 때 가헌의 증오심은 반 이상이나 풀려 있었다. 그는 편지를 들고 중의당으로 냉 의원을 찾아갔다.

냉 의원은 글을 읽고 고개를 끄덕였다.

"참으로 절묘하네! 기막힌 글이야. 가헌, 이것 좀 보게."

그는 서랍을 열고 편지지 한 장을 꺼내 가헌에게 건네주었다.

가헌은 그것을 읽다 눈이 휘둥그레졌다. 똑같은 글씨체, 똑같은 내용이었다. 단지 다른 것이 있다면 첫 머리의 제목이 '자림 아우님에게'라는 것

뿐이었다.

사흘이 지난 어느 날 저녁 냉 의원은 술자리를 마련해 놓고 백가헌과 녹자림을 중의당으로 초대했다. 그리고 이들에게 제목만 다른 똑같은 내용의 편지를 교환해서 넘겨주었다. 두 젊은이는 동시에 자리를 박차고 일어나 두 손을 맞잡았다. 이어 허리를 굽히면서 진정 어린 사과의 인사말을 나누었다. 냉 의원이 술잔을 들었다. 세 사람은 모두 함께 술 석 잔을 연속해 마셨다. 지난 일은 모두 다 지나간 시간에 흘려보내고 새롭게 우의를 다짐한 것이다.

둘은 이제 더 이상 과부 이씨의 땅을 원하지 않았다. 그들은 문제의 땅을 본주인에게 돌려주기로 의기투합했다. 뿐만 아니라 백씨 측과 녹씨 측이 각자 양식과 돈을 갹출해 과부댁이 어려운 고비를 넘길 수 있도록 보태주기로 했다. 계약은 즉석에서 무효가 되었다. 과부 이씨는 땅바닥에 무릎을 털썩 꿇고 백가헌과 녹자림에게 연신 머리를 조아렸다. 그녀는 벅찬 감동에 목이 메어 하염없이 눈물만 흘렸다.

이 소문은 앞서 백씨네와 녹씨네가 패싸움을 벌였을 때보다 더 빨리, 더 멀리 퍼져 나갔다. 이 일에 크게 감동을 받은 자수현령 고덕무古德茂는 친필로 '인의백록촌'仁義白鹿村이란 휘호를 써서 비석에 새기고 붉은 비단으로 포장했다. 그런 다음 길일을 택해 풍악 패거리가 〈승평기상곡〉昇平氣象曲을 울리는 가운데 백록촌으로 보냈다. 백록서원에 은거하면서 좀처럼 나오지 않던 주 선생도 이날은 의식에 참가했다. 비석은 백록촌의 조상을 모신 사당 앞마당에 세워졌다. 그때부터 백록촌은 '인의의 마을'이라고 불리었다.

제5장

2월 어느 조용한 아침이었다. 아직 봄이 오기에는 쌀쌀한 날씨인데도 길에서는 벌써 꽃떡 장수의 딱따기 치는 소리가 들려오기 시작했다. 마구馬駒와 루구累駒는 딱따기 소리를 듣더니 좋아서 팔짝팔짝 뛰면서 할머니의 옷자락을 붙잡고 밖으로 나갔다. 조씨는 손자 녀석들에게 끌려 뒤뚱 걸음으로 나가면서도 얼굴에는 자상하고도 온후한 미소가 번져 나왔다. 두 손은 벌써 호주머니 속을 뒤져 동전을 꺼내들고 있었다.

백가헌이 본채 문턱을 넘다가 그 광경을 보고 마당을 가로질러 할머니와 손자의 앞을 가로막았다.

"어머니, 오늘부터는 아이들 주전부리를 끊어주세요."

자상한 눈빛으로 손자들과 걸어가던 조씨의 얼굴이 이내 굳어졌다. 그러더니 사나운 눈초리로 아들을 흘겨보았다. 기분 좋게 나가던 길이 갑자기 제지당하니 단연히 불만일 수밖에 없었다.

가헌이 차근차근 설득했다.

"간식을 먹다 보면 음식 투정을 하는 나쁜 버릇이 들지 않습니까? 얘들도 이제 다 자랐습니다. 속담에 '부잣집에는 노새, 나귀가 기어오르고 가난뱅이 집에서는 아이 녀석들이 기어오른다.'고 했습니다. 우리 집에서는 '망아지'든 '강아지'든 아이들을 응석받이로 키우지 않겠습니다."

조씨도 아들의 말에 수긍이 가는 듯 얼굴이 풀어졌다. 그러나 깨물어

주고 싶을 만큼 귀여운 손주들이 찰싹 달라붙은 채 눈치를 살피는 것을 보니 마음이 약해졌다.

"그래, 오늘이 마지막이다! 이걸로 나도 끝이야."

그러나 아들은 한번 입 밖에 낸 말을 거두려 들지 않았다.

"끊으시려거든 당장 끊으셔야죠. 지금부터 끝입니다!"

조씨는 동전을 호주머니에 도로 넣고 휙 돌아섰다. 화가 단단히 난 모양이었다.

"너도 참 모진 녀석이구나!"

마구와 루구는 억울해서 울상을 지었으나 어쩔 수 없이 할머니의 손에 이끌려 위채로 올라가고 말았다.

길거리에서는 딱따기 두드리는 소리가 그칠 줄 몰랐다. 행상꾼의 목소리는 한층 더 크게 들려왔다.

"꽃떡이요! 석류떡 사려!"

오선초가 베틀에 앉아 있다가 고개를 돌리면서 한마디 했다.

"당신, 나가서 저 떡장수들 좀 내쫓아요. 대문간이 시끄러워서 견딜 수가 있어야지. 아이들을 종일 투정을 부리고 울게 만드니, 원!"

가헌은 그러나 빙긋 웃기만 했다.

"남이 길거리에서 떠든다고 쫓아낼 수야 없잖나. 우리 집 안마당에 들어온 것도 아닌데 누구 맘대로 쫓아낼 거야? 사실 좀 시끌시끌한 것도 괜찮지. 두고 봐, '망아지', '강아지' 녀석이 떡장수의 딱따기 소리, 사탕 장수의 방울 소리에 귀가 익으면 나중에 매운 고추 장수 떠드는 소리에도 아무렇지 않을 테니까."

선초는 입술을 잘근잘근 씹으면서 시어머니 말투를 흉내 냈다.

"정말 심보가 고약하시네요!"

두 아이는 벌써 학당에 들어갈 나이가 되었다. 클수록 형제는 생김새가 찍어낸 벽돌처럼 똑같아졌다. 한 살 어린 아우 루구는 형 마구에 비해 키가 작지도 않을 뿐 아니라 오히려 몸집은 더 실팍하고 다부졌다.

그들 형제는 모두 아버지 가헌을 꼭 빼닮았다. 죽은 할아버지 병덕秉德 영감의 모습도 닮았다. 얼굴 전체에서 모든 기관器官이 튀어나오려는 것 같았다. 우뚝 솟은 콧날, 비죽이 내민 입술, 툭 불거져 나온 눈동자며 두드러진 이마뼈 등은 어린 나이가 무색하게 벌써 범상치 않은 병아리들의 바탕을 드러내 보이고 있었다. 이런 얼굴의 특징은 해가 갈수록 더 두드러졌다.

백가헌은 두 아들을 끔찍이도 좋아했다. 그는 가끔 아이들이 한눈을 파는 사이에 둘의 얼굴을 정신없이 훔쳐보곤 했다. 그렇다고 아이들에게 따뜻한 말을 건네거나 귀여워 못 견디겠다는 애정 표현을 한 적은 없었다. 아이들과 할머니가 서로 그림자처럼 밤이고 낮이고 한데 어울려 지내는 바람에 그는 아이들을 제대로 업어주거나 안아 볼 기회도 별로 없었다. 그래서 둘은 다른 농사꾼의 아이들처럼 아버지의 목에 매달리는 것 같은 애교를 한 번도 부릴 수 없었다.

이제 두 아들은 서당에 들어가 공부를 해야 할 때가 되었다. 더 이상 할머니 품에서 고양이나 강아지처럼 어리광이나 부리게 할 수는 없는 노릇이었다.

백가헌은 백록촌에 학당을 세우기로 계획했다. 백록촌에는 100여 가호가 넘게 있는데도 사람들은 아이들을 14~15km나 멀리 떨어져 있는 신화촌神禾村까지 보내 공부를 시켰다. 백가헌도 어릴 때 날마다 꼭두새벽에 집을 떠나 학당에 갔다가 밤늦게야 돌아오기를 5년이나 했다.

그가 학당을 지으려는 것은 두 아들의 편의만을 위해서가 아니었다. 예전부터 언젠가 반드시 해야 할 일이라고 생각해 오던 참이었다.

학당은 사당 안에 만들기로 했다. 사당은 조상의 위패를 모셔 놓은 신성한 장소였으나 공용으로 필요할 때마다 쓰는 건물이라 아무도 신경을 쓰지 않았다. 그래서 여러 해 동안 손을 댄 적이 없는 다섯 칸짜리 대청과 여섯 칸짜리 본채는 기왓장에 이끼가 낀 채 흙먼지와 낙엽에 쌓여 있었다. 뿐만 아니라 기왓장 틈서리마다 잡초가 두 자 높이나 되게 웃자랐고, 처마 끝도 온통 참새와 제비들이 알을 까고 새끼를 부화시키는 둥지로 변해 있었다. 게다가 담장에 입힌 진흙 칠도 모조리 벗겨져 나갔을 뿐 아니라 대청 바닥에 깔아 놓은 네모난 포석鋪石에도 들쥐 떼가 구멍을 숭숭 뚫어 놓은 탓에 벽돌 바닥이 여기저기 무너져 내린 한심한 모습이었다.

백가헌은 자기가 나서서 사당을 철저히 수리하여 면모를 일신시킨 다음 학당을 세우기로 결심했다. 그리고 자신의 이름이 사당과 학당처럼 영원히 남기를 바랐다.

사당은 백록촌과 더불어 유구한 역사를 함께했다. 그럼에도 불구하고 그 유래를 보존한 죽백竹帛이나 문헌文獻, 전적典籍은 한 조각도 남아 있지 않았다. 따라서 이곳에 어느 때부터 사람이 살기 시작했는지 전혀 알 길이 없었다. 어느 분이 백록원에 첫발을 딛고 비탈진 언덕에 동굴을 뚫고 정착했는지 역시 마찬가지였다. 첫 번째로 초가집을 엮어 놓고 들어앉은 시조가 누구였는지는 더 말할 필요도 없었다.

오랜 세월 동안 빈번하게 일어난 천재지변과 인간의 손으로 저질러진 재앙은 무려 100번도 넘게 이 마을을 송두리째 뒤엎고 불태웠다. 하지만 그때마다 뒤에 흘러들어온 타향 사람들과 요행으로 살아남은 이들이 마을을 다시 일으켰다. 이처럼 재앙은 마을을 파괴하고 역사를 인멸했다. 사람들의 기억마저도 빼앗아갔다. 그저 황당하기 짝이 없는 전설만이 오랜 세월 이어져 내려왔을 뿐이었다.

자수하 강물은 홍수로 범람할 때마다 마을을 한 걸음 한 걸음 밀어붙여 비탈진 들판 아래로 옮겨놓았다. 마지막에는 그것도 모자라 경사진 언덕 아래까지 바짝 붙여 놓았다. 전하는 이야기에 의하면 홍수는 언제나 밤중에 들이닥쳤다고 했다. 그때마다 겨우 목숨을 건진 사람들은 높은 언덕에 올라 날이 밝을 때까지 흙바닥에 주저앉아 있다가 동이 트면 갈대를 뜯어 치부만을 겨우 가린 채 흙탕물이 가득한 집터로 되돌아가고는 했다. 그리고는 진흙탕에 파묻힌 곡괭이며 쟁기, 가래 따위의 농기구를 찾아냈다고 했다.

그 와중에 역사 기록이 남을 리가 없었다. 사당 안에 모셔 둔 조상들의 위패와 영정이 홍수에 흔적도 없이 떠내려가면서 마을의 역사도 갈가리 찢겨 흩어진 것이다.

전설은 또 이런 이야기도 전했다. 어느 해인가의 삼복 무더위에 하늘에서 유성이 세숫대야만 한 것부터 콩알만 한 것에 이르기까지 크고 작은 불덩어리가 소나기처럼 쏟아져 내렸다고 했다. 그로 인해 집들은 모조리 불타 잿더미만 남았다. 소와 말, 돼지 같은 가축도 사람과 함께 모조리 타 죽었다. 어떻게 손쓸 수도, 도망칠 길도 없는 재앙을 모면한 사람은 하나도 없었다. 사당 안의 위패와 제단은 또 한 차례 잿더미가 되었다. 마을의 역사는 다시 한 번 끊기고 말았다.

메뚜기 떼의 습격이나 전염병의 창궐 따위는 사소한 재난에 불과했다.

오늘날 살아 있는 백록촌의 어른들은 지금도 대수롭지 않게 말한다. 이 마을의 가구 수는 영원히 200을 넘지 못할 것이다, 인구도 1,000명을 넘을 날이 영영 없으리라고. 만약 그것을 넘게 되면 또 재앙이 내릴 것이라고…….

세월이 흘러 이 마을에 사려 깊은 족장族長 한 분이 나왔다. 그는 원래 있던 후가촌侯家村 –일설에는 호가촌胡家村이라고도 하지만– 의 명칭을 백록촌으로 고쳤다. 마을 사람들의 성씨도 바꾸기로 했다. 후씨侯氏 (호씨胡氏) 형제들은 애당초 백록이 나타났던 길지吉地를 모조리 차지할 속셈이었다. 그래서 족장인 맏형 자손은 모두 백씨白氏 성에 귀속시켰다. 또 아우의 자손은 대대로 녹씨鹿氏 성을 쓰게 했다. 대신 백씨와 녹씨 양 가문은 한 뿌리인 만큼 같은 사당에서 제사를 함께 지내기로 합의를 보았다. 그렇게 해서 백씨와 녹씨 두 집안은 같은 뿌리에서 태어나 같은 씨앗으로 싹튼 혈연관계를 오늘날까지 이어 왔다.

전설에 따르면 백록원 일대에는 그 당시 마을 이름을 바꾸는 풍조가 있었다고 한다. 사슴이 앞에 있다고 해서 녹전촌鹿前村, 뒤에 있다고 해서 녹후촌鹿後村, 사슴이 돌아보았다고 해서 녹회두촌鹿回頭村 등의 이름은 이렇게 생겨났다. 또 사슴의 울음소리가 들렸다는 녹명촌鹿鳴村, 사슴이 누운 자리인 녹와촌鹿臥村, 사슴이 풀을 뜯은 자리인 녹금촌鹿擒村, 사슴뿔을 뜻하는 녹각촌鹿角村, 사슴 발굽이라는 의미의 녹제촌鹿蹄村 등의 이름도 탄생했다…….

그러다가 후임으로 온 현리縣吏가 온통 사슴을 붙인 마을 이름에 골머리를 썩인 나머지 본래 마을 이름을 쓰라는 명령을 내렸다. 사슴과 관련된 이름은 백록촌白鹿村과 백록진白鹿鎭 두 군데만 허가했다. 그런 연유로 백록촌 사람들은 자기네 마을 이름을 더욱 아끼고 자랑스러워하게 되었다.

백씨 성으로 고친 맏이와 녹씨 성으로 바꾼 둘째는 선조들의 사당을 세울 당시 규칙을 하나 세웠다. 족장의 직분은 항렬이 어른인 백씨의 자손들이 승계한다는 것이었다. 그 약속은 궁궐 안에서 황제가 양위하는 철칙을 본뜬 것이라 영원히 바뀌지 않을 불변의 진리였다.

백 영감이 죽은 뒤 백가헌은 관습법으로 정한 규정에 따라 순조롭게 족장의 직분을 이어받았다. 아버지가 세상을 뜬 이후 몇 년 동안 그는 제주祭主의 신분으로 조상님들의 위패 앞에 제주祭酒를 올릴 때마다 송구한 마음을 금할 길이 없었다. 그러나 일곱 번째 아내 오선초가 첫아들을 순산한 이후로는 그럴 일이 없었다.

이제 백가헌은 사당을 복원할 주도면밀한 계획을 가슴에 품고 녹자림의 집 뜰로 들어서고 있었다.

녹씨 댁은 백록촌뿐 아니라 백록원 일대를 통틀어 가장 멋지고 아름다운 사합원四合院이었다. 동쪽과 서쪽, 남쪽과 중앙에 각각 들어앉은 이 네 채의 정식 건물은 녹자림의 고조부가 심혈을 기울여 만든 걸작품이기도 했다.

그 어르신은 가난뱅이 시절 밥을 빌어먹으면서 서안성까지 흘러가 어느 음식점에서 물 긷고 풀무질하는 부엌 머슴 노릇을 했다. 그는 그런 모진 고생 끝에 절묘한 요리 솜씨를 익힐 수 있었다. 때마침 어떤 벼슬아치가 남쪽 지방을 순시하던 중 서안성에 들렀다가 우연히 그가 구워낸 '호로계葫蘆鷄'(섬서성 서안의 특색 닭요리로, 기름기가 거의 없고 담백하다) 요리를 맛봤다고 한다. 벼슬아치는 크게 만족한 나머지 즉석에서 '천하제일 숙수熟手'(남자 요리사)라는 찬탄을 늘어놓았다. 그 칭찬은 곧 서안성 일대에 두루 퍼졌고, 그는 큰돈을 벌게 되었다. 이렇게 해서 그는 조상님들의 터전인 백록촌으로 돌아와 토지를 샀고, 백록원 일대에서 으뜸가는 사합원을 짓고 살게 되었다.

이 엄청난 성공담은 농사꾼 후예들을 각성시키고 유혹했다. 곡괭이 자루와 쟁기를 내던지고 대신 무쇠 주걱을 쥐고 요리를 배우게 만들었다. 그로부터 숙수 요리학의 열풍이 거의 1세기나 불었다. 백록원 일대는 솜씨 좋은 주방장이 배출되는 곳으로 각 지방의 도시에 명성을 떨쳤다.

그러나 그 어르신이 세상을 떠난 후 녹자림에 이르기까지 4대에 걸친 자손들 중에는 더 이상 무쇠 주걱을 휘두르는 숙수가 나오지 않았다. 물정 모르는 사람들은 '천하제일 숙수'가 세상을 떠날 때 이런 유언을 남겼으리라고는 아마 꿈에도 생각지 못했을 것이다.

"나는 평생토록 남의 시중만 들고 살았을 뿐 출세라곤 해 본 적이 없었다. 이 한을 풀려면 남들이 내 자손들의 시중을 들게 만들어야 할 것이다. 또 그래야만 조상님들에게도 영예가 되리라 믿는다. 앞으로 자손들 가운데 수재秀才가 나오면 내 무덤에 딱총 한 방을 쏘아라. 거인擧人에 급제하거든 폭죽을 터트려라. 진사시進士試에 급제하거든…… 화승총 세 발을 쏘거라……."

그러나 녹자림의 증조부, 조부, 아버지는 물론 장본인조차도 고조할아버지의 유언을 실현하지 못했다. 머슴을 부리며 농사나 지을까, 남의 시중을 받는 훌륭한 인물은 끝내 배출되지 않았던 것이다. 대를 이어 내려가며 자제들을 서당으로 보내 학문을 익히도록 했으나 끝끝내 고조할아버지의 무덤에 딱총 한 방도 터트릴 수 없었다. 고조부의 유해는 이미 썩어 흙이 되었겠으나 그가 남긴 말씀은 지하실에 저장해 놓은 소주 항아리처럼 오래 묵을수록 새록새록 선명할 수밖에 없었다.

녹자림은 아들이 일곱 살 나던 해 정월에 신화촌 마을 학당으로 보냈다. 그리고 밤새 자전字典을 다 뒤진 끝에 조붕兆鵬이란 글자를 골라 정식 이름을 붙여 주었다. 그 이름에는 아주 간절한 소망, 밝은 미래를 지향하는 의미가 담겨 있었다.

둘째 아들 조해兆海도 올해 정월부터 학당에 보냈다. 두 아들은 날마다 동트기가 무섭게 아버지의 호통 소리에 쫓겨 학당으로 갔다. 조붕과 조해의 뺨은 추위에 얼어 터졌다. 얼음 박인 손발에서는 누런 진물이 흘렀다. 아이 엄마는 어린것들을 너무 일찍 서당에 보낸다고 원망했으나 녹자림은 털끝만큼도 흔들리지 않고 힘 있게 말했다.

"내 반드시 고조할아버님의 산소에 화승총 세 발을 쏘고야 말 테다!"

녹자림은 안마당을 가로질러 오는 낯선 발자국 소리를 곁방에서 들었다. 내다보니 백가헌이 들어오고 있었다. 그는 얼른 마중을 나가면서 인사를 건넸다.

백가헌이 걸음을 멈추고 말했다.

"자네 말고 큰아저씨에게 드릴 말씀이 있어서 찾아왔네."

녹자림은 멋쩍게 발길을 돌려 곁방으로 돌아갔다. 마치 집안에 들어온 도둑놈에게 무시당한 것 같아 부아가 치밀었다.

"아저씨, 계십니까?"

백가헌이 위채로 올라가면서 문을 향해 소리쳐 불렀다.

녹태항은 한 손에 놋쇠 담뱃대를 쥔 채 한 손으로는 여유 있게 불심지를 꼬면서 걸어 나왔다. 그러더니 담뱃대 끝으로 어서 대청에 오르라는 손짓을 해보였다. 백가헌은 가리키는 대로 꽃무늬 조각이 새겨진 의자에 가서 앉았다. 주인은 사방탁자 한편의 의자에 자리하고 말없이 가늘고 긴 손가락으로 담배통에서 솜처럼 부드러운 황금빛 각연초를 집어 곰방대에 차곡차곡 채워 넣었다.

"아저씨, 사당을 고쳐야겠습니다."

백가헌이 곧바로 용건을 꺼냈다.

녹태항은 담뱃불을 붙이려다가 흠칫했다. 타오르는 불꽃이 재빠르게 심지 끝으로 번져 가면서 재를 남겼다. 어리둥절하던 그는 이내 제정신을 되찾고 곰방대에 불을 붙였다.

"진작에 했어야지!"

녹태항은 훅 불어 끈 심지불이 하얀 재를 남길 때가 되어서야 대답했다.

백가헌은 그 말 한마디에서 세 가지의 의미를 읽어낼 수 있었다. 사당은 수리해야 한다, 수리해야 할 사당을 이날 이때껏 방치해 둔 것은 전임 족장 백병덕의 실책이다, 새 족장 백가헌은 마누라를 맞아들이고 죽여서 내보내느라 정신 팔 땐 언제고 이제 와서 갑자기 사당을 수리해야겠다니, 너무 느닷없지 않느냐…… 대략 이런 뜻이었다. 그렇다고 변명을 늘어놓기도 뭐해서 백가헌은 그저 모른 척 넘겼다. 그가 사당을 수리하는 데 필요한 비용과 식량 조달 방법, 공사 일정을 구체적으로 설명하자 녹태항은 몇 마디 듣지 않고 말을 끊었다.

"그 일은 자네하고 자림이 맡아서 하게! 난 워낙 늙은이라서……"

백가헌은 당황해서 급히 설명을 덧붙였다.

"발로 뛰는 거야 물론 저하고 자림이 하겠습니다만 어르신께서 나서주셔야 하지 않겠습니까?"

"자네 부친이 살아 계셨을 때 우리 둘이서 손잡고 무슨 일 하는 거 봤나? 지금이라도 자네들 형제끼리 일을 같이 해야 하네."

이어 아들 녹자림을 불러들였다.

"가헌이 사당을 고치겠다는구나. 너희들 형제가 잘 상의해서 처리하려무나."

길고 지루한 봄날이었다. 백록촌은 화기애애한 분위기로 온통 술렁거렸다. 사당 개축 공사가 앞당겨진 것이다. 백가헌은 다섯째 아내였던 여인의 아버지 위衛 목수와 그 도제徒弟들을 초빙했다. 그리고 모든 공정은 백가헌과 녹자림이 분담했다. 녹자림은 공정을 책임지고 집집마다 식구 수에 따라 일꾼을 동원했다. 백가헌은 뒤에서 보급을 맡았다.

사당 밖 너른 공터에는 임시 차양막이 설치됐다. 가마솥을 걸 아궁이와 부뚜막, 음식을 조리할 도마도 놓였다. 목수나 석공, 대장간 일을 맡은 정식 기능공에게 식사를 제공하기 위해서였다. 게다가 동네에서 번갈아 차출되는 일꾼들도 모두 공동 취사장에서 세 끼 밥을 먹었으니 그럴 수밖에 없었다. 주방장은 마을에서 음식 솜씨가 뛰어난 아낙네 몇 사람이 맡았다. 남정네들은 좌판을 둘러싸고 밥 한 끼 먹으면서 부뚜막에서 바쁜 일손을 놀리는 아낙네들과 농담을 주고받으며 시시덕거렸다.

백가헌이 내놓은 대담한 방안에 녹자림은 시원하게 호응했다. 그의 생각은 성씨가 백씨든 녹씨든 사당 안에 들어가서 분향하는 사람은 자기 집 형편에 따라 기부하게 하자는 것이었다. 보리 한 되라도 적다고 하지 않는다, 한 섬이라도 사양하지 않는다, 보리 한 됫박, 돈 한 푼 낼 수 없는 집안이라도 탓하지 않겠다, 사당 수축의 주된 의미는 앞서 현령이 마당 앞에 세운 비석 '인의의 마을 백록촌'의 정신을 충분히 구현하는 데 두겠다는 이야기였다. 이렇게 해서 기부금이 많든 적든 사당 수축에 필요한 나머지는 전부 그와 녹자림이 부담하는 것으로 결론이 났다.

백가헌은 집집마다 기부한 양곡을 장부에 낱낱이 올리고 붉은 종이에 출연자出捐者의 명단을 써서 사당 바깥담에 내다걸었다. 날마다 기록하는 식량과 금품소비 숫자는 마음속에 훌륭한 반성의 잣대가 되었다. 조상님들 보는 앞에서 대충 적은 장부를 내놓을 수는 없기 때문이었다. 전체 예산을 따져 보니 마을 사람들이 기꺼이 내놓은 식량은 전체 소요량의 3분의 2가 되었다. 백가헌과 녹자림 양가에서는 나머지 3분의 1을 충당했다.

전체 공정이 끝나고 막을 올리던 날, 남쪽 들판 마자홍麻子紅의 놀이패가 초빙되어 사흘 밤낮이나 풍악을 울렸다. 강변 상류와 하류에 사는 주민들도 백록촌에 몰려와 새로 고친 사당을 우러러보았다. 그런가 하면 현령이 사당 앞뜰에 친히 세웠다는 비석도 구경했다. 사람들은 백록촌의 새로운 족장 백가헌을 다시 보았다. 백록원 일대에서 아내 얻기 최고 기록을 세운 주인공 말이다. 이제 보니 그는 독액을 뿜는 갈고리가 달린 괴물이 아니라 고귀한 인품을 지닌 사람이었다. 그렇다, 박복하고 명 짧은 여자가 어떻게 그와 백년해로할 수 있었겠는가?

그해 여름 수확이 끝난 뒤였다. 학당은 준공되었다. 다섯 칸짜리 정전正殿에는 백씨와 녹씨 선조들의 위패가 봉안되었다. 또 앞서간 모든 남녀의 신주神主가 저마다 손가락만 한 너비의 격자 한 칸씩을 차지하면서 대청 정면 벽에 꽉 들어찼다. 처음에는 서쪽 세 칸짜리 본채가 학당으로 쓰였다. 그러나 훗날 학생들의 수가 늘어나 전부 수용을 하지 못하게 되면서 다섯 칸짜리 대청으로 옮기기로 했다. 동쪽 세 칸짜리 곁채는 중간을 흙담으로 나누어 한 칸은 훈장 선생의 침실로 쓰기로 했다. 또 다른 칸은 문중 사람들이 중요한 일을 협의하는 공동 집무실로 사용하기로 했다.

백가헌은 학당 학동學童(이사장)에 선출되었다. 또 녹자림은 학감學監에 추대되었다. 두 사람은 상의 끝에 백록서원으로 주 선생을 찾아가 지식과 덕망 있는 선생님을 추천해 달라고 부탁했다. 그러자 주 선생은 처남 백가헌과 녹자림 앞에서 정중히 무릎 꿇고 큰절을 올렸다.

"두 분 아우님, 이 어리석은 형의 절을 받으시게!"

깜짝 놀란 두 사람은 서로 얼굴만 멀뚱멀뚱 쳐다보다가 황급히 주 선생을 부축해 일으켰다.

"아니, 어쩌자고 이러십니까?"

당황한 둘의 말에 주 선생은 눈에 뜨거운 눈물이 맺힌 채 이렇게 대답했다.

"두 분 아우님은 무량공덕無量功德을 쌓으셨네. 이런 일을 누가 해낼 수 있단 말인가!"

그는 감회에 젖어 말투 역시 격앙된 어조로 바뀌었다.

"조상님들의 사당을 수리한 것도 물론 착한 일이기는 하나 그것은 작은 선행에 지나지 않네. 그러나 학당을 세우는 일은 큰 선행이네. 무한공덕을 쌓는 일일세. 조상님은 마땅히 공경해야 하고 제사도 올려야지. 제사를 빼먹는 짓은 불효니까. 그러나 제사를 지내고 공경하는 일은 그저 작은 효심을 다하는 것인 반면 학당을 세우는 일은 자손만대에 길이 전할 대사라고 할 만하네. 세상일을 산 자에게 의지해야지 죽은 이에게 의지할 수는 없는 노릇 아닌가!"

"옳으신 말씀입니다……."

"우리가 앞으로 믿고 의지해야 할 기둥은 역시 지금 기저귀 차고 걸음마를 배우는 아이들일세. 그들에게 글자를 가르쳐 성현의 책을 읽히고 예의와 도리를 깨우쳐 준다면 그중에서 나라를 다스리고 안정시킬 기둥이 나오지 않겠나. 자네들은 백록원의 자손들을 위해 이렇듯 엄청난 일을 해냈네. 그렇기 때문에 앞으로 학문을 익힐 기회를 얻은 자제들을 대신해서 내가 자네들에게 일배一拜를 올린 걸세."

어느덧 백가헌도 매형의 이야기에 감동을 받아 뜨거운 눈물을 흘리고 있었다. 녹자림 역시 겸손한 자세로 목청껏 찬사를 보냈다.

"주 선생님, 무슨 일을 대하시든지 깊이 꿰뚫어보시고 멀리 내다보십니다! 저희들이야 그저 우리 마을 꼬마들이 공부를 편하게 할 수 있으면 해서 벌인 일일 뿐이었습니다……."

주 선생과 동문수학하던 선비들이 관중關中 일대에 두루 퍼져 있는 터라 백록촌에서 교편을 잡을 만한 훈장 선생 한 사람쯤 물색하기란 그리 어렵지 않았다. 이래서 곧바로 백록원 동쪽 서가원徐家園에 사는 서 수재徐秀才가 천거를 받았다.

서 수재는 주 선생과 동문이자 동갑이었다. 학식도 높고 덕망 또한 높았다. 그러나 과거시험에는 운이 없었다. 그래도 그는 집에서 농사를 짓는 한편 독서를 게을리하지 않았다. 세월이 흐름에 따라 벼슬길에 올라 부귀공명을 누리겠다는 생각은 버리고 올바른 정서와 마음가짐을 닦는 데만 전념했다. 두 사람이 주 선생의 친필 서한을 가지고 서가원으로 가서 서수재를 초빙하자 그는 두말없이 백록촌으로 왔다.

학당 건물이 된 서쪽 세 칸짜리 별채에는 학생들이 집에서 가져온 탁자, 책상, 걸상 따위로 꽉 들어찼다. 백가헌의 두 아들도 정식 이름을 얻었다. 맏이 마구는 백효문白孝文, 둘째 루구는 백효무白孝武가 됐다. 신화촌 학당에 다니던 녹자림의 아들 녹조붕鹿兆鵬과 녹조해鹿兆海는 전학을 왔다. 마을의 남자들은 슬하에 취학할 자제가 있든 없든 모두 와서 학당 창설 의식에 참석했다.

의식은 정중하면서도 간결하게 진행되었다. 석각 탁본으로 뜬 지성선사至聖先師 공자의 측면상側面像이 우선 남산 담장에 붙었다. 또 제단에는 제철 사과 한 쟁반, 때늦은 복숭아 한 쟁반, 그리고 과자 한 쟁반, 유밀과 한 쟁반이 올랐다.

붉은 촛대 두 개에 가헌이 불을 붙이자 사당 앞마당에서 폭죽이 요란하게 터졌다. 그는 향을 사르고 공자의 초상 앞에 공손히 머리를 조아렸다. 아이들은 책상, 걸상 사이의 빈자리에 꿇어 엎드렸다. 사당 앞뜰에 모인 남정네들도 땅바닥에 꿇어 엎드렸다.

녹자림과 서 선생이 차례대로 분향하고 큰절을 올린 다음 제단 양옆으로 물러났다. 이어 새로 입학하는 아이들이 차례차례 향을 꽂고 마룻바닥에 머리를 조아렸다. 마지막에는 마을사람들이 줄을 이었다.

공자에 대한 제례 절차를 마친 다음 백가헌이 미리 준비했던 붉은 비단 띠를 서 선생의 어깨에 둘러주자 폭죽이 또 한 차례 터졌다. 서 선생은 어깨에서 가슴을 거쳐 겨드랑이 아래까지 걸친 띠를 매만지면서 간단히 답사를 했다.

"저는 이 백록촌에 와서 오로지 두 글자만 가르치는 데 직분을 다하고 정성을 다할 생각입니다. 그것은 저 앞마당에 세워진 비석 '인의의 마을 백록촌' 가운데 '인의'仁義라는 단어입니다."

예정된 식순을 마칠 때였다. 앞마당에서 노인 두 분이 붉은 옻칠을 입힌 쟁반을 하나씩 들고 나왔다. 쟁반에 놓인 것은 붉은 비단 띠였다. 노인들은 단상에 오르더니 붉은 비단 띠 한 개는 백가헌의 어깨에, 또 한 개는 녹자림의 어깨에 걸쳐 주었다.

한 노인이 이렇게 말했다.

"이것은 주민들의 뜻일세."

저녁 무렵이 되어 백가헌은 학당 창설식 때 입었던 청색 두루마기를 훌훌 벗었다. 소매가 긴 저고리와 바지도 벗어던졌다. 이어 소매 짧은 저고리, 단출한 반바지로 갈아입은 다음 홀가분한 마음으로 저녁노을이 비치는 마구간에 들어섰다. 저녁밥을 먹기 전에 가축들에게 작두로 싱싱한 풀을 썰어 줄 요량이었다.

녹삼은 외바퀴 손수레를 끌고 타작마당에서 가축우리로 흙더미를 밀어다가 평평하게 돋워주느라 바빴다. 얼굴과 눈썹이 황토로 뿌옇게 뒤덮였지만 아랑곳하지 않았다. 그는 가헌이 오는 것을 보고 얼른 손수레를 놓고 작두날을 벌렸다. 가헌은 작두 곁에 쭈그려 앉아서 싱싱한 풀다발을 한 줌씩 끌어다 무릎 아래 가지런히 쌓아 놓고 작두날 아래로 밀어 넣기 시작했다. 녹삼이 두 손으로 자루를 잡고 힘껏 내리눌렀다.

"철커덕!"

작두날에 잘게 썰린 풀다발이 푸시시 흩어져 내렸다. 작두날이 풀잎 진액으로 새파랗게 물들었다.

"꼬마 녀석도 학당에 보내야겠습니다."

가헌이 혼잣말처럼 중얼거렸다.

"그야 물론이지. 공부를 해야만 바른길로 나갈 테니까."

녹삼은 별 생각 없이 대꾸했다.

"제 말은, 흑왜黑娃 녀석 말입니다."

"뭐라고? 흑왜를?"

녹삼은 비로소 깨달은 듯 놀리던 손길을 멈췄다.

"흑왜한테 내일부터 학당에 나가라고 하십시오. 훈장 선생에게 드릴 보리 닷 되는 제가 낼 테니까요. 선생님의 식사도 제가 맡으렵니다. 책상은 따로 가져갈 것 없습니다. 마구와 루구 녀석이 가져간 탁자를 함께 쓰면 되니까. 걸상 하나만 들고 가라고 하십시오."

그 말에 녹삼은 시큰둥한 말투로 대꾸했다.

"원, 별소리를 다 듣겠군! 태생이 농사꾼인데 그런 돌대가리가 무슨 공부를 하누?"

"가난뱅이 선비가 장원급제를 한다는 말도 있지 않습니까? 부잣집 자식들은 귀하게만 자라서 쓸모없는 인간이 되기 십상이죠. 형님 자식이라고 얕잡아보지 마십시오. 제 눈에는 흑왜 녀석도 보통 아닌 것 같던데요."

가헌은 웃음 섞어 말을 이었다.

"훗날 흑왜 녀석이 진짜 학문을 이룩해서 5품, 7품에 오르면 제게도 영광이 아니겠습니까?"

"그 녀석을 학당에 보내면 풀은 누가 베나?"

녹삼이 심드렁한 말투로 중얼거렸다.

"형님도 베고 나도 베고 우리 둘 중 시간이 나면 누구든지 가서 베면 되죠. 그런 걱정일랑 접어 두고 우선 흑왜를 학당에 보내십시오."

가헌은 마지막으로 못을 박았다.

"가을이 지나면 아예 언덕 비탈땅에다 개자리 씨앗을 뿌립시다. 그 땅은 최하급 '화자'和字 땅이라 곡물은 안 되겠지만 잡초는 잘 자랄 겁니다. 그럼 내년에는 굳이 풀을 베러 나갈 것도 없지 않겠습니까."

'검둥이 꼬마' 흑왜는 날이 밝기 무섭게 아버지의 호통 소리에 놀라 일어났다. 풀을 베러 나가려고 주섬주섬 광주리와 낫을 챙겨 드는데 아버지의 목소리가 또 들렸다.

"낫하고 광주리는 내려놓거라. 학당엘 가야 하니까."

야단치는 소리가 아니었다. 그런데 아닌 밤중에 봉창 두드린다고 이게 도대체 무슨 소린가 싶어 흑왜는 마당 가운데 멍하니 서 있었다.

"그거 냉큼 내려놓지 못하겠냐! 걸상 한 개만 들고 나와라."

불호령이 또 떨어졌다. 이번만큼은 늘상 듣는 꾸지람이라 앞서 들은 소리보다 한결 귀에 익었다. 흑왜는 마지못해 광주리와 낫을 내려놓으면서 투덜댔다.

"책도 없고 붓도 없고 종이 한 장도 없는데 뭘 가지고 공부를 해요?"

"잔말 말고 학당에 가서 얌전히 앉아 있거라. 우선 제멋대로 구는 그놈의 못된 성미부터 고쳐야겠다. 붓이랑 책이랑 종이는 한 이틀 지나서 사다 줄 테니까. 알겠느냐? 네놈이 그 성질을 누그러뜨리지 못하고 들비둘기처럼 촐싹댄다면 책값, 종잇값, 붓값 모두 헛돈 쓰는 게다."

흑왜는 걸상 한 개를 달랑 들고 사당 문으로 들어섰다. 갈색 두루마기 차림의 서 선생은 뒷짐을 지고 뜰을 서성거리고 있었다. 흑왜는 엄하게 생긴 훈장 선생을 보고 어떻게 해야 좋을지 몰라 허둥댔다.

녹삼이 아들 손을 이끌어 앞으로 내세웠다.

"선생님께 인사 올려야지!"

흑왜는 허리를 굽실거리다가 어깨에 메고 있던 걸상을 떨어뜨렸다. 걸상은 공교롭게도 서 선생의 발등을 찍었다.

"어이쿠!"

녹삼은 흑왜의 멱살을 움켜잡으며 욕설을 퍼부었다.

"이런, 덜렁대기는……. 내 이놈을!"

서 선생은 아픔을 참으면서 별것 아니라는 듯이 만류했다.

"괜찮네. 인사할 것 없어. 그냥 들여보내게! 가헌이 미리 얘기했으니까."

녹삼은 아들을 데리고 학당 안으로 들어가 마구와 루구의 탁자 한편에 걸상을 내려놓았다. 마구가 습자지 한 묶음, 붓 한 자루를 내밀었다.

"이거 받아. 우리 아빠가 너한테 주랬어."

녹삼은 가슴이 뭉클하고 코끝이 시큰해졌다. 그는 아들을 돌아보고 으르렁댔다. 안쓰러운 마음을 감추기 위해서였다.

"흑왜, 이놈의 자식. 공부 똑똑히 잘해! 안 그랬다가는 그냥 요절을……."

흑왜는 못 들은 척 붓 뚜껑을 뽑았다. 자주색 붓머리를 보는 순간 마치 불에라도 댄 듯 퍼뜩하고 빨간 여우 털가죽이 생각났다. 산비탈에서 풀을 베는 동안 여우란 놈과 벌써 몇 번이나 마주쳤는지 기억도 나지 않는다. 언젠가 낫질을 세게 하다가 자루를 놓치는 바람에 낫이 여우의 뒷다리를 벤 적도 있었으니 말이다. 운수 나쁜 그 여우는 불길처럼 탐스러운 꼬리털을 가지고 있었다. 그는 죽어라고 쫓아갔으나 그놈이 낭떠러지 바위 틈새로 도망쳐서 그만 놓치고 말았다. 그 뒤로 흑왜는 절름거리며 달아나던 그놈의 뒷다리 상처가 다 나았는지 영영 못 쓰게 되었는지 그게 늘 마음에 걸렸다. 지금 문득 떠오르는 것은 그 여우를 잡으면 이런 붓을 몇 자루나 만들 수 있을까 하는 것이었다. 흑왜는 자기 손을 내려다보았다. 왼손바닥은 풀물이 들어 시퍼랬다. 손가락 끝마디는 거무스레한 빛깔이었다. 매끄러운 붓대와 솜처럼 보드라운 노란 습자지를 매만지고 있으려니 아무래도 겁이 났다.

서 선생이 뒤따라 들어왔다.

"모두 책을 펼치고 읽어라."

흑왜는 책이 없었다. 그저 훈장 선생님이 읽는 대로 따라 읊을 수밖에 없었다.

"사람의 천성이란 본래 착한 것이니……."

학당 안에 있는 녀석들은 모두 이 마을 개구쟁이들이었다. 동문들끼리 서먹서먹한 느낌 같은 것도 없었다. 그저 있다면 학당 생활을 같이 한다는 신선함뿐이었다. 사나흘이 지나고 신선한 감정도 사라지면서 흑왜는 공부를 한다는 것이 더 이상 행복한 일이 아니라 고생을 사서 하는 짓이라는 걸 깨달았다. 그런데도 어머니는 날마다 저녁상을 물리고 나면 아들을 앉혀 놓고 으름장을 놓았다.

"흑왜, 공부에 더 욕심을 내야지! 읽으라는 책은 안 읽고 놀기만 좋아하면 어떻게 할 거냐? 이 어미 보기에 부끄럽지도 않으냐? 어미는 둘째 치고 백씨네 아저씨가 베풀어주신 호의를 생각해서라도……."

급기야 흑왜는 진저리를 쳤다.

"차라리 나더러 풀을 베러 가라고 하세요!"

평소 마을에서 장작패기, 물장구치기, 처마 끝에서 참새알 꺼내기를 하면서 맺은 우정은 학당 안에서도 아주 특별한 대접을 받았다. 동네 아이들은 자연스럽게 개구쟁이 왕자 흑왜의 주변으로 몰려들었다. 그러나 흑왜 자신은 이런 숭배에 대해서 흥미도 없었을 뿐 아니라 자존감도 무너져버렸다. 급기야 다른 대상을 숭배하기 시작했는데 그는 녹조붕이었다.

녹조붕은 신화촌 학당에서 전학을 왔다. 나이는 많지 않으나 글쓰기와 책읽기는 으뜸이었다. 훈장 선생이 그를 단독으로 가르쳐서 이미 《중용》中庸 한 권을 뗀 상태였다. 그는 아이들과 잘 어울리고 누구와도 스스럼없이 사귀는 성격이었다. 깊이 파인 눈자위에 길게 덮인 속눈썹이 부드러운 인상이었다. 그 아우 녹조해도 그런 눈매와 속눈썹을 가지고 있었다. 이들 형제의 아버지 녹자림과 할아버지 녹태항 역시 그런 눈언저리와 긴 눈썹을 지녔다.

녹조붕은 어렸을 적부터 신화촌 학당에서 공부를 해 온 탓에 흑왜는 그와 만날 기회가 거의 없었다. 그러나 지금은 한 교실에서 사방탁자 두 개 뒤에 앉아 있노라니 녹조붕의 그 깊은 눈매가 쏟아내는 매력에서 도무지 벗어날 수 없게 되었다.

흑왜는 언젠가부터 속으로 녹조붕 형제와 백효문 형제를 비교하는 버릇이 생겼다. 녹조붕과 녹조해는 친근감이 들었다. 심지어 그 아버지 녹자림도 친근했다. 녹자림은 길거리에서 마주칠 때마다 느닷없이 와락 덮쳐 머리카락을 헝클어뜨리면서 다른 한 손으로 바짓가랑이를 더듬었다. 그리고는 사타구니 밑 소중한 물건을 움켜쥐고 껄껄껄 웃으면서 협박을 해댔다.

"흑왜, 요 강아지 새끼야! 나더러 아저씨라고 안 부를 테냐? 앙탈만 했단 봐라. 내 요 쬐끄만 불알을 떼어다가 고양이한테 던져주겠다!"

하지만 백가헌 아저씨는 그러지 않았다. 이 양반은 언제 보아도 의젓하고 반듯하기만 했다. 아마도 죽을 때까지 영원히 점잖고 단정한 그 태도를 잃지 않을 것이다. 그래서인지 툭 불거져 나온 그의 눈꺼풀은 절간에 모셔 놓은 부처님을 연상하게 했다.

흑왜는 백씨 댁이 자기 식구들에게 잘해 주는 걸 알면서도 어쩐지 어색하고 무섭기만 했다. 그래서 날마다 이른 아침과 오후 두 차례에 걸쳐 풀을 베어 올 때면 총총걸음으로 백씨 댁 마구간 뒤를 돌아가서 작두 옆에 부려 놓고는 했다. 그런 후에는 다시 부리나케 떠났다. 백가헌의 부처님 같은 근엄한 얼굴과 마주치는 게 무서웠기 때문이다.

백씨 형제와 같은 책상에 앉아서 효문, 효무 형제의 얼굴을 바라볼 때마다 그는 부처님 곁에 서 있는 동자승童子僧의 모습이 떠올랐다. 언제 어느 때라도 다른 사람의 큰절을 받아들일 준비가 되어 있는 그런 엄숙한 표정 말이다. 효문과 효무 형제는 글 읽기, 글쓰기에 무척 열심이었다. 머리도 무척 영리하고 총기가 있어서 책을 줄줄 외우기 때문에 꿀밤 한 대 맞는 일이 없었다. 붓글씨 본에 따라 큼직큼직하게 글씨를 쓴 습자지에는 언제나 훈장 선생님의 붉은 동그라미가 가득했다.

흑왜도 이제 고상한 이름을 하나 얻었다. 녹조겸鹿兆謙, 아버지가 백가헌 아저씨에게 부탁해서 받은 이름이었다. 아버지는 '아들 녀석이 버릇없고 거칠고 말도 못 할 개구쟁이니까 좋은 이름자로 성미를 고쳐 달라.'고 했다.

백가헌 아저씨는 이렇게 대답했다.

"겸손한 품덕을 기르고 나면 버릇없는 짓도 안 할 테고 개구쟁이 노릇도 않을 겁니다. 그러기에 행동거지가 겸손하고 단정한 사람을 군자라고 하지 않았습니까? 저 녀석은 녹씨 성 가운데 '조兆'자 항렬에 드니까 '조겸'이라고 부르죠. 뜻도 좋고 부르기도 쉽지 않습니까?"

학당에서 훈장 선생님이 외우기를 시킬 때였다.

"조겸!"

흑왜는 누굴 부르는가 싶어 꿈쩍도 않았다. 훈장님이 두 번 세 번 거듭 불렀으나 끝내 반응을 하지 않았다. 개구쟁이 녀석들이 와르르 웃음을 터트렸다.

학생들은 그를 전과 다름없이 '검둥이 꼬마'라고 불렀다. 조붕도 '흑왜'라고 불렀다. 단지 효문과 효무 형제만은 아버지가 지어준 이름을 기억하고 반드시 '조겸'이라고 불렀다. 효문과 효무 형제가 그 이름으로 부를 때마다 흑왜는 백씨 댁 형제들에 대한 존경심이 커졌다. 마치 그가 백가헌 아저씨를 두려워하면서도 그에 대한 존경심을 잃지 않는 것과 같았다. 급기야 그는 백씨 형제의 책상에서 적막감을 이기지 못하고 녹씨 형제의 책상으로 자리를 옮겨버렸다.

녹조붕이 종이에 싼 물건을 하나 던졌다. 그는 얼떨결에 손을 내밀어 받았다. 그러나 돌멩이라 생각하고 바로 버리려고 했다.

녹조붕이 나지막하게 소리쳤다.

"버리지 마! 버리는 거 아니야!"

종이를 들춰 보니 강변에 지천으로 널린 하얀 자갈처럼 생긴 것이 있었다. 그런데 얼음처럼 차가웠다.

"이게 뭐지?"

"얼음사탕!"

녹조붕이 대답했다.

흑왜는 얼음사탕을 문질러 보면서 또 물었다.

"어디다 쓰는 거야? 얼음사탕이란 거……."

녹조붕은 피식 웃으면서 설명해 주었다.

"먹는 거지 뭐야!"

그리고 그가 널름 내민 혓바닥에는 똑같은 얼음사탕이 녹고 있었다.

흑왜는 얼음사탕을 조심스레 입에 넣었다. 세상에, 이렇게 기막힌 맛이 어디 또 있겠는가! …… 뭐라고 표현할 길 없는 단맛에 흑왜는 와들와들 몸을 떨다가 갑자기 "으아앙!" 하고 울음보를 터트리고 말았다.

녹조붕은 깜짝 놀라 흑왜의 볼을 꼬집어 비틀었다. 사탕이 목구멍을 막을까 봐 걱정이 되었던 것이다. 흑왜는 구슬픈 기색으로 얼굴을 휙 돌렸다.

'두고 봐. 내가 돈을 벌면 뭣보다 먼저 이 빌어먹을 놈의 얼음사탕을 잔뜩 사서 호주머니에 넣고 하루 종일 먹고 다닐 테니까!'

며칠이 지나 조붕은 또 흑왜의 손바닥에 조심스럽게 무언가를 놓아주었다.

"수정떡이야. 얼음사탕보다 더 맛있는 거지!"

흑왜는 손바닥에 놓인 둥글둥글한 수정떡을 노려보았다. 바삭바삭한 껍질, 백설처럼 하얀 겉껍질에 붉은 꽃무늬 다섯 줄기를 박아 넣은 과자였다. 손바닥에는 그새 바스러진 껍질이 떨어져 나와 묻었다. 또다시 몸에 오싹하는 전율이 느껴지는가 싶더니 전신으로 퍼져 나갔다. 그는 이를 악

물었다. 그리고 수정떡을 길가 풀숲에 던져버렸다.

녹조붕이 놀라 펄쩍 뛰었다. 수정떡이라면 그로서도 좀처럼 먹기 힘든 귀한 것이라 큰마음 먹고 아껴뒀다가 흑왜에게 갖다 주었는데 이렇듯 어처구니없는 보답을 받았던 것이다. 그는 이 야만적인 '꼬마 검둥이'의 멱살을 움켜잡고 고래고래 악을 썼다.

"야, 이 개 같은 놈아! 도로 주워 오지 못해?"

흑왜도 지지 않고 상대방의 멱살을 마주 움켜잡았다.

"부잣집 자식이라고 으스대는 거냐? 네놈이 날마다 수정떡 한 덩어리, 얼음사탕 한 덩어리씩 갖다 바쳐 봐라. 그럼 나도 저걸 주워 먹을 테니까!"

돌연 조붕의 멱살을 잡았던 흑왜의 손에서 맥이 탁 풀렸다. 사납던 기세도 누그러졌다.

"난 이제 안 먹어! 무슨 떡, 무슨 사탕이라도 네가 주는 건 안 먹을 거야. 날마다 꿈에서 그걸 먹으니까……, 깨어나면 어떻게 되는지 알아? 밤새 흘린 침 때문에 베개하고 이부자리가 다 젖어 있단 말이다!"

녹조붕도 멱살을 풀었다. 그도 기운이 빠지는지 흑왜의 어깨에 손을 올리고 감싸듯이 껴안고 나서 그 자리를 떠났다.

얼음사탕 한 조각은 흑왜에게 결코 지워지지 않을 아름답고도 고통스러운 추억과 미래를 남겨 주었다. 그의 집념은 날이 갈수록 해가 갈수록 뚜렷해졌다. '돈을 벌면 무엇보다 먼저 얼음사탕부터 호주머니 가득 사겠다.'는 미친 소리를 실천에 옮겨야만 그 고통이 풀릴 것 같았다.

훗날 흑왜는 정말 백설처럼 반짝이는 얼음사탕을 큼지막한 양철통 하나 가득 얻었다. 그것은 자신과 '형제들'이 어느 잡화점을 습격하고 약탈품을 이리저리 뒤지다가 우연히 손에 넣은 것이었다. '형제들'이 얼음사탕을 마구잡이로 움켜다 입에 쑤셔 넣고 호주머니에 채워 넣을 때 그는 몸을 부르르 떨다가 벽력 같은 고함을 질렀다.

"도로 꺼내! 몽땅! 입속에 처넣은 것까지 다 토해내란 말이다!"

사탕 조각이 양철통을 도로 채우자 그는 허리띠를 풀어 생식기를 꺼내고는 얼음사탕이 가득찬 양철통에 방광이 텅 빌 때까지 시원하게 오줌을 내갈겼다.

조붕의 얼음사탕 말고도 서 선생의 회초리도 그에게 평생 잊지 못할 기억으로 남았다. 책을 외우지 못하거나 글씨를 잘못 썼을 때 회초리를 얻어맞는 거야 대수롭지 않았다. 학당 안에서 스승의 회초리질에 친구들 대부분이 종아리가 터질 지경이었으니까. 심지어 조붕 형제와 효문 형제처럼 모범생들조차 자주는 아니지만 예외가 없었다.

그날 오후 서 선생은 흑왜에게 강변 버드나무 숲에 가서 버드나무 줄기를 한 묶음 베어 오라고 했다. 생각지도 못한 '중책'을 훈장 선생님에게 위임받자 흑왜는 무척 영광스럽게 생각했다. 어깨가 절로 으쓱해졌다. 훈장님의 신임도 신임이려니와 따분한 책상머리에서 골치를 썩이지 않고 버드나무 실꽃이 펄펄 날리는 강변으로 달려가 속이 후련하도록 바람을 쐴 수 있다는 게 더 기쁘고 신이 났다. 그는 조붕이 자기를 향해 눈을 찡긋하는 것을 보고 얼른 훈장 선생님께 부탁을 했다.

"조붕네 집에 발 디딤판이 있는데 그걸 좀 가져갈까요? 버드나무가 너무 높아서 기어올라갈 수가 없거든요."

서 선생은 별 생각 없이 허락했다.

한 가지 일이 해결되자 그는 문득 효문에게도 이 행운을 누리게 해 주어야 마땅하다는 생각이 들었다.

"저희 집에는 도끼가 없는데 효문의 집에 한 자루 있습니다. 면도칼처럼 날이 아주 잘 드는 놈이에요. 효문하고 같이 가서 그걸 좀 빌려다 쓰면 안 될까요?"

서 선생은 이번에도 고개를 끄덕였다.

이래서 세 친구는 학당을 빠져나왔다. 곧이어 동네 어귀를 벗어나다 보니 외따로 떨어진 우시장 앞마당에 사람들이 잔뜩 둘러서 있는 것이 보였다. 흑왜는 구경거리가 무엇인지 금방 알아챘다.

"우리 저기 가서 구경 좀 하자! 저거, 암말 아니면 암소 새끼 흘레붙이는 거야."

그들은 담장이 무너져 내린 구석으로 몰래 숨어 들어갔다. 흑왜가 말한 대로였다. 안마당에는 반들반들 윤기가 도는 검정 나귀 한 마리가 대추빛 말과 어우러져 한창 실랑이를 벌이고 있었다. 덜미도 물어뜯고 궁둥이를 쫓아가며 물어뜯는가 하면 주둥이를 맞대고 물어뜯기도 했다. 그런데 진짜 피가 나도록 물어뜯는 것 같지는 않았다. 붉은 말이나 검정 나귀는 이빨을 몽땅 드러낸 채 끈적끈적한 침을 줄줄 흘리고 있었다.

얼마쯤 지나서 장터 주인 백홍아白興兒가 우스꽝스런 손길로 붉은 암말을 끌어다가 우리에 몰아넣고 고삐를 말뚝에 바짝 비끄러맸다. 그러자 뒤따라 들어온 검정 나귀가 암말의 등허리에 훌쩍 올라탔다. 개구쟁이 셋은 눈을 휘둥그레 뜨고 숨을 멈췄다. 가슴이 답답해지기 시작했다.

나귀란 놈은 앞발굽으로 말 잔등을 딛고 암말의 갈기털을 물어뜯었다. 이때 백홍아가 손으로 검정 나귀의 아랫배에서 시커먼 물건을 하나 받들어 말 궁둥이에 바짝 갖다 대었다. 길이 2, 3척 정도 되는 그 물건은 눈 깜짝할 사이에 사라졌다. 붉은 암말이 전신을 푸들푸들 떨면서 '히히힝, 히히힝!' 쉴 새 없이 울부짖기 시작했다.

"저 손 좀 봐!"

효문이 놀란 소리를 질렀다. 흑왜가 조용히 하라고 어깻짓을 하며 눈을 흘겼다.

백홍아의 손가락은 아주 기이했다. 마치 물갈퀴 같은 얇은 피막皮膜이

다섯 손가락을 오리발처럼 하나로 연결시켜 놓았다. 백홍아의 아버지도 그런 손을 가졌으니 아마 그가 아들을 낳으면 역시 똑같은 손을 가지고 태어날지 모른다. 아무튼 그런 이유로 동네 사람들은 백홍아를 '오리발'이라고 불렀다. 소문에는 이런 오리발 손이라야 짐승들을 홀레붙이기 좋다고 했다.

개구쟁이 셋은 묵묵히 그 자리를 떠나 강변 여울목으로 향했다. 가는 도중 아무도 말을 하지 않았다. 그때 흑왜가 느닷없이 손을 뻗쳐 조봉의 사타구니를 움켜잡았다.

"어이구! 나귀란 놈 것보다 더 빳빳해졌는데!"

조봉의 얼굴이 시뻘게지더니 역시 흑왜의 사타구니를 움켜쥐고 보복을 했다.

"네것도 마찬가지 아니야?"

둘은 멋쩍어 이번에는 똑같이 효문의 것을 더듬어 보았다. 효문은 자기네들 것보다 작아 좀처럼 붙잡히지 않았다. 그래서 둘은 할 수 없이 다그쳐 물었다.

"효문, 너 바른대로 말해! 빳빳해졌냐, 안 빳빳해졌냐?"

효문은 대답 대신 "으아앙!" 하고 울음보를 터트렸다.

"아파 죽겠어! 딱딱해져서……."

버드나무 줄기 베어내는 것쯤은 손바닥에 침 뱉기였다. 그들은 부드러운 버드나무 줄기를 한 다발 꺾어서 하얗게 껍질을 벗긴 다음 열심히 메뚜기 바구니를 엮었다. 나귀란 놈이 암말을 덮치던 기분 나쁜 일은 벌써 까맣게 잊고 있었다.

뒤늦게 정신을 차리고 학당에 돌아갔을 때는 이미 공부가 끝나고 학생들도 다 집으로 돌아간 뒤였다. 서 선생은 흑왜에게 베어 온 버드나무 회초리를 도끼날로 말끔히 깎아내라고 하더니 그것을 받아들고 무게를 어림해 보면서 명령을 내렸다.

"세 놈 다 꿇어 앉거라! 손바닥 내밀고!"

서 선생은 공평하게 한 사람에 한 대씩 왼쪽에서부터 오른쪽으로 회초리를 쳐 나갔다. 이어 다시 오른쪽에서부터 왼쪽으로 때렸다. 그리고 어디서 뭘 하고 이제 왔느냐고 추궁했다. 하지만 아무도 대답을 하지 않았다. 강변에 가는 길에 우시장 앞마당에서 검정 나귀와 붉은 암말이 흘레붙는 걸 구경했다고 하면 무사할 수 없을 것이었다. 그래서 흑왜는 이제 보니 효문도 군센 녀석이라고 속으로 탄복했다.

서 선생은 한 사람 앞에 열 대씩 때리고 회초리를 내려놓았다. 그러나 그것으로 끝난 것이 아니었다.

"바른대로 말할 때까지 그대로 무릎 꿇고 있거라! 네놈들 입에서 바른 말이 언제 나오는지 볼 테니까."

서 선생은 뒷짐을 지고 마당 안을 오락가락하며 유유히 거닐었다.

셋은 선생님 몰래 눈짓을 주고받았다. 흑왜가 목소리를 낮춰 투덜댔다.

"젠장! 저놈의 버드나무 가지를 베어다 바쳤더니 회초리가 될 줄이야."

날이 어둑어둑해질 즈음 약속이나 한 것처럼 세 집안 어른이 학당을 찾아왔다가 사당 앞 돌계단 아래 한 줄로 나란히 무릎 꿇고 있는 자식들을 발견했다. 대쪽같이 곧은 선생은 여전히 뒷짐을 진 채 차가운 얼굴로 그들을 맞이했다.

"당신들이 좀 물어보시오. 저 녀석들이 어딜 가서 무슨 짓을 했는지!"

세 사람은 화가 머리끝까지 뻗쳤다. 얼굴빛이 노래지고 손발도 부들부들 떨었다. 백록촌에서 가장 체면을 중시하고 점잔을 빼는 양반들이 못난 아들 녀석들 때문에 망신을 당했으니 그럴 만도 했다. 누구에게나 미소 짓고 친근감을 주던 녹자림의 얼굴이 험상궂게 일그러졌다. 그러더니 그가 셋 중 제일 먼저 조붕의 따귀를 한 대 후려갈겼다.

그것은 흑왜의 예측을 완전히 벗어난 순서였다. 처음 생각하기로는 성미가 불덩어리보다 더 지독한 아버지가 제일 먼저 자기를 두들겨 팼어야 했다. 혹시 그게 아니면 존경과 두려움의 대상인 백가헌이 효문에게 따끔한 질책을 늘어놓으셨어야 할 테고…….

조붕이 따귀 몇 대를 얻어맞고 거꾸러진 다음 흑왜는 자기 궁둥이에 도저히 감당하지 못할 엄청난 타격을 느끼고 앞으로 쭉 뻗었다. 그저 몹시 아프다는 느낌뿐이었으나 곧이어 눈앞에 별똥별이 번쩍했다. 이어 삽시간에 깜깜한 암흑천지가 들이닥쳤다.

그가 정신을 차리고 깨어났을 때는 벌써 포근한 아침 햇살이 비치고 있었다. 눈을 번쩍 뜨고 보니 백가헌 아저씨의 얼굴이 상냥한 미소를 띤 채 자기를 내려다보고 있다. 그것은 흑왜가 이날 이때껏 살아오는 동안 백가헌 아저씨에게서 처음으로 본 웃음이었다. 흑왜는 문득 마음속에 기괴한 생각이 들었다. 저런 얼굴도 웃을 때가 있구나, 웃어도 아주 감동적인 웃음을 말이다. 어머니가 전례 없이 달걀을 세 개씩이나 삶아 와서 먹으라고 성화였다.

"흑왜!"

백가헌이 웃음을 머금은 채 불렀다.

"책 보따리 들고 학당에 가야지!"

그러자 곁에서 아버지가 버럭 악을 썼다.

"됐네, 됐어! 이놈은 사람 되기가 아예 글러먹은 놈이니까 더 말하지 말게. 공연히 같이 붙여 놓았다가는 효문마저 못된 길로 끌어들일 테니까!"

백가헌이 비로소 웃음기를 거두었다.

"내가 이 녀석을 5품, 7품의 벼슬아치로 만들겠다는 말은 농담이었지만 책 몇 권 읽히겠다는 뜻은 진정이었습니다. '책에서 지식을 얻어야 사리에 통달한다.'는 말을 형님도 모르실 리 없을 텐데 왜 이러십니까?"

백가헌이 녹삼에게 말을 건네면서 흑왜의 손을 붙잡고 밖으로 나갔다. 거칠고 억센 손길에 이끌려 학당에 들어설 때까지 흑왜는 그의 손길을 도무지 거역할 길이 없었다. 그 손길은 그에게 좀처럼 잊기 어려운 착잡한 기억을 남겨 주었다.

그해 겨울 조붕과 조해 형제는 백록촌을 떠나 주 선생이 가르치는 백록서원으로 공부하러 갔다. 청노새가 끄는 달구지에 둘둘 만 이부자리와 밀가루 한 포대를 실은 채였다. 마부석에는 머슴 유모가 앉았다. 녹자림도 두 아들을 고등학관高等學館까지 손수 데려가려고 마차 안에 앉았다.

서 선생도 배웅을 나왔다. 마차에 오르기 전, 조붕 형제는 이 엄격하신 훈장 선생에게 깊숙이 허리 굽혀 작별인사를 올렸다. 조붕은 뛰어가 흑왜의 손을 꼭 잡아주고 마차에 올랐다. 멀리 사라져 가는 마차를 지켜보면서 흑왜는 또 한 차례 고통스러운 전율을 느꼈다. 조붕이 쥐어준 얼음사탕이 손바닥 안에서 녹기 시작하는 것이었다. 그는 손바닥을 펴지 않았다.

2년 후 효문, 효무 형제도 흑왜의 아버지 녹삼이 모는 소달구지를 타고 백록서원으로 떠났다. 달구지에는 역시 이불 보따리와 밀가루 한 포대가 실려 있었다. 그들 형제를 떠나보내고 흑왜는 자기 걸상을 들고 학당을 나왔다. 그리고 훈장 선생에게 큰절을 올리면서 이렇게 말했다.

"선생님, 버드나무 회초리가 필요하시거든 언제든 저한테 말씀하십시오."

서 선생은 입술을 꾹 다문 채 양쪽 볼의 근육만 두어 번 씰룩거렸을 뿐 아무 말도 하지 않았다. 흑왜는 걸상을 어깨에 메고 뚜벅뚜벅 사당 문을 걸어 나왔다.

제6장

백가헌은 셋째 아들이 태어나자 우독牛犢이라는 이름을 붙여 주었다. '송아지'란 뜻이었다. 둘째 루구와 셋째 우독 사이에 오선초는 해마다 하나 아니면 3년에 둘씩 연년생으로 3남 1녀를 낳았으나 모두 파상풍의 액운을 넘기지 못했다. 그리고는 녹삼의 외양간에 파묻혀 원귀가 되고 말았다.

아이들 넷이 죽어간 과정은 비슷했다. 태어난 지 나흘째부터 아이들은 밤낮을 가리지 않고 울었다. 그러다 목이 쉬면 울음소리가 나지 않았다. 그리고 엿새째가 되면 눈이 뒤집혀 흰자위만 드러냈다. 선초는 자신이 낳은 아이지만 하얗게 뒤집힌 눈을 볼 때마다 솜털이 곤두서고 소름이 끼쳤다.

"이 아이도 명이 짧구나."

시어머니 조씨의 차가운 말이었다.

갓난아이가 목이 찢어지는 울음소리를 내기가 무섭게 그녀는 이런 결과를 예측했다. 그녀는 손으로 비벼 만든 짧은 쑥 심지를 아이의 정수리에 꽂아 놓고 불을 붙였다. 불꽃이 파란 연기와 함께 배내털이 부숭부숭한 정수리에 바싹 가까워지면 여리디 여린 살갗이 '바지직, 바지직' 하면서 오그라드는 소리가 났다. 살가죽과 머리카락이 타면서 역겨운 누린내도 났다.

손주가 버둥거리든 말든 조씨는 아랑곳하지 않은 채 마음을 독하게 먹고 다시 똑같은 크기의 쑥불 심지를 아이의 양쪽 뺨에 하나씩 꽂았다. 쑥뜸은 검정 반점이 생길 때까지 타들어 갔다. 네 아이는 모두 이렇게 모진 쑥뜸의 고문을 거쳤다. 하지만 이레를 넘긴 아이는 하나도 없었다. 아기의 숨이 넘어갈 때마다 선초는 눈물을 참지 못했다. 딸아이 때는 더욱 그랬다. 그러나 조씨는 울지 않았고 며느리의 슬픔을 달래 주지도 않았다. 그럴 때마다 그저 한마디만 중얼거렸을 뿐이었다.

　"이승에서 살라는 팔자가 아니었어."

　조씨가 낳은 아들딸들도 거의 모두 파상풍에 걸려 죽었다. 그때마다 그녀가 할 수 있었던 유일한 방법이 바로 쑥뜸이었다. 열 명 가운데 한둘이 요행으로 죽음의 문턱에서 목숨을 건질 수 있었던 것도 쑥뜸 덕분이었다. 그래서 살아난 아이들은 그 대가로 예외 없이 정수리와 입술 언저리에 동그란 흉터가 남았다.

　아기들의 숨이 끊어질 때마다 조씨는 말없이 녹삼에게 넘겼다. 녹삼은 외양간 모퉁이에 구덩이를 하나 깊이 파 놓고 죽은 아이를 거적에 둘둘 말아 묻었다. 그리고 가축들의 오줌똥을 치울 때 그 자리만큼은 남겨두었다가 반년이나 한 해가 지난 뒤 그 여린 골육이 쇠오줌과 똥에 삭아서 거름이 되면 다시 파냈다. 그리고는 햇볕에 말린 다음 잘게 부수어 보리밭이나 목화밭에 내다 뿌렸다. 백록촌 외양간에는 어느 집이나 모두 그렇게 요절한 아이들의 시체가 파묻혔다. 집집마다 그들의 논밭에는 그렇게 죽어간 아기들의 피와 살로 범벅이 된 거름이 뿌려졌다.

　'송아지' 우독은 이승에서 살라는 팔자를 타고난 아이가 분명했다. 할머니 조씨가 뜸을 떠 준 쑥불 심지 석 대가 그 어린 생명을 붙잡아 준 것이다. 정수리와 입술 양 언저리에 흉터 자국은 남았으나 오히려 그것들은 '송아지'가 웃을 때마다 귀여운 볼우물을 만들어주었다.

조씨는 그것을 근거로 내세워 쑥뜸이 영 못 미더운 며느리를 몰아세웠다.

"너, 안 믿었지! 이래도 안 믿을 테냐? 자 봐라! 윗대 어른들에게 전해받은 방법이 틀렸느냐 맞았느냐?"

하지만 선초도 유감이 없는 것은 아니었다.

"우독은 저 흉터 때문에 평생 여자들이 꽁무니를 졸졸 따라다닐 거예요."

어느 날 저녁 백가헌은 우독에게 젖을 먹이는 아내를 보고 이런 말을 했다.

"임자는 우리 백씨 가문에 큰 공을 세웠어. 백씨 집안은 대대로 외아들뿐이었는데 내겐 아들이 셋이나 생겼으니 말이야. 녹자림은…… 고작 둘뿐인데. 그 아낙은 지난 2년 동안 한 번도 아이를 낳지 않더군. 아마도 벌써 허리가 마른 모양이야."

'허리가 말랐다'는 이야기는 속된 말로 달거리, 즉 월경이 끊겼다는 표현이었다.

1년 남짓 건너뛰어서 선초는 여덟 번째 임신을 했다. 그녀는 이제 아기를 낳는 것이 두렵지 않았다. 심지어는 해산일까지 정확히 알았다. 그녀의 냉정하고 침착한 태도는 아기를 배고 낳는 일을 마치 대소변을 보는 것처럼 생각하는 것 같았다. 그저 바지를 벗어 내리고 매화틀에 앉아서 배설할 때처럼 힘을 조금 주면 그만이니까. 물론 변소에 갈 때보다야 좀 번거롭기는 하지만 말이다.

그녀는 불룩 나온 배를 안고 여느 때와 다름없이 도마 앞에서 국수를 만들 밀가루 반죽을 밀었다. 아궁이에 풀무질 역시 했다. 우물에 가서는 두레박줄을 잡아당겨 물도 길었다. 심지어 베틀에 앉아 무명이나 베를 짜서 쪽물 항아리에 행궈 물들이는 일까지 계속했다. 이렇게 일하는 것이 지금 당장은 힘들지만 분만할 때 오히려 쉽다는 사실을 그녀는 경험으로 알고 있었던 것이다.

이날도 그녀는 베틀에 앉아서 일을 하다가 급작스런 복통을 느꼈다. 얼마나 아팠는지 그녀는 하마터면 베틀 아래로 굴러떨어질 뻔했다. 그러다 가까스로 몸을 가누었다.

온통 캄캄해진 눈앞에서 어둠의 안개가 걷히고 다시 밝은 빛이 비쳤을 때 그녀는 바지 속에서 무엇인가 뜨끈뜨끈한 물건이 꼼지락대는 것 같은 감촉을 느꼈다. 벌써 아이가 나오기 시작한 것이다.

그러나 그녀는 당황하지 않았다. 당황하기는커녕 오히려 마음을 가라앉히고 침착한 두 손길로 바짓가랑이를 떠받든 채 베틀에서 내려섰다. 그런 다음 아주 느린 걸음걸이로 조심스럽게 마당을 가로질러 나갔다.

안채 방문에 막 들어섰을 때 머리 위에서 난데없는 새 소리가 들렸다. 그녀는 맑고도 깨끗하게 우짖는 새 소리에 다급한 중에도 흘끗 고개를 돌리고 쳐다봤다. 방금 지나쳐 온 앞마당 한쪽의 오동나무 가지 위에 종달새 한 마리가 꽁지깃을 쫑긋거리면서 지저귀고 있었다.

문턱을 넘어선 그녀는 바지 허리띠를 풀어 내리고 방바닥에 쪼그려 앉았다. 짐작한 대로 핏덩이가 바짓가랑이 속에서 꿈틀거리고 있었다. 집에는 아무도 없었다. 남편과 머슴 녹삼은 밭일을 나가고 없었다. 시어머니 역시 없었다. 우독을 안고 마을에 갔으니까. 가위를 찾아야 했다. 그러나 가위는 마당 건너편 베틀에 놓여 있었다.

그녀는 고개를 숙이고 피비린내 나는 탯줄을 입으로 몇 번씩이나 물어뜯었다. 탯줄이 끊기자 핏덩이를 안아 올려 손가락으로 태아 입속의 끈적거리는 액체를 후벼 냈다.

"응애!"

태아의 입에서 울음소리가 터져 나왔다. 마침내 숨통이 트인 것이다.

탯줄을 끊어 내던 순간 그녀는 이번 아기가 딸이라는 것을 알았다. 그녀는 딸의 몸뚱이에 묻은 핏자국을 바짓자락으로 말끔히 씻어 낸 다음 아이를 저고리 앞섶에 감싸 안은 채 엉금엉금 침상 위로 기어올라갔다. 그리고 미리 준비해 두었던 포대기에 아기의 알몸뚱이를 싸서 무명 끈으로 세 겹 둘러 묶고 조심스럽게 이부자리에다 밀어 넣었다. 다 끝났다. 그러고 나서야 그녀는 온몸에 기력이 조금도 남아 있지 않다는 사실을 깨달았다.

백가헌이 농기구를 찾으러 집에 왔다가 대청 마룻바닥이 온통 피바다가 된 것을 발견하고는 깜짝 놀라 방안으로 뛰어들었다. 이어 아내를 흔들어 깨우면서 어떻게 된 일이냐고 물었다. 그녀는 대답은커녕 눈도 뜨지 못했다. 손가락조차 까딱할 수 없는 모양이었다. 그저 힘없는 목소리로 남편에게 한마디 부탁을 할 따름이었다.

"아궁이에 불 좀 지펴 줘요. 어서……."

그는 부랴부랴 보릿짚 한 단을 가져다 침상 아궁이에 쑤셔 넣고 불을 붙였다. 삽시간에 방안 가득 매캐한 연기가 피어올랐다.

"콜록, 콜록!"

연기에 숨이 막힌 아내가 기침을 하기 시작했다.

"괜찮은 거야?"

가헌이 다급하게 물었다.

"목말라요."

그는 부엌으로 달려가 또 아궁이에 불을 지피고 물 한 대접을 끓여왔다. 그녀는 입술도 떼지 않은 채 단숨에 물 한 대접을 비웠다. 대접에서 입술을 떼는 순간 그녀는 격한 감동에 눈물을 왈칵 쏟았다. 끓인 물 한 대접, 그것은 그녀가 백씨 집 문턱을 넘어선 이래 남편에게 처음으로 받아 본 시중이었다.

숨을 돌리고 나자 그녀는 남편에게 일러주고 싶은 말을 참지 못했다.

"딸이에요!"

"뭐, 딸?"

가헌의 두 눈이 휘둥그레졌다.

"이번에는 소원을 풀었으니 임자 마음이 뿌듯하겠군! 내 마음도 흐뭇하고 말이야. 거 참, 희한하네그려! 정말 희한해!"

선초는 또 한 가지 남편에게 해 줄 말이 생각났다. 아기가 막 태어났을 때 종달새가 울었다는 이야기였다.

"종달새라, 종달새……."

가헌이 뒷짐을 지고 방안을 서성이다 발걸음을 멈추고 중얼거렸다.

"종달새라면 별명이 백령白靈이지……. 백령……. 옳거니, 고놈이 종달새의 정령精靈을 타고난 모양이니까, 령령靈靈이라고 불러야겠군! 백령령白靈靈, 줄여서 백령白靈이야."

백령은 파상풍에도 걸리지 않고 순조롭게 첫 달을 채웠다. 그동안 하루하루를 가슴 졸이던 선초도 스르르 마음이 풀어지기 시작했다. 그러나 이렇듯 무사히 액운을 넘긴 것이 또 불안했다. 어느 날 밤 그녀는 지난 한 달 내내 마음속으로 고민한 문제를 남편에게 털어놓았다.

"아무리 생각해도 령령이에게 '건대'乾大를 맺어줘야겠어요."

"흐음, '건대'라……."

남편은 즉석에서 찬성했다. '건대'란 섬서陝西 지방 사람들에게서만 볼 수 있는 관습이었다. 양아버지를 맺어주는 것을 의미했다. 대부代父 제도를 가리키는 말이라고 할 수 있었다. 지금 젖을 먹고 있는 딸아이에 대한 애정으로 말하자면 그 역시 아내 선초 못지않았다. 하지만 앞으로 령령에게 병이 들거나 무슨 사고라도 생기면 대부 되는 사람이 책임을 져야 하기 때문에 신중하게 처리할 문제였다.

"누구 생각해 둔 사람이 있소?"

남편이 묻자 선초는 남편에게 책임을 미루었다.

"당신이 알아서 해 주세요."

가헌은 냉 의원을 거론했다. 하지만 아내는 생각이 달랐다.

"어머님한테 가서 여쭤보세요. 저는 어머님이 누굴 세우시든지 그대로 따를 테니까요."

저녁을 마친 후 가헌은 녹나무 태사의에 앉아서 솜처럼 부드러운 황색 종이를 비벼 불심지를 만들었다. 이어 부싯돌을 쳐서 담뱃대에 불을 붙여 물었다. 한 모금을 빨아들이니 대통에서 담뱃진이 끓는 소리가 꾸륵꾸륵 들리면서 쪽빛 연기가 서서히 뿜어 나오기 시작했다. 그는 담배 한 대를 다 피우고 나자 재를 훅 불어 쏟아버리고 천천히 일어났다.

조씨는 벌써 옷을 벗고 이부자리에 누웠다. 그러나 아직 잠들지는 않았다. 자상한 할머니는 품속에 '어린 송아지' 우독을 안고 가벼운 손길로 토닥이며 자장가를 불러주고 있었다.

그녀는 아들이 잠자리에 들기 전 담배를 한 대 피우는 습관을 알고 있었다. 가끔 그녀는 아들을 이미 세상을 뜬 남편으로 착각할 때가 있었다. 허리를 곧게 펴고 단정하게 앉는 자세나 왼손에 담뱃대를 들고 오른손으로 불심지를 꼬는 솜씨가 놀랍도록 죽은 영감과 똑같았다. 또 다 피운 담뱃재를 훅 불어 내버리는 동작과 소리, 콧구멍으로 쿵쿵거리는 소리를 내는 버릇까지도 그랬다. 그녀는 아들이 아버지가 생전에 앉았던 의자에 앉아 아버지가 남겨 놓은 담뱃대를 쓰는 것은 완전히 효도를 다하기 위해서일 것이라고 생각했다.

아들은 낮에는 눈코 뜰 새 없이 밭일에 매달렸다. 그래서 잠자리에 들기 전에야 어머니와 마주 앉아 이런저런 집안이야기를 주고받을 수 있었다. 한마디로 외로운 과부의 시름을 달래주는 아들이었다. 그랬으니 이제 여느 때처럼 담배 한 대를 다 피웠으면 침실로 건너와서 문안인사 겸 말벗이 되어 줄 차례였다.

그녀는 아들의 수완이 죽은 아버지보다 훨씬 뛰어나다는 사실을 믿어 의심치 않았다. 백씨 문중 일을 처리하는 것에서나 집안일을 해나가는 것에서 늘 그랬다. 그녀는 어릴 적부터 '삼종지도'三從之道를 익히며 자랐다. 이 날 이때껏 그 교훈을 엄격히 지켜왔다. 친정에서는 부모에게 순종했다. 시집을 와서는 남편에게 순종했다. 늘그막에는 아들의 뜻을 따랐다. 아들이 집안일과 문중 일을 어떻게 처리하든 그녀는 일절 간섭하지 않을 만큼 지혜로웠다.

조씨는 이야기 끝에 아들이 령령에게 '건대'를 세워주어야겠다고 말을 꺼냈을 때 바로 대답했다.

"녹삼이면 좋겠구나!"

가헌은 두말없이 일어나 마구간으로 건너갔다.

녹삼은 가축들에게 야참으로 여물을 주고 있었다. 마구간은 널찍하고 깨끗이 정돈되어 있었다. 구유는 두 칸으로 나뉘어져 있었다. 한쪽 칸은 붉은 터럭을 지닌 암말과 새끼 노새가 쓰고 있었다. 또 다른 한 칸은 누렁이 암소와 밤색 송아지가 들어가 있었다. 구유 밑바닥에는 벽돌로 둘러쳐진 작은 구덩이가 하나 놓여 있었다. 그것은 여물을 섞어 반죽할 때 쓰는 구덩이였다. 녹삼은 이 구덩이에 작두로 잘게 썬 보릿짚과 싱싱한 풀을 쏟아붓고 있었다. 맷돌에 잘게 간 완두콩 가루도 섞고 있었다. 이제 다음에는 우물물을 길어다가 뿌리고 콩가루와 보릿짚, 풀잎이 축축하게 잘 섞일 때까지 나무주걱으로 휘저어 골고루 반죽된 여물을 구유에다 넣어주면 되었다.

누렁이 암소와 송아지가 여물통을 핥는 동안 목에 매단 놋쇠방울이 딸랑딸랑 맑은 소리를 냈다. 녹삼은 기척을 느끼고 흘끗 뒤돌아봤다. 젊은 주인 가헌이 등 뒤에서 일하는 자기를 지켜보고 있었다. 언제나 그렇듯 그맘때면 나타나곤 했으니 이상하지 않았다. 녹삼은 아무 말도 않고 주걱으로 여물을 퍼 넣기만 했다.

어느덧 가헌도 구유 앞에 다가왔다. 이어 뒷짐 진 자세로, 노새란 놈이 비죽이 나온 주둥이로 여물을 들춰 가며 우적우적 씹는 소리를 가만히 듣고 있었다. 그러더니 발걸음을 소가 있는 칸으로 옮겼다. 누렁이 암소와 송아지는 긴 혓바닥으로 새로 넣어 준 여물을 휘감아 입에 집어넣고 느긋하게 새김질을 했다.

녹삼이 마구간 귀퉁이에 놓인 침상으로 가서 걸터앉았다. 그리고 담배 한 대를 꺼내 입에 물었다. 주인이 말을 걸어오지 않는 한 이쪽에서 먼저 할 말은 없었다.

가헌은 저녁을 먹은 후 늙은 어머니와 한담을 나누고 나면 거의 매일 마구간으로 건너왔다. 오면 언제나 지금처럼 뒷짐을 진 채 가축들이 여물 먹는 모습을 지켜보았다. 그동안 녹삼에게는 말 한마디 건네는 법이 없었다. 그저 가축들이 배를 채우는 모습을 다 지켜보고는 잠을 자러 건너가곤 했다.

한데 오늘만큼은 백가헌이 구유에서 발길을 돌려 녹삼 앞으로 다가왔다.

"형님, 령령을 어떻게 보십니까? 귀엽습니까?"

"그야 물론 귀엽지!"

녹삼은 생각할 것도 없이 대답했다.

"그러시다면 령령을 수양딸로 삼을 의향은 없으십니까?"

녹삼의 눈이 황소의 그것처럼 휘둥그레졌다. 순박하고 우직한 눈동자였다. 이어 그는 고개를 약간 수그리고 손가락 끝으로 재떨이의 테두리를 만지작거리기 시작했다. 입을 굳게 다물고 말을 하지 않았으나 그의 머릿속은 이 충격적인 제안을 생각하느라 열심히 돌아가기 시작했다. 어떻게 할까? 받아들일까 말까? ……긍정도 했다가 부정도 해 보면서 생각했지만 좀처럼 주인의 의도가 무엇인지 종잡을 길이 없었다.

백가헌이 다시 간곡하게 말했다.

"이건 우리 세 식구가 모두 상의해서 결정한 일입니다. 형님을 령령의 '건대'로 모셨으면 합니다. 물론 쌍방이 다 원해야만 되는 일이기는 합니다. 그러나 형님이 좋으시다면 승낙해 주세요. 언짢으시다면 없던 일로 하겠습니다. 그렇다고 해서 앞으로 우리 사이가 달라질 것은 없습니다. 오늘 밤에 잘 생각해 보시고 내일 아침에 답을 주십시오."

그는 말을 마치자마자 바로 마구간을 나섰다.

녹삼은 또 한 번 담배쌈지에서 곰방대를 꺼내 불을 붙였다. 파란 연기가 안개처럼 눈앞으로 퍼져 나갔다. 마치 향로 연기가 부처님의 좌상을 자욱이 감싸는 것 같았다.

자존심 세고 모든 일에 자신감을 잃어 본 적이 없는 머슴 녹삼. 그는 자신의 근면함과 성실성으로 백씨 가문 양 대에 걸쳐 주인의 신임을 얻었다. 열심히 노력한 대가로 그는 백씨 집안에서 해마다 두 차례 새경을 받았다. 보리 수확이 끝나면 보리쌀로 한 번, 가을걷이 뒤에는 옥수수와 면화로 또 한 번. 그러나 주인댁과 근량과 무게를 놓고 다툰 적은 이날 이때껏 단 한 번도 없었다.

그의 사고방식은 단순했다. 내가 남에게 일을 해 주는 것은 남의 식량과 면화를 얻기 위해서요, 남이 내게 식량과 면화를 주는 것 역시 나를 부리기 위해서라고. 이것은 천고불변千古不變의 진리라고 할 수 있다. 이보다 간단명료한 진리는 없다. 남의 집에 몸 붙여 살고 남의 집 익은 음식을 얻어먹으면서 그 집을 위해 힘써 일을 하지 않는다면 남이 나를 고용해서 어디다 써먹겠는가? 반대로 주인댁이 머슴을 부려먹으면서 일 잘하는 머슴의 세 끼 음식을 인색하게 주거나 새경을 깎는다면 그 머슴 역시 주인을 위해 힘써 일할 턱이 있겠는가?

이래서 지주는 가능한 성실하고도 양순한 머슴을 구하려 애쓴다. 머슴 역시 머슴대로 의리 있고 인자한 주인을 원한다. 그런데 이렇듯 의리 있고 인자한 주인과 근면 성실한 머슴이 만나기란 보통 어려운 일이 아니었다.

백씨 가문의 주인들은 모두 의리 있고 인자했다. 보리 수확을 끝내고 타작마당에 첫 보리가 널리면 백 영감은 제일 먼저 머슴부터 불렀다.

"녹삼, 자루를 가져오게! 자네 것부터 담아줄 테니까. 하하, 집에서 살림꾼 마누라가 솥을 닦아 놓고 오매불망 기다리고 있지 않나! 보리 한 섬은 열한 말로 하지. 한 말을 더 얹는 것은 보리에 물기가 아직 남아 있기 때문에 그렇게 하는 걸세."

가을걷이가 끝나 면화 뭉치를 묶을 때도 백 영감의 말은 똑같았다.

"우선 자네 몫부터 저울질해서 떼어 놓았다가 가져가게. 날씨가 이렇게 추운데 식구들의 겨울옷을 서둘러 지어야 하지 않겠나?"

풍년이라도 들면 새경을 계산할 때 주인 영감님은 또 이렇게 선심을 써 주었다.

"올해는 수확이 아주 좋았으니까 보리 두 말을 더 얹어 주겠네. 녹삼, 집에 가서 아이들하고 명절 잘 쇠게."

녹삼도 텃밭을 2묘쯤 가지고 있었다. 그러나 메마른 땅이라 1년에 한 번밖에 보리를 심을 수가 없었다. 그래도 보리 파종 때가 되면 인심 좋은 주인 영감님은 먼저 성화를 부렸다.

"녹삼, 여기 일은 신경 쓰지 말고 자네 텃밭부터 갈고 오게."

백씨네 가축과 쟁기를 쓰면 녹삼의 텃밭쯤은 반나절 만에 파종을 끝낼 수가 있었다. 봄철이 되면 녹삼의 아내 혜씨惠氏는 호미 한 자루로 김을 맸다. 보리가 익어가기 시작하면 오늘은 이쪽 한 두렁, 내일은 저쪽 한 두령, 이런 식으로 돌아가며 베었다. 그런 다음 하루에 한 묶음씩 등에 지고 집으로 가져가서 손바닥만 한 마당에 널어놓고는 했다. 이어 빨랫방망이로 두들겨 이삭 하나 남지 않을 때까지 말끔히 떨어냈다.

남편 녹삼은 여름걷이 동안 주인댁 보리 베기와 타작마당에 널어 말리기, 가을 파종에만 신경을 쓰느라고 집안 텃밭 일은 돌아볼 겨를이 없었다. 보리가 누렇게 익을 무렵 장마철이 시작되면 백 영감은 백록진으로 나가서 일당 받는 삯꾼 몇 사람을 불러들여 장마가 오기 전에 보리 베기를 서둘렀다. 그럴 때는 으레 녹삼이 우두머리가 되어 삯꾼들을 감독하고 게으름을 부리지 못하게 다그쳤다. 일꾼들이 보리를 베면서 그루터기를 높게 남겨두기라도 하는 날이면 으레 녹삼의 불호령이 터져 나왔다.

"자네들, 이 그루터기 좀 보게! 이게 어디 사람 손으로 한 거야? 보리밭 서리를 하러 온 도둑놈들도 이 따위로 높이 남겨 놓지는 않을 거다. 남의 돈 받고 하는 일을 이 따위로밖에 못 하겠어? 우리 나리가 눈이 삐었지. 어디서 자네들 같은 형편없는 건달 녀석들을 불러왔는지. 참으로 한심하군!"

녹삼의 일솜씨는 백록촌에서 으뜸으로 손꼽혔다. 이런 녹삼에게 얼렁뚱땅 시간이나 때우고 일당만 챙겨 가려는 떠돌이 삯꾼들의 일솜씨가 눈에 찰 리 없었다. 그는 그런 짓을 볼 때마다 울화통이 터졌다.

백 영감이 세상을 떠난 후 녹삼은 자신과 연배가 비슷한 젊은 주인 백가헌과 더욱 사이가 돈독해졌다. 백가헌은 그를 깍듯이 형님으로 불렀다. 가식이 아니라 진솔한 마음의 표시였다. 녹삼은 가헌을 '나리'라든가 '주인'이라 받들지 않고 바로 이름을 불렀다. 당연히 정식 이름인 '백가헌'으로 말이다.

하지만 녹삼은 백씨네 집안일만큼은 일절 간여하지 않았다. 일 잘하는 머슴일수록, 또 주인의 나이가 비슷하거나 아래일수록 주인댁 일에 곧 잘 간섭하고 참견하는 것이 일반적이다. 그러나 그는 자신의 철칙을 분명히 지켰다. 남의 집에 고용된 일꾼으로서 자기가 해야 할 일은 철두철미하게 했다. 하지만 머슴이 참견해서 안 될 일에는 절대로 끼어들지 않았다. 그게 그의 인생살이의 기본 원칙이었다. 따라서 주인이 시키는 일만 묵묵히 해 왔을 뿐 백씨 집안 형편이 어떻게 돌아가든 관심조차 두지 않았다.

그런데 오늘 주인댁에서 느닷없이 보배 같은 고명딸의 '건대'가 되어달라고 부탁해왔다. 그는 고민에 빠졌다. '건대' 노릇을 맡는다는 것은 자기가 백씨 가문과 친척관계를 맺는다는 뜻이다.

녹삼은 밤새 뜬눈으로 새우며 골백번이나 저울질을 해보았다. 그리고 '건대' 노릇을 맡을 때와 맡지 않을 경우의 온갖 이로움과 폐단을 가늠해보았다. 그러나 여전히 결정을 내릴 수 없었다. 엎치락뒤치락 궁리하던 그는 마침내 생각을 단순하게 정리했다. 그렇다, 백가헌의 입에서 이미 말이 나왔는데 그 체면을 손상시켜서야 되겠는가!

해를 채운 고명딸 령령의 축하 예식은 제법 융숭하게 치러졌다. 그 열기와 경축 분위기는 맏아들 마구 때와 비슷할 정도였다. 일가친척들과 친구들이 정성껏 만든 옷가지며 꽃신, 온갖 모양의 꽃떡을 예물로 가져왔다. 그런가 하면 마을사람들은 돈을 얼마씩 추렴해서 붉은 비단 외투를 사왔다.

백가헌은 돼지를 한 마리 잡고 열두 가지 음식으로 푸짐한 잔칫상을 마련했다. 축하객들은 말할 것도 없고 마을 사람들을 거의 다 초청하여 골고루 대접했다. 잔칫상의 음식을 들기 직전 그는 향촉을 밝혀 놓고 뭇 사람들이 보는 앞에서 녹삼을 령령의 '건대'로 모셨다는 사실과 녹삼이 백씨 가문과 의리로써 친척을 맺었노라고 선포했다.

선초가 령령을 안고 나왔다. 이어 아기를 대신하여 '건대' 녹삼 앞에 무릎을 꿇고 삼배三拜를 올렸다. 연회석에서는 일대 소동이 벌어졌다. 남정네, 아낙네 할 것 없이 우르르 몰려나오더니 언제 준비했는지 가마솥 밑바닥에서 긁어낸 검댕과 붉은 물감을 백가헌의 얼굴에 마구 칠했다. 이어 녹삼에게도 덤벼들었다. 아낙네들은 선초도 그냥 두지 않았다. 그들의 얼굴에다 물감과 검댕으로 뻘겋고 꺼멓게 범벅을 해 놓았다.

성격이 무던한 녹삼은 쑥스러운 미소를 띤 채 인파를 헤치고 나와서 마구간으로 돌아갔다. 그리고 표주박으로 항아리의 물을 떠서 세수를 하다가 침상머리에 걸터앉은 흑왜를 발견했다.

흑왜는 어른스럽게 한 손으로 턱을 떠받치고 있었다. 그러나 눈에는 눈물이 글썽글썽 맺혀 있었다. 그는 아들더러 무슨 일이 있느냐고 물었다. 아버지의 묻는 말에 흑왜는 아무런 대꾸도 하지 않았다. 잔치 음식을 먹으러 가자고 끌자 흑왜는 눈을 흘기면서 아버지의 손길을 홱 뿌리치고 달아나버렸다. 못된 놈의 버르장머리 같으니! 녹삼은 혼잣말로 욕설을 퍼부었다. 내가 낳은 자식이지만 정말 돼먹지 못한 녀석, 망나니 녀석이다!

한 가지 유감스러운 점이 있다면 냉 의원이 잔치에 참석하지 않은 것이었다. 백가헌은 잔치가 열리기 나흘 전에 냉 의원의 중의당으로 직접 찾아가서 정중히 그를 초청했었다. 냉 의원은 시내로 친척의 병을 봐 주러 간다면서 미리 준비해 두었던 선물을 내밀었다. 그리고 오고 가는 데 사흘쯤 걸릴 테니 돌아오면 꼭 잔치에 참석하겠다고 했다. 그런데 사나흘이 아니라 열흘이 지나도록 냉 의원은 백록진 약방으로 돌아오지 않았다.

희한한 소문이 마을에 나돌기 시작한 것은 바로 그 무렵이었다. '성내에 반정反正이 일어났다!'는 소문이었다.

열이틀째 밤이 되어서야 냉 의원은 백록진으로 돌아왔다. 집에 돌아온 그는 즉시 약방 점원을 시켜 백가헌과 녹자림을 불렀다.

"형님, 돌아오셨군요! 평안히 다녀오셨는지요?"

두 사람은 한달음에 달려와 안부를 물었다. 냉 의원은 안락의자에 깊숙이 몸을 파묻으면서 절레절레 고개를 내저었다.

"하늘이 도우셨지. 하마터면 못 돌아올 뻔했네!"

"아니, 반정이란 게 진짜 일어났습니까?"

가헌이 물었다.

"암, 일어났지! 반정인지 뭔지는 확실히 몰라도……."

냉 의원이 한숨을 내쉬며 중얼거렸다. 녹자림도 다급히 물었다.

"형님, '반정'이 뭡니까?"

"황제에게 반역하고, 청나라 황실에 반역하고…… 그런 반역이지 뭔가! 말인즉 그럴 듯하게 반정이니, 혁명이니 하네만……."

가헌이 또 얼른 물었다.

"그럼 황제 폐하는 지금……?"

"황제 폐하야 아직도 용상에 앉아 계시겠지. 하지만 아주 불편하게 앉아 있을 걸세. 소문에 듣자 하니, 무창武昌 쪽에서 먼저 일을 터트리고 서안西安도 뒤따라 거사했다더군. 호남湖南, 광동廣東 일대에서도 들고일어났다니까 결국 황제 폐하께는 용상 한 개만 달랑 남은 셈 아닌가? 생각해 보게. 그 자리에 얼마나 오래 버틸 수 있겠나?"

"그러면 왕조가 바뀐다는 말씀입니까?"

녹자림이 물었다.

"지금은 그저 반정이니, 혁명이니 하고 떠들고만 있어서……."

냉 의원이 자신 없게 얼버무렸으나 가헌이 또 다그쳐 물었다.

"반정이 성공하면 황제 폐하는 용상에 앉아 있게 되는 겁니까, 내려오게 되는 겁니까?"

"꼭 어떻게 된다고 말하기 어렵네만 청나라 관원들이 모조리 내뺀 것은 틀림없네. 장張 총독이란 자가 나타나서 앉아 있고……."

"총독이라니, 그건 뭐 하는 벼슬입니까?"

녹자림이 묻자 냉 의원은 궁색한 답변을 늘어놓았다.

"총독이 총독이지 뭔가. 일개 성^省을 다스린다니까, 2품관쯤 될 테고……."

"황제가 자리에서 내려오면 우리는 앞으로 어떻게 살아가죠?"

가헌의 말에 녹자림이 얼른 꼬리를 달고 나섰다.

"맞습니다. 황제 폐하가 없는데 그분한테 바치던 양곡은 어떻게 하죠? 계속 바쳐야 하는 겁니까, 안 바쳐도 되는 겁니까?"

냉 의원은 차를 한 모금 마실 뿐 대답을 하지 못했다. 황제가 없는 앞으로의 나날이 어떻게 될지 그 역시 짐작할 수 없었다. 하지만 대답 대신 냉 의원은 자기가 성내에서 직접 보고 겪었던 경천동지驚天動地한 대사건을 이야기해 주었다.

그날 밤 그는 친척의 병세를 살핀 다음 저녁을 일찌감치 먹고 섬서 일대에서 명창으로 이름난 송득민宋得民의 명연기 〈곤정판〉滾釘板을 구경하러 집주인이 안내하는 대로 삼의三壹 극장엘 갔다고 했다.

"연극은 정말 대단했다네. 두꺼운 널판에 가지런히 박아 놓은 송곳들이 조명 아래 날카롭게 빛나는데 웃통을 벗은 송득민이 그 위에서 데굴데굴 구르더군. 그럴 때마다 환호성과 박수가 터져 나왔지. 진짜 대단했어. 한데 이때 어디선가 총소리가 터지지 않겠나? 처음에는 박수 소리에 묻혀 잘 들리지 않았지만 계속해서 연달아 터지는 총소리에 그만 모두 혼비백산했지……."

극장 안은 일대 혼란을 일으켜 삽시간에 아수라장으로 변했다. 명창 송득민은 웃통을 벗은 채 달아났다. 냉 의원도 가까스로 극장을 빠져나오긴 했으나 친척과 헤어져 큰길을 정신없이 내달리다가 머리 위에서 폭탄이 터지는 소리에 길바닥에 털썩 주저앉고 말았다.

그가 겨우 정신을 가다듬고 허둥지둥 골목으로 들어가 빙빙 돌아 친척 집에 도착하니 환자는 이미 죽어 있었다. 총소리, 폭탄 터지는 소리에 충격을 받은 모양이었다. 집안 식구들은 두려워서 감히 향촉도 못 밝혔다. 빈소도 차리지 못했다. 소리 내어 통곡조차 할 수 없었다.

성문은 진즉에 꼭꼭 닫혀버렸다. 누구도 여러 날 동안 나가지도 들어오지도 못했다. 그러나 냉 의원은 친척 집 상여를 뒤따라 겨우 성문을 빠져나올 수 있었다.

냉 의원은 구사일생으로 살아 나오게 된 것이 꿈만 같았는지 탄식을 하다 헛웃음을 지었다.

"허허, 그것 참……. 그땐 정말 꼼짝 못하고 죽는 줄 알았지 뭔가. 큰길을 벗어나 골목으로 접어드는데 머리 위로 총알이 핑핑 지나가는 거야. 자칫 잘못해서 한 방만 머리통에 맞았더라도 이렇게 아우님들하고 앉아 있지 못했을 걸세!"

"형님, 이제는 멀리 나가지 마시고 이 백록진에만 계십시오. 정세가 흉흉하니 누가 부르든 나가지 않으시는 게 좋겠습니다."

가헌이 걱정스럽게 말하자 녹자림 역시 맞장구를 쳤다.

"가헌 형의 말씀이 백 번 지당합니다. 의원님은 모르실 테지만 이 백록원 들판에 하얀 이리가 나타났답니다!"

"나도 알고 있네. 오는 길에 골백번도 더 들었으니까."

냉 의원이 대답했다.

"황제 폐하는 용이 아닌가. 용이 하늘로 돌아가면 자연적으로 이 세상의 온갖 해충과 맹수들이 기어나오는 법이지!"

성안의 반란은 공황恐慌만 불러일으켰을 뿐이었다. 그러나 백록원에 나타난 흰 이리는 직접적인 위협이 되었다.

백랑白狼이 나타났다는 소문이 남쪽 들판에서 들려온 지 불과 며칠 만에 백록원 일대의 모든 마을에는 이 무서운 들짐승의 발자취가 스쳐갔다.

몸뚱이 전체가 백설처럼 하얗고 두 눈에서 초록빛 인광燐光이 번들거리는 놈이라고 했다. 단 한 마리뿐인데도 그놈은 돼지우리에 뛰어 들어가 잠든 돼지의 목덜미를 물어뜯어 피를 모조리 빨아 마시고는 바람처럼 사라졌다. 피를 몽땅 뺏긴 돼지는 살점이나 터럭은 하나도 다치지 않고 목덜미에 물어뜯긴 이빨 자국만 남은 채 죽어 있었다고 했다.

놀란 사람들은 돼지를 임시로 마구간이나 외양간에 숨겨 놓았다. 또 어떤 사람은 아예 집안에 데리고 들어가 식탁 다리에 묶어 두기까지 했다.

하지만 다 소용없는 짓이었다. 외양간과 마구간에 가두어 놓은 돼지나 집안에 묶어둔 돼지나 결국은 하얀 이리에게 목덜미를 물어 뜯겨 피를 빨린 채 죽었다. 이리가 어떻게 그 높은 울타리를 뛰어넘어 단단히 걸어 잠근 창문을 뚫고 들어왔는지 아무도 알 수가 없었다.

이리를 직접 눈으로 본 사람도 있다고 했다. 남쪽 들판 상지촌桑枝村의 상로팔桑老八 영감이 주인공이었다. 그는 돼지를 자기 방 침상 다리에 묶어 놓고 일부러 곤히 잠든 척 코를 골면서 지켜보고 있었다. 그런데 한밤중이 되자 침상 밑에서 무언가 쩝쩝거리는 소리가 들렸다. 마치 갓난아기가 젖을 빠는 소리 같았다. 상로팔 영감은 살그머니 일어나 침상 밑을 엿보았다. 그러자 하얀 빛이 번쩍하더니 순식간에 맞은편 창문을 뚫고 번개처럼 사라졌다. 영감이 등잔불을 밝히고 침상 밑으로 내려가 보니 돼지란 놈은 벌써 죽어 있었다. 이리가 미처 다 빨아 마시지 못한 선지피가 뜨거운 김을 뿜으며 콸콸 쏟아지고 있었다.

가장 효과 있는 방법은 역시 그 이리가 처음 나타났던 남쪽 들판 마을에서 고안해 낸 것이었다. 사람들은 마을을 둘러친 울타리에 보릿짚을 산더미처럼 쌓아 놓고 밤새 모닥불을 피웠다. 들짐승 떼가 으레 그렇듯 하얀 이리도 불은 무서워할 테니까. 이 효과적인 방법은 순식간에 마을에서 마을로 번져 나갔다.

　그 때문에 백록원 일대에서도 어둠의 장막이 깔리기 무섭게 전에 보지 못했던 일대 장관이 펼쳐졌다. 마을마다 피운 화톳불로 도처에서 불꽃 연기가 솟구쳐 오른 것이다. 불빛은 숲과 거리를 대낮처럼 밝혔다. 안개처럼 자욱한 연기는 별빛 총총한 밤하늘을 가렸다.

　백록촌을 이끄는 두 젊은이도 대책을 강구했다.

　"우리 마을에는 절름발이 영감 혼자서 야경을 돌고 있어. 그것만으로는 안 되겠어. 마을 울타리도 여기저기 무너지고 구멍이 뚫려 있어서 하얀 이리는 말할 것도 없고 마적 떼가 쳐들어와도 막을 수가 없잖나!"

　가헌의 말에 녹자림이 선뜻 동의했다.

　"맞습니다! 울타리 구멍은 막고 밤마다 돌아가며 파수꾼을 세우죠. 그리고 지키지 않는 사람에게는 벌을 줍시다."

　이튿날 아침 일찍 가헌은 백록촌 동쪽 끝에서부터 서쪽, 남쪽에서부터 북쪽 끄트머리까지 돌아다니며 징을 울리고 고함쳐 긴급 소집령을 내렸다. 마을 사람들은 일손을 놓고 사당 앞뜰로 모여들었다.

　족장 백가헌이 마을 울타리 보수 공사를 해야겠다고 하자 사람들은 즉석에서 호응했다. 재앙을 눈앞에 두고 침통한 분위기에 싸여 있던 온 마을이 삽시간에 뜨거운 열기로 들뜨고 생기에 가득찼다.

　앞서 사당을 수리하던 전례에 따라 백가헌은 집집마다 식량을 거둬들이는 책임을 맡았다. 또 녹자림은 공사 일정을 지휘하는 책임을 맡았다. 담장 울타리 보수 공사는 당장 그날로 시작되었다. 오후가 되자 진흙 더미를 반죽하는 소리, 달구질하는 소리, 통나무를 베어서 끌어오고 톱질하는 소리가 마을을 가득 채웠다.

　마을 사람들은 족장과 공사 감독에게 일꾼들을 교대로 배치해 공사를 밤낮없이 해 주기를 요구했다. 공사 기간을 너무 길게 끌었다가 그 사이에 하얀 이리가 습격해 오면 어떻게 하느냐는 불안감에서였다. 가헌은 녹자림과 상의한 끝에 그 요구를 받아들였다.

사당 수리를 마치고 뜯어냈던 가마솥 아궁이와 부뚜막이 다시 놓였다. 아궁이에는 밤낮없이 장작불이 타오르고 풀무질이 그칠 새가 없었다. 밤을 새워 일을 하는 장정에게는 어김없이 두 끼니 식사가 제공되었다. 이렇듯 밤낮을 가리지 않고 닷새를 번갈아 공사한 끝에 마을을 에워싼 담장 울타리가 완벽하게 보수되었다.

백가헌과 녹자림은 다시 주민 가운데 16세 이상 되는 남자라면 빠짐없이 야간 순찰과 보초를 서게 했다. 젊은이와 어른을 섞어 조도 짰다. 보초들은 담장 위에 보릿단 묶음을 가져다 화톳불을 밝혀 놓았다. 사냥할 때 쓰던 장창이나 화승총으로 무장을 갖추고는 담장 꼭대기에 올라 동네 밖을 감시했다.

어느 날 밤이었다. 곤히 잠들어 있던 백가헌은 둔탁한 화승총 소리에 놀라 깨었다. 이어 침상머리에 기대 놓았던 장창을 집어 들고 부리나케 문밖으로 뛰쳐나갔다. 길거리에 나서자 그보다 먼저 나온 사람들이 담장 출입구 쪽으로 허둥지둥 달려가고 있었다. 담장 출입구는 벌써 주민들이 빽빽하게 둘러싸고 있었다. 백가헌은 그들 쪽으로 달려갔다.

순찰 당직을 맡은 청년 하나가 동료들에게 에워싸인 채 정신없이 떠들어대고 있었다. 두서없는 말이지만 하얀 이리를 발견하고 담장 위로 뛰어오르는 것을 총을 한 방 쏘았더니 번개같이 울타리 바깥으로 사라졌다고 했다.

"백랑이 나타났다!"

이 불길한 소식은 먹구름처럼 삽시간에 백록촌을 뒤덮었고 마을 사람들을 공포에 떨게 했다. 충격이 클수록 울타리 보수 공사를 제때에 끝냈다는 안도감도 크고 깊었다. 완벽한 울타리 보수 공사는 이처럼 하얀 이리의 침입을 효과적으로 막아주었다. 주민들의 안전도 지켜주었다. 뿐만 아니었다. 백가헌에게도 백록촌 족장으로서의 권위와 호소력을 확실히 검증받는 계기를 마련해줬다. 한층 더 큰 자신감을 갖게도 만들었다.

백가헌은 보따리를 메고 현성縣城을 향해 걸었다. 늦가을도 다 지나고 초겨울에 접어든 동틀 녘 새벽길은 마치 동작 느린 늙은이처럼 머뭇거리기만 할 뿐 좀처럼 앞으로 다가오지 않았다. 겨울철 50리 길은 까마득했다. 짙은 새벽안개에 뒤덮인 마을에는 아직도 하얀 이리를 쫓으려는 모닥불 빛이 여기저기에서 명멸하고 있었다. 홰치는 수탉의 울음소리도 무서운 들짐승의 소문에 주눅이 들었는지 지난날처럼 헌걸차게 울리지 않았다. 마치 목구멍이 깃털에 잔뜩 쑤셔 박힌 것처럼 끈적끈적 답답하게 들려왔다.

하얀 이리에 대한 불길한 소문은 여전히 그치지 않았다. 하얀 이리에 대한 소문에 또 다른 소문이 겹치면서 백록원 일대는 다시 한 번 떠들썩했다.

두 번째 소문은 바로 주 선생이 세 치 혓바닥 하나로 감숙성甘肅省에서 반격해 오는 청나라의 20만 대군을 깨끗이 물리쳤다는 이야기였다. 그리고 이 공적으로 주 선생이 장 총독의 수석 참모가 되었다는 소문이 뒤따랐다. 때마침 백가헌은 울타리 보수 공사에 정신을 쏟고 있던 터라 매형 주 선생에 관한 소문은 하나도 듣지 못했다. 엊저녁에 녹자림이 놀란 얼굴로 찾아와 어떻게 된 일이냐고 묻고 나서야 겨우 알게 되었다.

그래서 백가헌은 그 소문의 진상도 알아보고 또 반정 이후 야기된 혼란에 어떻게 대처해야 좋을지 매형의 탁견을 들어보기 위해 백록서원으로 찾아가는 길이었다.

주 선생은 서재에서 처남을 맞았다. 주인의 태도는 평소와 전혀 다름이 없었다. 떠들썩하게 나도는 소문과 같은 낌새는 찾아볼 수가 없었다. 매형의 태연한 태도를 마주 하면서 백가헌의 머릿속에는 '처세불경'處世不驚이란 글이 떠올랐다. 아무리 혼란스럽고 위태로운 지경에 처하더라도 당황하거나 놀라지 말라는 성현의 말씀이었다. 그는 항간에 떠도는 흰 이리 이야기를 꺼냈다.

주 선생은 그 소문을 웃음으로 넘겼다.

"모두가 황당무계한 이야기들일세. 오늘 흰 이리를 막으면 내일은 또 흰 구렁이 소문이 나돌 거야. 그다음에는 흰 호랑이가 나타났다느니 흰 여우가 나타났다느니 하고 떠들걸? 마지막에는 흰 까마귀까지 나올 걸세. 자네, 이걸 다 무슨 수로 막으려나?"

매형이 흰 이리에 대해서 대수롭지 않은 태도를 보이자 백가헌은 풀이 죽었다. 닷새 동안 밤낮없이 고생해가며 세운 울타리가 말짱 헛수고였다니, 기분이 상했던 것이다. 그는 또 매형이 청나라 군사 20만 명을 꾸짖어 물리쳤다는 소문의 진상을 물었다. 그러나 주 선생은 흰 이리 이야기 때처럼 싸늘한 말투로 짧게 대답할 뿐이었다.

"그저 뜬소문일 뿐이지!"

백가헌은 더 묻기가 어려웠다. 그러나 그냥 넘어갈 수 없어 끈질기게 물었다.

"형님, 제가 보기에는 형님이 장 총독을 위해 유세꾼이 될 분이 아니신데 도대체 어떻게 된 겁니까?"

주 선생은 빙그레 웃으며 대답했다.

"자네, 또 잘못 짚었군. 이번만큼은 내 기꺼이 장 총독의 유세꾼 노릇을 했다네!"

그날 아침도 주 선생은 여느 때와 다름없이 서재에서 책을 읽고 있었다. 아침마다 책을 읽는 일과는 단지 습관이 아니라 그의 생명이 유지되는 필수적인 요소와도 같았다. 이 세상의 어떤 진수성찬이라도 똑같은 음식만 계속 먹으라면 먹지 못한다. 또 씹더라도 무슨 맛인지 알 수 없게 된다. 하지만 성현의 말씀은 얼마든지 물리지 않고 음미할 수 있다. 더구나 음미하면 할수록 그 속에 담긴 새로운 뜻과 깨우침을 얻을 수 있다. 하루에 밥 세 끼 이상은 먹지 못한다. 좋은 비단옷도 보름이 넘도록 입으면 싫증나는 법이다. 그러나 성현의 말씀은 한평생을 살다가 죽을 때까지 두고두고 읽어도 물리는 법이 없다. 주 선생은 '사서삼경'을 낭송할 때면 술에 취한 듯 선경에라도 들어간 듯 신경을 온통 책장에만 쏟았다.

주 선생이 한창 글을 읊고 있으려니 문간방에 거처하는 늙은 선비 장張 수재가 서재로 건너왔다. 성청省廳 아문에서 관원 두 사람이 찾아와 뵙기를 청한다고 했다. 주 선생은 고개도 들지 않고 이렇게 말했다.

"가서 말하게. 내가 아침 글을 읽고 있노라고."

장 수재는 대문 앞에서 기다리는 관리 두 사람에게 가서 그대로 전달했다.

"선생님은 지금 아침 글을 읽고 계십니다."

성청에서 파견 나온 관리들은 깜짝 놀라 뜨악한 표정을 지었다. 아침글 읽기라니, 그게 뭐냐? 책을 외우거나 읊는 일 아닌가? 그게 뭐 대수로운 일이라고 관청에서 내려온 긴급한 일마저 제쳐놓는단 말인가? 그들은 죄 없는 장 수재를 붙잡고 화를 냈다.

"이런 얼빠진 영감 봤나! 우리가 놀러 온 줄 아시오? 여기 장 총독님께서 친필로 쓰신 긴급한 명령서를 가지고 왔단 말이오. 냉큼 들어가서 주선생한테 이걸 받을 건지 안 받을 건지 물어보시오!"

장 수재가 다시 그 말을 전했다. 주 선생은 이렇게 대답했다.

"나는 지금 책을 읽고 있으니까 만나보려거든 기다리라고 해. 기다리기 싫거든 돌아가라고 하시게. 제 발로 왔으니 제 발로 가는 거야 자기 마음대로 아닌가!"

관리들은 그 말을 전해 듣고 펄펄 뛰었다.

"이게 뭔지 알아? 이건 장 총독님의 친필 서한이야! 주 선생은 총독님을 뭐로 아는 거야?"

그러자 이번에는 장 수재도 딱 부러지게 응답했다.

"총독님 아니라 황제 폐하가 오셔도 안 될 일이오! 장 총독이 높소, 황제 폐하가 더 높소? 기다리려면 잠자코 기다리시오! 선생님은 하늘이 무너지는 한이 있더라도 아침 낭송을 끝마쳐야 나오실 테니까."

파견관 두 사람은 화를 꾹 누르고 기다리기로 했다. 장 수재는 예의를 갖춰 차 대접을 깍듯이 했다.

이윽고 아침 낭독을 끝낸 주 선생이 도포 자락을 말아 쥐고 대청으로 나왔다. 파견관이 올리는 편지 봉투를 받아 보니 과연 장 총독의 친필 서한이었다.

편지 내용은 주 선생의 심금을 울릴 만했다. 편지의 첫마디에는 반정을 일으킨 이유를 간략하게 설명했다. 이어 현재 직면하게 된 심각한 정세를 서술한 다음 본론으로 들어갔다. 우선 그는 반정 때 감숙 지방으로 도주한 청나라 조정의 순무巡撫 방승方昇이 영하寧夏 일대에서 20만 대군을 이끌고 반격해 왔다는 사실을 전했다. 또 그 엄청난 대병력이 현재 서안西安에서 불과 200리 떨어진 고파령姑婆嶺까지 진격하여 영채를 세우고 결사전을 벌이려 한다고도 했다.

장 총독은 자신과 혁명동지들이 한마음 한뜻으로 힘을 모아 방승의 오합지졸을 완전히 격파할 수 있노라고 장담했다. 그러나 그는 대규모 전투가 벌어질 경우 도탄에 빠질 수밖에 없는 백성들의 처지를 우려했다. 또 유서 깊은 도성이 파괴당할 것도 걱정하고 있었다. 결과적으로 차마 군대를 출동시킬 수 없노라고 호소했다.

따라서 주 선생에게 부탁하는 바이니 수고스럽지만 고파령까지 가서 청나라 군이 물러나도록 방승을 설득해 달라고 했다. 주 선생의 높으신 덕망으로 보나 방승과의 깊은 교분으로 보나 상대방을 잘 설득하면 방승도 군대를 철수시키지 않겠느냐는 말이었다.

그는 마지막으로 방승이 철수할 경우 자신이 해 줄 수 있는 선의의 반대급부도 내걸었다. 우선 방승 군이 퇴각하면 이쪽은 절대로 추격하지 않고 농서隴西 지역까지 무사히 물러날 수 있게 퇴각로를 보장하겠다고 했다. 또 방승이 서안에 남겠다면 장 총독은 그가 여생을 보내고 천수天壽를 다할 때까지 보호해 줄 수 있노라고도 했다.

편지를 다 읽고 나자 주 선생은 파견관에게 이런 말로 거절의 뜻을 전했다.

"선비 된 사람은 그저 성현들의 책이나 볼 뿐이오. 군사에 대해선 아무것도 모르오. 또 세 치 혓바닥 하나로 어떻게 막중한 대세를 돌이킬 수 있단 말이오? 내게는 그럴 만한 능력이 없소. 돌아가시거든 장 총독께 전하시오. 공연히 지체했다가 전기戰期를 잃지 마시라고!"

관원들은 얼굴빛이 시퍼레져서 자리를 박차고 일어났다. 그리고 인사도 하는 둥 마는 둥 하고 운전수에게 시동을 걸라고 호통 치며 자동차에 올라 떠나갔다.

주 선생은 대문 밖이 조용해질 때까지 기다렸다가 아내에게 일렀다.

"내 여행 보따리를 좀 챙겨주구려."

아내 백씨가 걱정스레 물었다.

"어딜 가시려는 거예요? 안 가시면 안 되나요?"

"며칠 숨어 있다가 와야겠소. 아무래도 장 총독이 또 사람을 보내 성가시게 굴 테니까."

그제야 백씨도 마음이 놓였다. 바로 남편을 깔끔한 옷으로 갈아입히고 짐을 챙겨 주었다. 주 선생은 기름 먹인 지우산紙雨傘 한 자루를 옆구리에 끼고 백록서원을 나섰다.

오후가 되자 아니나 다를까 성청에서 또다시 파견관 두 사람이 자동차를 타고 들이닥쳤다. 이번에는 고위 관리 한 사람도 모셔 왔다. 그는 바로 장 총독의 측근 비서였다. 문간방의 늙은 장 수재는 여전히 예의 바르게 맞으면서 사실대로 이야기해 주었다.

"떠나셨습니다. 선생님은 이미 오전에 떠나셨지요. 어디로 피신하러 가셨을 겁니다."

저녁 무렵 장 총독이 거처하는 총독부 앞에 웬 나그네가 지우산을 겨드랑이에 끼고 나타났다. 그는 다짜고짜 대문 안으로 발을 들이다가 실탄을 장전한 초병의 개머리판에 저지당했다.

나그네가 천연덕스레 말했다.

"길을 비키시게! 장 총독이 불러서 만나러 왔으니까."

초병은 나그네의 꾀죄죄한 몰골을 훑어보고는 호통을 쳤다.

"저리 가! 당장 물러가지 못해? 어디서 이런 촌놈이 다 굴러 왔어! 냉큼 꺼지지 못해?"

그러자 나그네는 문턱에 서서 큰 목소리로 장 총독의 이름을 마구 불러대기 시작했다.

"장 총독! 두 번 세 번이나 날 부르려고 부하들을 보내더니 이렇게 내발로 찾아왔는데도 쫓아낼 거요?"

이때 자동차 한 대가 정문 앞에 딱 멈춰 섰다. 이어 두 사람이 훌쩍 뛰어내리기 무섭게 초병의 따귀부터 한 대 올려붙였다. 그리고는 돌아서서 나그네에게 허리가 접히도록 큰절을 올렸다.

"어이구, 주 선생님! 어서 오십시오."

주 선생이 바라보니 아침나절 글 읽는 분위기를 망쳐놓던 장본인들이었다. 그는 관리들의 안내를 받으면서 천연덕스럽게 총독부 안으로 들어갔다.

장 총독은 나그네를 맞자마자 원망 섞어 반가운 인사를 건넸다.

"아니, 이게 어떻게 된 노릇입니까? 승용차를 보냈는데 마다하시고 그 먼 길을 걸어오시다니. 다리가 아직 튼튼하신 모양이군요!"

"나는 워낙 시골뜨기라 서양 복을 누리지 못하나 봅니다. 자동차 석유 냄새를 맡으면 구역질이 나서 견딜 수가 있어야지요."

"난 정말 선생이 안 오실까 봐 걱정이 태산 같았소이다. 그래서 유현덕劉玄德처럼 삼고초려三顧草廬라도 할 셈으로 내 직접 백록서원으로 찾아 나서려던 참이었소이다."

주 선생이 껄껄 웃어 넘겼다.

"설령 제갈공명이 다시 살아온다 해도 총독님의 전투복을 보면 기절초풍을 하고 나자빠질 겁니다. 그러니 저 같은 촌뜨기야 더 말할 나위도 없지 않겠습니까?"

다음날 이른 새벽 장 총독이 일어났을 때 주 선생은 벌써 어디로 떠났는지 찾을 길이 없었다. 장 총독은 탁자를 내리치면서 한탄을 했다.

"허허, 그놈의 책벌레! 샌님들은 어쩔 수 없단 말이야."

그래도 그는 단념하지 않고 트럭에 1개 소대 병력을 태워 성문 바깥으로 달려갔다.

주 선생은 벌써 함양대교咸陽大橋를 걸어가고 있었다. 푸른 무명옷에 보따리 하나, 우산 한 자루를 겨드랑이에 낀 채였다. 그는 부옇게 밝아 오는 아침 햇볕 아래에서 흥얼흥얼 아침 일과를 잊지 않고 읊조리면서 걸어가고 있었다. 그래서 등 뒤에서 부릉대는 자동차 엔진 소리도 듣지 못했다.

장 총독이 차에서 훌쩍 뛰어내리더니 앞길을 가로막았다. 공자의 세계에 빠져 있던 주 선생은 그제야 현실로 돌아와 연신 사과의 말을 건넸다.

"하하! 총독 나리, 곤히 주무시는 분을 깨울까 싶어 저 혼자 길을 떠났습니다."

장 총독은 화가 나기보다 웃음이 먼저 나왔다.

"여하튼 여기서라도 만났으니 다행이외다. 호위할 병력 12명을 데려 왔으니 마음 푹 놓고 떠나시오. 병사들한테는 이미 지시를 내려놓았으니 호위를 받으시면 됩니다."

주 선생이 돌아섰다. 그리고 자기 앞에 나란히 서 있는 병사들을 훑어보더니 고개를 절레절레 내저었다.

"열두 명 가지고야 모자라죠. 아마 총독 나리의 휘하 병력을 다 출동시킨다 해도 모자랄 겁니다. 생각해 보십시오. 총독 나리가 방승과 싸워 이길 수 있었다면 왜 저를 보내겠습니까? 그냥 돌아가십시오. 여기 있는 병사들도 몽땅 데리고 돌아가십시오!"

아픈 데를 찔린 장 총독은 저도 모르게 얼굴이 붉어졌다.

"그럼 자동차라도 타고 가시죠."

주 선생은 넌덜머리를 내면서 도리질을 했다.

"이미 이야기하지 않았습니까? 석유 냄새는 못 맡는다고……."

주 선생은 말을 마치자 곧 중얼중얼 성현을 말씀을 읊조리며 길을 재촉했다.

장 총독이 바짝 따라붙으면서 거듭 권유했다. 자동차를 타고 가라, 호위병 12명은 모두 다 특수 훈련을 받은 병사들이니까 예상치 못한 사고를 막아줄 수 있을 것이다……. 그래도 주 선생은 못 들은 척 한 귀로 흘려버리고 딴소리를 늘어놓았다.

"총독 나리, 차라리 제게 전별시餞別詩나 한 수 읊어 주시지요! 이 자리에는 '함양교咸陽橋'란 시구가 어울릴 듯싶은데 어떠십니까. 한 수 읊어 주시겠습니까?"

장 총독은 어쩌지 못하고 마음에도 없는 전별시를 읊조렸다.

위성 아침에 부슬비, 흙먼지를 곱게 적시고,

객사의 짓푸른 버들가지, 빛깔이 새롭구나.

그대에게 술잔 씻어 다시 한 잔 권하노니,

서쪽으로 양관을 벗어남에 옛사람 보이지 않네.

渭城朝雨邑輕塵

客舍青青柳色新

勸君更進一杯酒

西出陽關無故人

주 선생은 고개를 끄덕이며 찬탄하더니 자기도 한 수 읊어 화답했다.

수레바퀴 우르르 꼬리 잇따르고,

전마는 소슬바람에 투레질하는데,

출정 장병 허리에는 활과 화살통 한 개.

야랑의 처자는 멀리 배웅하러 나왔으나,

흙먼지에 가려 함양교는 보이지 않네.

車潾潾

馬蕭蕭

行人弓箭各在腰

耶娘妻子走相送

塵堆不見咸陽橋

여기까지 읊은 주 선생은 뜨거운 눈물을 주르르 쏟더니 발걸음을 돌렸다.

해 질 녘이었다. 주 선생은 어느 작은 강변에 도달했다. 강물을 사이에 두고 바라보니 건너편은 청나라 군복 차림의 병사들로 북새통을 이루고 있었다. 널판자로 만든 다리를 건너가자 병사들이 몰려와 앞을 막고 호통을 쳤다. 주 선생은 보따리를 내려놓고 품속에서 큼지막한 종이 한 장을 꺼내 병사들의 우두머리에게 넘겨주었다. 그것은 방승이 섬서 순무陝西巡撫로 재직했을 때 친필로 써서 그에게 선사한 족자 한 폭이었다.

'착한 사람을 본받으라'學爲好人

주 선생은 장원 급제하여 거인이 되던 그해에 연속 세 차례나 방 순무의 임명장을 돌려보낸 적이 있었다. 그래도 방 순무는 노여워하기는커녕 오히려 그의 고결한 인품을 높이 샀다. 그리고는 주 선생이 보낸 답장 가운데 '불초 선비는 학문을 익혀 착한 사람을 본받기만을 원하오이다'孺子願學爲好人란 한마디를 골라 휘호揮毫로 썼다. 이어 자필 서명에 낙관까지 찍어 주 선생에게 선사했다. 그런데 이 족자 한 폭이 지금 통행증이 되었다. 양군이 팽팽하게 대치하는 일촉즉발의 위기 속에서 기막힌 효과를 발휘했다.

청군 병사들은 여전히 의심스러웠으나 그렇다고 무례하게 굴 수도 없었다. 결국 그를 반 강제로 자동차에 태워 본영으로 후송했다. 주 선생은 석유 냄새를 견디지 못하고 가는 길 내내 속을 쥐어짜면서 구역질을 했다.

방 순무는 행군 영채 안에서 그를 맞아들였다. 그리고 푸짐한 저녁상을 마련했다. 그러나 주 선생은 식탁에서 멀찌감치 떨어져 앉은 채 좀처럼 수저를 들려 하지 않았다.

방 순무가 온화한 어조로 음식을 권했다.

"주 선생, 창졸간에 준비한 것이라 약소하오. 우선 좀 드시구려. 역적들을 토벌하고 서안을 수복한 뒤에 다시 선생을 초대할 테니."

주 선생은 고개만 내저을 뿐 여전히 움직이려 하지 않았다. 조바심이 난 방 순무가 다그쳐 물었다. 주 선생은 겨우 입을 떼어 한마디만 했다.

"전 두렵습니다."

"두렵다니? 여기는 선생하고 나 단둘만 있는데 뭐가 두렵단 말씀이오?"

"저는 나리께서 그런 군복 차림을 하고 계신 걸 본 적이 없습니다. 전 두렵습니다. 두려워서 밥도 안 넘어갈 지경입니다. 순무 나리, 그 군복을 벗으시고 편복으로 갈아입으실 수는 없겠습니까?"

그 말에 방 순무는 껄껄껄 너털웃음을 터뜨렸다.

"하하, 주 선생! 내 숨김없이 말씀드리겠소만 농서에서 출동할 때 민간 옷을 전부 태워 먹고 말았지 뭐요. 좋소이다! 오늘만은 나도 전례를 깨지!"

말을 마치자마자 그가 군복을 훌훌 벗어던졌다. 주 선생은 그제야 식탁 앞으로 다가앉으면서 이렇게 말했다.

"이제야 사람 같으십니다!"

만찬 석상에서 주 선생의 젓가락은 채소 음식만 집어들 뿐이었다. 고기 요리는 건드리지도 않았다. 방 순무가 수저를 내려놓자 그는 보따리에서 오지항아리를 하나 꺼냈다. 이어 접시에 남은 고기 요리와 채소 요리를 한꺼번에 쏟아부었다. 그 광경을 본 방 순무가 이맛살을 찌푸리며 물었다.

"선생, 그건 뭐 하러……?"

주 선생이 천연덕스레 대답했다.

"이 좋은 음식들을 가져다가 집에 있는 아이들에게 맛 좀 보여야겠습니다."

방 순무가 깜짝 놀라 다시 물었다.

"어찌 그런……. 선생의 가세가 그 지경에 이르렀단 말이오?"

"천하에 큰 난리가 일어나 모두 권세를 다투고 이득을 쫓느라 바쁜 마당에 어느 누가 백성을 돌보겠습니까? 저는 나리께 살 길을 구하러 왔습니다."

방 순무는 새삼 공분을 느꼈는지 버럭 소리쳤다.

"선생 같은 관중의 대선비가 이토록 곤경에 처하셨다면 백성들의 고통이야 더 말할 나위가 없겠구려! 내가 부득이 군복을 걸친 것도 바로 그런 까닭에서였소. 이제 두고 보시오! 내 손으로 반적을 토벌하고 조정의 기강을 다시 세우고야 말겠소! 그것이야말로 백성들이 진정 바라는 바 아니겠소?"

그 말을 듣자 주 선생은 천천히 반문했다.

"나리께서 관중을 평정하시리라는 것은 저도 굳게 믿어 의심치 않습니다. 하오나 무창武昌은 어떻게 할 것입니까? 호남-광동 지방은 또 어떻게 하실 겁니까? 그곳에는 누가 가서 반란을 평정할 것입니까?"

"나는 청나라 신하요. 청나라 조정에 충성을 바치기로 맹세한 몸이외다. 내가 잃어버린 강산은 반드시 내 손으로 수복하겠소. 무창이나 호남-광동 지방은 내 관할 지역이 아니니 거기까지 미칠 역량은 내게 없소."

주 선생은 빙그레 미소를 지어보였다.

"나무 한 그루가 오래 묵어 썩으면 뿌리도 마르고 줄기도 비고 가지 또한 말라 죽는 법입니다. 나뭇가지 하나만 잎이 무성한들 본줄기에 얼마나 오래 매달려 있을 수 있겠습니까?"

방 순무는 그 말을 듣자 경계하는 눈초리로 주 선생을 노려보았다.

"주 선생……, 역적들을 대신해서 날 설득하러 오셨소?"

주 선생은 솔직하게 고개를 끄덕였다.

"방금 제가 말씀드리지 않았습니까. 나리께 살 길을 구하러 왔다고. 솔직히 말씀드리는 점을 용서하십시오. 청나라 조정은 마치 썩은 고목이 다시 꽃 피우기 어려운 상황과 같습니다. 나리께서는 관중 땅은 수복하시더라도 무창이나 호남-광동 지역은 평정하실 능력이 없습니다. 나뭇가지 하나밖에 못 되는 나리의 능력으로 혼자서 얼마나 오래 갈 수 있겠습니까? 또 여기서……, 직언을 하는 저를 용서하십시오. 다시 관중 지역 바깥으로 쫓겨나신다면 나리는 더 이상 발붙일 데가 없을지도 모릅니다."

여기까지 듣고 난 방 순무의 얼굴빛이 싹 바뀌었다. 그가 자리를 박차고 일어났다.

"선생, 그만하시오! 내 당초 그대를 고결한 선비로 여겨 왔소이다. 그런데 이렇듯 변절하여 반역 도당의 유세꾼 노릇이나 할 줄은 생각도 못 했소!"

주 선생은 의자에 앉은 채 꼼짝달싹하지 않았다. 그 대신 목청을 조금 높였다.

"나리, 부디 제 충정衷情을 들어주십시오. 장 총독이 반정하면서 공약문 28조를 내걸었습니다. 그러나 저는 겨우 세 조항만을 받아들였습니다. 하나는 변발辮髮 자르기, 또 하나는 전족纏足 풀기, 그리고 마지막 조항은 아편 금지였습니다. 반정이 일어났을 때 저는 백록서원을 굳게 지키고 두 달이 넘도록 산을 내려가 본 적이 없었습니다. 아침나절에는 책을 읽고 오후에는 글을 익혔습니다. 제자들에게 도를 전하고 의문을 풀어주기에 힘썼지요. '착한 사람을 본받으라.'는 본뜻을 엄격히 지켜왔을 뿐입니다!"

이렇게 말을 하면서 그는 방 순무가 선사한 친필 족자를 끄집어냈다.

그러나 방승의 노기는 좀처럼 가라앉지 않았다.

"내게 필요한 것은 오직 하나요. 그 의리를 저버린 반역도를 붙잡아 능지처참을 하고 싶을 뿐이오! 그렇게만 할 수 있다면 내 목숨이라도 기꺼이 바치겠소!"

주 선생은 가당치도 않다는 듯이 실소를 머금었다.

"의롭지 못한 무리에게는 제 발로 빠져들어갈 재앙의 못이 기다리고 있는 법입니다. 나리께서 굳이 군사를 동원하여 토벌할 필요가 어디 있겠습니까?"

장 총독은 주 선생과 같은 해에 방 순무가 친히 감독하는 성시省試에 합격하여 거인이 되었다. 그것은 방승이 순무가 되어 섬서성에 부임한 첫해의 일이었다. 이듬해 방 순무는 장 거인을 적극 추천하여 국비로 일본에 유학까지 보냈다. 그러나 그는 일본에서 혁명 활동을 하던 중산中山 손문孫文 선생의 동맹회에 가입했다. 고향으로 돌아온 뒤에는 곧바로 방 순무의 강력한 정적政敵이 되었다. 급기야 장 총독이 반정에 성공을 거둔 이후 방 순무는 탈출해 관중에서 내쫓기는 신세가 되고 말았다.

주 선생은 사리를 따져 차근차근 설득했다.

"나리께서는 늘 '때에 순응하여 세상을 이롭게 하라.'고 말씀해 오셨습니다. 따라서 이 관중 땅을 여러 해 다스리시는 동안 민심을 크게 얻으신 것도 사실입니다. 그러나 이제 다시 수십만 대군을 거느리고 관중 땅으로 진격해 오셨으니 능지처참을 당할 자가 어디 장 아무개 한 사람뿐이겠습니까? 일단 전투가 벌어지면 죽고 다치는 것은 백성들입니다. 나리께서는 그 길로 천고에 씻지 못할 오명을 남기게 됩니다."

주 선생은 말을 마치자마자 일어나 보따리를 멨다. 이어 방 순무에게 작별 인사를 올렸다.

"날이 밝거든 떠나시지요."

방 순무가 만류했으나 주 선생은 웃음으로 거절했다.

"나는 거친 무명옷 한 벌을 걸쳤을 뿐이니 비적 떼와 마주치더라도 거들떠보지 않을 것입니다. 주머니에 땡전 한 푼 없으니 날 죽인다 해도 얻을 재물이 없을 터인데 밤중에 떠난들 무슨 걱정이겠습니까."

말을 마친 주 선생은 뒤도 돌아보지 않고 떠났다.

가다가 묵은 곳은 옛 스승 댁이었다. 스승의 이름은 양박楊撲, 자는 을곡乙曲, 관중학파의 맥을 잇는 마지막 전인傳人이기도 했다. 주 선생은 그곳에서 이틀을 묵고 서안성으로 돌아와 장 총독에게 결과를 보고했다.

장 총독은 그를 보자마자 무릎을 꿇었다.

"우선 내 절부터 받으시오! 도륙을 면한 성내 부로父老들을 대신하여 주 선생께 올리는 감사의 뜻이오."

주 선생은 그제야 확실한 소식을 들을 수 있었다. 방 순무는 진격을 중단했을 뿐 아니라 20만 대군을 거느리고 고파령에서 철수하여 감숙 영하 지역으로 돌아갔다.

장 총독은 즉석에서 술잔치를 열었다. 고된 여행길에 시달린 주 선생을 위로도 하고 그가 세운 공로를 경하하기 위해서였다. 성대한 잔치가 열리자 주 선생은 보따리에서 오지항아리를 꺼냈다. 이어 가슴에 껴안고 손으로 음식을 집어먹기 시작했다. 엉뚱한 행동에 난감해진 장 총독은 그의 손을 붙잡고 만류했다.

"주 선생, 이렇게까지 하셔야만 되겠소? 내게 망신을 주려고 작정한 모양이시구려!"

주 선생은 껄껄껄 웃어가며 도리질을 해 보였다.

"이 항아리에 든 음식은 내 절친한 벗이 남겨준 겁니다. 친구지간에 주고받은 것을 함부로 버릴 수 있겠습니까? 우리 사이도 번거롭게 허례허식을 차릴 것 없이 간단히 끝냅시다."

항아리를 다 비우고 나자 그는 뜨거운 차 한 잔을 마시고는 작별 인사를 건넸다.

장 총독은 그를 붙잡고 한사코 놓아주지 않았다.

"제발 이러지 좀 마시오! 주 선생에게 묵보墨寶(붓글씨) 한 폭 남겨 달라고 부탁하려고 했어요. 그런데 정말 이렇게 훌쩍 떠나실 거요?"

그 말을 듣고 주 선생은 즉석에서 붓을 휘둘렀다. 질 좋은 고급 선지宣紙에 어린애가 장난하듯 유치한 붓글씨가 두 줄 쓰여졌다.

전족 풀어 발 커지고, 가위질로 변발 댕기 잘랐네.
그래서 긁어 들일 손톱도 늘 짧게 깎아야 하느니.

脚放大, 發鉸短
指甲常剪兜要淺

장 총독은 뜻을 모른 채 이마를 잔뜩 찌푸리고 쩔쩔맸다. 그 모습을 보고, 주 선생이 껄껄 웃으면서 붓을 던졌다.

"이 글은 고파령에 다녀오는 도중 아이들이 부르는 동요를 귀담아들어 두었던 겁니다. 잘 음미해 보십시오."

할 말을 다하자 그는 다시 떠날 채비를 했다. 장 총독은 자동차를 타고 가라고 했다가 거절당했다. 가마도 대령했으나 그 역시 거절당했다. 마지막에는 마필에 태워 보내려 했다.

주 선생은 끝까지 고개를 내저었다.

"자동차든 말이든 떠들썩한 것은 질색이외다!"

백가헌은 사연을 다 듣고 나자 한숨이 절로 나왔다. 매형의 여행길이 무모하기까지 한 너무 위험한 짓이었다는 생각이 들어서였다. 이야기가 끝나자 그는 매형에게 그동안 품어 왔던 의심을 쏟아 놓기 시작했다. 황제 폐하가 사라지면 앞으로 어떻게 사느냐? 나라에 바치는 양곡을 계속 바쳐야 하느냐? 청나라 조정이 산정한 '천·시·지·리·인·화'의 여섯 등급대로 양곡 납부를 계속해야 할 것이냐? 변발을 자르면 남자 꼴이 뭐가 되느냐? 전족을 풀면 여자 발은 끔찍하지 않겠느냐?

처남이 쏟아 놓는 질문과 불평을 주 선생은 가타부타 말없이 듣고 있더니 서랍을 열고 종이 한 묶음을 꺼내 가헌에게 넘겨주었다.

"변발 댕기를 자른다고 신체에 큰일이 일어나는 건 아닐세. 몸 바깥에나 있는 것이니까. 머리를 짧게 깎으면 날마다 빗질하고 다듬느라 낭비하는 시간을 절약할 수 있으니 얼마나 좋겠나. 여자 발도 타고난 대로 생긴 대로 두어야 하네. 전족을 풀면 움직이기에 더욱 편해질 테니 좋은 일 아닌가. 가장 크고 어려운 문제는 앞으로 어떻게 살아야 할 것인가 하는 점이네. 내 며칠 동안 생각해서 초안을 잡아 놓은 것이 있어. 그러니 가져다 보고 실천할 수 있으면 해 보게. 주민들이 하루하루를 어떻게 보내야 좋을 것인지 내 나름대로 만들어 본 규약일세."

가헌은 첫 장을 보았다. 우선 표지에 쓰인 제목은 〈향약〉鄕約 두 글자였다.

1. 덕업상권德業相勸(덕업을 서로 권장할 것)

덕德이란 착한 것을 보면 반드시 행하고 악한 것을 보면 반드시 고쳐야 함을 말한다.

그럼으로써 제 몸을 다스릴 수 있다. 집안 역시 다스릴 수 있다. 부형父兄을 섬기고 자제子弟를 가르치면서 아랫것들을 부릴 수도 있게 된다. 웃어른을 공경하며 이웃과 화목하게 지낼 수 있다. 이것이 바로 덕업인 것이다.

또한 벗을 가려 사귈 수 있다. 염치 있고 청백한 생활을 지킬 수도 있다. 널리 혜택을 베풀고 남의 부탁을 받아들일 수 있는 것은 물론이다. 환난을 구제하고 허물을 바로잡으면서 남과 일을 꾀할 수 있게 된다. 뭇 사람과 함께 일해 나가는 것도 가능하다. 다툼을 해결하고 시비是非를 판단하면서 이로움을 증진시키고 해악을 제거할수 있다. 벼슬아치가 되어서도 제 직분을 다할 수 있을 것이다. 이렇듯이 착한 일을 내가 먼저 행하고 다른 사람들에게 권장해 모두 실천하게 만드는 것이 곧 성현의 말씀을 기록한 책의 이른바 '선행'이란 것이다.

업業이란 집안에서 부형을 섬기고 자제들을 가르치는 일을 우선 의미한다. 아내를 아내답게 대우하는 일도 일컫는다. 밖에서는 이웃 어른을 섬기고 벗과 사귀면서 후배를 가르치고 아랫것들을 부리는 일을 말한다.

공부하고 농사짓고, 집안일을 다스리고 사물을 실속 있게 쓰는 일, 예의禮·음악樂·활 쏘기射·말타기御·독서書·산술數 등 선비들의 여섯 가지 덕목을 사랑함에 이르기까지이 덕업에 바탕을 두지 않으면 모두가 무익한 것이 된다.

2. 과실상규過失相規(허물을 서로 규제할 것)

의리義理를 범하는 허물에는 여섯 가지가 있다. 첫째는 술에 취해 다투거나 소송을 거는 것이다. 둘째는 행동거지가 예법을 어기는 것이다. 셋째는 몸가짐이 공손치 못한 것을 뜻한다. 넷째는 말함에 충실치 못하고 믿음이 없는 것이다. 다섯째는 헛소문을 퍼뜨리거나 남을 모함하고 헐뜯는 것, 여섯째는 사사로운 이익을 지나치게 꾀하는 것이 그것이다.

규약을 범하는 허물에는 네 가지가 있다. 첫째는 덕업을 서로 권장하지 않는 것, 둘째는 과실過失을 보고도 서로 바로잡아주지 않는 것, 셋째는 예의와 관습을 서로 지키지 않는 것, 넷째는 환난을 서로 구휼救恤해 주지 않는 것이 그것이다.

3. 예속상교禮俗相交(예의를 지키며 서로 사귈 것)

......

백가헌은 그날 저녁 마을에 돌아오자마자 〈향약〉 초본과 매형이 서 선생에게 전하라는 편지를 들고 학당으로 찾아갔다. 서 선생은 그것들을 보고 손뼉까지 치며 찬탄을 했다.

"이것이야말로 근본을 다스리는 길일세! 내 이제야 솔직히 털어놓겠네만 요 며칠 나도 학문을 버리고 농사나 지을까 생각할 만큼 의기소침해 있었다네. 그런데 지금 주 선생의 글월을 받아 보니 앞으로 내가 해야 할 일을 분명히 제시해 주고 있네, 오늘 이후 나는 자네들을 도와 이 백록촌에서 〈향약〉을 실천에 옮겨 주민들을 예법으로 가르칠 것일세. 기울어져 가는 세상 풍속을 바로잡는 데 힘쓸 것이야!"

가헌은 다시 녹자림을 학당으로 불러들여 이 문제를 놓고 상의했다. 녹자림 역시 〈향약〉 전문을 다 읽고는 감탄을 금치 못했다.

"우리 마을 사람들이 이 〈향약〉에 적힌 대로 실천한다면 정말 인의의 마을이 될 거요."

이렇게 해서 세 사람은 그 자리에서 〈향약〉을 실천에 옮길 수 있는 구체적인 방안을 하나씩 내놓았다. 이어 족장인 백가헌의 책임 아래 실시하기로 결정했다. 그날 밤 서 선생은 〈향약〉 전문을 종이에 베껴 써서 이튿날 아침 일찍 사당 정문 담벽에 붙였다.

저녁이 되자 백씨와 녹씨 양 가문의 사람들 중에 열여섯 살 이상 되는 남자들은 모두 학당에 모였다. 서 선생이 조목조목 읽어 내려가면서 〈향약〉의 내용을 자세히 풀이해 주었다. 그러나 그 많은 내용을 하루 만에 전부 설명해 줄 수는 없었으므로 앞으로 매일 저녁 반드시 학당에 나오기로 규정을 세웠다. 다만 병들거나 피치 못할 일이 생긴 사람은 미리 족장인 백가헌에게 양해를 구하도록 했다. 또 학당에 나온 사람들은 그날 배운 〈향약〉 조문을 외워 집에 돌아가서 식구들에게 가르치기로 했다. 백가헌은 마을 사람들에게 이렇게 선포했다.

"학문이란 쓰기 위해서 있는 것입니다. 배웠으면 곧바로 실천에 옮겨야 합니다. 사람이 한 세상을 살아가면서 사람 노릇을 하려면 〈향약〉에 쓰인 대로 실천해야 합니다. 앞으로 〈향약〉 조문을 어기는 사람은 서 선생이 낱낱이 기록해 둘 겁니다. 세 번 어길 경우에는 그 정상情狀의 경중에 따라 벌을 내리겠습니다."

벌칙은 다음 몇 가지로 나누어 적용하기로 했다. 공개 석상에서 무릎 꿇리기, 벌금 또는 양곡으로 보속補贖하기, 채찍질과 곤장 때리기가 그것이었다.

이후 백록촌 사당 안에서는 저녁마다 〈향약〉을 외우는 농사꾼들의 투박한 목소리가 우렁차게 흘러나왔다. 그로부터 마을 안에서 닭서리를 하거나 개 훔치기, 과수원 채소밭을 훑어가는 좀도둑질이 딱 끊겼다. 뿐만 아니라 주사위, 골패놀이, 투전판이 사라졌다. 골목길에서 치고받는 싸움도 일어나지 않았다. 곧 마을 사람들의 표정이 온화하고 부드럽게 바뀌었다. 예의 바른 태도에 말씨조차 싹싹해졌다. 한번은 백가헌이 골목길을 지나다 일족인 백만창白萬倉의 아내가 문밖 길거리의 다듬잇돌에 앉은 채 가슴을 풀어헤치고 아기에게 젖을 먹이고 있는 광경을 목격했다.

그는 그날 저녁 사당에 모인 마을 사람들 앞에서 이것을 예의에 어긋나는 사례로 발표했다. 백만창은 얼굴이 시뻘게지더니 집에 가자마자 남의 눈에 볼썽사나운 꼴을 보인 아내의 뺨을 두 대나 후려갈겼다. 이후 그 아낙은 아기에게 젖을 물릴 때마다 집에 들어가 문을 닫아걸어야 했다.

백가헌은 솜씨 좋은 석공 두 사람을 불러 질 좋은 청석靑石 두 판에 〈향약〉 전문을 새겼다. 그런 다음 사당 정문의 양쪽에 세워 놓았다. 앞뜰에 있는 '인의 백록촌' 비문과 어울리게 만들었다. 문장이 긴 만큼 글씨를 새기는 각자劃字 공사도 여러 날이 걸렸다. 백가헌은 하루 종일 밭일에 시달려 지친 몸으로도 적어도 하루에 한 번씩은 꼭 사당에 들러 공사를 지켜보았다.

이날 오후에도 걸상을 가져와 비석을 쪼아나가는 석공들의 솜씨를 지켜보고 있었다. 그때 녹자림이 싱글벙글 웃으며 사당 안으로 들어왔다.

"가헌 형님, 현청에서 나보고 백록진 보장소保障所 향약을 맡으랍니다!"

"뭐라고? 향약이 언제부터 벼슬 이름이 되었나?"

백가헌이 뜨악해서 묻자 녹자림도 김이 샜는지 퉁명스럽게 대답했다.

"난들 알겠어요. 사람들이 모두 그렇게 부르는걸!"

제7장

    향약에 임명되자 녹자림은 일 처리와 조직 관리에 비범한 재능을 발휘
하기 시작했다.

    그는 백록창白鹿倉에서 지급하는 쥐꼬리만 한 경비로 백록진의 낡아빠
진 집 한 채를 사들였다. 집채는 거의 다 무너질 지경이었다. 앞뜰 뒤뜰도
쑥대밭이 된 건물이었다.

    그러나 녹자림은 목수 위노삼衛老三 영감을 초빙하고 관할 지역 열 개
마을에서 차출한 일꾼들의 손을 빌려 세 칸짜리 대청과 곁방 두 칸을 모
조리 뜯어고친 끝에 건물의 모습을 완전히 새롭게 바꾸었다. 큰길가의 비
틀어진 문설주도 말끔히 뜯어내 쪽빛 벽돌로 굵은 기둥을 올려 쌓은 다
음 눈처럼 하얀 횟가루로 벽돌 틈새를 메웠다. 그리고 마지막으로 검정 옻
칠을 한 문짝 두 개를 달았다. 오른편 기둥에는 흰 바탕에 검정 글씨로
쓴 간판이 내걸렸다.

자수현 백록창 제1보장소
滋水縣白鹿倉第一保障所

    형편없이 무너지고 퇴락했던 가옥이 면모를 일신하면서 잿빛으로 암
울하게 쇠퇴해 가던 백록진 거리에 뭔가 엄숙한 분위기가 자리 잡았다.

청나라 황제가 있었을 때의 모든 행정기구는 뿌리째 뽑혀나가 폐지되었다. 현령縣令의 명칭은 현장縣長으로 바뀌었다. 현청 밑에 창倉이 설치되고 창 밑에 보장소가 설치되었다. 창의 담당관은 '총향약'總鄕約이란 이름으로 불렸다. 또 보장소 담당관은 '향약'鄕約으로 불렸다.

백록창은 본래 청나라 조정이 백록원에 설치한 양곡 창고로, 읍내에서 서쪽으로 5리쯤 떨어진 들판에 세워진 건물이었다. 풍년이 들었을 때 식량을 비축해 두었다가 흉년이 들면 그것으로 백성들을 구제했다. 창고에는 '창정'倉正이란 말단 관리를 한 명 두었는데 풍년에는 양곡을 징발하고 흉년에는 구제 양곡을 풀어주는 일 외에는 손대지 않았다.

그런데 이제 백록창은 혁명세력의 행정기구로 바뀌면서 새로운 권력을 휘두르게 되었다. 지난날의 백록창과는 전혀 다른 위상을 가지게 된 것이다.

백록창의 총향약 전복현田福賢이 녹자림을 제1보장소 향약으로 지명했을 때 녹자림은 '보장소'라든가 '향약'이라는 명칭이 낯설었다. 그래서 결단을 내리지 못하고 자기는 '무지렁이 농사꾼'에 지나지 않으며 농사일로 바빠 보장소 일을 맡을 시간이 없다는 핑계를 대고 뒤로 빠지려 했다. 그러나 반 강제로 현청에 끌려가 교육 훈련을 받고 나자 자기를 천거해 준 전복현의 은혜에 오히려 깊이 감사하게 되었다.

녹자림은 현청에서 보름 동안 직무 훈련을 받았다. 교육 훈련이 끝나기 전날 현장 사유화史維華는 마지막으로 일장 훈시를 했다. 그리고는 훈련생들에게 청색 제복을 한 벌씩 지급했다. 이어 똑같은 제복으로 갈아입은 총향약과 보장소 향약들은 현장과 기념사진을 찍었다. 그것이 자수현의 역사에 새로운 국면을 여는 역사적인 사진이 된 것은 말할 나위가 없었다.

치렁치렁한 두루마기와 마고자를 벗어던지고 산뜻한 제복으로 갈아입은 후 기념 촬영을 하러 가던 녹자림은 등신대 거울 앞의 자기 모습을 보고 놀라지 않을 수 없었다. 자신이 얼마나 변했는지 하마터면 스스로도 알아보지 못할 뻔했다. 그는 숨을 멈추고 한참이 지나서야 청색 제복을 입은 거울 속의 사람이 두루마기와 마고자를 걸치고 있던 그 녹자림임을 인정했다. 기다란 얼굴 윤곽, 불뚝 돋아나온 이마뼈, 움푹 파인 눈자위, 길고 가지런하게 깔린 속눈썹, 곧게 뻗어 내린 콧날, 맵시 좋은 입술 언저리, 이 모든 특징이 거울 속의 녹자림을 더욱 활기차 보이게 했으니 제복이란 게 무슨 요술이라도 부리는 것 같았다.

그날 오후 주 선생에게 글을 배우던 두 아들이 어디서 무슨 소문을 들었는지 백록서원을 뛰쳐나와 현성으로 달려왔다. 둘은 제복 차림으로 쑥스러운 표정을 짓고 있는 아버지 앞에서 넋을 놓은 채 한동안 멍하니 바라보기만 했다. 그 반응이 귀여워 녹자림은 호탕한 웃음을 터트리면서 두 아들을 한꺼번에 끌어안았다.

"이 아비가 혁명을 했다!"

맏아들 조붕이 대뜸 물었다.

"아버지, 아버지도 혁명을 하셨는데 전 여전히 낡아빠진 책이나 읽고 있으란 말인가요? 저도 성내에 들어가 신식 학당에서 공부하고 싶어요. 과거시험도 진즉에 없어졌으니 공자 왈, 맹자 왈도 다 소용 없는 것 아닙니까?"

둘째 아들 조해도 형의 말에 덩달아 졸라댔다.

"백록서원의 생원들도 벌써 몇 사람이나 도망쳤어요! 모두 신식학당에서 공부한다고 성내에 들어갔다니까요. 저도 형님하고 함께 가겠어요."

"가거라, 너희 둘 다!"

녹자림은 시원하게 허락했다.

"현장님 말씀이 우리 현에도 이제 곧 신식 학당을 세우기로 했다니까……."

녹자림이 마을에 돌아왔을 때인 저녁 무렵이었다. 길거리에서 만나는 사람들은 그를 알아보지 못했다. 그러다 깜짝 놀라며 이게 무슨 일인지 물었다. 이제 그는 사람들의 이런 반응이 쑥스럽지도 않았다. 뭐 어떠냐는 투로 두 팔을 쩍 벌려 보이면서 그들이 묻는 말에 으레 똑같은 답변만 거듭했다.

"현청에서 훈련을 받았지! 수료하느라 보름을 꽉 차게 지냈다네. 이 옷은…… 제복이란 거야!"

자기 집 안마당에 들어서자 쌀뜨물을 외양간에 버리러 나오던 아내 역시 남편의 모습을 보고 깜짝 놀란 나머지 그만 대야를 땅바닥에 떨어뜨리고 말았다. 녹자림은 그런 아내를 내버려둔 채 방으로 들어가 아버지에게 문안인사를 올렸다.

녹태항 영감은 실눈을 가늘게 뜨고서 아들의 정수리부터 발끝까지를 한참 동안이나 흘겨보았다. 그러더니 괴물이라도 상대하듯 버럭 소리를 질렀다.

"머리는 어쨌냐?"

아들은 태연하게 대꾸했다.

"교육을 받은 사람은 누구나 변발을 자르게 되어 있었습니다. 보장소는 혁명정부가 새로 설치한 행정기구입니다. 그런 데서 일 보는 관리가 청나라 오랑캐의 변발을 달고 다녀서야 되겠습니까?"

녹 영감은 입을 다물고 아무 소리도 하지 않았다.

녹 영감은 백록창의 총향약 전복현이 처음 녹자림을 제1보장소 향약으로 지명했을 때 백록촌 안에서 자기네 녹씨 가문의 입지를 심사숙고한 끝에 바깥세상에 나가 일하겠다는 아들의 뜻을 적극 지지했다. 그런 만큼 이제 와서 아들이 변발을 잘랐다고 해서 왈가왈부할 수는 없었다. 녹자림은 현청에 가서 훈련을 받은 경위를 아버지 앞에 소상히 아뢰었다.

이야기를 다 듣고 나자 녹태항은 아들에게 한마디만 던졌다.

"네 고조부님의 말씀을 잊어서는 안 된다."

아들이 대답했다.

"잊을 리가 있겠습니까!"

다음날부터 녹자림은 민가를 사들여 대규모 보수공사를 벌이는 한편 보장소 창설 준비에 착수했다. 그는 마을에서 백가헌과 손잡고 사당을 수축했기기. 학당도 세웠기기. 하얀 이리의 습격을 막기 위해 마을 울타리 공사도 완벽하게 해낸 바 있었다. 그러나 결과는 어땠는가? 그 모든 공로가 처음부터 끝까지 족장인 백가헌의 이름만 드높여 주었을 뿐이었다. 녹씨네 집안에는 아무런 보탬이 되지 못했다.

그러다가 이제 처음으로 자기 혼자 나서서 일을 벌이게 된 만큼 녹자림은 보란 듯이 해 보이기로 굳게 결심했다. 백록촌에서 그는 재산은 남부럽지 않게 일구었다. 그러나 애당초 족장의 지위와는 인연이 없었다. 그렇지만 이제는 자신이 보장소 향약이다. 자기 관할에는 백록촌을 포함해 열 개나 되는 마을이 소속되어 있다. 이쯤 되면 백가헌보다 훨씬 위가 아니겠는가?

그는 현청에서 규정한 보장소 관리 정원에 따라 우선 문서를 작성할 서생書生 한 분을 초빙했다. 대왕촌大王村 출신으로 왕씨王氏 성을 가진 선비였다. 붓 놀리는 솜씨가 좋을 뿐 아니라 사람 됨됨이도 야무지고 영리했다. 보장소 건물 수축이 끝나자 그는 서생 왕씨와 집무실에 들어앉아 고위관리라도 된 것처럼 거드름을 피웠다.

제1보장소는 성공적으로 창건된 만큼 경축 행사도 성대하게 치러졌다. 녹자림은 상관인 총향약 전복현을 가장 먼저 초청하기로 했다. 그다음에는 제1보장소에 소속된 10개 마을의 공적인 인물들도 불렀다. 백가헌을 포함한 각 문중의 족장들과 백록창 이외의 여덟 군데 보장소 향약들 역시 초대했다. 이어 읍내에서 거물급으로 통하는 유명 인사로 중의당 냉 의원과 잡화점 주인 갈씨葛氏, 식량가게 주인 최씨崔氏, 여기에 또 보장소 관할 지역 10개 마을의 향신鄕紳과 지주들도 빠짐없이 초청했다.

첫 번째 의식은 현판식이었다. 백록창의 총향약 전복현이 간판을 덮은 붉은 비단을 벗겼다. 그러자 폭죽이 일제히 터지고 총성 세 발이 울리면서 축하객들의 귀를 따갑게 만들었다. 가슴도 울렁거리게 했다. 떠들썩한 축제 분위기 속에서 녹자림은 세상을 떠난 고조부의 유언이 떠올라 가슴이 벅차올랐다.

'수재에 합격하거든 딱총 세 방을 놓아라. 거인이 되거든 폭죽을 터트려라. 진사시에 급제하거든 화승총 세 방을 놓거라……'

이제 고손자 녹자림은 보장소의 향약이 되었다. 딱총도 놓고 폭죽도 터트렸다. 화승총 세 발 역시 다 터트렸다. 이쯤 되면 하늘에 계신 어른의 영혼도 위안을 받았으리라…….

현판식이 끝나자 배달꾼이 붉은 옻칠을 한 쟁반에 요리를 듬뿍 얹어 보장소로 달려왔다. 녹자림이 앞서 읍내 음식점에 맞춰 놓았던 다섯 가지 요리상이 도착한 것이다. 술이 세 순배 돌고 난 후 녹자림의 환영사에 이어 총향약 전복현에게 미리 지시를 받은 동료들과 거물급 유지들이 차례로 나와 축사를 늘어놓기 시작했다.

백가헌은 계속 앉아 있기가 지루했다. 어중이떠중이들이 나서서 축하를 한답시고 늘어놓는 장광설을 듣는 것도 견디지 못할 고역이었다. 그런데 아무래도 마음속의 의혹이 풀리지 않았다. 도대체 이 사람들은 지금 여기서 누구의 것을 먹고 마시고 있는 것일까? ……그는 머릿속으로 벌써 몇 번씩이나 똑같은 구절을 떠올리고 있었다. '전족 풀어 발 커지고, 가위질로 변발 댕기 잘랐네. 그래서 긁어 들일 손톱도 짧게 깎아야 하느니……' 그는 이 구절을 모든 사람이 들을 수 있게 크게 읊고 싶었다. 그러나 그런 충동이 일 때마다 꾹 눌러 참았다. 녹자림은 장 총독이 아니었다. 자신 또한 주 선생이 아니었다. 그런 만큼 읊어 봤자 아무 소용도 없다.

그는 한동안 다른 손님들의 수작을 받아주다가 더 이상 앉아 있지 못하고 일어섰다. 그때 녹자림이 술잔을 들고 와 내밀었다.

"가헌 형님, 앞으로 형님에게 소홀한 점이 있을지도 모르겠네요. 아무쪼록 너그럽게 봐 주세요."

백가헌은 짐짓 활달한 태도로 받아주었다.

"그야 더 말할 나위도 없지. 새삼스럽게 그런 말은 왜 하나? 그런데 난 아무래도 먼저 가 봐야겠네, 할일이 좀 있어서……."

"무슨 일이 바쁘다고 벌써 간다는 겁니까? 술이나 한 잔 더……."

녹자림이 붙잡는 소매를 백가헌은 매정하게 뿌리치고 자리를 떴다.

"누렁이 암소가 새끼를 배야 할 때가 되었네. 가서 접붙여 주어야 해서."

녹자림은 기분이 상한 듯 입을 꾹 다문 채 더는 붙잡지 않았다.

백가헌이 보장소 회의에 참석하라는 통지를 받은 것은 그로부터 얼마 뒤였다. 회의석상에는 열 개 마을 문중 대표들이 모두 참석해 있었다. 녹자림은 모일 사람이 다 모이자 현청 사유화史維華 현장의 명령을 전달했다.

"내용은 본 현에 속한 모든 토지 면적과 인구를 철저히 조사하는 것입니다. 이를 위해 먼저 보장소가 집집마다 방문해 조사하여 장부를 만들어야 합니다. 이어 다시 백록창에서 자료를 모아 통합한 다음 현청에 보고를 하고 일괄적으로 날인을 받아야 하죠. 토지 면적 1묘(200평)에 한 장씩, 장정 한 사람당 한 장씩 따져서 토지 면적과 사람 머릿수에 따라 인장세印章稅를 징수한다고 합니다."

설명이 다 끝나기도 전에 백가헌에게 한 가지 생각이 퍼뜩 떠올랐다. 보장소 간판이 내걸리고 흥청망청 먹고 마시던 그날 입 밖에 내지 못한 그 말이었다. '도대체 이 사람들은 지금 여기서 누구 것을 먹고 마시고 있는 것일까?' 생각이 여기까지 미쳤을 때 그는 조급하기보다 오히려 느긋한 자세를 취할 수 있었다. 백가헌은 녹자림에게 농담을 걸었다.

"자림 아우, 간판을 내걸던 날 너무 퍼 마시다 거덜난 거 아니야?"

그 말을 듣는 순간 녹자림은 목이 꽉 막혔다. 보장소 향약으로 부임한 이래 첫 번째 공무를 집행하느라 잔뜩 힘을 주고 있었기에 얼굴빛이 변하지는 않았으나 크게 한 방 맞은 충격만큼은 소화시킬 여유가 없었던 것이다. 녹자림은 짐짓 아무렇지 않은 척하며 가헌의 도전을 농담으로 넘겼다.

"형님, 쓸데없는 소리 작작 하시구려! 이건 현장 나리의 명령이란 말입니다!"

말은 부드럽게 나왔으나 속에서는 부아가 끓었다. 내막이야 아무도 모르는 일이지만 인장세를 다 거둬들이고 나면 현청 아문, 백록창, 그리고 보장소가 7대 2대 1의 비율로 나누기로 약속한 바 있었다. 다시 말해 70%는 현청에 보내고 20%는 백록창이 뽑아 쓴 다음 10%는 보장소에 남겨서 활동비와 관원들의 봉급으로 쓰게 약정되어 있었던 것이다. 이 이야기는 순전히 내부에서만 약정된 것이었다. 외부에 일절 알려져서는 안 될 극비였다. 그런데 여기에 이의를 제기하는 자가 나오다니 될 법이나 한 일인가!

평정을 되찾고 나자 녹자림은 오기가 뻗쳤다. 그렇다, 여기서 숙이면 안 된다. 그랬다간 앞으로 일해 먹기가 어려워진다.

"여러분! 우리는 지금 공적인 일을 수행하고 있는 겁니다. 공적인 일은 관원이 하고 사사로운 일은 개인적으로 하는 거 아닙니까? 나도 여러분과 개인적인 일을 협의할 때는 좋은 말로 하겠지만 관에 속한 일은 현청의 법률 조례에 따라 엄격히 집행할 것입니다. 현장님은 거듭 말씀하셨습니다. '백성들은 반드시 혁명법령에 복종하여야 한다, 그리고 혁명의 새로운 질서를 수호해야 한다.'고 말입니다!"

누군가 소리쳐 물었다.

"인장세를 납부할 돈이 없는 사람은 어떻게 되는 거요?"

"그건 자기들이 알아서 돈을 마련해야겠죠!"

녹자림은 짧게 대답했다.

"아무리 해도 돈 나올 구석이 없으면 어떻게 할 거요? 작년 가을에는 가뭄이 들었어요. 지금은 또 춘궁기이고. 마을 사람 절반이 새 보리쌀을 먹지도 못하는 형편인데……."

다른 사람이 또 이의를 제기하고 나서자 녹자림은 딱 부러지게 끊었다.

"방법은 얼마든지 있어요. 마음만 먹는다면 세금 납부할 돈쯤이야 안 나오겠어요? 마을에 돌아가시거든 여러분이 주민들을 납득시켜 주기 바랍니다!"

백가헌은 더 말하지 않았다. 이런 마당에 왈가왈부 떠들어 보았자 입만 아플 뿐 아무런 소용이 없다는 사실을 알고 있었기 때문이었다. 그는 녹자림이 나눠주는 통고문을 받아 들고 묵묵히 마을로 돌아갔다.

가헌은 쥐엄나무 가지를 철제 가래로 후려쳐서 가시를 털어냈다. 그런 다음 현장 사유화의 서명이 찍힌 통고문을 쥐엄나무 가시로 사당 바깥 담장 벽에 펼쳐 게시했다. 이어 커다란 징을 두드리면서 동네를 한 바퀴 돌았다.

"현청에서 인장세를 걷는다고 합니다! 토지는 1묘, 거주민은 한 사람씩 장부에 올려놓고 현청 관인을 찍는 수대로 세금을 걷는다고 합니다. 납부 기한은 이 달 이내라고 하고요. 세금을 바치지 않고 저항하는 사람은 혁명군법으로 처벌한다고 합니다!"

통고문 내용을 간략하게 몇 마디로 줄여서 한바탕 외치고 돌아와 보
니 사당 앞 공터에는 벌써 마을 사람들이 잔뜩 몰려나와 있었다. 의론이
분분해서 잘 알아들을 수가 없었으나 거칠게 떠드는 소리만큼은 또렷하
게 들렸다.

"반정이란 게 뭐야? 혁명군이 뭐하는 놈들이야? 잘하는 짓인 줄 알았
더니 백성들 껍데기 벗겨먹자는 놀음 아닌가! 그놈의 현장도 목민관이 아
니라 완전 흡혈귀일세!"

사당 문밖 시끌벅적한 소동은 서徐 선생의 평온한 심사를 깨뜨렸다.

공부가 끝난 뒤라 아이들은 평소처럼 대광주리 메고 낫을 들고 들판
에 흩어져 가축들에게 먹일 풀을 베고 있었다. 훈장 선생은 그동안 강변
에 나가 산책을 즐기고 있었다. 신록이 찬란한 수양버들, 초록빛 융단이
곱게 깔린 보리밭, 부드러운 풀이 촘촘하게 자란 강변 기슭, 초록이 비친
강물에는 맑고도 상큼한 봄기운이 짙게 깔려 있었다. 그는 걸음을 옮기면
서 머리에 떠오르는 단상을 시구로 엮어 읊조렸다. 그리고 학당에 돌아와
종이에 옮겨 썼다. 종종 그렇게 하다 보니 어느덧 그 종이도 두툼해졌다.
겉장에는 〈자수집〉滋水集이란 제호도 붙였다.

서 선생은 백록촌에 와서 교편을 잡은 이래 집에서 하던 고된 밭일에
서 해방됐다. 그야말로 청빈한 하루하루, 근심 걱정 없는 나날을 보내고
있었다. 그런데 이 평온하고 한적한 생활 분위기가 오늘 처음으로 깨진 것
이다. 그의 눈앞에는 강변을 유유히 산책하면서도 사당 문밖 담장에 나붙
은 통고문이 자꾸만 떠올랐다. 귓가에는 분노한 마을 사람들의 욕설과 저
주가 맴돌았다. 머리가 복잡하니 시상은 좀처럼 떠오르지 않고 가슴만 두
방망이질 쳤다. 그렇다, 청나라 조정도 이런 명목으로 부세賦稅를 거둬들이

지는 않았다. 단지 농토 등급에 따른 양곡을 납부하면 그만이었다.

"가혹한 정치는 호랑이보다 무섭다더니!"

서 선생의 입에서 저도 모르게 탄식이 새어나왔다. 한숨에 이어 단구^短^句 한 수에 시상을 가다듬으며 그는 새삼 남다른 감회를 느꼈다. 어제까지 그가 〈자수집〉에 올린 시구는 모두가 산천 풍월을 두고 읊은 것들이었으나 오늘 이 한 수만이 유일하게 시정^{時政}을 풍자한 것이었으니 말이다.

서 선생은 일찍 잠자리에 들고 아침 일찍 일어나는 생활 습관을 지켜왔다. 그가 등불을 끄고 막 잠자리에 누웠을 때였다. 사당 밖 대문의 철제 고리를 두드리는 소리가 요란하게 들려왔다. 그는 의관을 갖춰 입고 이부자리를 걷어 한쪽에 포개 놓은 다음 조용히 나가서 대문을 열었다. 어둠 속에 서 있는 사람은 뜻밖에도 백가헌이었다.

"어이구, 어서 들어오게나!"

백가헌은 방안에 들어서자마자 찾아온 용건을 털어놓았다.

"일을 하나 벌여야겠습니다."

"일이라니……, 무슨 일 말인가?"

서 선생이 뜨악한 기색으로 물었다.

"저 죽일 놈의 현장에게 맛 좀 보여주려고요. 낯짝을 긁어 놓으면 어떤 상판을 할지 봐야겠습니다!"

"어떻게? 반란이라도 일으킬 작정인가?"

"저 같은 농사꾼 무지렁이가 반란이라니요! 저는 칼부림도 할 줄 모르고 몽둥이 쓸 줄도 모릅니다. 군대식 소총이 어떻게 생겼는지 본 적도 없는데 무슨 재주로 반란을 일으키겠습니까?"

"그럼 어쩌자는 건가?"

"인구에 따라서, 토지 면적에 따라서 인장세를 거둬들이겠다는 것은 농사꾼 목에 칼을 겨누고 주머니를 뒤지는 강도의 짓이나 다를 바 없습니다. 그래서야 입에 풀칠이나 하겠습니까? 농사를 지어서 다 뺏길 바에야 농기구를 모조리 끌어내 현청 아문에 넘겨버리겠습니다. 그 빌어먹을 놈의 현장 녀석이 제 손으로 농사를 지어서 우리들을 먹여 살리는지 두고 볼 작정입니다!"

서 선생이 입을 다물고 말이 없자 백가헌은 할 말을 계속했다.

"선생은 책을 읽고 예의가 뭔지 아시는 분이니 말씀해 주십시오! 이게 하극상입니까? 반역입니까? 불충불효라고 보십니까?"

"아니지!"

서 선생이 대답했다.

"현명한 군주는 받들어야 해. 혼군의 폭정에는 거역해야 하는 법이고. 현명한 군주를 받드는 것은 충성이네만 혼군의 폭정에 거역하는 것이야말로 더 큰 충성일세!"

"좋습니다! 저는 또 선생이 일 저지르는 걸 두려워하실 줄 알고 은근히 걱정했습니다!"

백가헌은 한숨을 돌리고 나서 다시 말을 이었다.

"사발통문을 써주셨으면 합니다."

"사발통문? 암, 써 주지!"

서 선생은 생각할 필요도 없다는 듯 선뜻 응낙했다.

"말씀해 보게, 뭐라고 쓰고 싶은지. 난 동네 노인들에게서 예전에 사발통문이 돌았다는 말만 들었지 한 번도 본 적은 없네."

"아무도 못 보았을 겁니다. 저도 윗대 어른들이 비적 떼를 잡아 죽이던 그해 사발통문을 돌렸다는 이야기만 전해 들었으니까요. 생각나는 대로 쓰십시오. 주민들을 선동할 수 있으면 되니까요. 너무 길지만 않았으면 합니다."

서 선생은 더 말하지 않았다. 그저 황지黃紙 한 장을 꺼내 펼쳐놓고 벼루에 먹을 쓱쓱 갈 뿐이었다. 벌써 머릿속에서는 문장이 완성된 모양이었다. 이윽고 입에서 흘러나오는 대로 붓끝이 문장으로 옮겨지기 시작했다.

"가혹한 정치는 호랑이보다 더 무서운 법이다. 굶주린 늑대처럼 백성들의 살을 뜯고 흰 이리처럼 백성들의 고혈을 빨아 마시니……."

붓을 내려놓은 서 선생은 차근차근 종이를 접어 두꺼운 봉투에 넣었다. 이어 아무 말 없이 가헌에게 건네주었다.

"서 선생, 이 일은 전적으로 제 책임입니다. 죽든 살든 선생을 연루시키지는 않겠습니다."

"무슨 얘긴가!"

서 선생이 단호하게 자신의 뜻을 밝혔다.

"군자 된 사람은 목숨을 버려서라도 의를 취하는 법일세. 내 손으로 썼으니 책임도 내가 지겠네!"

집으로 돌아온 백가헌은 문이 열리자 안마당에 들어서는 대신 곧장 맞은편 마구간으로 들어갔다.

"써 왔나?"

녹삼이 속삭이면서 물었다.

"잘 써 주셨어요."

가헌은 똑같이 생긴 봉투를 세 장 꺼냈다. 이어 하얀 수탉 꽁지깃털을 한 개씩 집어넣으면서 녹삼에게 지시를 했다.

"먼저 신화촌으로 가도록 해요. 마을 서편 끄트머리 첫 번째 집 대문을 두드린 다음 안에다 이 봉투를 던져 넣고 주인에게 '물건 왔소!'라고 한마디만 외치고 바로 떠나면 됩니다. 굳이 만날 필요는 없어요. 잘 기억하셨습니까?"

"알았네!"

다음 분부가 떨어졌다.

"여기 나머지 두 통은 하가방촌^{賀家坊村} 큰어른 하덕오^{賀德敖} 영감님에게 보내는 겁니다. 그 마을 네거리 남쪽 골목, 여섯 번째 집입니다. 뒷일은 형님이 걱정 안 하셔도 되니까 빨리 돌아오기만 하세요. 오는 길에 낯선 사람과 마주쳐도 말을 걸지 말아야 합니다. 아는 사람을 만나면 고개를 돌리고 빨리 그 자리를 떠야 합니다. 아시겠습니까?"

"마음 푹 놓게. 하씨 형제네 집은 눈 감고도 찾아갈 수 있으니까."

녹삼은 대답을 하면서 봉투 석 장을 넘겨받아 쪽빛 허리띠 속에 넣었다. 그런 다음 그 띠를 허리에 세 겹이나 감아 매듭을 지었다. 이어 겉에 적삼을 걸쳤다.

"그럼 다녀오겠네! 잠이나 푹 자게. 이야기는 내일 아침에 돌아와서 하고."

"형님이 돌아올 때까지 여기서 기다리겠습니다. 잘 들어요. 오가는 길에 아는 사람을 만나 피치 못하겠거든 제가 아저씨 댁에 송아지를 보내라고 해서 다녀가는 길이라고 둘러대십시오!"

녹삼이 시시콜콜 당부하는 잔소리에 넌덜머리가 났는지 고개를 절레절레 내둘렀다.

"가헌! 제발 이러지 좀 말게. 날 그 정도 눈치도 없는 코흘리개 어린애로 아는가?"

녹삼은 가헌의 입에서 또 다른 말이 나올까 봐 얼른 마구간을 뛰쳐나갔다.

막중한 임무를 띤 밀사^{密使}를 떠나보내고 나니 긴장이 풀린 탓인지 맥이 탁 풀렸다. 가헌은 녹삼의 침상에 그대로 몸을 뉘였다.

녹삼은 돗자리 밑에 깔아 두는 보릿짚을 말끔히 걷어치운 모양이었다. 흙벽돌에는 땀이 배어 반들반들 윤기 도는 갈대 돗자리만 깔린 채 말 오줌 같은 냄새가 시큼하게 풍기고 있었다. 그는 녹삼이 덮고 자던 이부자리를 끌어당겨 베고 누웠다. 이부자리에서도 역시 남자의 고린내가 퀴퀴하게 풍겼다. 그렇지만 그는 아랑곳하지 않고 생각에 잠기기 시작했다.

그것은 노인들의 입을 통해 대대로 전해 내려온 사발통문 이야기였다. 어느 해인가 비적 떼가 처들어왔다. 그들은 한 마을을 점령하고 그곳을 본거지로 삼아 인근 마을을 돌아가며 습격했다. 견디다 못한 백록원 일대의 마을 사람들은 수탉 꽁지깃털이 달린 사발통문을 돌렸다. 이어 약속한 시간에 일제히 모여 비적 떼가 잠든 틈에 소굴을 덮쳤다. 분노한 그들은 비적들뿐만 아니라 남녀노소 가족은 말할 것도 없고 강보에 싸인 갓난애까지 몰살시켰다. 집도 모조리 불살라 무너뜨렸다. 심지어 소나 말은 그 자리에서 가죽을 벗겨 삶아 먹었다. 나중에는 식량창고마저 불태워 없앴다. 그리고 비적들이 차지했던 농토 분배 문제는 적절한 방법으로 해결했다. 우선 비적 토벌에 가담한 마을의 가호 수에 따라 분배했다. 이어 그 마을 사당의 공유지로 귀속시켜 소작농에게 빌려줬다. 그런 다음 수확기에 도지賭地를 받았다. 나중에는 선조들의 제수祭需 비용으로 충당했다는 얘기가 전설처럼 전해져 내려오고 있다……

마구간은 고요한 정적에 잠겼다. 노새와 말은 이미 우리에 누워 있었다. 누렁이 암소는 조용히 되새김질을 하고 있었다. 그 소리를 들으며 가헌은 분노한 수천수만의 인파가 황톳길을 치달으며 현청으로 달려가는 장면을 떠올렸다. 흥분에 들뜬 마음이 차분히 가라앉으면서 가헌은 누렁이 황소의 되새김질 소리에 빠져들었다.

불안한 기대감 속에 4월 초파일이 다가왔다. 초이렛날 밤을 백가헌은 꼬박 지새웠다. 그는 아예 담배통과 쌈지를 녹삼의 마구간으로 옮겨다 놓고 둘이서 밤새 줄담배를 피웠다.

동녘이 부옇게 밝아올 때 녹자림은 벌써 전복현을 데리고 집앞에 와 있었다.

"가헌! 어서 징을 울려 마을 사람들에게 현청에 몰려가지 말라고 하오! 역적의 선동에 넘어가면 안 된다고 이르시오!"

전복현이 대문 앞에서 고래고래 악을 썼다.

"나는 못 하겠소!"

백가헌은 냉랭하게 맞받았다.

"왜 못한다는 거요? 당신은 이 마을 어른 아니오? 족장 아닌가!"

전복현이 또 고함을 질렀다.

"사발통문에 명백히 써 있습디다. 누구든지 농기구를 현청에 갖다 내던지지 않거나 현청 가는 길을 가로막는 작자는 그게 어떤 놈이든지 부엌 가마솥을 박살내고 집에다 불을 지르겠다고 하지 않았소? 난 못 하오. 내 집 가마솥이 박살나는 것도 무섭고 집이 불타버리는 것도 무섭소!"

"어떤 놈이 감히 그따위 짓을 한단 말이오! 정말로 누가 당신 집에 불을 지르면 그땐 내 돈으로 물어주겠소!"

백가헌이 경멸 어린 눈초리로 전복현을 흘겨보았다.

"허풍일랑 작작 떠시구려! 사발통문은 현장 나리도 어쩌지 못하는데 일개 총향약에 지나지 않는 당신 따위가 뭘 책임진다는 거요?"

그 말을 듣자 전복현은 얼굴이 시뻘게졌다. 녹자림도 언짢은지 헛기침을 했다.

"징과 북채는 사당에 놓아두었소. 치고 싶거든 당신네가 가서 치구려. 나는 오늘 동네 사람 부를 일이 없으니까."

바로 그때였다. 마을 안에서 총소리가 천지를 뒤흔들었다. 잇따라 세 발·터진 총성은 인근 마을까지 흔들리도록 쩌렁쩌렁 울려 퍼졌다. 다음 순간 백록촌에 덜커덕 덜커덕, 대문을 열었다 닫는 소리가 요란하게 울렸다. 이어 어지러운 발자국 소리가 이른 새벽 고요한 정적을 깨뜨리고 골목길 여기저기서 메아리쳤다. 곧 골목에서 어깨마다 무거운 쟁기 아니면 써레 뭉치를 진 사람들과 손에 곡괭이, 쇠스랑 따위의 농기구를 든 남자들이 꾸역꾸역 쏟아져 나왔다. 그러더니 바로 옥빛으로 물들기 시작한 새벽빛 아래 북쪽으로 통하는 길을 향해 달려나갔다.

"홍수에 둑이 결딴났는데, 어떻게 막을꼬? 누가 징을 쳐서 막아 보시지! 도리깨질에 얻어터지기 십상일 거요."

백가헌이 문턱에 서서 중얼거렸다.

전복현은 얼굴이 하얗게 질린 채 백가헌을 재촉했다.

"억지로 막아서 안 되거든 좋은 말로 달랠 수도 있지 않소? 자, 이러지 말고 우리도 가 봅시다!"

같이 가 보자는 데야 그것마저 마다할 수가 없었다. 백가헌은 할 수 없이 녹자림과 전복현을 뒤따라 골목을 나왔다.

사람 없는 길거리는 텅 비어 공허했다. 백가헌은 속에서 불이라도 난 듯 초조했다. 사발통문을 받은 농민들이 다 어디로 갔을까? 분명히 삼관묘三官廟 절간으로 몰려갔을 텐데 이 일을 도모한 우두머리는 현장에 나타나지도 못 하고 여기 발이 묶여 있다. 백가헌은 속을 끓이다 짐짓 불쾌한 표정을 지으며 두 사람에게 한마디 던졌다.

"두 분은 공무 집행에 바쁘실 테니 먼저들 가시구려! 난 이만 실례해야겠소."

가헌은 발길을 돌렸다. 그러자 전복현이 뒤쫓아 와 앞을 가로막았다.

"가헌, 우리 솔직해지자고! 누군가 현청에 밀고를 했소. 자네가 일을 주도한 사람이라고! 그래도 난 사유화 현장 앞에서 큰소리를 쳤소. 가헌은 절대로 이런 장난을 칠 사람이 아니라고 말이오. 저 친구들을 막아도 안 되고 달래도 안 되거든 맘대로 해 보라고 해! 하지만 자네는 절대로 못 가! 알겠소?"

녹자림이 낄낄대면서 한마디 거들었다.

"우리 가헌 형님이 저런 녀석들과 한통속이 되어 소동을 벌일 턱이 있나! 난 그런 거 안 믿어요! 자, 우리 같이 갑시다. 가헌 형님 댁에 가서 형수님이 주시는 차나 마시자고요."

백가헌은 더 이상 방법이 없어 무겁게 발길을 돌렸다. 집으로 돌아가는 내내 그는 하씨 형제만이라도 군중들을 이끌고 현청으로 가 농기구를 부려주기를 바랐다.

그러나 그 역시 부질없는 소망이었다. 하가방촌의 하씨 형제도 가헌과 다를 바 없는 형편이었기 때문이었다. 전복현이 미리 보낸 몇몇 관원들에게 길이 막혀 옥신각신하다 아예 집안 문턱조차 넘어서지 못했다. 이 모든 조치는 사유화 현장이 세심하게 안배해 놓은 결과였다!

이러저러한 시세와 운수로 녹삼은 한평생의 장거壯擧를 이루었다. 그는 마을 사람들과 마찬가지로 보습을 떼어낸 쟁기를 어깨에 메고 동네 어귀를 벗어난 후 여러 마을에서 쏟아져 나온 농부들의 인파에 휩쓸려 들어갔다. 그는 아는 사람이든 낯선 사람이든 무조건 붙잡고 인사를 나누었다. 군중 심리란 것이 그랬다. 혼자 있을 때는 본모습대로 굴지만 수많은 사람들이 한데 모이면 완전히 딴판으로 바뀌고 마는 것이다.

삼관묘에 가까워지자 큰길, 샛길에 인파가 점점 더 많이 몰려들었다. 군중들은 마치 홍수 때 탁류가 몰아치듯 걷잡을 수 없는 기세로 달려가고 있었다. 삼관묘의 작은 앞마당에는 벌써 인파가 꽉 들어차 물 한 방울 새어나갈 틈이 없었다. 심지어 절 문밖의 논밭까지도 북적대는 군중들로 메워져 있었다. 급기야 허리까지 닿을 만큼 웃자란 보리가 무참하게 짓밟혔다. 발길에 짓이겨진 보리 이삭들은 싱그러운 풋내를 풍기고 있었다.

녹삼은 더 나아가지 못한 채 무시무시한 헛소리를 들어야 했다. 사발통문을 돌린 주모자가 정작 겁을 집어먹고 나서지 않았다는 둥, 현장이 내건 포상금에 눈이 멀어 매수당했다는 등의 소문이었다……. 그보다 더 무서운 소문은 뇌물 받기를 거부한 두 마을의 우두머리가 현장에게 붙잡혀 가서 오랏줄에 결박당한 채 성벽 위에서 조리돌림을 당하고 있다는 것이었다.

그러나 소문의 진상을 확인해 줄 사람은 아무도 없었다. 진위를 가려 낼 길도 없었다. 다만 거사를 주도한 인물이 현장에 나타나지 않은 것만큼은 분명한 사실이었다.

잠시 후 걸쭉한 욕설에 이어 차마 귀에 담지 못할 악담과 저주가 쏟아지기 시작했다. 그 욕설은 인장세란 명목으로 농민들의 피땀을 착취하려는 현장을 향해서가 아니라 사발통문을 돌린 주모자에게 쏟아졌다.

하지만 이 엄청난 일을 선동한 주모자가 어디 사는 누구인지 분명히 아는 사람은 아무도 없었다. 일이 이렇게 되자 분노에 찬 농부들은 아우성을 치면서 주모자부터 끌어내 죽이자고 날뛰기 시작했다. 흥분한 군중들에게 토론이나 합의 따위는 통하지 않았다. 누군가 쇠스랑을 허공으로 번쩍 휘둘렀다. 앞으로 밀어붙이던 큰길, 샛길의 인파들은 발길을 돌려 오던 길로 돌아가기 시작했다. 녹삼의 가슴속은 이제 불이 붙듯 다급해졌다. 그러나 속수무책이었다. 어쩔 도리가 없었다.

바로 그때였다. 삼관묘 안에서 느닷없는 환호성이 들려왔다.

"주모자가 나타났다!"

"사발통문을 돌린 사람이다!"

소문이 파도처럼 한 차례 휩쓸고 지나가자 흐름을 거스르던 대로상의 인파가 방향을 꺾어 다시 되돌아오기 시작했다.

녹삼의 눈에 절 안에서 마구잡이로 쏟아져 나오는 군중들이 보였다. 발에 채는 농기구의 쇳소리에 뒤섞인 채 넘어진 사람이 짓밟혀 지르는 비명소리도 처참하게 들렸다. 급한 마음에 담장을 뛰어넘는 사람들도 부지기수였다.

이윽고 한 무리의 사람들이 스님 한 분을 어깨에 메고 나와 인파를 정리하고 빈터 한가운데로 나섰다. 스님은 두 사람의 어깨를 딛고 일어서서 두 손을 번쩍 치켜들었다. 왼손에 들린 것은 쇠스랑 한 자루였다. 오른손에는 깃털 달린 종이가 바람결에 나부꼈다. 사발통문 복사본이었다.

"가혹한 정치는 호랑이보다 무서운 법! 굶주린 늑대처럼 백성들의 살을 뜯고 흰 이리처럼 백성들의 고혈을 빨아 마시니······."

목청 좋은 스님이 사발통문을 낭랑하게 읊기 시작했다. 주위는 순식간에 잠잠해졌다. 순간 인파 속에서 우렁차게 울리는 목소리가 불처럼 뜨거운 감정을 토해냈다.

"탐관오리가 무도하여, 천인天人이 공노共怒하니, 서민 백성은 살아갈 길 없어, 씨뿌리기도 작파하고, 수확도 작파했도다!"

군중들은 쥐죽은 듯 기척이 없었다. 녹삼은 불현듯 스님이 부럽다는 생각이 들었다. 그는 좀 더 잘 들으려고 귀를 기울였다. 그러나 스님은 벌써 낭독을 마치고 이렇게 덧붙여 외쳤다.

"외손바닥으로는 소리가 나지 않는 법이오. 나 혼자서 무슨 일을 해내겠소! 바라건대 여러분께서 우두머리 세 분만 더 추천해 주신다면 우리 넷이서 힘을 모아 여러분을 현청으로 이끌고 가겠소! 어느 분이든지 용기 있는 호걸께서 자진해 나오신다면 더 좋겠고."

녹삼이 먼저 벽력 같은 소리를 질렀다.

"내가 한 자리 맡겠소! 백록촌의 녹삼이오!"

녹삼은 말이 다 끝나기도 전에 벌써 사람들에게 떠받들려 앞으로 나아갔다.

곧 녹삼이 낯선 사내의 어깨를 딛고 일어섰다. 이어 높이 치솟아 올라 새까맣게 몰려든 군중들을 굽어보고 있었다. 그러자 그는 문득 자기가 녹삼이 아니라 백가헌이라는 착각에 사로잡혔다. 그는 자신이 왜 그때 그런 황당한 느낌이 들었는지 죽는 순간까지 도무지 알 수가 없었다.

군중들이 나머지 두 사람을 내세웠다. 스님은 자신까지 포함한 우두머리 넷을 동서남북 네 방면의 길잡이로 각각 지명했다.

"동쪽 들판 사람들은 동문, 서쪽 들판 사람들은 서문, 남쪽 들판 사람들은 남문, 북쪽 들판 사람들은 북문으로 들어가시오! 현장이 명령을 취소하지 않는 한 우리 모두 맹세코 마을로 돌아가지 맙시다!"

"와아!"

함성과 저주, 악담이 뒤죽박죽 섞여 한꺼번에 쏟아져 나왔다. 이어 군중들의 물결이 걷잡을 수 없는 홍수가 되어 현성으로 도도하게 흘러나갔다. 황톳길에 흙먼지가 뽀얗게 일었다. 큰길 양쪽의 보리밭은 무참히 짓밟혔다.

녹삼이 성벽 아래 다다랐을 때 성문은 굳게 닫혀 있었다.

"와아!"

함성이 천지를 뒤흔들었다. 어디선가 수십 명의 사람들이 통나무를 안고 달려와서 성문을 들이받기 시작했다. 성문은 거센 충격에 금세 부서졌다. 그러나 성문 안쪽에 엉성하게나마 또 한 겹의 벽돌 장벽이 가로막고 있었다.

"벽돌을 던지시오! 벽돌담을 무너뜨리라고!"

녹삼은 목이 터지게 고함을 질렀다. 그러나 인파에 눌린 그의 목소리는 사람들의 함성 속에 묻혔다. 사람들은 벽돌을 마구잡이로 장벽 안에 던졌다. 정신없이 날아가던 벽돌이 앞에 있던 사람의 머리를 깨뜨리기도 했다.

이때 성곽 위에서 징을 두드리는 소리가 자지러지게 울렸다. 그러더니 북채를 잡은 사람이 고함을 쳤다.

"현장께서 납시오!"

수행원들이 현장을 에워싼 채 성곽 위에 나타났다.

"현장께서 여러분에게 인사드리오!"

현장은 아무 말 없이 성벽 바닥에 무릎을 꿇더니 머리를 조아렸다. 북채를 잡은 관원이 또 큰 목소리로 선포했다.

"현장께서 명령을 내리셨소! 인장세 징수 법령을 완전히 폐지한다고 말씀하셨으니 여러분들은 마을로 돌아가시기 바라오!"

응답 대신에 벽돌이 무더기로 성곽 위로 날아갔다. 현장 사유화는 수행원들을 이끌고 황급히 성벽 아래로 도망쳤다.

녹삼은 어찌해야 좋을지 몰랐다. 가슴에 꽉 들어찬 분노를 미처 다 터트리지도 못했는데 일이 어처구니없게 결판나고 말았으니 말이다. 힘들여 쟁취하지 못하고 순조롭게 달성한 승리는 오히려 승리자에게 뭔가 뜻을 다 충족시키지 못한 것 같은 미진한 느낌을 주는 법이다.

한 가지 목적을 이루자 성곽 밑을 에워싸고 있던 군중들은 즉시 창끝을 돌렸다. 사발통문에 적힌 계율대로 시위에 가담하지 않은 자들을 색출해서 처벌해야 한다고 떠들기 시작했다. 또 자기네와 같이 위험을 무릅쓰지도 않고 승리의 열매를 나눠 받는 비겁자는 현장보다 더 가증스러운 놈들이라고 악담을 퍼부었다.

녹삼은 군중들의 의향에 따라 오던 길을 되돌아가면서 지나치는 마을마다 시위대에 가담하지 않았던 주민들을 끌어내 징벌을 가했다. 농기구를 현청에 넘겨주지 않은 집안은 심각한 처벌을 당했다. 부엌의 가마솥과 밥그릇이 날아가고 담장이 헐렸다. 지붕의 기왓장도 모조리 부서졌다. 사발통문에는 집을 불태우기로 되어 있었으나 불길이 애꿎은 이웃집으로 옮겨붙을까 봐 그 정도에서 그친 것이다. 그들은 기왕 내친김에 평소 주민들에게 못되게 굴던 악덕 지주와 토박이 집안 두 채마저 결딴냈다.

녹삼이 마을에 돌아왔을 때 백가헌은 동네 어귀까지 나와 그를 맞았다. 그리고 녹삼에게 허리 굽혀 사죄했다.

"형님, 큰일을 해내셨구려! 제가 못한 일을……."

4월 13일, 백록진 장터에 포고문 두 장이 붙었다. 한 장은 사유화를 자수현장 직분에서 파면 조치한다는 것이었다. 또 후임으로 하덕치何德治를 새 현장으로 임명한다는 내용도 들어 있었다. 포고문에는 성정부省政府 대표 장 총독의 친필 서명이 적혀 있었다. 그날은 읍내 장이 서는 날이라 인근 마을에서 구름 떼처럼 몰려든 사람들은 포고문을 빙 둘러싼 채 시끌벅적 농담을 주고받으면서 그동안 현장 때문에 쌓였던 울분을 시원하게 풀었다.

그러나 곁에 나란히 붙은 또 다른 포고문의 내용은 완전히 엉뚱했다. 소동을 일으킨 주범을 체포해 구금하겠다는 고시문이었다. 글에는 녹삼을 포함해서 성안으로 농민을 끌어들인 네 사람의 우두머리, 사발통문을 작성한 서 선생, 하가방촌에서 주민들을 선동하다가 관리들과 공개적으로 다투었던 하씨네 형제들의 명단이 나열되어 있었다. 두 번째 공고문을 읽은 사람들은 묘한 기분이 들었다. 씨름판에서 잘 나가다가 막판에 뒤집기로 메다 꽂힌 그런 기분이라고 할 수 있었다.

가장 괴로운 사람은 백가헌이었다. 그가 주모자라는 것은 공공연한 비밀이었다. 그럼에도 불구하고 포고문에는 그의 이름이 오르지 않았다. 그러다 보니 그가 무사한 것은 현청에 뇌물을 먹였기 때문이라는 헛소문마저 돌았다.

사람들은 백가헌이 일이 불리하게 돌아가자 모든 책임을 체포 구금당한 그들 일곱 사람에게 뒤집어씌우고 자기만 뒷전으로 빠졌다고 비난도 했다. 심지어 자수현에 영향력이 있는 매형 주 선생이 현장을 구슬려 처남을 빼돌렸다는 소문마저 들려왔다.

백가헌은 침통한 얼굴로 집을 나섰다. 목화씨에 싹이 틀 때였지만 밭이 문제가 아니었다. 우선 하가방촌 마을로 가서 하씨 형제 댁을 찾았다. 이어 서 선생 댁에도 들렀다. 그러나 그들은 가헌을 달가워하지 않았다. 백가헌은 고개를 숙이며 사죄했다.

"내 이 길로 현청에 가서 자수하리다. 그리고 반드시 그 사람들을 감옥에서 끌어낼 거요."

가헌은 하염없이 훌쩍거리는 녹삼의 아내에게도 다짐을 했다.

"형수님, 조급하게 생각하지 마십시오. 형님을 구해 내지 못하면 나도 형수님을 보지 못할 테니까요!"

이튿날 가헌은 아침 일찍 길을 떠나 현청으로 달려갔다. 현청에서는 젊은 서생이 그를 맞았다.

"시위대 사건은 이미 종결되었습니다. 나머지 일은 법원에서 처리할 거니까 용건이 있거든 법원에 가서 말씀하십시오."

가헌은 보따리를 풀고 밧줄 한 꾸러미를 꺼냈다.

"당신네들은 사람을 잘못 잡았어요. 일을 저지른 주모자는 바로 납니다. 이걸로 나를 결박해 감옥에 넣으세요!"

그 말에 서생은 잠깐 놀란 듯 쳐다보더니 이어 침착하게 해명을 했다.

"시위 사건은 잘못된 점이 없어요."

이번에는 가헌이 깜짝 놀라 되물었다.

"잘못이 아니라면……, 사람은 왜 잡아넣었어요?"

서생이 빙그레 웃으면서 덧붙였다.

"당신도 알다시피 지금은 반정을 한 혁명의 시대입니다. 전제 독재를 하던 봉건 통치 시대가 아니란 말입니다. 그런 만큼 혁명정부는 민주·자유·평등을 제창했습니다. 백성들에게 집회와 결사結社의 자유를 주고 가두시위를 해도 좋다고 했죠. 따라서 농기구 반납 사건은 헌법에 보장된 합법적인 가두시위입니다. 법을 어긴 행위가 아니란 말입니다. 그 일곱 사람은 남의 집에 불을 지르고 기물을 파손한 죄로 체포당한 거예요. 알아듣겠어요? 그 밧줄은 도로 집어넣고 그래도 이해가 안 되면 법원으로 찾아가 보세요!"

도대체 무슨 소리를 하는지 백가헌은 들으면 들을수록 머릿속이 복잡해졌다. 그는 다시 법원으로 찾아가서 시위 주동자인 자기를 체포하라고 했다.

그러나 법원 관리 역시 현청의 서생과 똑같은 이야기를 늘어놓았다. 다른 점이 있다면 새로 수립된 정부의 민주 정신이 어떠니 중언부언 선전하는 말투가 한층 준엄했다는 것뿐이었다.

가헌은 막무가내로 물고 늘어졌다.

"난 그런 거 잘 모르니까 우선 나부터 감옥에 넣어주세요!"

"당신 지금 나하고 농담하자는 겁니까? 어서 그놈의 밧줄이나 치우세요! 죄가 있으면 누구든지 붙잡아 들이겠으나 죄를 짓지 않고는 감옥에 들어앉고 싶어도 못 들어가는 겁니다. 바쁜 사람 붙잡고 귀찮게 굴지 말고 빨리 가세요! 이래도 안 갈 겁니까? 그럼 혁명기관의 질서를 파괴한 죄로 잡아넣겠어요!"

백가헌은 하는 수 없이 밧줄을 챙겨 법원 정문을 나섰다. 발길은 저도 모르게 현성 서쪽으로 향했다. 매형 주 선생을 찾아가 방법을 상의해 보기로 한 것이다.

다음날 동틀 무렵 가헌은 보따리를 메고 백록원을 내려왔다. 가슴 안쪽 호주머니에는 매형 주 선생이 장 총독에게 보내는 편지가 들어 있었다.

총독부 앞은 현청보다 더 삼엄했다. 무장 경비병이 실탄을 장전한 소총을 세워 잡은 채 눈을 부릅뜨고 있었다. 정면을 바라보면서 가헌을 거들떠보지도 않았다. 가헌은 다급한 마음에 매형의 편지부터 끄집어냈다. 경비병들은 편지 겉봉만 보고도 곧바로 들여보내 주었다. 청군 20만을 세 치 혓바닥 하나로 물리친 주 선생의 명성을 모르는 사람은 없었으니까.

편지를 접수한 사람은 중년 사내였다.

"총독님은 부재중이시니 편지만 이리 주고 돌아가시죠."

"며칠을 기다려서라도 총독님을 꼭 만나보고 가겠습니다."

가헌이 떼를 쓰자 중년 사내는 쌀쌀맞게 거절했다.

"여기선 못 기다립니다. 총독님은 시내에 계시지 않아요. 용건이 있거 든 내게 말씀하세요."

이렇게 되니 가헌도 어쩔 수 없었다. 그는 무고한 사람이 붙잡혀 갇힌 경위를 낱낱이 이야기하고는 다소 위협적인 말투로 이렇게 덧붙였다.

"만약 그 사람들을 석방시키지 않는다면 이 자리에서 문을 들이받고 죽어버리겠소!"

그 말에 중년 사내는 어처구니가 없는지 껄껄 웃었다.

"골백번 들이받아 보시지 그래요. 당신 같은 사람 열 명이 죽는다고 누 가 눈 하나 깜짝하는 줄 아십니까? 석방시킬 만하면 석방을 하고 석방시 켜서 안 될 사람이면 그대로 가둬 두는 게 법이오. 난 바쁜 몸이니까, 어 서 돌아가세요!"

가헌은 애가 탔다.

"우리 매형이 방 순무를 설득해서 물러가게 하지 않았던들 당신네들은 이미 오래전에 공동묘지에 떠도는 귀신이 되었을 겁니다! 변소 갈 때 마 음 다르고 나올 때 마음 다르다더니 바로 그 짝이군요. 당신네들이 지금 이 자리에 편안히 앉아 있게 되니까 지난날 은혜를 베푼 사람도 다 쓸데 없다, 이거 아닙니까?"

상대방이 막무가내로 나오자 중년 사내는 빙그레 웃었다.

"다른 사람은 몰라도 주 선생님이 해 주신 일을 어찌 잊는단 말입니까? 내 말을 믿고 그냥 돌아가세요. 이레가 지나도록 아무 일이 없거든 그때 다시 찾아오세요."

그날 저녁 가헌은 제화공 일을 하는 둘째 매형 댁에서 묵었다.

이튿날 어둑어둑해질 무렵 집에 돌아와 보니 녹삼과 서 선생, 하씨네 형제와 낯선 두 사람이 대청에 앉아 있었다. 그러다 가헌을 보기 무섭게 뛰어나와 그 앞에 무릎을 꿇었다. 가헌의 놀라움과 반가움은 이루 말할 수 없었다. 그는 그들을 하나씩 부축해 일으키고 자초지종을 물어봤다. 장 총독이 그날 중으로 자수현장 하덕치에게 긴급 전령을 보내 그들을 전원 석방시켰다는 대답이 돌아왔다.

"스님은 안 보이는데 어떻게 된 겁니까?"

가헌이 그렇게 물으며 둘러보니 모두가 뚝, 입을 다물었다. 스님만 아직도 감방에 남아 있다는 말을 하기가 어려웠던 것이다.

가헌은 대수롭지 않게 받아들였다.

"너무 걱정할 것 없습니다. 스님도 반드시 풀려나게 할 테니까. 우리 모두는 큰일을 도모하느라 다 같이 어려움을 겪었으니 고생하신 여러분을 몇 잔 술로 위로해 드리겠습니다."

가헌은 말을 마치자마자 아내에게 술안주를 마련하게 했다. 이어 녹삼을 돌아보았다.

"형님, 댁에 가서 우선 형수님부터 위로해 드리고 오시는 게 좋겠습니다. 얼마나 걱정을 하시는지 돌아가시는 줄 알았습니다."

"내가 나온 건 벌써 알고 있다네."

녹삼은 대답하다 말고 무슨 생각이 떠올랐는지 껄껄껄 웃었다.

"가헌, 내가 며칠 감방에 있는 동안 무슨 꿈을 꿨는지 아나? 밤마다 꿈속에서 우리 외양간의 암소란 놈이 보이더군. 그래서 뜨물통을 들고 가다 깨고 보니 웬걸! 감방안의 오줌통을 들고 있지 않겠나? 원, 기가 막혀서, 하하하!"

스님을 구해 내는 과정은 이전처럼 쉽지 않았다. 법원 원장은 솔직히 어렵다고 했다.

"남의 집에 불을 지르고 가재도구를 깨뜨린 건 사실 아닌가. 그러니 누구라도 죄를 받아야지!"

"그래도 무슨 방법이 있지 않겠습니까? 거기에 관해선 원장님이 잘 아실 테고 말입니다."

가헌은 법원장을 붙들고 늘어졌다. 나중에는 뇌물을 써서라도 스님을 구하기로 작정했다. 그러자 서 선생이 봉급을 내놓았다. 하씨댁 형제들도 돈을 보내왔다. 삼관묘 주지 스님 역시 '내 제자를 구합시다!'라는 종이 팻말을 목에다 걸고 백록원 일대 마을을 돌아다니면서 시주를 받아 모은 동전 꾸러미를 가헌에게 내놓았다. 가헌은 그 돈들을 은화로 바꾸어 법원 원장 부인에게 건넸다. 그 덕분인지 드디어 스님도 풀려 나왔다.

백가헌이 조금 언짢았던 것은 스님이 석방된 후 자기를 감옥에서 풀려 나도록 애써 준 사람들에게 고맙다는 말을 한마디도 하지 않았다는 점이었다. 동분서주한 가헌에게도 사의를 표시하지 않았을 뿐 아니라 늙은 몸으로 어렵게 시주를 받아준 주지 스님에게조차 인사를 드리지 않았다. 심지어 그는 출옥하자마자 온데간데없이 사라졌다. 어디로 갔는지 아는 사람은 아무도 없었다.

그 일이 있은 직후 누구 입에서 나왔는지 몰라도 엉뚱한 소문이 나돌기 시작했다. 그 스님은 원래 서안부西安府에서 간통 사건을 저지르고 백록원으로 도망쳐 삼관묘에 숨어 있었다고 했다. 그러다 관헌들의 추적이 그곳까지 미치자 시위대에 뛰어들었다는 것이다. 또 부모 없는 고아로 이리저리 떠돌며 비럭질을 하던 땡추라는 이야기도 나왔다.

그러나 가헌의 입장에서 보면 이 모든 소문의 진위는 중요하지 않았다. 또 그 스님이 어디로 갔는지 알 필요도 없었다. 그들을 감옥에서 풀려나게 하겠다는 목표는 이미 달성했으니까. 스님이 어딜 가서 동냥을 하든 말든 그건 그가 관여할 필요가 없는 일이었다.

제8장

어수선하던 농기구 반납 사건도 잠잠해졌다. 흰 이리에 관한 뜬소문 역시 사라졌다. 그런데, 이번에는 '천구'天狗라는 흉악한 짐승의 울음소리가 백록원 일대를 뒤흔들기 시작했다. 처음 흰 이리가 나타났던 그곳에서 이제는 '천구'의 울부짖는 소리가 들리기 시작했다.

그 짐승의 울음소리를 들어 본 사람들은 입을 오므리며 흉내를 냈다.

"휘리리릭! 휘리리릭!"

가늘고 날카로운 그 소리에 가축들은 갑자기 불안해하며 미친 듯이 물어뜯고 짖기 시작했다. 심지어 인근 마을 개들조차 합세해서 마구 짖고 닥치는 대로 물어뜯었다. 이 지경이니 설령 진짜 흰 이리가 나타났어도 감히 덤비지 못했을 것이다.

그러든 말든 백록원에는 평화가 찾아왔다. 쇠테 두른 우마차 바퀴가 삐거덕삐거덕 황토 길바닥에 바퀴 자국을 깊숙이 찍어내던 예전의 질서도 되돌아왔다. 수레 끄는 황소 역시 조급할 것도, 서두를 것도 없었다. 그저 한가로운 걸음걸이로 논밭과 마을 사이를 왕복했다. 겨울철과 봄철에는 무거운 거름통을 밭으로 날랐다. 여름과 가을에는 거둬들인 보릿단과 옥수수를 싣고 돌아오기도 했다.

농기구 반납 사건을 전후하여 1년 남짓 세월이 흐르는 동안 〈향약〉 조문의 효력이 느슨해지더니 마을에 또다시 노름판이 등장했다. 물주는 우시장의 마방馬房을 운영하는 '오리 물갈퀴' 백흥아白興兒였다. 아편을 피우는 사람도 생겼다. 그중 두 사람은 벌써 아편 중독자가 되어 가산을 탕진했다. 그 바람에 아내는 자식들의 손을 잡고 밥을 빌어먹는 거지가 되었다.

가헌은 사당에 걸어 두었던 큰 징을 울려 마을 사람들을 불러 모았다. 사당에 발을 들여놓을 자격이 없는 백흥아와 노름꾼 패거리도 불렀다. 함께 불려온 아편쟁이 두 사람 역시 몸을 제대로 가누지 못하며 어깨를 축늘어뜨린 채 뒤쪽에 서 있었다. 가헌은 촛대에 불을 붙이고 자줏빛 향을 꽂고 나서 서 선생에게 〈향약〉 조문과 계율 일부를 낭독해 달라고 부탁했다.

〈향약〉 낭독이 끝나자 백가헌이 목청을 돋우어 사당이 쩌렁쩌렁 울리도록 외쳤다.

"노름꾼의 나쁜 버릇은 투전 짝을 쥐는 손, 주사위를 던지는 그 손에 있어요. 또 아편쟁이의 나쁜 버릇은 아편을 피우는 그 입에 달렸소이다. 못된 손버릇은 우리가 그 손을 치료해 주면 나을 것이고 못된 입버릇은 그 입을 치료해 주면 나을 거요!"

가헌은 이어 백흥아의 이름을 먼저 불렀다. 호명을 받은 백흥아가 제단 앞에 나와 무릎을 털썩 꿇었다. 그러더니 애처로운 목소리로 애원을 했다.

"난 도박을 안 했습니다. ……아니, 앞으로 두 번 다시 노름판을 안 열 겁니다! 내가 또 투전 짝이나 주사위를 잡으면 내 손목을 잘라버리겠어요!"

"일어나요, 일어나!"

머리 위에서 족장의 음성이 준엄하게 울렸다. 가헌은 백흥아를 사당 앞마당 느티나무 아래에 끌어다 세워 놓은 다음 돌아서서 두 손을 들게 했다. 백흥아는 꼼짝없이 나무를 등지고 선 채 두 손을 번쩍 치켜들었다.

사람들은 노름꾼의 손바닥을 똑똑히 볼 수 있었다. 백홍아가 늘 소매 속에 감추고 보여주지 않던 오리 물갈퀴 같은 피막皮膜이 달린 그 기형奇形의 손을 말이다.

백가헌은 나머지 일곱 사람도 이어 호명했다. 그중에는 백씨 성과 녹씨 성을 가진 이도 있었다. 젊은이와 중늙은이도 있었다. 그러나 모두 어김없이 느티나무를 등지고 벌을 서야 했다.

가헌은 마을 사람들에게 이들 여덟 명의 손목을 큰 나뭇가지에 단단히 묶게 했다. 그런 다음 대추나무 회초리로 후려치라고 명령했다. 가시 달린 회초리가 매서운 바람 소리를 내며 여덟 명의 손바닥과 팔뚝을 가리지 않고 후려쳤다. 그때마다 살갗이 찢어지고 피가 흘렀다. 그래도 회초리는 계속 날아들었다. 그때마다 굵은 목청, 가느다란 목청에서 울부짖는 소리가 끊임없이 흘러나왔다.

"그만, 됐어요! 자, 이제부터 한 사람씩 말해야 합니다! 노름판에서 누가 얼마를 따고 얼마를 잃었는지, 사실대로 밝혀야 합니다."

물주 백홍아와 패거리 일곱 명은 울음 섞인 목소리로 노름판에서 따고 잃은 액수를 낱낱이 불었다. 한 사람의 자백이 끝날 때마다 백가헌은 묵묵히 듣고 있다가 미리 조사해 둔 액수와 맞춰 봤다. 그렇게 해서 대략 들어맞으면 다음 사람에게 눈길을 돌렸다. 매질에는 장사가 없었는지 아니면 조상님들의 위패 앞에서 거짓말을 할 정도로 독하지 못했는지 노름꾼들의 자백 내용은 거의 사실로 확인되었다.

"잃은 돈은 그냥 둬요. 그러나 딴 돈은 가서 한 푼도 빠뜨리지 말고 가져오세요!"

곧 족장의 명령에 따라 물주와 다른 두 명의 결박이 풀렸다. 백홍아는 동료 두 사람과 함께 집으로 달려가서 돈 주머니를 챙긴 다음 바람처럼 돌아왔다.

백가헌이 제단 위에 돈을 쏟더니 곁에 있는 사람에게 눈짓을 보냈다. 이윽고 돈을 잃은 나머지 다섯 명의 손목이 느티나무에서 풀렸다. 이어 앞으로 끌려 나왔다.

"자신이 얼마를 잃었는지 알 겁니다. 그 액수만큼 찾아가세요!"

다섯 사람은 잃어버린 재산을 되찾게 될 줄은 생각도 못 하고 있던 터였다. 그럼에도 꿈인지 생시인지 모른 채 피투성이가 된 손으로 제단 위에 널린 은화를 세기 시작했다.

"족장! 내 두 번 다시 노름에는 손을……."

"입 닥치고 일어나요!"

백가헌이 무릎을 꿇고 돌바닥에 이마를 짓찧어대는 다섯 사람을 향해 냉랭하게 쏘아붙였다.

"여러분은 아까 훈장 선생께서 낭독하신 계율을 잊었습니까, 기억합니까?"

"기, 기억하고 말고요!"

"흐흠, 기억하신다! 그 말을 누가 믿어 줄꼬?"

족장의 입에서 비웃음이 새어 나왔다. 그러는가 싶더니 그가 갑자기 옆을 돌아보며 호통을 질렀다.

"준비 되었거든 이리 가져오게!"

분부가 떨어지자마자 네댓 사람이 커다란 가마솥을 들고 나왔다. 장작불에서 막 떼어왔는지 솥 안의 물이 펄펄 끓는 소리와 함께 뜨거운 김이 무럭무럭 피어오르고 있었다.

끓는 가마솥이 제단 앞에 놓일 때까지 지켜만 보던 족장의 입이 다시 무겁게 열렸다.

"여러분이 계율을 잊지 않았다고 하니 계율대로 한 사람씩 손을 집어 넣으세요. 그래야만 나도 믿어 드릴 수 있습니다!"

돈을 되찾은 다섯 명이 먼저 앞으로 나섰다. 그리고 어금니를 악물고 가마솥 안의 펄펄 끓는 물에 손을 집어넣었다.

　"으아아악!"

　찢어지는 비명 소리가 사당을 울렸다. 다섯 사람은 두 손을 붙잡은 채 한 덩어리가 되어 땅바닥에 데굴데굴 굴렀다. 끔찍한 광경을 목격한 백홍아와 노름꾼 두 명은 사시나무 떨 듯 몸을 마구 떨었다. 하지만 그렇다고 어쩌겠는가? 끓는 가마솥에 손을 안 넣을 수는 없었다.

　"으와, 나 죽네!"

　"으아악, 내 손!"

　세 사람 역시 금세 물집이 부풀어 오른 손을 차가운 돌바닥에 문지르다 바닥을 데굴데굴 굴렀다. 끓는 물에 덴 백홍아의 물갈퀴 손은 피막이 다 벗겨져 껍질만 너덜너덜 매달려 있었다.

　"한마디만 더 하겠습니다."

　족장 백가헌의 준엄한 목소리가 다시 울렸다.

　"앞으로 또다시 노름에 손을 댈 때는 오늘처럼 끓는 물이 아니라 끓는 기름 솥에 손을 집어넣을 각오를 해야 할 겁니다!"

　이어 아편 중독자 두 사람이 끌려 나왔다. 이들은 앞서 일어난 끔찍한 광경을 보고 놀란 나머지 숨조차 제대로 쉬지 못한 채 와들와들 떨고만 있었다. 평소 흐리멍덩하게 풀려 있던 눈동자도 황소 방울만큼 휘둥그레진 채 공포의 기색이 가득 배어 있었다.

　그러나 뜻밖에도 족장의 목소리는 아주 부드러웠다.

　"두 분의 처자식들은 어디 있나요? 댁에 계시나요?"

　두 사람은 한참 동안 쩔쩔맸다. 그러다 고개를 숙이면서 다 기어들어가는 목소리로 대답했다.

　"친정집엘…… 갔습니다."

"밥…… 밥 빌어먹으러……. 흐흑!"

백가헌의 이마에 고통스러운 주름살이 깊이 파였다. 그가 다시 입을 열었다.

"한 분은 아이들을 데리고 친정에 가셨고 한 분은 동냥을 나섰다니……. 두 분도 생각 좀 해보세요! 출가한 여인이 아이들을 데리고 친정집에 찾아가서 밥을 얻어먹는 게 말이 됩니까? 또 한창 젊은 아낙이 어린 자식들을 데리고 남의 집 문턱에서 밥을 빌어먹는 것은 또 어떤가요? 다 허물어져 가는 절간 제단 밑에 몸을 웅크리고 밤을 새우는 게 그게 어디 사람 사는 꼴이라 하겠습니까?"

여기까지 말하자 백가헌은 가슴이 미어졌다. 목소리에는 울음기가 배어 나왔다.

"두 분은 몰랐겠지만 내가 사람을 시켜 두 분의 처자식을 찾아다가 여기 데려왔습니다. 자, 이리 나오세요!"

가헌의 말에 장본인은 물론 다른 사람들도 깜짝 놀라 주변을 두리번거렸다. 그때 훈장 어른이 쓰는 거실 문이 조용히 열렸다. 이어 나이도 엇비슷한 아낙네 둘이 어린 아들, 딸의 손을 이끌고 나타났다. 이어 부끄러운 얼굴로 앞에 섰다.

친정으로 갔던 아낙의 옷차림새는 그럭저럭 괜찮았다. 그러나 길거리를 떠돌던 아낙과 자식들은 너덜너덜해진 옷에 땟국이 질질 흘렀다. 차마 눈 뜨고 못 볼 상거지 꼴이었다. 나오기 전에 얼굴을 씻기는 한 모양이나 굶주림과 모진 풍상을 겪어 초췌하기 이를 데 없었다. 그 몰골을 보자 사람들은 치를 떨면서 저마다 팔뚝을 걷어붙이고 나섰다.

"이놈의 아편쟁이, 다 때려죽입시다!"

"잠깐만!"

백가헌이 호통을 쳤다.

"흥분하지 말고 내 말을 들어주세요. 이 여인과 아이들은 모두 남편, 가장을 잘못 만나서 이런 모진 고초를 당했습니다. 여러분도 생각들 해 보십시오. 이 두 사람은 자기 처자식들을 이렇듯 고생시켰을 뿐 아니라 우리 백록촌 전체 사람들의 체통마저 여지없이 깎아내렸습니다! 이 여인들이 친정집이며 길거리를 다닐 때 그 친정댁 식구나 다른 마을 사람들이 우리를 뭐라고 비웃었겠습니까? 나는 여러분에게 한 가지 제안을 하고자 합니다. 우리 사당 공유지의 소출로 비축된 식량 가운데 일부를 갹출해 이 두 집 처자식을 도와주었으면 합니다. 여러분 의향은 어떠신지요? 동의하시겠습니까, 반대하시겠습니까?"

중론은 그 자리에서 둘로 갈렸다. 기꺼이 도와주자는 사람들의 손이 여기저기서 들리는가 하면 투덜거리는 불만의 소리도 나왔다. 불만을 품은 사람들도 두 부류로 나뉘었다. 도와주더라도 집안과 동네 망신을 한꺼번에 시킨 아편쟁이 녀석들에게 먼저 뜨거운 맛을 보여주고 나서 돕자는 쪽과 굶어 죽든 말든 동네 바깥으로 내쫓아버리자는 쪽으로 갈렸다. 그러나 마지막 의견은 그리 많지 않았다.

아편 중독자 두 사람은 부끄러움을 견딜 수 없었는지 사람들 앞에 꿇어앉아 고개도 들지 못하고 고함을 질렀다.

"족장님! 그 대추나무 회초리로 이놈의 염치없는 주둥이를 때려 주십시오! 내가 또 아편에 입을 대거든 아예 이 몸을 기름 가마솥에다 처넣으셔도 원망 않겠습니다!"

아편쟁이들이 버릇을 고치겠다고 맹세하는 말을 어디 한두 번 했으랴. 가헌은 애초에 그 따위 소리를 믿어 본 적도 없는 사람이었다. 그러나 지금처럼 스스로 깨우치고 못된 버릇을 버리겠다고 하는 것을 들은 적도 없었다. 그가 엄숙하게 말했다.

"방금 말하지 않았습니까! 당신네 두 사람의 나쁜 습관은 입에 달려 있으니까 기름 가마에 던질 것이 아니라 입버릇만 고치면 될 겁니다. 내가 아편 중독을 전문적으로 치료할 수 있는 약을 사 왔는데, 어디 한번 드셔보겠습니까?"

"예! 예!"

다짐을 받아낸 족장 가헌이 문간 쪽을 향해 고함을 버럭 질렀다.

"준비된 것을 이리 가지고 들어오게!"

문밖에서 조심스레 걷는 발자국 소리가 들렸다. 그런데 무슨 묘약인지 미처 문턱을 넘어서기도 전에 숨이 막히는 악취가 풍겨왔다.

"와, 이게 무슨 냄새냐!"

"어이쿠, 구린내야!"

화들짝 놀란 사람들은 얼른 코부터 틀어막았다. 아편 중독을 고친다는 명약이 다름 아닌 똥물이었던 것이다. 아편쟁이 두 사람은 그날 이후 결국 아편을 끊기는 했으나 두고두고 마을 사람들의 웃음거리가 되었다.

며칠을 이어 장맛비가 쏟아지더니 비구름이 걷히고 날이 개었다. 구름 틈새로 수줍게 내민 햇볕이 축축하게 젖은 기와를 말리는 동안 사람들의 울적하던 마음도 한결 상쾌해졌다.

가헌은 나막신을 신고 길을 나섰다. 골목길이 온통 진창이라 나막신 뒷굽까지 파묻힐 지경이어서 걸음걸이가 무척 조심스러웠다. 그는 뒷짐을 진 채 뒤뚱거리며 중의당에 당도해서야 겨우 진흙투성이의 나막신을 벗어 놓았다.

냉 의원은 그를 보자마자 한탄부터 늘어놓았다.

"그것 참! 오늘에야 겨우 해를 보다니……, 사람들 몸뚱이에까지 곰팡이가 필 뻔했는걸!"

"하하! 올해 면화 농사는 헛물켜게 생겼습니다! 비 때문에 파종을 한

게 몽땅 결딴나고 말았으니 말이죠."

"그것도 큰일이군! 여하튼 이리 앉게. 나도 며칠 전부터 자넬 만나러 가려던 참이었는데 비가 쏟아지니 집을 나설 엄두가 나야 말이지! 자네한테 부탁할 게 하나 있네."

"말씀해 보시죠. 제가 할 수 있는 일이라면 부탁하실 것도 없습니다."

가헌의 선선한 대답에도 냉 의원은 생각을 다듬느라고 잠시 뜸을 들이더니 용건을 털어놓았다.

"녹자림이 혼담을 넣어왔다네. 맏아들 조붕을 장가들일 모양이야. 그래서 중간에 사람을 놓아 우리 집 의중을 슬쩍 떠보더군. 내 맏딸을 염두에 두고 있다고 하네. 어떤가, 자네 생각에는? 괜찮겠나, 안 하는 게 좋겠나?"

가헌은 생각해 볼 것도 없이 쉽게 대답했다.

"사주팔자만 잘 맞는다면 안 될 게 뭐가 있습니까?"

"궁합은 내 이미 은밀히 봐 두었네. 잘 맞더군. 자네 생각도 괜찮다면 한번 나서 주지 않겠나? 아무래도 이 혼사는 자네가 중간에 나서야 적격일 듯싶으이."

가헌은 정중하게 사양했다.

"읍내에 인연을 잘 맺어주는 매파와 중신아비가 있지 않습니까? 저야 워낙 말재주도 없고 그런 일을 성사시킬 능력도 없는 몸이라……."

"매파나 중신아비들은 말만 번지르르해서 싫네. 그래서 자네를 중신아비로 점찍어 놓은 걸세."

냉 의원이 고집을 부렸다. 가헌 역시 만만치 않게 고개를 저었다.

"형님 말씀인데 거절해서야 되겠습니까. 하지만 혼담이란 것은 양쪽 집안을 다 보고 하는 일인데 공연히 제가 나섰다가 자림 쪽에서 이러쿵저러쿵 말이 나오면 오히려 좋지 못한 결과가 될까 그게 걱정이군요."

그제야 냉 의원이 씩 웃었다. 보기 드문 미소였다.

"나설 의향이 아주 없다는 말은 아니로군! 좋아, 그럼 내 솔직히 이야기함세. 자네더러 중신아비 노릇을 해 달라는 것은 바로 자림의 뜻이었다네. 사실 나는 자네를 번거롭게 할까 봐 말도 꺼내지 않으려고 했는데……. 하하하!"

미소가 너털웃음으로 바뀌었다. 그러니 가헌도 더 이상 거절하기가 어려워졌다. 그렇게 그는 다시는 없을 중신아비 역할을 맡기로 했다.

이 혼담은 가을걷이가 끝나고 다시 가을 파종기가 닥치기 전 잠시 한가한 틈을 타서 벼락같이 성사되었다. 통상적인 관습에 따라 혼약이 맺어진 것이다.

때는 가을걷이와 파종이 마무리되고 들판 거름 구덩이에 살얼음이 잡히기 전이었다. 음력 시월의 포근한 소양춘小陽春 계절, 즉 따뜻한 시월이 찾아왔다. 일찍 파종을 끝낸 보리싹이 포근해진 날씨를 봄철인 줄 착각하고 고개를 내밀 때가 바로 이 무렵이다. 보리는 두 번 싹트지 않는다. 겨울철에 이삭이 지레 패고 나면 봄철에 다시 패지 않는다.

그래서 농부들은 타작마당에서 보리를 털 때 쓰는 작은 돌 바퀴를 황소와 나귀에게 메워 끌고 밭으로 나온다. 보리싹이 지레 패지 못하고 겨울잠을 자도록 흙더미를 단단히 눌러 다져놓는다. 이른바 보리밟기가 그것이다.

강변과 들판에 파릇파릇 싹이 돋아난 보리밭에는 누렁소가 유유자적 오고 있었다. 또 나귀란 놈은 총총걸음으로 밭이랑을 밟아 나가고 있었다. 그런 가운데 농부들의 노랫가락이 구성지게 울려 퍼졌다.

백가헌도 노새에게 호통을 쳐가면서 보리밟기에 여념이 없었다. 둥그런 돌 바퀴 밑바닥에서 보리싹이 짓밟혀 끊기는 소리가 '바지직, 바지직!' 연이어 들렸다.

백가헌이 한창 보리밟기에 열중하고 있을 때 녹자림이 나타났다. 큰길을 가로질러 밭두렁으로 다가온 그는 익숙한 발길로 웃자란 보리싹을 밟아 가면서 가헌이 있는 쪽으로 다가왔다. 시월 행보行步에는 길을 묻지 않는다고 했던가. 보리싹은 사람의 발길에 밟히거나 가축들에게 뜯어 먹히면서도 싱그러운 풋내를 풍겼다.

녹자림은 밭머리에 올라섰다. 맞은편 끝까지 갔던 가헌이 한 바퀴 돌아 노새를 멈춰 세우고 녹자림과 나란히 쭈그려 앉았다.

"웬일인가? 바쁜데 마을을 다 나오고……."

"하하! 가헌 형님한테 은혜를 갚으러 왔지요, 왜 왔겠습니까!"

녹자림이 가벼운 웃음으로 눙쳤다.

"은혜라니, 원 별소리를 다 듣겠군!"

"무슨 말씀이시오? 형님이 내 맏아들 중신 서주신 걸 벌써 잊으셨습니까? 물 한 방울이라도 얻어먹었으면 됫박으로 갚아야 하는 거 아닙니까? 더구나 그 일은 우리 녹씨 가문의 대를 이어줄 종신대사終身大事였는데……."

녹자림이 과장된 동작을 취해 보였으나 가헌은 시큰둥한 미소로 넘겨 버렸다.

"냉 의원 형님의 둘째 딸을 아십니까?"

백가헌이 별다른 대응이 없자 녹자림이 눈치를 보며 슬쩍 물어 왔다.

"그 형님이 둘째 딸을 효문에게 줄 의향이 있는 모양입니다. 그래서 내가 중신아비 노릇을 하겠노라고 자청했죠. 사주팔자로 궁합도 보았는데 별로 걸릴 것도 없다고……. 그런데 형님 생각은 어떻습니까?"

가헌은 말문이 막혔다. 그런 생각은 꿈에도 해본 적이 없었던 터라 그저 말없이 밭두렁만 내려다보다가 한참 만에 무겁게 입을 열었다.

"오늘 처음 나온 이야기를 놓고 당장 대답할 수야 없는 노릇 아닌가? 우선 어머님께 말씀을 드려야 해. 집사람과도 상의해야 하고……. 네댓새 지난 뒤에 회답을 주겠네."

녹자림이 중신아비 노릇을 자임한 덕분에 냉 의원과 백가헌 집안의 혼사도 앞서 녹씨 가문의 경우처럼 순조롭게 진행되었다.

매서운 북서풍과 함께 찾아온 눈보라가 한 자 두께로 쌓였다. 보리싹이 봄으로 착각했던 소양춘의 포근한 날씨는 하늘과 땅을 꽝꽝 얼어붙게 만든 엄동설한으로 바뀌었다. 딱딱하게 얼어붙은 거름더미를 나르는 황소가 하얀 콧김을 안개처럼 내뿜는 코끝이 매울 정도로 차가운 어느 날 냉 의원댁 둘째 딸은 백씨 가문의 며느리가 되었다.

그러나 신랑감은 맏아들 효문이 아니었다. 둘째아들 효무였다. 백가헌은 솔직히 냉 의원의 맏딸이 녹자림의 큰아들 녹조붕과 약혼한 상황에서 자기 큰아들이 그 댁 둘째 딸과 맺어진다는 것이 영 꺼림칙한 느낌이 들었다. 그래서 둘째아들 효무를 내세웠던 것이다. 그때 그는 녹자림에게 이런 구실을 댔다.

"내 욕심은 효문에게 좀 더 나이 많은 규수를 짝지어 주었으면 하는 것이네. 남 부끄러워 여태껏 말을 하지 않았으나 내 윗대까지 우리 집 손이 워낙 귀하기 때문에 하루라도 빨리 손주 녀석을 안아보고 싶다는 얘길세. 냉 형님 댁 둘째 규수는 아직 어리지 않나? 그래서 말인데 궁합만 맞는다면 내 둘째 녀석과 맺어주었으면 좋겠네."

녹자림은 모처럼 중신아비 노릇을 맡은 터라 이 혼담을 성사시키는 데만 급급했다. 그래서 백가헌에게 딴 뜻이 있음을 눈치채지 못하고 그대로 밀어붙였다. 그리고 냉 의원 역시 그 혼담을 흔쾌히 받아들였다.

냉 의원은 두 딸의 혼사 문제가 순조롭게 진행되자 무척 기분이 좋았다. 백씨나 녹씨 가문의 재산이 욕심난 것은 아니었다. 왜냐하면 백록원 일대의 재산가로 따지자면 백씨든 녹씨 가문이든 결코 대부호나 대지주 축에는 끼지 못하는 중상류급 농가였으니 말이다. 그저 백가헌과 녹자림의 가문이 갖춘 법도와 덕행이 욕심났을 뿐이었다. 모두 성실하게 살아가는 농부들이라는 사실에 마음이 쏠렸던 것이다. 또 내색은 하지 않았으나 그보다 더 중요한 이유도 있었다. 그건 백록진에서 의원 노릇을 오래도록 지속하려면 녹씨 가문이든 백씨 가문이든 어느 한쪽의 원망을 사서는 안 되기 때문이었다.

그는 냉정한 안목과 날카로운 직감력으로 농기구 반납 사건 직후 벌어지기 시작한 백씨 가문과 녹씨 가문 사이의 균열을 꿰뚫어 보았다. 그리고 앞으로 그것이 좀처럼 아물지 않을 것임을 느꼈을지도 몰랐다. 그래서 약을 처방하듯 치밀한 계획을 세워 놓고 자신의 조제 방안으로 양 가문의 화합을 위해 두 딸의 혼담을 밀어붙였다. 백가헌이나 녹자림이 서로에게 증오심을 품고 있든 아니든 그것은 상관할 바 아니었다. 최소한 겉으로는 화해하고 친밀한 관계를 유지해 주면 충분했다.

양쪽 혼담이 성사된 직후의 어느 겨울밤이었다. 냉 의원은 요리를 준비하고 술을 따뜻하게 데워 놓고 두 사람을 초청했다. 이어 감개무량한 표정으로 이렇게 말했다.

"인척을 맺지 않으면 두 집안이지만 인척을 맺으면 한 집안일세. 나라는 사람은 본디 말수가 적고 돌려서 말할 줄 모르는 성격이네. 체면을 차리기보다는 꼭 해야 할 말을 하는 편이지. 솔직히 말해 내가 우리 셋 가운데 그래도 몇 살 더 먹었네. 그러니 만큼 노파심으로 한두 마디 하겠네. 내가 보기에 백록촌에는 가헌 아우님이 없어서도 안 되고 자림 아우님이 없어서도 안 되네. 자네들 두 사람이 잘만 화합한다면 한 가지 좋은 일이 백 가지로 늘어날 수도 있네. 나는 자네들 양 가문의 품행과 덕성에 탄복할 뿐이지 농토가 많거나 집과 가축을 좋아하는 것이 아닐세. 백록원 일대에서 '인의'가 통하는 마을이 있다면 오직 백록촌뿐일세. 현령 어른이 손수 새긴 비석을 잊으면 안 되네."

이렇게 해서 농기구 반납 사건으로 어색했던 가헌과 녹자림 사이는 풀린 듯했다. 그러나 그 응어리는 깊숙이 가라앉아 앙금으로 남았다. 사실 두 사람 모두에게 이런 국면이 필요한 때였다.

동짓달이 섣달로 바뀔 무렵 자수현滋水縣의 현장 하덕치何德治가 백가헌을 만나기 위해 말을 타고 백록원으로 올라왔다. 백록창 총향약 전복현과 제1보장소 향약 녹자림이 길 안내를 맡아 함께 왔다. 전복현이 현장에게 여쭈었다.

"제가 백가헌을 데려올 터이니 현장님은 여기 계시면서 차나 들고 계시지요."

그러나 현장은 고개를 내저었다.

"필요 없네. 내가 찾아갈 테니 여기서 말에게 여물이나 먹여 주게."

현장의 느닷없는 방문에 백가헌은 깜짝 놀랐다. 다른 한편으로는 깊은 감동을 받았다. 집안 식구들은 의자를 옮겨놓고 걸레로 탁자를 훔치는 등 부산을 떨었다. 또 차 대접을 하는 와중에도 담배에 불을 붙여 대령하느라 정신을 차리지 못했다. 현장 하덕치는 백씨 가문의 조상 위패를 모신 제단 앞에 정중하게 읍례를 올리고 나서야 의자에 앉았다. 이런 거동이 백가헌으로 하여금 현장에 대한 첫인상을 바꿔 놓았다.

현장의 차림새는 그가 보기에는 꼴불견이었다. 청색 띠를 두른 제모制帽도 우스울 뿐 아니라 금빛 단추가 줄줄이 달린 제복도 답답해 보였다. 그것만 빼면 네모반듯한 얼굴 윤곽, 짧고도 곧게 뻗은 콧날, 두껍지도 얇지도 않게 알맞은 입술 등이 정말 괜찮았다. 얼굴 생김새도 전체적으로 부드러웠고, 그러면서도 자신감에 차 있었다. 가헌은 현장이 7품 관복을 입었더라면 한결 더 기백 있어 보였을 것이라고 생각했다. 우스꽝스런 제복을 걸친 것이 안타깝다는 생각도 들었다.

이윽고 현장 하덕치가 방문 목적을 끄집어냈다.

"백 선생, 내가 선생을 우리 현 참의회參議會 의원으로 초빙하고자 하는데 어떠신지요?"

'참의회 의원'이라! 가헌은 처음 듣는 단어였다. 그게 뭔지 몰라 어리둥절할 수밖에 없었다. 그러나 그렇다고 해서 그게 뭐냐고 묻기도 어려워 가타부타 대답을 못 하고 어정쩡한 기색을 보였다. 물론 그것이 관청에서 쓰는 직함이란 것은 짐작할 수 있었다.

"불초 가헌은 착한 사람을 본받기만 원할 따름입니다. 스스로 밭 갈아 양식을 얻으면서 무명으로 베를 짜 옷을 입으면 그뿐입니다. 벼슬아치가 될 그릇도 아니거니와 원하지도 않습니다."

그 말을 듣고 현장이 껄껄껄 웃음보를 터트렸다.

"나도 선생이 착한 분이라는 평판을 들었소. 그러니까 선생을 참의회 의원으로 초빙하는 것 아니오?"

이어 그는 담배 한 개비를 꺼내 불을 붙여 물고 설명을 계속했다.

"본관은 자수현에 재임하는 동안 봉건 정치의 폐단을 뿌리 뽑고 민주 정치를 추진하기로 결심했소. 그 구체적인 방안 중 하나가 초대 참의회를 조직하는 거요. 참의회는 민중을 현정縣政에 참여시켜 정부 활동을 감독하는 데 목적이 있소. 민중의 뜻을 전달하는 것 역시 또 다른 목적이오. 의정 참여라는 글자 그대로 말이오……."

백가헌은 아무리 들어도 이해할 수가 없었다. 무엇보다 민주라는 단어가 생소했다. 봉건과 정치는 또 무엇이라는 말인가. 민중의 뜻이란 것도 그랬다. 도무지 모를 말이었다. 가헌은 이런 말들이 머릿속에 쌓일수록 혼란스럽기만 할 뿐이었다. 현장도 그 점을 눈치챘는지 일상용어와 비교해 가면서 설명을 덧붙였다.

"알아듣기 쉽게 한마디로 말하자면 민중, 즉 서민 백성들이 국가 대사,

즉 조정朝政을 관리한다는 이야기요. 현장의 말 한마디로 다스려지는 게 아니라 민중, 다시 말해 서민 백성의 말과 뜻을 모아 다스린다는 말이오."

그제야 가헌도 조금은 이해가 되는지 고개를 끄덕였다. 그렇지만 여전히 의문이 남았다.

"백성들의 입은 중구난방입니다. 그런데 어떻게 한마디로 모을 수 있습니까? 이놈 이야기를 들어주면서 어떻게 저놈 이야기도 들어 준단 말입니까? 이 사람은 밭에 종자를 촘촘하게 심으라 하고 저 사람은 성글게 심으라 하면 어떻게 합니까? 또 다른 사람이 마음대로 심으라고 한다면 현장님은 도대체 누구 말을 들을 것입니까? 누구 의견을 따르겠습니까? 옛사람의 말에 '집안마다 천 마디 의견이 있으나 주재하는 사람은 하나'라고 하지 않았습니까?"

현장은 그 말에 무척 흥미를 느낀 듯 미소를 띠며 가헌을 납득시키려 했다.

"누구 말이든지 사리에 부합하는 대로 하는 거요. 일을 주재하는 가장이 농사짓는 일에 경험이 없는 문외한이거나 정당한 직무에 종사할 줄 모르는 아류라면 선생은 중구난방의 집안 살림살이를 그 사람한테 맡길 수 있겠소? 봉건 정치가 나라를 다스려 온 폐단의 핵심이 바로 그 점에 있었소. 어느 현명한 제왕이 등극해서 몇 년 동안 나라를 잘 다스렸다고 칩시다. 그런데 그 자리를 무능한 군주에게 넘겨 강토를 잃는다면 어쩌겠소? 백성들 역시 덩달아서 재앙에 봉착하게 되는 거요. 반정 이후 우리 혁명 정부가 민주주의를 추진하는 핵심이 바로 여기에 있소. 위로는 총통과 총독, 아래로는 나 같은 미관말직까지 포함해 모든 민중이 믿는 사람이면 선출해서 일을 떠맡겨야 하오. 믿지 않을 때는 그 사람을 파면시켜야 하고. 그것이 민주제도란 말이오."

백가헌은 처음에는 놀라움과 호기심으로 귀를 기울였으나 곧바로 손을 내저었다.

"맙소사, 이야기가 갈수록 황당해지니 도대체 무슨 말인지 알아들을 수가 없습니다."

"백 선생이 믿지 않는 것은 그리 중요하지 않소. 나중에 사실이 내 말을 증명해 줄 테니까. 다만 한마디만 하겠소. 참의원은 결코 벼슬이 아니오. 민중의 입을 대표하는 직책이라는 거요. 예를 들자면 이거요. 전임 현장 사유화史維華가 인장세를 징수하려던 일이 있었지 않소? 그때 만약 참의회가 조직되어 있었다면 의원들이 그 조례를 통과시키지 않았을 거요. 그랬다면 그따위 포고령이 내려지지도 않았을 것이오. 농기구 반납 사건과 같은 불상사도 일어나지 않았을 것이란 말이오."

실제 사례를 들어 설명하니 백가헌도 비로소 이해가 되는 듯 고개를 끄덕였다.

"그 얘기라면 이해가 가는군요."

"백 선생, 겸양하실 것 없소이다. 선생은 이 백록원 일대에서 명망도 높고 사리에 통달하신 데다 사고방식 또한 진보적이라고 들었소. 더구나 인품과 덕성이 고결한 분이시니 참의회 의원으로 나가서서 중망衆望을 모을 수 있으리라 믿는 바요. 이왕 말이 나왔으니 알려 드리겠소. 선생 매형 주 선생께서도 이미 응낙하신 일이오."

가헌은 매형까지 참여한다니 반대할 수가 없게 되었다. 그러나 아직은 대답할 때가 아니라고 생각했다. 그는 현장의 말을 웃음으로 넘기면서 이렇게 물었다.

"현장님, 저에게 참의회 의원이 되라고 하신 말씀은 백성들의 말을 대변하라는 거 아닙니까? 그럼 좋습니다. 제가 백성들을 대신해서 우선 한 말씀 드려보겠습니다!"

"열 마디라도 해 보시오."

현장이 한껏 너그러운 태도로 나오자 가헌은 계속 생각해 오던 말을 거침없이 털어놓았다.

"백록창의 불막대기 든 녀석들을 내쫓아주십시오!"

'농기구 반납 사건' 이후 백록창에는 소총으로 무장한 사내들 7, 8명이 소리소문없이 들어와 앉았다. 그자들은 검정 제복 차림에 가죽 허리띠를 둘렀다. 눈에 거슬리게 하얀 각반을 종아리에 동여매고 하얀 테를 두른 제모도 썼다. 그들은 백록진에 장이 설 때마다 부지깽이로 쓰면 딱 맞을 것 같은 소총을 어깨에 메고 인파를 헤집으며 돌아다녔다. 눈알을 부라리면서 구두 뒤축으로 저벅저벅 소리가 나도록 힘을 주어 걸었다. 그렇게 다가오는 모습을 보면 집에서 식량 자루나 무명 피륙을 들고 나온 농부들은 지레 겁을 먹고 멀찌감치 피해 달아나곤 했다. 백가헌은 장터에서 이런 광경을 자주 목격했다. 그 모습이 눈엣가시처럼 거슬릴 수밖에 없었다.

옆에 앉아서 현장 나리의 민주정치 강의를 듣고 있던 전복현은 참의회 의원 백가헌의 첫 번째 '의정 참여'가 느닷없이 자기 머리 위에 떨어지자 약간 언짢았다. 그래도 크게 대수롭게 여기지는 않았다. 민단 조직은 다름 아닌 현장의 지령이었을 뿐 아니라 소총 역시 현청에서 지급된 것이었기 때문이다. 전복현 자신은 그저 민단원 7, 8명을 물색하는 역할밖에 하지 않았었다.

아니나 다를까, 하덕치 현장은 피식 웃더니 '참의원' 나리에게 반문을 했다.

"어째서 그런 말씀을 하시오? 그자들이 제멋대로 행패를 부리고 백성들한테 해를 끼치기라도 했단 말이오?"

"꼭 해를 끼쳤다는 건 아닙니다. 그러나 백록원 일대에는 자고로 병영 같은 게 설치된 적이 없었습니다. 청나라 시절에도 읍내에 졸병 한 사람 주둔시킨 적이 없었단 말씀입니다. 전쟁이 일어난 것도 아닌데 그런 사람들이 왜 필요합니까?"

"하하하! 백 선생, 처음에는 눈에 좀 거슬리더라도 자꾸 보시면 익숙해질 겁니다. 그 민단원들은 지방 치안을 강화해 민중들의 정상적인 생산 활동을 보호하기 위해서 조직된 겁니다."

현장의 웃음 섞인 답변에 백가헌은 속으로 투덜거렸다. 농사꾼들이 언제 누구한테 보호를 받아서 살아왔단 말인가? 자고로 보호해 주는 작자 하나 없어도 잘만 살아오지 않았던가!

현장이 가까이 몸을 숙이더니 무슨 비밀이라도 되는 양 목소리를 낮추어 속삭였다.

"선생들은 모를 테지만 흰 이리가 너무 사납게 날뛰는 세상이라 막지 않으면 안 된단 말이오!"

백가헌도 그 말에는 깜짝 놀랐다.

"흰 이리라뇨? 그놈은 진작 천구天狗한테 물려서 쫓겨나지 않았습니까?"

"내가 말하는 흰 이리란 들짐승이 아니라 사람이오. 비적 떼를 거느린 두목의 별명이 바로 '흰 이리'란 말이오. 그놈들은 오래전부터 하남河南 지방 일대에서 분탕질을 치면서 백성들을 괴롭히고 있소. 본관이 들은 소식에 의하면, '흰 이리'는 지금 서쪽으로 옮겨 오면서 동관潼關을 돌파할 기세라 하오. 그놈은 소문으로만 나돌던 흰 이리보다 백배 천배나 더 흉악한 놈이오. 소문의 흰 이리는 그저 돼지 피만 빨아먹었으나 이놈은 살인·방화·약탈·강간…… 못 하는 짓이 없는 놈이오. 한마디로 1만을 넘는 인마人馬가 전부 이리 떼라니까……. 말씀해 보시오, 백 선생. 이런데도 우리가 민중을 보호해야겠소, 하지 않아야겠소?"

백가헌은 대답을 하지 못했다. 수천수만이나 되는 흰 이리 떼가 관중關中을 두드리고 있다니. 이 준엄한 현실 앞에서 그는 백록창 민단원의 행패를 더 이상 거론할 수 없게 됐다. 바로 현장의 초빙을 수락했다. 섣달 중순에 초대 현 참의회에 참석하기로 했다.

백가헌이 회의를 마치고 백록촌에 돌아왔을 때 그의 모습은 꽤 변해 있었다. 두루마기와 마고자는 여전히 입고 있었으나 변발 댕기 머리는 사라지고 없었던 것이다. 그가 막 집 문턱을 넘어서려 할 즈음이었다. 집안에서 찢어지는 비명 소리가 터져 나왔다. 가슴을 찢고 온몸의 솜털까지 곤두설 정도로 처참한 그 비명은 어린 딸 백령^{白蘦}이 울부짖는 소리였다. 그는 단숨에 방안으로 뛰어들어 아내 선초의 손에 들려 있던 무명천을 낚아챘다. 이어 딸아이의 발가락에서부터 발목에 이르기까지 칭칭 감아 놓은 천조각을 마저 풀어 구들장 아궁이에 처박았다. 선초는 뜨악한 눈초리로 남편이 하는 짓을 흘겨보면서 투덜거렸다.

"발 큰 도적년을 누구한테 시집보내려고 그래요? 흥, 두고 보라지! 밥 빌어먹는 상거지도 안 데려갈걸!"

가헌은 고개를 끄덕끄덕했다.

"그래, 두고 보세! 앞으로 안짱다리 전족한 계집은 아무 데도 시집 못 갈 테니까."

그래도 선초는 들은 척도 하지 않았다. 아궁이에서 다시 무명천을 끄집어냈다. 백령은 또 한 번 질겁을 하면서 아빠 품속으로 뛰어들었다. 가헌은 딸의 머리를 쓰다듬어주면서 아내에게 으름장을 놓았다.

"누구든지 령령의 발에 전족을 하면 내 그놈의 손모가지를 꺾어 놓고 말겠어!"

선초는 투덜대면서 천 조각을 챙겼다. 그러다 모자를 벗는 남편의 머리를 보고 두 눈이 휘둥그레져서 고함을 질렀다.

"어이쿠! 당신, 어떻게 된 거예요? 그 머리가……."

"놀랄 것 없어. 이건 약과야. 앞으로는 여편네들 머리도 잘라야 할 테니까!"

가헌이 퉁명스레 대답했다.

"임자도 좀 둘러보시게. 머리를 자른 여자들이 어떤 모양을 하고 있는지. 난 이번에 현청에 가서 안목이 열렸단 말이야!"

정월이 되자 구둣방을 하는 둘째 매형이 식구들을 데리고 설을 쇠러 왔다. 가헌은 그 식구들이 문턱을 넘어설 때부터 무두질한 가죽 냄새를 맡았다.

둘째 시누이 벽하碧霞의 짧아진 머리를 보는 순간 선초는 여성도 머리를 잘라야 한다는 남편의 말이 이해되었다.

둘째 매형 역시 여봐란 듯이 제복을 걸쳤을 뿐 아니라 이마 위로 수탉 벼슬처럼 짧은 머리 한 줌만 빳빳하게 남겨 두고 있었다. 가헌이 알기로 제복이란 혁명정부에서 각급 관리들에게만 지급하는 관복이었다. 그런데 하루 종일 악취가 풍기는 쇠가죽, 돼지가죽이나 다듬는 제화공조차 떳떳하게 제복을 입을 줄이야 꿈에나 생각했으랴! 이렇게 해서 가헌의 머릿속에서는 제복이란 것이 아무 가치 없는 걸레조각 같은 것으로 전락하고 말았다. 그는 둘째 매형에게 묻고 싶었다. 도대체 가죽구두나 만드는 직공이 제복을 입어서 뭐 하겠다는 겁니까? 제복을 입었어도 제화공은 제화공일 뿐입니다. 몸뚱이 구석구석에서 가죽 냄새가 풍기기는 마찬가지 아닙니까? 이렇게 묻고 싶었으나 말이 입에서 밖으로 나오지는 않았다.

둘째 누이는 더욱 못마땅했다. 살이 찐 몸매도 보기 민망한데 옷이라는 게 몸에 찰싹 달라붙어 앞가슴의 젖무덤이 손바닥만큼이나 불룩 튀어나와 있었다. 그런데 어떻게 부끄러운 줄을 모른단 말인가? 더구나 식구들과 이야기를 나누면서 어깨에 겨우 닿도록 짧게 깎은 머리를 연신 쓰다듬어 내리는 손버릇도 어색했다. 말끝마다 알아듣지 못할 말만 늘어놓는 것 역시 거북했다. 가헌은 그런 얄팍한 말씨, 속 보이는 행동거지를 보고 들을 때마다 구역질이 나고 거부감만 치솟았다.

그러나 제화공 둘째 매형과 새로운 조류潮流에 흠뻑 물든 둘째 누이가 두 딸을 데리고 돌아간 뒤, 그들이 가헌의 가정에 미친 충격적인 영향은 엄청난 것이었다. 먼저 효문과 효무 형제가 신식 학당에 다니는 사촌 누이동생에게 영향을 받았다. 급기야 자기들도 성내에 가서 신식 학당에 다니겠다고 했다. 핑계는 간단했다.

"조붕과 조해도 신식 공부를 하러 성내로 들어갔습니다. 서원의 생원들 역시 하루가 다르게 줄어듭니다. 그러니 아버님, 저희들도 신식 학당에 보내주십시오."

하지만 아버지의 반응은 시큰둥했다.

"갈 사람은 가라고 해! 백록서원이 문을 닫지 않는 한 너희들은 고모부에게 가서 얌전히 배우고 있어라."

아들 형제는 더 이상 떼를 쓰지 않았다. 효문은 동생과 함께 이불 보따리를 메고 백록서원으로 떠났다.

그런데 또 일이 터졌다. 철부지인 줄만 알았던 딸 백령이 나선 것이다.

"아빠, 저도 공부할래요!"

거기서 끝이 아니었다. 한 술 더 떠서 사촌 언니들처럼 신식 학당에 들어가겠다고 고집을 부렸다. 가헌은 난처한 지경에 빠지고 말았다. 이 세상에 무엇과도 바꾸지 못할 소중한 고명딸의 요구를 거절하기 어려웠던 것이다.

령령은 자랄수록 너무나 귀엽고 사랑스러웠다. 보드라운 살갗, 물기가 감도는 커다란 눈동자에는 총기가 가득했다. 포동포동하고 하얀 팔뚝은 깨물어주고 싶도록 귀여웠다. 그래서 아버지 가헌도 가끔 참을성을 잃고 딸의 팔뚝을 깨물어 줄 때가 있었다. 딸이 아프다고 고함을 지르면서 앙증맞은 주먹으로 가슴과 얼굴을 마구 때릴 때까지 놓아주지 않기도 했다. 그리고 나면 그는 우는 딸을 무동 태우고 마당 안을 뛰어다니면서 아이가 웃을 때까지 달래주곤 했다. 아내 선초는 그럴 때마다 못마땅한 듯 삐죽거렸다.

"당신, 정말 아이 버릇을 못되게도 키우는군요. 계집아이를 엄하게 단속해야지 제멋대로 하게 내버려 둘 참이에요?"

다른 사람도 아닌 가헌이 아들이든 딸이든 자식은 엄격하게 다스려야 한다는 도리를 모를 턱이 없었다. 하지만 아무리 그래도 령령에게만은 차가운 낯으로 대하지를 못했다.

오늘도 령령이 성내에 들어가 공부를 하겠다고 떼를 쓰자 어머니 선초는 대뜸 역정부터 냈다.

"뭐야, 공부를 한다고? 공부를 하면 하늘에라도 올라갈 듯싶으냐? 냉큼 방에 들어가 물레나 돌리지 못해!"

가헌은 령령의 마음이 상할까 봐 신식 학당은 안 되지만 서 선생의 학당에는 보내주겠다고 달랬다. 그리고 이렇게 덧붙였다.

"넌 아직 너무 어리다. 성내에 들어가면 어른도 마음을 놓지 못하니까 더 자라고 나서 다시 이야기하자꾸나."

백가헌이 령령을 데리고 학당 문턱에 들어섰을 때였다. 마을 사람들은 이 희한한 광경을 구경하느라 길거리에 늘어서서 목을 빼고 지켜보았다. 령령은 어깨를 으쓱대면서 아버지를 따라갔다. 이토록 많은 사람들이 자기를 바라보고 있다는 사실이 무척 자랑스러운 모양이었다. 몹시도 의기양양한 모습이었다.

서 선생은 하루 전날 가헌이 보내온 사방탁자를 자기 책상 바로 앞에 놓았다. 감시하기도 편하거니와 짓궂은 사내 녀석들이 치근대지 못하도록 한 것이다. 그는 이처럼 모든 배려를 주도면밀하게 했으나 가장 소홀히 해선 안 될 것을 그만 놓치고 말았다. 백령이 대소변을 볼 때의 문제가 바로 그것이었다.

이전까지는 누구나 자유롭게 사당 서쪽 담장 바깥 변소에 가서 볼일을 보았다. 그런데 오늘 여학생을 받아들인 것이 문제였다. 백령은 소변이 급한 데다 훈장 선생이 자리를 비우자 사당 바깥으로 뛰어나갔다. 그러다 변소에서 바지춤을 끄르는 사내아이들을 보고 기절초풍을 하도록 놀라 도로 뛰어나왔다.

그러자 등 뒤에서 한 녀석이 고함을 치며 알려 주었다. 사당 뒤쪽으로 돌아가면 변소가 또 하나 있노라고. 이어 친절하게 거기에는 아무나 함부로 들어가지 못한다는 말까지 덧붙였다.

볼일이 급한 백령은 그 즉시 사당 뒤쪽으로 달려갔다. 과연 그곳에도 부서진 벽돌 기왓장 무더기 옆으로 작은 변소가 하나 있었다. 다급해진 그녀는 무작정 변소 안으로 뛰어들어 바지를 끌러 내렸다. 그런데 그 안에 한 발 먼저 오신 손님이 계실 줄이야!

"어이쿠!"

마음 놓고 쭈그리고 앉아 일을 보고 있던 서 선생이 당황한 나머지 두 손으로 고의춤만 겨우 끌어올린 채 후닥닥 뛰쳐나갔다. 그 순간 백령은 서 선생의 뽀얀 엉덩이를 보았다. 위엄 높으신 훈장 선생님께서 어쩔 줄 모르고 당황하는 우스꽝스런 모습도 볼 수 있었다. 그녀는 터져 나오는 웃음보를 참지 못하고 깔깔거렸다.

이 사건은 조용한 마을을 번쩍 들었다 놓을 정도로 커다란 충격을 안겨 주었다. 소문은 날이 갈수록 살이 붙어 번져 나갔다. 훈장 선생이 다급한 나머지 고의춤도 끌어 올리지 못하고 덜렁거리며 뛰쳐나갔다는 둥, 오죽 놀랐으면 일을 보다 말고 바짓가랑이에 흘리면서 뛰쳐나갔다는 둥……. 선초는 그 일을 듣자마자 령령의 등교를 즉각 중단시키라고 펄펄 뛰었다.

"이 못된 계집애! 그런 장난을 치다니. 그따위 버르장머리가 어디 있어!"

가헌은 아무 말 없이 나무 한 조각을 찾아오더니 위에다 구멍을 뚫고 노끈으로 꿰었다. 그런 다음 붓글씨로 한쪽 면에는 '있음', 다른 한쪽에는 '없음'이라고 써서 령령에게 주었다. 변소를 사용할 때는 '있음' 쪽으로 돌려놓고 나와서는 '없음' 쪽으로 뒤집어 놓게 한 것이다.

백령은 재미있겠다 싶어 변소에서 나온 뒤에도 일부러 팻말을 뒤집어 놓지 않았다. 그리고 사당 뒤에 몰래 숨어서 훈장 선생이 어떻게 하는지 지켜보았다. 아니나 다를까, 훈장 선생은 변소에 왔다가 문에 걸린 팻말이 '있음' 쪽으로 돌려진 것을 보고는 발길을 돌렸다. 그녀가 돌아와 책상에 앉자마자 서 선생은 부랴부랴 학당 문을 나섰다. 참았던 고비가 막바지에 다다랐는지 점잖으신 훈장 선생님께서 체면도 불구하고 허둥지둥 달려갔다.

백령이 장난꾸러기든 말괄량이든 간에 서 선생은 어린 여제자의 경이로운 면모를 발견했다. 쓱 한 번 훑어보기만 해도 통째로 외워버리는 기억력만 놀라운 것이 아니었다. 붓글씨도 일품이었다. 그녀는 서 선생에게 습자를 익힌 지 반 년도 못 되어 명필의 자첩字帖을 본떠 쓸 수 있게 됐다. 2년쯤 지났을 무렵에는 붓글씨로는 훈장 선생의 수준을 뛰어넘었다.

서 선생은 그녀의 아버지를 보고 이런 말을 했다.

"가헌, 저 아이는 재녀才女일세. 하루속히 주 선생의 서원으로 보내게."

섣달그믐이 되자 백가헌은 먹을 갈고 붉은 종이를 잘라놓은 다음 네 남매를 불렀다. 이어 나란히 앉혀 놓고 설날 아침에 붙일 춘련春聯을 대구로 하나씩 쓰게 했다.

"누구 솜씨든 제일 잘 쓴 것을 대문에 붙일 테니 실력발휘를 해보려무나."

결과는 물론 백령이 으뜸이었다. 세 오빠들은 얼굴을 들지 못했다.

다음날 아침 붉은 춘련 한 쌍이 대문 양쪽 문설주에 붙었다. 가헌은 담뱃대를 들고 멀찌감치 떨어져 흐뭇한 눈길로 오래오래 춘련 대구를 감상했다. 얼핏 보면 당나라 시대의 명필 유공권柳公權의 서체書體를 닮아 있었다. 그러나 자세히 들여다보면 구양순歐陽詢의 필체 같기도 했다. 거듭 살펴볼 경우는 또 달랐다. 유공권도 구양순의 글씨도 아닌 듯싶었다. 다시 말하자면 구양순의 뼈대도 갖추고 있었을 뿐 아니라 유공권의 부드러우면서도 강인한 필법마저 깃든 글씨라고 할 수 있었다. 한마디로 두 대가의 서법을 완전히 소화해 낸 것에서 그치지 않고 스스로 독창적인 품격을 이루었다고 해도 무방했다. 글자 획과 획을 긋는 사이마다 남성적인 기품, 자유분방한 기백이 남김없이 드러났다.

춘련을 바라보고 음미하는 동안 가헌은 저도 모르게 심장박동이 마구 뛰는 것을 느꼈다. 불현듯 뇌리에 떠오르는 것이 있었다. 비탈진 언덕 아래 아버지의 무덤 밑에서 발견했던 흰 사슴 모양의 물체를 지금 다시 보고 있는 것은 아닐까 하는 생각이었다.

둘째 누님과 제화공 매형이 두 딸을 데리고 여느 해처럼 설을 쇠러 내려왔다. 두 조카딸은 령령에게 신식 학당에 오라고 대놓고 졸랐다. 둘째 매형 가족이 성내로 돌아간 직후 령령은 아버지에게 정식으로 따졌다.

"아빠! 지난번에 말씀하셨죠? 다 자라면 신식 학당에 보내주신다고. 올해는 꼭 성내에 들어가서 공부하겠어요."

가헌은 딸에게 처음으로 쌀쌀맞게 대답했다.

"그만큼 배웠으면 됐어! 성내에는 못 간다. 서 선생의 학당도 더는 다니지 말고 이제부터는 집에 들어앉아서 네 엄마한테 바느질이나 배우거라."

백령은 그 말에 한동안 넋이 빠져 있더니 급기야 "으앙!" 하고 울음보를 터트렸다.

"아빠가 말했잖아! 다 크면 성내에 들여보내 공부시켜 준다고……."

가헌은 꿈쩍도 않고 차가운 얼굴로 대답했다.

"울고 싶으면 실컷 울어라! 지금 성내가 어떤 형편인지 모르고 떼를 쓰는 거냐! 한마디로 난장판, 개판이다. 사내아이들을 보내도 마음이 안 놓일 판국인데 너처럼 다 큰 계집아이를 어떻게 보낸단 말이냐? 여자한테는 재주가 없는 것이 덕이야!"

갑자기 백령이 눈물을 닦았다.

"안 울겠어요, 아빠!"

그녀는 분풀이라도 하려는 듯 물레틀에 털썩 올라앉더니 손잡이를 쥐자마자 무섭게 돌리기 시작했다. '윙윙윙!' 세차게 돌아가는 물레바퀴 소리에 종알거리는 소리가 섞여 나왔다.

"흥, 내가 울 줄 알고? 안 울 테야, 안 울어!"

열흘 뒤 백령이 돌연 자취를 감췄다. 가헌은 성내로 달려가 둘째 매형 댁에서 그녀를 찾아냈다. 학교가 끝나고 사촌 언니들과 책 보따리를 허리에 두르고 돌아오던 백령은 아버지의 억센 손을 뿌리치고 뒤로 물러났다.

"날 강제로 데려가려고? 그럼 아빠 앞에서 죽고 말겠어!"

그녀는 가죽을 자를 때 쓰는 커다란 가위를 집어 들고 자기 목에 겨누었다. 가헌은 딸을 노려보다 한마디도 건네지 않고 집으로 돌아왔다.

백령이 성내로 진학한 후 집안은 마치 텅 빈 것처럼 썰렁해졌다. 꾀꼬리의 해맑은 웃음소리도 들리지 않았다. 앞마당 뒷마당을 뛰어다니면서 아빠, 엄마, 할머니를 낭랑하게 고함쳐 부르던 목소리 역시 뚝 끊겼다. 조씨는 그리움을 견디지 못하고 밤낮없이 아들 내외를 들볶았다. 가헌에게는 성내에 들어가서 하루빨리 손녀를 데려오라고 했다. 선초는 딸에 대한 그리움이 사무치다 못해 틈만 나면 가헌에게 원망을 늘어놓았다.

"딸년 버릇 잘 들이셨수! 오죽 잘 가르쳤으면 아예 손도 못 대고 계집 애한테 농락을 당했을꼬!"

심지어 령령의 '건대' 녹삼조차 그 무거운 입을 열고 꾸짖었다.

"가헌, 자네가 이렇게 멍청할 때가 다 있었나!"

그러나 가헌의 마음속에는 그저 놀라움과 두려움밖에 없었다. 식구들에게 말은 하지 않았으나 그토록 어린 계집아이가 당돌하게 가윗날을 제 목에 겨누다니! 그 순간 가헌은 자기 앞에 마주 선 아이가 지난날 아빠 목에 매달려 재롱을 떨던 령령이 아니라는 생각이 들었다. 전생의 불구대천 원수가 아닌가 하는 착각 역시 들었다. 그래서 어쩔 수 없이 발길을 돌렸던 것인데…….

이제 집안에는 셋째 아들 우독牛犢만 남아 있었다. 이 '송아지'란 녀석은 이미 몇 해째나 서 선생의 문하에서 공부를 하고도 발전이 없었다. 우독은 어린 나이에도 벌써 고집이 보통이 아니었다. 집요하고 끈덕진 그 성격은 집에 무슨 변고가 생기든 모두 자기와는 아무런 상관도 없는 것처럼 행동하는 냉담한 반응으로 나타났다.

누이동생이 집을 뛰쳐나가도 그는 전혀 감정을 드러내지 않았다. 선초는 막내아들을 볼 때마다 답답한 마음에 울화통을 터트렸다. 백령의 탈선에 대한 분노와 그리움이 우독에게서 아무런 반응도 얻지 못했을 때는 더욱더 그랬다. 그녀는 심지어 이 아들이 태어날 때 할머니가 놓은 쑥뜸에 어디 중요한 신경을 다쳐서 바보 멍청이가 된 것은 아닐까 하는 의심마저 했다.

아버지 가헌도 우독의 행동거지를 유심히 살펴본 끝에 이 아이가 누구와도 가까이하지 않는다는 것을 알아차렸다. 그렇다고 누이동생처럼 제멋대로 행동하지도 않았다. 누가 뭘 시키든 거절하는 법 역시 없었다. 날마다 학과를 마치고 돌아오면 곧장 마구간으로 달려가 녹삼이 반죽해놓은 여물을 구유에 부어주고 그 옆에 쭈그리고 앉아서 가축들이 맛있게 먹는 모습을 지켜보았다. 녹삼이 가축들을 연못가로 몰고 나가서 물을 먹일 때도 늘 따라다니며 말이나 노새를 끌었다.

가끔 그는 우마차 뒤에 살금살금 기어올라가서 녹삼의 손에 잡힌 채찍을 낚아채기도 했다. 솜씨도 어지간히 빠른 데다 정확하기 이를 데 없어 한번 휘둘렀다 하면 채찍은 허공을 빙그르르 돌다가 '철썩!' 소리를 내며 짐승들의 귀를 후려쳤다. 당연히 그가 태어날 때부터 그런 솜씨를 지닌 것은 아니었다. 틈만 나면 채찍을 들고 타작마당으로 나가 처마 끝에 노끈으로 벽돌 반쪽을 매달아 놓고 연습한 결과였다.

가헌은 이 아들의 손에서 몇 번이나 채찍을 빼앗고 등을 떠밀어 공부하라고 방으로 들여보냈다. 그럴 때마다 우독은 아버지의 매정한 처사에 원망을 품지도 겁을 먹지도 않았다. 그저 이맛살만 잔뜩 찌푸린 채 마구간을 나서곤 했다. 하지만 다음날이면 또 마구간으로 숨어들었다. 가헌은 기가 막혀 버럭 소리나 지르는 게 고작이었다.

"에라, 이 녀석아! 태생이 농사꾼 씨알머리로구나!"

가축들에 대한 우독의 애정은 녹삼의 마음속에 깊은 친근감을 불러일으켰다. 심지어 녹삼은 자기가 백령이 아니라 우독의 '건대' 노릇을 했더라면 더 좋았겠다는 생각마저 품었다. 그 정도로 그를 좋아하고 사랑했다. 그는 주인댁 식구들의 손에 응석받이로 자란 계집아이가 싫었다.

백령이 이 집안에 어울리지 않는 계집아이라는 사실을 가장 먼저 발견한 것은 '건대' 녹삼이었다. 그 아이는 가끔 마구간에 뛰어 들어와서는 느닷없이 녹삼의 등에 덥석 올라타기를 좋아했다. 녹삼은 그때마다 땅바닥에 쭈그리고 앉은 채 널어놓은 곡식에서 흙덩어리나 잔돌을 골라내다가 등에 업힌 아이가 '건대, 건대! 이랴, 이랴!'를 외치면 마지못해 엉금엉금 기어다녀야 했다. 비가 내리는 어느 날이었다. 방에서 놀다 싫증이 난 백령이 또 마구간으로 달려왔다.

"건대, 건대! 저게 뭐야?"

무슨 신기한 물건이라도 발견했는지 등 뒤에서 령령의 놀란 목소리가 들렸다. 녹삼은 무심코 대꾸를 했다.

"뭐 말이냐? 뱀인가, 쥐새끼인가? 아니면 청개구리가 기어들어 왔나?"

"아니야, 저거 말이야!"

녹삼은 마구간 구석을 이리저리 둘러보았으나 아무것도 찾아내지 못했다.

"어디, 뭐가 있다는 거야?"

'건대'가 다시 묻자 백령이 손가락으로 직접 가리켜 보이면서 짜증을 냈다.

"저것 봐! 노새 아랫배에 매달린 거. 건대, 저게 뭐지?"

"으응?"

녹삼은 자기도 모르게 외마디 실성을 터트렸다. 눈길이 그쪽으로 쏠리면서 몸뚱이가 이상하게 거북했다. 노새란 놈의 아랫배 사타구니 밑에 시커멓게 축 늘어진 물건, 생식 기능을 잃어버린 아무짝에도 쓸모없는 물건을 곤혹스레 흘겨보면서 그는 이 철딱서니 없는 계집아이의 호기심을 어떻게 하면 딴 데로 돌려놓을까 고심했다.

"어어, 그거? 꼬리야!"

그러나 백령은 집요하게 또 다그쳐 물었다.

"노새는 왜 꼬리가 두 개 달렸어?"

"두 개가 달려야 노새지. 꼬리 한 개 달린 놈은 노새가 아니냐."

그 정도로 그만뒀으면 좋았으련만 백령의 질문은 그치지 않았다.

"노새는 뭐에 쓰려고 꼬리가 저렇게 여럿 달렸지?"

녹삼은 대꾸할 말이 궁한 나머지 얼버무리고 말았다.

"긴 꼬리는 말이야……, 쇠파리를 때려 쫓을 때 쓰지."

이때였다. 백령이 갑작스레 손뼉을 쳐 가며 등 위에서 펄쩍 뛰었다.

"어머나, 저것 좀 봐, 건대. 꼬리 하나가 배 속으로 쏙 들어갔잖아!"

녹삼의 신경은 이제 폭발할 지경이었다. 그는 백령을 등에 업은 채 벌떡 일어서서 마구간 바깥으로 나갔다.

"어딜 가? 안 돼! 건대, 나 좀 더 보게 해 줘!"

백령이 발버둥을 치면서 앙탈을 부렸다.

"노새란 놈은 사람이 보는 게 무서워서 꼬리를 감춘 거야. 그러니 얼른 집에 들어가. 건대는 바빠요. 돌을 골라내고 방아를 찧으러 가야 하니까."

녹삼은 아이를 땅바닥에 내려놓고 좋은 말로 달랬다. 백령이 가고 나서야 녹삼은 '후유!' 하고 긴 한숨을 내리쉬었다. 이마에는 진땀이 맺혀 있었다.

"에잇, 저것을!"

입에서 한탄이 절로 나왔다.

"내 새끼였다면 진작 따귀를 올려붙였을걸! 저따위 말을 떠들지 못하게……."

녹삼은 백령이 제 발로 집을 뛰쳐나간 행동을 이미 오래전부터 예측하고 있었다. 그리고 그 뒤에 더 큰 위험이 도사리고 있다는 것도 짐작할 수 있었다. 그는 아버지인 가헌보다 더 애가 탔다. 처음으로 가헌을 질책했다.

"성내는 지금 한마디로 개판일세! 그런 난잡한 곳에 어쩌자고 철딱서니 없는 애를 보냈단 말인가?"

정월 대보름날 저녁이었다. 녹삼은 집에 돌아오자마자 읍내 장터에서 미리 사다 놓은 검은 초에 불을 붙여 앞문을 비롯해 뒷문, 창틀과 수채구멍, 안마당 네 귀퉁이에 골고루 꽂아 놓았다. 집 안팎이 오랜만에 대낮처럼 환하게 밝았다.

아내가 기름에 튀긴 과자를 쟁반에 수북이 담아 내왔다. 일가족 네 식구는 침상 위에 사이좋게 둘러앉아서 바삭바삭한 그 과자를 씹어 가며 이런저런 세상 돌아가는 이야기를 나누었다. 가장인 녹삼도 모처럼 기분이 느긋해져서 아들 흑왜에게 문자를 써 가며 당부의 말을 건넸다.

"아들이 장성하여 15세가 되면 아비의 뜻을 이어받아야 하느니라. 흑왜, 네가 벌써 올해로 열일곱 살이 되는구나. 그래서 말인데……."

"아버지!"

흑왜가 부친의 말을 중도에서 끊었다.

"저도 금년에는 집을 나가 머슴살이를 할래요. 오래전부터 기다려 왔는걸요! 어머니한테도 말씀드려 놓았고……."

아버지의 눈썹이 당장 곤두서더니 아들을 사납게 흘겨 보았다.

"주둥이가 너무 빠르구나! 언제 어디서 누구하고 얘길 하든 남의 말끝을 가로채서는 안 된다고 하지 않았느냐. 벌써 잊었느냐? 버르장머리 없는 녀석 같으니!"

흑왜는 오래전에 학당을 때려치웠다. 그러나 착실한 학생은 아니었어도 서 선생의 문하에서 글자를 적지 않게 익혔다. 주판알 역시 제법 튕길 줄 알았다. 학당을 집어치운 뒤에는 백씨 댁에서 풀베기를 계속하면서 이른 아침과 오후마다 싱싱한 풀을 한 광주리씩 마구간에 풀어 놓았다. 1년 전 그는 아버지에게 남의 집 머슴살이로 나가 돈을 벌고 싶다고 이야기한 적이 있었다. 그 당시 녹삼은 아들에게 밭일을 좀 더 가르치고 싶기도 하고 아들의 몸을 좀 더 튼튼하고 실팍하게 키워주고 싶은 욕심에 허락하지 않았다.

그런데 지금은 열일곱 나이에 접어들어 어른 한 몫을 단단히 해내고도 남을 만큼 자랐다. 녹삼 자신은 열다섯 살 때부터 집을 나가 지주댁 머슴 일을 해오지 않았는가.

"흑왜, 아비 말을 들어라. 이 아비는 네가 가헌 아저씨 댁에 가서 일을 해 주었으면 좋겠다. 네가 그 댁 머슴이 되면 나는 집에 들어앉아서 집안일을 돌보고 삯꾼으로 나가련다. 품삯 일감이 없더라도 흙벽돌 찍는 솜씨야 아직 있으니까……."

"아버지, 흙벽돌 찍는 일은 너무 고된 일이에요. 아버지도 더는 못 하실 겁니다."

흑왜가 반대하고 나섰다.

"아버지는 그대로 백씨 댁에서 일을 하세요. 저는 어디 먼 데로 나갔으면 좋겠어요. 또 그럴 계획도 서 있고……."

"먼 데라니, 어딜 간다는 게냐?"

"위하渭河 북쪽으로요. 가도嘉道 아저씨가 거기서 일을 하고 계시거든요. 아저씨 말이 거기는 마을마다 지주가 있는데 이곳처럼 손바닥만 한 땅을 가진 사람은 하나도 없대요. 가도 아저씨가 제게 좋은 주인댁을 찾아주는 거야 어렵지 않다고 하셨어요."

"이런 철딱서니 없는 녀석을 봤나! 어쩌자고 그렇게 중대한 일을 이 아비한테 한마디 상의도 없이 네 멋대로 결정하는 거냐? 네 놈 눈에는 집안 어른이 보이지도 않는단 말이냐!"

녹삼은 꾸짖어 가면서 아들을 훈계했다.

"위하 북쪽 땅은 인심도 모르고 산천도 낯선 곳이야. 더구나 우리 같은 머슴들에게는 주인댁 문턱이 높든 낮든, 재산이 많든 적든 그저 인자하고 의리 있는 주인을 찾는 게 더 중요하단 말이다."

그러나 흑왜도 물러서지 않았다.

"가도 아저씨는 그곳 사정에 익숙합니다. 그러니까 저한테 좋은 주인을 찾아주겠다고 장담하는 거 아니겠어요?"

아버지가 벌컥 역정을 냈다.

"또 그놈의 가도. 네놈은 가도 이야기만 듣고 이 아비 말은 안 들을 작정이구나! 내 분명히 말하지만 가헌 아저씨처럼 인자하고 의리 있는 주인 찾기가 어디 쉬운 줄 아느냐? 날 믿어라. 이 아비가 백씨 댁에서 한평생 머슴 노릇을 해 왔어도, 이맛살 찌푸리고 말다툼 한 번을 해 본 적이 없었다. 이 길로 냉큼 백씨 댁으로 가거라! 내가 저승에 가기 전이라도 아마 널 받아주실 게다."

"전 그 댁에…… 가고 싶지 않아요."

흑왜는 눈을 내리깔면서 쭈뼛쭈뼛 대답했다.

"뭐라고? 그게 무슨 말이냐!"

녹삼이 왕방울 눈을 부릅떴다.

"백씨 댁은 나한테도 너한테도 섭섭하게 대한 적이 없었잖느냐! 풀을 베어 오는 대로 너한테 보리쌀을 퍼 주기도 했고!"

"저한테 섭섭하게 했다는 게 아닙니다……."

"그럼 어째서 그 댁엘 안 가겠다는 거냐?"

"……"

흑왜는 입을 다물고 말을 하지 않았다. 녹삼은 길게 한숨을 내쉬고 아들을 설득했다.

"백씨 가문은 몇 대를 두고 이어 내려왔다. 집안사람들 모두 인자하고 의리가 있으시다. 머슴 노릇을 하겠다고 해서, 아무나 다 받아들이는 게 아니야."

"가헌 아저씨가 못되고 의리 없다는 이야기가 아닙니다. 그 아저씨가 저를 공부까지 시켜주셨죠. 제 손목을 붙잡고 학당까지 데려다주셨는데……."

"맞다, 맞아! 바로 그거야!"

녹삼은 이제 됐구나 싶었는지 제 무릎을 철썩 내려쳤다.

"그런 일까지 다 기억하고 있으면서 왜 안 가겠다는 거냐?"

"저는…… 싫어요."

흑왜가 또 우물쭈물 말끝을 흐렸다.

"싫다니, 뭐가?"

"전 그 아저씨의 허리가…… 너무 꼿꼿하고…… 너무 바른 게 싫어요."

녹삼은 어처구니가 없는지 피식 웃음이 나왔다.

"하하, 이런 녀석 봤나! 난 또 무슨 말 못 할 큰일이나 있는 줄 알았구먼. 주인어른 허리가 굵든 가늘든 우리하고 무슨 상관이냐? 우리는 그저 남의 일을 해 준 대가로 우리 먹을 양식이나 벌면 돼. 품삯이나 새경을 빼돌리는지 그것만 정확하게 알면 되는 거 아니냐?"

그러자 어머니가 아들 역성을 들었다.

"여보, 우리 아들도 다 자랐어요. 하겠다는 대로 그냥 따라 주세요! 싫다고 안 가겠다는 애를 왜 자꾸 그 댁엘 보내려고 하세요? 얘 말에도 일리는 있잖아요?"

아내까지 거들고 나오니 녹삼도 어쩔 수가 없었다.

"알았소, 알았어! 하긴 그것도 좋겠지. 한 2, 3년쯤 남의 집 설움을 겪어보면 뭔가 깨닫는 게 있을 테니까. 높은 산에 올라가 보지 않으면 평지 걷기가 쉬운 걸 알 턱이 있나! 흑왜, 그때 가서 주인아저씨 허리가 꼿꼿해서 싫다느니 뻣뻣해서 싫다느니 하는 그따위 소릴랑 집어치워야 한다!"

흑왜는 가도 아저씨를 따라 백록원을 내려갔다. 끝이 보이지 않는 광활한 관중 평원에 발을 내딛고 목선을 타고 탁류가 출렁거리는 위하를 건너간 것이다…….

그런데 1년도 채 못 되어 흑왜는 보기 드물게 아름다운 여인을 데리고 백록촌으로 돌아와서는 아버지 녹삼을 깜짝 놀라게 했다. 며느릿감을 보는 순간 녹삼의 눈길에 의혹의 안개가 가득 피어났다. 그는 즉시 아들을 따로 앉혀 놓고 엄하게 다그쳤다.

"도대체 어디서 저런 여자를 데려온 거냐? 척 봐도 가난한 집 딸 같지는 않던데 어떻게 너 같은 녀석을 따라왔단 말이냐? 혼례는 어디서 치렀고? 중매쟁이는 누구야. 하객들은 누구더냐? 말해! 이 아비 앞에서 당당하다고 말해 봐!"

흑왜는 담담하게 대답했다. 그가 머슴으로 들어간 집의 주인은 나이 칠순 가까운 늙다리 영감으로 큰마누라와 작은마누라 둘을 데리고 살았다고 했다. 그러다 늙은 영감이 덜컥 죽어버렸다. 그러자 집안 살림살이를 상속받은 아들과 큰마누라가 작은 마누라를 눈엣가시로 여겨 내쫓으려고 했다. 급기야 그 댁 마름으로 있던 이씨李氏가 보다 못해 중간에 끼어들었다. 이어 그 여자를 총각인 그에게 시집을 보냈다.

녹삼은 아들의 말을 믿어야 할지 말아야 할지 고민했다. 백가헌과 의논을 해야겠다는 생각도 들었다. 아울러 이왕에 며느리가 들어왔으니 사당에서 조상님들께 인사를 올리는 문제도 상의하고 싶었다. 백록촌에서 신부가 사당에 들어가 시댁 선조들의 위패 앞에 예를 올리는 것은 시제時祭만큼이나 중요하고 엄숙한 예식 행사였다. 이 절차를 거쳐야만 신부는 그 가문의 며느리로 정식 인정을 받을 수 있었다. 또 신부가 낳은 자식의 혈통도 인정받을 수 있었다. 따라서 가난뱅이든 부자든 어느 집이나 신부가 시댁 선조들의 위패 앞에 예를 올리는 것은 절대 소홀히 넘길 일이 아니었다.

뜻밖에도 백가헌은 혼사에 대해서는 가타부타 말을 하지 않고 이렇게 귀띔을 해 주었다.

"형님, 이 길로 가도를 찾아가서 물어보세요. 그럼 일이 어떻게 된 것인지 알 수 있지 않겠습니까. 흑왜가 결백하다면야 그보다 더 큰 경사는 없겠지요. 조상님들께 인사를 올리는 것은 형님이 가도를 만나고 오신 다음에 의논해도 늦지 않을 겁니다."

"아뿔싸, 내 정신 좀 보게! 너무 허둥대다가 그걸 깜빡 잊고 있었군! 맞네, 맞아. 흑왜를 데려간 사람이 가도니 그 친구한테 가서 물어보면 되겠네그려."

이튿날 아침 일찍 녹삼은 위하 북쪽에 살고 있는 가도를 찾아 나섰다.

녹삼이 다시 백록촌으로 돌아왔을 때 그의 얼굴은 잿빛으로 까맣게 질려 있었다. 두 눈에는 핏발이 서 있었다. 그는 집에 들어서자마자 흑왜의 뺨을 한 대 올려붙였다. 그러고는 땅바닥에 쓰러져 인사불성이 되고 말았다.

정신이 돌아온 녹삼은 딱 부러지게 말했다.

"그 화냥년을 우리 집에서 냉큼 쫓아내라! 네놈이 그 계집을 버리지 못하겠으면 이제부터 너는 내 자식이 아니니 당장 나가거라! 네놈이 죽어서 뼈가 흙이 되더라도 영영 내 집 문턱에는 얼씬 못한다!"

흑왜는 여인을 받아달라고 애원하며 빌었다. 그러나 소용이 없었다. 흑왜의 어머니도 남편을 설득했다. 하지만 녹삼의 마음을 돌릴 수는 없었다.

그날 밤 흑왜는 여인을 데리고 집을 나섰다. 두 남녀가 찾은 것은 마을 동편 끄트머리의 다 쓰러져 가는 움막 한 채였다. 흑왜는 5원짜리 은화 한 닢으로 그 움막을 사들여 새살림을 시작했다.

제9장

흑왜가 머슴 일을 한 곳은 위하渭河 북쪽 장군채將軍寨라고 불리는 마을의 곽씨郭氏 집안이었다. 장군채는 일명 '장군파將軍坡라고 불리는 산등성이 아래 강변을 끼고 자리 잡고 있었다. 야생마 떼가 마음 놓고 치달릴 수 있을 만큼 드넓은 들판이 온통 기름진 옥답이었다. 게다가 지세 또한 둔덕 하나 없는 평야였다. 사람들 이야기로는 장군파 등성이를 내려서면 눈에 보이는 농토가 모두 곽씨의 소유라고 했다.

곽씨 가문은 그렇듯 대지주였다. 백록촌 전체보다 더 넓은 농토를 소유했을 뿐 아니라 노새와 나귀, 마필을 묶어 두는 마구간 세 채도 규모가 엄청나게 컸다. 망아지와 송아지도 수십 마리가 넘었다. 곽씨 가문의 아들과 손자는 모두 외지에 나가 있었다. 그들 중에는 정치가, 군인, 장사꾼 등이 있었다. 그러나 집안에 남아 농장을 경영하려는 자손은 아무도 없었다.

따라서 토지는 모두 장군채 마을과 인근 마을의 소작농에게 맡기고 해마다 여름과 가을 두 철에 거둬들인 수확량에 따라서 약정된 소작료를 받았다. 소작농들이 빌려가고도 남는 토지는 머슴을 고용해서 경작을 맡겼다. 그러나 남는 땅이라곤 불과 100묘(2만평)밖에 안 되는 정도라 가축의 힘을 빌릴 것도 없었다. 그 많은 가축들이 1년 내내 사료만 축낼 뿐 어떤 놈은 한 번도 일을 하지 않을 정도였다.

지주 영감은 유별나게 암말을 좋아했다. 그래서 망아지를 많이 번식시키는 수놈은 집에 두어 길렀으나 질이 떨어지는 놈은 내다 팔았다. 따라서 마구간의 꺽다리 노새와 준마들은 모두 엄격한 검사를 거친 혈통이 우수한 놈으로 역사에 이름난 '소릉육준'昭陵六駿에 비길 만했다.

'소릉'은 당태종 이세민의 무덤, '육준'은 그가 생전에 즐겨 타던 애마였다. 《장안지》長安志를 보면 당태종이 죽자 그 아들 고종은 아비의 무덤에 왕자 7명, 공주 21명, 비빈 8명, 재상 12명, 3품관 53명, 공신과 대장군 이하 64명을 순장했다고 한다. 그 당시 애마 여섯 필을 함께 파묻고 무덤 앞에 석상 여섯 개를 세워 말들의 원혼을 달랬다고도 한다. 비참한 죽음을 당하기는 했어도 얼마나 뛰어난 준마들인지 알 만하다.

곽 영감은 청나라 시절 무과에 급제하여 거인擧人이 된 사람이었다. 권법도 몇 수 쓸 줄 알고 창술과 곤봉쓰기 솜씨도 제법이었다. 그래서 석양이 대지를 온통 금빛으로 물들일 저녁 무렵마다 말 위에 올라 동구 밖 큰 길을 달리는 일과를 빼놓지 않았다. 나이가 60을 넘겼으면서도 여전히 쿵후와 기마술을 즐겼을 뿐 아니라 지친 기색을 보이는 일이 없었다.

성격도 호쾌하고 시원시원해서 머슴들에게 시시콜콜하게 따지고 잔소리를 하는 법이 없었다. 일이 있으면 각자 알아서 해 주면 그뿐이었다. 하루 세 끼 밥도 먹고 싶으면 먹고 싫으면 말라는 식이었다. 머슴들끼리 쑥덕대는 소문에는 귀를 기울이거나 눈여겨보는 일 없이 대범한 태도를 보였다.

흑왜가 처음 왔을 때 곽씨 댁에는 머슴이 둘 있었다. 한 사람은 나이 마흔 남짓의 중년으로 이씨李氏였다. 곽씨 댁에서만 10년 가까이 머슴을 살고 있었으니 우두머리격이었다. 다른 한 명은 스물 남짓 된 총각으로 성격이 과묵하여 말이 없었다. 그저 누굴 보면 히죽 웃기만 하는 품이 무척 온순한 청년이었다. 흑왜는 나이가 제일 어렸으나 영리하고 손이 빨랐다.

예컨대 마름의 턱짓이나 손가락질이 있을 때면 바로 마당을 쓸고 뒷간을 치웠다. 또 물을 길어 나르고 흙을 퍼다 햇볕에 말리고 거뒀다. 소와 말을 강변에 데려가 물을 먹이기도 했다……. 그 숱한 허드렛일을 쉴 새 없이 해냈다.

시일이 조금 지나자 곽 영감 댁 두 아낙도 이 부지런하고 눈치 빠른 젊은이를 좋게 보았는지 그를 가까운 장군진將軍鎭으로 보내 채소와 고기를 사오게 하거나 약방 심부름까지 시켰다. 곽 영감도 흑왜를 좋아했다. 어느 날 저녁인가 말을 타고 한바탕 달려 볼 생각으로 흑왜에게 말고삐를 넘겨받던 그가 불쑥 이렇게 물었다.

"흑왜, 혹시 말을 탈 줄 아느냐?"

"돼지는 타보았어도 말은 타보지 못했습니다."

흑왜의 솔직한 대답이 우스운지 곽 영감은 눈물이 나도록 껄껄댔다.

"말을 타보고 싶지 않느냐?"

"예, 타보고 싶습니다!"

"그럼 저기 붉은 털 가진 놈에게 안장을 얹어라. 돼지 타던 솜씨로 말을 얼마나 잘 탈지 나하고 한 바퀴 돌아보자꾸나."

소탈한 주인 영감의 분부에 흑왜는 거침없이 말 잔등에 안장을 얹고는 끈을 바짝 조였다. 이윽고 말 위에 오른 흑왜는 주인 영감을 따라 큰길로 나섰다. 흑왜는 처음 타보는 말도 주인 영감도 전혀 무섭지 않았다. 곽 영감이 고삐를 낚아채면서 채찍질을 날리더니 흑왜에게 고함을 질렀다.

"흑왜, 말고삐를 좀 더 빨리 잡아채야 돼! 옳거니, 그렇지!"

두 필의 말이 시골 길을 쏜살같이 달려나갔다.

늦은 저녁이 찾아왔다. 고된 하루 일을 끝낸 머슴 셋은 마구간의 커다란 구들침상에 나란히 누워 잠을 청했다. 이불 속에 들기 무섭게 제일 먼저 꺼내는 것은 역시 여자 이야기였다. 이럴 때면 으레 말수 적고 과묵하기로 이름난 머슴 '왕 나리'부터 신바람이 났다. '나리'라곤 하지만 진짜 나리가 아니다. 관중지역 도시나 농촌 사람들은 고용된 직원, 점원, 머슴을 부를 때 듣기 좋게 '상공'相公, '대감'大監 등의 별명을 붙여 불렀다.

"형님, 오늘 밤에는 '네 가지 향내'四香 이야기 좀 해야겠어요!"

그러자 마름인 '이 나리'는 생각만 해도 군침이 도는지 한참 동안 껄껄껄 웃어젖히더니 짐짓 엄숙한 표정을 지으면서 절레절레 고개를 저었다.

"안 돼, 안 돼! 공연히 입방아를 찧다가 우리 '녹 나리'가 밤잠을 설치면 어떻게 해? 녹 나리네 마누라는 아직 한 번도 본 적이 없잖나!"

그래도 왕 나리는 어젯밤인가 그저께 밤에 이 나리가 들려준 이야기를 책 읽듯 줄줄이 읊었다.

"이 나리, 나한테 그랬죠? '네 가지 빳빳한 것'四硬은 목수집의 자귀, 철공소의 모루, 늙은 총각 사타구니의 그것, 금강사金剛沙에 묻힌 송곳이라고요. 어때요, 맞나요 틀렸나요? 또 있어요. '네 가지 야들야들한 것'四軟은 처녀 허리의 목화 주머니, 말랑말랑한 연시, 돼지 오줌보……. 어이쿠, 하나는 잊어먹었는걸요!"

이야기가 여기까지 이르자 이 나리도 더는 참지 못하고 입을 열기 시작했다.

"네 가지 향내로 말씀드리자면, 잘 들어! 마누라의 처음 물, 두 번 내린 식초, 돼지고기 간장절임, 아가씨 혓바닥이지. 어때, 향내가 물씬물씬 나지? 아이고, 향내가 너무 진해 사람 죽이는구면!"

"우하하하하! 하하하! 콜록콜록!"

왕 나리는 웃다 못해 사레가 들린 듯했다. 하지만 그러고도 두 번 세 번 거듭해서 읊어 내렸다.

흑왜는 무슨 소리인지 전혀 알아듣지 못해 어리둥절하기만 했다.

"나 원 참! 두 번 내린 식초나 돼지고기 간장절임이야 향기가 그만이지만 마누라 처음 물은 뭡니까. 또 아가씨 혓바닥은 무슨 맛입니까? 침이 줄줄 흐르다가 구역질이 나는군요!"

이 나리가 아직도 배를 움켜잡고 떼굴떼굴 구르는 왕 나리를 보고 한마디 던졌다.

"이제 봤더니 흑왜란 녀석, 영 숙맥이로군! 아무래도 우리가 좀 가르쳐 줘야겠는걸? 여보게, 흑왜! 자네 앞으로 마누라를 얻거든 혓바닥부터 맛보라고. 그럼 무슨 맛인지 알게 될 테니까. 마누라 처음 물? 그거야 식초나 돼지고기 절인 맛 따위는 저리 가라지! 이제부터 내가 설명해 줄 테니까, 잘 들어 둬!"

이윽고 이 나리가 목청을 가다듬더니 난봉꾼과 갈보가 놀아나는 이야기를 시큼털털하게 풀어놓기 시작했다. 어느 대목에서는 빙빙 돌려 은밀하게 속삭였으나 어느 대목에 가서는 실 한오리 남겨두지 않고 갈보의 옷을 몽땅 벗긴 채 숨을 헐떡거려가며 노골적으로 세밀한 구석구석까지 묘사했다. 흑왜는 알아듣지 못하는 대목이 없지 않았다. 그러나 알 만한 대목에 가서는 온몸이 뜨거운 열기로 후끈 달아올랐다. 곧 마름 이 나리가 자기 눈으로 본 것처럼 그럴듯하게 물어 왔다.

"흑왜, 자네 우리 주인 영감 봤지? 육십 넘어 칠십 고개로 치닫는 늙다리 영감 얼굴빛이 어떻던가? 불그스레하지! 몸집은 어떻던가? 다부지고 빳빳하지! 말을 할 때는 절간 종 치듯 우렁차고. 걸음걸이는 두 다리에서 비파 소리가 나도록 빠르단 말씀이야! 흑왜, 이게 다 무엇 때문인지 아나? 만약 자네가 알아맞히면 내 1년 치 새경하고 품삯을 몽땅 넘겨주겠네. 허나 못 맞히면 그 벌로 날마다 저녁에는 오줌통을 갖다 놓아야 해. 또 아침 일찍 일어나 오줌통을 비워야 하네. 어때, 내기할 텐가?"

흑왜는 남의 새경에 욕심이 났다기보다 승부욕이 부쩍 일었다. 바로 이 마름과의 내기에 선뜻 응했다. 그리고 자기가 생각해 낼 수 있는 모든 것을 줄줄이 읊어댔다. 우선 쌀밥을 비롯해 고깃국, 부드럽게 체로 친 밀가루 음식, 가는 국수, 닭·오리·돼지·양에 이르기까지 주인댁에서 먹는 산해진미란 진미는 모조리 꼽았다. 그러고도 모자라 이번에는 주인 나리가 고된 일을 않고 날마다 권법 연습, 창봉 휘두르기, 말 타기 등으로 몸을 단련했기 때문이라고 확신하며 결론을 내렸다.

그러나 이 나리는 흑왜가 비결이라고 꼽을 때마다 단호하게 도리질을 했다. 그러자 왕 나리가 입이 근질거려 도무지 참지 못하겠는지 먼저 털어놓고 말았다.

"그게 말이야…… 하하하! 아이고, 우스워 죽겠다!"

왕 나리는 웃느라고 말도 제대로 하지 못했다.

"뭐가 그리 우습다는 거예요? 웃지 말고 이야기나 하세요!"

흑왜가 퉁명스레 쏘아붙이자 왕 나리는 허리를 잡으면서 본론으로 들어갔다.

"우리 주인 곽 영감은…… 곽 영감은 말이야. 대추…… 대추! 오줌보에 담근 대추를 먹는다고! 우하하하! 아이코, 허리야."

"그럴 리가 있나요! 오줌보에 담근 대추가 무슨 영약이라고요. 소주에 인삼을 푹 담가서 장복을 하는 게 보약이 되면 몰라도!"

왕 나리의 얼굴에 묘한 웃음기가 떠올랐다.

"흐흐흐! 자네 모르는 소리 말게. 여자 오줌보에 담근 대추가 인삼 소주보다 더 약효가 있다는 것은 내가 보증함세! 하지만 그건 나중이야. 우선 이 나리 아저씨에게 대추를 어떻게 여자 오줌보에 담그는지 물어나 보시게!"

이 마름이 그 말을 받았다. 이어 도둑질이라도 하듯 목소리를 잔뜩 낮춘 채 주인댁의 비밀을 털어놓기 시작했다. 곽 영감이 작은댁을 맞아들인 까닭은 잠자리 시중을 들게 하거나 씨받이로 쓰기 위해서가 아니라고 했다. 오로지 대추를 오줌보에 담갔다가 주인 영감에게 바치기 위해서였다는 것이다. 그런데 그 방법이 묘했다. 날마다 저녁 무렵이면 우선 대추 세 알을 그 여자의 가장 은밀한 곳에 집어넣었다고 한다. 그런 다음 하룻밤을 푹 담가두었다가 이튿날 아침 일찍 끄집어내 깨끗이 씻었다고 했다. 이어 영감에게 보내 공복에 먹도록 한다는 것이었다.

곽 영감은 그녀의 오줌보에 담갔던 대추알을 복용한 다음부터 불과 2년 만에 이른바 도가道家에서 말하는 '반로환동'返老還童의 경지에 접어들었다. 한마디로 청년으로 되돌아왔다는 것이다. 그러니까 얼굴이 주름살 하나 없이 말끔하고 불그스레하니 윤기가 돌 뿐더러 근육과 골격도 단단해졌다.

기막힌 사연을 듣는 동안 흑왜는 참기 힘든 괴로움을 느꼈다. 뭔가 말할 수 없는 답답함이 쌓이고 있었다. 그것은 당장에라도 터질 듯이 부풀어 올랐다. 이때 왕 나리가 흑왜의 아랫도리를 덥석 움켜잡았다. 그리고 낄낄대면서 이 나리에게 보고를 했다.

"우와, 아저씨! 이것 좀 만져 보십시오. 흑왜의 물건이 죽순처럼 뻣뻣이 섰는걸요!"

흑왜의 얼굴이 벌겋게 달아올랐다.

이튿날 아침, 흑왜는 여느 때와 같이 빗자루로 안마당을 쓸었다. 때마침 주인 영감의 작은댁이 사기요강을 들고 변소에서 나와 곁방으로 들어가는 뒷모습이 보였다. 뒤이어 창문 안쪽에서 물을 따르고 세수하는 소리도 들렸다. 그는 감히 고개를 들지도 못하고 땅바닥만 내려다보며 비질을 계속했다.

그러나 청소를 끝내고 밖으로 나가려던 흑왜는 더는 참지 못하고 창문 쪽으로 흘끗 눈길을 던졌다. 창문은 열려 있었다. 여인은 창문 앞에 앉아서 머리에 빗질을 하고 있었다. 기름기가 반지르르 도는 검정 머리카락이 어깻죽지부터 앞가슴까지 드리운 것이 마치 검은 비단 같았다. 여인이 빗을 들고 이마에서 정수리로 가르마를 타는 순간 폭넓은 소맷자락이 주르륵 내려와 어깨까지 내려갔다. 그러면서 백설처럼 뽀얀 팔뚝이 드러났다. 갑자기 흑왜는 또 가슴이 꽉 막히는 느낌을 받았다. 그는 그 자리를 떠나려고 황망히 발길을 돌렸다. 이때 여인이 그를 불렀다.

"녹 씨! 마당을 다 쓸었으면 백목련에 물 한 통 뿌려 줘요. 나무가 다 말라 죽겠어."

흑왜는 빗자루를 내려놓고 물통을 집어 들고 우물가로 가서 두레박질을 하기 시작했다. 목련화 그루터기에 물을 듬뿍 뿌리고는 내친김에 뜰 한 가운데 있는 장미꽃밭에도 물을 주었다. 여인이 자기에게 직접 일을 시켰다는 사실을 그는 영광스럽게 생각하며 물을 더 줄 꽃나무가 어디 또 없나 하고 두리번거렸다. 그러나 꽃은 더 이상 눈에 뜨이지 않았다. 그는 빈 물통을 들고 백목련을 바라보았다. 꽃은 벌써 지고 둥근 진초록 잎사귀에 진주알 같은 물방울이 맺혀 있었다. 장미꽃은 이제 막 꽃망울을 머금은 채 터트릴 날만 기다리고 있었다.

그는 다시 우물물을 길어와 부엌에 있는 물독을 가득 채워 놓고는 아쉬운 마음으로 그 자리를 떠났다. 마구간에 돌아와 보니 이 나리와 왕 나리는 벌써 가축들에게 쟁기를 메워 놓고 밭일 나갈 차비를 마친 뒤였다. 오늘 밭을 갈아엎고 파종까지 끝내려면 서둘러야 했다.

그가 나타나자 이 나리의 불벼락이 떨어졌다.

"흑왜, 이 게을러빠진 자식! 하루 종일 마당에서 비질만 할 거야?"

"헤헤헤! 오줌보에 푹 절은 대추 한 알 얻어먹고 싶었나 보죠!"

왕 나리가 능글맞게 비아냥거렸다.

흑왜의 얼굴이 화끈 달아올랐다. 자기가 정말 대추라도 한 알 얻어먹으려고 한 것은 아닐까 하는 생각마저 들었다. 그는 당황해 변명을 늘어놓았다. 마당을 다 쓸고 또 우물물을 길어다가 꽃밭에 주느라 늦었노라고.

"꽃밭에 물이나 주는 머슴은 이 집에 필요 없어!"

이 나리가 싸늘하게 쏘아붙였다.

보리 수확이 끝나고 삼복으로 접어들자 곽 영감은 무더위를 피하기 위해 큰마누라와 함께 안채에서 나와 뒤채 오두막으로 처소를 옮겼다. 동틀 무렵이면 주인 영감은 후원에서 권법 연습을 한바탕하고 양치질과 세수를 마친 다음 뜨거운 차를 한 잔 마시고 오두막으로 갔다. 그다음에는 눕거나 앉아서 담배도 피우고 차도 마시면서 해 질 녘까지 시간을 보냈다. 그러다 시원한 저녁바람이 불어오면 신바람 나게 말을 타고 달려나갔다.

큰마누라는 잠시도 쉬지 않고 영감 곁에 붙어 시중을 들었다. 부채질로 더위를 쫓아주기도 했고 담뱃대에 불을 붙여 주거나 차를 끓여 대령하기도 했다. 그러면서 말벗이 되다가 어두워지면 잠자리에 같이 들었다. 하루 세 끼 식사는 꼬박꼬박 작은댁이 지었다. 이어 자줏빛 옻칠을 입힌 호두나무 쟁반에 받쳐 들고 들어갔다. 저녁마다 요강을 씻어 들여보내는 일, 아침 일찍 요강 비우는 일도 모두 둘째 여인 몫이었다. 그런 일을 빼고는 작은댁이 서늘한 오두막에 들어갈 일은 하나도 없었다. 큰마누라는 영감에게 엄격한 규칙을 정해 주었다. 한 달에 세 차례, 즉 초하루, 열하루, 스무하루가 되는 날에만 작은댁의 곁방에 들어가되 꼭 한 번만 놀아주고 일이 끝나는 즉시 오두막으로 돌아와야 한다는 규칙이었다. 곽 영감은 신체도 튼튼할 뿐 아니라 정력도 흘러넘쳤다. 그랬기에 가끔 불만도 있었으나 큰마누라가 호랑이보다 더 무서워 어쩌지를 못했다. 모처럼 곁방에 들어가 일을 한 차례 끝내고 한 번 더 시도할 참이면 곁방 창문 바깥에서 어김없이 큰마누라의 호통 소리가 들리고는 했다.

"영감! 죽으려고 환장했수? 목숨이 아깝거든 냉큼 나오라니까!"

주인 영감과 큰마누라가 피서차 뒤채 오두막으로 처소를 옮긴 이후 앞채 뜨락은 눈에 띄게 조용해졌다. 흑왜는 마당을 쓸거나 꽃밭에 물을 주러 나설 때마다 심장이 두근거렸다. 동시에 작은댁이 자기한테 일을 시킬 때의 목소리가 날이 갈수록 끈적거린다는 사실을 깨달았다. 얼굴에 화색이 돈다는 것도 느꼈다. 그 영향 탓인지 앞뜰에 감도는 공기도 한결 맑고 상쾌한 느낌이 들었다.

끼니때면 세 머슴은 백목련 그늘 아래 쪼그리고 앉아 식사를 했다. 그럴 때면 여인은 맞은편 부엌 안에 작은 걸상을 갖다 놓고 앉아 있었다. 그런 다음 세 사람이 젓가락으로 밥그릇을 싹싹 긁어 먹어치우는 소리를 듣다 조용히 다시 나와 쟁반에 빈 밥그릇을 거둬 가서는 또 한 그릇씩을 듬뿍 퍼서 가져다주었다. 밥그릇을 쟁반에 받쳐 가져다주는 이런 규칙은 밥그릇과 젓가락을 주고받을 때 손이 닿을 가능성을 피하기 위해 만들었을 터였다.

흑왜가 그 여인과 이후 일어난 모든 행복과 불행을 겪은 것은 이렇게 밥그릇을 갖다 줄 때 그녀가 쟁반을 받치지 않았기 때문이었다.

그날 아침 주인 영감은 흑왜에게 50리 밖 반가촌潘家村에 가서 비둘기 한 쌍을 받아 오라고 시켰다. 그것은 평소 교분이 깊은 반씨 댁 영감님의 선물로 밤색 볏이 달린 희귀한 비둘기였다. 흑왜가 돌아왔을 때는 이미 끼니때가 지나 있었다. 이 나리와 왕 나리는 아침을 먹고 밭으로 나간 지 오래였다. 흑왜는 혼자 백목련 그늘 아래에 앉아 작은댁이 찐빵과 밥을 갖다 주기를 기다렸다. 머슴들은 끼니때라도 함부로 부엌에 들어가서 밥과 반찬을 갖다 먹을 수가 없었다. 이런 금기 사항도 곽씨 집안의 규칙이었다. 작은댁이 부엌 문턱에 서서 이렇게 말했다.

"녹 씨, 조금만 기다려요. 밥이 식었으니 데워서 갖다 줄게."

흑왜는 다른 머슴들 없이 자기만 있다는 게 왠지 긴장이 되었다. 그래서 일부러 상관없다는 투로 대답했다.

"괜찮습니다, 찬밥이면 어때요? 데울 것 없습니다. 이렇게 더운 날엔 찬밥이 더 먹기 좋죠!"

그러나 작은댁은 고집을 피웠다.

"날씨가 덥기는 하지만 찬밥을 먹어서야 되나? 서두르지 말아요, 조금만 기다리면 데워지니까⋯⋯."

풀무질하는 소리가 들리고 굴뚝에서 파란 연기가 피어오르기 시작했다. 흑왜는 돌바닥에 궁둥이를 걸치고 기다렸다. 그런데 웬일인지 이유도 없이 가슴이 두근거렸다. 이윽고 작은댁이 쟁반을 받쳐 들고 나무 그늘 아래로 다가왔다. 그러더니 우선 풋고추 한 접시, 짓찧은 마늘 한 접시부터 청석 돌탁자 위에 늘어놓았다. 이어 찐빵 너덧 개가 담긴 대바구니를 내려놓았다. 흑왜의 눈앞에 그녀의 손목이 뻗어 온 것은 이때가 처음이었다. 빙어*魚처럼 매끄럽고도 깔끔한 팔뚝이 꽃무늬를 아로새긴 은팔찌 한 쌍을 달가닥거리며 한 번, 이어 또 한 번 뻗어 왔다. 젊은 머슴의 눈길은 팔뚝이 사라진 뒤에도 여전히 같은 자리에 남아 있는 잔영을 응시했다.

여인이 돌아서서 부엌으로 가더니 다시 좁쌀죽 한 대접을 들고 왔다. 흑왜는 여인이 쟁반을 받치지 않고 손으로 대접을 들고 오는 것을 발견하고는 벌떡 일어나 손을 내밀었다. 네 개의 손길이 황색 대접 위에서 엇갈렸다. 흑왜의 손가락이 대접 밑바닥을 떠받치고 있던 작은댁의 손가락을 건드렸다. 순간 흑왜의 심장박동이 터질 듯이 뛰었다. 아무리 그래도 그녀의 눈동자만큼은 감히 바라볼 수 없었다. 그러나 여인은 전혀 신경 쓰지 않는 듯 천연덕스럽게 당부의 말을 건넸다.

"녹 씨, 천천히 들어요. 멀리 나갔다 왔으니 밥맛도 더 좋겠죠?"

흑왜는 밥을 먹으면서도 아무 맛을 느끼지 못했다. 마늘조차 맵지 않았다. 풋고추를 씹으면서도 매운 줄을 몰랐다. 입안에서 우물우물 씹히는 찐빵은 음식이 아니라 진흙덩어리 같았다. 목이 메고 가슴이 답답해지면서 식욕이 싹 사라졌다. 어인 일인가? 시장한 것은 틀림없는데 입맛을 잃어버리다니! 그녀가 다시 나무 그늘 아래로 다가오더니 소금에 절인 마늘종 한 접시를 내려놓으면서 키득 웃었다.

"내 정신 좀 봐, 반찬 놓는 것도 잊었네!"

흑왜가 일어섰다.

"됐습니다. 그만 먹겠어요."

작은댁의 눈에 의아한 기색이 떠올랐다.

"그만 먹다니…… 겨우 찐빵 한 개 들고? 좁쌀죽도 안 마시고 왜 그래요?"

"시장하지 않아서……. 배가 별로 안 고파요."

흑왜가 무덤덤하게 대답했다.

"어째서 시장하지 않다는 거야? 아침 일찍 심부름을 다녀오느라 끼니때도 놓쳤는데, 안 먹겠다니요?"

여인의 걱정스런 표정을 보고 흑왜는 솔직히 말했다.

"글쎄 저도 모르겠습니다. 문턱에 들어설 때만 해도 배가 고파 죽을 지경이었는데 지금은 어째서 음식이 안 넘어가는지 모르겠군요."

"아마 오는 길에 더위를 먹은 모양이네? 날씨가 어지간히 더워야 말이지. 녹 씨, 조금 있다가 시장하면 다시 와요. 언제든지 먹을 수 있게 찐빵을 놓아둘 테니까."

여인의 목소리는 부드럽고 따뜻했다. 흑왜는 그녀의 눈길을 피한 채 뻣뻣하게 고개를 끄덕였다. 그리고 돌아서서 자리를 뜨려 했다.

"녹 씨!"

여인이 불러 세웠다.

"우리 주인어른이 다음에 뭘 하라고 시킨 게 있나요?"

"저에게 밭일 나가지 말고 외양간에서 가축들을 돌보라고 하셨습니다. 꼭두새벽부터 50리 길을 다녀오느라 힘들었을 테니까 다리를 좀 쉬게 하라는 말씀도 하시고. 참 좋으신 분이죠!"

작은댁은 그럴 줄 알았다는 듯 생긋 웃어 보였다.

"하긴 그래. 이렇게 무더운 날씨에 왕복 50리 길을 뛰어갔다 왔으니 좀 쉬어야겠죠. 한숨 돌리고 나면 물 한 통 길어다 줘요. 빨래를 좀 하려고."

"쉬기는 뭘 쉽니까? 지금 당장 길어다 드리죠!"

흑왜가 우물 쪽으로 발길을 돌리면서 말했다.

"한 통 아니라 열 통이라도 길어다 드리죠! 별로 힘든 일도 아닌데."

우물은 무척 깊었다. 흑왜는 두 손으로 도르래를 조정하면서 두레박 줄을 주르륵 풀어 내렸다. '첨벙!' 하는 물소리가 들렸다. 그가 두레박에 물이 가득 담기도록 밧줄을 이리저리 흔들어대는 동안 '삐거덕, 삐거덕!' 비틀려 돌아가는 도르래 소리가 들렸다. 이윽고 팽팽하게 당겨진 두레박 줄이 둘둘 감겨 올라왔다. 물통을 채우면서 흑왜는 이 여인과 단둘이 있게 된 것이 기뻤다. 이 여인에게 무엇이든 헌신적으로 봉사하고 싶다는 강렬한 욕망이 치솟았다. 물통이 가득차자 그는 밝은 얼굴로 그녀에게 말했다.

"둘째 마님, 물통을 어디다 둘까요?"

곁방에서 그녀의 목소리가 나른하게 흘러나왔다.

"우물가 받침대에 그냥 놓아둬요. 내가 들고 갈 테니까."

이어 빨래 통과 빨래판을 든 그녀가 이마로 대발을 헤치면서 걸어 나왔다. 섬돌 계단을 거의 내려섰을 때였다.

"어이쿠!"

발을 헛디딘 그녀가 털썩 쓰러졌다.

손에서 벗어난 빨래통이 왈그락거리며 계단 아래로 떨어졌다. 이어 안

뜰 멀찌감치 굴러가서야 겨우 멈췄다. 계단 아래 주저앉은 여인은 어렵게 몸을 추슬러 일어나기는 했으나 손으로 담장 벽을 짚은 채 걸음을 옮기지 못했다. 심지어 가볍게 신음 소리까지 냈다. 친절하게 물 한 통을 더 채우느라 여념이 없던 흑왜가 그 광경을 보고 끌어올리던 두레박줄을 팽개치고 허겁지겁 달려갔다.

"둘째 마님! 어떻게 된 겁니까? 발목을 접질린 겁니까?"

"옆구리가 결려요……."

그녀는 고통을 참기 어려운지 이맛살을 찌푸렸다.

"아얏! 아파 죽겠네."

흑왜는 어쩔 줄을 모르고 허둥대기만 했다. 여인의 고통이 가슴을 애타게 만들었다.

"어떻게 할까요? 주인어른을 모셔올게요!"

작은댁이 아픔을 참으면서 도리질을 했다.

"아니야! 가지 말고 날 부축해 줘요. 방에 들어가서 좀 누워 있으면 괜찮을 거야."

흑왜는 그녀의 팔을 붙잡고 계단 위로 올라갈 수 있도록 부축해 주었다. 댓잎으로 엮은 발을 들추고 문턱을 막 넘어섰을 때였다. 그녀가 또 "아얏!" 소리를 지르더니 중심을 잃고 쓰러질 듯 휘청거렸다. 흑왜는 손을 반사적으로 뻗어 그녀의 허리를 감싸 안았다. 그녀는 기울어진 자세 그대로 흑왜의 어깻죽지에 온몸을 기대면서 두 손으로는 흑왜의 앞가슴과 목덜미를 부여잡았다. 맥을 놓고 축 늘어진 몸뚱이가 그를 덮치고 있었다……

흑왜는 거의 어깨로 업다시피 그녀를 부축한 채 침상으로 걸음을 옮겼다. 온몸이 열기로 화끈 달아오르고 있었다. 심장이 날뛰다 못해 밖으로 튀어나올 것만 같았다. 곁방 문턱을 넘어설 때부터는 긴장감에 다리마저 후들후들 떨렸다. 뜨거운 앞가슴이 그의 허리에 찰싹 달라붙고 보드라운 머리카락이 목덜미를 간지럽혔다. 그는 온몸이 와들와들 떨렸다. 다시 신체 어느 부위가 언제 터져 나갈지 모르게 부풀었다. 그가 환자를 침상 가장자리에 겨우 앉혀 놓고 손을 막 풀 때였다.

"아얏!"

겨우 가누었던 그녀의 몸뚱이가 외마디 소리와 함께 맥없이 주저앉았다. 순간 기겁을 한 흑왜의 손길이 얼른 그녀를 안아 일으켰다. 두 남녀의 가슴이 찰싹 달라붙자 흑왜는 몸뚱이에 불이 붙는 것 같았다. 그는 그녀를 번쩍 들어 올려 대자리를 깔아 놓은 침상 위에 조심스럽게 내려놓았다. 순간적으로 목덜미를 감싸 안은 그녀의 두 팔이 아쉽게 풀리는 것을 느꼈다. 머리와 얼굴은 온통 땀투성이가 됐다. 그는 손등으로 얼른 땀을 훔쳐냈다.

"둘째 마님, 푹 쉬고 계십시오! 저는 소에게 물을 먹이러 나가 봐야겠습니다."

여인이 고개를 홱 돌렸다.

"허리가 시큰거리는 게 접질린 모양이야. 아파 죽겠어! 녹 씨, 그 주먹으로 좀 두드려 주지 않을래요? 몇 번만 두드려 주면 괜찮을 것 같은데……."

흑왜는 잠시 머뭇거리다가 용기를 내어 침상 가까이 다가갔다.

"어디를 두드려 드릴까요? 둘째 마님."

그녀는 옆구리 밑을 가리켰다.

"바로 여기……."

흑왜는 주먹을 쥐고 그녀가 가리키는 부위를 가볍게 두드렸다.

"아야! 너무 세."

여인이 끙끙대면서 불평을 했다.

흑왜는 힘을 조금 빼고 살살 두드리기 시작했다. 그러자 여인이 원망스러운 눈길로 쳐다보면서 또 투정을 해왔다.

"흑왜! 이 바보 멍청이, 살살 주무르라니까!"

흑왜는 다시 손바닥으로 주무르기 시작했다.

그녀가 걸친 옷은 백색 옥양목 홑적삼으로 집에서 거칠게 짠 무명 적삼보다 솜이 보드랍고 매끄러운 광택이 났다. 따뜻한 체온을 담은 살갗이 얇은 홑겹 옥양목 천을 거쳐 굳은살이 박인 손바닥에 닿는 순간 흑왜의 가슴은 즉시 흉흉하게 날뛰는 감정의 물결로 부풀어 오르기 시작했다. 그는 침상 위로 뛰어올라 그녀의 몸뚱이를 짓누르고 싶은 충동을 느꼈다. 홑겹 적삼을 갈가리 찢고 팔다리, 몸뚱이를 구석구석 찍어 누르고 싶었다. 비단 같은 머리채를 한 손에 휘어잡고 몸뚱이가 으스러질 때까지 껴안고 싶었다. 그러나 그는 그 온갖 충동을 억눌렀다.

"조금 좋아졌습니까? 둘째 마님, 저는 소한테 물을 먹이러 가야겠는데요."

흑왜의 목소리가 가볍게 떨렸다. 그녀의 목소리도 어딘가 모르게 떨려 나왔다.

"한결 좋아졌어, 아주 많이. 한 번만 더 주물러주면 싹 낫겠는데……."

흑왜는 계속해서 주물렀다. 곁눈질로 흘끗 쳐다보니 반듯하게 누운 여인의 앞가슴이 유별나게 돋보였다. 잠에 취한 듯 몽롱한 눈동자가 묘하게 그를 흘겨보면서 끈적끈적한 목소리가 흘러나왔다.

"흑왜!"

"예, 예—?"

엉거주춤한 대답에 그녀가 키득키득 웃었다.

"앞으로는 나더러 둘째 마님이라고 부르지 말아요. 누님이라고 불러! 항아姮娥 누님."

흑왜는 펄쩍 뛰었다.

"어이쿠, 안 됩니다! 상전과 머슴 사이에 엄연히 위아래가 있는데, 그걸 어지럽히다니. 그런 법도가 어디 있습니까?"

"안 되다니, 왜 안 돼?"

"제가 주인 어르신을 큰아저씨라고 부르고 있는데 어떻게 둘째 마님더러 누님이라고 부른단 말입니까?"

그녀가 눈을 흘겼다.

"정말 바보 천치로군! 다른 사람이 있을 때는 지금처럼 둘째 마님이라고 부르고 나하고 단둘이 있을 때는 항아누님이라고 부르면 되잖아! 알겠어, 모르겠어?"

그 말을 듣는 순간 흑왜는 뭔가 느껴지는 게 있었다. 내심 기대하고 있었으면서도 머리털이 쭈뼛 곤두서고 손발이 와들와들 떨리며 말이 나오지 않았다. 그저 고개만 끄덕일 수밖에······.

여인이 속삭였다.

"한번 불러 봐. '누님!' 하고······."

흑왜는 입술을 악물었다. 온몸의 피가 솟구치는 것을 느끼며 그가 떨리는 목소리로 작게 불렀다.

"누님! 항아 누님!"

그 소리에 여인은 흑왜의 팔뚝을 붙잡고 벌떡 일어나 앉더니 그대로 그의 품안에 덥석 안겼다. 흑왜도 그녀를 단단히 감싸 안았다. 품안에서 바르르 떨고 있는 아름다운 몸뚱이를 껴안은 채 그는 어떻게 해야 할지 난감했다. 도저히 억제할 길 없는 욕망이 죽어라고 품속에 꼭 안겨 있는 그녀를 어떻게 하라고 끊임없이 재촉했다. 자기 가슴에 받아들인 그녀를 어떻게 해야만 뭔지 모를 어렴풋한 목적을 달성할 수 있을 것만 같았다. 그것이 뭘까?

그녀는 두 팔로 흑왜의 목덜미를 감싸고 뒤로 벌렁 누웠다. 흑왜는 그녀의 몸뚱이를 단단히 끌어안은 채 그 위로 포개졌다. 하지만 무엇을 어떻게 해야 하는지 여전히 알 수 없었다.

갑자기 그녀가 상체를 일으키더니 그의 입술을 와락 깨물었다. '아얏!' 소리를 지를 틈도 없었다. 이어 그녀의 혓바닥 끝이 입술을 비집고 입안으로 들어오는 것을 느꼈다. 그는 본능적으로 혀끝을 빨아들이기 시작했다. 줄기차게 빨다가 그녀의 막힌 입에서 신음 소리가 새어 나올 때에야 풀어주었다. 그녀는 정신없이 입을 한껏 벌리고 깨물어 달라는 몸짓을 해 보였다. 자기 쪽에서 먼저 입술을 덮쳐 오면서도 그녀는 또 무엇인가 해달라고 암시해 왔다.

그 순간 그는 이런 암시가 무엇을 뜻하는지 정확하게 알아차릴 수 있었다. 그는 혀끝을 그녀의 입속에 들이밀었다. 그녀의 입은 혓바닥 전체에 흡반처럼 달라붙어 끊임없이 목구멍 깊숙이 닿을 때까지 그의 혀끝을 빨아들였다. 앞서 사내에게 빨릴 때보다 더 탐욕스럽게 더욱 거세게 사납게 빨았다. 그가 견디지 못하고 신음 소리를 내기 시작했는데도 그녀는 여전히 물어뜯고 줄기차게 빨아들일 뿐 놓아주지 않았다. 숨을 잠깐 돌릴 수 있게 입술만 살짝 열어줄 따름이었다.

동시에 그녀는 또 한 번 사나운 기세로 몸을 뒤채며 뒤로 벌렁 누웠다. 흑왜의 몸뚱이 역시 이끌려 앞으로 고꾸라졌다. 그러면서 그녀의 몸뚱이 위를 찍어 눌렀다. 다리와 다리가 포개지고 배와 배가 맞닿는 순간 그는 온 몸뚱이에 벼락이라도 맞은 듯 엄청난 충격을 느꼈다. 뭔가 형언할 길 없는 기묘한 감각이 아랫배에서 불끈 솟구치더니 순식간에 전신으로 퍼져 나갔다. 그는 이 아름답고도 오묘하기 짝이 없는 자극을 도저히 감당할 수가 없었다. 그녀의 몸뚱이 위에 넙죽 엎드려야만 했다. 어깨와 가슴에서부터 발끝까지 물샐 틈 없이 포개진 몸뚱이는 부풀대로 부풀었다. 그녀의 굴곡도 모두 메웠다. 곧이어 얼음 녹듯 서서히 잦아들었다. 그 미묘한 감각은 너무나도 짧았다. 마치 한여름 소나기가 한바탕 퍼붓고 걷혀 가듯 순식간에 사라졌다.

그는 온몸이 나른하게 풀리는 것을 느꼈다. 많이 지치기도 했다. 또 홀 가분해지는 기분도 느꼈다. 목구멍이 탁 트이더니 가슴속도 텅 비는 듯했다. 조바심에 불태우던 뜨거운 열기 역시 어느덧 수그러들었다. 그는 몸뚱 이를 일으켜 세우면서 어딘가 모르게 아쉬운 미련과 더불어 후회 같은 것 이 남았다.

"둘째 마님…… 아니지! 항아 누님, 난 소한테 물을 먹이러 가야 해요."

다음 순간 그녀가 벌떡 일어나더니 사나운 기세로 그를 껴안고 또다시 깊디깊은 입맞춤을 두 차례나 퍼부었다.

"암, 그래야지. 내 동생!"

뜨락은 적막할 만큼 조용했다. 정오의 따가운 햇볕이 백목련의 우거진 나뭇잎 틈을 비집고 벽돌 깔린 바닥에 점점이 내려앉았다. 물이 가득 담 긴 물통 두 개는 우물가 받침대에 놓여 있었다. 또 빨래통은 담장 밑에 제 멋대로 나뒹굴고 있었다.

흑왜는 물통을 들어 수채구멍 옆으로 옮겨놓았다. 그곳이 그녀의 빨래 터였다. 뜨락을 둘러보니 달라진 것이라곤 아무것도 없었다. 그는 허리춤 에 꾹 찔러 넣었던 저고리 자락을 뽑아 얼굴의 땀을 훔쳐내면서 이 텅 비 고 호젓하면서도 안일한 뜨락을 떠났다.

외양간에 들어서서 문짝을 닫아건 흑왜는 흙벽돌 침상 위에 큰 대자 로 벌렁 누웠다. 긴장되었던 근육이 풀리며 몸이 바닥에 달라붙는 것 같았다. 가슴속을 뒤집으며 격렬하게 날뛰던 심장박동도 안정을 되찾았 다. 뭔가 부자연스러운 감촉에 그는 바짓가랑이를 문질렀다. 사타구니 부 근 바짓가랑이가 온통 축축하게 젖어 있었다. 그는 재빨리 축축해진 부분을 사타구니 안쪽으로 접어 넣고 비뚤어진 고의춤 끈을 바로 여몄다. 그리고 일어나 가축우리로 어슬렁어슬렁 다가가서 말뚝에 묶인 고삐를 풀었다. 가축들을 연못가로 끌고 나가 물을 먹여야 하는 것이다.

말고삐를 끌고 골목길을 걸으면서 그는 아까의 긴박하고 혼란스러운 순간을 다시 떠올리며 차근차근 음미해 보았다. 뭐라고 분명히 말할 수 없는 유혹적인 향기와 그 무엇과도 비기지 못할 혀끝의 맛을 되새김질 하노라니 머리에 불쑥 떠오르는 것들이 있었다. 마누라의 처음 물……, 두 번 내린 식초……, 돼지고기 간장절임……, 아가씨 혓바닥……. 한데 마누라 처음 물이라는 것은 도대체 뭘까? 다음 순간 그는 이 나리와 왕 나리가 수다스럽게 늘어놓던 그 시큼털털한 음담패설의 참맛을 깨달았다. 아리송하게만 느껴지던 의식 세계가 그 즉시 또렷한 경지로 접어들었다. 옳거니, 바로 그것이었어!

마구간과 외양간의 가축들에게 물을 골고루 다 먹이려면 네댓 번은 왕복해야 했다. 그는 가축에게 물을 다 먹이고 나자 잠잠하게 가라앉았던 그 유혹이 또다시 해일처럼 엄습해 오는 것을 느꼈다. 울적하고 답답한 느낌이 가슴을 가득 메우면서 뭐라고 표현하지 못할 무형의 압력이 그에게 또 한 번 우물가로 돌아가라고 몰아붙였다. 하지만 그는 참고 또 참았다.

점심때가 되었다. 이 나리, 왕 나리가 등줄기와 겨드랑이를 땀으로 적신 채 밭에서 돌아왔다. 그들은 그동안 흑왜에게 미묘한 비밀이 생긴 줄은 꿈에도 생각지 못했다. 그저 시기와 질투만으로 그를 닦달했다.

"흑왜, 요놈! 주인 나리의 수양아들이라도 됐냐? 주인 영감하고 말을 타질 않나, 비둘기 놀음을 하질 않나……. 야, 인마. 그렇다고 뻐기지 말라고! 제장……."

흑왜는 대수롭지 않다는 듯 가볍게 웃었다.

"그게 내 탓입니까? 주인 나리가 억지로 말을 타라고 해서 탔을 뿐입니다. 또 비둘기 가져오라고 심부름을 시키는데 내가 어떻게 거역할 수 있단 말입니까?"

세 사람은 곧장 안뜰로 들어가 나무 그늘 아래 자리를 잡고 앉았다.

이윽고 점심상이 나왔다. 소금 종지, 고추 접시, 식초 사발, 마늘 단지가 담긴 목판을 들고 나오는 그녀를 본 순간 흑왜의 가슴은 저도 모르게 두방망이질치기 시작했다. 은팔찌 한 쌍이 짤랑거리는 그녀의 손목을 바라보는 순간 그 손목을 잡았을 때의 따뜻한 체온과 보드라운 감촉이 되살아났다. 손길을 옮길 때마다 살짝살짝 흔들리는 앞가슴을 보는 순간에는 그 젖무덤이 자신의 앞가슴에 찰싹 달라붙었을 때의 아찔함과 얼음 녹듯 사그라들던 감촉도 또렷하게 떠올랐다.

그녀는 아무도 쳐다보지 않았다. 그저 또다시 부엌으로 돌아가 나무 쟁반에 큼지막한 밥사발 셋을 올려 가져왔을 뿐이었다. 수북이 퍼 담은 밥사발 위에 차가운 밀전병이 한 장씩 덮여 있었다. 그것은 삼복 무더위에 입맛을 돋우는 밀가루 음식이었다. 그녀는 돌탁자에 밥그릇을 내려놓고는 곧바로 부엌으로 돌아갔다.

차갑게 식힌 밀전병을 뜯으면서 흑왜는 그녀의 표정이나 동작에서 나타나는 미묘한 변화를 알아차렸다. 사뿐사뿐 내딛는 걸음걸이, 탄력 있게 흔들리는 젖무덤이 남정네들의 가슴을 설레게 하고 있었다. 비 갠 뒤의 푸른 산처럼 맑고 투명한 눈동자가 생기라곤 없던 지난날과는 완전 천양지차였다.

점심을 끝내고 마구간에 돌아와서 세 사람은 널찍한 침상 위에서 다리를 쭉 뻗고 오후 휴식을 취했다.

"거 참 이상한걸!"

이 나리가 도둑질이라도 하듯 목소리를 잔뜩 낮추고 중얼거렸다.

"저 둘째 마누라가 어제하곤 영 딴판이야. 아마 주인 영감이 어제 밤

새 주물러준 모양이지? 아까 그 걸어가는 맵시 좀 보라고. 손짓 발짓 놀리는 게 아주 날아갈 듯하지 않던가? 흐흠!"

그러다 이야기도 다 끝내기 전에 벌써 코를 고는 소리가 요란했다. 왕 나리 역시 바보 같은 웃음을 한 번 웃더니 금방 코를 드르렁드르렁 골기 시작했다. 그러나 흑왜는 잠이 오지 않았다.

오후 내내 흑왜는 이 나리, 왕 나리와 함께 마지막 남은 옥수수밭을 갈아엎고 씨를 뿌렸다. 그러나 그의 손길에는 넋이 빠져 있었다. 자연적으로 쟁기질이 비뚤비뚤할 수밖에 없었다. 당연히 밭이랑을 갈지자로 만들었다. 심지어 한 땀 한 땀 꽂아 넣어야 하는 옥수수 씨앗도 듬성듬성 뿌리다 한자리에 한 움큼을 몽땅 뿌리기도 했다. 이 나리가 보다 못해 눈물이 쑥 빠지도록 한바탕 욕설을 퍼부었다.

"흑왜! 요놈, 정신을 어디다 팔아먹은 거야!"

흑왜는 말없이 바보같이 웃기만 했다.

날이 어두워지면서 그는 안절부절 마음이 들뜨기 시작했다. 하지만 저녁밥을 다 먹고 수저를 내려놓고도 그녀와 단둘이 이야기를 나눌 기회가 없었다. 식사를 마친 세 사람이 옷소매로 입을 쓱 문지르면서 문밖으로 걸어 나갈 때였다. 등 뒤에서 그녀의 목소리가 들렸다.

"흑왜, 뜨물통 좀 비워 놓고 가요!"

그 한마디가 흑왜를 지옥에서 건져 주었다. 그는 춤이라도 덩실덩실 추고 싶을 정도로 기뻤다. 부엌에서 뜨물통을 들고 부리나케 외양간으로 달려간 그는 여물통에 쌀뜨물을 단번에 쏟아붓기 무섭게 빈 통을 덜렁덜렁 흔들면서 부엌으로 뛰어갔다. 그녀는 설거지를 하고 있었다.

"누님, 내가 밤중에 올게!"

그는 한마디만 던지고 냅다 뛰어갔다.

흑왜는 오후 내내 옥수수를 심으면서 생각해 두었던 계획을 실천에 옮겄다. 첫 번째 계획은 행동의 자유를 얻는 것이었다.

"이 아저씨, 나 오늘 밤 왕씨 마을에 가서 가도 숙부님을 만나야겠어요. 고향에 돌아갈 때 신발 한 켤레 전해 달라던데……."

이 나리는 선뜻 허락해 주었다.

흑왜는 그 길로 왕씨 마을에 가서 가도 아저씨를 만났다. 신발 한 켤레를 전해 달라는 이야기는 사실이었다. 그는 밤이 이슥해질 때까지 한담을 늘어놓았다. 화제야 뻔했다. 곽씨 댁에서 머슴살이하는 동안 겪었던 이야기들이었다. 그는 좋은 주인을 찾아주어 고맙다는 인사도 빠뜨리지 않았다. 아울러 주인 영감님의 눈에 들어 함께 말타기도 하고 비둘기 심부름까지 했다는 이야기도 재미있게 덧붙였다. 가도 아저씨는 그런 흑왜가 대견한지 실눈을 가늘게 뜨고 웃으며 이렇게 당부했다.

"그것 참 잘 되었군! 주인댁이 우리한테 잘 대해 주는 만큼 우리도 주인댁 일을 열심히 해 주어야지. 그렇지만 일을 좀 더 눈치껏 해야 하네. 주인들이란 처음에는 알뜰살뜰 대해 주다가도 나중에 수틀리면 구박을 하니 말이야."

"예, 알겠습니다."

시원스럽게 대답을 하면서도 흑왜의 마음은 벌써 저 멀리 훨훨 날아가고 있었다. 밤이 이슥해지고 길거리에 인적이 끊기자 그는 작별 인사를 하고 장군채 마을로 돌아왔다.

낮에 눈여겨 보아둔 길을 따라 흑왜는 담장 바로 아래의 참죽나무를 타고 담장머리에 올라앉았다. 그리고 뜨락 아래로 사뿐히 뛰어내렸다. 주인 영감님은 큰마누라와 함께 뒤채 오두막에 있는 것이 분명했다. 앞채에는 그녀 혼자 있을 터였다. 흑왜는 단단히 잠긴 창문을 노려보다가 대발을 들추고 방문을 슬쩍 밀어보았다. 방문은 굳게 닫혀 있었다.

똑똑똑!

손가락 마디를 구부려 세 번 두드리자 문빗장을 걷어 올리는 기척이
나더니 뒤이어 방문이 열렸다.

캄캄한 어둠 속에서도 흑왜는 여인의 성숙한 육체만이 풍길 수 있는
기묘하고도 그윽한 냄새를 맡을 수 있었다. 그녀는 실오라기 하나 걸치지
않은 채 서 있었다. 말은 한마디도 할 필요가 없었다. 그는 숨을 깊이 들
이켜고 문턱을 넘어섰다.

그녀가 문빗장을 지르자마자 돌아섰다. 이어 그녀의 손길이 흑왜의 목
덜미를 휘감고 매달려 왔다. 흑왜는 보드라운 그녀의 허리를 감싸 안았다.
순간 그는 아찔한 현기증을 느꼈다. 그는 그녀의 입술을 찾느라 다급해졌
다. 그녀의 혀를 다시 한 번 맛보아야겠다는 마음이 급했던 것이다. 그러
나 그녀는 인색했다. 앙다문 입 사이로 겨우 혀끝만 비죽 내민 채 그의 혓
바닥에 접촉시켰을 뿐 더 이상은 도무지 허락하지 않았다. 그것이 그를
안달나게 만들고 애를 태웠다.

그녀는 그를 이끌고 어둠 속 침상 쪽으로 옮겨 갔다. 그녀의 손길이 그
의 앞가슴의 단추를 더듬으면서 천천히 풀었다. 거친 무명 적삼이 벗겨졌
다. 이어 벌거벗은 가슴이 그녀의 젖무덤에 닿았다. 순간 그는 저도 모르
게 "아앗!" 하는 외마디 소리를 터트렸다. 그는 그녀를 죽어라고 앞가슴에
부둥켜안았다. 따뜻한 체온의 열기, 부드럽고도 탐스러운 젖무덤의 촉감
이 그를 미치게 만들었다. 도저히 물리칠 길 없는 목마름과 뜨거움이 또
한 차례 온몸에 거대한 해일처럼 밀려왔다.

그녀의 손길은 이미 허리께로 뻗어 있었다. 가느다란 노끈을 더듬자 매
듭은 손쉽게 풀렸다. 헐렁헐렁한 홑바지는 제풀에 흘러내렸다. 그가 바짓
가랑이에서 두 발을 뽑아냈을 때 그녀의 손길은 이미 그의 물건을 움켜쥐
고 있었다.

흑왜는 머리카락 한 올 한 올부터 발톱 끝까지 한꺼번에 부풀어 오르

는 느낌을 받았다. 금방이라도 폭발을 일으키고 갈기갈기 찢겨 터져버릴 듯한 기분이었다. 그녀는 침상으로 올라가면서도 손으로는 여전히 그 물건을 꽉 쥐고 있었다. 그는 엉거주춤 뒤따라 침상 위로 이끌려 올라갔다. 그녀는 잡아끄는 자세 그대로 누워선 그를 자기 몸 위에 끌어당겨 포개어 놓았다.

흑왜는 어떻게 해야 하는지도 모른 채 그녀의 손에 잡힌 물건이 어딘가 낯선 곳으로 이끌려 가고 있음을 느꼈다. 펄펄 끓는 뜨거운 늪으로 푹 빠져드는 느낌과 더불어 머릿속에서는 찬란한 무지개의 오색 빛깔이 번뜩 스치고 지나갔다. 그토록 오래 갈망해 오고도 전혀 알 수 없었던 그곳에 온몸이 단숨에 미끄러져 들어간 뒤에도 그는 또 어떻게 해야 할지를 몰랐다.

망설이는 그에게 그녀의 혀끝이 입안으로 미끄러져 들어왔다. 순간 이미 팽창의 극한점까지 도달한 흑왜의 몸뚱이가 드디어 대폭발을 일으켰다. 폭발하는 순간의 희열이 그에게 불현듯 얼음 녹은 물처럼 퍼지는 느낌을 안겨 주었다.

그녀가 토라진 듯이 눈을 흘기면서 웃었다.

"동생, 이런 바보 천치! 어떻게 하는지 모르는구나."

힘이 빠진 흑왜가 매끄러운 대껍질 돗자리에 벌렁 누웠다. 그녀가 흑왜의 손을 끌어다가 자기 젖무덤 위에 얹어놓았다.

'남자의 물건은 여자가 주무르고 여자의 젖가슴은 남자 손이 흠뻑 비벼줘야 자라네……'

그는 이 나리가 흥얼거리던 노랫가락이 떠올랐다. 그녀는 팔꿈치로 몸뚱이를 받치고 젖무덤을 사내의 눈두덩, 두 뺨, 코끝에 대고 문지르다가 입술 위에 옮겨가서 딱 멈췄다. 그는 빨아 먹고 싶은 생각에 입을 딱 벌렸다. 그러나 쑥스러운 느낌이 들었다. 여자가 손톱으로 입술을 살짝 들추었다. 그는 이내 그녀의 뜻을 알아차렸다. 멋쩍고 쑥스러운 느낌은 더 이상 없었다. 벌린 입이 그녀의 유두乳頭를 절반 남짓이나 삼키고 들어갔다.

"아야!"

엄살 섞인 외마디 신음 소리가 들렸다. 동시에 그녀의 몸 전체가 뒤틀리면서 신음하기 시작했다. 그녀는 또 다른 한쪽마저 사내의 입에 물렸다. 흥분에 달아오른 몸뚱이가 더욱 격렬하게 비틀렸다. 숨 가쁜 신음 소리가 더욱 크게 울려 퍼졌다. 더욱 잦은 속도로 터져 나왔다. 당장에라도 숨이 넘어갈 듯 헐떡거리는 신음 소리를 듣는 동안 그는 앞서처럼 부풀어 오르는 감각이 되살아나기 시작했다. 한 줄기 강대하고도 촉박한 힘이 그에게 용감하게 뛰라고 재촉했다.

그는 몸을 뒤채어 그녀의 몸뚱이를 자기 밑에 깔아 눕혔다. 더 이상 그녀의 손길이 필요 없었다. 그곳 역시 미지의 곳이 아니었다. 뜨거운 진창에 몸을 푹 담근 채 그는 또 한 번 대폭발이 일어날 순간만을 조용히 기다렸다.

"이런, 역시 바보 천치로구나! 동생……."

그녀는 이렇게 중얼거리면서 그의 둔부를 밀어 올렸다가 자기 앞으로 힘껏 찍어 눌렀다. 한 번, 또 한 번, 그리고 또……. 흑왜는 이내 깨달았다.

"할 줄 아네! 동생, 바보는 아니었군."

흑왜는 미친 사람처럼 돌격을 개시했다. 억센 두 손으로 젖무덤을 으스러져라 움켜잡은 채 질척거리는 늪 속 밑바닥에 닿을 때까지 들이받고 또 들이받았다. 그녀는 사내의 허리를 단단히 붙잡고 끊임없이 뒤틀고 울부짖으면서 그 사나운 돌격을 맞아들였다. 시간이 정지되는 찰나 갑자기 그 폭발이 다시 한 차례 일어났다.

그의 몸뚱이가 스르르 미끄러져 내렸다. 그는 비할 데 없이 아늑하고도 상쾌한 기분으로 대자리 위에 털썩 누웠다. 한동안 그렇게 숨을 돌리

고 나서 그는 주섬주섬 자기 옷가지를 찾아 거머쥐고 일어났다. 이제 가
야 했다. 그가 바지통에 다리를 꿰는 순간이었다. 그녀가 와락 달려들더니
단숨에 바지를 빼앗아 침상 머리맡에 내던졌다. 이어 발정난 암고양이처
럼 사나운 기세로 그의 품속에 뛰어들었다. 흑왜는 그 기세에 밀려 침상
위로 벌렁 나가떨어졌다.

그녀가 그의 넓적다리를 타고 앉았다. 뜨겁게 달아오른 그녀의 입술이
그의 얼굴을 훑고 내려갔다. 그런 다음 목덜미까지 물어뜯었다. 그는 그녀
의 뺨을 받쳐 들고 혓바닥을 찾았다. 그녀는 입을 크게 벌리고 그의 혓바
닥이 들어가기가 무섭게 혀뿌리가 끊어지도록 힘껏 빨았다. 넓적다리를
타고 앉았던 그녀의 하반신이 슬금슬금 종아리 쪽으로 미끄러져 내리는
가 싶었을 때였다. 어느새 그녀의 뜨거운 입술도 뒤따라 그의 목덜미, 가
슴, 겨드랑이, 옆구리를 샅샅이 훑으면서 아랫배 쪽으로 내려가고 있었다.
이윽고 그녀의 둔부가 발목을 바싹 조였다. 배꼽에 입을 맞춘 뒤 그녀의
입술은 맹렬한 속도로 곧장 그 아래 계곡으로 돌진했다.

"으흑!"

흑왜가 외마디 신음 소리를 냈다. 전신에 경련이 일어나면서 걷잡을
수 없이 비틀리기 시작했다.

"그만, 그만! 누님, 누님! 으아아!"

숯불 화로처럼 달아오른 입속에 갇혔던 것이 쑥 빠져나왔다. 그녀가
다시 위쪽으로 기어오르더니 과녁을 맞추듯 그것을 도로 집어넣었다. 그
녀는 스스로 격렬하게 운동하기 시작했다. 그가 또 한 차례의 폭발과 사
그러짐을 느낄 때까지 끝없이 줄기차게.

그녀가 그의 품안에 고요히 기댄 채 귓불에 입술을 바짝 붙이고 속삭
였다.

"동생, 내일 죽을지 모레 죽을지 몰라도 난 동생을 놓치지 않을 테야.

정말 오늘 밤은 잊지 못하겠어!"

그 일이 있은 후에도 겉으로 보기에 흑왜의 하루 일과들은 여느 때와 다름없었다. 낮에는 이 나리, 왕 나리와 함께 보리밭을 갈아엎고 저녁에는 마구간의 커다란 침상에서 함께 잠을 잤다. 하지만 그 여인과 다시 한 번 포근하고도 아름다운 꿈을 꾸고 싶은 열망이 머릿속을 떠나지 않았다. 그렇다고 해서 또 가도 아저씨를 만나러 간다고 거짓말을 할 수는 없었다.

아침 일찍 뜨락에 나가서 비질하고 우물물을 길어 올릴 때면 주인 영감이 앞뜰에 나와 주먹질, 발길질을 해 가면서 아침 단련을 하고 있었으니 그녀의 얼굴도 쳐다볼 수 없었다. 틈이 있다면 오직 한 번밖에 없었다. 저녁 식사를 마친 후 외양간 가축들에게 뜨물을 먹이고 빈 통을 부엌에 가져다 줄 때뿐이었다. 그러나 부엌에서 순간적으로 그녀와 서로 손목이나마 살짝 꼬집고 난 뒤에는 도둑질하다 들킨 사람처럼 허둥지둥 빠져나오는 것이 고작이었다.

그렇게 번민과 초조 속에서 기다리던 기회가 다시 찾아왔다.

수확을 끝낸 보리 그루터기를 한 차례 갈아엎어 삼복 무더운 햇볕 아래 바짝 말리고 난 후면 제때 내린 빗물이 땅 속 깊숙이 스며들기를 기다려야 한다. 이어 또 한 차례 갈아엎고 보습질을 해 주고 나면 땅은 마치 누룩을 섞어 부풀린 밀가루 반죽처럼 부드러워져 가을철 보리 파종을 기다린다. 옥수수밭의 김을 매 주고 거름을 뿌려 주기까지 보름 정도의 농한기가 이렇게 시작되었다.

이때가 되면 으레 주인댁은 머슴들에게 잠정적으로 반 년 치 품삯과 새경을 보리쌀로 지급하고 사나흘씩 휴가를 준다. 머슴들은 반 년 동안 일해 받은 돈 꾸러미나 보리쌀 자루를 메고 고향으로 내려가 식구들을 안심시키고 일가친척들도 만나고 돌아온다.

그 이후는 줄곧 옥수수 재배, 수확, 가을보리 파종하는 일에 눈코 뜰 새 없이 매달린다. 이어 부뚜막 조왕신에게 제사 지내는 섣달 스무사흘에 한 해 농사일을 마무리 짓는다. 그리고 나서 주인댁은 이듬해에 머슴들을 다시 쓸지 아니면 내보낼지를 결정한다. 머슴들 역시 그 집에서 일을 계속할지 여부를 결정해야 한다. 그리고 정월 대보름이 지나면 또다시 새로운 기분으로 한 해 일을 시작한다.

머슴들이 마지막 한 필지 남은 보리밭을 갈아엎던 그날 저녁, 주인 곽 영감이 마구간으로 찾아왔다. 그리고 연신 부채질을 해가면서 기분 좋게 인사치레를 건넸다.

"모두 수고했네! 가을걷이하랴, 파종하랴, 또 쟁기질하랴, 일이 무척 바빴을 걸세. 이 씨와 왕 씨는 내일 떠나도록 하게. 올해 뼈 빠지게 일한 품삯을 가지고 양친 처자식들이 기다리는 고향에 돌아가서 반갑게 만나게. 집안 살림살이가 정돈되거든 내처 돌아와야 하네."

"예, 고맙습니다. 나리!"

"지금 밭에 급한 일은 없으니까 녹 씨만 남아서 가축들을 돌봐주면 되네. 녹 씨는 두 사람이 돌아오거든 그때 가서 떠나도록 하게. 녹 씨네 집은 부친이 든든하게 지키고 있을 테니까 며칠 늦게 가도 별 상관은 없겠지?"

"아아…… 예에! 괜찮고 말굽쇼!"

드디어 기회가 왔다. 흑왜는 너무나 기막힌 주인 영감의 결정에 가슴이 마구 뛰었다. 대답하는 목소리마저 떨려 나왔다.

그날 저녁 이 나리와 왕 나리는 곳간에 가서 새경으로 받을 보리쌀을 자루에 꽉 차게 담았다. 그들은 밤새 들뜬 기분에 잠을 이루지 못하다가 꼭두새벽에 수탉이 홰를 세 번 치기가 무섭게 보릿자루를 작은 수레에 싣고 휑하니 떠나갔다.

잠을 못 이룬 것은 흑왜도 마찬가지였다. 뜬눈으로 밤을 꼬박 새우며 안달하던 그는 동녘이 부옇게 밝자마자 안뜰로 뛰어 들어가 부지런히 비질을 하고 우물물을 길어 올렸다. 아침을 먹을 때 그는 대담하게 그녀의 손목을 잡고 앉은 자리에서 벌떡 일어나 입을 맞추었다. 깜짝 놀란 그녀의 얼굴빛이 노랗게 질렸다.

"미쳤어?"

"기다려요, 오늘 밤이 좋은 기회니까."

흑왜가 도로 앉으면서 느긋이 속삭였다.

마구간으로 돌아간 그는 가축들에게 여물을 두 통씩이나 먹이는 인심을 썼다. 그리고 말과 소, 나귀와 노새를 모조리 끌어내다 나무 그늘 아래 매어 놓고 빗자루로 몸통에 달라붙은 흙덩어리와 분뇨 부스러기를 말끔히 긁어 주었다. 내친김에 외양간과 마구간 우리 안에 마른 흙도 새로 깔아주었다. 뿐만 아니라 물 항아리마다 돌아가며 우물물을 가득 채워 놓았다. 그리고 점심을 먹고는 텅 빈 침상에 큰 대자로 누워서 낮잠을 퍼지게 잤다.

오후가 되자 시간이 더 느리게 흘렀다. 그는 아예 큼지막한 대광주리를 메고 문밖으로 나섰다. 개자리 풀이나 듬뿍 베어다 쌓아 놓으면 시간이 조금 빨리 지나갈까 싶었다.

"오호, 부지런하군! 어느새 외양간을 다 치우고 풀까지 베러 나왔나?"

등 뒤에서 누군가 칭찬을 늘어놓았다. 귀에 익은 목소리였다. 주인 곽 영감이 어느새 다가와서는 낫을 한 자루 들고 곁에 쭈그리고 앉았다. 이어 개자리 풀을 썩썩 베어 나가기 시작했다. 흑왜는 풀포기에 낫을 갖다 대면서 곁눈질로 주인 영감을 노려보았다. 허옇게 센 머리통을 보고 있노라니 가슴속에 문득 살기가 솟구쳤다. 저도 모르게 낫자루를 잡은 손에 힘이 부쩍 들어갔다.

그러나 무서운 살기는 이내 후회로 바뀌었다. 주인 영감은 내게 과분할 만큼 잘해 주었다. 오죽하면 같이 말달리기도 하고 소중한 비둘기 심부름까지 시켰겠나! 오죽 믿었으면 외양간, 마구간 일을 통째로 맡겼겠는가! 한데 나는 배은망덕하게 주인의 여자를 탐냈을 뿐만 아니라 끝내 그녀의 몸까지 훔쳤다. 생각이 여기까지 미치자 방금 직전까지 흥분과 기쁨에 들떠 있던 가슴이 싸늘하게 식으면서 부끄러움에 얼굴이 달아올랐다.

이윽고 밤이 찾아왔다. 넓은 마구간 침상에 처음으로 자기 혼자 누워 있으려니 싸늘하게 식었던 흑왜의 가슴이 또다시 들뜨기 시작했다. 온몸에 불도 붙었다. 밤이 이슥해질수록 담장을 뛰어넘고 싶은 욕망이 그를 못 견디게 다그치고 몰아붙였다. 그는 옷을 모조리 벗어던진 다음 물독에서 차가운 냉수 한 바가지를 떠 정수리부터 내리쏟았다. 그리고 또 한 바가지……. 정신이 번쩍 들면서 상쾌한 기분이 온몸을 휩쓸었다.

그는 벌거벗은 채로 침상 위에 누워 잠을 청했다. 그러나 눈을 감을 수가 없었다. 눈만 감으면 그녀의 알몸뚱이가 떠올랐다. 숨 가쁘게 헐떡거리는 소리도 들렸다. 자정을 갓 넘겼을 때였다. 그는 몽유병자처럼 부스스 일어나 마구간 문 쪽으로 걸어갔다.

가는 길도 똑같았다. 기어오르는 참죽나무 가장귀도, 뛰어넘는 담장도 여전히 거기에 있었다. 다른 점이 있다면 곁방 문에 빗장이 걸리지 않고 닫혀 있기만 한 탓에 문을 두드릴 필요도 없이 손끝으로 밀기 무섭게 열렸다는 사실이었다. 그녀는 문턱에 서 있지도 않았다. 벌거숭이인 몸뚱이로 창문으로 어슴푸레 비치는 달빛 아래의 침상 위에 누워 있었다.

목마른 입맞춤과 뜨거운 애무가 이어졌다. 두 사람은 상대방의 팔다리와 한 덩어리로 얽히는 데만 집중했다. 흑왜는 이제 당황하지도 서두르지도 않았다. 그녀 역시 '바보 천치'라고 비웃지 않았다. 갈수록 능수능란해지는 흑왜의 애무에 온몸을 떠맡긴 채 열락의 황홀경에 그저 빠져들기만

하면 되었다.

그들은 이제 부끄러움과 두려움, 당혹감과 무지의 장벽을 뛰어넘어 침착하고도 여유로운 경지에 접어들었다. 상대방의 온갖 애무를 남김없이 받아들이고 또 상대방에게 온갖 애무를 아낌없이 베풀어주면서 더욱 대담한 행위로 한 단계 한 단계 이끌고 간 끝에 똑같이 혼백마저 녹아버리는 최고 절정 상태에 도달할 수 있었다.

그들은 이미 육체적인 감각 기관의 자극뿐만 아니라 그보다 더욱 진한 감정의 발산도 열망했다. 끊임없이 속삭이는 애정의 밀어에 자연스럽게 눈물을 흘리고 흐느껴 울기도 했다.

"죽일 테야, 동생! 정말 죽도록 사랑하고 있어! 아야! 날 죽여줘!"

"나도 얼마나 보고 싶었다고! 항아 누님, 보고 싶어 미칠 뻔했어!"

"난 정말 동생 이걸 싹둑 잘라버리고 싶어! 잘라서 품속에 감춰 두고 생각날 때마다 꺼내서 입 맞추고 싶어."

"좋아, 주지! 가져갈 테면 가져가 봐! 누님, 나도 항아 누님의 이 젖가슴을 통째로 뜯어 삼키고 싶어! 낮이고 밤이고 누님이 그리울 때마다 꺼내 잘근잘근 씹고 배가 터지게 향기를 맡고 싶어!"

그녀가 쿡쿡 웃었다. 그 바람에 사내의 몸이 들썩거렸다.

"황소라도 되나? 되새김질을 하게!"

그들은 한 차례 또 한 차례 절정으로 치달았다. 절정에 오를 때마다 곧바로 자지러지기 무섭게 곤두박질쳐 내려오느라 그들은 도저히 만족할 수 없었다. 그들의 몸뚱이가 아쉬움 속에 풀린 것은 새벽닭이 홰를 세 번 치고 나서였다.

이어 찾아온 하룻밤은 더욱 완벽했다. 그들은 끈끈하게 달라붙는 애정의 교착 상태에서 홀가분하고도 쾌적한 새로운 환락의 경지로 진입했다. 우스갯소리로 상대방을 놀려주고 서로 속마음을 열어 보이는 여유까지 얻었다. 흑왜는 밤마다 마구간에서 들었던 이 나리, 왕 나리의 음담패설 강의 내용을 그녀에게 미주알고주알 털어놓았다. 그럴 때마다 그녀는 사레가 들리도록 웃음보를 터트리며 흑왜를 꼬집고 할퀴었다. 어루만지고 애무해 주었다.

"흑왜, 그따위 못된 소리만 배울 거야? 건달 잡놈들과 어울리면 동생도 건달 잡놈밖에 더 되겠어?"

흑왜는 웃으면서 반격을 가했다.

"누님 이야기를 들으니까 주인 영감한테 오줌보에 담근 대추를 먹인답디다! 그게 정말이우, 거짓말이우?"

찰싹!

다음 순간 여인의 손바닥이 따귀를 올려붙였다. 손길이 매서운 것이 분위기가 장난이 아닌 듯싶었다. 흑왜는 입을 딱 벌린 채 벙어리가 되고 말았다. 입 밖에 내지 말아야 할 것을 건드렸구나 싶어 후회가 치솟았다.

그녀가 일어나 앉았다. 그리고 침상 밑에서 요강을 들어다가 흑왜의 눈앞에 들이댔다. 흑왜는 상체를 절반쯤 일으키고 안을 들여다보았다. 누리끼리한 오줌 속에 과연 대추 세 알이 둥실둥실 떠 있었다. 그런데 벌써 물기를 흠뻑 머금었는지 통통하게 불어 있었다.

"그년이 시킨 짓이야! 큰마누라!"

여인의 목소리가 증오심으로 떨려 나왔다. 대추 이야기를 꺼내면서 그녀는 송곳에 찔린 듯 가슴 아픈 표정을 지었다. 큰마누라는 날마다 저녁이 되면 곁방으로 찾아와 그녀가 대추 세 알을 은밀한 곳에 집어넣는 것을 확인하고서야 나갔다고 했다. 그녀는 나중에 보복할 방법을 생각해 낸 끝에 감시꾼이 떠나기 무섭게 대추를 도로 꺼내 요강에 담그기 시작했노라고 했다.

"흑왜, 알기나 해? 그 영감이 먹는 것은 내 오줌에 절인 대추란 말이야!"

그녀는 말을 하다 말고 새삼 분통이 치미는지 이렇게 종알거렸다.

"두고 봐! 동생이 거기다 오줌을 싸면……, 그걸 그 죽일 놈의 늙은이한테 먹이고 말 테니까."

주인 영감 이야기가 나오자 흑왜는 슬그머니 겁이 났다. 그녀는 급기야 훌쩍훌쩍 흐느껴 울기 시작했다.

"동생은 모르겠지만 나는 이 집구석에서 개나 돼지보다도 못해! 난 더 이상 이렇게 못 살겠어. 우리 둘이서 몰래 도망가면 어때? 밤중에 멀리멀리 도망쳐서 아무도 모르는 데 가서 살자. 밥을 빌어먹더라도 난 괜찮아. 그저 밤이고 낮이고 동생과 같이 있을 수만 있으면 무엇이든지 다 좋아!"

"그건 좀……."

흑왜는 말을 더듬었다. 애당초 뒷일 같은 건 생각해 본 적이 없었다.

"누님, 서두를 것 없잖아요? 난 도망친다는 생각은 해 보질 않아서……. 그 문제는 내일 밤에 다시 만나서 상의하죠."

"뭐가 무서워? 내가 지금 홧김에 허튼소리 하는 줄 알아? 이판사판인데 무서워할 것 하나도 없어! 단 며칠만이라도 동생하고 살 수만 있다면 나는 죽어도 여한이 없다고!"

흑왜는 무거운 심정으로 마구간에 돌아왔다. 자, 이 노릇을 어떻게 한단 말인가? 남의 눈을 속이고 도둑놈처럼 담장을 넘어 몰래 만나다 보면 언젠가는 들통날 일 아닌가! 그것은 오래 이어질 방법이 아니다. 그렇다면 어디서부터 어떻게 손을 써야 할 것인가?

이때였다.

똑똑똑!

누군가 문을 두드리는 소리가 났다.

"누구요?"

흑왜가 흠칫 놀라 물었다.

"날세!"

착 가라앉은 목소리였다. 흑왜는 주인 영감의 음성을 알아듣고 순간 당황했다. 그러나 생각해 보니 별로 두려워할 일은 아니었다. 만약 주인이 무슨 낌새를 챘다면 간통하는 현장을 덮칠 일이지 그가 마구간에 돌아올 때까지 기다려 줄 턱이 없지 않겠는가. 그는 일부러 잠에 취한 척하며 천천히 빗장을 열었다.

곽 영감이 안으로 성큼 들어섰다.

"불을 켜게."

흑왜는 불안한 자기 안색이 드러날까 두려워 머뭇거렸다.

"불을 켜라니까!"

주인의 언성이 높아졌다. 그는 할 수 없이 부싯돌을 두드려 등잔에 불을 붙였다. 주인 영감은 뒷짐을 진 채 맞은편에 서 있었다.

"방금 어딜 갔다 왔나?"

"뒷간에…… 배가 좀 아파서요……."

흑왜가 더듬거리며 대답하자 곽 영감은 싸늘하게 쏘아붙였다.

"뒷간은 그쪽에 없잖나! 게다가 담장을 뛰어넘을 필요도 없고."

흑왜는 눈앞이 캄캄해지면서 주저앉을 뻔했다.

"잘못했습니다. 제가 죽을죄를 저질렀습니다! 주인 나리, 무슨 처분이든지 받겠으니 말씀만 하십시오!"

곽 영감이 고개를 내저었다.

"너를 죽일 생각이었으면 현장에서 붙잡았지 이리로 돌아오게 두었겠느냐? 또 사람을 죽인다는 것이 노래기 한 마리 밟아 죽이듯 그렇게 쉬운 줄 아느냐? 하긴 이 일을 네 탓으로만 돌리고 싶지는 않다. 그 계집이 사내들에게 꼬리를 치도록 놔둔 내 잘못이지. 그 계집은 화냥년이라 죽여도 상관없다만 네 아비가 너를 이만큼 키우기까지 쉽지만은 않았을 게다. 그런데 아비 얼굴에 이런 똥칠을 했으니 네놈이 평생토록 현숙한 여인을 만나 살기는 다 틀린 듯싶어 그게 안타깝구나."

주인 영감의 말이 끝날 때까지 그는 감히 고개도 들지 못하고 말 한마디 대꾸하지 못했다.

"우리 이렇게 하자꾸나. 내 너한테 반 년 치 품삯을 줄 테니 멀찌감치 딴 데로 가서 다른 주인을 찾아라. 대신 이것 하나만은 단단히 기억해라. 오늘 이후 또 이렇듯 얼굴도 쳐들지 못할 패륜은 두 번 다시 저지르지 말아야 한다!"

주인 영감은 허리춤에서 은화 몇 잎을 꺼내 침상에 가만히 내려놓았다.

"주인 어르신! 처벌하지 않으시는 것만으로도 제게 큰 은혜를 내리셨습니다. 품삯은 못 가져가겠으니 도로 거두어 주십시오! 주인 어르신은 정말 너그러우십니다. 너무 좋으신 주인 어르신인데 이 못된 놈이……."

흑왜는 말끝을 맺지 못했다. 맥도 탁 풀려 그 자리에 꿇어앉고 말았다.

곽 영감이 절레절레 도리질을 했다.

"아니야. 이번 일은 아예 없었던 것으로 하겠다. 애초에 일어나지도 않은 것이니 그런 줄 알거라! 더 이상 떠들지 말고 어서 그 돈이나 가지고 떠나거라. 지금 당장!"

흑왜는 감히 손을 내밀지 못하고 망설이다 마음을 굳게 먹고는 은화를 집어 호주머니에 넣었다. 그리고 주섬주섬 보따리를 챙겨 등에 걸머지고 주인 곽 영감을 향해 깊숙이 허리 굽혀 하직인사를 올렸다. 그런 다음 조용히 마구간 문턱을 넘어섰다.

골목길 모퉁이를 돌아서기 직전 흑왜는 저도 모르게 고개를 돌리고 뒤를 바라보았다. 마구간 창문에 아직도 불빛이 비쳐 나오는 것이 아마도 오늘 밤에는 주인 영감 혼자서 가축들의 시중을 들 모양인 듯했다. 그는 마음이 쓰라렸다. 자기 손으로 제 따귀를 후려치지 못하는 게 한이었다. 저렇듯 인자하고 너그러운 주인에게 못할 짓을 저지르다니, 이러고도 내가 사람이란 말인가…….

회한을 품은 채 터덜터덜 동구 밖을 벗어나 고향으로 향하자니 불현 듯 한 가지 생각이 떠올랐다. 저절로 발걸음이 멈춰졌다. 그는 반 년 전 집을 떠나올 때 두세 해 열심히 일해서 여봐란 듯이 돈을 벌어오겠노라고 아버지 앞에 다짐을 했었다. 그런데 반년도 못 채우고 이렇게 돌아가게 되었으니 뭐라고 변명을 한단 말인가? 생각이 여기까지 미치자 그는 반대쪽으로 발길을 돌렸다. 오냐, 집에서 멀수록 좋다! 어디면 어떤가? 일손이 필요한 주인을 찾아서 하루 세 끼 얻어먹고 잠만 잘 수 있으면 그것으로 족하다.

한참을 걷다가 작은 강변에 다다라 신발을 벗으려던 그는 등 뒤에서 다가오는 발자국 소리를 들었다. 흘끗 뒤돌아보니 시커먼 그림자 둘이 이쪽으로 급히 달려오고 있었다.

"녹 씨, 녹 씨! 잠깐만 전할 말이 있어!"

흑왜는 엉거주춤 신발을 든 채 서서 기다렸다. 달빛이 밝은 덕분에 흑왜는 그들이 곽 영감의 친척 조카뻘 되는 청년들임을 알아볼 수 있었다. 숨이 턱에 닿도록 헐레벌떡 달려온 두 젊은이가 마침내 흑왜를 가운데 끼고 앞뒤에 섰다. 그중 한 사람이 먼저 입을 열었다.

"이렇게 마음대로 가도 되는 거야?"

"주인 나리가 떠나라고 해서 가는 거요."

흑왜가 대답했다.

"떠나려거든 아주 멀찌감치 꺼져! 마을에 온통 구린 냄새 풍기지 말고!"

흑왜는 대답하지 않았다. 뭔가 막다른 길에 몰렸다는 느낌이 들었지만 아무 생각도 나지 않았다.

"어째서 대꾸도 않는 거지? 이 육시랄 놈아!"

"……."

"내 오늘 밤 이 개잡놈의 껍질을 산 채로 벗기고야 말겠다!"

둘은 주거니 받거니 한마디씩 번갈아 욕설을 퍼붓고 나더니 마침내 한바탕 공격할 자세를 가다듬었다.

퍽!

흑왜는 가슴에 주먹을 한 대 얻어맞았다. 이어 등판에도 발길질이 날아들었다. 그는 아픔을 참으면서 이리저리 피하다 마침내 반격할 기회를 잡았다. 정면에서 또 한 차례 주먹이 날아드는 찰나 그는 상대방의 얼굴을 노리고 주먹을 마주 날려 보냈다.

따악!

주먹에 와서 닿는 딱딱한 감촉이 상대방의 콧잔등에 주먹이 정통으로 들어맞았다는 사실을 알려 주었다.

"어이쿠!"

청년이 두 손으로 얼굴을 싸쥔 채 비틀비틀 뒷걸음치다가 강기슭 자갈밭에 발이 미끄러지면서 벌렁 나가떨어졌다. 흑왜는 그쪽은 쳐다보지도 않고 휙 돌아서기 무섭게 또 다른 적의 사타구니를 내질렀다.

"우어억!"

소중한 물건을 걷어 채인 젊은이가 황소울음 같은 외마디 비명을 터트리면서 털썩 주저앉았다.

정신을 차린 둘이 다시 한 번 덮치기 전에 흑왜는 강물에 몸을 던져 물결 흐르는 대로 떠내려갔다.

흑왜는 한참을 떠내려가다 맞은편 기슭으로 기어올랐다. 그러나 여기가 어딘지 도대체 방향을 분간할 수 없었다. 배에서 꼬르륵 소리가 났다. 그는 강변 모래밭 근처에서 풍기는 참외 냄새를 맡고 그쪽을 향해 발길을 돌렸다. 과연 참외밭이 거기 있었다. 제철이 안 되어 덜 익었겠지만 그런 걸 따질 형편이 아니었다. 그는 몇 개를 더듬어 딴 후 강변 오솔길을 따라 걸으면서 크게 베어 먹었다. 쌉싸름하게 설익은 풋내가 입안에 가득찼다. 하지만 그는 껍질째 우적우적 씹어 삼켰다.

곽 영감이 떠올랐다. 그 영감은 자기를 선선히 보내주는 척하고 암암리에 조카 둘을 뒤쫓아 보내 자신을 처치하려 한 것이 분명했다. 목을 졸라 죽이든 아니면 바윗돌로 찍어 죽이든 수단 방법을 가리지 않고 쥐도 새도 모르게 자기를 죽여서 강물에다 던져 넣으려 했을 터였다. 그렇게 추문의 흔적을 말끔히 없애버리기로 한 것이 분명했다. 흑왜는 이제 주인 영감에 대해 더 이상 미안하다는 생각이 들지 않았다. 방금 거꾸러뜨린 바보 녀석들의 행위가 오히려 지금껏 양심의 가책에 시달리고 있던 흑왜의 부담을 홀가분하게 풀어준 셈이었다.

마음이 느긋해지자 흑왜의 생각은 다른 곳으로 치달았다. 아뿔싸, 잊고 있었구나! 내가 이 지경으로 당했다면 항아 누님은 지금쯤 얼마나 모진 고초를 겪고 있을까? 어디라고 꼭 정해 놓은 목적지도 없었으나 그는 날이 밝고도 걸음을 멈추지 않았다. 장군채 마을에서 멀리 떨어지면 떨어질수록 안전할 터였다. 점심을 먹을 무렵 그는 어림잡아 100여 리를 벗어나 있었다.

이윽고 그는 규모가 그리 크지 않은 마을에서 걸음을 멈췄다. 이어 머슴이 필요한 집이 없는지 알아보았다. 우선 날품팔이라도 좋다고 했다. 누군가 친절하게 일자리 있는 곳을 가르쳐 주었다. 앞쪽 황가위장黃家圍墻 마을에 황노오黃老五란 지주가 있는데 얼마 전에 머슴이 일을 때려치우고 나가버려 일손을 구하고 있다는 이야기였다. 하지만 그 주인 영감의 성질이 워낙 구두쇠인 데다 깐깐해 나이 지긋한 어른이면 몰라도 젊은이는 배겨 내지 못할 것이라는 이야기도 덧붙였다. 흑왜는 생각했다. 지금이 어디 찬밥 더운밥 가릴 땐가. 그저 누구든지 자기를 받아주기만 하면 무슨 일인들 못 견디겠나 싶었다.

황가위장 마을 새 주인댁에서 보름 남짓 머슴살이를 하는 동안 흑왜는 구두쇠 황노오 영감의 평판이 과연 헛소문이 아니었음을 깨달았다. 황노오 영감은 날이 밝기도 전에 고래고래 호통을 쳐서 그를 밭으로 내보냈다. 삼복 무더위가 푹푹 찌는 대낮에도 쉴 틈을 주지 않았다. 이유는 충분했다.

"해가 이렇게 쨍쨍 내리쬐는 날이 어디 쉽게 오는 줄 아나? 부지런히 호미질을 하게! 김을 매서 좋고 잡초들도 뽑아내기 무섭게 바짝 마르니 얼마나 좋으냔 말일세."

눈을 뜨지 못할 정도로 비가 퍼부어도 황노오 영감의 말에는 이유가 있었다.

"이야, 정말 날씨 한번 기막히게 좋군! 비가 이렇게 흠뻑 쏟아져야 시원해서 일하기가 수월하지. 더위도 안 먹고 말이야."

흑왜는 개의치 않았다. 더구나 구두쇠 영감 자신도 무더위에 쉬지 않았을 뿐 아니라 억수처럼 퍼붓는 비를 함께 맞으며 억척스레 일을 했다. 그런데 무슨 불평불만이 있겠는가.

황노오 영감은 하루 세 끼니도 머슴과 같이 했다. 점심때는 멀건 물국수가 나왔다. 또 아침과 저녁에는 으레 옥수수, 검정콩, 벼, 기장, 완두콩 따위의 잡곡으로 만든 떡이 나왔다.

옥수수떡은 그래도 괜찮은 편이었다. 그러나 검정 콩가루 떡은 솥에 찌든 번철에 지지든 그 빛깔이 영락없는 고양이 똥처럼 새까맣고 쓰디쓴 맛이었다. 눌어붙은 냄새가 도무지 사람이 먹을 음식이 아니었다. 완두콩 떡은 딱딱하기 짝이 없었다. 한 입 깨물어 먹자면 이빨이 시큰거릴 정도 였다. 씹을수록 입안이 온통 모래알처럼 깔깔해 당최 목구멍으로 넘어가 지를 않았다.

어디 그뿐이랴. 완두콩 식사를 하고 나면 방귀가 나오는데 이건 도저 히 참을 수가 없었다. 이러니 밭일하러 나가는 길 내내 상전과 머슴의 궁 둥이는 교대로 가죽피리를 불었다. 황노오 영감 자신도 방귀를 뀔 때마다 우스운지 낄낄대면서 이렇게 능치곤 했다.

"흑왜, 냄새 좀 맡아 봐. 구린내가 안 나지? 보리떡 방귀는 구역질이 날 정도로 지독하단 말씀이야!"

흑왜가 주인댁 내력을 안 것은 얼마 되지 않아서였다. 황노오 영감은 농촌 어디에나 있는 무식하고도 우직한 농사꾼이었다. 오로지 피땀 흘려 절약하고 부지런히 일해서 1묘, 반 묘씩 자투리땅을 사들여 지주가 되었 다. 장군채 마을의 곽 영감과는 견줄 상대가 못 되었다.

그러나 정작 흑왜를 못 견디게 만든 것은 고된 밭일이나 형편없는 식 사가 아니었다. 그것은 황노오 영감의 밥 먹는 습관 때문이었다. 흑왜는 다른 것은 몰라도 이런 식사 태도만큼은 도저히 참아낼 재간이 없었다. 황씨 댁에서 첫 식사를 하던 날이었다. 흑왜는 주인이 밥그릇을 핥는 것 을 보고 구역질이 나서 하마터면 먹은 음식을 다 토해낼 뻔했다. 그 이후 로 흑왜는 젓가락질을 최대한 빨리 했다. 그런 다음 황노오 영감이 식사 를 마치고 밥그릇을 핥기 전에 식탁에서 일어났다. 혓바닥으로 그릇 밑바 닥까지 싹싹 핥느라 내는 쩝쩝 소리를 듣지 않기 위해서였다.

그날 점심때도 일찌감치 밥그릇을 내려놓고 막 일어설 참이었다. 그런 데 주인 영감이 젓가락 끝으로 걸상을 가리키면서 붙잡았다.

"녹 나리, 뭐가 그리 급한가? 거기 좀 앉게. 내 할 말이 있으니까."

흑왜는 어쩔 수 없이 도로 궁둥이를 걸치고 앉았다.

"밥그릇을 핥게!"

주인이 명령했다. 흑왜는 방금 비워 놓은 밥사발을 바라보았다. 밥사발에는 누런 옥수수 낱알 찌꺼기 몇 개가 있었다. 그리고 그 언저리에 파리 네댓 마리가 윙윙 날아다니고 있었다. 더 이상 뜯어 먹을 밥알도 핥아 먹을 건덕지도 없었다.

"못 핥겠습니다. 어릴 적부터 밥그릇을 핥으라고 배우지 않았고……."

"어려서 못 배웠다니 지금 배워도 늦지 않네. 생각해 보게. 밥알 한 개, 죽 한 방울이 어디서 공짜로 생긴 건가? 핥을 줄 모른다면 내 당장 가르쳐 주지!"

말을 마치자마자 그는 본보기라도 보이려는 듯 밥그릇을 번쩍 들었다. 그러더니 그놈의 긴 혓바닥을 쭉 뽑아 늘이고 밥그릇 가장자리에서부터 안쪽으로 맛있게 핥아 들어가기 시작했다.

"쩝쩝! 후루룩, 쩝쩝!"

그릇 속은 삽시간에 행주로 닦아낸 것처럼 말끔해졌다. 주인 영감은 그런 다음에 또 두 손으로 밥그릇을 들고 가장자리를 빙글빙글 돌려가며 겉면을 핥아 나갔다. 개가 빈 밥그릇을 핥듯 쩝쩝 소리가 유별나게 울렸다. 그는 겉을 다 핥고 나자 이번에는 그릇을 엎어서 밑바닥까지 혓바닥을 날름대기 시작했다.

"이걸 좀 보라고, 밥알 하나 없잖나? 이래야 귀한 곡식을 내버리지 않게 되는 거야!"

노랑이 황 영감은 윤기가 반드르르 나도록 깨끗해진 밥그릇을 내보이면서 의기양양하게 소리쳤다.

"전 우리 집에서도 밥그릇을 핥아 본 적이 없었습니다. 주인나리 댁보다 더 가난하기는 해도 빈 밥사발까지 핥는 사람은 없으니까요."

"그러니까 자네가 집을 나와서 남의 집 머슴살이를 하는 게 아닌가! 만약 자네 어르신이 밥그릇을 핥을 정도로 검소하셨다면 자네도 이런 고생을 하지 않았을 테고, 앞으로 자네 자손들 역시 머슴 노릇을 하지 않게 되는 거야. 생각해 보게, 집안에서 할아버지와 아버지, 자네 3대가 100년 동안 밥그릇에 붙여서 버리는 곡식 낟알이 얼마나 많았겠나? 그렇게 내버려지는 곡식을 아껴서 쌓아 두었다면 자네가 이렇게 남의 집에 와서 죽을 고생을 하지 않았겠지. 다른 사람을 머슴으로 고용해서 부려먹고도 남았을 걸세!"

흑왜는 구두쇠 영감의 혓바닥이 날름거리기 시작할 때부터 비위가 뒤틀려 구역질을 계속했다. 그러다 말끔하게 닦인 그릇을 보았을 때는 음식물이 목구멍까지 치밀어 올라 대꾸할 말조차 나오지 않았다.

"녹 나리, 자네는 일도 곧잘 하고 음식도 가려 먹지 않아서 다 좋아. 그런데 밥그릇을 핥지 않는 게 흠이야. 사람이 그렇게 헤퍼서야 어디 쓰겠나? 흐흠, 자네가 끼니때마다 젓가락을 놓고 나간 뒤에 내가 자네 밥그릇까지 싹싹 핥는다는 걸 아나, 모르나?"

"우웩!"

흑왜는 메슥거리다 못해 뒤집히는 속을 달래느라 필사적으로 노력했다.

"자네가 다음 끼니때부터 밥그릇 핥기를 배우겠다면 나도 자네를 3년이고 5년이고 계속 고용해 줄 거야. 품삯도 올려주겠네. 어떤가?"

"시, 싫어요! 아무리 품삯을 올려줘도 밥그릇 핥기는 안 할 거예요!"

가까스로 말을 마친 흑왜는 즉시 뒤돌아 나와버렸다. 이때 등 뒤에서 또 밥그릇 핥는 소리가 쩝쩝 들려오기 시작했다. 아차, 싶어 획 돌아보니 아니나 다를까 구두쇠 영감이 흑왜의 밥그릇을 집어 들고 맛있게 핥고 있는 게 아닌가! 흑왜는 그동안 자기 밥그릇이 끼니때마다 저런 꼴을 당했다고 생각하니 더 이상 참을 수가 없었다. 그 자리에서 그만 음식물을 '왈칵!' 토해내고 말았다.

그것은 이내 병이 되었다. 흑왜는 황 영감의 입을 보기만 해도 구역질이 났다. 그래서 아예 끼니때마다 떡 한두 덩어리를 들고 가축우리에 틀어박혀 혼자 먹는 버릇이 생겼다. 그러나 그 짓도 하루 이틀이었다. 끝내 견디지 못한 흑왜는 사흘째 되던 날 아침을 먹고 난 후 혼자 밭에 먼저 나가야 하는 기회를 이용해서 삼십육계 줄행랑을 놓고 말았다. 아까운 품삯 한 달 치를 포기하느라 이를 악물고…….

흑왜는 그녀가 사무치게 그리워졌다. 지난 한 달 동안 그녀는 어떻게 지냈을까? 비정한 곽 영감의 손에 얼마나 모질게 닦달을 당했을까? 표독한 큰마누라에게 또 얼마나 많은 구박을 받았을까? 이런 착잡한 상념이 흑왜의 발길을 결국 동쪽으로 향하게 했다.

그날, 밤도 이슥할 무렵 흑왜는 이미 눈에 익은 참죽나무 아래에 서 있었다. 그는 나무 위로 기어올라가 담장을 넘었다. 안마당을 가로질러 더듬더듬 서쪽 곁방에 다가가 보니 대껍질로 엮어 만든 발은 문설주 위로 말려 올라가 있었다. 문고리에는 놋쇠 자물통이 굳게 채워져 있었다. 흑왜는 오던 길을 되돌아 마구간 쪽으로 향했다. 흙담을 뛰어넘고 들여다보니 마구간 침상에는 전과 다름없이 이 나리와 왕 나리가 곤히 잠들어 있었다. 그는 마구간으로 들어가 이 나리를 흔들어 깨웠다.

"아저씨, 아저씨! 접니다, 흑왜요!"

"으아악!"

마름 이 나리는 기절할 듯 놀라더니 뒷말조차 잇지 못했다.

"아저씨, 작은댁은요?"

흑왜가 속삭여 물었다.

"친정에…… 돌아갔어!"

가까스로 제 정신을 차린 마름 이 나리가 더듬더듬 대답했다.

"언제 돌아오는지 아십니까?"

"돌아오다니! 허, 요 잡놈의 자식이 아직도 그 맛을 못 잊었구나!"

완전히 잠에서 깬 이 나리는 쾌활한 천성을 되찾았다.

"주인 영감님한테 쫓겨난 계집이 어떻게 돌아오겠나!"

"아저씨, 그 여자 친정집이 어딥니까?"

"남의 친정집에는 쫓아가서 어쩌려고? 거기선 대문 활짝 열어 놓고 반겨줄 줄 아느냐?"

"아저씨!"

흑왜는 애걸복걸했다.

"놀리지만 말고 아시거든 말씀 좀 해 주십시오."

"북쪽으로 30리 쯤의 전가田家 뭐라는 마을인데……."

"고맙습니다!"

이 나리의 말이 채 끝나기도 전에 흑왜는 감사인사를 했다. 그리고 아직도 단잠에 빠져 있는 왕 나리의 얼굴을 어루만져 준 뒤 발걸음도 가볍게 마구간을 나섰다. 이튿날 아침, 흑왜는 전가 뭐라 하는 마을 어귀에 도착했다. 그리고 골목을 서성이며 지나가는 사람마다 붙잡고 머슴을 구하는 집이 있는지 물었다. 우선 거처를 마련해 놓고 그녀를 찾아볼 생각이었다.

때마침 한 사람이 좋은 소식을 알려 주었다. 전 수재秀才가 요즈음 병으로 앓아 누웠는데 목화밭을 관리해 줄 머슴을 구하고 있다고 했다. 흑왜는 곧바로 전 수재 댁을 찾아갔다. 그리고 운 좋게 문턱에서 수재 어른의 아내와 맞닥뜨렸다.

"아주머니, 이 댁에서 일꾼을 구하신다면서요?"

수재의 아내는 흑왜의 위아래를 훑어보고는 퉁명스럽게 대답했다.

"여기서 기다리게. 나리한테 여쭤보고 올 테니까."

수재의 아내가 다시 나왔을 때는 이미 결정이 된 듯했다. 이어 둘은 두말 않고 품삯부터 흥정했다. 그러고 나서야 수재의 아내는 흑왜를 집안에 데리고 들어가 밥을 먹였다.

밥상을 들고 나온 것은 뜻밖에도 그녀였다. 흑왜의 애간장을 쥐어짠 그 항아 누님이었다. 나무 쟁반을 들고 부엌에서 나오던 그녀 역시 그를 보는 순간 얼굴빛이 하얗게 질리고 말았다. 얼마나 놀랐는지 발을 헛디디다 쟁반을 놓칠 뻔했다.

흑왜는 흘끗 눈길을 던지고 이내 고개를 숙였다. 처음 본 사람처럼 그녀의 안내를 받아 작은 나무 걸상에 앉으면서 그는 가슴이 찢겨 나갈 듯이 아팠다. 말랐구나! 내 가슴이 아플 정도로 수척해졌어!

흑왜는 머슴들이 늘 그러듯 마구간으로 들어갔다. 전 수재 댁에는 오래전부터 머슴을 살아온 선배가 하나 있었다. 성씨는 손孫, 사람 됨됨이가 무척 성실하고 무던해 보였다. 흑왜는 금방 '손 나리'와 친해졌다. 며칠 안 되어 그는 새로 들어온 후배에게 주인댁 내막을 귀띔해 주었다.

전 수재 나리는 마을 사람들에게 '책벌레'라는 별명으로 불린다고 했다. 수재 시험에 급제한 뒤로 거인擧人이 되려고 응시했으나 번번이 낙방하다가 청나라 황실이 무너지면서 과거제도가 폐지되자 어쩔 수 없이 응시를 포기했다고 했다. 그러나 전 수재는 여전히 아침마다 '사서삼경'을 읊조리고 오후에 복습하는 일과를 지키고 있었다. 농번기가 되어야 마지못해 밭에 나가서 농사일을 할 뿐 날마다 책이나 읽고 글씨만 쓴다고 했다.

손 나리는 지금이 한창 목화 재배에 바쁜 철이라 고양이 손이라도 빌려야 할 판인데 공교롭게도 전 수재가 덜컥 병이 들어 자리보전하고 누워 농사일은커녕 책조차 손에 들지 못한다고도 했다. 손 나리는 여기서부터 목소리를 낮추고 소곤거리기 시작했다.

"주인 나리가 왜 병이 났는지 아나? 그분 따님이 소실로 들어갔는데 머슴 녀석과 배가 맞아 농탕질을 치다 들켜서 쫓겨 왔지 뭔가! 그러니 수재 같은 선비께서 무슨 낯으로 사람을 대하겠나? 그래서 화병이 난 끝에 아예 누워버린 거지!"

"호오, 그랬군요!"

흑왜는 뜨끔하면서도 일부러 놀란 척하며 맞장구를 쳤다.

"전 수재는 지금 은밀히 일가친척들을 시켜서 이리저리 수소문하고 있다네. 하루라도 빨리 이 딸년을 다시 내보내려고 서두르는 모양이야. 마음 같아서는 부삽으로 앞마당 개똥이라도 치워내듯 당장 내치고 싶은 게지. 그런데 자네도 생각해 보게. 그럴 듯한 가문에서 누가 이런 행실 나쁜 여자를 며느리로 맞아들일 것인가. 또 가난뱅이 집안이라 해도 누가 이렇게 응석받이로 곱게 자란 규수를 데려다 앉혀 놓겠느냔 말일세. 나 같아도 차라리 얌전한 과부를 데려올 걸세. 저렇게 정절 하나 못 지키는 부잣집 딸은 필요 없지!"

흑왜는 끝까지 다 듣고 나서 조용히 입을 열었다.

"아저씨, 부탁 하나 들어주시겠습니까?"

"뭔가? 말해 보게."

"주인 나리한테 가서 말씀 좀 해 주십시오. 따님을 제가 데려가겠노라고."

"아니, 뭐야? 자네 지금 제정신으로 하는 말인가?"

손 나리가 펄쩍 뛰었다.

"자네 같은 애송이가 그런 여자를 데려다가 어디 쓸려고?"

흑왜는 거짓말을 했다.

"제가 워낙 가난해서 마누라를 맞을 예단조차 마련하지 못하니 어쩝니까? 아무나 데려다 살 수밖에요."

그 말을 듣자 손 나리가 훈계를 했다.

"요 철딱서니 없는 것아! 아무리 불알 두 쪽밖에 없는 녀석이라도 과부 보쌈을 하면 모를까 저런 계집은 거들떠도 보면 안 되는 법이야. 알겠나? 정 못 참겠거든 성내 유곽에 가서 하룻밤 객고를 풀지언정 저런 음탕한 색녀한테는 아예 눈독 들일 생각도 하지 말라고!"

"저도 많이 생각해 보았습니다. 저희 집은 여기서 1,200리나 멀리 떨어져 있기 때문에 그런 소문이 우리 마을까지 퍼질 리 없습죠. 제가 나중에 그 여자를 좀 더 엄하게 단속하면 되지 않겠습니까?"

당사자가 고집을 부리니 손 나리도 더 이상 말릴 수가 없었다. 또 가만히 듣고 보니 일리도 있는 터라 그만 응낙하고 말았다.

"좋아! 정 그렇다면 말 몇 마디 하는 거야 뭐 어렵겠나? 내 이 길로 주인 나리를 찾아뵙겠네. 나리께서는 선선히 허락해 주실 걸세. 또 폐백이나 예단도 받지 않을 듯싶고."

전 수재의 태도는 손 나리의 예측과 딱 맞아떨어졌다. 바로 즉석에서 결판이 났다. 하룻밤 새 화병이 다 나은 나리께서는 다음날 꼭두새벽 동이 트기 무섭게 흑왜를 불러들였다. 예단이나 예물 따위는 거론도 하지 않았다. 오히려 고향에 돌아가서 밭이라도 마련해서 딸년을 데리고 잘 살아 달라고 은화 두 꾸러미까지 내주었다. 조건은 딱 하나였다. 앞으로 딸이 두 번 다시 친정집 문턱을 넘지 못하게 한다는 것이었다. 훗날 아들 딸 낳고 잘 사는 게 확실해질 경우 그때 가서 딸과 사위를 다시 만나 주겠다고도 했다.

새벽닭이 울 무렵 흑왜는 그녀를 데리고 마을을 떠났다. 동구 밖을 벗어나자마자 두 사람은 서로 껴안고 대성통곡을 했다.

제10장

효문孝文, 효무孝武 형제가 이불 보따리를 지고 백록촌으로 돌아왔다. 학생들 대부분이 신학문을 배우러 성안의 신식 학교로 떠났기 때문에 주 선생도 백록서원의 문을 닫을 수밖에 없었다. 자수현滋水縣에도 첫 번째 신식 학교, 이른바 초급사범학교가 세워졌다. 주 선생에게는 학교 교무장敎務 長의 직분이 반 강제적으로 맡겨졌다.

교육을 받고 돌아온 두 아들을 바라보는 백가헌의 마음은 흐뭇하기 이를 데 없었다. 어렵게 키운 느티나무 묘목 두 포기가 이제 백씨 가문의 뒤를 이어 나갈 수 있을 만큼 튼튼한 대들보로 자라난 때문이었다. 지난 몇 대에 걸쳐 외아들로 가문의 명맥을 근근이 유지해 오느라 뼈아픈 고통을 겪은 조상들이 구천에서 위안을 받을 수 있을 것이라는 생각도 들었다. 그날 저녁 가헌은 두 아들에게 촛대를 들게 하고 대문 앞으로 나아갔다. 이어 문설주에 새긴 '경독전가'耕讀傳家를 비춰 보였다. '힘써 농사짓고 학문하는 기풍을 대대로 전하라.'는 가훈이었다. 그는 다시 안마당으로 들어가 두 기둥에 새겨진 대련對聯을 새삼스레 읊게 했다.

농사짓기와 베짜기를 오래 전해 내렸으니,
배움을 통하여 이 세상 길이 구제하리라.

耕織傳家久
經書濟世長

가헌이 물었다.

"기억하고 있느냐?"

"예, 잊지 않고 있습니다."

두 아들이 대답했다.

"무슨 뜻인지 아느냐?"

"예, 알고 있습니다."

가헌은 대청으로 올라가 탁자 옆에 앉았다.

"알았다면 됐다. 내일 아침 일찍 헌 옷으로 갈아입고 녹삼 아저씨를 따라 밭에 나가 농사일에 힘쓰거라."

"예, 알겠습니다."

두 아들은 순종했다.

"오늘부터 다시는 내 앞에서 누가 어디로 무슨 공부를 하러 떠났느니 무슨 일을 한다느니 하는 이야기를 꺼내지 마라. 어느 집이나 다들 그 나름대로 살아가는 방도가 있는 법이니까. 우리 집도 우리 나름대로 살아갈 방법이 있다. 우리는 그저 우리가 해야 할 일만 하면 될 뿐이다. 다른 집이 어떻게 사는지 눈치 볼 것도 없고 이야기할 필요도 없다. 이 아비가 무슨 뜻으로 하는 말인지 알겠느냐?"

"예, 아버님!"

가헌은 뒤이어 진령산에 다녀왔다. 그는 장인 오록 영감과 상의해서 공동으로 운영하던 한약재 수집 도매점을 둘째 아들에게 넘겨주기로 타협을 보았다. 백씨 가문의 후대가 이제 성인이 되었으니만큼 늙은 장인이 대리 경영하던 일을 마무리지어야 했던 것이다. 효무는 아버지의 명을 받들어 산중으로 들어갔다. 맏아들 효문은 집에 남았다. 가헌은 오래도록 지켜보고 수도 없이 비교해 본 끝에 맏아들 효문이 장차 집안 살림과 족장의 임무를 이어받을 계승자로 적격이라는 결론을 내렸다.

아들들은 모두 몸가짐이 단정하고 누구에게든 예의 바르게 대했다. 함부로 우스갯소리를 지껄이거나 경박한 태도를 보이지도 않았다. 행동거지와 말씨에 방탕한 구석이라곤 없었다. 시골 청년들 특유의 자유분방한 태도나 제멋대로인 모습도 전혀 없었다. 그래도 효문이 더 눈치가 빠르고 신중할 뿐 아니라 일을 처리하는 솜씨도 능숙했다.

둘째 아들을 산으로 떠나보낸 후 가헌은 그 길로 예단을 갖추어 중매쟁이를 찾아갔다. 그리고 효문을 혼인시키겠다는 뜻을 밝혔다. 이어 신부측 부모와 협상해 줄 것을 정중히 부탁했다. 신붓감은 효문보다 세 살 위여서 올해로 열아홉을 넘겼다. 과년한 딸을 둔 부모들은 속을 태우면서도 체면 때문에 독촉을 못 하고 백씨 가문에서 하루속히 데려가 주기만을 바라고 있던 참이었다. 그래서 중매쟁이의 말이 떨어지자마자 준비를 서둘렀다.

첫 번째 혼사를 치르게 된 가헌은 가문의 체면을 고려해 정성껏 준비를 했다. 특별히 잡은 돼지 한 마리가 잔칫상을 푸짐하게 장식했다. 혼인 예식을 치르고 보름이 지났어도 일가친척들과 마을 하객들이 두고두고 이야기할 정도로 풍성한 잔치였다.

백가헌은 족장의 신분으로 아들과 며느리를 사당에 데리고 가 조상들의 위패 앞에 절을 올리는 예식을 주재했다. 이 예식에는 백씨^{白氏}와 녹씨^{鹿氏} 양 가문의 기혼남녀들이 모두 의무적으로 참석했다. 신혼부부는 이미 고인이 된 선조들에게 고두례를 올리는 한편 일가친척 어른들에게도 돌아가며 큰절을 올렸다. 자기들을 가문의 가족 구성원으로 받아줄 것도 부탁했다.

녹삼은 착잡한 심정으로 효문 부부의 절을 받았다. 그는 이렇듯 장엄한 폐백 예식에 수도 없이 참석해 왔다. 그러나 불초 아들 흑왜^{黑娃}가 어디서 화냥질을 한 계집을 데리고 와서 사당에 들어올 자격을 잃는 바람에 조상님들은 물론이요 일가친척들도 볼 면목이 없었다.

그는 녹자림을 만날 때마다 놀려준 적이 여러 번 있었다.

녹자림의 큰아들 조붕 역시 지난해에 결혼식을 올렸다. 신붓감은 미리 약혼했던 냉 의원의 맏딸이었다. 그런데 뜻하지 않은 문제가 터졌다. 혼인 예식을 코앞에 두고 신랑의 마음이 갑자기 변해 결혼을 하지 않겠다고 고집을 부린 것이다. 게다가 아예 성안에 들어가 집에도 오지 않았다. 녹자림은 성안으로 쫓아가서 아들의 따귀를 후려갈겨 피투성이로 만들어 끌고 돌아왔다. 조붕은 입안이 터지고 코피까지 철철 흘리면서 우거지상을 한 채 굴복하고 말았다.

일은 거기서 끝난 게 아니었다. 결혼 첫날밤 조붕은 합환주를 마시는 것도 거절했다. 뿐만 아니라 신방에도 들려고 하지 않았다. 녹자림은 또 한 차례 따귀를 때리느라고 손에 피를 묻히고 나서야 아들을 신방에 들여보낼 수 있었다. 사흘째 되던 날 조상님들의 위패 앞에 신혼부부가 폐백 예식을 올리게 되었을 때 조붕은 또다시 사당 문턱에 발을 들이지 않으려고 뻗댔다. 그러다 아버지에게 세 번째의 따귀를 얻어맞고 사당 안으로 끌려 들어갔다. 모든 예식 절차가 완전히 끝나자 녹자림은 아들을 꿇어 앉혀 놓고 이렇게 선언했다.

"이제는 네놈이 어디 가서 굴러먹든 상관 않겠다. 설사 네놈이 어느 구석에서 처박혀 죽어도 눈 하나 깜짝 않겠다. 하지만 이것 하나만은 명심해 두어라! 이 집안에 내 며느리, 네 아내가 엄연히 있다는 사실을!"

이렇게 해서 녹조붕^{鹿兆鵬}은 그 길로 성안으로 들어갔다. 그리고 다시는 돌아오지 않았다.

녹삼은 백씨와 녹씨 양 가문이 혼사를 치르는 과정을 지켜보면서 한탄을 금치 못했다. 백가헌은 아들 교육이나 집안 다스리기에 모범을 보인 반면 녹자림의 아들 녀석은 나중에 뭐가 될지 한심하기만 했으니 그럴 만도 했다. 그래서 녹자림을 볼 때마다 놀리곤 했으나 자기 아들 흑왜가 아예 사당에 발을 들여놓을 자격마저 잃었으니 이제 남의 말을 할 입장이 아니게 되고 말았다. 흑왜가 저지른 사건은 아버지 녹삼의 가슴속에 무겁게 체증으로 쌓였다.

가헌은 녹삼의 이런 마음을 누구보다 잘 이해하고 걱정해 주었다. 그는 마구간으로 찾아가서 녹삼을 위로했다.

"형님, 하루 종일 땅이 꺼지게 한숨만 쉰다고 해결이 됩니까. 무슨 방법을 찾아야죠."

"그놈이 말을 도통 들어 먹어야지……."

녹삼은 절레절레 고개를 저었다. 그리고 이렇게 중얼거렸다.

"생각 같아서는 내 그놈을 곡괭이로 찍어 죽이고만 싶네!"

"형님, 그 녀석을 좀 불러주십시오. 제가 할 말이 있으니까요."

가헌이 자신 있게 말했다.

"뭘 어쩌려고?"

"어쨌든 불러만 주십시오. 그 녀석이 꽃향기와 방귀 냄새도 분별 못 할 놈은 아닐 테니 제가 잘 타일러 보겠습니다."

가헌이 직접 나서겠다는 말에 녹삼은 즉시 마구간을 뛰쳐나갔다. 흑왜의 움막집은 마을 동쪽끄트머리 외딴 들판에 자리 잡고 있었다. 단숨에 움막을 찾아간 녹삼은 멀찌감치 떨어져 흑왜를 불러냈다. 흑왜는 아버지를 따라 백씨댁 마구간으로 왔다.

가헌이 단도직입적으로 물었다.

"흑왜, 그 여자하고 사당에 들어가지 못하게 돼서 내가 밉지?"

흑왜의 대답은 솔직했다.

"저도 문중 규율을 알고 있는 만큼 아저씨를 원망하지는 않습니다."

"좋다! 흑왜, 진지하게 묻겠다. 그 여자를 버릴 수 있겠느냐?"

흑왜는 흘끗 쳐다보고는 고개를 떨어뜨렸다. 가헌이 이렇듯 단도직입적으로 추궁할 줄은 미처 생각하지 못했던 것이다.

가헌은 대답을 재촉하지 않았다. 한참을 기다리던 그가 냉정하게 말했다.

"그 여자는 네게 바람직한 여자가 아니다. 집에서 얌전히 살림살이나 하면서 지낼 여자도 아니야. 훗날 너한테 반드시 재앙을 끼칠 여자란 말이다. 흑왜, 그 여자가 네 손에 길들여질 여자가 아니라는 것을 나는 첫눈에 보고 알았다. 일찌감치 버려야 후회를 면할 수 있다. 속담에 '미리 뉘우치면 일이 쉬우나, 때늦게 후회하면 어렵다.'고 하지 않더냐."

옆에서 안달하고 있던 녹삼도 한마디 거들었다.

"이놈아, 제발 가헌 아저씨 말 좀 들어라! 어디 한마디라도 그른 데가 있느냐? 거짓말이 있냐? 이 길로 냉큼 가서 그 계집을 쫓아버리고 집에 들어와라. 그 계집은 집에 못 둘 화냥년이야!"

"제게 버림받으면……, 그 여자는……."

흑왜가 어렵게 입을 열었다.

"분명 살아 있지 않을 겁니다. 스스로 제 목숨을 끊어버리고 말 겁니다."

"예끼, 못난 놈!"

녹삼이 버럭 고함을 지르다가 혀를 찼다.

"쯧쯧쯧, 그런 음탕한 계집은 죽어 마땅하지! 아예 깨끗이 죽어 없어지는 게 자신에게도 차라리 나을 거다. 네 앞가림도 못 하는 주제에 그따위 계집 걱정을 하고 있는 거냐?"

가헌은 성을 내지도 조급하게 굴지도 않았다. 어른의 위엄을 지키면서 한 가지 의견을 내놓았다.

"그 여자를 버리면 다른 신붓감을 못 찾을까 봐 걱정할 건 없다. 넌 그저 그 여자만 쫓아내면 된다. 네 신붓감은 내가 책임지고 찾아줄 테니까. 예물이라든가 혼수 비용도 이 아저씨가 맡아서 해 줄 생각이다."

흑왜는 놀란 눈으로 가헌을 쳐다보았다. 이렇게까지 나온 이상 그녀를 버리지 못한다는 어떤 핑계도 댈 수가 없다. 그는 마구간 바닥에 털썩 주저앉았다. 그리고 한쪽 구석에 웅크린 채 아무 소리도 하지 않았다. 그것이 그가 할 수 있는 마지막 항변이었다.

20년 전 가헌의 아버지 백병덕白秉德 영감은 직접 나서서 녹삼에게 신붓감을 찾아 혼사를 치러주었다. 흑왜의 어머니도 그 일에 대해서만큼은 남들 앞에 추호도 숨김없이 털어놓고는 했다. 심지어 어린 아들이 말귀를 알아들을 때부터 귀에 못이 박힐 정도로 들려주었다.

"흑왜, 잊지 말아야 한다. 백씨 댁 사람들의 은혜를!"

그때 일을 떠올리면서 녹삼은 저도 모르게 가슴이 뜨거워졌다.

"가헌, 그만두게. 이런 놈한테 잘해줘 봐야 다 부질없는 짓일세. 내가 깨진 쪽박을 차고 길거리에 나앉는 한이 있더라도 이런 자식은 소용없네! 여기서 당장 쫓아내게. 나가서 그 화냥년하고 죽든 살든 우리는 모르는 일일세!"

그러나 가헌은 단념하지 않고 다시 한 번 흑왜를 설득했다.

"흑왜, 내 말 좀 들어봐라. 우리 두 집안이 2대, 3대를 내려오면서 나눈 정분을 생각해 보려무나. 이 아저씨는 네가 녹씨 집안에 화근덩어리를 끌어들이는 것을 가만히 보고 있을 수가 없구나. 억지로 강요하는 것은 아니지만 잘 생각해서 처신하기 바란다."

흑왜가 툭툭 털고 일어서더니 고개를 끄덕였다. 가헌의 말대로 잘 생각해 보겠다는 의사 표시였다. 그리고 총총히 마구간을 빠져나갔다.

"끝났소. 끝장이야……."

흑왜의 뒷모습이 사라진 후 가헌은 예언이라도 하듯 중얼거렸다.

"내 장담하는데 저 녀석은 그 계집을 버리지 못할 거예요. 버릴 수 있다면 이 자리에서 버리겠노라고 맹세했을 테니까. 형님, 이제는 방법이 없네요. 성인은 열 길 밖 세상일을 내다보고 우리처럼 범속한 사람은 한 걸음 밖을 내다보면서 조심스레 걸어 나가는데 흑왜처럼 어리숙한 녀석들은 한 치 앞도 내다볼 줄 모르니 큰일이네요. 그렇다고 형님도 너무 성급하게 포기하지는 마십시오. 저놈이 제멋대로 날뛰다가 세상 풍파에 시달릴 만큼 시달리고 나면 제 정신이 돌아올지 누가 압니까."

가헌의 예언은 불행히도 적중했다. 녹삼은 그래도 흑왜가 '생각 좀 해 볼 것'이라고 기대를 걸었으나 모든 것이 허사였다.

이튿날 오후 그는 움막을 다시 찾아갔다. 아들을 집에 돌려보내 달라고 그 계집에게 통사정이라도 해 볼 생각에서였다. 그러나 그녀의 입에서는 기가 막힌 대답이 나왔다. 흑왜가 돌절구와 떡메, 나무틀을 지고 동이 트기 무섭게 벽돌 찍는 날품팔이를 하러 나섰다는 것이 아닌가.

흑왜의 교훈을 거울삼아 가헌은 아들 효문의 행동 규범을 더욱 엄격하게 단속하기 시작했다. 효문은 이름 그대로 효자였다. 온순하기도 했다. 그는 헌 옷을 입고 하루에 세 번 녹삼을 따라 밭에 나가서 농사일을 배웠다. 날마다 진흙투성이에 땀으로 범벅이 되었으나 힘들다고 하는 법이 없었다. 다만 얼굴이 조금 야위었으나 그것은 농사일 때문이 아니었다. 가헌은 저녁때 아내에게 정식으로 그 문제를 거론했다.

"가만 보니 저 녀석이 색을 너무 밝히는 듯싶구먼. 임자가 새아기한테 귀띔을 좀 해 줄 수 없겠나?"

선초는 입술을 비쭉 내밀면서 남편에게 눈을 흘겼다. 며느리를 맞아들인 뒤 선초는 시어머니 노릇을 하는 재미를 알게 되었다. 집안에서 누리는 지위에도 자연스럽게 변화가 있었다. 따라서 시어머니 조씨와 남편에게 무조건 복종하던 때와는 달리 남편과의 대화에서도 가볍게 자기 의견을 내세울 수 있었다.

"어린 것들이 노는 일까지 참견해서 어쩌자는 거예요? 한창 젊은 때는 다 그렇잖아요. 당신도 그 시절에는 마치 뭣 마려운 강아지처럼 안달 북새통을 떨고……."

그래도 가헌은 진지했다.

"내가 언제 그렇게 안달했단 말이야? 또 임자를 만났을 때 내 나이가 몇 살이었어? 효문이 지금 그런 나이는 아니잖은가! 이제 겨우 열여섯 살이야. 한창 부쩍부쩍 자랄 나이에 여색을 탐내면 그 몸뚱이가 뭐가 되겠어? 기력이 빠져서 물렁물렁한 연시밖에 더 되겠나!"

선초는 새침하게 웃으며 남편의 뜻에 따랐다.

"그 이야기를 내 입으로 직접 하기는 뭣하군요. 그보다는 차라리 어머님한테 말씀드리고 할머니가 손주 며느리에게 귀띔을 해 주시는 게 좋을 듯싶어요."

가헌은 아내가 무슨 의도로 그런 말을 하는지 알아차렸다.

"흐흠, 임자는 며느리한테 미움을 사고 싶지 않다는 거지? 그럼 어머니는 손주 며느리한테 미움 받을 이야기를 해도 괜찮다는 건가? 하지만 그것도 괜찮겠군! 며느리가 생각이 있는 아이라면 다 자기를 위하는 말인 줄 알 테니까."

효문은 결혼하기 전까지 어머니와 할머니 말고는 여성과 접촉해 본 적이 거의 없었다. 따라서 결혼을 하고도 여성에 대해서는 완전히 무지했다. 신혼 첫날밤에도 그는 여느 때와 같이 밤공부를 하던 습관 그대로 책상 앞에 단정히 앉아서 책을 읽었다. 금박을 입힌 초 한 쌍이 환희의 불꽃을 일렁거리는 가운데 침상에 따뜻한 요와 이부자리를 깔아 놓고 얌전하게 앉아 있는 신부의 자태가 그에게는 무척 불안하고 거북했다. 새 신부는 원앙 한 쌍과 연꽃이 수놓인 베갯머리를 만지작거리면서 다소곳이 앉아 있었다.

"그만 좀 쉬세요. 오늘도 하루 종일 고된 일을 하셨잖아요."

신부가 기다리다 못해 입을 열었다.

"당신 먼저 자구려. 난 책을 조금 더 읽고 누울 테니까."

신랑의 무뚝뚝한 대꾸에 신부는 황망히 침상 아래로 내려섰다.

"차를 드시겠어요? 물을 끓여 오죠."

"괜찮소. 목은 마르지 않으니까. 그냥 잠이나 자요."

신부는 그만 시무룩해져서 도로 침상에 올랐다. 얼마 안 있어 고단해진 효문도 책을 놓고 뒤따라 침상에 올랐다. 그러나 벌거벗은 다리가 이불 속에서 신부의 매끄러운 넓적다리를 건드리자 질겁하며 한쪽으로 움츠렸다. 하루 종일 밭일에 지친 그는 금세 잠들었다. 신혼 첫날밤부터 연이틀을 그 모양이었다.

나흘째 되던 날 밤 효문은 한밤중에 요강을 찾다가 흐느끼는 소리를 들었다.

"무슨 일이오, 당신?"

남편이 황급히 묻자 그녀는 돌아누우며 더욱 흐느껴 울었다.

"몸이 어디 안 좋소? 병이라도 난 거 아니오?"

그녀의 흐느낌이 억눌린 울음소리로 바뀌었다. 효문은 조금 언짢은 기색이 되어 꾸짖었다.

"아무 소리도 않고 울긴 왜 우는 거요?"

그녀가 울음을 억누르며 효문에게 물었다.

"당신, 저하고 이혼하고 싶으신 거죠?"

그 말에 효문은 펄쩍 뛰면서 되물었다.

"이혼을 하다니! 어디서 그런 터무니없는 소릴 하는 거요? 혼인한 지 이제 겨우 사나흘밖에 안 되었는데 헤어진단 말이 웬 말이오? 그럴 생각이었다면 애당초 혼인을 하지 않았을걸. 안 그렇소?"

그녀는 잠자코 입을 다물고 있다가 한참 만에 또 물었다.

"저하고 왜 혼인을 하셨죠?"

"아니, 그걸 몰라서 묻는 거요? 물레질하고 베 짜고 바느질하고 밥 짓고, 아기 낳아 달라고 데려오지 않았소!"

그녀가 말꼬리를 물고 늘어졌다.

"저에게 아기를 낳아 달란 말씀이죠? 분명히 그렇죠?"

"아무렴, 우리 어머니가 손주를 안고 싶으셔서 안달이 나셨거든!"

"그렇군요……. 그럼 당신도 아기를 갖고 싶어 하면서……."

그녀는 근심 걱정이 스르르 풀린 듯 말투가 수줍게 떨려 나왔다.

"당신이 저한테 아기를 안 주시는데…… 내가 어떻게 아기를 낳아 드려요? 하늘을 봐야 별을 따지……."

"뭐라고? 하늘을 봐야…… 별을 따다니?"

효문은 이게 무슨 뚱딴지같은 소린가 싶어 멍청한 표정을 지었다.

"내가 어떻게 아기를 준단 말이오? 당신한테 줄 아기가 있으면 차라리 나 혼자서 낳지!"

"치잇!"

그녀의 입에서 웃음소리가 나왔다.

"남자도 본 적이 없는 여자가 어떻게 아기를 낳아요?"

효문은 벙어리가 되었다. 그녀가 부끄러움에 몸을 꼬았다.

"여자가 낳을 아기는 모두…… 남자한테 받는 거예요!"

효문도 그제야 뭔가 깨우친 듯 말씨가 한결 누그러졌다.

"원, 세상에! 그렇다면 진작 말할 것이지 울기는 왜 울어? 자, 어서 이야기해 봐요. 내가 어떻게 주면 되지?"

그녀가 웃으면서 그의 목덜미를 감싸 안았다. 탱탱한 젖무덤이 남편 가슴에 찰싹 달라붙자 그녀는 살그머니 그의 손길을 자기 앞가슴으로 가져갔다. 그러더니 어루만지도록 했다.

"으아아!"

효문은 저도 모르게 외마디 신음 소리를 냈다. 온몸의 피가 얼굴로 치밀어 화끈 달아올랐다. 전신이 북처럼 팽팽하게 부풀어 오르는가 하면 거대한 수치심과 동시에 홍수처럼 용솟음치는 간지러움이 가슴속에서 맹렬하게 격돌했다. 그는 숨을 헐떡거리면서 비명을 질렀다.

"이러지 마! 안 돼!"

그녀 역시 가볍게 할딱거리면서 대답했다.

"이래야만…… 돼요! 이래야 하는 거예요! ……기분 좋지 않아요?"

그는 허둥지둥 뺄대었다. 그녀에게 이끌려 젖무덤을 어루만지던 손길이 그곳에서 굳어진 채 딱 멎더니 차마 도로 빼지는 못 하고 엉거주춤한 상태에서 손가락으로 만지작거리기만 했다. 남편의 앞가슴을 더듬던 그녀의 손길이 슬그머니 아랫배 쪽으로 미끄러져 내렸다. 손바닥의 열기가 갈수록 뜨거워지고 부드러워졌다. 조금 있더니 손놀림마저 섬세해졌다. 그 손길은 배꼽 위에서 잠시 머뭇거리다 아래쪽으로 미끄러져 내려갔다. 이어 그가 영원히 남 보이기 부끄러워할 물건을 쥐고 나서야 마침내 멈추었다.

순간 효문은 자기 육신과 영혼을 지탱하고 있던 거대한 기둥이 뿌리째 뽑혀나가는 느낌을 받았다. 그리고 여태껏 이성으로 지켜오던 의식의 담장과 체면의 지붕이 꼭대기부터 송두리째 무너져 내리는 충격도 받았다.

캄캄해진 눈앞에서 하늘과 땅이 어지럽게 돌아가는 가운데 효문은 자신을 필사적으로 안고 있는 그녀의 육체 속으로 풍덩 빠져들었다.

그는 이제 그녀의 포옹만으로 만족하지 않았다. 급기야 뜨겁게 달아오른 아내의 육체를 아직은 그리 넓지 못한 자기 가슴에 힘껏 안은 채 상대방의 부드럽고 탄력 있는 젖가슴을 마구 비벼댔다. 떨리는 두 손길이 어느새 그녀의 목덜미와 팔뚝을 애무하고 있었다. 이어 어깨를 따라 등줄기를 더듬어 내려가더니 이윽고 넓적다리와 풍만한 둔부의 너르디너른 들판 둔덕을 헤매기 시작했다. 열 손가락, 두 손바닥이 닿는 곳은 어디나 모두 끝도 모를 환락뿐이었다. 그 손길이 마지막으로 그녀의 아랫배 쪽으로 뻗어 내렸다. 그리고 그곳에서 잠시 멈칫하더니 이내 경탄의 외침이 터져 나왔다.

"우와, 당신은 여기가 이렇게 생겼네!"

그는 자신의 손길이 애무할 때마다 그녀의 숨결이 갈수록 뜨거워지고 가빠지는 것을 느꼈다. 뻗은 손길이 그 부위에 닿는 순간 그녀의 몸뚱이가 부르르 떨리면서 두 다리로 단번에 그를 꼼짝하지 못하게 감싸며 가둬 놓았다. 동시에 입술을 그의 입술에 찰싹 갖다 붙였다. 그런 다음 그의 입술 사이를 비집고 자신의 혀끝을 들여보냈다. 그 아름다운 첫 맛을 느낀 직후 그는 극도로 이기적이며 탐욕스러운 인간으로 변했다. 효문의 탐색은 미묘한 경지로 한 단계 한 단계씩 나아갔다. 그럴 때마다 자신을 가누지 못하고 헤맸다. 그녀의 두 팔이 힘차게 허리를 끌어당기자 그는 즉각 그녀의 의도를 알아차리고 황급히 몸뚱이를 뒤채어 그녀 위에 눕혔다. 그러나 마음만 다급할 뿐 어떻게 찾아 들어가야 할지 아득하기만 했다. 그런데 그녀의 미묘하기 짝이 없는 손길이 소원을 이루어 주었다. 보드라운 손가락 끝이 절박한 상태의 그를 의연하게 이끌어 가장 이상적인 곳으로 인도했다. 다음 순간 아랫배 밑에서 폭풍이 휘몰아치더니 팔다리와 가슴으로부터 정수리 끝까지 퍼지며 전신을 불사르는 뜨겁고 폭발적인 느낌이 밀어닥쳤다.

부끄러움과 두려움 속에서 그 신비로움을 처음 맛본 효문의 충격과 놀라움이란 이루 형언할 길이 없었다. 맙소사, 남자와 여자 사이에 이런 일이 있다니! 효문은 자신이 어른이 되었다는 사실을 깨달았다. 그는 조용히 누웠다. 그러나 그 시간은 오래지 않았다. 처음 맛본 유혹이 또 한 차례 그를 견딜 수 없게 들쑤시기 시작한 것이다. 그는 더 이상 그녀의 인도 없이 스스로 돌격을 감행했다. 그는 즐거움을 반복해 누렸다. 그렇게 거듭할수록 침착해졌다. 앞서보다 더욱 만족을 느꼈다. 마침내 지쳐버린 그는 아내 곁에 쓰러지듯 누웠다.

"이렇게 좋은 일이 있다고 왜 그저께 말해 주지 않았소?"

이튿날 저녁 식사를 마치자 효문은 할머니에게 인사를 올리기 무섭게 자기 방으로 돌아와 신발짝을 벗어던지고 침상에 올랐다.

신부가 물었다.

"오늘 밤에는 책을 안 읽으시나 보죠?"

아내의 말에는 아랑곳하지 않은 채 그가 귓속말로 소곤거렸다.

"하루 종일 당신 생각만 났는걸. 자, 어서!"

조씨는 며느리 선초가 전하는 말에 뭔지 모를 분노 같은 것이 치밀었다. 그럴 수밖에 없었다. 손자 셋, 손녀 하나가 모두 자기들을 알뜰살뜰 길러준 할머니의 손길을 매정하게 뿌리치고 둥지를 벗어난 새처럼 훨훨 날아가버렸으니 말이다. 이제 그녀에게 남은 것이라곤 막내 손자 하나뿐이었다. 벽 쪽에 깔아 놓은 침낭 속에 몸을 파묻고 혼곤히 잠든 우독 하나밖에 없는 것이다. 집안 사정은 아들 가헌이 버티고 있으니 마음을 놓아도 좋았다. 귀도 절반쯤 어두워져서 똑똑히 들리지 않기 때문에 이것저것 참견할 형편도 못 되었다. 날마다 저녁이면 아들이 잠자기 전에 건너와 말벗이 되어주는 것만으로도 그녀는 아들에게 극진한 효도를 받는 셈이었다.

그녀는 아침 일찍부터 밤늦게까지 물레틀 앞에 앉아서 목화실을 자아내고 베틀에 걸어 무명천을 짰다. 그리고 마지막으로 그 천을 며느리 선초에게 넘겨주어 물을 들이게 했다. 그녀는 자기가 더 이상 집안일에 참견하지 않는다는 것을 분명히 했다. 자신이 깨닫고 헤아리지 못하는 대신 며느리 선초가 모든 것을 잘해낸다는 것을 믿고 있었다.

그녀는 할 말이 없으면 입을 굳게 다물었다. 그러나 일단 이야기할 거리가 생겼을 때는 직설적으로 퍼부었다. 지난날 자상하게 며느리에게 물레질을 가르쳐주던 때와는 판연히 달라졌다.

그녀는 며느리의 말을 듣는 순간 자신이 가장 중대하고도 긴요한 사명을 받았다는 것을 깨달았다. 그러니 주저할 이유가 어디 있겠는가! 그녀는 부랴부랴 베틀을 내려서자마자 곧바로 손주 며느리가 있는 곁방 창문가로 다가갔다.

"마구馬駒네 아가야, 이리 좀 건너오렴. 할미가 할 이야기가 있으니."

효문의 아내는 베틀을 부지런히 돌리고 있다가 얼른 일어나 시할머니를 따라서 위채로 건너갔다.

시할머니가 태사의에 걸터앉자 그녀는 다소 긴장한 채 그 앞에 마주섰다.

"넌 마구보다 나이가 많지? 너는 열아홉이고 그 애는 열여섯 살이니까. 네 몸집은 아주 실팍하지만 마구란 녀석은 아직 묘목苗木에 지나지 않아. 그러니까 여러모로 그 애 시중을 잘 들어주어야 한다. 내 말뜻을 알겠니?"

"예, 알고 있어요! 할머니……."

효문의 아내가 공손하게 대답했다.

"흐흠, 알아들었다?"

"그럼요, 제가 시집오기 전에 저희 어머니도 가르쳐 주셨죠. 남편 시중을 잘 들어주라고 말이에요. 그 사람은 저보다 어리니까……."

"그럼 이 할미한테 이야기해 봐라. 네가 이 집에 들어온 지도 벌써 몇 달 지났으니까 남편을 섬겨야 하는 법도 잘 알겠구나. 그래 그동안은 어떻게 시중을 들었지?"

"날마다 아침 일찍 깨우고 힘에 알맞은 일만 하라고 당부하죠. 힘에 벅찬 일을 억지로 하면 근골筋骨을 다치기 쉬우니까 조심하라고요."

"그리고 또?"

"날마다 어두워지면 책을 읽는데 공부를 조금 줄이도록 당부했어요. 한낮에 밭에 나가 저녁 늦게까지 일을 하니까 몸이 축나기 쉽거든요."

효문의 아내는 이쯤 했으면 될 줄 알았다. 그러나 조씨는 천연덕스레 다시 물었다.

"그리고 또?"

손주 며느리는 참을성 있게 대답했다.

"그 사람이 무얼 먹고 싶은지 알아 두었다가 어머님한테 말씀드려서 입에 맞는 음식을 만들어주기도 하고……."

"그런 것밖에 없냐? 그래 가지고 어떻게 남편 시중을 잘 들었다는 게야?"

시할머니 입에서 역정 섞인 꾸지람이 떨어졌다. 효문의 아내는 더 이상은 생각이 나지 않았다. 그래서 고개를 숙인 채 한참 있다가 물었다.

"할머니, 그럼 할머님이 말씀 좀 해 주세요. 할머니는 경험도 많고 아시는 것도 많지 않겠어요?"

"말해 주어도 네가 해낼 수 있을지 모르겠구나!"

효문의 아내는 생글생글 웃는 얼굴로 시할머니를 마주 바라보았다.

"할머님 말씀인데 거역할 리가 있겠어요?"

"내가 이런 말을 꺼낸다고 원망하지는 않겠지?"

"어떻게 할머니한테 원망을 품겠어요? 할머님 말씀을 어찌 감히 안 듣겠어요?"

조씨는 그제야 마음이 놓이는지 고개를 끄덕였다.

"그럼 얘기해 주마!"

"무슨 말씀이든지 해 주세요, 할머니."

효문의 아내도 간절하게 말했다.

조씨는 목소리를 낮추고 한마디씩 또박또박 끊어 가며 이야기를 시작했다.

"너 말이다, 날마다 밤중에 마구란 녀석하고 몇 번이나 튀고 있지?"

그 말을 들은 효문의 아내는 어리둥절했다. 밤중에 튀다니? 이게 도대체 무슨 소리인가? 그러나 영리한 그녀는 곧 알아차렸다. 할머니가 강조한 중음重音 '튀다!'는 말은 이빨이 모두 빠져서 발음이 새는 바람에 그렇게 들렸을 뿐 실제 의미는 '뛴다.'였다. 즉 남녀지간의 은밀한 방사를 뜻한다는 사실을 알아차렸던 것이다. 그녀는 아연실색했다. 얼굴이 화끈거리다 못해 목덜미까지 벌게지고 있었다. 부끄러워 고개를 들 수도 없었다.

"이왕 말이 나왔으니, 끝을 맺자꾸나!"

조씨는 태연자약하게 본론을 이끌어 나갔다.

"마구는 이제 겨우 열여섯, 한창 어린애란 말이다! 네가 밤마다 그 어린것을 꼬여서 몇 번씩이나 튀게 만들면…… 그 애 몸뚱이가 도대체 뭐가 되겠느냐? 기력이 말라붙어 빈껍데기만 남을 테고 뼈와 살이 흐물흐물 녹아버려, 너도 평생토록 생과부 노릇이나 하게 된다는 걸 모르느냐!"

이미 한참 떨구어진 손주 며느리의 고개가 더 푹 수그러들었다.

"할머니……, 그런 일은…… 없었어요."

"잔소리 마라! 그런 일이 없다니! 마구의 얼굴빛이 무슨 꼴이더냐? 네가 봐도 알겠지? 그래도 아무 일 없다고 발뺌할 테냐!"

조씨는 고삐를 바싹 당기고 놓지 않았다.

"이 할미가 솔직히 말하마. 그런 일은 밥 먹기나 물 마시기와 똑같은 거야. 배불리 먹고 마시고 나면 더는 아무것도 먹고 싶지 않지만 다 소화되면 또 배가 고파지고 목이 말라 헤매는 법이야. 그러니까 아무리 해도 모자라기만 할 뿐이야. 끝도 없고 한도 없지!"

이야기가 이쯤 나오니 효문의 아내는 입술을 깨물고 시할머니의 말씀을 공손히 받아들였다.

"마지막으로 한마디만 하마. 열흘에 꼭 한 번만 튀어라! 알겠느냐?"

"네, 알겠습니다!"

효문의 아내가 다 기어들어 가는 목소리로 겨우 대답했다. 그날 밤 잠자리에서 그녀는 남편의 은근한 손길을 밀어냈다. 효문은 처음 한 번은 언짢은 기색을 짓다가 두 번째에는 벌컥 화를 냈다.

"왜 이래? 어제는 안 그러더니!"

그녀는 시할머니 말투를 흉내 내가며 낮에 들었던 훈계 말씀을 미주알고주알 다 털어놓았다.

어린 남편은 어처구니가 없는지 허허 웃었다.

"원, 할머니도…… 벌써 망령이 나셨나? 이런 일까지 참견하시다니……."

아내가 투정을 부리려는 남편을 달랬다.

"할머니 말씀이 좀 거칠긴 해도 좋은 뜻에서 하신 거예요. 그게 모두 당신 몸이 다칠까 봐 걱정이 되셔서 그런 거 아니겠어요?"

효문이 펄펄 뛰면서 역정을 냈다.

"내가 어리다고? 그럼 아버지나 할머니는 왜 며느릿감을 데려오지 못해 그처럼 서두르셨어? 내게 아내를 안겨준 것은 시중을 받으라고 그런 거 아니겠어? 이런 일도 못 하게 할 바에야 뭣 하러 아내를 맞아들이게 했어? 내가 날마다 하고 싶으면 하는 거지. 밤마다 몇 번씩 하든 말든, 그게 할머니하고 무슨 상관이야?"

씩씩거리는 동안에도 효문은 또 아내를 품고 일을 벌이기 시작했다. 마치 할머니에게 분풀이라도 하듯 어제보다 더욱 사납게 힘차게…….

이튿날 시할머니는 또 그녀를 위채로 불렀다. 시할머니는 그녀가 진심으로 난처해하고 있음을 알아챘다. 그녀는 아주 민망한 기색으로 효문이 말을 듣지 않는다고 하소연했다. 그러니 자기도 어쩔 수 없었노라고 푸념을 늘어놓았다.

"할머니……, 이불 속에다 담을 쌓을 수도 없잖아요."

조씨는 치아가 다 빠진 입술을 오물거리면서 이렇게 다짐했다.

"어디 두고 보자! 내가 그놈의 담을 쌓나 못 쌓나!"

그녀는 시할머니가 무슨 재주로 자기네 부부의 이불 속에 담장을 쌓을지 알 수 없었다.

이날 밤 효문과 그녀가 또 삼혼칠백三魂七魄이 녹아드는 열락에 빠져들었을 무렵이었다. 창문 밖에서 할머니의 메마른 목소리가 딱딱하게 들려왔다.

"효문아, 공부하는 선비라는 걸 잊었느냐? 냉큼 일어나서 책을 읽거라!"

뒤이어 노파의 앙증맞은 발걸음이 딸까닥딸까닥 위채로 올라가는 소리가 들렸다. 한참 진땀을 흘리던 효문은 전신의 맥이 탁 풀리면서 그녀의 몸뚱이 위에서 떨어져 나가고 말았다. 그리고 아내를 등지고 이내 잠이 들었다. 그녀는 괴로워 견딜 수가 없었다. 어느 틈엔가 시할머니에 대한 미움이랄까 원망이 싹트고 있었다.

조씨는 그래도 마음을 놓지 못했다. 해 떨어지기가 무섭게 잠자리에 들던 습관을 연속 열흘째 바꿨다. 그녀는 밤이 이슥해지도록 등잔불 밑에서 꾸벅꾸벅 졸다가 손자 녀석의 곁방에 불이 꺼지기만 하면 바로 살그머니 침상을 빠져나와 뜨락을 가로질러 왔다. 이어 효문의 창문 바깥에 놓인 목마를 타고 앉아서 흥얼흥얼 노래를 부르기 시작하곤 했다.

"잘 자거라 마구야, 우리 아기 착하기도 하지! 늑대가 와 봐라, 이 할미가 두들겨 내쫓을 거야. 이리가 와 봐라, 이 할미가 때려 내쫓고……."

그것은 효문이 어릴 때 조씨가 불러주던 자장가였다. 할머니 조씨는 효문의 코고는 소리가 창문 밖으로 들려 나올 때까지 줄곧 자장가를 흥얼거리다가 비로소 위채로 올라가 잠자리에 들곤 했다.

어느 날 아침 식사 때였다. 조씨는 손주 며느리가 들고 온 밥상을 건네받고 나서 막 돌아서려는 그녀를 불러 세웠다.

"아가야, 어떠냐? 이 할미가 너희들 이부자리 속에 담장을 쌓아 놓았지?"

의기양양하게 웃어젖히는 시할머니를 흘끗 쳐다보던 손주 며느리는 얼굴이 발갛게 물들면서 고개를 숙였다. 이어 다 기어들어 가는 목소리로 이렇게 말씀드렸다.

"아뇨, 할머니! 아직…… 멀었는 걸요."

이런 극단적인 처방을 했는데도 효문의 얼굴빛은 여전히 암울한 잿빛을 띠고 눈두덩 언저리가 검어지기만 했다. 그것은 두말 할 나위도 없이 지나치게 욕심을 부린다는 증거였다.

조씨는 이불 속 장벽 쌓기가 완전히 실패로 돌아갔음을 깨달았다. 실패의 부끄러움은 이내 노염으로 바뀌었다. 그녀는 또다시 손주 며느리를 위채로 불렀다.

"이것아! 네가 이 늙은 할미를 속였지?"

손주 며느리는 황망히 두 손을 내저었다.

"아니에요, 속인 적 없어요!"

"그럼 마구란 녀석의 얼굴빛이 왜 아직도 저 모양이냐!"

손주 며느리는 고개를 툭 떨군 채 변명을 하지 못했다. 그럴 수밖에 없는 것이 효문은 할머니의 간섭에 털끝만큼도 영향을 받지 않았기 때문이었다. 거의 하룻밤도 그냥 넘기는 법이 없었으니 할머니의 심술이 효과가 있을 턱이 없었다. 더구나 '열흘에 딱 한 번씩 튀라.'는 법령 역시 지켜지지 않았다. 남편이 이러니 입이 열 개라도 변명할 건덕지가 없었다.

아무에게도 말은 하지 않았으나 사실은 그녀 자신도 무척 놀라고 있었다. 신혼 사흘 동안 자기 몸을 건드릴 줄도 모르던 책벌레가 일단 남녀 교합에 맛을 들이기 무섭게 미치광이처럼 빠져들어 만족할 줄을 모르는 중독자가 되고 말았으니 아무리 좋게 생각해 보려 해도 보통 큰일이 아니었다.

이제 그녀 역시 남편의 건강이 걱정스러워지기 시작했다. 진짜 이대로 가다가는 효문의 육체는 기력이 허약해질 대로 허약해져서 뼈마디에 살갗을 붙인 껍데기만 남을 터였다. 정말로 시할머니의 말씀처럼 평생토록 생과부 노릇을 할 수도 있었다. 그녀는 겁이 더럭 났다. 생각다 못한 그녀는 베개 밑 송사를 벌이기 시작했다.

"여보, 오늘 밤만은 참아 줘요. 시냇물도 가늘게 오래 흘러야 좋잖아요? 당신이 더 자란 다음에는 뭐든지 시키는 대로 다 할게. 제발 오늘만큼은……."

그러나 효문은 요지부동이었다.

그녀는 시할머니 앞에서 간곡히 말씀드렸다.

"할머니, 정말이에요. 전 속인 적이 없어요! 할머니가 절 때려 죽이신다 해도 거짓말이 아니에요. 제 힘으로는 어떻게 달래 볼 길이 없어요……."

그래도 조씨는 심통을 부렸다.

"네가 그 아이하고 베개를 같이 쓰니까 그렇지! 베개를 두 개로 갈라써 봤느냐?"

"그것도 해 봤어요……. 하지만 소용없었어요. 머리를 어느 쪽으로 두든지 그 사람은 기어코 따라와서……."

"이불을 두 채를 쓰지 그랬느냐! 잠자리를 따로 쓰면 거기까지야 설마……."

"그 방법도 부질없었어요……. 자기 이불을 걷어차버리고 제 이불 속으로 쑤시고 들어오는 걸요……."

조씨가 눈을 하얗게 흘기면서 꾸짖었다.

"요런 발칙한 것! 그따위 주둥아리질로 내 손자 녀석의 잘못만 탓하느냐. 네년의 그 밑구멍은 하나도 잘못한 게 없단 말이냐? 네년의 그 젖통 좀 봐라! 돼지 오줌보만큼이나 투실투실하고 엉덩판은 부풀어 오른 밀가루 반죽보다 더 크지 않느냔 말이다. 네년의 그 꼬락서니를 보고도 사내 녀석이 가만 놓아둔다면 그게 고자요, 병신이지!"

손주 며느리는 수치심과 억울함을 견디지 못해 훌쩍훌쩍 울기 시작했다.

그래도 조씨는 차가운 얼굴빛으로 사납게 소리쳤다.

"마구 일은 나한테 맡겨 둬라. 너는 그저 몸가짐 단속이나 해라! 네가 몸단속을 않는다면 내 바늘로 네년의 그 밑구멍을 꿰매버리고 말 테니까!"

조씨가 효문의 아내를 꾸짖던 시간은 오후 무렵이었다. 남자들은 모두 밭일을 하러 나가고 없는 때였다. 며느리 선초만이 뜨락에서 바느질을 하고 있었다. 거리낄 것도 피할 것도 없었다. 선초는 며느리가 고개를 푹 숙인 채 자기 앞을 지나쳐 곁방으로 돌아가는 모습을 보고는 문득 불쌍한 마음이 들었다. 시어머니 조씨는 자기 손자 녀석만 역성을 들었다. 모든 허물은 손주 며느리 탓으로 돌렸다. 그것은 불공평했을 뿐만 아니라 애꿎은 며느리의 가슴에 못을 박는 일이었다.

그날 저녁 그녀는 시어머니가 한 말을 남편 가헌에게 하나도 빼놓지 않고 그대로 옮겼다. 차마 귀에 담기도 힘들 만큼 거칠고 지저분한 이야기에 가헌의 얼굴빛은 붉으락푸르락해졌다.

"나 원 참, 어머니도……. 노망이 드셨나? 좋은 말로 넌지시 귀띔을 해 달라고 부탁드렸더니 일을 더 꼬이게 만들었어!"

밤이 이슥해지자 가헌은 효문을 자기 방으로 불러들였다. 그리고 아내 선초가 보는 앞에서 훈계를 했다.

"효문, 이 아비가 무엇 때문에 널 공부시켰는지 아느냐?"

아들이 대답했다.

"제가 사리에 밝고 성실한 사람이 되어 다른 사람들에게 본보기가 되라는 뜻이었다고 생각합니다."

"잘 알고 있구나. 한데 그것을 실천했느냐, 못 했느냐?"

효문은 솔직하게 대답했다.

"제 행동거지 중에서 어디가 잘못되었으며 예의범절에 어긋났는지 가르쳐 주십시오."

그 말을 듣고 가헌은 슬그머니 부아가 치밀었다.

"내 가르침이 아직도 필요하단 말이냐! 할머니가 네 몸을 생각해서 그토록 애를 쓰셨는데. 네놈은 아느냐, 모르느냐?"

효문은 얼굴이 화끈 달아오르는지 바로 고개를 떨어뜨렸다.

가헌은 내친김에 할 말을 다 하기로 했다.

"이불 속에서만 활개친다더니 바로 네놈을 두고 한 말이로구나! 잠자리 절제도 못 하는 녀석이 무슨 큰 뜻을 펼친다는 거냐? 잘 들어라, 이놈아! 너는 이 집안에서 장자요, 장손이란 말이다!"

효문은 자기 방으로 돌아갔다. 그리고 아무 말 없이 아내가 따로 깔아 놓은 이불 속으로 파고들어가 조용히 잠들었다. 한 달이 지나자 효문의 얼굴에 불그레하니 화색이 돌았다. 뿐만 아니라 결혼하기 전보다 더 윤기가 흘렀다. 양미간도 말쑥해졌다. 잿빛 기색과 눈두덩의 거무스레하던 기미 역시 말끔히 가셨다.

조씨는 아들이 손자를 어떻게 꾸짖었는지도 모른 채 이것이 모두 자신이 손주 며느리를 협박한 덕분이라고만 생각했다. 손주 며느리가 밥상을 내왔을 때 그녀는 크게 인심이라도 쓰듯 말했다.

"아가야, 이젠 마음 놓거라. 이 할미가 바늘로 꿰매지는 않을 테니까……."

백가헌이 녹자림의 집안에서 일어난 어려운 고비를 전해 들었을 때였다. 그는 효문이 여색을 탐하던 일은 일도 아니라는 생각이 먼저 들었다.

녹자림은 지난 1년 동안 제정신이 아니었다. 맏아들 조붕이 혼례를 치르고 집안에 사나흘 억지로 붙잡혀 있다가 훌쩍 성안으로 들어간 다음 꼬박 1년이 지나도록 돌아오지 않았다. 심지어 여름 방학, 겨울 방학이 되어도 오지 않았다. 녹자림은 그에게 생활비도 일상용품도 보내지 않았다. 뿐만 아니라 아내 하씨賀氏가 아들에게 보내는 것도 엄격히 막았다. 먹을 것과 입을 것이 없어지면 집으로 돌아오리라 기대한 것이다.

그러나 새해 설날이 되어도 조붕은 여전히 감감무소식이었다.

녹자림은 울적한 심사를 어디다 하소연할 데가 없게 되자 성질이 사나워지기 시작했다. 거칠어진 성미는 보장소保障所 안에서 사무를 보는 일에도 심각한 영향을 끼쳤다. 그는 자기가 직접 나서지 않으면 안 될 중요한 사안을 제외하고는 크고 작은 업무를 모조리 상 서생桑書生에게 떠맡겨 처리하게 했다.

그리고 이런 집안의 우환이 외부에는 새나가지 못하게 입막음을 했다. 이유는 간단했다. 사돈댁 냉 의원의 귀에 진상이 흘러들어가지 않을까 두려웠기 때문이었다. 녹자림은 속이 상한 나머지 이런저런 생각을 해 보았다. 조붕의 상대가 냉 의원의 딸이 아니라 다른 집 규수였다면 조붕이 한사코 원하지 않을 때 없던 일로 했을 것이다. 그러나 냉 의원의 딸에 대해서만큼은 설사 하늘이 두 쪽 나는 한이 있더라도 그렇게 할 수가 없었다.

냉 의원은 가난뱅이나 부자에게나 똑같이 구세주와 같은 존재였다. 뛰어난 의술과 고상한 품격은 높은 명망과 위엄을 얻고 있었다. 그래서 사돈을 맺었는데 오히려 원수지간이 되어버린다면 뭇사람들이 자신을 비웃고 침을 뱉을 것이 분명했다.

지난 1년 동안 녹자림이 겪은 울화병은 심각한 지경에 이르렀다. 그러나 표면상으로는 여전히 화기애애하고 너그러운 태도를 유지했다. 겸손하고 양보하는 자세로 남들을 대했고 자주 농담도 주고받았다. 그러나 이 모든 것은 오로지 가슴속에 쌓인 화를 감추기 위한 위장에 지나지 않았다.

그는 사나흘이 멀다 하고 냉 의원의 중의당을 찾았다. 그리고 여러 마을에서 공무를 집행할 때 보고 들은 우스갯소리를 손짓발짓 해가면서 늘어놓았다. 그리고 끝내 사돈 영감이 그 엄숙한 얼굴 표정을 무너뜨리고 웃음보를 터트리게 만들었다. 냉 의원이 허리를 잡고 웃을 때마다 그 역시 덩달아 웃으면서 은근슬쩍 집안 이야기를 끼워 넣곤 했다.

"사돈 형님, 알아맞혀 보십시오! 지금 형님의 보배 같은 사위가 뭘 하고 있는지 모르시죠? 학교에 다니면서 신문사 일을 보고 있다, 이 말씀입니다! 돈도 엄청나게 벌어서 다 쓰지도 못 하는 모양입디다. 일전에 볼일이 있어 성안에 들어갔다가 들러서 용돈을 주었더니만 오히려 여비에 보태 쓰라고 돈지갑을 내미는 게 아니겠어요? 허 참, 기가 막혀서! 얼마나 바쁜지 변소에 갔다가 뒤도 못 닦고 나옵디다!"

이런 식으로 그는 조붕이 고향 집에 돌아오지 않는 것에 변명을 했다. 냉 의원 역시 그 속임수에 넘어가 주었다. 그래서 시집간 딸이 어쩌다가 친정에라도 오면 차가운 얼굴로 훈계했다.

"사내대장부는 천하 사방에 뜻을 두는 법이다. 너는 시댁에서 시부모님을 잘 모시고 있어야 한다. 날마다 가장 일찍 일어나 부엌에 들어가고 가장 늦게 잠자리에 들어야 하느니라!"

조붕의 아내는 남편과 시부모의 은밀한 갈등을 전혀 눈치채지 못했다. 그녀는 녹조붕이 자신과 맺은 혼사가 시아버지의 따귀 석 대로 이루어진 결과라는 사실도 알지 못했다.

첫 번째 따귀는 성안에서 때린 것이었다. 그때는 그녀가 아직 녹씨 댁 문턱을 넘어서지 않았던 만큼 알 턱이 없었다. 두 번째 따귀는 시아버지가 머슴 유모아劉謀兒의 외양간에서 후려친 것이었다. 조붕이 신혼 첫날밤에 그리로 숨어 들어가 머슴 유모아와 한 이불을 뒤집어쓴 채 자고 있었기 때문이었다. 그때도 녹자림은 아무 소리 하지 않고 따귀 한 대부터 올려붙였다. 당시 그녀는 신혼 첫날밤의 수줍음과 겁을 먹은 상태에서 당황하고 있던 참이라 동방화촉을 밝힐 때의 남편 얼굴에 대해 의문을 품을 여유가 없었다. 그런데 세 번째 따귀만큼은 그녀도 직접 목격했다. 시아버지가 조상님들 위패 앞에서 때린 것이었다. 그때 조붕은 조상님들 앞에 절을 올리고 나서 신부와 함께 사당 안에 들어가 족장 백가헌의 주재 아래 거행되는 엄숙한 의식을 받아들이려 하지 않았다. 그러자 시아버지는 인정사정없이 아들에게 주먹을 휘둘렀다. 그것은 조붕이 선조들의 사당에 제사하는 예식을 '봉건적인 낡은 관습'이라고 항변했기 때문에 벌어진 일일 뿐이었다. 그녀가 싫어서 참배를 거부한 것은 아니었다.

그러나 결혼한 지 1년이 되도록 그녀는 남편의 얼굴을 볼 수가 없었다. 그래도 처음에는 별일 아니라고 대수롭지 않게 여겼다. 하지만 지금은 남편이 돌아오기를 목마르게 바라고 있었다.

조붕은 그녀와 신혼 첫날밤에 꼭 한 번 그 일을 치렀다. 그때는 기쁨도 즐거움도 없었다. 그렇다고 그 일이 고통만 남겨 놓은 것은 아니었다. 당시 남편은 그것이 그녀의 몸속에 들어가던 순간 학질 걸린 사람처럼 전신을 부르르 떨어 그녀를 깜짝 놀라게 만들었다. 그녀는 남편에게 간질병이 있지는 않은지 걱정했다.

그러나 이제 그녀는 신혼 첫날밤의 무지에서 벗어나 알 만큼은 알고 있었다. 처음에는 어렴풋하던 것이 시간이 지남에 따라 차츰 또렷해지는 남편의 그 떨림을 생각하면서 자기도 남편과 함께 그처럼 떨어보고 싶은 욕망이 솟구치기 시작했다. 그러나 그것은 헛된 꿈이었다. 꿈속에서 그녀는 남편과 서로 부둥켜안고 팔다리를 휘감은 채 간질병 환자처럼 함께 부들부들 떨곤 했다. 그 기묘한 떨림의 맛이 꿈속에서 사라지면 그녀는 두 번 다시 잠들 수가 없었다.

그녀는 결국 동트기 전에 일어나 시부모님의 요강을 비우러 갈 때까지 한숨도 눈을 붙이지 못했다. 평소에는 안채 침실에 들어가 시아버지와 시어머니 부부가 한 이부자리 속에서 얼굴을 마주 대하고 잠들어 있는 모습을 봐도 아무 느낌도 없었다. 두 노친네가 밤새껏 요강 하나 가득차게 배설해 놓은 요강을 들고 돌아서서 나오기만 하면 그뿐이었다.

그런데 그날 아침은 달랐다. 여느 때처럼 요강을 비우러 들어갔을 때 눈을 감고 잠든 시부모를 보는 순간 그녀의 뇌리에는 불현듯 그 미묘한 떨림이 떠올랐다. 구겨진 이부자리와 비뚤어진 베갯모를 보건대 시아버지와 시어머니는 간밤에 그 기묘한 떨림을 함께 겪었음이 분명했다.

그녀는 불면증에 시달리기 시작했다. 초저녁부터 이른 새벽녘까지 꼬박 뜬눈으로 지새웠다. 그 기묘한 떨림에 대해서도 더 이상 우습다는 생각이 들지 않았다. 그 떨림에 온몸을 통째로 맡겨 놓고 그저 활활 불태우고 싶은 갈망만이 그녀를 지배하고 있었다.

타작마당에 나가서 불쏘시개용으로 보릿짚을 이고 돌아오는 길에 그녀는 흑왜의 정부情婦 소아小娥가 바구니를 들고 장터에서 돌아오는 것을 목격했다. 흑왜는 이제 그녀를 '항아 누님'이라고 부르지 않았다. 대신 '소아'란 애칭으로 불렀다. 대바구니 속에는 파와 부추 각 한 묶음이 담겨 있었다.

소아는 매끄러운 발놀림으로 사뿐사뿐 걷고 있었다. 걸음을 옮길 때마다 가느다란 허리가 맵시 좋게 뒤틀리고 펑퍼짐한 엉덩이가 뒤뚱뒤뚱 흔들렸다.

소아의 그런 모습을 처음 보았을 때 그녀는 구역질이 났었다. 그러나 지금은 이 매춘부나 다름없는 계집에 대해서도 질투심이 끓었다. 그렇다! 이런 형편없는 갈보 화냥년도 밤이면 밤마다 흑왜란 녀석하고 다 허물어져 가는 움막 안에서 그 기묘한 떨림을 즐길 것이 아닌가.

그녀는 보릿짚이 가득 담긴 대광주리를 이고 깔끔한 자기 집 뜨락에 들어섰을 때 방금까지 사념邪念을 품었던 자신이 원망스러웠다. 후회도 했다. 내가 어떤 남자의 아내인가? 소아는 또 얼마나 방탕한 계집인가? 그런 계집의 처지를 부러워하고 질투를 하다니 이게 어디 될 법이나 한 일인가!

그녀는 자기 남편이 큰일을 하는 사람이라는 것을 믿었다. 게다가 남편이 고향에 돌아올 틈도 내지 못할 만큼 바쁘다는 것을 믿어 의심치 않았다. 남편이 언젠가는 금의환향하리라는 것도 굳게 믿었다.

그러나 해가 바뀌었는데도 남편 조붕이 돌아오지 않자 그녀 역시 의심이 들었다. 아무리 바쁘기로서니 집에 돌아와 설도 보낼 수 없단 말인가! 그녀는 극도의 실망과 생각하기만 해도 두려운 억측에 시달리는 가운데 새해 명절을 보냈다. 억지웃음으로 일가친척들을 대하면서…….

녹자림은 며느리의 웃는 모습이 억지로 꾸며낸 것임을 눈치챌 수 있었다. 그럼에도 일부러 서안성西安城에 들러 한 바퀴 다녀오고 나서 집안 식구들을 다 모아 놓고 호기롭게 선포했다.

"하하! 조붕이 상해上海로 떠났다는구나!"

"아니, 상해요?"

온 집안이 환호성에 들썩거렸다. 녹자림은 때마침 집에 돌아와 있던 둘째 아들 조해를 보고 모두가 들을 수 있게 큰 소리로 물었다.

"상해로 가려면 어떻게 가지? 이야기를 듣자니 기차도 타야 한다면서?"

조해는 아버지에게 자세히 말씀드렸다. 먼저 말을 타고 동관潼關을 벗어나서 다시 배를 타고 황하黃河를 건넌 다음, 거기서 또…….

그녀의 실망과 온갖 추측은 빗자루로 쓸어내듯 말끔히 가셨다. 암울하던 마음도 활기를 되찾았다. 그날 밤 그녀는 또 꿈속에서 조붕을 만났다. 그와 함께 기묘한 떨림을 맛보았다. 떨림을 겪고 난 직후 그녀는 자기 몸뚱이 위의 얼굴이 남편 조붕이 아니라 놀랍게도 시동생 조해였다는 사실을 깨달았다. 이튿날 아침식사 때 그녀의 손에서 밥그릇을 건네받는 조해의 모습을 보는 순간 그녀는 저도 모르게 얼굴이 화끈 달아오르는 것을 느꼈다. 가슴이 두근거렸다.

뒤이어 그녀는 또 꿈속에서 흑왜를 보고 그와 함께 뒤엉켜 격렬한 떨림을 맛보았다. 그것은 그녀가 안마당 쓰레기를 대문 밖으로 쓸어내던 어느 이른 아침의 일이었다. 그때 그녀는 부옇게 밝아오는 새벽빛 아래 돌절구와 떡메를 지고 동구 밖으로 품삯 일을 하러 나가는 흑왜와 마주쳤다. 더 고약한 노릇은 어젯밤 꿈에서는 시아버지 녹자림과도 뒤엉켰다는 사실이었다. 시아버지는 벌거숭이로 자기 몸뚱이 위에서 얼굴을 쳐들자마자 부끄러움에 못 이겨 허겁지겁 도망쳐버렸다.

이런 온갖 악몽과 고약한 꿈을 꿀 때마다 그녀는 심신이 허약해지고 기력이 떨어졌다. 급기야 그녀는 신경 쇠약에 걸렸다. 낮이고 밤이고 성인 남자라면 누구와도 얼굴을 대하지 못하게 되었다. 그런 터무니없는 악몽은 날이 갈수록 더욱 빈번하고 난잡해졌다.

봄날이었다. 백록진白鹿鎭에서 첫 번째 신식 학교의 낙성식이 거행된 것은 백록창 총향약 전복현이 직접 나서서 건축을 주재한 덕분이었다. 현청縣廳에서는 자금을 지원하고 전복현은 본창 관할 소속 수십 군데 마을에서 인력을 동원했다. 이렇듯 일꾼을 차출하여 경비를 절약한 끝에 그는 당초 10칸 크기의 교사를 짓기로 계획된 예산을 최대한으로 이용하여 13칸으로 늘려 지었다. 이어 다시 공임 없이 황토 흙벽돌을 만들어 담장까지 높이 세웠다.

전복현은 교사 건축에 소요된 공금 지출 내역과 인력 동원 현황을 많든 적든 낱낱이 종이에 써서 백록진 제1보장소 정문 밖 담장에 내다 걸었다. 그럼으로써 그는 지방민들의 절대적인 신임을 얻었다. 이 업적으로 존경도 한 몸에 받았다.

그는 항간에 떠돌지도 모를 뒷소문이나 인근 마을 사람들의 트집을 막자는 의도에서 학교 터를 백록진 남쪽 몇몇 마을 중간에 있는 공터에 잡았다. 쌀보리와 보리 이삭이 누렇게 익을 무렵 학교 건물은 완전히 준공됐다. 이어 교장 한 분이 선생 몇 사람을 데리고 아직 습기가 가시지 않은 눅눅한 건물에 성급하게 들어앉았다. 학생 모집과 개학할 준비에 착수한 것이다. 교장은 녹자림의 맏아들 녹조붕이었다. 낯익은 사람, 초면인 사람은 말할 것도 없고 평범한 보통 주민들에 이르기까지 모든 사람이 조붕을 찾아와 인사를 했다. 길에서 만날 때는 최대한의 경의를 표하고 진정어린 축하의 인사를 보냈다.

"녹씨 가문에서 교장 한 분이 나왔다!"

이 소식을 전해 들은 녹자림은 흥분을 도무지 억제할 길이 없었다. 그래서 사돈 냉 의원과 밤을 새우며 술을 마셨다. 뭇 사람의 존경을 받는 신식 학교 교장이라는 엄청난 명예도 대단하지만 우선 자기 가슴속에 응어리진 앙금을 풀어버릴 때가 왔기 때문이었다. 조붕이 자진해서 고향으로 돌아와 교장 노릇을 하게 되었으니만큼 이제 집에 들어오지 않을 그 어떤 구실도 핑계도 없어진 것 아닌가! 학교가 집에서 6km밖에 안 떨어져 있으니 말이다. 그러나 조붕은 아버지의 이런 벅찬 기대감을 완전히 깨뜨려 놓았다.

고향에 돌아오던 첫날, 그는 집으로 와서 할아버지와 아버지, 어머니, 아내, 그리고 머슴 유모아에게까지 일일이 인사를 했다. 그때만 해도 그가 보인 태도는 아주 겸손하고 친숙했다. 신식 제복, 신식으로 짧게 깎아 양쪽으로 갈라붙인 머리카락, 훤칠하게 벗겨진 이마와 부리부리한 눈동자, 움푹 들어간 눈두덩과 짙고 긴 눈썹이 녹씨 가문의 혈통을 여지없이 드러내 보이고 있었다. 집안 식구들은 하나같이 격한 감동에 휩쓸린 채 조금은 긴장된 눈으로 조붕의 움직임을 눈여겨보았다. 그는 집안사람들을 대할 때와 똑같이 예의 바르게 아내와 인사를 나눈 다음 곁방으로 들어갔다.

아내는 손발을 어디다 두어야 좋을지 모른 채 당혹스러운 자세로 침상 가장자리에 걸터앉았다. 그저 겁먹은 눈망울로 꿈을 꿀 때마다 으레 자기 몸뚱이 위에서 부르르 떨던 남편의 얼굴을 흘끗 쳐다보았을 뿐 말도 하지 못했다. 고개를 들 수도 없었다.

조붕이 머문 시간은 극히 짧았다. 그는 잠시 무료하게 앉아 있다가 바깥으로 나가더니 그 길로 머슴 유모아가 일하는 마구간으로 건너가 그곳에서 오랜 시간을 머물렀다. 온 집안 식구들은 긴장 속에 가슴을 조이면서 날이 어두워질 때를 기다렸다. 해가 떨어질 무렵 녹조붕은 할아버지를 비롯해서 아버지와 어머니에게 일일이 똑같은 인사를 했다.

"학교로 돌아가야겠습니다. 밤늦게 회의를 열어야 하니까요."

할아버지, 아버지와 어머니는 똑같은 당부를 하고 조붕을 보냈다.

"회의가 끝나는 대로 곧장 돌아오너라."

그러나 조붕은 돌아오지 않았다. 무려 한 달이 지나도록 조붕은 그 눅눅한 집무실 안에서 기거했다.

녹자림으로서는 집안의 우환을 더 이상 감싸고 있을 수 없게 되었다. 마을에서도 쑤군거리던 소리가 공공연한 문제로 대두되었다. 녹자림 역시 다시는 뻔뻔하게 사돈댁 중의당 문턱을 넘을 수가 없었다. 그가 학교로 아들을 찾아간 것만도 10여 차례가 넘었다. 찾아가서는 거드름을 부리는 교장 선생님의 낯짝을 짓뭉개버리고 싶은 노기를 억눌러 가며 좋은 말로 타일렀다. 타일러서 안 되면 애걸하기도 했다. 그래도 안 들으면 그 자리에서 울기까지 했다. 하는 말도 언제나 똑같았다.

"애야, 아무리 교장 일이 바쁘더라도 하루이틀 정도는 집에 들어와야 할 게 아니냐? 동네 사람들 입이 무서워 그런다! 제발 단 하룻밤이라도 와서 그 입들 좀 막아주려무나!"

교장 선생을 대하는 자리에서 이제 녹자림은 성질대로 손을 들어 네 번째 따귀를 후려칠 수가 없었다.

그날 중의당 점원 녀석이 길을 멀찌감치 돌아가던 녹자림을 잽싸게 쫓아왔다. 이어 고함을 쳐서 불러 세웠다.

"아저씨! 저희 주인 나리가 다녀가시래요. 말씀드릴 게 있다고요."

녹자림은 등골이 오싹해졌다. 기어코 일이 터지고 말았구나! 불길한 생각이 들었다.

냉 의원은 평소와 다름없이 차가운 표정, 냉정한 목소리, 에둘러 말해 본 적이 한 번도 없는 직설적인 말투로 이렇게 말했다.

"아우님, 너무 마음 쓰실 것 없네. 가서 조붕에게 한마디만 전해 주게. 이혼장 하나만 써 주면 된다고. 그럼 아무 문제 없이 다 끝날 거라고 말일세!"

녹자림은 안절부절못하고 통사정을 했다.

"형님, 무슨 말씀을 그렇게 매정하게 하시는 겁니까? 일이 이 지경에 이르렀으니 저도 더는 감추지 않겠습니다만 이혼장 얘길랑은 두 번 다시 꺼내지 마십시오. 그 말씀만 없는 것으로 해 주신다면 제가 평생 은인으로 알고 고마운 뜻을 잊지 않겠습니다. 안심하십시오, 형님! 조붕이란 녀석이 교장 노릇은 둘째로 치고 현장縣長, 성장省長 나리가 된다고 해도 우리 집 문턱에 발을 들여놓은 며느리를 내쫓지는 못할 테니까요. 만약에 말입니다, 제가 지금 말씀드린 것이 거짓일 때는 그놈의 이혼장을 내 손으로 내 얼굴에다 붙이고 물을 부어서 질식해 죽고 말겠습니다!"

냉 의원은 여전히 냉정한 얼굴을 하고 있었다. 녹자림의 말에 감동하는 기색이라곤 조금도 없었다.

"그럴 필요 없네, 아우님. 남들이야 이혼을 당하면 사람 노릇을 못한다고 수치스럽게 여기는 모양이지만 나는 그렇게 생각하지 않네. 인척 관계를 끊는다 해도 우리 사이는 지난날처럼 변함없을 것이네."

이야기가 이렇게 되자 녹자림은 통제력을 잃고 말았다.

"어이쿠, 형님! 제발 그런 말씀 거둬 주십시오. 아니, 더 이상 말씀하지 않으셔도 됩니다. 제게도 방법이 있으니까요! 방법이 아주 없는 게 아니니까 형님, 너무 성급하게 결단을 내리지만 말아주십시오!"

부리나케 집에 돌아간 녹자림은 곧장 아버지 녹태항 영감이 홀로 거처하는 방을 찾았다.

"아버님, 이제 그 일은 더 감출 수도 이대로 둘 수도 없게 되었습니다. 제가 다시 한 번 학교로 찾아가서 또 그놈이 우리 체면을 세워주지 않는다면 준비한 대로 그냥……."

그는 자기가 무엇을 어떻게 준비했는지 말하지 않았다. 그러나 녹태항 영감은 아들이 무슨 준비를 했는지 짐작할 수 있었다. 날을 잘 갈아 놓은 면도칼을 숨겨 가지고 가서 여의치 않을 때는 목에 겨누고…….

"네가 준비한 것일랑 잠시 두었다가 다음 단계에서 써보자꾸나……."

녹태항 영감이 입을 열었다.

"내가 오늘 밤에 한번 다녀오마. 우리 가문의 자랑이신 녹 교장님께서 체통을 세우고 계신지 구겼는지 가서 좀 봐야겠구나."

녹자림은 펄쩍 뛰면서 만류했다. 누가 뭐래도 늙으신 아버님이 직접 나설 수는 없다고 했다. 그러나 녹태항은 한마디 말로 아들의 권유를 뿌리쳤다.

"나서야 할 일이면 나서야 할 것 아닌가! 조상님의 덕택으로 우리 녹씨 집안에 '교, 장, 나, 리'가 나오셨는데!"

녹태항 영감은 지팡이를 짚고 나섰다. 그것은 평소 멀리 외출할 때만 손에 잡는, 광택이 반들거리는 자단목紫檀木 지팡이였다. 늙은이는 학교 마당에 들어서자마자 버럭 고함을 지르기 시작했다.

"녹 교장님! 녹 교장님 계시오?"

조붕이 할아버지의 목소리를 알아듣고 허둥지둥 뛰쳐나왔다.

"할아버님, 어쩐 일이십니까? 그렇게 고함을 지르지 않으셔도 다 들리는걸요. 하하하! 어서 이리 들어오십시오."

그래도 녹태항은 일부러 목청을 높여 떠들었다.

"무슨 말씀을! 자네는 모든 백성들이 하늘처럼 떠받드는 교장 나리시고 이 할아비는 백수건달 농사꾼이 아닌가? 벼슬아치 나리는 존경을 받으셔야 당연하지!"

조붕은 얼굴이 벌게진 채 할아버지를 부축하고 자기 방으로 모셨다. 녹태항은 손자 손에 끌려 들어가면서도 계속 주절거렸다.

"어이쿠, 여기는 벼슬아치께서 공무를 집행하는 아문衙門이 아닌가! 나 같은 무지렁이 백성이 어떻게 발을 들여놓을꼬?"

교사 몇몇이 계단 위에 서서 웃음을 억지로 참고 있었다. 조붕은 걸음이 느린 할아버지를 재촉하지도 못했다. 그저 난감하기만 했다.

"할아버지, 저한테 말씀하실 게 있으면 하세요. 제발 떠들지만 마시고……."

"이 할아비가 속에 있는 말을 다 할 수 있다면야 진작 다 했지. 방귀 같은 소릴 지껄였겠느냐. 하하! 방귀도 안 된다면 그만 뀔란다."

계속 주절대던 녹태항이 슬그머니 의자에서 미끄러져 내리더니 벽돌 바닥에 털썩 무릎을 꿇었다.

"긴 말 필요 없다! 이렇게 너한테 애걸한다……."

조붕은 대경실색을 하며 재빨리 할아버지를 일으켰다.

"할아버지, 어서 일어나십시오! 뭐든지 다 들어드릴 테니 하실 말씀이 있으면 다 하시고요!"

"두말 않겠다. 이 할아비 따라 집에 가자. 부탁이다!"

"우선 일어나 앉으십시오. 그리고 천천히 말씀하시죠."

그러나 녹태항 영감은 무릎을 꿇은 채 꼼짝도 하지 않았다.

"네가 날 따라나서겠다면 일어나마. 그래도 응낙 않겠다면 학교 앞마당에 나가서 무릎을 꿇겠다."

"어이쿠, 맙소사! 할아버지!"

조붕의 입에서 비명이 터져 나왔다.

"됐습니다, 그만 일어나십시오! 할아버님 말씀대로 따라갈 테니까."

녹태항은 지팡이를 짚고 학교 문을 나섰다. 녹조붕이 그 뒤를 따라 걸었다. 백록진에 들어서자 녹태항은 느닷없이 고함을 지르기 시작했다.

"지나가는 행인들은 길을 비켜라! 모두 정숙해라! 교장 나리, 녹조붕 어르신께서 행차하신다!"

녹조붕은 어찌할 바를 모르고 쩔쩔맸다. 그러다 할아버지의 지팡이를 붙잡고 말렸다.

"할아버지, 제발 이러지 좀 마세요! 내일 아침에 저더러 무슨 낯으로 동네 사람들을 보라고 이러십니까?"

"네가 벼슬아치가 되었는데 이 할아비가 큰소리 좀 치면 안 될 게 뭐냐? 쉬이, 길 비켜라! 녹 교장님 행차시다! 녹 교장 나리께서 지나가신다!"

녹조붕은 낯이 뜨거워 얼굴도 들지 못한 채 할아버지의 뒤를 따랐다. 그래서 읍내에서 백록촌 어귀에 당도하기까지 어떻게 길을 지나왔는지조차 알 수 없었다. 이윽고 자기 집 문턱에 들어섰을 때 할아버지는 또다시 벼락 같은 호령을 내렸다.

"우리 교장님이 돌아오셨다! 자림아, 어디 있느냐! 내가 네 벼슬아치 아드님께 무릎을 꿇고 빌어서 모셔 왔다! 뭣들 하느냐? 어서들 나와서 영접하지 않고!"

녹자림이 아내를 데리고 허겁지겁 앞마당으로 뛰쳐나왔다. 며느리도 곁방에서 달려 나왔다. 조붕은 온 집안 식구들 앞에 엉거주춤한 채 섰다. 이때 녹태항 영감이 느닷없이 돌아서면서 지팡이를 휘둘렀다.

"이 후레자식 같은 놈!"

지팡이는 단번에 교장 선생을 거꾸러뜨렸다.

"어이쿠!"

기습을 당한 조붕은 일어서지도 못하고 버둥거렸다. 그제야 녹태항 영감은 여느 때처럼 냉정하고도 준엄한 말씨를 되찾았다.

"자림, 이제 너한테 넘겨주랴?"

제11장

한 무리의 병사들이 백록원에 진격해 오더니 총향약總鄕約 전복현의 거처 백록창白鹿倉으로 들이닥쳤다. 병력 수는 어림잡아 30여 명이었다. 모두 시커먼 소총 한 자루씩을 등에 멘 채 검정 가죽구두, 검정 바지저고리 차림을 하고 있었다. 머리에는 검정 제모를 쓰고 종아리에는 흰 천으로 각반을 둘렀다. 보기만 해도 정신이 번쩍 들 정도로 위풍당당하고 엄숙해 보였다. 입 빠른 마을 사람들은 반 시간도 지나기 전에 그들에게 별명을 하나 붙여주었다. 그건 바로 '다리 하얀 까마귀'였다.

병사들은 백록창 울타리 문을 활짝 열고 몰려 들어온 다음 사방으로 흩어져 창고 건물을 포위해버렸다.

그중 누군가가 고함을 쳤다.

"이리들 나와! 모조리 손 들고 나오란 말이야!"

건물 안에서 우당탕퉁탕, 하는 소리가 들렸다. 이어 책걸상 엎어지는 소리, 어찌할 바를 모르고 허둥대는 남자들의 소리도 요란하게 들렸다. 전복현과 부하들은 마작을 하다 습격을 받고 놀란 나머지 얼떨결에 책상 밑으로 기어들어 가거나 벽모서리에 머리를 처박는 등 어쩔 줄을 몰랐다.

따당! 탕, 탕!

지붕 쪽에서 총탄이 날아가는 소리가 핑! 핑! 울렸다. 뒤이어 거친 하남河南 지방 사투리가 고함을 질러댔다.

"안 나올 거냐? 그럼 집안을 겨누고 한바탕 쏘아볼까!"

벽에 몸을 바짝 붙이고 웅크리고 있던 전복현이 벌떡 일어서더니 어깨를 펴고 문짝을 밀었다. 총향약이 문밖으로 나서자 나머지 부하들과 민단원들도 뒤를 따랐다. 모두 두 손을 번쩍 치켜들고 나섰으나 전복현만은 한 손으로 허리를 짚고 한쪽 손을 늘어뜨린 채 거만한 자세로 뚜벅뚜벅 걸어나갔다.

"손 들어!"

병사 하나가 고함을 쳤다. 그래도 전복현은 우두머리로서의 기품을 잃지 않고 응답했다.

"내가 이곳 총향약이외다. 할 말이 있으면 하면 될 것을 손은 들어서 뭣하겠소?"

검정 군모에 흰 테를 두른 장교가 손에 모제르권총을 한 자루 들고 앞으로 걸어 나왔다.

"총향약이라……, 이름을 밝히시오!"

전복현은 자기 이름을 대고 다시 물었다.

"귀관은 어느 부대 소속이오?"

"원세개袁世凱 총통總統 휘하 진숭군鎭嵩軍 소속이오. 본관의 성은 양씨楊氏, 그저 양 소대장으로만 알면 되오!"

장교의 대답은 간단했다. 곧이어 30여 명의 병사들이 건물 앞뒤에서 쏟아져 나와 집결하더니 민단원들이 지니고 있던 소총을 모조리 압수했다.

무기 접수가 끝나자 양 소대장이 선언했다.

"본관은 유 군단장劉軍團長님의 명령을 받들어 백록창에 진주했소. 오늘부터 모든 주민들은 유 군단장님의 명령에 복종해야 하오. 전 총향약, 그대가 총향약의 직분을 계속 유지하기를 바란다면 우리를 환영하시오. 그

자리를 원치 않는다면 댁에 돌려보내 어린 자식들이나 어르게 해 드리리다."

전복현은 절개를 꺾고 이런 자들에게 목숨 바쳐 일하기는 싫었으나 그렇다고 이대로 권한을 넘겨주고 사퇴하는 것도 달갑지 않았다. 그가 결단을 내리지 못하고 망설이자 양 소대장이 한마디 덧붙였다.

"당신네 현장 나리는 이미 우리 부대에 항복했소. 유 군단장님께 기꺼이 협력하겠다고 말이오!"

전복현이 뒤이어 입을 열었다.

"양 소대장, 우리 안에 들어가서 이야기합시다. 마주 앉아서 좋은 낯으로 이야기하면 안 될 일이 어디 있겠소?"

백가헌은 녹삼과 효문을 데리고 목화밭에서 김을 매고 있었다. 이때 녹자림이 헐레벌떡 달려오더니 밭머리에 서서 고함을 질러댔다.

"가헌 형님, 어서 마을로 가 보십시오! 징을 쳐서 마을 사람들을 사당 밖 광장에 집결시키랍니다. 진숭군 소속 양 소대장이란 장교가 병사들을 한 패거리 몰고 쳐들어왔는데 군량을 징발하려는 모양입니다!"

"난 징을 못 울리겠네!"

가헌이 대답했다. 그리고 목화 포기가 자라고 있는 밭두렁으로 다시 돌아앉아 호미질을 계속했다. 다급해진 녹자림은 밭두렁까지 뛰어 들어와서 가헌 옆에 쭈그리고 앉아 통사정을 했다.

"형님, 제발 저 사람들하고 맞서지 마십시오. 병사들마다 하나같이 연발총을 메고 있어요. 나도 저 사람들이 목에 총부리를 겨누는 바람에 마지못해 왔단 말입니다!"

그러나 가헌의 호미질은 여전히 멈추지 않았다.

"자네가 마지못해 왔다는 건 알겠네. 전복현도 협박에 못 이겨 그랬을 테고. 하지만 백성들은 국법으로 정한 곡식만 바치면 그뿐일세. 옛날부터 지금껏 그래 왔으니 곁두리로 식량을 납부하지는 못 하네. 그래서 나도 징을 치지 못하겠다는 거고."

녹자림이 마을로 돌아간 지 얼마 안 있어 전복현이 뛰어왔다. 그는 들리지도 않을 먼곳에서부터 고래고래 악을 써 가며 달려왔다.

"가헌! 이게 무슨 바보 같은 짓인가? 사내대장부라면 눈앞에 닥친 손해쯤 양보할 줄 알아야 할 것 아닌가? 저놈들은 하남에서 몰려온 왈패들이란 말야! 전부가 굶주린 이리 떼 같은 놈들이라 외눈 하나 깜짝 않고 사람을 쏘아 죽이고 있어. 자네처럼 사리 분명한 사람이 왜 맞서고 그러나?"

그래도 백가헌의 대꾸는 시큰둥했다.

"마음에 꺼림칙한 일은 할 수 없으니 징을 울리지 않겠다는 것 아니오? 더 할 말이 없소이다."

이때 녹자림이 양 소대장과 병사 서너 명을 데리고 뒤이어 왔다. 양 소대장은 목화밭으로 뛰어내리면서 버럭 호통을 쳤다.

"그대가 백록촌의 족장이오? 백가헌, 맞소?"

가헌은 호미를 잡은 채 말없이 고개만 끄덕였다.

"마을에 돌아가서 징을 울리시오. 마을 사람들을 사당에 집결시키란 말이오!"

"주민들의 식량은 내 소관이 아니오. 따라서 그런 소집령은 내릴 수 없소. 징과 북채는 사당에 걸어 두었으니 누구든지 마음대로 가서 치시구려."

가헌은 허리춤에서 열쇠 뭉치를 꺼내 양 소대장에게 넘겨주었다. 양 소대장은 시커먼 총부리로 가헌의 손길을 사납게 뿌리쳤다.

"이건 명령이오! 지금 당장 가서 징을 울리시오. 일언반구라도 거절했다가는 영감의 다리몽둥이를 부러뜨리고 말겠소!"

"다리를 부러뜨리든 말든 당신 마음대로 하구려!"

"부러진 다리로 기어가서라도 징을 울려야 하오!"

양 소대장이 호통을 치면서 권총의 노리쇠를 철커덕 당겨 약실에 총알을 집어넣었다.

"검정콩알 맛 좀 보아야 정신을 차리겠나? 이 늙다리 영감아!"

형세가 험악해지자 녹삼이 가헌을 달랬다. 아들 효문도 애걸하고 녹자림도 매달렸다. 전복현은 비굴한 웃음까지 지으면서 양 소대장의 비위를 맞추려 애를 썼다. 이윽고 녹자림과 녹삼, 백효문이 백가헌을 밀고 당기면서 마을로 데려갔다. 양 소대장과 병사들이 그 뒤를 바짝 따라붙었다.

백가헌이 징을 울렸다. 백록촌 주민들은 남녀노소 불문하고 진숭군 병사들의 고함 소리에 쫓겨 사당 문밖 광장에 몰려들었다. 이어 양 소대장의 담화가 있었다. 논밭을 가리지 않고 토지 1묘당 보리 한 말씩 납부하라는 군량미 징수 규정에 대한 내용이었다. 더구나 '천·시·지·리·인·화'의 여섯 등급은 너무 번잡스러워 적용하지 않을 테니 토지가 비옥하든 척박하든 일률적으로 납부하라고 했다. 그런 다음 그는 마을 사람들에게 부하들의 소총 시범사격을 구경시켰다. 병사들은 농가에서 모이를 쪼아 먹던 수탉과 암탉 20~30마리를 잡아다가 나뭇가지에 매달아 놓았다. 이어 30여 명이 길게 늘어섰다.

철커덕, 철커덕! 찰칵……

실탄을 장전하느라 노리쇠를 당겼다 놓는 쇳소리는 듣기만 해도 소름이 오싹 돋았다. 양 소대장이 먼저 붉은 가죽혁대에서 모제르권총을 뽑아들고 한 발 쏘았다.

땅!

그 뒤를 이어 일제 사격이 개시되었다.

따다다당! 따당, 탕!

불을 뿜는 총소리가 광장과 텅 빈 하늘 위로 요란하게 울렸다. 병사들의 시커먼 총부리에서 파란 초연硝煙이 실낱처럼 모락모락 피어났다. 동시에 느티나무 가지 아래에 붉은 핏줄기와 살점들이 우박처럼 흩뿌려졌다. 허공에는 오색찬란한 닭털이 솟구쳐 올랐다. 상처만 입은 채 숨이 끊어지지 않은 날짐승들은 죽음을 눈앞에 두고 '꼬꼬댁, 꼭꼭!' 애처로운 비명을 질러댔다. 곧 총탄에 찢긴 상처와 부리에서 방울방울 떨어지는 선지피가 땅바닥에 고였다. 지렁이 떼 기어가듯 실개천을 이루고 흐르다가 한 데 모여 엉겨 붙었다. 느티나무 아래 흙바닥은 시뻘건 피바다가 되었다. 미처 열기를 잃지 않은 피비린내가 짙게 풍겨 나왔다.

사당 문밖 광장은 물을 뿌린 것처럼 고요했다. 여자들은 대부분 자라목을 움츠리거나 고개를 숙이고 있었다. 또 남정네들은 깎아 세운 말뚝처럼 두 눈을 휘둥그레 뜬 채 얼굴빛이 까맣게 질려 있었다. 겁에 질린 아이들이 울음을 참느라 억누르는 소리도 사뭇 껄끄럽게 고막을 찔렀다. 얼마 후 양 소대장이 세련된 동작으로 권총을 혁대에 꾹 찔러 넣고 군중 앞으로 뚜벅뚜벅 걸어 나왔다.

"여러분! 이제부터 각자 집에 돌아가셔서 식량을 준비하시오. 납부 기한은 사흘이오!"

이런 별난 식량 징발 예식과 사격 시범은 백록촌을 필두로 마을마다 돌아가며 진행되었다. 우선 30여 명의 병사들이 3분대로 나뉘어 각자 다른 마을에 들어가서 애꿎은 수탉, 암탉, 검정 닭, 누런 닭 할 것 없이 쏘아 죽였다. 그렇게 한바탕 피를 뿌린 다음에는 '토지 1묘당 보리 한 말씩 사흘 안에 납부하라'는 통보를 남겨 놓고 떠나갔다.

곧 백록원 모든 마을에서 백록진으로 통하는 길마다 곡식 자루를 가득 실은 각종 마차와 수레가 도로를 가득 메우기 시작했다. 이어 식량을 실어 보내는 마을 사람들이 북새통을 이루면서 읍내 서쪽 백록창을 향해 꿈틀꿈틀 나아갔다. 시인으로 명성을 떨치던 청나라 마지막 황제가 이 재민들을 구휼하기 위해 설치한 의창義倉은 그가 죽은 지 얼마 안 있어 텅 빈 창고가 되었으나 지금은 역사 이래 다시 없을 부유한 식량창고로 바뀌었다. 기와를 얹은 거대한 창고 건물마다 마른 보릿자루가 산더미처럼 쌓였다. 심지어 그것도 모자라 앞뜰 흙바닥에 임시로 깔아 놓은 방수포에도 쏟아부은 보리가 산을 이루었다. 그러나 울타리 밖에는 아직도 곡식을 실은 마차와 손수레가 꼬리를 물고 이어져 끝이 보이지 않았다.

흑왜도 한 말들이 보릿자루를 등에 지고 북적거리는 마차 대열에 끼어들어 낯익은 사람과 낯모르는 사람들 틈에 섞여 창고 정문 쪽으로 밀려갔다. 그의 눈에는 아직도 허공에 흩뿌려지던 온갖 색깔의 닭털과 느티나무 밑바닥에 엉겨 붙은 핏자국이 선명하게 떠오르고 있었다. 김이 무럭무럭 나던 피비린내가 코끝에서 풍기는 듯했다. 성미 급한 그는 줄을 차례로 기다리지 못하고 우마차 수레를 한 대씩 앞질러 정문 안으로 들어섰다. 그리고 등에 지고 있던 보릿자루 밑바닥을 두 손으로 쥐고 곡식더미 위에 화르르 쏟아부었다. 녹자림이 건네주는 도장 찍힌 영수증을 말없이 건네받은 다음에는 창고 뒤쪽에 임시로 뚫어 놓은 후문을 거쳐 조용히 빠져나왔다. 움막이기는 해도 정을 붙인 자기 집에 돌아오자 초조하게 기다리고 있던 소아가 물었다.

"갖다 바쳤어?"

흑왜는 대답 대신 호주머니에서 종이 한 장을 꺼내 그녀에게 건네주었다. '녹조겸鹿兆謙, 보리 한 말'이라고 쓰여 있었다. 백록창의 직인을 찍은 영수증이었다.

"잘 간수해 둬. 나중에 저 녀석들이 또 조사하러 나올지도 모르니까."

소아는 영수증을 받아 챙기면서 말했다.

"며칠 동안은 나가지 마. 공연히 심란하고 무서운 생각이 들어서 그래."

흑왜는 고개를 끄덕였다.

"일은 안 나가면 되지! 형편 돌아가는 걸 좀 보고 다시 생각해야겠어."

흑왜는 사실 자기보다 소아가 더 걱정스러웠다. 그래서 불한당 같은 병사들이 사당 밖 앞마당에서 시범 사격으로 위협하던 그날도 소아를 집에 남기고 안에서 자물쇠를 채우고 있게 했다. 빼앗긴 보리 한 말도 아까웠지만 소아의 요염한 자태가 보리 한 말을 잃은 것보다 더 큰 중압감으로 다가왔다. 실제로 진숭군 부대원들이 백록원에 들이닥치면서 저지른 온갖 만행은 은밀하고도 아주 빠르게 백록원 일대에 퍼져 있었다. 소문 중 가장 많은 것은 역시 강간이었다. 제법 반반한 여인들을 그자들이 어떻게 끌어다 유린했는지가 소문의 주종을 이루었던 것이다. 만약 그 숱한 소문이 진실이라면 이들은 군복을 걸친 야수 떼라고 할 수 있었다.

흑왜는 아버지에게 쫓겨난 이후 줄곧 이 움막에서 살았다. 움막은 원래 주인이 그 안에 사료용 풀과 땔감을 저장하던 곳간으로 무척 낡아 있었다. 원래 여름철에는 보릿겨, 가을철에는 옥수숫대를 쌓아 두는 곳이었다. 그래서 동네 돼지나 개들이 뚫고 들어오지 못하게 버드나무 줄기로 엉성한 울타리를 엮어서 둘러치고 사립문에 빗장 하나를 질러 놓았을 뿐이었다. 문설주 위에 바람이 통하게 뚫어 놓은 자그마한 구멍만 없었다면 움막이 아니라 토굴이라고 해도 무방할 지경이었다.

그래도 흑왜는 이 움막을 사들이고 나서 한참 동안 가슴이 설렜다. 자기만의 집 한 채, 토지 한 뙈기를 소유했다는 뿌듯함 때문이었다.

흑왜는 우선 달구질에 필요한 돌절구 한 개와 떡메, 나무틀 한 개를 마련해 움막 근처 낭떠러지에서 황토 흙을 파내다가 흙벽돌 두 무더기를 만들었다. 그 정도라면 우선 급한 대로 움막 안에 침상과 부뚜막 아궁이를 만들 수가 있었다. 이어 너덜너덜 무너져 내린 벽과 담장을 헐어내고 흙벽돌로 다시 고쳐 쌓았다. 그런 다음 백록진에 나가서 산골 주민이 통나무로 짜 맞춘 거칠지만 단단한 문짝을 사다가 달았다. 그리고 '우물 정 #'자형 창문 한 틀도 맞춰 달았다. 도마와 무쇠솥도 하나씩 사다가 부뚜막에 걸어 놓았다.

두 사람은 아궁이에 불을 지피고 처음으로 밥을 지었을 때 움막 문짝과 창문 틈으로 빠져나가지 못한 매운 연기에 콜록콜록 기침을 하고 눈물을 줄줄 흘리면서도 서로 부둥켜안고 목을 놓아 울었다. 그것은 기쁨의 통곡이었다. 바싹 말린 침상, 뜨끈뜨끈한 잠자리에 처음으로 몸을 뉘었을 때 그들은 또 한 차례 감격의 울음을 터트렸다.

"이 세상에서 제일 보잘것없는 움막이라 해도 우리만의 집을 가진 거야!"

흑왜가 떨리는 목소리로 외쳤다.

"이것보다 더 낡아빠진 집이라도 난 좋아. 흑왜만 내 곁에 있으면……. 보릿겨 밥을 먹고 쓴 나물을 뜯어 먹는 신세라도 마다하지 않을 거야!"

소아 역시 흐느끼며 중얼거렸다.

다음날부터 흑왜는 돌절구 한 틀과 떡메, 나무틀을 걸머지고 돈벌이를 하러 움막을 나섰다. 농촌 마을에는 목구멍에 풀칠하는 방도가 일흔두 가지나 있다고 하나 밑천을 별로 들이지 않고 돈벌이를 할 수 있는 수단으로는 흙벽돌 찍기가 가장 적당했다. 그건 스승에게 2, 3년씩 기술을 배우지 않아도 되는 일이기도 했다. 그는 혼자서 흙벽돌 두 무더기, 1,000여 개를 찍어보고 스스로 기술을 터득했다. 그리고 자신만만하게 무거운 돌절구를 지고 마을 바깥으로 나섰다.

백록원 일대에는 마을이 수십 곳이나 있었다. 그는 이 마을 저 마을을 가리지 않고 전전하면서 구들 침상 벽돌이나 담장을 고쳐 쌓아야 할 필요가 있는 집을 찾아 주인과 흥정을 했다. 품삯이 결정되면 바로 웃통을 벗어젖히고 일을 시작했다. 이른 아침 해가 부옇게 밝을 때부터 장단 맞춰 달구질하는 소리가 하루 종일 경쾌하게 울리면 주인집에서 아침, 점심, 저녁으로 세 끼니를 먹여주니 식량도 절약할 수 있었다. 그는 그렇게 하루 종일 일하고 어둑어둑 땅거미가 질 무렵 주인이 하루치 품삯으로 동전 몇 푼을 건네주면 움막으로 돌아와 소아에게 건넸다. 길고 지루한 봄철 농한기에 우중충하게 비 내리는 날만 빼고 흑왜는 날마다 이른 새벽에 나가서 밤늦게 돌아왔다.

그는 또 보리 베는 철이 다가오면 자루 긴 낫을 어깨에 메고 보리밭을 찾아 나섰다. 제일 먼저 가는 곳은 비탈진 구릉이었다. 그곳 보리는 햇볕을 직접 쐬는 데다 경사진 농토라 물이 부족하고 메마르기 때문에 다른 곳보다 먼저 누렇게 익었다. 그렇게 구릉지대의 보리 베기가 마무리 될 무렵이면 자수하滋水河 유역의 보리밭에 또 낫을 댈 때가 된다. 그리고 마지막에야 고원지대인 백록원 차례가 온다. 이곳은 경사지나 하천 유역의 저지대와 기후 차이가 많이 나고 토질이 다르기 때문에 보리를 거둬들이는 기간이 거의 한 달이나 지속됐다. 장장 1개월 남짓한 보리 수확기 동안 흑왜는 보리밭을 부지런히 찾아다니면서 일을 했다. 평상시의 두 달 치를 웃도는 돈도 벌었다. 원래 삯꾼과 밭주인은 밭두렁에 서서 보리가 자란 작황을 따져 품삯을 흥정했다. 이어 보리 베기가 끝나면 걸음 수로 면적을 계산해 즉석에서 밭주인이 품삯을 지불하고는 했다. 흑왜는 엽전 몇 푼이라도 더 벌기 위해 꼭두새벽부터 어둠이 깔려 낫질하는 손길이 안 보일 때까지 억척스럽게 일했다. 또 보리가 조밀하게 자라 품삯이 높은 밭만 골라서 일을 했다.

이렇듯 1년 동안을 뼈 빠지게 일하고 절약한 결과 그는 제법 큰돈을 저축할 수 있었다. 그해 섣달이었다. 그는 어느 농가에서 땅을 내놓았다는 소문을 듣기 무섭게 찾아가 단번에 1묘가 조금 못 되는 땅을 샀다. 비록 6등급 중에서 다섯 번째 가는 경사진 '인'ᄉ급 땅이기는 했어도 어엿한 자기 농토를 소유한 지주가 된 것이다.

그는 움막 바깥에 돼지우리를 만들어 봄철이 지나 기후가 따뜻해지자 돼지새끼 한 마리도 사다 키웠다. 또 움막 근처 벼랑에 작은 굴을 하나 뚫고 닭장을 엮어 소아가 병아리 키우기에 재미를 붙이게 해 주었다. 흑왜는 다시 움막 주변 밭두렁에 묘목을 캐와 옮겨 심었다. 느릅나무, 참죽나무, 가래나무와 느티나무가 차례차례 잎을 틔우는 동안 움막 바깥에서는 닭이 우짖고 돼지가 꿀꿀거렸다. 그 활기찬 소리는 두 사람의 삶에 생기를 불어넣어 주며 승부욕이 유난히 강한 흑왜의 기백을 드높여 주었다.

그는 이른 새벽이면 날이 밝기도 전에 따뜻한 움막을 나갔다. 또 해가 떨어지면 아무리 늦어도 움막으로 돌아왔다. 그리고 밤마다 소아와 함께 꿈처럼 달콤한 시간을 보냈다. 마을에 들어가서 돌아다니거나 기웃거리지 않았다. 비가 내리거나 날씨가 궂으면 일을 나가지 않고 움막에 들어앉아 평소 신경 쓰지 못했던 집안 살림살이를 돌보았다. 아무것도 할일이 없을 때는 침상에 누워 남편의 해진 신발 바닥을 꿰매는 소아를 보면서 느긋하게 하루를 보냈다.

흑왜는 자기가 성숙한 어른이 되었다는 사실을 뒤늦게야 깨달았다. 윗입술과 아래턱의 솜털이 어느새 꺼뭇꺼뭇한 수염으로 바뀌어 있었다. 이마와 관자놀이도 불쑥 튀어나왔다. 그런가 하면 사람을 보는 눈초리에는 어른다운 침착함과 함께 사납고도 호걸다운 기백이 배어 나오고 있었다. 이뿐만이 아니었다. 양 팔뚝은 기둥뿌리만큼이나 실팍해져 있었다. 가끔 기분이 좋을 때면 소아의 가냘픈 몸뚱이를 움막 천장 위로 번쩍 던져 올렸다가 받아내는 장난을 치기도 했다. 그때마다 깜짝 놀란 그녀의 입에서는 탄성이 터져 나오고는 했다. 이 외에도 그의 앞가슴은 두터운 널판 두

짝을 맞붙여 놓은 것처럼 다부졌다. 길을 걸어갈 때는 아무도 가로막지 못할 만큼 위풍당당한 기세도 보였다. 성욕 또한 누구보다 강했다. 그래서 소아는 마을 밖 외따로 떨어진 움막에서 추호도 거리낄 것 없이 환희의 신음 소리를 마음껏 지를 수 있었다. 두 남녀가 동시에 영육靈肉이 자지러지는 절정에 오를 수도 있었다. 그러고 나서야 둘은 서로 기대어 살과 살을 맞댄 채 꿈나라로 들어가곤 했다.

흑왜는 움막 문 바깥마당을 가래질로 일구어 평탄하게 다듬고 물을 골고루 뿌린 다음 거기에 다시 장작을 태우고 남은 재를 뿌렸다. 이제 연자 맷돌을 굴려서 다져놓기만 하면 올해 첫 수확으로 거둬들일 보리 타작마당이 되는 것이다. 그가 멜대 틀에 연자 맷돌을 메우고 있을 때였다. 마을 쪽에서 웬 꼬마 녀석이 달려왔다.

"아저씨! 우리 선생님이 학교로 좀 오시래요."

흑왜는 하던 일을 멈추고 물었다.

"선생님이라니 어느 선생이 나더러 오라는 거냐?"

"녹鹿 교장 선생님요."

"언제 오라든?"

흑왜가 또 묻자 꼬마 녀석은 잠시 머뭇거렸다.

"시간은 말씀 안 하셨어요. 그저 오시라고만 하셨어요!"

흑왜는 날이 어두워져서야 움막을 나섰다. 문턱을 나서는 그의 머릿속에 조붕이 자기 손에 얼음사탕을 쥐어주던 기억이 떠올랐다. 달콤하고도 미묘한 그 맛, 얼음사탕의 감미로움은 그를 통곡하게 만들었다. 어른이 되어서 돈을 벌면 호주머니 하나 가득 얼음사탕을 사다 실컷 먹겠노라고 스스로 맹세했었다. 조붕이 두 번째로 수정 떡을 쥐어주었을 때는 그 아까운 것을 풀숲에 내던져버리기까지 했었다.

생각해 보면 흑왜는 가난뱅이로 태어난 자신에 대해 그때와 별반 다름

없는 수모와 비굴함을 떨치지 못하고 있었다. 생각해 보라, 녹조봉은 지금 뭇 사람들에게 존경받는 백록진소학교 교장 선생님으로 일하고 있다. 또 서양식 제복을 걸치고 머리를 서양식으로 다듬은 백록진 최고의 명사가 되었다. 그런데 자기는 어떤가? 머슴 노릇도 못 하고 그저 날품팔이꾼으로 떠돌아다니면서 푼돈이나 버는 가난뱅이 아닌가. 사랑하는 여인과 조상님 들 앞에서 참배도 못 하는 개망나니 신세가 되지 않았는가.

어쩌다 날품팔이 일을 끝내고 돌아올 때면 학교 옆 오솔길에서 산책을 하는 조봉과 마주칠 경우가 있었다. 그는 그럴 때마다 "여어!" 하고 손을 들어 보이고는 쫓기듯이 총총걸음으로 그 어색한 자리를 떠나곤 했다. 지체 높으신 교장 나리와 고된 날품팔이 노동을 하는 일꾼은 이제 볼일이 없다고 해야 옳았다. 학교 대문 안으로 들어설 때까지도 흑왜는 여전히 조봉이 자기를 부른 까닭을 알 수가 없었다.

학교 교정은 조용했다. 백지를 오려 붙인 창문을 통해 등불 빛이 서너 가닥 비쳐 나올 뿐이었다. 학생들 역시 하나도 보이지 않고 조용하기만 했다. 그는 숙직실을 찾아 교장의 숙소가 어디냐고 물었다.

조봉은 짧은 바지 차림으로 몸을 씻고 있다가 흑왜를 보고 반색을 했다.

"오, 귀한 손님이 오셨군! 우선 거기 편하게 앉게."

그는 대야의 물을 문밖에 휙 내다버리고 긴 바지를 꿰어 입은 다음 차가운 차를 한 잔 따라 흑왜에게 건네주고 앉았다.

"흑왜, 요즈음 뭘 하고 지내나? 가끔 찾아와서 말동무라도 해 주지 않고서."

"자넨 공부 가르치느라 바쁠 테고 나는 흙벽돌 찍어서 목구멍에 풀칠하기에도 바쁜 몸인데 피차 한가할 시간이 어디 있겠나!"

"그래, 그동안 어떻게 지낸 거야?"

"그럭저럭 잘 지냈지!"

"날품팔이 일을 해서 살 만은 한가?"

"끼니를 거르지 않을 만큼은 벌고 있네."

"움막 생활이 말이 아닐 텐데?"

"뭐 그렇게 형편없는 것도 아니더군. 벽이 무너져 깔려 죽을 염려도 없고 말이야."

"하긴…… 그래. 흑왜 자네는 세상일에 만사형통이라 못 하는 게 없는 친구니까."

조붕이 조심스럽게 가슴을 찌르는 이야기를 끄집어냈다.

"마누라를 보쌈해 데려왔다고 족장이 사당에 참배를 안 시켜 주었지? 마음고생이 심했겠군."

"개수작 마!"

흑왜가 뜨거운 불길에 데기라도 한 듯 의자를 걷어차고 벌떡 일어났다.

"교장 선생 놀음이 지루한 모양이군! 그래서 가난뱅이 친구를 불러다가 심심풀이로 놀려나 보자 이거냐?"

"하하하! 욕 한번 잘했네! 흑왜, 어디 좀 더 심하게 해보지 않겠나? 어렸을 적에 지껄이던 그 지저분한 욕설들 말일세. 난 요 몇 해 동안 욕을 한바탕 실컷 듣고 싶어 아주 몸살이 나 있단 말씀이야!"

조붕은 껄껄껄 웃으며 재촉을 했다.

"왜 한마디만 하고 입을 다무나? 좀 더 하지……."

"흥!"

흑왜는 코웃음을 치고 문 쪽으로 휙 돌아섰다. 조붕이 달려와 뒤에서 어깨를 감싸 안았다.

"됐어, 됐어! 이래야 우리 흑왜답지. 귀에 거슬리는 얘길 들으면 따귀

한 대 올려붙이고 돌아서곤 했으니까. 흑왜 자네는 어렸을 적부터 그렇게 발끈하길 잘했지. 고집도 어지간히 세고 말이야."

"도대체 뭘 어쩌자는 거야!"

흑왜는 화가 나서 발을 굴렀다.

"일이 없으면 가끔 와서 잡담 좀 나누자는 것도 안 되나? 우리가 함께 학교 다니던 시절을 잊었단 말인가?"

조붕이 오히려 흑왜를 나무랐다.

"지금 여기서 자네하고 둘이서 아웅다웅하고 있으니 속이 다 후련하네. 아주 통쾌하단 말씀이야. 거북하게 남 눈치 볼 것도 없고, 거드름을 피우지 않아도 되고. 누가 뭘 물어오면 으레 '잘했소!', '그만하면 됐군!' 이런 겉치레 소리를 안 해도 되니 얼마나 속이 편한지 모르겠네……. 흑왜, 말 좀 해 보게. 이런 내가 자네한테 뭐라고 해야 하나?"

"그야 자넨 교장 선생님이시니까!"

흑왜가 화가 좀 풀린 듯 껄껄 웃었다. 그러나 말끝은 아직도 날카로웠다.

그래도 조붕은 아랑곳하지 않았다.

"내가 교장 노릇을 한다고 자네한테까지 교장인가? 자네가 날 안 만나려고 피하는 걸 볼 때마다 정말 괴로웠네."

"자네도 알 텐데? 이 흑왜는 동서남북 어디든지 가고 싶은 곳은 다 갈 수 있네. 현청 아문에도 들어갈 수 있고. 하다못해 총독부에라도 어엿하게 들어갈 수 있네만 학당 문턱만큼은 감히 발을 들여놓지 못한다는 걸 자네가 모른단 말인가? 우리 마을 학당 훈장님, 서(徐) 선생께서 내 어린 가슴에 못박아준 고질병이 바로 그걸세!"

"자네야말로 진짜 대단한 친구야, 흑왜!"

조붕은 여기서 화제를 바꾸었다.

"내가 우리 백록촌에서 탄복하는 사람이 딱 하나 있지. 그게 누군지 아나? 바로 흑왜, 자넬세!"

"나?"

흑왜는 입술을 비죽거리면서 자조어린 말투로 중얼거렸다.

"문중에서도 쫓겨난 개망나니를……."

조붕이 재빨리 말끝을 가로챘다.

"자넨 자네 손으로 아내를 찾았잖은가!"

조붕은 여기에서 힘차게 고개를 주억거렸다.

"자넨 역시 대단해!"

흑왜는 그 말을 듣고 경계하듯 눈을 부릅떴다.

"또 나를 놀릴 셈인가!"

조붕이 의자에서 일어나더니 격앙된 말씨로 이렇게 말했다.

"흑왜 자네는 이 백록촌에서 과감하게 봉건제도의 쇠사슬을 때려 부수고 결혼의 자유를 실천에 옮긴 자주적인 사람일세! 자네는 틀에 박힌 봉건의 예습禮習에 얽매이지 않고 문중 족벌의 압박에 맞서 스스로 자유의 사에 따라 혼인을 감행했어. 그랬으니 이 얼마나 놀라운 일이며 위대한 행동이냔 말일세!"

흑왜는 더더욱 어리둥절해졌다.

"도대체 이게 무슨 돼먹지 못한 소린지 모르겠군. 아무래도 날 조롱하고 싶은 모양인데……."

"그걸 뭐라고 부르는지 아나? 바로 '자, 유, 연, 애'라는 것일세!"

조붕은 계속해서 격하게 외쳐댔다.

"국민혁명의 목적은 봉건 통치를 타파하고 민주 자유를 실현하는 데 있네. 그중에는 결혼의 자유도 포함되어 있지. 머지않아 우리는 사주팔자, 예물예단으로 포장된 인신매매 같은 결혼풍속을 뿌리 뽑을 걸세. 모든 사람들이 자네처럼 자기가 좋아하는 여인을 아내로 맞도록 할 걸세. 문중 어른이 조상님의 사당에 참배를 시키든 말든 그건 상관할 것 없네. 그따위 허례허식은 모두 똥개나 핥을 방귀 같은 짓일세! 흑왜, 자네도 생각해보게. 자네가 소아와 사당 참배를 못 했다고 해서 사람 노릇을 못 하나, 살지를 못 하나? 그런 작자들보다 더 떳떳하게, 더 자유롭게 살고 있지 않은가!"

흑왜는 놀란 눈을 부릅뜬 채 귀를 기울여 조붕의 말을 들었다. 이제 조붕이 자기를 비웃는 게 아니라는 생각이 들기 시작했다.

"자네, 어디서 그런 사람 놀랄 이야기만 듣고 왔나?"

"중국 전체를 통틀어 혁명청년이라면 모두가 이렇게 외치고 실천하고 있다네. 시골은 아직도 봉건적이고 폐쇄적이라 새로운 사상의 물결이 미치지 못했을 뿐이야."

조붕은 진정으로, 동시에 비애가 서린 기색으로 말을 이었다.

"내가 지금 자네를 격찬하고는 있으나 정작 나는 아무리 자유연애를 하고 싶어도 할 수가 없네……. 그저 자네를 부러워할 따름이지."

"우와!"

흑왜는 불현듯 뭔가를 깨우친 듯했다. 저도 모르게 외마디 소리까지 질렀다. 이어 조붕의 진심에 감동했다고 말했다.

"그럼 자네가 부인을 맞고도 집에 돌아가지 않은 이유가 모두 자유연애를 하고 싶어서……?"

"난 아직 무릎 꿇지 않았네. 내 투쟁은 자네보다 훨씬 복잡해."

흑왜는 그 말에 깊은 감화를 받았다. 그리고 차츰 소붕을 신뢰하게 되었다.

"으음, 그럼 나한테 그 말을 하려고 오라고 한 건가? 그런 줄 알았더라면 진작 왔을 것을. 마을 사람들은 가난뱅이나 부자나, 계집이나 사내나,

늙은이나 젊은것이나 모두 나한테 눈을 흘기고 보는 판이라 나도 하루 종일 누구하고도 얼굴 맞대고 말 한마디 하지 않는다네. 좋아, 조붕. 오늘 이후로 내게 도움을 부탁할 게 있거든 언제든지 말해 주게. 무엇이든지 내 힘닿는 데까지 도와줄 테니까."

그제야 조붕이 속마음을 솔직히 털어놓았다.

"난 지금 백록창의 군량미 집적소를 불태우려고 준비하고 있네. 어떤가, 자네가 힘을 좀 써 볼 텐가?"

"으응, 뭐라고?"

흑왜가 외마디 소리와 함께 의자에서 벌떡 일어났다. 그러더니 놀란 눈으로 조붕을 노려보았다. 만약 그 이야기가 백록촌의 다른 멍청한 농사꾼의 입에서 나왔다면 그가 이처럼 놀라지는 않았을 터였다. 어떻게 당당한 백록창 소속 제1보장소 향약 녹자림의 아들이자 백록진 현립 초급소학교의 교장 선생 녹조붕이 주둔군의 군량미 집적소를 불태우겠다는 생각을 할 수 있단 말인가? 조붕의 집에서도 비록 군량미를 공출당하기는 했으나 그렇다고 가난뱅이 집에서처럼 가마솥 밑바닥을 긁어서 바치지는 않았을 것 아닌가? 그가 교장 노릇을 하고 받는 수입은 현청에서 지급되는 은화였다. 군량미 집적소와는 개 콧구멍만큼도 상관이 있을 턱이 없었다. 그런데 점잖고 풍채 좋으신 선생 나리께서 무엇 때문에 양곡 창고에 불을 지르겠다는 것일까? 그것은 비적들이나 하는 짓이 아닌가. 흑왜는 경악의 눈길을 조붕의 얼굴에 못박았다. 무슨 말을 해야 좋을지 몰랐다.

조붕이 느긋하게 물었다.

"자네, 군량미를 징발하러 온 저 패거리들이 뭐 하는 놈들인지 알고 있나?"

"이야기는 좀 들었네. 성안이 온통 난장판이라고……. 오늘은 장張가 성을 가진 패거리가 쳐들어오고 내일은 또 마馬가 성을 가진 패거리가 쳐들어와서 장가 녀석들을 때려 내쫓는다고 하지. 이어 내일은 다시 곽郭가 성을 가진 놈들이 와서 마가 녀석들을 쫓아내고……. 성벽에 꽂히는 깃발도 오늘은 붉은 깃발, 내일은 파란 깃발, 모레는 황색 깃발이 꽂힌다고 하더군. 완전 개판이라는데, 난 아무리 들어도 도통 알 수가 없네. 농사꾼치고 그놈들의 내력을 아는 사람은 아무도 없을 걸세."

"그 패거리들은 반혁명 군벌이라네."

조붕이 조용히 말했다.

"국민혁명군은 지금 광주廣州에서 출발하여 북진 중이네. 가는 곳마다 승리를 거두고 있지. 원세개袁世凱가 주도하는 북경 군벌정부北京軍閥政府는 전국의 반동 세력을 규합해 혁명군의 북진을 막으려고 혈안이 되어 있고. 지금 서안성을 포위하고 있는 유가劉家의 진숭군 역시 반혁명군의 일파일세. 그리고 현지 서안성 안에서 농성하면서 수비하고 있는 이호李虎·양호楊虎 두 호랑이 같은 맹장들은 모두 국민혁명군에 속하지."

"어어, 그래……?"

흑왜는 아무리 들어도 모르는 소리뿐이었다. 그래서 그저 맞장구만 칠 수밖에 없었다.

"진숭군을 지휘하는 유 군단장은 원래 건달로 떠돌던 불한당일세. 그 자는 혁명이 일어날 것을 예견하고 반정 대열에 섞여들었다가 나중에 다시 봉평군벌奉平軍閥, 그러니까 동북 지방에 거점을 둔 장작림張作霖의 군벌에 투신했지. 그자는 애당초 혁명을 하겠다는 생각이 아니었어. 그저 서안 일대의 패권을 잡고 싶었던 거지. 하남성河南省 지역은 몇 해 동안 잇따라 천재지변이 일어나 굶주린 백성들이 도적과 비석 떼로 돌변했어. 그때 그 유가란 작자는 곧바로 하남 지방으로 돌아가 군사를 모집했네. 구호가 아주 그럴 듯했지. '내 부하 병사가 되어 동관을 돌파하고 서안으로 진격하자! 서안성의 가마솥 밑바닥은 누룽지가 석 자 두께나 된다. 서안의 계집들은 하나같이 양귀비 뺨친다……' 그러니 놈들은 군대가 아니라 비적 떼들이 모인 오합지졸들일세."

이야기가 이쯤 되자 흑왜도 어렴풋이 알아들었는지 고개를 주억거렸다.

"흐음, 그런 잡놈들이었군!"

"어떤가, 놈들의 군량미를 몽땅 불살라버릴 용기가 없나?"

조봉이 다시 충동질했다. 흑왜는 대장군이라도 된 듯 즉석에서 호기롭게 다짐했다.

"못 할 것 없지! 내 손으로 개 먹이를 깡그리 불태워버리겠어."

"자네가 하겠다면 좋아! 우리 둘이서 불을 지르기로 하세. 백록원 사람들이 하늘로 치솟는 큰 불길을 다 볼 수 있게 말이야!"

흑왜는 벌써 고무될 대로 고무되었다.

"식량창고쯤이야 일도 아니지. 그놈들은 우리가 닭이나 쏘아 죽이던 놀음에 겁을 집어먹고 꼼짝 못 할 줄 알고 마음 푹 놓고 자빠져 자고 있을 게 아닌가! 보릿짚 한두 단이면 식량창고뿐 아니라 그놈들까지 몽땅 태워 죽일 수 있을 걸세."

이때였다. 옆방에서 어떤 사람이 발자국 소리도 내지 않고 그림자처럼 슬그머니 나타났다. 흑왜가 흠칫 놀라 쳐다보니 아는 사람이었다. 그는 지난해 백록진으로 이사 온 한재봉韓裁縫이라는 사람으로, 시장 큰길 쪽의 두 칸짜리 문간방에 세 들어 살면서 이름 그대로 서양식 재봉틀로 옷을 짓거나 수선을 하며 살았다. 본명이 무엇이며 어디서 왔는지 내력을 전혀 알 수 없는 사람이었다.

그가 일하는 장터에 모인 구경꾼들은 언제나 신기한 서양 물건을 보려고 북적였다. 그가 재빠른 발놀림으로 재봉틀을 돌릴 때마다 들리는 달달달 소리도 재미있었을 뿐 아니라 반짝이는 바늘이 위아래로 움직일 때마다 천 조각이 이어지는 것도 신기했으니까. 그처럼 구경꾼들은 늘 북적댔으나 벌이는 변변찮았다. 학교 선생들이나 몇몇 학생들이 돈을 내고 제복을 만들어 입었을 뿐 농사꾼들은 가난뱅이나 부자나 그저 신기한 재봉틀만 구경하고 발길을 돌리기 일쑤였던 때문이었다. 이렇듯 돈벌이가 신통치 않았는데도 그는 백록진을 떠나지 않고 계속 눌러앉아 구경거리가 되었다.

"그 불장난에 나도 낍시다!"

한재봉이 소탈하게 웃으면서 다가왔다. 흑왜는 조붕의 천연덕스러운 태도를 보고 굳이 따져 묻지 않았다. 세 사람은 석유 호롱불빛 아래에서 구체적인 실천 방법을 모의하기 시작했다. 담장은 어느 곳으로 뛰어넘을 것인지, 첫 불은 어디부터 놓을 것인지, 그리고 불이 났을 때 불을 끄지 못하도록 우물 두레박줄은 누가 감출 것인지, 또 암호와 연락 체계는 어떻게 정할 것인지 등의 모든 사항을 두 번, 세 번 의논했다. 이어 마지막으로 각자 임무를 나누어 맡았다.

밀모密謀가 끝나자 흑왜는 관자놀이를 누르며 투덜거렸다.

"어이쿠, 양기름(석유) 내야! 어디서 이런 고약한 기름을 가져다 쓰나? 냄새만 맡아도 골치가 지끈거리고 구역질이 나서 못 견디겠는걸."

기다리고 기다리던 큰바람 부는 날이 왔다. 세 사람은 어둠을 틈타 백록창을 둘러친 담장을 세 방향에서 각각 넘어 들어갔다. 정문 앞에는 경비병 하나가 어슬렁거리고 있었다. 앞마당에도 한 명이 보초를 서고 있었다. 앞마당에 선두로 뛰어든 흑왜는 산처럼 쌓인 곡식더미를 돌아 살금살금 보초병의 배후로 접근했다. 그리고 벽돌로 그의 뒤통수를 후려쳤다. 보초병은 찍소리도 못 내고 맥없이 쓰러졌다. 그는 허리춤에서 냄새 고약한 석유통을 꺼내 마개를 비틀어 열었다. 이어 칸막이 건물 문짝에 돌아가며 석유를 뿌린 다음 호주머니를 뒤져 성냥갑을 꺼냈다. 흑왜는 어릴 적부터 부싯돌을 쳐서 심지에 불을 붙여보았을 뿐 성냥이란 것은 써 본 적이 없었다. 그러나 조붕의 숙소에서 검정 성냥개비 두 개를 써 보고 나서는 부싯돌보다 훨씬 편리하다는 것을 알고 무척 좋아하게 되었다. 그는 계획대로 성냥을 그었다. '확!'하고 불붙는 소리와 짙은 석유 냄새, 파란 불꽃이 석유를 끼얹은 문짝에 옮겨붙으면서 화염이 치솟기 시작했다.

"아앗, 불이야!"

정문에서 보초를 서던 경비병이 외마디 소리를 지르면서 허공에 소총 한 발을 쏘았다.

땅!

흑왜가 건물 뒤로 돌아 담장 위로 뛰어올랐을 때였다. 기와를 얹은 식량창고와 앞뜰의 방수포를 덮은 곡식더미에 불길이 동시에 치솟았다. 흑왜는 서두르지 않고 담장에 납작 엎드린 채 안마당에서 허둥대면서 공포탄을 쏘아 대는 경비병들의 아우성을 지켜보았다. 그때 불붙은 건물 안에서 잠자고 있던 병사들이 우르르 쏟아져 나왔다. 불구덩이를 뛰쳐나오느라 몸에 불이 붙은 병사들 몇몇은 비명을 질러가며 땅바닥에 데굴데굴 굴렀다. 흑왜는 불길이 바람을 타고 창고 지붕과 다른 건물 서까래까지 옮겨붙은 것을 확인한 후에야 담장 바깥으로 뛰어내렸다. 이어 자기 움막으로 돌아와 곤히 잠든 소아를 흔들어 깨웠다.

"요 잠꾸러기야, 저걸 보라고! 큰불이 났어!"

"어이쿠!"

문 앞으로 걸어간 소아가 외마디 소리를 질렀다. 서편 하늘이 온통 벌겋게 타오르는 게 보였다.

"군량미 창고에 불이 났어."

흑왜가 자랑스레 말했다.

"어머나, 간도 크지. 누가 군량미 창고에 불을 질렀단 말이야?"

"흰 이리가 불을 지른 거야."

"뭐라고? 이리 같은 들짐승이 어떻게 불을 지를 수 있어?"

"그 흰 이리가 지금 당신 뒤에 서 있다고!"

소아가 놀라움과 의혹에 찬 눈길로 그를 쳐다보았다.

"당신이 흰 이리? 거짓말……! 참, 요 며칠 당신이 뭔가 못된 짓을 꾸미는 것 같더니……."

흑왜는 입을 꾹 다물었다.

마을 안팎에 대소동이 일어났다. 와자지껄 떠드는 소리가 길거리와 골목에 울려 퍼졌다. 마을 사람들은 남녀노소를 불문하고 모조리 쏟아져 나와 대화재의 장관을 구경했다. 불길은 순식간에 여러 산봉우리로 변했다. 가끔 천 길 깎아지른 절벽 같은 장관도 빚어냈다. 그런가 하면 하늘 높이 우뚝 솟은 봉우리 하나로 바뀌기도 했다. 불꽃은 제멋대로 미쳐 날뛰는 수천만 마리의 원숭이 떼를 연상시켰다. 또 수천만 정령들의 춤을 펼쳐 보이기도 했다. 사람들은 남이 당한 재앙을 고소하게 여기면서 백록창의 보릿단이 장엄하고도 아름다운 불꽃으로 바뀌는 광경을 지켜보았다.

흑왜는 움막 근처 작은 언덕에 올라 자신의 걸작을 감상하고 있었다. 소아는 그에게 기대어 있었다. 마을 쪽에서는 정신을 못 차리고 허둥대는 병사들의 고함 소리와 아우성이 들렸다. 원래 하남 지방 사투리는 들을수록 이상한데 병사들은 알아듣지도 못할 그 사투리로 악을 써가며 마을 사람들에게 불을 끄러 나오라고 소리쳤다. 결국 구경을 하러 나왔던 사람들이 닥치는 대로 끌려갔다. 심지어 병사들은 동구 밖 낭떠러지 밑에 있는 흑왜의 움막은 건너뛴 채 마을을 샅샅이 뒤지기까지 했다. 이어 집집마다 문짝을 걷어차고 호통을 치면서 주민들을 총검으로 윽박질러 마구잡이로 끌어냈다. 그 광경을 본 흑왜가 움막으로 달려가서 물통 두 개를 들고 나왔다. 그리고 만류하는 소아의 손길을 뿌리쳤다.

"이것 놔! 좀 더 가까이 가서 신나게 구경할 테니까."

그는 마을로 가는 길 중간쯤 있는 연못에서 물 두 통을 펐다. 그리고 불길을 잡으러 가는 남정네들의 대열에 끼어들었다. 그러나 마을을 가로질러 백록진 어귀에 당도하니 더 이상 나아갈 수가 없었다. 사나운 불길에 얼굴이며 팔다리를 덴 사람들이 고통을 견디지 못하고 아우성치며 뛰쳐나오는 가운데 짙은 연기에 눈을 뜰 수가 없었기 때문이었다. 또 뜨거운 열기에 숨이 턱턱 막혀 더 다가갈 수도 없었다. 흑왜는 어쩔 수 없이 길바닥에 물을 쏟아버리고 돌아섰다.

불길은 이제 걷잡을 수 없이 기승을 부렸다. 한밤중에 속옷 차림으로 끌려 나온 사람들은 맨주먹에 벌거숭이 다리였으므로 불구덩이 근처에 한 발짝도 다가설 수가 없었다. 불붙은 보리 낟알이 사방으로 튀다가 허공에서 또 한 차례 불이 붙으며 터졌다. 마치 설맞이 때 터트리는 폭죽이 연출하는 장관 같았다. 그 큰불은 하늘이 밝아올 때까지 계속 타올랐다. 그러면서 그 찬란한 불길로 이제 막 동녘 지평선 위에 떠오르는 아침 태양빛마저 무색하게 만들었다.

백록진에서도 사람의 눈에 가장 잘 띄는 제1보장소, 청석벽돌로 네모 반듯하게 쌓아 올린 문설주에는 진홍색 글씨가 한 줄 큼지막하게 적혀 있었다.

'군량미 집적소를 불태운 자는 흰 이리다!'

그것은 현지에서 많이 나는 붉은 빛깔의 점토를 물에 반죽한 다음 쪽빛 벽돌 면에 대빗자루로 휘갈겨 쓴 글이었다. 그 글은 단번에 사람들의 눈길을 끌었다.

녹자림은 보장소 문턱을 넘어설 때만 해도 군중들이 왜 문설주 앞에 몰려있는지 영문을 몰랐다. 그러나 인파 사이로 진홍빛 글씨를 발견한 순간 그의 얼굴은 하얗게 질리고 말았다. 건물 안으로 들어가 양 소대장에게 보고할 필요도 없었다. 양 소대장 역시 허리띠의 권총을 덜렁거리면서 허둥지둥 달려오고 있었으니 말이다. 그의 얼굴은 온통 시커먼 재투성이로 뒤덮이고, 시뻘겋게 핏발 선 눈에는 진땀이 뚝뚝 흘러내리고 있었다. 권총 손잡이에 맵시 좋게 둘렀던 붉은 비단 역시 불길에 타서 너덜너덜했다. 양 소대장은 권총을 뽑아 허공에다 대고 쏘았다.

땅!

"꺼져! 모두 해산하란 말이다. 이 제기랄 놈들아!"

문설주를 에워싸고 있던 구경꾼들은 놀란 참새 떼처럼 흩어져 달아났다. 양 소대장은 즉석에서 병사들에게 수색 명령을 내렸다. 이 구호와 관련 있는 범인과 도구를 색출하라는 명령이었다. 어느 집에 붉은 점토가 있는지, 또 범인이 붉은 점토를 물에 반죽할 때 쓴 사발이나 항아리, 놋대야가 남아 있는지 찾아내라고 했다. 이어 그 물감을 찍어서 글씨를 휘갈겨 쓴 대빗자루까지 모조리 찾아내라고 명령했다.

백록창의 건물과 보리는 모조리 잿더미가 되었다. 양 소대장이 부하병사들을 이끌고 백록진 초급소학교에 진주하자 학생들은 겁에 질려 등교를 하지 않았다. 대신 널따란 교정에는 병사들이 집집마다 들쑤셔가며 뒤져낸 오지항아리, 세숫대야, 물독, 대빗자루에 하다못해 요강까지 가득 전시되었다. 그러나 증거물이라고 할 만한 것은 하나도 나오지 않았다. 이런 방법은 누가 보아도 아둔하고 바보스러운 짓이었다. 그러나 병사들은 명령받은 대로 어김없이 이행했다. 수색 작전은 백록촌에서 시작되어 주변 마을까지 확대되었다. 그러나 정작 실제로 불을 지른 방화범 '세 마리의 흰 이리'는 그 누구도 혐의선상에 오르지 않았다. 한재봉은 늘 그렇듯 가게 문을 열고 재단 탁자 앞에 서서 마름질 선을 긋고 있다가 수색병들과 마주쳤으나 아예 눈길조차 받지 못했다. 흑왜는 병사들이 범행에 쓰인 증거물을 찾기 위해 가택 수색을 벌인다는 소문을 듣자 소아를 밭으로 내보내 채소를 뽑아 오라고 하고 혼자 움막을 지켰다. 그는 범죄에 연루된 증거물을 발각당하는 것은 별로 두렵지 않았다. 그러나 유난히 눈길을 끄는 그녀의 자태는 걱정이었다. 얼마 후 세 명의 병사가 들이닥쳐서는 크게 볼 것도 없는 움막을 송두리째 뒤엎어 놓았다. 이어 마지막 엄포로 흑왜의 속을 떠보았다.

"아무리 보아도 네놈이 수상해! 너, 바른대로 말해, 방화범이지?"

흑왜는 낄낄거리며 능청을 떨었다.

"이거 왜들 이러슈? 나도 어엿하게 보리 한 말을 바친 사람이외다. 그 아까운 걸 내 손으로 불태울 수 있겠소? 생사람 잡지 마시구려."

병사들은 화가 나는지 닭 둥지 옆의 오줌 때가 덕지덕지 긴 요강을 냅다 집어던져 박살을 냈다.

녹조붕은 양 소대장이 학교 교정에 진주하던 첫날 단호히 거부했다. 그러나 결국 받아들일 수밖에 없었다. 양 소대장은 녹자림의 아들인 교장 선생의 비우호적인 태도가 못마땅하기는 했다. 하지만 이 준수하게 잘생긴 교장 나리가 불을 지른 '흰 이리' 중 한 사람일 거라고는 꿈에도 생각지 못했다. 사나흘이 지난 후였다. 저녁식사를 마친 녹조붕이 초조해하는 그에게 슬쩍 한마디 귀띔을 해 주었다.

"양 소대장님, 장군이 어디 전쟁터에 직접 나가서 싸우는 거 봤소이까? 지휘관이라면 멀찌감치 떨어진 본부 안에서 지도 놓고 붓으로 그려 가며 승리를 구상하는 법 아닙니까?"

양 소대장은 그 말뜻을 재빨리 알아차리고 방화 혐의를 둘 만한 사람들 명단을 줄줄 적어 내려갔다.

출두 통보를 받은 백가헌은 부아가 나서 펄펄 뛰었다. 방화 사건에 연루되는 게 두렵거나 억울한 누명을 쓴 게 화가 나서가 아니었다. 이런 모욕을 받는 게 견딜 수 없었던 것이다. 녹자림이 극히 동정어린 말투로 그 소식을 전해 왔을 때 가헌은 피우던 담뱃대를 탁자 위에다 '딱!' 소리가 나도록 내려놓았다.

"그 하남 새끼들, 눈알이 삔 거 아니야?"

"형님이 가서서 양 소대장한테 잘 말씀해 보십시오. 저도 곁에서 도울 테니까요. 하지만 절대로 맞서면 안 됩니다. 그 작자는 지금 엉덩이에 불이 붙은 원숭이나 다름없으니 말입니다. 아무나 잡아넣고 죄를 뒤집어씌울지 누가 압니까?"

녹자림은 능글맞게 주절대면서 문밖으로 걸어 나가더니 소총을 들고 서 있는 세 명의 병사들에게 지시했다.

"또 한 사람, 백효문도 있네! 글줄이나 쓰는 자니까 함께 연행하도록!"

대문을 나선 백씨 부자는 녹자림과 함께 소총을 든 병사들을 따라 걸었다. 가헌은 걸음을 멈추고 바라보는 행인들의 눈길과 마주칠 때마다 견디지 못할 치욕에 몸서리를 쳤다. 얼굴빛도 창백하게 질렸다. 그러나 그러면 그럴수록 허리를 더 꼿꼿이 세우고 당당하게 걸어갔다. 양 소대장은 임시 거처에서 백가헌 부자와 만났다.

"놀랄 것도, 황당해할 것도 없소. 친필 수적手跡만 한 줄 남겨주시면 되니까."

양 소대장은 백가헌 부자를 어느 교실로 데려갔다. 교탁 위에 붉은 점토를 물에 갠 항아리가 놓여 있었다. 그 안에는 대빗자루가 꽂혀 있었다. 교실 벽면에는 누가 먼저 끌려왔다 갔는지 온통 대빗자루로 휘갈겨 쓴 글씨투성이였다. 내용은 전부 똑같았다.

'군량미 집적소를 불태운 자는 흰 이리다!'

노기등등한 백가헌이 아무 소리도 않고 대빗자루로 붉은 물감을 듬뿍 찍어 빈 공간에 똑같은 내용을 단숨에 휘갈겨 썼다. 백효문도 뒤따랐다.

대빗자루를 내던진 백가헌은 분노를 이기지 못하고 따져 물었다.

"속담에 도적을 잡으려면 장물을 찾아야 한다고 하고 간통하는 연놈을 잡으려면 현장을 덮치라고 했소! 양 소대장! 당신이 무슨 증거로 내 체면을 짓밟는 거요?"

양 소대장은 천연덕스레 맞받았다.

"누가 영감을 짓밟았다는 거야? 글자 몇 자 쓰라는 게 당신 체면을 짓밟은 거요?"

"저 글씨들 모두 장례식날 만장輓章으로 내다 걸면 딱 맞겠군!"

백가헌이 차갑게 비웃자 양 소대장은 권총을 휙 뽑아들고 가헌을 잡아먹을 듯이 노려보았다.

"이놈의 영감, 주둥아리 놀리는 것 좀 보게! 네놈이 무슨 개뼈다귀 족장인지 촌장인지 몰라도 한 번만 더 그따위 소리를 지껄이면 내 한 방에 쏴 죽이고 말 테다!"

이때 녹자림이 얼른 나서서 양 소대장을 만류했다.

"어이쿠, 양 소대장님! 노염일랑 푸시고 그 무서운 총부리부터 좀 거두십시오! 좋은 말로 타일러도 되잖습니까?"

녹자림이 앞을 막아서는 동안 효문은 아버지의 팔을 붙잡고 교실 밖으로 끌어냈다. 뒤쫓아온 양 소대장이 계단 위에서 또 한 차례 으르렁댔다.

"앞으로 입조심 하라고! 네가 사발통문을 돌려서 농기구 반납 사건을 선동했다는 거 다 알고 있어! 못된 놈 같으니라고!"

가헌은 그 소리에 더욱 펄펄 뛰었으나 결국 아들 손에 끌려 나갔다.

대화재는 꼬박 사흘 밤낮 동안 계속되었다. 하얀 재가 온 마을에 둥둥 떠다녔다. 집집마다 기와지붕과 안마당에 백색 분말이 두툼하게 덮였다. 불길이 사그라진 뒤에도 밤이면 아직 타다 남은 곡식더미 사이로 벌건 불빛이 비쳐 나왔다. 온 마을과 들판에는 눌어붙은 보리 냄새가 자욱하게 깔렸다.

얼마 후 갑작스런 폭우가 왔다. 그 비는 타다 남은 불씨를 말끔히 꺼뜨렸다. 또 기와지붕, 나뭇잎, 가을철 파랗게 돋아난 여린 잎 위의 재를 깨끗이 씻어냈다. 날이 맑게 개자 인근 마을 농부들은 우마차에 멍에를 씌우거나 외바퀴 수레를 밀고 나와 갈대로 엮은 광주리에 재를 담았다. 보릿단이 탄 재를 거름흙과 섞어서 밭에 뿌리면 농작물이나 목화 재배에 그보다 더 좋은 비료가 없기 때문이다. 그들이 재를 퍼 담느라 경쟁하는 모습은 보릿고개를 넘길 때처럼 급박해 보였다.

보름쯤 지났을까, 백록창에 주둔하고 있던 양 소대장이 또다시 병사들을 거느리고 들이닥쳤다. 그는 우선 총향약 전복현을 불러들였다. 이어 백록창 관할의 보장소 아홉 곳의 향약들과 자연부락을 다스리는 촌장과 각 씨족 문중의 족장 98명을 소집시켜 놓고는 백록진 학교에서 회의를 열었다. 양 소대장은 걸을 때마다 약간 절뚝거렸다. 뒷소문을 듣자니 유 군단장에게 불려가서 소중한 군량미를 태워 먹은 죄로 곤장 20대를 맞았다고 했다.

양 소대장은 단도직입으로 안건을 끄집어냈다.

"백록원에서 불태워버린 군량미는 백록원에서 채워야 하오. 또 불태우면 또다시 거둬들일 거요. 누구든지 불을 질러 보라고 하시오. 불타는 족족 거둬들일 테니까! 이번에는 토지 1묘당 보리 한 말, 주민 한 사람당 보리 한 말로 늘어났소. 또 불을 지를 때는 이번의 갑절로 늘어날 것이니 모두 알아서 하시오!"

누군가가 애걸을 했다.

"사령관님, 군대에서 먹을 식량이 필요하다는 것은 잘 압니다! 또 자고로 군대는 우리 백성들의 힘으로 길러야 한다는 이치도 알고 말입니다. 군량미가 불탔으니 다시 거둬들이는 것도 물론 당연하겠죠. 하지만 보리 수확이 끝난 직후 징발하고 이제 또 거둬들이신다면 아무래도 살 길이 막막합니다. 그러니 올해 가을걷이를 끝낸 뒤에 징수하면 안 될까요? 그래야만 주민들을 설득하기가 좋겠고…….”

“그만!”

양 소대장이 손을 내저어 말을 끊었다.

“거기에 대해선 더 이야기할 필요가 없소. 모레부터 군량미를 거둬들일 테니까 한 가구도 빠짐없이 이 학교 교정으로 보내시오. 그리고 또 한 가지, 내일 정오 백록진 장터에서 군량미를 불태운 ‘흰 이리’를 총살형에 처할 예정이오. 앞으로 누구든지 군량미 납부를 거부할 경우 관리든 민간인이든 일률적으로 ‘흰 이리’와 똑같은 죄목으로 극형에 처하겠소!”

다음날 백록창 바깥 들판에 팔다리를 단단히 결박당한 세 명의 ‘흰 이리’가 말뚝에 묶였다. 쑥 덤불처럼 헝클어진 머리카락과 땟국이 줄줄 흐르는 얼굴, 꾀죄죄한 누더기에 고개를 축 늘어뜨린 몰골을 볼 때 숨이나 붙어 있는지 의심스러울 지경이었다. 들판은 아침부터 구경 나온 농민들로 인산인해를 이루었다.

잠시 후 30여 명의 병사들이 한 줄로 늘어서더니 총을 들어 표적을 겨냥했다. 철커덕, 철커덕! 노리쇠를 당기는 쇳소리가 닭을 거꾸로 매달아 놓고 시범 사격을 할 때와 똑같았다. 이윽고 양 소대장이 허리춤에서 모제르권총을 뽑아냈다. 권총 손잡이는 벌써 불꽃처럼 눈부신 비단 천을 새로 감고 있었다. 하지만 허공에 총부리를 겨냥하는 동작만큼은 두 번 다시 그때처럼 위세 있고 깔끔해 보이지 않았다.

땅!

공포 한 발이 온 들판에 울려 퍼졌다. 이어 집중 사격을 퍼붓는 총성이 연달아 메아리쳤다. 그런데 이게 어찌 된 노릇인가! 세 마리의 ‘흰 이리’는 털끝만 한 반응도 보이지 않았다. 죽음을 눈앞에 두고 울부짖지도 않았다. 몸부림쳐 발악하지도 않았다. 구경꾼들은 그들이 총에 맞기 전부터 이미 죽어 있었던 건 아닌지 의심이 들었다. 30여 발의 총탄이 온몸에 박혀 핏줄기가 흘러나오는데도 그들은 으레 있을 법한 경련조차 일으키지 않았다. 싱거운 총살 집행에 구경꾼들은 모두 크게 실망을 하고서 발길을 돌렸다. 그럴 바에야 차라리 지난번처럼 닭이나 매달아 놓고 총살을 하는 게 더 실감나지 않은가!

며칠 뒤 무시무시한 소문이 마을에서 마을로 퍼졌다. 총살당한 '흰 이리' 세 마리는 군량미 집적소에 불을 지른 진짜 범인이 아니라 이리저리 떠돌아다니던 거렁뱅이였다는 소문이.

제12장

　주 선생은 이제 더 이상 학문을 가르치지 않았다. 생원들은 분분히 백록서원^{白鹿書院}을 떠나 서안성^{西安城}으로 들어가서 신식 학교에 진학했다. 심지어 섬서성^{陝西省} 바깥 다른 성^省으로 나가 명문 학교에 응시하는 이도 있었다. 학생들이 떠날 때마다 주 선생은 침착하게 의례적인 인사를 받았다. 그리고 한 사람도 예외 없이 백록서원 정문 바깥까지 배웅해 주면서 세상으로 사라져 가는 이들의 뒷모습을 끝까지 지켜보았다. 주 선생은 나중에 가서는 남은 학생들마저 하루속히 떠나도록 재촉하기에 이르렀다. 그래도 몇몇 중견급 학생들은 고집스레 버텼다. 그러자 주 선생은 아예 서원 문을 닫아걸어버렸다.

　팽 현장^{彭縣長}은 이번에도 자기가 직접 나서서 그를 현립사범학교 교장으로 임명했다. 그러나 부임한 지 반 년도 못 되어 그는 팽 현장에게 사표를 제출했다. 팽 현장은 도무지 이해할 수 없어 물었다.

　"아니 그동안 일을 잘하신다고 들었는데, 사표가 웬일입니까? 교사들이나 학생들도 모두 교장 선생님을 존경하고 있지 않습니까! 그런데 무슨 사유로……?"

　주 선생은 빙그레 웃으면서 이렇게 말했다.

　"제가 어느 분의 초빙을 받고 교장이 된 겁니까?"

　"에이, 주 선생. 공연한 걱정을 하시는구려!"

팽 현장은 연신 고개를 내저으며 받아들이지 않았다. 이어 사의를 표명하는 진짜 이유를 물었다. 학교를 운영하는 경비가 부족해서 그러느냐, 아니면 누가 까탈을 부려서 그러느냐, 하면서 꼬치꼬치 물었다. 또 만약 교사들 중에 이러쿵저러쿵 시비를 걸거나 훼방을 놓는 놈이 있을 경우 해임시키면 될 일이지 주 선생이 사직할 필요가 어디 있느냐고도 했다. 주 선생은 껄껄껄 웃어가며 현장의 추측마다 고개를 저었다. 강력하게 부인도 했다. 그리고 마지막에 가서 자조적인 말투로 이렇게 해명했다.

"원인은 남한테 있는 게 아니라 바로 제 탓이라고 하겠습니다. 저는 스스로가 오지그릇밖에 안 된다는 걸 잘 압니다. 오지그릇은 옛날 추억이나 되살릴까 요즘 사람들에게는 아무짝에도 쓸모가 없는 것이지요."

"주 선생, 그건 자학입니다. 자신을 너무 낮추지 마십시오."

팽 현장이 간곡한 어조로 제안했다.

"그럼 이렇게 하면 어떻겠소? 교장직을 내놓는 대신 아예 현청縣廳에 들어오셔서 일을 맡아 보시는 것이……."

주 선생은 더욱 세차게 고개를 저었다.

"저는 제게 더 맞는 일을 하고 싶습니다. 현장님께서 부디 허락해 주시면 고맙겠습니다."

그 말을 듣자 팽 현장은 사유를 들어보지도 않고 쾌히 승낙했다.

"주 선생께서 그런 생각이시라면 무슨 일이든 좋습니다. 제가 도와 드릴 것이 있거든 말씀만 하십시오. 힘껏 돕겠습니다."

주 선생은 잠시 뜸을 들였다. 그리고 심사숙고해 온 계획을 털어놓았다.

"저는 우리 자수현滋水縣의 현지縣誌를 정리해 쓰고 싶습니다."

주 선생은 백록서원으로 다시 돌아왔다. 이어 아홉 명의 인사들로 '현지편찬소조'縣誌編纂小組를 구성했다. 편찬 총책임은 자신이 맡았다. 다른 여덟 명의 편찬원들은 모두 재능과 학식이 풍부한 선비들로 그가 엄선한 인물들이었다. 그들 중에는 옛날 동창도 있었다. 또 마음에 드는 문하생도 있었다. 그들은 전부 관중학파關中學派의 종지宗旨를 죽을 때까지 지키려는 신봉자였다. 자수현의 새벽별처럼 빛나는 명사들로 스스로 고독한 생활을 감수하는 정인군자正人君子들이었다. 그들은 고향에서 밭 갈고 베를 짜서 자급자족하면서 농사일이 한가할 때면 성현의 글을 읽고 시문詩文을 음미하고 즐겼다. 품행이 단정하여 세상 사람들의 다툼에 휩쓸리지 않았다. 또 늙은이나 어린이를 업신여기지도 속이는 일도 없었다. 이웃의 어려움을 도와주거나 다툼을 중재하기도 했다. 그들은 훌륭한 인간의 본보기였다.

주 선생은 그들의 집을 일일이 찾아가 자신의 계획에 참여해 줄 것을 간곡히 부탁했다. 처음 그들 대부분은 자기 고을의 역사를 편찬하는 일이 좋기는 하지만 재능이 모자라 중책을 감당하기 어렵다고 겸손하게 사양했다. 그러다 결국 주 선생의 끈질긴 부탁에 응했다. 주 선생이 자기들을 믿고 찾아준 정성에 감동하기도 한 데다 학문을 새롭게 익힐 기회라고 생각했기 때문이다. 또 고향을 위해 작은 힘이나마 공헌하고 싶었던 생각도 있었던 듯했다.

마침내 그들은 주 선생과 함께 백록서원에 모여 실로 방대한 편찬 사업을 개시했다. 우선 역대 문헌을 낱낱이 들춰 가며 의문점이 있거나 난해한 부분을 일일이 풀어 고쳐 쓰고 왜곡된 기록을 바로잡았다. 필요 없는 내용은 삭제하고 빠지거나 모자라는 부분은 보충해나갔다. 현지를 답사하여 내용도 고증했다. 이렇듯 편찬 작업은 세심하고 치밀하면서도 신중하게 진척되었다.

그들은 황혼이 내리면 강변을 산책하면서 봄날의 신록을 즐겼다. 겨울철의 설경을 보면서 시도 읊었다. 한여름 삼복 때는 앞마당 나무그늘 아래에서 무더위를 식히면서 가슴에 품은 경륜을 펼쳤다. 서로를 깨우쳐 주기도 했다. 그들은 주 선생이 자기네들을 날로 혼탁해지는 세상사에서 끌어내 뜻에 맞는 일감을 찾아준 것에 진정으로 감사했다.

삼복 무더위가 극성을 부리던 어느 날이었다. 뙤약볕에 시달린 끝에 나뭇잎의 실무늬조차 축 늘어진 저녁 무렵이었다. 후덥지근한 기류가 하천으로부터 부풀어 오르더니 비탈진 고원지대 계곡을 가득 메운 채 넘쳐 흘렀다. 살아 숨 쉬는 짐승과 사람들은 그야말로 질식할 지경이었다. 주 선생은 동료들과 함께 안마당에 나와 더위를 식혔다. 백록서원 주변과 앞뜰에는 해묵은 잣나무, 느티나무, 은행나무 고목들이 하늘을 찌를 듯 치솟아 있었다. 겹겹이 가로지른 나뭇가지와 무성한 잎사귀는 살갗을 데일 듯 뜨거운 땡볕을 가려 주었다. 혹독한 열기가 세상을 휩쓰는 삼복이었으나 유독 이곳만은 달랐다. 서늘하고도 상쾌한 낙원이 따로 없었다.

이때 생각지도 못한 손님이 찾아왔다.

"어이, 아주 시원하군! 아마 중국 대륙 전체를 다 뒤져도 이렇게 살기 좋은 곳은 없을 거요."

팽 현장이었다. 주 선생은 황망히 자리에서 일어나 반갑게 맞았다.

"어서 오십시오! 현장님, 자 이리 앉으시지요! 공사다망한 현장님이 이렇게 찾아오실 줄이야……."

주 선생의 인사에 팽 현장은 쓸쓸한 미소를 머금고 고개를 저었다.

"소관이 이런 청복淸福을 누릴 여유가 있겠소이까. 현장이란 직분도 한낱 빛 좋은 개살구요, 국록이나 축내는 처지인데……."

팽 현장의 흐리는 말끝에 서글픈 자조가 배어 나왔다.

팽 현장이 이렇게 의기소침한 것은 나 그릴 만한 이유가 있었다. 최근 진숭군鎭嵩軍의 군단장이란 자가 병사 100여 명을 거느리고 자수현에 들이닥쳐 현청의 업무를 장악하고 계엄령을 선포했기 때문이었다. 그리고 서안성을 포위한 20만 병력의 군량과 말먹이를 조달하라고도 명령했다. 그러니 팽 현장과 부하 관리들은 군량미를 공출하느라 동분서주 뛰어다닐 수밖에 없었다. 그러다 오늘 겨우 틈을 내 하소연도 할 겸 찾아왔다고 했다. 그는 생각만 해도 분노가 치미는지 점잖던 말씨조차 거칠어졌다.

"내 분명히 말하지만 그놈의 까마귀 잡병들은 세상에서 가장 악질 군대일 거요. 그놈들은 한 해 수확량이 얼만지도 모르고 무작정 군량을 징발하기에만 혈안이 되어 있어요. 그것도 이제는 징발이 아니라 협박 공갈에 강탈을 하는 실정이외다. 백성들도 처음에는 길을 막고 원성이 높더니 지금은 아예 입을 다물고 있네요."

"그건 어째서죠?"

주 선생이 물었다.

"총대에 얻어터질까 봐 그런 거 아니겠어요! 그래봤자 내 몸만 다칠 뿐이니까요."

팽 현장은 울화가 치미는지 목소리를 더욱 높인 채 떠들기 시작했다.

"나는 중화민국 정부의 현장입니다. 그럼에도 불구하고 대세를 돌이킬 힘이 없으니 그저 못된 놈들의 앞잡이 노릇이나 할 수밖에 없군요! 선비님들을 뵈올 염치도 없고 자수현 부로^{父老}들에게 부끄러울 따름이외다!"

울음에 목이 메고 말문이 막히는지 팽 현장이 뜨거운 눈물을 왈칵 쏟아냈다.

좌중의 선비들은 침통한 얼굴로 탄식만 내뱉었다.

"참으셔야죠."

주 선생이 조용히 입을 열었다.

"참을 수가 없는 걸 어쩌란 말입니까! 우리 국민정부 현청이 까마귀 둥지가 되고 말았어요! 두 다리 하얀 까마귀 떼가 새벽부터 밤늦도록 들락거리고 알아듣지도 못할 사투리로 들볶아 대니 무슨 수로 참으란 말입니까? 사납게 떠드는 욕설만 듣고 있으면 이건 군대가 아니라 완전 비적 떼예요. 나는 오늘 현청 대문을 나서면서 다짐했어요. 두 번 다시 이곳에 발을 들이지 않겠다고 말입니다!"

"그래도 참으셔야죠."

주 선생이 또 같은 말을 거듭하자 팽 현장은 어처구니가 없는지 쓸쓸하게 웃고 말았다.

"주 선생, 나도 현지 편찬 사업에 동참할 수 없겠습니까?"

"허허허! 제가 어떻게 감히 현장님을……."

팽 현장은 한바탕 분풀이를 쏟아내고 나더니 목소리가 한결 가벼워졌다.

"주 선생, 항간에 소문을 듣자니 점괘를 잘 보신다던데……. 어떻습니까, 내 점도 한번 쳐 주지 않으시겠습니까?"

"무슨 점을 말입니까?"

주 선생이 빙그레 웃었다.

"저놈의 까마귀 떼가 언제 날아가겠습니까?"

주 선생은 일부러 목소리를 죽이며 대답했다.

"천기天機는 누설할 수 없는 법!"

시치미를 뚝 뗀 그 한마디에 팽 현장을 비롯해 침통한 표정을 짓고 있던 사람들이 껄껄 웃음보를 터트렸다.

팽 현장은 주 선생에게 친필 수적手跡 한 폭을 써 달라고 졸랐다. 주 선생은 선선히 응낙하고 지필묵과 벼루를 가져왔다. 이어 안마당 돌탁자에 선지宣紙 한 장을 펼쳐놓고 일필휘지로 써 내려갔다.

선량한 이는 살아가기 어렵느니라.

好人難活

다음날 이른 아침이었다. 주방 일을 담당하고 있는 숙수가 채소를 사러 현성縣城에 갔다 오더니 주 선생에게 놀라운 소식을 알려 주었다. 팽 현장이 간밤에 직분을 포기하고 야반도주를 했다는 것이었다. 주 선생은 흠칫 놀라더니 이내 서글픈 탄식을 토해냈다.

"허허, 기어코 참지 못하셨군!"

말복이었다. 천둥 벼락을 동반한 비가 한바탕 쏟아졌다. 한낮의 무더위도 뿔뿔이 흩어지고 하늘이 말끔히 개자 주 선생과 동료들은 답답하게 틀어박혀 있던 '둥지'에서 나와 비탈진 고원 들판으로 산책을 하러 나섰다. 그리고는 소나기가 퍼부은 뒤면 으레 나타나는 산천의 싱그러움을 한껏 즐겼다. 이제 구름도 막 걷히고 있었다. 그러나 발에는 진흙 덩어리가 엉겨 달라붙었다. 결국 소나기 끝의 가랑비에 머리부터 발끝까지 후줄근 젖은 생쥐 꼴이 되어 '둥지'로 되돌아왔다. 서원 문턱에 들어서자 문간방의 서 수재徐秀才가 긴장한 얼굴로 주 선생에게 편지 한 장을 건네주었다.

"군인 두 사람이 와서 전하라고 했습니다."

주 선생이 편지를 읽고 나더니 눈이 휘둥그레진 동료 선비들을 둘러보면서 대수롭지 않게 말했다

"이리 한 마리가 오실 모양이로군!"

이어 그가 서 수재를 돌아보고 분부를 내렸다.

"자네, 마을에 내려가서 개 두 마리만 사 오게. 없으면 빌려 와도 좋네. 될 수 있는 대로 몸집이 크고 사나운 놈이라야 하네!"

"개를 데려와서 뭘 하려고요?"

서 수재가 눈을 껌벅이며 묻자 주 선생이 씩 웃으면서 대답했다.

"이리가 나타난다는데 개를 시켜 물어뜯게 해야 할 게 아닌가!"

그가 뒤이어 다시 부엌에 있는 숙수를 불렀다.

"내일 점심때쯤 요리를 한 가지 만들어주게. 두부를 고기하고 섞어서

볶아내면 되네."

그 말을 들은 숙수의 눈이 휘둥그레졌다.

"아니, 그게 무슨 음식입니까요? 고기는 센 불에도 견디지만 두부는 당장 눌어붙고 말 텐데요."

주 선생은 한마디로 딱 잘랐다.

"그저 내가 시키는 대로만 하게. 한솥에 뒤죽박죽 섞어서 볶으라고!"

이튿날 주 선생은 여덟 명의 편찬위원들과 부서를 나누어 각자의 방에서 할일을 하고 있었다. 뜨락은 적막할 정도로 고요했다. 차라리 개 짖는 소리라도 들렸으면 하고 바랄 정도였다. 그때 어디선가 쪽빛 깃털을 가진 새 두 마리가 은행나무 가지에 내려앉았다. 이어 처마 끝으로 날아오다가 앞마당의 눅눅하게 젖은 벽돌 바닥에 사뿐히 내려앉아 꾸루룩꾸루룩, 맑은 소리로 지저귀기 시작했다.

"으르렁, 컹컹!"

갑작스런 개 짖는 소리에 놀란 새 한 쌍이 쏜살처럼 허공으로 날아올랐다. 개 두 마리가 무섭게 짖어대는 소리는 갈수록 사나워졌다. 미처 날뛰는 개들의 으르렁대는 소리가 정적에 싸여 있던 담장 벽에 이리저리 부딪쳐 메아리치고 울려 퍼졌다. 그러다 한바탕 짖어대던 개 소리가 뚝 끊기면서 또다시 정적이 찾아들었다. 개들이 짖기를 그친 걸 보니 아마 불청객이 물러난 모양이었다. 주 선생을 제외한 나머지 여덟 사람이 안도의 한숨을 내쉬려 할 때였다. 개들이 또다시 짖어대기 시작했다. 그것은 누군가 도둑처럼 살금살금 문 앞에 다가왔다는 뜻이었다. 선비들은 불안감에 일손을 놓고 각자의 방 창문 앞에 서서 대문과 주 선생의 서재를 번갈아 살폈다. 개 짖는 소리가 또다시 뚝 그쳤다. 주 선생은 개 두 마리가 세 번째로 짖어댔을 때에야 서재에서 나왔다. 그리고 빠른 걸음걸이로 안마당을 가로질러 나가면서 아직도 으르렁대는 개를 꾸짖어 물리치고는 불청객을 대문 안으로 맞이했다.

"여러분! 어서 나와 영접하시오. 유劉 군단장님께서 여러분을 만나러 오셨소!"

낭랑한 주 선생의 목소리가 백록서원 안팎에 울려 퍼졌다.

동료들은 기다렸다는 듯이 여기저기서 뛰쳐나왔다. 그리고 전투복 차림을 한 유 군단장 앞에 정중히 허리를 굽혀 인사했다.

"어이쿠, 폐를 끼쳐 미안하오! 일하시는 데 방해가 안 되었는지 송구하오이다."

유 군단장이 너스레를 떨었다.

"무슨 겸손의 말씀을! 장군님을 뵈올 기회가 어디 그리 쉽게 옵니까? 오늘 이렇게 찾아오시지 않았더라면 저희들 따위야 장군님의 어엿하신 풍채를 우러러 뵙지도 못했을 겁니다."

주 선생의 대응에 유 군단장은 듣기가 좋았는지 목청이 낭랑해졌다.

"하하! 내가 성도省都(서안) 시내에 앉아 있기는 해도 선생을 찾아뵐 생각은 늘 간절했소이다."

주인은 손님을 안마당의 돌의자로 안내했다.

"선생은 지금 현지를 편찬하신다고요? 그 내용이 어떤 겁니까?"

유 군단장이 단도직입적으로 물었다. 주 선생은 질문을 예상하고 있었던 듯 거침없이 대답했다.

"위로는 삼황오제三皇五帝, 아래로는 현 시국에 이르기까지 본 현에서 발생한 중대 사건이라면 모조리 엮어서 수록하는 겁니다. 역사와 연혁, 강역疆域의 변천 과정, 산천경개와 지형, 생산품과 특산물, 청백리와 탐관오리, 어진 선비와 학자, 악명 높은 도둑과 비적, 절개를 지킨 부녀와 열녀, 천재지변과 인간이 일으킨 화란禍亂……. 토호향신土豪鄕紳과 사서민士庶民을 가리지 않고 선행과 악행을 빠짐없이 기록합니다."

"그렇다면 우리 군대가 서안성을 포위한 사실도 들어가겠구려?"

"군대가 포위한 것은 서안 부성府城이지 우리 자수현은 아닙니다. 그러니 본 현지에 등재될 권리는 없습지요. 다만 백록원 일대에서 닭을 쏘아 죽이고 식량을 징발한 사실과 군량미 집적소를 불태운 사건은 수록될 겁니다. 또 군단장께서 우리 현에 군대를 진주시키고 현장을 협박하여 도망치게 한 일은 빠뜨려선 안 될 중요한 사건이므로 반드시 기록되리라 봅니다."

"으하하하! 그래요?"

유 군단장이 너털웃음을 터트렸다.

"그 현장이란 친구, 간덩어리가 너무 작더군!"

주 선생도 기회를 놓치지 않고 빈정거렸다.

"현장 그 양반은 속이 두부만큼이나 여린 분이지요!"

유 군단장은 웃음을 그치고 방문한 용건을 끄집어냈다.

"오늘 이렇게 주 선생을 찾아온 것은 세 가지 부탁드릴 일이 있어서요."

"세 가지 부탁이라! 어디 말씀해 보시지요."

"첫째는 서안성 포위 작전이 성공을 거두고 입성할 경우 주 선생을 내 개인 교사로 초빙했으면 하는 거요. 의향이 어떠신지? 성현의 말씀도 가르쳐 주시고 붓글씨도 지도해 주시고 말이오. 내가 워낙 보잘것없는 초야草野 출신이라서요."

"우선 말씀드릴 것이 하나 있습니다."

주 선생이 얼른 조건을 붙였다.

"장군께서 그 전투복을 벗어던지고 무기를 내려놓으셔야만 저도 벗이 되어 글을 함께 읽고 글씨도 써 드릴 수 있겠습니다. 제 간덩어리가 팽 현장보다 더 작으니 보통 겁이 나야 말이죠!"

유 군단장은 두말하지 않고 수락했다.

"그건 염려 마시오! 아군이 일단 서안성만 함락시키고 나면 총은 성벽 아래 해자^{垓字}에다 내던져버릴 것이오. 부대 병력도 부하에게 넘기고 난 그저 성 주석^{省主席} 한 자리만 차지하면 그만이니까. 주석은 무관이 아니라 문관 아니겠소?"

"그럼 그 문제는 장군께서 입성하신 뒤에 다시 상의하면 되겠군요. 두 번째 부탁하실 용건은 뭡니까?"

"선생한테 서화^{書畵}를 한 폭 받았으면 좋겠소이다."

"저는 글씨만 쓸 줄 알 뿐 그림은 그려 본 적이 없습니다. 붓글씨도 속담에 '신바람을 타야 붓을 휘두를 수 있다.'고 했듯이 흥취가 극도에 이르렀을 때 휘두르는 붓끝에서 광채가 나는 법입니다. 장군께서 서안성 공격 작전에 성공하신다면 저도 마땅히 일필 휘호를 써서 경축해 드리겠습니다. 그럼 세 번째 용건을 말씀해 보시죠!"

상대방이 이렇게 선수를 치고 나오니 유 군단장도 마지못해 마지막 안건으로 들어갔다.

"내가 관중에 들어온 이래 선생의 크신 이름을 귀에 못이 박히도록 들어왔소이다. 선생께서는 하늘의 뜻을 깨우쳐서 천기^{天氣}를 가려 길흉화복과 재앙을 안다고 하더이다. 또 앞날을 예측하실 수 있다 하던데 내 점괘를 좀 봐 주시오. 언제쯤 서안성을 함락시킬 수 있겠소? 또 몇 월에나 입성이 가능하겠소?"

주 선생은 생각해 볼 것도 없이 한마디로 딱 잘라 말했다.

"장군께서는 입성하지 못합니다."

유 군단장이 흠칫 놀라더니 얼굴빛이 싹 변했다. 아슬아슬하게 줄타기를 하던 분위기가 순식간에 얼어붙었다. 그러자 사람들은 잔뜩 긴장한 채 두 눈만 부릅뜨고 숨도 쉬지 못했다. 그러나 주 선생은 아랑곳하지 않고 태연하게 말을 이었다.

"우리 집 대문을 지키는 놈이 겨우 삽살개 두 마리뿐인데도 장군은 들어오시지 못했습니다. 그런데 호랑이 두 마리가 지키는 관문을 어떻게 들어가실 수 있겠습니까?"

긴장된 분위기를 농담으로 넘긴 주 선생이 껄껄껄 웃어젖혔다. 동료들은 그 말뜻을 알아차리고 안도의 한숨을 내쉬었다. 서안성을 수비하는 두 장군의 이름은 이호李虎, 양호楊虎로 둘 모두 똑같이 '범 호虎'자를 쓰고 있었다. 때문에 '호랑이 두 마리'로 불렸다. 따라서 진숭군 소속 장병들이라면 누구나 이 '호랑이'란 말을 꺼렸다. 유 군단장 역시 이마에 깊은 주름살이 잡혔다.

"그렇게 재미없는 농담을 내 앞에서 감히 지껄이는 사람은 아마도 선생뿐일 거요!"

주 선생이 그 말을 받았다.

"다른 사람 아닌 장군님이 오셨으니 나 역시 그런 우스갯소리를 할 만큼 흥이 났던 겁니다."

"그건 그렇다 치고 선생, 내 점괘나 정식으로 봐 주시오. 아군의 포위 공격이 언제 성공할 수 있겠소?"

주 선생은 눈썹을 곤추세우고 두 눈을 감더니 엄지손가락으로 나머지 네 손가락을 차례로 짚어 가며 진짜 점쟁이가 주문을 외우듯 입속으로 중얼거렸다.

"서안성 내 수비군 병력은 2만도 못 되는구나. 반면 성 밖 공격군은 20만이 넘고도 남네. 아이들 열 명이서 한 놈 때려눕히기가 뭐 그리 힘들까? 서안성은 포위당한 지 벌써 5개월째군. 식량도 바닥나고 마실 물도 끊겼을 테니 굶어 죽고 병들어 죽고 싸우다 죽은 군민軍民의 시체가 성벽만큼 쌓였을 터. 무슨 재주로 이날 이때껏 굳게 지키고 있단 말인가! 호오, 계산하는 법이 있기는 있군! 성안의 남녀노소 50여 만 명이 '두 마리 호랑이'의 장병들과 함께 결사적으로 지키고 있으렷다? 그러니까 주민들을 깡그리 굶어 죽게 만들려면…… 어림잡아 늦가을 뒤면 되겠군. 그래, 옳거니!"

여기서 주 선생이 눈을 번쩍 떴다.

"장군, 이제 알았소. 늦가을 뒤 초겨울이 닥칠 때가 시한이오. 첫눈을 보는 순간 끝이 날 거요!"

그 말을 듣자 유 군단장은 자리를 박차고 벌떡 일어섰다.

"주 선생, 과연 신통하시외다! 첫눈이 오는 순간……, 그게 바로 내 운명과 딱 맞아떨어지는 점괘요. 내 자字가 다름 아닌 '설아'雪雅요!"

주 선생은 유 군단장에게 점심 식사를 대접했다. 숙수가 내온 음식은 두부 고기볶음 한 그릇과 만두 두 개씩이었다. 유 군단장이 한 입 뜨더니 이맛살을 찌푸렸다.

"주 선생, 이곳 요리사는 솜씨가 엉망이로군! 혹시 어디서 풋내기를 데려온 거 아니오?"

"풋내기라뇨, 천만의 말씀을!"

주 선생이 태연자약하게 받아쳤다.

"우리 주방장으로 말씀드리자면 천하에 이름난 숙수외다!"

"두부에 고기를 같이 넣고 볶는 요리가 어디 있소? 두부는 두부대로 흐물흐물 눌어붙다가 새까맣게 탔고 고기는 고기대로 설익었는데! 이런 개도 안 먹을 요리를 만든 놈이 어떻게 천하에 이름 높은 숙수란 말이오?"

주 선생은 이렇게 대답했다.

"두부에다 고기를 뒤섞어 볶는 건 물론 바보 같은 짓이겠지요. 그러나 솜씨 좋은 숙수도 가끔 망칠 때가 있답니다."

그해 초겨울, 서안성을 포위한 진숭군은 각종 전투 장비를 겨울 것으로 바꾸었다. 이어 8개월 가까이 끈덕진 공격을 거듭했다. 그러면서도 여전히 입성을 하지 못했다. 유 군단장은 물샐틈없이 포위망을 구축해 놓고 첫눈을 눈이 빠지게 기다렸다. 그러나 찾아온 것은 대설大雪이 아니라 국민혁명군 소속 풍옥상馮玉祥의 50만 대군이었다. 풍옥상의 기습부대는 측면에서 진숭군을 덮쳐 단번에 '다리 하얀 까마귀 부대'를 궤멸시켰다. 방심하고 있던 진숭군 장병들은 뿔뿔이 흩어져 달아났다.

유 군단장이 서안성 동쪽 교외 한씨총韓氏塚에 위치한 총사령부를 버리고 허둥지둥 도망칠 때였다. 칠흑처럼 어두운 밤하늘에 싸라기 같은 눈발이 흩뿌리기 시작했다. 눈은 군단장의 승용차 지붕 위에도 '후둑, 후둑!' 쏟아졌다. 그 소리에 유 군단장은 불현듯 주 선생의 점괘가 생각났다. '첫눈을 보는 순간 끝이 난다.'는 말과 뒤이어 떠오른 것은 죽도 밥도 아닌 두부고기볶음이었다. 풀을 쑤어 놓은 것처럼 흐물흐물 눌어붙은 두부에 설익은 고기……. 가만히 생각해 보니 그것은 오늘날의 국면을 은연중에 비유하고 있었다. 이윽고 유 군단장의 입에서 한숨 섞인 개탄이 흘러나왔다.

"허허, 그것 참! 여우같은 늙은이로고……."

주 선생은 훗날 《자수현지》滋水縣誌 '역사 연혁' 권말卷末의 가장 끝부분이 되는 '민국기사'民國記事 난에 다음과 같은 내용을 한 줄 썼다.

'……진숭군 패잔부대는 동쪽으로 패주하면서 백록원 일대의 민가 57채를 불태우고 주민 3명을 사살했다. 부녀자 13명을 강간했다. 약탈해 간 재물은 그 수를 헤아릴 길이 없다…….'

양 소대장과 그 부하들도 백록진 초급소학교에서 철수했다. 그들은 떠나면서 전복현田福賢에게 작별 인사도 남기지 않았다. 전복현은 눈을 뜨자 여느 때와 다른 기묘한 정적을 느꼈다. 솜저고리를 걸치고 침상 아래로 뛰어내려 보니 창문 바깥 교정에 눈꽃이 얇게 덮여 있었다. 그는 두 손으로 바지 끈을 동여매면서 어깻죽지로 교실 문짝을 밀쳐 열었다.

"어엇!"

그는 저도 모르게 외마디 소리를 터트린 채 문턱에 우뚝 서고 말았다. 병사들은 어디로 사라졌는지 그림자도 보이지 않았다. 대신 벽에 바짝 붙여 길게 늘어놓은 책상 위에 이부자리 삼아 깔고 덮던 볏짚 돗자리만 어지러이 널려 있었다. 그 볏짚 돗자리는 얼마 전 그가 자수하 강변 무논에서 징발해 우마차에 싣고 와서 안에 헝겊 천을 대고 누빈 것이었다. 책상 아래 바닥에는 구멍 뚫린 신발짝과 삭아서 끊어진 헝겊 각반 조각, 낡아빠지다 못해 누더기가 된 저고리와 바지 따위가 어지럽게 널려 있었다.

그는 발길을 돌려 양 소대장이 기거하던 숙소로 달려갔다. 침대용 책상 위에 볏짚 돗자리가 한 장 남았을 뿐, 주인은 보이지 않았다. 사무용 탁자와 마룻바닥에는 서류 장부가 뒤죽박죽 섞인 채 널려 있었다. 그것들은 모두 군량미와 말먹이를 징발한 목록 아니면 재고 장부 따위였다. 그러나 양 소대장에게는 무엇보다 소중한 문서들이었다. 그것을 보는 순간 전복현은 그들의 철수가 잠정적인 퇴각이 아니라 두 번 다시 돌아오지 못할 영원한 도주임을 깨달았다. 그는 숯불 화로를 걷어차 엎었다. 다 타고 남은 잿더미 속에서 대추씨만 한 불티 몇 개가 명멸하고 있었다. 재는 이미 차갑게 식어버린 뒤였다. 그는 질풍같이 치달려 녹자림의 집으로 갔다.

"자림 자네, 점심때 보장소에서 보세. 의논할 일이 있으니까."

"저놈들이 뭘 또 시켰습니까?"

녹자림이 겁먹은 기색으로 물었다.

"아닐세! 사냥개 노릇도 오늘로 끝이야!"

전복현의 목소리가 유별나게 크고 맑았다.

"사냥개 노릇은 이제 끝났소!"

전복현은 그날 오후 소집된 회의석상에서 똑같은 말을 반복했다.

"까마귀 떼들에게 들볶이는 것은 이것으로 충분하오!"

이어 그가 한마디 더 덧붙였다. 아홉 명의 향약은 들뜬 감정을 억누르지 못했다. 그리고는 목에 핏대를 세워 가며 양 소대장과 부하 병사들을 향해 온갖 욕설, 악담, 저주를 퍼부었다.

사냥개의 비유는 귀에 거슬리기는 해도 아주 정확한 표현이었다. 양 소대장과 다리 하얀 까마귀 떼들이 백록원에 날아들었던 지난 8개월 동안 총향약 전복현을 비롯한 향약 아홉 명은 실제로 양 소대장의 사냥개에 다름 없었다. 그들은 까마귀 떼를 이끌고 길잡이가 되어 마을마다 돌아다니며 군량과 말먹이 공출을 독촉하고 윽박질렀다. 전 총향약은 주인에게 꼬리치는 사냥개였다. 사나운 주인의 채찍을 뒷배로 힘없고 약한 농민들에게 포악질을 했던 사냥개가 바로 그였다. 이렇듯 총향약이 본보기를 보였으니 향약 아홉 명 역시 좋든 싫든 사냥개 노릇을 할 수밖에 없었다. 전복현은 이제 그들이 사냥개 노릇을 해 오는 동안 까마귀 떼에게 받았던 부당하고도 억울한 대우와 분노, 원한을 실컷 풀게 해 주었다.

다리 하얀 까마귀 떼가 휘이휘이 날아 도망쳤다는 소식은 바람보다 더 빠르게 백록원 일대를 휩쓸고 지나갔다. 뒤이어 분노한 농부들의 앙갚음이 들불처럼 일어났다. 집이 불탄 사람, 무참하게 죽임을 당한 사람, 겁탈을 당한 여인들의 이야기가 공론의 대상으로 떠올랐다. 전복현은 백록창 향약 회의에서 정중하게 두 가지 문제를 거론했다.

"가상 시급하게 해야 할 일이 있소. 하나는 패잔병들에게 집이 불타거나 학살당하거나 강간과 약탈을 당한 집을 우선 돌보아야 하는 일이오. 둘째는 대화재에 불타버린 백록창 건물을 하루속히 재건하는 일이오."

이어 그는 이 두 가지 문제에 대해서도 미리 구상해 둔 해결 방안을 제시했다. 까마귀 떼들이 도주하면서 남기고 간 군량미가 학교 교실에 쌓여 있으니 구제사업과 재건사업을 추진하는 경비로 쓸 수 있다는 것이었다.

"향약 여러분, 마을에 돌아가는 즉시 사발통문을 돌리시오. 주민들이 산에 가서 재목감을 베어 오되 길이 10척짜리 서까래 두 개를 가져오면 보리 한 됫박, 15척짜리 서까래는 한 개당 보리 한 되, 들보 한 개에 보리 석 되, 대들보 한 개에 보리 닷 되를 주시오. 그 외에 마룻대나 기둥감은 크기와 굵기에 따라서 보리 양을 결정할 것이오. 불타버린 흙더미, 벽돌, 기왓장을 치우거나 흙벽돌을 찍는 일꾼들에게는 하루 품삯으로 보리 한 되와 세 끼 식사를 제공하겠다고 하시오. 어떻소, 이렇게 하면 대우가 박한 것은 아니겠지?"

아홉 명의 향약들은 그 말을 듣고 깜짝 놀랐다. 온갖 의견이 중구난방으로 분분하게 쏟아져 나왔다. 이렇게 너그러운 품삯을 지불한다면 천재지변을 당한 이재민을 구제하는 것이나 다름없지 않느냐, 또 산에서 힘겹게 통나무를 베어오는 사람과 자질구레한 잡역 일꾼의 품삯이 똑같은데 서로 쉬운 일을 맡으려고 다투지 않겠는가, 총향약이 너무 선심을 쓰다가 백록원 주민들이 모조리 몰려와 빈둥빈둥 놀면서 밥만 축내면 어떻게 구분할 수 있겠는가……. 대략 이런 것들이었다. 전복현은 대범한 태도를 보이면서 손을 휘저어 뭇 사람들의 입을 막았다.

"우리가 주민들을 야박하게 대하지 않는다고 생각되면 그것으로 됐소. 다른 일은 걱정할 필요 없이 내게 맡겨주시오!"

재난을 당한 집 문제에 대해서는 전복현도 여러 향약들이 자기네 마을에서 일어난 사건을 언급하고서야 알게 되었다. 그는 어젯밤까지만 해도 양 소대장의 까마귀 떼들과 똑같이 소학교 교실에서 잠을 잔 처지였던 터라 그런 사건들은 까맣게 모르고 있었다. 따라서 그 문제에 대해서는 구체적인 방안을 생각해낼 수가 없었다.

　이리하여 그는 아홉 명의 향약들과 상의한 끝에 집이 불탄 30여 가호에게는 그 피해 정도를 따져서 적게는 보리 닷 말, 많게는 여덟 말까지 보상해 주기로 했다. 그러나 까마귀 떼들에게 몸을 더럽힌 부녀자 10여 명에 대한 보상 문제에 대해서는 의견이 갈렸다. 전복현은 총향약의 결정권을 행사했다. 돌보아주지 않겠다는 결론을 내린 것이다. 그런 남 부끄러운 추문을 공공연하게 보상해 줄 경우 나쁜 소문이 더 퍼질 것이라고 우려했기 때문이었다.

　백록원에는 때아닌 벌목 열풍이 불었다. 주민들은 앞을 다투어 산에 가 재목이 될 만한 나무를 베었다. 힘 좋은 장정들은 서너 명씩 패거리를 지어 머나먼 진령산까지 달려가 심산궁곡深山窮谷을 헤맸다. 그리고는 소나무, 잣나무로 서까래와 대들보 감을 베어 칡덩굴로 칭칭 동여매고 여럿이서 힘을 합쳐 산 밑까지 끌어내렸다.

　벌목꾼들은 재목을 불타버린 백록창 폐허에 부려 놓고 증서를 받아 백록진 초급소학교로 가서 보리쌀과 바꾸었다. 곡식 자루를 메고 학교 정문을 나서는 사람들의 얼굴에는 억누르지 못할 기쁨이 배어 나왔다. 사람들은 전 총향약의 너그러움에 진심으로 감복했다. 언제 보아도 흉악한 고리눈을 부릅뜨고 있지만 마음씀씀이는 보살님처럼 부드러운 사람이라고 칭찬을 아끼지 않았다.

　보장소 향약 아홉 명은 목재를 검수하거나 보리쌀을 지급했다. 공사장에 필요한 인력도 배치하는 등 제각기 한 분야씩 도맡았다. 그들은 모두 직분에 충실했다. 주도적으로 일에 매달렸을 뿐 아니라 주민들에게도 온화하고 겸손한 자세로 임했다. 이들은 그런 태도와 자세로 어제까지 까마귀 떼의 사냥개 노릇을 한 과거를 깨끗이 씻어낼 수 있었다.

　새로운 현장 양씨梁氏도 말을 타고 부임했다. 현당부縣黨部의 간판이 현청 문턱에 정식으로 걸렸다. 전복현은 현 회의에 참석하러 갈 때면 전체 공사를 녹자림에게 통솔하게 했다. 녹자림은 마음을 놓으라며 큰소리를 쳤다.

"마음 푹 놓고 다녀오십시오. 공사 과정에 눈곱만큼이라도 차질이 생긴다면 내 목을 바치겠소."

전복현이 떠나고 나면 녹자림은 눈망울에 미소를 담은 채 달구질로 땅을 다지느라 바쁜 일꾼들에게 인심을 썼다.

"쉬엄쉬엄하게. 담배라도 한 대씩 피워 가면서 하라고! 배고픈 사람은 만두라도 가져다 먹고 말이야."

일꾼들은 힘이 나서 더욱 열심히 일손을 놀렸다. 손바닥 껍질이 벗겨지고 얼굴에 상처가 나도 꾀를 부리는 사람이 없었다.

녹자림은 뒷짐을 지고 어슬렁어슬렁 학교를 찾아서 식량을 비축해 둔 교실에 들어가 배급 담당자가 보리쌀 자루가 쌓인 곳에서 농민들에게 보리를 지급하는 광경을 지켜보았다. 담당자는 한 말들이 됫박에 보리를 가득 담고 널판 조각으로 됫박 가장자리를 훑어내고 있었다. 이른바 '평두'平斗라는 손질이었다. 녹자림은 그 모습을 지켜보다 한마디를 했다.

"너무 야박하게 깎지 말게. 슬쩍 훑는 시늉만 하면 안 되겠나? 수북이 올려 담으라고!"

배급 받으러 온 사람들은 말만 들어도 마음이 푸근해지는 것 같았다. 녹자림은 흡족한 미소를 띠고 발길을 돌렸다.

닭으로 시범 사격을 벌인 그날부터 8개월이나 백록원을 뒤덮고 있던 공포 분위기는 완전히 사라졌다. 총향약 전복현을 비롯한 보장소 향약 아홉 명의 덕망도 돋보이기 시작했다.

동지섣달 온 천지에 얼음이 얼기 바로 직전 백록창 폐허에는 새로운 건물이 번듯하게 들어섰다. 무너져 내린 흙담과 갈라진 틈도 온전히 메꾸어졌다. 방화 사건으로 독이 오른 병사들이 때려 부순 정문도 네 귀퉁이가 반듯한 문기둥으로 바뀌었다. 이리하여 백록창은 면모를 일신했다.

까마귀 떼가 도주한 뒤 닷새째 되던 날 새벽닭이 홰를 칠 무렵, 백가헌은 성안에서 공부하는 고명딸 령령ᵕᵕᵕ을 만나러 집을 나섰다.

때는 서안성 포위가 풀린 첫날 저녁이었다. 성안에 들어가 요리사 일을 하던 마을 청년 한 사람이 백록촌으로 돌아왔다. 백록진에 발을 들여놓기 무섭게 그는 사람들에게 에워싸였다. 이어 그동안 성안의 형편이 어땠는지 궁금해하는 이들의 질문 공세에 시달렸다. 그는 그동안의 고초를 몇 마디로 대충 설명한 다음 도망치듯이 빠져나갔다. 그러나 백록촌 마을 어귀에서 또 한 차례 똑같은 질문 공세를 받아야 했다. 그러다 겨우 마을 사람들을 헤치고 허둥지둥 자기 집 문턱을 넘어설 수 있었다. 이어 늙은 어머니와 마주치자마자 땅바닥에 꿇어 엎드려 대성통곡했다. 눈물 콧물 범벅이 된 채 울음 섞인 목소리로 고함도 질러댔다.

"어머니! 내 이승에서 다시는 어머니를 보지 못하는 줄 알았습니다……."

가헌과 어머니 조씨趙氏, 그리고 아내 오씨吳氏는 세 차례나 요리사 집을 찾아가서 령령의 소식을 물었으나 대답은 실망스러웠다.

"령령은 못 봤는데요……."

이어 이틀 동안 성안에 들어가 음식점 부엌일을 하거나 직공 일을 배우던 사람, 날품팔이·인력거꾼·짐꾼을 하던 사람부터 가게를 내고 장사하던 사람들이 줄줄이 고향 마을로 돌아왔다. 그들 역시 포위를 당한 8개월 동안 서안성 안에서 듣고 본 이야기보따리를 풀어놓았다.

성안의 상황은 끔찍하기 짝이 없었다. 싸우다 죽거나 병들어 죽는 것은 다반사였다. 심지어 굶어 죽은 시민과 병사들의 수도 헤아릴 길이 없다고 했다. 시체를 성문 밖 공동묘지로 내다 파묻지도 못했다. 결국 성벽 아래에 쌓기 시작했다. 살아남은 사람들은 처음에는 생석회를 뿌려 시체 더미를 가렸다. 그러나 날이 갈수록 시체는 늘어났다. 생석회도 떨어졌다. 그러자 사람들은 황토를 퍼다 그 위에 덮었다. 성내는 온통 시체 썩는 악취로 가득차고 공기마저 탁해졌다. 공중변소나 개인 집 뒷간의 분뇨가 넘쳐 흘러나올 지경이 되었는데도 성 바깥 교외에서 인분을 거름으로 쓰던 농사꾼들은 들어오지 못하고 있었다. 분뇨를 떠다 성 밖으로 내보낼 길도 없었다. 급기야 분뇨 무더기와 시체 더미에서 구더기들이 꾸물꾸물 기어나왔다. 나중에는 민가 문틈이나 창문을 통해 집안으로 기어들어 갔다. 이부자리와 부뚜막, 책상 서랍 할 것 없이 온통 새끼손가락만 한 구더기 떼가 들끓었다. 구더기란 놈은 사람들이 잘 때 콧구멍과 귓구멍이나 입까지 기어들어 가기도 했다. 무의식중에 이를 갈면 구더기가 툭툭 터지는 경우도 많았다.

백가헌은 고향으로 돌아온 사람들을 일일이 찾아가 물었으나 령령의 소식을 아는 사람은 아무도 없었다. 들리는 것이라고는 하나같이 소름끼치고 구역질나는 소문뿐이었다. 그런 끔찍한 소문은 백씨白氏 집안의 생기를 거둬가고 질식하게 만들었다. 제일 먼저 아내 오씨, 그다음에는 늙은 어머니 조씨, 이어 백가헌 자신이 모두 이틀 동안 곡기를 끊었다. 령령의 건대 녹삼의 식사량도 절반으로 줄었다.

오선초吳仙草는 사흘 동안 식사를 끊었으나 정신력으로 버티며 일에만 매달렸다. 물레질도 멈추지 않았다. 베틀에서도 내려오지 않았다. 목화 실이 끊어지면 다시 심지를 꼬아 이었다. 실이 엉키면 다시 풀어내어 무명을 짰다. 시어머니 조씨는 동구 밖 서쪽으로 난 길가에 나가 종일토록 하염없이 서녘 하늘만 바라보았다. 두려운 기대 속에 또 밤이 찾아왔을 때 선초는 외마디 비명을 지르고는 베틀 아래로 굴러떨어졌다.

"령령아!"

효문과 며느리가 그 소리에 허둥지둥 달려와 그녀를 부축해 침상에 눕혔다. 그러나 그녀는 이미 인사불성이었다. 조씨는 여전히 동구 밖에서 손녀의 그림자가 나타나기만 기다리고 있었다. 위채에서 일을 보던 가헌은 곁방으로 돌아오다가 아들 부부의 놀라는 외침을 들었다. 방문을 열어젖히고 들어섰을 때 며느리는 시어머니의 인중혈에 꽂았던 침을 뽑고 있었다. 정신이 돌아온 선초는 남편의 품에 뛰어들면서 울음을 터뜨렸다. 가헌 부자는 그녀를 침상 위에 조심스럽게 다시 뉘었다.

"어머니를 잘 보살펴 드리고 있어라. 아무래도 성안에 다녀와야겠다."

성안 사람들이 아침을 들고 있을 때 가헌은 제화공 둘째 매형네 가게 문턱을 넘어섰다. 둘째 누님은 손님이 온 줄 알고 나오다가 동생의 모습을 발견하고 반색을 하며 맞아들였다. 누님의 밝은 목소리를 듣는 순간 가헌은 가슴을 짓누르고 있던 바윗덩어리가 홀연 사라지는 것 같았다. 만약 령령이 시체 더미 속에 들어가 있다면 둘째 누님네 식구들이 이렇듯 천연덕스럽게 아침 식사를 하고 있을 리 없을 테니 말이다. 가게 문을 활짝 열어 놓고 장사를 할 턱도 없을 터였다. 그는 매형이 권하는 대로 의자 등받이에 기대고 앉으면서 궁금증을 참지 못하고 물었다.

"령령은 어떻게 되었습니까?"

"어떻게 되다니? 죽은 사람 시체를 운반하러 나갔지!"

둘째 누이가 오히려 동생의 놀란 모습을 이상하게 쳐다보면서 대꾸했다.

"성내 사람이면 누구나 다 하는 일이지, 뭐! 구덩이를 파는 사람도 있어야 하고 시체를 들어내는 사람도 있어야 하니까. 이 서안성 동쪽 성벽 아래에 쌓여 있는 시체만도 줄잡아 1만여 구이니 고양이 손이라도 빌려야 할 형편인걸."

"어이쿠, 그렇게나……!"

가헌은 한숨이 절로 나왔다. 고향에 돌아온 사람들의 이야기가 터무니없는 것이 아니었다.

"나도 밤새 구덩이를 파다가 새벽녘에야 겨우 돌아왔네. 오늘 밤에도 또 나가야 하고."

둘째 매형이 말을 이었다.

"령령도 엊그제 이틀 동안 구덩이를 팠지. 그러다 어제 오후부터 일이 시체 운반하는 것으로 바뀌었어. 구덩이를 파는 족족 시체를 옮겨다가 파묻는 형편일세. 시체들이 다 썩어 문드러져서 뼈다귀만 남았다네. 이게 누구 팔뚝이며 저게 누구 다리인지 가려낼 도리가 없으니 어쩌겠나. 한꺼번에 뒤죽박죽 섞어서 들것으로 담아내고 수레에 실어내 파묻어 줄 수밖에……."

가헌은 이제 그런 말을 들어도 무신경했다. 그저 나오느니 원망뿐이었다.

"둘째 누님, 매형! 어쩌면 그렇게도 매정하십니까? 사태가 그토록 위험하면 령령을 진작 집으로 돌려보냈어야 할 것 아니에요! 그 아이 할머니하고 어미는 사나흘째 물 한 모금, 곡식 한 알 목구멍에 넘기지 못하고 있단 말입니다!"

"여보게 아우님, 자네처럼 사리 분별을 잘하는 사람도 그런 생각을 다 하는가? 생각 좀 해 보게. 령령이 내 집에 와 있는 이상 무슨 일이 있겠는가? 설령 그 아이한테 무슨 일이 있다면 내가 자네한테 기별을 안 했겠는가?"

둘째 누님이 남편의 말을 거들고 나섰다.

"네가 매형 속을 몰라서 그런 원망을 하는 거야. 포위당한 첫날, 우리도 령령에게 어서 집으로 가라고 했지. 그런데 그 애 말이 학교가 아직 방학도 안 했다고 하잖아. 또 수비대 이 장군, 양 장군이 긴급 명령을 내렸기 때문에 떠날 수가 없다고 고집을 부렸어. 그러니 어쩌겠어? 지금도 마찬가지야. 1만 명이 넘는 사람을 매장하려면 구덩이를 수천 개는 파야 해. 시체를 옮겨다 파묻는 일도 급하고. 길거리 쓰레기를 다 치우려면 손이 얼마나 모자라는지 자네는 모를 거야."

가헌의 입에서는 서글픈 탄식만 흘러나왔다.

"에이, 못된 것! 집안 식구들은 애가 타서 죽을 지경인데……. 오죽하면 며칠째 죽도 못 넘기고 있겠느냔 말입니다!"

이런저런 이야기를 나누고 있는데 백령이 대문을 들어서다 말고 우뚝 멈춰 섰다.

"아버지?"

그녀는 아버지가 시뻘겋게 충혈된 눈을 부릅뜬 채 자기를 노려보는 것을 두렵게 바라보았다.

가헌의 손바닥이 번쩍 올라가더니 령령의 뺨을 향해 날아갔다.

"이놈아, 너 하나 때문에 집안 식구 세 목숨이 날아갈 뻔했단 말이다!"

령령은 얼굴을 감싸 쥐면서 항변했다.

"때려 보세요. 무섭지 않으니까! 조해네 할아버지께 집에 기별해 달라고 부탁드렸는데, 못 들으셨어요?"

가헌은 그제야 녹태항鹿泰恒 영감이 둘째 손자를 만나러 다녀갔다는 사실을 알았다. 그제야 령령 옆에 서 있는 청년이 바로 녹자림의 둘째 아들 녹조해임을 알아볼 수 있었다. 조해는 가헌을 보고 겸연쩍은 미소를 띠며 령령의 말을 확인해 주었다.

"사실입니다, 아저씨. 저희 할아버님 편에 기별을 보냈는걸요."

녹조해는 청색 제복 차림에 둥그런 제모를 쓰고 있었다. 빳빳한 모자 챙 표면에 검정빛 윤기가 반질반질 나는 학생 제모였다. 움푹 파인 두 눈망울과 길게 뻗은 속눈썹이 녹씨鹿氏 가문의 후손임을 드러내 주고 있었다.

가헌은 문득 이상한 생각이 들었다. 령령이 어떻게 녹씨네 둘째 녀석과 같이 있단 말인가? 그러나 그 생각도 잠시였다. 그는 령령과 녹조해의 몸에서 나는 비릿한 냄새에 속이 울컥 뒤집히는 느낌을 받았다. 그것은 시체가 썩어 물크러지는 냄새였다. 가헌은 그 냄새로 '령령이 시체를 운반하러 나갔다.'던 둘째 매형의 이야기를 실감할 수 있었다.

"옷을 갈아입어라. 손에 묻은 시체 냄새도 말끔히 씻고……. 아비랑 집에 돌아가자꾸나."

아버지가 말했다.

"안 돼요! 할일이 아직 많은걸요."

딸이 한 발짝 뒤로 물러나면서 대꾸했다.

"성벽 밑에 썩고 있는 시체들을 아직 다 치우지도 못했는데 어떻게 떠난단 말이에요?"

"네가 이곳 시체를 다 치우고 나면 집에 와서 네 어미와 할머니 시신을 치워야 할 거다."

"할머니랑 엄마한테 잘 말씀드려 주세요. 전 다친 데도 없고 아픈 곳도 없으니까 걱정하실 것 없다고 말이에요."

령령의 말이 끝나자 곁에서 녹조해가 한마디 거들었다.

"아저씨! 령령은 시체 운반 조장입니다. 이대로 떠나버리면 운반 작업이 엉망진창이 되어버릴 거예요. 한 1주일만 더 있으면 시체를 다 묻고 돌아갈 수 있을 겁니다. 저도 일이 끝나면 집에 가 볼 생각이었으니까 저희 둘이 함께 가도록 할게요."

백가헌은 조해의 말은 무시한 채 계속 딸에게 압력을 가했다.

"잘하는 짓이다, 령령! 이제는 아비 말도 안 듣겠다 그거로구나?"

"아버지 말씀을 안 듣는 게 아니에요. 아버지도 좀 나가 보세요! 얼마나 많은 사람들이 싸우다 죽고 굶어서 죽었는지 아세요? 성벽 밑에서 썩고 있다고요. 그분들은 우리를 보호해 주다가 목숨을 잃었어요. 그런데 이제 와서 나 몰라라 하고 가버리면 그 양심의 가책을 어떻게 견디겠어요? 솔직히 말씀드릴게요. 전 1주일이 지나도 안 돌아갈 거예요. 시체를 다 파묻어 준다 해도 할일이 남았으니까요. 이제 우리는 서안성 주최로 위령제를 거행할 겁니다. 그리고 전몰장병들의 이름으로 그 터에 '혁명공원'을 세울 거예요. 후손들이 국민혁명을 위해 기꺼이 목숨 바친 영령들의 사적을 영원히 기억할 수 있게 말이죠!"

가헌은 막내딸이 무슨 말을 하는지 알아들으려고 무진 애를 썼다. 그러나 들으면 들을수록 생경한 낱말들이 그의 머리를 마비시키고 있었다.

딸은 더 이상 아버지를 상대하지 않고 고모를 향해 돌아섰다.

"고모, 만두 두 개만 줘요. 다시 가 봐야 해요. 아빠는 하룻밤 쉬시고 내일 아침 일찍 집으로 돌아가세요."

가헌은 딸의 행동을 막고 싶었다. 그러나 어찌해야 할지를 몰라 둘째 누이가 그들에게 만두를 내다줄 때까지 멀뚱멀뚱 쳐다보기만 했다. 둘은 먹을 것을 받아들고 바로 나가버렸다.

"아이들 말도 맞아."

둘째 누이가 혼잣말하듯 이야기를 꺼냈다.

"동생, 자네가 이해를 해. 그 많은 시체들이 하루가 다르게 썩어 문드러져 가고 있어. 한시바삐 묻지 않으면 뒷감당을 어떻게 하겠어? 이제 곧 겨울 방학이 될 거야. 그럼 내가 령령과 우리 집 아이들을 데리고 집에 갈게. 나도 어머니를 찾아뵙고 싶으니까."

그래도 가헌의 부릅뜬 눈망울은 좀처럼 풀리지 않았다.

"저 녹씨네 둘째 녀석은 왜 령령의 꽁무니를 졸졸 따라다니는 겁니까?"

"흐음, 저 아이들은 함께 공부하는 친구야. 또 혁명동지이기도 하고. 자네나 나처럼 고루한 머리로는 이해가 잘 안 되겠지. 눈에 거슬리기만 하고 말이야."

"누님, 제발 그 씨알도 안 먹히는 소리 좀 작작 하세요! 아이가 열심히 공부하는 데만 힘쓰도록 이끌어 줘야지 어쩌자고 다 큰 사내놈하고 어울려 다니게 내버려 둔단 말입니까!"

이튿날 아침 가헌은 아침을 뜨는 둥 마는 둥 하고 둘째누님 부부와 작별했다. 이어 해질 무렵 집에 도착했다. 사합원은 벌써 활기를 되찾은 모습을 하고 있었다. 그가 떠난 지 얼마 안 돼 녹태항 영감이 찾아와 령령이 무사하다는 소식을 전해준 것이다. 선초와 어머니는 가슴을 무겁게 짓누르고 있던 불안감에서 벗어났다. 그래서인지 딸아이와 손녀를 그리워하는 마음이 더욱 진해지는 듯했다. 결국 시어머니와 며느리는 같이 서안성으로 떠날 채비를 하느라 극성을 떨기 시작했다. 급기야 가헌이 그녀들의 앞을 막고 고함을 지르고 말았다.

"아무도 갈 것 없어! 가 봤자 헛걸음만 할 테니까. 우리가 애간장을 태워 가며 근심 걱정을 했지만 그년은 우리 집 식구들 중 어느 한 사람도 생각하지 않았어. 그저 시체들만 떠메다 묻느라 정신이 팔렸지. 우리 식구들이야 죽든 말든 상관을 않는단 말이야. 내가 그 밤길을 달려갔는데도 그년은 이 아비한테 잠시도 이야기를 나눌 틈을 안 줬어. 그 못된 년은 사람이 아니야! 아비, 어미를 잡아먹고도 외눈 하나 깜짝 않을 짐승이란 말이야!"

녹조해와 백령은 길거리를 걸어가면서 만두를 먹었다. 시체가 담긴 들것이 지나갈 때마다 길바닥에는 피고름과 진물이 줄줄 흘러내렸다. 그러나 그들은 아랑곳하지 않고 만두를 맛있게 씹어 넘겼다.

녹조해가 입을 쓰윽 문지르면서 물었다.

"령령, 가헌 아저씨가 날 싫어하시는 것 같지 않아?"

"그야 당연하지!"

백령이 태연하게 대답했다.

"그래도 오빠보다 날 더 싫어하셔."

"난 가헌 아저씨를 보면 겁부터 나. 어릴 적부터 그랬는데 오늘 아저씨를 보니까 그때보다 더 겁이 나는 것 같아."

"뭔가 겁먹을 일이 있는 모양이로군. 아무래도 속에 엉큼한 생각을 품고 있는 거 아니야?"

"그런 말 말고 내 이야기 좀 들어 봐. 내가 배짱 좋게 아저씨 앞에 무릎을 꿇고 '장인어른!' 하고 부르면 어떻게 나오실까?"

백령은 입술을 비죽거리면서 면박을 주었다.

"어떻게 나오다니? 보나 마나 뻔하지! 오빠는 내버려 두고 당장 내 모가지부터 비틀걸?"

"그럼 내가 한마디 더 하지 뭐. '장인어른, 령령은 놔두시고 제 목부터 분질러버리십시오!' 어때, 내가 못 할 것 같아? 난 꼭 그렇게 말할 거야."

백령은 그 말을 듣고 한심하다는 듯이 조해의 얼굴을 바라보았다.

"좋아, 우리 둘이 같이 아버지 손에 모가지를 비틀려 꺾이자고! 하지만 혁명동지, 우리는 지금 한시바삐 시체들부터 묻어야 해요!"

"옳은 말씀! 모가지 비틀릴 생각은 나중에 하지!"

두 사람은 남은 만두를 입에 쑤셔 넣고 손을 툭툭 털면서 시체 운반소로 달려갔다.

서안성이 포위된 지 얼마 안 있어 성안의 학교는 즉시 휴교에 들어갔다. 백령은 길거리에서 우연히 녹조해와 마주쳤다. 이어 서로 상대방을 한참 동안 눈여겨보고 나서야 겨우 같은 마을 출신임을 알아볼 수 있었다. 두 젊은이는 반가움에 이내 친숙해졌다. 녹조해는 자기네 학교 형편을 말해 주었다. 학교에 국민혁명 양성소가 설치되어 군인이든 시민이든 혁명에 뜻을 둔 사람이라면 누구나 훈련을 받을 수 있기 때문에 자기도 지금 그 양성소에 다니고 있다는 이야기였다. 백령은 조해를 따라가 양성소를 참관했다. 그러자 자기가 다니던 미션 계통의 학교가 한심하다는 생각이 들지 않을 수 없었다. 녹조해는 그녀에게 양성소의 강의 내용이 들을 만하면 청강을 해도 괜찮다고 권했다. 그녀는 곧바로 양성소에 등록했다. 강의 도중 녹조해는 귓속말로 강사들의 신분을 일러주곤 했다.

"저기 저분 있지? 원래 우리 학교 국어 선생님이야. 국민당원이지."

그리고 다음 시간에도 똑같이 속삭였다.

"저 강사는 우리 영어 선생님이신데 공산당원이야!"

백령은 모두가 처음 듣는 소리라 물을 것도 많았다.

"아니, 국민당은 뭐고 공산당은 또 뭐야?"

"모두 그게 그거지 뭐. 어슷비슷한 거야. 국민당과 공산당, 이렇게 두 정당이 합심 협력해서 국민혁명을 이끌어 가고 있으니까."

백령은 그날부터 국민혁명 양성소에 나가 열심히 강의를 들었다. 그러더니 어느 날 조해를 보고 이렇게 말했다.

"나, 오빠네 학교로 전학하기로 결심했어!"

녹조해가 만족스럽다는 듯 대답했다.

"좋은 일이야! 내 목적이 달성된 셈이군."

그날 저녁 조해는 백령을 집에 데려다 주면서 불쑥 물었다.

"령령, 정당에 가입하고 싶은 생각 없어?"

"물론 그럴 생각이야!"

령령은 거침없이 대꾸하더니 조해에게 되물었다.

"오빤 어때? 혹시…… 나보다 먼저 가입한 거 아니야?"

"나도 아직은 아니야. 우리 의논 좀 해보자고. 어느 정당에 들어가는 게 좋을까?”

그러자 백령이 당차게 고개를 내저었다.

“안 돼. 우리 둘은 한 정당에 하나씩 들어가야 해!”

“그것 참 좋은 생각이로군! 국민당과 공산당이 단결해서 합심 협력하고 있으니까, 우리 두 사람도 신명을 합쳐서…….”

이때 백령이 말을 자르고 물었다.

“만에 하나, 국민당과 공산당 사이에 단결이 깨져서 합작하지 않는 날이 올 때는 어떻게 할 거야? 우리 두 사람도……?”

“그래도 우리 두 사람은 계속 단결하고 합심 협력해야겠지! 어느 쪽이든지 의리를 저버리면 맞서 싸워나가야 할 거 아니야?”

“그렇다면 좋아. 오빠가 먼저 골라. 나머지는 내가 할게.”

“우리 이렇게 하자…….”

녹조해가 호주머니를 뒤적거리더니 동전 한 닢을 꺼내 들고 제의했다.

“앞면의 용무늬는 국민당, 뒷면의 글자 쪽은 공산당으로 정해놓고 동전을 던져 나오는 쪽을 선택하는 게 어떨까?”

“그것 참 재미있겠네!”

백령이 녹조해의 손에서 동전을 집어 들고 유심히 들여다보더니 이렇게 말했다.

“내가 먼저 던질게!”

녹조해가 고개를 끄덕였다. 그러나 백령은 이 방법에 맹점이 있음을 깨달았다.

“아니야, 그건 안 되겠어. 둘 다 똑같은 쪽이 나오면 어떻게 하지?”

“그건…… 우리 운명이 그렇게 되라는 것이니까 똑같은 정당에 들어가지 뭐.”

백령은 그제야 어떤 결심이 선 듯 동전을 손바닥에 놓고 한두 번 문지르더니 땅바닥에 툭 던져놓았다.

"어느 쪽이야?"

"용무늬네!"

녹조해가 이어 동전을 던졌다.

"그럼 나는 글자가 나와야 되겠군."

두 사람은 동시에 쭈그려 앉았다. 글자였다. 두 사람은 웃음을 터트리며 발딱 일어섰다.

"그럼 결정된 거야, 령령! 나는 공산당, 너는 국민당에 들어가라고 하는군. 좋아, 또 한 가지 있어. 누구든지 먼저 입당하는 사람이 기념으로 이 동전을 간직하자고!"

백령이 그 말을 듣고 빙긋 웃었다.

"좋아. 하지만 지금은 아무도 들어가지 않은 상태니까 우선 내가 보관하겠어. 아주 의미 있는 동전이거든."

다음날부터 그들은 서안성 수비군의 투쟁 대열에 뛰어들었다. 그리고 시민들과 힘을 합쳐 바윗돌을 모으러 시내를 돌아다녔다. 그들은 길바닥에 깔린 포석鋪石은 말할 것도 없고 민가 문턱의 돌계단과 석판까지 들어냈다. 하다못해 길가에 굴러다니는 모래자갈마저 모조리 긁어서 마댓자루에 담아서 지고 성벽 위로 기어올라갔다. 이어 성을 포위한 공격군의 총포에 무너져 내리고 갈라진 성벽 틈을 메웠다. 한번은 녹조해가 바윗돌을 지고 성벽에 올라섰을 때였다. 마침 반혁명 군벌 공격군의 일제 사격이 퍼부어지는 바람에 그는 오른팔에 총상을 입었다. 하마터면 목숨까지 날려 보낼 뻔했다. 백령은 거의 하루도 빼놓지 않고 응급 구호 병원으로 달려가 그를 보살폈다.

"어때, 아프지? 무섭지 않았어?"

"무섭다니, 천만의 말씀!"

"내 앞이라고 허세 부리는 거지? 그래도 사내대장부라고!"

백령이 놀리자 녹조해는 붕대로 동여맨 팔뚝을 어루만지면서 심각하게 말했다.

"넌 잘 모르겠지만, 총에 맞은 이 상처가 나를 조급하게 만들었어."

"조급하다니, 무슨 이야기야?"

"나, 종군하기로 마음먹었어."

"학교는 어떻게 하고? 중도에 자퇴할 거야?"

"물론 학교를 졸업은 할 생각이지. 령령, 봐! 내가 무서우면 이런 결정을 내렸겠어?"

백령이 겸연쩍게 웃으면서 사과했다.

"나도 농담으로 한 말이야. 정말 그렇게 생각했겠어?"

녹조해가 퇴원하기 사나흘 전 학교에서 영어를 가르쳤다던 선생이 정식 통지문을 가지고 병원을 찾아왔다.

"자네, 공산당원으로 받아들여졌네!"

백령은 말없이 동전을 꺼내 녹조해에게 건네주었다. 녹조해는 동전을 한참 동안 매만지더니, 백령에게 도로 넘겨주었다.

"역시 네가 간직하고 있는 게 좋겠어."

영어 선생이 호기심어린 눈으로 쳐다보면서 빙그레 웃었다.

"사랑의 정표인가?"

녹조해와 백령은 얼굴을 붉혔으나 그 말만큼은 극구 부정했다.

"아닙니다. 그보다 더 깊은 뜻이 담긴 거죠."

동전은 백령이 간직했다. 건강을 회복한 녹조해는 즉시 학생과 시민, 수공업 노동자들로 편성된 혼성 준군사 전투부대에 편입됐다. 이어 소정의 군사 훈련을 받은 다음 성을 사수하는 국민혁명군의 예비대에 배치되어 언제든지 보충 병력으로 투입될 수 있도록 만반의 준비 태세를 갖추고 대기했다. 백령은 나중에 문예연출대文藝演出隊로 선발돼 수비부대 진영과 시민들 사이를 오가면서 군민軍民들을 대상으로 선전과 사기 진작 활동을 전개했다. 때로는 성벽 위에 올라가 쭈그려 앉은 병사들에게 노래를 불러주기도 했다. 당시 그녀에게 가장 인상 깊었던 일은 민병들 속에서 녹조해의 모습을 발견할 때였다. 그때 그녀는 여전히 동전을 소중히 간직하고 있었다. 그 동전은 노래를 부르고 춤을 출 때마다 그녀의 가슴에 가볍게 부딪히곤 했다. 그녀가 녹조해와 그날 밤에 던진 동전 놀이는 결국 그녀와 그가 제각기 나아간 일생 중 가장 찬란했던 한순간이 되었다.

백록창 건물이 때맞춰 준공될 수 있었던 것은 촉박한 공사 일정을 도맡아 감독한 녹자림의 탁월한 지도력 덕분이었다. 전복현과 부하 동료들은 아직 습기도 가시지 않은 새 건물로 옮겼다. 그렇게 백록창의 간판이 다시 걸린 날, 경축 행사가 엄숙하게 거행되었다. 거물급 인사들과 유지들이 대다수 초대되었다. 우선 백록창이 관할하는 지역 100여 개 마을의 촌장들과 덕망 높은 토호향신土豪鄕紳이 부름을 받았다. 또 규모가 큰 편인 10여 개 마을의 사숙私塾 훈장과 자수현 신식 학교 교사 몇 명도 초대됐다. 제세양곡점濟世糧穀店 주인 정씨丁氏와 백록진 중의당 냉 의원 역시 부름을 받은 유지들이었다. 자수현에 새로 부임한 양 현장梁縣長과 갓 조직 편성을 끝낸 국민당 자수현 현당부 서기縣黨部書記 악유산岳維山도 백록창 중축 현판식에 참석했다. 이 외에도 관중 지역의 명유名儒 주 선생은 전 총향약이 특별히 초청한 귀빈으로 참석했다. 화마에 무너진 백록창 건물이 재건되었다는 역사적 사실이 주 선생이 새로 편찬 중인 《자수현지》滋水縣誌에도 어엿이 기록될 것이기 때문이었다.

양 현장이 먼저 "백록창이 중건된 이 성대한 의식이야말로 국민혁명의 새로운 질서가 완전히 뿌리를 내렸다는 증거요 상징적인 의미……"라는 내용의 개회사를 했다. 현당부 서기 악유산의 축사도 뒤를 이었다.

"혁명에 대한 유 군단의 포위 공격을 성공적으로 분쇄한 쾌거는 백록원과 자수현의 국민혁명에 새로운 장을 열어 놓았습니다! 나는 이제 여러분에게 또 하나의 쾌거를 선포하고자 합니다!"

그는 여기서 뜸을 들이고 청중들의 시선을 모은 다음 엄숙하게 선언을 했다.

"본 자수현, 우리 국민당의 첫 번째 지부! 백록구 지부白鹿區支部의 탄생을 선포하는 바입니다! 그리고 총향약 전복현이 백록구 지부 서기로 임명되었음을 알려드립니다! 그리고 지부당 위원으로는……."

경축식에 참석한 사람들은 열렬히 축하를 하면서도 속으로는 깜짝 놀랐다. 4명의 지부 당위원 의석에 녹씨 부자가 나란히 앉아 있었기 때문이었다. 악유산은 특히 녹조붕을 힘주어 소개했다.

"녹조붕 동지는 백록구 지부 당위원이면서 또 현 당부 위원이기도 합니다. 이제부터 녹 동지는 농민운동 사업을 책임지고 펼쳐나갈 것입니다. 여러분, 박수로 환영해 주십시오. 녹조붕 동지는 또한 공, 산, 당, 원입니다!"

"와아!"

뜨거운 함성이 터져 나오면서 100여 쌍의 눈초리가 일제히 녹조붕에게 쏠렸다. 녹조붕은 애써 태연한 척하려 했다. 그러나 끝내 어색함을 감추지 못했다. 녹자림은 아들 쪽을 잠깐 노려보다가 외면해버리고 말았다. 아들보다 훨씬 긴장하고 더 어색한 표정이었다. 녹조붕에게 쏠렸던 사람들의 시선이 날카로운 송곳이 되어 자신에게로 옮겨 왔기 때문이었다. 요즈음 항간에는 이상한 소문이 떠돌았다. 공산당이란 붉은 머리카락에 눈동자까지 빨간 비적들이 남의 집을 같이 쓰고 남의 밭도 같이 간다는 이야기였다. 심지어 남의 집 가축을 공동으로 소유할 뿐 아니라 남의 집 마누라까지 번갈아 가며 데리고 잔다는 야릇한 소문도 자자했다. 그러니 이런 소문을 접할 때마다, 시골 사람들은 흰 이리가 나타났을 때보다 더 두려워하며 떨었다. 그러나 여태 공산당을 실제로 본 사람은 아무도 없었다.

좌중이 술렁대기 시작했다. 그러자 악유산이 손을 번쩍 쳐들었다.

"여러분, 잠깐만 조용히 해 주십시오! 녹 동지의 말씀이 있겠습니다."

어수선하던 분위기가 물을 뿌린 듯 조용해졌다. 악유산이 한쪽으로 물러나면서 녹조붕을 단상으로 이끌었다. 녹조붕은 청중들이 조용해질 때까지 기다렸다가 짐짓 어리숙해 보이는 미소를 띠며 입을 열었다.

"여러분, 모두 제 얼굴을 자세히 봐 주십시오! 저도 여러분들과 같이 머리카락이 까맣습니다. 검은 눈동자에 누른 살갗을 하고 있지 않습니까? 하하! 악유산 서기 동지, 계속하십시오. 제 말은 이것으로 끝이니까요."

짧은 인사가 끝나자 좌중의 분위기는 한결 누그러졌다. 긴장이 풀린 듯한 웃음소리가 여기저기서 한숨에 섞여 나왔다. 악유산이 느긋하게 나서며 그 말을 받았다.

"녹조붕 동지는 또 국민당원이기도 합니다. 공산당과 국민당은 동지요, 형제로서 국민혁명을 공동으로 추진해 나가고 있습니다."

말을 마친 그는 곁에 앉아 있던 녹조붕의 손을 잡았다. 그리고 맞잡은 두 손을 높이 치켜든 채 한참 동안 그대로 서 있었다. 단결을 과시하는 자세였다. 이 모습은 그 자리에 참석한 사람들의 뇌리에 깊이 새겨졌다. 그러나 훗날 완전히 상반된 결과를 가져오면서 사람들에게 역사적인 감회와 탄식을 자아내게 만들었다.

회의가 끝나자 주 선생은 백가헌을 따라 장모님을 만나 뵈러 갔다. 그는 장모 조씨에게 문안 인사를 올리기 무섭게 배가 고프다며 하소연을 했다.

"어머님, 배가 고파 죽겠습니다! 뜨끈뜨끈한 옥수수죽 좀 끓여 주십시오. 어머님이 끓이신 그 걸쭉한 옥수수죽을 먹어 본 게 몇 해 전인지 기억 조차 안 납니다!"

세상에 사위의 부탁을 거절할 장모님이 어디 있겠는가. 조씨는 소매를 걷어붙이고 신나게 부엌으로 내려갔다. 이어 말리는 며느리와 손주 며느리를 제치고 아궁이에 손수 불을 지피랴, 물을 끓이랴, 옥수숫가루를 반죽하랴, 한바탕 부산을 떨었다. 주 선생은 경축 예식이 끝난 뒤 연회에 참석했으나 예의상 마지못해 수저를 한두 번 들다가 물러나왔던 것이다. 그의 비위가 담담한 오곡 채소류만 받을 줄 알았지 비린내 나는 산해진미를 감당할 수 없었기 때문이다.

음식을 기다리는 동안 백가헌은 머릿속에 가득한 의문을 풀고 싶어 매형에게 질문 공세를 퍼부었다.

"형님, 녹씨네 부자는 어쩌다 모두 위원이 된 겁니까? 조붕이란 녀석은 어떻게 국민당에도 들어가고 공산당에도 들어갔습니까? 가랑이가 찢어지지 않고서야 어떻게 두 마리 말을 한꺼번에 탈 수 있단 말입니까? 또 백록창은 뭐며 구 당지부는 뭡니까? 전복현은 총향약의 감투를 썼었습니다. 그런데 어떻게 또 지부 당서기 노릇을 한단 말입니까? 국민당은 뭘 하는 패거리며 공산당은 또 뭡니까? 생각만 해도 골치가 아파 죽겠습니다!"

주 선생은 인내심을 가지고 처남의 이야기를 끝까지 다 들어주고는 껄껄껄 웃음보를 터트렸다.

"하하, 여보게! 자넨 그저 자네 밭에 송아지든 나귀 새끼든 끌고 가서 농사나 지으면 되네. 그따위 헛이름을 따져봐야 무슨 소용 있겠는가? 나도 어리둥절한 판국인데 자네까지 골머리를 썩일 필요가 있느냔 말일세."

"아니, 형님도 모르신다는 말씀입니까?"

"국민당이나 공산당이나 모두 '노동자, 농민들을 돕겠다.'는 대의명분을 내세우고 인민들에게 잘하겠다고 하니 우리야 그저 마음 놓고 좋은 세월만 보내면 되네."

백가헌은 이번에도 매형의 말씀을 진정으로 받아들이고 고개를 끄덕였다. 하지만 워낙 궁금증을 참지 못하는 성품이라 질문 공세는 여전했다.

"형님, 그래도 심란한 것은 어쩔 수 없네요. 속담에 '구유 한 개에 나귀 두 마리를 매지 못한다. 벌집 하나에 여왕벌 두 마리를 받아들이지 못한다.'고 했습니다. 그런데 악유산과 녹조붕이 맞잡았던 손이 떨어져 갈라지면 어떻게 되는 겁니까?"

주 선생은 목청을 드높여가며 웃었다.

"하하, 여보게 이제 그만하세! 옥수수죽이 다 되었다지 않나? 난 이것 말고는 딴 데 신경 쓸 겨를이 없네. 자네도 쓸데없는 일에 참견 말고 어서 숟가락이나 들게!"

"그래도 형님……!"

"자자, 이 세상 누구든지 내 옥수수죽 그릇을 빼앗는 놈만 아니면 나는 그 작자가 무슨 짓을 하든 상관 않겠네! 내 말뜻, 알아듣겠나?"

녹조붕은 이제 교장이 아니라 공산당원이라는 신분으로 사람들의 주목을 끌었다. 그는 여전히 백록진 초급소학교 안에서 교장의 직무를 맡고 있었다. 학교는 정상적인 수업을 재개했다. 그러나 그는 달라진 분위기에 잘 적응하지 못했다. 왠지 어색하기만 했다.

한재봉의 신분이나 정체는 여전히 베일에 싸여 있었다. 그는 어제나 오늘이나 똑같이 쪽빛 앞치마를 두르고 손발을 놀리며 아침부터 저녁까지 재봉틀 앞에만 앉아 있었다. 녹조붕과 그 사이의 공작은 극비였다. 여전히 둘은 비밀리에 연락을 유지하고 있었다. 그래서 녹조붕은 합법적인 신분을 최대한 이용하여 공작 업무를 했으나 극도의 보안을 요하는 일을 처리할 때면 한재봉에게 업무를 넘겨주었다.

백록창 현판 경축 연회가 끝난 직후 녹자림은 아들에게 쭈뼛쭈뼛 다가와서 "할 이야기가 있으니 집에 다녀가라."고 했다. 그러나 녹조붕은 아버지의 요청을 딱 잘라 거절했다.

"무슨 말을 하시려는지 잘 압니다. 하지만 며칠만 기다려 주십시오. 지금은 제가 너무 바쁘니까요."

녹자림은 못마땅했지만 발길을 돌릴 수밖에 없었다.

녹조붕이 바쁘다는 말은 핑계가 아니라 사실이었다. 중국공산당 섬서성위원회^{陝西省委員會} 전당대회가 열려 시급히 관철해야 할 공작 사업이 전당 결의를 기다리고 있었기 때문이다. 시급한 공작 사업이란 금년 겨울부터 내년 봄철까지 농촌에 혁명의 물결을 일으키는 일이었다. 공산당 조직 발전의 중점 목표도 도시 지식층에서 지방 농민으로 방향을 바꾸었다. 그건 농촌에 뿌리박혀 있는 봉건 통치의 기반을 단계적으로 흔들어놓은 다음 마지막 단계에 가서 완전히 분쇄한다는 전략이었다.

당은 이미 서안에 '농민운동 강습소'를 설치해 놓았다. 3개월 간격으로 혁명을 추진해 나갈 핵심 간부들도 양성하고 있었다. 그는 자수현에 배정된 10명의 정원을 모조리 백록원에서 모집하기로 결정했다. 백록창 소속 보장소가 열 군데이니만큼 한 곳에서 한 명씩 뽑되 얼굴이 잘 알려지지 않은 신인 10명을 골고루 뽑을 수 있다는 장점도 있었다.

이런 구상이 막 구체화 되었을 때 흑왜가 느닷없이 교장 사무실에 들이닥쳤다. 그는 사무실 문턱에 들어서자마자 시커먼 눈동자를 부라리면서 녹조붕에게 따져 물었다.

"맙소사! 자네가 공산당이었다니……. 그게 진짜였나?"

다짜고짜 퍼부어대는 질문에 오히려 조붕이 어리둥절했다.

"이제 와서 그건 또 무슨 소린가? 자넨 소문도 못 들었어?"

"글쎄, 나는 오늘에야 들었다니까."

흑왜는 요 며칠 이원자二原子에 있는 어느 농가에 날품팔이로 고용되어 벼랑을 깎아 농작물 저장용 지하창고를 하나 뚫어주고 있었다. 그래서 친구가 공산당이라는 소문이 백록원 일대에 요란하게 퍼져나갔는데도 전혀 모르고 있었다. 그러다 오늘 저녁밥을 먹던 도중에 주인이 불쑥 물어 왔다.

"녹 향약鹿鄕約의 아들 녀석이 공산당이라던데……. 진짜로 눈이 빨갛고 머리카락도 시뻘겋나?"

흑왜는 어처구니가 없어 껄껄 웃었다.

"천만의 말씀! 그 친구 본명은 조붕이요. 어릴 때 이름은 전뢰栓牢, 즉 '외양간의 말뚝'이었답니다! 그땐 같이 서당에서 공부도 하고 나한테 얼음 사탕도 준 적이 있는걸요. 어쨌든 주인 나리하고 똑같이 검정 머리카락에 검은 눈동자를 한 토종입니다!"

조붕은 흑왜가 오늘 저녁 주인에게 했던 말을 손짓 발짓 해가며 전해 주는 모습이 너무 우스워 그만 사레가 들리고 말았다.

"예끼, 이 친구야! 하하하핫! 하긴 말 한번 잘했군! 우리는 모두 토종일세. 목소리를 아무리 바꿔도 토박이 사투리가 어디 가겠는가!"

흑왜가 다시 두 눈을 부릅뜨고 물어 왔다.

"난 자네가 '흰 이리'라고 생각했지 뭐야. 우리가 군량미 집적소를 불태웠을 때 자네 입으로 그랬지? '불을 지른 자는 흰 이리'라고. 그럼 흰 이리가 바로 공산당이란 얘긴가? 저 한재봉이란 재봉사도 공산당이고?"

"쉿!"

녹조붕이 얼굴빛을 싹 바꾸면서 입술에 손가락을 갖다 댔다.

"흑왜, 한 가지 기억해 둘 것이 있어! 앞으로는 우리 이야기만 하는 걸로 하세. 알겠나? 다른 사람의 일은 묻지도 말고 들을 생각도 말게!"

흑왜는 기분이 잡쳐 표정이 일그러졌다. 조붕이 얼른 화제를 바꾸었다.

"그건 그렇고, 마침 잘 와 주었네! 나도 자넬 찾으러 가려던 참이었는데……."

이어 그는 '농민운동 강습소'에 보낼 사람으로 흑왜를 추천하려 한다고 털어놓았다. 그러나 흑왜는 별로 흥미가 없는지 반응이 시큰둥했다.

"안 돼! 이번만큼은 자네하고 달음박질치고 싶지 않은걸? 까마귀 떼도 훨훨 날아가버렸고. 사당에 참배를 못한 것도 다 지나간 일이 된 마당에 뭘 또 헐레벌떡 뛰어다니란 말인가? 내가 그럴 힘이 있다면 죽어라고 일해서 밭뙈기나 몇 묘 더 사고 집이나 두어 칸짜리로 늘리는 게 낫지. 앞으로 아이도 생길 텐데……. 자네도 봤지? 내가 무슨 낯짝으로 살고 있는지. 말 한마디 못 하고 죽어지내는 꼴을 봤잖나? 난 장차 내 아이를 자네 학교에 들여보내 공부나 잘 시키고 사람 노릇을 하게 키워 놓으면 더 이상 여한이 없을 걸세."

녹조붕이 놀란 눈으로 흑왜를 바라보다 이내 경멸하는 말투로 반박했다.

"흑왜, 내가 자네 말을 무시하는 건 아닐세. 하지만 자네의 그런 계획은 전부 모래밭에 집짓기야. 어리석은 망상에 지나지 않네. 우리는 모두가 그렇게 진취적인 면이 없어 탈일세. 자네 아버님이 평생을 어떻게 살아오셨는지 생각해 보면 알 것 아닌가!"

흑왜는 그래도 설득당하지 않았다.

"내 아버님이나 할아버지가 평생을 잘못 사셨다는 것은 나도 알고 있네. 하지만 우리 마을 사람들 가운데 대다수는 가도嘉道 아저씨가 살아가는 허송세월보다 굳게 살아가고 있는 것만은 분명하네."

녹조붕이 또 한 번 설득했다.

"그럼 이렇게 해 보세. 우선 딱 한 번만 '강습소'에 가서 참석해 주게. 그래서 재미가 있으면 돌아와서 우리 함께 일을 계속하세. 그리고 흥미가 없거든 자네 살고 싶은 대로 살아가면 될 거 아닌가? 자네가 훈련을 받는 석 달 동안 입을 손해는 내가 메꿔 줌세."

흑왜가 그 말을 듣자 벌컥 화를 냈다.

"이게 무슨 건방진 소리야! 나를 그렇게 돈에 환장한 놈으로 알았나? 내 비록 글자 몇 줄밖에 못 배우고 머리통도 돌대가리이긴 하지만 내 앞가림도 못 하고 남의 말 한마디에 고개 숙이고 들어갈 사람으로밖에 안 보인단 말인가! 나는 은혜든 원수든 맺고 끊는 것이 분명한 사람이야!"

"그래, 그건 중요한 일이 아니니까 못 들은 걸로 치게. 하지만 자네 아직 서안성 안에 들어가 본 적 없지? 어떤가, 구경이나 해 보는 게?"

"그야 물론 그렇긴 하네만……."

흑왜는 말을 더듬거렸다. 그러나 그것만으로도 반승낙은 한 셈이었다. 녹조붕은 내친김에 못을 박았다.

"흑왜, 내가 장담하네만 이번에 다녀오면 또 가고 싶어질 걸세!"

흑왜가 서안성 안에 들어가 '농민운동 강습소' 훈련을 받게 되었다는 소문이 퍼지자 백록진에는 일대 파란이 일었다. 반응은 각양각색이었다. 가헌은 그 소문을 전해 듣고도 침묵을 지켰다. 반응이라면 어느 날 저녁 조상들의 제단 앞에서 효문에게 이런 말을 한 것이 다였다.

"조붕이 교장 선생이랍시고 나대는 모양이다만 흑왜처럼 못된 녀석과 어울리는 걸 보니 볼 것도 없다. 효문, 알겠냐? 이것만은 더할 나위 없이 분명한 사실이야."

효문이 대답했다.

"저도 놀랐습니다. 어엿하게 교장 노릇을 하는 사람이 흑왜 같은 친구하고 한통속이 되어 놀아날 줄은 정말 생각도 못 했군요. 조붕이 선발해 보냈다는 훈련생 열 명이 하나같이 말썽꾸러기들인 모양인데 그렇다면 공산당이란 것도 역시……."

"그만, 됐다!"

가헌이 아들의 말을 중도에서 끊었다.

"앞으로 남이 듣는 자리에서 그런 말은 일절 입 밖에 내지 말아라. 그저 모든 일을 눈으로만 보거라. 그리고 마음속에 간직해 두는 것으로 족하다. 알겠느냐?"

온갖 뒷소문과 공론이 한꺼번에 백록창의 총향약 전복현의 사무실로 몰려들었다. 그는 그 길로 녹조붕을 만나러 갔다.

"현당부 서기가 나에게 거듭 당부하시더군. 국공합작國共合作을 예의 주시하되 우리 형제인 공산당의 내부 문제에는 일절 간섭하지 말라고 말일세."

총향약이 서론을 꺼내자 녹조붕은 떨떠름한 기색으로 건성건성 대꾸했다.

"그야 당연한 말씀이죠."

"내 한 가지 묻고 싶네. 훈련생으로 뽑은 열 명을 다시 신중하게 고려해 볼 수는 없겠나? 나머지 사람들이야 건달에다 말썽꾸러기라곤 해도 그런대로 넘기겠네만 흑왜는 너무 심한 것 아닌가? 사람들이 모두 그러더군. '공산당은 온갖 잡탕들만 모아 놓는 패거리냐? 하다못해 남의 집 여편네를 후려낸 잡놈까지 간부 양성소에 보내느냐'고 말일세. 내 말 좀 듣게. 나는 지금 흑왜가 자네의 당에 좋지 못한 영향을 끼칠까 봐 걱정되어서 하는 충고일세!"

"양성소에 가서 훈련을 받는다고 무슨 벼슬아치가 되는 것도 아니지 않습니까?"

녹조붕이 해명을 했다.

"또 그들이 훈련을 받고 각오를 새롭게 다진다면 지난날의 개망나니 짓을 뉘우칠 수도 있으니까요. 총향약님은 벌써 '노동자, 농민을 도와 각

성시키라.'는 국부國父 손문孫文 선생의 유언을 잊으셨습니까? 상부상조란 게 무슨 뜻인지 알고 계실 텐데요?"

조붕의 당돌한 말에 전복현은 두 눈을 부릅떴다. 그러나 아무 반박도 할 수 없었다.

흑왜가 '농민운동 강습소'에서 훈련을 마치고 돌아오던 그날, 백록원 일대에는 폭풍이 한바탕 휘몰아쳤다. 흑왜의 행실을 들먹거리던 백가헌이나 녹자림, 전복현 등은 약속이나 한 듯 토착민들의 사투리로 "눈을 뜨라!"고 외치고 다니는 흑왜를 신기한 듯 쳐다보았다. 하다못해 가난뱅이와 부잣집 농사꾼들 역시 그랬다.

제13장

백가헌은 양 팔꿈치를 씨아 받침대에 얹어놓았다. 이어 한 팔로는 계속 면화를 뒤섞고 다른 한 팔로는 씨앗이 있는 실면實綿 뭉치를 한 덩어리씩 널찍한 장가락과 쐐기 아가리에 흩뿌리듯 집어넣었다. 그러면서 두 다리로는 단단한 느티나무 디딤판을 밟아 돌렸다. '잘가닥, 잘가닥' 솜틀 돌아가는 소리와 함께 굵다란 나무판이 한 바퀴씩 뒤집혀질 때마다 눈처럼 하얗고 보드라운 솜실이 구름 흐르듯 가닥가닥 새어 나왔다. 동시에 미처 솜털이 다 벗겨지지 못해 부숭부숭한 씨앗 알갱이들이 솜틀 아랫배에서 염소똥처럼 후두둑 쏟아졌다. 그렇게 무거운 기계를 밟아 돌리는 동안에도 가헌의 허리는 서까래를 세워 놓은 듯 꼿꼿했다.

효문이 솜틀방에 들어오면서 황망하게 가헌을 불렀다.

"교장 녹조붕이 선생과 학생들을 모조리 이끌고 길거리로 나섰답니다! 집집마다 돌아가면서 담장에 닥치는 대로 글씨를 쓰고 있는데, '모든 권력은 농협에 귀속된다.'라는 겁니다. 아버지, '농협'農協이란 게 도대체 뭡니까?"

가헌은 쐐기 아가리에 솜뭉치를 연신 던져 넣으면서 고개도 돌리지 않고 대답했다.

"그게 우리하고 무슨 상관이 있다는 거냐. 네 할일에나 신경 쓰거라!"

백가헌은 성안에서 우마차로 조면기繰綿機 한 대를 들여와 토방에 설치했었다. 씨아는 재래식이라 솜틀을 겸해 쓸 수 있는 기계로 바꾼 것이었다. 서너 차례 시험 가동을 거치고 나니 푸른빛이 감도는 무쇠 기계는 잘 가닥잘가닥 조화로운 소리를 내면서 잘 돌아갔다.

가헌이 상해上海에서 생산되는 기계를 사들이기로 결심한 것은 무엇보다 자기 집에서 솜틀을 돌리는 것이 편리하다는 사실이 한몫을 했다. 또 해마다 면화씨를 뽑는 비용이 송아지 한 마리 값만큼이나 들었던 것도 기계를 사들인 이유였다. 게다가 면화를 우마차에 싣고 솜틀집까지 오가는 일도 번거롭고 힘들었다. 이렇게 조면기를 사고부터는 씨아질과 솜틀 영업을 할 수 있어 좋았다. 손님이 없을 때는 자기 집의 목화 씨아로 뽑기도 했다.

그는 솜틀방 문 앞에 낡아서 못 쓰게 된 나무 가래를 비치해놓았다. 그리고는 손님이 올 때마다 반드시 신발 바닥의 진흙덩어리를 말끔히 긁어낸 후 안으로 들어서게 했다. 솜은 늘 깨끗하게 다루어야 했기 때문이다. 그는 꼼꼼히 계산을 해 보았다. 한겨울 내내 쉬지 않고 기계를 돌릴 경우 여기서 벌어들이는 수입과 자기 집 목화 씨아를 빼던 공임까지 합치면 기곗값의 절반을 충당할 수 있다. 그러니까 이태 겨울만 잘 보내면 기계 한 대 값이 고스란히 떨어지는 셈이었다.

"이런 것을 가외 수입이라고 하는 거다. 안팎으로 돈을 벌어들이니 좋지 않느냐?"

그가 아들에게 말했다.

"살림살이를 꾸려나가려면 이런 수지 타산도 맞출 줄 알아야 하는 거다. 그래야 집안 식구를 온전히 책임질 수 있지 않겠느냐?"

그는 수시로 아들을 가르치고 일깨웠다. 장차 이 사합원의 주인이 될 맏아들이 되도록 빨리 백씨白氏 가문의 주인으로서 갖추어야 할 지혜와 인격을 습득하기를 바라는 마음에서였다. 그런 이유로 지금도 꼿꼿하게 허리를 펴고 솜틀 디딤판을 밟아 돌리면서 모범을 보이고 있는 것이다.

조면기를 돌리기 시작한 그날부터 가헌과 녹삼, 효문 세 사람은 번갈아 가며 디딤판 위에 올랐다. 일감이 넘칠 때는 밤이 깊도록 기계를 돌렸다. 또 어떤 날은 새벽닭이 홰를 칠 때부터 일어나 종일 일하기도 했다. 때문에 처마 끝에 길이가 한 자 남짓한 고드름이 주렁주렁 매달리는 추운 겨울인데도 홑겹 속옷만 걸친 가헌은 완전히 땀투성이가 되었다. 온몸에서는 김이 무럭무럭 피어올랐다. 며칠 후 효문은 또 솜틀방으로 달려와 아버지에게 바깥소식을 고했다.

"아버지, 흑왜가 스님의 목을 작두로 잘라 죽였답니다!"

끔찍한 이야기였다. 그러나 가헌은 여전히 싸늘한 표정으로 매정하게 한마디 던졌다.

"그놈이 작두로 네 목을 끊은 것도 아닌데 어쩌겠다는 거냐?"

효문은 숨이 막힌다는 듯 또 한마디 덧붙였다.

"어이쿠, 아버지! 이번에는 진짜로 천하 대란이 터졌단 말입니다!"

가헌이 놀리던 발을 멈추었다. 잘가닥거리던 기계 소리도 따라서 그쳤다.

"난리를 바라는 사람은 천하 대란이 일어나지 않는다고 안달하겠지만 평화를 바라는 사람은 마음가짐에 혼란이 없는 법이야."

그가 디딤판 아래로 뛰어내리면서 아들에게 분부했다.

"기계에 올라 디딤판을 밟아라. 그럼 황당한 생각도 가라앉을 테니까. 세상이 골백번 뒤집힌다 한들 걱정해서 뭘 하겠느냐? 하루 세 끼 밥 먹고 따뜻하게 옷 입으려면 이 일밖에 매달릴 것이 없단 말이다."

그는 두툼한 손바닥으로 기계 받침대를 툭툭 건드리고는 면화 뭉치 사이에 쑤셔 박아 두었던 솜바지 저고리를 꺼내 걸치기 시작했다……

백가헌은 사합원 집안에서 일어난 작은 내란을 평정했다. 내란은 고명딸 령령이 일으킨 것이었다. 이 고원지대 사람들이 동지 팥죽을 쑤어 먹던 그날 저녁 무렵 백령白靈은 불쑥 집에 와 식구들을 깜짝 놀라게 만들었다. 그것은 서안성이 포위된 이래 첫 번째 귀향이었다.

할머니 조씨는 반가운 나머지 말괄량이 손녀딸을 가슴에 그러안은 채 뺨을 물고는 반나절이나 놓아주지 않았다. 어머니 오씨 역시 뜨거운 눈물을 주체하지 못하면서 애정 섞인 욕설을 마구 퍼부어댔다.

"이 양심도 없는 것아! 이 집안에 늙은 사람 어린 사람 할 것 없이 온 집안 식구들이 너 하나 때문에 애간장을 태우다 못해 모두 다 죽을 뻔했어. 그런데 이제야 어슬렁어슬렁 기어들어 오는 거냐? 이 몹쓸 년아!"

백령은 할머니 품에서 쏙 빠져나오더니 할머니의 쭈글쭈글한 뺨에 입을 맞췄다. 그런 다음 이번에는 손수건을 꺼내 눈물 젖은 어머니의 얼굴을 다정하게 닦아주었다. 이어 대청 한가운데 서서 이렇게 물었다.

"어때요, 이만하면 제가 잘 지낸 것 같지 않아요? 키도 많이 자랐고 살도 통통하게 찌고 말이죠. 할머니나 어머니가 공연한 걱정들을 하신 거예요!"

가헌은 아버지다운 위엄을 잃지 않으려 태사의에 몸을 꼿꼿이 세우고 앉은 채 딸의 옷차림을 흘겨보고 있었다. 그러다 착 달라붙게 옷을 입은 딸아이의 앞가슴에 어렴풋하게 유방의 윤곽이 드러난 것을 보는 순간 저도 모르게 가슴이 덜컥 내려앉았다. 백령은 아버지의 심사를 전혀 알아채지 못하고 집안 식구들을 빙 둘러보면서 청천벽력과 같은 소식을 터트리면서 모처럼 들뜬 집안의 분위기를 얼어붙게 만들었다.

"그동안 무슨 일이 있었는지 아세요? 우리는 지금 자수현의 양 현장梁縣長을 들쑤셔 물러나게 만들고 오는 길이에요. 자수현 현청을 한바탕 뒤집어 놓았더니 얼마나 통쾌한지 모르겠어요! 국민당과 공산당, 두 정당이

합작해서 비밀 명령을 내렸거든요. 섬서성 성도省都(서안)에 있는 주민들 가운데 자수현의 본적을 갖고 있는 사람이라면 남녀노소를 막론하고 수백 명이나 되는 사람들이 모조리 현성縣城으로 몰려가서 가두시위 행진을 벌였어요. 강연회도 열고 노래도 부르고 연극도 하면서 현청 아문을 뒤집어놓았거든요. 그리고 '자수현 인민자치위원회'라는 간판을 현청 대문에 걸었답니다. 그래서 모두 투쟁의 승리를 기뻐하고 축하하고 있는데 누군가 비밀 정보를 몰래 알려왔어요. 양 현장이 섬서성 경찰서에 넘길 체포 대상자 명단을 작성했다는 거예요. 그래서 우리 동지들이 진영을 폭파시키고 현청 안에 쳐들어가서 현장이 서랍 안에 감춘 그 명단을 찾아냈죠. 그래서 우리도 '오냐 좋다! 양 현장이 겉과 속이 다른 이중인격자라면 우리도 그냥 내버려두지 않겠다.'고 다짐했죠. 그래서 그가 뇌물을 받아먹은 증거를 첨부해서 성 주석省主席에게 고발했어요. 그러자 털보 영감 우 주석于主席이 노발대발하더니 '누구든지 국민혁명에 장애가 되는 놈은 짓밟아버려야 한다.'면서 즉시 양 현장을 파면시키고 말았지 뭡니까……."

가헌은 담뱃재를 탁탁 털어버리고 아무 말 없이 일어나 나가버렸다. 아내 오씨는 겁먹은 눈빛으로 대문 바깥으로 사라지는 남편의 뒷모습을 바라보다가 고개를 돌리고 딸에게 잔소리를 늘어놓았다.

"령령, 이것아! 공부를 하러 성안에 들어갔으면 얌전히 들어앉아 공부나 할 일이지 누가 미치광이처럼 날뛰라고 하더냐? 이제부터는 그따위 소릴랑 두 번 다시 입 밖에 내지 말아라. 말을 해도 아버지 눈치를 봐 가면서 해야지!"

"아버지 눈치야 저도 봤죠. 언짢아하시는 눈치도 봤고, 듣기 싫어하는 것도 알아요. 하지만 나는 기를 쓰고 아버지한테 들려줄 거예요. 고리타분한 봉건사상으로 꽉 막힌 아버지의 머리통이 뻥 뚫리게 말이죠!"

그녀는 신나게 떠들다가 퍼뜩 무슨 생각이 났는지 화들짝 놀라며 일어섰다.

"어머나, 내 정신 좀 봐! 조해가 군사학교에 들어갔어요. 떠나면서 나한테 자기 집에 기별 좀 해 달랬는데 깜빡 잊어먹을 뻔했네!"

녹조해를 떠올릴 때마다 그녀의 심장은 짜릿한 기쁨을 느꼈다. 조해는 혁명군인이 되겠다는 결심을 하고 서안성 포위가 마무리된 지 얼마 안 있어 성을 지키던 국민혁명군 대열에 합류해 떠났다. 뜨거운 열정, 단순함, 총명함과 지혜, 문화적 소양으로 무장한 그를 무척이나 신임한 어느 상관의 추천으로 하북성河北省에 있는 어느 군사학교에 들어가게 되었던 것이다. 입학통지서를 받은 직후 조해는 그녀와 사진관 앞에서 만나기로 했다.

"내가 왜 여기서 만나자고 했는지 알아?"

조해가 속삭이자 백령의 얼굴이 발그레하니 달아올랐다. 그녀는 말없이 앞장서서 사진관 안으로 먼저 들어섰다. 떠나기 전날 저녁 그는 둘이서 찍은 사진을 찾아 백령의 둘째 고모댁으로 찾아왔다. 그녀와 그는 사진 뒷면에 서로 이름을 쓰고 그 아래 자기들이 기념하고 싶은 문구를 적어 나눠 가졌다. 둘이 쓴 글은 약속이나 한 것처럼 똑같았다.

'국민혁명의 성공을 위하여!'

날씨가 아주 맑고도 추운 입동 직후의 어느 날 밤이었다. 그녀는 둘째 고모부의 가게 앞 계단 아래에서 그를 배웅했다. 그때 조해는 발길을 돌리다 말고 돌아서더니 그녀를 품안에 와락 끌어안았다. 그녀도 조금은 그걸 기대하고 있었다. 그러나 역시 놀라고 당황해 어쩔 줄을 몰랐다. 굳센 남자의 팔뚝이 바싹 조여오자 그녀의 두려움과 당혹스러움은 어느새 사라지고 없었다. 대신 이성의 체취가 물씬 풍기는 그의 앞가슴에 뺨을 갖다 붙일 만큼 대담해졌다. 힘차게 포옹하던 손길이 그녀의 얼굴을 받쳐들었다. 이어 뜨거운 입술이 눈꺼풀에 와 닿는 것을 느꼈을 때 그녀는 몸이 떨리고 다리에 맥이 풀렸다. 글썽글썽 맺힌 눈물을 다 빨아 마신 입술이 뜨거운 입김과 함께 아래쪽으로 내려올 때는 그녀의 심장박동 역시 걷잡을 수 없이 날뛰기 시작했다. 이윽고 그 뜨거운 입술이 그녀의 입술 위로 옮겨 오더니 이내 움직일 줄 몰랐다. 그녀가 본능적으로 외면하려는 순간 그것은 마치 먹이를 노리고 있던 맹수처럼 사납게 입술을 덮치고 세차게 빨기 시작했다. 그녀는 감당하기 어려운 충격과 전율에 경련을 일으키다 가슴속에서 뭔가 터져 나오는 것을 느꼈다. 그것은 마치 언젠가 극장에서 보았던 신화극神話劇 〈벽산구모〉璧山救母의 주인공 침향沈香이 어머니를 구출하려고 도끼를 휘둘러 화산華山 봉우리를 쪼갤 때의 마지막 장면 같았다. 그녀는 가슴속에서 울리는 굉음을 듣고서야 차츰 정신이 돌아왔다. 이어 몸부림을 쳐 그의 팔뚝을 벗어 나온 그녀는 저고리 안쪽 주머니 속에 간직해 두었던 동전을 꺼내 조해의 손바닥에 놓았다.

"잘 간직해. 날 잊지 말라는 거야."

할 말을 마친 그녀는 두 팔을 벌리고 그를 꼭 안으면서 뜨겁게 달아오른 뺨을 그의 얼굴에 갖다 붙였다.

조해의 입에서 한숨 섞인 속삭임이 흘러나와 귓불을 간질였다.

"네 눈물을 맛보았어. 짭짤하면서도 떨떠름한 맛이더군."

녹씨 댁에서 백령은 녹조해의 아버지와 할아버지를 만났다. 녹자림 아저씨는 반갑게 그녀를 맞아들였다. 이어 그녀가 성안에 있는 동안 보고 겪었던 혁명전투에 대해 물었다. 그러나 조해의 할아버지 녹태항은 그저 체면치레로만 그녀를 대했을 뿐이었다. 말투나 눈초리에는 경멸과 냉정함을 분명히 드러내 보였다. 그녀는 그의 이런 태도를 이해할 수 있었다. 전혀 마음에 담아두지도 않았다.

그녀는 앞으로 자신과 어떤 관계로 맺어질지 모를 녹씨 댁 문턱을 나오자마자 백록진 초급소학교로 녹조붕을 찾아갔다. 가는 도중에 자기 집 대문이 보였으나 일부러 멀찌감치 길을 돌아서 갔다.

혁명가로서 녹조붕과 만나는 것은 이번이 처음이었다. 그녀는 또 한 번 격한 감정을 억누르지 못하고 자기네들이 자수현으로 몰려가 일대 소동을 일으킨 경위를 미주알고주알 털어놓은 다음 녹조붕에게 혁명을 이끌어가는 지도자로서 왜 함께하지 않았느냐고 원망 섞인 어조로 따졌다. 녹조붕은 껄껄껄 웃기만 할 뿐 자기가 실제로 그 투쟁을 획책하고 조직한 당사자라는 사실을 알려주지는 않았다. 그녀는 그와 함께 삼민주의三民主義와 공산주의共産主義에 대해 공통점과 차이점을 토론했다. 국민혁명군의 북벌 작전과 이에 호응하는 각 지방 인민들의 혁명 열풍을 격찬하기도 했다.

"혁명은 이제 곧 성공을 거둘 거예요. 승리하는 그날을 생각만 해도 저는 가슴이 벅차고 설레서……."

백령이 말끝을 맺지 못하자 녹조붕은 단정적인 말투로 그 뒤를 이었다.

"그렇소, 이 세상에 어느 누구도 북벌군의 진격을 막지 못할 것이오. 손꼽아 기다리던 승리가 이제 눈앞에 닥쳤소!"

녹조붕은 그녀에게 확고한 인상을 심어주었다. 녹조붕이 이미 완성된 가구家具라면 녹조해는 갓 베어낸 원목과도 같았다. 녹조붕이 숫돌에 예리하게 날이 갈린 도끼라면 녹조해는 아직 불구덩이 속에 들어가 보지도 못한 쇳덩이라고나 해야 옳았다. 한마디로 말해 녹조해는 뭇 사람의 존경과 흠모를 받는 형님에 비해 아직 햇병아리에 지나지 않았다.

날이 어두워졌다. 그녀가 집에 돌아오니 아버지와 어머니는 아직도 깨어 있었다. 그녀가 돌아오는 것을 봐야 잠들 수 있었던 모양이었다. 가헌은 그녀의 행적을 뻔히 알고 있었지만 굳이 딸에게 따지듯이 물었다.

"뉘 집에 갔다 오는 거냐?"

백령은 하나도 숨김없이 사실대로 대답했다.

"먼저 녹자림 아저씨 댁에 갔다가 학교로 조붕 오빠를 만나러 갔었죠. 내일 아침 일찍 떠나야 하니까 오늘 저녁이 아니면 시간이 없거든요."

"뭐라고?"

어머니가 깜짝 놀라 물었다.

"1년 만에 겨우 집구석이라고 찾아와서 하루도 못 쉬고 떠난단 말이냐?"

백령은 애교를 부리며 어머니의 양해를 구했다.

"어쩔 수 없어요. 엄마, 용서해 줘요. 혁명이 날로 급박해져서 동지들이 내일 저녁에 긴급회의를 열기로 했단 말이에요. 승리하는 날까지만 기다려 줘요. 내가 집에 돌아와서 엄마하고 꼬박 한 달은 같이 있어 드릴게."

가헌이 헛기침을 했다. 목구멍까지 치밀어 오르는 울화통을 억누르기 위해서였다. 숨을 고르고 난 그가 냉정을 되찾고 차분하게 물었다.

"공부는 하는 거냐, 마는 거냐?"

백령이 냉큼 대꾸했다.

"공부야 하죠! 왜 안 해요?"

"공부를 마치고 나면 무엇을 할 작정이냐?"

"저는 교사가 되고 싶어요. 혁명이 성공하면 선생이 되어서 학생들을 가르칠래요."

"이제 공부는 그만하고 집에 돌아오면 안 되겠느냐?"

"안 돼요, 안 돼! 절대로 그럴 수 없어요!"

백령은 두 번 생각할 것도 없이 딱 잘랐다.

"아버지, 저는 아버지가 그런 말씀을 하시리라곤 생각도 못 했어요."

"오냐, 알았다. 가서 잠이나 자거라."

가헌은 그것으로 대화를 끝냈다.

이튿날 아침 백령은 별채 문밖에 자물쇠가 채워져 있는 것을 알게 되었다. 미처 소리를 지를 새도 없이 아버지가 위채 침실에서 나와 계단 아래로 내려오는 기척이 들렸다. 가헌은 뒷짐을 지고 안마당을 가로질러 그녀가 있는 방문 앞까지 곧장 걸어오더니 문틈으로 간단히 말했다.

"왕씨王氏 마을의 네 시댁에 중매쟁이를 보내서 혼례 날짜를 받아 두었다. 정월 초사흗날이니까 그리 알아라!"

백령은 문틈에다 입을 대고 발악을 했다.

"왕씨 댁에다 나 죽은 시체나 찾아가라고 그래요!"

벌써 곁문까지 걸어가던 가헌이 돌아서며 대꾸했다.

"염려 말아라. 그 댁에서는 시체라도 떠메고 갈 테니까."

그러고도 백령은 기가 죽지 않았다. 이윽고 별채에서는 연설과 노래가 뒤섞여 카랑카랑하게 울려 나오기 시작했다.

"할머니, 아버지, 엄마! 오빠, 올케, 우독 오빠! 건대 녹삼 아저씨! 모두 귀를 기울여 내 연설 좀 들어보세요! 국민당, 공산당이 영도하는 위대하신 국민혁명이 바야흐로 성공을 코앞에 두고 있다! 북벌군은 천하무적, 가는 곳마다 승리한다. 북양군벌北洋軍閥 반동 세력은 제 한 몸 돌볼 겨를이 없다네! 국민혁명의 승리는 머지않아 실현되리라! 열강을 타도하자, 열강을 타도하자! 군벌을 뿌리 뽑자, 군벌을 뿌리 뽑자! 국민혁명이 성공하네, 국민혁명이 성공하네! 우리 다함께 기쁨의 노래 부르자, 우리 다 같이 기쁨의 노래 부르자! 하나, 둘, 셋, 넷. 발맞춰 나가자! 하나, 둘, 셋, 넷. 발맞춰 나가자! 엄마 배고파 죽겠으니, 찐빵 두 개만 들여보내 줘."

"령령! 너 미쳤니?"

문 앞에서 할머니 조씨가 전족을 한 자그만 발을 구르면서 꾸짖었다. 어머니 오선초는 찐빵 두 개를 들고 나오고 있었다. 그 모습을 본 백가헌이 쫓아 나오더니 아내의 손에서 찐빵을 낚아챘다.

"노래를 부르든, 연설을 하든 내버려 둬! 아직도 힘이 펄펄 남았으니까."

백령은 문틈으로 앞마당에서 벌어지는 일을 내다보고 있었다. 악을 쓰고 났더니 텅 빈 배 속에서 꼬르륵 소리가 들려 견딜 수가 없었다. 뿐만 아니라 입안도 다 말랐다. 그녀는 침상 위에 벌러덩 누워버렸다. 그리고는 겨울철 참담한 햇볕이 처마 끝에서 기울다가 소리 없이 사라져 가면서 싸늘한 냉기와 어둠이 별채 건물을 덮어씌우도록 꼼짝도 하지 않았다.

어둠 속에서 침상 머리맡 창호지 문틈이 가볍게 흔들리더니 무언가가 어깨 위로 데굴데굴 굴러떨어졌다. 그녀는 그것을 집어 들고 덥석 씹어 삼키기 시작했다. 곧 보릿가루 절반, 옥수숫가루 절반씩 섞인 찐빵 두 개를 눈 깜짝할 사이에 먹어치웠다. 그래도 두세 개쯤은 더 먹을 수 있을 것 같았다. 기껏해야 찐빵 두 개지만 그것만으로도 힘이 부쩍 솟아나고 전신에 활력이 돌았다. 그녀는 침상에서 훌쩍 뛰어내려서는 진종일 못한 연설을 계속 이어가기 시작했다. 잠시 후 위채 방문 빗장이 벗겨지는 소리가 들리더니 곧이어 앞마당에서 아버지의 고함 소리가 쩌렁쩌렁 울렸다.

"어디 실컷 떠들어 봐라. 내 이 곡괭이로 네년의 골통을 찍어버릴 테니!"

백령은 문틈으로 맞고함을 질렀다.

"누구든지 국민혁명 대열의 앞길을 가로막는 자는 짓밟고 나가리라!"

그렇게 밤이 깊도록 령령은 고함을 지르고 노래를 불렀다. 그러다 제풀에 지쳤다. 날이 밝은 뒤 가헌은 여느 때와 마찬가지로 세수를 하고 차를 마셨다. 담배 한 대를 피운 다음에는 노랗게 구운 보리떡 두 개를 먹고 힘차게 솜틀방으로 들어갔다. 이어 솜저고리를 벗어 한편에 던져놓고 기세등등하게 조면기 위에 올랐다. 디딤판을 밟아 돌리자 기계의 크고 작은 톱니바퀴가 일제히 구르면서 절커덕절커덕 조화로운 소리를 내기 시작했다. 단숨에 반 단이나 되는 솜을 틀고 나자 온몸에서 열기가 활활 솟구쳤다. 가헌이 둔하고 무거운 솜바지마저 벗으려 할 때였다. 아내 오선초가 뒤뚱거리면서 허겁지겁 달려왔다.

"령령이 도망쳤어요!"

가헌은 저고리를 걸치면서 아무 말 없이 솜틀방을 나와 별채 쪽으로 갔다. 자물쇠는 이미 벗겨져 있었다. 방안에 들어서 보니 지붕과 거의 맞닿은 벽에 구멍이 하나 뻥 뚫려 있었다. 맞은편 벽면에는 곡괭이로 긁어 쓴 글이 한 줄 새겨져 있었다.

'누구든 국민혁명 대열의 앞길을 가로막는 자는 짓밟고 나가리라!'

그는 아내를 돌아보고 물었다.

"이 곡괭이가 어떻게 여기 있지?"

"나도 모르겠어요."

선초가 대답했다.

"아마 언젠가 궤짝 밑에 놓아두고 잊어버린 모양이죠. 보세요, 이가 다 빠져서 못 쓰게 된 거 아녜요?"

가헌은 아침을 먹는 자리에서 식구들에게 선언했다.

"오늘 이후부터 어느 누구도 그년에 관한 이야기를 일절 해서는 안 된다. 모두 그년은 죽고 없는 셈 치도록!"

그 후 여러 해 동안 가헌은 일가친척들이나 친구들이 령령에 대해 물어오면 그저 한마디로만 대답했다.

"죽었소. 그러니 더 물어볼 것 없소."

실제로 그의 말은 씨가 되었다. 훗날 중화인민공화국이 탄생한 그 이듬해인 1950년, 공산당 간부 두 사람이 가헌의 집으로 찾아왔다. 그들은 황색 바탕에 붉은 글씨로 '혁명열사'革命烈士라고 새긴 구리 팻말을 문설주에 박고 떠났다. 그제야 그는 하얗게 센 턱수염을 떨면서 이렇게 중얼거렸다.

"정말 죽었단 말인가? 내가 그 아이를 저주해서 죽었구나!"

백효문이 경황없이 허둥대면서 바깥소문을 가지고 뛰어들 때마다 백가헌은 아들을 꾸짖어 내쫓곤 했다. 그러나 그 소문의 진실성에 대해서는 털끝만큼도 의심을 품지 않았다. 효문의 보고가 아니더라도 날마다 하천 저지대와 고원 일대에서 면화 보따리를 지고 솜틀방을 찾아오는 손님들이 마을에서 일어나는 동정을 얘기해 주었기 때문이다. 가헌은 날이 갈수록 피부로 느껴질 만큼 촉박해지는 혼란상을 들었다. 그와 동시에 미리 생각해두었던 대응책도 그만큼 확고해졌다. 대응 책략은 단 하나였다.

'혼란에 봉착하더라도 흐트러짐이 있어서는 안 되는 법.'處亂不亂

그는 남의 것을 빼앗지도 않고 훔치지도 않았다. 계집질이나 도박판에 끼인 적도 전혀 없는 그저 착실하기만 한 농사꾼이었다. 국민당 천하가 되어도 좋고 공산당 천하가 되어도 좋았다. 전복현도 좋고 녹조붕이나 녹흑왜黑娃라도 다 좋았다. 혁명이면 또 어떤가? 국민당이든 공산당이든, 전복현이든 녹흑왜든 녹조붕이든, 설마하니 자기처럼 성실한 농사꾼의 '목숨' 命조차 싹둑 '끊어버릴'휵 불한당은 아닐 것 아닌가? 그는 조면기의 디딤판을 밟아 돌리면서 땀을 줄줄 흘렸다. 후덥지근한 체온의 열기를 찜통처럼 뿜어냈다. 그러면서 더욱 힘차게, 쉴 새 없이 디딤판을 밟아 솜을 틀었다.

흑왜가 백록원 고원지대에 돌아오던 그날 저녁, 겨울철에 접어든 이래 첫 번째 큰눈이 쏟아져 내렸다. 세차고 강한 북서풍이 솜처럼 부드러운 눈꽃을 휘감아 돌리면서 밤길 가는 나그네들의 얼굴과 눈을 마구 때렸다. 하늘과 대지도 온통 아련한 미망迷茫 속에 파묻어 놓았다. 백록진으로 통하는 갈림길에 다다랐을 때 흑왜의 마음속에는 새삼스럽게 뜨거운 감회가 용솟음쳤다. 그는 갈림길 어귀에 멈춰 서서 함께 귀향하던 동지들에게 소리쳤다.

"형제들! 우리 이 백록원에 한바탕 눈보라를 휘몰아치게 합시다!"

"옳소! 합시다!"

그들은 한마음으로 응답하면서 백록진 초급소학교에 씩씩하게 들어섰다. 교장실 석유 호롱불 아래에서 무언가 쓰고 있던 녹조붕은 그들을 발견하고는 벌떡 일어나 달려가서 그들과 일일이 악수를 나누었다.

"동지들, 드디어 여러분을 동지로 부를 수 있게 되었구려. 동지들이 돌아오기를 손꼽아 기다려 왔소!"

흑왜가 10명의 훈련생을 대표해서 자기들의 결심을 토로했다.

"우리는 혁명동지 10형제로 의를 맺었네. 우리 10형제는 제각기 비바람의 신령이 되어 광풍 폭우를 몰아와 이 넓은 백록원을 혁명의 눈보라로 뒤덮기로 결의했지!"

녹조붕은 의미심장하게 고개를 끄덕였다.

"좋은 말이오! 여러분 10형제는 하나같이 불길을 솟구치는 풀무이자 불씨요, 혁명의 기세를 드높이는 나팔이기도 하오. 진군을 알리는 북과 징이 되어 백록원 일대 아흔여덟 촌락이 들썩거리도록 선동의 불씨를 피워야 하오. 봉건사상에 찌든 마을에 농촌혁명운동을 전개해 나갑시다! 그리고 봉건 군벌들을 쓸어버린 북벌군을 열렬히 맞아들일 때 우리 국민혁명은 마침내 성공할 것이오!"

얼마 후 흑왜를 비롯한 열 명의 형제들은 제각기 마을로 돌아가 일제히 군중을 선동하는 공작에 착수했다. 우선 녹조붕의 계획에 따라 자기 마을에서 저마다 10명의 적극 분자를 선발해 백록진 초급소학교에서 10일 동안 '농민운동 강습반'을 듣게 했다. 이 공작은 순조롭게 진행되었으나 골치 아픈 문제도 없지 않아 있었다. 10명의 형제들 가운데 두 사람이 마을로 돌아간 뒤 집에 틀어박혀 꼼짝도 하지 않았던 것이다.

흑왜는 울화통이 터져 한 사람을 찾아가 불문곡직하고 욕설부터 퍼부었다.

"야, 이 미련퉁이 곰 같은 놈아! 사내대장부의 대가리가 그렇게 물러터져서 뭣에 쓰겠다는 거냐? 예끼, 이 겁쟁이 자식아! 석 달 동안 혁명의 길을 헛배우다니. 네놈한테 공짜로 먹인 고깃국이며 쌀밥, 찐빵이 아깝다! 아무리 그래도 그렇지, 결의형제를 맺은 우리들의 맹세까지 저버린단 말이냐!"

아무리 욕설을 퍼붓고 자극을 주어도 친구는 두 팔로 무릎을 감싸 안고 고개를 숙인 채 찍소리도 내지 않았다. 흑왜는 가래침을 퉤퉤 뱉어주고 발길을 돌렸다.

다른 집을 찾아갔을 때는 어떻게 소문을 들었는지 친구의 늙은 아버지가 문 앞에 이불을 뒤집어쓰고 앉아서 흑왜를 들여보내지 않았다. 실밥이 뜯겨 솜뭉치가 드러날 만큼 너덜너덜해진 이부자리 곁에는 부엌칼이 놓여 있었다. 늙은 영감은 점잖은 말씨로 조용히 타일렀다.

"자네, 흑왜라고 했지? 내 말을 잘 듣게. 여기는 외딴집이니까 아무 신경도 쓰지 말고 멋대로 하게. 하지만 내 아들 녀석의 앞길만큼은 절대로 막지 못하네. 앞으로는 내 아들을 끌어들일 생각일랑 말게. 그놈은 자네들처럼 날뛸 처지가 못 되니까. 이 늙은이 말을 알아듣겠나?"

흑왜는 울화통을 억누르며 혁명의 당위성을 늘어놓기 시작했다. 그러나 영감은 몇 마디도 듣지 않고 딱 잘랐다.

"자네가 하는 말은 다 지당하고 올바른 이야기겠지? 그러나 우리 같은 늙은이야 모두 돼지 새끼 아니면 닭이나 마찬가지라서 그저 주둥이로 땅바닥을 파헤치고 모이나 쪼아 먹는 일이 고작이야. 딴 일에는 신경 쓸 겨를이 없다네."

"아니, 어르신. 세상이 변하고 있단 말입니다! 그러니까 아드님을……."

"잔소리 말고 돌아가게. 기어코 내 아들 녀석을 끌어내겠다면 자네 보는 앞에서 이 칼로 내 목을 그어버릴 테니까!"

영감이 "끙!" 하고 일어나더니 부엌칼을 목덜미에 갖다 댔다. 흑왜는 입이 딱 벌어져 아무 소리도 못 하고 발길을 돌렸다.

"잠깐 거기 서게!"

영감이 주먹을 쥐고 있던 왼손을 내밀어 폈다. 손바닥에는 은화 두 닢이 놓여 있었다.

"가져가게, 밥값일세. 내 아들 녀석이 성안에서 석 달씩이나 남의 밥을 얻어먹었으니 돈은 내야 할 것 아닌가? 우리는 남의 것을 공짜로 먹지 않는다네."

흑왜는 가래침을 끌어올려 그 손바닥에 퉤엣! 하고 힘껏 내뱉었다.

"그냥 넣어 두시오! 늙다리 영감 귀신이 죽어 자빠지거든 겁쟁이 아들 녀석에게 관하고 수의나 한 벌 사다가 덮어 달라고 하시구려!"

흑왜가 더욱 분통이 터지는 일은 따로 있었다. 그건 백록촌에서 아무리 설쳐도 자신이 동네 사람들을 전혀 선동할 수 없다는 사실이었다. 사람들을 붙잡고 '농민운동 강습소'에서 배운 대로 혁명의 도리를 입에 침이 마르도록 설파했으나 모두 요지부동이었다.

이제 곧 녹조봉의 강습반을 개최할 날이 코앞에 닥쳤는데도 그는 고작 두 사람밖에 설득하지 못했다. 그것도 한 사람은 가축을 교배시키는 노름꾼 '오리 물갈퀴' 백흥아^{白興兒}였고, 다른 한 명은 자기 아내 전소아^{田小娥}였다. 나머지 일곱 형제들은 그와는 많이 달랐다. 최대 열대여섯 명까지 모집한 형제까지 있었다. 그렇지 않을 경우에도 일고여덟 명은 모았다. 심지어 제일 적은 사람도 네댓 명은 동원했다. 그러나 역시 흑왜에 비하면 하나같이 두드러진 성적이었다. 흑왜의 성적은 비록 이렇듯이 참담했지만 형제들은 여전히 그를 큰형님으로 깍듯이 모셨다. 녹조붕도 위로의 말을 아끼지 않았다.

"흑왜, 너무 기죽을 것 없네. 이건 자네 탓이 아니니까. 우리 백록촌은 백록원 일대에서도 가장 완고한 봉건주의의 보루^{堡壘}일세. 오죽하면 지현^{知縣} 나리께서 손수 '인의의 마을'이라는 비석까지 세워주었겠나!"

제1기 '강습반'이 예정대로 열렸다. 강습이 열리던 첫날에는 하가방^{賀家坊}에서 사물놀이패를 초빙해 왔다. 하가방 놀이패의 웅장하고도 격앙된 가락은 뭇사람의 심금을 울렸다. 그러나 그들은 백록원 일대에서 가장 뛰어난 놀이패는 아니었다. 백록원에서 최고 명성을 떨치는 사물 놀이패는 역시 백록촌의 '취가화'^{醉家化}였다. 이들 소리꾼의 섬세함이나 부드럽게 꺾이는 가락은 무엇보다 우아했다. 심지어 청중의 마음을 이끌어 무아지경에 빠뜨릴 정도였다.

옛날부터 전해 오는 취가화에 대한 이야기도 있었다. 때는 당나라 시대였다. 당시 어느 황제가 사냥을 나와서 이곳에 이르렀다. 그러다 우연히 농악 패거리의 가락을 듣고 완전 도취해버렸다. 이후 황실에서 제천의식^{祭天儀式}이 있거나 열성조^{列聖祖}에 제례를 올리는 엄숙한 행사가 있을 때면 반드시 경사^{京師}(수도)에 불러 연주를 시켰다. 그것이 나중에는 전통이 되었다.

백록촌 농악패의 우두머리 고수^{鼓手}는 백가헌이었다. 그의 북채 잡는 솜씨는 백록원 일대에서 따를 자가 없었다. 고수는 농악 패거리의 핵심이자 전체 가락을 주도해 나가는 영혼의 심장부요, 지휘자였다. 이런 그가 농악 패거리를 이끌고 흑왜 같은 불한당들 앞에 나와서 놀기를 기대하다니 어림도 없는 일이었다.

하가방의 '자두'^{紫豆} 패거리는 흑왜의 초빙을 받고 신이 나서 달려왔다. 패거리의 선두에서 용기^{龍旗}를 잡은 우두머리는 '농기구 반납 사건'을 획책했을 때 하가방촌賀家坊村에서 농민들을 선동하는 임무를 맡았던 하씨 형제의 맏이인 하노대賀老大였다. 둘째는 당시 이미 세상을 떠나고 없었다. 하노대 역시 머리가 반백이었다. 거무죽죽한 얼굴에 수염을 길게 늘어뜨리고 있었다. 그는 학교 문턱에 용의 깃발을 꽂아 놓고 흑왜에게 물었다.

"흑왜, 무슨 곡으로 한바탕 놀아줄까? 오늘은 자네가 지정하는 대로 뭐든지 놀아 줌세!"

"먼저 〈눈보라 몰아치기〉風攬雪를 해 주십시오. 그다음에 〈열가지 비단 폭〉樣錦兒을 하고 그게 끝나면 다시 〈눈보라 몰아치기〉를 한 번 더 해 주시면 됩니다."

흑왜는 생각할 것도 없다는 듯 대답했다.

때마침 녹조붕이 교실 안에서 달려 나왔다. 이어 하노대의 손을 붙잡고 반갑게 너스레를 떨었다.

"하하! 저번에는 영감님들이 사발통문을 돌려 한바탕 소동을 일으켰으나 이번에는 우리가 북 치고 장구 치고 한바탕 혁명의 난장판을 펼쳐 보이겠습니다!"

"자네들이 우리보다야 더 잘하겠지!"

하노대가 응수했다.

녹조붕은 개회식 석상에서 하노대에게 한 말씀을 해 줄 것을 부탁했다. 하노대는 강습생들 앞에서 '농기구 반납 사건' 당시의 경위를 설명해 주고 나서 이런 말로 마무리를 지었다.

"자네들은 우리보다 더 대단할 걸세! 이제 나 같은 늙은이가 한 일쯤이야 별것 아니지. 우리는 그때 고작 재물에 눈이 먼 관리 한 사람에게 저항했을 뿐이나 이번에 자네들은 세상을 뒤집어 놓으려는 것 아닌가! 그러니 자네들이 우리보다 더 대단하단 말일세!"

이윽고 자지러지는 북소리, 꽹과리 소리, 폭죽 터트리는 소리가 요란

하게 울리는 가운데 흰 바탕에 초록빛 글씨로 '백록 지구 농협회 준비처'
라고 쓴 팻말이 학교 정문 앞에 내걸렸다. 초록빛은 농작물의 상징이었다.
흑왜가 준비처 주임으로 결정됐다는 사실도 곧 선포되었다. 그는 연단에
올라 딱 한마디만 하고 내려왔다.

"눈보라를 몰아칩시다! 우리 가난뱅이 형제들의 힘으로 이 백록원에
유사 이래 없었던 눈보라를 한바탕 휘몰아치게 합시다!"

흑왜를 비롯한 농협 준비처 간부들이 다 떠났을 때는 밤도 이미 깊었
다. 녹조붕은 연신 하품을 하며 길게 기지개를 켰다. 그가 방문을 닫고 잠
자리에 들려는데 전복현이 문을 밀고 들어왔다.

"하하! 벌써 자는가? 오목 한 판 두고 싶어 왔는데!"

녹조붕도 흥이 나서 도전을 흔쾌히 받아들였다.

"좋습니다, 좋아요! 마침 잘 오셨습니다. 어떻습니까, 〈이리가 아이 잡
아먹기〉狼吃娃로 할까요, 아니면 〈며느리 우물에 뛰어들기〉燒婦跳井로 할까요?"

그들은 〈이리가 아이 잡아먹기〉를 시작했다. 이 두 가지 말고도 백록
원에는 그보다 더 복잡한 〈규방〉糾方이란 놀이가 있었다. 이 오목 놀음은
바둑과 비슷하면서도 진짜 바둑판에 돌을 놓고 대결하는 것은 아니었다.
그저 땅바닥에 가로세로 금을 그어 놓고 바둑돌 대신 돌멩이나 흙덩어리,
나뭇가지나 나뭇잎을 말로 쓰는 것이 특징이었다. 그런데 우연히 어떤 마
을에서 처음 시작한 것이 퍼져나가 지금껏 유행이 되었다. 그러면서 누구
나 코흘리개 시절부터 배우고 평생 노는 놀이가 되었다.

녹조붕은 어린 시절 공부에만 몰두하느라 이 놀이를 배울 기회가 없
었다. 그러나 요즈음 여러 마을을 돌아다니면서 비로소 재미를 들였다. 전
복현은 국민당 백록 지구 서기가 된 이후 틈만 나면 구 지부 위원인 녹조
붕을 찾아와 오목을 두었다. 토속적인 맛이 물씬 풍기는 〈규방〉이라든가
〈이리가 아이 잡아먹기〉, 〈며느리 우물에 뛰어들기〉와 같은 놀이를 할 때

면 고단한 줄도, 시간 가는 줄도 모르고 빠져들었다.

"하하, 조붕! 자네 또 졌네……."

전복현은 사천성四川省 특제품인 길고 굵은 담배를 입에 문 채 의기양양하게 소리쳤다.

"보라고, 내가 이리고 자네가 아이인데 내 이리 세 마리가 자네 아이 열다섯을 몽땅 잡고 하나도 안 남았잖은가! 내가 아이 쪽을 맡으면 뭘 하나? 자네는 내 아이를 둘밖에 못 잡아먹고 남은 아이 열셋이 자네 이리 세 마리를 몽땅 때려죽이니 말이야. 자네는 이리 쪽을 맡든 아이들 쪽을 맡든 이기지 못하네."

"안 되겠군요. 우리 이번에는 〈며느리 우물에 뛰어들기〉로 바꿉시다!"

연전연패를 당한 녹조붕이 다급하게 소리쳤다. 전복현은 여유만만하게 받아쳤다.

"좋아, 얼마든지 하자고! 몇 번을 놀아도 어차피 우물에 뛰어들기는 자네 쪽일 테니까. 허풍이 아니라 서양 학문으로 치자면 자네가 수준이 높지. 또 새로운 낱말이나 숫자도 더 많이 안다는 걸 인정하네. 하지만 우리 고향의 이런 전통적인 놀이를 놓고 본다면 자네는 역시 햇병아리에 지나지 않는다네!"

녹조붕이 분필로 바닥에 금을 그으면서 말을 막았다.

"어디 내 작은 며느리가 우물에 뛰어드나 아저씨의 늙은 며느리가 뛰어드나 해 봅시다! 나중에 보면 알 테니까."

이윽고 두 사람은 진지한 태도로 말을 놓기 시작했다.

"조붕, 내 한 가지 모를 일이 있네."

전복현이 불쑥 입을 열었다.

"자네가 선생들과 학생들을 데리고 동네방네 돌아다니면서 남의 집 담장을 온통 글씨로 회칠을 해 놓았지. 그런데 다른 건 다 알겠으나 딱 한 줄만은 이해할 수 없더군. '모든 권력은 농협에 귀속된다.'는 말이 도대체 무슨 뜻인가?"

"그야 명백한 이야기 아닙니까?"

녹조붕이 대꾸했다.

"저는 오히려 아저씨가 이해 못 하신다는 게 믿어지지 않는군요."

"참말 몰라서 묻는 거네. 모든 권력이 농협에 귀속된다면 당 지부는 무엇을 관리할 것이고 백록창은 뭘 하느냔 말일세."

"그 문제는 오늘 '농민 강습반'이 열렸을 때 다 설명했어요. 그런데 아저씨는 어디서 뭘 하고 계셨습니까? 제가 며칠 전에 아저씨더러 오셔서 지구당 서기의 신분으로 한마디 해 주십사고 초청했었죠. 그때도 안 오시더니."

"현 당부에서 회의가 있다고 해서 그랬네. 자네한테 미리 연락할 시간이 없어서 그만⋯⋯."

전복현은 말끝을 흐렸다. 그가 국민당 현 당부에 참석하러 간 것은 사실이었다. 그러나 개회 통지서를 받고 간 것은 아니었다. 녹조붕의 '농민 강습반'에 연사로 초빙을 받고 회의가 있다는 핑계를 대고 현청으로 도피한 것이다. 현 당부 서기 악유산은 그 말을 듣고 대뜸 꾸지람부터 내렸다.

"그런 간단한 문제 하나 대처하지 못하고 국민혁명을 어떻게 추진할 수 있겠습니까!"

악 서기의 생각은 간단했다. 공산당의 선동을 내버려두면 안 된다. 그렇다고 해서 국공합작이 이루어지고 있는 마당에 섣불리 대응할 수도 없다. 그러나 백록 지구 서기의 입장에서 그들의 행동이 터무니없는 짓이라는 것은 가슴에 새기고 있어야 한다⋯⋯. 대충 이런 생각이었다.

전복현은 확신을 갖고 돌아왔다. 그리고 오늘 이 늦은 밤에 녹조붕을 찾아와서 오목 놀이를 하고 있었다. 그러니 그를 찾아온 실제 목적은 따로 있었다. 녹조붕의 속셈을 떠보는 것이었다. 그가 가장 반감을 품은 것은 역시 '모든 권력이 농협에 귀속되어야 한다.'는 슬로건이었다. 전복현은 한 걸음 더 나아가 물었다.

"조붕, 모든 권력이 농협에 귀속되어야 한다면 내가 지닌 권한도 농협에 넘겨주어야 하지 않겠나?"

녹조붕이 대답했다.

"그 문제는 농협에서도 아직 결론을 내리지 않았습니다. 농협은 현재 준비 단계에 있으니까 정식으로 발족된 다음에 다시 거론할 문제입니다. 아저씨는 구 지부 서기이시니까 마땅히 우리 농협 편에 서야겠지요. 이쪽 편에 서기만 하면 권력 이첩 문제는 없습니다. 그저 서로 조금씩 분담만 하면 되니까 말입니다."

전복현이 말없이 손으로 만지작거리던 말판을 죽 밀어 놓더니 의기양양하게 소리를 질렀다.

"하하! 조붕, 자네 또 우물에 '풍덩!' 해야겠는걸! 자, 어서 뛰어들어! 아래로 풍덩 뛰어들라니까!"

"어이쿠, 맙소사!"

녹조붕은 연속 세 판을 졌다. 세 판을 모두 상대방에게 몰려 오도 가도 못하고 우물로 정한 말판에 뛰어들지 않으면 안 되었다.

"말판 한번 잘 쓰셨습니다! 하지만 너무 으스대지는 마십시오. 저도 언젠가는 아저씨를 이길 날이 있을 테니까요. 그때는 아저씨의 늙은 며느리가 꼼짝 못하고 이 우물에 '풍덩!' 뛰어들지 않고는 못 배길 겁니다. 하하하……."

흑왜는 앞서 다짐한 대로 백록원에서 전대미문의 눈보라를 휘몰아치게 하는 데 성공했다. 그는 우선 10명의 형제들 가운데 비겁자로 낙인찍힌 두 사람을 포기했다. 이어 곧바로 물불을 가리지 않고 의지가 강한 사람 두 명을 새로 사귀어 정원을 채웠다. 이렇게 해서 '혁명동지 10형제'가 또 한 번 주먹을 맞잡았다. 뿐만 아니었다. 열흘 기간의 '농민 강습반'이 마무리됨에 따라 혁명동지 10형제는 '36형제'가 되었다. 그들이 의형제를 맺고 맹세의 축배를 높이들 무렵에는 더욱 상황이 달라졌다. 그들은 백록원 일대에서 가장 막강한 세력으로 부상했다. 위압적인 분위기도 형성하고 있었다.

농민협회의 첫 번째 팻말은 하노대의 손에 의해 하가방촌에 내걸렸다. 역시 흰 바탕에 녹색 글씨였다. 보름도 채 못 되어 제1단계로 중점 발전 목표가 된 10개 마을 중 아홉 곳에서 일제히 촌^村 농민협회 창설대회가 열렸다. 그러나 유독 백록촌만큼은 요지부동이었다. 흑왜는 분통이 터지고 이가 갈렸다.

"내 손으로 이 백록원에 눈보라를 휘몰아 왔는데 고향마을에서만큼은 닭털 한 개도 날려 보내지 못하다니 이럴 수가 있나!"

그러나 녹조붕은 너그러운 말씨로 흑왜를 타일렀다.

"너무 서두르지 말게. 우리가 마지막으로 함락시켜야 할 목표가 바로 이곳 봉건주의의 아성이니까."

혁명동지 36형제는 아홉 개 마을 농민협회 안에서 중요한 역할을 나누어 맡았다. 그들은 교실 한 칸을 차지하고서 자신들의 영도자 녹조붕이 획책한 제1단계 공작사업의 결과와 제2단계 공작계획을 귀담아듣고 있었다.

"동지들, 우리는 이제 돌파구를 마련했소! 동지들, 우리의 제2단계 공작은 첫 단계보다 더 순조롭게 추진해야 하오. 범위도 좀 더 넓혀서 50개 마을에 농협을 세워야겠소. 이 50개 마을에 백색 바탕에 녹색 글자의 간판이 내걸리는 날, 우리는 즉시 백록원 농민협회 총본부를 세울 거요!"

"와아!"

혁명동지 36형제들이 격한 감동에 못 이겨 환호성을 지르면서 너 나 할 것 없이 책상 위로 뛰어올랐다. 그때 한 사람이 주먹을 불끈 쥐고 외쳐댔다.

"농협을 세우면 우리 좀 더 큰일을 해봅시다! 사람들은 우리 농협이 강제로 변발을 자르고 여인들의 전족을 푼다고 비난하고 있소."

그 말은 36형제들의 열렬한 반향을 불러일으켰다. 흑왜도 흥분을 이기지 못하고 소리쳤다.

"사람들이 도통 우리를 두려워하지 않아서 문제요!"

녹조붕이 냉큼 그 말을 바로잡았다.

"사람들이 우리를 두려워하지 않는 것은 중요하지 않소. 문제의 핵심은 군중들이 우리를 믿고 따르느냐 하는 것이오. 변발을 자르고 전족을 풀어야 한다는 우리의 슬로건은 올바른 거요. 아편을 금하고 아편 도구를 때려 부수는 활동도 좋은 반응을 얻고 있소. 이제부터 우리는 한 걸음 더 나아가 군중들이 더욱 필요로 하는 사업을 추진해야 하오. 동지들 이야기해 보시오, 군중들의 반응이 가장 클 문제점으로 어떤 것이 있겠소?"

한 사람이 그 말을 받았다.

"군중들이 우리를 두려워하거나 믿고 복종하게 만들려면 눈에 확 띄는 일부터 해야 하오. 우리 삼관묘三官廟의 음탕한 늙다리 중놈을 처치합시다!"

섣달 스무사흗날은 백록진에 장이 서는 날이었다. 그래서 이날은 설맞이 용품을 마련할 겸 장터 구경을 나온 사람들이 한꺼번에 밀어닥쳤다. 당연히 낡고 작은 읍내 길거리는 물결치는 인파를 받아들일 수가 없었다. 급기야 언제 터져 나갈지 모를 정도로 북적였다.

삼관묘의 늙은 스님을 대상으로 하는 첫 번째 투쟁 대회가 열린 것은 바로 이날이었다. 장소를 백록촌 중심에 자리 잡은 공연 무대로 선택한 의도는 더할 나위 없이 명확했다. 이윽고 육순을 넘긴 노스님이 끌려 나와 무대 뒤편 커다란 말뚝에 묶였다. 스님은 자신에게 이런 액운이 닥칠 줄은 꿈에도 생각하지 못한 듯 어리둥절한 기색을 하고 있었다.

삼관묘 주지 스님은 사찰 소유의 농토 20~30묘를 인근 마을 소작농들에게 빌려 주고 해마다 거둬들이는 도지로 신선 같은 나날을 보내고 있었다. 그는 일방적으로 도지와 관련한 규정도 하나 세웠다. 해마다 여름과 가을 두 철에 소작료를 내러오는 사람은 남자라도 괜찮으나 가을 수확이 끝나고 새해 소작료를 책정하러 오는 사람은 남자가 아니라 반드시 여자라야 한다는 것이었다. 따라서 아쉬운 부탁을 해야 할 여자들은 용모의 미추를 불문하고 모두 소작료를 깎아주는 만큼의 대가를 치러야 했다. 노스님의 물건은 나이가 젊든 늙든, 예쁘든 추하든 마다하는 법이 없었다. 치마 두른 여자라면 누구나 한 번씩은 거쳐서 보냈다. 그것은 공공연한 비밀이었다. 다만 아무도 입 밖에 내지 않았을 따름이었다.

백록촌의 썰렁하던 길거리는 때아니게 여러 마을에서 몰려든 남녀 주민들로 북새통을 이루기 시작했다. 그러더니 무대 아래 광장이 삽시간에 인산인해가 되고 말았다. 성미 급한 사람들은 서로 무동을 타고 기어올라가 뒤 창문을 통해 말뚝에 묶인 노스님을 엿보느라 밀고 당기고 아우성을 쳤다.

투쟁대회는 계획된 순서에 따라 먼저 소작농 세 사람이 스님의 죄상을 고발했다. 이어 백록 지구 농민협회 준비처 주임 흑왜가 판결을 내리기로 예정돼 있었다. 미리 준비된 판결 내용은 간단했다. 노스님을 절간에서 몰아낸 후 삼관묘 소유의 모든 공유지를 소작농들에게 골고루 분배하는 것이었다.

그러나 투쟁대회는 시작부터 뒤죽박죽이 되었다. 노스님이 무대 전면으로 끌려 나오기 전부터 술렁대던 분위기는 삽시간에 난장판이 되고 말았다. 우선 첫 번째 소작농이 미처 고발을 끝내기도 전에 무대 아래 분노한 군중들이 아우성을 치기 시작했다. 이어 돌멩이와 벽돌, 기왓장이 노스님의 몸으로 날아들었다. 대회장의 질서는 순식간에 아수라장으로 변했다.

　녹조붕이 목이 쉬도록 고함을 지르며 제지했으나 아무 소용이 없었다. 돌발적인 사태변화에 흑왜를 비롯한 36형제들도 허둥대기만 했다. 투쟁대회가 이런 난장판이 되리라고는 전혀 예상도 못 했던 것이다. 이윽고 중구난방으로 아우성치던 군중들의 목소리가 차츰 하나의 함성으로 통일되기 시작했다.

　"작두질, 작두질! 그 늙은 중놈의 대가리를 작두로 싹둑 끊어버려라!"

　36형제들이 몰려들어 흑왜를 둘러쌌다.

　"작두질을 합시다!"

　흑왜는 녹조붕을 돌아보았다.

　"저런 놈은 작두로 목을 끊어 죽여도 죄를 다 갚지 못할 거요."

　"좋아, 작두형이다!"

　녹조붕의 입에서 한마디가 떨어졌다.

　형제 다섯 명이 노스님을 잡아 일으켜 무대 아래로 끌어내렸다. 우박처럼 날아든 돌멩이에 맞은 그의 온몸은 이미 피투성이가 돼 있었다. 성난 군중들이 벌떼처럼 그 뒤를 따라서 백록진 남쪽으로 통하는 관도 갈림길까지 몰려갔다. 십자로 큰길 바닥에는 누가 갖다 놓았는지 이미 작두가 놓여 있었다. 노스님은 이미 물에 빠진 소금 가마니처럼 팔다리를 축 늘어뜨린 채 잡아당기고 찢어발기는 군중들의 손길에 이끌려 작두날 아래 납작 엎드렸다. 작두날이 막 떨어지는 순간 군중들은 돌연 까마귀 떼 날아가듯 사방으로 흩어져 달아났다. 죄악으로 더럽혀진 불길한 피가 튈까 봐 겁을 집어먹은 것이다.

철커덕!

작두날이 짓누르는 쇳소리와 더불어 공중에 피가 치솟았다.

"으아아아……!"

물러섰던 군중들이 환호성을 지르면서 다시 앞으로 몰려오더니 작두날에 끊겨진 노스님의 몸뚱이와 머리를 마구 짓밟고 걷어차기 시작했다. 이성을 잃고 미쳐 날뛰는 군중들의 발길질에 애꿎은 작두마저 뭉개져 흩어졌다.

이로써 흑왜를 비롯한 혁명동지 36명과 아홉 개 마을 단위 농협은 위세를 크게 떨칠 수 있었다. 그들은 7~8일밖에 안 되는 짧은 기간 만에 또다시 40~50개나 되는 마을에 흰 바탕에 초록 글씨의 농민협회 간판을 내다 걸 수 있었다. 흑왜는 기쁨에 들떠 격한 목소리로 외쳤다.

"이번에야말로 진정한 눈보라를 일으켰네! 조붕, 보게. 우리 혁명 사업은 이제 승리가 코앞에 닥쳤네!"

녹조붕도 기쁨을 감추지 않았다.

"흑왜, 이제는 때가 되었네! 지금부터 가장 완고한 봉건 지주의 보루를 공격하러 가세!"

음력 정월 초하루는 백록원 농민협회 총본부가 창설된 날짜로 선정되었다. 대회 장소는 다시 한 번 백록촌의 공연 무대가 됐다.

집집마다 만두를 빚어 먹는 설날이 오기 하루 전인 섣달 그믐날 밤에 흑왜는 백가헌의 집을 찾았다. 36명의 형제들이 뒤따라가려 하자 흑왜는 손을 들어 제지했다.

"나 혼자 들어가겠네. 내 담력이 얼마나 큰지 시험해 보고 싶으니까."

그는 한재봉이 지어준 제복을 걸치고 있었다.

백씨 댁 문턱에 들어서면서 흑왜는 끊임없이 허리를 꼿꼿이 펴라고 스스로를 일깨웠다. 그리고는 문간방과 곁방 사이의 너른 앞마당을 가로질러 곧바로 위채 대청 앞까지 들어갔다.

"농협 준비처를 대표해서 요구하는 바요! 사당 열쇠를 넘겨주시오."

향불 연기가 모락모락 피어오르는 가운데 촛불이 일렁이는 제단 앞에 조상님들께 올릴 제수祭需를 진열하던 백가헌이 그 말을 듣고 천천히 돌아섰다.

"줄 수야 있지!"

자신 앞에 붓끝처럼 꼿꼿이 서 있는 백가헌을 노려보면서 흑왜는 저도 모르게 허리를 곧게 폈다. 이어 말없이 손을 내밀었다. 그러나 백가헌의 손길은 열쇠를 꺼낼 의향이 없는지 도포 자락 밑으로 들어가지 않았다.

"지금은 안 되겠는걸. 날이 밝을 때까지 기다려 줘야겠네. 내일 아침 문중 사람들이 사당에 모여 조상님들께 차례를 지낼 때, 남녀노소 모든 사람들이 보는 앞에서 자네한테 넘겨주겠네."

"좋을 대로 하시죠!"

정월 초하루가 됐다. 흑왜는 날이 밝기도 전에 36명의 혁명동지들과 함께 사당 앞에 모였다. 손에 들고 있던 커다란 쇠망치가 '쩡!' 하는 금속성을 내자 단 한 번의 타격만으로 육중한 자물쇠와 대문짝의 문고리까지 한꺼번에 박살이 나서 땅바닥에 떨어졌다. 흑왜는 앞장서서 사당 안으로 들어섰다. 순간 어둠속에서 문득 떠오르는 것이 하나 있었다. 그건 사당 앞뜰에 무릎 꿇린 채 훈장 서 선생에게 회초리로 얻어맞던 기억이었다. 그는 만감이 엇갈리는 심사를 억누르면서 망설임 없이 돌층계를 딛고 올라갔다.

쨍!

흑왜는 쇠망치를 다시 한 번 내리찍었다. 사당 정전正殿으로 통하는 문짝의 자물쇠도 맥없이 돌바닥에 굴러떨어졌다. 대청 안은 바닥에서부터 돌기둥과 벽면에 이르기까지 말끔히 청소되어 있었다. 조상의 위패를 모신 커다란 사방탁자도 걸레질로 깨끗이 닦여 있었다. 고운 밀가루로 빚어 만든 온갖 종류의 과일 접시도 가지런히 진열되어 있었다. 굵은 촛대에는 굳어버린 붉은 촛농이 엉겨 붙어 있었다. 또 향로에는 뽀얀 재가 소복이 담겨 있었다. 그것은 족장 백가헌이 한 걸음 앞질러 섣달 그믐날 밤이 지나기 무섭게 차례를 지냈다는 증거였다. 흑왜는 입술을 악물고 제단 앞에 오래도록 서서는 정면 벽에 깨알같이 쓰인 조상님들의 위패를 노려보았다. 자기와 전소아의 참배가 거부당했던 일이 떠올랐다. 그는 모멸감에 겨워 저도 모르게 온몸을 떨었다.

"형제들, 이 장난감들을 걷어치우고 우리 사무실 책상들을 옮겨다 놓게!"

그는 대청에서 걸어 나와 다시 안마당에 이르렀다. 그리고 앞뜰 한가운데 세워진 비석을 무섭게 흘겨보았다.

'인의 백록촌'仁義白鹿村

손끝이 비석을 가리켰다.

"저걸 때려 부수게!"

이른 아침 하늘에 해맑은 소리가 두 차례 울려 퍼졌다. 곧 비석은 허리가 끊겨 두 동강이 났다. 흑왜는 한 손으로 허리를 짚은 채 문 앞 양 벽면에 새겨 넣은 '향약'鄕約 조문을 가리켰다.

"저것도 몽땅 파내어 부숴버리게!"

흑왜가 형제들과 함께 사당 안에서 닥치는 대로 짓밟고 때려 부수는 동안 백록촌의 일가친척들은 둘러서서 지켜보고만 있을 뿐이었다. 누군가 족장에게 달려가서 귀띔해 주기는 했으나 백가헌은 평온한 기색으로 한 마디만 내뱉을 뿐이었다.

"오호, 그래? 그렇다면 수고롭게 열쇠를 건네줄 필요도 없겠군!"

농민협회가 세워진 마을의 농악 패거리가 물밀듯이 백록촌으로 몰려들었다. 농협 간판이 걸리지 않은 마을의 남녀노소도 이 엄청난 구경거리를 놓치지 않으려 앞을 다투어 몰려왔다.

"오늘은 그릇 장수를 작두질한다네!"

백록촌으로 통하는 큰길은 말할 것도 없고 황량한 들판 오솔길마저 인파 행렬로 꽉 들어찼다. 농악 패거리들의 깃발에서 용무늬는 모조리 뜯겨 나갔다. 대신 초록빛 색종이나 녹색 헝겊으로 '아무개 마을 농민협회'라고 임시로 오려 붙인 깃발이 백록촌 공연 무대 앞 광장을 가득 채우고 힘차게 나부꼈다. 10여 군데 마을에서 몰려든 농악 패거리가 깃발 앞에 마주 늘어서서 울리는 꽹과리 소리, 징 소리, 북소리가 천지를 뒤흔들었다. 그러자 놀란 비둘기 떼가 쪽빛 하늘 높이 날아올라 빙빙 맴을 돌았다. 백록촌 전체가 들썩이다 못해 뒤집힐 지경이었다.

흑왜가 무대로 올라섰다.

"백록원 농민협회 총본부가 설립되었음을 엄숙히 선포하는 바이오! 모든 권력은 오늘부터 농민협회에 귀속될 것이오!"

징 소리, 북소리에 이어 폭죽 터지는 소리가 자지러지게 울렸다. 곧 두 사람이 붉은 비단으로 감싼 팻말을 들고 무대 아래로 내려왔다. 이어 군중들을 헤치고 사당 정문에 그것을 걸었다. 비단이 걷히고 흰 바탕에 초록빛 글씨의 간판이 모습을 드러내자 흑색 화약 총통銃筒이 연달아 61발의 둔탁한 굉음을 터트리기 시작했다. 그것은 이미 농민협회가 결성된 61개 부락을 상징하는 예포禮砲였다.

때를 같이 해서 그릇 장수가 무대 뒤편에서 끌려 나왔다. 무시무시한 작두도 함께 모습을 보였다. 곧이어 무대 왼쪽 귀퉁이에 놓였다. 그릇 장수는 팔다리를 결박당한 채 반대쪽 모퉁이에 세워졌다. 그럼에도 그는 몸부림을 쳐 가면서 밧줄에 묶인 팔다리를 마구 휘저었다. 고함을 지르고 욕설도 퍼부었다. 그럴 때마다 야유를 보내는 군중들의 함성도 물결치듯 높아졌다.

그릇 장수는 남산 밑 지갑구구指甲溝口 마을 출신으로 성은 방씨龐氏였다. 또 아명은 '걸탑왜'乞塔娃, 본명은 극공克恭이었다. 집안에서의 항렬은 셋째였으나 가장 널리 알려진 호칭은 역시 '그릇 장수'였다.

그는 16~17세가 되자 나귀에 그릇 한 바리를 싣고 서안으로부터 200리 북쪽에 있는 도시인 요주耀州에 갔다가 다시 황색 유약을 칠한 그곳의 특산품인 사발 대접을 잔뜩 싣고 백록원으로 돌아와 그릇 행상을 시작했다. 그는 장사 수완이 아주 비상했다. 그래서 부엌에 그가 싣고 온 사기 대접을 들여놓지 않은 집들이 하나도 없을 정도였다. 그릇 행상으로 돈을 번 그는 나귀를 마차로 바꾸었다. 이어 백록진에 그릇가게 분점까지 열었다. 본점은 역시 자신의 소굴인 남산 자락 밑, 온천溫泉 마을에 두었다.

얼마가 지나자 그는 백록원 남쪽 들판과 남산 자락 일대에 소문난 왈패가 되었다. 그의 친형제 다섯도 어느새 '다섯 마리 호랑이'五虎라는 별명으로 불리기 시작했다. 그가 저지른 악행 중에 무엇보다 사람들의 원한을 샀던 것은 정조 유린 행위였다. 새로 며느리를 맞아들이는 집이라면 어김없이 첫날밤에 신부의 처녀막을 그의 패악질에 열어줘야만 했던 것이다. 여인에 대한 그의 욕구는 영원히 채워지지 않을 갈증과도 같았다. 야수보다도 더 사납고 흉포했다. 될성부른 나무는 떡잎부터 알아본다고 사실 그의 그런 천성은 어린 나이에 이미 드러난 바 있었다. 눈독을 들인 여인이라면 사기 대접 두 개만으로 자기 것으로 만들 만큼 계집 후리는 수완 역시 비상했다. 이런 일은 백록원 일대에서 하루가 멀다 하고 일어났다. 외상값을 받는다는 핑계로 '단골손님' 댁에 발을 들이는 날이면 그는 하루 해가 다 넘어가고 새로 동쪽 하늘에서 솟아나도록 집에서 나올 줄을 몰랐다. 마을 사람들은 그 틈을 타 마음 푹 놓고 나귀 등 좌판에 쌓인 그릇과 대접을 털어가기 일쑤였다. 심지어는 대문 바깥 느릅나무에 매 둔 나귀를 끌고 가기도 했다. 그릇 장수는 돈을 벌수록 왕성해지는 성욕을 주체하지 못했다. 그는 한번 맛들인 새색시에게 미련이 남으면 두 번이고 세 번이고 찾아가서는 신랑을 내쫓고 밤새 즐겼다. 여인들은 견디다 못해 죽음을 택하기도 했다…….

이제 그릇 장수는 오랏줄에 꽁꽁 묶인 채 발악하는 신세가 되었다. 부끄러움도 몰랐을 뿐 아니라 두려워하는 기색이라곤 털끝만큼도 없었다. 그저 악담과 저주만 퍼부었다.

"이 '걸탑왜'가 덮친 네놈들의 여편네, 네놈들의 며느리, 딸년이 몇이나 되는 줄 아느냐! 작두질을 하든 몽둥이로 때려죽이든 얼마든지 해봐라! 이 어르신은 이제 죽어도 여한이 없으니까! 20년 뒤에는 또 다른 '걸탑왜'가 나와서 그릇을 팔고 계집년들을 닥치는 대로 짓밟을 거다!"

군중들은 흑왜가 그릇 장수의 죄상을 다 읽을 때까지 기다려 주지 않았다. 악에 받친 사내들 몇몇이 무대 위로 훌쩍 뛰어오르기 무섭게 그를 걷어차 무대 아래로 떨어뜨렸다. 그다음에는 격노한 군중들이 바윗덩어리와 벽돌로 그를 짓이겼다. 눈 깜짝할 사이에 그는 고기 반죽이 되고 말았다.

그해 설은 모든 사람들의 뇌리에 평생을 두고 지우지 못할 기억으로 남았다. 날이 밝기도 전에 일어나 세수를 마친 백가헌은 제단 위의 두 자루 붉은 촛대에 불을 붙이고 자줏빛 향 다섯 자루를 향로에 꽂은 다음 무릎 꿇고 이마를 조아려 삼배三拜를 올렸다. 그리고 뇌자포雷子砲 한 묶음을 겨드랑이에 끼고 대문 밖으로 걸어 나갔다. 이어 아직도 칠흑처럼 어두운 길거리 한가운데에 우뚝 서서는 화약심지를 끄집어냈다. 그는 수중에 들고 있던 불심지를 훅훅 불어 폭죽 심지에 갖다 댔다. 그러자 흑색 화약을 말아 만든 종이 심지가 '푸시싯!' 타들어 가면서 불티를 퉁겨내기 시작했다. 그는 팔뚝을 한 바퀴 돌리다가 있는 힘껏 던져 올렸다.

펑!

머리 위 밤하늘에 통쾌한 폭발음이 쩌렁쩌렁 울려 퍼졌다. 그는 폭죽 터트리기를 좋아했다. 그리고 폭죽 중에도 불꽃놀이를 겸해 연달아 터트릴 수 있는 뇌자포를 유달리 좋아했다.

펑! 퍼벙, 펑!

그는 대문 밖 길거리에 나가서 굵은 폭죽 심지에 차례로 불을 붙여 공중에 내던졌다. 맑고 깨끗한 폭음이 잇따라 울려 퍼지는 가운데 터져나간 폭죽의 종이 부스러기가 추운 밤하늘에 눈발 흩날리듯 떨어졌다. 이어 예복을 걸친 어깨와 예모를 쓴 머리 위에 내려앉았다. 폭죽을 다 터트리고 흡족한 기분으로 위채 대청에 돌아가니 제단에 참배를 마친 아들과 며느리 부부가 할머니 조씨에게 세배를 올리고 방문을 막 나서고 있었다.

평화로운 아침 햇빛이 용마루의 윤곽을 어렴풋이 비칠 무렵 집안 식구들은 커다란 사방탁자에 둘러앉아 만두를 먹었다. 얼마 안 있어 친척 하나가 허둥지둥 달려오더니 흑왜가 사당에서 난동을 부리고 있다는 소식을 전했다. 백가헌은 태연하게 만두를 베어 물었다. 그는 보통 사람과는 달리 어려운 일에 부닥칠 때마다 식욕이 왕성해졌다. 그래서 오늘따라 유난히 많이 먹고 있었다. 배부르게 먹고 나서 생각해 보자! 그래야만 죽어서도 아귀餓鬼 노릇을 면할 테니까. 곧 그가 젓가락을 내려놓고 앉은 자리에서 선언했다.

"효문, 네가 해야 할 일만 생각하고 다른 일은 다 잊어버려라. 효무, 너는 점심때 가서 집사를 오라고 해라. 효의孝義(우독), 너는 우선 녹삼 아저씨에게 세배를 드리고 오너라."

세 아들에게 일일이 분부를 마치고 나서 가헌은 마구간으로 들어갔다. 해마다 섣달 그믐날을 사흘 남기고 집으로 보내는 머슴 녹삼이 일손을 놓은 마구간은 언제나 그가 손수 돌보았기 때문이었다. 세 아들에게는 마구간 일을 시킨 적이 없었으니 그래야 했다. 새해 첫날이면 그는 가족들을 푹 쉬게 한 후 자기는 사당에 나가 조상들께 제사를 올렸다. 그런 다음 사당 문 앞에서 농악 패거리를 데리고 하루 종일 신명나게 징과 북을 두드리면서 즐기고는 했다. 그러나 올해는 예년과 달리 마구간, 외양간 가축들에게 여물이나 듬뿍 주고 솜틀방으로 들어가 기계 디딤판을 밟아 돌리는 일밖에 할 것이 없었다. 잘가닥, 잘가닥, 잘가닥……

정월 초사흗날이었다. 가헌은 둘째 아들 효무의 혼인 준비를 서둘렀다. 그러자 문중 사람들과 친구들은 결혼 날짜를 잠시 늦추라고 권했다. 눈앞에 닥친 난세가 진정되기를 기다리라는 이야기였다. 심지어는 사돈 영감이 될 냉 의원마저 그런 의향을 내비쳤다. 그러나 그는 한마디로 딱 부러지게 거절하고 뜻을 굽히지 않았다.

"그놈은 그놈대로 혁명인지 난동인지 부리게 내버려두고 우리는 우리대로 혼사를 치르면 그만이지 무슨 상관입니까? 설마 농협이란 데서 혼인을 못하게 막기라도 한단 말입니까!"

그는 둘째 아들 효무의 혼사를 맏아들 효문에게 맡겨 혼례 의식 절차와 주의해야 할 사항을 스스로 익히게 만들었다. 그리고 자기 자신은 중요한 결정 과정에서 효문이 실수하지 않도록 귀띔만 해 주었다. 오늘도 그는 효문에게 몇 마디 방법상의 해결책을 알려주고 솜틀방에 들어앉아 기계를 돌리는 일에만 몰두하고 있었다. 이때 녹삼의 집에 세배하러 갔던 막내아들 효의가 뛰어 들어오면서 다급하게 외쳤다.

"아버지, 큰일 났어요! 녹삼 아저씨가 흑왜를 죽이겠다면서 삼지창 날을 숫돌에 갈고 있어요. 그래서 아줌마가 저더러 아버지 좀 빨리 모셔 오래요!"

가헌은 일순 멍하니 있다가 서둘러 옷을 찾아 걸치고 솜틀방을 나섰다.

흙담을 두른 녹삼의 월동문月洞門에 들어섰을 때 그는 마침 창을 들고 달려 나오는 녹삼과 딱 마주쳤다. 녹삼의 아내는 남편의 다리를 붙잡은 채 질질 끌려 나오고 있었다. 흑왜의 동생 토왜兎娃는 나머지 다리를 부둥켜안은 채 질질 끌려오는 중이었다. 녹삼은 분노를 이기지 못해 펄펄 뛰면서 아내와 자식을 걷어찼다. 가헌은 미처 말릴 틈도 없었다. 녹삼이 가헌과 맞닥뜨리자마자 대뜸 목청을 드높여 꾸짖기 시작한 것이다.

"녹자림도 코빼기도 안 보이고 자네도 나서지 않고! 남들이 사당을 때려 엎고 조상님들의 위패를 불태워버리는데도 가만히 있을 참인가? 이게 벌써 며칠쨴가? 사흘이 지났어! 자네들은 옆구리에 칼이 들어가는 게 두려운 모양이지만 나는 무섭지 않아. 조상님들께 이런 횡액을 끼친 것은 모두 다 내 죄일세. 내 이 잡놈의 새끼를 콱 찔러 죽이고야 말겠어!"

가헌은 녹삼의 말을 가만히 다 듣고는 침착하게 입을 열었다.

"그 창은 내려놓고 담배나 한 대 피웁시다. 그리고 저하고 사당 앞 공연장에 가 보지 않으시겠습니까? 구경거리가 제법이랍니다. 농악 패거리가 열 군데에서 찾아오고 총대를 멘 불한당이 수십 명이나 득실거린다던데 이런 구경은 돈 주고도 못합니다. 허나 만약 형님이 그런 구경거리를 보고 싶지 않다면……."

가헌은 진지하게 말을 이었다.

"……내가 형님한테 부탁드린 일을 해 주고 가셔도 늦지 않을 겁니다."

녹삼이 고개를 번쩍 쳐들었다. 효무에게 신부를 데려다줄 꽃가마를 자기가 빌려 오겠노라고 다짐한 말이 퍼뜩 떠오른 것이다. 그는 가헌의 얼굴을 마주 바라보았다. 가헌은 의미심장하게 고개를 젓고 있었다.

쨍그랑!

손에 들고 있던 창을 떨어뜨리고 털썩 주저앉은 녹삼이 땅이 꺼지게 한숨을 내쉬더니 바로 목을 놓아 대성통곡을 하기 시작했다.

농민협회가 휘몰고 온 대폭풍은 마침내 백록원을 집어삼켰다. 백록촌에도 농민협회가 세워진 것이다. 흑왜는 주임을 겸직하고 백흥아는 부주임, 그리고 전소아는 부녀주임직을 맡았다. 각 마을의 단위 농협 조직은 모두 총본부가 설립되었을 때의 방식을 본떠 서슬 퍼런 작두를 한 틀씩 무대 위에 전시했다. 실제로 작두형이 두 차례나 더 집행되었다. 녹조붕은 그 소문들을 들은 즉시 흑왜를 통해 단위 농협 주임들을 긴급 소집하고는 회의석상에서 몇 가지 사항을 분명히 밝혔다.

"이후로는 함부로 인명을 작두질하는 행위를 일절 금하겠소. 또한 다시는 대회장에 작두를 전시하지 말아야 할 것이오. 부득이 처벌해야 할 사람이 있을 경우에는 반드시 총본부에서 토론을 거쳐 인준을 받고 시행할 것이오. 각 마을 단위 농협은 투쟁 대상과 가두시위 대상을 선택할 결정권은 있으나 군중들이 고의적으로 혹은 실수로라도 인명을 해치는 불상사를 막아야 하오."

혁명의 열기에 들떠 있던 농협 우두머리들은 항의를 하며 반발했다. 녹조붕이 너무 소심하고도 착할 뿐 아니라 너무 여리다고 원망하기까지 했다. 백록원 일대에 악질 토호와 지주들이 여전히 득실거리는데 작두질을 못 하고서야 어떻게 혁명을 추진해 나가느냐는 이야기였다.

녹조붕은 그래도 큰 소리로 경고했다.

"동지들, 혁명은 작두가 아니오!"

그러나 마지막에 흑왜를 비롯해서 농협 우두머리들을 고무시킨 것은 녹조붕이 그들의 아우성을 받아들여 한 사람에게 공격을 집중시키기로 결정했다는 사실이었다. 공격 목표는 백록창의 총향약 전복현이었다. 그들의 요구 사항은 명확했다. 1911년 중화민국 건국 이후 백록창에서 해마다 거둬들인 양곡의 징수 대장을 전체 인민들 앞에 공개해야 한다는 것이었다.

백록진에는 얼마 전부터 가두시위라는 새로운 구경거리가 나타났다. 가두시위의 선도자가 된 것은 역시 첫 번째로 농협을 세웠던 하가방촌 사람들이었다. 그들은 하가방촌의 갑부 하요조賀耀祖 부부를 밧줄로 꽁꽁 결박 지워 백록진 거리를 여덟 바퀴나 조리를 돌렸다. 이렇게 되자 다른 마을 농협들도 뒤질세라 앞을 다투어 자기네 마을의 악질 부호와 지주들을 끌고 백록진으로 와서 군중들에게 시위를 했다.

가두시위 방법은 점점 바뀌었다. 처음에는 풀로 붙여 만든 종이 모자를 씌우기만 하던 것이 차츰 울긋불긋한 수의를 강제로 입히는 것으로 변했다. 나중에는 얼굴에 가마솥 밑바닥에서 긁어낸 검댕과 재를 묻히다 급기야 그 위에 풀을 바르고 똥물을 붓는 일까지 생겼다.

장이 서는 날이면 읍내 길거리는 인파와 열기로 들끓었다. 사람들은 지난날 각 마을에서 거드름을 피우던 인물의 추태를 구경하기 위해 읍내에 몰려들었다. 그러나 유행은 역시 한때뿐이었다. 백록진의 가두시위는 얼마 못 가 시들해지고 말았다. 워낙 많이 보고 나니 더 이상 신기한 구경거리가 되지 못했던 것이다.

농협 총본부에서 전복현을 투쟁 목표로 정했다는 소문이 나자 식어가던 열기가 다시 고조되었다. 또 한 가지 군중들을 집중시킨 요소는 백록촌의 향약이며 당 위원인 녹자림마저 무대 위로 끌려 올라갔다는 사실이었다. 사람들은 혀를 내둘렀다. 아들이 제 아비까지 투쟁 대상으로 삼다니, 그들은 공산당원은 육친도 눈에 보이지 않는가 보다고 탄식했다!

전복현을 백록촌 공연무대에 세웠다는 것은 백록원 일대의 농민운동 발전에 있어서 최고 절정을 이룬 대사건이었다. 장소는 여전히 사당 앞 공연 무대였다. 사안이 여느 때와 다른 만큼 이번에는 녹조붕이 직접 투쟁 대회를 주재했다.

전복현과 더불어 무대 위에 올라간 조연들은 백록창 관할 아홉 개 보장소의 향약 아홉 명이었다. 진상 조사는 이미 끝난 뒤였다. 전복현은 총향약으로 임명된 이래 거의 한 해도 거르지 않고 부세賦稅를 거둬들일 때마다 어김없이 양곡 징수량을 착복했다. 뿐만 아니라 아홉 명의 향약들 역시 예외 없이 장물 분배에 가담했다는 사실이 밝혀졌다. 흑왜는 그들이 부풀려 올린 수확량 지표와 농민들에게 가외로 거둬들인 양곡 징수량을 조목조목 비교해 가며 발표했다. 전복현과 향약 아홉 명이 착복한 양곡 수량도 낱낱이 폭로했다. 무대 아래 군중들은 숨을 죽이고 흑왜의 발표에 귀를 기울였다. 무시무시한 정적이 돌연 광풍 폭우와도 같은 함성으로 바뀐 것은 그다음 순간이었다.

"와아……, 작두를 내와라!"

당황한 녹조붕이 무대 앞에 나섰다.

"조용히 하시오!"

"으아아! 작두질이다! 작두를 대령해라!"

녹조붕은 목이 터지도록 소리쳤으나 이미 들끓기 시작한 소동을 제지할 수가 없었다. 부득이하게 권총을 한 발 쏘고 난 뒤에야 군중들의 난동을 겨우 진정시킬 수 있었다. 그는 기회를 놓치지 않고 증인을 내세웠다.

전복현 일당의 부정을 폭로한 증인은 백록창에서 사무를 맡아보던 서생書生 김씨金氏였다. 그는 전복현이 농작물 수확량 지표를 올려 징수한 내막을 장부에 낱낱이 기록해두었다. 흑왜는 36형제들과 함께 전복현을 찾아가 따지기 전에 먼저 서생 김씨를 농협 총본부로 불렀다. 동시에 정문 바깥 돌층계 위에 작두를 내다 놓았다. 총본부 건물에 들어서려던 김씨는 아직도 삼관묘 스님의 핏자국이 묻어 있는 작두를 발견하고 금세 얼굴이 새파랗게 질렸다.

"흑왜! 날 좀 살려 주게……. 아니, 아니지! 녹조겸鹿兆謙 나리! 제발 내 말 좀 들어줘……. 무엇이든지 묻는 대로 다 이야기할 테니까, 제발 저놈의 작두를 치워주게! 난 저걸 보면 소름이 끼쳐서 입이 안 떨어진단 말이야……."

흑왜가 사람을 불러 작두를 치우도록 했다. 서생 김씨의 혈색은 차츰 정상으로 돌아오고 있었다. 더듬거리던 말투도 정상으로 되돌아왔다.

"흑왜! 자네 지금 총향약 전복현이 그동안 뒷구멍으로 횡령 착복한 내막을 캐묻고 싶은 거지? 그래서 작두를 대령해서 나한테 겁을 주려고 했던 거 아닌가. 하지만 염려 말게. 다 이야기해 주면 될 거 아닌가? 오래된 것은 기억 못하겠고 작년에 거둬들인 것만큼은 아직 잊지 않고 있네. 우리 백록창에서 해마다 징수하는 농토 총면적이 '천·시·지·리·인·화' 여섯 등급을 다 합쳐서 1,112경頃하고 50묘畝일세. 여름과 가을철 두 수확기에 우리가 거둬들이는 수량이 3,081섬 1말 5되 7홉 6작이고. 1섬당 은화로 환산하면 1냥兩 3전錢 1푼分 8리厘 3호毫 5사絲 8홀忽 9미微 6섬纖 2진塵 5묘渺가 되니까, 모두 합해서 은화로 거둬들이는 액수가……."

"그만!"

흑왜가 듣다못해 그만 버럭 악을 쓰고 말았다.

"그만하시오! 딴 말 말고 그저 총향약이 뒷구멍으로 챙긴 곡식이 얼마나 되며 돈은 또 얼마나 처먹었는지 그 액수만 이야기해 달라는 거요!"

"앞서 말했잖나? 여러 해 묵은 장부는 기억이 잘 안 난다고. 작년에 부풀리고 늘려서 챙긴 액수만 따진다면 은화로 1,200냥 정도일세. 또 백록창 소속 인구가 2만 1,297명에 거둬들인 돈은 1,211냥 4전 5푼 1리 2호이니 인구수를 늘려 잡아 초과 징수한 액수가 200냥 정도일세. 그러니까 토지 면적과 인구수, 두 항목을 합쳐 초과 징수한 액수는 1,400여 냥이 되는 셈이지. 향약 아홉 사람이 각각 100냥씩 나눠 받았고 솔직히 말해서 나도 100냥을 챙겼네. 그 나머지 400여 냥은 총향약 전복현이 혼자 꿀꺽했고."

흑왜는 36형제들과 함께 서생 김씨를 데리고 백록창으로 달려갔다. 이어 자물쇠를 채운 서랍을 때려 부수고 그 안에 감춰둔 장부를 모조리 농협 총본부로 들고 왔다. 그들은 백록창이 창설된 이후 매년의 회계 장부를 붓으로 찍어가며 낱낱이 계산해 나갔다. 마침내 전복현과 아홉 개 보장소 향약들이 착복한 수량을 완전히 결산해 냈을 때 그들은 그 엄청난 액수에 놀라 입을 다물 수가 없었다. 녹조붕은 이 중대한 소식을 보고받고는 격동한 나머지 흑왜를 주먹으로 쥐어박고 말았다.

"흑왜, 정말 대단한 일을 해냈어! 이번에야말로 백록원에 진짜 눈보라가 한바탕 휘몰아칠 걸세!"

....

서생 김씨는 결산 명세서를 만지작거리면서 떨리는 목소리로 읽어 내려갔다. 두 다리와 두 팔도 와들와들 떨리고 있었다. 전복현과 공범 아홉 명은 고개를 툭 떨어뜨린 채 한 건 한 건씩 폭로해 나가는 김씨의 목소리를 듣고만 있었다. 음탕한 스님은 소작농의 아낙네들만 능욕했다. 또 그릇 장수도 고작해야 남산 아래 몇몇 마을에서 알량한 세력을 믿고 행패를 부렸을 뿐이었다. 원수가 엄청나게 많다고 할 수 없었다. 그러나 전복현과 향약 아홉 명이 맞서야 할 대상은 백록원 일대 전체 주민들이었다. 결과적으로 2만여 명이 훨씬 넘는 남녀노소가 모두 원수가 되어버렸다.

서생 김씨의 폭로가 미처 끝나기도 전에 무대 밑에서는 또 한 차례 소동이 일기 시작했다. 녹조붕은 규찰대원들을 시켜 전복현 일당을 사당 안에 가둬 놓은 후 총본부 요원들에게 감시를 맡겼다. 흥분한 군중들이 그들을 때려죽일 것을 대비해서 당초 예정했던 가두시위 계획과 조리 돌림도 취소했다. 녹조붕은 무대 위에 버티고 서서 큰 소리로 선포했다.

"모두 조용히 하시오! 전복현 일당 11명은 자수현 법원에 넘겨 심판을 받게 할 것이오!"

그러나 분노에 미쳐 날뛰는 군중들의 귀에 그런 점잖은 이야기가 들릴 턱이 없었다. 여기저기에서 불평불만이 터져 나왔다. 인산인해의 인파가 사당 문 앞으로 밀려드는가 싶더니 어느새 건물을 물샐 틈 없이 포위했다.

"전복현을 내놔라! 보장소의 향약놈들도 몽땅 끌어내라!"

"작두는 뒀다 어디 쓸 거냐? 놈들을 작두질해서 당장 죽여버려라!"

분노한 군중들이 아우성치며 밀려들자 흑왜도 통제력을 잃고 말았다.

"조붕, 저걸 좀 봐! 어떻게 하면 좋겠나? 내 진작 이야기하지 않았나? 전복현을 작두질하지 않고서는 주민들의 분노를 가라앉히기 어렵다고 말이야. 그런 악당놈을 작두질한다고 해서 안 될 게 뭐야!"

녹조붕은 다급한 김에 대뜸 욕설을 퍼부었다.

"흑왜, 이 잡놈의 새끼! 내 몇 번 말해야 알아듣겠어! 전복현은 중놈이나 그릇 장수하고는 다르다고⋯⋯. 작두질은 절대로 못 해! 그런 짓은 국공합작의 대업을 방해하는 행위라는 걸 모르겠나? 잔말 말고 어서 각 마을 농협 우두머리한테 명령을 내리기나 해. 모두 회원들을 데리고 철수하라고 말이야!"

'농민협회'의 패거리가 백록창을 습격해서 장부를 몽땅 가져갔다는 소식을 들은 전복현은 그 길로 자수현청을 향해 내달렸다. 그는 먼저 악유산 서기를 찾았다. 이어 호 현장胡縣長을 찾아갔다.

"세상에 이럴 수가 있습니까? 저는 녹조붕과 합심 협력해서 성심성의 껏 국민혁명을 추진해 왔습니다. 그런데 녹조붕이란 놈이 이렇게 뒤통수를 칠 줄이야……. 이게 백록창의 총향약을 뭘로 보고 하는 짓입니까? 구지부 서기를 뭘로 보고 하는 짓이란 말입니까!"

전복현은 이어 대성통곡을 했다. 악유산과 호 현장은 그런 전복현을 안심시킨 후 돌려보냈다. 그리고는 녹조붕을 소환하기로 결정을 내렸다.

현 당서기의 사무실에 들어설 때만 해도 녹조붕은 자기가 소환된 이유를 몰라 그저 어물쩍 의자에 엉덩이를 걸치고 앉았다. 악유산이 다짜고짜 힐문했다.

"녹조붕 동지! 당신은 어떻게 된 사람이 혁명동지에게 창끝을 겨누는 거요?"

뒤이어 호 현장이 그 말을 받았다.

"백록원의 전체 행정기구가 마비되었잖소!"

그러자 녹조붕도 지지 않고 대꾸했다.

"확실한 증거와 증인이 있습니다. 전복현은 혁명동지가 아니라 한낱 탐관오리에 지나지 않습니다. 그 흡혈귀는 국민혁명의 명성을 손상시켰을 뿐 아니라 국민당의 위신을 망쳤습니다. 기왕 말이 나온 김에 여러분에게 요구하겠는데 전복현을 모든 직책에서 즉각 파면시키십시오. 하루빨리 백록원에 손발 깨끗한 구 지부 서기와 총향약을 보내주십시오!"

악유산이 슬쩍 말끝을 돌리며 반격으로 나왔다.

"나도 한마디 해야겠군. 현 내에 고발장이 빗발처럼 날아들고 있다는 걸 아시오? 백록원 농민들이 연명해서 보내온 고발장이오! 당신네 농협 우두머리들이 선량한 스님과 그릇 장수를 작두질해서 죽였다는 고발이 들어왔소. 또 남의 아내를 겁탈했다는 고발도 있소. 온갖 비행을 하소연하는 고발장이 사방에서 날아들어 현청과 현 당부에 접수되고 있단 말이오. 그리고 소문을 듣자 하니 농협 우두머리라는 게 모두 사고뭉치, 골칫덩어리들이라던데 이런 불한당을 데리고 어떻게 농촌 국민혁명을 추진할수 있단 말이오? 혁명은 쌈박질이나 하고 함부로 작두질하는 게 아니오! 귀 당은 이제 농협 우두머리를 다시 고려해 봐야 하지 않겠소?"

그러나 녹조붕은 굽히지 않았다.

"그릇 장수의 아낙과 잠자리를 같이한 농협 부주임은 이미 파면 조치했습니다. 전복현은 입만 열면 농협 우두머리들이 사고뭉치요, 불한당이라고 떠드는데 여기 와서 또 그런 소리를 지껄인 모양이군요. 하지만 청나라정부도 손중산孫中山(손문) 선생을 불한당이라고 비난한 적이 있지요."

그 말을 듣자 악유산이 황급히 손을 내저어 말렸다.

"닥치시오! 어떻게 그런 터무니없는 언사로 국부 어른을 모욕할 수가있소? 망발도 참……."

녹조붕은 그러나 지지 않았다. 더욱 단호하게 말을 이었다.

"똑같은 이치입니다. 부패한 통치자는 자기들과 반대편에 서는 사람이면 누구든지 난신적자亂臣賊子로 몰아붙입니다. 불한당 왈패라고 비난합니다."

호 현장이 화제를 바꾸었다.

"조붕 동지, 당신은 무슨 일이 있더라도 전복현의 생명과 안전을 보장해야 하오. 농협이 제멋대로 작두질해서 인명을 살상하는 행위도 엄금하겠소. 죄상이 명백한 자는 반드시 현 법정에 넘겨 심판을 받게 하시오. 전복현은 지금쯤 당신네 농협 패거리들의 손에 붙잡혀 있지 않소?"

녹조붕이 고개를 끄덕였다.

"책임지고 그자를 넘겨 드리겠습니다."

…………

날이 어두워진 다음 녹조붕은 규찰대원들을 시켜 전복현을 현청으로 압송하도록 했다. 이어 흑왜를 불러다 앉혀 놓고 다음 단계 공작사업으로 토지 분배 문제와 농민 무장군의 조직 건설 계획을 연구하기 시작했다. 전복현을 작두날 아래에 누이지 못해 의기소침해 있던 흑왜는 다시 활기를 되찾고 언성을 높이기 시작했다.

"조붕, 좋은 계획이야! 우리 농협이 악질 지주들의 논밭과 재산을 몰수해서 가난한 사람들에게 나눠주기만 해도 그 작자들을 철저히 거꾸러뜨리는 셈이니까."

이런 공작 계획의 기반이 갓 조성되었을 때 그들은 또다시 전복현 사건에 휘말렸다. 법원에서 반 달 남짓 하릴없이 갇혀 있던 전복현이 거드름을 피우며 백록원으로 돌아온 것이다. 게다가 당초의 직분을 되찾고 여봐란듯이 백록창에 들어앉았다. 흑왜는 농협 총본부 동지 세 사람을 데리고 현 법원으로 달려가 거세게 따져 물었다. 그러나 법관의 대답은 한마디뿐이었다.

"조사해 본 결과 실제적인 증거가 없으니 어쩌겠소. 석방시킬 수밖에!"

녹조붕도 호 현장의 사무실을 직접 찾아가 항의했다.

"현장께서는 어째서 전복현을 석방한 겁니까?"

호 현장이 느긋하게 대꾸했다.

"서생 김씨가 진술 내용을 몽땅 뒤집었단 말이오. 이야기를 들고 보니 작두를 놓고 협박했다던데 위협을 받고 진술한 자백을 누가 믿어주겠소?"

녹조붕은 발길을 돌려 악유산을 찾았다.

"나는 지금 전복현에 관한 일 따위에는 관심이 없습니다. 그저 국민혁명의 앞날이 걱정입니다!"

악유산도 맞받아쳤다.

"녹조붕 동지, 그대는 공산당원이지만 국민당원이기도 하오! 아울러 양대 정당의 막중한 책임을 지고 있는 사람이오. 그런데 편견을 가지고 너무 한쪽 편만 드는 거 아니오? 그대가 우리 국민당의 기본 계층 간부들을 조리 돌리고 작두질해서 다 없애버리면 국민혁명을 당신네 공산당 혼자서만 완수할 수 있을 듯싶소?"

녹조붕 역시 거리낌 없이 응수했다.

"너무 예민하시군요. 만약 우리 공산당 내부에 전복현과 같은 파괴분자가 들어있다면 우리는 바로 법정에 넘겼을 겁니다!"

녹조붕이 백록원으로 돌아가니 흑왜가 펄펄 뛰고 있었다.

"내 진작 그놈을 작두에 걸라고 하지 않았나! 어쩌자고 법원에 넘겨준 거야? 심문하고 판결했다는 게 오히려 전복현을 무죄 석방시켰으니, 이런 개 같은 노릇이 어디 있어! 앞으로 두고 보자고. 그놈이 반대로 우리 농협에게 죄를 뒤집어씌워 해코지할 날이 올 테니까!"

녹조붕과 흑왜는 섬서성 농민협회 준비처로 달려가 상황 보고를 했다. 그리고 다시 성 정부省政府를 찾았다. 우 주석主席은 사태 설명을 다 듣고 나자 으레 그렇듯 똑같은 말을 거듭했다.

"누구든지 혁명의 앞길을 가로막는 자는 짓밟고 나아가야 하네!"

두 사람이 백록원으로 돌아온 지 얼마 안 됐을 때였다. 믿을 만한 소식이 날아들었다. 자수현의 호 현장이 성 정부의 명령으로 파면됐을 뿐 아니라 국민당 자수현 당부 서기 악유산 역시 좌천당해 다른 지역으로 옮겨 갔다는 소식이었다. 흑왜는 혁명동지들을 이끌고 다시 한 번 전복현을 잡으려고 백록창으로 달려갔다. 그러나 전복현은 이미 소문을 전해 듣고 내뺀 뒤였다. 법원에서 자백 내용을 뒤바꾼 서생 김씨도 행방불명이 되었다.

결국 1년도 못 되는 세월 동안 자수현의 현장은 네 사람이 파면되거나 교체되었다. 그것은 2,300년 전 진秦나라 효공孝公이 최초로 자수현을 설치한 이래의 신기록이었다. 농민들은 그들의 얼굴이 반반한지 박박 얽은 곰

보인지, 심지어는 성씨가 뭐며 이름은 또 무엇인지 미처 알 겨를도 없었다. 그들은 그저 말 타고 지나가며 구경하듯 자수현에 들렀다가는 이내 사라졌다.

이 일은 주 선생의 골머리를 적지 않게 썩였다. 그는 역대 현지縣誌를 모조리 들춰 보았다. 판본版本도 각양각색에 드나드는 원님도 적지 않게 많았으나 이런 일은 유례를 찾을 수가 없었다. 다만 자수현 농민들에 대한 평가만큼은 일관성 있게 여덟 자로 압축되어 있었다. 그나마 다행이었다.

물은 깊고 토양은 기름지고, 백성들의 기풍이 순박하다.

水深土厚, 民風淳朴

주 선생은 암담한 생각이 들었다. 새로 편찬되는 자수현지에 결론을 과연 어떻게 맺을 수 있을는지…….

제14장

녹조붕鹿兆鵬은 국민혁명에 몸을 던진 이래 첫 번째 위기에 봉착하게 되었다. 하마터면 체포당할 뻔한 것이다.

막 삼복에 접어들어 후덥지근한 무더위를 견디기 힘든 어느 날 밤이었다. 그는 우물에서 물 한 통을 길어다가 대나무로 엮은 평상 곁 수채구멍 앞에 놓았다. 그리고는 표주박으로 물 한 바가지를 듬뿍 떠서 머리 위에서 쏟아부었다. 얼음처럼 차가운 우물물을 뒤집어쓰자 당장 소름이 돋으면서 온몸에 서늘한 상쾌함이 퍼졌다.

이때였다. 낯모를 사람 둘이 불쑥 나타나더니 그 앞으로 걸어오면서 물었다.

"교장 선생님은 어느 방에 계십니까?"

조붕은 가슴의 때를 문지르던 손을 멈추고 '내가 교장이오!'라고 대답하려 했다. 그러나 말이 입 밖으로 나오려던 순간 뭔지 모를 경계심이 그것을 전혀 다른 말로 바꾸어 놓았다.

"녹 교장님을 찾으시나요? 그분은 나하고 벽 하나 사이를 두고 남쪽 셋째 방에 거처하고 계시는데요. 저 복도로 들어가서 오른쪽으로 돌아가면 바로 그분 숙소입니다. 방금 세수를 하고 들어가셨으니까 지금은 잠자리에 누우셨을 겁니다."

"고맙소이다."

두 사람이 발길을 돌렸을 때 조붕은 어둠 속에 또 다른 두세 명이 서성대는 것을 발견했다. 그는 일순 등골이 서늘해지는 것을 느꼈다. 동시에 뭔가 재미없는 일이 벌어지고 있다는 예감이 들었다. 그는 천연덕스레 물 한 바가지를 또 퍼서 머리에 끼얹은 다음 양 손바닥으로 가슴을 문지르기 시작했다. 살갗이 뽀드득뽀드득 소리가 나도록 세차게 문지르면서 흘끗 곁눈질해 보니 복도 쪽으로 걸어가는 두 명 뒤에 나머지 세 사람도 총총걸음으로 급히 뒤따르고 있었다. 그들의 동작이나 걸음걸이는 미숙한 사냥꾼을 연상시켰다.

조붕은 시렁에 걸어 두었던 셔츠를 재빨리 걷어 평상 뒤로 돌아서 담장 밑까지 단걸음에 뛰어가서는 담장머리를 붙잡고 몸을 솟구쳐 올랐다. 손바닥으로 황토 담장머리를 잡는 순간 푸스스 떨어져 내리는 흙부스러기 소리가 총성을 불러일으켰다.

탕!

담장을 뛰어넘은 그는 무작정 들판으로 내달렸다. 여름철 보리를 갓 베어낸 끝이라 들판에는 그루터기만 남았을 뿐이었다. 몸을 숨길 곳이 없었다. 남쪽을 향해 얼마쯤 달리던 그는 생각을 바꾸고 오던 길로 발길을 돌려 담장을 뛰어넘어 학교로 들어갔다. 총소리와 고함치는 방향으로 보아 그를 잡으러 온 다섯 명은 북쪽과 동쪽 두 길로 나누어 쫓아간 것이 분명했다. 그는 대나무 평상 앞으로 다가가면서 몸에 묻은 진흙 덩어리를 털어낸 다음 아직도 손에 들고 있던 셔츠를 걸쳐 입었다. 그제야 교사들이 허둥지둥 달려와 그를 에워쌌다.

"놈들이 손을 쓰기 시작한 모양이오."

조붕이 침통하게 말했다.

"떠날 사람은 서두르시오. 놈들이 다시 올 때까지 기다릴 필요 없이."

그에게는 이미 오래전부터 생각해 놓은 계획이 있었다. 그건 공산당원의 신분이 노출된 교사는 전부 백록진 초급소학교를 떠나는 것이었다. 그러나 신분이 공개되지 않은 딱 한 사람인 공龔 선생은 남아서 계속 진지를 지키기로 했다. 그는 망설이는 교사들을 서둘러 떠나보낸 후 자기 방으로 돌아와 책꽂이 뒷벽 구멍 속에 감춰 두었던 권총을 꺼내 허리춤에 찔러 넣었다. 그리고 제복을 걸치고 유유히 숙소를 나섰다. 보따리를 챙기다가 뒤쫓아 나온 교사 몇몇이 배웅하러 학교 뒷문까지 왔을 때 그는 짧게 인사를 건넸다.

"동지들, 내 언젠가 반드시 동지들을 다시 찾을 거요!"

그 한마디를 남기고 녹조붕은 곧바로 돌아서서 캄캄한 어둠 속에 잠긴 들판으로 걸음을 내디뎠다. 이어진 20여 년의 세월 동안 그는 밀정들에게 뒤를 밟히고 추격당하면서 체포될 험악한 위기를 셀 수 없이 겪었다. 그러나 이날 밤의 탈출만큼 또렷이 기억에 남은 것은 없었다. 그날 밤은 녹조붕이 백록원에서 지하 공작원으로 첫발을 내딛는 순간이었다……

상황이 돌발적으로 닥친 것은 아니었다. 때는 복사꽃이 붉게 피고 버드나무에 신록이 우거지는 봄철, 음력 3월의 어느 날이었다. 갑자기 남쪽에서부터 한기류가 몰아쳐 왔다. 장개석蔣介石이 이른바 '4.21 정변'을 책동하여 국공 분열國共分裂을 야기시킨 것이다.

녹조붕이 섬서성위陝西省委 특별위원회의에 참석하고 백록원으로 돌아왔을 때 흑왜를 비롯한 혁명동지 36형제들은 그를 목이 빠지게 기다리고 있었다. 그가 상급기관에서 토지 분배에 대한 구체적인 방안을 가지고 오려니 생각했기 때문이었다. 이들의 간절한 소망이 담긴 눈길과 마주치는 순간 조붕은 침통한 심사를 억누르고 활달하게 말했다.

"동지들, 우리는 지금 무엇보다 먼저 무장 세력을 확보해야만 하오!"

그러나 흑왜와 단둘이 있게 되자 조붕은 이 우직한 농협 주임에게 모든 내막을 털어놓았다.

"장개석이 선수를 쳐서 공산당을 말살하고 있네! 북벌 대업은 완전 실패야!"

흑왜는 눈을 부릅뜨고 보이지 않는 적을 향해 악담과 저주를 퍼부었다.

"이런 벼락 맞아 죽을 놈들! 우리를 실컷 이용해먹고 이제 와서 깔아뭉개다니……. 어떻게 이런 일이 있단 말인가!"

"성위省委 특별회의에서 결정을 내렸네. 우리 공산당도 무장역량을 강화하기로 말일세. 이건 피를 흘려 얻은 교훈이라네. 모두 우리가 군대가 없기 때문에 이런 수모를 당하는 거지."

녹조붕은 즉시 진령산으로 들어갔다. 그곳의 갈조구葛條溝에는 대략 50~60명 정도의 비적 떼가 있었다. 산채 두목인 신룡辛龍·신호辛虎 두 형제가 오래전 패주하던 진숭군鎭嵩軍 낙오병들에게 20여 자루나 되는 소총을 노획했다는 소문의 주인공들이었다. 실제 그들은 그로 인해 진령산 일대의 가장 강력한 무장 세력이 될 수 있었다. 녹조붕은 신씨 형제를 설득하여 비적 떼를 혁명군대로 개조시키기로 했다. 흑왜 역시 다른 경로로 또다른 비적 떼를 찾아 진령산으로 들어갔다.

열흘쯤 지나 백록진에 돌아온 녹조붕은 한껏 고무된 심정을 감추지 않았다.

"됐어, 이제 우리에게도 우리 자체의 군대가 생겼네!"

그러나 흑왜는 잔뜩 풀이 죽어 있었다.

"나는 퇴짜를 맞았네. 혓바닥이 닳도록 설득했지만 �끄떡도 않는 걸 어쩌겠나?"

그날부터 흑왜는 토지 분배라는 대사업을 제쳐놓고 농협 간부들과 함께 농민협회 무장대를 편성하고 훈련시키는 일로 바쁜 나날을 보냈다. 그러나 일은 수월하지 않았다. 무기라고 든 것은 손잡이에 붉은 헝겊을 매단 삼지창이나 작살, 큰 칼 따위가 고작이었다. 얼핏 보면 300여 명의 무장 대오가 위풍당당해 보이기는 했다. 그러나 이들은 백록진 길거리를 한 바퀴 행진하고 난 후 뿔뿔이 흩어졌다. 단 한 사람도 남아 있지 않았다. 바야흐로 밀밭이 누렇게 익어 수확도 해야 하고 방아도 찧어야 할 농번기였던 것이다.

밀 수확이 끝나자 이내 삼복의 무더운 계절로 접어들었다. 농가 앞뜰의 복숭아 열매에 숭숭 돋아나던 솜털이 걷히고 하얀 껍질이 붉게 물드는 동안 국민혁명의 추세 역시 날이 갈수록 험악해졌다. 우선 국민당이 공산당과 공동 조직했던 국민당 성 당부省黨部가 해산을 선포했다. 또 공산당이 국민당과 공동으로 결성했던 섬서성 농민협회도 해산 명령을 받고 모든 활동이 정지되었다. 섬서성 행정을 주재하던 성 정부의 우 주석于主席은 국민당 중앙으로 전출되었다. 대신 송씨宋氏 성을 가진 주석이 후임으로 잠정 교체되어 부임했다. 이어 3개월 동안 대세를 관망하고 있던 국민혁명군 섬서성 주둔부대 사령관 풍 장군馮將軍은 장개석 군의 반공대열에 투신했다. 그가 정식으로 공개 성명을 발표한 날은 음력 7월 15일로, 녹조붕이 백록진 초급소학교에서 탈출한 며칠 후였다. 그러니까 국민당의 철권鐵拳은 풍 장군이 공개 성명을 발표할 때까지 기다려 주지 않고 일찌감치 공산당 숙청에 착수한 셈이었다.

백록진은 국민당 일색이 되었다. 녹조붕은 읍내 공중변소에 들어앉아 일을 보는 척하면서 백록진에 아무런 조짐이 없는 것을 확인했다. 그런 다음 뒷골목으로 빠져나가 한재봉韓裁縫의 가게 뒷문을 두드렸다. 그는 한재봉을 보기가 무섭게 어깨를 부여안고 가슴이 찢어지도록 목을 놓아 울었다.

"우리는 올가미에 걸려들었소! 놈들의 속임수에 넘어갔단 말이오! 피를 나눈 동포들끼리 어쩌면 이렇게도 다급하게 핍박을 하는 거요? 어제까지만 해도 손을 맞잡고 국민혁명을 추진하던 형제가 오늘은 이렇듯 골육상쟁을 벌이다니!"

전복현田福賢이 다시 백록원으로 돌아왔다. 검은 군복에 소총으로 무장한 병사 11명이 그를 뒤따랐다. 그는 곧바로 백록창白鹿倉에 들어앉는 대신 길을 돌아 우선 백록진으로 들어갔다. 눈에 익은 점포와 낯익은 가게 주인들을 보자 두 손을 맞잡으며 주변에 미소도 건넸다.

"안녕들 하셨습니까? 제가 돌아왔습니다! 하하하⋯⋯."

흑왜의 작두날을 피해 도망친 지 반 년이 흐른 오늘, 그의 얼굴은 불그레하니 윤기마저 감돌았다. 자수현 당부滋水縣黨部 서기 악유산은 남쪽 산악지대 보잘것없는 마을 영양현寧陽縣으로 좌천되어 떠날 때 전복현을 데리고 갔다. 전복현은 비록 가난뱅이 농사꾼들만 사는 척박하고도 폐쇄된 곳이기는 했어도 생활이 안정된 그곳에서 오히려 느긋하게 휴양을 즐겼다. 산에서 나는 온갖 진귀한 들짐승들을 잡아먹으며 지옥 문턱까지 다녀오느라 혼비백산을 한 정신과, 죽음의 협박에 시달려 허약해진 몸뚱이에 영양을 충분히 보탤 수도 있었다.

국민당과 공산당이 갈라졌다는 풍문이 이 작은 산골 마을까지 닿은 것은 화전을 일궈 만든 계단식 밭에 밀이 누렇게 익어갈 무렵이었다. 악유산은 그날로 자리를 걷어치우고 일어났다.

"이제 우리도 산을 내려가야겠소!"

그날 밤 그들은 곰 발바닥, 큰 도롱뇽 고기 따위를 잔뜩 시켜 놓고 술을 퍼마셨다. 그리고 이튿날 아침 짐 보따리를 챙겨 서안성으로 돌아왔다. 국민당 성 당부로 당당하게 들어간 악유산은 강경하게 요구했다.

"나를 자수현으로 돌려보내 주시오! 내게 아무런 과오가 없다는 것을 지금 보는 현실이 증명해 주고 있지 않소?"

해 질 녘에 현성으로 돌아온 두 사람은 그날 밤중으로 경찰관 몇 명

제14장   467

을 백록원으로 보내 녹조붕을 체포하게 했다. 그러나 결과는 앞서 말한 바와 같았다. 악유산은 전복현을 현 당부에 남겨 두려 했으나 전복현은 고개를 저었다.

"나 역시 아무래도 내 본거지로 돌아가야겠소이다. 이건 서기 동지께서 자수현에 돌아오려고 했던 이유와 똑같은 겁니다."

악유산은 마지못해 허락했다. 그의 말이 일리가 없는 것도 아니었다.

"그것도 좋겠소. 가만 생각해 보니 당신이 본거지로 돌아가야 좋겠어요. 백록원은 공산당의 소굴 아니오? 당신이 그곳을 장악해야 나도 마음이 놓이겠소."

악유산은 우선 현 보안대縣保安隊 병력 중에서 사병 11명을 뽑아 전복현에게 넘겨주었다.

"이만한 병력이면 당신이 귀향하는 길에 충분히 위엄이 설 것이오."

전복현이 돌아왔다는 소식은 반나절도 못 되어 백록원 일대에 두루 퍼졌다. 곧 그가 백록창에 들어서던 그날 오후부터 사흘 밤낮 동안 알현을 위해 찾아오는 사람들이 넘쳐났다. 보장소의 출입문이 언제나 꽉 찰 정도였다. 농민협회의 투쟁 대상으로 지목받아 조리 돌림을 당했던 토호향신土豪鄕紳과 지주들은 눈물 콧물을 짜내며 그간의 고초를 하소연했다. 또 농협에 적극 동조했던 자들과 그 부모들은 부끄러운 얼굴로 참회의 인사를 드렸다. 전복현은 그들과 대면하는 순간 보복하고 싶은 생각이 굴뚝같았다. 그러나 아직은 그럴 때가 아님을 깨닫고 손을 내저었다.

"돌아가시오. 돌아들 가요! 여러분, 오늘은 그냥 돌아가 주십시오. 제가 할 일이 너무 많고 바쁩니다."

그는 병사들을 시켜 사람들의 출입을 막았다. 접견을 못 한 사람들 중에는 소주와 음식을 가지고 와서 총향약 어른께 전해 달라고 부탁을 하는 이도 있었다. 그러나 전복현은 그것들을 쳐다보지도 않고 앞뜰에 내다버렸다.

"흥, 정신들 나갔군! 지금이 어느 때라고 술타령을 하라는 거야?"

전복현은 보장소 향약들을 소집해 회의를 열었다. 향약들은 눈물을 흘리면서 자기네들이 당한 수모부터 흑왜가 저지른 온갖 비열한 짓을 하소연하는 데 정신이 팔렸다. 도대체 총향약이 무슨 일 때문에 자기네들을 소집했는지는 관심도 없었다.

"여러분, 지금부터는 개인의 신상 발언을 금하겠소!"

전복현은 향약들을 진정시키느라 주먹으로 책상을 몇 차례나 두드렸다. 그래도 난장판은 도무지 막을 길이 없었다.

"우리 모두가 속은 거요. 우리는 공산당과 성심성의껏 합작했소. 그러나 공산당은 우리를 작두날에다 처박았단 말이오. 나도 작두날 밑에서 빠져나온 뒤에야 분명히 깨달았소. 국민혁명을 올바르게 추진하려면 정당도 반드시 하나, 주의도 반드시 하나로 실천되어야 한다는 것을! 이제는 우리가 손을 써야 할 때가 왔소."

전복현은 손을 써야 할 구체적인 방안을 낱낱이 설명한 다음 마지막 한마디로 결론을 지었다.

"이번에야말로 우리는 이 백록원에서 공산당을 뿌리 뽑고 말 것이오!"

전복현은 곧바로 무장 민단을 조직했다. 새로 모집한 단원들 중에는 지주와 부호의 자제도 있었다. 가난뱅이의 자제들 역시 있었다. 그들은 모두 한재봉에게 부탁해서 만든 검은 제복 상의를 걸치고 있었다. 전복현은 국민당의 청천백일기靑天白日旗가 휘날리는 마당에서 집단 선서식을 마친 후 보안대에서 이끌고 온 11명의 병사들을 조교로 삼아 그들에게 제식 훈련을 시켰다. 훈련장은 수확을 끝낸 널찍한 보리밭이었다. 백록창 농민대회를 개최할 준비가 순조롭게 진행되자 그는 점심 후에 백가헌을 찾아가 보기로 했다.

백가헌은 백록원의 거물급 인사들 중에서 문안 인사를 오지 않은 유일한 인물이었다. 전복현이 백씨比氏 댁 사합원을 들어섰을 때였다. 안채에서 깊이 잠든 사람의 코 고는 소리가 들려왔다. 가헌이 침상에 시원한 돗자리를 깔고 누워 낮잠을 즐기고 있었던 것이다. 아내 선초가 흔들어 깨우자 겨우 일어난 그는 눈앞에 서 있는 손님을 보고도 놀라는 기색이 없었다. 그저 물수건으로 얼굴을 닦으면서 천연덕스럽게 말을 건넸다.

"돌아왔다는 이야기는 나도 들었소. 가보고 싶기는 했으나 그쪽이 너무 시끌벅적하기에 그만두었지."

전복현이 빙그레 웃었다.

"자네를 그런 천박한 부류들과 비할 수는 없지. 자네의 깊이는 다 알고 있으니 말일세. 내가 오늘 찾아온 것은 두 가지 할 말이 있어서네. 첫 번째는 자네를 산에서 끌어내는 것인데……. 어떤가, 의향이?"

가헌이 심드렁하게 대꾸했다.

"내가 언제 산에 들어가기라도 했단 말이오? 끌어내다니……."

"어리숙한 척하지 말게. 난 자네를 제1보장소 향약으로 출마시키려고 온 거니까."

"녹자림이 여태껏 잘해오지 않았소?"

"뻔히 알면서 시치미 뗄 것 없네. 그 친구의 공산당 아들 녀석이 백록원을 쑥대밭으로 만들어 놓았는데, 그놈의 아비를 계속 향약으로 내버려 둘 성 싶은가? 어림도 없지. 그 아들놈은 지금 상부에서 현상금까지 내건 지명수배자란 말일세."

"그렇다면 더욱 안 되겠군. 당신네 보장소 향약 노릇을 하고 싶어도 말이오. 생각해 보시구려. 내가 그 자리를 차고 들어앉으면 자림 아우님이 이 기회에 내가 자기 감투를 빼앗았다고 의심할 것 아니오? 그러니까 다음 용건이나 말해 보시오!"

전복현은 유감스러운 듯 한숨을 길게 내쉬었다.

"정말 고집불통이로군. 자신만만한 것은 좋은데 너무 융통성이 없어. 농민협회의 망나니들이 길거리에 끌어내 조리돌림을 시켰는데도 그저 참고만 있겠다는 건가?"

"미친개한테 물린 셈 치면 그만 아니겠소. '사람'이 되어서 '개'하고 시비곡직을 따질 수야 없는 노릇이지."

"시비곡직을 안 따지겠다? 그것 참 대단하군! 이번에는 고작 다리를 물었을 뿐이지만 다음번에는 자네의 목을 물어뜯을 텐데?"

"그런 말일랑 그만둡시다. 용건이 두 가지라고 하지 않았소?"

전복현은 마지못해 화제를 바꿨다.

"백록촌 마을의 공연용 무대를 빌리고 싶은데."

가헌이 당치도 않다는 듯 되물었다.

"무대를 빌리겠다? 고향에 돌아온 기념으로 연극이라도 보여 주시겠다는 거요?"

"연극이 아니라 원숭이 놀음이지."

"원숭이 놀음? 원숭이 놀음에 무대가 왜 필요하오? 땅바닥에 말뚝으로 울타리나 치면 될 텐데."

"이번 원숭이는 아주 큰 놈일세. 게다가 요망한 놈이라 무대 위에 올려 놓고 구경해야 할 거야."

가헌은 그 말투에서 사뭇 진지한 느낌을 받았다.

"설명을 해 보시오. 무대를 어디다 쓸 것인지? 용도를 분명히 말해 주지 않으면 나도 승낙할 수 없으니까."

"농협에서 날뛰던 왈패, 망나니 원숭이 녀석들을 놀리는 데 쓰려는 걸세."

전복현의 입에서 끝내 본심이 튀어 나왔다.

"그 못된 씨알머리들을 혼내줘야 할 것 아닌가?"

"정말 연극을 할 거였다면 당신이 굳이 부탁하러 올 필요도 없었겠지. 그런 일이라면 무대는 다른 마을에나 가서 빌려 쓰시구려!"

가헌은 딱 부러지게 거절했다. 전복현이 의자에서 일어나더니 싸늘하게 코웃음을 쳤다.

"자네 무대에 눈독을 들인 것은 사실이지만 모란꽃 피는 장면을 보여주려는 것은 아닐세. 놈들은 바로 이 백록촌 무대에 나를 올렸네. 그러니 나도 그놈들을 똑같은 무대에 올려세우지 않으면 안 되겠다, 그 말이야! 나는 백록원 일대에 사는 사람들에게 똑똑히 보여줄 작정일세. 누가 뉘 집 원숭이를 더 재미있게, 더 짜릿하게 놀릴 수 있는지!"

전복현은 무대 한가운데에 자리를 잡고 앉았다. 그를 중심으로 양쪽 귀빈석에는 아홉 개 보장소의 향약 중 여덟 명과 하가방촌賀家坊村의 갑부 하광적조賀光翟租를 비롯한 유명 인사들이 앉았다. 초보 훈련을 마친 민병단원들은 자기 위치에서 임무를 수행하고 있었다. 무대 양 귀퉁이에 각각 한 사람, 무대 아래 정면에 횡대 일렬로 늘어선 7, 8명이 받들어총 자세를 취하고 있었다. 나머지 7, 8명은 어깨에 소총을 메고 무대 아래 광장 여기저기 흩어져 몰려드는 남녀 주민들의 질서를 잡고 있었다.

이윽고 전복현이 자리에서 일어나 첫 마디를 열었다.

"농민 여러분! 불초한 제가 어려운 난관에도 죽지 않고 살아 고향에 돌아왔습니다."

왁자지껄 소란을 피우던 광장 분위기가 삽시간에 쥐 죽은 듯이 조용해졌다. 전복현은 군자다운 태도를 유지하며 그리 길지 않은 연설을 마무리했다. 이어 단상에 오른 사람은 뜻밖에도 서생 김씨金氏였다. 그는 무대 위에 미처 다 오르기도 전에 벌써 자제력을 잃고 미친 듯이 고함을 질러

대기 시작했다.

"총향약 나리! 저는 사람이 아니올시다! 나는 풀을 뜯어 먹는 짐승이요, 똥이나 핥아먹는 개올시다! 제가 터무니없는 소리를 지껄인 것은 흑왜가 작두질을 할까 봐 무서워서 그랬던 겁니다. 농민 여러분, 전 총향약이 토지와 인구수를 부풀려 세금을 착복했단 제 말은 모두가 새빨간 거짓말이었습니다……!"

광장 분위기가 또다시 웅성거리면서 심상치 않게 술렁대기 시작했다. 동시에 누군가 무대 위로 훌쩍 뛰어오르더니 아무 말 없이 호주머니에서 은화를 한 움큼 꺼내 탁자 위에 올려놓았다.

"이건 우리 마을에서 나눠 받았던 돈입니다. 우리 마을 사람들이 전 총향약님께 돌려 드리라고 해서 가져왔습니다."

이에 뒤질세라 서넛이 잇따라 단상에 올라와 은화를 꺼내놓았다. 그 뒤로 두세 명이 무대에 오르기는 했으나 돈을 내놓지는 않았다.

"저희 마을에는 나눠 받은 돈이 없었습니다. 나중에라도 생기면 바치겠습니다."

전복현이 무대 앞으로 나가더니 계속 뛰어오르는 사람들을 손짓으로 제지했다. 이어 돈을 내놓은 사람들을 하나씩 다시 불러올렸다.

"여러분 돈은 모두 도로 가져가세요. 가져가서 농민들에게 나눠주도록 하십시오."

그러나 선뜻 돈에 손을 대는 사람은 아무도 없었다.

"못 가져갑니다! 애초에 우리 돈이 아니었습니다!"

"옳소! 죄악으로 더럽혀진 돈은 가져갈 수 없습니다!"

저마다 한마디씩 떠들기 시작하자 전복현이 벌컥 화를 냈다.

"국민혁명은 돈놀음이 아니오! 이 돈을 가져가지 않으면 내 당신네들의 손목을 진짜 작두로 찍어버리고 말겠소!"

사람들이 감동어린 기색으로 조심스럽게 탁자 앞에 다가갔다. 그리고 자기네들이 내놓았던 은화 무더기를 도로 호주머니에 집어넣었다. 전복현은 그들이 무대 아래로 다 내려가자 돌아서면서 고함을 질렀다.

"농민 여러분!"

전복현은 이어 왈칵 눈물을 쏟아냈다.

"불초한 저는 한평생 돈을 탐내 본 적이 없었습니다. 흑왜가 내 돈을 빼앗아 여러분에게 나눠준 이상 그것으로 그만입니다. 저는 필요 없습니다. 그저 여러분이 제 마음을 알아주시기만 하면 족할 뿐입니다!"

무대 아래 광장이 다시 한 번 쥐죽은 듯 고요해졌다. 그때 한쪽에 서 있던 김씨가 자기 뺨을 때리기 시작했다. 두 손바닥이 왼쪽 오른쪽 번갈아 가며 후려치는 소리가 무대 아래까지 똑똑히 들렸다. 전복현은 옛 부하의 행태를 흘겨보면서 코웃음을 쳤다.

"자네 병은 뺨에 있는 게 아니야. 주둥아리에 있지!"

그는 그렇게 빈정거리고는 무대 뒤로 물러났다. 이어 민병단원 둘이 앞으로 나와 김씨를 결박지어 무대 앞쪽 말뚝에 묶었다.

"그놈의 주둥아리 병을 고쳐 주게!"

전복현의 명령이 떨어지기가 무섭게 병사 둘이 번갈아 입을 걷어차기 시작했다. 김씨의 입에서 몇 마디 비명이 터져 나오다 이내 신음 소리로 바뀌었다. 곧이어 그는 아무 소리도 내지 못했다. 순간 무대 아래 오른쪽에서 소동이 일었다. 발길에 걷어차인 입에서 튀어나온 핏덩이가 구경꾼들의 얼굴과 몸에 튀었던 것이다. 누군가 부러진 김씨의 앞니를 바닥에서 한 개 주워들었다.

그 뒤를 이어 민병단 10명이 오랏줄을 목에 걸어 팔을 뒤로 꺾은 채 결박 지운 열 명의 '원숭이'들을 줄줄이 끌고 나와서는 무대 앞에 일렬로 세웠다. 전복현은 서두르는 법 없이 무대 아래 군중들을 향해 하나하나 소개해 나갔다.

"이분으로 말씀드리자면 신화촌의 농협 부주임 장지안張志安 선생이죠. 어릴 적 아명은 황소 발굽인 '우제아'牛蹄兒이고요. 난동이 진압되었을 때 삼원三原으로 내빼기는 했으나 도망친 것은 아니올시다. 또 이분은 남채촌南寨村의 이민생李民生 나리입니다. 그래도 사내대장부라서 도망치지도 숨지도 않으셨습니다. 녹조봉과 흑왜는 눈치 빠르게 달아났지만 말입니다. 대신 혁명동지 10형제, 36형제들만 남겨 자기들 대신 죄를 받게 했지요……."

한 사람씩 소개해 나가던 전복현은 마지막 한 명이 남았을 때 잠시 뜸을 들였다.

"이분은 제가 굳이 소개해 올리지 않아도 다들 아실 겁니다. 여기 이 단상에 서 있는 불한당 가운데 연세를 제일 많이 잡수신 분이라 저승길에 오르기 전에 한바탕 발악을 하신 셈 쳐야겠지요!"

그때였다. 무대 위로 오르는 계단을 향해 남녀 한 무리가 걸어 나왔다. 그들 중에는 늙은이와 노파도 있었다. 어린애와 젊은 아낙 역시 섞여 있었다. 그들은 무대 위에 올라와 무릎을 꿇고 엎드리더니 연신 이마를 조아려 가며 애걸하기 시작했다.

"전 총향약 나리, 제발 우리 집 저 못난 녀석을 용서해 주십시오!"

"어르신네, 이렇게 빕니다. 그저 철딱서니가 없어서 날뛴 거니까 동네 강아지한테 물린 셈 쳐주십시오!"

전복현이 가벼운 미소를 띠면서 말했다.

"어서 일어나시지! 장본인들이 이야기를 한다면 혹 모를까 남이 떠들어 봤자 다 헛소리들이야."

그 말을 듣자 애걸복걸하던 남녀들이 결박당한 '원숭이' 무리에게 우르르 달려가더니 꾸짖고 욕설을 퍼부으며 사죄하라고 등을 떠밀었다. 두 명이 우선 무릎을 꿇었다. 또 두 사람이 무릎을 꿇었다.

전복현은 짐짓 고개를 갸우뚱해 보였다.

"허허, 당신들 목소리가 너무 작아서 무대 아래까지는 안 들리겠는데? 좀 더 높은 데로 올라가서야만 무슨 말을 하는지 모두 알아들을 수 있겠어!"

군중들은 그제야 무대 앞에 줄줄이 세워 놓은 장대의 용도를 알 수 있었다. 무릎을 꿇었던 네 사람은 민병들의 손에 이끌려 나와 장대 밑에 섰다. 그러자 장대 끝 도르래에서 갈고리 달린 가죽끈이 주르르 풀려 내렸다. 민병들은 뒷짐 지워 묶은 네 사람의 손목에 갈고리를 하나씩 꿰었다.

"됐어, 올려!"

네 사람은 눈 깜짝할 사이에 위로 달려 올라가 장대 끝에 매달렸다. 두 다리가 지면에서 떨어져 장대 끄트머리까지 올라가자 그들의 입에서 비명 소리가 터져 나왔다. 군중들은 끔찍한 장면과 비명 소리에 놀라 몸을 떨었다.

전복현은 무대 앞에 나서서 허공에 매달린 네 사람을 향해 고함을 질렀다.

"자, 이제 그만큼 올라갔으니까 하고 싶은 이야기를 해 보라고!"

"잘못했습니다! ……살려 주십시오!"

"총향약 나리! 잘못했으니 용서해 주십시오!"

허공에서 용서를 비는 소리가 연달아 들려왔다. 전복현이 곧 손바닥으로 내리누르는 시늉을 했다. 그러자 밧줄을 당기고 있던 민병들이 손을 놓았다. 네 사람은 장대 끄트머리에서 다시 지상으로 돌아왔다. 그 꼴을 본 나머지 여섯 명 가운데 또 세 사람이 털썩 무릎을 꿇었다.

"나는 수다스런 아가리에는 반드시 매운 고추를 물리는 사람이야……."

발밑에 꿇어 엎드려 비는 세 사람을 노려보면서 전복현이 말했다.

"매운맛을 보고 싶은 사람은 아무도 없겠지만 나는 네놈들에게 기어코 맛을 보이고야 말 테다. 안 먹겠다고 앙탈을 부려 봤자 헛수고야. 아가리를 벌려서라도 처넣고 말 테니까!"

"제발 용서해 주십시오! 저희가 자청해서 날뛴 게 아니니까, 제발……."

"무르팍이 까지도록 빌어도 소용없어. 장대 끝에 한 번은 올라가야 매운맛을 알 것 아닌가? 그 맛을 모르면 훗날 또 바람결에 풀잎만 들썩거려도 옛날 병이 도질지 누가 알겠나?"

여섯 사람도 장대 끝에 끌려 올라갔다. 그리고 한참 동안 대롱대롱 매달려 있다가 겨우 풀려 내려왔다…….

"이 불한당 중에 아직도 세 분께서는 아무 말씀이 없소. 참말 대단한 영웅호걸들이시지! 하노대, 이 늙은 친구야! 그토록 바람잡이 놀음을 좋아하셨으면 날뛸 무대도 그만큼 높을수록 좋을 게 아닌가? 내 오늘 자네를 장대 끝까지 올려 보내줄 테니까 억울하단 생각일랑 말게. 햇병아리들이야 매운맛이 뭔지 모르겠지만 저승 갈 날을 며칠 안 남긴 자네야 모를 턱이 없겠지! 늙다리 영감, 내 말이 틀렸나?"

"전복현! 내 너 같은 풋내기와 상대할 줄 아느냐? 네놈은 내 사타구니에 긴 때만도 못해!"

장대 끝에 다시 매달린 하노대가 욕설을 퍼붓는가 싶더니 '퉷!' 하고 가래침을 내뱉었다. 무대 주변 사람들은 쩍 벌린 그의 입에서 쏟아진 가래침이 전복현에게 흩뿌려지는 광경을 생생하게 목격했다. 가래침에는 시뻘건 피까지 섞여 있었다. 전복현이 대로하며 옷소매를 털었다. 이어 얼굴에 뿌려진 핏자국을 닦아냈다. 순간 무대 밑에서 또 한 번 대소동이 일어났다. 사람들은 무대 앞 땅바닥에 시뻘건 고깃덩어리가 떨어진 다음 세 차례나 펄떡거리는 광경을 똑똑히 보았다. 그것은 하노대가 이빨로 끊어

뿜어낸 반 토막짜리 혓바닥이었다. 하노대의 입은 이제 피범벅이 된 채 선혈을 쏟아내고 있었다. 새빨간 핏덩이는 아래턱까지 흘러내린 것에서도 모자라 목덜미 속으로 쏟아져 들어갔다. 그러면서 앞가슴의 하얀 적삼과 가슴을 칭칭 동여맨 삼밧줄까지 벌겋게 물들였다. 그래도 핏덩이는 계속 아래로 흘러내려 검정 바지 빛깔과 뒤섞였다. 그래서 별로 드러나지 않았으나 바지통을 걷어붙인 종아리에 이르러서는 다시 나타났다. 그런 다음 발뒤꿈치에 이르러 방울방울 떨어지는가 싶더니 잠시 후에는 흙먼지가 이는 메마른 땅바닥에 고여 핏물로 웅덩이를 만들어 놓았다.

당황했던 전복현이 재빨리 침착성을 되찾고 군자다운 태도를 보였다.

"됐어, 진짜 콧대가 센 대장부로군. 내 마음에 꼭 드네! 좋다, 절구질이다!"

전복현의 호통 한마디에 밧줄을 잡아당기고 있던 민병이 손을 탁 놓아버렸다.

"으아앗……."

하노대의 우람한 몸뚱이가 공중에서 곤두박질치더니 메마른 흙바닥에 털썩 떨어지면서 두 발이 지면에 닿기가 무섭게 도로 끌려 올라갔다. 장대 끝에 설치한 도르래 바퀴가 잘가닥잘가닥 구르는 동안 축 늘어져버린 그의 팔뚝이 유별나게 길어 보였다. 그것은 뼈마디의 관절이 모조리 빠지는 것에서 그치지 않고 인대와 힘줄이 늘어난 끝에 끊겼다는 증거였다. 장대 아래 쭈그리고 앉은 남녀 관중들은 자기네 발끝만 내려다볼 뿐 감히 고개를 쳐들고 피투성이가 되어 까마득히 끌려 올라간 하노대의 몸뚱이를 바라보지 못했다. 하노대는 연속 세 차례나 절구질을 당했다. 이제 그는 도살장에 죽어 넘어진 황소처럼 맥없이 허공에 매달린 채 분노의 외침도, 신음 소리도 내지 않았다.

그러자 장대 끝에 아직 매달려 있던 또 다른 다섯 명이 애처롭게 울부짖으면서 살려달라고 애걸하기 시작했다. 장대 밑에는 저마다의 부모, 형제, 처자식들이 무릎을 꿇고 엎드린 채 쉴 새 없이 땅바닥에 이마를 짓찧으면서 손바닥이 닳도록 싹싹 빌고 있었다.

전복현은 손을 내저었다. 다섯 명을 끌어 올렸던 밧줄이 그들을 천천히 지상에 내려놓았다.

"이만하면 자네들도 매운맛을 봤겠지! 안 그런가? 자네, 자네도……."

그는 아홉 사람을 하나하나 둘러보면서 어른이 철없는 자식들을 훈계하듯 점잖게 타일렀다. 이어 발아래 축 늘어져 있는 하노대의 시신을 내려다보고 한숨을 푹 내쉬었다.

"허허, 그것 참! 이 백록원에서 제일 대가 세다는 사람도 버텨 내지 못하다니!"

무대 뒤편 사당 안에서 백가헌은 지난날 비석이 세워졌던 자리를 찾고 있었다. 그 비석은 오래전 자수현령이 친필로 '인의 백록촌'仁義白鹿村이라고 써서 청석판에 새긴 것이었다. 그러나 농협 36형제는 흑왜의 주도하에 그걸 쇠망치로 때려 부숴 세 토막을 냈다. 그런 다음 대문 밖 웅덩이 길에 빗물이 고일 때마다 딛고 건너다닐 디딤판으로 만들어버렸다.

가헌은 아들 효문에게 백씨와 녹씨 가문 중에서 솜씨 좋은 미장이를 부르도록 했다. 또 문중 일에 열심인 중년 어른 몇 분도 초빙해 부서진 비석을 다시 맞춰 세우자고 했다. 그런 다음 웅덩이에 버려졌던 조각들을 옮겨 깨끗이 닦고 다시 하나로 완벽하게 맞췄다. 그 일에 자발적으로 나선 문중 사람이 '비용이 들더라도 석공을 청해 새것으로 다시 세우자.'고 제의했으나 가헌은 고개를 저었다.

"아닐세, 반드시 부러진 예전 것이라야만 되네."

두 번, 세 번을 거듭해서 찾은 끝에 그들은 마침내 비석을 세워 놓았던 터를 찾아내는 데 성공했다. 가헌이 손수 줄자를 들고 재면서 나무못을 박는 대로 미장이는 조심스럽게 재를 뿌려 선을 그어갔다. 그가 아들에게 당부했다.

"방위를 정확하게 잡아라. 원래 자리에서 한 치, 한 푼도 틀리면 안 되니까."

효문은 미장이들을 데리고 비석 대좌를 쌓았다. 그러나 비석을 막상 일으켜 세우려니 세 동강난 비석이 도무지 똑바로 세워지질 않았다. 그러던 차에 효문과 석공들이 기발한 방법을 하나 생각해 냈다. 청석 벽돌과 백회로 먼저 비석집을 세운 후 부러진 비석조각을 맞춰서 끼워 넣자는 의견이었다. 가헌이 생각해 보니 그것도 좋은 방법일 듯싶었다. 그는 더 나아가 비석집을 세울 벽돌은 숫돌로 일일이 갈아서 겉면을 매끄럽게 만들어야 한다는 조건을 덧붙이는 것도 잊지 않았다.

백씨 부자가 석공, 미장이들과 함께 그 성스러운 작업에 몰두하고 있을 때였다. 사당 앞 공연 무대 쪽에서 절망에 찬 비명 소리와 더불어 우레 같은 함성이 파도처럼 밀려왔다 빠져나갔다. 미장이와 석공들은 도대체 무슨 난리가 벌어졌나 궁금했다. 일이 손에 잡히지도 않았다. 심지어 효문마저 소리가 나는 쪽으로 계속 시선을 던지며 궁둥이를 들썩였다. 결국 가헌은 사당 문을 닫아걸었다. 그리고 앞마당에 우뚝 서서 큰 소리로 고함을 쳤다.

"백록촌 마을 공연 무대가 번철燔鐵이 되고 말았구나!"

석공들은 무슨 뜻인지 몰라 족장을 멀뚱멀뚱 쳐다보았다. 효문도 전이나 고기 따위 음식을 지지거나 볶을 때 쓰는 솥뚜껑 같은 무쇠 그릇인 '번철'이 공연 무대와 무슨 관계가 있는지 알 수 없다는 듯 아버지의 눈치를 살폈다. 가헌은 아무런 설명도 하지 않고 돌아서서 하던 일만 계속했다.

이윽고 전복현이 사당 안으로 걸어 들어왔다.

"가헌, 무대 잘 빌려 썼소! 이제 주인에게 돌려드리리다."

가볍고도 후련한 말투였다. 방금 전까지 피비린내 나는 보복의 도살극을 연출한 사람의 살벌함이란 어디에서도 찾아볼 수가 없었다. 그저 우스꽝스러운 원숭이 놀음을 한바탕 구경하고 나온 사람 같은 태도였다.

"우리 무대를 아예 번철로 만들었소이다그려!"

백가헌이 초연한 말투로 응수했다.

향약 비문을 원상태로 회복시키는 작업은 첫 단계부터 골머리를 썩였다. 무엇보다 향약 조문 전체를 새긴 석판이 워낙 얇은 데다 글씨마저 손톱만큼이나 작았다. 게다가 흑왜 일당이 벽에서 뜯어낼 때 쇠망치에 바스러진 탓에 산산조각이 나 있기도 했다. 이어 그것들을 낙엽 쓸 듯 쓸어 사당 울타리 바깥 부서진 기왓장 더미에 쏟아버렸던 것 역시 골머리를 아프게 만들었다. 때문에 조각조각 부서지고 흩어진 비문을 하나하나 찾아서 온전하게 도로 맞춘다는 것은 거의 불가능한 일이었다. 가헌도 처음에는 좋은 석재를 사다가 비석을 깎고 다시 새겨 넣을 생각도 했었다. 그래서 매형 주 선생을 찾아가 향약 조문을 다시 고쳐 쓸 필요가 있는지의 여부에 대해 의논했다. 또 이번에 벌어진 농협 난동을 거울삼아 그 예방책으로 조문 몇 항을 추가해 줄 수 있는지도 물었다. 한데 주 선생은 뜻밖에도 노여워하며 딱 부러지게 거절했다.

"이 사람, 무슨 정신 나간 소릴 하는 거야? 향약 비문을 세우는 게 읍내 장터에 잡화점이라도 여는 것인 줄 아나! 나는 만병통치약을 파는 돌팔이 의사가 아닐세!"

가헌은 깜짝 놀라 어쩔 바를 놀랐다. 평생 매형이 성내는 모습을 본 적이 없었는데 이렇듯 노여워하니 당황할 수밖에 없었던 것이다. 그러나 주 선생은 이내 화를 누그러뜨리고 처남의 놀란 마음을 다독거려 주었다.

"향약 비문을 고쳐 세우겠다니, 정말 잘 생각했네! 그것이야말로 근본을 다스리는 방책이니 말일세."

매형의 진심어린 칭찬에 가헌은 다시 기운을 차렸다.

"흑왜란 놈이 비문을 바스러뜨려 조각만 남았습니다. 그래서 이번에 석재를 사다가 새로 새길 준비를 하고 있습니다."

그러자 주 선생이 고개를 저었다.

"그럴 필요 없네. 부서진 돌판을 잘 맞추어서 담장 벽에 도로 끼워 넣도록 하게."

가헌은 매형의 말대로 열성적으로 도와주는 문중 사람들과 함께 잡초가 우거진 기왓장 무더기를 샅샅이 뒤져 비문 조각을 골라냈다. 다른 한편으로는 올이 성근 채로 흙을 쳐서 손톱만 한 파편이라도 놓치지 않고 모았다. 이어 그 조각들을 널찍한 사방탁자에 늘어놓고 맞추는 작업에 들어갔다. 그러고도 메우지 못한 10여 군데의 공백은 석공들을 시켜 빠진 형태 그대로 들쭉날쭉한 돌판을 쪼아 맞추어 넣었다. 이어 그것들을 백록서원으로 보내 서 선생에게 향약 원문과 대조해서 누락된 글자를 붓으로 보충해 달라고 부탁했다. 서 선생은 백록촌 학당을 폐쇄한 이후 주 선생의 초빙을 받아들여 자수현지 편찬 사업에 참여하고 있었다. 그는 조각을 맞춘 돌판에 붓으로 글씨를 써넣으면서 개탄을 금치 못했다.

"인간의 부서진 마음도 이렇게 맞추어 온전해질 수 있다면 오죽 좋으랴!"

백록촌 사당은 완전히 복구되었다. 우선 사당 안팎에 빼곡히 붙어 있던 표어와 종이를 말끔히 뜯어냈다. 정전 앞 네모난 포석이 깔린 안마당 역시 물로 깨끗이 씻어 조상님들을 모독한 더러운 발자국을 말끔히 지웠다. 이어 백씨와 녹씨 양 가문 선조들의 초상화를 새로 그린 다음 양가의 직계 자손들이 기억을 되살려 조상들의 행적을 화폭 귀퉁이에 써서 차근

차근 공백을 메워 나갔다. 도무지 기억해 낼 수 없는 부분은 할 수 없이 공백으로 남겼다.

백가헌은 첫 번째 문중 회의를 소집했다. 그러나 행사는 조출했다. 농협이 저지른 재앙의 불길에 쫓겨 사방으로 흩어진 조상들의 혼령을 평안히 쉬게 해 드릴 마음으로 그저 폭죽만 터트렸을 뿐이었다. 축하 연극 잔치 따위는 벌이지 않았다. 심지어는 농악도 울리지 않았다.

사당으로 향하던 문중 사람들의 눈에 부러지고 갈라진 상처투성이의 비석이 들어왔다. 다들 저도 모르게 소리 내어 탄식을 토했다. 개탄하는 소리 중에는 악몽에서 갓 깨어난 뒤의 대오각성大悟覺醒이 섞여 있었다. 가헌은 그제야 매형 주 선생이 왜 비석을 새로 만들지 못하게 했는지 그 깊은 뜻을 알 수 있을 것만 같았다.

가헌은 위패를 모신 널찍한 사방탁자 앞에 섰다. 똑바로 세운 등줄기가 붓대처럼 더욱 꼿꼿해지는 느낌이 들었다. 그는 푸른 빛깔을 띤 두루마기를 목덜미부터 발끝까지 치렁치렁 늘어뜨린 채 오로지 위패에만 정신을 쏟은 채 서 있었다. 제사는 맏아들 효문이 주재했다. 백가헌의 입장에서 본다면 난동을 부린 녹조붕과 흑왜는 모두 자기보다 아래 항렬이었다. 따라서 이쪽도 그들보다 어른인 자기가 수습할 게 아니라 효문을 내세울 필요가 있었던 것이다. 오늘 문중 사람들을 소집한 것도 효문이 징을 쳐 가며 마을을 한 바퀴 돌아서 이루어진 일이었다.

문중 사람들이 다 모인 자리에서 처음으로 엄숙하고 장중한 제례 의식을 주재하는 효문의 목소리가 떨렸다.

"촛불을 붙이시오!"

첫 번째 예식 선언이 제주祭主의 입에서 우렁차게 나오자 앞마당에서 폭죽이 요란하게 터지기 시작했다. 가헌이 숨을 죽이고 정숙한 분위기 속에 제단 앞으로 나아갔다. 이어 정면을 향해 섰다. 그리고 불씨를 당긴 심지를 집어 장엄한 숨결로 훅 불었다. 심지 끝에 여린 황색 불꽃이 확 붙는 순간 그는 천천히 손을 뻗어 맑은 기름이 찰랑찰랑 담긴 나무 그릇에 불을 붙였다. 일렁이는 불길이 새로 봉안된 선조들의 위패를 비추었다. 그는 다시 굵은 자줏빛 향을 세 자루 집어 불을 붙이고 향로에 꽂았다. 그런 다음 무릎을 꿇고 엎드려 삼배를 올렸다. 효문은 아버지가 제단 앞에서 일어나 탁자 옆으로 걸어가는 모습을 지켜보면서 격한 감동에 못 이겼는지 눈물조차 닦아내지 못했다.

이윽고 장유유서長幼有序의 항렬에 따라 문중 사람들이 차례차례 제단 앞으로 나아가 분향하고 무릎 꿇어 절을 올렸다. 향로에 꽂히는 향불이 늘어날수록 점점 짙은 연기가 자욱하게 차올랐다. 올해 열여섯을 갓 넘긴 항렬 제일 낮은 후손이 허둥지둥 거북한 무릎걸음으로 제단 앞을 물러났을 때였다. 제주 효문이 단상에 오르더니 수중에 들고 있던 향약 원본을 펼쳐 뭇 사람들이 보는 앞에서 읽어 내려갔다. 가헌은 문중 사람들의 맨 앞줄 한가운데 서서 아들 효문이 낭독하는 대로 따라 읊었다. 웅후하고도 침통한 목소리가 다른 이들의 합송合誦에 섞여들면서 장중한 화음을 빚어냈다. 그러는 동안 그는 의식을 주재하고 있는 아들의 장엄하고 단정한 자세에 눈길이 쏠리면서 이곳에서 거리낌 없이 난동을 부리던 흑왜의 모습도 떠올렸다. 향약 조문은 그간 사당 안에서 벌어졌던 온갖 일을 뭇사람들에게 연상시켰다. 분위기는 숨이 막힐 정도로 무겁고 침통했다. 녹삼이 끝내 마음의 부담을 견디지 못하고 군중 속을 헤치고 달려 나오더니 효문 옆에 털썩 무릎을 꿇고 엎드렸다.

"내 잘못이오! 조상님들, 이게 다 제가 자식을 잘못 둔 죄올시다!"

통곡하며 삼배를 올린 그는 머리를 벽돌 바닥에 짓찧었다. 효문은 낭독을 중단하고 아버지의 눈치를 살폈다. 백가헌이 천천히 걸어 나가 녹삼을 붙잡아 일으켰다.

"형님, 아무도 형님을 탓할 사람은 없으니까 고정하십시오!"

그래도 녹삼은 고통을 이기지 못해 두 주먹으로 얼굴과 가슴을 두들겼다. 벽돌 바닥에 짓찧은 이마에서 피가 흘러내려 얼굴과 가슴을 온통 붉게 물들였다. 그러나 그는 아픔조차 느끼지 못했다. 그러자 사람들이 향로에서 재를 움켜다가 찢어진 그의 이마에 뿌려 지혈을 시켰다. 그런 다음 여럿이서 부축하여 집으로 돌아갈 수 있도록 했다. 효문은 아버지를 흘끗 쳐다보며 어떻게 하면 좋을지 몰라 말없이 물었다. 가헌이 차분한 목소리로 대답했다.

"낭독을 계속하려무나."

녹삼은 고통스러웠다. 하지만 그렇다고 해서 그가 딱히 할 수 있는 일도 없었다. 당연히 흑왜가 저지른 행위에 대해 녹삼에게 책임을 묻는 이는 아무도 없었다. 흑왜가 어디서 내력도 모를 계집을 데리고 돌아왔을 때 그가 단호하게 아들을 집에서 내쫓은 사실을 모르는 사람이 없었기 때문이었다. 게다가 녹삼이 머리를 짓찧어가며 진정으로 아들의 죄를 대신 뉘우친 그런 행동 또한 모든 사람들의 이해와 동정을 받기에 충분했다.

사실 녹삼보다 더 고통스럽고 부끄러움에 빠진 사람은 따로 있었다. 바로 지금도 사당 안의 문중 사람들 속에 서 있는 녹자림이었다. 항렬에 따라 녹자림은 제단 앞 첫 줄 한가운데에 자리 잡고 있었다. 향약을 낭독하는 효문과도 얼굴을 마주하고 서 있었다. 그러나 녹자림은 참배를 끝낸 뒤에도 어색한 태도를 한 채 효문의 얼굴을 똑바로 바라보지 못했다. 그저 허공만 노려보고 있었다. 길고 짙은 속눈썹에 가린 눈, 깊이 파인 눈언저리 속에 절반쯤 감긴 그의 눈동자는 누구도 바라보지 않았다. 여전히 태연한 겉모습, 평정을 잃지 않은 얼굴로 자신을 감추고 있었다. 그러나 조상들 앞에서는 그저 두렵고 송구스러워 견딜 수가 없었다.

녹자림은 굳게 믿고 있었다. 지금 사당의 제단 앞과 안마당에 서 있는 남자들 중에 백가헌이 폐허가 된 사당의 비석을 고쳐 쌓은 의도를 정확히 이해한 사람은 자기뿐일 것이라는 사실을. 그는 백가헌이란 사람을 너무나 잘 알았다. 백록촌 사람 중에 오직 이 사람만이 전복현이 연출하는 '원숭이 놀음'을 거부한 채 비석과 향약 비문을 복구했다. 백가헌은 바로 그런 사람이었다.

그는 부끄러움을 무릅쓰고 선조들의 제전祭典에 참여하면서 어색하고 얄궂은 느낌은 움푹 파인 눈동자 속에 깊이 숨긴 채 시종 눈꺼풀을 절반쯤 감고 있었다.

지난해 섣달그믐부터 지금에 이르기까지 녹자림은 어디에도 하소연할 길 없는 고달프고 떨떠름한 나날을 보내야 했다. 아들 조붕이 전복현과 자신을 비롯한 10명의 향약을 백록촌 공연용 무대 위에 올림과 동시에 김 서생이 부정한 내막을 조목조목 폭로했을 때 그는 정말 묘한 느낌을 받았다. 그건 김 서생도 흑왜도 아닌 바로 자신이 낳은 맏아들 조붕이 아비의 얼굴에 똥물을 끼얹는 느낌이었다. 그 순간 그의 머릿속에는 악유산과 조붕이 주먹을 맞잡고 치켜들던 광경이 떠올랐다. 가슴속에서는 비통한 외마디 비명이 터져 나왔다. 이제야 알겠다! 공산당이란 게 무엇인지……

녹자림은 자신을 끌고 가던 농협 회원의 손길을 뿌리치고 단상 한 귀퉁이에 놓인 작두를 향해 달려가면서 외쳤다.

"이놈아, 네 아비도 작두질해 죽여라!"

녹자림은 그러고 나서 바로 쓰러졌다. 그가 억센 손아귀에 이끌려 제자리로 올라섰을 때 무대 밑에서는 전복현을 당장 작두날에 걸라는 군중들의 고함 소리가 천지를 흔들었다. 또 조붕과 흑왜는 무엇인가 의견이 엇

갈린 듯 심하게 다투고 있었다. 그는 집에 돌아오는 길로 바로 머슴 유모 아劉謨兒를 내보냈다. 그럴 수밖에 없었다. 농협이 토지를 몰수한다는 소식을 전해 들은 그는 게으름을 부리면서 밭일을 돌보지 않았다. 옥수수와 목화가 제멋대로 자라게 내버려 둔 채 김도 매지 않았다. 그저 마지못해 하는 일이라곤 가축들을 동네 바깥 연못에 몰고 나가 물을 먹이고 내친 김에 물이나 한두 통 길어 오는 일이 고작이었다. 늙은 아버지도 아들을 위로해 주지 않았다. 녹태항은 쏩쓸하게 웃으면서 천장만 바라보고 중얼 거렸다.

"허허, 누가 조상님들을 부끄럽게 만들었노? 바로 그놈이 죽은 분들을 낯짝도 못 들게 만들었어! 지하에 계신 조상님들이 지금도 부끄러워 이를 갈고 있을 거야……."

전복현이 돌아온 이후 흑왜 일당에게 붙어 난동을 부리던 사람들은 하룻밤 새 된서리 맞은 고구마 줄기처럼 몸을 도사리고 숨을 죽였다. 대신 흑왜 일당의 손에 날벼락을 맞았던 사람들은 저승에서 되살아온 듯이 흥분에 들뜨고 기쁨을 감추지 못했다.

그러나 유독 한 사람, 녹자림만큼은 여전히 치명적인 재앙의 충격을 벗어나지 못한 채 절망의 나락에 떨어져 몸부림치고 있었다. 그가 그렇게 암울한 심경에 빠져들어간 것은 전혀 예기치 못한 전복현의 행동과도 관계가 깊었다. 전복현이 고향에 돌아오던 그날 오후, 녹자림은 한걸음에 백록창으로 달려갔다. 가는 길 내내 그는 전 총향약과의 감격적인 해후를 기대하고 있었다.

"형님, 돌아오셨구려! 이제야……."

그리고 둘이서 손을 맞잡고 통곡하겠지…….

하지만 현실은 녹자림의 예상을 완전히 벗어난 것이었다. 전복현은 굵은 궐련 한 개비를 입에 물고 슬쩍 궁둥이를 들었다 놓으면서 고개를 끄덕였을 뿐이었다. 이어 멀찌감치 떨어진 걸상을 가리키며 앉으라는 시늉만 해 보였다.

그다음도 별로 다르지 않았다. 녹자림을 외면한 채 그보다 먼저 온 손님들과 한담을 나누었다. 불그레하니 윤기가 도는 얼굴을 다시는 녹자림 쪽으로 돌리지 않았다. 녹자림의 가슴에는 회한이 밀려들었다.

이틀 후 전복현이 보장소 향약들을 소집해서 회의를 열었을 때도 참석자는 열명 중 아홉 명이었다. 제1보장소 향약 녹자림에게는 연락조차 오지 않았다.

뒤이어 전복현이 백가헌을 찾아가 제1보장소 향약으로 나서 달라고 권유했다는 소문이 들려왔다. 그 소문을 듣자 녹자림은 그 길로 달려가 따지려고 했다. 제1보장소 향약 자리를 누구한테 넘겨주느냐고 대들고 싶었다. 하지만 이내 다 포기했다. 지금 녹자림의 처지는 양쪽으로 걸치고 있던 배 두 척이 모두 가라앉은 셈이라고 할 수 있었다. 지난번에는 공산당 아들 녀석에게 숙청을 당했다. 지금은 국민당 백록구 지부당白鹿區支部黨 위원 자리에서도 쫓겨나는 신세가 되었다. 하다못해 제1보장소 향약 노릇조차 못하게 된 것이다.

녹자림은 완전히 절망했다. 전복현이 야속하다 못해 미운 생각까지 들었다. 그는 그렇게 울적한 심사가 극도에 다다른 밤이면 냉 의원에게 달려가 하소연을 했다. 사람들이 그를 볼 때마다 조롱했어도 이 늙은 사돈영감만은 그러지 않았기 때문이었다.

냉 의원은 늘 그렇듯 성심성의껏 술잔을 채워주었다. 그리고 그더러 한 걸음 물러나서 생각해 보라고 했다.

"뭐 하러 그 향약 노릇을 하지 못해 안달인가? 가헌 같은 사람은 시켜주어도 싫다고 하지 않는가! 자네하고 가헌은 성격이 조금씩만 섞였으면 좋겠네."

사돈 영감의 핀잔에 녹자림은 자기에게도 변명할 말이 있다고 생각했다.

"저는 하늘이 두 쪽 나는 한이 있더라도 그 빌어먹을 놈의 향약 자리는 안 놓칠 겁니다! 처음부터 하지 않았다면 저도 괜찮습니다. 그러나 처음부터 하던 일을 지금은 못하게 하다니 이런 법이 어디 있습니까? 이제 와서 저를 따돌리는 것은 저한테 의심을 품고 있다는 증거입니다. 이걸 그냥 두고 볼 수는 없지 않습니까?"

냉 의원은 냉정한 말투로 대꾸했다.

"자네를 두고 공산당이라고 하면 또 어떤가. 아직도 모르겠나? 뱃속에 냉증이 없으면 수박을 먹지 못할 이유가 어디 있겠나? 자네에게 가헌과 성격을 조금만 뒤섞으라고 한 말은 그런 뜻에서 한 걸세."

녹자림은 한 걸음 물러나서 생각해 보라는 냉 의원의 권유를 받아들였다. 그러나 집에서 며칠을 멍하니 보내는 동안 그걸 지켜보겠다는 생각은 송두리째 날아가버렸다. 전복현이 백록촌 공연 무대에서 농협 우두머리들을 따끔하게 응징한 후 녹자림은 더 이상 대문을 닫아걸고 있을 수가 없었다. 급기야 백록창으로 달려가 지난날의 상관 앞에 그동안 쌓이고 쌓였던 울분을 모조리 터트렸다.

"전 총향약, 형님이 어떻게 나한테 이럴 수가 있나요? 나는 아무리 생각해도 모르겠어요. 형님을 몇 년씩이나 따라다니면서 일을 해 왔는데 아직도 내 성질을 모른단 말이오? 우리 집에서 공산당이 나오기는 했지만 그건 내 탓이 아닙니다! 조붕이란 놈이 형님을 무대 위에 올려세웠을 때 아비인 나를 풀어줬습니까? 그놈이 나를 형님과 한 패거리로 몰아붙였는데 이제 와서 형님이 나를 그놈과 한통속으로 몰다니. 지금 나는 형님한테 사람이 아니라 개돼지만도 못한 취급을 받고 있는 겁니다!"

전복현은 처음 한동안은 영문을 모른 채 어리둥절한 표정을 지었다.

그러나 이내 정신을 차리고 녹자림의 말을 끊었다.

"자네가 그렇게까지 말을 하니 나도 분명히 짚고 넘어가야겠네. 자네 집에서 그토록 위대하신 공산당 한 분이 나오셨다는 사실은 부인하지 않겠지? 그놈은 백록원 천지를 깡그리 뒤집어 놓았어. 뿐만 아니라 자수현 전체, 심지어는 섬서성 전체가 그놈의 소동에 휘말려 개 한 마리, 닭 한 마리조차 편안할 날이 없었네! 자네는 그놈의 아비일세. 물론 자네가 모를 수도 있겠지만 그놈은 공산당 성위省委 위원이기도 하고 성 단위 농협 부부장副部長의 직책까지 겸하고 있네. 자네가 그런 놈의 아비인데 어떻게 함께할 수 있겠나?"

녹자림은 냅다 고함을 질렀다.

"그놈이 무슨 짓을 했든 내 알 바 아니오! 그놈은 그놈이고, 나는 나요. 내가 사람들 앞에서 개망신을 당했다는 걸 잊으셨소? 난 이제 살아갈 길이 없소! 형님이 악유산 서기한테 이야기해서 아예 날 잡아다가 죽여주시오. 억울한 봉변이나 당하지 않게 깨끗이 죽여 달란 말입니다!"

전복현이 다시 한 번 그 말을 잘랐다.

"아우, 미친 소릴랑 작작 늘어놓게! 내가 자네 일을 놓고 악유산 서기한테 아무 말도 하지 않았는 줄 아나? 혓바닥이 닳아빠지도록 이야기를 했단 말일세! 그 양반 앞에서 내 가슴을 쳐가며 자네를 위해 변명했다는 걸 알아야 해. 녹자림은 나하고 같은 학당에서 공부를 했고 또 일도 같이 해왔다는 사실을 누누이 설명했네. 나중에 가선 자네한테 공산당 냄새가 나느냐고 따지기까지 했다네. 악 서기도 그제야 한숨을 내쉬더니 천천히 두고 보자고 반승낙을 하더군. 자네가 방금 내게 대든 일은 따지지 않겠네. 내가 자네 때문에 얼마나 목이 터졌는지 모르고 화풀이를 하는 거니까."

급기야 녹자림은 두 손으로 머리를 감싸 안으면서 울음을 터트리고 말왔다.

"흐흑······, 난 정말 몰랐어요! 내가 이 지경이 될 줄이야······."

녹자림이 제단 앞에 서서 두 눈을 반쯤 감은 채 속을 끓이는 동안 제주 효문의 선창으로 이어지는 향약 전문 낭독은 한마디도 그의 흥미를 불러일으키지 못했다. 도대체 지금이 어떤 세상인데 아직도 그따위 낡아빠진 골동품에 매달려 있단 말인가? 이거야말로 복통으로 숨이 끊어질 병자한테 설탕물 한 모금을 먹이는 격이 아닌가! 그렇다고 낭독에 참여하지 않을 수도 없다. 녹자림이 그렇게 중얼거리면서 마음에도 없이 어렵게 서 있을 때 사당 바깥에서 민병대 한 사람이 걸어 들어오더니 등 뒤에서 그의 어깨를 툭툭 쳤다.

"전 총향약님께서 잠깐 다녀가시랍니다."

정신을 놓고 있다가 느닷없이 들린 한마디에 녹자림은 소스라치게 놀랐다. '잠깐 다녀가시라'는 말 한마디가 맥을 놓고 있던 그의 가슴속 심장 박동을 맹렬히 뛰게 만들었던 것이다. 그가 백록창 건물 소회의실에 들어서자 상석에 앉아 있던 전복현이 벌떡 일어나더니 손을 내밀어 악수를 청했다. 그리고 사람들에게 선언하듯 말했다.

"녹자림 동지는 본창 제1보장소 향약의 직분을 계속 맡게 되셨소."

전복현이 선도하는 박수갈채 속에서 녹자림은 총향약에게 깊숙이 허리 굽혀 사례한 다음 아홉 명의 동료 향약들과 일일이 돌아가며 인사도 나누었다. 검정 옻칠을 한 사방탁자에는 요리가 잔뜩 올라와 있었다. 녹자림은 어색한 기분으로 자리에 앉았다. 전복현이 설명을 덧붙였다.

"이 자리는 하요조賀耀祖 선생께서 여러분을 대접하고자 마련하신 것이외다. 내가 고향에 돌아왔을 때부터 하 선생이 위로 겸 환영연을 베풀어주신다고 했으나 우리 국민당의 당규를 받들어 환영 잔치를 받을 수 없노라고 말씀드렸습니다. 오늘은 여러분의 협력 덕분에 국면이 안정되었을 뿐 아니라 녹자림 동지가 복직하는 경사도 겹친 자리이니 하 선생의 성의를 받아들인 것이외다. 떡 본 김에 제사 지낸다고 남이 베풀어주신 자리이긴 합니다만 여하튼 여러분의 노고를 치하하는 의미에서 축배를 듭시다!"

하요조 영감이 은빛 수염을 쓰다듬으며 일어났다.

"이 늙은이는 이 나이까지 살아온 것만으로도 마음이 흡족하오. 여기서 무얼 더 바라겠소이까. 흑왜란 놈이 하노대와 결탁해서 이 늙은 것을 작두질하려고 했을 때도 나는 외눈 하나 깜짝하지 않았소. 마음에 걸리는 것이 있다면 오직 하나요. 하노대와 흑왜 같은 불한당 녀석들이 우리 고향 땅을 뒤집어 놓고 난동을 부렸는데도 아직껏 그 원흉들은 두 눈이 시퍼렇게 살아 있다는 거요. 이제 곧 지하에 묻힐 나도 이가 갈릴 지경인데 젊은 여러분들은 오죽하시겠소. 이제 다행히도 복현 조카님이 돌아와서 질서를 회복했으니 나는 당장 죽어도 여한이 없소!"

녹자림이 자리에서 일어났다.

"고맙습니다! 여러분께서 돌보아주신 덕분에 제 명예를 되찾게 되었습니다. 특별히 전 총향약님이 바다 같은 너른 아량을 베풀어 주신 점에 더욱 감사를 드립니다. 그런 의미에서 내일 제가 여러분을 저희 집에 초청하고자 하는데……."

그러자 동료 서넛이 껄껄 웃으며 그의 말을 잘랐다.

"녹형, 그냥 앉으시구려! 날마다 술잔치를 연다 해도 녹형 차례는 쉽게 안 올 거요. 한 달쯤 지나면 혹 모를까……."

전복현이 장내를 정리했다.

"자, 여러분 실컷 드시면서 내 말을 들으시오. 백록원 일대는 대체적으로 안정되었으나 아직 안심할 때는 아니오. 각 보장소는 관할 지역 마을을 하나씩 뒤져서 은신한 농협 잔당들을 색출해 내도록 하시오. 농협에 가담한 자는 가난뱅이든 부호든, 남자든 여자든, 늙은이든 젊은것이든 모조리 끌어내어 매운맛을 보여 주어야 할 거요! 한 놈도 놓쳐서는 안 되오. 아직도 숨어서 활동하는 놈이 있거나 죽어도 뉘우치지 않는 악질분자가 있거든 나한테 보내주시오. 내 민병단원들이 그런 놈들을 나긋나긋해지도록 손을 봐 줄 테니까! 또 한 가지, 도망치거나 은신한 수괴들의 행방을 찾아내는 데 최대한 유의해 주기 바라오……."

전복현이 잠깐 말을 끊더니 녹자림을 돌아보았다.

"자네가 돌아오기 전에 제1보장소 관할 지역에 속한 마을이 부진했네. 이제 자네가 뒤늦게나마 돌아왔으니 한층 분발해야 할 걸세. 내가 자네 솜씨를 지켜보겠네."

녹자림은 꼬박 하루를 집회를 준비하는 데 보냈다. 이튿날 백록촌에서 드디어 첫 집회를 열 수 있었다. 백록창에서 차출해 온 민병대 8명이 위세를 돋우는 가운데 전복현도 직접 참석했다. 이어 백록촌에서 크건 작건 농협 우두머리 노릇을 했던 사람들은 모조리 무대 위로 끌려 올라갔다. 그곳에는 전복현이 앞서 대회를 열었을 당시 박아 놓았던 장대 열 개가 여전히 남아 있었다. 쓰기에도 알맞았다. 백록촌 농협 지부의 대소 두목들은 말할 나위도 없었다. 심지어는 우두머리 축에도 들지 못한 채 그저 건성으로 날뛰었던 동조자들 몇 사람까지도 모조리 색출되어 무대 위에 올려 세워졌다. 이제는 주연급이나 조연급이나 모두 정해진 처방대로 장대 끝에 끌려 올라가 매달리게 되었다.

그들은 장대를 보자마자 오금이 풀렸는지 그 자리에 주저앉아 엉덩방아를 찧었다. 그리고 무릎걸음으로 녹자림에게 기어가 용서해 달라고 애걸복걸 빌었다. 녹자림은 거들떠보지도 않은 채 예정된 순서대로 진행했다. 대여섯 명이 장대 아래로 떠밀려가자 공중에서 갈고리 달린 가죽끈이 주르르 풀려 내려왔다. 이어 뒤로 결박당한 그들의 손목에 갈고리가 걸렸다.

녹자림이 손을 번쩍 처들려는 순간 언제 나타났는지 백가헌이 무대 위로 걸어 올라왔다. 녹자림은 신호를 보내려던 손을 내리고 얼른 자리로 안내했다. 그러면서도 속으로는 의아함을 떨치지 못했다. 아침나절에 백가헌을 찾아가 오늘 집회를 자기와 함께 주관하자고 부탁했을 때 그가 뭐라고 했던가? "미친개한테 물린 셈 치세!"라고 딱 잘라 거절했었다. 그래놓고는 이제 와서 무슨 변덕으로 현장에 나타났단 말인가…….

가헌은 똑바로 서서 전복현 앞으로 걸어가더니 정중하게 머리 숙여 인사를 올렸다. 그런 다음 무대 아래를 향해 무릎을 꿇었다.

"내가 이 사람들을 대신해서 전 총향약님과 녹 향약님께 사죄를 드리겠습니다. 이 사람들이 난동을 부린 것은 모두가 내 허물입니다. 족장의 신분으로 문중 사람들의 행실을 단속하지 못했으니 마땅히 벌을 받아야 할 겁니다. 부디 이 사람들을 풀어주고 대신 나를 장대 끝에 매달아 주십시오!"

왁자지껄 떠들어대던 무대 아래 분위기가 순식간에 물을 뿌린 듯 고요해졌다. 전복현은 폭탄 같은 선언을 듣고 한동안 멍하니 바라보고만 있을 뿐 어떤 결정도 내리지 못했다. 녹자림도 망연자실한 채 멀뚱멀뚱 앉아 있다가 겨우 정신을 가다듬고 가헌 앞으로 걸어가 그를 부축해 일으키면서 좋은 말로 달랬다.

"형님, 어쩌자고 이러는 거요? 저놈들은 형님을 길거리에 끌고 다니면서 조리를 돌렸는데 형님은 오히려 저런 놈들을 위해 무릎까지 꿇다니……."

가헌은 단정한 자세로 꿇어앉은 채 요지부동이었다.

"풀어준다고 한마디만 하게. 그 말을 듣기 전에는 일어날 수 없네!"

녹자림은 백가헌을 잡아 일으키려던 손을 놓고 전복현에게 달려갔다. 두 사람은 한참 동안 귓속말로 상의했다. 이윽고 전복현이 무대 앞으로 걸어 나왔다. 군자다운 걸음걸이였다.

"가헌, 어서 일어나시오."

그는 다시 무대 아래를 바라보고 입을 열었다.

"백가헌의 낯을 보아서 저놈들을 용서해 주기로 했소!"

가헌이 일어나서 다시 한 번 전복현을 향해 허리를 숙였다. 전복현은 그 기회를 놓치지 않고 덧붙였다.

"그래도 백홍아白興兒와 흑왜의 계집은 그냥 넘어갈 수 없소. 이 두 연놈은 어차피 당신이 사당 참배도 못 하게 막은 패륜아들이니까 이의는 없겠지!"

가헌은 말없이 무대 아래로 내려갔다. 그리고 군중 속으로 사라졌다.

진작부터 좀이 쑤시던 녹자림이 손을 번쩍 휘둘렀다. 백홍아와 전소아의 몸뚱이가 공중으로 휙 끌려 올라갔다. 장대 밑에서 군중들이 함성을 지르기 시작했다.

"절구질해서 죽여라!"

"저 화냥년도 절구질이다!"

"아악!"

전소아가 처참하게 외마디 비명을 지르더니 그만 혼절하고 말았다. 그렇게 산발한 머리카락을 휘날리면서 공중에 대롱대롱 매달려 있는 동안 신발 한 짝이 툭 떨어져 내렸다. 앙증맞고 끝이 뾰족한 꽃신이었다.

뜻밖에도 백홍아에게는 절구질 형벌이 베풀어지지 않았다. 그저 장대 아래로 사뿐 내려놓았을 뿐이었다. 혹시 그냥 놓아줄 셈인가? 군중들은 호기심이 동해 다음 과정을 지켜보았다. 역시 기대는 빗나갔다. 백홍아는 두 발바닥이 지면에 닿기 직전 하강을 멈추었다. 이어 갈고리에 매달린 양 손목이 여전히 높다랗게 치켜 올려진 채 손등을 장대에 바싹 붙인 자세로 또 한 번 가느다란 밧줄에 묶였다.

"여러분! 모두 이놈의 손을 보십시오!"

전복현이 고함을 질렀다. 군중들이 백홍아 앞으로 와르르 몰려갔다. 오리 물갈퀴처럼 다섯 손가락을 하나로 연결시킨 피막이 그들의 눈에 들어왔다. 오래전 마을에서 노름판을 벌였다가 그 벌로 뜨거운 물에 대어 너덜너덜해졌던 것이 어느새 제 모습을 되찾기는 했으나 그것은 역시 인간의 손바닥이 아니라 추악하기 짝이 없는 괴물의 앞발이었다. 백홍아는 평소 그 손을 꼭꼭 감추고 남의 눈에 띄게 하지 않으려 무진 애를 쓰고는 했다. 그런데 오늘에 이르러 사람들의 호기심 어린 눈길 앞에 여지없이 추악한 몰골을 드러낸 것이다. 그는 본능적으로 주먹을 움켜쥐려고 몸부림을 쳤다. 그러나 허사였다. 몸부림치는 그를 전복현이 조롱했다.

"그렇게 흉칙한 손을 가진 자네가 우리와 같은 마을에 살고 있다니 될 법이나 한 일인가!"

백홍아는 수치심을 견디지 못하고 두 눈을 질끈 감았다. 밀랍처럼 누른 얼굴빛, 깡마르고도 긴 얼굴에 식은땀이 줄줄 흘렀다. 녹자림이 눈짓을 보내자 민병단원 한 사람이 낫처럼 구부러진 칼을 잡고 장대 아래에 섰다.

"시작하게!"

전복현이 명령을 내렸다. 그러자 칼을 쥔 민병단원이 손을 번쩍 처들더니 예리한 칼끝으로 백홍아의 검지손가락과 중지 사이, 오리 물갈퀴처럼 생긴 얇은 피막을 쓰윽 도려냈다.

"으아악!"

눈을 번쩍 뜬 백홍아의 입에서 처참한 외마디 소리가 터져 나왔다. 주변의 마음 여린 사람들은 분분히 뒷걸음질을 쳤다. 반면 성격이 모질고 대담한 사람들은 그 광경을 더 자세히 보기 위해 장대 앞으로 바짝 몰려 갔다.

혹독한 형벌이 계속 가해지는 동안 민병단원의 칼날과 손잡이는 시뻘 겋게 물들어 갔다. 칼자루 끝까지 흘러간 핏물은 땅바닥에 뚝뚝 떨어져 내렸다. 피가 손에 달라붙어 끈적거리는데도 그는 당황하거나 서두르는 법 없이 조심스럽게 손가락 사이의 피막을 하나하나 도려냈다. 작업은 두 손바닥, 여덟 장의 피막을 완전히 결딴내고서야 끝이 났다. 백홍아는 비명 을 지르다 못해 목이 쉬어 입술만 달싹거릴 뿐이었다.

"됐어! 녹자림, 자네 정말 기막히게 해냈군! 오늘 자네가 보여 준 '원숭 이 놀음'은 최고 걸작일세!"

전복현이 손뼉을 치면서 찬탄했다.

"바로 이거야. 이런 방식으로 마을마다 돌아가며 놀아보세. 앞으로는 황제폐하의 장인이 와서 사정을 해도 봐주지 말자고!"

"백록원에 이제 백가헌 같은 사람은 더 없을 겁니다. 가헌은 그런 사람 이니까요."

녹자림의 말에 전복현은 이맛살을 찌푸렸다.

"가헌이 사당을 수리하든, 향약 비문을 복원하든, 자기 좋을 대로 하 라고 하게. 하지만 남을 대신해서 무릎 꿇고 사정하는 짓은 더 이상 효과 가 없을 걸세!"

"그럼 다음에는 사정을 안 봐 주시겠다, 이겁니까?"

"자넨 자네 할일만 하면 되네. 흑왜란 놈을 잊지는 않았겠지? 그놈은 도망을 친 거지, 죽은 게 아니란 말일세! 흑왜는 지금 자네 보장소 관할 구역 아니면 이 마을 어딘가에 숨죽이고 처박혀 있을 거네. 그놈을 찾아 내게!"

"그놈이 호랑이 간을 씹어 먹었다고 해도 이리로 돌아오지는 못할 겁니다."

"내가 여기 버티고 있는 이상 그놈도 돌아올 엄두를 못 내겠지. 문제는 그놈이 돌아오느냐 않느냐가 아니야. 우리가 그놈의 행방을 찾아내는 것일세. 그 원숭이 놈을 붙잡아야 성말로 재미있는 놀음이 될 것 아닌가!"

제15장

그러나 흑왜는 이미 그들의 손이 절대 닿지 못할 곳으로 멀리 가 있었다. 또 청색 군복 차림도 이전과는 완전히 달라진 모습이었다. 머리에는 모자챙이 짧은 군모, 허리에는 검정 가죽혁대에 자줏빛 가죽 권총 케이스를 차고 여단본부旅團本部 수뇌 기관을 드나들고 있었다. 그 부대는 전투력이 강화된 국민혁명군 여단으로 흑왜는 이미 습 여단장習旅團長에게 가장 신뢰받는 측근 경호병이 돼 있었다.

흑왜는 백록원을 탈출하던 순간을 평생 잊지 못했다. 그날 밤 녹조붕은 서안성에서 돌아오자마자 농협 총본부가 설치된 사당으로 달려와 그에게 쪽지 한 장을 넘겨주고 이렇게 말했다.

"자네는 이 쪽지를 가지고 습 여단으로 가서 입대하게. 지체할 시간이 없네. 오늘 밤중으로 떠나야 해."

흑왜는 쪽지를 들여다보지도 않고 내려놓으며 한숨을 쉬었다.

"허허, 기가 막힐 노릇이로군! 늑대가 쫓아오지도 않는데 도망부터 치란 말인가?"

자조적인 웃음기가 맺힌 그의 입술 언저리에 은연중 고통이 맺혔다.

"혁명동지 10형제, 36형제는 모두 내 입으로 불러 모은 사람들인데, 그들을 버려두고 떠나야 하다니⋯⋯. 그들은 농협 활동에서 아무것도 얻은게 없네. 좋은 시절 한 번 못 보고 지금 와서 제 한 몸의 안전조차 보장받을 수 없어. 나 혼자 살아남겠다고 훌쩍 떠나버리면 그 사람들의 부모나 처자식이 날 얼마나 원망하겠나?"

"지금이 어느 때라고 그런 말을 하는 거야?"

조붕이 버럭 화를 냈다.

"오늘 밤 안으로 당장 떠나게! 여기 남아 있는 동지들은 내가 책임질 테니까."

흑왜도 지지 않고 으르렁거렸다.

"난 못 가. 절대로 안 떠나겠어! 여기 앉아서 전복현이란 놈한테 맞아 죽는 한이 있어도 농협하고 운명을 같이할 거야!"

그러나 흑왜는 결국 조붕에게 최후의 한마디를 하고 사당을 떠나야 했다. 움막으로 돌아간 그는 소아小娥를 부둥켜안고 목 놓아 울었다. 가슴이 찢겨 나가고 힘이 다 빠질 때까지 울고 또 울었다. 다음 날 아침 일찍 그는 물을 길어와 진흙을 이겨서 군데군데 무너진 돼지우리를 고쳐 쌓았다. 움막의 칠이 벗겨진 벽도 다시 발랐다. 소아와 처음 들어와서 살기 시작했을 때처럼 부지런히 손을 놀렸다. 그러나 심경은 그때와는 정반대였다. 절망과 낙담을 드러내지 못한 채 그는 극히 서글픈 심정으로 사랑하는 소아와 마지막 밤을 보냈다. 이어 자신이 떠나게 되었다는 말을 꺼냈다. 말할 것도 없이 소아는 펄펄 뛰었다.

"안 돼, 못 가! 당신이 떠나면 나는 어떻게 하라는 거야? 나도 데려가! 어디든지 따라갈 거야! 안 데려가면 우물에 풍덩 빠져 죽고 말겠어!"

흑왜는 눈을 내리깔고 아무 말도 하지 않았다. 이럴 거라는 걸 예상하고 있었다. 소아는 울고불고 미쳐 날뛰는 암표범처럼 그의 가슴을 피가 나도록 할퀴고 물어뜯었다.

"이 모진 것아! 아무리 심보가 독하기로서니 나 혼자 내버려두고 떠난단 말이야? 너 혼자 살겠다고 가버리면 전복현이란 놈이 나한테 무슨 짓을 할지 그걸 모른단 말야? 이 모진 놈아!"

"나도 어떻게 할 방법이 없어."

흑왜는 그저 이 말밖에 할 수가 없었다.

이때 총성이 울렸다. 연속 두 발⋯⋯. 흑왜는 벌떡 일어나 옷을 입었다.

"놈들이 왔어. 지금 안 가면 난 죽어!"

움막을 뛰쳐나온 흑왜는 우선 비탈진 둔덕 귀퉁이에 몸을 숨겼다. 누구의 것인지는 모르겠으나 오래전에 봉분이 없어지고 무너져 내린 무덤 구덩이였다. 이윽고 대여섯 사람이 움막 앞으로 뛰어와 문짝을 두드리는 소리가 들렸다. 이어 남자들의 고함 소리, 놀라 울부짖는 소아의 목소리가 뒤섞여 들렸다. 얼마 안 있어 왁자지껄 떠들면서 다시 마을 쪽으로 뛰어가는 그들의 발자국 소리가 들렸다. 흑왜는 사방이 조용해지자 무덤 속에서 기어나왔다. 그리고 움막 옆에 쭈그리고 앉은 채 오래도록 움직이지 않았다. 움막 안에서 절망에 찬 소아의 울음소리가 터져 나왔다. 마침내 그는 이를 악물고 일어섰다. 이어 조용히 떠났다.

흑왜는 동틀 무렵에 습 여단 영문^{營門}에 들어서고 있었다. 습 여단의 주둔지는 자수현성 동쪽 옛날 관도^{關道} 어귀에 있었다. 그곳은 공세로 나갈 때는 언제든지 성도^{省都}인 서안으로 진격할 수 있으나 작전에 실패했을 때는 곧바로 퇴각하여 진령산 관문을 틀어막고 굳게 지킬 수 있는 요충지였다. 조붕이 건네준 쪽지 덕분에 흑왜는 그날로 여단의 연대와 대대, 중대를 거쳐 어느 소대에 배속되어 청색 군복으로 갈아입을 수 있었다. 그리고 보름 남짓한 기간 동안 '차려, 열중 쉬어! 우향우, 좌향좌! 뒤로 돌아! 앞으로 가, 뛰어 가!' 하는 따위의 제식훈련을 받았다. 그러고 나서 소총을 잡고 전투 훈련에 들어갔다. 소대장이 엄숙한 자세로 수여하는 소총을 받아 드는 순간 흑왜의 뇌리에는 전복현이 떠올랐다. 첫 번째로 황금빛 실탄을 받아 드는 순간 그는 또 한 번 전복현을 떠올렸다. 실탄을 약실에 밀어

넣고 방아쇠를 당기는 순간에도 그는 생각했다. 꽝음을 일으키며 시커먼 총부리에서 빠져나간 총탄이 전복현의 반들거리는 대머리를 정통으로 맞추는 것을. 그 순간의 쾌감이 어떨지 상상만 해도 몸이 떨렸다. 총자루를 처음 잡는 순산, 그는 손바닥에 뭔가 형인하지 못힐 기묘한 촉감올 느꼈다. 분명히 똑같은 나무로 만들어진 것인데 그 감촉은 쇠스랑, 곡괭이 자루나 진흙덩어리를 달구질할 때의 떡메 자루와는 전혀 달랐다.

총은 빠르게 그의 장난감이 되었다. 그래서 첫 번째 실탄 사격 연습이 있었을 때 그는 거의 만점을 쏠 수 있었다. 그로 인해 소대 부분대장으로 발탁되었다. 이어 왼손을 허리에 얹고 한 팔로만 소총을 떠받쳐 쏘는 비정규 자세에서는 보기 좋게 연발 명중까지 시켰다. 사격 연습이 끝난 직후 습 여단장은 그를 여단본부 직할 경비소대에 편입시켰다. 그의 손에는 소총뿐 아니라 허리를 꺾어 실탄 5발을 장전하는 윤동식輪胴式 권총 한 자루가 늘었다. 비록 구형이기는 했지만, 그는 그 연발식 자동 권총을 손아귀에 쥐는 순간 과거 어떤 농기구를 쥘 때보다 더 힘찬 열정과 영감이 솟구치는 느낌을 받았다. 심지어는 자신이 곡괭이나 쟁기질보다는 총을 다루기 위해 태어났다는 확신마저 들었다. 그는 소총이든 권총이든 자기 마음대로 다루었다. 특히 권총 사격 솜씨는 부대 장병들 가운데 가장 뛰어난 일등 사수로 꼽혔다.

여기에 그의 노련미와 기민성은 타고났다고 할 정도로 대단했다. 야수의 본능과도 같은 그것은 자기 자신조차 뭐라고 설명하지 못할 정도였다. 한번은 습 여단장이 장병들을 집합시켜 놓고 훈화를 한 적이 있었다. 당시 측근 경호병 넷이 여단장의 좌우에서 밀착 호위를 하는 가운데 흑왜를 비롯한 경비소대의 나머지 호위병들은 앞줄에 늘어서 있었다. 여단장을 목표로 저격이 가능한 각도와 사선射線을 여러 측면에서 경계하고 있던 것이다. 그러던 중 흑왜는 문득 어떤 일이 발생하리라는 예감을 느꼈다. 시간이 흐를수록 그런 느낌은 올가미처럼 바싹바싹 조여들었다. 그때 머릿속에 돌연 시커먼 총부리가 나타났다. 그는 느닷없이 앞으로 달려나 가서는 몸을 솟구치기 무섭게 먹이를 노리는 표범처럼 여단장을 덮쳐 땅 바닥에 찍어 눌렀다. 총성이 울린 것은 거의 동시였다. 여단장 좌우에 바 짝 붙어 연단 아래를 경계하던 네 명의 경호병들은 아직도 무슨 일이 벌 어졌는지 영문을 모른 채 그 자리에 멍청하게 서 있었다. 총탄은 흑왜의 왼쪽 팔뚝을 스쳐 지나면서 살갗을 찢어 놓았다. 그러나 습 여단장은 무 사할 수 있었다. 암살을 시도했던 병사는 이미 제압당해 있었다. 뒤이어 분노한 장병들이 그를 결박해 단상 위로 끌어 올렸다. 장교 한 사람이 저 격병을 개머리판으로 찍어 누른 채 암살 배후를 추궁하기 시작했을 때 습 여단장이 손을 들어 제지했다.

"놓아줘라! 누군지 다 알고 있으니까."

저격병이 툭툭 털고 일어나 발길을 돌리자 습 여단장이 그의 등을 향 해 한마디를 던졌다.

"돌아가거든 보고해라. 너무 야박하게 굴지 말라고!"

저격병의 발길이 흠칫 하고 멈췄다. 그의 말이 계속되었다.

"너 같은 머저리를 보내 나를 저격하려 들다니, 그게 제대로 되겠느냐? 설령 나를 죽이는 데 성공했다 하더라도 어엿한 장군 각하께서 할일로는 너무 쩨쩨하지 않으냐고 전해라!"

습 여단장과 풍馮 사령관은 의형제를 맺은 사이였다. 모스크바 군사아 카데미에 유학하여 지휘관 교육을 받던 시절에 의형제를 맺었던 것이다. 풍 사령관은 장개석蔣介石 측에 투신하여 반공으로 돌아선 후 습 여단장에 게 자기와 손을 잡고 일하자고 계속 설득했다. 당시 습 여단장은 섬서성陝 西省 내륙에서 서북 변방까지 이르는 지역에서 공산당측이 사상으로 단단 히 무장시킨 후 건제建制한 유일한 정규군 부대의 지휘관이었다. 부대는 자연스럽게 옛 관도 어귀를 틀어막은 채 이제 막 지하공작으로 전환한 공산당에게 한 가닥 통로 역할을 했다.

흑왜는 습 여단장의 측근 호위병으로 승진했다. 습 여단장은 농담 반 진담 반으로 말했다.

"흑왜, 알겠나? 너를 내 측근 경호병으로 전보시킨 만큼 책임이 막중하다는 걸 알아야 한다. 내 한 목숨은 아깝지 않아. 적들에게 나 한 사람, 열 사람이 죽는 건 그렇게 중요한 일이 아니다. 그러나 지금과 같이 긴박한 상황에서 나는 아주 결정적인 중요한 역할을 담당하고 있기 때문에 남의 손에 암살당할 수가 없다. 내가 없으면 여단도 없다. 여단이 없어지면 공산당은 맨주먹으로 싸워야 해. 풍 사령관이 저격병을 보내 나를 암살하려 한 것은 나하고 풍 사령관 사이에 악연惡緣이 있어서가 아니야. '공'共씨를 '국'國씨로 고치라는 압력이란 말이다. 하지만 공산당인 내가 국민당으로 개종하다니 될 법이나 한 노릇인가! 흑왜, 내 말뜻을 알겠는가?"

여단장의 말에 흑왜의 가슴 속에서 뜨거운 피가 뭉클 솟구쳤다.

"알겠습니다. 여단장님, 안심하십시오! 이 흑왜에게는 눈이 세 개 달려 있으니까요!"

습 여단장이 껄껄껄 웃으면서 대견한 듯 흑왜의 어깨를 탁탁 두드렸다.

그는 흑왜를 수족처럼 아꼈다. 습 여단이 중요한 군사적 결정을 내린 후 부대 전체가 자수현의 옛 관도 어귀에서 철수하여 위하渭河 상류 지역으로 이동할 무렵이었다. 습 여단장이 흑왜를 불렀다.

"작전이 한동안 공백 상태를 유지할 것이다. 이 틈에 고향에 한번 다녀오는 게 어떠냐? 마누라도 보고 싶을 텐데 말이다."

흑왜는 기회를 놓치지 않고 습 여단장에게 백록원 출신으로 자기와 함께 입대한 형제 네 사람도 함께 다녀오게 해 달라고 부탁했다. 습 여단장은 고개를 끄덕이면서 허락해 주었다. 흑왜 일행 다섯 명은 즉각 군복을 벗고 날품팔이를 하는 농사꾼으로 변장했다. 이어 날이 어두워질 즈음 백록원에 도착해 각자 자기 마을로 흩어지면서 하가방촌에 있는 하노대買른大의 무덤에서 만나기로 약속했다.

흑왜가 백록촌에 들어섰을 때는 밤이 깊었다. 숲속에서 발정난 들고양이의 날카로운 울음소리만 들릴 뿐 인적이 고요했다. 흑왜가 움막 문을 두드렸다.

"누, 누구요!"

소아의 놀라는 음성을 듣는 순간 흑왜는 그녀에게 아무 탈이 없었구나 싶었다. 긴장했던 마음이 탁 풀렸다.

"나야, 흑왜가 왔어!"

그가 문틈에 입술을 대고 속삭였다. 다음 순간 문이 활짝 열렸다. 불덩어리처럼 뜨거운 몸뚱이가 그의 가슴에 와락 덮쳐 안기더니 "으앙!" 하고 울음을 터트렸다.

갑작스런 만남이 주는 환희와 즐거움은 주체하지 못할 정도였다. 소아는 흑왜의 품에 안긴 채 녹자림과 전복현이 자신을 장대 끝에 매달았다고 눈물로 하소연했다. 이어 부싯돌을 쳐서 등잔에 불을 밝혀 놓고는 밧줄에 죄였던 손목의 상처 자국을 보여 주었다. 그러다 급히 등잔불을 훅 불어 껐다. 그리고 두려움에 찬 목소리로 자신을 꾸짖었다.

"어이쿠, 내가 지금 무슨 짓을 한 거야? 미쳤어! 불을 켜다니……."

등불을 켠다는 것은 전복현의 민병단원들에게 길 안내를 하는 격이라고 해도 좋았다.

"빨리 도망쳐요! 놈들한테 들키면 끝장이야, 어서!"

그녀는 자신의 실수를 만회하려고 정신없이 그를 문 쪽으로 밀었다. 흑왜는 그녀를 가슴에 힘껏 끌어안으면서 뒤로는 문을 닫아걸었다.

"쉬이, 겁낼 것 없어. 소아……."

흑왜가 벌거벗은 그녀의 몸뚱이를 번쩍 안아 침상 위에 내려놓으면서 다정하게 속삭였다.

"더 말하지 마. 나도 다 알고 있으니까."

그가 베갯머리에 걸터앉았다.

"안심하라고, 놈들은 절대로 날 못 잡아. 내가 잘못했어. 당신 혼자 집에 남겨 두어서 이렇게 놀라게 만들다니……."

소아의 울음보가 또 "으앙!" 하고 터져 나왔다. 그녀가 이불을 걷어차고 일어나더니 흑왜의 목덜미를 끌어안았다.

"흑왜, 이젠 아무 데도 가지 마! 농협 소동만 벌이지 않았어도 우리끼리 조용히 살 수 있었잖아? 겨밥을 먹고 쓴 나물죽을 마셔도 난 괜찮아. 하지만 이젠 그것도 다 틀렸어……. 놈들을 건드려 악에 받치게 했으니 우리를 용서하지 않을 거야. 흑왜, 우리는 이제 어떻게 살아? 당신, 언제까지 숨어 지내야 해?"

"후회해도 소용없어. 다 지난 일이니까. 난 지금 멀리서 날품팔이로 돈을 벌고 있어. 좀 지나면 돈을 보낼게. 언젠가는 전복현이란 놈을 거꾸러 뜨릴 날이 오겠지! 그때는 내 손으로 반드시 그놈의 목을 작두날 아래 처박아 넣고야 말겠어!"

창밖에서 첫닭이 홰를 치는 소리가 들려왔다. 흑왜는 옷을 벗고 이불 속으로 들어가 덜덜 떨고 있는 그녀의 몸뚱이를 단단히 끌어안았다. 이어 추위에 얼어 차가워진 몸뚱이를 녹여주면서 일을 서둘렀다. 그러나 두려움 속에서 벌이는 환희의 작업은 어딘가 모르게 씁쓸하기까지 했다. 정욕은 목마르도록 급하고 치열했으나 옛날처럼 질탕한 맛이 없었다. 움막 밖에서 두 번째 닭 울음소리가 들렸을 때 흑왜는 죽어라 안은 채 놓아주지 않으려는 소아의 팔을 풀고 빠져나왔다. 옷을 챙겨 입고서는 그녀의 손에 은화 한 꾸러미를 쥐어주었다.

하가방촌 북쪽, 어두컴컴한 탱자나무 숲으로 둘러싸인 무덤까지 단숨에 달려간 흑왜는 손바닥으로 입을 가리고 들개 짖는 소리를 흉내 냈다.

"우워어!"

탱자나무 숲 반대편에서 똑같은 소리가 들려왔다. 세 사람이었다. 아직 한 사람이 도착하지 않았다. 마지막 형제가 합류한 것은 새벽닭이 세 번째 홰를 칠 무렵이었다. 흑왜는 미리 써 온 만장을 나뭇가지에 걸어 놓고 일행과 함께 하노대의 끊어진 뼈마디가 묻힌 무덤 앞에 정중하게 무릎을 꿇었다. 참배를 마친 그는 탱자나무 가시로 손가락을 찔러 헝겊 쪼가리에 혈서를 써 내려갔다.

'전복현을 작두질하여 영령 앞에 제사를 드리리다! 농협 다섯 형제'

혈서는 무덤 옆 탱자나무에 걸렸다. 촛불도 못 밝히고 분향도 못 하고, 지전紙錢도 사르지 못한 채 다섯 사람은 소주 한 병을 돌아가며 무덤에 뿌렸다. 그런 다음 큰절을 올리고 그 자리를 떠났다.

"날이 밝으면 전복현이 또 바빠지겠는걸!"

형제 한 사람이 일행의 침통한 분위기를 누그러뜨릴 양으로 농담을 했다. 흑왜가 그 말을 받았다.

"옳은 말이야. 발바닥을 간지럽혔으니, 그놈도 한동안은 베개를 높인 채 편히 잠들지 못할 걸세."

"이런 걸로 나를 놀라게 할 거라고 보나!"

전복현은 헝겊 쪼가리를 탁자 위에 휙 던지면서 중얼거렸다.

"놈들이 날 죽일 재주가 있었다면 벌써 죽였겠지."

탱자나무에 걸린 만장과 헝겊 쪼가리는 하가방촌 마을의 늙은 농사꾼 하나가 이른 새벽녘 거름통을 메고 밭에 나가다가 발견했다. 하요조賀耀祖가 그것을 갖고 전복현에게 달려왔다. 그러나 전복현은 별것 아니라는 냉담한 반응을 보였다. 그러자 하요조 영감은 모처럼의 공로를 무시당한 것 같았는지 시무룩한 표정이 되어 투덜거렸다.

"복현, 절대로 방심하면 안 되네. 이런 흉악한 놈들은 뿌리를 뽑아야지! 흑왜 일당은 도망쳐 숨었을지 모르나 역심(逆心)은 죽지 않고 살아 있다는 걸 알아야 하네!"

그래도 전복현은 느긋한 태도를 잃지 않았다.

"아저씨, 아저씨 말씀이야 다 옳습죠. 허나 흑왜의 패거리는 모두가 공산당에게 놀아난 놈들입니다. 공산당의 불길이 치열할 때는 그놈들도 기가 살아서 날뛰었지만 이제 와서 발악해 보았자 무슨 힘이 있겠습니까. 그저 마음 푹 놓고 제가 하는 일이나 보고 계십시오."

그러나 하요조를 떠나보낸 전복현은 민병단원들에게 긴급 지시를 내렸다. 민병 단원들은 명령을 받은 즉시 각 마을로 흩어져 흑왜를 비롯한 36형제의 가족들을 데리고 백록창으로 돌아왔다.

소아는 백록창에 들어섰을 때 분위기가 예전과 다르다는 것을 느꼈다. 그녀에게 겁을 주면서 끌고 왔던 민병단원들이 태도를 싹 바꾸어 하나같이 만면에 미소를 띠고 있었던 것이다. 게다가 귀한 손님이라도 모시듯 친절하게 어느 방으로 안내하더니 앉으라고도 했다. 소아는 감히 앉을 엄두를 내지 못하고 엉거주춤하다가 구석에 있는 걸상에 조심스럽게 궁둥이를 붙였다. 그런 다음 고개를 푹 숙인 채 가만히 있었다. 방안에는 그녀 말고도 강제로 끌려온 사람들이 수십 명이나 더 있었다. 전복현이 강단에 올라 첫 마디를 꺼냈을 때 그녀는 쿵쾅거리는 가슴을 억누를 길이 없었다. 전복현의 눈길과 얼굴도 마주 보지 못하고 고개를 더욱 낮게 숙였다. 이윽고 재미있는 옛날이야기라도 하는 듯 전복현의 목소리가 친근하게 들려왔다.

"내 며칠 전 현성에 갔다가 주 선생을 만났더랬소. 주 선생이 나를 보고 이런 농담을 합디다. '복현, 자네가 백록원을 번철로 만들었더군!' 나는 그때 백가헌도 앞서 똑같은 말을 내게 했다는 걸 생각해 냈소. 그리고 백가헌의 말이 실은 자기 매형한테 얻어들은 것임을 깨달았지. 가헌이 처음 그 말을 내게 던졌을 때만 해도 나는 무심코 들어 넘겼소. 그것이 결국 주 선생에게서 나온 말이라는 걸 알고 나니 다시 생각해 보지 않을 수가 없었소. 주 선생은 한마디로 성인과 같은 분이시오. 이날 이때껏 허튼소리를 입에 담은 적이 없는 분이시오. 그분 말씀은 얼핏 들으면 농담 같지만 나중에 곱씹어 보면 언제나 깊은 뜻이 있었거든. 나는 집에 돌아와서 며칠 밤낮을 골머리를 썩이고 나서야 겨우 그 의미를 이해할 수 있었소."

전복현이 잠시 말을 끊고 청중들을 둘러봤다. 그들의 반응에 흡족했는지 얼굴에 미소도 띠며 말을 이었다.

"번철이란 것은 숯불 위에 걸어 놓고 기름을 두르고 호떡을 지져 먹는 도구요. 한쪽이 눌어붙으면 급한 대로 뒤집어서 쓸 수도 있소. 이만하면 여러분도 의문이 풀리시겠지? 그래도 모르겠거든 잘 들으시오. 이 백록원을 번철에다 비유한 것은 이런 뜻이었소. 흑왜가 나를 지져 먹었으면 나도 번철을 뒤집어 놓고 흑왜를 지져 먹는다, 바로 이런 뜻이 아니겠소? 그러니까 보복은 돌고 돌면서 계속 된다 이런 말이오!"

전복현의 말이 여기까지 이어졌을 때 줄곧 침묵 속에 몸을 웅크리고 있던 청중들이 웅성거리기 시작했다. 전복현의 말이 의미하는 바를 깨달은 듯했다. 청중들의 반응에 고무된 전복현의 목소리가 고조되기 시작했다.

"번철을 식혀서 두 번 다시 호떡을 지져 먹지 못하게 만들려면 숯불을 끄집어내야 하는 거요. 흑왜 일당이 나를 지져댄 불길은 공산당이란 숯이 있었기 때문에 가능했소. 이제 공산당이 몰락한 이상 그놈에게 보태 줄 숯불도 없어졌소. 따라서 나는 이번 기회에 아예 불길을 꺼버리기로 작정했소……."

수배자의 가족들은 귀를 쫑긋 세우고 전복현의 다음 말을 기다렸다. 지금부터 나올 담화 내용이 자신들의 운명을 결정 지을 것임을 알았기 때문이었다. 과연 전복현은 정색을 했다.

"여러분의 자제, 남편들에게 돌아오라고 하시오. 더 이상 숨어 지낼 필요가 없소. 그들에게 이 백록창에 와서 한마디만 하라고 이르시오. '내가 잘못했으니 용서해 주십시오. 다시는 그 까마귀 떼를 따르지 않을 테니, 용서해 주십시오……'라고만 해 주면 되는 거요. 그 말 한마디면 나는 모든 일을 없었던 것으로 하겠소. 여러분, 내 말을 믿어 주시겠소?"

청중들은 쥐죽은 듯 아무 소리도 하지 않았다. 그래도 전복현은 참을성 있게 기다렸다. 이윽고 누군가 일어났다.

"저는 흑왜의 36형제 가운데 스물한 번째 되는 아우였습니다. 여기서 도망쳐 나가 경양涇陽에 있는 어느 지주댁에서 날품팔이로 일하며 숨어 있다가 민병단원에게 붙잡혀 끌려왔습니다. 저는 꼼짝없이 죽었구나 생각했는데 뜻밖에도 총향약님은 딱 한마디만 하셨습니다! '집에 돌아가서 잘 살게. 다시는 나쁜 놈들과 어울려서 날뛰지 말고!'라고요. 이제 저는 제가 한 짓을 후회하고 있습니다. 정말 후회하고 있는 겁니다!"

이어 또 한 청년이 그 말을 받았다.

"저는 서안성으로 달아나 안면 있는 신발가게에 숨어 있었습니다. 그런데 밤마다 어머니가 보고 싶어 견딜 수가 있어야죠. 그래서 남몰래 집에 돌아왔다가 민병단원에게 붙잡히고 말았습니다……. 전 총향약님은 이런 저를 너그럽게 용서해 주셨습니다. 저는 이 은덕을 평생토록 잊지 못할 겁니다."

두 사람의 고백은 좌중의 사람들을 동요시켰다. 그들은 전복현의 말이 범인을 색출하기 위한 회유책이 아닐까 의심하기도 했으나 일단 받아들이기로 했다. 언제 붙잡힐지 몰라서 전전긍긍하기보다는 자수시키는 게 낫겠다고 생각한 것이다. 그래서 당장 내일이라도 아들이나 남편을 데리고 와서 죄를 뉘우치게 하겠노라고 다짐을 했다. 전복현은 너그러운 미소를 띤 채 그들에게 일일이 고개를 끄덕여 주었다. 그리고 벌떡 일어나 회의장을 둘러보다가 뒤쪽 구석에 고개를 숙이고 있는 소아를 발견했다.

"흑왜댁, 내 말 좀 듣게. 흑왜는 현청에서 지명 수배를 받는 중대 범인이야. 다른 사람은 내 손에서 놓아줄 수 있으나 흑왜만큼은 내게 그럴 권한이 없어. 하지만 현청에 한두 마디 좋은 얘기를 해 줄 수는 있으니까 돌아오라고 이르게. 자수만 하면 내가 나서서 보증을 서 줄 테니까. 원수는 푸는 것이지 맺는 것이 아니네. 서로 잡아먹을 듯이 싸우다가도 친한 친구가 되는 경우가 얼마나 많은지 아나? 이 백록원을 두 번 다시 사람 잡는 번철로 만들어서는 안 되네! 나도 그런 면에서 주 선생의 말씀을 뼈저리게 받아들이고 뉘우쳤단 말일세……."

이어 6, 7일 사이에 바깥세상으로 도피했던 36형제들 중 적지 않은 이들이 마을로 돌아와 부모, 처자식의 손에 이끌려 백록창을 찾았다. 전복현은 약속을 지켰다. 자기 목을 작두날 아래 처박았던 원수들에게 복수를 하지 않았을 뿐 아니라 꾸짖지도 않았다. 너그러운 어른의 도량으로 못된 짓을 저지른 장난꾸러기들을 훈계하듯 좋은 말로 타일렀다.

"잘들 왔네, 정말 결단을 잘 내렸어! 잘못을 뉘우친다는 그 말 한마디면 됐네! 돌아가서 열심히 일하도록 하게. 부모님들을 보라고. 저렇듯 늙으신 나이에 이게 무슨 꼴인가?"

감동한 속죄자들은 부끄러움에 뜨거운 눈물까지 흘리는 이들도 있었다.

그로써 전복현은 단번에 백록원을 정복했다. 항간에는 총향약의 너그러운 도량과 은덕에 감탄하는 목소리까지 높았다. 이런 국면은 민병단원들에게도 영향을 끼쳤다. 극도로 긴장되었던 이들의 경계심이 느슨하게 풀리기 시작한 것이다. 그러자 전복현은 즉시 단원들을 소집해 놓고 한바탕 불호령을 내렸다.

"그놈들을 왜 관대하게 풀어주었는지 아는가? 까마귀 떼가 둥지를 틀고 들어앉은 나무를 베어 쓰러뜨린 것이란 말이다! 녹조붕이란 약아빠진 까마귀가 두 번 다시 발붙이지 못하도록 둥지를 엎어버리자는 계략인데 자네들이 긴장을 풀어서야 되겠나! 겉으로는 풀어주는 척하지만 놈들의 동태를 단단히 지켜보란 말이다! 단 한순간도 놓치지 말고 감시의 눈을 게을리해서는 안 돼! 녹조붕이란 놈이 서안성으로 도망쳤지만 언제 이곳을 들락거릴지 모른단 말이다. 이래서야 자네들이 어느 세월에 그놈을 붙잡을 수 있겠나? 나는 자네들에게 줄 상금까지 준비해 놓았네. 그 액수는 현청에서 내건 상금보다 훨씬 많다는 것만 알아 두게!"

소아는 움막에 돌아와서도 내내 마음이 심란했다. 처음에 그녀는 전복현의 말을 절반만 믿었다. 절반은 믿을 수가 없었다. 그러나 며칠이 지나 흑왜의 36형제들 가운데 적지 않은 숫자가 전복현에게 관대한 처분을 받았다는 소문이 들려왔다. 그러자 그녀의 마음도 서서히 믿는 쪽으로 기울기 시작했다. 하지만 그녀는 주관이 강한 여자였다. 일단 믿기 시작은 했어도 어리숙하게 모든 걸 믿는 건 아니었다. 결국 그녀는 전복현의 약속을 확인해야겠다고 생각했다. 현청에 가서 다짐을 받은 뒤에야 흑왜를 돌아오게 할 작정이었던 것이다. 흑왜가 먼저 돌아오고 전복현이 현청에 가서 보증을 서더라도 만에 하나 상부에서 그 요청을 받아들이지 않으면 멀쩡하게 잘 숨어 있는 흑왜를 사지에 몰아넣는 꼴이 될 것이기 때문이었다.

그녀는 벌써 몇 번이나 백록진에서 백록창으로 통하는 길가에 나가 서성였는지 몰랐다. 아무래도 백록창으로 갈 용기가 나지 않았다. 그녀는 전복현이 백록촌 공연 무대 위에 끌려 올라가 서슬 푸른 작두날 아래 목을 늘이던 순간을 떠올렸다. 오랏줄에 목이 죄여 시퍼렇게 된 목덜미와 가슴팍, 불쑥 튀어나온 눈동자에 가득 서린 핏발과 그 눈망울 속에는 죽음을 앞둔 자의 사무친 원한이 있었다. 죽음을 앞둔 자의 초연한 오만함이 배어 나왔다. 죽음을 두려워하는 공포나 절망감이라곤 실오리만큼도 비치지 않았었다……. 이제 그 핏발선 눈망울은 종일토록 눈앞에 떠올라 그녀를 소스라치게 만들었다. 물독 뚜껑을 열 때도 그 눈동자가 수면에 떠올라 바가지를 떨어뜨리게 만들었다. 심지어 그 눈동자는 아궁이에 풀무질을 할 때도 활활 타오르는 보릿짚 불길 속에서 불쑥 튀어나와 풀무 손잡이를 놓치게 했다. 게다가 이제는 끼니때 집어든 모락모락 김이 오르는 멀건 옥수수죽 그릇 속에서도 그 노려보는 눈동자가 떠올랐다. 백록창 회의실로 불려가 맨 뒷줄 구석에 앉아 있던 그날, 그녀는 용기를 내 전복현의 얼굴을 훔쳐봤다. 비록 앞줄에 앉은 두 사람의 머리 사이로 본 것이기는 했지만 분명히 그랬다. 당시 불그레하니 윤기가 도는 얼굴에 박힌 두 눈동자에는 온화하고도 부드러운 빛이 반짝였을 뿐 핏발이 서지 않았다. 불쑥 튀어나오지도 않았었다.

그녀는 오늘도 용기를 내 백록창이 바라보이는 길거리까지 나갔다. 하지만 물건을 사는 척하고 노점상의 좌판 앞을 서성거리기만 하다가 발길을 돌렸다. 뿌리 깊이 박힌 자괴감, 장대 위에 매달렸던 수치스러운 기억이 전복현의 눈동자를 마주보지 못하게 만들었던 것이다. 그녀는 읍내 중심 거리를 지나치다 어느 한 곳에 눈길이 갔다. 이어 걸음을 멈추고 생각에 잠겼다. 그러다 냉큼 발길을 돌려 제1보장소 대문 안으로 들어섰다.

"어르신……!"

소아는 녹자림을 보자마자 무릎을 꿇고 외쳤다.

"어르신, 제발 한 번만 흑왜를 용서해 주십시오!"

"이게 누구야?"

녹자림이 깜짝 놀라 자리에서 어정쩡하게 일어났다. 다음 순간 짜증 섞인 목소리로 꾸짖었다.

"일어나, 일어나라니까! 할 말이 있거든 서서 할 것이지 뭐 하러 꿇어 앉는 거야? 젠장, 볼썽사납게……."

소아는 그래도 여전히 무릎을 꿇은 채 고개를 조아렸다.

"어르신께서 용서해 주신다는 말이 없으시면 저도 일어나지 못하겠습니다."

"흥, 좋을 대로 하려무나! 꿇어앉아 있고 싶다면야 하루 종일이라도 말리지 않을 테니까."

녹자림이 비웃었다.

"너는 사람을 잘못 찾아왔어. 대문도 잘못 찾아들었어. 흑왜란 놈은 지금 현청 당국에 지명 수배를 받은 범인이라는 거 몰라? 내 입으로 골백번을 용서해 준다고 해 봤자 소용없는 노릇이야. 그날 전 총향약이 너한테 뭐라고 그랬냐? 네가 흑왜란 놈을 데려와서 자수를 시키면 그 양반이 현청 당국에 보증을 서준다고 했지? 그러니까 총향약 어르신에게나 가보란 말이야!"

"저는 아낙네라 말을 할 줄 모릅니다. 백록창에 혼자서 들어갈 용기도 없고……."

"오호, 용기가 없으시다?"

녹자림이 비웃듯 반문했다.

"지난번에는 무대 위에도 올라가지 않았더냐? 그런데 백록창에 들어갈 배짱이 없대서야 말이 되나!"

소아는 부끄러움을 견디지 못하고 자라처럼 목을 움츠렸다.

"어르신, 지금 와서 그런 말씀을 하신다고 무슨 소용이 있겠습니까? 흑왜는 한창 혈기왕성한 나이라 하늘 무서운 줄 모르고 날뛰었지요. 저도 마찬가지로 경박한 꼴을 보여 드렸고⋯⋯. 이제 뒤늦게 뉘우치고 있지만 고개를 들 수가 없습니다."

"가서 전 총향약한테 그대로 말하려무나. 네 입으로 하늘 무서운 줄 모르고 날뛰었다, 뒤늦게 뉘우치고 있다, 앞으로 다시는 요물 노릇을 안 하겠다고 말하면 될 게 아니냐?"

"저는 지금 어르신께서 전 총향약님께 저 대신 말씀 좀 잘 드려 주십사고 부탁드리는 겁니다. 어르신께서는 향약이시니까 말씀을 해 주시면 저보다야 효과가 크겠지요. 흑왜는 좋든 나쁘든 어르신의 조카뻘이 됩니다. 그렇다고 제가 조카며느리 노릇을 하겠다는 건 아니고요. 어르신께서 어떻게 생각하실지 모르나 제게는 의지할 만한 일가친척도 없습니다⋯⋯."

녹자림은 더 이상 입을 열지 못했다. 자칫 잘못 대꾸했다가는 백록촌에서 시아버지 녹삼에게 쫓겨난 요 앙큼한 며느리와 자기가 꼼짝없이 친척 관계로 얽힐 수도 있었다. 실제로 그는 녹삼과 항렬이 같은 동년배였다. 녹삼보다 나이가 세 살 아래이니 그녀가 녹자림에게 '시숙 어르신'이라고 부른다고 해서 안 될 것도 없었다. 그럼에도 불구하고 그는 그녀로부터 '어르신' 소리를 들어볼 기회가 한 번도 없었다. 그런데 이제 그녀가 자기 앞에 무릎 꿇고 말끝마다 '어르신'이라고 부르고 있었다. 그는 그 소리를 들으면서 약간 낯이 간지러운 것을 느꼈다. 그리고 자신의 천성은 자비로워 백가헌처럼 융통성이 없다거나 엄격하지 않다는 것을 처음으로 느꼈다. 그런 느낌은 이 젊은 조카며느리를 매정하게 내쫓아버린 시아버지 녹삼과도 다르다는 자부심마저 들게 했다. 녹자림이 무슨 생각을 어떻게 하든 소아의 애끓는 하소연은 계속되었다.

"어르신께서 불쌍한 제게 자비의 손길을 내려 도와주시지 않는다면 저는 이제 살아갈 길이 없습니다. 저 같은 아낙이 동네 바깥 외딴 움막에 살면 먹을 것과 입을 것이 떨어지는 것은 말할 나위도 없습니다. 더구나 밤만 되면 늑대, 이리, 여우가 울부짖는 바람에 놀라고 무섭습니다. 도무지 살 수가 없습니다……."

자기 설움에 북받쳐 그녀는 그만 울음을 터트렸다.

"허허, 그것 참!"

녹자림의 입에서 장탄식이 흘러나왔다.

"일어나거라. 내가 전 총향약 어른께 한마디 해 주면 될 것 아니냐?"

드디어 승낙이 떨어졌다. 녹자림도 승낙을 하고 나자 홀가분해졌는지 궐련 한 대를 입에 물고 불을 붙였다. 쪽빛 담배 연기가 눈앞에 자욱하게 퍼지더니 천천히 흩날려 갔다. 녹자림은 그러는 동안 실눈을 가늘게 뜬 채 소아가 동그란 엉덩이를 들썩거리면서 살포시 일어나는 모습을 지켜보았다. 이어 수줍은 기색으로 구석에 허리를 꼬고 선 채 이미 축축하게 젖은 소맷자락으로 끊임없이 흘러내리는 눈물을 찍어내는 모습도 보았다. 또 흐트러진 머리카락 사이로 뽀얗게 드러난 목덜미 하며 귓불에 매달려 흔들리는 귀걸이도 눈에 들어왔다. 더구나 그녀가 눈물을 훔칠 때 백옥처럼 곱고 갸름한 얼굴에서는 광채까지 났다. 또 가끔 설움에 겨워 훌쩍거릴 때면 깜빡이는 긴 눈썹과 눈언저리가 연민의 정도 자아냈다. 녹자림은 자신의 마음이 흔들리는 것을 깨닫고 재빨리 얼굴빛을 굳혔다.

"나에게 전 총향약님께 말씀 잘 올려 달라고 부탁했으면 흑왜가 어디 있는지도 분명히 밝혀 주어야 할 것 아닌가?"

그 말에 소아는 고개를 번쩍 쳐들었다.

"그 사람이 어디 있는지 알고 있다면 제가 죽기를 무릅쓰고라도 찾아가 끌고 왔을 겁니다. 그 사람은 어디선가 남의 집 날품팔이를 하고 있다고만 했을 뿐입니다. 거기가 어딘지는 말하지 않았습니다."

"언제 그런 말을 했느냐? 집에 돌아온 적이 있었더냐?"

녹자림이 황급히 물었다. 소아도 이제는 더 이상 감출 생각이 없어 솔직히 털어 놓았다.

"보름 전에 한 번 다녀간 적이 있었어요. 보릿고개에 양식거리라도 장만하라고 동전 몇 푼 쥐어주고 떠났죠. 첫닭이 울 때 느닷없이 움막 안에 들어왔다가 두 번째 홰를 치자 부랴부랴 떠났어요. 제가 어디 있느냐고 물어보았지만 자기를 찾아올까 봐 그랬는지 죽어라고 입을 안 열었어요……."

"오호, 그랬었군!"

녹자림은 소아가 계속 이야기를 하도록 부추겼다.

"그 말을 믿으라는 거냐? 총향약에게 거짓말을 하면 안 되는데……."

"사실이니까 그대로 말씀드려 주세요. 그 사람을 용서해 주기만 하신다면 다음번에 돈을 가져올 때 제가 꼭 붙잡아 놓을 거라고요……."

소아가 다짐을 하면서 또다시 눈물을 뚝뚝 떨어뜨렸다.

"알겠다, 좋아! 내 이 길로 전 총향약님을 찾아뵐 테니까 너는 이만 돌아가거라. 집에 가서 마음 푹 놓고 좋은 소식 있을 때까지 기다리려무나. 눈물은 닦아야지! 길거리에서 남이 보면 웃을 게 아니냐?"

녹자림은 이렇게 당부하면서 소아가 급히 눈물을 닦는 모습을 지켜보았다. 그렇게 해서 소맷자락이 들리는 순간 그는 저고리 밑단 아래로 움푹 파인 배꼽이 살짝 드러나는 것을 보았다. 또 벌어진 앞섶 틈으로 마치 둥지에서 머리를 내밀고 두리번거리는 한 쌍의 비둘기처럼 새하얀 젖무덤 두 개도 목격했다. 그의 눈길이 훑고 지나는 것을 느낀 그녀가 황망히 저고리 앞섶을 당겨 여몄다.

"어르신! 그럼 부탁드리고 가겠습니다."

녹자림은 즉시 백록창으로 전복현을 찾아가 단도직입적으로 말했다.

"하노대의 무덤에 걸렸던 만장은 역시 흑왜의 짓이었습니다."

전복현의 얼떨떨한 표정을 바라보면서 그는 흡족한 기색으로 조금 전에 소아와 만나 주고받은 이야기를 미주알고주알 다 털어놓았다. 그리고 마지막에 가서 소아가 얘기한 귀향 날짜와 시간으로 미루어 보건대 그놈의 짓이 틀림없다고 장담했다.

"흑왜가 지금 어디 있다고 털어놓지는 않던가?"

전복현이 물었다.

"눈치를 보아하니 그 계집도 정말 모르는 듯합니다. 흑왜놈이 여간 조심스러운 녀석이라야 말입죠. 아마 제 계집한테도 절대 발설하지 않았을 겁니다."

"잘했네, 자림. 이 일은 아주 중요한 거야. 그 계집한테 가서 모든 이야기가 잘 되었다고 귀뜸해 주게. 흑왜를 자수시키기만 하면 아무것도 추궁하지 않겠다고 말해 주게. 현청 당국의 지명수배 건도 내가 책임지고 풀어주겠노라고 하게. 자네는 수단 방법을 가리지 말고 그 계집 하나만 주물러 놓게. 그 계집이 뭐라도 알고 있다면 털어놓지 않고 배기겠나? 실물이 아니라 그림자라도 좋네. 그 계집의 입에서 한마디만 나오면 자네는 큰 공로를 세우는 걸세!"

사흘째 되던 날 밤, 녹자림은 소아의 움막 문을 두드렸다. 그는 하가방촌에서 술을 마시고 돌아오는 길이었다. 얼마 전 하노대의 무덤 곁 탱자나무에서 만장과 보복을 맹세하는 쪽지를 발견한 하요조 영감은 완전 노발대발했다. 결국 문중 사람들을 동원해서 하노대 집안의 3대 조상 무덤을 하씨 선산에서 파냈다. 이어 이미 썩어 문드러진 유골을 끌어내 웅덩이에 처넣어 앙갚음을 한 다음 축하연을 열었다. 그리고는 그 자리에 백록창 관할 보장소 향약들을 모두 초대했다. 전복현은 원래 밤에는 백록창 밖을 나서지 않는다는 규칙을 지켜 하요조 영감의 초대를 사양했다. 축하연에 참석하지 않은 것이다. 반면 축하연에서 오랜만에 통음을 하고 얼큰하게 취한 녹자림은 깊은 밤의 햇보리가 풍기는 싱그러운 풋내를 한껏 들이마시면서 마을 동쪽 비탈길을 내려와 소아가 홀로 거처하는 움막 안마당으로 들어갔다.

"누구세요? 어르신?"

잠결에 문을 두드리는 소리를 듣고 놀란 소아가 허둥대는 목소리로 물어 왔다.

"무서워할 것 없어. 나야, 아저씨다!"

녹자림이 목청을 낮추고 꾸짖듯이 대답했다.

문의 빗장이 벗겨지고 살그머니 문이 열렸다. 녹자림은 열린 문틈으로 몸을 비집고 들어서면서 손을 돌려 빗장을 도로 걸었다. 퀴퀴한 곰팡이 냄새와 기묘한 향내가 뒤섞여 코를 자극하는 바람에 녹자림은 연거푸 재채기를 세 번씩이나 하고 말았다.

"등불은 켜지 마라. 남의 눈이 무서우니."

캄캄한 어둠 속에서 튕겨 나오는 부싯돌의 불티를 보고 녹자림이 황급히 말렸다.

"걸상이 어디 있지? 나는 안 보이는데, 침대 쪽에 있나?"

"여기 있어요."

소아가 녹자림의 팔을 잡아끌어 걸상에 앉혔다. 기묘한 냄새로 볼 때 소아는 자기 오른편에 서 있음이 분명했다. 급하게 내쉬고 들이쉬는 숨소리도 들렸다.

"어르신, 제가 부탁드린 일은 어떻게 되었는지요?"

다급하게 묻는 소아의 숨결이 그의 귓전에 간지럽게 닿았다.

"이야기는 잘 되었어. 네가 부탁한 대로 다 되었으니까 안심하라고."

녹자림이 호기롭게 대답했다. 이어 목청을 눌러 속삭이듯 말했다.

"또 한 가지 중요한 일이 있는데 차마 대놓고 말하기가 어렵군. 너 같은 여편네들이란 주둥이가 가벼워 금방 소문을 퍼뜨리니 말이야. 너나 흑왜는 말할 것도 없고 내 밥그릇마저 뒤엎어버릴지도 모를 일이거든."

소아는 다급한 마음에 얼른 상대방을 안심시켰다.

"어르신, 마음 놓고 말씀하세요. 제가 아무려면 그렇게 분별없이 입을 놀리는 사람이겠어요? 이래 봬도 다른 여자들과 달라서 입은 무거운 편이랍니다."

녹자림이 어둠 속에서 고개를 내저었다.

"이건 무척 긴요한 일이라서……, 아무렇게나 이야기하기가 너무 위험해."

소아가 답답한 듯 말했다.

"어르신께서 정녕 믿지 못하신다면 제가…… 하늘에 두고 맹세라도 할까요?"

"맹세 따위가 필요한가!"

녹자림이 걸상에서 벌떡 일어나더니 한마디씩 또박또박 끊어 말했다.

"그 이야기는 말이야……, 나하고, 잠자리를, 같이, 해야만, 할 수 있어!"

소아는 숨을 훅 들이쉬었다. 그러나 목소리를 낮출 정신은 있었다.

"어르신!"

"제발 그 지긋지긋한 어르신 소리는 집어치우고 어서 침상에나 올라가거라."

녹자림이 딱 부러지게 말했다.

칠흑처럼 어두운 움막 안에 서서 녹자림은 맞은편의 소아가 콧김까지 느껴질 정도로 가까이 있다는 것을 알 수 있었다. 그러나 그는 팔을 뻗지 않았다. 그녀를 껴안고 침상에 오르는 것이 아니라 그저 소아가 어떻게 나올지 지켜볼 생각이었다. 소아는 그의 요구에 고함을 지르지 않았다. 뻔뻔스런 낯짝에 침을 뱉지도 않았다. 그저 꼼짝달싹하지 않고 그 자리에 서 있을 따름이었다. 그러나 그것도 잠시뿐, 이윽고 체념한 듯한 탄식 소리가 들리더니 맞은편에 기둥처럼 꼿꼿이 서 있던 그림자가 침상 쪽으로 옮겨 가기 시작했다. 녹자림은 바스락바스락 옷가지를 벗어 내리는 소리를 똑똑히 들을 수 있었다. 녹자림의 몸뚱이는 벌써 팽팽하게 부풀어 오른 상태였다. 침상 쪽에서는 준비가 다 된 듯 더 이상 아무런 기척도 들리지 않았다.

녹자림은 조끼와 저고리를 한꺼번에 벗은 다음 바지마저 훑어 내렸다. 그리고 더듬더듬 침상 위로 기어 올라갔다. 그는 그때에야 비로소 신발 두 짝을 어둠 속에 벗어던졌다. 벌거벗은 궁둥이의 맨살이 침상 바닥에 닿는 순간 녹자림은 바늘방석에라도 올라앉은 듯한 아픔을 느끼고 펄쩍 뛰었다. 그도 그럴 것이 다 낡아빠진 침상 바닥에 깔린 대자리의 가시가 얄팍한 요를 뚫고 삐져나와 엉덩이 살갗을 찔렀던 것이다. 그러나 그는 아픔을 돌아볼 겨를도 없이 얇은 이불을 들추고 속으로 파고 들어갔다.

"어르신!"

소아가 겁먹은 듯, 수줍은 듯 코맹맹이 소리로 불렀다.

"또 그놈의 어르신 소리……. 흐흐흐!"

녹자림이 낄낄대면서 핀잔을 주었다.

"한 번만 더 그 빌어먹을 놈의 어르신 소리를 들으면 남 부끄러워 일이 되겠느냐!"

녹자림은 불덩어리처럼 달아오른 몸뚱이를 단단히 품어 안고는 있었으나 손발을 어떻게 놀려야 좋을지 몰라 허둥댔다. 입에서는 말도 안 되는 소리가 마구 쏟아져 나왔다. 그 나이에도 신혼 첫날밤처럼 앞뒤가 어디며 위아래가 어딘지 길을 잃은 것이다. 그러나 수십 년 쌓은 경험 덕분에 끝내 목표를 찾아 들어갈 수는 있었다. 하지만 너무 서둘렀던지 여인의 몸속에 들어가기 무섭게 터트려버리고는 이내 맥이 빠져버렸다. 그는 그녀의 몸뚱이 위에 축 늘어진 채 움쭉달싹도 하지 않았다. 격렬한 심장박동에 따라 조수처럼 밀려들던 뜨거운 피가 혈관을 따라 꾸역꾸역 흘러 신체 각 부위의 제자리로 돌아가는 것을 느끼면서 그저 홀가분해진 몸뚱이를 침상 위로 굴려 내렸을 뿐이었다. 이어 보드랍고도 여린 그녀의 몸을 끌어안은 채 귓불에 입술을 대고 소곤거렸다.

"흑왜는 못 돌아온다. 절대로……!"

소아가 벌떡 일어나 앉았다.

"날 속였군요! 만사가 잘 되었다더니 나하고 이 짓을 하려고 거짓말을 한 거예요?"

녹자림이 쭈뼛쭈뼛 일어나 앉았다.

"이런 경망한 것을 봤나! 계집들이란 도무지 참을성이 없어 탈이란 말이야. 나한테 맹세한다는 말도 벌써 잊었어? 자, 그러지 말고 들어 봐. 내 이야기가 다 끝나지 않았으니까……."

그는 그녀의 어깨를 끌어안고 다시 이불 속에 나란히 몸을 뉘었다.

"전복현한테 네 말을 다 전했어. 그 사람도 응낙을 했고……. 어제저녁에는 그 사람이 악유산 서기를 만나러 현성縣城엘 다녀오기도 했지. 악 서기도 흑왜가 돌아와 과오를 뉘우치기만 한다면 그 문제는 더 이상 거론하지 않겠노라고 다짐했다더군."

"그럼 어째서 흑왜가 못 돌아온다는 거죠?"

"그건 내 생각이 그렇다는 거야. 내 말 잘 들어봐. 네가 전복현의 말을 믿는다면 이 길로 가서 흑왜에게 돌아오라고 해야겠지……."

"그런데 왜 절대 못 돌아온다고 하신 거예요?"

"쯧쯧쯧! 계집들이란 그저 한 치 앞밖에 못 보니 문제야."

녹자림이 딱한 기색으로 혀를 찼다

"옷감 천을 봐도 알 텐데 그런 이치도 모르나! 한쪽 면은 매끄럽게 광택이 나지만 그 뒷면은 어때? 껄끄럽지 않던가? 탁자나 걸상 윗면이 말끔하다고 해서 밑바닥까지 말끔하게 대패질하는 목수가 어디 있어? 만약에, 만약에 말이다. 이게 모두가 전복현이 흑왜에게 올가미를 씌우려고 덫을 놓은 수작이면 어쩔 테야?"

"에구머니나!"

소아는 숨을 들이켰다. 녹자림의 말이 계속되었다.

"전복현은 나하고 여러 해 동안 교분을 나눈 사람이야. 그 정분을 생각하면 나도 이런 말을 해선 안 되겠지. 하지만 나는 정말 너희 둘이 남의 올가미에 걸려드는 꼴을 보고 싶지 않아. 나란 사람의 마음이 워낙 여린 탓이지. 흑왜는 나를 짓밟고 모욕을 가했어. 사리대로 따진다면 나도 전복현하고 같이 그놈을 붙잡아 처치해야만 옳겠지. 그런데 네가 그날 보장소엘 찾아와 내 앞에 무릎을 꿇고 매달렸으니……. 에이, 그것 참!"

소아는 완전히 실망한 듯했다.

"그럼 어쩌면 좋죠? 흑왜가 못 돌아오면 나는 어떻게 살아요? 어떻게 살라는 거예요?"

"이 아저씨가 네 뒤를 봐 주면 될 거 아니냐. 우리 이렇게 하면 어떨까? 흑왜란 놈은 외지에서 지금처럼 날품팔이를 하든 머슴을 살든, 저 좋을 대로 살아가게 내버려두자꾸나. 그게 두 눈 멀뚱멀뚱 뜨고 남의 올가미에 걸려들어 죽는 것보다는 나을 테니까."

"그럼 흑왜는 영영 돌아오지 못하는 거 아니에요? 안 돼요! 절대로 그래서는 안돼요!"

"내 말은 우선 그렇게라도 해서 눈앞의 풍파를 피해 놓고 다시 생각해 보자는 이야기다. 풍파만 지나가면 아무 일이 없을 수도 있어. 그동안 전복현이 다른 곳으로 자리를 옮길지도 모르는 일 아니냐? 너는 말이다, 네가 앞으로 살아가는 문제는 이 아저씨가 생활비를 줘서 해결해 주마. 뒷탈은 없을 게다. 흑왜가 돌아오기만 하면 이 아저씨도 네 침대 곁에는 얼씬도 하지 않을 테니까."

이런 저런 사설을 늘어놓으면서 그는 옷가지를 더듬어 은화 몇 닢을 끄집어냈다. 이어 그걸 소아의 손에 꼭 쥐어주었다. 소아가 손을 움츠렸다.

"필요 없어요, 필요 없어! 나를 뭐로 보는 거예요, 돈을 받고 몸을 파는 여자인 줄 알아요?"

녹자림도 벌컥 화를 내면서 으르렁댔다.

"그래, 너 말 한번 잘했다! 네가 누구냐? 이 아저씨뻘 되는 나하고 배가 맞은 계집 아니냐? 이런 일이 아니고서야 내가 뭐 하러 오밤중에 널 찾아와 노닥거린단 말이냐?"

그가 옷을 입고 침상에서 훌쩍 뛰어내리더니 한마디를 더 보탰다.

"어떤 놈이든 너를 업신여기거든 이 아저씨한테 이야기해! 내 그놈을 수채구멍에 처박아 얼굴을 못 들게 만들어 줄 테니. 문 잘 닫고 있어. 나는 닷새나 열흘에 한 번씩 올 거야. 그리고 침상에 좀 부드러운 요를 깔아 놓도록 해. 등이 따가워 견딜 수가 있어야지!"

사나흘만 지나도 닷새째였다. 그러나 녹자림은 참을성 있게 열흘을 기다려서야 움막 문을 두드렸다. 닷새가 되는 날 올 수도 있었으나 밀회를 즐기는 간격이 너무 빡빡해 계집 쪽이 싫증이라도 낸다면 오히려 재미가 없으리라는 생각이 들었던 것이다. 또 간격이 길면 길수록 기대하는 마음을 유발하는 효과도 있을 터였다.

그날 녹자림은 느지막이 저녁을 들고 나서 아내 하씨에게 신화촌神禾村에 다녀오겠다고 일러두었다. 신화촌에서 그는 골패 노름으로 연거푸 아홉 차례나 시쳇말로 장땡을 잡았다. 그리고는 지루하게 흘러가는 시간을 보내기 위해 노름판에서 딴 돈으로 친구들에게 인심을 팍팍 써 가며 한참 어울리고 나서야 움막을 찾았다.

오늘은 첫날처럼 번거로운 절차 따위는 필요하지 않았다. 움막 문 안으로 들어서자마자 벌거숭이가 되어 기다리고 있던 소아의 알몸을 우선 덥석 품에 안았다. 그리고는 남은 손으로 자연스럽게 등 뒤 문짝을 더듬어 닫고 빗장을 단단히 질렀다. 그는 소아를 번쩍 들어 안고 침상 쪽으로 걸어갔다. 솜처럼 보드라운 소아의 두 팔이 목덜미를 감싸 안은 채 걸음을 내딛는 대로 조여왔다. 이렇듯 적극적인 호응에 자극을 받은 녹자림의 입장에서는 욕정이 폭발하지 않을 수 없었다. 급기야 마음 한구석에 껄끄럽게 도사리고 있던 미미한 수치심마저 눈 녹듯 사라졌다.

그는 깨지기 쉬운 보물을 다루듯 조심스런 손길로 그녀를 침상 위에 사뿐히 내려놓았다. 더불어 옷가지를 시원스럽게 훌훌 벗어던지면서 자기 자신을 일깨웠다. 서두르지 말자고. 그래서 절정의 극치에 올라 보지도 못한 채 주전자 물 쏟듯 단숨에 배설해버려서는 안 된다고. 그렇게 그는 자기 자신을 단단히 다그쳤다.

소아가 그를 맞아들이며 가슴속으로 파고들었다. 그는 다시 한 번 자신에게 급하게 서두르거나 당황하지 말아야 한다고 일깨우면서 왼손으로 그녀의 등줄기를 가볍게 어루만졌다. 다음 순간 그녀의 팔목이 뒷등을 바짝 조이며 풍만한 젖무덤을 그의 앞가슴에 바싹 밀착시켰다. 뒤를 이어 뜨겁게 달아오른 두 뺨과 조금은 차가운 콧날이 얼굴에 와 닿았다. 동시에 한숨 섞인 숨결이 훅 불어왔다. 그는 그 숨결에 입술을 덮고 싶은 욕망을 억누르느라 무진 애를 썼다. 그랬다가는 참고 참아온 통제력을 즉시 잃어버릴 가능성이 다분했기 때문이다. 보드랍고도 매끄러운 등줄기를 한참 동안이나 어루만지던 그의 손바닥이 차츰 둔부 쪽으로 내려갔다. 그러자 품속에서 그녀의 몸이 부르르 떨렸다.

그는 손을 들어 이번에는 정수리 위에서부터 머리카락을 쓰다듬어 내렸다. 그런 다음 다시 겨드랑이와 허리께를 지나 둔부를 스쳐 지나갔다.

그의 손은 넓적다리와 종아리까지 미끄러져 마침내는 앙증맞은 발바닥에 가서 멈췄다. 그렇게 그는 비로소 통일된 감각을 얻을 수가 있었다.

그는 또다시 그녀의 얼굴에 손을 얹고 목덜미를 스쳐 바들바들 떨리는 젖무덤을 좌우로 돌아가면서 문질렀다. 이어 포동포동한 아랫배로 미끄러져 내려가 마지막 자신의 목표에 가서 멈췄다. 그의 손길이 그곳에 닿는 순간 소아는 신음 소리를 내면서 몸을 비틀었다.

그는 머리끝부터 발끝까지 그녀의 온몸을 한 치도 빠뜨림 없이 두루 섭렵했을 때에야 비로소 어렵사리 당겨 놓고 있던 고삐를 완전히 풀어주었다. 그다음에는 거칠 것이 없었다. 우선 고개를 번쩍 치켜든 채 뜨겁고 축축하게 젖어 있는 그녀의 입술을 물고 잘근잘근 씹었다. 그녀의 혓바닥도 탐욕스럽게 물어뜯었다. 다음에는 그녀의 눈두덩에 입을 맞추고 혀끝으로 그녀의 코를 핥았다. 불덩어리처럼 달아오른 뺨을 깨물고 귓불을 번갈아 빨았다. 가슴에 입을 맞추다가 젖꼭지를 물고 빠는 것은 당연한 순서였다. 그렇게 그의 벌어진 입은 지치지도 않고 왼쪽에서 오른쪽으로, 다시 오른쪽에서 왼쪽으로 옮겨 갔다. 마지막에는 미련을 잠시 남겨 둔 채 젖무덤을 떠나 아랫배 쪽으로 내려갔다.

그는 그곳에서 잠시 가쁜 숨을 몰아쉬면서 헐떡거렸다. 동시에 마지막 장애물을 뛰어넘을 태세를 갖추려는 듯 묵묵히 엎드려 있었다. 그러더니 단숨에 마지막 목표로 미끄러져 들어갔다. 소아가 허리를 비틀며 외마디 소리를 질렀다.

"어르신!"

순간 녹자림이 이불자락을 획 걷어 젖히더니 위로 기어 올라가 엎드렸다. 그것은 우거진 수풀 속으로 돌격하기가 무섭게 흔적도 없이 푹 파묻혀 들어갔다. 그다음 그는 미친 듯이 뒤흔들고 마구잡이로 휘저었다.

"아저씨! 아아, 앗!"

"그래, 아저씨하고 붙은 요것아! 소아, 이 아저씨도 널 좋아해! 좋아서 죽겠단 말이다……"

녹자림은 환락을 한껏 즐기고 나서 그녀 곁에 몸을 눕혔다. 담배 한 대도 피워 물었다. 그가 연기를 한 모금씩 빨아들일 때마다 궐련 끄트머리 불티가 어둠 속에서 아직도 열락에서 빠져나오지 못한 소아의 얼굴과 헝클어진 머리카락을 비추고 있었다.

소아는 팔을 뻗어 그의 허리를 감싸 안았다. 젖무덤도 그의 어깨에 찰싹 갖다 붙였다.

"아저씨, 난 오늘부터 아저씨밖에 없어요. 믿고 의지할 분도 아저씨뿐이니까 날 지켜줘야 해요……"

녹자림이 호기롭게 말했다.

"마음 푹 놓으라고, 요것아! 이 어르신이 너를 얼마나 아끼는지 두고 보면 알 테니! 뭐든지 어려운 일이 있거든 서슴지 말고 이 아저씨한테 말하려무나. 어느 놈이든 너한테 함부로 굴면 내 그놈의 다리몽둥이를 분질러 주마!"

녹자림은 담배를 비벼 끄고 일어나 옷을 입었다. 소아가 냉큼 일어나 그의 팔뚝을 붙잡고 매달렸다.

"아저씨, 못 가! 아저씨가 떠나면 너무 무서워."

녹자림이 물었다.

"뭐가 무서워?"

"누군지 몰라도 수시로 움막 밖에 와서 여우 울음소리를 내는 바람에 무서워 죽겠어요."

녹자림은 껄껄껄 웃었다.

"그게 여우가 아니라 사람이라는 걸 알면서 뭐가 무섭다는 거냐? 문을 꼭 닫아걸고 잠이나 자라고. 그따위 녀석들은 무시하면 그만이니까."

"그래도 무서운 걸 어떻게 해요?"

"알았어, 내가 처리해 주지!"

그의 생각은 분명했다. 소아의 육체가 아무리 좋다 한들 움막은 역시 오래 머물 곳이 아니라는 사실을 잘 알고 있었던 것이다. 그는 단호한 걸음걸이로 움막을 나섰다.

움막 근처를 얼씬거리면서 여우 울음소리를 흉내 낸 녀석은 '개불알'이란 별명을 지닌 백씨白氏 성의 구단아狗蛋兒였다. 나이가 서른 살이 되고서도 동네를 떠돌아다니며 빈둥빈둥 놀고먹는 불한당이었다. 이런 백수건달이 또 색을 밝히는 음탕한 구석은 있었는지 가끔 마을 여자들을 집적거리다가 어른들에게 혼이 나곤 했다.

그의 아버지는 농사를 짓기 싫거든 남의 집에 머슴살이라도 나가서 돈을 벌어 장가를 들라고 권했다. 그러나 그는 오히려 아버지에게 장가를 보내달라고 보챘다. 마누라도 없는데 뭐 하러 힘들게 남의 집 머슴살이를 해가며 돈을 버느냐고 버틴 것이다. 부자지간에 의견이 엇갈리면서 날마다 분란만 일어나자 늙은 아비는 울화병으로 그만 세상을 뜨고 말았다.

아버지가 죽은 이후 구단아에게는 완전히 떠돌이 귀신이 붙었다. 집구석에 붙어 있는 날이 거의 없었다. 그러니 중매를 들려는 사람은 더더군다나 없었다. 구단아는 흑왜가 도망친 후부터 줄곧 소아의 움막에 눈독을 들였다. 밤중에 남의 채소밭에 몰래 들어가 마늘이나 파를 한 움큼씩 뽑아 소아에게 갖다 바치면서 은근슬쩍 수작도 부렸다. 그러나 그럴 때마다 소아는 움막 안에서 욕설을 퍼붓기 일쑤였다. 그는 할 수 없이 훔쳐 온 채소를 문턱에 놓고 자리를 떠야 했다. 어떤 때는 남의 집 뒤뜰의 복숭아나무와 살구나무를 털어와 소아의 움막 문 앞이나 창문 아래에 놓고는 인사를 건네기도 했다.

"소아, 맛 좀 보라고! 난 갈 거야."

어리석은 짝사랑이 보답을 받지 못하자 그는 이리 울음소리, 여우 울음소리를 흉내 내 한밤중에 곤히 잠든 그녀를 놀라게 했다. 외롭게 사는 여자가 무서움을 타서 견딜 수 없게 되면 문을 열고 자기를 맞아들이려니 싶어 그런 장난을 쳤던 것이다. 그래도 문이 열리지 않으니까 이번에는 소아를 찬미하는 노래를 지어 창문 밖에 와서 그녀가 넌덜머리를 내도록 끈덕지게 반복해서 흥얼거리기 시작했다.

녹자림은 소아를 부둥켜안고 애무를 즐기던 그날 밤에 이 '개불알' 녀석의 노래를 처음 들었다. '개불알'은 창문 밖에서 손뼉으로 박자까지 맞춰 가며 유치하기 짝이 없는 가락을 구성지게 뽑아댔다.

"소아의 검정 머리는 동백기름 발라 매끄럽고, 소아의 하얀 얼굴은 비단결보다 더 곱고요. 소아의 혓바닥은 절인 고깃국물보다 더 달콤하다네. 소아의 두 뺨, 언제 핥아볼꼬. 소아의 젖꼭지도 주물러 보고 싶네. 소아의 방둥이, 그립고 그리워. 소아가 눈길 한 번 흘겨 주면, 사흘 밤낮 안 먹어도 배가 부르네. 차라리 요강으로 태어나서 소아 곁에 있으면 얼마나 행복할꼬?"

녹자림이 소아의 귀에 속삭였다.

"저놈한테 노래 한번 잘 부른다고 칭찬해 줘. 그리고 내일 또 와서 불러 달라고 해."

소아는 시키는 대로 창문을 향해 한마디 던졌다.

"구단아 오빠, 자장가가 정말 듣기 좋네요. 오늘 밤엔 그만하면 잠이 잘 오니까 내일 밤에 또 와서 불러주지 않을래요?"

'개불알'은 이튿날 밤에도 어김없이 창문 밖에 나타나 흥얼거리기 시작했다. 그렇게 한바탕 읊고는 순진한 어조로 물었다.

"소아, 어때? 듣기 좋지?"

"아주 좋아요. 또 불러줄래요?"

녹자림은 그 모습을 멀찌감치 숨어서 지켜보고 있다가 '개불알'의 등 뒤로 다가가 덜미를 덥석 낚아챘다. 그런 다음 뺨을 연거푸 후려갈겼다.

"구단아! 요 잡놈의 새끼, 어딜 와서 개수작을 떠는 거냐!"

"어이쿠, 아저씨! 잘못했어요. 용서해 주십시오, 다시는 안 그러겠습니다!"

눈에서 불꽃이 튀도록 혼이 난 '개불알'은 땅바닥에 엎드려 손바닥이 닳도록 싹싹 빌었다. 녹자림은 손바닥을 탁탁 털면서 마지막으로 으름장을 놓았다.

"오늘 밤 내 손에 걸렸으니 운수 대통한 줄 알아라. 족장 어른이 알았단 봐라! 그 자리에서 네놈의 살가죽을 벗겨 놓았을 거다!"

"어이쿠, 아저씨! 제발, 살려 주십시오! 족장님한테는 아무 말씀도⋯⋯."

'개불알'은 백가헌의 이름만 들먹여도 혼비백산했다. 마치 북풍한설에 사시나무 떨듯 떨면서 정신없이 빌었다. 녹자림이 멱살을 풀어주자 그는 곧바로 줄행랑을 놓았다.

녹자림은 이제 닷새와 열흘 날짜를 꼬박꼬박 지켜가며 움막으로 찾아와 환락을 즐겼다.

그 후 구단아는 한동안 움막 근처에는 얼씬도 하지 않았다. 여우의 울음소리도 흉내 내지 못했다. 찬미의 노래 역시 흥얼거리지 못했다. 그러나 움막 안에 있을 여인의 유혹은 끝내 이길 수 없었다. 결국 이날 밤에 또 살그머니 기어 와서는 창문 틈으로 풍겨 나오는 주인의 냄새라도 맡고 싶었는지 콧구멍을 벌름거리기 시작했다. 그런데 이상한 소리가 들렸다. 처음에는 잠꼬대를 하는 줄 알았으나 그게 아니었다. 그 끈적이는 교성嬌聲에 숨 가쁜 신음 소리는 곧 '개불알'의 머리카락을 곤두서게 했다. 그러더니 또 자지러지게 외치며 헐떡거리는 소리가⋯⋯. 그 신음 소리를 듣는 순간 그는 온몸이 후끈 달아오르다 못해 불바다 지옥 속에 풍덩 빠져드는 느낌을 받았다. 뒤이어 또 다른 목소리가 들렸다.

"어때, 견딜 만해?"

숨차면서도 아주 여유 있는 사내의 음성이었다. 그것은 '개불알'의 귀에도 상당히 낯익은 목소리였다. '개불알'은 녹자림 아저씨의 목소리를 알아들은 순간 눈이 뒤집힌 채 미쳐 날뛰기 시작했다. 주먹으로 창살을 때려 부술 듯 두들기면서 고래고래 악도 썼다.

"잘들 논다! 너희 연놈들은 견딜 만한지 모르겠다만 바깥에 있는 나는 죽을 지경이란 말이다. 소아, 요 잡년아! 향약 나리 거시기만 좋고 내 거시기는 싫더냐? 어디 두고 보자, 내 이 길로 가서 동네방네 다 떠들어 소문을 내고 말 테니!"

움막 안은 쥐죽은 듯 잠잠해졌다. '개불알'이 또 고양이 소리를 냈다.

"소아, 어때? 나 한 번만 받아주면 안 떠들지……."

곧 문짝이 삐거덕 열리더니 소아가 까딱까딱 손짓을 했다. '개불알'은 얼씨구나 좋다 하며 그녀의 손짓에 따라 움막 안으로 들어섰다. 녹자림은 고양이처럼 허리를 잔뜩 구부리고 문 뒤에 붙어 있다가 살그머니 빠져나왔다. 얼마나 놀랐는지 식은땀이 다 흘렀다. 빌어먹을 놈의 불청객 때문에 이가 갈렸다. '이 녀석, 어디 두고 보자…….'

성급한 구단아가 허겁지겁 옷가지를 몽땅 벗어던졌다. 바로 소아의 허리를 안고 침대로 끌고 갔다. 이성의 피부와 단 한 번도 접촉해 본 적이 없는 몸뚱이가 견디지 못하겠는지 와들와들 떨고 있었다. 그래도 그는 소아의 허리를 끌어안으려 했다. 그 순간이었다.

"어이쿠!"

구단아가 외마디 소리를 지르면서 그 자리에 털썩 주저앉았다. 동시에 두 손으로 사타구니를 움켜쥐고 고통을 참느라고 온몸을 비비 꼬았다. 소아의 욕설이 어둠 속에서 쏟아져 나왔다.

"꺼져, 이 개 같은 놈! 깨진 개밥그릇이나 핥을 놈아!"

구단아는 엉금엉금 기어 일어나서도 욕심을 버리지 못하고 계속 소아에게 치근덕댔다. 그녀는 잠시 생각하다 좋은 말로 달랬다.

"알았어, 한 번 같이 자 줄게. 하지만 오늘은 너무 피곤하니까 모레 밤에 와!"

구단아는 집으로 돌아가서는 하루 밤낮을 꼬박 뜬눈으로 지새웠다. 그런 다음 또 하루를 기다리고서야 허둥지둥 소아의 움막을 찾아왔다. 그러나 문짝을 두드리기 무섭게 어둠 속에서 느닷없이 민병단원 두 사람이 뛰어나왔다. 그러더니 바로 소총 개머리판으로 그의 뒤통수를 후려갈겼다.

구단아는 악, 소리도 지르지 못하고 거꾸러지고 말았다. 그렇게 자빠진 구단아를 몽둥이로 바뀐 개머리판 두 자루가 닥치는 대로 두들겨 패기 시작했다. 민병단원 두 사람은 녹자림이 백록창에 가서 데려온 응원군들이었다. 흠씬 두들겨 맞은 구단아는 부러진 다리를 질질 끌면서 제집으로 기어갔다.

소문은 반나절도 못 되어 백록촌에 모르는 사람이 없을 정도로 퍼져나갔다. 백가헌은 그 일이 터진 다음날 아침, 문중 사람들에게 말을 전해 들은 즉시 결단을 내렸다. 그렇게 해서 새롭게 단장한 사당 대청과 안마당에는 백록촌의 16세 이상 되는 남녀들이 모였다. 가헌이 전례를 깨고 여자들까지 불러 모은 의도는 분명했다. 마을의 풍속을 어지럽힌 한 쌍의 남녀를 징벌하는 의식을 주재하게 된 백효문白孝文은 잔뜩 긴장할 수밖에 없었다. 그럼에도 그는 침착하게 촛불을 밝혔다. 무사히 분향 예식도 끝냈다. 그런 다음 문중 사람들을 이끌고 선조들의 위패 앞에 삼배를 올렸다. 마지막에는 향약 조문과 문중 계율 가운데 해당 조문을 골라 낭독하고 엄숙히 판결을 내렸다.

"백구단白狗蛋과 전소아에게 대추나무 회초리로 각각 40대씩을 치시오!"

판결을 마친 후 그는 전임 족장인 아버지를 돌아보고 의견을 구했다. 백가헌은 허리를 기둥처럼 꼿꼿이 세운 채 제단 옆에 위엄 있게 서서는 추상같은 기색으로 효문을 돌아보았다.

"우선 자림 아저씨께 한 말씀 부탁드리거라."

녹자림은 제단 맞은편에 서 있었다. 그 역시 가헌처럼 등을 꼿꼿이 세우려고 애를 쓰면서 굳은 표정을 짓고 있었다. 그는 제주인 효문의 요청에 따라 문중 회의에 참석하기는 했으나 정말 오고 싶지 않았다. 억지로 끌려 나온 셈이었다. 사실 불참할 평계를 대려면 얼마든지 댈 수 있었다. 그러나 그는 심사숙고한 끝에 참석하겠노라고 승낙했다. 그는 효문을 돌아보고 두어 차례 가볍게 도리질을 해 보였다. 문중 어른다운 기품을 잃지 않으면서 아무 할 말이 없다는 의사를 표한 것이다.

소아는 동쪽 방에서 떠밀려 나왔다. 두 손목이 가죽끈에 묶인 채였다. 그 끈이 느티나무 줄기의 굵은 가지에 한 바퀴 감기자 몇 사람이 힘을 모아 잡아당겼다. 소아의 몸뚱이는 발바닥이 지면 위로 살짝 떠오를 정도로 매달렸다. 백구단은 서쪽 방에서 끌려 나왔다. 사람들에게 떠밀릴 때마다 부러진 다리를 절뚝거렸다. 그 역시 느티나무 가지에 매달렸다. 저고리 자락이 찢어져 꾀죄죄한 때와 살이 드러났다. 효문은 추한 몰골을 가려 줄 요량으로 사전에 소아에게 속곳 한 벌을 입혔었다. 그러나 살이 오른 젖무덤 두 개는 뽀얀 봉오리를 그대로 드러내고 있었다. 형벌 집행자는 나이 지긋한 남자 넷이었다. 곧 두 사람이 죄인 하나씩을 맡아 마주보고 섰다. 손에는 저마다 바짝 마른 대추나무 가지 여러 개를 한 다발로 묶은 회초리를 들고 있었다. 옹이가 박힌 대추나무 회초리는 껍질이 그대로 남아 있어 가시 돋친 탱자나무 회초리 못지않게 거칠었다.

백가헌이 녹자림에게 손을 내밀어 보였다.

"자네가 먼저 시작하게."

녹자림은 원로 족장에게 허리를 굽히고 양보했다.

"형님이 먼저 하시지요."

백가헌은 두말 않고 계단 아래로 내려섰다. 문중 사람들이 숨을 죽인 채 길을 터 주었다. 그는 소아가 매달린 곳까지 걸어가서 형 집행을 맡은 이의 손에서 회초리를 넘겨받았다.

휙! 찰싹!

회초리 묶음이 허공에서 날카롭게 울리면서 죄인의 얼굴을 후려쳤다. 다음 순간 보드라운 소아의 두 뺨에 지렁이가 기어가듯 시퍼런 자국이 돋아났다. 곧 핏방울이 뚝뚝 떨어지기 시작했다.

"으아악……!"

소아의 입에서 비명이 터져 나왔다. 백가헌은 말없이 회초리를 넘겨준 다음 도포 자락을 걷어 올리면서 백구단 앞으로 걸어갔다. 그리고 형 집행인이 건네주는 회초리를 받아 다시 한 번 후려쳤다. 백구단의 얼굴 역시 소아와 마찬가지로 살갗이 찢겨 나가면서 피범벅이 되었다. 백구단은 고래고래 비명을 질렀다.

백가헌은 형 집행을 끝낸 후 제자리로 돌아갔다. 이어 사당 앞 돌층계 위에 우뚝 선 채 느티나무에 매달려 이리저리 뒤틀리는 몸뚱이들을 차가운 눈초리로 노려보았다. 그다음은 녹자림의 차례였다. 그는 가헌보다 날렵한 걸음걸이로 소아 앞에 다가 섰다. 역시 회초리 묶음을 건네받아 소아의 볼기를 야무지게 후려쳤다. 이어 회초리를 땅바닥에 내던지고 다시 백구단에게 다가섰다. 회초리 묶음은 인정사정없이 벌거벗은 그의 웃통 가슴팍을 후려쳤다. 가슴살이 찢겨 나가면서 터진 상처에서 핏물이 쏟아지더니 바지 허리춤 사이로 흘러들었다. 녹자림이 막 돌아설 때였다. 백구단의 입에서 울부짖는 고함 소리가 터져 나왔다.

"넌 잤잖아, 이 늙다리 영감아! 나는 잠도 못 잤는데 네가 날 때리다니!"

녹자림은 그가 그렇게 나올 줄 미리 예상했던 터라 차갑게 비웃어주었다.

"네놈이 날 미워하는 거야 세상이 다 아는 일이지! 민병단원들이 네놈을 붙잡던 그날 움막 문턱에서 때려죽였어야 하는 건데, 잘못했군!"

백가헌이 즉각 문중 사람들 앞에 해명을 했다.

"자림은 구단이란 놈이 불측한 마음을 품은 것을 진작 눈치채고 민병단원을 보내 간통 현장에서 저놈을 붙잡았소. 저놈은 거기에 앙심을 품고 무고하는 거요. 저 괘씸한 놈에게 회초리 40대를 더 안겨야겠소!"

효문이 구단 앞으로 다가가 회초리로 죄인의 면상을 호되게 후려쳤다. 구단은 모진 매질을 견디지 못하겠는지 더 이상 감히 녹자림을 물고 늘어지지 않았다. 효문은 다시 소아 앞으로 걸어가 절반쯤 드러난 젖가슴에 흘끗 눈길을 던지고 나서 회초리를 휘둘렀다. 백옥처럼 뽀얀 젖무덤에서 새빨간 피가 솟구쳐 나오더니 순식간에 앞가슴 전체로 번졌다. 그때 갑자기 녹삼이 나타났다. 그는 말없이 회초리를 넘겨받았다. 이어 소아를 후려치려고 팔을 번쩍 치켜들다가 갑자기 털썩 주저앉더니 그대로 까무라쳤다. 현장에 있던 사람들은 녹삼의 출현과 그가 아들의 계집을 자기 손으로 다스려야 하는 고통에 못 이겨 인사불성이 되는 모습을 보자 분노가 폭발하고 말았다. 곧 문중 사람들이 이를 갈면서 달려들더니 저마다 회초리를 빼앗으려고 다투기 시작했다.

"왜 멈추는 거냐? 회초리 이리 내! 때려라, 마구 때려!"

"저 염치없는 화냥년을 죽여라!"

휙, 철썩. 철썩! 휙, 철썩……

회초리는 분노한 군중들의 손을 거치며 허공에서 춤을 추었다. 소아의 애절한 비명 소리, 백구단의 돼지 멱따는 고함 소리는 사람들의 노여움에 더욱 불을 붙였다. 녹자림은 돌층계 위에 멍하니 서 있다가 백가헌을 돌아보고 이렇게 말했다.

"나는 먼저 가봐야겠어요. 창고에 볼일이 있어서요."

구단아는 사람들의 손에 이끌려 집으로 돌아간 이후 다시는 자리에서 일어나지 못했다. 앞서 민병단원들의 소총 개머리판에 한쪽 다리가 부러진 데다 무자비한 회초리 매질에 몸뚱이가 흐물흐물해지도록 곤죽이 되고 말았기 때문이다. 때는 마침 무더운 염천이라 온몸의 상처들이 곪아 터지면서 피고름이 흘렀다. 혼자 누워 앓고 있었으니 의원을 불러다 치료하는 것은 고사하고 물 한 모금조차 갖다 줄 사람이 없었다. 그는 고열에 시달렸다. 목구멍이 불덩어리처럼 활활 달아오르면서 정신이 흐릿해졌다. 나중에는 미치광이처럼 고래고래 악을 썼다.

"난 억울해! 난 결백하단 말이야! 억울해서 어떻게 눈을 감겠어! 가마솥 밑바닥도 긁어보지 못하고 이런 꼴을 당하다니……. 으아악! 나한테 매를 들지 말라고!"

한참이 지나자 신음 소리마저 들리지 않게 되었다. 마을 사람들은 조심스럽게 오두막에 들어가 보았다. 그리고 항아리 옆에 쓰러져 죽은 그를 발견했다. 집안에는 온통 시체 썩는 냄새를 맡고 몰려든 파리들이 벌떼처럼 윙윙 날아다니고 있었다.

소아의 경우는 그보다 훨씬 나았다. 피투성이가 된 몸뚱이를 끌고 움막으로 돌아온 날 밤, 녹자림이 찾아와서 돌보아 주었던 것이다. 그는 상처를 대충 감싸준 다음 자신도 침상 옆에 엎드려 누웠다.

"요것아……."

첫마디가 나오려는 순간이었다. 소아가 느닷없이 손을 뻗쳐 그의 얼굴을 할퀴려 들었다.

"안 돼! 할퀴지 마. 생채기가 나면 안 돼, 이것아."

녹자림이 그녀의 손목을 움켜잡으면서 말했다.

"이 얼굴만큼은 멀쩡하게 남겨 둬야 해. 아직 쓸 데가 많으니까."

소아가 손을 홱 뿌리치더니 다시 할퀴려고 대들었다.

"날 이 지경으로 만들어 놓고 당신 낯짝만 멀쩡하겠다고?"

녹자림은 차분한 말로 그녀를 진정시켰다.

"네 낯짝이 뭉개진 것은 이 아저씨도 다 알아. 하지만 이 얼굴마저 생채기가 나면 둘 다 낯을 들고 다닐 수 없게 되잖아! 또 그래서는 네 원수를 갚아줄 사람도 없을 테고 말이지."

소아가 코웃음을 쳤다.

"내 원수를 갚아준다고? 홍! 누가? 당신이? 그래, 그렇다면 어서 말해 보시죠! 내 원수를 어떻게 갚아줄 건지!"

"우선 다친 데부터 치료하고 몸이 다 낫거든 이야기하지. 군자의 복수는 10년이 걸려도 늦지 않은 법이니까."

말을 마친 그는 소아의 품에 엎드려 훌쩍훌쩍 울기 시작했다.

"네가 회초리질을 당할 때마다 얼마나 마음이 아픈지……. 하지만 너는 모를 게다. 백가헌이 네게 회초리질을 할 때 너한테는 3할만 힘을 주고 나머지 7할은 내 낯짝을 내려쳤다는 걸. 누가 알겠나? 정말 나는 네가 얻어맞는 것보다 더 가슴이 아프고 쓰라렸단 말이다……. 그놈들이 네 엉덩이를 내 낯짝으로 삼아 회초리질을 한 게 아니고 뭐냔 말이야!"

그는 마침내 소아를 진정시키는 데 성공했다. 표독스럽게 날뛰던 그녀가 안정을 되찾고 나자 그는 은화 한 줌을 쥐어주었다.

"내일 아침 일찍 읍내에 가서 상처를 치료해라. 사람들이 이러쿵저러쿵 쑥덕거리더라도 무서워할 것 없어. 사람이 체면을 차리려면 무서운 것도 있겠지만 기왕에 버린 몸이 겁날 게 뭐 있느냐? 오히려 이것저것 눈치 볼 것 없으니 잘 된 노릇이지!"

이튿날 아침 소아는 녹자림의 충고대로 움막을 나섰다. 백록진으로 나가려면 마을 앞길을 지나쳐야 했기에 그녀는 억지로 고개를 들고 걸었다. 등 뒤에서 마을 사람들이 손가락질하고 수군대는 소리가 들렸다. 그러나 그녀는 귀를 닫았다. 녹자림 어르신의 말씀처럼 정말 뻔뻔하게 나가니까 오히려 겁도 나지 않고 마음도 편해졌다. 그녀는 중의당中醫堂으로 들어가 냉冷 의원 앞에 앉았다. 냉 의원은 그녀를 홀끗 쳐다보더니 진맥도 하지 않고 상처를 보지도 않은 채 약방문을 쓱쓱 휘갈겨 써서 조제하는 머슴에게 던져줬다. 그런 다음 손바닥을 툭툭 털면서 그녀에게 말했다.

"큰 약봉지는 달여 마셔라. 작은 약봉지는 끓는 물에 타서 상처에 찍어 바르도록. 하루에 세 번씩이다."

소아는 움막 문짝을 닫아걸고 옷을 벗었다. 그리고는 헝겊으로 짙은 자줏빛 도는 약물을 찍어 상처 난 얼굴과 몸뚱이에 발랐다. 약물이 터진 살갗에 스며들자 쑤시고 저릴 수밖에 없었다. 그날 밤 녹자림이 찾아와 정성스럽게 상처를 닦아 내고 약물을 발라줬다. 그녀는 울고 싶도록 감동했다. 사흘 후 크고 작은 상처 자국에는 딱지가 앉았다. 그 딱지는 이레가 지나자 전부 떨어졌다. 보름이 지나자 상처투성이였던 그녀의 피부는 매끄럽게 윤기도 나기 시작했다. 냉 의원의 약이 얼마나 신통한지 그녀의 얼굴은 전보다 더 발그레하니 홍조가 돌았다. 뿐만 아니라 살결도 더욱 희고 부드러워졌다. 그날 밤 소아는 마음을 다해 녹자림과 서로 애무를 나누었다. 억울하게 겪은 환란도 정욕 앞에서는 옛일이 되었다. 녹자림이 그녀의 뺨을 매만지며 속삭였다.

"내가 한 말 기억나느냐? 백가헌이 네 볼기를 내 체면으로 삼아 회초리질을 했다고 말이야. 그때 너는 그 앙갚음을 해달라고 했지……."

소아는 아무 말 없이 귀를 기울여 듣고만 있었다. 녹자림이 벌써 완벽한 계획을 짜놓았다는 것을 알아차렸기 때문이다.

"네가 해 줄 일이 있다. 무슨 수를 써서라도 백씨네 큰도련님의 바지를 벗기도록 해라! 그렇게만 할 수 있다면 우리 족장 어르신의 낯짝에 똥물을 끼얹는 격이 될 테니까!"

제16장

보리 수확을 마치고 햇곡식을 창고에 쌓은 후 백록원 일대에서는 농번기를 무사히 치른 기쁨의 잔치인 이른바 '망파회'忙罷會가 잇따라 열렸다. 이 축제는 섬서·관중 지방의 민속놀이로, 마을마다 제각기 지내는 날짜가 달랐다. 때문에 오늘은 이 마을, 내일은 저 마을로 이어졌다.

백록원의 큰 길과 작은 길 위는 백록원의 아침 해가 동녘 하늘을 붉게 물들일 때부터 농사꾼 남정네와 아낙네들로 북새통을 이루었다. 그들은 모두 집에서 베를 짜 물들인 천으로 지은 적삼을 입고 있었다. 또 푸른빛이 도는 바지는 풀을 곱게 먹여 다듬이질한 것이었다. 그들은 그런 차림에 햇보리로 쪄서 만든 꽃떡을 바구니에 가득 담아 걸쳐 들고서는 가벼운 발걸음을 움직였다. 일가친척이나 오랜 벗을 만나러 간다는 기쁨이 그들을 그렇게 만들었다. 이후 그들은 찾아간 집에서 먹고 마시고 흥겹게 떠들다가 해가 뉘엿뉘엿 질 무렵에야 집으로 돌아갔다.

올해 '망파회'는 여느 해보다 훨씬 더 흥청거렸다. 규모가 좀 큰 마을은 어김없이 무대를 세우고 놀이패를 불렀다. 작은 마을의 경우도 연등 행사와 꼭두각시놀음만은 꼭 벌였다. 전에 없던 이런 시끌벅적한 행사가 성황을 이룬 데는 까닭이 있었다. 전통적으로 풍년을 경축하는 원래의 목적 이외에도 흑왜 일당이 벌인 농협의 난동 흔적을 깨끗이 정리한 후 태평세월을 즐기겠다는 심리가 작용한 것이었다.

하가방촌賀家坊村의 '망파회'가 임박하자 대부호 하요조賀耀祖는 큰돈을 들여 남쪽 들판에서 유명한 마자홍麻子紅 놀이패를 초청해 연속 사흘 밤낮이나 공연을 벌이게 했다. 그 바람에 하가방촌보다 먼저 창극 공연을 벌였던 다른 마을 부호들의 코가 납작해졌다. 어쨌든 덕분에 백록원 일대는 즐거운 분위기가 한층 고조되었다. 그것은 설을 제외하고는 가장 홀가분한 마음으로 한때를 즐기는 행사였다. 그러기에 백가헌처럼 가법이 엄하기로 유명한 집마저 식구들에게 파격적으로 너그러운 태도를 보였다. 그날 해가 미처 떨어지기도 전에 백가헌은 온 집안 식구들에게 선포했다.

　　"오늘은 일찌감치 저녁들 먹고 하가방촌으로 창극 구경을 가려무나. 내가 집을 지키고 있으마."

　　그는 다시 마구간으로 들어가서 이제 막 풀을 한 짐 지고 돌아오는 녹삼에게도 똑같이 말했다.

　　"형님도 창극 구경이나 다녀오시구려. 짐승들은 내가 돌볼 테니까요. 마자홍 놀이패가 오늘 밤에 〈호로욕〉葫蘆峪(표주박계곡)을 한답디다."

　　"자네나 다녀오지 그래. 자네도 창극을 좋아하지 않는가?"

　　녹삼의 사양에 가헌은 빙긋 웃었다.

　　"이미 마자홍 패거리를 예약해 놓았어요. 하가방촌 공연이 끝나는 대로 우리 마을에 오기로 했다고요. 우리 백록촌에서야 언제 한번 볼 만한 구경거리가 있었나요? 그래서 이번 기회에 한바탕 놀고 나도 홀가분한 마음으로 구경하려는 거예요."

　　녹삼은 대답 대신에 광주리를 내려놓았다. 그리고 자줏빛 꽃술이 달린 개자리풀을 한 다발씩 꺼내 작두 옆에 차곡차곡 쌓기 시작했다. 가헌이 작두날을 올리면 녹삼은 옆에 앉아서 개자리풀을 한 묶음씩 집어 밀어 넣었다. 가헌은 두 손으로 작두 손잡이를 내리눌렀다. '철커덕!' 하는 소리와 함께 싹둑 끊겨 나간 풀다발이 녹삼의 발등에 푸스스 떨어지면 싱그러운 풀 냄새가 풍겼다. 더불어 흙담 위에 비스듬히 스며드는 저녁노을의 붉은 빛이 이들의 어깨를 비췄다.

녹삼은 물독에 물을 가득 채운 다음 외바퀴 손수레로 바싹 마른 황토를 몇 차례 날라다가 우리의 바닥에 골고루 깔아주었다. 그런 다음 바깥마당 말뚝에 묶여 있던 가축들을 끌고 들어왔다. 가헌은 말없이 녹삼이 여물 반죽을 여물통에 붓는 것을 지켜보았다. 녹삼은 구경을 하러 가기 전에 일을 끝내려는 것이었다.

녹삼은 창극을 무척 좋아했다. 어느 마을에 놀이패가 들어왔다거나 어느 집에 초상이 나서 망자를 위한 진혼굿을 벌인다는 소문이라도 들리면 그는 만사를 제치고 달려갔다. 그렇게 일손도 도울 겸 구경을 해야 직성이 풀릴 만큼 창극을 좋아했다. 가헌의 셋째 아들 우독牛犢(효의)도 공부에는 별 흥미가 없었다. 그러니 온종일 녹삼을 따라다니면서 밭에 나가 쟁기질하고 씨 뿌리고 가축을 돌보다가 그만 녹삼과 똑같은 창극광唱劇狂이 되어버렸다. 저녁을 먹고 황혼의 빛이 아련히 비치는 가운데 녹삼은 쫄랑쫄랑 따라붙는 우독을 데리고 하가방촌으로 떠났다.

백효문도 창극에 미친 사람 중 하나였다. 사실 백록원의 사람이라면 백 명 중에 아흔아홉은 빈부귀천을 막론하고 섬서陝西 지방 특유의 창극 〈진강희〉秦腔戱의 애호가이자 숭배자였다. 창극 구경은 당연히 백록원 사람 백효문에게도 유일한 즐거움이자 오락이었다.

효문은 이제 백씨白氏와 녹씨鹿氏 양 가문의 족장 후계자로서 지위를 확고하게 굳혔다. 뿐만 아니라 농협 난동으로 엉망이 된 사당을 보수하고 향약 조문과 문중 계율을 부활시키는 공도 세웠다. 또 전소아田小娥의 간통 사건을 징계하는 등 큰일을 몇 가지 무난하게 처리해 냄으로써 위엄과 명망을 드높였다. 아버지 백가헌은 뒤로 물러나 아들의 후원자 역할만 할 뿐 참견하는 법은 거의 없었다.

효문이 몸을 꼿꼿이 세우고 길을 지나갈 때면 나무그늘 아래에서 앞가슴을 풀어헤치고 아이에게 젖을 먹이던 여인들은 허둥지둥 앞섶을 여미며 돌아앉고는 했다. 연자방앗간에서 암캐와 수캐가 흘레붙는 광경을 구경하던 개구쟁이 녀석들 역시 멀리서 다가오는 효문을 보면 까마귀 떼 날아가듯 와르르 흩어져 달아날 만큼 효문의 존재는 두렵고 위엄이 있었다.

족장 일을 대리하게 된 백효문은 문중 형제간의 집안싸움도 해결해 주었다. 분가를 주선하기도 했을 뿐 아니라 토지나 울타리 경계의 다툼을 조정하는 역할을 자임하기도 했다. 하다못해 동네 아이들 싸움까지 말렸다. 그때마다 그는 편파적이지 않은 중간 입장에 서서 재판을 공정하게 주재했다. 악한 행위를 억누르고 착한 행실을 선양했다. 무조건 좋은 얼굴로 사람들의 비위를 맞추지도 않았다. 고개를 치켜들고 약한 자를 괴롭히는 일 역시 없었다. 그는 말수가 적었으나 입을 열면 요점을 정확히 짚었다.

그는 아버지 백가헌처럼 심오한 지혜와 식견은 다소 부족했으나 그래도 사물을 보는 안목은 예리했다. 이제 그의 위엄과 명망은 동산에 막 떠오르는 해와도 같았다. 그는 녹조봉과도 확연히 달랐다. 흑왜와는 근본적으로 같이 놓고 말할 수준이 아니었다. 그는 골패나 투전을 해본 적도 없었다. 당시 농촌에서 크게 유행하는 '이리가 아이 잡아먹기'라든가 '며느리 우물에 뛰어들기' 따위의 오목 놀음 역시 해 본 적이 없었다. 그가 즐기는 유일한 오락이라면 창극 구경이 고작이었다.

저녁을 먹고 난 효문은 자기가 집을 지키고 가축들을 돌보겠다며 아버지에게 창극 구경을 다녀오시라고 했다. 가헌은 그 말에 흐뭇하게 웃으며 대꾸했다.

"너나 가거라. 네 집사람에게 같이 가자고 하려무나. 날씨가 무더우니 바람도 쐴 겸 다녀오면 좋겠다."

효문은 다시 위채로 건너가 할머니께 가시겠느냐고 여쭈어본 다음 어머니에게도 물었다. 두 분이 모두 안 가겠다고 하자 그는 자기 방으로 돌아갔다. 아내의 의사는 물어보나 마나였다. 그는 대껍질로 만든 부채 한자루를 집어 들고 아내와 함께 대문을 나섰다.

하가방촌의 공연 무대 앞은 벌써부터 인산인해였다. 매캐한 담배 연기와 시큼한 땀 냄새로 관중들은 숨도 못 쉴 지경이었다. 무대 양쪽의 기둥뿌리에는 기름을 가득 담은 커다란 대접 등잔 두 개가 매달려 있었다. 그 대접 언저리에 얹힌 굵은 심지에 맺힌 불꽃이 일렁일 때면 배우와 관중들의 그림자도 춤을 추었다.

〈호로욕〉이 본격적으로 막을 올리기 전에 관객들이 가장 좋아하는 대목인 〈주남양〉走南陽이 덤으로 선을 보였다. 동한東漢 말엽 황실을 찬탈한 역적 왕망王莽에게 쫓기는 유수劉秀(후한後漢 개국 시조)가 길을 잘못 들어 굶주림과 목마름에 시달리다가 들판에서 시골 처녀에게 밥을 얻어먹고 수작을 거는 대목이었다. 유수는 그 당시만 해도 유리걸식하며 떠돌아다니는 부랑자 신세에 지나지 않았다. 그런 처지에서 시골 처녀에게 떡과 보리죽을 얻어먹은 다음 배가 부르니 이번에는 처녀의 몸을 빼앗으려는 엉큼한 생각을 하고 꼬드겼다.

"낭자, 떡 반쪽을 주셨으니 그대에게 소양궁昭陽宮의 절반을 주겠노라!"

유수 역할의 배우가 창을 하면서 넉살 좋은 손길로 처녀의 두 뺨을 어루만졌다.

"오늘은 두 쪽 반을 얻어먹었으니 과인이 그대를 소양 정궁正宮에 봉하리라!"

노랫가락이 이 대목에 이르렀을 때 유수의 손길은 처녀의 허리끈을 건드리면서 일부러 처녀의 바짓가랑이 앞으로 넘어지는 척을 한다. 마자홍 패거리에서 시골 처녀로 분장한 배우는 비록 남자이긴 해도 야들야들한 몸매와 교태를 타고난 인물이었다. 창을 뽑는 목청도 유별나게 여성다운 매력을 지니고 있었다. 관객들은 지분脂粉을 덕지덕지 바른 그 얼굴이 온통 곰보라는 것도 까맣게 잊은 채 연기에 홀딱 빠져들었다.

무대 위의 수작은 점입가경으로 들어가고 있었다. 시골 처녀는 백수건 달 유수의 손길을 피해 요리 빠지고 조리 피하면서 상스럽게 욕설을 했 다. 그런데 손짓 발짓 놀리는 태도가 남정네의 성욕을 동하게 만들었다. 무엇보다 겉으로는 성난 척하면서 속으로 은근히 기뻐하는 연기가 그랬 다. 비죽 내민 입술이 거절은 한다면서도 곁눈질로 흘겨보는 것은 더 말할 필요조차 없었다. 미는 척 붙잡는 손길은 절반쯤 허락하겠다는 수작이었 다.

곰보 마자홍의 시골 처녀 연기는 과장되고도 음탕했다. 그렇게 유수와 시골 처녀 사이에 아찔한 장면이 나올 때마다 무대 밑에서는 휘파람 소리 와 야유가 쏟아졌다. 심지어 한창 젊은것들은 일부러 옆에 있는 아낙네나 처녀들에게 부대끼듯 몸을 밀착하기도 했다.

백효문은 무대에서 한참 떨어진 곳에 멀찍이 서서 유수와 시골 처녀의 농탕질을 지켜보면서 이런 연극은 미풍양속을 해치면서 사람들에게 나쁜 영향을 줄 뿐이라는 생각을 했다. 그래서 마자홍 패거리가 백록촌 '망파 회'에 오면 〈주남양〉만큼은 절대로 하지 못하게 해야겠다고 속으로 다짐 했다. 그런데 어인 일인가, 속마음은 분명 이런데 느닷없이 바짓가랑이가 부풀어 오르는 것이 아닌가. 급기야 아랫도리의 물건이 누가 건드리고 훑 어내리기라도 한 듯 팽팽하게 발기되어 걷잡을 수 없이 커졌다. 그때 어둠 속에서 손길 하나가 슬그머니 뻗어 와서 그 물건을 덥석 움켜잡았다.

"아얏!"

뜻하지 않은 생리 현상에 부끄럽고 속이 상했던 백효문이 외마디 소리 를 지르면서 흘끗 옆을 돌아보았다.

전소아, 그녀가 그의 왼팔에 몸을 기댄 채 바싹 붙어서 대담하게 그를 흘겨보고 있었다. 그 눈은 분명히 말하고 있었다. 가만있지 않으면 소리지를 거야. 네 녀석이 아낙네를 건드리고 못된 짓을 한다고, 사람들이 다들도록 비명을 지를 거야!

백효문은 그랬다간 어떤 일이 벌어질지 예상하고도 남음이 있었다. 잔뜩 흥분한 관객들이 우르르 몰려와 자기를 때려눕히고 고기 반죽을 만들어버릴 것이 뻔했다.

백효문은 두렵고 황당한 마음에 어떻게 해야 좋을지 몰랐다. 가슴이 쿵쾅쿵쾅 요동치면서 다리가 와들와들 떨렸다. 머릿속은 꽉 막혀 온통 캄캄절벽이었다. 목이 막혀 소리가 나오지 않았을 뿐 아니라 움직일 수도 없었다. 그저 목을 뺀 채 연극을 구경하는 척만 할 뿐이었다. 무대 위의 유수와 시골 처녀는 이미 한 덩어리로 엉겨 붙은 채 눈 뜨고 보지 못할 지경으로 달려가고 있었다.

이윽고 아랫도리를 움켜쥔 손길이 어둠 속에서 툭툭 잡아당겼다. 따라오라는 신호였다. 백효문은 어쩔 수 없이 그 뒤를 따라 인파를 헤치고 빠져나왔다. 어두운 공연장이라 그를 알아보는 사람이 없는 것이 그나마 다행이었다. 소아의 손길은 그를 이끌고 마을 변두리 숲을 지나쳐서 아직 갈아엎지 못한 보리밭을 비스듬히 가로질렀다. 이어 둘은 음침한 굴속으로 들어갔다. 그곳은 다 허물어져 가는 벽돌가마 속이었다.

폐허가 된 가마 속에 들어선 백효문은 진정한 공포를 느꼈다. 깨진 벽돌 조각, 기왓장 무더기가 난잡하게 흩어진 흙구덩이인 그곳은 돼지나 개나 고양이들이 짝짓기를 하러 드나드는 소굴이었다. 결국 백효문은 자신이 징벌을 내렸던 백록촌 최고 더러운 여인과 함께 돼지나 개나 고양이들이 흘레붙는 더러운 소굴에 들어서고 말았다.

이제 소변이라도 보려고 이곳을 기웃거리는 사람의 눈에 뜨인다면 그 결과는 상상 이상일 것이다. 그는 당장이라도 도망치고 싶었다. 가까운 큰

길로 나가기만 하면 만사가 해결될 터였다. 이 여인과 가까이 있으면 있을수록 파멸은 가까울 수밖에 없었다.

그는 마음을 다잡고 그녀의 손을 뿌리치기 무섭게 냅다 뛰기 시작했다. 그러나 부질없는 일이었다. 그가 캄캄한 어둠 속에서 낮은 가마 천장에 이마를 부딪혀가며 바깥으로 몇 걸음 뛰쳐나갔을 때였다. 등 뒤에서 전소아의 날카로운 비명 소리가 그의 덜미를 낚아챘다.

"사람 살려! 누구 없어요? 백효문이 날 겁탈하고 도망쳐요!"

내달리던 백효문의 두 다리가 저절로 멈췄다. 동시에 비명 소리도 뚝 그쳤다. 도망칠 수 없다! 이 개 같은 년이 사람을 물고 늘어진다! 백효문은 돌아서서 가마 속으로 걸어 들어갔다. 그리고는 마주 오는 전소아의 따귀를 후려갈겼다. 그러나 전소아는 따귀를 맞고서도 그대로 손을 뻗어 그의 팔을 붙잡았다. 되받아치지도 않고 반항도 하지 않은 채 고개를 쳐들고 그의 얼굴을 함초롬히 올려다보았다. 그러더니 목소리를 낮추어 속삭였다.

"때리고 싶으면 더 때려요. 날 때려 죽여도 원망하지 않겠어요!"

항아리처럼 생긴 가마 속의 무너진 천장으로 별빛이 가득 쏟아져 내렸다. 별빛에 비쳐 수정처럼 반짝이는 전소아의 눈망울은 매혹적이었다. 효문은 실낱같은 숨결이 코끝으로 스며들면서 힘이 쭉 빠지는 기분을 느꼈다.

"절 좀 보세요. 내가 왜 이 지경으로 살아야 하나요? 나는 살아 있어도 산 게 아니에요. 마음도 잿더미가 되었고 몸도 죽은 거나 마찬가지예요! 나는 이제 살고 싶지가 않아요. 그저 연못에 뛰어들어 죽고만 싶단 말이에요! 당신이 나를 가련하게 여겨 한 번이라도 친누이처럼 안아 준다면 당장 죽어도 여한이 없을 거예요!"

백효문은 춥지도 않은데 몸을 부르르 떨었다.

"당치도 않은 소리! 그걸 말이라고 지껄이는 거야?"

그가 꾸짖었다.

"당신 같은 점잖은 분이야 어련하시겠어요? 하지만 저 황제님을 좀 보세요. 남의 여자가 지어주는 밥 먹고, 남의 여자를 마음대로 데리고 놀지 않나요?"

소아가 말을 하는 동안 두 팔을 슬슬 올렸다. 이어 효문의 목덜미를 감으면서 풍만한 젖무덤을 그의 가슴에 밀착시켰다.

"이것 놔! 저리 비키라니까⋯⋯."

소아가 발꿈치를 들어 올려 입을 맞추었다. 순간 백효문의 가슴에서 뜨거운 기운이 용솟음쳤다. 여인의 몸에서 풍겨 나오는 기묘한 냄새가 갈수록 짙어지면서 불덩어리처럼 달아오른 젖무덤까지 가슴을 짓누르자 숨을 쉴 수도 없었다. 도저히 뿌리칠 수 없는 강렬한 욕망과 공포가 엇갈리면서 그를 고통의 구렁텅이로 몰아넣었다. 그가 결단을 내리지 못하고 망설이는 동안 그녀의 혀끝이 서슴없이 입속으로 파고 들어왔다.

효문은 그렇게 자부하던 의식의 힘줄이 뚝 끊기는 소리를 들었다. 윤리 도덕의 테두리 안에 갇혀 있던 원초적인 본능이 우리를 뛰어넘는 맹수처럼 터져 나왔다. 이 세상의 어떤 맛과도 비기지 못할 혀끝을 탐욕스럽게 빨아들이면서 전소아의 허리를 감싸 안은 백효문은 현기증을 느꼈다.

백효문은 혼신의 기력을 쏟아 혀를 빨아들이면서도 그녀의 손길이 자신의 몸을 더듬으며 단추를 하나씩 푸는 것을 느꼈다. 그녀는 다른 손으로 그의 손목을 자신의 겨드랑이로 이끌었다. 겨드랑이 아래 비스듬히 매듭진 단추를 끌러 달라는 뜻이었다. 그는 단단히 매듭진 헝겊 단추를 하나씩 더듬어 구멍에서 벗겨 내려갔다. 손길 가는 대로 활짝 펼쳐지는 앞가슴과 통째로 드러난 젖무덤이 똑같이 벌거숭이가 된 자신의 앞가슴에 와서 짓누르는 순간 그는 아찔함에 쓰러질 것만 같았다.

이제 그는 온몸에 솟아나는 춘정을 주체할 수가 없었다. 주도적으로 내뻗은 첫 번째 손길이 그녀의 허리띠 끈을 풀어갔다. 그러나 허둥지둥 급하게 푼다는 것이 그만 매듭을 묶고 말았다. 그는 아예 허리끈을 위로 치켜 올리고 그 밑으로 바지를 끌어 내렸다. 소아가 타다 남은 보릿짚 묶음을 모아 펼치더니 그 위에 자기의 옷을 깔고 벌거벗은 몸뚱이를 눕혔다. 별빛이 쏟아져 들어오면서 그녀의 알몸뚱이를 비췄다. 그녀는 조용히 누운 채 그를 기다렸다. 백효문은 허겁지겁 허리띠를 풀고 바지를 벗어 내렸다. 이어 그녀의 몸뚱이 위에 엎드리는 순간 그의 마음속으로 한 가닥 비애가 치밀었다. 그와 동시에 팽팽하게 발기되어 있던 그 물건이 힘이 빠지면서 축 늘어졌다.

소아가 깜짝 놀라며 물었다.

"어떻게 된 거예요? 왜 이래요?"

효문이 풀죽은 목소리로 대꾸했다.

"나도 모르겠어."

별 수 없었다. 바지를 도로 꿰어 입을 수밖에. 소아도 일어나 앉아서 옷가지를 주섬주섬 찾아 걸치기 시작했다.

"잠깐만!"

백효문이 옷을 입던 그녀의 손을 붙잡으면서 흥분에 들떠 소리쳤다.

"됐어, 다시 일어났어!"

소아는 바지 위로 그것을 만져보고 나서 또다시 누웠다.

"어어, 엇?"

허리띠를 풀고 바지를 끌어 내리던 백효문이 앞서보다 더 구슬프게 외쳤다.

"왜 자꾸 이러는 거야? 어째서 또 안 되지?"

연거푸 바지를 벗었다 입었다 해도 빌어먹을 놈의 그 물건은 바지 속에서만 뻣뻣하게 일어서고 벗기만 하면 영락없이 축 늘어졌다.

"무슨 탈이 있는 거 아녜요?"

"탈이라니! 그런 거 없어. 여태까지 이런 적은 한 번도 없었는데 웬일인지 모르겠어."

"그냥 올라와 보세요, 내가 해볼 테니까."

소아는 막무가내로 말 안 듣는 놈을 자신의 손길로 어르고 달래 자신의 몸에 집어넣었다. 그러나 그놈은 그녀의 문턱에 들어서기 무섭게 사정해버리고 도로 주저앉았다. 잔뜩 기대했던 효문은 그녀의 배 위에서 엉거주춤 내려올 수밖에 없었다. 전소아가 의외로 부드러운 말로 위로했다.

"괴로워할 것 없어요. 이렛날 내 움막으로 와요. 기다릴 테니까."

백효문이 다시 하가방촌 공연 무대 아래로 돌아왔을 때는 주 공연인 〈호로욕〉이 한창 이어지고 있었다. 무대 아래 관객들은 숨을 죽인 채 뚫어져라 구경을 하고 있었다. 효문은 살금살금 인파 속으로 뚫고 들어갔으나 아무것도 귀에 들리지 않았다. 눈에 들어오지도 않았다. 북 치고 꽹과리 치고 딱다기 치는 소리가 요란하게 흥을 돋우고 있었으나 효문에게는 그저 시끄러운 소리일 뿐이었다. 그는 멍청하게 서 있다가 관중들을 헤치고 나와 집으로 발걸음을 옮겼다.

맑고 시원한 밤바람이 얼굴을 스쳐 지나갔다. 그런데도 머릿속에서는 전소아의 매끄러운 젖가슴과 포동포동한 넓적다리만이 떠올랐다. 코끝에는 그녀에게서 풍기던 기묘한 체취와 숨결이 여전히 남아 있었다. 그는 자기도 모르게 소아를 아내와 비교해 보았다. 전소아에 비하면 마누라는 두부를 짜내고 남은 찌꺼기, 비지 덩어리일 뿐이었다. 여자라고 다 똑같은 게 아니다. 맛이 다르고 주는 느낌이 다른 여자가 있었다…….

백록촌 어귀에 들어섰을 때에야 그는 정신이 들기 시작했다. 집이 가까워질수록 발이 무겁고 뒤가 켕겼다. 그래도 낯가죽 두껍게 문을 밀치고 들어섰을 때 집안의 분위기가 이상하다는 것을 느꼈다. '두부를 짜내고 남은 찌꺼기'인 아내가 그를 보고 허겁지겁 달려오면서 울음을 터트렸다.

"어이쿠, 왜 이제야 오는 거예요! 비적 떼가 쳐들어왔어요. 집안을 몽땅 털어가고 아버님마저……."

백효문은 정수리에 몽둥이찜질이라도 당한 듯 눈앞이 아득해지는 기분을 느꼈다. 아내가 울부짖는 소리도 들리지 않았다. 주저앉을 것 같은 몸뚱이를 겨우 이끌고 위채로 뛰어 들어가 보니 아버지 백가헌은 할머니의 침상 위에 누워 있었다. 숨결은 들릴 듯 말 듯 겨우 붙어 있을 뿐이었다. 그렇게 신음 소리조차 내지 못하고 있는 가헌의 옆에 냉 의원이 탁자위의 희미한 등잔 불빛 아래에서 고약을 조제하는 모습이 보였다. 효문은 마치 뜨거운 불구덩이에서 얼음굴로 떨어진 듯 무너지며 의식을 잃었다.

약탈은 깔끔하게 이뤄졌다. 날짜도 더 이상 좋을 수가 없었다. 마을 안의 열 집 가운데 아홉이 빈 데다 남정네나 아낙네나 모두 아이들까지 데리고 창극을 구경하러 갔으니 말이다.

백가헌은 소와 말에게 줄 두 번째 여물을 반죽해서 구유에 부어준 다음 부채질을 하면서 더위를 식히고 있었다. 올해의 수확은 하느님께서 흑왜 일당이 벌인 난동을 보시고 단비를 두 차례나 내려 주신 덕분에 아주 좋았다. 특히 보리와 완두콩이 풍성한 결실을 맺었다. 그래서인지 활짝 열린 창문을 통해 소와 말이 여물을 씹는 소리도 정겹게 들렸다. 작두로 잘게 썰어 쌓아 둔 개자리풀 다발의 싱그러운 풀 내음이 바람결에 흘러나왔다.

마을은 아주 고요했다. 아내 선초가 걸어왔다. 한 손에는 달걀 쟁반, 또 한 손에는 술병을 들고 와서 녹삼이 더위를 피해 밤마다 노숙하는 평상 위에 내려놓았다. 가헌은 아내에게 흐뭇한 미소를 지어 보였다. 눈치 빠른 아내는 아무 소리 없이 술 한 잔만 따라놓고 이내 일어나 울타리 밖으로 나갔다. 술을 한 잔 마시고 나자 노곤하게 풀렸던 전신의 근육이 불끈 되살아났다. 그는 술잔을 들고 입맛을 쩝쩝 다셨다.

이때였다. 등 뒤에서 누군가의 손이 어깨 위로 불쑥 뻗어 나오더니 그의 목덜미를 조였다. 이어 땅바닥으로 끌어내려 엎어 놓았다. 백가헌은 '앗!' 소리조차 지르지 못했다. 곧이어 또다시 다른 손길이 그의 손목을 비틀었다. 그러는 동안 헝겊 뭉치가 입을 틀어막았다. 그는 등 뒤로 손을 꺾인 채 완전히 결박당하고 말았다. 이어 누군가의 손에 의해 일으켜 세워졌다. 그는 자기 앞에 서 있는 사람이 셋이라는 사실을 알 수 있었다. 그들은 가헌을 끌고 안마당으로 들어섰다. 거기에는 또 다른 이들이 기다리고 있었다. 불청객들이 밀고 당기며 자신을 위채 대청에 세웠을 때 그는 기둥에 묶여 있는 아내 선초의 모습을 볼 수 있었다. 어머니 조씨는 비적 한 명에게 손목을 비틀린 채 조상님께 제사 올리는 사방탁자에 머리가 짓눌려져 있었다. 탁자 다리에는 두 며느리가 꽁꽁 묶여 있었다.

그들은 가헌의 다리를 묶어세운 다음 시퍼렇게 날 선 귀두도鬼頭刀를 목에 겨누었다. 은화를 어디다 감추었느냐고도 물었다. 가헌은 대답하기 전에 재빨리 머리를 굴렸다. 이들의 의도는 과연 무엇일까? 돈만을 원하는 것인가, 아니면 목숨까지? 만약 전자라면 그는 재물을 내어주고 목숨을 지킬 것이다. 그러나 후자일 경우에는 목숨을 버리는 한이 있어도 재산만큼은 지켜야 한다. 그래야만 인명과 재산을 모두 날리지 않을 테니까. 그가 그렇게 비적들의 진정한 목적을 추리하려 할 때였다. 비적 한 명이 칼끝으로 입마개를 들춰 헝겊 뭉치를 쑥 뽑아내고는 바짓가랑이를 쓰윽 그으면서 으름장을 놓았다.

"은화는 어딨어? 말 안 해? 그럼 우선 고자를 만들어주지!"

백가헌이 노성을 질렀다.

"이 어르신네가 다 늙어빠진 목숨 하나를 아까워할 줄 알았더냐? 좋다, 마음대로 해라. 그걸 떼어다가 네놈들 조상한테나 갖다 바치려무나!"

그러자 비적이 휙 돌아서더니 칼끝으로 선초의 바지를 툭툭 건드렸다. 겁에 질린 아내가 고함을 질렀다.

"여보!"

백가헌은 욕설을 퍼부었다.

"예끼, 이 좀도둑놈들! 오죽 못났으면 연약한 아낙네나 괴롭힌단 말이냐?"

조씨가 보다 못해 털어놓고 말았다.

"이놈들아, 남쪽 담에 있다! 다 꺼내 가거라!"

비적 서넛이 안채로 들어가더니 쇠붙이로 토담을 부수는 소리가 들렸다. 백가헌은 눈을 질끈 감았다. 이윽고 목적을 달성한 비적들은 유유히 뒷문으로 빠져나갔다. 떠나기 전, 그들 중의 한 놈이 가헌에게 영원히 잊지 못할 기념을 남겨 주었다. 어디서 찾아왔는지 굵은 느릅나무 멜대로 그의 등뼈를 후려친 것이다. 백가헌은 눈앞에 튀는 불똥을 느낄 새도 없이 그대로 푹 고꾸라졌다.

그 시간에 녹씨네 집안도 약탈을 당했다. 백가헌이 당한 것과 별반 다를 바 없었다. 때마침 녹자림은 하요조 영감의 초청으로 공연 무대 귀빈석에 앉아 마자홍의 연기를 감상하고 있었다. 더불어 창극을 관람하는 내내 백효문이 소아의 올가미에 걸려드는 장면을 상상하고 있었다. 녹자림의 아내 하씨는 친정집이 하가방촌에 있었다. 그 때문에 하씨는 점심 식사가 끝나자 자신을 찾아온 조카들과 함께 창극 구경을 하러 친정집으로 먼저 떠났다. 집에 없었던 것이다. 집안에 남은 사람이라곤 녹태항 영감과 벌써 몇 해를 생과부 노릇을 하고 있는 녹조붕의 아내 냉씨冷氏뿐이었다. 비적들은 녹태항을 뒷짐 지워 가죽끈으로 대들보 위에 대롱대롱 매달아 놓았다. 그러나 녹조붕의 아내만큼은 의외로 예의바르게 대했다.

"아주머님은 들어가서 잠이나 주무시죠. 아무 일 없을 테니까 두려워 하지 말고."

그들은 칼끝으로 녹태항 영감의 얼굴을 그어가면서 은화를 어디다 감 추었느냐고 윽박질렀다. 녹태항 영감은 고래고래 악을 써 가며 욕설만 퍼 부었을 뿐 재산을 감춘 곳은 끝내 발설하지 않았다. 늙은 영감은 얼굴과 팔뚝에서부터 가슴팍, 등줄기, 넓적다리에 이르기까지 거의 모든 곳이 모 조리 칼날에 찢기면서 옷자락이 너덜너덜 넝마 조각이 되었는데도 끝까지 입을 다물었다. 할 수 없이 비적들은 방안의 사면 벽과 담장을 깡그리 쑤 셔대고 바닥에 깔린 벽돌마저 몽땅 파 보았다. 그러나 은화 궤짝은 끝내 찾아낼 수 없었다. 세간은 모조리 박살나고 집안은 온통 아수라장이 되었 다.

악에 받친 비적들은 전복현과 녹자림이 앞서 하노대를 죽였을 때처럼 녹태항 영감에게 절구질 형벌을 가하기 시작했다. 대들보에 매달린 녹태 항 영감은 가죽끈이 풀릴 때마다 곤두박질쳐 떨어졌다. 또 가죽끈이 당겨 질 때마다 매달려 올라가기를 10여 차례나 했다. 영감의 뼈마디는 모조리 부러졌다. 나중에는 피가 섞인 똥무더기까지 쏟았다. 절구질은 그러고 나 서야 겨우 멎었다. 그들은 다시 땅바닥에 널브러진 영감의 가슴에 마지막 한 칼을 찔러 넣었다.

'망파회' 행사를 통해 백록원 일대에 태평성대를 구가하던 분위기는 순식간에 얼어붙었다. 창극 공연을 준비하던 마을들은 공포 분위기에 뒤 덮였다. 하얀 이리의 소문이 퍼지기 시작했다. 비적 떼의 습격을 받은 다 음 날 아침 녹씨와 백씨네 대문에 비적들이 남기고 간 글 때문이었다.

'흰 이리가 이곳에 왔노라!'

사람들은 어쩌다 마주치더라도 더 이상 올해의 풍성한 수확을 이야기하지 않았다. 흰 이리에 대한 온갖 뜬소문만이 술자리나 찻집의 화제가 되었다. 게다가 이 터무니없는 소문은 백씨와 녹씨 양 가문을 약탈한 '흰 이리'와 다리 하얀 까마귀 병사들의 군량 집적소를 불태워버린 '흰 이리'에다 돼지 피만 빨아 먹는다는 '흰 이리'의 전설까지 더해진 후 하나로 엮여지면서 더욱 눈덩어리처럼 불어났다. 심지어 어떤 사람은 진령산 협곡을 지나던 길에 털이 몽땅 빠진 늙은 흰 이리 한 쌍이 새끼 이리 떼를 거느린 채 산중 마을을 습격하는 광경을 보았다고도 했다. 그 이리 떼가 약탈할 때는 사람처럼 두 다리로 서서 걸어 다니다가 마을 사람들의 저항에 부닥치면 앞발과 뒷발 네 다리를 몽땅 드러내고 쏜살같이 도망쳤다는 것이다.

백가헌은 겨우 살아나 냉 의원의 정성어린 치료를 받았다. 치료는 두 가지 방법이 동시에 진행되었다. 날마다 이른 아침 공복 때와 잠들기 전에 탕약을 마신 후 하루걸러 냉 의원이 직접 찾아와서 등뼈의 다친 부위에 고약을 붙여 주는 방식이었다.

가헌은 몸을 뒤척이지도 허리를 돌리지도 못했다. 그저 죽은 듯이 병상에 누워 문병을 오는 친척들과 친구들을 바라보기만 했다. 그는 분노하지도 비통해하지도 않았다. 심지어는 극심한 고통에도 신음 소리 한 번 내는 법이 없었다. 지인들의 문안 인사와 위로를 그저 평온하고도 담담하게 받아들였다.

7, 8일이 지난 후에는 상태가 눈에 띄게 좋아졌다. 그 대신 등판과 궁둥이의 짓눌린 부위에 욕창이 덧나면서 곪더니 고열이 나기 시작했다. 그로 인해 가헌은 하루에도 몇 차례씩이나 혼수상태에 빠졌다. 아내 선초는 밤낮없이 오줌똥을 받아내고 몸을 씻겼다. 그러나 걷잡을 새 없이 퍼지는 욕창을 막을 길은 없었다. 냉 의원은 고열을 치료하면서 한편으로는 욕창이 난 곳에 약을 조제해 붙였다. 다행히 백가헌은 다시 한 번 고비를 넘겼

다. 그는 식구들이 집안일을 팽개치다시피 하면서 자신의 병구완에만 매달리자 거의 들리지도 않는 목소리로 아들 효문을 꾸짖었다.

"온종일 침상에만 붙어 있으면 어쩌자는 게냐? 이 아비가 죽을 목숨이라면 네가 있는다고 살 듯싶으냐? 나가서 할일이나 해라."

효문은 눈에 띄게 우울해지고 있었다. 침착함도 잃었다. 그날 벽돌 가마에서의 기억이 견디지 못할 고통으로 뇌리에 파고들었기 때문이다. 가헌은 속내를 모르고 아들이 자기 때문에 속을 태우느라 그런 줄로만 알았다.

"곧 우리 마을 '망파회' 날짜가 다가온다. 놀이패를 대접할 준비는 잘되고 있느냐?"

아들이 대답했다.

"형편이 이 지경인데도 공연을 하란 말씀입니까? 마자홍 패거리에게 공연을 취소하겠다고 했습니다."

아버지가 눈을 부릅뜨고 물었다.

"누가 취소하라고 하더냐?"

"저희 집안도 이 난리를 겪었으나 자림 숙부님도 이제 막 초상을 치렀습니다. 누가 창극 구경을 하러 가겠습니까? 그래서 공연을 취소하기로 한 겁니다."

가헌이 고개를 내저었다.

"일단 약속을 했으면 물러서는 안 되는 거야. 가서 자림 아저씨를 오라고 해라. 내가 할 말이 있으니까."

녹자림은 상주喪主 차림으로 들어왔다.

"자림, 내 말 좀 듣게. 무슨 일이 있더라도 공연은 꼭 해야 하네. 그 이유는 끝내고 이야기해 줌세."

녹자림은 공연에는 관심도 없었다. 아직도 깊은 비통에 빠져 있는 데다 비적들에 대한 원한에 몸부림치고 있었으니 그럴 만도 했다.

가헌이 그를 다시 설득했다.

"비적놈들은 바로 자네하고 내가 이렇게 우거지상을 하고 있는 꼴을 보고 싶어 하는 거야! 알겠나? 그렇다면 우리도 놈들에게 이 정도는 아무 것도 아니라고 웃는 얼굴을 보여 주어야 하지 않겠나?"

전복현을 비롯해 많은 사람들이 병문안을 왔을 때 백가헌은 의젓하게 그들을 맞았다. 그러나 매형 주 선생이 들어왔을 때만큼은 가슴의 격동을 누르지 못했다. 눈에서 눈물도 핑 돌았다. 그는 만류하는 주 선생과 식구 들의 손길을 뿌리치고 억지로 몸을 일으켜 세워 앉으려 했다. 온몸을 찢 어발기는 것 같은 고통에 진땀이 돋았으나 선초가 이부자리를 둘둘 말아 떠받쳐 준 덕분에 겨우 기대고 앉을 수는 있었다. 가헌은 매형을 보자마 자 단도직입으로 이리 소문부터 꺼냈다.

"형님, 누가 뭐래도 흰 이리가 어떠니 하는 소문은 믿지 마십시오. 그 놈들은 흰 이리가 아니라 검정 이리였으니까요."

주 선생은 잠시 가헌의 말을 알아듣지 못하고 어리둥절한 표정을 지었 다.

"흰 이리가 아니고 검정 이리라니, 그건 또 무슨 소린가?"

가헌은 한마디로 딱 부러지게 대답했다.

"검둥이 녀석, 흑왜가 저지른 짓이란 말입니다!"

백가헌은 똑똑히 기억하고 있었다. 비적들이 은화 궤짝을 찾아 유유히 뒷문으로 빠져나갈 때 그중 한 놈이 되돌아온 후 문짝 뒤의 느릅나무 멜 대를 집어 들고 그에게 다가왔다는 것을. 그놈은 느릅나무 멜대로 등뼈를 후려치기 직전 이렇게 중얼거렸다.

"당신은 허리뼈가 너무 꼿꼿해서 탈이야!"

그 말이 귀에 익었으나 그는 곧 치명적인 일격을 받고 까무러쳤다. 냉 의원의 응급처치 덕분에 목숨을 건지고 정신이 막 들었을 때 그가 가장 먼저 떠올린 것은 비적이 등골을 후려치기 직전에 던졌던 바로 그 한마디였다. 그는 기억을 떠올리기 위해 무진 애를 쓴 끝에 마침내 녹삼을 생각해냈다. 그는 녹삼과 두 사람만 있을 때를 기다렸다가 넌지시 물어보았다.

"형님, 혹시 이런 일 기억나시오? 흑왜 녀석을 학당에 보낼 때 내가 그 녀석한테 붓과 먹, 종이와 벼루를 사다주고 열심히 공부하라고 했었죠?"

"그럼, 그랬지! 그때 그놈이 자네 말을 듣고 차분히 공부나 했어야 하는 건데 때려치우고 나와서 머슴 일을 하러 가더니……. 에이 참!"

"그때 그녀석이 형님한테 이런 말을 했다고 나중에 들었는데요. '가헌 아저씨는 허리가 너무 꼿꼿하시다…….' 이렇게 말한 적이 있었나요?"

"아무렴, 그랬지! 그놈의 새끼가 어디 한두 번 그랬어야 말이지!"

녹삼이 대답했다.

"그놈에게 소 먹일 풀을 베어 오라고 시켰을 때도 그런 말을 했었지. 그놈에게 나 대신 자네 집에 머슴을 하라고 일렀을 때도 그놈은 기를 쓰고 우겨대더군. 가도嘉道의 말대로 위하渭河 북쪽 지방에 가서 날품팔이를 하는 게 여기보다 훨씬 낫다고 말일세. 그때도 똑같은 말을 했었지. 가헌 아저씨의 허리가 너무 곧고 뻣뻣해서 싫고 무섭다나, 원……. 그런데 그 말은 왜 새삼스레 끄집어내는 건가?"

가헌이 피곤한 듯 두 눈을 감고 대답했다.

"병상에 누워 있으려니 공연히 별의별 생각이 다 떠오르는군요……."

가헌은 매형 주 선생에게 모든 이야기를 낱낱이 털어놓았다. 그리고 의심할 여지가 없는 확증으로 비적에게 들었던 마지막 한마디를 털어놓고 결론을 지어 말했다.

"비적 '흰 이리'란 놈은 바로 흑왜였습니다!"

"오, 그러고 보니 세 집안이 번철 한 개를 놓고 다투게 되었군!"

주 선생이 초연한 표정으로 중얼거렸다.

"당초에는 두 집안이 번철 하나를 놓고 다투느라 이 백록원 일대 사람들을 지지고 볶고 난리를 쳤는데, 이제 또 한 패거리가 끼어들었으니 이놈의 번철이 누구 손에 넘어가야 좋을지 정신 못 차리게 되었네그려!"

매형의 말을 들으면서 가헌은 앞서 그가 했던 이야기가 떠올랐다. 백록원이 번철로 바뀌었다……. 이 말은 흑왜의 농협이 몰락한 이후 전복현이 고향으로 돌아와서 보복행위를 벌이기 시작할 때 가헌이 앞으로 상황이 어떻게 돌아갈 것인지 매형의 견해를 물었을 때 들은 말이었다. 그 당시 주 선생은 농협 세력의 추세가 극성기부터 몰락할 때까지 침묵으로 일관했다. 악유산嶽維山이 자수현으로 복귀하고 전복현이 백록원으로 돌아온 이후에도 그랬다. 일절 비평을 하지 않는 초연한 태도를 유지해 왔다. 처남이 현 상황을 어떻게 보느냐고 두 번 세 번 거듭 물었을 때에야 비로소 그는 딱 한마디로 그렇게 말했다.

"백록원이 번철로 바뀔 것일세."

가헌 역시 전복현에게 똑같이 말했었다.

"우리 무대를 아예 번철로 만들었소이다그려!"

가헌은 이불 더미에 비스듬히 기대 누운 채 매형을 쳐다보면서 그 오묘한 수수께끼에 담긴 말뜻을 되새겨 보았다. '두 집안'이란 국민당과 공산당을 가리킬 터였다. 또 '세 집안'이라면 여기에 흑왜의 비적 떼를 하나 더 보탰다는 뜻일 것이었다.

백가헌이 고개를 끄덕이며 말을 맺었다.

"흑왜가 비적이 되리라고는 생각조차 못했습니다. 하지만 어쩌면 아주 자연스러운 결과 같습니다."

흑왜는 어쩌다가 비적이 되었던 것인가.

습 여단習旅團은 옛 관도關道 어귀에서 이동할 때 주도면밀한 준비를 했다. 그러나 결과적으로 그것은 최악의 결과를 초래했다. 부대가 줄곧 산줄기를 따라 행군하다 그만 국민당군의 기습 포위 공격을 받은 것이다. 그들은 어쩔 수 없이 진령산맥 깊은 산중으로 퇴각하여 헤매는 신세가 되었다. 예정된 집결 지점으로 출발하기 전날 습 여단장은 전체 장병들 앞에서 〈칠보시〉七步詩의 고사를 인용하면서 마지막 훈화를 했다.

"동지들, 칠보시에 대한 이야기를 들어보았는가?

콩대를 태워 콩을 삶으니,
솥 속의 콩이 눈물을 흘리네.
본디 한 뿌리에서 났거늘,
왜 이리 급히 삶아대는가.

煮豆燃豆萁
豆在釜中泣
本是同根生
相煎何太急

동지들 중에도 잘 아는 사람이 있겠지만 이 시구는 삼국 시대 위魏나라 황제 조비曹丕의 아우 조식曹植이 죽음을 눈앞에 두고 지은 절명시絶命詩일세. 그러나 듣기 쉽게 옛날이야기로 바꿔 보겠네. 옛날 어떤 집에 늙은 아버지가 죽게 되자 큰아들이 집안 살림을 모두 차지했지. 그에게는 예닐곱 살 난 어린 아우가 하나 있었는데 너무 어릴 때라 형과 재산 다툼을 할 수가 없었어. 그러나 형은 이런 생각을 했지. '지금은 어리지만 해가 갈수록 무럭무럭 자라겠지. 나는 늙을 것이고. 아우가 자라서 나와 권력을 다투지는 않는다 하더라도 재산은 똑같이 나누어주어야 하지 않겠는가!'라고 말이야. 그래서 욕심 많은 형은 어린 동생이 슬그머니 미워지기 시작했어……."

연단 아래 장병들이 "와아—!" 하고 웃음보를 터트렸다. 흑왜도 웃었다. 습 여단장 역시 덩달아 웃으면서 말을 계속했다.

"형은 또 이런 생각을 했어. '아우가 더 자라기 전에 아예 죽여버리자! 어린 녀석의 목을 졸라 죽여버리면 만사가 간단하게 해결되지 않겠는가.' ……동지들, 지금 중국의 현실이 바로 이와 같네. 우리는 욕심 많은 형에게 목이 졸려 죽을 어린 동생의 처지라고 할 수 있어. 형의 손아귀는 이미 우리 목을 조르기 시작했고. 우리가 과연 조식이 지은 칠보시의 내용대로 얌전히 목을 늘인 채 죽어줘야 하겠는가?"

부대는 어느 들판에 도착해 주둔하면서 다음 작전 명령을 기다렸다. 공교롭게도 그 들판은 백록원과 아주 흡사했다. 그곳 수십 개 마을에서도 똑같은 농협 소동이 벌어져 지금까지도 흰 바탕에 초록빛 글자로 쓴 농협 간판이 내걸려 있었던 것이다. 당연히 마을 단위 농협의 우두머리들은 부대가 들어오자 회원들을 이끌고 밀가루와 돼지고기, 떡, 국수 같은 위문품을 가지고 찾아왔다.

사흘이 지난 어느 날 밤, 중국 북방 지역에서 공산당이 이끈 사상 최대의 군사 폭동이 발생했다.

그것은 그러나 애초에 실패할 운명의 전쟁이었다. 작전 초기 단계의 보잘것없는 작은 승리 뒤에는 철저한 궤멸이 뒤따랐다. 초반의 승리와 궤멸되는 결말, 그것은 도저히 바꾸지 못할 운명이었다. 그들도 그랬다. 첫 발의 총성이 울릴 때부터 전쟁터 전체가 싸늘한 정적 속에 가라앉을 때까지 습 여단장의 지휘 아래 최전선으로 돌진해야 했다. 그들이 쏜 총탄은 예광_{曳光}을 길게 끌면서 가로세로 엇갈리게 짜는 빛의 그물을 방불케 했다. 그것은 마치 춘삼월 따뜻한 봄날에 어머니가 앞마당에 울긋불긋 물들인

날실을 널어놓은 것처럼 눈부시고도 아름다웠다.

흑왜는 이삭이 패기 시작한 보리밭 두렁 여기저기 쓰러져 있는 전사자들을 바라보았다. 하나 같이 온전한 구석이라곤 없이 고통으로 뒤틀리고 일그러진 얼굴을 하고 있었다. 그는 그러나 분노하지 않았다. 슬퍼하지도 않았다. 두려움도 느끼지 않았다. 전쟁이란 애당초 그런 것이 아닌가. 이렇게 인간의 피를 빨아 마시는 흡혈귀에 지나지 않는 것이니까.

습 여단장이 그에게 경호부대 병력까지 한 사람도 남김없이 참호에 뛰어들라는 명령을 내렸을 때 흑왜는 그제야 모든 것이 실감이 났다. 뭔가 모를 거부감도 느껴졌다.

"여단장님, 경호대를 전부 투입하시면 누가 여단장님을 지켜 드립니까?"

"나는 이제 중요하지 않다. 중요한 것은 이 전투야!"

습 여단장의 목소리가 격앙되었다.

"동지들, 나가서 그대들의 인내심을 이 싸움에 모조리 쏟아라! 흑왜, 자네는 눈이 셋 달렸다고 그랬지? 그 눈으로 욕심 많은 형의 심장을 단단히 겨냥하고 총을 쏘아라. 때려죽일 수 없거든 다리 한 짝이라도 주저앉혀야 한다!"

더 이상 입씨름을 벌이고 있을 시간이 없었다. 흑왜는 명령에 복종했다. 곧바로 얼마 남지 않은 경비소대 병력을 이끌고 참호로 달려갔다. 습 여단장이 마지막 작별의 손을 흔들었다.

"동지들, 돌격하라! 인내심과 힘을 〈칠보시〉를 노래하는 데 쓰지 말고 돌격하는 데 써라!"

그 순간 흑왜는 습 여단장의 눈에서 애정과 비애가 뒤섞인 광채가 번뜩이는 것을 보았다. 그것은 마지막으로 본 여단장의 눈빛이었다. 그로부터 그 광채는 영원히 그의 기억 속에 남았다.

참호 속에 뛰어들어 첫 전투를 개시했을 때의 충격은 그가 백록촌에서 도망쳐 나올 때 느끼던 강렬함에 비하면 훨씬 약했다. 공세를 취해 진격하다가 궤멸을 당하고 패퇴할 때의 공포감 역시 그랬다. 예전에 마을에서 놀란 참새 떼처럼 허둥지둥 도망칠 때만큼 두렵지 않았다. 적과 죽어라 싸우다 패잔병이 되어 도망칠 때는 죽음을 무릅쓸 만큼 무모하지 않았으니까 말이다.

그는 자기가 이끌던 경비소대원들 중에 누가 죽고 누가 살았는지 알 수가 없었다. 누가 다치고 누가 도망쳤는지도 전혀 몰랐다. 습 여단장의 생사 역시 알 길이 없었다. 살았을 경우 어디로 철수했는지는 더 말할 필요가 없었다.

차디찬 이슬을 맞고 정신을 차렸을 때 흑왜의 눈에는 하늘에 가득한 별들만 보였다. 첫 번째 감각은 오른손에 움켜쥔 구식 권총의 싸늘함이었다. 뒤이어 왼손에 한 줌 가득 움켜쥐고 있는 축축하면서도 끈적거리는 보릿짚이 느껴졌다. 이어 마지막에야 팔에 총탄을 맞고 상처를 입었다는 사실을 깨달았다. 상처 부위는 공교롭게도 앞서 습 여단장이 저격당할 때 그가 대신 총을 맞은 자리였다.

그는 몸을 일으켰다. 그리고 축 늘어진 채 덜렁거리는 팔을 아랑곳하지 않고 널브러진 시체들을 피해 가며 동남쪽을 바라보고 달리기 시작했다. 발밑에는 짓밟히고 꺾인 솜털이 부숭부숭한 보릿대와 이삭들과 적의 병사들인지 전우의 것인지 가려내지 못할 시체들이 마치 여름철 수확을 끝내고 한 묶음씩 널어놓은 보릿단처럼 널려 있었다.

그는 정신없이 걷고 뛰었다. 더 이상 시체가 보이지 않고 진짜 보리 포기가 앞을 가로막았을 때에야 걸음을 늦췄다. 이제야 캄캄한 어둠 속에서 마침내 훤히 동트는 시간으로 걸어 나올 수 있었다. 그때 허리까지 차도록 웃자란 보리밭 오솔길 위에 늙은 농부 한 사람이 쟁기를 멘 황소 한 마리를 몰고 다가왔다. 이른 새벽녘의 싱그러운 바람결을 타면서 흥얼거리는 노랫가락에 나름 어울리는 목청이 꽤 괜찮았다.

늙은 농부는 흑왜가 불쑥 뛰쳐나가자 노랫가락을 꿀꺽 삼키면서 그 자리에 엉덩방아를 찧고 털썩 주저앉았다. 자줏빛 터럭을 지닌 황소란 놈도 어지간히 놀랐는지 꼬리를 휘두르면서 쟁기를 멘 채 우당탕퉁탕 보리밭으로 뛰어 달아났다. 흑왜는 그제야 자기 옷이 온통 핏물에 시뻘겋게 물들어 있다는 사실을 깨달았다. 그는 바로 농부의 몸에서 쪽빛 무명 저고리와 청색 겹바지를 벗겨 냈다. 그래도 인정상 늙은이를 차마 알몸뚱이로 만들 수 없어 하얀 속적삼과 단속곳 한 벌만은 남겨 두었다. 이어 피투성이가 된 군복을 벗어 둘둘 말아 보리밭 귀퉁이에 쑤셔 박은 다음 농부의 옷으로 갈아입었다. 권총을 바지 허리춤에 깊숙이 감추고 나자 곽郭 영감댁에서 머슴살이하던 때의 차림새로 감쪽같이 바뀌었다. 그는 그곳을 떠날 무렵 허리춤에서 은화 한 닢을 꺼내 늙은 농부의 굳은살 박인 손아귀에 쥐어주었다. 그리고 뒤도 돌아보지 않고 그 자리를 떠났다.

흑왜는 어느 개울에 이르자 서둘러 옷을 벗고 아직도 몸에 엉겨 붙은 핏자국을 씻어냈다. 그는 점심때가 거의 다 될 무렵 후가포侯家舖라는 마을에 들어섰다. 이어 보리방아를 찧고 있는 집을 찾아서는 날품팔이로 일꾼을 쓰지 않겠느냐고 물었다. 주인은 그의 손에 보릿단을 훑는 가래를 한 자루 쥐어주면서 산더미처럼 쌓아 둔 타작 끝난 보리짚단을 두들기라고 했다. 그는 이렇게 점심 한 끼를 겨우 해결할 수 있었다. 그가 주인과 마주 앉아 죽 그릇을 들었을 때였다. 소총을 멘 병사 두 명이 대문 안으로 들어와서 흑왜의 내력을 물었다. 그런 다음 즉각 흑왜를 반란군 도망병으로 단정했다. 흑왜는 짐짓 어리숙한 시골뜨기 흉내를 내면서 딴청을 부렸다.

"원, 군인 아저씨들이 무슨 소리를 하시는지 모르겠네요. 보릿고개에 먹을 게 없어 목구멍에 풀칠이라도 할까 해서 나왔더니만 가는 곳마다 귀

않은 꼴을 당하니 이래서야 어떻게 살라는 겁니까? 정 믿지 못하겠다면 끌려갈 수밖에 없지만 일껏 벌어놓은 점심밥은 먹고 가게 해 주시오. 뱃가죽이 달라붙을 지경이니까…….”

마음 좋은 주인도 역성을 들어주었다.

“여보, 군인 양반. 이 젊은이한테 죽이나마 한 그릇 먹여서 데려가시지 그러오. 도망칠 것도 아닌데 야박하게 굴 거 뭐 있소?”

흑왜는 자기 죽 그릇을 들고 주인 것도 가져다주는 척하다가 두 그릇을 한꺼번에 들어 병사들의 면상에 냅다 던졌다. 뜨거운 김이 펄펄 나는 죽 그릇이 병사들의 면상을 정통으로 맞혔다.

“앗, 뜨거!”

병사들이 얼굴에 뒤집어쓴 뜨거운 죽을 허겁지겁 닦아 냈을 때 흑왜는 이미 뒷문으로 빠져 달아나고 있었다. 그는 순간 처음으로 극도의 두려움을 느꼈다.

그는 날이 어둑어둑해질 무렵에 진령 협곡 어귀 야트막한 산등성이의 어느 마을에 들어섰다. 10여 채 정도 되는 집들의 대문은 단단히 닫혀 있었다. 다행히도 허름한 여인숙의 문짝만은 건성으로 닫혀 있었다. 그 여인숙의 문기둥에는 종이를 풀로 붙인 등롱이 썰렁하게 매달려 있었다. 지친 나그네를 맞아주는 듯했다.

흑왜는 마을에서 산중으로 올라갈 수 있는 지름길을 확인해 둔 다음 작은 여인숙을 찾아 들어갔다. 청석을 쌓아 올린 계산대 위에는 검정 옻칠을 한 널판이 깔려 있었다. 계산대 안쪽에서는 그윽한 소주 냄새가 풍겨 나오고 있었다. 그때 여인숙 주인인 듯한 허리 꾸부정한 깡마른 영감이 비척비척 다가오더니 식사를 할 거냐 아니면 하룻밤 묵어갈 거냐고 물었다. 흑왜는 식사도 하고 하룻밤 묵기도 하겠노라고 대답했다. 꼽추 영감은 우선 자리를 잡아 놓고 식사를 하라면서 그를 안으로 데리고 들어가 널따란 침상이 여럿 있는 방으로 안내했다. 침상 아궁이에는 불길이 활활 타오르고 있었다. 그래서 그런지 방안은 온통 소나무 장작 태우는 매캐한 냄새가 자욱했다.

침상에는 먼저 온 손님 몇몇이 앉거나 누운 채 새로 들어오는 나그네를 멀뚱멀뚱 쳐다보고 있었다. 모두 산골 사람들이라 그런지 하나같이 화덕 연기에 찌든 거무죽죽한 얼굴을 하고 있었다.

꼽추 영감은 멧돼지, 오소리, 토종닭 고기 중에서 무엇을 먹겠느냐고 묻더니 다시 '완자'^{豌子}로 먹을 거냐 아니면 '괴자'^{块子}로 먹을 거냐고 물어왔다. 흑왜는 '완자'는 뭐며 '괴자'는 또 뭐냐고 되물었다. 그리고 나서야 구운 고기를 덩어리로 잘라 소금에 찍어 먹는 것이 '괴자', 채소를 넣고 삶아 국물째 먹는 것이 '완자'라는 사실을 알았다. 시장한 데다 목도 마르니 그가 '완자'로 해 달라고 부탁한 것은 너무나 당연했다.

이윽고 세숫대야만큼이나 커다란 사기 대접에 멧돼지 고깃국이 듬뿍 담겨서 들어왔다. 그러나 고기는 기껏해야 서너 덩어리뿐이었다. 젓가락으로는 집을 수도 없었다. 두 손으로 들고 이빨로 물어뜯는 것 외에는 방법이 없었다. 흑왜는 아궁이 불에 노릇노릇하게 구운 옥수수떡을 네 개나 먹고 나자 더 이상 견딜 수가 없었다. 할 수 없이 지쳐버린 몸뚱이를 뜨끈뜨끈한 침상에 눕혔다. 그러자 꼽추 영감이 부리나케 쫓아와서는 손을 내밀었다.

"손님, 저녁값과 방값을 지불하고 주무시우. 야박하더라도 이곳 인심이 그러니 어쩌겠소?"

흑왜는 주머니를 뒤적였다. 잔돈이 없었다. 도리 없이 은화 한 닢을 건네주어야 했다. 밤이 깊을 무렵이었다. 흑왜는 답답한 기분을 이기지 못하고 잠에서 깨어났다. 놀랍게도 팔다리가 꽁꽁 묶여 있었다. 어둠 속에서 누군가의 목소리가 들려왔다.

"놀라실 것 없소, 손님. 당신을 알고 있소. 지난해 우리 산채山寨에 와서 우리더러 깃발을 바꾸라고 설득하셨던 일이 기억나는지 모르겠구려."

흑왜가 기억을 더듬는 동안 목소리가 또 들려왔다.

"그때 당신은 재범을 저지르고 감옥에 들어갔다 나온 전과자라고 꾸며 댔었지!"

가만히 기억을 더듬어 보니 역시 귀에 익은 비적 두목의 음성이었다. 흑왜가 고개를 끄덕이자 팔다리를 묶었던 밧줄이 풀렸다. 두 눈을 덮은 바지도 벗겨졌다. 그러나 강렬한 등잔 불빛에 눈을 뜰 수가 없었다. 비적 두목이 혀를 차듯 끌끌 웃었다.

"당신 따라 공산당 간판을 내걸지 않았던 게 천만다행이었어. 그러지 않았다면 지금쯤 우리도 발붙일 데가 없었을 테니 말일세."

흑왜는 그제야 비적 두목의 얼굴을 똑똑히 알아볼 수 있었다. 1년 전보다 별로 달라진 구석이 없는 아주 눈에 익은 모습이었다. 지난해 녹조붕이 그를 이곳 산채로 보냈던 것은 비적들을 회유하여 공산당 유격대로 전향시키기 위해서였다. 그러나 흑왜는 비적 두목을 설득하는 데 실패하고 빈손으로 돌아갔었다. 그런데 또다시 이곳으로 흘러들어 왔으니 정말 묘한 일이었다. 그는 등잔불을 대낮처럼 밝힌 대청 가운데로 나가 섰다. 뭔가 말을 하긴 해야겠는데 입이 떨어지지 않았다. 비적 두목이 먼저 말했다.

"마음 푹 놓고 여기 머물게. 자네에게는 손가락 하나 건드리지 않을 테니까. 배불리 먹고 실컷 자고 우선 그 상처부터 치료하게. 그다음에 또 혁명을 하고 싶거든 산에서 내려가 혁명을 하게. 자네 혁명이 성공해서 가난뱅이가 세상을 차지하거든 나도 내려가서 농사나 지으며 살고 싶다네. 또 혁명이 실패하고 오도 가도 못 할 신세가 되거든 오늘처럼 이 형님 계신 곳으로 찾아오면 되고……. 이제 이 길은 자네한테도 익숙하지 않겠나!"

비적 두목은 부하를 불러다 흑왜의 어깨 상처를 씻고 약을 붙여 주었다. 그리고는 식탁에 요리 몇 대접과 백주 한 독을 차려 내놓았다. 흑왜는 얼굴이 시뻘게지도록 술을 마시고 나중에는 탁자에 머리를 처박은 채 목 놓아 울었다. 가슴이 후련해질 때까지 실컷 울고 난 그가 갑자기 벌떡 일어나더니 껄껄껄 웃음보를 터트렸다.

"자, 보아라! 당당하신 양반 동네 백록촌에서 비적이 나왔단 말이다! 이제부터 녹흑왜는 비적이 된다. 으하하하……!"

비적 두목은 말없이 칼을 꺼내 손가락 끝을 째고 술대접에 피를 몇 방울 떨어뜨렸다. 흑왜도 말없이 칼을 건네받아 가운뎃손가락을 쨌다. 두 사람은 혈주血酒를 나눠 마신 다음 제단 앞에 무릎을 꿇고 분향 조배를 올렸다. 이어 고개를 들고 보니 제단 정면에 서투른 솜씨로나마 하얀 이리가 그려져 있었다. 비적 두목과 의형제를 맺는 팔배지례八拜之禮를 올리고 나서 흑왜가 첫마디를 꺼냈다.

"이제 백록원에는 '흰 사슴'이 나타나는 대신 진짜 '흰 이리'가 나타날 거요!"

비적 두목이 호통을 치면서 분부를 내렸다.

"보관자寶罐子를 가져 오너라!"

비적 두목의 명령에 누군가 쪼르르 달려가더니 커다란 청화자기靑華瓷器 항아리를 떠안고 나왔다. 비적 두목은 항아리를 뒤집어 목각으로 새긴 모란꽃 두 송이를 쏟아냈다. 똑같은 크기, 똑같은 생김새였으나 빛깔이 각각 검고 흰 색인 점이 달랐다. 흰 꽃과 검정 꽃은 항아리에 도로 들어갔다.

"둘 중 하나만 집게."

"뭣에 쓰는 겁니까?"

흑왜가 뜨악한 기색으로 물었으나 비적 두목은 같은 말을 반복했다.

"우선 하나 고른 다음에 이야기하세."

흑왜는 그의 말대로 항아리에 손을 집어넣었다. 뽑혀 나온 것은 백색 모란이었다. 두목이 껄껄 웃었다.

"자네, 복이 참 많군!"

곧 비적 두목의 설명이 이어졌다. 산채에는 모란꽃으로 불리는 두 여인이 함께 생활하고 있었다. 그래서 형제들은 종종 제비뽑기 놀이를 하면서 그녀들과 공평하게 즐긴다는 것이 그의 설명이었다. 그중 흰 모란꽃인 '백모란'白牡丹은 비적들이 돈을 많이 주고 서안성西安城 내 개원사開園寺에서 사들인 여인이었다. 인물이 절색이라고 했다. '흑모란'黑牡丹은 조금 달랐다. 내력이 철저하게 비밀에 싸여 누구에게도 알려지지 않았다. 뿐만 아니라 묻는 것조차 금지되어 있었다. 그럼에도 그저 즐기러 오는 사내라면 거부하지 않고 순순히 받아들인다는 것이었다. 흑왜가 이맛살을 찌푸렸다. 그런 흑왜를 본 두목이 고개를 젖히더니 목젖이 드러나도록 소리 내어 웃었다.

"여보게 아우, 비적은 비적답게 놀아야 하는 거야. 또 비적이니까 이런 복을 누리는 거고. 몸을 좀 풀고 싶을 때 곁에 아무도 없어 보라고. 그게 무슨 청승맞은 꼬락서니겠는가."

흑왜는 '백모란'과 잠자리를 같이했다. 그리고 다음에는 '흑모란'과도 잠자리를 같이했다. '백모란'은 살결이 뽀얗고 희어서 보기가 좋았다. 반면 '흑모란'은 가무잡잡하지만 살결이 매끄러워 좋았다.

흑왜는 어깻죽지 상처가 아물자 첫 번째 습격 활동에 참가했다. 그는 동작이 무엇보다 날쌨다. 게다가 사격 솜씨 또한 놀라웠다. 더구나 걸걸한 성격에 붙임성이 좋아 서너 차례 습격을 끝냈을 때는 동료들의 신임을 크게 받을 수 있었다. 은연중에 부두목으로 추대받기에도 이르렀다. 비적 두목은 결국 그에게 '검지손가락'의 영예를 씌워 주었다. 비적 사회는 오만 사람이 다 섞인 조직이라 계급 호칭도 독창적이었다. 비적 두목은 '엄지손가락', 줄여서 그냥 '엄지'로 불렀다. 따라서 부두목인 흑왜는 자연스럽게 '검지'가 되었다.

흑왜에게 결코 잊지 못할 인상적인 습격 사건이 한 번 있었다. 그것은 반룡진盤龍鎭의 어느 한약재 수집상 점포를 털 때였다. 약재를 담은 마대 무더기 속에 숨은 젊은 주인의 머리채를 잡고 끌어내 보니 뜻밖에도 백가헌의 둘째 도련님 백효무白孝武였던 것이다. 그는 효무의 멱살을 비틀어 땅바닥에 내동댕이친 다음 발로 짓누른 상태에서 다른 형제에게 넘겼다. 그리고 점포 문밖으로 나와서 문앞을 지키고 있던 형제에게 말했다.

"내가 문밖을 감시할 테니 들어가 보게. 난 '다리 한 쪽을 밟혀서' 말이야."

약탈 도중에 아는 사람과 맞닥뜨리는 것은 비적들이 가장 꺼리는 금기였다. 이럴 경우의 은어가 바로 '다리 한 쪽을 밟혔다.'는 것이었다. 흑왜는 문 앞을 지키면서 동료들에게 얻어터지는 효무의 처참한 비명 소리를 들었다. 불현듯 뇌리에 그가 자기 형 백효문과 한 책상에 나란히 앉아서 공부하던 모습이 떠올랐다.

사실 백록촌의 백가헌과 녹자림의 집을 털기로 한 구체적인 방안은 흑왜가 직접 계획한 것이었다. 그건 족장 백가헌이 사당에서 전소아를 매질한 데 대한 보복이었다.

흑왜는 두 집을 동시에 습격하되 상대적으로 차이를 두었다. 우선 동료들에게 녹자림은 반드시 죽여 없애라고 지시했다. 시간적으로 여유가 있거든 대들보에 매달아 놓고 절구질을 시켜 죽이라고도 했다. 그런데 녹자림은 요행으로 위기에서 빠져나가 목숨을 건졌다. 그 대신 늙은 아버지는 죽음을 면치 못했다. 또 흑왜는 백씨 댁으로 가는 패거리에게도 귀띔을 해 주었다.

"그 사람의 탈은 허리등뼈에 있다네. 등뼈가 너무 억세고 꼿꼿해서 탈이지. 내가 어릴 적부터 그 양반 허리를 보고 무척 안쓰러워했거든!"

동료 형제들은 한창 신바람이 나 있던 터라 부두목 '검지'에게 보복할 기회를 주기로 했다. 흑왜는 그들에게 마지막으로 당부했다.

"일은 깨끗이 해치워야 하네!"

흑왜는 그날 하가방촌 창극 공연장으로 숨어 들어갔다. 그는 낡아빠진 밀짚모자로 얼굴을 절반쯤 가리고 관객들 틈에 섞여 있었다. 곧 하요조와 녹자림이 무대 위에 점잔을 빼고 의젓하게 앉아서 구경하고 있는 것도 발견했다. 무대 아래 관중들 중에서도 아는 사람들이 많았다. 그러나 어쩐 일인지 백효문과 전소아의 모습은 보이지 않았다. 그 무렵 전소아는 백효문을 데리고 다 허물어져 가는 벽돌 가마 속으로 들어가고 있었으므로 당연히 흑왜의 눈에 뜨이지 않았다.

흑왜는 백록촌으로 돌아와 자기가 살던 움막으로 들어섰다. 문짝에는 자물쇠가 채워져 있었다. 닭 둥지를 들여다보았으나 닭은커녕 병아리 새끼 한 마리도 없었다. 돼지우리 역시 텅 비어 있었다. 움막 앞뜰 바위에 앉아서 그는 한참 동안 정이 넘쳐나던 시절의 추억에 빠져들었다. 그러다 밤이 가고 새벽이슬이 내릴 무렵 허리춤에서 은화 한 꾸러미를 꺼내 문틈으로 쑤셔 넣은 다음 천천히 발길을 돌려 움막에서 마을로 이어지는 길목에 올라섰다. 이어 다시 한 번 낡아빠진 문짝과 창문을 바라보고는 비탈진 오솔길을 따라 천천히 그곳을 떠났다.

백록촌 '망파회' 공연장에는 비창한 분위기가 짙고 두껍게 깔렸다. 음력 7월 초사흗날이 축제를 벌이는 날이었다. 마자홍 패거리는 초이틀날 저녁부터 꽹과리와 북을 울리기 시작했다. 백효문은 여느 때와는 의미가 다른 이번 공연을 주재하느라 쉴 틈 없이 바쁘게 뛰어다녔다. 녹자림은 공연 무대 제일 앞줄 끝에 단정히 앉은 채 몸을 비스듬히 돌려 무대 쪽을 마주 바라보았다. 머리에는 여전히 상을 당했다는 사실을 말해 주는 하얀 상건喪巾을 쓰고 있었다. 그럼에도 그는 인근 마을에서 몰려든 남녀 관중들 앞에 비감하고도 굳센 모습을 보였다.

초사흗날 오후, 드디어 개막을 알리는 징이 울리고 백가헌이 무대 아래 나타났다. 공연장에는 한바탕 소란이 일었다. 가헌이 집안 식구들이 공연장에 나가지 못하게 말리는 것을 억지로 나왔으니 그럴 만도 했다. 그로서는 마을 사람들에게 자신의 건재함을 보여줘야 했던 것이다.

아들 효문은 외바퀴손수레에 아버지를 모시고 공연장에 들어섰다. 좌석에는 보릿짚으로 두툼하게 엮은 네모반듯한 방석이 깔려 있었다. 남정네와 아낙네들이 수레를 에워싸고 효문의 뒤를 따랐다. 그들은 비적 떼의 습격에서 구사일생으로 목숨을 건진 이 족장 어른의 얼굴을 자기네 눈으로 직접 보고 싶어 했다. 안면이 있든 없든 그들은 모두 그의 앞으로 뛰쳐나왔다. 한마디씩 문안 인사를 건네야 직성이 풀릴 모양이었다.

"백 선생님, 많이 좋아지셨군요!"

"이렇게 나오시다니! 이제는 괜찮으십니까?"

백가헌은 수레 난간을 붙잡은 채 조용히 방석 위에 앉아 있었다. 평화로우면서도 자상한 표정이었다. 그러나 눈망울에는 굳센 의지와 강인한 신념의 빛이 흘렀다. 그는 사람들의 문안 인사에 일일이 응답하지 않았다. 그저 수레가 무대 아래에 도착할 때까지 단정히 앉아 있을 뿐이었다. 성치 못한 몸으로라도 공연을 꼭 보겠다는 의지가 엿보였다.

무대 바로 아래까지 다가가 앉은 이런 거동만으로도 그는 자신의 존재를 과시했다고 할 수 있었다. 달리 어떤 표정이나 말 따위는 필요가 없었다. 가헌은 전복현이 무대 귀빈석으로 올라가 녹자림 옆에 자리 잡고 앉는 것을 보았다. 이어 전복현이 녹자림과 한두 마디 나누더니 함께 일어나 무대 앞으로 다가와서는 가헌에게 손을 내밀었다. 귀빈석으로 모시겠다는 손짓이었다. 가헌은 고개를 저으며 손길을 거절했다.

"창극 구경은 무대 아래 맨 앞에 앉아서 봐야 더 재미있고 흥이 나는 법이지!"

가헌은 촘촘히 엮은 밀짚모자를 고쳐 썼다. 오후 공연은 일반적으로 본 공연에 앞서 맛보기로 보여 주는 단막극으로 저녁에야 본 막이 오른다. 그러나 마자홍은 백가헌이 오후 공연을 보러 나온다는 말을 듣고 순서를 바꾸어 본 공연인 〈금사탄〉金沙灘을 무대에 먼저 올리면서 백록촌의 비장한 분위기를 한층 고조시켰다. 가헌은 〈양씨 가문의 장수들〉楊家將을 특히 좋아했다. 멸문지화를 당한 양 장군 가문의 부하 장수들이 주군의 원수를 갚느라고 피눈물 나는 희생을 치르고 온갖 고난 속에 마침내 복수한다는 대목에 이르자 그는 허리 상처와 욕창의 고통마저 잊히는 느낌이 들었다.

그의 눈에 녹자림의 거동이 흘끗 비쳤다. 녹자림은 전복현에게 전투복 차림을 한 젊은 군인 한 사람을 소개하고 있었다. 군인은 온화한 미소를 띠면서 겸손하게 오른손을 내밀었다. 전복현 역시 손을 내밀었다. 무대 아래 농사꾼들은 이 신기한 인사에 넋을 놓은 채 기품이 범상치 않은 군인의 정체를 놓고 쑤군거리면서 귓속말을 주고받았다. 백가헌은 웅성대는 속에서 귀에 익은 이름 석 자를 들을 수 있었다. 녹조해鹿兆海……. 그 이름을 듣는 순간 그는 가슴이 덜컥 내려앉았다. 전복현이 일어났다. 그리고 배우들이 퇴장하기를 기다렸다가 무대 중앙으로 걸어 나왔다.

"여러분! 이 사람을 소개하겠소. 녹 향약의 둘째 아드님 녹조해입니다. 녹조해는 방금 보정육군학교保定陸軍學校를 졸업했다고 하네요. 또 국민혁명군의 소대장으로 임명되었다고 합니다. 우리 백록원에서 국민혁명을 이끌어가는 첫 번째 군인이 배출된 것이오!"

녹조해가 앞으로 나와 거수경례를 했다. 그리고 다시 고향 어른들 앞에 삼배三拜를 올렸다. 그는 이렇게 해서 백록원 고향 사람들의 눈과 가슴 속에 진정한 군인의 모습을 남긴 첫 번째 군인이 되었다. 사실 하얀 각반을 찬 까마귀 떼 잡병들은 비적과 하등 다를 바가 없었다. 백록창 보안대소속 민병단원들 역시 마찬가지였다. 하나같이 아둔하고 굼뜬 농사꾼의 때를 벗지 못했다. 그러나 전투복을 깔끔하게 차려 입은 녹조해의 절도 있는 동작과 윤기가 도는 얼굴, 가지런한 치아, 겸손하면서도 예절 바른 태도는 참다운 군인과 비적의 차이가 무엇인지를 분명하게 보여주었다.

무대 위에서 고향 어른들과 친척들에게 경례를 하고 다시 절을 올리는 군인의 온화하고도 겸손한 미소 뒤에는 깊은 고통이 배어 있었다. 평생의 반려자로 사랑을 약속했던 백령과의 사이에 뜻하지 않았던 균열이 벌어진 것이다.

그날 녹조해는 구둣방 문턱을 넘어서면서 코에 익은 퀴퀴한 가죽 냄새를 맡았다. 그 냄새로 그는 고향에 돌아온 느낌을 받을 수 있었다. 그의 느닷없는 방문은 제화공 부부를 놀라게 했다. 그러나 그는 수줍은 미소를 띠면서 선물을 건넸다. 북방에서 이름난 경진점京津點의 서양 케이크를 사 온 것이다. 백령은 식구들이 잠자리에 들 때가 되어서야 집에 돌아왔다. 비좁은 가게 작업실은 그동안 쌓인 그리움을 토로하기에는 너무 부족했다. 그래서 녹조해는 가게 문을 나서 계단 위에서 배웅하는 제화공 부부의 시야를 벗어나기 무섭게 백령을 끌어안았다. 우람한 그의 품에 가슴을 파묻은 백령의 입에서 신음이 새어 나왔다.

"조해 오빠, 보고 싶어 죽을 뻔했어. 죽도록 보고 싶었다고!"

조해와 백령은 서로 몸을 기댄 채 아무 말 없이 작은 골목길을 지나 널따란 광장에 이르러서야 발걸음을 멈추었다. 그들은 말없이 지난날의 추억에 빠져들었다. 그곳은 그들 두 사람이 동전을 던졌던 자리였다. 백령이 그의 손을 이끌어 화단 울타리 돌담에 나란히 기대앉았다. 그녀가 그의 귀에 입술을 갖다 대고 속삭였다.

"조해 오빠, 나도 오빠하고 똑같아졌어."

"나하고 똑같아지다니, 뭐가?"

조해가 대수롭지 않게 되물었다. 백령이 속삭였다.

"나도 공산당에 가입했어. 그러니까 오빠하고 똑같아졌다는 거야."

"뭐라고?"

조해가 외마디 소리와 함께 몸을 돌려 백령의 팔을 붙잡았다.

"난 공산당을 탈퇴해서 국민당에 들어갔어……. 넌 어쩌자고 나하고 반대로만 가는 거냐?"

백령도 어이가 없는지 멀뚱멀뚱 쳐다보면서 말을 잇지 못했다. 오래도록 그리워하던 두 연인은 이내 충격에서 벗어나 정신을 차렸다. 그리고는 곧바로 이념 논쟁에 빠져들었다. 그러나 어느 누구도 좀처럼 상대방을 설득시키지 못했다. 둘은 고개를 숙인 채 땅바닥만 바라보았다.

문득 기묘한 금속성이 귓가에 울리는 듯했다.

땡그랑!

동전 한 닢이 가벼운 쇳소리와 함께 땅바닥에 떨어져 뱅그르르 돌다가 천천히 멈추었다. 두 사람은 쭈그리고 앉아 웃으며 동전의 결과를 지켜보았다. 달빛 몽롱하던 그날 밤의 추억이 더 이상 아름답게 느껴지지 않았다. 즐겁지도 않았다. 그저 고통스럽기만 했다.

"이래도 되는 거야? 령령, 다시 한 번 생각해 봐. 그리고 모레 저녁 여기서 다시 만나자."

녹조해가 먼저 말했다. 백령도 그 제안에는 고개를 끄덕였다.

"조해 오빠, 오빠도 잘 생각해 봐요. 기대할게. 모레 저녁, 오빠를 만났을 때…… 내가 바라는 대답을 해 주기를……."

백령이 목이 메어 훌쩍거리다가 느닷없이 조해를 껴안으면서 외쳤다.

"난 기다릴래! 오빠에게서 좋은 대답이 나오기를 기다릴 거야!"

이틀 뒤 둘이서 동전 던지기를 했던 그곳에 백령의 모습은 보이지 않았다. 뜻밖에도 형 녹조붕이 기다리고 있었다. 공산당원으로 지명수배를 받는 사람이 어엿한 장사꾼으로 변장한 채 비단 옷자락을 나풀대며 시내 한복판에 나타난 것이다. 녹조붕은 저녁나절 산책을 나온 사람처럼 유유히 부채질까지 해가면서 동생 앞으로 다가오더니 눈썹을 찡긋 올리고 입술을 오므려 짧게 휘파람을 불었다. 그리고 동생의 팔을 친근하게 잡으며 귓속말을 했다.

"여기서 기다리지 말고 걷자. 령령은 오지 않을 거야. 나더러 대신 만나 달라고 부탁했으니까."

조해가 언짢은 기색으로 쏘아붙였다.

"왜 못 온답니까? 흥! 공산당에 발을 들여놓자마자 약속 안 지키는 버릇부터 배운 모양이죠?"

조붕도 지지 않고 맞받아쳤다.

"흐흠, 국민당 당원증에 먹물도 마르기 전에 입부터 거칠어진 모양이로구나! 내 분명히 말한다만 령령은 네 마음이 바뀌지 않았을까 봐 나오지 않은 거야. 둘 다 마음이 바뀌지 않았으면 어떻게 하느냐고 말이야. 령령은 너하고 감정대립이 있을까 봐 못 나온 거란 말이다. 나더러 너를 좀 설득해 달라고 하더구나. 그래서 너와 다시 만났을 때는 좋은 얘기를 듣고 싶다는 거야. 어디 할 말이 있거든 해 봐. 우리끼리는 편하게 이야기해도 된다."

조해가 고통스럽게 한숨을 내쉬었다.

"그만둡시다. 이제 끝났으니까."

"왜 그래? 아직 안 끝났어. 시작도 안 했는데 뭐가 끝이라는 거냐? 넌 너무 비관적이라서 탈이야!"

"나는 이제 바꾸지 못해요. 령령이 돌아서기를 바랄 뿐이죠. 하지만 형님한테 부탁한 걸 보니 마음을 바꿀 생각이 없는 모양이군요. 바뀌었다면 형님이 날 보러 왔을 리가 없을 테니 말입니다. 형님이 그 애의 상부인 모양이죠? 안 그래요?"

"너희 둘은 서로 상대방의 마음이 돌아서기만 바라고 있어. 그래서야 합칠 수 없지! 어디 조용한 데 가서 앉자꾸나. 마음을 가라앉히고 대화를 나누면 매듭이 풀릴 수도 있을 테니까. 얼굴을 보자마자 상대방에게 사상을 바꾸라고 몰아붙이면 안 되지. 내 생각은 이렇다. 지금 이 자리에서 령령과 결판을 낼 필요는 없어. 2년이고 3년이고 기다려서 안 될 것도 없지 않느냐? 그 세월이면 모두 경험도 깊어지고 시각도 넓어질 테니 지금과는 달라질지도 모르지."

"그럼 좋아요! 그 애한테 전해 주세요. 모레 고향에 내려가 아버님과 어머님을 뵙고 돌아와서 하루만 기다리겠노라고, 딱 하루만. 다음 날은 부대가 출동하니까."

"령령은 꼭 너를 만나러 올 거다. 모레 고향으로 간다고? 그럼 내일 저녁에 만나면, 어떻겠니? 장소는 어디가 좋을지 말해 보려무나."

"됐어요, 안 만날 테니까! 피차 상대방의 마음을 돌리지 못할 바에야 만나 봤자 가슴만 아프지 않겠어요? 제 뜻이나 전해 주십시오, 회답을 기다리겠노라고."

고향에 내려갔다가 돌아온 조해는 백령과 만나지 않겠다던 생각을 바꿔 구둣방을 찾아갔다. 백령은 그가 생각이 바뀐 줄 알고 반가워하며 맞았다. 두 사람은 곧바로 가게를 나와 또다시 동전을 던졌던 장소로 갔다. 백령이 들뜬 기분에 종알거렸다.

"난 다시는 오빠를 못 보는 줄 알았어! 조해 오빠, 오빠는 고집이 너무

세서 걱정이야. 우리가 두 번 다시 안 만난다는 게 말이나 돼요? 국민당 사람들은 정말 그게 고질이야. 안면 싹 바꾸면 아예 남남이라니까!"

조해가 으르렁대기 시작했다.

"그만! 됐어, 백령! 딴 이야기는 하지 않겠어. 고향에 내려가서 좀 봐! 공산당 녀석들이 거기서 무슨 혁명을 어떻게 했는지 너도 가서 보고 오라고! 조붕 형이 무슨 짓을 저질렀는지 동네 사람들한테 물어보란 말이야. 녹흑왜, 하노대, 백홍아, 전소아…… 그런 쓰레기 같은 인간들을 모아서 국민혁명 대업을 완수할 수 있겠어? 그 작자들이 혁명의 뜻을 얼마나 알겠어? 그 작자들은 혁명의 조류를 틈타 제멋대로 날뛰고 난장판을 만들었을 뿐이야! 기껏 해봤자 그들은 천재지변으로 흉년이 들었을 때 굶주린 인민들을 선동해서 지주나 부호들을 약탈하는 맹동주의자들에 지나지 않아!"

백령의 표정이 싸늘하게 굳어지더니 눈에서 불길이 활활 타오르기 시작했다. 아무도 못 말릴 쇠고집이 순식간에 되살아난 듯했다.

"녹조해 오빠, 1년간 못 본 사이에 몸도 많이 자라고 아는 것도 많아지셨군요. 귀족 냄새가 풀풀 풍길 정도니 말이에요!"

"레닌의 이론을 적용한다면 네가 날 귀족으로 판단하는 것도 무리는 아니겠지. 레닌은 가난뱅이들을 선동해서 돈 많은 자들을 타도하고 부르주아 계급을 섬멸했으니까. 하지만 그 결과는 어땠어? 부르주아는 타도됐는지 모르지만 프롤레타리아는 여전히 가난뱅이야. 조붕 형이 소비에트 러시아 흉내를 냈답시고 백록원 일대 가난뱅이를 모조리 선동해서 지주들을 타도했다는데 그 결과가 뭐야? 당당하신 농협 주임 나리 흑왜는 비적이 됐지! 그놈은 우리 할아버지를 찔러 죽이고 가헌 아저씨의 등뼈를 부러뜨렸어! 결국 농협 주임 노릇으로 이루지 못한 목적을 비적이 돼서 달성했다 그 말이지! 이래도 네가 나에게 공산당을 믿고 다시 들어오라고 할 거야? 흑왜란 놈은 공산당원으로서의 혁명은 못 하고 비적으로 혁명을 하겠지. 그러나 난 그렇게는 못 해!"

"하노대가 어떻게 죽었는지 못 들었어요? 생사람을 장대 끝 허공에 매달았다가 떨어뜨리는 절구질 형벌 이야기를 들어보기나 했어요? 공산당은 바로 그런 피압박자를 동원해서 압제자의 통치를 전복시키고 착취 없는 세계, 어느 누구도 압박당하지 않는 자유 평등 세계를 추구한단 말이에요!"

"알겠어, 우리 각자 제 갈 길로 가자고. 누가 진정 우리 중국을 구할지 두고 보면 알겠지!"

두 사람은 언짢은 기분으로 헤어졌다. 날카로운 사상적 대립이 그와 그녀의 가슴속에 남아 있던 미련을 홀가분하게 덜어주었는지 작별하는 순간의 무겁고도 침통한 마음은 첫 번째 헤어졌을 때보다는 훨씬 덜했다.

녹조해가 바삐 움직여 떠나던 발걸음을 멈추고 뒤돌아보았을 때 백령은 그 자리에 여전히 우두커니 서 있었다. 그가 다시 그녀에게 돌아갔다.

"난 내일 아침에 출동이야……."

그녀는 참고 참았던 눈물을 왈칵 쏟아냈다.

"조해 오빠……. 난 그래도……, 오빠를 기다릴 거예요……."

제17장

백가헌이 백록촌의 거리에 다시 모습을 나타냈을 때 마을 사람들은 그를 알아보지 못할 뻔했다. 마치 미루나무마냥 꼿꼿하던 그의 허리가 꼽추처럼 굽어있었던 탓이었다. 실제로 그의 허리는 90도로 꺾여져 엉덩이가 하늘을 향해 솟아올라 있었다. 또 손에 짧은 지팡이를 짚고서 사람들과 이야기를 할 때마다 얼굴을 치켜드는 모습은 마치 개가 올려다보는 형국이라고 해도 과언이 아니었다. 고개를 들어서 사람들과 이야기를 할 때면 원래 튀어나온 두 눈은 더욱 튀어나와 보였다. 흰자위는 더욱 희번덕거렸다. 아래를 향하게 된 커다란 입술 역시 마찬가지였다. 활처럼 다문 것이 그의 고집을 더욱 두드러지게 만들었다. 그는 거리에서 자신에게 인사를 하는 사람들에게 대답을 하기 위해 잠깐씩 멈춘 것 말고는 쉼 없이 지팡이를 움직여 녹삼의 뒤를 쫓아갔다.

이미 가을이 지나가고 겨울이 들어서고 있었다. 낮이 너무 짧아서 아무리 잽싼 며느리도 세 끼 밥을 준비하기가 어려운 계절이었다. 태양이 백록원의 서쪽 언덕으로 뉘엿뉘엿 지고 있었다. 붉어진 저녁노을이 서쪽 하늘에 펼쳐졌다. 백가헌은 두 손으로 지팡이를 짚고 서서 목화밭을 가는 녹삼의 모습을 바라보았다. 황갈색의 흙이 쟁기 보습 밑에서 몸을 뒤챘다. 녹삼과 소의 뒷모습이 점점 서편의 노을 속으로 사라졌다가 곧 다시 돌아오고는 했다.

백가헌은 손과 목이 근질거렸다. 날이 번쩍이는 보습의 쟁기를 빼앗아 그 부숭부숭한 흙을 밟고선 목청껏 소리를 지르며 소를 몰고 싶은 생각도 들었다. 녹삼이 한 바퀴 돌고 와서 쟁기 보습을 건장한 소에 다시 맞추고 있을 때 더 이상 참지 못한 그는 지팡이를 던져버렸다. 이어 쟁기와 채찍을 빼앗아 들면서 말했다.

"녹삼 형님, 담배 한 대 피우고 하십시오."

"날이 짧아서 몇 번만 갔다 오면 해가 질 걸세. 그냥 두게."

그러나 결국 녹삼은 백가헌의 고집에 밀려 채찍과 쟁기를 내려놓고 담배쌈지를 더듬었다. 하지만 백가헌이 일어나 쟁기를 밭이랑에 대고 나가는 것을 보자 급히 달려와서는 말렸다.

"이리 주게. 허리가 아직……."

백가헌은 그의 손을 뿌리치고 소를 몰았다.

"이랏! 이랴—!"

소가 쟁기를 끌고 앞으로 나아갔다. 백가헌이 고개를 돌려 녹삼을 보면서 소리쳤다.

"시험 삼아 한번 해 보는 거예요."

녹삼은 담뱃대에 담배를 채우지도 못하고 백가헌을 뒤따랐다. 혹시나 무슨 탈이 생길까 봐 마음을 놓을 수가 없었다. 백가헌은 그런 녹삼이 못마땅해 투덜댔다.

"그렇게 옆에서 따라오면 부담스럽잖아요. 형님은 가서 담배나 피우라니까요."

녹삼은 하는 수 없이 걸음을 멈추고 노을빛 속으로 멀어지는 백가헌의 뒷모습을 바라보았다. 담배를 채워 넣는 것도 잊은 채.

백가헌은 보습이 앞으로 나아가면서 흙더미를 갈아엎는 것을 유심히 보았다. 황갈색의 흙이 뒤집어지면서 신선한 흙냄새가 물씬 풍겼다. 그 향기가 그의 가슴을 적셨다. 오랜만에 움직이는 몸의 뼈와 관절이 우두둑거리는 소리가 들렸다. 그래도 천천히 소를 몰고 앞으로 나아갔다. 오히려 시원하고 편안한 느낌이 들었다. 그는 목화밭의 끝까지 간 다음 노을빛을 뒤로 하고 돌아오면서 민요 한 곡조를 뽑았다.

"한나라 소무蘇武가 북해北海에서……."

'소무'는 한나라 무제 때 사람으로, 흉노에 사신으로 갔다가 억류되었으나 19년 동안 양을 치면서 절개를 굽히지 않은 인물로 유명하다. 그렇게 노래를 흥얼거리며 세 번을 갔다 오자 백가헌의 몸은 땀으로 흠뻑 젖었고 숨이 가빴다. 몸이 예전 같지는 않지만 납인형처럼 누워 있던 생활은 드디어 끝이 났다. 이날 늦게야 농기구들을 거두고 돌아온 백가헌은 지팡이를 나뭇간에다 집어던졌다. 그리곤 정원에서 아내가 세숫대야에 떠주는 물로 세수를 하면서 말했다.

"오후에 시험 삼아 일을 해 봤어. 할 만하던데?"

저녁 식사 후 백가헌은 어머니 방으로 온 가족을 불렀다. 효문과 셋째 아들 효의는 그가 불러오고 두 며느리는 선초가 불렀다. 그리고 가족은 아니지만 빠질 수 없는 녹삼은 그가 친히 마구간으로 가서 불러와서는 상석인 팔걸이 의자에 앉게 했다. 두 며느리는 시어머니가 피워 놓은 화로 옆에 앉았다. 백가헌이 말했다.

"내 허리는 이제 다 나았다."

그리고는 옆으로 고개를 돌려 두 며느리를 향해 말했다.

"내가 누워 있던 백이레 동안 큰애, 작은애가 고생 많았다. 너희들의 지극한 효심 덕분에 내가 나았다."

두 며느리는 시아버지가 칭찬을 하자 자식된 도리를 다했을 뿐이라며 겸손하게 말했다. 백가헌이 고개를 흔들며 두 며느리의 말을 끊었다.

"너희들은 내가 일생 동안 두려워한 것이 무엇인지 모를 거다. 난 악인도 비적도 두렵지 않다. 고생하고 힘든 것도 두렵지 않다. 내가 가장 두려운 것은…… 방안에 드러누워서 남들에게 약 달이게 하고 똥오줌 받아내게 하는 거였어."

일순 침묵이 흘렀다. 오로지 노마님 조씨만이 고개를 끄덕이며 말했다.

"그래, 아비는 죄인이지."

"저는 죄인입니다. 저도 어쩔 수 없었습니다. ……나는 평생 힘든 일을 해 왔다. 힘껏 일을 하고 나면 오히려 기분이 좋았지. 이틀만 손을 놀리지 않아도 팔다리에 힘이 빠지고 마음도 약해지는 거다……."

백가헌은 여기까지 말하고 잠깐 쉬었다. 그리고 정중하게 다시 말을 이어갔다.

"내가 하고 싶은 말은 내일부터는 나를 보살피지 말라는 것이다. 각자 할일이나 해라. 길쌈할 사람은 길쌈을 하고 실을 자을 사람은 실을 자아라. 바느질할 사람은 바느질을 하거라. 또 밖에서 일하는 사람도 모두 자신이 맡은 일을 하거라. 효문은 녹삼 아저씨하고 목화밭을 갈아서 농사 준비를 하거라. 우독은 외양간의 가축들을 돌보고 틈이 나면 부토를 운반하려무나. 겨울에 외양간에 넣을 것을 말리는 것이니 첫눈이 오기 전에 끝내야 한다. 그리고 땅이 얼어붙으면 퇴비도 내야 한다. 이런 것들을 부지런히 해야 또 솜틀을 움직일 것이 아니냐. 한마디로 내일부터는 이전의 생활로 돌아가는 것이다. 나는 말이다……, 이제 아주 좋아졌단 말이야."

비적들이 백가헌의 허리를 부러뜨린 후 온 집안에 감돌던 비참하고 무겁던 분위기는 말끔히 사라졌다. 그리고 집안은 예전보다 더 질서가 잡혔다. 집안사람들은 백가헌이 자신 있게 '난 할 수 있어.'라고 말한 후 많이 변했다는 것을 느꼈다.

그는 허리가 굽어지기 전보다 더 일찍 일어났다. 허리가 굽어 팔이 다리까지 내려왔지만 전보다 민첩하게 집안 안팎과 마구간, 돼지우리, 뒤뜰의 변소까지 살피고 다녔다. 그의 굽어진 허리는 마차를 밀고 짐을 지는 것을 제외하고는 농사일에 전혀 지장이 없었다. 목화밭을 가는 일과 옥수수를 심는 일, 소를 모는 일, 그리고 솜틀을 밟는 일은 그와 아들 효문, 머슴인 녹삼이 도맡았다.

그는 말이 적어진 대신에 명료해졌다. 쓸데없는 말은 일절 하지 않았다. 효문과 녹삼은 백가헌이 너무 무리를 하는 게 아닐까 걱정이 되어 아침저녁에만 잠시 일을 하고 낮에는 쉬도록 권했다. 그러나 두 사람이 걱정을 하며 쫓아다녀도 그는 아랑곳하지 않고 할일을 찾아다니느라 바빴다. 그리고 둘을 향해 오히려 귀찮다는 듯이 말했다.

"각자 할일을 해. 그런 말은 좀 그만하고. 듣기 싫어 죽겠어. 사람은 한가하면 오히려 병이 생기지만 바쁘면 망가지지 않는다고."

가을이 끝날 즈음에는 솜틀을 놓았다. 이어 겨울이 되자 찌그럭찌그럭 솜틀을 밟기 시작했다. 이때 치명적인 사건이 연달아 터졌다. 우선 백가헌이 효문의 이상한 낌새를 눈치챘다.

그해 겨울 들어 처음으로 큰 눈이 내린 날의 일이었다. 백가헌이 반나절 동안 솜틀 기계를 밟고 있자니 효문이 교대를 하자면서 왔다. 백가헌은 이마에 맺힌 땀방울을 닦고 마구간을 한 바퀴 돌아보고는 집 안채로 들어가지 않고 서쪽 길을 걸어 나갔다. 함박눈이 내리자마자 녹아서 길이 온통 진흙탕이 되어 있었다. 백가헌은 뒷짐을 진 채 백록진으로 가는 길로 접어들었다. 그런 후 냉 의원의 중의당으로 갔다. 냉 의원은 그에게 차를 따라주고는 유황색 기름종이에 싸여 있는 담뱃잎을 꺼내며 권했다.

"마침 잘 왔네. 이 차는 방금 내린 눈을 받아서 끓였다네. 한번 맛보게나."

차를 한 모금 마시자 향기로움이 코끝으로 밀려오며 뜨거운 맛이 스르르 목을 넘어갔다. 그러자 정신이 번쩍 들면서 몸에 기운이 솟았다. 그러나 백가헌은 일부러 냉담하게 말했다.

"눈을 녹인 물이라도 별다른 맛은 못 느끼겠군요."

백가헌은 정성스럽게 썬 담뱃잎을 집어서 무릎 위의 솜바지에 우아하게 펴놓고는 다시 그것을 하나하나 고르게 폈다. 이어 거친 두 손바닥으로 계속 비비고 혓바닥으로 침을 묻히면서 말아 나갔다. 곧 아주 멋진 여송연이 만들어졌다. 그는 탁자 옆에서 하루 종일 타고 있는 담배 불씨를 자신이 만든 여송연에 붙였다. 그리고 서서히 남색 담배 연기를 뿜었다.

둘째 아들 효무의 아내를 정월에 맞이한 후로 그와 냉 의원의 관계는 더욱 깊어졌다. 할아버지 때부터 내려온 돈독한 관계가 사돈으로까지 이어진 것이다. 또 냉 의원이 성심성의껏 치료를 해 준 덕분에 백가헌이 다시금 백록촌의 거리로 나올 수도 있었다. 그는 냉 의원에게 진심으로 감사하고 있었다.

백가헌은 원래부터 나다니기를 좋아하지 않았다. 허리를 다친 후부터는 더 그랬다. 마을에서 그의 모습을 거의 볼 수가 없었다. 단지 날이 좋지 않거나 마음이 울적할 때면 이렇게 사돈인 냉 의원의 중의당에 와서 한담을 나누곤 했다. 냉 의원의 중의당은 백가헌이 마을 소식을 들을 수 있는 창구인 셈이었다. 실제로 진찰하러 오거나 약을 지으러 오는 사람들은 자기 마을에서 일어난 일들을 중의당에 와서 털어놓고는 했다. 냉 의원은 그중에서 이야깃거리가 되는 것만 간추려서 사돈에게 들려주었다.

두 사람은 이런 일들에 대해 서로 의논을 하기도 했다. 또 어떤 때는 그저 차나 마시고 담배를 피우곤 했다. 여름에는 대나무 부채를 한 자루씩 쥐고 겨울에는 화로를 끼고 앉았다. 냉 의원은 원래 말이 없는 사람이었다. 백가헌 역시 그러했으므로 두 사람은 마주 앉아 묵묵히 시간만 보내기 일쑤였다. 그러나 두 사람은 서로의 마음을 알았다. 각자의 군건한 신뢰가 바탕이 되어야만 이러한 경지에 이를 수 있는 것이리라.

　백가헌은 편안하고 가벼운 마음으로 차를 마시다가 냉 의원이 자신에게 차를 따라주는 행동에 평소와 다른 각별함이 있다는 것을 알아차렸다. 그러자 과분한 친절이 거북하게 느껴졌다. 냉 의원을 유심히 보니 자신의 눈빛을 이리저리 피하면서 당황하는 빛이 역력했다. 그는 에두르지 않고 곧바로 물었다.

　"형님! 그러실 필요 없습니다. 앉아서 담배나 태우시오. 차는 제가 따라 마실 테니까요. 무슨 근심거리라도 있으십니까? 제가 여기 있는 것이 불편하면 일어나리다."

　냉 의원은 일을 그르쳤다는 것을 깨닫고 황망하게 말을 꺼냈다.

　"아닐세, 아우. 이리 앉게. 내가 말할 게 있네."

　"무슨 말이기에 이렇게 뜸을 들이시는 건가요?"

　"그게 말이야, 보통 일이 아니라서……."

　"참 내, 며칠 안 본 사이에 왜 이렇게 되셨습니까? 말하기 거북하면 안 해도 좋아요. 전 집에 가서 잠이나 자겠습니다."

　"참으로 말 꺼내기가 민망하군. 아우, 절대 화를 내어서는 안 되네. 이 소문을 아우한테 말 안 할 수도 없고, 하자니 아우가 참지 못할 것 같고……."

　"비적놈들이 재산을 몽땅 가져가고 제 허리까지 꺾어 놓고 갔습니다. 지금 내가 사람 꼴이오? 그러나 전 한마디 원망도 하지 않고 여전히 솜틀을 밟고 있습니다. 세상에 떠도는 '소문' 때문에 제가 화병으로 쓰러지리라고는 생각지 않아요. 또 설사 저에 대한 소문이 돈들 그게 뭐가 대수겠습니까."

　"자네가 아니라……, 효문에 관한 소문인데……."

　"내가 아니고 효문이라고요? 효문이 왜요?"

"듣자 하니 마을 입구에 있는 움막의 그 계집하고……."

"뭐라고요?"

냉 의원은 백가헌의 얼굴이 붉은빛으로 변했다가 금방 백지장처럼 하얗게 변하는 것을 똑똑히 보았다. 가헌이 구부러진 몸을 부르르 떨더니 피우던 여송연을 꽉 움켜쥐어 뭉개버렸다. 그의 눈에 절망의 빛이 스쳐 갔다. 냉 의원이 예측한 대로였다. 백가헌이 쓰러지지 않고 버텨준 것만 해도 다행이었다. 냉 의원은 차마 입에 담기도 싫은 그 소문에 관해 모두 이야기해 주었다. 백가헌은 정신을 차리고 나서 굳은 얼굴로 물었다.

"형님! 형님이 보시기엔 그게 사실 같습니까? 아니면 제 얼굴에 똥칠을 하려고 사람들이 지어낸 말 같습니까?"

"내가 보기에는……, 그저 소문인 것 같네. 자네도 소문이라고 흘려 넘기게."

"누구한테 들으셨습니까? 이 소문이 도대체 누구 입에서 나온 겁니까?"

냉 의원이 담담히 말했다.

"'이슬에는 씨가 없고 소문에는 그림자가 없다.'고 하지 않던가?"

백가헌은 그러나 고개를 흔들었다.

"아니 땐 굴뚝에 연기 나겠습니까!"

녹자림은 7월 말, 찌는 듯한 무더운 여름밤에 머리에 굴건을 쓰고 냉 의원의 중의당을 찾아왔었다. 이어 겨드랑이에 고량주를 한 병 끼고 안으로 들어서서는 술병을 꺼내 책상 위에 올려놓고 두 손으로 굴건을 벗어 흙벽 옆의 나무걸이에 걸었다. 그리곤 큰 소리로 개탄했다.

"형님! 참 이상하지 않습니까? 우리 아버님이 돌아가신 후 우리 집은 아주 텅 빈 것 같단 말입니다. 분위기가 썰렁해서 누워있기도 싫어요. 오늘 밤에는 술이나 한잔 합시다."

냉 의원도 녹자림의 심정을 충분히 이해할 수 있었다. 그래서 오이채 한 접시와 달걀탕, 죽순 볶음과 기름에 튀긴 땅콩을 안주로 내놓았다. 냉 의원은 술을 마치 찬물 마시듯 마셨다. 그는 술이 셌으나 별로 좋아하지는 않았다. 그래서 대단한 명주를 마셔도 별다른 맛을 느끼지 못했다. 아무리 많이 마셔도 얼굴이 붉어지거나 취하는 법도 없었다. 그랬으니 그로서는 다른 사람들이 술을 마시고 갖가지 추태를 부리는 것을 도저히 이해할 수가 없었다.

반면에 녹자림은 완전 술고래였다. 기분이 좋다고도 마시고 기분이 나쁘다고도 마셨다. 또 춥다고도 마시고 덥다고도 마셨다. 좋은 일이 있어도 나쁜 일이 있어도 마셨다. 소아의 움막집에 갈 때도 반드시 술을 마시고 갔다. 그러나 그는 혼자서는 술을 마시지 않았다. 반드시 술친구가 있어야 했다. 술친구는 아니더라도 누군가가 곁에 있어 주기라도 해야 했다. 그럴 때마다 언제나 시끌벅적하게 떠들고 노래를 부르며 가위바위보를 해서 진 사람이 벌로 술을 먹는 놀이를 하곤 했다. 그렇게 인사불성이 되는 경우가 허다했다.

"형님, 제가 아주 어려운 말을 좀 꺼내야 되겠는데……."

녹자림의 눈에 벌써 취기가 올라 있었다.

"아무리 생각해 봐도 형님께 이 말을 하는 게 좋을 것 같습니다."

냉 의원은 아무 말 없이 녹자림에게 술 한 잔을 따라주었다. 술을 쭉 들이킨 녹자림이 탄식하는 어조로 말했다.

"제가 소문을 들었는데 효문이 그 움막의 계집하고 그렇고 그렇다는……."

처음에 냉 의원은 그가 자신들 두 집안의 이야기를 하려는 것이라고 짐작했었다. 사실 녹조붕이 혼인을 거부하며 집 밖을 나도는 것은 어쩔 도리가 없었다. 문제는 이 혼인을 추진한 녹자림과 냉 의원이 가장 난처하게 됐다는 사실이었다. 그래서 녹자림은 몇 번이나 진심으로 미안한 마음을 표시했다. 또 매번 아들을 어떻게 굴복시킬지 물었다. 그런데 녹자림이 이번에는 전혀 뜻밖에 효문과 흑왜의 아내인 소아의 이야기를 하고 있지 않은가? 냉 의원은 단호하게 말했다.

"이보게, 아우. 그런 말은 귀신도 안 믿을 걸세."

"그럼요, 그럼요. 저도 이 말을 처음 들었을 때는 말도 안 되는 소리라고 일축했습니다. 그뿐입니까? 그런 소문을 떠든 놈에게도 따귀를 한 대 올렸죠. 만일 효문이 그년과 그렇고 그런 사이라면 저 절의 부처님도 그 계집과 그런 사이일 거라고 말입니다. 그자는 따귀 한 대를 맞고는 도망갔는데 또 다른 두 사람이 와서 같은 말을 하더란 말입니다. 아주 자세하게도 말하더라고요. 모두 효문이 그 움막을 드나드는 걸 직접 봤다고 했습니다. 한 사람은 저녁때 돼지를 찾으러 나왔다가 효문이 그 움막으로 들어가는 것을 봤다고 하고, 또 한 사람은 한밤중에 친척 집에서 돌아오다 효문이 그 계집 집에서 나오는 것을 봤다더군요. 그 두 사람이 한두 번 본 것도 아니래요. 그러니 어떻게 안 믿을 수가 있겠습니까? 제가 그런 말을 하는 사람들을 일일이 따귀를 때릴 수 있겠느냔 말입니다."

"이 일이 사실이라면 그 비적 떼가 백가헌의 허리를 부러뜨린 것보다 더 큰일인데……. 이것은 가헌의 목숨과도 바꿀 만한 일이거든."

"떠들어대는 사람들을 내쫓으면서 입조심하라고 신신당부했습니다. 저는 가헌 형님에게 말할 수가 없습니다. 가헌 형님은 저를 깨끗하게 보지 않거든요. 그렇다고 말을 안 할 수도 없고 말입니다. 그런데 나중에 일이 더 나빠진 후에 가헌 형님이 알면 제가 말을 안 했다고 원망할 것 아닙니까. 아무리 생각해도 형님밖에는 이 말을 할 사람이 없어요. 형님과 저는 사돈이고, 형님은 또 가헌 형님과도 사돈이니 온 가정이 평안하길 바라는 마음으로……"

　다음날, 냉 의원은 백가헌에게 약을 붙여 주면서 고통 속에서도 평온
한 그의 모습을 물끄러미 쳐다봤다. 자신이 어제저녁에 결정한 판단을 돌
이켜 생각해 보지 않을 수 없었다. 이 사람은 비적 떼가 자신의 허리를 부
러뜨린 것은 참을 수 있어도 절대로 그런 더러운 소문은 견딜 수 없을 것
이다.

　냉 의원은 무척 괴롭고 슬펐으나 겉으로는 변함없이 냉정한 표정으로
치료에만 열중했다. 그러나 속으로는 다른 생각을 하고 있었다. 곧 견딜
수 없는 삼복더위가 지나고 또 부슬비 내리는 가을도 지나갈 것이다. 그러
면 백가헌이 모든 치료를 끝내고 새롭게 백록촌에 모습을 나타낼 것이다.
아마 그때가 내가 마음속에 담아둔 무서운 소문이 세상에 나오는 순간일
것이다.

　냉 의원은 도대체 어떻게 말을 하면 백가헌의 마음을 덜 다치게 할지
고심했다. 이전에는 한 번도 말을 꺼내느라 이렇게 속을 태운 적이 없었
다.

　냉 의원이 구부러진 자세로 의자에 앉아 있는 백가헌을 위로했다.

　"이보게 아우, 사람은 이 세상에 나와서 한평생 행복한 일보다는 고통
스러운 일이 더 많은 것 같으이. 가난한 사람은 가난한 대로 부자는 부자
대로 모두 나름의 고초가 있단 말이야. 왕후장상 역시 그렇고 말이지. 이
고통은 사람이 태어나면서부터 가지고 오는 것 같네. 그렇지 않은가? 갓
난아기들이 엄마 배에서 나와서는 무조건 울어대지 않는가? 내 아직 한
번도 웃으면서 나오는 아기가 있다는 말은 못 들었네. 그렇지 않은가? 사
람은 모두 이 세상에 나오는 것을 원하지 않는단 말이야. 세상살이가 너
무 어렵거든. 그냥 천당에서 유유자적하는 게 낫지. 그러다가 하느님이 눈

을 크게 뜨고 차버리면 모두 이 세상 밖으로 밀려 나온단 말이지. 결국 사람들은 이 세상에 고생하러 나오는 거야. 그러나 우리가 어떤 재난을 만나더라도 모두 이겨내고…….”

백가헌이 말했다.

“무슨 일이든 앞뒤를 잘 가려야지요. 무조건 소문만 믿을 수는 없고. 이게 무슨 말입니까? 사람 죽이는 소문이네요.”

백가헌은 구부러진 허리로 백록진을 빠져나가서는 백록촌으로 들어가는 길로 들어섰다. 발아래에는 이미 눈이 수북이 쌓여 있었다. 뽀드득 뽀드득 눈 밟는 소리가 들렸다. 뒷짐을 진 손과 목 안으로 눈의 찬 기운이 느껴졌다. 집으로 들어섰을 때 그는 냉 의원이 말해준 그 소문에 어떻게 대처할지 이미 결론을 내린 후였다. 어려울 것 없었다. 다른 사람에게 물어볼 필요도 없었다. 효문의 행동을 눈여겨 관찰하면 소문의 진상은 금방 파악될 것이다. 백가헌이 심드렁하게 물었다.

“효문은 자나?”

아내도 아무렇지도 않게 대답했다.

“노륙老六 집에 갔는데요.”

백가헌은 가슴에서 무언가가 끓어올라 폭발하는 것을 느꼈다. 냉 의원에게 그 소문을 들었을 때 일어났던 격분이 다시금 치밀어 올랐다. 냉 의원 집에서 돌아오면서 이 일을 어떻게 처리해야 할지 생각해 두었던 것이 모두 허사가 되었다.

그는 풀었던 각반을 다시 잘 묶고는 아내가 비춰주는 불빛 속에서 나뭇간에 두었던 지팡이를 끄집어냈다. 문득 이 지팡이가 어떻게 쓰일지 예측이 되었다. 문을 나설 때 그는 이 시각에 자신이 집을 나서는 진짜 목적을 덮어둘 말을 잊지 않았다.

“하마터면 노륙이 나한테 부탁한 것을 잊을 뻔했네.”

백가헌은 대문을 나섰다. 이렇게 해서 그는 또 하나의 커다란 재앙 속으로 발을 들여놓았다.

백가헌은 노륙의 집 문 앞에 이르러 화를 억지로 가라앉혔다. 네 귀퉁이가 떨어져 나가 기둥이 겨우 지탱하고 있는 노륙의 협소한 집은 담도 없었다. 목책 역시 없어서 훤히 안마당이 들여다보였다. 등불조차 밝히지 않은 집은 문이 잠겨 있었다. 어떤 인기척도 없었다. 순간 노륙의 코 고는 소리가 남채에서 들려와 그 휑한 마당을 울렸다. 백가헌은 온몸의 힘이 쭉 빠지는 것을 느꼈다.

그는 노륙의 집 마당을 나와서는 질풍같이 마을의 동쪽 언덕길을 올랐다. 평소 거들떠보지도 않았던 불결하기 짝이 없는 움막이 바라다보였다. 이 더러운 곳까지 자신을 오도록 한 아들을 생각하니 가슴속이 분노와 비애로 가득찼다. 그를 더없이 고통스럽게도 만들었다.

그는 움막의 마당으로 들어섰다. 두 다리가 후들후들 떨렸다. 그가 컴컴한 그 움막의 창문까지 다가서자 안에서 소곤거리는 목소리와 신음 소리가 새어 나왔다. 백가헌은 그 순간 생명이 종말에 이른 것 같은 기분을 느끼고는 앞으로 돌진했다. 이어 문을 냅다 발로 걷어차는 순간 쫘당! 하는 소리와 함께 자신도 뒤로 나뒹굴었다.

갑작스런 소리는 그 어느 때보다 조용하기 그지없는 설야에 벽력처럼 울렸다. 따뜻한 침상 위에서 나누던 효문과 소아의 정도 그 순간 얼어붙었다. 놀란 효문은 침상 위에 누워서 꼼짝도 하지 못했다. 온몸이 마비되는 느낌을 받았다. 그런데 갑자기 폭탄이 터지는 것 같은 소리가 일순 정적으로 돌아갔다.

침상에서 빠져나온 소아는 벌거벗은 엉덩이를 쳐든 채 문틈으로 밖을 내다보았다. 몽롱하게 쌓인 눈만 보일 뿐 별다른 이상한 것을 발견할 수가 없었다. 그러나 한참을 보고 있노라니 눈 위에 쓰러져 있는 뭔가가 보였다. 그녀는 안도의 숨을 내쉬고 침상으로 돌아와서는 효문의 귓가에 대고 소곤거렸다.

"안심하세요. 웬 비렁뱅이가 얼어서 나뒹굴고 있어요."

하지만 효문은 황급히 바지를 입고 침상을 내려와 솜옷을 입었다. 그리고 아무 말 없이 엎어진 사람을 지나쳐서 움막의 마당을 가로질러 경사진 길을 내려가서는 곧장 마을로 달려갔다.

소아는 옷을 입고 문밖으로 나왔다. 재수 없게 자신의 움막 주위에 쓰러진 비렁뱅이가 아직 살아 있는지 보기 위해서였다. 우선 그녀는 쪼그리고 앉아 그 사람의 코끝에 손을 대 보기로 했다. 얼음처럼 차가운 콧등을 만진 순간 그녀는 너무나 놀라서 "헉!" 하고 그만 눈 위에 주저앉고 말았다. 정갈한 옷과 꼽추 허리를 본 순간 그녀는 눈 위에 쓰러진 사람이 백가헌 족장이라는 것을 알았다. 이게 어디 가련한 비렁뱅이 노인이란 말인가? 그녀는 엉금엉금 기어서 집안으로 들어갔다가 극도의 공포심을 느끼고 다시 문밖으로 나와서는 안절부절못하고 집 밖을 서성였다.

그때 움막 너머에서 기침 소리가 들려왔다. 그녀는 허둥지둥 달려가 경사진 길을 걸어오는 사람을 막아섰다. 녹자림이었다.

"큰일났어요, 큰일! 족장님이 그만 죽었……."

녹자림은 소아가 가리키는 곳을 보고 달려가 쓰러진 백가헌 옆에서 한참을 서 있었다. 마치 자신이 쏘아 맞혀서 땅에 떨어진 사냥감이라도 감상하는 것 같았다. 소아가 그의 허리를 쿡쿡 찌르면서 말했다.

"어떻게 해요? 사람이 죽었으니 어쩌면 좋아요? 그렇게 가만히 보고만 있으면 어쩌자는 거예요?"

녹자림이 허리를 굽히고는 손을 백가헌의 코끝에 대 보았다. 그러고는 천천히 일어나면서 말했다.

"걱정일랑 붙들어 매게. 이 양반은 명이 아주 질긴 사람이야. 절대 안 죽는다고."

소아가 다급하게 투덜거렸다.

"안 죽어도 걱정이지요. 여기 이렇게 쓰러져 있으니 어쩌란 말이에요."

"도리를 따지자면 내가 이 양반을 집에까지 업어다 주는 것이 좋겠지. 그러면 만사가 좋을 거야. 하지만 그렇게 되면 나중에 곤란할 수 있어. ……좋아, 이렇게 하지. 자네는 빨리 냉 의원한테 가서 어떻게 하면 좋을지 물어보게. 나는 이 일을 모른 척할 테니까. 빨리 가 봐. 시간이 지체되면 진짜 여기서 죽을 테고. 그러면 더 골치 아프니 빨리 처리해야지."

소아가 몸을 돌려 냉 의원을 부르러 가려고 막 언덕길을 뛰어 내려가려 할 때였다. 녹자림이 그녀를 불렀다.

"잠깐. 아무래도 내가 업고 가는 게 좋겠네."

녹자림이 이를 갈면서 속으로 중얼거렸다.

'두고 보라지. 이제 얼굴을 들고 다닐 수 없을 거야. 앞으로는 조금이라도 감출 수 있는 여지를 안 줄 테니까 말이지. 두고 보면 알겠지.'

그는 백가헌을 업고 가면서 소아에게 다짐했다.

"내가 한 말 기억하고 있지? 자네가 잘해야 하네."

소아는 그의 말이 무엇을 의미하는지 잘 알고 있었다. 효문을 품에 안은 것은 그의 아비 얼굴에 똥칠을 하기 위한 것이었다. 그러나 지금 소아는 복수 끝의 희열이 느껴지지 않았다. 오히려 생각지도 못한 결과에 놀라고 두려울 뿐이었다. 녹자림이 백가헌을 업고 길을 내려가기도 전에 소아는 집으로 들어가 문을 닫아걸고는 침상 위에 엎드려 덜덜 떨었다.

백가헌을 업은 녹자림은 눈에 푹푹 빠지면서 마을 안으로 들어갔다. 이어 백씨 집안의 대문을 걸어찼다. 녹자림은 놀라서 어찌할 바를 모르는 백가헌의 아내에게 그를 넘겨주며 말했다.

"형수님, 무슨 일인지는 묻지 마시오. 나도 어찌 된 영문인지 도통 모르니까. 우선 사람을 살리고 봅시다."

아내가 백가헌의 인중에 침을 놓자 그가 목에서 '꾸루룩' 하는 소리를 내더니 눈을 떴다. 그리고 장탄식을 내뱉은 후에 다시 눈을 감았다. 녹자림은 짐짓 아무것도 모르는 척하면서 말했다.

"어떻게 된 거요, 형님? 어째서 흑왜네 집 앞에 쓰러져 있었던 거요?"

녹자림은 한마디 말만 내뱉고는 태연하게 집으로 돌아갔다.

백가헌은 아내의 침을 다시 한 대 맞은 뒤 깨어났다. 그리고는 장탄식을 하고 또 눈을 감았다. 그리고 손을 내저어 집안 식구들을 모두 물러나게 했다.

"모두 가서 자거라. 나도 좀 쉬어야겠다."

그는 여전히 눈을 감고 있었다. 방안에 아내만 남았어도 가헌은 말이 없었다. 이제 방법이 없었다. 용단을 내려야 했다. 효문이 그와 조상 그리고 온 가족의 얼굴에 똥칠을 한 치욕을 씻어 내야만 했다. 그는 집안 식구들이 있으면 결행에 방해가 될 뿐임을 잘 알고 있었다. 미동도 않고 누워 있던 그는 수탉이 두 번째 홰를 치는 소리를 듣자 일어나 앉아 아내에게 말했다.

"당신, 녹삼 형님 좀 깨워 오구려."

녹삼은 마구간에서 속을 태우고 있었다. 가헌이 도대체 밤중에 그 움막에는 왜 갔단 말인가? 그는 담뱃대를 물고 한 발은 침상에 놓고 한 발은 땅을 디디고 웅크려 앉은 채 곤혹스럽게 담배만 뻑뻑 빨아 대고 있었다.

그때 효문이 고개를 숙이고 들어와서는 겁먹은 듯이 맞은편 구유에 여물을 넣어주었다. 녹삼은 효문 역시 가헌의 일을 걱정하는 것이라고만 생각했다.

"걱정하지 말거라. 네 아버지는 잠시 쉬고 나면 괜찮아질 거야. 그냥 눈길에서 넘어졌을 거야."

효문은 구유 옆에서 고개를 숙이고 있었다. 그는 소아 집에서 빠져나오며 천만다행이라고 생각했었다. 그리곤 어둠 속을 더듬어 자기 방으로 들어갔다. 목까지 넘어왔던 심장이 비로소 제자리를 찾은 듯한 기분을 느꼈다.

그러나 얼마 뒤 대문 걷어차는 소리가 들리고 녹자림 아저씨가 아버지를 업고서 집안으로 들어섰을 때 그는 두 다리에 힘이 탁, 풀리는 것을 느꼈다. 머리가 아득해졌다. 이 모든 것은 아버지가 지금 인사불성이니 잠시 덮여 있을 뿐이다. 그는 자신에게 죽음 이외의 다른 길이 없다는 것을 알았다. 도저히 살아서 아버지 얼굴을 볼 수 없을 것 같았다.

효문은 녹삼에게 마지막으로 후회의 말 한마디를 전하고 싶어서 마구간으로 들어왔던 것이다. 그가 축 늘어뜨리고 있던 고개를 들고 힘없이 말했다.

"아저씨, 저는 집을 나가야 되겠습니다. 아저씨가 나중에 아버지에게 말씀해 주세요. 전 사람도 아니라고 말이에요."

녹삼이 몸을 돌리고 입에서 담뱃대를 빼더니 영문을 알 수 없다는 듯 물었다.

"무슨 말을 하는 거냐?"

"제가 차마 얼굴을 들 수 없는 짓을 저질렀습니다."

이 말 한마디로 가헌이 왜 그 움막 앞에 쓰러져 있었는지 의문이 해소되었다. 녹삼은 침상 위에서 발을 내리더니 효문 앞으로 한 걸음 한 걸음 다가왔다. 굳은 얼굴로 효문을 노려보던 그가 갑자기 팔을 뻗어서 따귀 두 대를 갈기면서 중얼거렸다.

"아비한테 창피를 준다는 것이 뭔지 아느냐? 바로 이게 아버지한테 창피를 준다는 것이야. 흑왜가 이 아비한테 창피를 주더니 너마저 네 아버지한테 창피를 주는 것이냐?"

이때 선초가 녹삼을 데리러 왔다. 녹삼은 여전히 분노에 떨면서 선초를 따라 안으로 들어가서는 무너지듯 자리에 앉으며 개탄을 했다.

"가헌, 얼마나 속상한가?"

백가헌은 눈가에 맺힌 눈물을 참으며 말했다.

"무슨 일이 일어났는지 아셨습니까? 알았으면 길게 설명하지 않겠습니다. 빨리 산에 가서 효무를 데리고 오세요. 급합니다. 내가 급한 병이 들어서 한시도 지체할 수 없다고 하면……."

효문에 대한 처벌은 또 한 번 백록원 일대를 뒤흔들어 놓았다. 벌을 주는 방법과 격식은 예전과 다름이 없었으나 형을 집행하는 사람이 바뀌었다. 향약鄕約의 규정에 따라서 효문의 동생인 효무가 집행하게 된 것이다.

백효무는 다행히 늦지 않게 도착했다. 푸른색 두루마기를 입은 그의 곧은 허리는 아버지의 예전 모습을 떠올리게 했다. 건장한 체격이었다. 어깨는 넓고 가슴 또한 넓었다. 몸이 마른 효문보다 기세가 좋고 듬직했다.

백가헌은 계단 위에 의자 하나를 놓고 앉아서 효무에게 사람 같지 않은 효문의 자리를 대신하게 했다. 그리고 효무가 있는 것이 천만다행이라고 생각했다.

효무는 향약과 가문의 법칙에 대해서 잘 알고 있었다. 부친 앞으로 나온 그는 어떻게 그 규칙을 시행할 것인지 기다렸다.

백가헌은 의자에서 일어서서 계단으로 내려와서는 뒷짐을 진 채로 집안사람들이 비켜주는 대로 걸어왔다. 그리고는 아무도 거들떠보지 않고 곧장 홰나무 아래까지 와서는 땅바닥에 놓아두었던 대추나무 몽둥이 다발을 들었다. 그때 서너 사람이 그의 앞으로 나와 털썩 무릎을 꿇었다. 그는 그들이 무릎을 꿇는 이유를 충분히 알았으나 아랑곳하지 않고 몽둥이를 들고는 형장으로 나갔다.

효문이 외마디 소리를 질렀다. 선혈이 얼굴 위로 흘러내렸다. 백가헌의 매질은 혹독했다. 전소아와 백구단에게 벌을 줄 때보다 몇 배는 더 혹독했다. 이 못된 아들놈이 내 얼굴에 똥칠을 하고 나의 기대마저 무참히 꺾어 놨단 말이지. 효문의 행동은 비적 떼가 자신의 허리를 부러뜨린 악행보다도 더 그를 실망시켰다. 그는 가시 몽둥이로 아들놈을 죽을 정도로 매질했다. 그것은 가문의 사람들에게 보여주기 위한 행동이 아니었다. 백가헌은 이를 악물고 계속 가시몽둥이를 휘둘렀다. 모든 사람이 한 대씩 때린다는 계율마저 잊어버렸다. 누군가 그의 팔을 붙잡았다. 다름 아닌 녹자림이었다.

녹자림은 좀 전에 그의 앞에 무릎을 꿇은 서너 명 중 하나였다. 족장 앞에 무릎을 꿇자는 행동도 녹자림이 제안한 것이었다.

그는 효무에게서 아버지가 효문을 징계하기로 결정했다는 말을 듣고 곧장 백씨 집을 찾았다. 그리고 큰 소리로 만류했다.

"이건 근본적으로 효문의 잘못이 아닙니다. 소아 년이 꼬드긴 것이라고요. 형님께서도 그렇게 화를 내실 필요가 없습니다."

백가헌은 냉정한 얼굴로 말했다.

"이미 종은 울렸네. 자네가 그렇게 말해 봤자 소용없는 일이야. 형 집행하는 날 사당 앞으로 나와 준다면 내 체면을 세워주는 셈이네."

녹자림은 사당 앞으로 나와 몇몇 노인들에게 원망스러운 듯 말했다.

"어르신들께서는 설마하니 이 노릇을 보고만 있을 작정입니까? 가헌이 효문을 징벌하는 것을 보고만 계실 겁니까? 왜 말리지 않습니까. 효문이 사람들에게 가시몽둥이 찜질을 당할 사람입니까?"

가문의 어른들은 녹자림의 말을 듣고 감동이 되기도 하고 부끄럽기도 했다. 그래서 이렇게 족장 앞에 무릎을 꿇은 것이다.

녹자림은 백가헌의 손에서 가시 몽둥이를 뺏고는 다시 무릎을 꿇었다.

"가헌 형님, 효문을 용서하지 않는다면 전 일어서지 않겠습니다."

백가헌이 냉엄한 얼굴로 말했다.

"상관하지 말게. 어느 누가 무릎을 꿇더라도 받아들일 수 없어. 꿇을 사람은 꿇게. 효무, 계속 형을 집행하거라."

백가헌은 장삼 자락을 붙잡고 사람들 속을 지나 다시 사당 앞 계단 위의 의자에 가 앉았다. 백효무는 가시 몽둥이를 받아들고 효문의 벗은 가슴을 향해 내리쳤다. 피눈물이 줄줄 흘러내렸다.

사당에서와 같은 논쟁은 집안에서도 있었다. 어머니와 아내, 그리고 두 며느리들이 백가헌이 효문을 가혹하게 처벌하는 것을 결사적으로 반대하고 나선 것이다. 노마님 조씨는 아들을 만류할 수 없게 되자 욕을 해댔다.

"효문을 그렇게 죽이려 하다니 그러고도 네가 아비냐? 네가 효문을 나무에 묶어 두면 내가 발가벗고 효문 앞에 서 있겠다. 네가 먼저 나를 때려 죽인 후에 효문을 때려 죽이거라."

아내 선초는 울면서 그를 만류했다. 두 며느리도 애원했다. 그러나 백가헌은 누구에게도 마음의 고삐를 늦추지 않고 한마디 대꾸도 하지 않았다. 아무리 가족들이 울고불고 난리를 쳐도 요지부동이었다.

녹삼이 효무를 데리러 산에 간 지 사흘째 되는 날 효무와 녹삼이 집으로 돌아왔다. 백가헌은 식구들을 모두 안방으로 불러 모았다. 그리고 제단 앞에서 향을 사르고는 의견을 물었다.

"할 말이 있으면 조상님 앞에서 하거라."

어머니와 아내 그리고 두 며느리는 이미 했던 말들을 반복했다. 가장 관심이 집중되는 것은 백효무의 발언이었다. 그가 제단 앞에서 천천히 힘들게 말했다.

"가문의 법도에 따라서 처리해야 합니다."

할머니는 기가 막힌 모양이었다. 정신이 아득해지는 표정도 지었다. 어머니는 바로 아들의 따귀를 때렸다. 효무는 그런 어머니에게 화도 내지 않고 죄송해하지도 않으면서 얼굴색도 변하지 않았다. 백가헌은 화난 표정으로 아내의 경거망동을 제지하면서 효무를 향하여 물었다.

"어째서 그렇지?"

"이것은 백씨 집안이 세워 놓은 규율입니다. 아버님이 말씀하신 것을 전 잊을 수 없……."

백가헌이 탁자를 주먹으로 내려치면서 절박하게 말했다.

"그렇지. 집안의 규율을 저버리는 것은 효문 하나만을 망치는 것이 아니라 우리 백씨 집안 전체를 망치는 것이다."

백가헌은 평원에 있는 전답과 가축들, 그리고 곡물 창고와 집안에 감추어 둔 금은보화들을 그의 아버지로부터 물려받았다. 그러나 그보다 더 중요한 것은 무형의 보물, 곧 효무가 말한 그 집안을 지탱하는 규율이었다.

백가헌이 아니더라도 가족들은 모두 전설처럼 내려오는 백씨 집안의 역사를 기억하고 있었다. 이 마을에 백씨 집안이 살게 된 것은 아주 오래전 일이었다고 한다. 너무나 먼 옛날이어서 후손들은 그것이 언제인지 기억할 수조차 없었다. 백씨 집안이 중흥을 맞이한 것은 아마도 백가헌의 5대조 때부터였을 것이다. 그 조상은 가난한 중에도 책읽기를 게을리 하지 않아 마침내 과거에 급제했다. 이어 가업을 중흥시키고 가문의 규칙을 튼튼히 세웠다.

그는 백씨 집안의 근대사에 결정적인 영향을 주었다. 그래서 지금까지도 백수신白修身이라는 그의 이름이 친척들 사이에 거론되곤 했다. 가문과 집안의 역사가 아무리 오래되어도 집안에 커다란 영향을 준 선조들의 이름은 대대로 내려오기 마련이다. 인멸되는 것은 평범한 선조들의 이름이었다.

몇 대를 거치면서 백씨 집안은 그 나름의 법도를 지켜왔다. 그것은 마치 솜옷 속에 솜을 집어넣을 때는 별로 많은 것 같지 않지만 막상 꺼내 보면 그 양이 엄청난 것과 같았다. 가업이 흥성할 때도 그의 집안은 벼락부자가 된 적이 없었다. 그러나 가업이 쇠락했을 때도 송곳 꽂을 정도의 땅은 있었다. 가헌의 기억 속에 백씨 집안이 밭 경작을 중단한 적은 없었다. 또 마구간이나 외양간이 빈 적도 없었다. 곳간에 식량이 떨어진 적은 더더군다나 없었다. 소작지 역시 줄어든 적이 없었다.

백가헌은 효문의 일이 까발려진 후 며칠 동안 그 집안의 역사와 선현들을 떠올렸다. 그리고는 이 가정이 별다른 부침 없이 안온하게 지내온 근본적인 원인은 과거에 급제한 할아버지가 세워 놓은 가족의 규율 덕분일 것이라고 생각했다.

그의 수신제가의 규율은 집안이 벼락부자가 되는 것을 금지했다. 또 집안이 망하는 것도 미리 방지하는 규제로 작용했다. 집안이 흥하든 망하든 백씨 집안의 족장 지위는 흔들림이 없었다. 백씨 집안에서 족장을 하는 사람은 신체 건강하고 규율을 잘 지키는 위엄 있는 사람이었다. 선대의 어떤 족장은 가뭄이 계속되자 집안사람들을 이끌고 우물을 파다가 피를 토하고 죽기도 했다. 그 우물가에는 아직도 백극근白克勤이라는 그 족장의 이름이 흐릿하게 새겨져 있다. 어떤 족장은 집안사람을 데리고 도적 떼를 무찌르다가 칼에 맞아 장렬하게 죽었기 때문에 백록원의 다른 가문에서도 칭송이 자자했다. 이처럼 영웅호걸도 있었지만 그저 평범한 족장도 많았다. 심지어는 고작 당대나 두 대 만에 패가망신하는 족장도 나왔다. 이런 재앙의 뿌리는 일찌감치 제거해버려야 한다. 정에 얽매일 필요가 없는 것이다.

효무의 말을 듣고 백가헌의 마음속에 뜨거운 피가 끓어올랐다. 심지어 감정이 격해져 눈물도 나왔다. 이 자리에서 필요한 말이 바로 그것이었기 때문이다. 노마님인 조씨가 못마땅해하며 반박했다.

"조상님들은 모두 인정이 넘치는 좋은 분들이셨다. 너처럼 독한 분은 아무도 없었어!"

백가헌이 침통하게 말했다.

"조상님들 중에 이런 바보 같은 짓을 한 분은 없었습니다."

효문을 구제할 방법은 없었다. 결국 그는 사당 앞의 홰나무에 묶였다.

백가헌이 두 번째로 취한 결정은 분가였다. 백가헌은 매형인 주 선생을 모셔서 분가의 증인으로 내세웠다. 그러나 이런 장소에 빠지면 안 될 애들의 외삼촌은 부르지 않았다. 외가까지는 너무 멀다는 게 이유였다.

만약 분가를 해서도 자기 집안을 단속하지 못한다면 어떻게 가문의 일과 집안 대소사를 처리할 수 있단 말인가? 가헌은 그렇게 생각했다. 효문의 분가는 필연적이었다. 그리고 모든 것은 아주 정확한 계산과 계획하에 이루어졌다.

효문에게 분배하는 땅은 모든 토지에 비례해서 배분되었다. 도리대로 한다면 장남인 그가 안채 격인 대청이 있는 동쪽 채를 차지해야 마땅하나 그것은 양친이 모두 돌아가셨을 경우에 한해서다. 어머니 조씨가 건재할 뿐 아니라 백가헌도 아직 서쪽 채에 살고 있었기 때문에 동쪽 채를 주기는 무리였다. 생활의 편리함을 고려해서 백가헌은 문간방을 효문에게 떼어주기로 했다. 또 그 중간의 사랑채는 가족 모두가 공유하기로 했다. 벽 속에 감추어 둔 금화와 은화에 대해서는 언급하지 않았다. 그것은 비상시를 대비해 남겨 놓아야 했다. 이 감춰둔 돈의 존재에 대해서는 그가 세상을 떠나기 전까지는 그 누구도 감히 언급할 수가 없는 것이었다. 백효문은 얼굴을 붕대로 둘둘 감고 있어서 표정을 알 수가 없었다. 묻는 말에 단지 고개만 끄덕이며 아직도 혈흔이 있는 오른손을 들어서 계약서에 지장을 찍었다. 주 선생이 웃으며 말했다.

"집은 체면덩어리, 땅은 피곤덩어리, 돈은 목숨을 재촉하는 애물덩어리라네. 집이 작을수록, 땅이 적을수록, 황소나 기르면서 천천히 살면 되네."

이 말은 주 선생의 명언으로 온 마을에 전해 내려오고 있었다. 그런데 백가헌과 아들들은 오늘 처음으로 본인의 입을 통해 이 말을 들었다. 주 선생은 효문의 과실에 대해서는 별다른 훈계를 하지 않았다. 그저 '신독'愼獨이라는 족자 하나를 주었을 뿐이었다. 군자는 홀로 있을 때도 몸가짐을 근신한다는 뜻이다.

녹자림은 효문이 처벌을 받은 날 저녁에 신화촌神禾村으로 술을 마시러 갔다. 땅 위에 꿇어앉아 효문을 용서해 주기를 부탁한 그의 행동이 비록 실패로 끝나기는 했으나 이로 인해 그는 많은 사람들의 존경을 얻을 수 있었다. 그러나 그러면 그럴수록 사건의 실마리를 제공한 장본인인 그는 더욱더 그 검은 속마음을 은폐해야 했다. 진심이라는 것을 나타내기 위해 형 집행이 끝날 때까지 계속 꿇어앉아 있기까지 했다. 형 집행이 끝난 다음 백가헌이 계단 위에서 황망히 내려와서는 그를 일으켜 세웠다. 그리고 그와 함께 꿇어앉아 있던 세 어른도 함께 부축해 일으키면서 말했다.

"여러분들의 크나큰 자비와 후덕함은 제가 마음으로 받아들이겠습니다."

녹자림은 연극을 끝낸 후 신화촌에서 친구들과 술을 마셨다. 밤에는 완전히 술독에 빠질 지경으로 취했다. 한밤중이 되어서야 백록촌으로 돌아온 그는 움막으로 가서 문을 두드렸다. 소아가 누구냐고 물었다. 녹자림이 큰 소리로 대답했다.

"묻긴 뭘 물어? 네 오래비이자 아저씨, 네 서방이다."

그는 너무 마셔서 긴장이 풀어진 상태였다. 음모가 완벽하게 계획대로 진행된 것에 대한 성취감은 억제하기가 어려웠다. 당연히 공모자인 소아와 함께 이 멋진 연극의 성공을 축하해야만 할 일이었다.

빗장을 여는 소리가 들렸다. 녹자림은 그 새를 참을 수가 없어서 문을 박차고 들어서서는 침상 위로 올라가려는 소아를 등 뒤에서 안았다. 소아가 그를 살짝 뿌리치면서 이부자리로 들어갔다. 녹자림은 하하 웃었다. 순간 소아가 웃옷만 어깨에 걸치고 있다는 사실을 알았다. 녹자림이 침상에 기대어 옷을 벗으면서 말했다.

"요 귀여운 것아, 너는 네 원수를 갚았고 내 얼굴도 빛내줬구나. 우리 둘 다 복수에 성공한 거야. 복수를 했다고! 맺혔던 응어리가 쑥 내려갔다. 이제는 우리가 즐길 차례지. 오늘 밤은 네 말은 뭐든지 들어 줄게. 무슨 짓이든 하라는 대로 할게. 어때, 말을 태워주랴? 아니면 남생이 흉내를 낼까……."

그가 이부자리 속으로 기어들어 왔다. 소아가 물었다.

"내가 눈 거, 싼 거 전부 먹을 수 있어요?"

녹자림이 히히덕거리며 망나니 백구단이 평소 그녀에게 들려줬던 찬미시 비슷한 음탕한 말을 마구 지껄여댔다.

"나는 소아가 싼 것은 먹을지언정 땅에서 난 것은 안 먹을 거야, 나는 소아가 눈 오줌은 마실지언정 주전자에서 따르는 것은 안 마실 테야……. 히히히, 할 수 있지. 암."

소아가 말했다.

"방금 오늘 밤을 제게 맡긴다고 했는데, 전 오늘 밤 어떻게 한다고 말 안 했어요. 괜히 혼자서 흥분하지 말아요. 우선 한숨 주무세요. 물어볼 말이 있어요. 효문은 호되게 맞았나요?"

"그럼, 아주 심했지."

"첫 번째 매는 누가 때렸어요?"

"그 녀석 아버지지, 누구긴 누구야."

"둘째가 돌아왔다면서요?"

"돌아왔지. 내가 보기에 그 자식도 보통이 아니야."

"효문의 상처는 어때요?"

"물을 게 뭐 있어? 얼굴이 다 터졌지."

"효문은 냉 의원한테 가서 치료받았나요?"

"그런 쓸데없는 건 왜 묻지?"

소아는 입을 다물었다. 효문을 징벌하는 날, 소아는 마을에서 들려오는 징 소리와 외침 소리를 들었다. 그때 그녀는 머리카락이 쭈뼛쭈뼛 서고 온몸에 힘이 빠지는 것을 느꼈다. 다리도 후들거렸다. 그녀는 복수라는 자신의 목적을 이루었지만 쾌감을 느낄 수가 없었다.

악한 의도를 품고 효문을 자신의 집안으로 끌어들인 후 그녀는 비로소 세상에 효문과 같은 이상한 사람도 있다는 것을 알았다. 효문은 바지를 입고 있을 때는 괜찮다가도 바지만 벗으면 도저히 그 일이 되지 않았다. 당시 그녀는 이상하다고 생각하며 비웃었다.

나중에 효문은 그녀가 오라는 날에 와서 그녀의 이부자리에 몇 번이나 들었지만 여전히 그 모양이었다. 그는 매번 흥분한 상태에서 아주 조심스럽게 소아의 집을 찾았다가는 그때마다 풀이 죽어서 돌아갔다. 한번은 너무 가련한 생각이 들어서 그를 말리기도 했다.

"그만둬요. 차라리 오지 말아요."

효문이 자조하며 말했다.

"나도 그렇게 생각해. 하지도 못하면 차라리 가지 말자고. 그런데, 참지 못하고 또 오게 된단 말이야."

백가헌이 문밖에서 혼절한 그날 밤까지도 효문은 그녀의 몸에 들어가지 못했다. 그녀는 안절부절못하다가 뗄감을 장만하러 온 것처럼 보릿짚을 쌓아 놓은 곳까지 가서는 마을에서 들려오는 동정을 살폈다. 그러다가 우연히 지나가는 사람들의 이야기를 들었다. 그녀는 그때 자신의 침상에서 당황하던 효문을 떠올렸다. 그러나 결코 비웃을 수 없는 그의 모습을. 그녀는 효문이 정말이지 나쁜 일이라고는 저지르지 못할 좋은 사람이라는 것을 깨달았다.

그녀는 효문이 가문의 사람들을 이끌고 자기를 피가 터지도록 때렸던 일을 떠올리면서 복수의 불꽃을 살리려고 했다. 자신의 행위에 정당성을 부여하고 싶었다. 그러나 마음속에서는 절로 신음 소리가 나왔다. 이번에 내가 정말로 한 사람을 죽였구나…… 하는 죄책감이 들었다.

녹자림이 참지 못하고 말했다.

"이제 와서 효문을 들먹여서 뭐해? 당연히 받아야 할 벌을 받은 건데. 오늘 밤은 다 잊고 한바탕 신나게 놀아보자."

"좋아요……. 맞아요."

체념한 소아는 냉큼 녹자림의 허리 위로 올라갔다. 녹자림이 히히거리며 소리를 질러댔다.

"아야―. 이 귀여운 것아, 좀 살살 해라. 잘못하다간 내 창자가 남아나지를 않겠다."

소아는 그러나 한걸음 더 나아가 그의 가슴 위로 올라갔다. 녹자림이 숨을 헐떡이며 말했다.

"이것아. 내 허리마저 부러뜨릴 작정이냐?"

녹자림이 막 황홀경으로 들어갈 즈음이었다. 그는 얼굴에 뜨뜻한 무언가를 느꼈다. 소아가 그의 얼굴에 오줌을 싼 것이다. 녹자림이 벌떡 일어나더니 그녀의 뺨을 갈겼다.

"이 화냥년이, 너……, 너……."

"좀 전에 마음껏 하라고 했잖아요. 오늘 밤은 전부 저한테 맡긴다고……"

녹자림은 화가 나서 고래고래 소리를 질렀다.

"이 화냥년이 내가 아무 말 않고 오냐 오냐 받아주니까 제 본분을 모르고 날뛰어? 보릿짚 가지고 몽둥이를 삼을 작정이냐? 이 화냥년아, 똑똑히 알아둬. 이제부턴 네깟년하고 상종을 안 할 테니."

소아도 지지 않고 대꾸했다.

"그래요. 당신은 고대광실에 앉아서 공양을 받지만 나는 이런 움막에서 기어다니며 살고 있어요. 당신은 하늘에서 날아다니지만 나는 진흙탕에 처박혀 살아요. 당신은 보안대에서 대여섯 사람을 거느리고 있지만 나는 여기서 매음굴을 파 놓고 사람을 받고 있어요. 당신은 부처님이고 하느님이고 향약님이에요. 그런 당신이 여기 이 매음굴에는 왜 왔어요? 여기 와서 성불하려고요? 당신이 그렇게 대단하면 지금 당장 우리 둘이 이렇게 벌거벗은 채로 백록진을 돌아다녀 보자고요. 사람들이 당신 얼굴에 침을 뱉는지 내 얼굴에 침을 뱉는지 한번 보자고요!"

녹자림은 어이가 없었다. 그러나 황망히 옷을 입으며 으름장을 놓는 것은 잊지 않았다.

"완전히 미쳤구나, 미쳤어. 계속 소리를 지르면 죽이고 말겠어."

그러나 소아는 그만두려고 하지 않았다. 녹자림은 황급히 움막을 빠져나왔다. 소아는 움막 앞에서 그의 뒤통수에 대고 계속 욕설을 퍼부었다.

"향약님, 잘 기억해 두세요. 저도 기억하고 있을 테니까. 제가 당신 얼굴에 오줌을 쌌다고요. 그 잘난 향약님 얼굴에 오줌을 쌌단 말이에요!"

제18장

    이상한 기근이 백록원을 덮쳤다. 가뭄 때문이었다. 가뭄은 이전부터 평원에 자주 나타나던 현상이었다. 정도의 차이는 있지만 해마다 그랬기 때문에 처음엔 그다지 이상하지 않았었다. 통상적으로 가뭄은 5, 6, 7월 석 달 동안 계속되다가 8월이 되면 가을비로 끝나게 마련이었다. 중요한 것은 복중에 나타나는 가뭄이라 가을 파종 전인 탓에 여름에 수확하는 청보리와 콩 등에 주는 피해가 심한 편이 아니었다. 그래서 여름의 안정된 수확으로 인해 백록원은 다른 마을에 비해 좀 더 사정이 나았다.

    그런데 이해의 한발은 유난히도 빨리 찾아왔다. 늦봄과 초여름 사이에 이미 가뭄이 시작되었다. 밀을 베고 나자 하루하루 더워지더니 더위가 한 달, 두 달 이어졌다. 해가 연일 하늘에서 지글거렸다. 베어낸 밀 그루터기도 햇빛에 바싹 말랐다. 조든 옥수수든 검은콩이든 붉은 콩이든 도무지 심을 수가 없었다. 어떤 사람은 요행히 마른 땅에 씨를 파종하고 비가 오기를 기다렸으나 싹은 트지 않았다. 비교적 가뭄에 강한 밭벼나 조도 심을 수가 없었다. 땅에 떨어진 밀알을 주워서 비벼 보면 금세 바스라지기까지 했다. 들에는 온통 햇빛에 마른 밀 그루터기뿐이었다. 아무리 날카로운 보습도 그 메마른 땅을 뚫지 못했다. 심지어 삽으로도 패지 못했다. 그래도 억지로 땅을 파면 삽자루가 부러질 지경이었다. 가뭄에 기온도 점점 올라가더니 급기야 숨쉬기마저 어려울 지경에 이르렀다. 저수지도 바닥에 약간 물이 고여 있을 뿐이었다.

가뭄은 8월 한가위까지 이어졌다. 이때는 겨울 밀을 파종해야 할 절기였다. 사람들은 달맞이할 마음도 없었다. 월병月餠(중국 사람들이 추석에 먹는 떡)은 엄두조차 내지 못했다. 백록원의 국도에는 기우제를 지내는 폭죽 소리가 끊이지 않았다. 사람들은 비를 기원하느라 맑은 날씨에 도롱이를 입고 버드나무로 만든 모자를 쓰고 걸었다. 백록촌의 사람들 사이에서도 기우제를 지내야 하지 않느냐는 의견이 분분했다. 백가헌의 마음도 조급해졌다. 백가헌은 둘째 아들 효무에게 마을을 돌면서 징을 치고 고하게 했다.

"기우제를 지내니 집집마다 물 한 됫박씩 내 오시오."

백록촌 서쪽에는 관우를 모신 관제묘關帝廟가 있었다. 당시 사람들은 관우가 승천하면서 바람과 비를 관장하는 신이 되었다고 믿었기에 관제묘가 없는 마을이 없었다.

백록촌의 관제묘 역시 다섯 칸이나 되는 큰 건물이었다. 동쪽과 서쪽의 벽에 각각 관우와 관련된 일화가 공명정대하고 당당한 모습의 그림으로 그려져 있는 곳이었다. 우선 눈에 띄는 것으로는 유비·관우·장비가 천하통일을 위해 복숭아밭에서 의형제를 맺은 '도원결의' 장면을 꼽을 수 있었다. 관우가 적장의 속임수라는 것을 알면서도 검 한 자루만을 쥐고 단신으로 연회에 응하는 장면 역시 거론할 수 있었다. 이 외에 독화살에 맞은 관우의 팔을 화타가 마취도 하지 않고 뼈를 깎아서 독을 제거하는 장면, 다섯 관문을 넘으면서 여섯 장군을 죽인 장면 등도 눈에 띄었다. 또 정전에는 관운장이 앉아서 풍우를 관장하는 모습의 조상彫像이 놓여 있었다. 붉은 얼굴과 검은 머리, 빛나는 눈동자와 하얀 치아 등이 자비로운 부처님과 같은 모습이었다.

관제묘의 주위에는 공터가 있었다. 한 그루의 아름드리 측백나무도 있었다. 또 앞에는 홰나무도 있었다. 마을의 역사를 말해 주는 듯했다. 언제인가 마을 사람들이 나무의 둘레를 재어 보았더니 일고여덟 사람이 모여서야 겨우 에워쌀 수 있었다고 했다. 홰나무 속은 구멍이 나 있었는데, 그 안은 너무 넓어 비 내리는 날이면 세 사람이 들어가도 비를 피할 수 있을 정도였다. 그러나 나뭇잎은 여전히 푸르르며 빽빽했고 굵은 가지는 수십 보나 뻗쳐 있어 거대한 나무 그늘이 묘 전체의 지붕을 가리고도 남았다. 그래서 이 관제묘는 한층 신비롭고 서기 어린 분위기를 풍겼다.

백가헌은 홰나무 아래 무릎을 꿇고 앉았다. 눈앞에는 오랜 세월 동안 홰나무 아래 놓여 있던 청석 맷돌이 있었다. 또 촛대 위에는 주먹만 한 붉은 초가 타오르고 있었다. 향로에는 자향紫香이 빽빽이 꽂혀 있었다. 곧이어 황표지黄表紙(제사 지낼 때 쓰는 누런 종이로 보통 여기에 기원문을 써서 태운다.)를 태우는 임무를 맡은 사람이 기우제를 시작했다. 우선 그가 황표지를 한 장씩 항아리 속으로 집어넣었다. 향과 초, 황표지를 태우는 냄새와 연기가 관제묘에 가득했다.

백가헌의 등 뒤에는 열두 살 이상 된 백록촌의 남자들이 모두 와서 꿇어앉아 있었다. 복장은 모두 제각각이었다. 어떤 이는 버드나무 가지로 만든 모자를 쓰고 있고 어떤 이는 도롱이를 걸치고 있었다. 웃통을 벗어던진 채로 참석한 이도 있었다. 어쨌거나 모두 나무로 만든 조각상처럼 폭염 아래서 꼼짝도 하지 않고 엎드리고 있었다. 맷돌 옆에는 탁자가 있었다. 그 옆으로는 임시로 놓인 커다란 화로가 하나 걸쳐져 있었다. 곧 세 사람의 건장한 젊은이들이 반바지만 입은 채 사람의 허리께까지 오는 큰 풀무를 부쳤다. 화로의 이글거리는 불 속에는 세 개의 강철 보습과 몇 개의 쇠꼬챙이가 꽂혀 있었다. 또 대전 안에서는 징과 북을 치며 분위기를 고조시키는 악공들이 열심히 악기를 두드리고 있었다.

첫 번째로 신이 내린 젊은이가 비를 기원하는 제주의 신분으로 묘 안에서 뛰어나와서는 탁자 위로 올라갔다. 징잡이와 북잡이들도 더욱 큰 소리를 내면서 뒤따라와서는 탁자 주위를 돌며 미친 듯이 징과 북을 쳐댔다. 화로를 지키고 있던 이는 황금색으로 달궈진 보습을 부젓가락으로 들어 탁자 위에 올려놓았다. 제주인 젊은이가 황표지를 자신의 손바닥에 붙이고 달궈진 보습에 갖다 댔다. 황표지가 화르륵, 재로 변했다. 젊은이는 악, 외마디 비명을 지르고는 탁자 아래로 굴러떨어졌다. 사람들이 그를 부축해 데리고 갔다.

두 번째로 신이 내린 젊은이 역시 묘 안에서 홰나무 아래로 달려 나와 한쪽 다리를 책상 위에 올려놓자마자 땅으로 고꾸라졌다. 세 번째로 신이 들린 제주도 위의 두 사람처럼 보습에 손을 대자마자 바닥으로 굴러떨어졌다. 네 번째로 북잡이, 징잡이들에게 밀려 나온 제주는 녹자립이었다. 탁자 위로 올라선 그는 마치 춤추는 것처럼 온몸을 비틀고 큰 소리로 기합을 넣고는 눈앞의 달궈진 보습에 손을 댔다. 그러나 역시 탁자 아래로 굴러떨어졌다.

이때 백가헌이 냅다 소리를 지르더니 바닥에서 일어나 구부정한 자세로 관제묘의 대문으로 들어갔다. 대전을 지키고 있던 백효무가 아버지를 말리려고 다가갔다. 그러나 백가헌은 아들의 손을 뿌리치고 관우상 앞으로 다가가 향 세 개를 향로에 꽂고는 길게 읍을 한 후 엎드린 채 꼼짝도 하지 않았다.

많은 남자들이 신령스런 힘이 자신에게 옮겨져 오기를 기다리며 엎드려 있었다. 그들은 모두 귀가 징 소리, 북소리에 멍멍했다. 향과 초, 황표지 타는 연기에 질식할 것만 같은 기분도 느꼈다.

백가헌은 처음에는 코가 따가웠다. 그러나 나중에는 아무 느낌도 없었다. 완전히 무감각해졌다고 할 수 있었다. 그런데 이상하게 북소리와 징소리가 들리지 않았다. 그저 악공들이 죽어라고 두드려대는 모습만 보일 뿐이었다. 대전 안이 이상하리만치 조용했다.

그는 자신의 수족이 마치 한 장의 황표지로 변한 것처럼 가벼워지는 것을 느꼈다. 머릿속도 텅 빈 것 같았다. 그는 길게 숨을 몰아쉬었다. 순간 자신의 몸속에 남아 있던 미미한 기운마저 빠져나가는 것 같았다. 그는 관우상 앞에서 튕기듯 일어나 문을 빠져나갔다. 사람들은 꼽추 같은 족장이 정전의 대문에서 뛰쳐나오는 광경을 똑똑히 목격했다. 마치 토끼를 쫓는 사냥개 같은 형상이었다. 그는 홰나무 아래로 달려 나와서는 두 손으로 탁자를 잡고 그 위로 올라서서 소리를 질렀다.

"나는 서해의 검은 이무기다!"

백가헌은 손바닥에 황표지를 붙이고 화로에서 시뻘겋게 달궈진 보습을 꼭 쥐었다. 그리곤 머리 위로 올려서는 왼쪽에서 오른쪽으로 세 번 돌렸다. 이어 오른쪽에서 왼쪽으로 세 번 돌린 다음 땅바닥으로 집어던졌다. 황표지가 화르륵하고 재로 변했다. 그가 왼손으로 다시 빨갛게 달궈진 쇠꼬챙이를 쥐고 '이얏!' 하고 기합을 넣었다. 그러자 '뿌지직' 하는 소리가 들렸다. 그 빨간 쇠꼬챙이가 왼쪽 뺨에서 오른쪽 뺨을 뚫고나온 것이다. 살을 태우는 냄새와 함께 검은 연기가 피어올랐다.

그는 개처럼 구부정한 허리를 곧추세웠다. 홰나무 아래에서는 북잡이와 징잡이들이 하늘이 진동하도록 악기를 두드렸다. 아홉 개짜리 폭죽(9월이었기 때문에)이 연발로 터졌다. 관제묘 마당에 엎드려 있던 사람들이 일제히 춤을 추며 외쳤다.

"오, 관공님이시여. 보살의 마음이시여. 검은 이무기로 현신하여 청풍淸風과 세우細雨를 가져다가 저희들을 구해 주시옵소서."

얼마 후 화로를 책임지고 있던 젊은이들이 양끝을 가늘게 만든 둥그런 가죽끈을 가지고 왔다. 이어 방금 양쪽 볼을 통과한 쇠꼬챙이의 양 끝에 재빨리 묶고는 머리 위로 씌웠다. 그것은 마치 노새 입에 재갈을 씌운 것과 같은 모습이었다.

사람들은 백가헌을 가마에 앉혔다. 여덟 사람이 가마를 메고는 그의 머리와 몸에 노란 비단 천을 둘렀다. 폭죽을 터트리면서 가마가 행렬을 선도하자 악대가 뒤를 따랐다. 행렬은 보무도 당당히 서남부의 산골짜기로 달려 나갔다. 빠르게 여러 마을을 지났다. 그럴 때마다 곳곳의 마을들에서는 폭죽을 터트리며 호응해 주었다. 북소리, 징 소리와 함께하는 행렬은 위엄이 있었다. 심지어 비장해 보이기까지 했다.

행진은 진령 협곡의 산길을 따라서 산기슭까지 이어졌다. 길가의 푸른 풀들은 끊임없이 물을 길어 나르는 인마의 발에 밟혔다. 길은 자연스럽게 넓혀져 있었다. 해가 뉘엿뉘엿 넘어갈 즈음이었다. 백가헌과 가문의 사람들, 그리고 마을 사람들은 흑룡담黑龍潭에 도착했다. 사방 3m 넓이인 이 연못의 수심은 측량할 수 없을 만큼 깊었다. 또, 고요했다. 연못의 물은 흘러오는 곳도 없었다. 흘러가는 곳 역시 없었다. 이 흑룡담은 지하에서 동해, 서해, 북해, 남해를 관통하는 바다의 눈이었던 것이다. 그래서 사해의 용왕들이 매년 이곳을 통과하여 산에서 모임을 갖는다는 전설이 내려오고 있었다.

연못 주위는 깎아지른 듯한 절벽이었다. 서쪽으로 튀어나온 낭떠러지 위에는 철로 만든 묘당이 하나 있었다. 이 묘당이 절벽 위에서 세워졌는지 아니면 평지에서 세워져 옮겨졌는지는 아무도 몰랐다.

악대들이 연못을 에워싸고 징과 북을 쳤다. 아홉 발의 폭죽이 터지자 사람들이 일제히 철 묘당을 향해 무릎을 꿇었다.

가마에서 내린 백가헌은 연못가로 걸어가서는 입에 쇠꼬챙이 재갈을 문 채 돌벽의 오목한 곳까지 기어올랐다. 그리고는 한 걸음마다 절을 하고 길게 읍을 하면서 나아갔다. 묘당 앞에 이르자 그는 초에 불을 붙이고 향을 사른 뒤 황표지를 태웠다. 사면의 철벽에는 네 마리의 용이 주조되어 있었다. 백가헌은 그들 중 서쪽 벽의 용 앞에 엎드려 머리를 조아리고 빌었다.

"제자인 검은 이무기가 뵈옵고 물을 청하나이다."

백가헌은 다시 세 번 절을 하고는 허리에 차고 온 목이 긴 사기병을 꺼냈다. 그런 다음 방금 사른 향과 황표지 위로 세 번 돌리고는 암자를 나왔다.

그가 가는 줄을 사기병 목에 매달아 연못 아래로 늘어뜨렸다. 동시에 암자를 등졌다. 그러자 나머지 사람들도 일제히 암자를 등지고 연못을 향해 꿇어앉았다. 악공들도 징과 북을 거두었다. 이제 어떠한 소리도 내서는 안 될 일이었다. 심지어 기침 소리조차 내서는 안 될 터였다. 엄숙한 분위기가 계속되었다. 서해 용왕이 서해의 검은 이무기에게 귀중한 물을 내려 주시기를 기다리는 것이었다. 하늘에 별이 솟았다. 한밤중이 지나가고 있었다.

갑자기 산의 나뭇잎들이 술렁였다. 조용히 엎드리고 있던 사람들은 한기를 느끼고 와들와들 떨면서 이빨을 딱딱 부딪쳤다. 그때 갑자기 연못 속에서 '슉슉……' 하는 물소리가 들려왔다. 백가헌이 낭랑한 목소리로 외쳤다.

"용왕님이시여! 은덕을, 은덕을, 은덕을 베푸소서."

무릎 꿇고 엎드려 있던 사람들은 일제히 일어나 머리에 쓰고 있던 버드나무 가지로 만든 모자와 도롱이들을 내던졌다. 몸에 걸치고 있던 옷을 죄다 벗어던지는 사람도 있었다. 자신들이 모두 바다 속 용왕님의 용병이라는 사실을 표시하기 위한 것이었다. 그들은 곧이어 연못 주위를 뛰어다니면서 노래를 부르기 시작했다.

"용왕님은 보살님의 마음. 물을 내려 주시어 백성을 구하시네."

푹죽 터트리는 소리가 적막한 산 계곡에 진동했다. 그 소리는 철 묘당에 부딪혀 메아리로 돌아왔다. 악대들이 다시 징과 북을 두드리기 시작했다. 백가헌은 연못에 길게 늘어뜨렸던 사기병을 꺼내어 소중히 품었다. 그리고는 여러 사람들과 암자 앞에 진열해 놓았던 제수용품들, 밀가루로 만든 각종 모양의 과일과 기름에 튀긴 과자 등을 거두어 모두 연못으로 던졌다.

사람들이 물을 떠 백록촌으로 돌아왔을 때는 다음날 아침이었다. 백가헌은 우선 관제묘로 가서 청수를 담아 온 사기병을 관공상의 발 앞에 바쳤다. 그런 다음 길게 읍을 하고 절을 한 후 그대로 고꾸라져서 인사불성이 되었다.

사람들은 황망히 그의 볼에서 쇠꼬챙이를 빼냈다. 이어 향과 황표지 사른 재를 가져와 움푹 팬 양쪽 볼에 넣은 다음 가마에 태워 집으로 데려왔다. 집에 들어서서는 방금 길어 올린 우물물로 손바닥과 발바닥, 가슴 등을 깨끗이 씻긴 후 냉수를 목에 흘려 넘겨주었다. 그러자 비로소 백가헌이 '휴' 하고 눈을 떴다. 그는 이상하다는 듯이 자신을 에워싸고 있는 집안사람들을 돌아보았다. 마치 방금 서해 용왕님으로부터 돌아와 세속에서 무슨 일이 일어났는지조차 모르는 것 같은 표정이었다. 갑자기 백가헌이 그의 뒤에 서 있는 녹삼을 보고 말했다.

"녹삼 형님, 가축들에게 여물을 주었습니까?"

흑룡담에서 길어 와 관운상에 바친 물이 목이 잘록한 사기병에서 다 마를 때까지도 비는 오지 않았다. 사람들은 더 이상 견딜 수가 없었다. 어떤 이는 최후의 희망을 안고서 바짝 마른 땅 위에 씨를 뿌렸다. 그러나 보습마저 튕겨져 나오는 메마른 땅에서는 뽀얀 흙먼지만 날릴 뿐이었다. 밀씨앗은 옥수수씨앗보다 더 빠르게 말라 가루가 되었다. 그럼에도 1묘畝(약 200평)의 밭에 씨앗 하나가 싹트는 기현상이 일어났다. 그 희한한 씨앗은 소 오줌을 받고서 요행히 싹이 텄던 것이다. 가뭄은 그해 섣달까지 계속되었다.

겨울이 되자 이번에는 몇 년 동안 볼 수 없었던 폭설이 내려서 백록원의 감나무들이 모두 얼어 죽었다. 백록원에서 나는 감은 어떤 것은 크기가 접시만 했다. 또 네 귀퉁이가 튀어나온 것도 있었다. 하나같이 맛이 좋기로 유명했다. 예부터 '화정火晶 감'이라고 하여 황제에게 진상하던 특산품이었다. 그랬던 감나무들이 모두 죽어버렸다. 폭설이 오고 난 후에는 겨울 가뭄과 이상기온 현상이 나타났다. 눈은 쌓였다 녹지 않고 매서운 바람에다 날아가버렸다.

봄이 올 무렵 들은 온통 황톳빛이었다. 곡식의 싹도, 풀도 볼 수가 없었다. 눈앞에 보이는 것이라곤 말라 죽어버린 감나무 가지뿐이었다. 하느님은 백록원에 생존을 영위할 수 있는 어떤 것도 주지 않았다. 가뭄은 여름까지 계속되었다.

그 사이에 지난 2년 동안 볼 수 없었던 단비가 한 차례 흠뻑 내렸다. 그러나 사람들은 이때도 밭에 파종을 하지 못했다. 이미 씨앗도 없었던데다 밭을 갈아줄 소도 없어졌기 때문이다. 두 해에 걸친 가뭄은 전무후무한 대기근을 불러왔다. 사람들은 풀과 나무뿌리를 파헤쳐 먹었다. 나뭇잎은 싹이 트자마자 솥으로 들어갔다. 처음에는 버드나무 잎을 먹었다. 그 다음에는 느릅나무, 닥나무, 동백나무의 잎까지 먹었다. 느릅나무는 하나도 버릴 것이 없었다. 나뭇잎을 먹은 다음에는 나무껍질을 먹을 수 있었다. 또 딱딱한 겉껍질을 벗겨내면 속껍질이 있었다. 그것을 벗겨내 물을 넣고 반죽하면 먹기 아주 적당한 죽이 되었다. 그렇게 백록원의 느릅나무도 감나무에 이어 씨가 말라버렸다.

굶어 죽는 사람도 더 이상 슬픔을 자아내지 못했다. 먼저 노인이 죽었다. 다음에는 어린애가 죽었다. 굶어 죽은 사람이 노인이면 그래도 다행한 일이었다. 노인이 죽음으로써 유용한 생명이 그만큼 더 살 수 있기 때문이었다.

급기야 이상한 소문마저 나돌기 시작했다.

주인공은 시집온 지 채 일 년도 안 된 새 신부였다. 그녀가 어느 날 한밤중에 깨어나 보니 곁에 누워 있던 남편이 온 데 간 데 없었다. 아직 어렸으니 남편과 시부모가 자신 몰래 뭐를 먹나 보다 하고 생각한 신부는 살그머니 방을 빠져나와 시어머니의 처소에 가서 귀를 기울였다. 그러자 시아버지와 시어머니가 남편에게 며느리를 잡아먹자고 상의하는 말소리가 들려왔다. 시아버지가 말했다.

"너는 이 기근만 잘 넘겨라. 그러면 새 장가를 보내 주마. 그러지 않으면 우리 식구 모두 굶어 죽는다. 며느리가 대수냐, 잘못하면 우리 가문이 절손하게 되었는데……."

며느리는 너무나 놀라서 그 길로 친정집으로 달려갔다. 어머니의 위로에 새댁은 놀란 마음을 겨우 달래고 곧 잠이 들었다. 그러다 잠결에 자신의 친부모가 말하는 것을 듣게 되었다.

"남이 잡아먹도록 내버려 두는 것보다 우리가 잡아먹는 게 낫지 않겠소."

너무나 놀란 새댁은 그대로 미쳐버렸다고 했다.

이번 기근으로 내년에도 기근이 올 것이 분명한 백록촌과 위하渭河 이북 지역에서 머슴살이를 하던 이들이 하나둘씩 집으로 돌아왔다. 그다지 인심이 후하지 않은 주인들이 그해가 다 가기 전에 미리 두 달 치의 새경까지 계산해 주면서 집으로 돌려보냈기 때문이다. 입을 하나라도 줄이기 위해서였다.

이렇게 돌아오는 머슴들을 보며 녹삼은 자신의 처지를 생각했다. 곡식의 새싹이 돋아나지 않자 가축값은 계속 떨어졌다. 백가헌도 적마赤馬 한 필만 남기고 청노새와 소들을 팔기로 결정했다. 소나 나귀 한 마리가 일 년 동안 먹어치우는 사룟값이면 소 다섯 마리와 나귀 다섯 마리를 살 수 있으니 그럴 수밖에 없었다.

곡식 외의 나머지, 예를 들면 가축, 면화, 목재, 피륙 등의 잡화와 토지 가격은 날마다 내려갔다. 심지어 딸을 시집보낼 때 시댁으로부터 받는 혼수조차 반으로 줄었다. 오로지 곡식 가격만이 천정부지로 치솟았다.

보리가 싹이 트지 않으니 겨울에 거름을 낼 필요가 없었다. 면화가 말라 죽어버렸으니 솜틀도 돌릴 것이 없었다. 가축도 다 팔아버리고 겨우 말한 필 남았기 때문에 돌볼 사람 역시 필요하지 않았다. 겨울부터 봄까지 아무 하는 일 없이 지낼 것이 너무도 뻔했다. 그렇게 밥이나 축낸다면 얼마나 미안한 일인가?

녹삼은 백가헌이 다른 주인들처럼 새경을 챙겨주고 집으로 돌려보낼 사람이 아니라는 것을 잘 알았다. 이 말은 자신이 먼저 해야지 주인이 입에 올리도록 기다릴 수 없는 노릇이었다.

저녁밥을 먹은 후 녹삼이 마른 담뱃대를 물고는 가볍게 말했다.

"가헌, 오늘 밤에 집으로 돌아갈 참이네."

"그러시죠. 집에 일이 있으면 가봐야지요. 올 겨울은 그렇게 급한 일도 없으니 말입니다."

녹삼은 주인이 자신의 말귀를 잘못 알아들은 것 같아 다시 말했다.

"안 돌아올 텐데."

"그래요. 급한 일이 없다고 했잖아요. 내일이 아니고 네댓새도 괜찮으니까 걱정 말고 다녀오십시오."

녹삼은 할 수 없이 확실하게 말했다.

"내일부터 일하지 않겠다는 말일세."

그제야 백가헌이 의자에서 몸을 일으키며 말했다.

"뭐라고요? 그게 무슨 말씀입니까?"

백가헌의 아내도 식탁 옆에서 거들었다.

"무슨 기분 나쁜 일이라도 있었어요? 왜 그러는지 말씀해 보세요."

"들에서 할일도 없지 않은가! 그렇다고 집안일이 있는 것도 아니고. 그저 밥만 축내고 있으니 마음이 편치가 않네……"

"그래……, 형님은 떠나면 마음이 편하겠지요. 그러면 나는 불편해야 한다는 거요?"

백가헌의 말에 녹삼은 이해가 안 돼 멍하니 그를 바라보았다. 백가헌이 계속 말을 이었다.

"입 하나 줄이자고 형님을 내쫓는다면 사람들이 나더러 뭐라고 하겠습니까? 그러면 내 마음이 편하겠습니까?"

"아니, 그런 뜻이 아닐세. 지금 아무 하는 일 없이 빈둥거리고 있는 걸 모두가 알고 있으니 누구도 쓸데없는 말은 하지 않을 거야. 내년 봄에 비가 내리고 들에서 할일이 생기면 부르지 않아도 내가 달려옴세."

백가헌이 정색을 하고 말했다.

"녹삼 형님, 잘 들으세요. 앞으로 이런 말씀은 꺼내지도 마십시오. 내가 먹을 것이 있는 동안은 형님도 먹을 것이 있습니다. 내가 밥을 먹으면 형님도 밥을 먹고 내가 죽을 먹으면 형님도 죽을 먹습니다. 나중에 정말 양식마저 다 떨어져 끓일 것이 없게 되면 동냥도 같이 하러 나갑시다……"

녹삼은 침을 꿀꺽 삼켰다. 커다란 목젖이 두 번 크게 움직였으나 아무 말도 할 수가 없었다. 백가헌이 곧 우스개처럼 말했다.

"할일이 없으면 낮잠이나 주무시구려. 낮잠도 지겨워지면 바람이라도 쐬러 나가시고요. 시장이 서면 가서 구경하고 사람들 모인 데 가서 장기도 좀 두고 말입니다. 그러다가 또 들어와서는 자고……. 그런 눈으로 보지 마세요. 비꼬는 말이 아니라 진심으로 하는 말입니다. 하늘은 사람을 죽일 수 있지만 사람은 스스로 죽을 수 없는 법입니다. 기근이 심할수록 마음을 넓게 가져야 한단 말입니다. 기근은 심한데 마음까지 좁게 쓰면 견디기 어렵습니다."

녹삼은 금방이라도 눈물이 떨어질 것 같아 아무 말 없이 몸을 돌려 마구간으로 갔다. 그러나 음력 설 전에 있는 조왕신竈王神에게 제사 지내는 날이 다가왔을 때 그는 다시 한 번 결심을 굳혔다. 이번에 가서는 안 돌아오리라고 말이다. 아무것도 하는 일 없이 주인집에서 밥을 먹기가 도무지 염치가 없었던 것이다. 이는 음력 12월 23일 혹은 24일에 부뚜막 신에게 제사를 지내는 풍습에서 기인했다. 부뚜막 신이 승천하여 그 집안의 1년간의 상황을 황제에게 보고하기 때문에 부뚜막 신에게 잘 봐 달라는 의미다.

녹삼이 백가헌의 집을 떠나기 전날 밤, 효문이 아버지에게 식량을 꾸러 왔다. 그러나 백가헌은 일언지하에 거절했다. 이 사건은 더욱더 녹삼을 자극했다. 백가헌은 정월대보름이 지나도 녹삼이 돌아오지 않자 그의 집을 찾아왔다.

"빨리 돌아갑시다. 저는 고사하고 적마赤馬란 놈이 녹삼 형님이 가고 나서 밤낮으로 울고만 있단 말입니다. 그놈 돌볼 사람은 형님밖에 없습니다. 다른 사람이 아무리 여물을 줘도 먹지를 않는단 말입니다."

녹삼의 굵은 목젖이 거세게 움찔거렸다. 결국 녹삼은 백가헌을 따라 돌아왔다.

효문은 또 염치불구하고 안채인 동쪽 채로 와서는 할머니 조씨에게 하소연했다. 분가할 때 아버지가 자신에게 준 양식은 가을 추수 때까지는 그럭저럭 잘 먹었다. 또 겨우내 죽을 쒀서는 섣달까지 연명했다. 그러나 이제는 정말이지 먹을 게 없었다. 효문은 그렇게 할머니에게 아버지한테 양식을 내주게 해달라고 애걸했다. 하지만 할머니는 손자를 한바탕 꾸짖었을 뿐이었다. 거 봐라, 이게 도대체 무슨 꼴이냐고 호통을 쳤다. 그때 맞은편의 서쪽 채에서 이 소리를 듣고 있던 백가헌이 큰 소리로 외쳤다.

"벌어진 입이라고 잘도 떠드는구나."

백효문은 더 이상 말을 못 하고 문간방인 자기 방으로 물러갔다. 할머니가 이번에는 서쪽 채의 아들에게 소리를 질렀다.

"네 심장은 도대체 뭐로 만들어진 거냐? 저 자수滋水 강바닥에 있는 자갈로 만들어졌더냐?"

백가헌이 어머니의 방으로 건너와 조용히 말했다.

"어머님, 내일 가서서 손주들을 안채로 데리고 오십시오."

효문은 부친에게 양식을 꾸러 갔다가 창피만 당하고 돌아와서는 바로 2묘의 논을 팔았다. 이 소식을 들은 백가헌은 화가 단단히 났다. 밥도 넘기지 못했다. 그는 효무에게 효문을 안채 대청으로 오도록 시켰다. 효무가 문간방으로 가서 형을 불렀다.

"형님! 아버님이 부르시오."

효문이 방에서 뒹굴고 있다가 고개도 돌리지 않고 대꾸했다.

"안 간다."

효무가 곧바로 선 채 다시 말했다.

"아버지가 부르시는데 안 간단 말이오?"

"안채에 다시는 안 들어가겠다."

효무가 위협하듯이 말했다.

"그러면 아버지한테 이곳까지 와서 말하라는 거요?"

효문이 갑자기 일어나더니 효무에게 다가와 말했다.

"너, 위세 부리지 말거라. 누가 오든 말든 난 상관없다. 난 너한테서 뭘 가져간 것도 빚진 것도 없다."

효무가 표정을 무너뜨리지 않고 말했다.

"형님, 도대체 이게 무슨 꼴이오. 말하는 거며 일 처리하는 것이 도대체 이게 맏이가 할 짓이오?"

효문은 더욱 신랄한 말로 분풀이를 하려고 했다. 더불어 동생의 기를 이참에 꺾어 놓으려 했다. 이때 마당에서 아버지가 부르는 소리가 들려왔다.

"효문, 이리 좀 나오너라."

효문은 마당으로 내려섰다. 칠흑 같은 어둠 속에서 등이 굽은 아버지의 모습이 보였다. 백가헌은 단도직입적으로 물었다.

"논을 팔았느냐?"

"팔았습니다."

"누구한테 팔았더냐?"

"누구든 돈 많이 주는 사람한테 팔았습니다."

"녹자림한테 팔았다면서?"

"자림 아저씨라면 돈도 많고 식량도 있지요. 다른 사람은 사지도 못해요."

"그 땅은 네 할아버지가 사들인 거다. 네가 팔 수 있는 땅이 아니야."

"제 몫으로 주신 것입니다. 양식이 없다고요."

"두 묘에 얼마 받고 팔았느냐?"

"지금 흥정 중입니다. 아직 최종 가격은 정하지 못했습니다."

"흥정할 것 없다. 그 땅은 내게 팔아라. 내가 두 배로 쳐 주마."

"그럴 수야 없지요. 사내대장부가 말을 꺼냈는데 어떻게 도로 주워 담을 수 있겠어요. 아무리 많이 주신다 하더라도 이미 한 말을 되돌릴 수는 없잖습니까?"

어둠 속에서 '퍽' 하는 소리와 함께 효문이 땅바닥으로 쓰러졌다. 백가

헌이 손에 들고 있던 지팡이로 그의 얼굴을 내리친 것이었다. 가헌은 계속
하여 그의 허벅지를 내리쳤다. 효문은 오히려 쾌감을 느꼈다. 얼마 후 그
가 천천히 일어나 집으로 돌아가더니 바로 방의 빗장을 걸었다. 이어 다리
를 꼬고 침상에 누운 채 아내에게 말했다.

"아, 좋다. 이제는 어느 누구도 나한테 간섭하지 못할 거야!"

이해의 설날은 효문의 기억 속에서 가장 재미없는 하루였다. 무엇보다
징 소리, 북소리가 없었다. 사람들의 환호성 역시 없었다. 그저 몇 번의 형
식적인 폭죽 소리만 들릴 뿐이었다.

초하룻날 효문은 백록진으로 나왔다. 그리고는 빵집에서 새하얀 찐빵
다섯 개를 사서 계단 위에 앉아서 먹었다. 찐빵집 주인이 뜨거운 차를 한
주전자 갖다 주었다. 이것으로 그 자신을 위한 설 잔치는 끝난 셈이었다.

효문은 다시 찐빵 다섯 개를 사서 품에 안고 백록촌의 뒷길로 돌아서
마을 동쪽으로 갔다. 마을의 골목길마다 사람들이 아이들을 데리고 사당
으로 가고 있었다. 기근이 아무리 심할지라도 조상께 드리는 제사는 빼놓
을 수 없었다. 그러나 효문은 소아의 움막으로 가서 목소리를 죽이고 문
을 두드렸다.

"사랑하는 여인이여, 새해 복 많이 받으세요. 낭군님이 세배하러 왔다
네!"

소아는 마침 도마 위에서 밀가루를 반죽하고 있었다.

"세배하러 왔다면서 뭐라도 갖고 왔어요?"

효문은 품고 온 찐빵 다섯 개를 하나씩 도마 위에 꺼내 놓으면서 말을
이었다.

"마을 사람들은 조상님께 참배하러 모두 사당에 갔어. 마을에 남아 있
는 사람이라곤 자네와 나밖에 없다 이 말씀이지. 우리는 세상에 둘도 없

는 외톨이일세. 그러니 우리 둘이서라도 서로 세배하고 즐겁게 지내자고."

"그럼 가만히 기다리고 있어요. 제가 고기 고명을 얹은 맛있는 국수를 만들어 드릴 테니까."

소아가 웃으면서 말했다.

"그게 맛있기는 하지만 이따 먹지. 난 지금 배가 부르니 당신이나 우선 찐빵을 먹고 허기를 면해. 우선 한바탕 해 봐야 할 것 아니야? 나는 네가 보고 싶어 죽을 지경이었단 말이야."

"안 돼요. 지금 밀가루가 잔뜩 묻어 있는데."

소아가 도리질을 했다.

"그게 뭐 손을 쓰는 것도 아니고……."

효문은 소아를 안고 침상 위로 올라갔다.

효문은 처음으로 소아의 몸 안으로 들어갔던 그날을 잊을 수가 없었다. 그것은 가시몽둥이로 몰매를 맞은 후 보름께가 지난 어느 날이었다. 자리를 털고 일어나 문을 나서서는 곧장 간 곳이 소아의 움막이었다. 소아가 깜짝 놀라며 물었다.

"아니 이렇게 벌건 대낮에 여길 오다니, 누가 볼까 무섭지도 않아요?"

"예전에는 누가 볼까 겁도 났지만 이제는 겁낼 필요가 없잖아. 볼 테면 보라지."

그제야 소아는 정신이 들면서 상처는 어떤지 물어본 후 효문의 소매를 걷어 팔뚝을 살폈다. 또 앞자락을 펼쳐서는 앞가슴도 살펴보았다. 효문이 그녀의 허리를 안아 침상 위에 뉘었다. 그러고는 그녀의 앞가슴 단추를 풀면서 말했다.

"내가 누워 있는 동안 뭘 생각했는지 알아? 당신의 젖가슴만 생각했다고."

소아가 뱀처럼 그를 꼭꼭 조이면서 눈물을 머금고 콧소리로 말했다.

"당신 걱정을 얼마나 했는지 아세요? 가서 볼 수가 있나, 그렇다고 누구한테 물어볼 수가 있나. 당신이 무사하기만 바라며 속을 태웠다고요."

소아가 갑자기 몸을 일으키더니 효문의 얼굴을 두 손으로 감싸며 말했다.

"아니, 이게 어찌 된 노릇이죠? 당신…… 되잖아요?"

효문이 득의만면한 웃음을 띠운 채 흐르는 땀을 닦으면서 말했다.

"이제 다시는 날 비웃지 못할걸. 내 그것도 양초로 만든 게 아니라고!"

두 사람은 이 이상한 변화에 고무되어서 환락의 절정으로 들어갔다. 소아를 만나고 사당의 홰나무에 묶여 몰매를 당하기 전만 해도 그는 이렇지 않았다. 바지끈만 풀면 움츠러드는 고질병을 극복할 수가 없었다. 그러나 오늘은 달랐다. 비로소 처음으로 소아 앞에서 자신의 강대함과 남성다움을 뽐낼 수 있게 된 것이다. 소아가 이해가 안 되는지 바로 물었다.

"예전에는 왜 그랬어요? 오늘은 또 어떻게 이렇게 되는 거죠?"

"예전에는 내가 체면 때문에 그 모양이었지. 지금은 내가 체면을 안 차리니까 이리 되는 것이지. 체면을 상관하지 않으니까 남성다워지는구려."

태양이 움막을 지나서 나뭇가지 위에 걸리고 움막이 완전히 어둠에 싸일 때까지 두 사람은 침상 위에서 일어나지 않았다. 한 번, 또 한 번 그들은 환락의 절정을 반복했다. 그때마다 말할 수 없는 편안함과 안락함의 나락으로 빠져들어 갔다. 그러고도 잠시 후에는 다시 열정을 불태웠다. 그때 백가헌은 마을 사람들을 이끌고 물을 가지러 흑룡담으로 비장한 진군을 하고 있었다.

소아는 침상에서 내려와 바지를 입고 대야의 물에 손을 씻었다. 그리고 여전히 침상 위에 누워 있는 효문을 보면서 말했다.

"오늘은 설날인데 당신이 나를 잊지 않았고 나도 당신을 잊지 않았어요. 또 저에게 찐빵 다섯 개를 주셨으니 내가 당신에게 뭘 선물하려는지 알아맞혀 보세요."

효문이 무심히 말했다.

"고기만두, 고기완자, 고기국수……, 뭐 그런 거 아니야? 그런 건 흥미 없어. 내가 갖고 싶은 것은 오로지 당신의 그 비둘기 같은 젖가슴이니까."

"아니, 틀림없이 당신이 좋아할 거예요. 내가 보통 때는 감춰놓고 안 주 었는데 오늘은 설날이니까 복을 누려 보세요. 기다려요. 내가 얼른 국수 를 만들 테니 먼저 국수부터 드세요. 선물은 그다음에 드릴 테니까요."

효문이 침상에서 뛰어 내려와 알몸으로 소아를 안았다.

"그렇게 말하니 마냥 누워 있을 수가 없군. 빨리 줘 봐. 도대체 무슨 물 건인데 그래?"

소아는 할 수 없다는 듯이 담뱃대를 하나 꺼내 주면서 말했다.

"한번 맛보세요. 분명히 기분 좋은 하루를 보낼 테니까."

효문은 반짝반짝 빛나는 흑자색의 담뱃대를 보고는 흠칫 놀랐다. 돌 연 수업시간에 비분강개한 목소리로 말하던 고모부 주 선생의 얼굴이 떠 올랐다. 언제나 평온하고 인자하던 고모부였지만 아편 이야기를 할 때만 은 격분했었다. 비스듬히 그에게 기대 누운 소아가 유지에 싼 고약 같은 아편을 꺼내 작은 쇠꼬챙이로 담뱃대에 채워 넣었다. 다 채워 넣은 후에는 그것을 효문에게 건네주며 말했다.

"좀 기다리세요. 불을 붙여 드릴게요. 오늘 내가 당신이 설날을 즐겁게 지낼 수 있도록 해 줄 테니까요."

효문은 세 모금을 들이마셨다. 소아가 아이를 어르듯이 효문의 어깨를 두드리며 말했다.

"한숨 잘 주무세요. 나는 밀가루 반죽을 할 테니까요."

효문은 눕자마자 환몽 속으로 빠져들기 시작했다. 손발이 느슨해지고 긴장이 풀렸다. 전신이 마치 제비처럼 가볍게 떠오르는 것 같았다. 마음속에서 아지랑이 같은 것도 피어올랐다. 순간 모든 세속의 번뇌들이 사라져버렸다. 그것은 마치 무수한 꽃들과 잎들 위에 이슬이 굴러다니는 것과 같았다. 도마 위에서는 드르륵, 드르륵 하고 밀방망이로 밀반죽을 미는 소리가 경쾌하게 들렸다. 팔을 뻗어 밀반죽을 미는 소아의 모습이 마치 춤을 추는 것 같았다. 그가 조용히 일어나서 옷을 다 입은 후에 부뚜막 아래에 풍로를 놓고 부치면서 쾌활하게 말했다.

"이보게, 자넨 국수를 만들고 나는 불을 때고, 오늘은 우리 부부처럼 지내세."

소아는 너무나 기뻐 도마 위에서 밀방망이를 더욱 바쁘게 움직였다. 주먹만 한 밀가루 반죽이 둥그런 밀방망이 밑에서 금방 도마 위에 가득 펼쳐졌다. 소아는 솜바지를 입었으나 앞치마 속의 허리가 그다지 뚱뚱해 보이지는 않았다. 풍만한 가슴이 밀방망이를 밀 때마다 조금씩 흔들렸다. 둥그스름한 엉덩이도 가볍게 흔들렸다. 효문이 참지 못하고 웃으며 보챘다.

"이보게, 내가 또 하고 싶은데……."

"어린애처럼 왜 그래요? 지금 국수를 썰고 있는 게 안 보여요?"

소아는 가늘게 썬 국숫가락을 나무 쟁반 위에 옮겨서 부뚜막 위에 올려놓았다. 이어 솥에서 김이 올라오자 솥뚜껑을 열었다. 그리고는 국숫가락을 끓는 물속에 털어 넣은 뒤 솥뚜껑을 닫았다.

이런 그녀의 아름답고 세련된 동작이 그를 더는 참지 못하도록 만들었다. 효문은 한 손으로는 풀무질을 하면서 다른 손으로 그녀의 바지를 잡아당겼다. 면바지가 스르륵 무릎까지 벗겨졌다. 효문이 그녀를 안아서 부뚜막 옆에 있는 밀짚더미에 쓰러뜨렸다. 소아가 급하게 말했다.

"어이쿠, 국수가 다 눌어붙겠어요."

"눌어붙으려면 눌어붙으라지."

"이렇게 식량난이 극심한 때에?"

"국수 한 그릇이 뭐 그리 대수야?"

소아는 효문의 기분을 망치고 싶지 않았다. 그래서 밀짚 더미에 누운 채 한 손으로는 그의 얼굴을 애무하면서 또 한 손으로는 풀무질을 했다.

효문은 부친으로부터 상속받은 3묘 반의 논과 5묘의 밭을 세 차례에 나누어 모두 녹자림에게 팔았다. 그 8묘 반의 땅 중 2묘는 천자급^{天字級}, 1묘 반은 시자급^{時字級}, 3묘는 이자급^{利字級}이었다. 또 2묘는 인자급^{人字級}이었다. 8묘 반의 토지를 매각한 대금은 평소라면 2묘의 천자급 땅을 팔았을 때의 액수와 같았다. 이로 인해 마지막으로 2묘 인자급의 땅을 팔 때는 이미 효문에게 중개 입회인을 부를 여유조차 남아 있지 않았다. 그는 할 수 없이 제 발로 녹자림이 근무하는 보위대로 찾아갔다.

"자림 아저씨, 나머지 2묘 인자급의 땅도 사십시오. 제발 미루지 마시고요. 아저씨, 돈은 양심껏 주세요. 제가 두말하지 않을 테니까."

녹자림이 진심어린 어조로 말했다.

"효문, 잘 듣게. 나도 더 이상은 미안해서 자네 땅을 살 수가 없네. 자네가 계속 나에게 땅을 사라고 해서 샀지만 앞으로 어떻게 자네 아버지 얼굴을 볼 수 있겠나?"

효문이 다급하게 말했다.

"아버지는 아버지고 저는 저입니다. 만일 아저씨가 안 사면 우리 마을에서 누가 그 땅을 살 수 있습니까? 다른 마을 사람들은 멀다고 싫다 하니 말이에요. 아저씨, 제가 아편에 중독이 되어 정말이지 이대로는 견딜 수 없어요. 그러면 우선 제게 은자 두 냥만 빌려 주십시오. 아편 좀 피우러 가게요……."

효문은 녹자림이 허리춤에서 은자 두 냥을 주자 곧바로 몸을 돌려 보위대 문을 나섰다. 녹자림은 효문의 한심한 모습을 보고는 혀를 끌끌 차면서 말했다.

"끝장이군, 저놈도 이제 끝장이야!"

녹자립은 보위대 문을 나서서 읍내를 어슬렁거렸다. 기근이 심하지만 읍내 싸전에 양식이 없지는 않았다. 다만 가격이 놀랄 만큼 비싼 것이 문제였다. 그는 싸전에 들러 곡식 가격이 어떤지 보는 척하면서 싸전 주인들과 이야기를 나누었다. 그러나 그의 신경은 온통 어떤 사람을 찾느라고 눈동자를 굴리고 있었다.

그는 백가헌을 찾고 있었다. 그가 볼 때 효문은 앞으로 집을 팔겠다고 그를 찾아올 게 뻔했다. 그때를 대비하여 반드시 백가헌과 대면을 할 필요가 있었던 것이다. 그렇게 해야 앞으로 다가올 장애물을 먼저 제거할수 있을 터였다. 그와는 달리 부자든 가난뱅이든 사람들은 모두 식량값이 오르는 것에만 관심이 있었지만.

멀리서 백가헌의 보기 싫은 꼽추 등이 그의 눈에 들어왔다. 그는 우연히 그를 만난 척 반갑게 말을 걸었다.

"아이고, 가헌 형님 아니시오? 잘 만났습니다. 내가 그러잖아도 할 말이 있었는데……."

"여기서 말해도 되는 일인가?"

"그럼요, 별로 숨길 일도 아닙니다. 다름이 아니고 효문에게 식량을 좀 주시라는 말을 하려고요. 그 애가 나를 찾아와서 땅을 사라고 조르지 않게 말입니다. 어찌 되었든 부자지간 아닌가요? 내가 사지 않겠다고 하는데도 그 애가 어찌나 매달리는지……. 사자니 또 형님에게 미안하고요."

백가헌은 이를 악물었다.

"그거라면 나한테 미안할 거 없네. 걱정하지 말고 사고 싶으면 얼마든지 사게나. 그놈이 파는 땅을 자네가 사는 것은 자네와 그놈 사이의 일일세. 나와는 아무 상관이 없단 말이네."

녹자림은 짐짓 안타까운 척하며 말했다.

"형님, 너무 그렇게 고집부리지 말아요. 그래도 부모자식 간인데 그렇게 수수방관하면……."

"나더러 간섭을 하라고? 그럼 자네는 조붕에게 간섭하고 있나?"

녹자림은 반박할 말을 찾지 못했다. 굽은 등을 돌린 백가헌은 곡식 자루에서 한 움큼의 곡식을 꺼내서 빛깔이 어떤지를 살펴보았다. 녹자림은 아무 대꾸도 못 하고 마음속으로 으르렁댔다.

'좋아, 아직까지는 기세가 등등하단 말이지? 어디 누가 이기나 두고 보자! 간섭하지 않겠다고 했겠다. 이제껏 그 말이 나오기만을 학수고대하고 있었다!'

처음 땅을 팔았던 날, 효문은 소아의 집을 나서며 은전 꾸러미를 침상 위에 쌓아 놓고는 말했다.

"자, 당신도 갖고 싶은 만큼 가져."

그러고는 반 정도만 몸에 지닌 채 집에 돌아왔다. 아내는 그에게 땅 판 돈을 달라고 했다.

"당신이 지니고 있으면 위험해요. 내가 우리 집 궤짝에 잘 넣어둘게요. 가뭄이 끝날 때까지 얼마나 오래 버텨야 할지 모르잖아요."

"걱정 마, 걱정 마. 걱정일랑 붙들어 매라고! 돈은 내가 잘 간수할 테니까 당신은 상관 말아. 앞으로 돈에 관해서는 신경 쓰지 마!"

효문은 집에 붙어 있을 때가 없었다. 그의 아내는 혼자서 며칠을 굶으면서 방안에 틀어박혀 있을 수밖에 없었다. 그나마 다행인 것은 두 아이는 할머니 조씨가 안채로 데려가 끼니를 해결하게 했다는 사실이었다. 또 시어머니 선초가 시아버지 몰래 한 그릇이든 반 그릇이든 밥을 보내준 것도 다행이라고 할 수 있었다. 그러나 그녀의 굶주린 창자는 이미 말라붙어 있었다. 이제는 음식을 먹을 수조차 없게 되었다. 어느 날 밤 그녀는 용기를 내어 효문에게 대들었다.

"땅 판 돈이 얼마가 되는지 모르겠지만 곡식 한 말, 한 됫박이라도 사 온 적 있어요? 돈 전부 어쨌어요?"

효문이 눈을 부릅뜨고 소리를 질렀다.

"아니, 이게 어디다 포악질이야? 감히 나에게 간섭을 하려 들어?"

"포악질을 하면 어떻고 간섭을 좀 하면 좀 어때요? 지금 내가 굶어 죽 게 생겼는데 양식 내놓으라는 말도 못한단 말이에요?"

효문이 냉정하게 말했다.

"없어. 죽을 테면 빨리 죽어버려. 어떻게 죽는지 모르면 내가 가르쳐 줄까? 마구간 마당에 있는 우물에 뛰어들든가 마을 북쪽의 절벽에 가서 강에 떨어져 내리든가. 목을 매달고 싶으면 어디다 걸어야 할지 안 알려줘 도 알겠지……."

"당신이 내가 죽기만을 바라고 있다는 거 알아요. 아예 굶겨 죽이려고 작정한 것도 알아요. 그렇다고 내가 죽을 거 같아요? 흥, 내가 왜 죽어! 악 착같이 살아야지. 그 화냥년하고 밀짚 더미에서 그 짓거리를 해대는 걸로 도 부족해 집안에까지 들이려고? 그 화냥년에게 안방 차지할 생각은 꿈도 꾸지 말라고 해요."

효문은 침까지 뱉으면서 말했다.

"간섭 말아. 안 죽으면 나도 더 이상 못 봐 주겠어."

효문은 그러고 바로 집을 나갔다. 효문과 소아가 아편을 한 대씩 빨고 있던 며칠 후 어느 날 밤이었다. 효문의 아내가 찾아와서는 문밖에서 미 친 듯이 날뛰었다. 그러자 효문이 문을 박차고 나와 아내의 뺨을 때렸다. 그녀는 문지방에 그대로 넘겨졌다. 그러나 곧바로 벌떡 일어나더니 집안으 로 들어와서는 소아의 바짓가랑이를 붙잡고 머리채를 잡았다. 다시 효문 이 아내의 양쪽 뺨을 세게 갈겼다. 그녀는 더 이상 소리를 지르지 못했다.

욕도 하지 못했다. 효문은 그런 아내를 마치 죽은 돼지를 끌고 가듯 질질 끌고 집으로 돌아갔다.

효문의 아내는 혼자서 문간방의 침상에 누워 있었다. 사방 벽에는 아무것도 없었다. 식량이 가득 들었던 옹기와 나무 뒤주는 땅을 팔기 전에 이미 효문이 읍내에 나가서 헐값으로 팔아버린 지 오래였다. 방안에 남아 있는 것이라고는 침상 위에 있는 이불과 등받이 없는 긴 의자가 고작이었다.

그녀의 몸은 너무 굶어서 누렇게 떠 있었다. 이미 살갗 밑에 맑은 물도 희미하게 고였다. 다리와 팔은 손가락으로 누르면 쑥 들어간 다음 반나절이 지나도 나올 줄을 몰랐다. 심지어 그녀의 얼굴에는 푸르딩딩한 멍 자국도 있었다. 효문의 주먹질이 만든 자국이었다.

그녀는 이미 배고픔도 느끼지 못했다. 그래서 시어머니가 둘째 며느리를 시켜서 갖다 주는 밥도 말라붙은 채 고스란히 남아 있었다.

그녀는 시아버지에게 한마디 하고 싶었다. 그러나 시아버지가 자신의 방으로 올 턱이 없었다. 결국 그녀는 시아버지를 찾아가기로 결심했다. 이제 자신의 삶이 얼마 남지 않았다는 사실을 예감하고 있었으니 거칠 것도 없었다. 어느새 지는 해가 창문으로 새어 들어와 촛불처럼 훤히 방을 비췄다. 귀에 익은 시아버지의 발자국 소리가 문간방을 지나 정원으로 향하고 있었다. 갑자기 그녀의 몸속에서 한 가닥의 힘이 솟구쳤다. 그녀는 거울을 찾아서 산발한 머리를 빗고는 무슨 힘이 났는지 비틀거리며 안채로 걸어 들어갔다. 이어 시아버지 앞에 서서 말했다.

"아버님, 제가 시집온 지 몇 년이 되었습니다. 저의 부지런함과 게으름, 저의 단점과 장점을 아버님은 모두 보셨어요. 제가 아무리 생각해도 이렇게 혼자서 굶어 죽으리라고는……."

깜짝 놀란 백가헌이 의자에서 고개를 들어 며느리를 올려다보며 말했다.

"내가 네 시어머니에게 말해 놓았다. 너와 애들은 모두 안채에 와서 밥을 먹게 하라고."

"그런 게 무슨 소용입니까? 이젠 다 필요 없어요."

말을 마친 그녀는 몸을 돌려 문을 나서려고 했다. 그러다 문지방에 발이 걸려 그만 넘어지고 말았다. 백가헌은 굽은 등을 한 채 달려와 며느리의 어깨를 부축하여 팔로 안았다. 그러나 큰며느리의 눈동자는 이미 굳어서 움직이지 않았다. 할머니 조씨와 시어머니, 그리고 둘째 며느리가 달려나왔다. 효무는 사방으로 효문을 찾아다녔다. 그러나 찾을 수가 없었다.

그때 효문은 집을 파는 계약을 막 끝낸 참이었다. 세 칸짜리 문간채를 모두 녹자림에게 팔아넘긴 것이다. 그리고 집을 판 돈은 모두 소아의 방에 쌓아 놓았다. 그는 한밤중에 집에 돌아와서 촛불 아래에 놓여 있는 아내의 뻣뻣한 시체를 목격했다. 동시에 그 자리에서 꼼짝도 하지 못했다. 그는 아내가 정말 죽으리라고는 생각조차 하지 못했다. 아내는 튼튼해서 병한 번 앓아 본 적이 없었다. 팔뚝이 남자 같았을 뿐 아니라 허벅지와 종아리도 옹기그릇처럼 단단했다. 순간 그는 갑자기 이전에 아내가 부부의 잠자리 기술을 가르쳐 주던 일을 떠올렸다. 마음이 약해졌다. 그러나 그 여인은 이미 죽어버렸다. 효무가 그의 옆으로 다가와서 말했다.

"형님, 큰 죄를 졌소."

효문이 아무 말도 하지 못하자 효무가 다시 말했다.

"내일 입관할 때 형수님 친정에서 와서 난리를 피우면 어쩔 거요? 형님이 나서서 해결하시오."

효문이 여전히 말이 없자 효무는 한숨을 내쉬었다.

"정말 송곳으로 찔러도 피 한 방울 안 나올 사람이로군."

오랫동안의 기근은 사람들로 하여금 웬만한 중대사도 무덤덤하게 받아들이게 했다. 죽은 사람조차 가족들의 애도와 비통을 불러오지 못했다. 그러나 백가헌의 집에서도 굶어 죽은 사람이 나왔다는 사실은 마을 사람들에게 충격적인 이야깃거리가 되었다.

다행인 것은 큰며느리의 친정집에서도 감정이 무뎌졌는지 막내 남동생만 장례식에 보낸 것이었다. 그 남동생도 오랜 굶주림 때문이었는지 그저 곡을 몇 번 하고는 큰 대접에 담은 고기고명 국수를 허겁지겁 먹을 뿐이었다.

백가헌은 효무에게 효문을 도와서 장례를 치러주도록 했다. 마을 사람들과 친척들 사이에서 이미 효문은 안중에도 없었던 것이다. 아내를 매장한 후 효문은 이제 정말로 세상에서 받아주는 이 하나 없는 유랑자가 되었다. 그래도 뭐가 좋은지 밤낮으로 소아의 움막에 틀어박혀 아편을 피우며 히히덕거렸다. 그에게는 기근에 허덕이고 있는 백록원에서 오로지 이곳만이 낙원이었다.

녹자림은 녹씨鹿氏 성을 가진 젊은이 10여 명을 집으로 불러들였다. 그런 다음 그들에게 백가헌의 문간방, 즉 백효문이 살던 방을 허물라는 지시를 내렸다. 이어 따뜻하고 부드러운 만두와 맛있는 국수를 대접받고 기뻐하는 조카뻘 되는 젊은이들에게 당부의 말을 건넸다.

"자네들은 가서 집만 허물면 되네. 뭐라고 대꾸할 필요도 없어. 백씨 집안에서 가만히 있어도 그저 집만 허물고 혹시나 사람이 나와서 막으면 만창滿倉 자네가 와서 나한테 알려 주게."

10여 명의 젊은이들은 생각지도 못한 음식을 배부르게 먹고 나니 정신이 번쩍 들었다. 집을 허무는 것만이 아니고 사람을 죽이라 한다 해도 흔쾌히 달려갈 기세들이었다. 만창이 사람들을 데리고 나갈 때 녹자림은 마지막으로 다시 당부했다.

"쓸데없는 소란은 피우지 말게."

녹자림은 의자에 앉아서 담배를 피우며 득의만면한 미소를 지었다. 그래도 그는 긴장을 늦추지 않은 채 만창이 전갈을 보내주기만을 기다리고 있었다. 그러나 담배를 벌써 세 대나 피웠는데도 만창은 감감무소식이었다. 설마하니 백가헌 부자가 문간채를 부수는 창피를 당하고도 가만히 있는단 말인가? 그렇게 생각하고 있는데 얼마 후 자신의 대문 앞에서 와르르하고 목재를 내려놓는 소리가 들렸다. 그는 더 이상 궁금증을 이기지 못하고 대문으로 나갔다. 들것 두 대에 집을 부순 목재를 가지고 대문을 들어서는 젊은이들이 보였다. 그가 급히 물었다.

"백씨 집안에서 소란을 안 피우던가?"

"아뇨, 처음에는 효무가 뛰어나와 막으려고 하더군요. 그래서 만창 형이 아저씨에게 알리려고 사다리를 내려오려 했죠. 그런데 가헌 아저씨가 나와서는 아들을 데리고 들어가더군요. 만창 형은 다시 사다리를 타고 올라……"

이어 다른 젊은이가 입을 열더니 보충 설명을 했다.

"효무는 불같이 화가 나 있었는데 가헌 아저씨는 웃으면서 말했어요. '그래, 빨리빨리 부수게. 그 집을 부숴버리니 속이 다 시원하네. 애야, 우리가 녹자림 아저씨에게 오히려 감사해야 된다.' 그러면서 효무를 끌고 안채로 들어갔어요."

녹자림은 안채로 돌아와서는 다시 곰방대에 담배를 채워 넣었다. 그리고는 불을 붙이려 했다. 순간 잔뜩 긴장했던 마음이 맥없이 풀어지는 것을 느꼈다. 그렇다면 내가 백가헌의 낯짝에 오줌을 갈긴 것이 아니라 빈집에 대고 오줌을 갈겼단 말인가?

백가헌의 안채에 있는 할머니 조씨, 아내 오씨, 효무, 그리고 일가친척들은 분기탱천하여 녹자림을 성토했다. 사람들이 주장하는 것은 한 가지였다. '녹자림은 집을 헐러 온 것이 아니라 족장의 체면을 깎아내리려고 온 것이다. 녹자림은 족장의 체면을 깎아내렸을 뿐만 아니라 우리 백씨 집안 사람들의 얼굴에 오줌을 끼얹으려는 심보를 분명히 보여줬다.' 대충 이런 요지였다. 그러나 백가헌은 그저 담뱃대만 빨고 있었다. 어머니 조씨가 말했다.

"효문이 얼마를 빚졌는지는 모르겠다만 모두 갚아주거라. 집을 헐어서는 안 된다."

아내 선초도 분통이 터지는지 소리를 질렀다.

"내가 어쩌다가 땅 팔고 집까지 팔아먹는 망나니 자식을 낳았단 말인가!"

효무가 말했다.

"아버지, 정말 화가 나서 못 견디겠어요."

다른 젊은이들도 들고일어났다.

"우리가 가서 막아 봅시다. 어떻게 나오는지 보자고요. 녹자림 향약이 뭐라고 하든 그 작자 두 다리를 먼저 부러뜨려 놓고 봅시다!"

그러나 백가헌은 소리를 질러 젊은이들을 꾸짖었다.

"자네들, 왜 쓸데없이 화를 내고 그러는가? 자림은 돈을 내고 집을 샀어. 계약도 완전히 합법적이야. 효문이 못나서 집을 판 것인데 엉뚱하게 녹자림을 탓해서 뭘 하겠나? 돌아들 가게, 돌아들 가."

백가헌은 단호하게 사람들을 꾸짖어 보내고 혼자 남게 되자 비로소 탄식을 토했다.

"나라고 이 일의 경중을 모르겠는가? 내 체면 깎이는 일임을 누구보다도 잘 알지."

집안 식구들은 아무 말이 없었다. 백가헌이 효무에게 물었다.

"막는 것 말고, 싸움하는 것 말고, 무슨 좋은 방법이 없겠느냐?"

말없이 고개만 숙이고 있던 효무가 아버지에게 말했다.

"아버지! 오늘 저놈들이 집을 부수고 나면 내일부터 제가 다시 짓겠습니다. 더 멋있고 더 위엄 있게 말입니다."

백가헌이 탁자를 두드리며 말했다.

"옳거니! 바로 그거다. 부수면 다시 지으면 되는 거다. 이번 기회에 사람들도 누가 효문이고 누가 효무인지를 확실히 알게 될 거다. 조상님들도 누가 이 백씨 집안을 말아먹는 놈이고 누가 이 집의 대들보인지를 아실 거다."

백가헌이 어머니와 아내, 그리고 며느리를 훑어보다가 마지막으로 효무에게 눈을 고정시키고 말했다.

"속담에 '재상의 뱃속에서는 배도 저을 수 있다.'는 말이 있지 않더냐? 여기 백록원에서 살아가려면 옆구리에 칼이 들어와도 얼굴빛 하나 흔들리지 않는 도량과 배짱이 있어야 한다."

만창이 사람들을 데리고 집을 허문 목재와 벽돌, 기왓장 등을 녹자림의 집에 가져다 놓고 다시 돌아왔다. 이어 문짝과 창틀, 나무판을 끄집어내고 있을 때였다. 백가헌이 갑자기 모습을 드러냈다. 그러더니 폐허의 흙더미와 기왓장 틈에서 쓸 만한 물건이 없나 살피고 있는 만창을 불러 세우고는 부드럽게 물었다.

"만창, 집은 다 부쉈느냐?"

만창이 미안한 듯 웃으며 대답했다.

"예, 아저씨. 다 끝났습니다."

"잘 살펴보거라. 혹시 빠뜨린 것이 없는지."

만창이 여전히 웃으며 공손하게 대답했다.

"없습니다, 아저씨."

백가헌은 그럴수록 더 심각하게 말했다.

"있어. 잘 생각해 보게."

"아저씨, 저를 놀리시는 거죠? 자세히 살필 필요도 없습니다."

백가헌은 더욱 목소리를 내리깔고는 돌아가려는 만창을 불러 세웠다.

"가지 말게. 아직 남은 일이 있으니 갈 수 없네. 어서 잘 생각해 보게. 생각해 보고 생각나거든 가지고 가게."

백가헌이 그러면서 두 손으로 지팡이를 잡고 만창을 뚫어져라 쳐다보았다. 만창은 족장의 위엄에 눌린 듯했다. 감히 자리를 뜨지 못했다. 얼마 후 사람들이 이 이상한 구경거리를 보러 몰려들기 시작했다. 백가헌은 속으로 조용히 중얼거렸다. '흥, 녹자림 이놈은 아직도 안 나와 본단 말이지?'

녹자림은 백가헌에게 만창이 붙들려 있다는 소식을 전해 듣고는 뒤늦게 달려왔다. 이어 두 손을 비비면서 아주 미안하다는 듯이 말했다.

"형님, 오늘 형님께 먼저 아뢴 후 일을 시작하려 했는데 상부에서 높은 분들이 보위대에 오시는 바람에 빠져나올 수가 없었어요. 그런데 만창이 뭘 잘못했나요? 만창아, 너 아저씨께 대들었느냐? 그렇다면 빨리 사죄하거라."

그러나 백가헌은 지팡이를 겨드랑이에 받치고 두 손을 맞잡고는 오히려 예를 갖추었다.

"자림 아우, 오히려 내가 자네에게 고맙다는 말을 해야겠네. 이 세 칸 짜리 문간채는 그렇지 않아도 정원을 가로막고 있어서 눈엣가시였다네. 그래서 오래전부터 헐어버려야겠다는 생각을 하고 있었지. 그런데 자네가 이렇게 대신 수고를 해 주니 감사한 마음 그지없네그려. 더구나 집안 망친 자식놈까지 내쫓을 수 있게 되었으니 자네가 내 가슴에 응어리진 것을 전부 풀어준 셈이네."

녹자림은 당초 만창이 뭘 잘못해서 백가헌이 저러는가 생각했었다. 그런데 이렇게 전혀 뜻밖의 말을 듣고 보니 마음이 편치 않았다. 그럼에도 웃을 수밖에 없었다.

"사실 말이 나왔으니 망정이지만 효문이 정말 너무 망쳐 놓······."

백가헌이 녹자림의 말을 끊었다.

"효문이 자네에게 땅을 팔고 집을 판 것은 나도 다 아네. ······내가 만창을 가지 못하게 한 것은 일이 아직도 남았기 때문이네."

"무슨 일인데 그러십니까? 말씀하세요. 제가 대신 할 테니까."

"저기 헌 목재와 벽돌, 기왓장을 모두 가져가게나. 그리고 저 벽들은 왜 허물지 않나? 집을 샀으면 벽도 산 것 아닌가? 저것 역시 자네의 벽이니 모두 뜯어 가게나. 난 흙부스러기 하나 갖고 싶은 마음이 없으니까."

녹자림은 하마터면 비명을 지를 뻔했다. 벽을 전부 허문 흙부스러기를 가져다가 어디에 쓴단 말인가! 더구나 그것을 치우려면 열 몇 사람이 달려들어도 족히 사흘은 걸릴 터였다. 그렇다면 배에 거지가 들어앉은 굶주린 장정들에게 사흘 동안 하루 세 끼를 먹여야 했다. 엄청난 식량이 들 수밖에 없지 않은가? 그러나 그는 주변의 구경하러 나온 사람들을 힐끗 쳐다보고는 억지로 웃음을 지으며 말했다.

"그럼요. 당연히 그래야죠."

백가헌이 여전히 쾌활하게 말했다.

"내일도 쉴 필요 없네. 어떤가? 난 자네가 벽을 허무는 게 빠르면 빠를수록 좋겠네. 문단속도 해야 하고 허문 자리에 새로 집도 지어야 하니 말일세."

제19장

녹자림鹿子霖이 보위소의 마당으로 들어섰을 때 중의당中醫堂에서 약 짓는 심부름꾼이 와서는 말했다.

"의원님께서 하실 말이 있다고 좀 보시잡니다. 시간은 얼마 안 걸린다고요."

녹자림은 중의당으로 가면서 냉 의원이 백가헌의 집을 허문 것에 관해 물어볼 경우 대답할 말을 미리 준비했다. 이 일이 아니고선 냉 의원이 이른 아침부터 사람을 보내어 그를 찾을 리가 만무했던 것이다. 그가 중의당으로 들어가자 냉 의원이 기다렸다는 듯 후원의 침실로 안내했다. 평소와 달리 얼굴에 약간 당황한 빛이 서려 있었다.

"자네, 알고 있는가? 조붕兆鵬이 전田 총향약에게 체포되었다네."

"아니, 누가 그래요? 그게 언제 일이랍니까? 전 전혀 모르고 있는 사실인데요."

"오늘 아침 남쪽 들판에 사는 환자가 진맥을 받으러 왔다가 그러더군. 어제저녁에 학교에서 체포당했다고."

"아니, 그녀석이 아직까지도 이 평원에 있었답니까? 세상에, 체포령이 백록원 곳곳에 붙어 있는데 아직도 떠나지 않고 있었다니……"

"내가 듣기에는 서안西安에서 돌아온 지 얼마 되지 않은 모양이네. 여기 와서 기근에 허덕이는 농민들을 선동해 일을 꾸미려고 했다던데 공산당원 하나가 전 총향약에게 밀고를 한 모양이네. 그 이상은 나도 모르네. 자세히 물어볼 수도 없었고. 그러나 사실인 모양이야. 전 총향약이 어젯밤에 바로 현부縣府로 압송했다지. ……어떻게 할 건가?"

"잘됐어요. 그놈은 죽어 마땅해요. 천벌을 받을 놈, 차라리 그게 좋아요."

"홧김에 하는 말인 줄은 아네만 이 나이에 무슨 체면이 그리 중요한가? 이제는 자식들을 위해서 사는 사람들일세."

녹자림은 목을 가다듬고 눈물을 닦았다. 그리고 목멘 소리로 말했다.

"평안하던 우리 집안이 그놈 때문에 결딴이 났어요. 공산당인지 뭔지 한답시고 재앙만 가져다 주고 말입니다. 그 문제는 차치하더라도 혼사를 생각하면……, 제가 늘 형님께 면목이 없습니다. 홧김에 하는 말이 아니라 진심이에요. 그 못된 자식은 처벌을 받는 게 나아요. 그래야 저도 공산당과 내통한다는 의심을 백록창에서도, 현에서도 받지 않을 테니까. 집안일도 처리하기가 수월하잖아요. 며느리를 재가시킬 수도 있고요. 형님 앞에서 듣기 좋은 소리 하는 것이 아닙니다."

"내가 오늘 자네를 부른 것은 이런 말을 하려고 그런 것이 아닐세. 자네가 조봉을 구하고 싶어도 말 꺼내기가 어렵다는 것을 내 모르는 바가 아니네."

녹자림은 여전히 고집을 부리면서 말했다.

"저는 신경 안 쓸 겁니다."

"자네가 안 구하면 내가 구할 걸세. 내 사위니까."

"그래 봐야 헛고생일 겁니다. 그녀석이 전 총향약을 작두에 집어넣었던 건 형님도 아시지 않습니까? 그런데 그놈을 곱게 놔둘 리 있겠어요? 더구나 상부에서도 지금 '1,000명이 죽는 한이 있더라도 공산당은 한 놈도 놓치면 안 된다.'고 벼르고 있는 마당인데요. 그녀석도 이제 끝장이에

요, 끝장. 형님도 헛수고하시지 마십시오. 신경 쓰고 돈 쓰고 할 것 없습니
다……."

"나는 온 재산을 털어서라도 내 사위의 목숨을 구할 작정이네."

"정말 그 녀석을 구해 내신다면 그놈도 다시는 대들지 않겠지요. 그녀
석도 제 목숨을 구해준 분이 장인어른이라는 것을 분명히 알 테니까요."

"오늘 잘 살펴보게. 전 총향약이 돌아오면 즉시 나에게 알려 주고. 일
이 늦어지면 안 되네. 공산당은 잡혔다 하면 즉결처분이라고 들었네. 재판
같은 것도 없이 우물에 처넣는다고 하던데……."

서안의 정권을 잡은 국민혁명정부는 공산당을 처치하는 데 있어서는
매우 신속했다. 정상적인 심판 같은 것은 아예 없었다. 공개 처형도 거의
없었다. 체포하기만 하면 우선 혹독한 고문을 해 정보를 캐냈다. 가치가
없을 경우에는 마대에 담아서 마른 우물에 처넣었다. 설사 유용한 정보가
나오더라도 이 사람을 남겨두어서는 안 되겠다 싶으면 역시 우물에 처넣
었다. 녹자림은 아무렇지 않은 척하며 하루에도 세 번씩이나 백록창을 들
락거렸다. 저녁 무렵이 되어서야 전복현田福賢이 말을 타고 현청에서 돌아왔
다. 녹자림은 그에게 달려가 말했다.

"얘기 들었습니다. 그 병신 같은 자식을 국가를 위해서 제거했다니 제
눈엣가시를 빼 주셨습니다. 총향약님도 제 성깔은 알고 계시겠죠."

전복현이 오히려 녹자림을 달래듯 말했다.

"그래도 자네 아들 아닌가? 조붕이 만일 공산당의 일개 당원에 불과하
다면 반성문 한 장 쓰고 내가 악 서기한테 좀 봐달라고 하면 되는데…….
자네도 알다시피 그녀석이 아주 요주의 인물인지라 나는 말할 것도 없고
악 서기도 마음대로 처리할 수 있는 입장이 못 되네. 현청에서도 곧바로
성省 정부로 보낸다고 하더군……."

녹자림은 여전히 조붕을 죽이든 살리든 상관없다고 한바탕 늘어놓고

는 급히 냉 의원에게로 달려와 전 총향약이 돌아왔다는 사실을 알렸다.

냉 의원은 곧장 사위인 조붕을 구하기 위한 계책을 실행에 옮겼다. 우선 녹자림에게 큰 마차 한 대를 몰고 오도록 했다. 이어 약방에서 일하는 사람과 함께 한약 재료가 가득 든 마대 열 자루를 마차에 실었다. 약재들을 성안으로 들어가 팔 거라는 그럴싸한 구실도 만들었다. 극심한 기근으로 사람의 목숨이 파리 목숨 같아져서 아무도 진찰받거나 약을 지어가는 사람이 없었으니 나름 그럴 듯했다.

그는 녹자림에게 직접 말을 몰고 백록창으로 가도록 했다.

"이보게 아우, 전 총향약에게 잠깐 나오라고 하게. 부인이 병이 났다는데 함께 가자고 하게. 내가 가는 김에 부인의 진맥을 봐 드린다고."

그 말을 들은 전복현은 황급히 나와서는 한 치의 의심도 없이 마차에 올랐다. 그리고 아내의 병세가 어떤지 초조하게 물었다. 냉 의원은 여느 때처럼 간결하게 말했다.

"아침에 당신의 친척이라는 사람이 나를 데리러 왔는데 갈 틈이 없었소. 그래서 대강의 병세를 듣고는 우선 약 두 첩을 지어 보냈소. 그 이상은 나도 모르니 묻지 마오. 내가 성안으로 약재를 팔러 가는 김에 같이 가서 진맥이나 해봅시다."

청노새는 마차를 끌고 천천히 국도를 따라 서쪽으로 나아갔다. 이윽고 마차는 커다란 문루가 있는 집에 도착했다. 냉 의원은 큰 기침을 하고 마차에서 내렸다.

정원이 넓은 집안으로 들어간 전복현은 눈에 졸음기가 가득한 아내에게 어디가 아프냐고 다그쳐 물었다. 영문을 몰라 하는 아내를 보고는 전복현도 어안이 벙벙하여 냉 의원에게 말했다.

"안사람은 아픈 데가 없다는데요? 의원님께 사람을 보내 약을 지어 온 일도 없답니다."

"내가 그럼 또 속았군! 그 사람이 전 총향약의 친척이라고 속이고는 약 두 첩을 지어간 거요. 됐소, 그거야 뭐……. 그럼."

그리곤 대문 쪽으로 발걸음을 옮겼다. 그때 녹자림이 마차에서 내려오면서 난감한 듯이 말했다.

"이거 참, 큰일 났어요. 차축이 부러져서 꼼짝도 하지 않는데요?"

이렇게 해서 열 자루가 넘는 마대가 마차에서 집안으로 옮겨지게 되었다. 전복현이 가벼운 목소리로 말했다.

"내일 마차 수리하는 사람을 오라고 해서 차축을 바꾸라고 하죠. 오히려 잘 됐습니다. 이참에 우리 셋이서 오랜만에 술이나 마십시다."

냉 의원은 술이 세 순배가 돈 후 계단 위에 쌓아 놓은 마대 하나를 풀었다. 그리고 등불을 비춰 전복현에게 자신의 '약재'를 보도록 했다. 마대 속을 본 전복현의 눈이 휘둥그레졌다. 녹자림도 놀라서 소리를 지를 뻔했다. 약재로 위장된 채 마대 속에 가득 들어 있는 것은 모두 돈 꾸러미였다. 열 자루 모두 꽉꽉 채워져 있었다. 전복현이 말했다.

"의원님, 이게 도대체 어떻게 된 일입니까!"

그리곤 몸을 돌려 녹자림을 질책했다.

"아니, 이렇게 법을 어기다니……. 자네도 조붕과 같은 편인가?"

녹자림은 놀라서 얼굴이 창백해졌다.

"총향약님, 저는 전혀 모르는 일입니다. 냉 의원님 심중을 내가 알 수가 있어야죠……."

그러자 냉 의원이 말했다.

"사람을 풀어줄 방법을 생각해 보시오. 난 그녀석이 내 사위라는 것만 알고 있을 뿐이니 우리 집 식구를 좀 구해 주시오. 한번 시집가면 일부종사하는 것이 우리 집의 가풍이오. 다른 방법이 없어서 이렇게 당신에게 어려운 짐을 맡기는 거요."

전복현이 머리를 감싸 쥐고는 말했다.

"세상에! 의원님, 저에게 차라리 천 길 낭떠러지로 뛰어내리라 하세요."

"어떻게든 방법을 생각해 보오. 당신은 할 수 있을 것 아니오."

"백록창에나 있는 소생 따위의 말단이 뭘 어찌 한단 말입니까? 옷에 낀 이와 같은 존재에 불과한데 제게 무슨 방법이 있단 말입니까!"

"정 방법이 없으면 어쩔 수 없지. 이 은화는 내버려두고 술이나 마십시다."

전복현은 끝내 허락하지 않았다.

"이것들은 전부 도로 가지고 가세요. 제가 일단 방법을 생각해 볼 테니까요. 안 가져가면 나도 상관 않겠어요."

"내 평생에 똑같은 일을 두 번 한 적은 없었소."

다시 마차를 타고 백록촌으로 돌아오는 길에 녹자림이 호들갑스럽게 말했다.

"아이고, 형님. 정말이지 대단하십니다. 일을 하기 전에 저한테 한마디 귀띔이라도 해 주셨으면 좋았을 텐데, 제가 얼마나 놀랐는지……. 그나저나 마대 속에 얼마나 들어 있었습니까?"

냉 의원이 마차 안에 앉아서 담담히 말했다.

"모르겠네. 나는 한평생 돈을 세어 본 적이 없네. 그냥 몇 년간 번 돈을 고스란히 넣었네. 전 총향약보고 천천히 세어 보라 하지 뭐."

"마대 속의 돈이 제대로 쓰일지 모르겠습니다."

"잘 쓰이면 좋은 거고, 잘 안 쓰여도 할 수 없지 않은가. 어찌 되었든 내 손은 떠났으니 난 상관 않겠네."

전복현은 그날 밤으로 마대 속의 돈 꾸러미를 끄집어내서는 후원의 오래된 동백나무 밑에 파묻었다. 그 역시 일절 세어 보지 않고 삼태기에 조약돌을 담아 나르듯이 은전을 담아서는 구덩이에 묻었다.

전복현은 서쪽 들판의 고향집에서 사흘을 묵었다. 그러면서도 방문객이나 친지들을 만나는 것은 모두 사절했다. 갑작스럽게 병이 나서 휴양을 해야 한다는 이유를 댔다. 나흘째 되던 날, 그는 말을 타고서 백록창으로 돌아왔다. 돌아오자마자 바로 아홉 보위대의 향약들과 큰 마을에서 영향력을 행사할 수 있는 유지들을 소집하여 연석회의를 열고 하나의 동의안을 제출했다.

"성 정부에다가 공산당원 녹조붕을 우리 백록원으로 데리고 와 법을 집행하자고 요청합시다."

회의에 참가한 사람들은 별다른 반발 없이 동의했다. 전복현은 다음날로 말을 타고 성안으로 들어가 관련 부서를 찾아다녔다. 백록원에서 나고 백록원에서 일을 저지른 공산당원 녹 아무개를 고향으로 압송해서 법에 따라 처리해야 한다면서 백록원의 수만 민중이 강력하게 들고일어났다는 진정서도 제출했다. 사흘 후에는 하요조賀耀祖가 불러 모은 향민 30여 명을 성 정부 문 앞에 모이게 한 다음 자신들의 요구를 들어주지 않으면 절대로 일어나지 않겠다고 주장하는 시위까지 벌이도록 했다.

서안성 정부는 그러자 국민당 자수현 당부의 악유산을 소환했다. 그러나 악유산은 오히려 성 정부의 관리들을 설득했다. 무엇보다 녹조붕을 고향으로 데리고 가서 처형하면 일벌백계의 효과가 있다는 주장을 적극적으로 펼쳤다. 공산당원이 얼마나 사람들에게 인심을 잃었는가를 알리는 기회가 될 것이라고도 주장했다. 이렇게 해서 마침내 녹조붕은 백록원으로 압송되어 왔다.

처형장은 백록진의 초급소학교 흙담 옆으로 결정되었다. 곧 처형 집행인이 흙담에서 5척 떨어진 곳에 한 줄로 일곱 개의 구덩이를 파고는 포승줄에 묶인 일곱 죄수를 벽면을 향해 세웠다. 갈색의 긴 장삼을 입고 있는 것이 녹조붕이었다. 그는 중간에 꿇어 엎드려 있었다. 나머지 여섯은 살인이나 강도질을 한 죄수였다.

이 소학교를 처형장으로 택한 것은 이곳이 바로 녹조붕이 평원의 사람들을 선동하여 공산당 혁명을 일으킨 옛 소굴이었기 때문이다. 형을 집행하는 사람은 백록창의 의용대장이었다. 의용대로서는 의용군을 조직한 이래 처음으로 사람들에게 얼굴을 내보일 기회가 온 것이다. 그래서 각별히 위엄 있는 모습으로 제일 앞줄에 서 있었다.

총소리가 울렸다. 동시에 벽 위로 푸른색 연기가 솟았다. 그리고 일곱 사람의 죄수들이 외마디 소리도 못 지른 채 푹 고꾸라졌다. 그들의 입에는 모두 철망이 씌워져 있었던 것이다. 각 마을의 거리마다 처형 사실을 알리는 석판으로 인쇄한 포고령이 붙었다. 그러나 향민들은 별로 관심이 없었다. 기근으로 지친 사람들은 총살이라는 충격적인 사건에도 신경 쓸 기운이 없는 것 같았다.

녹조붕은 이때 백록서원에 있었다. 전복현은 그가 평원으로 압송되기 전 현의 감방에서 여섯 명의 사형수를 함께 데리고 나왔는데 그게 바로 속임수였다. 녹조붕은 평원으로 압송되어 온 그날 밤, 임시 감방의 작은 방에 누워 있었다. 그런데 누군가 몰래 들어와서는 녹자림이 직접 몰고 온 마차에 그를 태웠다. 그런 다음 그를 대신해 죽을 죄수에게 그의 장삼을 입혔다.

냉 의원은 다시 한 번 마차에 약재를 담은 마대를 가득 실었다. 그러나 이번 마대에는 돈 꾸러미가 아닌 사형수 녹조붕이 들어가 있었다. 냉 의원 일행은 마차를 평원의 언덕으로 몰았다. 그리고 녹조붕을 백록서원에 숨겼다. 주 선생이 만신창이가 된 조붕을 인도받고는 말했다.

"빨리 돌아가시오. 그리고 다시는 찾아오지 마시오."

녹조붕은 백록서원에 숨어서 사흘 밤낮을 잠만 잤다. 모진 고문을 당하느라 심신이 지칠 대로 지쳐 있었기 때문이다. 사흘 밤낮을 자고 일어나서는 정신이 돌아왔는지 식사도 조금씩 할 수 있었다. 주 선생의 아내인 백씨白氏는 정성을 다해 그를 보살폈다. 아침에는 달걀탕, 점심에는 여러 종류의 국수를 만들었다. 또 저녁에는 팥죽을 쑤었다. 이런 정성 덕분에 녹조붕은 조금씩 건강을 회복했다.

주 선생은 그가 오기 며칠 전 현 정부로부터 빈민을 구제하는 일을 위임받았기 때문에 사흘이나 닷새 만에 집에 왔다. 집에 오면 아내에게 녹조붕의 몸이 얼마나 회복되었는지 묻고는 곧장 다시 집을 나섰다. 그와는 한마디의 말도 나누지 않았다.

주 선생이 돌아온 어느 날 밤이었다. 녹조붕은 선생의 침실로 가서 작별 인사를 드리고 사모님의 노고에 감사를 드리려고 했다. 순간 선생님과 사모님이 희미한 등불 아래서 검은 죽을 마시고 있는 모습이 보였다. 냄새로 보아 검은콩으로 만든 죽 같았다. 그는 목이 메어 말이 나오지 않았다. 묵묵히 앉아 있기만 하던 그는 어렵게 입을 열었다.

"떠나야겠습니다."

사모님이 물었다.

"그 몸으로 걸을 수나 있겠는가?"

주 선생은 아무 말 없이 검은콩 죽만 마시고 있었다. 조붕은 아무렇지도 않다는 듯이 웃으며 말했다.

"선생님, 점괘 한번 봐주십시오. 앞으로 국공國共 양 당의 장래가 어떻게 될까요?"

선생이 빙그레 웃더니 대답했다.

"국숫집과 칼국수 집 둘 중에서 어느 집이 이길까 하는 것과 같은 질문이군. 그래, 누가 이기겠나? 두 당은 본래 하나에서 나온 것이 아닌가?"

조붕이 뭔가를 설명하려고 하자 주 선생이 먼저 말했다.

"내가 보기에는 '삼민주의'와 '공산주의'는 대동소이한 걸세. 한쪽에서는 천하를 '공☆'으로 보고[天下爲公], 다른 쪽에서는 천하를 '공共'으로 보는 것[天下爲共]이 다르다고나 할까? 두 당의 종지宗旨가 결국 나라를 구하고 백성을 구하는 것에 있다면 두 당이 서로 합쳐 천하를 공공☆共으로 보면[天下爲 ☆共] 더욱 좋지 않겠는가? 왜 하나로 뭉치지 못하고 그렇게 나뉘어서 야단들인가? 공☆자와 공共자의 싸움은 각자만의 자전字典을 만들려고 하기 때문에 일어나는 것일세. 국숫집과 칼국수 집이 서로 다투는 것도 시장을 독점하려는 것이 아니고 무엇이겠나? 기왕에 이렇다면 어째서 '결과'를 중시하지 않나?"

녹조붕이 참지 못하고 고통스럽게 말했다.

"그쪽에서 국공합작國共合作을 먼저 깨버린 겁니다……."

"그것은 시아버지와 시어머니의 다툼에 불과하네."

녹조붕이 화제를 바꾸려 다른 것을 물었다.

"아버지와 냉 의원님이 저를 구해 주시리라고는 생각도 못 했습니다. 전복현이 어떻게 저를 놓아주었지요? 두 분을 좀 만나고 싶습니다만……."

"그분들은 자네를 보려고 하지 않으시네. 그리고 이 한마디만 전해 달라고 했네. 이름을 바꾼 다음 서안을 떠나라고. 그렇지 않으면 자네를 구해준 사람들도 살아남지 못할 테니."

"두 분 말씀이 아니더라도 그렇게 할 작정이었습니다. 저는 이제 서안에는 있을 수가 없게 되었어요. 또 다른 말씀은 없으셨습니까?"

"전복현이 냉 의원한테 물어봐 달라고 했다더군. 만일 나중에라도 공산당이 득세를 하게 되면 자네도 그를 용서해 줄 수 있겠느냐고 말이네."

깜짝 놀란 녹조붕이 잠시 생각한 후 말했다.

"그 사람보고 꼭 살아 있으라고 전해 주십시오. 그런 때가 오면 분명히 그에게 보여주고 싶습니다. 우리가 그들보다 훨씬 공명정대하다는 것을 말입니다."

"냉 의원이 자네에게 전한 말은 집안일일세. 자네 아내가 아이라도 하나 가졌으면 하는 바람이더군. 아이만 하나 있어도 딸아이가 자네 집에서 살 수 있을 거라고 말이지. 자신도 백록진에서 얼굴을 들고 다닐 수 있고 말이야……."

녹조붕은 다리에 힘이 빠졌는지 그대로 주저앉았다. 그리고는 두 손으로 머리를 감싸 쥐었다.

"세상에! 차라리 전복현의 손에 죽는 것이 깔끔할 걸 그랬습니다."

"자네, 왜 이렇게 마음이 좁아졌단 말인가?"

녹조붕이 벌떡 일어서더니 말했다.

"목숨을 구해 주셨지만 제가 그 빚만큼은 갚을 수가 없군요……. 아아! 선생님, 떠나겠습니다. 혹시 선생님께서 저에게 하실 말씀은 없으십니까?"

주 선생이 조용히 웃으며 말했다.

"나 말인가? 나는 그저 단비가 내리기를 고대할 뿐이네."

기근은 어떤 재난보다도 참기 어렵다. 그런데 아편에 중독되어 발작하는 것은 굶주림보다도 더 참기 어려운 듯했다.

효문은 이중고를 겪으며 고통의 심연 속으로 빠져들었다. 복잡했던 세상은 이미 그에게 너무도 간단하게 바뀌었다. 그저 죽 한 그릇, 찐만두 하나, 그리고 아편만 있으면 되었다. 소아小娥가 옹기그릇과 사기그릇까지 깨뜨려가면서 움막의 벽 속에 감춰 두었던 아편이 다 떨어진 순간, 그에게 인생 최고의 환락을 제공해 주던 소아의 움막집의 매력은 사라져버렸다. 겨울에는 따뜻하고 여름에는 시원하던 그 집의 안락함 역시 마찬가지였다. 8묘 반의 전답과 집을 판 돈은 전부 소아의 교묘한 손끝에 의해 작은 담뱃대의 구멍 속으로 쑤셔진 다음 푸르스름한 연기가 되어 목구멍 속으로 들어간 것이다. 효문이 침상에서 내려와 신을 신고 나가려고 하자 소아가 말했다.

"당신이 가면 나는 어떻게 해요?"

"언제까지 당신에게 밥을 달라고 할 수는 없잖아. 기다려 봐. 내가 나가서 찐만두라도 몇 개 얻어올게."

효문은 집을 나섰다. 그러나 밖으로 나오자마자 바로 심한 허기로 인한 현기증을 느꼈다. 그래도 그는 아무 생각도 없이 백록촌의 동쪽에 있는 신화촌으로 향했다. 그런 다음 마을의 작은 대문이나 누추한 집들은 처다도 보지 않고 신화촌에서 가장 부잣집인 이구년李龜年의 집으로 곧장 갔다. 이구년은 효문이 입을 헤벌리고 있는 꼴을 보자 바로 안으로 들어가 손자에게 잡곡으로 만든 빵을 넣은 죽을 한 그릇 갖다 주게 했다. 효문은 죽그릇 속에 얼굴을 파묻다시피 한 채 죽을 후루룩 마셨다. 그리고 문루에 몸을 기댄 채 더러운 손으로 죽 그릇에 있는 빵을 건져 먹기 시작했다. 그러자 바짝 야윈 볼이 불룩 튀어나왔다. 그는 허겁지겁 빵을 먹은 후 정성스럽게 손바닥과 손가락 사이에 있는 국물까지 핥아먹었다. 순간 갑자기 소아가 생각났다. 후회가 막심했다. 그러나 금방 스스로를 용서했다.

'할 수 없지 뭐. 이미 다 먹어버렸는데 어떡해. 다음에는 소아한테도 꼭 갖다 줘야지.'

그가 몸을 돌려 하가촌의 하요조賀耀祖네 집으로 갔을 때는 마침 점심 때였다. 하요조는 효문이 밥을 얻으러 왔다는 말을 듣고는 몸소 문밖으로 나와 친절하게 맞이했다.

"아이고, 효문. 여기서 뭘 하는가? 어서 들어오게, 들어와."

효문은 하요조를 따라 집안으로 들어가면서 이번에는 진짜 배불리 먹을 수 있을 것이라고 생각했다. 마음이 흐뭇했다.

하요조 일가는 마침 대청에 모여서 밥을 먹으려던 참이었다. 모두 젓가락을 들던 참이었다. 그러다 그다지 반갑지 않은 손님이 들어오는 것을 보고는 눈을 휘둥그렇게 뜬 채 그를 바라봤다. 하요조는 그에게 국수 한 그릇을 갖다 주게 하고 등받이 없는 의자를 대청의 계단 앞에 놓아주었다.

"앉게, 여기 앉아서 먹게."

어디에 앉든 상관없었다. 효문은 그 집 며느리가 갖다 주는 국수 그릇을 들었다. 그리고는 바로 국수 맛에 빠져들었다. 심지어 혀가 데일 듯 뜨거운 국물도 아랑곳하지 않고 목으로 술술 잘 넘겼다. 이마 위에서는 땀이 뚝뚝 떨어졌다. 그가 국수 한 그릇을 게 눈 감추듯 먹어치우고 입맛을 다실 때 뒤에서 하요조의 목소리가 들려왔다.

"오늘 너희들은 스승 한 분을 보고 있다. 내가 친히 이 스승을 집으로 모신 것은 너희들에게 세상의 도리를 가르쳐주기 위해서다. 백가헌 어른은 이 백록원에서 가장 인의가 있고 충직한 분이시다. 그런데 망나니 아들 하나를 건사하지 못했다. 너희들은 지금 똑똑히 봐 두어라. 집안을 망치는 것이 어떤 것인지 잘 배워야 한다. 이것은 둘도 없는 교훈감이다……."

효문은 불끈 화가 치밀었다. 성질 같아서는 두 번째 받은 국수 그릇을 하씨 부자의 면상에 내던지고 싶었다. 그러나 그렇게 하지 못했다. 대신 천천히 국수를 다 먹고 입가를 훔친 다음 몸을 돌려 하요조를 보고 히히 웃으며 말했다.

"오늘 저를 스승으로 대해 주시니 여기에 주저앉아 살면 어떨까요? 언제든지 시간이 있으시면 저를 교훈감으로 부르십시오. 내 배만 채워주면 돈은 안 받을 테니까요……."

효문은 계속 동남쪽을 향하여 걸어갔다. 남쪽으로 내려갈수록 길도 사람도 낯설었다. 그랬으니 하루이틀이 지나도록 밥 한 그릇, 만두 한 개를 얻어먹기가 어려웠다. 오히려 사나운 개들의 공격을 받아 다리를 물리기도 했다. 한번은 개에게 물린 상처가 곪아 피고름이 종아리에서 흘러나와 신발 안에 고였다.

그날 밤 그는 몸을 뉘었던 묘당의 계단에서 떨어졌다. 온몸이 우물 속에 빠진 것처럼 떨려서 견딜 수가 없었다. 그러나 머릿속은 오랜만에 아주 맑아졌다. 죽음이 가까이 다가왔다는 것을 느낄 수 있었다. 순간 소아의 모습이 떠올랐다. 그는 그예 대성통곡을 하고 말았다. 이어 소아의 이름을 부르면서 비틀거리는 걸음으로 묘당을 떠났……

죽음과도 같은 이틀 동안의 여정 끝에 드디어 백록촌이 그의 눈에 들어오기 시작했다. 눈에 익은 커다란 흙구덩이 옆을 지날 때 그의 정신은 혼미해졌다. 그래서 그만 경사진 곳에서 굴러내려 토호±壕(커다란 흙구덩이) 속으로 떨어졌다. 눈웃음을 띤 소아가 그를 마주 보면서 침상 위로 올라오는 모습이 보였다. 오른손을 뻗쳐 겨드랑이 밑으로 치마끈을 풀면서 그 새하얀 비둘기 같은 가슴 위를 더듬는 광경도 보였다. 그녀는 그에게 몸을 기댄 채 반들거리는 흙덩이를 집어다가 담뱃대 구멍 속에 채워 넣었다. 두 사람은 서로 너 한 모금, 나 한 모금 하면서 아편을 피워댔다. 실컷 피우고 난 두 사람은 침상 위에서 환락을 맛보았다. 얼마 후 그는 다 해진 돗자리의 나무 부스러기에 긁혀 일어났다. 이어 벌거벗은 궁둥이를 소아에게 들이대고는 바늘로 엉덩이에 박혀 있는 가시를 빼달라고 앙탈을 부렸다…….

효문은 무언가가 찌르는 것 같은 따끔함 때문에 깨어났다. 입가가 피범벅이 된 흰 개 한 마리가 으르렁대며 꼬리를 꼿꼿이 세웠다. 개는 고개를 돌려 그를 한참 응시하더니 실망을 했는지 도망쳤다. 그가 다리를 끌어안고 보니 발바닥과 발등 위에 두 줄의 이빨 자국이 나 있었다. 그러나 피는 흐르지 않았다. 자신의 살점에는 이미 피 한 방울조차 남아 있지 않은 모양이었다. 음산한 공포가 그를 엄습해 왔다.

효문의 뇌리에 언젠가 보았던 마을의 묘당 계단 위에서 굶어 죽은 사람의 모습이 떠올랐다. 마을 사람들은 시체가 썩을 것을 염려했다. 그래서 몇 사람이 언덕 위에 아무렇게나 구덩이를 파서는 그를 묻으려 했다. 개들이 그 뒤를 따라왔다. 처음에는 한 마리였다. 그러다 몇 마리로 늘어났다. 그다음에는 수십 마리가 됐다. 큰 개, 작은 개, 검은 개, 누렁이, 암놈, 수놈 할 것 없이 그 구덩이 주위에 진을 쳤다. 그 이름도 모르는 시체는 수십 마리의 개들에게 산산조각 찢어 발겨졌다. 평원의 개들은 거의 들개로 변한 것 같았다. 인육을 먹어서 그런지 눈도 새빨개졌다. 털도 붉은빛으로 물들어갔다. 백효문은 들개에게 먹힌 사람의 해골을 여러 번 본 적이 있었다. 그렇게 개들에게 갈가리 찢긴 바지와 저고리를 볼 때면 섬뜩해지면서 모골이 송연해지곤 했었다.

그는 다시 천천히 토호에 엎드렸다. 마차바퀴 소리가 들려왔다. 어떤 사람이 흙을 파러 토호에 들어오고 있었다. 효문이 눈을 뜨고 보니 마차를 몰고 들어오는 사람은 녹삼이었다. 그러나 자꾸만 감기는 눈을 어찌할 수 없었다.

녹삼은 마차를 몰아 토호 속으로 들어왔다. 이어 고삐를 단단히 나무에 매고는 마차 안에서 삽과 곡괭이를 내려 흙을 퍼 담으려고 했다. 그러다 땅바닥에 고꾸라져 있는 사람을 발견했다. 굶어 죽은 사람이라면 발에 채일 정도로 많았으니 그는 처음에는 별로 놀라지도 않았다. 그래서 삽 끝으로 툭툭 쳐서 시체인지 산 사람인지 알아보려 했다. 효문이 힘들게 고개를 들고 꺼져가는 목소리로 말했다.

"녹삼 아저씨……."

놀란 녹삼이 삽을 집어던지고 효문의 어깨를 부축하여 앉혔다.

"세상에, 이게 무슨 꼴인가."

효문의 마비된 머리는 한참 만에야 되살아났다. 그는 지금의 이 모습이 하나도 빠짐없이 녹삼 아저씨를 통해 아버지에게 전해질 것이라는 사실을 너무나도 잘 알았다. 이 허약함과 후회하는 빛은 그의 아버지를 아주 만족스럽게 할 것이다. 그는 아버지를 만족하게 하고 싶지 않았다. 그래서 말했다.

"이 꼴이 어때서요? 좋잖아요."

녹삼이 쯧쯧 혀를 차고는 말했다.

"옛날의 네가 어떤 모습이었고, 지금의 네 모습이 어떤지 한번 돌이켜 보거라."

효문이 빈정거리듯 대답했다.

"예전의 내 모습이 아무리 좋았어도 다시는 돌아가고 싶지 않아요. 지금이 더 좋아요."

녹삼이 천천히 일어서더니 뒷걸음질을 쳤다. 그리고 조소하듯이 말했다.

"그렇게 말하지만 이제 와서 후회해도 소용없다. 네가 한때는 백록원에서 존경받던 사람이었는지 모르지만 지금은 토호에 나자빠져 있는 인간 말종일 뿐이야. 너는 바른 길을 놔두고 못된 길을 걸었어. 높고 긴 의자를 놔두고 식탁 밑에 버려진 뼈다귀를 핥았어. 그렇게 개 같은 생활을 하면서 아직도 후회하지 않는다는 말이 나온단 말이냐? 하긴 지금에 와서 후회한다는 말을 하는 것도 우습지……."

효문이 화가 나는지 온몸을 떨었다.

"다른 사람이 나를 욕하고 훈계하는 것은 참겠어. 그런데 당신마저 나를 훈계하려 들어? 당신이 도대체 뭔데!"

녹삼이 가슴을 치며 비웃듯이 말했다.

"나? 녹삼이지. 이 녹삼은 한평생 머슴살이를 하고 있지만 너같이 집 안 말아먹는 자식에게는 훈계할 수 있어. 만일 네가 아닌 다른 사람이 이 지경에 이르러서도 숨이 끊어지지 않았다면 나는 목을 졸라 죽였을 거야! ……뭐 하러 아직까지 살아 있는 거야?"

녹삼이 삽을 주워 들고 거칠게 흙을 파냈다. 흙이 좌르륵 떨어져 내렸다. 그는 마차에 흙을 가득히 퍼 담자 삽과 곡괭이를 꼭대기에 얹었다. 이어 나무에 매 두었던 말고삐를 풀었다. 토호를 떠날 때 녹삼은 고개를 돌린 채 반은 동정조, 반은 야유조로 말했다.

"이리에게 물려 죽고 싶지 않거든 백록창에나 가 보렴. 거기서 밥을 공짜로 나눠준다더구나."

토호 속에 누운 효문은 화가 나서 미칠 지경이었다. 담벼락을 붙잡고 밥을 얻어먹을 때도, 아는 사람들이 눈을 흘기고 그를 바라볼 때도, 아이들이 그를 보며 개처럼 짖어댈 때도 그의 마음이 이렇진 않았다. 그런데 녹삼이 이렇게 수치심을 자극할 줄은 몰랐다. 씩씩거리던 화가 점점 가라앉자 갑자기 배 속에서 거머리가 꿈틀대고 기어오르는 것 같았다. 처음에는 한 마리, 그리고 두 마리, 세 마리…… 지렁이처럼 생긴 거머리가 셀 수도 없이 배 속에서 요동치며 기어 다니고 있었다. 이제 그의 뇌리에는 녹삼이 던지고 간 '공짜로 밥을 준다.'는 말만 맴돌 뿐이었다. 밥! 그에게는 이미 낯설어진 존재였다. 그러던 것이 지금은 아주 생동감 있게 다가왔다. 이삼일 동안 죽도 못 먹은 효문에게는 이미 배가 고프다는 감각조차 없었다. 그런데 지금 그 감각이 강렬하게 되살아나고 있었다. 그는 천천히 일어섰다. 백록창에 가자! 밥을 준단다! 그의 의지가 강력하게 마음속을 뒤흔들었다. 그는 개를 쫓던 막대기를 붙잡고 일어섰다. 토호를 기어 나와 비탈길로 내려오니 동생 효무가 그의 앞을 가로막았다. 효무는 녹삼으로부터 효문이 토호 속에서 다 죽어가고 있다는 소식을 듣고 달려온 것이다.

효무가 말했다.

"형님, 집으로 돌아갑시다."

"안 가!"

효문은 고개를 저었다.

"형님은 갈 데까지 갔어요. 더 이상 갈 곳이 없다고요."

"아니, 아직 갈 데가 있어…… 난 백록창으로 밥 먹으러 간다!"

"생각 좀 해보시오. 어떻게 거기로 밥을 얻어먹으러 간단 말이오."

"밥을 거저 준다는데 얼마나 좋으냐. 빌어먹는 것보다야 낫지."

"형님, 체면 같은 것은 이제 안중에도 없겠지만…… 조상님 체면도 생각해야지요."

"체면 걱정하는 놈은 꺼져버려라. 체면도 모르는 난 밥이나 얻어먹으러 가겠다!"

…………

효문은 녹삼과 효무를 상대하느라 생긴 분노의 힘으로 백록창 밖에 마련된 급식소를 찾아갔다. 창고 바깥의 들에는 가뭄으로 인해 파종을 하지 못한 밭이 있었다. 바로 그곳에 남루한 옷차림의 남녀들이 마치 벌통을 잘못 건드리자 달려 나온 벌떼같이 모여들고 있었다. 곧 끊임없이 밀려드는 사람들로 사방이 가득찼다. 효문은 막대기를 들고 사람들 속을 비집고 들어갔다. 넓은 들에는 임시로 여덟아홉 개의 노천 아궁이가 놓이고, 지름이 5척은 됨 직한 커다란 가마솥이 걸려 있었다. 솥을 건 양쪽에는 커다란 풍로가 아궁이 쪽으로 연신 바람을 보내고 있었다. 화염은 아궁이 속에서 한 자 높이까지 솟구쳤다. 부뚜막 제일 가까이에 있는 사람들은 모두 젊은이들이었다. 너무 사람들이 많이 모여 있어서 비집고 들어갈 틈이 없을 지경이었다. 민단의 의용대장은 곤봉을 휘두르면서 사람들에게 세 줄로 서라고 명령을 내렸다. 그러나 줄은 그들이 지나가고 나면 다시 흐트러지곤 했다.

효문은 이런 혼란을 틈타 앞줄에 설 수 있었다. 김이 무럭무럭 나면서 윤기가 자르르한 쌀죽이 보였다. 순간 그는 갑자기 깊은 회한에 울음을 터트렸다. 세상에! 다른 사람들의 손에는 모두 그릇이 들려져 있는데 자기만 빈손이었던 것이다. 빈손으로 어떻게 죽을 얻어먹는단 말인가? 그는 급히 사람들 속을 헤집고 나왔다. 어디 가서 그릇을 하나 빌려올 참이었다. 그때 누군가가 그의 어깨를 붙잡았다. 그는 급한 마음에 화가 나서 고개를 홱 돌렸다. 녹자림이 놀란 빛으로 웃으면서 말했다.

"세상에! 이보게 조카, 자네가 어찌 이 사람들과 같이 여기 줄을 서 있고 그러나."

효문은 어깨에 얹은 그의 손을 뿌리쳤다. 지금은 그와 다툴 시간이 없었다.

"손 치워요. 그릇 가지고 오는 것을 잊어버렸단 말입니다. 늦게 오면 죽이 다 떨어지고 없을 거예요."

그래도 녹자림은 더욱 힘을 주어 그를 붙잡았다. 효문은 급기야 소리를 질렀다.

"빨리 손을 치우지 않으면 욕을 할 거예요."

녹자림의 얼굴에 희미하게 슬픈 기색이 떠올랐다. 그러더니 그가 손을 바꾸어 다른 손으로 어깨를 움켜쥔 채 군중들 속을 헤집고 나갔다. 이어 말없이 백록창 옆에 임시로 만든 사무실로 효문을 끌고 갔다. 효문은 기력이 없던 터라 질질 끌려갈 수밖에 없었다. 곧이어 고개를 올려 쳐다보니 고모부 주 선생의 모습이 보였다. 그는 자리에 앉아 있다가 효문을 보고는 아연실색한 채 입을 다물 줄 몰랐다.

방안의 사람들 모두에게서 탄식이 터져 나왔다. 여기에 앉아 있는 사람들은 임시로 조직된 백록진휼회白鹿賑恤會의 회원들이었다. 녹자림을 포함하여 9개 보위대의 향약들로 구성되어 있었다. 각각 평원의 굶주리는 백성에게 무료 급식을 제공하는 책임을 지고 있었다. 회장 자리는 총향약 전복현이 맡고 있었다. 그곳의 모든 사람들은 녹자림이 끌고 온 백효문의 더럽고 누추한 모습을 보았다. 그의 모습은 실로 가관이었다. 머리에는 까치집이 지어져 있고, 얼굴과 목에는 때가 끼어 있었다. 또 눈가에는 말라붙은 눈곱이 덕지덕지 붙어 있었다. 그런 모습에 사람들은 자기도 모르게 고개를 돌렸다. 게다가 다친 종아리에서는 피고름이 나 악취가 심했다. 덕망이 높은 백씨 집안에서 뛰쳐나온 이 불초자식은 백록의 명사들에게 그렇게 경각심을 자아냈다. 그럼에도 모두 마지못해 애석해하는 말은 건넸다. 그러나 효문은 수치스러울 뿐이었다. 여기서는 녹삼이나 효무에게 했듯이 성깔을 부릴 수도 없었다. 녹자림이 효문에게 주려고 찐만두를 가져왔을 때였다. 그때까지 한마디도 없던 주 선생이 녹자림을 제지했다. 그리고 조용히 말했다.

"좀 더 굶게 내버려두시오."

녹자림은 당황했다. 거기 있는 사람들 중에 그가 효문의 땅을 사고 집을 허문 것을 모르는 사람은 아무도 없었다. 괜히 효문을 끌고 이곳으로 왔다는 후회가 솟구쳤다. 그는 처음에는 이 패가망신한 놈을 끌어다가 사람들 앞에서 구경거리가 되게 하여 백가헌의 얼굴에 똥칠을 해 주고 싶었다. 그런데 오히려 자신이 불편한 입장에 놓이게 된 것이다. 하지만 그는 금세 기지를 발휘하여 전복현에게 입을 열었다.

"총향약님, 현청의 보안대에서 사람을 확충한다고 하지 않았습니까? 그들에게 가련한 젊은이 한 명을 추천하면 어떻겠습니까? 효문을 보내면 얼마나 좋겠습니까? 우리 가헌 형님의 얼굴을 봐서라도 효문이 이렇게 밥을 얻어먹고 다니게 할 수는 없지 않습니까?"

사람들은 모두 박수를 치면서 좋은 생각이라고 했다. 전복현 역시 고개를 끄덕이더니 말했다.

"자네가 말을 안 해 줬으면 내가 깜빡 잊을 뻔했네. 좋네, 좋아! 효문은 주 선생님 밑에서 몇 년 간 공부를 해서 글솜씨도 좋으니 말이지. 현청의 보안대 대장이 나한테 특별히 부탁하기를 학문이 높은 사람을 추천해 달라고 했거든."

전복현이 곧장 책상에서 추천서 한 장을 쓰고는 효문에게 건네주며 말했다.

"빨리 가 보게. 늦으면 안 될 테니."

효문은 추천서를 받아들고 감격의 눈물을 흘렸다.

"전 아저씨, 자림 아저씨……."

급기야 효문이 털썩 무릎을 꿇었다. 전복현이 효문을 일으켜 세워 몸을 돌려 문을 나서려고 할 때였다. 고모부 주 선생이 그를 불러 세웠다.

"기다려라. 가서 밥 한 그릇 먹고 가거라. 제법 먹을 만할 게다."

효문은 고모부의 말에 걸음을 멈추었다. 주 선생이 방안의 사람들에게도 말했다.

"내가 제안을 하나 하겠소이다. 우리 진휼회 회원들도 함께 나가서 민중들과 같이 밥을 먹읍시다. 이런 기회는 좀체 얻기 어려운 기회요. 나는 나가서 먹어야 되겠소. 가고 싶지 않은 사람은 안 가도 좋소."

주 선생은 종종 기이한 행동을 했다. 그러나 그것은 의미 있는 기행奇行으로 사람들에게 전해졌다. 주 선생이 굶는 사람들을 구제한다는 소문은 금방 백록원에 퍼져나갔다. 현청에까지 알려졌다. 새로 부임한 학郝 현장은 이 소식을 듣고 기뻐서 눈물을 흘렸다. 이어 스스로 자수현의 진휼회 총감독이 되면서 주 선생을 부총감독으로 임명했다. 그런데 현장이 주 선생을 임명하기까지는 많은 장애가 있었다. 대개의 경우 이런 노른자위 자리는 노리는 사람들이 많기 때문이었다. 학 현장은 친히 백록서원을 방문하여 주 선생에게 이 일을 맡아줄 것을 부탁했다.

"제가 운이 없나 봅니다. 제가 이곳에 부임해 보니 자수현은 오랜 흉년으로 굶주리는 사람들이 많습니다. 지금 시급한 것은 굶주리는 사람들을 진휼하는 일입니다. 그런데 못된 무리들이 농간을 부릴까 두렵습니다. 그렇게 되면 백성들에게 고통을 더하는 게 아니겠습니까? 학문과 덕망이 높으신 선생님은 이 중임을 맡기에 충분하십니다. 잠시 현지縣誌 편찬을 중단하시고 먼저 굶주리는 백성들을 구해 주십시오. 현지는 그다음에 편찬하셔도……."

주 선생이 고개를 끄덕이며 말했다.

"서원 밖에서 굶주림에 지쳐 우는 소리가 가득합니다. 골목마다 굶는 백성이 개미 떼와 같이 많으니 내가 이렇게 조용히 책상에 앉아서 붓을 잡는 것도 어려운 일입니다. 내 평생에 중임이 가당치도 않을 뿐더러 할 수도 없는데 쓸데없는 허명虛名이 났나 봅니다. 그러나 이렇게 위급한 때에 굶주리는 사람에게 밥 한 그릇을 주어 목숨을 구하는 일이라면 그것 역시 실사구시의 일이며 평소에 원하던 바입니다."

이렇게 해서 주 선생은 직접 각 마을의 향약들을 소집하여 연석회의를 열었다. 굶주리는 사람들을 구제할 양식도 모았다. 우선 그는 직접 마을마다 마련된 30여 개의 창고들을 돌아다니면서 식량을 내주는 곳을 관장했다. 또 현지 편찬을 도와주던 문인들을 창고에 파견하여 구제 식량을 파악했다. 장부에도 기재하도록 했다. 사리사욕에 눈이 어두운 자들이 착복할 방법을 원천봉쇄하여 한 톨도 빠짐없이 모두 백성의 입으로 들어가도록 했던 것이다.

주 선생이 각지의 창고를 순시할 때였다. 사달은 처음에 도착한 강변의 창고에서부터 벌어졌다. 창고 안에 그를 위한 식탁이 준비되어 있었던 것이다. 식탁 위에는 요리 네 접시와 새하얀 찐만두가 가득했다. 그것을 본 선생은 곧 구제 장소로 가서 좁쌀죽을 한 그릇 가지고 와 마셨다. 창고에 모여 있던 향약들과 막료들이 놀라서 잘못을 빌었다. 주 선생의 명령으로 찐빵과 요리들은 죽 솥 안으로 들어갔다. 주 선생이 말했다.

"백성들에게 이 찐만두가 어디서 나온 것인지 분명히 말해야겠소."

총향약은 그곳에 모인 백성들을 보고는 한마디 말도 하지 못했다. 주 선생이 다시 입을 열었다.

"이 청천백일기(국민당의 국기) 밑에서는 한 치의 거짓도 있어서는 안 될 것입니다. 저 백성들 앞에서 분명히 말하시오……."

총향약은 주 선생 앞에서 무릎을 꿇었다. 다른 향약들도 그를 따라 차례로 무릎을 꿇었다. 주 선생이 뜨거운 눈물을 흘리면서 말했다.

"굶주린 백성의 입에서 양식을 가로채는 사람은 사람이라고 할 수가 없소."

한 달 후의 어느 황혼 무렵, 검정색 제복을 입은 효문이 말을 타고 백록진에 나타났다. 허리에는 검은색 가죽혁대를 차고 머리에는 흰 줄을 두른 검은 모자를 쓰고 있었다. 곧 그가 백록창으로 들어오더니 전복현을 향하여 정중하게 예를 올렸다. 그런 다음 술 한 병과 과자, 사탕, 말린 죽순을 선물로 바치면서 공손하게 말했다.

"변변치 않지만 저의 성의입니다. 전 아저씨……."

그는 녹자림을 찾아가 똑같은 선물을 내놓았다(마을의 골목길을 지나올 때 자신의 집에서는 말을 멈추지 않았다). 그리고 같은 말을 했다.

"변변치 않지만 저의 성의입니다. 자림 아저씨……."

자수현 보안대대에서 한 달을 지내면서 효문의 몸과 정신은 예전과 같이 회복되었다. 그러자 열흘 남짓 군사 훈련을 받을 수 있게 됐다. 이어 대대에 파견되어 전도유망한 문서 비서가 되었다. 그때 그는 마음속으로 다짐해둔 것이 있었다. 그건 첫 월급을 받으면 그에게 살길을 열어 준 은인인 전복현과 녹자림에게 사례를 한 후 남은 것은 소아에게 준다는 결심이었다. 그는 그 가련한 여인이 진휼회에서 나누어주는 음식을 먹으러 가지도 못했을 것이라는 사실을 잘 알았다. 사람들이 그녀에게는 음식을 주지 않을 거라는 사실 역시 모르지 않았다. 녹자림은 바로 상을 차려 효문을 대접했다. 술이 세 순배 돈 후에 녹자림이 어렵게 입을 열었다.

"좋아, 오히려 잘 되었네. 그게 죽었네. 자네도 이제 현청에서 자네의 일에만 전념할 수 있게 되었으니……"

"누가 죽었는데요?"

효문은 영문을 몰라 가볍게 물었다.

"그 움막의 그거 말이야……"

효문은 너무 놀라 벌떡 일어섰다.

"아니, 그 사람이……! 굶어 죽었나요?"

녹자림이 그의 어깨를 눌러 앉히며 말했다.

"굶어 죽은 것 같지는 않고 누가 죽인 것 같네. 침상에 피가 묻어 있는 걸 보면……"

이상한 악취가 마을을 감돌았다. 사람들은 처음에는 들개가 시체를 파먹고 남은 데서 나는 것이라고 여겨 들판을 둘러보았다. 그러나 아무것도 찾을 수가 없었다. 그러는 동안 사람을 질식시킬 것 같은 악취는 점점 더 심해졌다. 누군가가 악취의 근원지가 마을의 동쪽에 있는 움막이라는 것을 깨닫고 족장인 백가헌에게 보고했다. 백가헌이 둘째 아들 효무에게 말했다.

"장정 몇 사람을 데리고 가서 보고 오너라. 무슨 일이 일어났는지."

효무와 몇 명의 젊은이들이 비탈길을 올라 움막 가까이 도착하니 악취는 갈수록 심해졌다. 너 나 할 것 없이 토할 것만 같은 역겨운 기분을 느꼈다. 움막 앞문에는 빗장이 걸려 있었다. 움막의 나무 창문 역시 꼭꼭 잠겨 있었다. 창틈으로 엿보니 안은 온통 어둠뿐이었다. 사람들은 이 집이 그동안 내내 문이 닫혀 있었다는 사실을 떠올렸다. 다들 그녀가 움막 안에서 굶어 죽었을 것이라고 생각했다. 그러나 문이 밖에서 잠겨 있는 것으로 볼 때 집안에는 사람이 없을 가능성이 높았다. 그들은 소아가 도망을 갔을 것이라고 짐작했다. 어찌 되었든 악취는 문틈에서 계속 흘러나오고 있었다. 효무는 분분한 논쟁 끝에 결단을 내렸다.

"창문을 부수게."

쨍그랑, 소리가 나며 창문이 부서졌다. 부서진 창문으로 고개를 들이민 두 젊은이가 갑자기 외마디 소리를 질렀다. 그러면서 창문 앞에 주저앉았다. 이어 두 젊은이는 너무 놀랐는지 소리를 지르며 난리를 쳐댔다. 안을 들여다본 효무 역시 모골이 송연해지는 듯 뒷걸음을 쳤다. 실오라기 하나 걸치지 않은 여자가 침상 위에 누워 있었다.

효무는 코를 움켜쥐고 움막 밖으로 나왔다. 여자는 굶어 죽었는데 누가 밖에서 문을 걸어 잠갔을까? 그가 그렇게 생각하고 있을 때 나머지 사람들이 창문으로 달려들어 소아의 죽은 모습을 봤다. 곧 모두가 소리를 지르면서 움막 밖으로 뛰쳐나왔다. 효무는 방금 곡괭이를 들었던 젊은이에게 문 앞에 달려 있는 자물쇠를 부수도록 명령했다. 그러나 두 젊은이는 겁에 질려 고개만 저었다. 할 수 없이 효무가 곡괭이를 받아들고는 자물쇠를 부쉈다. 이어 발로 차 문을 열었다.

문이 열리자 파리들이 잉잉거리며 문 앞에서 맴돌았다. 악취가 확 퍼졌다. 효무는 몇 사람을 불러 동백나무 가지를 잘라다가 집 앞에 불을 지피게 했다. 연기를 피워 파리 떼를 쫓기 위해서였다. 그는 또 젊은이 셋과 함께 횃불과 연기 나는 동백나무 가지를 들고 움막 안으로 들어가 대충 걸어놓고는 얼른 도망쳐 나왔다. 검은 연기가 움막 창문에서 나오기 시작하자 크기가 팥알만 한 파리들이 연기를 피해 밖으로 나오더니 사람들의 얼굴과 옷에 달라붙었다. 화들짝 놀란 사람들은 정신없이 옷을 털어댔다.

연기가 희미해지자 악취도 얼마간 사라졌다. 효무와 몇몇은 살금살금 집안으로 들어갔다. 소아의 몸은 침상 위에 엎어져 있었다. 한쪽 팔은 늑골 밑에 들어가 있었다. 또 다른 한쪽 팔은 침상의 돗자리로 뻗어 있었다. 그녀의 한쪽 다리는 엉덩이 밑에 구부려져 있었다. 다른 한쪽 다리는 침상 아래로 늘어뜨리고 있었다. 그녀의 온몸은 발가벗겨진 채였다. 전족을 한 작은 발 한쪽에만 덧신이 신겨져 있었다. 시체는 이미 완전히 썩어 있었다. 크고 작은 구더기들이 무더기를 이루고 있었다. 뿐만 아니라 오른쪽 어깨는 구더기들이 다 파먹어 뼈가 드러나 있었다. 머리에도 구더기들이 우글거리고 있었다. 침상, 이불, 부뚜막 할 것 없이 온통 구더기 천지였다.

효무는 온돌 옆의 흙에서 말라붙은 검은색 혈흔을 발견했다. 이것은 이 여인이 굶어 죽은 것이 아니라 살해되었다는 뜻이었다. 누군가 이 여인을 죽이고는 나가서 문을 잠갔을 터였다. 적삼 하나가 그녀의 몸 아래에 눌려 있었다. 알몸인 것과 덧신을 신은 것으로 봐서 그녀가 죽은 시각은 밤중이었을 것이다. 전족에 신는 덧신은 밤에 옷을 벗고 잘 때 신는 것이기 때문이었다. 그녀의 사인은 더욱 쉽게 추측할 수 있었다. 이렇게 알몸인 것으로 볼 때 어떤 놈팽이가 그녀와 싸우고 난 뒤에 죽인 것이거나 어떤 건달의 치정 살인일 가능성이 높았다. 이 여자에게 치정이 아니면 또 무슨 이유가 있단 말인가?

효무가 움막을 나오니 어느새 백씨와 녹씨 성을 가진 남자들이 잔뜩 모여 있었다. 그들은 이 화냥년은 죽어서도 온 마을에 악취를 풍긴다는 둥, 그래도 어찌 되었든 화근은 없어졌다는 둥 떠들고 있었다. 마을 어른들은 효무를 나무라면서 그깟 년 죽음을 뭘 조사할 게 있느냐고 닦달했다. 빨리 그 악취 나는 시체를 묻어버리라고도 했다. 효무가 주저하면서 말했다.

"만일 그녀의 친정에서 관가에 고소라도 하면 어떻게 합니까? 그래도 살인 사건인데……!"

어른들이 귀찮다는 듯이 말했다.

"내가 현장에 있던 증인이 되어 주겠네. 여기에 있는 모든 사람들도 증인이 되어줄 걸세. 어찌 되었든 이런 악취를 계속 맡고 있을 수는 없지 않은가?"

"그러면 좋습니다."

효무는 그녀를 집안에 그대로 둔 채 집을 통째로 묻어버리기로 했다. 이때 백가헌이 굽은 등으로 힘겹게 비탈길을 올라와서는 움막 앞에 섰다. 효무가 안으로 들어가지 말라고 말리자 백가헌이 얼굴을 들고 말했다.

"산 사람이 죽은 것을 무서워할까?"

백가헌은 뒷짐을 진 채 구더기가 들끓는 시체를 바라봤다. 또 침상 곁에 튄 핏자국을 보고는 문밖으로 나왔다. 이어 각종 농기구를 들고 삼삼오오 둘러서 있는 사람들을 보고는 효무에게 말했다.

"주변 흙을 무너뜨려 이 집을 완전히 묻어버려라."

말을 마친 백가헌은 구부러진 허리를 끌고 비탈길을 내려갔다. 효무는 방금 부수었던 창문을 다시 닫은 다음 사람들에게 움막을 에워싸고 있는 절벽의 흙을 파도록 했다. 그러자 금세 흙이 무너지면서 움막은 흙더미에 파묻혀버렸다. 사람들은 마지막으로 하늘 쪽으로 나 있는 네모진 창까지 막았다. 백록촌에 끊임없는 시비를 불러일으키던 녹흑왜와 전소아의 보금자리는 그렇게 흔적도 없이 사라졌다…….

"누가 죽였을까요?"

효문이 묻자 녹자림이 대답했다.

"그야 나도 모르지. 난 그날 백록창에서 백성들을 구휼하느라 현장에 없었거든. 일이 다 끝난 후에야 전해 들었지. 모두 그러더군. 분명히 어떤 건달 놈이 그랬을 거라고. 그러나 누군지는 아무도 몰라."

효문은 술잔을 잡은 채 멍하니 있다가 술잔을 입에 털어 넣었다.

"그만하게, 조카."

녹자림이 온화하게 효문을 위로했다. 효문이 선물을 가지고 자기에게 감사를 표시하러 온 것으로 볼 때 소아는 죽을 때까지 효문에게 비밀을 말하지 않았다고 할 수 있었다. 그동안 효문이 온갖 재난을 겪은 것이 모두 녹자림의 책략과 음모 때문이라는 사실을 아는 것은 그녀뿐이었다. 그런데 고맙게도 살인범이 그를 대신하여 우환덩어리를 제거해 주었다. 소아가 혹시 효문에게 비밀을 말하지 않을까 하는 걱정을 이제는 하지 않아도 된다. 그는 앞으로 아무 걱정 없이 효문과 사이좋은 숙질 관계를 유지하게 된 것이다. 녹자림이 말했다.

"자네가 보안대에서 일을 보게 되었으니 그녀가 죽은 것은 어찌 보면 자네에게 화근을 덜어준 셈일세. 자네도 이제 예전과는 다르네. 지금은 사람들 앞에 서 있는 몸이란 말일세."

연신 술잔을 비우던 효문이 말없이 몸을 일으키더니 인사도 없이 말을 타고 가버렸다. 그는 급히 비탈진 곳으로 말을 몰았다. 이어 나무에 말을 매 놓고 움막으로 올라갔다. 곧 기억을 더듬어 천창天窓이 있던 위치를 찾아내고는 마구 파기 시작했다. 천창을 가리고 있던 흙은 아주 얇게 덮여 있어서 금방 집이 드러났다. 효문은 천창에서 집안으로 뛰어내렸다. 안은 온통 어둠뿐이었다. 그는 계속 성냥을 그어 네 번째에야 비로소 침상 벽에 걸려 있던 등잔을 찾을 수 있었다. 등잔에는 아직 기름이 약간 남아 있었다. 심지가 타들어 가면서 주위를 밝혔다. 효문은 어렵지 않게 한 구의 백골을 찾아냈다. 백골은 온돌 위에 놓여 있는 위치나 자세가 모두 녹자림이 말하던 것과 똑같았다. 효문은 무릎에 힘이 빠지면서 털썩 주저앉았다. 그리고 작은 소리로 울었다.

"사랑하는 이여, 내가 한 발 늦었구나……."

천장에서 뭔가 쉭쉭 하는 소리가 났다. 그가 올려다보니 하얀 작은 나방小蛾(소아小娥의 이름과 음이 같다.) 한 마리가 나타나 등잔의 불꽃 주위를 맴돌며 춤을 추었다. 효문은 급기야 목을 놓아 울기 시작했다.

"당신, 내가 온 것을 아는구려. 아! 이 사람아……."

효문은 잠시 혼절하여 침상 위에 쓰러졌다.

효문이 깨어났을 때 등잔불은 이미 꺼지고 사방은 캄캄했다. 다시 성냥을 그어 보니 찹쌀처럼 예쁘게 생긴 치아가 불빛 아래 드러났다. 그는 예전에 끝없이 그것에 입을 맞추곤 했었다. 그러나 그 치아들은 지금 차가운 녹색 빛을 띠고 있었다. 그는 백골이 된 소아의 오른쪽 팔뼈 위에서 옥팔찌를 빼내 손목에 꼈다. 그리고는 어둠을 더듬어 천창으로 빠져나왔다. 그런 다음 다시 흙을 모아 천창을 덮고는 말고삐를 풀었다.

"내가 반드시 범인을 잡아 죽이겠다. 그놈의 목을 가지고 와서 너의 제사를 지내주마. 사랑하는 사람아……."

제20장

흑왜는 검은 말을 몰고 백록촌으로 달려갔다. 달은 이미 진 지 오래였다. 그저 별빛만 흐릿하게 빛나고 있었다. 그와 비적 패거리들은 조금 전마치 보리씨를 뿌리거나 벼를 수확하듯 후다닥 한 건을 해치웠다. 이후다른 형제들은 식량을 가지고 산으로 갔다. 그러나 흑왜는 말을 달려 소아에게로 향했다. 식량 한 자루를 갖다 주기 위해서였다.

큰 마을, 작은 마을 할 것 없이 도중의 그 어느 집도 불을 켠 곳은 없었다. 들개가 짖는 소리만 간간이 들려올 뿐이었다. 대기근은 이처럼 백록원을 죽음과 같은 적막강산으로 만들어 놓았다. 그랬으니 어느 마을이건순찰대를 만들어 마을을 보호할 여력이 있을 턱이 없었다. 어느 집에 강도가 들었다고 해도 이웃들은 숨만 죽이고 있는 판국이었다.

백록촌 입구에 선 흑왜에게 백흥아白興兒의 집이 눈에 들어왔다. 백록촌의 외부에 있는 이 종축장은 대만 섬과 해남도가 마치 중국 대륙 지도 밖에 자리 잡은 것과 비슷한 형상을 하고 있었다.

그는 백흥아의 종축장에 대해 아주 또렷하게 기억하고 있었다. 우선씨 내리는 소는 건장하기 이를 데 없는 놈이었다. 머리 위에 솟은 은회색의 두 뿔이 양쪽으로 둥그스름하게 나 있었던 소였다. 게다가 살은 얼마나 쪘는지 목덜미 밑에 늘어져 있는 것이 고개만 숙여도 땅에 닿을 지경이었다. 또 회색빛의 수나귀는 노새만큼 큰 놈이었다. 둥그스름한 엉덩이의 털에 윤기가 좔좔 흐르는 놈이었다. 암말만 봤다 하면 뛰어오르며 소리를 질러대고는 했다. 가장 사람에게 흥미를 일으킨 것은 적홍색의 갈기가 마치 만개한 석류꽃 같았던 종마種馬였다.

그는 당시 이 종축장을 보고 비로소 자연의 이치를 깨달았다. 수소가 암소에게 올라타면 암소가 송아지를 낳고, 수말이 암말을 내리누르면 암말이 망아지를 낳는다는 사실을 말이다. 또 나귀가 암말에게 올라타면 암말은 말도 아니고 그렇다고 나귀도 아닌 노새를 낳는다는 사실도 알 수 있었다.

해마다 봄과 가을이 되면 백록원의 사람들은 부농이든 빈농이든 발정한 암소와 암말을 끌고 이 종축장으로 찾아왔다. 그러면 주인인 백흥아는 은근히 웃으며 손님을 천막 안으로 안내하고 차를 대접했다. 그리고는 암컷들을 목책을 두른 곳으로 끌고 갔다.

매년 여름걷이와 가을걷이 후에 백흥아는 종우種牛, 종나귀, 종마를 끌고 마을을 한 바퀴씩 돌았다. 그때마다 그는 그놈들 목 위에 붉은 비단 천을 두른 다음 그 아래에 황금색의 구리 방울을 달았다. 그러면 그 종축장에서 교배해 낳은 망아지, 송아지, 새끼 노새의 주인들은 그 딸랑거리는 방울 소리를 듣자마자 얼른 나와서 완두 한 말을 백흥아가 가축 위에 매달아 놓은 자루에 부었다. 쓸데없는 말은 일절 하지 않았다.

백흥아가 이렇게 하는 것은 우선 외상값을 받는다는 의미가 있었다. 또 암컷 가축들을 가진 농가에 자신이 소유한 수놈들을 선보이겠다는 뜻도 있었다. 한마디로 더욱 많은 사람들이 발정한 암컷들을 끌고 자신의 교배장으로 오도록 하는 것이 목적이었다. 어쩌면 그것은 가장 오래되고 전통적인 광고였을 것이다.

흑왜가 산채 생활에서 백모란白牧丹, 흑모란黑牧丹과 정사를 나눈 후에 늘 생각했던 것은 어릴 때 백흥아의 교배장에서 몰래 훔쳐본 풍경이었다.

흑왜는 말을 몰아 마을 동쪽에 있는 자신의 움막으로 향했다. 순간 그는 잠깐 길을 잃은 것 같은 느낌을 받았다. 늘 있던 집의 문과 창문이 안 보였던 것이다. 집이 있던 자리에는 흙무더기 외에는 아무것도 없었다. 그는 곧 말을 돌려 백흥아의 가축 교배장으로 갔다. 옛날처럼 사람과 말이 왁자지껄 떠들던 소리는 없었다. 오직 적막뿐이었다. 가축을 매어 두던 말뚝 역시 삭은 지 오래였다. 문을 닫은 지도 오래된 것 같았다. 하기야 대기근이 계속되는 이런 때에 가축은 양식으로 바뀌었든 도살장으로 끌려갔든 했을 것이다. 이런 흉년에 어떤 놈이 와서 교배를 시킨다는 말인가?

흑왜는 말을 어둠 속에 있는 나무에 매 놓고는 백흥아의 집 대문을 두드렸다. 한참이 지나서야 겨우 겁에 질린 대답이 들려왔다.

"아저씨, 겁내지 말아요. 흑왜입니다. 한 가지 물어볼 게 있어서 왔으니 나오지 않아도 괜찮습니다. 우리 마누라가 어떻게 되었는지 아십니까? 집도 없어졌던데……."

흑왜의 말에 백흥아는 얼마간 주저하더니 문을 열어주었다. 이어 낮은 소리로 말했다.

"흑왜, 정말 아무것도 모른단 말인가?"

흑왜가 답답한 듯 물었다.

"도대체 어찌 된 일인지 빨리 말해 주십시오."

백흥아가 말했다.

"자네 부인은 죽었네."

흑왜는 너무 놀라 백흥아의 어깨를 꽉 붙잡고 다시 물었다.

"도대체 어떻게 된 일이에요? 사실대로 말해 주세요."

"나도 몰라. 누군가가 죽였다는 것밖에. 자네 움집에서 지독한 악취가 나서 사람들이 가 보고서야 죽은 걸 발견했어. 움막은 흙을 덮어 묻어버렸지."

흑왜가 다시 물었다.

"아무런 단서도 없었습니까?"

"없어! 정말이야……."

흑왜가 날카롭게 소리를 질렀다.

"그만둡시다. 귀찮게 하지 않겠어요. 제가 말을 참죽나무에 매 놓았으니 좀 봐주세요. 금방 돌아올게요."

흑왜는 곧바로 녹자림의 집으로 향했다. 백홍아로부터 아내가 피살당했다는 소식을 들었을 때 그의 뇌리에 첫 번째로 떠오른 것은 바로 눈이 깊게 패이고 콧날이 뾰족하면서도 갸름한 녹자림의 얼굴이었다.

흑왜는 가볍게 담을 뛰어넘었다. 그런 다음 달려드는 검은 개를 한 번에 걷어차 죽여버렸다. 마당 안은 쥐 죽은 듯이 조용했다. 그는 단도를 문틈에 집어넣어 빗장을 내리고 칠흑 같은 방안으로 들어갔다.

녹자림은 단잠에 빠져 있었다. 그의 마누라도 그에게 등을 돌리고서 누워 자고 있었다. 한칼이면 녹자림은 눈을 떠 사람을 알아볼 기회조차 없이 죽어버릴 터였다. 흑왜는 이렇게 생각하면서 팔걸이 의자에 앉아서 손에 닿는 물담배를 집어 들고 불을 붙였다. 부싯돌 소리에 눈을 뜬 녹자림이 잠에서 덜 깬 목소리로 중얼거렸다.

"당신은 나보다도 더 담배에 인이 박혔군."

녹자림은 잠을 자던 아내가 담배를 피우는 줄 아는 모양이었다. 흑왜는 말없이 꾸루룩꾸루룩 물담배를 피워댔다. 그런 후에 심지에 불을 붙여 석유 등을 켜고 녹자림이 옥베개 위에 누워 있는 것을 비춰 보았다. 녹자림은 잠이 깼다가 옆자리에 조용히 누워 있는 아내를 의식하고서는 사태가 심상찮다고 생각했는지 벌떡 일어나서 물었다.

"누구냐?"

"불까지 켜 주었는데 아직도 제가 누군지 모르겠단 말입니까?"

녹자림이 슬며시 침대 밑을 더듬자 흑왜가 말했다.

"뭘 찾습니까?"

"흑왜로군. 난 또 누구라고……."

"물어볼 게 있어서 왔습니다. 만일 섣부른 짓을 했다간 내 권총이 불을 뿜을 거예요. 내가 왜 찾아왔는지는 알겠지요?"

녹자림이 바지를 입고는 아내를 깨워서 차를 내 오도록 시켰다. 그리곤 한참 후에 말했다.

"이보게 조카, 자네가 왜 왔는지 알겠네. 솔직히 자네가 언젠가는 찾아오리라고 생각하고 있었네."

"그럼 쓸데없는 소리는 할 필요가 없겠군요."

흑왜가 말했다.

"자네 집사람이 그런 일을 당했다는 소리를 들었을 때 나한테 귀찮은 일이 생기리라고 생각했네. 그렇지 않은가? 사람들은 자네가 나한테 대든 것을 떠올리면서 자네가 도망가고 없으니 내가 그 집사람한테 앙갚음을 했다고 생각할 것 아닌가? 사람들은 깊은 데까지는 생각 못 할 거야. 만일 내가 소아를 죽일 거였으면 차라리 조붕을 죽이는 것이 낫지 않겠나? 그 녀석이 내 마음을 얼마나 속상하게 했던가. 자네가 도망가고 난 후에 소아는 몇 번이나 나를 찾아와서 울며 하소연했었지. 나에게 전복현 총향약한테 잘 말해서 자네를 용서해달라고 부탁하더군. 그렇게 우는 것을 보니 내가 마음이 약해져서 속상하고 분한 것도 없어지더라고. 내가 비록 자네를 위해 말은 안 했네만 전복현 총향약이 나중에는 결국 소아를 용서해 주었다네. 여자 몸으로 의지할 데 없이 그렇게 사는 것을 보고 내가 얼마간의 식량을 마련해 주었더니 또 사람들이 그걸 가지고 헛소문을 내지 않았겠나. 자네 생각해 보게. 내가 그 여자를 어떻게 죽일 수 있겠나?"

흑왜가 고개를 쳐들고 소리쳤다.

"아저씨가 말을 잘한다는 것쯤은 익히 아는 사실이죠. 그런데 전 소아를 죽인 사람으로 아저씨 말고는 다른 놈이 생각이 나질 않으니 어쩌면 좋지요?"

녹자림이 예상 외로 가슴을 내밀면서 말했다.

"자네가 나를 죽이겠다면 죽어야지 도리가 있겠나. 만일 자네가 다른 이유로 나를 죽인다면 나도 할 말이 없어. 그러나 소아 때문에 나를 죽인다면 자네는 후회하게 될 걸세. 언젠가 사건의 진상이 밝혀질 테니 말일세. 다른 사람 같으면 후회 같은 건 안 하겠지만 자네는 의리의 사나이니까 반드시 후회할 거야."

흑왜는 동요하는 듯했다.

"그럼 도대체 누가 죽였단 말입니까?"

녹자림이 말했다.

"이건 사람의 목숨과 관계되는 일이니 내가 함부로 말할 수가 없네. 단지 난 자네한테 면목이 서지 않을 일은 한 적이 없네. 자네가 만일 내가 죽였다는 것을 입증한다면 나는 두말하지 않고 자네에게 목을 내놓겠네."

"그러면 좋아요. 아저씨는 도로 가서 잠이나 주무세요. 나는 아까 들어온 곳으로 나갈 테니까요. 그래야 문 여닫는 수고를 덜어줄 것 아닙니까."

흑왜가 백가헌의 침실에 잠입하는 것은 녹자림의 집에서처럼 그렇게 간단하지 않았다. 녹씨 집은 남자가 녹자림 혼자뿐이지만 백씨 집안 사람들은 손이 맵기 때문에 방심은 금물이었던 것이다. 담을 타고 감나무를 잡고서 정원에 내려서는 순간 그는 솟구치는 슬픈 감정을 억누를 길이 없었다. 그건 이 정원에 들어오기만 하면 이유 없이 긴장과 수치심이 몰려왔던 어린 시절의 감정 때문이었다.

흑왜는 녹자림에 대한 의심이 풀리자 소아를 죽인 사람이 열에 아홉은 백가헌일 것이라는 단정을 섣불리 내렸다. 실제로 백가헌이라면 소아를 죽일 이유가 녹자림보다 열 배는 넘게 있었다. 또 그는 누구를 죽이려고 마음만 먹는다면 반드시 해내는 사람이었다.

흑왜는 백가헌을 이불 속에서 끌어내 방바닥에 내동댕이쳤다. 이어 총부리를 그의 심장에 겨누었다.

백가헌은 아무 소리도 내지 않았다. 섣부른 짓 역시 하지 않았다. 그저 비몽사몽간에 사태가 어떻게 됐는지 파악한 다음 이 비적이 누군지만 알려고 했다. 흑왜가 이불을 뒤집어쓰고 있는 백가헌의 아내 오씨에게 말했다.

"떳떳한 사람은 떳떳이 일을 하는 법, 어서 불을 켜십시오. 우리 정정당당하게 말해 봅시다. 전 흑왜입니다."

오씨가 어둠 속을 더듬어 옷을 찾아 입고서는 등잔에 불을 밝혔다.

"흑왜야, 가져갈 것이 있으면 맘대로 가져가거라. 돈이라면 방의 궤짝 안에 있다. 식량이라면 창고 속에 있어. 그러니 그 총만은 제발 거두려무나."

백가헌은 아내를 비웃었다.

"안심하오. 흑왜가 이번에 온 목적은 돈도 아니고 식량도 아니고 바로 내 목이니."

백가헌의 말에 흑왜가 비웃듯이 물었다.

"안다니 다행입니다. 그러면 확실하게 실토하세요. 제 집사람을 죽인 것이 아저씨입니까, 아니면 다른 하수인입니까? 아저씨가 시킨 것입니까?"

백가헌은 순간의 주저함도 없이 대답했다.

"확실하게 말하지. 나는 소아를 죽인 적도 없을 뿐더러 누구에게 시킨 적도 없네. 내 평생토록 그렇게 양심에 걸리는 일은 해 본 적이 없어. 이건 자네도 잘 알고 있지 않나. 자네 집사람이 가문의 법도를 어겼으니 난 규칙에 따라서 벌을 주었을 뿐이야. 그것도 사당 앞에서, 많은 사람들 앞에서 말이야. 효문 역시 가문의 법도를 어겼을 때 같은 방법으로 벌을 주었네."

백가헌의 말은 흑왜의 의심을 풀어주기에 충분치 않았다.

"그래도 아저씨가 죽인 거라고 단정 지을 수밖에 없습니다. 이 백록촌에서 아저씨 말고는 소아를 죽일 만한 사람이 떠오르지 않으니까요."

백가헌이 체념하듯 말했다.

"그럼 할 수 없지. 방아쇠를 당기게나. 난 살 만큼 살았어. 자네가 내 허리를 부러뜨렸는데도 난 이제까지 살았어."

"어째서 제가 아저씨 허리를 부러뜨렸다는 건가요?"

"자네는 어렸을 때부터 내 허리가 비위에 거슬렸잖은가. 그때 비적이 그러더군. '당신의 허리는 너무 뻣뻣하단 말이야.'라고."

"그래요. 전 어렸을 때 아저씨의 허리만 보면 울화통이 터졌어요. 이제 죽을 마당이니 오늘 밤엔 터놓고 얘기나 합시다."

그때 갑자기 문이 열리며 곡괭이가 날아왔다. 흑왜는 재빨리 한 손으로 그것을 잡으면서 뛰어 들어온 효무한테 경고하듯 말했다.

"앞으로 족장 짓을 할 생각이 없다면 다시 덤벼라."

오씨가 효무를 뜯어말렸다. 그래도 효무는 물러서지 않았다.

"아버지를 풀어 드려. 할 말이 있으면 나하고 하자. 죽이든 살리든 나하고 하잔 말이야."

흑왜가 실소를 터트렸다.

"지금은 네가 나설 자리가 아니야. 나중에 네가 족장이 되면 그때 다시 말하자."

"정말로 네 계집을 죽인 것 때문에 앙갚음하려고 한다면 나를 죽여라. 그리고 우리 아버지는 풀어 드려. 내가 죽인 셈 치면 되잖아."

"죽인 거면 죽인 거지, 죽인 셈 치라는 것은 무슨 수작이냐? 네가 죽였냐? 아니면 네 아비가 시켜서 죽인 거냐?"

"내가 죽인 거야. 아무도 시키지 않았다."

"나더러 그걸 믿으라고? 나는 네 아비 목숨이 필요할 뿐이니 넌 얌전히 물러나 있어."

흑왜는 말을 하면서 백가헌을 끌고 나가려 했다. 그때 문을 가로막는 사람이 있었다. 그 사람이 말했다.

"그 계집은 내가 죽였다."

흑왜는 그 목소리가 자신의 아버지 녹삼이라는 것을 알았다. 녹삼이 노기를 띤 냉정한 목소리로 다시 입을 열었다.

"이 바보 같은 놈아, 바로 내가 죽였단 말이다."

"뭐라고요?"

순간 흑왜는 어리둥절해졌다.

"아버지는 참견하지 말아요."

"내가 죽였단 말이다!"

녹삼이 침착한 목소리로 아들을 노려보면서 말했다.

"가헌 아저씨를 풀어 드려라. 내가 사실대로 말할 테니 찢어 죽이든 총을 쏘든 네 마음대로 하거라."

"형님, 쓸데없는 소리 마세요."

백가헌이 갑자기 고개를 쳐들고 말했다.

"형님, 왜 나를 구하려고 하지도 않은 일을 뒤집어쓰는 거예요. 옳고 그른 것은 가려야 하는 거지 그렇게 뒤집어쓴다고 되는 것이 아니에요."

녹삼이 아무 말 없이 허리춤에 늘어뜨리고 있던 해진 주머니를 쳐들었다. 이어 왼손으로 그것을 풀었다. 그 속에서 모습을 드러낸 예리한 창날이 등불 아래 번쩍 빛났다. 그가 그 창날을 흑왜 앞에 던지면서 말했다.

"자, 그것이 증거물이다."

백가헌을 비롯해 오씨, 효무 등은 모두 놀라서 녹삼이 흑왜의 발밑에 내던진 창날을 바라보았다. 떠들썩한 소리를 듣고 달려 나온 조씨와 셋째 백효의白孝義, 그리고 효무의 아내 역시 문밖에 모여 있다 깜짝 놀랐다. 흑왜는 백가헌을 잡고 있던 왼손을 놓고는 땅바닥의 창날을 집어 들었다. 눈앞이 캄캄해지고 머리가 터질 것 같았다. 이 양쪽에 날이 달린 창날은 뽕나무로 손잡이를 해 놓은 조상 대대로 내려오는 물건이었다. 창날에는 과연 핏자국이 흑자색으로 변해 있었다. 의심의 여지가 없는 확실한 물증이었다.

흑왜가 고개를 들고 부친을 노려보았다. 꿈에도 생각지 못한 황당한 결과에 말문이 막히는 모양이었다. 녹삼이 말했다.

"그 계집은 많은 사람을 망쳐놓았다. 그래서 다시는 그러지 못하도록 내가 죽였다."

그러고는 가슴을 내밀며 다시 말을 이었다.

"내가 이 창날을 간직한 것은 관아에 가서 자수할 생각이었기 때문이다. 그런데 네가 먼저 왔구나. 자, 이 늙은이 가슴에 그 창을 꽂아라."

흑왜는 볼 근육이 씰룩이는 것을 겨우 참고 고개를 숙였다. 그런 다음 땅바닥에서 다 해어진 천을 집어 창날을 싸고는 허리춤에 꽂았다.

"아버지, 제가 아버지라고 부르는 것도 이번이 마지막입니다. 오늘부터 저는 아버지를 몰라요……"

"바보 같은 자식, 부를 필요 없다. 나는 이미 너 같은 자식을 잊었다."

흑왜는 백가헌의 집을 나와 마구 달렸다. 이어 백홍아의 몰락한 종축장으로 와서는 나무에 매두었던 말에 올라탔다. 어둠 속에서 백홍아의 목소리가 들려왔다.

"이보게, 우리 집에 들렀다는 말은 하지 말게."

이때 흑왜는 이미 말에 올라 멀리 떠난 뒤였다. 이어서 그는 다시 백록촌에 들어가서는 마을 가운데에 있는 사당, 한때는 농협 중앙본부로 쓰였던 그 사당 앞에서 세 번 연속으로 총을 쏘았다. 세 발의 총성은 적막한 밤하늘을 진동시켰다. 그는 다시 말을 몰아 자신의 움막으로 향했다. 그곳에서 허공을 향해 세 번 또 총을 쏜 다음 어깨를 늘어뜨린 채 잠시 묵도默禱를 하고선 몸을 돌려 도로를 박차고 나갔다. 자신의 움막을 등 뒤로하고 촌락을 빠져나올 때 그는 죽어도 이 백록촌으로 돌아오지 않을 것이라고 다짐했다.

녹삼이 그의 며느리 소아를 죽인 정확한 시각은 백효문과 마주쳤던 그날 밤이었다. 침을 흘리며 허우적대는 비참한 몰골의 효문을 보는 순간 그의 뇌리에는 번쩍 하고 섬광 같은 것이 스쳐 지나갔다. 그것은 바로 조상 대대로 전해오는 그 창날이었다. 녹삼은 손에 곡괭이를 들고 토호 속에 누워 있는 효문을 보면서 미동도 하지 않았다.

녹삼은 효문이 태어날 때부터 학식 있고 예의 바른 청년이 된 후 백록촌 족장의 자리까지 오르는 것을 지켜보았다. 그러다가 한 발 한 발 타락의 구렁텅이로 빠져드는 것도 보았다. 처음엔 땅을 팔더니 그다음엔 집을 팔았다. 나중에는 대추나무 막대기에 의지해 동네를 돌아다니며 구걸까지 했다. 결국은 토호 속에서 들개에게 물어뜯기고 있었다. 녹삼은 대장부 효문이 패가망신한 길지 않은 여정을 돌아보았다.

흑왜와 효문을 타락의 늪으로 빠뜨린 원인은 바로 여색이었다. 그 여자는 한마디로 녹삼과 백가헌 두 집안에 돌이킬 수 없는 재앙이라고 해도 과언이 아니었다. 그때 녹삼은 효문에게 말했었다.

"너, 가서 빌어먹거라."

그것은 효문에게 던지는 야유와 조소였다.

해가 저물자 그는 언제나처럼 묵묵히 밥을 먹고는 백가헌에게 "먼저 일어서겠네." 하고 정원을 나왔다. 그리고 마구간으로 가서 유일하게 남은 적마에 여물을 더 얹어주고 곧바로 자신의 집으로 향했다.

녹삼이 집에 오자 아내가 안에서 발자국 소리를 듣고는 다가오며 말했다.

"돌아오셨어요? 기다리시구려. 문을 열어 드릴 테니."

녹삼이 마당에서 말했다.

"필요 없어. 아직 안 들어갈 거야."

녹삼은 농기구를 싸 놓은 헛간을 뒤져서 장창의 창자루를 찾았다. 그리고는 몽롱한 달빛 아래 문지방에 앉아서 도끼로 창날을 창자루 속에서 빼냈다. 떵떵, 땅땅, 하는 소리에 아내가 물었다.

"어두운 데서 뭘 하시는 거예요?"

녹삼이 말했다.

"당신은 잠이나 자구려."

녹삼은 마구간으로 다시 돌아와 숫돌을 꺼내고 문을 닫아걸었다. 그리고 바가지에 물을 담아 와서 쪼그리고 앉아 입으로 물을 뿜어대며 창날을 갈기 시작했다. 오랫동안 쓰지 않은 창날에서 검은 녹물이 흘러내렸다. 스르륵스르륵 창날을 가는 소리와 함께 창날은 등불 아래에서 음산한 빛을 발하기 시작했다. 그가 왼손의 엄지손가락을 갈린 날 위에 가져다 댔다. 아직도 무딘 것 같았다. 그는 적마에게 볏짚을 던져 주고는 다시 창날을 갈기 시작했다. 그의 뇌리에는 오직 한 가지 생각뿐이었다. 그는 네 번째로 왼손의 엄지손가락을 창날 끝에 댔다. 그제야 어느 정도 만족감이 들었다. 풀베기 전에 낫을 가는 것이나 여물 썰기 전에 작두를 가는 것과 같은 심정이 그럴까 싶었다.

창날을 다 간 후에 그는 헝겊으로 날 위의 물을 닦아내고는 이불 밑에 감춰놓고 담배를 한 대 피워 물었다. 한 발은 구들 위에 올려놓고 한 발은 구들 밑의 땅바닥을 딛고 오른손에 긴 담뱃대를 들고 있는 모습이 마치 석고상 같았다.

그는 닭이 울기를 기다렸다. 그래야만 사람들의 이목을 피할 수 있기 때문이었다. 마치 닭이 울기를 기다려 길을 떠나려는 것과 같은 심정이었다. 그의 침착함은 자신의 생활신조에 따른 결과였다. 그는 기다리는 동안 계속 줄담배를 피웠다. 자신이 내뿜는 희뿌연 연기 속에서 갑자기 '농기구 반납 사건' 당시 삼관묘三官廟(천신天神, 지신地神, 수신水神을 모시는 도교 사당)의 장면이 떠올랐다.

그는 당시 의견이 분분한 군중들 속에서 벌떡 일어서서 "내가 앞장서리다." 하고는 군중들을 이끌고 관아로 향했다. 그 결과 오랏줄에 묶여 감옥에 들어갔었다. 후회도 없었고 두려움도 없었다.

녹삼은 마음속으로 중얼거렸다. 내 일생에 두 번째로 큰일을 하는 거다. 갈보년을 죽여 화근을 없애야 한다.

수탉이 떨떠름한 소리로 울었다. 마치 볏짚이 목구멍을 막는 듯한 울음소리였다. 녹삼은 담뱃불을 끈 후 곰방대를 허리춤의 남색 허리띠에 끼워 넣었다. 또 해어진 헝겊 조각으로 싼 창날을 다른 옆구리에 차고는 등잔불을 끈 후 마구간을 나섰다. 문을 닫고 곧 대문을 나서서 가다가는 다시 되돌아왔다. 이어 문을 잠근 후 뒷짐을 지고 백록촌의 골목을 걸어갔다. 달빛은 이미 없어진 지 오래였다. 골목에는 온통 칠흑 같은 어둠뿐이었다.

녹삼은 천천히 걸었다. 마을 입구를 나서니 바로 비탈길이 나왔다. 듬성듬성한 나무 사이로 빛이 반짝였다. 움막의 평평한 곳에 이르자 가슴이 빠르게 쿵쾅거리기 시작했다.

녹삼은 흑왜가 어디서 굴러먹었는지도 모를 여자와 함께 집안에서 내쫓기고 움막에서 살게 된 이후 이 더러운 집에 한 번도 와 본 적이 없었다. 설령 2, 3리를 돌아갈지언정 이 움막 앞을 지나간 적이 없었다. 그가 가슴이 요동치는 것을 겨우 억제하면서 움막의 문 앞으로 가 보니 문은 안에서 잠겨 있었다. 사람이 움막 안에 있다는 뜻이었다. 그는 손을 들어 문을 두드렸다. 진정되었던 가슴이 또 요동치기 시작했다. 그는 잠깐 주저하다가 다시 문을 두드렸다. 그러는 동안 가슴은 점차 진정되었다.

"누구세요?"

집안에서 소아의 끈적한 목소리가 들려왔다. 녹삼은 아무 소리도 내지 않은 채 계속하여 문을 두드렸다.

"아이고, 당신 도대체 어디를 돌아다니다 오는 거예요?"

소아의 목소리에 생기가 도는 듯하더니 금방 성난 목소리로 변했다. 아마도 효문이 돌아온 줄 아는 모양이었다.

"그렇게 자꾸 두드리지 말아요. 지금 나가고 있으니까."

녹삼은 어금니를 깨물고 문에서 비켜서서 기다렸다. 잠시 후에 빗장 빼는 소리가 들렸다. 녹삼이 문짝을 밀어붙였다. 소아가 문짝에 부딪쳐 밀려나면서 화난 목소리로 욕을 퍼부었다.

"당신, 미쳤어요? 문을 왜 그렇게 밀어붙이는 거예요?"

녹삼이 몸을 날려 방문 앞에 서서 문을 닫으며 호통을 쳤다.

"닥쳐! 그 냄새 나는 입 닥치지 못하겠어!"

"어머나!"

소아가 놀라서 몸을 움츠리고는 두 팔로 젖가슴을 가렸다. 그리고 침상 있는 곳으로 달려가 벌거벗은 복부를 가리고 앉아 떨리는 목소리로 물었다.

"여기는 어떻게 오셨어요?"

녹삼은 쪼그리고 앉은 허연 육체를 보면서 소리를 내질렀다.

"올라가서 옷이나 입어. 내가 할 말이 있다."

소아가 부끄러운 듯 천천히 몸을 돌려 오른발로 침상 바닥을 밟고 왼발을 들었다. 그때 그녀의 등은 녹삼을 향하고 있었다. 녹삼은 허리춤에서 창칼을 꺼내어 감고 있던 헝겊을 벗겨낸 뒤 소아를 향해 내리꽂았다. 손의 감각으로 판단할 때 창날 끝은 늑골을 찌른 것이 틀림없었다. 그 순간 소아가 고개를 돌리고는 두 손으로 침상을 움켜잡으며 처연한 소리를 내질렀다.

"아……, 아버님!"

녹삼은 눈앞의 어둠 속에서 두 줄기의 작열하는 섬광을 보았다. 아마도 소아가 온힘을 모아서 내쏘는 눈빛이었을 것이다. 그는 두 눈을 뚫어지게 응시했다. 두 줄기 빛은 점점 희미해지더니 마침내 꺼졌다.

그녀는 침상 위에 엎어졌다. 뻗으려던 왼발은 침상 밑으로 내려져 있었다. 한 팔은 몸에 깔려 있었다. 또 다른 한 팔은 앞으로 뻗어져 있었다. 녹삼이 창날을 빼내자 막혀 있던 피가 콸콸 가슴 뒤와 앞에서 솟아 나오기 시작했다. 움막 안에서는 아무 소리도 들리지 않았다.

그는 땅바닥에서 헝겊을 집어 들어 다시 창날을 둘둘 싸고는 문으로 갔다. 문을 밀고 나온 다음에는 자물쇠를 잠그고 움막을 나섰다. 담장과 나무가 별빛을 가린 마을 골목으로 접어들자 수탉이 두 번째로 울었다.

백록촌과 백록원에서 가장 음탕한 여자는 이런 참혹한 결말로 일생을 마쳤다.

백효무는 그녀의 육체가 움막 안에서 썩는 냄새를 내뿜자 백씨와 녹씨 두 집안 사람들을 이끌고 가서 흙으로 움막을 막아버렸다. 그때 이 여자에 대해 좋은 말을 하는 사람은 남녀노소 막론하고 아무도 없었다. 오로지 저주와 욕설만을 했을 뿐이었다.

사람들은 녹삼이 해낸 이 일에 대해 찬사를 보냈다. 그러나 정작 그는 시름에 빠졌다.

시름은 마구간으로 돌아오면서부터 바로 시작되었다. 그는 창날과 피가 잔뜩 밴 헝겊을 사용하지 않는 아궁이 밑에 넣고 재로 두껍게 덮어버렸다. 만일 관아에서 나와 심문을 하면 자신과 흉기를 함께 내주려 미리 준비했다고 할 수 있었다. 녹삼은 흉기를 잘 감춘 후에 물독에서 물 한 바가지를 떠 와 손에 묻은 피를 씻었다.

그때 그는 물독 안에서 처연하고도 놀란 눈빛을 보았다. 그것은 분명히 소아가 죽어가며 자신을 바라보던 그 눈빛이었다. 이상한 것은 동시에 "아⋯⋯, 아버님!"이라고 하던 소리도 들리는 것이었다. 녹삼이 자세히 들여다보자 물독에는 아무것도 없었다. 마구간에서는 단지 적마의 숨소리만이 들릴 뿐이었다. 그는 자신이 눈이 어둡고 귀가 먹은 것인가 하고 이불을 뒤집어쓰고 누웠다. 그런데 귓가에서 또 소아가 죽을 때에 그를 부르던 소리가 들려왔다. 다만 그 눈빛은 다시 나타나지 않았다.

이때부터 그 소리는 시도 때도 없이 그의 귓가를 맴돌며 떠나지 않았다. 어느 때는 그가 밥을 먹을 때, 어느 때는 마차를 몰 때 들렸다. 또 어느 때는 사람들과 이야기하며 웃는 중에 그 "아버님!" 소리가 들려왔다. 그래서 그는 입맛을 잃었다. 채찍질에도 곧잘 실수를 했다. 이야기에도 흥미를 잃게 되었다. 그는 이 소리를 떨쳐낼 수가 없었다.

그러다가 흑왜가 백가헌의 먹살을 잡고 죽이겠다고 달려들자 녹삼은 재에 묻어두었던 그 창날을 드디어 꺼냈다. 피가 묻어 있는 그 창날을. 그것을 흑왜의 발밑에 집어던졌을 때 비로소 마음속의 무거운 짐도 사라지는 것 같았다.

흑왜가 잔뜩 화가 나서 사라지자 백가헌의 아내인 오선초吳仙草가 녹삼 앞에 무릎을 꿇고서 말했다.

"녹삼 어른이 아니었다면 우리 남편은 죽었을 거예요. 너희들도 빨리 무릎을 꿇지 않고 뭘 하는 거냐?"

효무와 효의도 털썩 무릎을 꿇었다. 녹삼은 서둘러 세 모자를 일으켜 세우고는 팔걸이 의자에 앉아 있는 백가헌을 보고 말했다.

"우리 부자간의 응어리는 이제 매듭지어졌네. 이건 자네와는 전혀 관계가 없는 일이야. 그러니 세 모자도 나에게 인사할 필요가 없어."

그렇게 말을 마치고 녹삼은 몸을 돌려 나가버렸다. 백가헌은 아무 소리도 못했다. 또 나가는 그를 붙잡지도 않았다. 그리고 아내에게 말했다.

"빨리 술상 좀 차려. 한잔 마셔야겠어."

백가헌의 당부에 아내와 며느리는 재빨리 요리 네 접시를 만들어 내왔다. 달걀 볶음, 호박채, 버섯 요리와 훈제된 돼지고기 요리였다. 버섯과 훈제 돼지고기는 모두 아내와 며느리의 친정집에서 얼마 전에 형제들이 가져다준 재료들이었다. 돼지고기는 지하실 속에 숨겨 놓았다가 어머니 조씨의 생일이 됐을 때나 중요한 친척들이 올 때만 조금씩 베어다가 썼다. 이 정도의 음식이라면 대기근인 요즈음 최고의 요리라고 할 수 있었다.

백가헌은 몸소 마구간으로 가서 녹삼을 불렀다. 녹삼은 옆으로 누운 채 담배를 피우고 있다가 문을 열었다. 백가헌은 녹삼이 거절을 못하도록 중요한 할 말이 있으니 잠시 건너가자고 했다. 녹삼은 말없이 적삼을 걸치고는 뒤따라 정원으로 들어섰다가 안방의 환한 불빛과 요리가 차려져 있는 식탁을 보고는 머뭇거렸다.

"가헌! 이게 뭐하는 거야? 내가 남인가?"

가헌이 구부러진 허리를 펴면서 머리를 들고 말했다.

"내가 긴히 할 말이 있다고 했잖아요. 이 말은 술기운을 빌어야 할 수 있을 것 같아서……"

네 사람이 식탁을 둘러싸고 앉았다. 효무는 모든 사람의 술잔에 술을 따랐다. 백가헌은 구부러진 허리를 펴면서 '녹삼 형님'하고 부르더니 갑자기 눈물을 흘리면서 말을 잇지 못했다. 녹삼은 깜짝 놀랐다. 고개를 옆으로 돌린 채 무슨 말을 해야 좋을지 모르는 표정을 지었다. 효무와 효의도 묵묵히 식탁만 응시하고 있었다. 가헌의 아내 역시 옆에 서서 고개를 숙인 채 눈물을 훔쳤다. 백가헌은 가까스로 눈물을 참으면서 말했다.

"형님, 내가 몇 번이나 재난을 당했지요?"

자리를 같이한 네 사람은 일제히 고개를 숙이며 한숨을 내쉬었다. 효무와 효의는 이제껏 부친이 이렇게까지 슬퍼하며 우는 것을 본 적이 없었다. 아내 선초도 마찬가지였다. 남편과 반평생을 살아왔으나 놀라거나 두려워하는 것을 단 한 번도 본 적이 없었다. 더구나 이렇게 눈물을 흘리는 모습은 상상할 수도 없는 일이었다. 반면 녹삼은 단 한 번 그의 옛 주인이 돌아가셨을 때 백가헌이 슬피 우는 것을 본 적이 있었다. 그러나 이후 백가헌은 백씨 집안에 어떠한 고난과 역경이 닥쳐와도 늘 강인하게 잘 견뎌냈었다. 백가헌이 말했다.

"나도 인간이란 말입니다……."

비록 울음은 그쳤으나 백가헌은 여전히 목멘 소리를 하고 있었다. 손이 떨려 들고 있던 잔에서 술이 넘쳤다. 아내 오씨는 급기야 두 손으로 얼굴을 가리고 흐느껴 울었다. 효무도 가슴이 아픈 듯했다. 그러나 효의는 아직 많은 것을 경험하지 못한 탓에 고개를 숙인 채 앉아 있기만 했다. 녹삼은 코끝이 시큰해지는 것을 느꼈다. 눈앞이 물기로 흐릿해지고 있었다. 백가헌이 말했다.

"우리 우선 잔을 비우죠. 그리고 내가 효무와 효의한테 할 말이 있는데 형님이 옆에서 들어 줘야 합니다. 이제 그 돈 궤짝에 관한 이야기를 해 줘야 될 것 같아요."

그 이야기는 오래전부터 백씨 가문에 가훈처럼 소중히 전해 내려오는 것이었다. 어떻게 보면 평범하나 전혀 퇴색하지 않은 이야기였다. 윗대는 이를 엄숙하고 진지하게 아랫대에 전해 주었다. 특히 새로 집안을 떠맡거나 위임을 맡는 이에게는 반드시 전해줘야 했다.

가헌이 조심스럽게 가져온 돈 궤짝은 홰나무로 짠 평범한 것이었다. 만든 것도 엉성하여 어디 진열할 가치도 없어 보였다. 특별히 감상할 만한 물건도 아닌 것 같았다.

백가헌의 약 6대조 선대에 새로 집안을 이어받은 장남이 있었다. 당시 그는 삼년상을 치르는 동안 완전히 패가망신했다. 그랬으니 상복을 벗기도 전에 전답을 비롯해 가축과 저택까지 전부 팔 수밖에 없었다. 게다가 두 여동생의 혼수까지 모두 팔아버렸다. 어머니는 그로 인해 화병으로 세상을 떠났다. 당연히 장례 의식을 관장할 악공을 부를 수도 없었다. 관도 사지 못했다. 심지어는 수의 살 돈도 없었다. 그는 할 수 없이 두 장의 거적으로 자신의 어머니를 묻고 와서는 낯짝 두껍게 허풍을 떨었다.

"백록촌에서 아무리 돈 많은 사람도 부모에게 두 겹 수의를 입혀 드리지는 못할걸. 그런데 나는 우리 어머니에게 두 겹 수의를 입혀 드렸다고⋯⋯."

마을 사람들은 "하긴 그래. 두 장의 거적이니 두 겹이지." 하고 그 장남을 비웃었다. 백씨 집안의 장남은 아버지를 장사지낼 때는 세상에서 제일 크게 치렀으나 어머니를 보낼 당시에는 세상의 눈을 속였던 것이다. 이 방탕아는 아내와 아이들을 데리고 밥을 빌러 나가서는 두 번 다시 고향에 돌아오지 않았다.

이런 모든 것을 몸소 겪은 둘째 아들은 묵묵히 마을의 부유한 집에 가서 꼴을 베고 물을 길어주며 밥을 얻어먹었다. 그조차 하지 못할 때는 어쩔 수 없이 마을 사람들에게 죽이나 만두를 구걸해 먹곤 했다.

이 아들은 힘을 쓸 만큼 자라자 나무틀을 하나 만들어서 흙벽돌을 찍기 시작했다. 아침 일찍 나가서 밤늦게 들어오니 마을 사람들과는 거의 얼굴을 마주칠 시간이 없었다. 게다가 쉬는 날이면 쓸데없이 돌아다니는 일도 거의 없었다. 그러다 비가 오기라도 하는 날에는 겨우 몸 하나 뉠 수 있는 부엌방에서 쉬었다. 어느 날 어떤 사람이 보니 그가 혼자 부엌방에서 공부를 하고 있었다고 한다. 그 방은 장남의 방탕에 격분한 집안사람들과 주변 이웃들의 만류 때문에 그가 팔아먹지 못하고 동생 몫으로 남겨둔 것이었다.

둘째 아들은 홰나무 조각을 하나 얻은 다음 목수에게 연장도 빌렸다. 이어 아주 작은 나무 궤짝을 만들었다. 그리고는 그 위에 젓가락 크기만 한 구멍을 하나 뚫고 궤짝을 나무로 박아 봉해버렸다.

그는 매일 밤늦게 돌아오면 흙벽돌을 찍어 벌어온 돈을 궤짝의 틈새로 밀어 넣었다. 매일 그것을 베고 잤다.

3년 후, 그는 끌로 나무 궤짝을 뜯어내고는 그 속에 있던 동전과 잔돈으로 천수답을 샀다. 백록촌 사람들은 눈을 휘둥그렇게 뜨고 벙어리처럼 말이 없던 둘째를 다시 쳐다보게 됐다. 다음해에 그는 자기가 산 논에서 수확한 햇곡식으로 새하얀 찐빵을 쪄서는 집집마다 두 개씩 돌렸다. 자신이 곤경에 처했던 유년 시절에 베풀어 준 은혜에 대한 답례였다. 이 심지 굳은 아이는 당시에 죽이나 만두를 얻어먹을 때마다 부엌방의 흙벽에 도와준 사람들의 이름을 새겨 놓았었다. 예를 들면 누구네 할머니, 누구네 아주머니, 누구네 고모, 누구네 누나 등등으로. 그리고 어른이 되어서 그가 보답을 할 때는 자신에게 도움을 줬든 안 줬든 한 집에 찐빵 두 개씩을 모두 돌렸다. 그렇게 해서 그에게 도움을 주지 않았던 사람들조차 감동하고 부끄럽게 만들었다. 또 2년이 지나 그는 다시 나무 궤짝을 뜯었다. 이어 그의 선조가 물려 준 그 좁은 땅에 번듯한 세 칸의 집을 지었다. 또 1년이 지나자 아내를 맞이하고…….

그런데 이 둘째에게는 이상한 버릇이 하나 있었다. 그가 아내를 맞아들인 다음날이었다. 처가에 갔다가 그날로 바로 돌아온 그는 집에 돌아오자마자 새 옷을 벗어던졌다. 그리고는 예전의 누더기 옷과 뒤축이 다 닳아 없어진 신발로 갈아 신었다. 아내가 그런 그를 보고 "이런 것을 또 입는단 말이오?"라고 말했다. 그러자 그는 "이것이 어때서 그러오. 이것은 금불환金不換이라고 하는 것이오."라고 대답했다.

그는 죽을 때까지 전답을 사고 가축을 사들이기만 했다. 저택도 사들였다. 심지어 방탕아인 형이 팔아버린 땅은 세 배나 높은 가격에 도로 사들였다. 그러나 여전히 이전에 지었던 세 칸짜리 집에서 살며 넝마 같은 옷을 입었다. 백록촌의 사람들은 이때부터 기운 옷을 입는 그를 '금불환'이라고 불렀다.

백씨 집안의 방탕아인 장남과 자수성가한 둘째의 이야기는 바로 이 입구만 있고 출구는 없는 궤짝에 고스란히 담겨 있었다. 그 뒤부터 이 이야기는 근처 마을마다 퍼졌다. 부자건 가난한 농부건 후손에게 들려주는 이야기로 전해져 내려왔다. 이제는 완전히 근처 마을들의 교과서가 되었다.

"우리 집이 하마터면 이 나무 궤짝을 다시 쓸 지경까지 갈 뻔했지 않느냐?"

백가헌이 몇 잔의 술을 마신 후 감회에 젖어 말했다.

"너희들도 보았듯이 효문이 바로 그 방탕아 장남이 아니더냐? 사람들이 말하길 각 가정의 무덤에는 몇 개의 귀신이 있는데 그 귀신이 윤회한다고 한다. 집안을 말아먹은 귀신이 붙으면 끝장이 나는 거야. 효문이 그 꼴이 아니더냐? 내가 아직 살아 있고 효무도 다 컸으니 망정이지 그렇지 않으면 효문이 이 집안을 말아먹었을 거다. 그 자식을 내쫓길 잘했지."

백가헌이 아내를 바라보며 다시 말을 이었다.

"당신은 아직도 내가 모진 사람이라고 원망하고 있소? 내가 식량 한 톨 안 내준 것을 원망하오? 내가 구두쇠라고 원망하오? 도움은 받을 만한 사람이 받는 거요. 그런 놈은 도와줄 필요가 없어. 진즉에 굶어 죽었어야 되는 거야. 그게 사람들을 돕는 거요……. 효무야! 오늘 밤 나는 이 나무 궤짝을 너에게 물려주련다. 물론 여기에 돈을 모을 필요는 없어. 너는 그저 이 상자를 자주 보면서 교훈으로 삼으면 되는 거야."

나무 궤짝의 내력을 듣고 나자 녹삼은 문득 산에 들어가 식량을 구하던 생각이 났다. 비옥했던 관중 평원이 가뭄으로 인해 기근이 심할 때 북방에 위치한 황토고원의 산간지방에서는 오히려 풍성한 수확을 거둬들였다. 그래서 평원 사람들이 산간지방으로 식량을 구하러 가는 역현상이 나타나게 되었다. 산간지방에서는 베를 짜지 않기 때문에 백록원 사람들은 집에서 짠 직물을 지고 삼삼오오 산촌으로 들어갔다. 이렇게 해서 산간지방으로 들어가는 길목은 각종 보따리들로 꽉 찼다. 지나가는 사람들로 붐비면서 길 위에 메마른 황토가 흩날렸다. 또 많은 사람들이 식량을 옮겨주고 연명을 했다. 그들은 우선 산에서 식량을 가져다가 백록진에 와서 피륙이나 옷으로 바꿨다. 이어 그것으로 산간지방에 가서 옥수수나 좁쌀로 다시 교환했다. 그렇게 해서 얻은 식량으로 처자식을 먹여 살렸다. 그리하여 백록진은 아주 중요한 식량 집산지가 되었다. 일찍이 볼 수 없었던 호경기는 그렇게 이상하게 도래했다.

녹삼 역시 자신의 아내가 장롱 속에 보관하던 몇 자의 순백색 무명과 남색의 무늬가 있는 옷감을 묶었다. 그리고 어른이나 아이들이 당장에 입지 않는 옷도 내놓으라고 아내에게 당부했다. 그러나 녹삼의 아내는 이것저것 뒤적이기만 할 뿐 아까워서 결정을 내리지 못했다. 녹삼이 말했다.

"목구멍부터 해결해야지. 떨어진 옷을 입어도 괜찮고, 좀 추워도 괜찮

아. 그러나 속이 비면 안 되지."

녹삼은 짊어질 만큼의 식량과 바꿀 옷, 피륙이 준비되자 백가헌에게 며칠간의 휴가를 부탁했다.

"내일 산에 들어가 식량을 좀 바꿔 오려네. 아마 네댓새 걸릴 걸세."

백가헌이 고개를 끄덕이며 대답했다.

"가야죠. 며칠이 걸리든 괜찮습니다. 너무 급하게 다녀오려고 하지 말고 아무 탈 없이 조심해서 다녀오도록 하세요. 먹는 것이 부실해서 몸이 많이 허할 테니 조심하세요."

녹삼이 떠나려고 하자 백가헌이 말했다.

"형님! 이번 기회에 효무와 효의도 데리고 가면 어떻겠습니까?"

녹삼이 웃으며 물었다.

"자네가 아들들에게 식량을 구하러 가라고 한다면 사람들 웃음거리가 되지 않을까?"

백가헌이 말했다.

"비웃고 싶은 사람은 비웃으라지요, 뭐."

녹삼이 심각하게 말했다.

"효무는 괜찮겠지만 효의한테는 험한 산길이 좀 무리일걸. 식량을 짊어지기는커녕 그냥 걷는 것도 어려울 거야. 왕복 수백 리는 될 텐데……."

백가헌이 냉정하게 말했다.

"마당에서 식량 자루를 가지고 집에 들여놓는 일이라면 굳이 시키지도 않을 겁니다. 머니까 가라고 하는 거죠. 그 아이들도 녹삼 형님하고 한 번 다녀오면 도움이 많이 될 겁니다. 식량이 얼마나 중요한 것인지도 알게 될 테고 말이죠. 내 생각에는…… 이번에 형님의 둘째 아들도 함께 데리고 가면 좋을 것 같은데요."

녹삼은 그에게 존경심이 우러나는 것을 다시 한 번 느꼈다. 이어 집에 돌아와서 아내에게 칭찬을 아끼지 않고 거듭 말했다.

"대단해! 가헌은 그렇게 부자인데도 자식들 교육이 엄격하단 말이야. 우리는 토왜㸼를 너무 응석받이로 키웠어. 우리는 토왜한테 식량 같은 거 짊어지라고 하지 못했잖아."

녹삼은 효무와 함께 아직 어린 효의, 토왜를 데리고 길을 떠났다. 닭이 울 때였다. 산골짜기 입구에 도달한 것은 길을 떠난 지 한참 뒤였다. 해가 뉘엿뉘엿 넘어가고 있었다. 자연스럽게 산으로 들고나는 사람들을 골짜기 입구에서 만나기도 했다. 그들 중 어떤 사람은 아예 천막을 치고 객줏집을 만들어 놓은 채 손님을 받아 죽이나 옥수수빵 같은 것을 만들어 팔았다. 네 사람은 잠깐 쉬면서 준비해 온 음식을 먹고 나서 다시 길을 재촉했다. 효의와 토왜를 함께 데리고 왔기 때문에 행로가 더뎌질 수밖에 없었다. 결국 닷새 걸릴 노정이 이틀이나 더 늘어나 겨우 백록촌으로 돌아올 수 있었다.

효무와 효의 형제는 저녁 무렵 녹삼과 토왜 부자와 헤어져 집으로 돌아왔다. 안타깝게도 효의는 대문에 들어서자마자 그 자리에서 쓰러져버렸다. 할머니 조씨가 손주들이 돌아온 것을 보고는 제일 먼저 달려나갔다. 이어 효의의 뺨을 어루만지며 연신 혀를 끌끌 찼다. 손자의 입술은 부르트고 피가 말라붙어 있었다. 눈도 퀭하니 들어가 있었다. 또 발은 물집이 생겨 진물이 흐르고 있었다. 백가헌이 아내와 함께 정원으로 나오면서 아이들에게 말했다.

"이번 일로 식량이 얼마나 중한 것인지 알았겠지?"

효의가 쓴웃음을 지으며 말했다.

"아버지, 앞으로는 만두 부스러기도 다 주워 먹겠습니다……."

효무의 아내는 남편과 시동생이 얼굴을 씻을 수 있도록 세숫대야에 물을 담아 가지고 왔다. 백가헌이 그것을 저지하며 말했다.

"아니, 아직 세수를 하지 말고 식량을 다시 짊어져라."

드디어 할머니 조씨가 참지 못하고 화를 내며 말했다.

"다시 산에 가라고?"

백가헌이 온화한 얼굴로 말했다.

"녹삼 아저씨에게 갖다 드리려무나."

백가헌은 구부러진 허리로 아들 둘을 데리고 녹삼의 집으로 와서는 낭랑한 목소리로 말했다.

"녹삼 형님! 애들이 양식을 가져왔습니다."

녹삼은 마침 자리에 누워 쉬려던 참이었다. 그러나 백가헌이 부르니 아내와 함께 문을 열고 나와 볼 수밖에 없었다. 그의 눈에 산에서 가져온 식량 자루를 메고 있는 효무와 효의가 보였다. 의아해진 그가 물었다.

"왜 그 식량을 우리 집에 갖고 왔나? 그건 자네 집에 갈 것이야."

백가헌이 말했다.

"이번에 바꿔 온 곡식은 모두 형님에게 드립니다. 난 다음번에 가져온 것을 가지죠."

효무와 효의 두 형제는 식량 자루를 내려놓고 다리를 절룩이며 녹삼의 집을 나섰다. 백가헌이 기분 좋게 웃으면서 녹삼에게 말했다.

"이번 일로 이놈들은 큰 공부가 되었습니다. 식량이란 것에 대해 확실히 알았을 거예요."

녹삼은 하룻밤을 쉬고 백씨 집으로 갔다. 그렇게 그는 토굴 속으로 가서 황토를 퍼내다가 효문을 만났던 것이다. 그리고는 마차를 끌고 토굴에서 돌아 나오면서 순간적으로 뇌리에 번쩍하고 창날이 스쳐 지나갔다.

녹삼이 아쉬운 듯 말했다.

"효문의 마음속에 이 궤짝이 있었으면 좋았을 텐데……."

효무가 궤짝을 받아들고 엄숙하게 말했다.

"아버지! 내년 봄에 문루를 새로 짓겠습니다."

백가헌은 흔쾌히 고개를 끄덕였다.

"문루가 완성되면 네 이름을 벽에 새겨라. 그리고 효문이 집을 팔아버린 날짜도 새겨 넣어라. 이 말은 이제 두 번 다시 않을 테니 명심해라. 또한 가지는 너희 할아버지가 임종하시면서 나에게 거듭 부탁하신 건데, 녹삼 아저씨를 잘 모셔야 한다. 몇 년 동안 친자식도 믿을 것이 못 됐어. 친구들도 믿을 수가 없었지. 그때 내가 오로지 믿고 의지한 사람은 녹삼 아저씨뿐이었어. 나와 아저씨의 교우는 재물의 많고 적음을 떠나 진정 의로써 맺어진 사이란다. 오늘 확실히 말해 두겠다. 녹삼 아저씨가 만일 나보다 먼저 돌아가시면 내가 당연히 뒷일을 책임질 거야. 그러나 만일 내가 아저씨보다 먼저 죽는다면 너희는 아저씨를 잘 보살펴 드려야 한다."

그러자 녹삼은 효무와 효의가 대답하기도 전에 벌떡 일어서더니 얼굴이 벌게져서 말했다.

"가헌, 이렇게까지 말하니 나도 확실하게 도련님들한테 말해야겠네. 정분은 정분이고 사람은 사람이야. 자네는 주인이고 난 머슴에 불과해. 자네가 죽는다 해도 두 도련님은 주인이고 난 머슴이지. 자네가 있을 때나 없을 때나 똑같아. 할일이 있으면 당연히 할 것이고 새경 역시 그대로 받을 걸세. 이것으로 족하지 다른 말은 필요 없네."

효무가 부친과 녹삼에게 술을 따르며 공손하게 말했다.

"저는 아저씨를 한집안 식구처럼 여기고 있습니다. 아저씨도 저를 남처럼 여기지 말아주세요."

효의 역시 녹삼에게 예의를 다했다. 백가헌이 두 아들에게 말했다.

"좋다. 너희들은 방금 한 말을 잊지 말거라."

백가헌이 말을 마치자마자 고개를 돌려 젓가락을 놓더니 오른손으로 녹삼의 왼손을 덥석 잡으며 말했다.

"형님! 흑왜 색시를 죽인 것은 잘못한 일입니다."

녹삼이 긴장한 눈빛으로 백가헌을 응시했다.

"난 겁 안 나. 후회하지도 않고."

백가헌이 물었다.

"그럼 왜 그렇게 사람들 몰래 죽였어요? 정말 두렵지 않았다면 떳떳하게 대낮에 죽일 것이지."

녹삼은 대꾸할 말이 떠오르지 않았다. 백가헌이 잡았던 녹삼의 손을 놓고 말했다.

"그것 봐요. 형님은 두려운 거예요."

녹삼은 이런 정도의 말에 수긍할 사람이 절대 아니었다. 게다가 조카뻘 되는 아이들도 있지 않은가. 그가 거듭 술을 들이켰다. 그리곤 목을 뻣뻣이 세우고 말했다.

"가헌, 그럼 사람을 어떻게 죽여야 한단 말인가?"

백가헌은 여전히 침착하게 대답했다.

"녹삼 형님! 잘 생각해 보십시오. 우리는 거의 평생을 같이 지내지 않았습니까? 내가 했던 모든 일이 어느 것 하나라도 사람들 몰래 한 것이 있었습니까? 감히 단언하지만 한 가지도 없었다고 할 수 있습니다. 농기구 반납 사건이 생각나십니까? 그때도 나는 평원의 사람들을 불러 모아서 그 탐관오리들하고 대적했잖아요. 또 가문의 일도 그렇죠. 흑왜 색시가 잘못했을 때는 사당 앞에서 만인이 지켜보는 가운데 공명정대하게 일을 처리했어요. 효문이 나의 친자식이라도 예외가 아니었습니다……."

녹삼이 들어보니 과연 백가헌이 한 일 중에서 사람들 눈을 피해 몰래 한 일은 없었다. 백가헌이 조용히 말했다.

"내 평생 양심에 반하는 일은 해본 적이 없습니다. 사람들이 알아서 두려울 일은 하지도 않았습니다. 또 마땅히 해야 할 일이라면 사람들이 다 알게 된다 해도 두렵지 않았습니다. 심지어 사람들이 많이 알면 알수록 좋은 일은 반드시 하였습니다. ……너희 둘도 앞으로 본분을 지킬 줄 알아야 하느니라."

백가헌이 여기까지 말하고 두 아들을 바라보며 말했다. 그러나 녹삼도 지지 않고 말했다.

"그 화근을 없애버리지 않았으면 또 누구를 해쳤을지 모르는 일 아닌가? 그 계집이 죽어 냄새가 온 마을에 진동했어도 누구 하나 가엾다고 하는 사람이 없었네. 모두들 그것 참 잘 죽었다고 했지……."

백가헌이 말허리를 끊고 말했다.

"그 여자가 유혹한다고 다들 말려든 건 아니었잖습니까? 스스로 강인함이 필요한 거예요. 그 여자 때문에 신세를 망친 것들은 스스로가 못난 놈이라고 생각해야 합니다."

가헌이 두 아들을 바라보고 다시 한 번 고개를 끄덕이더니 녹삼을 보고 계속 말했다.

"형님의 말을 듣고 순종하면 형님 며느리이고, 타일러도 듣지 않으면 형님 며느리가 아닌 것입니까? 형님도 시아버지가 아니고 말입니다? 그 애가 막되게 세상을 살 작정을 하는데 그런 사람을 죽여서 뭘 한단 말입니까? 남들이 뒤에서 욕할까 그게 분하고 화가 났단 말입니까? 나는 그렇게 생각하지 않습니다. 효문이 그렇게 사는 건 그 애 인생이고 내 인생은 또 내 인생입니다. 각자가 그렇게 다른 인생을 살아가는 겁니다."

녹삼은 얼마간 마음속의 응어리가 풀어지는 것을 느꼈다. 그래도 말로는 퉁명스럽게 말했다.

"난 그렇게 이것저것 생각 못 하네. 어쨌든 그 계집을 내 손으로 죽였고 흑왜한테도 다 털어놓았으니 후회하지 않네."

백가헌이 그 말을 받았다.

"후회는 할 필요가 없어요. 그런 사람이야 하나가 죽든 열이 죽든 아깝지 않으니 말입니다. 단지 형님 손으로 죽일 필요가 없었단 말이지요. 여하튼 후회하지 않는다니 천만다행입니다. 만일 형님이 후회한다면 그건 아주 골치 아픈 일이니까요."

그때 쏴아! 하는 소리와 함께 마당과 지붕 위에서 세찬 빗소리가 들리기 시작했다. 녹삼이 의자에서 벌떡 일어나 마당으로 나가서 큰 소리로 울면서 외쳤다.

"아! 하느님!"

백가헌도 급하게 일어났다. 그러다 의자에서 그만 굴러버렸다. 두 아들은 이미 마당으로 달려나가 기쁨에 날뛰고 있었다. 가헌은 문까지 기어간 뒤 계단 아래로 또 굴러가서는 마당에 무릎을 꿇고 하늘을 보았다.

차가운 빗줄기가 그의 얼굴을 때렸다. 빗줄기는 더욱 거세졌다.

백록촌에는 온통 환호성만 들리고 있었다. 우는 소리, 웃는 소리, 외치는 소리가 천지를 진동했다. 아, 구원의 신이여! 아, 원한의 신이여! 아, 죽음의 신이여! 아직도 굶어 죽지 않고 살아 있는 이 가련한 백성들을 기억해 냈단 말인가요?

녹삼은 온몸이 젖은 채 진흙탕에 꿇어앉은 백가헌을 이끌고 계단을 올랐다. 빗줄기가 마른 흙 위에 뿌려지자 흙냄새가 진동했다. 마을 안의 환호성은 점점 약해졌다. 큰비는 요란한 소리를 내며 천지를 적셨다.

제21장

흑왜는 산채로 돌아오는 도중 폭우를 만났다. 말도 비를 피할 수가 없었다. 결국 둘 모두 비에 젖어 마치 물에 빠진 생쥐 꼴이 되어버렸다. 그는 두목에게 말고삐를 건네주고서 돌 의자에 주저앉았다. 다리가 풀려 일어날 수가 없었다.

산채는 불이 모두 꺼져 있었다. 그와 함께 일을 하러 산을 내려갔던 패거리들은 이미 돌아와서 배부르게 먹고 마신 후 깊은 잠에 빠진 모양이었다. 대부분은 아마도 내일 늦게야 일어날 것이다. 산채 생활은 바깥 생활과 낮과 밤이 반대로 돌아갔다. 낮엔 잠자고 밤에 활동하는 것이 아마도 이 세상 모든 도적들의 공통된 생활 규율일 것이다. 그들은 매번 산채를 내려가 일을 마치고 돌아오면 배가 터질 때까지 고기를 뜯었다. 그런 다음 눈앞이 가물가물해질 때까지 술을 퍼마시다가 쓰러져서 잠을 자곤 했다.

흑왜는 밥을 가져온 형제가 받쳐 든 목판 위에서 술병만 낚아채고는 손을 흔들어 밥은 도로 물렸다. 두목은 그에게 화톳불 앞으로 와서 젖은 옷을 벗고 마른 옷으로 갈아입으라고 권했다. 흑왜는 꼼짝하기가 싫었다. 춥지도 않았다. 그래서 병마개를 빼 던져버리고 계속 입에 술을 들이 부으며 여전히 차가운 돌 의자에 눈을 내리깐 채 앉아 있었다. 그의 옷에서 흘러내린 물이 푸른 돌의자를 적셨다. 두목은 두 손을 허리에 짚고 화톳불 앞에 서서 흑왜를 힐끔 쳐다보면서 볼멘소리를 했다.

"무슨 할 말 있으면 해 봐. 자네가 오늘처럼 의기소침해 있는 건 처음 보네."

흑왜와 두목은 이제 막역지우가 되었다. 밤일을 할 때마다 한 사람이 일하러 나가면 다른 한 사람은 산채를 지켰다. 또 산채를 지키는 사람은 반드시 밤일을 나간 사람을 기다렸다가 자곤 했다. 그렇게 생사고락을 같이하니 부모형제 이상의 관계가 되었다. 만일 나간 사람이 돌아오지 않으면 기다리던 사람은 날이 밝을 때까지 기다렸다. 안전하게 돌아오기를 기다리든지 아니면 나쁜 소식이라도 기다리는 것이다.

두목은 이미 두 번이나 부두목을 잃었다.

양楊씨 성의 부두목은 무기 차량을 탈취할 때 연발총에 심장을 정확하게 맞고 그 자리에서 죽었다. 그날 다른 네 동지들도 그와 함께 죽었다. 그 피해를 보고 뺏어온 것이라곤 겨우 총 열 자루였다. 결국 동지 한 사람의 목숨과 총 두 자루를 바꾼 셈이었다. 그때부터 지금까지 매번 새로운 동지가 들어와 그들에게 총을 나눠줄 때면 두목은 몇 번이고 이 총들을 손에 넣을 때 어떠한 대가를 치렀는지 말해 주곤 했다. 양씨 성의 부두목과 네 동지들의 이름과 그들이 죽은 과정 역시 자세히 설명했다.

육陸씨 성의 부두목은 그야말로 허무하게 죽었다. 자수의 하가촌 기름집인 범范씨 집을 털러 갔을 때였다. 그는 그 집의 작은 부인에게 마음을 뺏겨 순간적으로 그녀를 욕보이려고 했다. 그러자 그 여자가 반짇고리에서 가위를 꺼내 그를 찔러버렸다. 그는 치명상을 입었다. 이어 방 밑으로 굴러떨어진 다음 봉당에서 몇 번 구르다 그대로 죽어버렸다.

두목은 이 추문 역시 말하는 것을 회피하지 않았다. 양 부두목이 생명을 바쳐가며 연발총을 뺏어온 장쾌한 이야기를 한 후에는 반드시 이 육 부두목 이야기를 했다. 더불어 부두목이 조직에 어떻게 해를 끼쳤는지 역설했다.

흑왜가 세 번째 부두목이 되었다. 두목은 흑왜를 부두목으로 지정하는 경축연에서 또 한 번 전임이었던 양과 육 부두목이 어떻게 죽었는지 말하곤 모두가 교훈으로 삼도록 했다. 그런 후에 흑왜에게 농담 삼아 말했다.

"두 번째 자리란 불길한 것이더군. 먼저 두 사람도 명이 짧았는데 흑왜 자네도 조심하게."

동지들이 시끄럽게 웃고 떠드는 속에서 흑왜 역시 웃으며 대답했다.

"저는 어떻게든 두 번째 자리를 지켜보겠습니다."

두목은 점점 더 흑왜의 강직한 성품과 재빠른 동작을 믿게 되었다. 그래서인지 산채의 동지들 중에서 그의 인망이 가장 높았다.

두목은 흑왜가 여느 때와는 다른 이상한 모습을 하고 있는 것을 보고는 거듭 추궁하며 물었다.

"도대체 무슨 일인가? 자네가 나를 믿지 못하면 말하지 않아도 좋네만 그렇게 움츠러든 꼴을 보이지는 말게나."

흑왜는 허리춤에서 비수를 꺼내 두르고 있던 헝겊을 끌러버리고는 술병을 잡고 소주를 칼날 위에 부었다. 맑은 술이 칼날 위에 닿자 검은 얼룩이 선홍빛의 피로 변하여 땅바닥으로 떨어졌다. 비수의 날은 핏빛으로 번들거렸다. 흑왜는 두 손으로 비수를 받쳐 들면서 털썩 무릎을 꿇고 포효했다.

"당신, 너무 불쌍해……. 너무나 원통해!"

깜짝 놀란 두목이 흑왜의 등을 감싸 안으며 물었다.

"이보게, 도대체 무슨 일인가? 빨리 말해 봐. 누가 그렇게 원통한 일을 당했단 말인가?"

흑왜가 비수 끝을 뚫어지게 보면서 대답했다.

"제 아내 소아가 죽었어요."

흑왜가 말을 마치는 순간 비수 끝의 피가 뚝 끊어지며 칼날에서 섬뜩한 빛이 뿜어져 나왔다. 원래 있던 검은 자국은 이제 보이지 않았다. 두목이 흑왜의 손에서 비수를 뺏어 들고는 입술을 깨물면서 말했다.

"내 손으로 그를 죽여버리겠어. 빨리 말해. 어느 자식인지 빨리 말해봐."

흑왜는 자기 무릎을 힘껏 내리치고는 고통스럽게 머리를 흔들었다.

"아버지가……"

두목은 벌린 입을 한참 동안 다물지 못했다. 그러다 쩽그렁! 하고 비수를 돌탁자 위에 떨어뜨리고는 천천히 일어나면서 중얼거렸다.

"맙소사! 한집안 사람끼리 살인이라니……."

두목은 흑왜를 일으켜 세워 부둥켜안고는 화톳불 앞에 앉게 했다. 그런 뒤 화톳불 위에 장작 몇 개를 더 던져 넣고 가라앉은 목소리로 말했다.

"이보게 형제, 자네 아버님 녹삼 아저씨는 좋은 분일세."

흑왜가 심드렁하게 물었다.

"제 아버지를 아세요?"

두목은 한숨을 내쉬면서 흑왜가 상상도 못한 말을 했다.

"난 녹삼 아저씨하고 감방에서 반 년이나 있었네. 어찌 알기만 하겠는가?"

흑왜는 깜짝 놀랐다.

"그럼 두목이…… 삼관묘三官廟에서 반란 농민들을 지휘한 그 스님이었어요?"

두목은 관중 서부西府 사람이었다. 그 지방은 백록원보다 역사가 오래된 곳으로 주周나라 사람과 진秦나라 사람들이 처음에 정착하여 개간한 곳이다. 그가 태어난 정가촌鄭家村도 바로 그 주나라 평원 기슭에 있었다.

그는 24절기의 하나인 망종芒種(음력 6월 6일 무렵)에 태어났다. 그래서 부친은 그에게 망아芒兒라는 기억하기 좋으면서도 듣고 부르기까지 좋은 이름을 지어주었다. 망아, 망왜아芒娃兒, 망망아芒芒兒로도 불렀는데, 정말로 듣기 좋은 이름이었다.

그가 목에 걸었던 노란색 밧줄을 떼어버리던 해 그의 부친은 태평진太平鎭의 수레를 만드는 목수에게 그를 데려다주었다. 그가 기억하기로는 목에 걸었던 그 노란색 천의 밧줄은 수제비 미는 방망이만큼이나 굵은 것이었다. 목에 그것을 건 그때부터 그의 가슴 앞에는 또 수壽자 모양의 매듭이 묶여졌다.

매년 2월 2일이면 그의 어머니는 그를 데리고 보살님 앞으로 가서 분향하고 머리를 조아렸다. 그러면서 빨간 비단 천 한 조각을 보살님의 어깨에 걸쳐 드리곤 했다. 그러고는 콧물이 묻어 반들반들한 것이 마치 오디로 염색한 것같이 되어버린 대여섯 겹의 새까만 묵은 밧줄을 떼어 내 보살님 발아래 놓았다. 이어 치자로 노랗게 물들인 새 밧줄을 보살님의 손바닥에 세 번 감았다가는 그의 목에 다시 걸어주었다. 그 노란색의 밧줄은 그의 생명을 붙잡아주는 것이었다. 그가 세상에 태어나기도 전에 이미 죽어버린 세 형이 당한 액운을 피하게 해 주기 위해 만든 것이기 때문이었다. 그러나 그 밧줄은 또 그에게 많은 고통도 가져다주었다. 예를 들면 나무에 오를 때 나뭇가지에 줄이 걸린다거나, 동무들과 싸움이라도 할라치면 그 줄을 친구들이 잡아서 꼼짝하지 못하도록 하기도 했다.

어느 해인가 어머니는 그에게 붉은 허리띠를 매도록 했다. 그는 나중에야 비로소 그 해가 바로 자신의 띠를 맞는 해라는 사실을 알았다. 그 해를 넘기고 나자 어머니는 그의 목에 걸려 있던 밧줄을 벗겼다. 다시는 새 밧줄을 목에 걸어주지도 않았다.

그때 어머니는 보살님 앞에 최고로 좋은 밀가루로 만든 음식 보시를 여덟 접시나 했다. 또 아버지는 석류, 보리 이삭, 면화, 토끼, 돼지 등등의 모양을 만들어서는 대나무 멜대에 메고서 법당으로 올라갔다. 아버지와 어머니는 그를 사이에 두고 법당에서 큰절을 세 번 올리고 나왔다. 그날 아버지는 모처럼 돈을 아끼지 않았다. 그에게 순두부 한 사발과 함께 기름에 지진 떡, 메밀국수를 사 주셨다.

그리고 3년이 흘렀다. 아버지는 그를 태평진의 수레 만드는 목수집으로 데리고 갔다. 이어 가르침을 주실 대목수 사부님께 무릎을 꿇도록 했다. 목공소는 온통 톱밥 냄새로 가득했다. 그래서 그는 재채기를 세 번이나 했다. 그때 아버지는 꿇어앉아 있던 그의 엉덩이를 발로 걷어찼다. 사부님은 곰방대를 만지면서 단지 한마디만 했을 뿐이었다.

"난 성질이 못되었다네. 말을 잘 들어야 할 거네."

그 마차바퀴 만드는 대목수는 기술이 아주 빼어난 사람이었다. 아무리 목재가 좋지 않아도 나무 바퀴 달린 수레의 차축을 깎고 맞출 때마다 장붓구멍과 장부가 맞지 않는 적이 없었다. 그의 수레 만드는 솜씨는 제법 유명했으나 모든 것을 다 구비한 큰 수레를 만들어 달라는 손님은 극히 적었다. 그래도 그의 절묘한 솜씨와 명성은 인근 100여 리의 일감을 모두 끌어올 수 있었다. 그랬으므로 1년 열두 달 맞춤수레의 일감은 끊이지 않았다.

망아는 목공소에 들어간 첫해에는 사부님과 사모님에게 밤에는 요강을 가져다줬다. 아침엔 우선 요강을 비우는 일부터 시작해서 마당 쓸고, 물 길어 오는 일을 했다. 또 재떨이도 비우고 아기도 봐 줬다. 불 지피고, 설거지 하는 것은 말할 필요도 없었다. 한마디로 온갖 잡일을 도맡아 했다. 2년째가 되어도 마찬가지였다. 도끼와 대패, 끌 등은 만져볼 수도 없었다. 기술은 3년째에야 비로소 배우기 시작했다. 도제 기간이 끝나려면 규칙에 따라 5년까지 꼭 채워야 했다.

2년간의 잡일은 그가 이 집안에 완전히 적응할 수 있도록 하는 수련이라고 할 수 있었다. 사모님은 그를 망아나 망망아라고 불렀다. 사부님의 자식들도 친밀하게 망아 오빠, 망아 형이라고 불렀다. 사부님은 그가 2년을 참고 인내한 끝에 드디어 기술을 배우기 시작했을 때 아쉬운 듯 그에게 말했다.

"네가 없으면 이제 집안일을 누가 도와줄지 걱정이구나."

망아는 유순하게 대답했다.

"그러면 제가 2년 더 잡일을 하겠습니다. 사부님께서 적당한 후배를 찾으면 그때 기술을 배우도록 하죠."

하지만 사부님은 고개를 저었다.

"그건 안 될 말이지. 그럴 수는 없다. 자네는 도제로 기술을 배우러 왔지 머슴 일을 하려고 온 게 아니지 않은가. 내일부터는 자귀와 손도끼 잡는 것부터 시작하세."

망아는 우선 자귀를 잡고 둥그런 나뭇결에 붙은 마디를 쳐내거나 손도끼로 말라비틀어진 나무껍질을 벗기는 일을 했다. 또 사부님과 두 사형을 도와 꺾쇠를 당기기도 했는데, 그중 가장 쉬운 일은 먹통을 당기는 일이었다.

허드렛일부터 시작해서 섬세한 선을 긋는 일까지 망아는 빠르게 익혀나갔다. 이후 2년이 지나고 도제 기간이 끝나기까지 아직 1년이나 남았으나 망아는 이미 솜씨 좋은 기술자가 되어 있었다. 물론 차축을 깎아 만드는 것만은 할 줄 몰랐다. 남은 마지막 1년 간 배워야 할 것이 바로 그 차축을 깎는 기술이었다.

망아는 어느 날 사부님께 간곡히 부탁을 했다.

"제게 차축을 만들 기회를 주십시오."

사부님은 깜짝 놀라 눈만 껌벅거렸다. 혹시 자기가 말을 잘못 들은 게 아닌가 하는 표정이었다.

"만일 제가 잘못해 목재를 버리게 되면 배상하겠습니다."

사부님은 그 말에 이제 그가 차축을 완전하게 만들어 낼 수 있다는 것을 믿게 되었다. 그래도 한 번 더 으름장을 놓았다.

"차축 하나가 마차 반 대 값이다."

망아가 서둘러 대답했다.

"알겠습니다. 만일 잘못되면 도제 기간이 끝나도 제가 1년 간 돈을 받지 않고 일하겠습니다."

사부님이 대추나무 토막을 발로 걷어차면서 말했다.

"차축을 만들면 내일부터 자네에게 품삯을 주겠네."

망아는 드디어 차축 만드는 일에 성공했다. 그러자 사부님은 불편한 마음을 갖는 것 같았다. 그가 비통하게 말했다.

"자네같이 똑똑한 사람을 받아들이는 것이 아니었어."

망아는 그 말이 무슨 뜻인지 바로 이해했다. 사부님은 그가 수레목공소를 차리게 되면 지금 자신이 독점하는 장사가 큰 타격을 입을 것을 염려하는 것이었다. 망아가 얼른 말했다.

"사부님, 걱정하지 마십시오. 사부님께서 저를 내치지만 않는다면 저는 이 목공소에서 늙겠습니다."

사부님은 그제야 "요 신통한 자식 봐라, 정말 똑똑하구나."라며 기특하게 여겼다.

망아가 차축 만드는 데 성공했다는 사실은 그보다 나이도 많고 도제 기간도 길었던 두 사형의 심기도 불편하게 했다. 이후 두 사람은 마치 의논이라도 한 듯 망아를 거들떠보지도 않았다. 상대도 하지 않았다. 망아가 나무토막을 들거나 먹통을 당길 때처럼 그들의 도움이 필요할 때면 큰 사형은 그런대로 괜찮게 나왔다. 그러나 둘째 사형은 질투심을 고스란히 드러낸 채 거만한 태도로 거칠게 집어던졌다. 망아는 그저 보고도 못 본 체, 듣고도 못 들은 체했다. 그런 것을 눈치챈 사부님이 어느 날 사형들을 꾸중했다.

"정신 똑바로 차리고 장붓구멍을 살펴보면 누구든지 기술을 익힐 수 있다."

그러자 두 사형은 겉으로는 예전처럼 대했다. 하지만 그에 대한 악의는 오히려 갈수록 커져갔다.

그날 사부님은 소 한 마리를 빌려 와서는 새로 만든 큰 수레를 소에 매었다. 이어 망아가 처음으로 만든 차축을 끼우고서 사모님과 가족들을 수레에 태우고 절 앞에 서는 시장으로 나들이를 가려고 했다. 사부님은 망아에게도 같이 가자고 권했다. 망아는 두 사형을 생각하고는 공손하게 거절했다.

"전 안 가겠습니다. 저는 놀러가는 것을 좋아하지 않아요."

이 말에 사부님이 버럭, 소리를 질렀다.

"누가 너보고 놀러가자더냐? 네가 만든 차축을 시험해보라는 것이야. 소리를 듣고서 어디가 잘못되었는지 점검해보란 말이다."

망아는 하는 수 없이 마차에 올랐다. 사부님은 수레 앞에 앉은 채 채찍을 휘두르면서 시도 때도 없이 망아에게 주의를 주었다.

"이 소리가 왜 나는지 아느냐? 차축이 너무 꼭 끼었기 때문이다. 잘 알아둬라, 차축이 너무 끼면 이런 소리가 난다는 걸."

동그랗게 틀어 올린 머리로 귀밑에 쪽을 찐 사모님은 수레 안에 보릿짚으로 만든 멍석 위에서 느슨하게 허리를 젖히고 앉았다. 어린것들은 그저 좋아서 정신없이 떠들어댔다. 그 와중에도 큰딸 소취小翠는 수레 끝에 앉아서 살그머니 망아를 훔쳐보고 있었다. 사부님 옆의 수레 앞자리에 앉은 망아는 그 커다란 두 눈망울과 마주칠까 봐 감히 고개도 돌리지 못했다.

수레가 절 앞 장터에 도착하자 망아는 슬그머니 몸을 피해 목공소로 돌아왔다. 그러고는 돌아오자마자 공구를 들고 두 사형을 도와 일을 했다. 점심 무렵이 되자 큰사형이 머뭇거리더니 어렵게 입을 열었다.

"망아, 우리 어머니 건강이 안 좋으신 지 며칠 되었거든. 내가 이미 사부님께는 말씀드렸어. 사부님이 오늘 오후에 한번 갔다 오라고 하셨지만 좀 일찍 출발해야겠네. 어차피 점심도 생각 없고 말이야. 사부님께는 내가 오전에 갔다고 말하지 말게나."

망아가 가볍게 대꾸했다.

"그래요? 그럼 사형이 사부님네 밥 한 끼 벌어주는 것 아니우? 안심하고 다녀오세요. 사부님이 묻지 않으면 저도 말 안 할게요. 만일 물어보면 오후에 떠났다고 하지요."

큰사형은 몸에 붙은 톱밥을 탁탁 털고는 집으로 향했다. 그러자 둘째 사형도 은근한 목소리로 말을 붙였다.

"나도 너한테 휴가 좀 받아야겠다. 읍내에 나가 밥이나 먹고 올게. 너, 사부님께 고자질해서 내 자리 빼앗고 뒤통수만 쳐 봐. 재미없을 줄 알아."

망아는 톱질하던 손을 멈추고 말했다.

"둘째 사형, 무슨 말을 그렇게 하시오? 내가 언제 형의 자리를 뺏고 뒤통수를 쳤단 말이오. 우리 말은 바로 합시다."

둘째 사형은 코웃음을 치며 공방을 나가버렸다.

망아는 이미 둘째 사형의 이런 시기에 이골이 난 터라 아무렇지도 않았다. 그래서 다시 톱자루를 잡고서 한쪽 다리는 바닥을 딛고 한쪽 다리는 목판에 댄 채 톱질을 하기 시작했다. 그때마다 사각사각 듣기 좋은 소리가 나며 톱밥이 땅에 떨어져 쌓였다. 공방 안에는 오로지 그 혼자였다.

오래간만에 조용한 분위기를 만끽할 수 있는 탓에 마음이 편안해진 그는 목판을 이리저리 끌고 당기고 하면서 톱질을 계속했다.

그의 귓가에 소가 마차를 끄는 찌거덕찌거덕 하는 소리가 멀리서 들려왔다. 그것은 그가 처음으로 만든 차축이 돌아갈 때 내던 소리였다. 무엇과도 비교할 수 없는 듣기 좋은 소리이기도 했다. 그 소리는 고막을 통과해서 그의 마음속에 꼭 자리를 잡았다.

이때 누군가가 뒤에서 그의 눈을 가렸다. 망아는 둘째 사형이 식당에서 돌아온 줄 알고 귀찮다는 듯 말했다.

"알았어, 알았어. 손 좀 떼 봐요. 형은 식당에서 배불리 먹었겠지만 나는 가서 밥을 해 먹어야 해요."

그러나 뒤에 있는 사람은 소리도 내지 않았다. 눈을 풀지도 않았다. 망아가 손을 뒤로 돌려 눈을 가리고 있는 사람의 허리를 간지럽혔다. 그러자 생각지도 않은 여자의 비명 소리가 들려왔다. 돌아보니 소취였다. 그는 놀라서 귀밑까지 빨개졌다. 그러나 오히려 소취는 아무렇지도 않게 말했다.

"망아 오빠, 오빠한테 밥을 해 주려고 내가 빨리 돌아왔지. 뭐 먹고 싶어요? 오빠 먹고 싶은 것 있으면 내가 만들어 줄게."

망아는 당황한 가슴을 쓸어내리고 웃으면서 말했다.

"난 수제비를 좋아하는데."

소취는 길게 땋은 댕기머리를 나풀거리며 부엌 쪽으로 갔다. 부엌문에 들어서기 전에 또 뒤돌아보더니 말했다.

"근데 그걸 만들려면 두 사람이 필요해요. 한 사람은 불을 때야 하고 또 한 사람은 밀가루 반죽을 떼어 넣고 저어야 하잖아요. 어떻게 하죠? 오빠가 풀무를 돌려주면 좋겠는데……."

"불 때는 거야 식은 죽 먹기지 뭐. 필요하면 나를 불러."

공방 안과 집안에 1년 열두 달 내내 흐르던 평온하고 나른하던 분위기는 소취가 돌아온 후 씻은 듯이 사라져버렸다. 대신 어떤 신비한 힘이 그를 들뜨게 만들고 있었다. 소취가 솥 안에 물을 부은 모양이었다. 바가지를 달그락거리는 소리가 늘 사각사각 톱질 소리만 나던 공방 안으로까지 들려왔다. 그의 마음속에서 무엇인가가 요동치기 시작했다.

망아는 한숨을 길게 쉬며 톱을 던져버렸다. 그리고 공방 구석에 마련된 작은 방에 누워서 천천히 숨을 내쉬며 마음을 가라앉혔다. 그때 소취가 말괄량이처럼 들어와서는 그가 몸을 돌려 일어나 앉기도 전에 엉덩이를 찰싹 때렸다. 그는 엉덩이가 얼얼하게 아팠다. 그녀의 손목에 찬 옥팔찌가 닿아서 그런 모양이었다. 그녀가 신경질적으로 소리쳤다.

"이 게으름뱅이, 불 때 준다고 하고선 구들장을 지고 있잖아."

망아는 어색하게 웃으면서 얼얼한 궁둥이만 만지작거렸다.

"내가 오빠 같은 조수는 없는 셈 치고 이미 불을 붙였어."

"난 아직 불 땔 때가 안 된 줄 알았지."

소취가 부랴부랴 나가더니 마당을 가로질러 부엌으로 들어갔다. 이어 금방 또 와서 물었다.

"매운 수제비 좋아해요? 아니면 맑은 장국 수제비를 좋아해요?"

"다 좋아, 난 어떤 것이든 다 잘 먹어."

"아휴, 그러지 말고 뭐든지 먹고 싶은 것을 말해 봐요."

"그야 뭐 맑은 장국에 하는 게 맛있지."

"그럼, 오빠가 나가서 두부 한 근만 사 오세요. 고기는 있어요. 나간 김에 고수도 좀 사 오고요. 고수가 들어가야 맛이 있죠."

망아는 고개를 끄덕이고는 서둘러 밖으로 나갔다. 그러자 소취가 소리를 질러 그를 불러 세우고는 말했다.

"돈도 안 가져가고 어떻게 두부를 사 와요?"

"나한테도 있어."

"그건 오빠 돈이잖아요. 오빠 돈은 저축하세요."

소취가 옷섶을 헤치더니 빨간 복대에서 돈을 꺼내어 망아에게 주었다. 망아는 소취의 녹색 허리띠와 볼록한 배를 보고는 급히 눈길을 돌렸다. 아무것도 눈치채지 못한 소취는 돈을 망아의 손에 꼭 쥐어주고서 당부했다.

"도련님! 돈 잃어버리지 마세요."

그리곤 입가에 미소를 지으면서 망아가 대바구니를 들고 마당을 나가는 것을 바라보았다.

두부와 고수를 사 가지고 온 망아가 남은 잔돈을 꺼내어 부엌 선반 위에 놓고 나가려고 하자 소취가 중얼거렸다.

"참, 오빠는 뭘 모르셔……."

망아가 황급하게 반문했다.

"내가 뭘 어쨌기에?"

소취가 고개도 들지 않은 채 손으로 무를 계속 땅땅 썰면서 말했다.

"내가 아까 어떻게 돈을 줬어요. 오빠도 똑같이 나에게 돈을 줘야죠. 그냥 그렇게 선반 위에 놓으면 어떻게 해요?"

망아가 피식 웃으면서 선반 위의 잔돈을 집었다. 이어 무를 썰고 있던 그녀의 손을 잡고는 잔돈을 손바닥에 쥐어주면서 말했다.

"자, 이렇게 주면 되는 거야?"

소취가 푸, 하고 웃음을 내뿜었다. 그러더니 왼손에 있던 잔돈을 오른손으로 옮겨 쥐고 재빨리 망아의 호주머니에 넣고는 흥얼거렸다.

"오빠는 일벌레. 오빠는 일만 알아……. 오빠는 게으름뱅이, 게으름 피우면 곤장을 맞아요……. 좋아, 그건 오빠가 심부름한 수고비인 셈 쳐요."

망아는 적삼의 호주머니에서 잔돈을 다시 꺼냈다.

"난 됐어……."

소취가 다시 망아의 적삼 호주머니에 그가 내민 돈을 넣은 다음 웃으면서 말했다.

"넣어 둬요, 넣어 둬. 넣어 뒀다가 시내에 나가면 사탕도 사 먹고, 과자도 사 먹어요. 먹을 때 잊지만 말아요. 이 누이가 오빠를 좋아해서 사 준 거라는 것을."

얼굴이 새빨개진 망아가 말을 돌렸다.

"맑은 장국 준비하려면 아직 멀었지? 풀무질할 때 불러. 난 공방에 가서 톱질 좀 하고 있을 테니."

소취가 바구니에서 꺼낸 고수를 그에게 던져주면서 말했다.

"앉아서 이거라도 다듬어요. 다 다듬으면 아궁이의 재도 퍼내고. 재를 퍼낸 후엔 물도 길어 와요……."

망아는 물독 옆의 깔개의자에 앉아서 고수를 다듬기 시작했다. 고수의 진한 향기가 코를 간지럽혔다. 소취는 선반 앞의 걸상에서 무를 다 손질한 후에 두부를 들어서 두 쪽을 냈다. 그리고는 고개를 돌려 웃음을 띠면서 말했다.

"내 앞치마가 좀 풀렸네. 망아 오빠, 오빠가 다시 매 줘요. 내 손이 물투성이라서 말이야."

망아는 주저하면서 깔개의자에서 일어나 소취의 뒤로 가서는 느슨해진 앞치마 끈을 묶어주었다. 소취가 몸을 움직여 보더니 말했다.

"너무 헐거워요. 다시 매줘요. 좀 더 꼭 매요."

망아가 풀었다가 다시 꼭 묶었다. 그런데 묶기도 전에 소취가 소리를 질러댔다.

"아이코, 아야. 망아 오빠, 남의 갈비뼈를 부러뜨릴 참이에요?"

망아가 손을 멈추고 물었다.

"그럼 도대체 어떻게 묶어야 적당한 거야?"

소취는 작은 칼을 잡고 조심스럽게 두부를 썰면서 천연덕스럽게 말했다.

"오빠는 참 바보야. 평생 앞치마도 한번 안 묶어 봤나 봐. 묶고 나서 오빠가 손을 넣어보면 알잖아. 한쪽 손이 들어가게 묶으면 되지."

망아는 앞치마를 다시 풀어서 묶고는 주저하면서 손을 넣어보았다. 세 번이나 그렇게 했다. 이어 조심스럽게 손끝으로 끈을 매고서는 오른손바닥을 들어서 소취가 말한 대로 등뼈에 닿게 붙였다. 그런 다음 앞치마의 끈을 손등 위에 놓고 묶었다. 그러자 하얀 적삼 위로 온기가 느껴졌다. 그는 차츰 몸이 떨려오는 것을 느꼈다. 순간 꼼짝할 수가 없었다. 소취가 또 소리를 질렀다.

"아이 참, 한 번만 손 넣어보면 되지 뭘 그렇게 몇 번씩이나 남의 허리에 손을 넣고 뭐하는 거야? 총각이 부끄럽지도 않아요?"

망아는 정말 부끄러워서 얼굴이 빨개져서는 황급히 손을 빼내고 투덜거렸다.

"너 일부러 나 놀리는 거지? ……그만둬. 나 밥 안 먹고 가겠어."

망아는 그렇게 말하고 몸을 돌려 나왔다. 그러자 소취가 쨍그랑하는 소리가 나도록 칼을 내던졌다. 그리고는 문으로 달려왔다. 이어 두 손으로 문을 가로막고서는 웃으며 노래하기 시작했다.

"알나리깔나리, 오빠는 삐침대장……. 놀리는 것도 모르고 화만 낸대요. …… 알나리깔나리, 그런 것도 모르면 엉덩이 맞아야죠……. 좋아요, 좋아. 나의 조왕신이시여, 이제 그만 앉아서 풀무질이나 해 줘요."

소취는 솥에 기름을 부었다. 부뚜막에서 연기가 피어올라 그녀가 재채기를 하며 허리를 숙였다. 그리고 다시 재채기를 하면서 눈물을 닦았다.

"망아 오빠, 놀린 건 놀린 거고 이 동생이 오빠를 위해 충고 한마디 할게요. 오빠는 풀무질하는 거 더 연습해야겠어요. 그래야 나중에 부인을 얻어도 잔소리를 안 듣지. 연기 안 나게 불 잘 땐다고 말이야······."

망아가 심드렁하게 대꾸했다.

"맙소사, 방안에 자리 하나도 못 펴면서 무슨 돈으로 마누라를 맞겠어? 나는 그냥 홀아비로 살 거야. 돈도 절약하고 좋지 뭐."

소취가 잘게 썬 당근과 무를 기름 두른 솥 안에 넣었다. 순간 팍, 하는 소리가 들렸다. 소취는 주걱으로 솥을 저으면서 잠시 조용해졌다. 그러나 곧 부뚜막 아래에 앉아 있는 망아를 보면서 말했다.

"망아 오빠, 너무 걱정하지 마세요. 내가 오빠한테 새색시를 보내 줄 테니까. 빨간 치마에 노란 배, 엉덩이는 아주 펑퍼짐해요. 돈도 안 들고. 그게 바로 동백꽃 아가씨야. 동백나무야 얼마든지 있잖아요? 한 손에 몇 개라도 잡을 수 있어요."

말을 마친 소취가 눈물까지 나올 정도로 웃음을 터트렸다. 망아는 풍로를 밀치고는 일어섰다.

"너 그렇게 가난한 사람을 놀리면 못써. 나는 이 집에 기술을 배우러 온 도제지 너의 놀림감이 아니란 말이야······."

소취가 웃음을 멈추고 놀란 눈으로 망아를 쳐다보았다. 그런 다음 앞으로 다가서서는 화가 잔뜩 난 망아의 귓가에 대고 소곤거렸다.

"오빠가 동백 색시 싫어하면 진짜 색시 주면 되지 뭐. 이 동생이 오빠 색시가 되면 안 될까?"

망아는 깜짝 놀라서 으악, 소리를 지르고는 귀밑까지 새빨개진 얼굴을 감싸 쥐며 아궁이 앞의 나무더미 위에 주저앉았다.

"너 정말, 계속 나 놀릴 거야?"

소취가 두 손을 허리에 대고서는 큰 소리로 말했다.

"놀린다고? 누가 누구를 놀린단 말이야. 오빠가 나를 원한다면 나는 오빠와 함께 도망칠 수도 있단 말이야. 오빠가 한번 끌어당겨 봐. 내가 가

나 안 가나, 내가 오빠를 놀리는 건지 아닌지."

망아는 나무더미 위에서 소취의 결심에 가득찬 모습을 올려다보았다. 그러고는 마음을 가다듬고 웃음을 띠며 달래기 시작했다.

"목소리 낮춰, 소취. 그러다가 잡화점에서 들으면 골치 아파진단 말이야."

소취가 입술을 삐죽이 내밀었다.

"오빠는 여태 나한테 무슨 얘기를 들은 거야. 왜 잡화점을 두려워해?"

망아가 한숨을 내쉬었다.

"너는 잡화점 집 아들하고 혼약한 사이잖아."

소취는 앞에 있던 솥뚜껑을 밀고 끓고 있는 물을 나무 바가지로 떠서는 먼저 볶아 놓은 고기를 넣었다.

그렇게 바쁘게 움직이면서도 웃음 띤 목소리로 힘없이 말했다.

"만일 이 동생이 오빠 사람이라면 얼마나 좋을까? 내가 또 가난한 오빠를 놀리네. 또 화를 내봐요."

망아는 그 소리를 듣자마자 고개를 떨어뜨리고는 풍로를 돌리면서 왼손으로 나뭇조각들을 아궁이 속으로 집어넣었다. 쏟아지려는 눈물을 참자니 가슴이 저려오면서 숨을 쉴 수가 없었다. 이상하다. 도대체 내가 지금 왜 이러는 거야……

소취는 망아가 눈물을 훔쳐내고 있는 걸 모르는 모양이었다. 오른손으로는 국자를 꼭 잡고 입에서는 계속해서 노래를 부르고 있었다.

"개는 솥에 불 때고 강아지는 밀가루 반죽해요. 개는 파를 다듬고 고양이는 마늘을 찧어요. 온 집안이 둘러앉아 수제비를 먹지요."

망아는 듣다가 풋, 하고 웃음이 터졌다. 머리를 들어 소취를 보니 수제비를 떠 넣으며 국자를 젓는 손목에서 옥팔찌가 팔을 따라 움직이고 있었다. 허리는 국자를 따라 흔들리고 있었다. 엉덩이가 풍만하게 보였다. 망아는 그 모습을 보자 가슴속에서 쿵쾅거리는 소리가 들려오는 것을 느꼈다. 이어 소취의 엉덩이를 만져 보고 싶은 욕망을 떨치지 못했다. 그가 깜짝 놀랄 정도의 욕망이었다.

소취가 수제비를 다 넣고는 두 손으로 국자를 잡고 저었다. 그러다가 망아의 멍한 눈빛을 발견하고서 꾸중하듯이 말했다.

"뭘 그렇게 멍하니 있어요? 솥이 식어요. 불이 꺼졌어요. 불 안 때고 뭐 하는 거야?"

망아는 다시 황망히 풍로를 돌리기 시작했다. 푸른 불꽃이 화드득 소리를 내면서 아궁이에서 타들어 갔다. 그러자 소취가 소리를 질러댔다.

"불이 너무 세요. 수제비 다 타네. 밑은 벌써 눌었어."

소취는 두 손으로 국자를 힘껏 쥐고 솥을 저었다. 그러자 픽픽, 하는 소리가 났다. 그때 갑자기 소취가 비명을 지르면서 국자를 내던지고는 두 손으로 얼굴을 감싸 쥐었다. 망아도 황급히 일어서며 물었다.

"왜 그래?"

소취가 고통스럽게 말했다.

"국물이 얼굴에 튀었어."

망아가 소취의 얼굴을 보니 뜨거운 국물이 튀어서 얼굴에 붉은 반점이 생겨 있었다. 망아는 황망한 중에도 "많이 아프지?" 하고 물었다. 소취가 울면서 칭얼댔다.

"어이쿠, 아파 죽겠어."

"덴 데는 오소리 기름을 바르면 즉효인데……. 내가 마을에 내려가서 누구네 집에 오소리 기름이 있는지 물어보고 올게."

소취가 부끄러운 듯이 말했다.

"오소리 기름은 더러워요. 구해와도 안 바를 거야."

망아는 속수무책으로 말했다.

"그럼 어떻게 해? 곪으면 흉터가 생긴단 말이야."

소취가 쭈뼛쭈뼛하면서 말했다.

"간편한 방법이 있기는 한데……."

"뭔데? 어서 말해 봐, 어떤 방법이야?"

"있잖아요. 나도 들은 얘긴데 침을 바르면 금방 낫는대요."

"그럼 빨리 침을 손끝에 묻혀서 바르면 되잖아!"

소취가 부끄러운 듯이 고개를 비틀면서 말했다.

"남자의 화상엔 여자의 침을 바르고 여자의 화상에는 남자가 침을 발라야 한대."

망아는 장엄하고도 신성한 사명감을 가지고 소취 앞으로 한걸음 다가섰다. 이어 두 손을 들어 올렸다. 그때 두 손은 마치 천금을 들어 올리는 것처럼 무거웠다. 그러나 막상 두 손을 올린 후로는 마른 풀잎처럼 가볍게 느껴졌다. 그가 두 손을 소취의 두 어깨에 올려놓았다. 그 순간 장엄함과 신성함은 완전히 녹아버렸다.

망아가 혀로 소취의 화상 부위에 침을 바르기도 전에 소취는 갑자기 두 손으로 그의 목을 꼭 붙잡았다. 이어 눈을 감은 채 얼굴을 망아의 얼굴 가까이 들이밀었다. 얼떨결에 두 손으로 소취의 어깨를 붙잡은 망아의 가슴속에서 강렬한 욕망이 요동쳤다. 그의 욕망은 명확하면서도 아주 모호한 그 무엇이었다. 그는 어찌해야 할지를 몰랐다. 그저 힘껏 그녀를 안고 또 안는 것 외에는 아무것도 할 수 없었다.

그는 얼굴에 갑자기 통증을 느꼈다. 그러나 통증은 이내 사라졌다. 모호한 의식 속에서도 그녀가 이빨로 자신이 얼굴을 물어뜯었다는 사실은 의식할 수 있었다. 뜨거운 입술과 견고한 이빨 모두가 너무도 달콤했다. 소취가 갑자기 입술을 열고 고개를 옆으로 돌리면서 말했다.

"망아 오빠, 오빠도 나를 물어 줘……. 아주 힘껏, 살점이 떨어져 나간

다 해도 아프지 않을 거야."

망아는 자신의 입술로 그녀의 얼굴을 거세게 문질렀다. 그러나 차마 물어뜯을 수는 없었다. 그저 힘껏, 아주 힘껏 그녀의 입술만을 빨아들일 뿐이었다. 소취가 갑자기 얼굴빛을 바꾸면서 그를 밀어냈다. 동시에 그도 마당에서 들려오는 기침 소리를 들었다.

두 사람은 금방 아무 일도 없었던 척 돌아섰다. 기침 소리는 둘째 사형이 그들에게 보내는 경고인 듯했다.

둘째 사형은 주인집에서 망아를 총애하는 것을 안 뒤로 그를 원수처럼 여기고 있었다. 그는 이 목공소에서 만 7년을 일했다. 그러나 여전히 도끼나 톱질 등의 거친 일을 했다. 세심한 주의를 요하는 장붓구멍 파는 일 같은 것은 해 본 적도 없었다. 더욱이 차축을 깎는 일 따위는 엄두도 못 낼 일이었다.

그는 앞으로 목공 일을 하면서 밥을 먹고 살 자신이 없었다. 그러자 일에 대한 흥미도 점점 잃어갔다.

그런데 지금 보복을 할 수 있는 절호의 기회가 찾아왔다. 그는 소취가 망아를 부를 때의 그 정감어린 말투와 요염한 눈빛, 자태를 더는 용인할 수가 없었다. 그녀가 그렇게 정이 담뿍 담긴 목소리로 자신을 부른 적은 단 한 번도 없었기 때문이다. 그는 자신이 주인댁에서 그렇게 밖으로 빙빙 돌게 된 것은 손재주의 문제가 아니라 순전히 소취 년의 농간 때문이라고 굳세게 믿고 있었다. 실제로 주인은 주인마님과 큰딸의 말을 완전히 믿고 있었다. 누구누구가 일을 잘한다고 하면 그 사람이 금방 주인의 신임을 얻게 되기도 했다. 반면 누구누구를 깔아뭉개고 싶으면 그저 바람만 슬쩍 넣으면 됐다. 그는 정말 그렇게 생각했다.

그는 오늘 망아가 주인댁과 함께 같은 마차를 타고 놀러나가는 모습을 분명히 목격했다. 가슴 속에서 질투의 불길이 타올랐다. 그러다 망아가 도중에 돌아오고 소취가 뒤따라 돌아온 것까지 봤다. 그는 질투의 불꽃 속에서 비로소 정신을 차릴 수 있었다. 뭔가가 있다는 생각이 들었다.

그는 본래 읍내에 있는 음식점에서 한 끼를 해결한 후에 잡화점의 뒷 마당에 가서 잠깐 놀다 돌아갈 생각이었다. 그곳은 일 년 열두 달 끊이지 않고 주사위와 마작 놀이가 열리는 곳이었다. 사실 그는 노름을 그다지 좋아하지 않았다. 그저 사람들의 손재주를 보는 재미가 좋았을 뿐이었다.

그는 노름판 옆에서 노름꾼들이 여섯 개의 주사위를 던지는 것을 보고 있었다. 그러나 골패짝들이 아가리가 넓게 퍼진 항아리 안에서 데굴데굴 구르는 소리와 노름꾼들의 환호성은 이미 그의 관심사가 아니었다. 머릿속에서는 주인댁의 점포와 거기서 벌어질지도 모를 일에 대한 상상이 계속 스쳐 지나갔다.

그는 살며시 대문을 밀고 들어섰다. 그리고는 곧장 그 비밀스러운 장소가 부엌이라고 판단했다. 소취의 간드러진 웃음소리가 그의 추측을 더욱 확실하게 했다.

그는 살금살금 창문으로 다가가 소취가 망아의 얼굴을 깨무는 장면을 봤다. 순간 갑작스런 자극이 그를 감쌌다. 다리가 부들부들 떨렸다. 눈도 떨리면서 눈망울이 아파왔다. 그는 발소리를 죽이며 살금살금 걸어서 대문으로 돌아갔다. 그리고는 마치 방금 마당에 들어서는 것처럼 기침 소리를 냈다.

소취가 부엌에서 뛰어나와 평소와는 달리 몹시도 친절하게 밥을 먹으라고 권했다. 그는 마음속으로 그녀를 경멸하며 중얼거렸다.

'늦었어. 암, 이미 늦었고 말고. 이 계집애야, 이제 와서 그렇게 아양 떨고 매달려 봤자 너무 늦었단 말이야……'

그는 곧 잡화점으로 향했다. 이번에는 주사위를 던지고 마작하는 것을 보러 간 것이 아니었다. 그래서 잡화점의 응접실로 당당히 걸어 들어갈 수 있었다.

둘째 사형이 목수 일을 그만두고 잡화점의 점원으로 들어가게 된 것은 망아와 소취한테는 파멸을 예고하는 위협이었다. 둘은 조마조마한 마음을 안은 채 대엿새를 지냈다. 잡화점에서는 아무 반응이 없었다. 그러자 그들은 한 줄기 요행을 바랐다. 둘째 사형이 그들이 서로 껴안고 입 맞추는 장면을 보지 못한 것 같다고 불안한 마음도 달랬다. 둘이 그런 마음을 가진 지 한 달이 지났다. 하지만 역시 아무 일도 일어나지 않았다. 그러자 소취가 대담하게 부모님께 잡화점과의 혼약을 취소해달라고 요구했다. 뿐만 아니라 마음의 걱정도 부모님께 털어놓았다.

"수제비를 하다가 국물이 제 얼굴에 튀었어요. 그래서 망아 오빠가 제 얼굴을 핥아주었는데 그걸 둘째 사형이 봤어요. 저는 둘째 사형이 왕씨 댁에 쓸데없는 소리를 했을까 걱정이에요. 그렇게 되면 제가 그 댁에 시집을 가더라도 사람대접을 받을 수 없잖아요. 차라리 그러기 전에 일찌감치……."

주인 부부는 깜짝 놀랐다. 이어 여러 가지로 곰곰이 생각한 후에 두 가지 일을 진행시켰다. 하나는 망아를 해고하는 것이었다. 다른 하나는 곧장 매파를 보내서 잡화점 왕씨 집안이 소취를 맞아들일 의향이 진짜 있는지 알아보는 것이었다. 대목수가 진행시킨 일은 대단히 합당했다고 할 수 있었다. 사실 둘째 제자가 만일 이러쿵저러쿵 모함을 했다면 왕씨 댁에서 분명히 무언가 반응이 있었을 터였다. 왕씨 댁은 읍내에서 내로라하는 집안이었기 때문이다.

대목수는 둘째 제자가 기술 배우기를 포기하고 장사를 배우려는 마음이 있다는 것을 예전부터 눈치채고 있었다. 때문에 그가 갑작스럽게 목공소를 떠나 잡화점에 들어간 것을 그저 그럴 만한 일이었다고 생각했다. 대목수는 매파가 왕씨 댁에 가서 알아 온 결과에 자신의 판단이 옳았음을 확신했다. 왕씨 댁 역시 혼사를 준비하려던 참이었다고 했다. 게다가 처음에 생각했던 것보다 더 성대하게 치를 예정일 뿐 아니라 전혀 이상한 조짐도 없었다고 했다.

그러나 이 읍내에서 대목수의 인간관계는 별로 좋지 못했다. 그가 목수로 장붓구멍을 설계해서 이름을 날린 것과는 상당히 거리가 멀었다.

대목수는 소취를 꽃가마에 태워 마을 남쪽에 자리 잡은 잡화점으로 보냈을 때 오랫동안 허공에 매달려 있던 커다란 돌 하나를 안전하게 땅바닥에 내려놓은 것 같은 기분을 느꼈다. 그러나 이어 일어난 변고들은 그를 완전히 무너뜨렸다.

혼례 다음날 대목수 부부는 아침 일찍 일어나서 잔칫상을 준비하고 사위와 딸이 신행 올 것을 기다리고 있었다. 그러나 그가 맞이한 것은 사위가 길거리에서 고래고래 욕하는 소리였다. 새신랑은 마을 남쪽에서부터 계속해서 욕을 하면서 왔다. 그러더니 마을 한가운데 네거리에 멈춰서는 더욱더 큰 소리로 욕을 해댔다.

"내 새색시는 처녀 딱지를 뗀 사람이더라고요. 이미 큰 구멍이 나 있어요. 구멍이 얼마나 크게 나 있는지 마차라도 지나갈 수 있다고요."

잡화점 뒷마당에서 노름을 하던 건달들이 새신랑의 꽁무니를 따라다니며 떠들썩하게 분위기를 돋우었다. 새 주인을 모시게 된 둘째 제자 역시 득의양양하게 떠들고 있었다.

"진즉에 헌 물건이오. 아주 오래전에 이미 헌 것이 되었단 말이오."

얼굴 근육을 씰룩거리던 대목수는 길 어귀에서 기절할 것만 같은 것을 간신히 참았다. 그러나 수레목공소로 뛰어 돌아와서는 문에 들어서자마자 붉은 피를 가득 토하고 그대로 혼절했다.

소취는 첫날밤을 보낸 신방에 멍하니 앉아서 거리에서 고래고래 지르는 남편의 소리를 창문 너머로 듣고 있었다. 순간 그녀의 놀란 마음이 한

가지 방법을 떠올렸다. 이제 선택의 여지가 없었다. 소취는 빠져나갈 수 없는 올가미가 자신의 목을 조르고 있다는 사실을 분명히 알고 있었다. 신혼 첫날밤 신랑이라는 남자는 그녀의 몸에 해괴한 짓을 하고는 곧 정색을 하고 말했다.

"이런 맙소사. 이 계집, 헌 물건이잖아. 너 누구랑 잤어? 사실대로 말하지 못해?"

그녀는 변명할 방법이 없었다. 처녀를 상징하는 선홍빛의 피를 깨끗이 처리한 후 그녀는 눈을 감았다. 그리고 자신은 이미 이 세상에서 잠화점의 며느리로 살아갈 수 없다는 사실을 확신했다. 하지만 그때까지도 신랑이 그렇게 거리에 나가서 고래고래 소리를 지를 줄은 몰랐다.

그녀는 조용히 신혼방의 문을 닫았다. 이어 냉정하게 결혼식 날 허리에 묶었던 빨간 끈을 대들보에 걸었다. 이후 아무런 주저함도 없이 머리를 들이밀었다. 한 방울의 눈물도 흘리지 않았다.

새 신랑은 처갓집으로 와서 아내가 죽었다는 사실을 알렸다. 그의 어깨에는 결혼 후 처가를 방문할 때 가지고 오는 답례 예물 상자가 메어져 있었다. 그는 장인의 공방에 예의를 갖추고 들어와 예물을 내려놓은 후 큰절을 하고 상을 당한 일을 말했다.

"따님이 목을 매었습니다. 오후에 입관하고 내일 장사를 지내려 합니다. 두 분은 오셔서……."

새신랑이 두 광주리의 예물을 가리키면서 말했다.

"이것은 답례 예물입니다. 장인께서 받아주십시오. 사람은 비록 죽었지만 그렇다고 결례를 할 수는 없지요."

대목수가 간신히 고개를 들고 말했다.

"시집간 딸은 뿌려버린 물과 같네. 팔아버린 나귀는 차버린 땅과 같은 법이고. 시댁에서 어떻게 하든 나는 할 말이 없네. 나는 아무 말도 안 할 테니 자네가 알아서 하게."

새신랑이 떠나자 대목수는 책상 위에 쌓여 있던 답례 예물 보따리들을 가리키면서 미친 듯이 소리를 질렀다.

"모두 똥통에 갖다 버려라. 빨리 갖다 버리란 말이야……."

대목수는 소취를 입관하고 장사지내는 이틀 동안 큰 제자에게 소를 몰게 하고서는 집안 식구를 모두 데리고 집에서 20여 리 떨어진 친척 집으로 몸을 피했다. 잡화점 왕씨 댁에서는 얇은 버드나무 관에다가 불과 못 몇 개를 얼기설기 박은 관에 소취를 쑤셔 넣다시피 했다. 그런 다음 원통하게 죽은 새색시가 귀신이 되어 나쁜 짓을 하지 못하도록 액막이를 한답시고 복숭아나무를 뾰족하게 깎아 죽은 자의 손바닥과 발바닥 사이에 박았다.

마을에서는 아무도 상여를 메려고 하지 않았다. 그것은 잡화점 왕씨 댁이 인심을 잃어서가 아니었다. 모두 정절을 잃고 죽어버린 여인에게 가까이 가려 하지 않았기 때문이었다. 끝내는 할 수 없이 관을 우마차에 싣고 공동묘지에다 아무렇게나 묻어버렸다. 대엿새가 지난 후 대목수 일가는 우마차를 타고 마을로 돌아왔다. 그는 수레 만드는 일을 계속했다.

소취에 대한 치욕적이고 무참한 소문은 한 달이 못 되어 잠잠해졌다. 또 귀신이 나타나서 어쨌다는 말도 없었다. 아마도 손과 발에 박아 넣은 복숭아 꼬챙이가 확실하게 제 몫을 한 것 같았다.

100일 후, 잡화점 왕씨 댁에서는 먼젓번보다도 더 크게 잔치를 벌이며 아주 현숙한 며느리를 맞아들였다. 잔치는 사흘 낮과 밤을 두고 벌어졌다. 의식적으로 대목수 집안과의 혼사로 불길했던 과거를 털어내려 그러는 듯했다.

잡화점 왕씨 댁의 혼인 잔치에서 중국 전통극을 한다는 소문이 멀리까지 퍼졌다. 망아는 그날 밤을 틈타 연극을 하는 무대 아래로 숨어들었다. 다시 마을로 돌아오자 마음속에서 이는 복잡한 감정을 억누르기 어려웠다. 그는 솥 밑에 붙어 있는 검댕을 얼굴에 덕지덕지 바르고는 다 떨어진 테두리 넓은 밀짚모자를 썼다.

그는 잡화점 왕씨 집을 세 번이나 들락거렸다. 비록 다른 사람들이 그를 알아보지 못하기는 했으나 도무지 복수를 결행할 틈이 없었다. 신혼방에 모여 있는 젊은이들은 연극에는 관심도 없었다. 그저 새색시를 괴롭히느라 떠들썩했다. 이렇게 신부를 괴롭히는 일은 연극이 끝나는 새벽녘까지 계속될 터였다.

다음날 밤 망아는 일부러 늦게 와서 연극 무대 주변을 둘러봤다. 그러다 무대 우측의 사람들 틈에서 둘째 사형의 모습을 찾을 수 있었다. 그가 어디에 있는지 위치를 확인한 망아는 자리를 벗어나 왕씨 집으로 숨어들어갈 기회를 엿보았다. 여름밤은 깊어만 갔다. 연극이 최고조에 이르렀을 무렵 마침내 망아는 잡화점 왕씨 집으로 잠입해 들어갈 수 있었다.

신랑, 신부는 새색시를 괴롭히는 사람들 때문에 첫날밤 환희의 시간을 뺏긴 것을 보충하겠다고 작심한 듯 집 안팎에서 일하는 사람들은 아랑곳하지 않은 채 원앙금침을 깔았다.

이때 망아는 침상과 뒷벽 사이의 좁고 어두운 곳에 숨어 있었다. 보통 위쪽에 두 장의 목판을 얹어놓고 아래에는 부부의 요강이나 자질구레한 것을 놓는 구석진 곳이었다. 신혼부부가 잠자리에 들기 전 부모님께 인사 드리러 간 사이에 몰래 잠입해 들어온 것이었다.

처음에 그는 두 사람이 운우지정을 나눈 후 단잠을 자는 동안 손을 쓸까 했었다. 그러나 그에게는 그때까지 기다릴 인내심이 없었다. 또 병신 같은 새신랑이 죽기 전에 새색시를 한 번이라도 안아보는 복을 누리게 하고 싶지도 않았다.

침상 위에서 남자의 목소리와 여자의 수줍어하는 웃음소리가 들렸다.

망아는 이불을 젖히는 소리를 듣고는 그 좁은 곳에서 기어 나와 몸을 일으켜 세웠다. 그의 손에는 돼지 잡는 칼이 들려 있었다. 그는 곧바로 실오라기 하나 걸치지 않은 신랑의 등 뒤에 칼을 꽂았다. 신부가 비명을 질렀으나 망아가 손으로 목을 누르고 주먹을 한 번 휘두르자 이내 혼절해버렸다.

망아는 방을 나서서는 곧바로 연극 무대의 오른쪽으로 걸어갔다. 이어 사람들 속을 비집고 들어가 어두컴컴한 무대 아래에서 곧장 둘째 사형의 등 뒤로 다가갔다. 그런 다음 왼손을 올려 땀 닦는 시늉을 했다. 옆 사람의 시야를 가리려는 목적이었다.

그는 왼손의 엄호 아래 방금 죽인 새신랑의 선혈이 묻어 있는 돼지 잡는 칼을 또 둘째 사형의 등 뒤에 꽂았다. 둘째 사형은 뭔가 먹다 목구멍에 걸린 것처럼 "끄윽, 끄윽……." 소리를 내면서 앞쪽에 서 있는 사람에게 몸을 기대었다. 앞에 있는 사람이 귀찮다는 듯이 어깨를 흔들자 이번에는 뒤에 서 있는 사람에게 기댔다. 이 사람 저 사람에게 기대다 보니 사람들은 그가 조는 것이라고 생각하는 것 같았다. 그러나 얼마 후 그가 선혈이 낭자한 시체라는 사실을 발견하고는 한바탕 난리법석을 떨었다.

이때 망아는 이미 잡화점의 푸른 기와 문루 아래에 몸을 숨기고 안에서 들려오는 비명 소리를 들었다. 왕씨 집 사람들이 무대 아래에서 우왕좌왕하는 모습도 내려다보았다.

그는 손을 들어 문루에 걸어 놓은 붉은 등 두 개를 흔들었다. 엉성하게 만들어진 등 안의 촛불은 붉은 비단과 대나무 가지로 만든 테두리를 태우기 시작하더니 금방 처마에 옮겨붙었다. 곧이어 맹렬하게 집안 전체로 번졌다.

모두 우왕좌왕하며 사람을 구하랴, 불을 끄랴 정신이 없는 듯했다. 살인범을 찾을 여유도 없어 보였다. 망아는 신랑이 확실히 죽었는지 확인한 다음 잡화점이 불바다로 변한 것을 보고서야 비로소 자리를 떴다. 이어 마을을 떠나 멀리 떨어진 주원周原 평야의 언덕 위에 있는 소취의 초라한 무덤 앞으로 향했다. 그리고는 잡화점의 새신랑과 둘째 사형을 죽인 선혈 낭자한 돼지 잡는 칼을 꺼냈다. 얼마 후 그는 칼을 남색 바탕에 두꺼비와 붉은 꽃이 수놓인 복대에 싸서 버리고는 현장을 떠났다.

며칠 후에 누군가가 소취의 무덤 앞에서 돼지 잡는 칼과 복대를 발견했다. 잡화점 왕씨 집에서는 이것들을 현청縣廳에 살인 사건의 증거물로 제시했다. 현청에서는 이 물건들을 가지고 대목수를 찾아갔다 그때 대목수가 복대를 힐끗 보더니 입을 열었다.

"복대는 망아의 것입니다."

대목수의 아내는 감히 남편의 말에 한마디 덧붙이지를 못했다. 그 복대를 수놓은 것이 소취라는 사실을. 현청에서는 즉각 정망아鄭芒兒를 체포하라는 명령을 내렸다.

이러한 사정을 알 리 없는 망아는 이미 수백 리 떨어진 백록원의 삼관묘라는 절에 몸을 숨겼다. 그리고 노스님을 따라서 합장하고 독경하는 법을 배웠다. 이로써 세상에는 천재적인 수레 목수가 하나 없어졌다. 대신 아주 평범하고 바른 길을 걷지 못하는 중이 하나 늘었다.

"자네 흑모란이 누구라고 생각하나?"

두목이 흑왜에게 물었다. 그리고는 흑왜의 대답을 기다리지 않고 사실을 털어놓았다.

"그녀가 바로 잡화점 며느리로 들어간 그때의 새신부라네."

흑왜는 "아!" 하고 탄식을 터트렸다.

"그녀는 왕씨 집에서 과부로 살고 있었지."

두목이 계속 말했다.

"그녀는 내가 찔러 죽인 그 못난 녀석을 위해서 정조를 지키고 있더란 말이야. 아마 열녀비라도 세워주길 바란 모양이야. 하지만 난 그 여자를 산으로 끌고 와 부하들에게 즐기라고 내주었지……."

"그 여자가 잘못한 것은 없잖아요."

흑왜가 한숨을 내쉬면서 말했다.

"물론 그녀에게 잘못은 없지. 난 그저 잡화점 왕가네도 고통을 당해 보란 거였어."

두목이 다시 독하게 말했다.

"나는 본래 목공 기술로 성실하게 세월을 보내려던 사람일세. 정말이지 내가 사람을 죽이고 불을 지르거나 할 줄은 몰랐어. 농민 반란을 일으켜 감옥에 들어갈 줄은 생각도 못 했다네. 그러나 주변 사람들이 날 평범한 사람으로 살아가지 못하게 했네. 자꾸만 나를 힘들고 고통스럽게 만들어서 나도 그 사람들에게 내가 받은 고통을 돌려주게 했던 거야. 내가 힘들었던 만큼 그들도 당해야 할 것 아닌가? 그래야 나도 한이 풀리지. 자네가 걸어온 길도 이런 내력이 아니던가?"

흑왜가 고개를 끄덕였다.

"그럼요. 그렇지요."

"자네는 아직도 털어버리지 못한 것이 있나? 여자 일로 그렇게 연연해하다니 말일세."

두목이 손을 흔들면서 말했다.

"이건 꼭 자네를 두고 하는 말이 아니고 내게도 해당하는 것이지. 지금 내가 살아 있는 것은 완전히 덤이라고 할 수 있어. 나는 잡화점에 불을 지르고 사람을 죽였어. 또 농민의 난을 일으켜서 감옥에도 갔지. 이런 일만 해도 사실 진즉에 죽임을 당해서 지금쯤 내 몸은 거름이 되었을 거야. 앞으로 살아가는 날이 많을수록 덤도 많겠지. 기왕에 사는 목숨 통쾌하게 살아야 해. 언젠가 죽으면 그만인걸. 안 그런가?"

흑왜가 한숨을 길게 쉬고 화가 난 듯이 말했다.

"그래요. 내 목숨도 덤이라고 할 수 있어요."

"그렇게 생각하면 되었네."

두목이 기쁘게 말했다.

"비적이 되었으면 통쾌하게 살아야 하네. 우리 두 사람이 한패가 되어 2년을 고생한 끝에 형제들이 벌써 200명으로 불어났어. 모든 형제들이 총 한 자루씩을 가질 수 있게 되었으니 대단하지 않나? 관군은 지금은 오로지 유격대 토벌에만 혈안이 되어서 우리는 신경도 쓰지 않잖아. 유격대 역시 관군 주위만 맴돈단 말이지. 우리하고는 어떠한 원한 관계도 없어. 지금 단지 골치 아픈 것은 갈조구葛條溝의 무리들이지……."

흑왜가 순간 허벅지를 탁, 내리치면서 말했다.

"좋소, 그놈들을 송두리째 없애버립시다."

"없애는 것도 없애는 거지만 기회를 잘 잡아야 하네. 갈조구의 신룡辛龍과 신호辛虎 형제는 머릿속에 마치 차축을 넣어둔 것 같단 말이야. 사방에서 농민 폭동을 일으키던 그때, 자네의 그 녹씨 성을 가진 공산당 친구 있지 않은가. 그 친구가 이들을 찾아갔었다고 해. 결과적으로 공산당을 따르도록 설득을 하는 데 성공했어. 그런데 그놈들은 농민들을 대대적으로 포섭하는 계획이 실패로 돌아가고 관군이 유격대를 추격할 때 공산당이라는 간판을 내버리고 산적의 깃발을 들었어. 이런 부류를 어떻게 믿는단 말인가. 그들은 유격대를 토벌하기 위해 나를 끌어들이려고 하지만 나는 그런 일은 안 해. 누가 그런 자식들하고 같이 일한단 말인가. 그 작자들은 오로지 내 거처를 차지하고 내 거점을 먹으려 하는 거야. 한마디로 말해서 그 작자들은 우리에게 화근이 될 뿐일세."

흑왜가 냉정하게 한마디 했다.

"그럼 우리가 먼저 그놈의 소굴을 없애버립시다."

"좋지!"

두목이 술잔을 들며 말했다.

"그럼 이 일을 할 준비를 시작하세."

흑왜가 술 한 잔을 단번에 비우고 말했다.

"형님, 안심하십시오. 이 흑왜에게 다른 마음은 전혀 없습니다. 오로지 의리 하나뿐입니다."

날이 밝기 시작했다. 두목이 말했다.

"지난밤에 자넬 찾아온 사람이 있어서 우선 자네 침상에서 자라고 했네."

흑왜가 물었다.

"이곳까지 나를 찾아올 사람이 누가 있단 말입니까?"

두목이 웃으면서 말했다.

"들어가 보면 알 걸세."

흑왜는 자신의 동굴로 들어가서는 깜짝 놀라 소리쳤다.

"세상에! 조붕이 아닌가……."

제22장

흑왜는 자신의 침상에 앉아 있는 사람이 녹조붕鹿兆鵬이라는 것을 알고는 깜짝 놀랐다. 이어 그를 끌어안고 한참을 바라보았다.

조붕은 머리에 더러운 남색 두건을 두르고 빛바랜 남색 깃을 댄 적삼을 입고 있었다. 어깨에 검은 천과 흰 천으로 헝겊 조각을 덧대어 기운 적삼의 섶은 너무 길어서 엉덩이까지 덮고 있었다.

검은 천으로 만든 바지도 남색과 자홍색의 천으로 누덕누덕 기워져 있었다. 발에는 아주 거친 마로 만든 신발을 신은 채 흰 베로 만든 각반을 두르고 있었다.

머리 꼭대기의 두건에서부터 발끝의 각반에 이르기까지 모두가 풀물과 나뭇진으로 물들어 있었다. 또 이끼가 말라붙어 얼룩이 졌을 뿐 아니라 얼굴을 비롯해 귓바퀴와 목덜미에는 검은 때가 꾀죄죄했다.

백록진 초급소학교 교장으로 근무하면서 감색의 제복을 깔끔하게 입고 다니던 그 녹조붕과 동일인이라는 사실을 상상조차 하기 어려운 모습이었다. 그는 완전히 진령산 깊은 골짜기의 산사람으로 변해 있었다.

만일 그때의 모습을 찾을 수 있는 단서가 있다면 그것은 하얀 이뿐이었다. 산사람들은 본래가 이를 잘 닦을 줄 모른다. 그렇지 않더라도 수질 때문인지 모르겠으나 열 사람이면 열 사람 모두 앞니가 누랬다.

하지만 녹조붕은 여전히 초급소학교에서 교장 노릇을 하던 때처럼 하얗게 빛나는 치아를 드러내며 반갑게 웃었다. 흑왜가 웃으면서 말했다.

"하얀 이가 아니었다면 알아보지 못했을 거야."

녹조붕이 웃음을 터트리자 그 하얀 이가 더욱 빛을 발했다.

"자네가 사람과 말을 많이 거느리고 일을 크게 벌여놓았다기에 몸을 좀 의탁하러 왔네."

흑왜는 침상 머리맡에 있는 선반에서 술병을 꺼내왔다. 또 밥 짓는 부하를 깨워 좀 전에 자신이 남겨 두었던 밥을 가져오도록 했다. 그가 등잔불빛에 의지하여 투박한 사발에 술을 가득 부어 권했다. 그러면서 큰 소리로 말했다.

"조붕, 나는 정말 우리가 이런 곳에서 만나리라고는 꿈에도 생각지 못했어! 이승에서는 다시 보지 못하리라 생각했는데 말이지. 난 지금 거칠 것이 없는 몸이 되었어. 부모도 마누라도 없어. 완전 천애고아에 비적이지. 자, 마시자고. 마셔! 우리 아주 기분 좋게 마시자고."

"그래, 마셔."

흑왜는 술기운에도 불구하고 조붕이 써 준 짧은 편지를 가지고 어떻게 군대를 찾아갔는지에 대해 우선 이야기했다. 이어 어떻게 사병을 거쳐 여단장의 측근 호위병이 되었는지와 어떻게 폭동에 참가하게 되었는지에 대해서도 술회했다. 보릿단과도 같은 시체를 넘고 넘어 사선에서 도망쳐 나온 이야기와 어떻게 해서 산채에서 생활하게 되었는지도 쉼 없이 내뱉었다. 말을 다 마친 흑왜가 큰 소리로 울기 시작했다.

"이보게, 조붕. 나는 단지 농민협회를 결성하여 혁명을 하면 가난뱅이에서 벗어날 수 있다는 말만 충실히 믿고 따랐을 뿐인데 이 모양 이 꼴이 되어버렸어. 이제 이 세상에 내 한몸 발붙일 곳도 없게 됐단 말이야."

조붕의 얼굴도 붉게 물들기 시작했다.

"자네 맘 다 아네."

흑왜가 눈을 똑바로 뜨고 단호하고 매섭게 물었다.

"안다고? 시체가 보릿단처럼 땅바닥에 이리저리 널려 있는 것을 보았어? 여단의 사병들이 그루터기에 쓰러지고 그 위에 또 쓰러지고, 계속해서 그루터기 위에 쓰러지는 광경을 보았단 말이야? 여단장이 기관총을 들고서 적을 죽이기 위해 눈에 불을 켜는 순간을 안단 말이야? 내가 총알을 넣을 때까지만 해도 여단장은 살아 있었어. 그런데 나중에는 그가 살았는지 죽었는지도 모르겠더란 말이야……."

조붕이 여전히 아무런 표정도 없이 말했다.

"자네가 말하는 걸 모두 알아. 그 폭동을 계획했을 때 나도 참가했으니까. 여단장은 그때 죽지 않았어. 살아남은 잔여 부대를 이끌고 동관潼關을 넘어서 하남河南으로 갔지. 한 달쯤 이리저리 도망을 다녔지만 그래도 발붙일 곳을 찾지 못했어. ……결국 여단장은 기관총을 베고 죽었지. 우리쪽에서 유일하게 전쟁을 할 수 있는 정규군은 그로써 끝장이 난 거야."

흑왜가 물었다.

"모두 지난 일이지만 한 가지만 물어볼게. 애초에 폭동을 계획할 때부터 이러한 결말을 예상했었나?"

녹조붕은 담담하게 대답했다.

"예상했지."

흑왜가 기이하게 여기면서 다시 물었다.

"그러고도 목을 내밀고 칼 앞으로 뛰어들었단 말이지?"

녹조붕은 여전히 침착했다.

"여단장이 말한 〈칠보시〉七步詩 이야기를 잊었나? 시를 지어도 죽고 안 지어도 역시 죽는다는 이야기 말이야. 실제로도 조식은 자신의 형인 문제 조비에게 죽임을 당했지."

흑왜가 탄식하면서 말했다.

"이제 다 끝났어."

이번엔 녹조붕이 흥분해서 말했다.

"끝나지 않았어. 진정한 혁명은 이제부터 시작일세, 흑왜 동지!"

술을 한 모금 마신 흑왜가 조붕을 흘끗 바라보더니 고개를 숙이고 말 없이 멧돼지 고기를 한 점 집어 씹기 시작했다. 그리고 한참 후에 비로소 적당한 말을 찾아냈다.

"혁명이 이제부터 시작이라면서 왜 한가하게 이곳에 왔지?"

녹조붕 역시 적당한 핑계를 댔다.

"난 말이지, 자네가 잘 지내는지 보고 자네를 의지해 이 무리에 들어 오려고 왔네."

흑왜가 발끈해서 대꾸했다.

"조붕, 날 놀리려는 건가?"

"자넬 놀리려는 게 아니야. 나도 여기에 넣어 줘!"

"내 앞에서 그 말 두 번 다시 꺼내지 마. 진정 그러고 싶은 마음이 있 거든 내일 두목 앞에서 직접 말하라고."

"그야 당연하지. 자네 의리 한번 대단하군."

"날이 곧 밝을 텐데 잠이나 자. 그 문제는 내일 두목에게 직접 말하고."

흑왜가 잠이 깼을 때는 다음날 저녁 무렵이었다. 나무 막대기에 걸어 둔 등잔에는 불이 환하게 켜져 있었다. 또 녹슨 철로 만든 등잔에는 피 마자기름이 가득 채워져 있었다. 국수를 미는 방망이만큼이나 커다란 등 불 심지가 타들어 가고 있는 것으로 볼 때 중요한 잔치가 열릴 것이 분명 했다. 실제로 부엌에서는 연신 튀기고 볶는 음식 냄새가 풍겨오고 있었다. 무리의 형제들은 종종걸음으로 부엌을 드나들면서 희희낙락이었다. 그는 두목의 굴을 찾았다. 두목은 기분이 좋아서 입이 귀에 걸린 얼굴로 그를 반겼다.

"그동안 우리 형제들이 함께 모일 기회가 없었지. 오늘 진탕 먹고 마시고 놀아 보세. 흑왜, 자네도 마음을 풀고……. 자네와 생사를 같이한 친구가 멀리서 찾아오지 않았나. 자네 친구는 곧 내 친구인 만큼 환대하는 것이 마땅하지."

두목은 조붕이 패거리에 들어오고 싶어 한다고 하자 명랑한 목소리로 말했다.

"우선 밥이나 먹고 보세."

무리의 형제들은 잔뜩 배부르게 먹었다. 그런 다음 아직 술에 취하지 않은 무리 중의 어떤 형제들은 무술을 연마했다. 또 다른 형제들은 권법을 연습했다. 칼춤을 추거나 창검을 연습하는 형제들도 있었다. 이외에 담 타기 재주를 보이는 형제들과 적을 체포하는 시범을 보여주는 형제들도 있었다. 모두 날래고 강인했다.

흑왜는 조붕을 데리고 두목이 있는 동굴로 갔다. 두목은 겉치레 인사말은 집어치우고 단도직입적으로 물었다.

"우리한테 합류하고 싶다고?"

"그렇습니다."

조붕이 고개를 끄덕였다.

"정말인가?"

두목이 다시 슬쩍 물었다.

"정말입니다."

"그럼 '정말이다'는 말을 세 번 연거푸 할 수 있겠나?"

두목이 그를 똑바로 바라보면서 말했다.

"좋습니다."

조붕이 크게 웃으며 말했다.

"정말이라면 정말인 거지, 반 정말이라도 반은 정말이잖소. 완전히 거짓은 아니란 말입니다."

"아니, 그건 완전히 거짓이야."

거침없는 두목의 말투는 자신감에 가득차 있었다. 목소리에도 힘이 넘쳤다.

"자네가 우리 무리에 들어오고 싶다고? 반대로 우리 형제들을 자네의 유격대에 끌어들이고 싶은 거겠지."

"과연 족집게요. 장님무당보다도 잘 맞추는군요."

조붕은 자신의 의중을 들킨 것을 무안해하지도 않고 태연하게 말했다.

"정말 그렇다면 어떻습니까? 받아들이겠어요?"

"하늘 위의 독수리와 땅 위의 늑대가 서로 힘을 합치는 경우는 없지. 자네는 당당한 공산당의 간부고 나는 일개 비적인데, 어떻게 한배를 탈 수가 있단 말인가?"

두목이 약간 비꼬며 말했다.

"우리 둘은 비슷하죠. 아마 저울에 달아 보면 차이도 별로 없을걸요? 자수현의 체포령에 나나 두목이나 1,000냥의 현상금이 붙어 있지 않습니까? 우리 둘은 같은 가격입니다."

조붕 역시 비꼬는 말투로 대꾸했다.

두목도 조붕의 이 말에는 껄껄 웃었다. 흑왜 역시 웃음을 참지 못했다. 이 웃음은 마음속의 긴장을 어느 정도 해소시켜 주었다. 흑왜는 시종일관 아무 말도 하지 않았다. 자기가 나설 자리가 아니라고 생각했기 때문이었다. 그는 이 두 사람 사이의 담판이 어떤 식으로 결말이 나든 아무런 충돌도 일어나지 않기만을 바랐다. 그는 두목의 웃음을 몹시 귀히 여겼다. 그리고 이 느슨해진 분위기를 이어가느라 가볍게 농담을 던졌다.

"자수현의 '공산당' 우두머리와 '비적' 두목이 같은 값이라니 나쁘지 않은데요."

조붕 역시 기회를 놓치지 않고 약간 느긋해진 말투로 말했다.

"난 두목을 잘 압니다. 당신은 아주 뛰어난 목수였는데 별 볼 일 없는 중이 되었죠. 당신은 아주 뛰어난 홍군紅軍(중국 인민해방군의 전신)의 지도자가 될 겁니다. 당신이 이 산속에서 비적의 두목 노릇이나 하고 있다는 것은 참으로 안타까운 일입니다. 나는 일찍이 당신을 재목으로 눈여겨보았다가 이렇게 찾아온 것입니다."

두목이 웃음을 거두고 굳은 표정으로 말했다.

"나도 자네를 잘 알지. 내가 삼관묘三官廟에서 중 노릇을 하고 있을 때부터 자네를 알고 있었네. 자네가 똑똑한 사람이긴 하지만 이 산채는 자네가 필요 없네. 난 물론 자네와 흑왜의 관계도 알고 있네. 흑왜는 믿을 만한 의리의 사나이야. 흑왜가 자네를 따라 나선다고 하면 보내주겠네. 또 다른 형제들도 흑왜와 함께 유격대에 들어가겠다고 하면 보내주지. 물론 무기도 챙겨 주고……"

흑왜가 두목의 말허리를 잘랐다.

"형님, 무슨 소릴 하는 겁니까. 난 다른 마음이 없습니다. 하늘에 맹세할 수도 있습니다."

조붕도 솔직담백하게 말했다.

"좀 전에 말했다시피 난 두목의 사람됨을 인정합니다. 난 우리가 손잡기를 바랄 뿐입니다."

두목이 방금 허리가 잘렸던 말을 계속했다.

"내 말도 진심일세. 누가 세상을 지배하건 우리 같은 비적 떼들을 가만 두지 않으리란 건 자명한 진리이네. 지금이야 국민당이 현상금을 걸고 나를 잡으려 하지만 공산당이 정권을 차지하는 날에는 또 그쪽이 나를 잡으려 하겠지. 다행히 내가 그때까지 살아 있고, 자네 조붕이 정권을 잡아 나를 처치하게 된다면 내가 바라는 것은 그저 시체나 온전하게 남겨달라는 것일세."

조붕이 고개를 저으며 말했다.

"이 무슨 생고생입니까? 두목이 우리 홍군 대오에 들어오기만 하면 알게 되겠지만 이렇게 비적의 두목을 하는 것보다 훨씬 뜻있게 지낼 수 있습니다. 사실 나는 처음부터 두목을 유격대에 끌어들일 생각은 없었습니다. 우리는 이미 정규군인 홍군 군단을 만들었기 때문입니다. 군단장은 황포군관학교黃埔軍官學校에서 정식 군사훈련까지 받은 사람입니다."

두목은 그래도 요지부동이었다.

"내가 하고 싶은 말은 다 했네. 흑왜가 가고 싶다면 데려가도 좋네. 또다른 형제들도 가고 싶다면 보내주고 무기도 내주지. 이만하면 협객이라고할 만하지 않나. 다른 말은 않겠네. 자네가 나중에 내 시체를 온전하게 거두어주기만 한다면 이 교분은 충분히 의기투합된 것이라고 할 만하겠네."

흑왜가 다시 말했다.

"나는 시체가 온전하건 말건 상관없습니다."

조붕도 웃으며 흑왜에게 말했다.

"지금 당장 나랑 같이 떠나자는 게 아니야. 나는 할 말을 했으니 잘 생각해서 결정하게. 자네 생각이 정리되는 대로 나에게 말해 줘. 그러면 내가 데리러 올 테니."

두목이 말했다.

"좋아. 나중에 다시 말하지."

조붕이 다시 인사의 말을 건넸다.

"우린 반드시 다시 만나게 될 겁니다."

반년 후 그들은 정말로 다시 만났다. 이번에는 녹조붕이 두목에게 포로로 잡히는 신세가 됐다.

정체불명의 홍군이 산으로 들어왔다는 비적 정찰대원의 보고가 두목에게 들어간 것은 한밤중이었다. 요지는 이랬다. 홍군은 산기슭에서 수십 리 떨어진 장평진章坪鎭이라는 곳에 요새를 구축했으나 정부군에 포위되어 1개 군단의 병사들 수백여 명이 섬멸되었다. 겨우 살아남은 자들은 여기저기로 도망쳐 흩어졌다. 그중 대략 20여 명의 무리는 산채에서 한 30여 리 떨어진 여씨茹氏의 집에 숨어들었다.

두목은 흑왜를 불러 정찰대가 보고한 사실을 말해 주고 물었다.

"어떻게 보나. 할 만하겠는가?"

"큰 이득이 있을까요? 홍군은 모두 말라빠진 쭉정이뿐이어서 잡아 보았자 남는 게 별로 없을 텐데……."

정찰대원이 말했다.

"그자들은 모두 연발총을 지니고 있었습니다."

"그 홍군들은 도대체 어디서 왔지? 산속에 있는 유격대와 같은 무린가?"

"산속의 유격대는 모두 본 고장의 건달들로 미꾸라지 같지요. 이 홍군들은 산 밖에서 왔어요. 사람도 낯설고 지리도 모르니 산으로 들어오자마자 섬멸된 거죠. 어디서 왔는지는 모르겠지만 아무튼 이 남산의 무리들은 아닙니다."

흑왜가 말했다.

"형님이 결정하십시오. 그 스무 자루의 연발총이 탐난다면 형제들을 데리고 가서 빼앗아 오겠습니다."

두목은 흑왜처럼 가볍게 생각하지 않았다.

"사실 우리는 홍군 유격대의 영역을 침범하지 않기로 하지 않았나. 그래서 서로 다니는 길도 다른 것이고……. 또 흑왜 자네도 마음속으론 홍군을 치는 것을 원치 않을 거야. 나 역시 홍군을 건드리고 싶은 마음은 추호도 없어. 그런데 이번 경우는 다르단 말이지. 내력이 불분명한 홍군이 이미 산채 중턱까지 와 있단 말이야. 산을 내려가긴 다 글렀어. 다시 말해 며칠 후에 정부군이 소탕 작전을 하면 얻어먹을 것도 못 먹고 홍군 손에 있던 그 무기마저 그들 손에 넘어갈 것 아닌가? 그렇다면 우리가 선수를 쳐서 무기를 손에 넣는 것이 좋지 않겠나?"

흑왜는 두목의 논리 정연한 이치에 탄복했다.

"형님! 잘 알았습니다. 내가 형제들을 불러 모으겠습니다."

흑왜는 명령을 내리는 돌계단 위에 올라서서는 손가락을 입에 넣고 휘파람을 세 번 불었다. 곧 형제들이 구석구석에서 모여들었다. 본부로 쓰이는 산 위의 동굴에는 등잔불이 환하게 타올랐다. 두목은 본부의 돌계단 위에서 행동 지침을 명령했다.

"쌍차구雙叉溝 양쪽을 더듬어 올라가 여씨 집을 포위한다. 명심해야 할 것은 무기만 뺏고 사람은 다치게 하지 말라는 것이다. 무기만 뺏으면 사람은 놔주도록 하라. 총을 쏘지 말고 협박만 해서 무기를 뺏어라. 그래도 무기를 안 내놓으면 그냥 보내주도록 하라."

부하 하나가 물었다.

"우리는 총을 쏘지 않는데 상대방이 총을 쏘면 어떻게 하죠?"

두목이 신음하듯이 말했다.

"음, 부득이할 때는……, 허리 아랫부분만 쏴라."

마지막으로 누가 부하들을 데리고 나갈지 정할 때 약간의 문제가 생겼다. 흑왜는 자기가 가겠다고 고집을 부렸다. 두목도 요지부동으로 자기가 가겠다면서 고집을 꺾지 않았다.

"이번엔 내가 나갈 차례니 자네는 산채를 지키게."

작전은 무기만 가져오면 될 뿐이었다. 결코 총칼로 교전하는 것이 아니었다. 산에는 여름에 자주 볼 수 없는 안개비가 내리고 있었다. 산길은 미끄러웠다. 또 눈앞은 다섯 손가락을 분간할 수 없을 지경으로 어두웠다. 그러나 이런 날씨에도 비적들은 정원에서 뛰노는 원숭이처럼 날렵하기 그지없었다.

쌍차구로 더듬어 올라가던 한 형제가 보초를 서고 있던 한 홍군 병사를 쓰러뜨렸다. 그러자 동시에 또 한 형제가 헝겊 조각을 보초병의 입안에 넣어 재갈을 물렸다. 앞문과 뒷문의 두 보초병이 순식간에 포로가 되었다. 비적 떼가 문으로 돌진하려는 순간 낮은 지붕 처마 밑으로 총 한 발이 날아들었다. 반대쪽에 복병이 하나 있었던 것이다.

그러나 때는 이미 늦었다. 비적들은 앞문과 후문 그리고 나무로 만든 울타리를 넘어서 여씨 집을 모두 포위했다. 침상이나 땅바닥과 계단에서 잠자고 있던 홍군 병사들은 피곤에 지쳤는지 움직임이 느렸다. 그나마 민첩한 병사 서너 명이 총을 더듬었으나 비적들의 손이 훨씬 빨랐다. 또 수적으로도 우세한 탓에 서너 형제가 한 명의 홍군을 상대하는 것은 완전 식은 죽 먹기였다.

비적 무리는 홍군의 무기를 몰수한 후 그들을 모두 한방으로 몰아넣었다. 마지막으로 방에서 끌려 나온 홍군은 다리가 피로 흠뻑 젖은 부상병이었다. 그래서 그런지 한 걸음도 잘 내딛지 못했다. 할 수 없이 홍군 병사 한 명이 그를 업고 방에서 나왔다. 두목은 모든 포로들을 벽을 향하여 돌아서게 한 후 비로소 부하들에게 횃불을 밝히도록 했다.

두목은 횃불을 들어서 바닥에 쓰러져 있는 부상병의 얼굴을 비춰본 순간 그만 놀라 자빠질 뻔했다. 조붕이었던 것이다. 두목이 곧 명령을 내렸다.

"너희들은 지금 자유로이 떠날 수가 있다. 빨리 이 산을 내려가라. 그러나 여럿이 함께 무리를 지어 내려가도록 해라. 혼자 가는 사람은 절대로 말을 하지 말아라. 말을 했다간 사투리가 튀어나와서 발각될 것이 틀림없다."

　홍군 사병들은 등을 돌린 채 아무런 반응을 보이지 않았다. 두목은 부하에게 부상 당한 녹조붕을 업게 하고 문을 나섰다. 산채로 돌아온 두목은 마중 나온 흑왜에게 말했다.

　"세상 참 좁군. 자네의 그 공산당 친구를 내가 데려왔네."

　흑왜가 등불을 비췄다. 그러나 조붕은 혼수상태에 빠져 사람을 알아보지도 못했다. 다리는 부어서 신발도 들어가지 않았다. 발바닥과 발뒤꿈치는 피가 엉겨서 시커멓게 변해 있었다.

　두목은 의원을 불러 왔다. 의원은 가위로 왼쪽 다리의 바지를 찢고는 상처 부위의 피를 닦아내었다. 이어 미간을 찌푸리며 흑왜에게 말했다.

　"큰일 났군. 눈이 멀었어."

　총탄이 몸을 관통한 것을 비적들은 '눈이 밝다.'고 했다. 또 총탄이 몸을 관통하지 못한 것을 '눈이 멀었다.'고 표현했다. 탄두는 아직 허벅지에 박혀 있었다. 의원이 말했다.

　"두 가지 방법뿐이야. 한 가지는 우선 외상을 치료한 후 마을의 큰 병원으로 데려가 총알을 빼내는 것이고 또 한 가지는 내가 총알을 빼낸 후에 치료하는 것이야. 그런데 우리에겐 마취약이 없으니 이 사람이 참을 수 있을지 모르겠네. 어떻게 하는 것이 좋겠나?"

　두목이 흑왜를 쳐다보았다. 흑왜가 말했다.

　"여기서 빼냅시다."

　두목이 의원에게 말했다.

　"빼!"

　의원이 가느다란 핀셋을 상처에 댔다. 그러자 조붕이 죽을 듯이 소리를 질러댔다. 의원이 주저하면서 말했다.

　"이 사람은 우리 형제들처럼 살갗이 실하지 못하군."

두목이 흑왜를 보고 웃으며 말했다.

"흥, 이런 허약 체질로 우리 산채에 들어오겠다고? 우리 형제들은 늑골이 부러져도 신음 소리 한 번 안 내는데 말이지. 이처럼 강단이 없는 사람이 어떻게 우리 같은 비적 떼에 들어온단 말이야. 묶어!"

조붕의 손과 발은 이렇게 해서 나무판자에 꽁꽁 묶였다. 의원이 말했다.

"그럼 시작하겠네."

의원은 말이 끝나기도 전에 핀셋을 상처에 집어넣었다. 조붕은 오장육부가 끊어질 듯이 소리를 질러댔다. 흑왜가 말했다.

"입을 틀어막아. 너무 소리를 질러대니 귀가 따갑군."

의원은 헝겊으로 조붕의 입안을 틀어막은 다음 핀셋으로 장딴지의 탄두를 찾기 시작했다. 그런 다음 이리저리 뒤적이다가 뭔가 집혔는지 확 끄집어냈다. 피와 살이 엉긴 물건 하나가 뜨거운 피비린내와 함께 조붕의 장딴지 안에서 나왔다. 의원이 그 덩어리를 집어 맑은 물이 담겨 있는 대야에 던졌다. 통, 하는 투명한 소리와 함께 수면 위로 붉은 피가 꽃처럼 피어올랐다. 상처에서 피가 콸콸 솟구쳐 올랐다.

의원이 침착하게 약이 든 조롱박을 열고서는 자홍색의 약을 상처 부위에 발랐다. 그러자 피가 차츰 줄어들더니 마침내 멈추었다. 의원이 또 다른 상자를 열어 상처 부위에 아주 두껍게 검은색 약을 바르고 붕대로 감기 시작했다. 그러는 동안 기절해버린 조붕을 내려다보고서 혀를 끌끌 찼다.

"형편없어, 형편없어. 내 수술칼을 이기지 못하는 사람은 모두 형편없는 자들이야."

의원은 조붕의 이마를 만져 본 다음 입에 물렸던 헝겊을 빼내고 검은 환약 두 알을 삼키도록 했다.

"데려가게. 자고 일어나면 괜찮을 거야."

다음 날 저녁 무렵에 눈을 뜬 조붕은 목이 타는지 물을 찾았다. 이어 억지로 일어나 물그릇을 받아 벌컥벌컥 다 들이켰다. 그때서야 비로소 물그릇을 건네준 사람을 알아보고는 깜짝 놀라 소리쳤다.

"흑왜! 아니, 어떻게 자네가……?"

흑왜는 입가에 엷은 미소만 띤 채 아무 소리도 하지 않았다. 두목이 옆에서 말을 거들었다.

"자네가 '우린 반드시 다시 만나게 될 거야.'라고 한 말 잊었나? 이번엔 내가 자네를 모셔다가 우리 패에 넣었네!"

조붕이 깜짝 놀라서 온돌 위에 서 있는 두목을 바라보았다.

"도대체 어떻게 된 겁니까?"

흑왜가 비로소 말문을 열었다.

"우리 형님 손에 들어온 것을 다행으로 알게."

조붕이 고개를 돌렸다. 그러더니 둘둘 말아놓은 이불에 기대 눈을 감았다. 비통한 모양이었다. 곧 그의 눈꺼풀이 파르르 떨리는가 싶더니 구슬 같은 눈물이 얼굴 위로 굴러떨어졌다.

그것은 처음부터 실패가 예상된 진군이었다. 섬서성 위원회는 홍군이 무장을 하고 서안을 공격할 것이라는 비밀 보고를 받았다. 그래서 홍군에게 성 위원회의 의견을 전달하기 위해 녹조붕을 변장시킨 다음 파견했다. 주도면밀한 공격 방침을 결정한 후 보고하면 토론 후 가부를 결정하겠다는 위원회의 뜻을 홍군 지휘자들에게 알리기 위해서였다. 동시에 서안 지역 국민당 수비대의 방비에 대한 정황도 알리는 것도 목적이었다. 이를테면 자신들의 역량을 스스로 판단해서 선택하도록 하게 하려는 것이었다.

녹조붕은 학교에 부임하는 선생으로 변장한 후 손쉽게 위하渭河 평원을 통과했다. 이어 위하 북부 고원지대에 얼마 전에 설립된 근거지인 무흠茂歆에 도착했다.

무흠은 본래 산간에 떨어져 있는 아주 조용한 촌락이었다. 그러나 점점 명성이 올라가더니 나중에는 '남쪽에는 서금瑞金이 있고, 북쪽에는 무흠이 있다.'고 할 정도로 북부 중국의 공산당 주요 근거지가 되었다. 무흠 중화 소비에트의 붉은 깃발은 마치 살아서 움직이는 화염처럼 황토 고원에서 표표히 날렸다. 공산당원들은 여기에서 처음으로 농민 무장대를 결성했다. 이 부대는 곧장 36홍군으로 불리게 됐다.

녹조붕의 출현은 홍군 최고 지휘자들의 논쟁을 부채질했다. 논쟁을 벌이는 쌍방의 수는 2대 2로 막상막하였다. 우선 료廖 군단장과 왕王 부위원은 서안을 공격하는 것은 완전히 홍군을 죽으라고 보내는 것이나 다름없다고 주장했다. 반면 강姜 정치위원과 권權 부군단장은 서안을 공격하자는 주장을 펼쳤다. 그 이유가 반대파의 열 배도 더 넘었다. 이렇게 2대2의 기울지 않는 상황에서 료 군단장이 먼저 협상을 제의했다. 결국 협상 끝에 진군파가 우위를 점하게 되었다.

녹조붕은 그들에게 성 위원회의 의견을 전달했다. 처음부터 의견을 굽히지 않던 왕 부위원이 새롭게 반론을 제기했다. 이유는 성 위원회에서 행동 계획에 확실하게 찬성하지 않았다는 사실이었다. 료 군단장은 즉시 타협안을 거두어들였다. 이로 인해 반대파도 본래의 주장을 유지할 수 있었다. 그러자 강 정치위원이 냉랭하게 반문했다.

"성 위원회는 공격에 찬성도 하지 않았고 또 반대하지도 않았소. 적군의 방비 상태는 이미 알고 있는 바요. 직계 부대와 잡군들이 마치 거북이가 자라 노려보듯이 대치 관계에 있소. 우리가 이 기회를 잘 이용만 하면 그들은 전투할 기회조차 가져 보지 못하고 무너질 거요. 성 위원회에서 우리들에게 상세한 작전계획을 보고하라는 것은 공연히 일만 더 만드는 짓이오. 모든 것이 완전하게 준비돼 있단 말이오."

강 정치위원은 료 군단장의 우유부단한 태도에 다소 화가 난 듯했다. 그러다 보니 심하게 비꼬아서 말했다.

"오줌 누러 갔다가 똥 누는 격이지 뭐. 이런 상태도 구별 못 한단 말이오? 이래서야 어떻게 군대를 이끌고 전쟁을 한단 말이오. 우리 네 사람 중에서 당신만 군관학교의 지휘관 출신이란 말이오, 동지!"

료 군단장은 얼굴이 시뻘겋게 됐다. 그러나 간신히 화를 참고 진지한 목소리로 설득했다.

"강 동지. 날 비꼬는 건 아무려나 상관없소. 하지만 군단을 창설한다는 일이 분명 쉬운 일은 아니오. 나는 만일 일이 잘못되면 어렵게 창설한 우리 군단을 잃지 않을까 하는 걱정뿐이오……."

녹조붕은 네모반듯한 얼굴의 섬북陝北(섬서성 북부 지역) 출신 료 군단장의 어눌한 말에 깊은 감동을 받았다. 황포군관학교 출신인 그는 혁명에 몸을 바쳐 혁혁한 전공을 세운 사람이었다. 국공합작이 무산된 후에는 국민당 군에서 갈라져 나온 홍군들을 이끌고 습習 여단장의 폭동에 참가하였다. 또 폭동이 실패한 후에는 혼자 활동하다가 36홍군을 창설하기에 이르렀다.

강 정치위원은 성 위원회에서 36홍군으로 파견한 사람이었다. 녹조붕은 앞이마가 튀어나온 것이 마치 레닌을 닮은 강 정치위원을 존경했다. 그러면서도 그를 볼 때마다 뭐라고 말할 수 없는 공포심을 느꼈다. 강 정치위원이 말했다.

"군사 행동상의 동요는 사상의 동요를 반영하는 것이오."

왕 부위원도 전혀 타협할 생각이 없었다.

"이것은 단지 구체적인 군사 행동상의 작은 분기에 지나지 않소. 사상과는 아무런 관계가 없소."

료 군단장은 둘 사이에서 얼굴을 찡그리며 침묵하고 있었다. 강 정치위원이 말했다.

"모든 것을 원래 계획대로 진행하겠소. 왕 부위원은 이제 사병으로 강등 조치하겠소. 녹조붕 동지가 부위원을 맡아주시오."

"전 돌아가서 이곳 상황을 보고해야 합니다."

녹조붕의 말에도 아랑곳없이 강 정치위원은 자신의 주장을 밀어붙였다.

"급할 거 없소. 서안을 공격한 후에 함께 가서 보고합시다."

녹조붕이 황급히 자신의 생각을 밝혔다.

"저도 이런 행동에 반대합니다."

"당신이 반대하더라도 나는 당신을 부정치위원에 임명하오."

강 정치위원은 단호했다.

녹조붕은 이렇게 해서 발이 묶이고 말았다. 홍군 병사들은 사기충천해 서안으로 진격할 날만 기다리고 있었다. 강 정치위원은 쉬운 말로 연설을 하면서 병사들을 한껏 고무시켰다.

"남창南昌 폭동은 실패했습니다. 광주廣州 폭동도 실패했습니다. 이곳의 폭동 역시 실패로 끝나고 말았습니다. 국민당은 지금 득의만면하고 있을 게 틀림없습니다. 이런 때에 우리가 서안을 공격하여 전 중국의 반동파들에게 조종을 울리며 우리 공산당이 건재하다는 것을 세상에 널리 알려야 합니다. 그래야 진정한 혁명이 시작되는 것입니다."

강 정치위원의 크고도 맑은 목소리는 환호성에 파묻혀 중단되었다. 그러나 환호성은 그가 커다란 머리를 겸손하게 숙이자 바로 그쳤다. 그가 고개를 들어 이번 작전의 정황을 설명했다.

"서안에 있는 국민당 정규군은 섬북으로 들어가서 잡병으로 구성된 지방군을 규합했습니다. 잡병들인 지방군은 모두 도적 떼 출신들로 오합지졸에 불과합니다. 열에서 여덟아홉은 여자나 아편에 중독된 자들로 근본적으로 우리 적수가 못 됩니다. 우리 홍군 한 사람이 셋, 아니 열은 충분히 당해낼 수 있습니다. 위하渭河 북쪽 지역은 또 농민협회가 처음으로 결성된 곳으로 지하당원이 도처에 깔려 있습니다. 우리가 가면 그들이 적극 호응해 줄 겁니다. 단번에 서안을 공격하여 중국 혁명의 첫 번째 적색 정부를 건립합시다. 그리하여 전 북부 중국에 빛을 보냅시다. 공산주의를 위하여! 동지들이여, 힘차게 전진합시다!"

홍군들은 전투를 시작하기도 전에 열광에 빠졌다. 또 그들은 왕 부위원이 강등되어 취사병이 되자 그에게 멸시와 조소를 보냈다. 료 군단장 역시 이런 홍군 병사들의 기대에 부응하기 위해 그동안 황포군관학교에서 배운 지휘 전술을 최대한 이번 작전에 활용하려 단단히 벼르는 듯했다.

마침내 대오는 계곡을 내려가서 끝없이 펼쳐진 관중 평원을 진군하기 시작했다. 마침 날이 샐 무렵이라 녹조붕은 비로소 이 36홍군 부대의 실제 인원이 겨우 900여 명에 불과하다는 사실을 알게 되었다. 한 개 연대에도 못 미치는 병력이었다. 산간 마을인 무흠 근거지에서 이 900여 명이라는 숫자는 대단해 보였다. 그러나 그들이 안개비가 몽롱하게 내리는 관중 평원에 모습을 나타내자 용감무쌍한 모습은 온 데 간 데 없어졌다. 대신 후줄근하고 초라한 것이 거지꼴이나 다를 바 없었다.

그들은 연도를 따라서 수천 호가 있는 큰 마을에 도달할 때마다 현지 자위대의 습격을 받았다. 이들을 환영하는 사람은 아무도 없었다. 물론 이런 마을에도 공산당의 지하 조직원들이 비밀리에 활동하고 있었다. 하지만 그들은 상부로부터 어떤 지시도 받지 않았을 뿐만 아니라 근본적으로 이런 군사 작전이 실시된다는 사실조차 모르고 있었다. 심지어 36홍군의 복장은 국민당 군대인지, 비적 떼인지, 지방의 무장 군인들인지조차 파악하기 어려울 정도로 엉망진창이었다.

이슬비가 계속 내리면서 관중 지방에서는 보기 드문 음산한 날씨가 이어졌다. 땅도 온통 진흙탕이어서 쉴 곳을 찾기도 쉽지 않았다. 게다가 불을 지필 마른 나뭇조각 하나 찾아볼 수가 없었다. 급기야 병사들은 길가 웅덩이에 괸 흙탕물을 마시고 설사를 해대기 시작했다.

강 정치위원이 이렇게 비가 오는 날에 출발하자고 고집을 부린 것은 국민당 군인들에게 고통을 주자는 의도에서였다. 국민당 부대는 야전과 우중의 전투를 두려워하나 홍군들은 이러한 것에 아주 익숙했기 때문이다. 한마디로 홍군들은 어렸을 때부터 고난 속에서 자라온 탓에 이러한 비바람쯤은 너끈히 이겨내리라는 것이 강 정치위원의 생각이었던 것이다.

그러나 이는 적군의 약점만 보았지 자신의 약점은 간과한 크나큰 오류였다. 36홍군 병사들은 모두 위하 북부 지방인 황토고원에서 자란 사병들이었다. 때문에 수영을 잘 못하는 맥주병들이었다. 그래도 그들은 겨우 위하를 건넌 후 강가의 버드나무 숲에서 잠시 휴식을 취했다. 그들 모두는 평원을 행군하면서 온몸이 진흙투성이가 되어 그런지 하나같이 물에 빠진 생쥐 꼴을 하고 있었다.

강 정치위원은 안경에 묻은 진흙을 닦으려 했다. 하지만 아무리 닦아도 닦이지 않았다. 그는 할 수 없이 뿌연 안경을 콧잔등 위에 걸치고 모래밭에 주저앉은 사병들에게 격려의 말을 전했다.

"동지들! 이제 오륙십 리만 더 가면 성에 당도하게 됩니다. 거기에서는 양고기 만두와 호떡, 닭고기를 실컷 먹을 수 있을 겁니다……."

강 정치위원은 사병들의 사기를 북돋운 다음 세 명의 지휘관들을 버드나무 숲속으로 끌고 들어가 단호하게 말했다.

"나는 성 위원회에 보고도 할 겸 먼저 성안에 들어가 대응할 채비를 하겠소. 당신들은 계속 전진하시오. 병사들에게 어떠한 동요도 있게 해서는 안 되오. 자수하 북쪽 다리에서 만납시다."

강 정치위원은 말을 마치자마자 호위병도 하나 없이 길을 떠났다. 세 지휘관은 그가 버드나무 숲을 지나 갈대숲으로 멀어지는 동안 그 자리에 가만히 서서 미동도 하지 않은 채 강 정치위원의 모습을 바라보았다. 이어 그가 갈대숲으로 완전히 사라진 다음 서로의 얼굴을 훔쳐보았다.

녹조붕은 표표히 혼자 떠난 강 정치위원으로부터 자신의 임무를 대행하라는 부탁을 받았다. 그런데 순간 가슴속에 뭔가 한 줄기 슬프고도 공허한 기분이 일었다. 그것은 마치 몸의 중심이었던 뼈마디가 빠져나간 것 같은 망연자실함이었다. 그가 애써 침착함을 유지한 채 말했다.

"왕 부위원에게 대리로 정치위원을 맡게 할 것을 제안하는 바입니다."

료 군단장과 권 부군단장이 마주 보더니 고개를 끄덕이며 말했다.

"자네, 가서 왕 부위원을 불러오게."

취사병으로 강등되었던 왕 부위원은 아무렇지도 않은 걸음으로 와서는 냉정한 표정으로 다가왔다. 료 군단장은 먼저 강 정치위원이 성안으로 상황 보고를 하러 갔다는 사실을 그에게 알려준 다음 정치위원 대리를 맡을 것인지 의향을 물었다. 왕 부위원이 의사 표시를 하기에 앞서 냉랭한 어조로 물었다.

"강 위원이 만약 국민당으로 가서 보고하면 어쩔 생각입니까?"

녹조붕은 너무 놀라서 아무 말도 하지 못했다. 료 군단장도 왕 부위원의 옹졸함에 크게 실망했다.

"동지! 당신의 이런 태도에 실망했소."

권 부군단장도 은근히 말했다.

"왕 부위원은 지난날의 일을 너무 마음에 두지 마시오. 지금 당장 우리가 어떻게 하는 것이 좋을지만 말하는 게 낫지 않겠소?"

녹조붕도 분위기에 맞추어 말했다.

"그렇습니다. 우리에겐 다음 행보가 중요합니다."

왕 부위원이 여전히 냉랭하게 말했다.

"후퇴해야 합니다. 지금 무흠으로 후퇴해도 늦지는 않아요."

료 군단장이 깜짝 놀라며 화를 냈다.

"그 말은 지금 우리의 상황을 알고 하는 말이오? 아니면 강 위원 때문에 홧김에 하는 소리요?"

"내가 어떻게 감히 그럴 수 있겠습니까."

료 군단장이 화를 억누르며 말했다.

"두 사람의 의견은 어떠시오? 철수하는 게 낫겠소, 아니면 진군하는 게 낫겠소?"

권 부군단장이 이상하게 침착한 태도로 말했다.

"우선 모두 냉정하세요. 내 생각엔 지금 후퇴할 근거지가 마땅치 않아요."

녹조붕은 권 부군단장의 의견이 자신의 의견과 같음을 알고 곧바로 말했다.

"나도 권 동지의 생각에 동의합니다."

또 왕 부위원에게도 은근히 말했다.

"왕 동지의 의견은 잠시 보류하도록 합시다."

왕 부위원이 차갑게 웃으면서 말했다.

"난……, 역시 취사병이 좋을 것 같네요."

아무런 말이 없던 료 군단장이 이미 몸을 돌려 가버리는 왕 부위원에게는 눈길도 주지 않고 두 사람에게 말했다.

"그냥 전진합시다."

36홍군은 대오를 정비한 뒤 계속 전진했다. 저녁 무렵이 되어서 그들은 자수교滋水橋 북쪽에 위치한 두 촌락 사이의 빈터에 자리를 잡았다. 녹조붕과 권 부군단장은 그곳의 농민 차림을 하고 돌아올 강 위원을 만나기 위해 자수교로 나갔다. 그러나 아무리 기다려도 강 위원은 돌아오지 않았다. 그들은 마냥 기다릴 수가 없어서 집결지로 돌아왔다. 권 부군단장이 말했다.

"우리 모습이 마치 산을 내려온 한 마리 이리와 같구려. 사방에 적들이 매복해 있소."

조붕은 쓴웃음만 지은 채 말이 없었다. 그들이 집결지로 돌아오자마자 료 군단장이 황급히 그들을 데리고 으슥한 곳으로 가서 난처한 듯 말했다.

"강 정치위원이 샌 것 같소."

료 군단장은 조붕 등이 강 위원을 마중 나간 일은 물어보지도 않았다. 대신 아주 중요한 사실, 강 정치위원이 성 위원회에 보고하러 가지 않았다는 소식을 알려줬다. 그렇다면 그는 어디로 갔을까? 가는 도중에 무슨 일이 일어난 것일까? 아니면……. 녹조붕이 급히 물었다.

"군단장은 어떻게 생각합니까?"

료 군단장이 비밀 하나를 털어놓았다. 그는 대오가 출발하기 전 몰래 성 위원회에 보고를 올렸다고 했다. 그리고 이번 진군에 대한 성 위원회의 구체적인 지시도 부탁했다고 했다. 그때 보고하러 갔던 동지가 방금 돌아왔는데 가져온 지시가 아주 놀라웠다. 대오를 재빨리 철수하여 본거지인 무흠이나 진령산으로 숨으라는 명령이었다는 것이다.

녹조붕은 갑자기 자신이 아주 가벼운 새털로 변하여 미풍에 이리저리 흩날리는 것 같은 느낌을 받았다. 그것은 이번 출정이 철저히 망가질 것이라는 예감이었다. 그는 머리카락이 쭈뼛 일어서는 것을 느끼면서 말했다.

"난 우리가 어떻게 해야 좋을지 알 수가 없습니다."

권 부군단장이 진지하게 말했다.

"료 군단장, 정말 미안하게 되었습니다. 이 바보 같은 내가……."

료 군단장은 고통스럽게 머리를 저었다.

"지금 누구를 탓하는 그런 말은 하지 마시오. 빨리 우리 부대를 살릴 방법이나 생각해 내시오."

녹조붕은 창백하게 질린 료 군단장의 모습을 보았다. 그 모습은 고통과 황당함, 후회로 얼룩져 있었다. 그러나 아직은 냉정함을 잃지 않고 있었다. 그가 녹조붕에게 왕 부위원을 불러오도록 지시를 내렸다. 그리곤 여전히 약간 빈정거리는 말투로 그에게 말했다.

"좋소. 왕 부위원의 의견에 따르도록 하겠소. 다시 정치위원 일을 보시오. 대리 일을 하면서 쓸데없는 잔소리만 할 거면 일찌감치 꺼져버리고."

왕 부위원이 여전히 냉랭하게 말했다.

"무흠으로 철수하라는 주장을 바꾸죠."

녹조붕은 냉정하기가 보통이 아닌 왕 부위원을 보면서 야유하듯 말했다.

"한마음이 되기가 참 어렵군요."

왕 위원이 다시 입을 열었다.

"우리가 만약 무흠으로 후퇴한 뒤 적들이 우리의 그 근거지를 뭉개면 어떻게 해야 할까요? 그래서 무흠 철수 주장을 철회하는 겁니다."

료 군단장이 왕의 어깨를 탁 치더니 말했다.

"좋아. 이제 우린 한마음이 되었소. 사, 진령으로 갑시다."

철수 명령이 하달된 후 대오는 걷잡을 수 없이 해이해졌다. 양고기 만두를 먹기 위해 성안으로 공격할 날을 기다리던 사병들의 불만은 특히 대단했다. 그래서 화풀이 삼아 지나가는 자동차에 총격을 가하기도 했다. 총소리는 반격의 포성을 불러왔다. 그래서 때로는 대포 소리가 우르릉 쾅, 천지를 진동시키기도 했다. 대오는 후퇴하는 속도를 더욱 높였다. 그러나 그들이 가까스로 전멸을 면했다는 사실을 아는 사람은 아무도 없었다. 원래 성 수비대는 다리 남쪽 10리도 못 미치는 곳의 풀 속에 주둔하고 있었다. 동시에 홍군의 행적을 다 파악하여 사령관에게 보고했다. 비적 떼 출신 잡군 군단장이던 사령관은 뭐가 귀찮은지 손을 흔들면서 그저 홍군을 쫓아버리라고만 명령을 내렸다.

"떠먹여주는 음식을 안 먹다니요?"

부군단장이 반대 의사를 표시하자 사령관이 설득하듯 말을 시작했다.

"그까짓 음식은 다 쉬어빠진 무 쓰레기와 같아. 대포나 총도 빼앗지 못할걸. 금전도 없을 테고 말이지. 사실 다 망가진 총 몇 자루를 가져와 봤자 골치만 아프지. 적들을 열 명 죽여도 우리 편 한 명이 죽으면 하나도 도움이 안 돼. 우리만 그만큼 손해를 보는 거니까."

사령관은 비록 거친 사람이긴 해도 아주 엉터리는 아니었다. 덕분에 녹조붕의 대오는 안전할 수 있었다.

진령으로 들어가 몸을 숨기자는 행동 방침이 확정되자 어느 길을 선택할지는 쉽게 결정되었다. 아름다운 풍경과 온천으로 유명한 여산驪山이 그곳에서 멀지 않았기 때문이었다.

녹조붕은 관중 출신이었던 만큼 당연히 제일 앞에 서서 료 군단장과 함께 대오를 이끌며 전진했다. 왕 정치위원은 권 부군단장과 함께 조금 뒤에서 대오를 독려하면서 따라왔다. 자동차에까지 총격을 가했던 홍군 대오는 진흙에 구르면서 시간이 갈수록 배고픔에 지쳐 갔다. 병사들 사이에서 불만이 터져 나오기 시작했다.

"평지를 걷는 것도 별로 나쁘지 않군. 아주 날을 잘 잡았단 말이야."

"우리도 적을 공격 안 하고 적도 우리를 공격 안 했는데 말이지. 그런데도 도망가니 이거 아이들 장난도 아니고 뭐야?"

저녁 무렵이 되어서 부대는 여산의 계곡에 진을 쳤다. 녹조붕은 허전하던 마음이 차분해지는 것을 느꼈다. 산이 사람에게 주는 안정감 때문이었다. 병사들도 열에 여덟아홉은 섬북 산골 출신들이었기 때문에 산속에서 평안함을 느끼는 듯했다. 그런데도 야유와 비아냥거림은 계속하여 튀어나왔다.

"애초에 진군을 강력히 반대할 걸 그랬지요?"

녹조붕이 료 군단장에게 조심스럽게 자신의 의견을 밝혔다.

"그렇게 했다면 대오는 아마 둘로 나뉘었을 거요."

"이 부대는 군단장님께서 키운 것 아닙니까?"

"그렇기는 하지만 강 부군단장은 입담이 세지 않소? 말로는 그를 당해 낼 재간이 없소."

"군단장님은 그를 두려워하는 것 같군요."

녹조붕이 약간 비웃듯이 말했다. 료 군단장도 즉각 입을 열었다.

"강 부군단장은 성 위원회에서 파견한 사람이잖소. 사실은 당신도 그를 두려워하지 않았소? 그가 당신보고 부위원을 맡으라고 했을 때 하기 싫었지만 거절할 수 없었잖소?"

군단장의 말에 녹조붕은 할 말이 없었다. 행군하는 협곡 앞에 낙타 등 같은 산맥이 나타났다. 녹조붕은 멀리 남쪽을 바라보면서 멈춰 섰다. 앞쪽으로 백록원의 지평선이 모습을 드러냈다. 칼로 자른 듯한 지평선이 동쪽에서 서쪽으로 길게 이어져 있었다. 순간 한 마리의 백설 같은 흰 사슴이 나타났다가 사라졌다. 녹조붕은 바짝 마른 입술을 축이면서 옆에 있던 료 군단장에게 물었다.

"방금 보셨지요?"

료 군단장이 무표정하게 말했다.

"뭘 말이오?"

녹조붕이 여전히 흥분을 감추지 못한 채 말했다.

"저기가 제 고향입니다. ……백록원."

그때 왕 정치위원이 뒤에서 달려오더니 녹조봉의 어깨를 치면서 말했다.

"당신 임무는 끝났소. 대오 인도를 아주 잘해 주었소. 산속에서는 내가 대오를 이끌겠소."

왕 정치위원은 산사람이었다. 자수현 관할의 진령 깊은 산속에 있는 작은 마을이 고향이었다. 대오를 이끌 능력이 충분했다. 녹조봉은 왕 위원을 말대로 곧 대오의 뒤로 가서 권 부군단장과 함께 걸었다.

대오는 잠시도 쉬지 않고 절벽을 따라서 전진했다. 산은 갈수록 험해졌다. 길은 갈수록 좁아졌다. 나중에는 길조차 나 있지 않은 험한 산속을 헤치고 나아가야 했다.

날이 어두워지면서 엎어지고 뒹구는 병사들의 신음 소리가 들렸다. 그러자 그들을 독려하는 욕설이 쏟아졌다. 그러나 이미 마음의 여유를 잃은 전사들은 이 욕설에도 불만을 터트렸다.

권 부군단장은 진격파였는데도 이런 결말이 나오게 되자 자책과 부끄러움으로 아무 소리도 못 했다. 그저 대오 뒤에서 묵묵히 따라오기만 할 뿐이었다. 심지어 녹조봉이 몇 번이나 말을 붙여도 시종 묵묵부답인 채로 입을 열지 않았다. 그래서 하는 수 없이 그가 농담까지 동원해 자극해 보기도 했다.

"권 부군단장님, 설마 양고기 만두를 못 먹게 되었다고 화가 난 건 아니지요?"

그러나 그는 여전히 아무런 말이 없었다.

한밤중이 되어서야 대오는 겨우 진령산의 깊은 골짜기인 장평진에 주둔할 수가 있었다. 병사들은 온 마을을 통틀어 십여 가구밖에 안 되는 작은 마을에서 끓여주는 옥수수죽을 먹고는 바로 곯아떨어졌다. 녹조봉도 잠깐 누웠다가 난데없는 총성에 깜짝 놀라 일어났다. 일제히 들려오는 총소리는 마치 어머니가 가마솥에서 옥수수를 튀길 때 나던 소리 같았다.

그는 허리에서 권총을 뽑아 들고 칡덩굴이 뒤덮인 나무에 몸을 숨긴 채 적정을 살폈다. 장평진은 이미 사방이 완전히 포위된 상태였다. 적들은 마치 넓게 둘러친 그물 모양으로 남북 양쪽의 산허리와 동서 양쪽의 산길에서 포위망을 좁혀 오고 있었다. 홍군 병사들이 사방으로 튀어 나갔으나 포위망을 뚫을 수는 없었다.

녹조붕은 높지 않은 둔덕에 바짝 붙어서 앞으로 나아가다가 허벅지가 마비되면서 무거워지는 기분을 느꼈다. 집 밖으로 나오던 순간 총을 맞은 것 같았다. 그가 총에 맞은 다리를 끌고 앞으로 달려나가 엎드려서 몸을 숨기고 있을 때였다. 칠흑 같은 어둠 속에서 그의 머리 위의 완만하게 경사가 진 곳을 덮쳐 오는 적들의 모습이 보였다. 그 위기 속에서도 그의 머리는 오히려 맑아지면서 진정되고 있었다. 스스로도 놀랄 지경이었다.

순간 그의 마음속에는 오기 같은 것이 발동했다. 나아가자, 앞으로 전진하자. 그는 비탈길을 따라서 계곡에 닿았다. 이어 그와 같은 방향으로 달아나는 그림자를 보았다. 급한 중에도 그는 기지를 발휘하여 소리 질렀다.

"36군……, 36군……. 나와 같이 가자."

어둠 속에서 그에게 응답하는 자는 한 명도 없었다. 그가 다시 소리쳤다.

"36군, 36군, 기다려. 기다려, 36군."

그는 이렇게 해서 흩어져 도망가던 병사들을 겨우 스무 명 남짓 모을 수가 있었다. 그리고는 이들을 이끌고 강가를 따라서 20여 리를 가다 길을 틀어서 쌍차구로 들어갔다……

녹조붕은 전혀 알지 못했다. 그들이 자수교를 벗어날 때부터 이미 포위망에 걸려들었다는 사실을. 그들이 장평진에서 맛있게 옥수수죽을 먹고 있을 때 국민당 정규군이 이미 사방에서 포위를 마친 상태에서 홍군이 잠들기만을 기다리고 있었다는 것을……

흑왜의 동굴에서 보름 정도 지나자 녹조붕의 상처는 깨끗이 나았다. 노인의 약이 뭔지는 몰라도 신통방통했다.

두목은 처음 육칠 일은 매일같이 부하 20~30여 명을 내려보내 사방에서 길을 잃고 흩어진 홍군 병사들을 찾게 했다. 그러고는 그들에게 약간의 노자를 주고 산을 내려가는 길도 알려 주었다. 녹조붕은 산채를 떠날 즈음 두목에게 진심으로 감사의 인사를 전했다.

"고맙습니다. 우리 두 사람은 정말 인연인 것 같군요. 우리가 끝까지 안 죽고 산다면 언젠가 다시 만나겠지요."

두목이 물었다.

"하산하면 어떻게 할 작정인가? 부대도 없어졌는데."

"다시 병력을 모아 부대를 편성해야죠."

흑왜는 몸소 녹조붕을 산 아래까지 바래다주었다. 두 사람은 닭이 두 번째 울 때 헤어졌다. 흑왜가 말했다.

"내 도움이 필요하면 언제든지 말해."

"물론이지. 너도 잘 생각해 봐. 계속 산속에서 왕노릇만 할 수는 없잖아. 보안대라도 괜찮으니까……."

녹조붕의 말에 흑왜는 멍하니 있었다. 조붕은 말을 마치자 고개를 끄덕이더니 곧 몸을 돌려 힘차게 걸음을 뗐다.

오랜 비 끝에 맑게 갠 밤하늘은 유난히도 깨끗하고 상쾌했다. 하늘 가득 반짝이는 큰 별, 작은 별이 단조롭고 무미건조한 백록원에 아득한 아름다움을 펼쳐놓았다.

녹조붕은 새벽빛을 온몸에 받으며 자수하 강변에 난 작은 길을 따라

갔다. 이어 작은 언덕으로 난 샛길을 따라 곧장 가자 멀리 백록서원白鹿書院
이 보였다.

마침 주 선생이 자루가 긴 빗자루를 들고 정원으로 걸어 나오고 있었
다. 녹조붕이 말했다.

"선생님, 제가 또 선생님을 귀찮게 해드리게 됐습니다."

주 선생은 아무 말 없이 그를 방으로 데려가면서 말했다.

"지난번 그 방에서 묵으면 되네."

"이번에는 오늘 하루만 묵겠습니다. 날이 어두워지면 곧 떠나겠습니
다."

주 선생은 그가 어디서 왔는지 또 어디로 갈 것인지도 묻지 않았다. 그
저 부인에게 아침을 차려 주도록 일렀다. 조붕은 밥을 먹고 곧바로 곯아떨
어졌다.

녹조붕이 일어났을 때는 이미 날이 어두워지고 있었다. 매미가 서원
안의 나무에서 한바탕 울어 젖히는 중이었다. 그는 저녁을 먹은 뒤 아무
도 모르게 주 선생의 서재로 갔다. 고개를 든 주 선생이 안경을 벗고는 무
겁게 말했다.

"후원으로 옮기게."

"밤이 깊어지면 곧 떠날 겁니다. 별일 없을 겁니다."

녹조붕은 무심코 책상 위에 놓여 있던 〈민국기사〉民國紀事를 보게 되었
다. 그 말미에 '×년 ×월 ×일 공비共匪 36군……'이라는 글귀가 눈에 들어
왔다. 녹조붕의 눈길이 오랫동안 그 '비'匪자에 머물렀다. 주 선생이 말했
다.

"자네, 장평진에서 벌어졌던 전투를 아나?"

"압니다."

"정말로 전군이 전멸했나?"

주 선생이 그리곤 신문 한 장을 가져다가 그에게 보여줬다.

"이 신문에 적혀 있는 것이 정말 사실인가?"

조붕이 신문을 받아들었다. 1면에 '공비 36군 전원이 장평진에서 전멸하다.'라고 쓰인 커다랗고 검은 제목이 보였다.

"전군이 전멸한 게 맞습니다. 저는 그 산에서 겨우 도망쳤습니다."

주 선생이 그를 힐끗 쳐다보고는 말했다.

"자네는 또 먹혔군."

녹조붕이 신문을 내려놓고는 낮게 말했다.

"예, 세 번쨉니다."

"그래도 계속하겠는가?"

녹조붕이 쓴웃음을 지으면서 입을 열었다.

"언젠가 저까지 완전히 먹히면 그때는 그만둬야겠죠."

녹조붕이 다시금 강한 어조로 말했다.

"만일 제가 죽지 않고 선생님도 장수하신다면 저는 장래 선생님을 초청해서 현지縣誌를 써 주십사 부탁을 드릴 겁니다. 그때는 이 '비'匪자 대신에 '군'軍자를 쓰시도록 해드리겠습니다. 선생님! 이 제자가 어딜 봐서 비적 같습니까?"

주 선생은 아무런 말도 하지 않았다. 이때 정원에서 시끄러운 발자국 소리가 들리더니 두 사람이 방문을 밀고 들어왔다. 국민당 자수현 당서기인 악유산岳維山과 자수현의 보안대 복장을 한 채 무장한 백효문白孝文이었다. 방안에 있던 사람이나 들어온 사람 양쪽이 모두 깜짝 놀라서 입을 떡 벌리고 서 있었다.

먼저 정신을 차린 악유산이 손을 모아 공수拱手로 인사를 하고 나서 말했다.

"이거 녹 선생 아닌가? 그동안 잘 지냈나?"

녹조붕 역시 마음을 진정시키며 말했다.

"뻔히 알면서 뭘 묻나요, 악 서기."

"이전에 우리는 함께 일한 적도 있지 않나. 다시 한 번 함께하면 어떻겠나?"

"그렇죠. 우리가 함께 일한 적이 있었죠. 그러나 지금 당신은 효문과 한패 아닌가요. 내가 낄 자리가 아니죠. 아, 괜찮나요? 효문도 우리 고장 사람이니까 우리가 한 형제일 수는 있겠네요?"

"우리 다시 한 번 손잡고 같이 일해 보지, 녹 부정치위원. 강 정치위원도 우리 국민당에 들어와서 함께 일하고 있는 마당인데. 그래서 하는 말인데, 우리 다시 한 번 자수현을 위해서 손잡아 보세……."

녹조붕은 너무 놀랐다. 그래서 나머지 뒷말은 들리지도 않았다. 귓가에는 단지 웅웅거리는 것 같은 느낌만 있을 뿐이었다. 강 정치위원이 정말 배신을 했단 말인가? 맙소사! 왕 정치위원은 일찌감치 이런 결말을 꿰뚫어 본 바 있었다, 그러나 이후 장평진 농가의 돼지우리 옆에 쓰러져 다시는 일어나지 못했다. 시체조차 어디로 갔는지 알 수가 없었다. 녹조붕이 차가워진 손으로 자신의 얼굴을 쓰다듬으면서 말했다.

"어떤 작자가 개같이 당신네 당의 식탁에 가서 뼈다귀를 핥고 있을지 몰라도 모두가 그렇게 개처럼 변할 거라고 단정 짓지는 마시오."

악유산이 하하하 웃으며 말했다.

"정말 자네한텐 두 손 다 들었네. 자네는 농민 파업 때도 깡그리 실패를 했어. 그다음은 위하 북부 지방의 폭동에서도 완패했고. 이제 겨우 36군을 규합했는데, 그마저도 완벽하게 무너졌지. 위풍당당하던 정치위원께서 배반까지 하고 말이야. 이렇게 자꾸 일이 꼬여서야 원……."

녹조붕이 말했다.

"당신이 지금 무슨 말인들 못 하겠소? 그 빈정대는 말투는 늙지도 않왔군요. 만일 우리 둘을 비교해 보고 싶다면 시내에서 판을 벌여 보시지."

악유산이 입맛을 쩝쩝 다시며 또 웃었다.

"그럴듯한 생각인데……."

그리곤 몸을 돌려 효문에게 말했다.

"자네, 가서 그《송사》*宋詞* 책을 가져오게. 내가 선생님께 여쭤볼 것이 있어."

녹조붕이 흥! 하고 콧방귀를 뀌면서 말했다.

"악 서기가 일을 시작하는군요. 상금 1,000냥을 타고 싶다 이거죠? 효문에게 병사들을 데리고 오라고 할 필요 없어요. 내가 당신과 같이 가면 될 것 아닌가요?"

악유산이 굳은 얼굴로 말했다.

"자네는 너무 많은 걸 생각하는군. 그야말로 자라 보고 놀란 가슴 솥뚜껑 보고 놀란다더니. 내가 자네를 잡으려면 지금이라도 문제없지."

주 선생이 옆에서 온화한 목소리로 끼어들었다.

"오해야, 오해. 효문도 책 가지러 갈 필요 없네. 나한테도《송사》는 있어."

효문이 문 앞에서 멈춰 섰다. 악유산이 말했다.

"친구가 저한테 호남산 비단을 한 필 주었어요. 그래서 그걸로 표구를 하려고 하는데 선생님께 글씨 한 점 부탁하려고요. 그래서 효문에게 가지고 오라고 해서 크기를 좀 대 보려고……."

녹조붕이 비꼬며 말했다.

"악 서기, 건망증도 참 심하군요."

주 선생 역시 악유산의 의도를 알아차리고 그를 저지하면서 말했다.

"악 선생! 나도 선생과 조붕의 원한 관계를 알고 있소. 하지만 나는 우리 서원에 와서 나를 찾는 사람은 모두 똑같이 군자라고 생각하고 있소.

여기에 무슨 정당인지 정파인지는 상관없지 않소? 그대 두 집안의 원한은 그대들이 알아서 하시오. 그러나 우리 서원을 나간 후에 하시오. 죽이든 살리든, 죽을 쑤든 밥을 하든 난 상관 않을 테니."

악유산이 웃으며 말했다.

"그럼요. 전 중국을 통틀어 선생님 계신 곳만큼 깨끗한 곳은 없죠."

주 선생이 말했다.

"아직 나한테 무슨 볼일이 있는지 말하지 않았소. 《송사》와 비단은 핑계일 테고, 나한테 무슨 볼일이 있소?"

악유산은 사실 주 선생한테 특별한 볼일이 없었다. 사실 국민당 군이 36홍군을 전멸시킨 것은 이곳 현이 제공한 정확한 정보, 보안대와의 긴밀한 관계 덕분이었다. 때문에 그는 성 위원회로부터 특별 상금을 받을 수 있었다. 그래서 기분이 좋아져 더위도 식힐 겸 효문을 데리고 주 선생과 이야기나 하려고 찾아 왔던 것이다. 그런데 뜻하지 않게 녹조붕을 만나게 되었다. 이어 임기응변으로 생각해 낸 것이 효문에게 가서 《송사》와 비단을 갖고 오라는 지시였다. 당연히 효문은 악유산의 말이 군대를 끌고 오라는 것임을 모르지 않았다. 악유산이 머리를 긁적이며 말했다.

"정말 선생님께 글씨를 받고 싶어서 왔습니다."

주 선생이 바로 응답했다.

"좋소. 입씨름은 그만하도록 하시오. 글을 써 줄 테니 마르면 가지고 가시오. 그 후에 다시 싸우든지 말든지……. 효문아, 너 고모부한테 먹 좀 갈아다오."

효문이 악유산을 힐끔 쳐다보고는 할 수 없이 먹을 벼루에 갈기 시작했다. 그러자 녹조붕이 일어서면서 말했다.

"두 분은 앉아 계시죠. 나는 밥을 먹으러 가야겠네요."

주 선생이 말했다.

"밥 먹고 건너와서 악 선생과 이야기 나누게."

하지만 녹조봉은 문밖으로 걸어 나가더니 고개를 돌리고는 "악유산, 우리가 언제 다시 만날 날이⋯⋯."라고 말하면서 달리기 시작했다. 악유산이 벌떡 일어서면서 소리를 질렀다.

"효문! 빨리 잡아⋯⋯."

백효문이 갈던 먹을 집어던지고 허리춤에서 권총을 빼들어 방아쇠를 잡아당겼다. '탕!' 소리가 방안에서 울려 퍼졌다. 총소리에 정원의 고목 위에 앉아 있던 까치와 참새들이 놀라서 날아갔다. 백효문이 소리를 질렀다.

"꼼짝 마! 도망가면 쏘겠다."

악유산 역시 방에서 뛰어나와서는 소리를 질렀다.

"후원으로 갔어, 후원으로, 후원 쪽으로 쫓아."

하지만 주 선생은 눈 하나 깜짝하지 않고 철사로 등잔의 심지를 돋우고는 일어서서 팔짱을 낀 채 중얼거렸다.

"모두 군자가 아니로군."

제23장

주 선생은 그동안 기아를 구제하느라 오랫동안 중단했던 현지縣誌 편찬 사업을 다시 시작했다. 한때 적막하던 백록서원은 곧 평온한 학문적 분위기로 되돌아왔다.

하지만 사방을 돌아다니며 애쓰던 일들은 끝났다 해도 기아 때문에 조성되었던 공포의 그림자는 그의 마음속에 그대로 남았다. 죽을 만들어 기민飢民을 구제하던 장면이 그의 눈앞에 종종 어른거렸다. 그래도 책상 앞에 앉으면 여전히 학문적인 갈망과 생기가 마음속 가득히 차 올랐다.

대기근은 한 번의 단비로 끝이 났다. 마을 사람들은 급한 마음에 익지도 않은 옥수수를 따기 시작했다. 그 옥수수의 부드러운 껍질을 벗긴 후 알갱이를 칼로 발라내서 도마에 짓누르면 하얀 우유 같은 즙이 나왔다. 사람들은 그것을 마늘 찧듯 찧어서 죽을 쑤고는 거기에 야채를 넣어 끓여 먹었다. 어떤 사람은 옥수수자루의 연한 부분까지도 찧어서 죽을 쑤곤 했다.

마을에서는 매번 끼니때마다 향기로운 옥수수죽의 달콤한 냄새가 풍겼다. 어른과 아이들의 얼굴에 비로소 곡식을 먹은 윤기가 흐르기 시작했다. 서로 간의 대화 속에도 생기가 돌았다. 물론 아직까지 극빈자는 동냥을 하러 다녔지만 그들의 동냥주머니에도 이제는 양식이 담겼다.

마을 사람들은 즐거운 마음으로 들에서 일을 했다. 끝없이 펼쳐진 옥수수, 좁쌀, 검은콩의 푸르고 무성한 잎이 들판을 가득 덮었다. 큰길, 작은 길 할 것 없이 푸르른 곡식으로 가득 덮인 이러한 정경은 사람들의 이전 기억 속에는 없던 것이었다.

백록원의 여름은 열흘 중 아흐레는 건조한 날이었다. 그래서 농민들은 보리를 중시했다. 면화 역시 건조한 날씨 탓에 잘 심지 않았다. 보리를 수확한 후에는 밭을 갈아엎었다. 예리한 쟁기로 깊이 갈린 땅은 충분히 햇볕을 쬐어서 가을에 다시 보리를 파종할 무렵이면 마치 잘 발효된 밀가루 반죽처럼 부숭부숭했다.

반바지를 입은 남자들은 강렬한 태양 아래 힘차게 삽질과 낫질을 했다. 그럴 때면 큰 나무 밑에는 언제나 시원한 차가 준비되어 있었다. 누군가 노동의 고단함을 달래기 위해 노래를 부르기 시작하면 그 소리가 온 사방에 퍼졌다. '에헤야 데헤야' 가락만 있고 가사는 없는 농요는 투박하지만 유장했다.

오랜 대기근으로 말미암아 백록원의 생산 질서는 엉망진창이 되어버렸다. 농민들은 내년 여름에나 수확해야 할 보리를 기다리지 못하고 일제히 가을 곡식을 심었다.

한번 그렇게 잔혹함을 보여 준 하늘이 이번에는 은혜라도 베풀 듯 연이어 두세 번 단비를 내렸다. 덕분에 가을 곡식은 풍성하게 자라나서는 꽃을 피우고 열매를 맺었다. 그렇지만 여느 해처럼 땅을 갈아엎으며 농요를 부르던 정경은 볼 수 없게 되었다. 모든 토지에서 물결 치는 가을 곡식으로 인해 농민들은 감히 들로 들어갈 생각을 하지 못했다. 대신 마을 근처의 큰 나무 밑에서 바람을 쐈다.

어떤 사람이 돌연 주 선생이 기근 때에 도와주었던 은덕을 생각해내고 모두 돈을 추렴하자고 했다. 이어 나팔을 불고 북을 치면서 '무량공덕' 無量功德이라고 새긴 편액을 서원으로 싣고 갔다. 주 선생은 풍악 소리를 듣고 대문 앞으로 나왔다가 이런 광경을 보자 벌컥 화를 냈다.

"여보시오! 아직도 어린 옥수수죽이나 먹는 처지에 이게 무슨 짓이오? 이렇게 쓸데없는 일을 왜 하는 거요? 구제 식량은 내 것도 아니고 위에서 내려준 것이란 말이오. 나는 겨우 식량을 배분했을 뿐인데 내게 무슨 공덕이 있다고 이런 영광을 받게 한단 말이오!"

말을 마친 주 선생은 대문을 굳게 닫아걸고 밖을 내다보지도 않았다.

마을 사람들은 할 수 없이 주 선생의 고향집으로 편액을 가지고 갔다. 주 선생의 아들은 영광을 이기지 못한 듯 정성을 다해 그들을 접대하고는 편액을 대문 중앙에 보기 좋게 걸었다. 그것을 시작으로 인근 마을에서도 모두 주 선생을 기리는 사업을 벌였다. 주 선생의 대문 앞에서 며칠에 한 번씩 잔치가 벌어질 지경이었다. 한참이나 계속될 것 같았다.

주 선생은 풍문으로 이러한 소식을 접하자 급히 고향집으로 돌아와 아들의 어리석은 행동을 꾸짖었다. 또 잔뜩 걸려 있는 크고 작은 편액들을 떼어 내어 장작을 쌓아 둔 창고에 처박았다.

이 일을 계기로 주 선생은 구제민 사업을 정리했다. 며칠을 걸려서 구제민 장부를 정리한 다음 학 현장郝縣長의 사무실을 찾았다. 학 현장은 그 장부를 보고 감탄하면서 말했다.

"이거야말로 송덕비를 세워 드려야 할 일이군요."

그러면서 따로 날짜를 잡아서 주 선생과 구제사업에 참가한 사람들 몇몇을 위한 연회를 열려고 했다. 그러자 주 선생은 고개를 흔들며 현장에게 당부했다.

"만일 장부상에 무슨 의문이 생기면 말씀하십시오. 저는 언제라도 괜찮으니까요."

학 현장이 주 선생을 붙잡았다.

"제가 아직 할 말이 남았습니다."

주 선생이 자리에 앉자 학 현장이 말했다.

"기근도 끝나고 현민들의 마음도 편안해졌으니 우리 현 정부에서는 국민교육부를 신설하려 하고 있습니다. 제 생각엔 주 선생님께서 그 자리를 맡아주셨으면 합니다."

학 현장의 제안에 주 선생이 웃음을 터트렸다.

"하하하! 현장님이 저를 잘 모르시나 봅니다. 제가 글 읽고 쓰는 것에는 좀 아는 척을 할 수 있지만 관리가 되는 것은 안 될 말입니다. 저는 그런 그릇이 못 돼요. 그렇게 되면 낮이나 밤이나 밥도 못 먹고 잠도 못 잘 겁니다. 참새 머리에 왕관이라니 당치도 않습니다. 용서하십시오."

"그렇지 않습니다. 이번 구제민 사업만 해도 사방에서 선생님에 대한 칭송이 자자합니다. 이 마을에 지식인이 적지는 않지만 지금 가장 중요한 것은 청렴결백한 사람입니다."

주 선생은 여전히 고개를 저으며 가볍게 말했다.

"저는 일생 동안 남에게 억지로 무슨 일을 하도록 한 적이 없습니다. 남들도 또한 저에게 억지로 일을 시키지 않고요. 억지로 하는 일은 좋지 않아요."

주 선생은 말을 마친 후 몸을 일으키며 현장에게 작별을 고했다. 학 현장은 더는 권할 수가 없었다. 그저 주 선생의 인품에 탄복하면서 아쉽게 그를 배웅할 수밖에 없었다.

"그래도 저녁에 시간 좀 내 주십시오. 제가 도움 받은 백성들을 대신하여 여러분께 감사의 뜻을 전하고 싶습니다."

하지만 주 선생은 끝까지 자신의 뜻을 굽히지 않았다.

"그만두십시오. 그러실 의향이시면 그 돈을 식량으로 바꾸어서 길거리에 있는 거지들한테 주십시오. 그들에게는 아직 기근이 끝나지 않았습니다."

현지縣誌 편찬사업은 점점 복잡한 단계로 접어들었다. 옛사람들이 편찬한 몇 권의 판본 중에서 의문이나 오류가 있는 곳이 적지 않았다. 때문에 엄격한 고증을 해야 했다. 또 이 현의 연혁은 대량으로 사료 전적들을 조사해야만 했다. 그리고 이 고장의 인물 및 산물의 생산 조사를 위하여 도처를 방문해야 했다. 역대로 이 현에서 배출한 관리들과 명사, 문인과 장수, 충신과 열녀들을 고증해야 했을 뿐 아니라 수백 명에 달하는 열녀들의 신상에 관해서도 조사를 해야만 했다. 이렇게 방대한 일은 여러 학자들이 나누어서 했다.

또 이 현의 산세와 지형도 측량을 해야만 했다. 그러나 이 지방에는 산골짜기, 협곡 등을 측량할 만한 전문적인 기술을 가진 측량사가 없었다. 때문에 주 선생은 성 정부에 특별히 부탁을 했다. 결과적으로 그가 몸소 서안으로 가서 주임 한 사람, 부주임 두 사람, 측량사 세 사람과 측량 기구를 운반할 짐꾼 세 사람을 고용해서 데리고 왔다. 그들은 기대에 어긋나지 않게 산과 강 등을 돌아다니면서 꼼꼼하게 측량을 했다.

이렇게 주 선생은 가장 정확하고 가장 믿을 만한 새로운 현지를 만들어갔다. 그것은 의심할 나위도 없는 자수현의 백과전서였다.

대기근의 공포는 이제 살아남은 자들의 추억이 되어갔다. 어느 날 우연히 주 선생은 꿈을 꿨다. 수만 명의 기민들에게 밥을 퍼주던 모습이었다. 그것은 마치 굶주린 늑대 떼가 새끼돼지 한 마리를 가지고 다투는 광경과 비슷했다. 그는 또 밥을 먹다가도 갑자기 뜨거운 죽그릇에 얼굴을 데던 여인의 얼굴이 떠오르기도 했다. 그럴 때면 자연스럽게 입맛이 떨어지곤 했다. 어찌 되었든 이런 것은 결국 대기근이 불러온 하나의 어두운 그림자에 불과할 뿐이었다. 그럴수록 그는 현지 편찬사업에 더욱 모든 힘을 기울였다.

백령白靈의 출현은 주 선생을 놀라고 기쁘게 만들었다. 그는 후원에서 밥을 먹은 다음 서재에 와서 원고를 보다 아주 멋진 신식 옷차림을 한 여학생이 걸어 들어오는 것을 보았다. 윤기가 흐르는 백령의 검은 머리는 귀밑까지 오는 단정한 단발머리였다. 그녀는 또 하얀 블라우스에 하얀 주름치마를 입고 있었다. 신고 있는 신은 푸른 색 천으로 만든 것이었다. 앞이마에 가지런히 내린 애교머리 밑으로 커다랗고 둥근 눈을 가진 그녀가 "고모부!" 하고 웃었다.

"이거 령령이 아니냐? 고모부라고 안 불렀으면 못 알아볼 뻔했구나."

주 선생이 백령을 데리고 후원으로 가면서 소곤소곤 말했다.

"령령, 아무 말 말고 가만히 있어 봐라. 네 고모가 너를 알아보는지 보게."

주 선생이 앞장서서 계단을 오르면서 말했다.

"손님 오셨소."

고모인 백씨白氏는 대나무 발을 걷고 계단 앞으로 나와서는 공손히 절하며 손님을 맞았다.

"어서 안으로 드시지요."

백씨의 행동거지는 주 선생을 숭앙해서 찾아오는 손님을 맞이하는 여느 때의 태도와 별 다름이 없었다. 주 선생이 또 말했다.

"이분은 서안에서 오신 아주 귀한 분이오."

백씨가 웃음 띤 얼굴로 말했다.

"어디서 오셨든 모두 마찬가지예요. 안으로 들어가서 차라도 드세요."

백령이 참지 못하고 큰 소리로 불렀다.

"고모! 정말 절 못 알아보시겠어요?"

백령이 말을 마치기 무섭게 계단을 뛰어 올라가 백씨의 어깨를 감싸 안았다. 백씨는 너무나 놀라서 벌린 입을 다물 줄 몰랐다.

"세상에, 이게 누구야? 령령이니?"

방안에 들어와 앉은 후에도 백씨는 백령의 손을 놓지 않고 계속 말을 걸었다. 어디 사니? 뭘 먹고 있니? 어디서 공부하고 있니? 하는 등등의 질문을 끊임없이 던졌다. 평소 침착하고 조용하던 사람의 모습은 전혀 보이지 않았다.

주 선생은 한쪽에 앉아서 아무 말 없이 백령의 눈을 바라보았다. 그녀의 눈은 크고 둥글면서 약간 튀어나와 있었다. 아버지인 백가헌보다는 덜하지만 그래도 역시 백씨 집안의 유전자가 있었다.

이런 눈은 날카로운 인상을 주기도 하나 한편으로는 오만해 보이기도 한다. 이러한 오만함은 장군이나 통솔자, 특히 한 집안의 가장이라면 아주 이상적이라고 할 수 있다. 그러나 여자라면 길상이라고 할 수 없다. 베를 짜고 부엌에 앉아 있는 여자에게는 어울리지 않는 눈이라고 할 수 있었다.

백령의 눈에는 오만함이 서려 있었다. 또 아버지나 오빠들과는 다른 지혜와 영민함이 그 눈을 지탱하고 있었다. 그저 아름답기만 한 미녀들과는 달랐다. 항간에서 좀처럼 찾기 힘든 눈이었다. 이런 생각들을 하던 주 선생은 갑자기 아내 백씨를 처음 만났을 때의 기억을 떠올렸다.

그녀는 그날 연못가에서 어머니가 광목에 물을 들이는 것을 돕고 있었다. 백록원 사람들은 보통 여름이 되어 호두가 파란 열매를 맺으면 껍질을 짓이겨서 풀처럼 만들었다. 다음 순서는 짓이긴 호두껍질을 항아리에 담은 후 봄에 짠 광목을 개켜 넣는 것이었다. 이어 오륙일이 지난 후 꺼내어 깨끗이 빨면 광목은 흑갈색으로 변해 있었다. 그런 다음 다시 연못의 푸른 진흙 속에 넣어놓으면 흑청색의 진흙 속에서 광목은 짙은 검은 색으로 변했다. 사람들은 그것으로 바지나 적삼 등을 지어 입었다.

그때 주 선생과 중매쟁이는 아주 오랜 길을 걸어온 터라 연못가에서 쉬면서 손을 씻었다. 그때 중매쟁이가 저기 연못가 쥐엄나무 아래에 있는 저 아가씨가 새색시가 될 당사자라고 슬그머니 알려 주었다. 그녀가 앉아 있는 큰 연못가에는 여인네들이 빨래할 때 비누처럼 사용하기 위한 쥐엄나무가 아주 많았다.

두 모녀는 호두껍질로 물들인 광목을 항아리에서 꺼내 연못에서 헹구고 있었다. 머슴 녹삼은 연못 옆에 한 사람 키를 넘는 구덩이를 파고 있었다. 이어 구덩이 옆에 연못에서 퍼내온 진흙을 쌓았다. 녹삼은 두 모녀가 방금 깨끗하게 빤 흑갈색의 천을 한 겹씩 구덩이 속에 넣을 때마다 그 위를 진흙으로 덮었다.

주 선생은 그녀의 소매 안의 하얀 팔목을 보았다. 그녀의 손은 호두껍질에 검게 물들어 있었다. 댕기머리 역시 길게 드리워져 있었다.

주 선생은 다른 각도에서 그녀를 보려고 몸을 내밀다가 그만 연못 속으로 빠지고 말았다. 그 소리에 모녀가 얼굴을 들었다. 그 순간 주 선생은 그녀의 모습을 보았다. 한참 후 몸을 돌려 집으로 돌아올 때 그는 중매쟁이에게 확고한 어조로 말했다.

"바로 이 여잡니다. 궁합이 나쁘더라도 이 여잡니다."

주 선생은 그때 그녀의 얼굴이 아니라 그녀의 눈을 보았다. 이전에도 그는 중매쟁이의 요청에 못 이겨 선을 본 적이 있었다. 그러나 어떤 눈동자도 그를 사로잡지 못했다.

주 선생은 부친에게 그녀와의 혼사를 강력히 요구했다. 그는 이미 네댓 명의 중매쟁이로부터 일고여덟 명의 규수를 소개 받은 적이 있었다. 그러나 그가 혼인을 결정하지 않은 것은 그들의 문벌이 낮거나 예쁘지 않아서가 아니었다. 눈 때문이었다. 어떤 규수의 눈은 크지만 흐릿했다. 또 어떤 규수의 눈은 너무 요염했다. 나머지 일부 다른 규수들의 눈에는 속된 부분이 있었다.

그도 자신이 찾는 눈이 어떤 것인지는 알 수 없었다. 그러나 연못가에서 백씨 집안 규수의 눈을 보았을 때, '아, 저 눈이구나!' 하는 생각은 들었다. 그 눈에는 강인함과 부드러움이 함께 들어 있었다. 원래 남성의 눈에서는 부드러움을 찾기 어렵다. 마찬가지로 여성의 눈에서는 강인함을 찾기 어려운 법이다.

주 선생은 그 연못을 떠나면서 확신했다. 만일 자신이 먼저 죽는다 할지라도 이 여자라면 거뜬히 가문을 지탱하고 자식들을 잘 가르칠 것임을.

지금 아내의 눈가는 주름살로 가득했다. 그러나 아직도 눈빛은 강직하고 또 볼수록 자애로웠다.

백령의 눈은 처음 아내 백씨를 보았을 때보다 더욱 생기가 있었다. 그 눈은 공부를 하면 나라를 다스릴 수 있을 눈이었다. 천군만마도 호령할 그런 눈이었다. 주 선생의 심각한 모습은 백령의 주의를 끌었다.

"고모부, 왜 그렇게 보세요? 아직도 저를 못 알아보신 거예요?"

"이 고모부가 잠시 네 관상을 봤다."

"제 관상이 어때요? 길상인가요? 아니면 고생할 상인가요?"

"왼쪽에 있는 검은 점을 주의해야겠다. 언제나 조심해야 해. 그 검은 점만 밟지 않으면 네 인생은 아주 봄바람 같겠다."

백령은 그 검은 점이 무엇인지에 대해 계속 물었다.

"검은 점이 일반적인 재앙을 말하는 건가요, 아니면 철저하게 망한다는 것을 의미하나요? 또는 불치의 병을 가리키는 것인가요? 그도 아니라면 검은 총으로 총살을 당한다는 것인가요? 우물 속에 빠지는 건지 목을 매거나 연못에 몸을 던지는 건지요?"

백령이 다시 아무렇지 않다는 듯 얘기를 이어갔다.

"고모부, 확실하게 말씀해 주셔야 하지 않나요? 그래야 제가 예방을 할게 아녜요!"

"그냥 주의하면 된다."

백령이 계속 물어보려고 하자 고모가 참견을 했다.

"고모부의 엉터리 점괘는 귀에 담아두지 마라. 고모부는 너를 놀리는 거야."

고모가 이어 남편을 향해 질책하듯이 말했다.

"난데없이 무슨 관상을 본다고 해서 어린애를 놀라게 하는 거예요?"

고모는 말을 바꾸어서 여동생의 구둣방이 잘 되는지 물었다. 주 선생이 아내의 말에 웃으면서 대꾸했다.

"령령이 신학문을 배워서 팔괘를 안 믿는다는 건 나도 아오. 그래서 그냥 농담해 본 거요."

백령도 천연덕스럽게 말했다.

"고모부, 걱정하지 마세요. 만사 조심하고 쓸데없는 짓은 안 할 테니까요. 어찌 왼쪽의 검은 점뿐이겠어요? 앞쪽, 뒤쪽, 오른쪽, 왼쪽 모두 함정이 가득한 세상 아닌가요? 어쩌면 지금 중국 전체가 검은 점이라고 할 수 있겠지요. 우리는 지금 모두가 이 검은 점 속에서 살고 있는걸요."

아내가 가장 관심을 갖는 것은 역시 조카딸의 혼인 문제였다. 그런데 지금 뜻밖에 백령과 얼굴을 마주하게 되자 고모로서의 책임감도 떠올랐다. 동생인 백가헌과 백령 부녀 사이를 화해시키고 싶은 마음이 들었던 것이다.

"령령, 어쩐 일로 고모를 보러올 생각을 다 했니?"

백령이 응석어린 투로 말했다.

"전 매일 고모 생각을 하고 있단 말이에요. 집을 떠난 제가 지금 고모 말고 누가 있겠어요……."

고모는 백령의 말에 벅찬 감동이 올라오는 모양이었다. 주 선생은 슬그머니 서재로 나가버렸다. 고모가 조심스럽게 물었다.

"아직 그 녹씨네 둘째 아들과 만나니?"

"몇 년 전만 해도 우리 두 사람은 일생을 함께하기로 약속했었어요. 그때 우리는 너무 어렸거든요. 그런데 커서 생각해 보니 서로 맞지 않는 것 같아서 헤어졌어요. 지금은 그저 같은 고향 사람으로 왕래하고 있고 아무런 사이도 아니에요."

고모는 조카의 말에 너무나도 놀랐다. 하기야 백령이 인륜지대사를 마치 올해의 농사가 잘 되었다느니 잘못 되었다느니 하는 일상생활처럼 아무렇지 않게 말하고 있으니 그럴 만도 했다. 그녀의 입에서 그예 잔소리가 나왔다.

"령령아, 그렇게 말하는 거 아니다."

"고모가 먼저 물어보셨잖아요. 그래서 제가 대답한 거고요. 고모가 물어보는데 대답을 안 할 수가 있나요?"

"무슨 장한 일이라도 한 것 같구나. 얼굴 하나 안 붉히고 말이야."

백령은 일부러 얼굴을 쓰다듬으면서 장난스럽게 고모를 보았다.

"고모, 제가 어릴 때부터 얼굴이 빨개지지 않는다는 거 아시잖아요."

고모가 강경한 어조로 말했다.

"네 얼굴은 안 빨개질지 몰라도 네 아버지 얼굴은 빨개져. 넌 염치를 모른다 해도 네 아버지는 염치를 아는 사람이니까."

백령도 더는 장난스럽게 말할 수가 없었다.

"고모를 뵈러 왔는데 야단만 치실 거예요?"

"나를 봐서 뭣 하려고? 아비어미도 안 보는 자식이 이 고모를 생각한단 말이냐?"

백령은 순간 당황했다. 자상하고 자애롭던 고모가 갑자기 이렇게 냉정하게 변하다니, 마음속에 일순 커다란 실망감이 일었다. 하지만 고모는 물러서지 않았다.

"네가 혼약을 깬 것이 너희 아버지 얼굴을 한 껍질 벗겨 놓은 것과 같다는 걸 알기나 하니?"

백령은 섣달그믐에 친구에게 부탁하여 왕촌^{王村} 마을에 있는 장래의 시댁에 편지 한 통을 보냈다. 당신네는 나 같은 사람을 얻어서 혁명을 할 작정이냐, 아무런 감정도 없는 혼인을 왜 하겠느냐……. 그것은 한 번도 본 적 없는 장래의 남편과 시아버지를 놀리는 신랄한 편지였다. 그러고도 후환은 아랑곳하지 않았다. 그것 때문에 지금 고모한테 그 건에 대해서 잔소리를 듣고 있는 것이다.

왕씨 부자는 그 편지를 보자 화가 머리 꼭대기까지 치밀었다. 결국 새해 맞을 준비도 다 팽개치고 중매쟁이를 앞세워 백씨 집안을 찾아왔다. 그리고 편지를 백가헌 앞에 집어던졌다.

백가헌은 편지의 필적이 백령이라는 사실을 바로 알 수 있었다. 눈앞이 캄캄해졌다. 편지를 잡은 손에서는 진땀이 났다. 왕씨 집 아들은 얼굴이 하얗게 질려서 욕을 마구 해댔다. 또, 그 아비 역시 얼굴을 붉히며 인의도덕을 이야기했다. 한 사람은 큰 소리, 또 한 사람은 작은 소리로 온갖 신랄한 공격과 악담을 퍼부어댔다.

백가헌은 시종 군은 표정으로 아무 말도 하지 않았다. 처음 올 때는 왕씨 부자와 똑같이 흥분했던 중매쟁이는 막상 백가헌이 당하는 것을 보자 마음이 좋지 않았던지 적극 중재에 나섰다.

"그 정도 했으면 됐소. 이쪽도 수레에 담을 만큼 할 말이 있겠지만 참고 있잖소."

그러나 백가헌은 중매쟁이의 말을 가로막았다.

"당신은 가만히 있어요."

이어 왕씨 부자에게 진지하게 말했다.

"하시고 싶은 말 다 하시오. 화가 풀린다면 내 얼굴에 침을 뱉는다 해도 피하지 않겠소."

왕씨 부자는 백가헌을 쳐다보며 계속 욕을 할 것인지를 망설였다. 결국 왕 선생이 주먹으로 탁자를 치면서 말했다.

"가헌, 내가 몹쓸 놈이었소."

왕씨는 아들을 데리고 총총히 집을 나갔다. 다음 날 백가헌은 효무와 녹삼을 시켜서 스무 가마의 보리와 열다섯 덩어리의 면화를 수레 두 대에 가득 실어 왕씨 댁에 갖다 주도록 했다. 녹삼이 짐을 나르느라 얼굴에 가득 묻은 먼지를 털면서 말했다.

"령령이가 받은 예물은 보리 다섯 섬에 면화 열 덩이잖나? 왜 이렇게 많이 보내는 건가?"

백가헌이 조용히 말했다.

"이자를 쳐주는 것입니다."

녹삼은 목에 걸려 있던 가래를 힘차게 내뱉고는 입을 다물었다. 옆에 있던 효무가 고개를 돌리더니 채찍으로 소의 배를 때렸다. 소가 음메, 소리를 내면서 천천히 움직이기 시작했다. 백가헌은 보리와 면화를 가득 실은 두 대의 마차가 골목길로 접어들자 그 광경을 보고 있던 마을 사람들에게 말했다.

"제가 백씨와 녹씨 집안 분들에게 큰 누를 끼쳤습니다."

백가헌이 고개를 들었다. 그러더니 거친 주먹을 구부러진 허리에 대고 조용히 선포했다.

"백씨 집안에 백령이라는 자식은 없습니다. 그 아이는 죽었어요."

백가헌은 말을 마치고는 허리에 손을 짚은 채 집안으로 들어가버렸다.

고모는 이야기를 끝내고는 입을 다물고 더 이상 말을 하지 않았다. 유쾌하지 않은 지나간 일을 끄집어내자 격동하던 마음이 오히려 냉정하게 가라앉은 것이다. 고모의 얼굴을 보고 있자니 백령은 자연히 아버지의 얼굴이 떠올랐다. 자신이 당돌하게 왕씨 집에 써 보낸 편지가 결국은 돌멩이

가 되어서 아버지의 콧등을 때렸다는 생각이 들었다. 다소 후회하는 마음
도 들지 않을 수 없었다. 그러나 백씨 가문과는 달리 왕씨 집안은 돌려받
은 스무 섬의 보리와 열다섯 덩어리의 면화로 새 며느리를 얻는 것은 말
할 것도 없고 그 며느리한테서 태어날 손주의 돌잔치까지도 치를 수 있을
횡재를 했다. 고모가 조용히 말했다.

"효문이 너희 아버지를 실망시키더니 너까지 그러면 어떻게 하니?"

백령은 고모의 말에 이번에 이곳을 찾은 중대한 사명을 생각해냈다.
집안일은 나중으로 미루어야 했다. 그녀가 냉정하게 표정을 바꾸어 고모
에게 말했다.

"제가 죽은 걸로 치세요. 그러면 아버지도 체면이 깎일 일은 없을 테니
까요."

고모가 뭔가 다시 말하려고 하자 백령이 성질을 이기지 못하고 말을
가로챘다.

"고모, 저 시내로 들어가 봐야 해요. 편지를 하나 전해야 되거든요."

고모가 서재로 가서 고모부를 불러 왔다. 고모부가 말했다.

"무슨 편진데? 여기다 놓고 가거라. 시내 나가는 사람 편에 보내면 네
가 일부러 가지 않아도 되잖니?"

백령이 말했다.

"학 현장都縣長의 아들이 제 동창인데요, 저보고 직접 아버지인 학 현장
에게 전하라고 했어요."

백령이 자수현滋水縣의 현청을 찾았을 때는 마침 오후 휴식 시간이었다.
학 현장은 자신의 침실에서 백령을 맞았다. 백령이 휴식 시간에 맞춰 온
것은 우연이 아니라 잘 계산된 결과라고 할 수 있었다. 그 시간에 맞추느
라 고모댁에 들렀다가 잔소리를 들었던 것이다.

그는 현장에게 아들과 친한 동창이라며 거짓말을 한 후에 편지를 내밀

었다. 편지를 읽은 학 현장은 백령의 손을 꼭 쥐고서 오랫동안 아무 소리도 하지 않았다. 백령이 기다리다 못해 먼저 말했다.

"어려우시면 억지로 하지는 마세요."

학 현장이 그제야 잡았던 백령의 손을 놓고 대답했다.

"곤란한 점은 없소. 문제는 이미 해결되었거든."

학 현장은 말을 마치고 나서 36홍군을 소탕한 지 사흘째에 계곡과 협곡에 있던 홍군 병사들을 인도해 산 아래로 데리고 왔다는 사실을 백령에게 말했다. 그때는 이미 많은 병사들이 그들의 본거지인 무흠茂欽으로 돌아갔다는 이야기 역시 들려주었다. 학 현장이 소리를 낮추고 기쁜 듯이 말했다.

"료廖 군단장이 다시 산으로 돌아갔으니 조직은 안심해도 되겠군."

백령이 줄곧 궁금하던 점을 물었다.

"녹鹿 정치위원은요?"

학 현장은 평소와 같지 않은 백령의 눈빛을 보면서 긍지가 묻어나는 어조로 말했다.

"그 사람도 고향인 백록원으로 돌아갔어."

백령이 갑자기 일어서더니 현장의 손을 꼭 잡으며 감격에 겨운 목소리로 말했다.

"현장님은 정말 폭풍우를 가려 주는 어미닭과 같은 분이시군요."

백령은 한결 가벼워진 마음으로 현장의 방을 나왔다. 업무를 시작한 청사 안에는 많은 사람들이 바쁘게 움직이고 있었다. 만일 어느 날 현장이 갑자기 청사 안에서 "나는 공산당이오!"라고 선언한다면 직원들은 어떤 태도를 보일까. 하나같이 까무러칠 게 분명했다.

현 청사의 넓은 정원을 걸어 나오면서 백령은 계속해서 생각했다. 큰오빠 효문을 만나러 갈까 말까? 만일 만난다면 무슨 영향을 줄 수 있을까?

만나지 않는다면 무슨 손해가 있을까? 그녀는 결국 가서 만나기로 했다.

백효문은 문가에서 자신만만하게 웃고 있는 여학생을 보고 놀라지 않을 수 없었다. 자수현을 다 찾아봐도 이렇게 아름다운 여자는 없을 것 같았다. 백령이 큰 소리로 "큰오빠!" 하고 부르자 백효문은 어리둥절해하다가 반갑게 웃으며 말했다.

"아니, 아니, 이거 령령이구나!"

백령은 완전히 천진난만한 여동생으로 돌아와서 말했다.

"오빠, 나 곧 졸업해요. 대학교에 가고 싶었는데 학비 대 주는 사람이 없어서 시험도 안 쳤어요."

"시험 쳐, 시험 쳐! 내가 학비를 대 주마. 북경北京으로 가서 시험을 치거라."

"늦었어요. 난 이미 일거리를 찾았거든요."

"무슨 일?"

"선생님요."

"선생님도 괜찮지. 평탄한 생활을 할 수 있으니."

백효문이 그제야 뭔가 생각났다는 듯이 물었다.

"오늘은 어쩐 일로 이 오빠를 다 찾아왔니?"

"사실 큰고모를 보러 왔는데 오빠도 보고 가려고요. 전 지금 집을 떠난 고아잖아요."

백효문이 동생을 위로하면서 말했다.

"우리 아버지야 원래 그런 분 아니냐. 괜찮다, 괜찮아. 상심할 필요 없다. 내가 조금 있다 새언니를 만나게 해 주마. 요 며칠 너무 바빠서……."

"오빠는 지금 순풍에 돛 단 기세잖아요. 당연히 바쁘겠지 뭐."

"바쁠 때도 있고 한가할 때도 있어. 그런데 얼마 전에 36홍군이 전멸

해서 그 패잔병들을 수색하는데 못 잡은 자들이 많아. 아마 도망친 거 같아. 상부에서는 매일 몇 명인지 보고하라고 재촉을 해대니 죽을 지경이다."

백령은 호기심이 동하는 척하면서 물었다.

"저도 신문에서 봤어요. 전멸했다면서요? 오빠도 그 수색대에 참여했었어요?"

"난 현을 방어하는 임무만 맡았어."

효문이 그리고는 유감스러운 듯이 계속 말을 이었다.

"한번은 내가 악表 서기를 모시고 큰고모부를 뵈러 갔거든. 그런데 생각지도 못하게 36홍군의 정치위원이 거기 있더라고. 그가 누군지 한번 맞혀 봐라. 글쎄, 녹조붕이더라고! 고모부 체면 때문에 우리가 어쩌지를 못하는 사이에 자식이 도망을 쳤어. 명이 길다고 봐야지, 뭐."

백령은 숨도 못 쉴 만큼 놀랐다가 몰래 가슴을 쓸어내렸다. 하마터면 녹조붕이 큰오빠 손에 잡힐 뻔했다니! 고모부는 이 일에 대해서 아무 말씀도 안 하셨다. 고모는 이 일보다 파혼 사건이 훨씬 중요하다고 생각했을 것이다. 백효문이 득의만면하게 웃으며 말했다.

"너도 생각해 봐라. 얼마나 아쉬웠겠니?"

백령은 처음의 놀라움이 사라지자 조붕이 이미 위험을 벗어나서 학현장의 말대로 고향인 백록원으로 갔다는 사실을 확인할 수 있었다. 그녀가 일부러 유감스러운 듯이 말했다.

"그럼, 그럼. 너무 아깝게 되었네. 손에 들어온 돈뭉치를 잃어버린 거잖아. 그렇잖으면 오빠하고 악 서기는 500냥씩 나눠 가졌을 텐데……."

"돈 때문이 아니야. 문제는 이 화근이 또 도망갔다는 거지. 그 자식은 이 자수현의 화근 덩어리란 말이야. 녹조붕을 없애지 않는 한 자수현의 안정은 보장할 수가 없어."

"오빠가 그 사람을 잡으면 아주 재미있겠는데. 같은 마을에서 주거니 받거니 했을 테니 말이야."

효문이 고개를 저으며 말했다.

"지금 아버지 하나도 어떻게 할 수가 없는데 동네 사람 이야기를 어떻게 하겠니? 두 당이 서로 죽자고 난리들이잖아."

효문이 갑자기 오빠로서의 책무가 생각났는지 갑자기 근엄한 말투로 바뀌 훈계를 했다.

"령령아, 너도 조심해야 한다. 이제 선생이 되었으니 애들 공부나 잘 가르쳐야지 공산당입네 하는 친구들하고는 상종도 하면 안 돼. 공비들이 이마에 써 붙이고 다니는 게 아니란 말이야. 그 사람들이 너를 공산당으로 끌고 들어가도 넌 알아차리지도 못할 거다."

"만일에 오빠, 내가 공산당이면 사람들을 데리고 와서 나를 잡아갈 거예요?"

효문이 반은 농담으로 반은 겁을 주려는 듯이 말했다.

"만일 그렇게 된다면 달리 방법이 없겠지. 내가 이 일로 밥을 먹고 사니까 말이지."

"오빠 밥그릇은 그러니까 공산당들의 피와 살로 만들어진 것이네."

효문이 눈을 흘겼다. 백령이 깔깔 웃으면서 두 손을 내밀고 말했다.

"자요, 수갑 채워요. 큰오빠, 제가 공비예요. 수갑 채우란 말이에요."

효문이 못 당하겠다는 듯이 웃으면서 여동생이 내민 손목을 탁! 쳤다.

"너는 이렇게 나이를 먹고서도 장난질이냐?"

오빠가 새언니를 소개해 주겠다는 것도 사절한 백령은 오늘밤 안으로 서안에 돌아가야 한다고 했다. 내일 수업이 있어서 지금 가지 않으면 우마차를 탈 수 없다고도 했다. 효문도 서운하지만 보내지 않을 수 없었다. 그러나 곧 아주 진지하게, 시간이 나면 오빠를 찾아오라고 당부했다. 농담이기는 했으나 심지어 여동생에게 동맹을 맺자고까지 했다.

"너도 나처럼 집에서 쫓겨난 몸이니 우리 둘이 서로 믿고 의지하자꾸나."

백령은 서안으로 돌아오는 우마차 안에서야 비로소 휴우! 하고 안도의 한숨을 내쉬었다. '큰고모부 체면 때문에 손을 쓸 수가 없었다.'고 한 오빠의 목소리가 갑자기 귓가에 맴돌았다. 그 말에는 직업적인 정신과 개인의 성격이 잘 나타나 있었다. 백령은 하루라도 빨리 조붕을 만나고 싶었다. 그리고 1,000냥의 현상금을 노린 악유산과 효문 오빠 앞에서 어떻게 빠져나왔는지 자세히 듣고 싶었다.

우마차는 굵고 둔중한 나무 수레바퀴 소리를 내며 돌이 가득한 길을 덜커덩덜커덩 빠져나갔다. 그 단조롭고 날카로운 소리와 함께 현은 점점 멀어져 갔다. 마침내 자수하滋水河에 도착했을 때는 오히려 전원의 분위기가 생기를 띠는 것 같았다. 커다란 태양이 마침 백록원의 지평선에서 커다란 달걀노른자같이 마지막 빛을 발하고 있었다. 백령은 무릎을 쓰다듬으며 건너편의 평원을 바라보았다. 저기가 바로 백록원이다. 저렇게 평화로워 보이는 곳에서 그처럼 잔혹하고 비정한 일들이 있었다니……

평원의 꼭대기에서 발원한 하천은 평원의 구석구석을 지났다. 이어 크고 작은 하천들이 나무뿌리처럼 갈라지면서 뻗어갔다. 그 하천들은 또 계곡과 구릉도 갈라놓았다. 그것은 마치 사람의 육체에서 이리저리 갈라져 나간 골격과도 같았다. 계곡이나 언덕은 천태만상이었다. 어떤 것은 날개를 펴고 앉아 있는 파리 같았으나 어떤 것은 곧게 나는 비둘기 같았다. 또 갈기를 휘날리며 질주하는 야생마 같기도 했다. 심지어는 조용히 누워서 반추하는 늙은 소와도 비슷했다. 위풍당당한 사자나 엎드려 있는 두꺼비 같기도 했다. 그 구릉의 모습은 마치 동물 표본 같았다.

구릉 위로는 농경지가 펼쳐졌다. 기후에 영향을 받지 않는 관목림이 군데군데 펼쳐져 있었다. 나무들이 조밀하게 녹색을 띠는 지역에는 예외 없이 촌락이 있었다. 이곳 주민의 선조들은 언제 이곳에 처음 발을 들여놓았을까? 아니면 본래 이곳에 있던 사람들과 먼 곳의 오랑캐가 섞였을까?

'큰고모부의 체면 때문에 제대로 손을 쓸 수 없었다.'는 오빠 효문의 말은 무슨 뜻이었을까? 아마도 직업의식이 야기한 득의양양함과 타고난 천성의 경솔함이 초래한 말이었을 것이다. 그때 오빠의 따귀를 한 대 갈겼어야 했다.

혁명은 지금 가장 중요한 시점에 이르렀다. 신문에는 공산당을 체포했다는 크고 작은 기사들이 연이어 발표되고 있었다. 그중 36홍군의 궤멸과 강^姜 정치위원의 변절 기사는 너무 충격적이었다. 공산당의 가장 부끄러운 상처로 남을 수밖에 없었다.

조붕은 반년 전 떠날 때 그녀에게 짧게 한마디만 했다. 단^段 선생이라는 사람과 접선을 하라는 당부였다. 그녀는 신문에서 36홍군이 전멸했다는 기사를 보고서야 그가 그때 그 부대로 갔다는 사실을 비로소 알았다. 이후 단 선생이 떠나고 설^薛 선생이라는 사람이 왔다. 단 선생이 체포되었기 때문이었다. 위에서는 앞으로 그와 연락을 취해야 한다고 지시를 내렸다. 그다음에 황^黃 선생이라는 사람이 와서는 설 선생도 이전의 단 선생처럼 자루에 넣어져 마른 우물에 던져졌다고 말했다. 이제부터는 자기와 접선을 해야 한다고도 했다. 황 선생은 백령이 이처럼 안전할 수 있었던 것은 단 선생과 설 선생이 참다운 혁명가들이기 때문이라고 둘에 대한 칭찬을 아끼지 않았다.

백령의 머릿속에 단 선생과 설 선생이 넣어졌던 자루가 어른거렸다. 7척이나 되는 사람이 3척 정도의 마대에 들어가 버둥대다 우물 속으로 던져지는 장면도 계속 떠올랐다. 그녀는 당시엔 놀라서 말을 할 수가 없었다. 그러다 놀라움이 분노로 변했다. 급기야 황 선생에게 차갑게 웃으면서 말했다.

"이렇게 설명해 주셔서 감사합니다. 덕분에 제가 자루에 들어갈 때 놀라지 않아도 되겠어요."

그녀의 뇌리에는 그 후에도 종종 마대에 들어간 단 선생과 설 선생의 모습이 떠올랐다. 그녀는 지금껏 우물 속에 던져졌다가 살아나온 사람의 끔찍한 이야기를 들어 본 적이 없었다. 그런데 이렇게 마치 현장을 본 것처럼 아무렇지 않게 반추할 수 있는 것은 그녀가 그만큼 성숙했다는 사실을 말해 주는 것이었다. 죽으면 그만이지 뭐. 반대당을 참혹한 수단으로 숙청하는 정권에 어떠한 환상을 갖는다는 것은 부끄러운 일이다. 자루에 사람을 담아 죽이는 정권이 있다면 타파하거나 개혁시켜야 되는 것이다. 거기에 무슨 조건이 필요하단 말인가? 그녀는 이제야 비로소 '정의를 위해 뒤돌아보지 않고 용감하게 나아간다.'는 고사성어와 '죽는 일을 마치 집으로 돌아가는 것처럼 여긴다.'는 고사성어를 이해하게 되었다.

오랜 시일이 지나서야 황 선생은 그녀와 두 번째 접선을 시도했다. 그동안 그녀는 거의 매일같이 황 선생 역시 마대에 들어가 우물 속으로 던져진 것이 아닐까 하고 걱정했다.

역사를 창조했던 휘황찬란한 고도는 이제 그저 부서진 성벽만 남은 도시가 되어버렸다. 수백 개도 넘는 작은 골목길과 너무 오래되어 말라버린 우물은 이 옛 도읍을 장악한 정권이 반대파를 죽이는 용도로만 사용될 뿐이었다. 이러한 방법은 총탄을 아낄 뿐만 아니라 핏자국도 남기지 않았다. 주민들에게 나쁜 인상을 주지도 않았다. 참으로 간편한 수단이었다.

황 선생은 이번에는 몹시 무거운 태도를 보였다.

"이번에 당 조직이 대단히 심각한 지경에 처하게 되었소."

"황 선생님이 너무 안 오셔서……, 저는 너무 걱정을……. 혹시나 마대에 담겨 마른 우물에……."

울음 섞인 백령의 말에 황 선생이 쓴웃음을 지으며 말했다.

"피하기 어려운 일이지. 나는 허리에 붉은 띠를 매고 다니는데 만일 장래에 우리가 승리하게 되면 동지들의 시체 속에서 나를 찾아주기 바라오."

백령이 눈물을 닦고 웃으며 대답했다.

"저도 백록원에서 가지고 온 블라우스에 사슴 한 마리를 수놓아야겠어요. 그것을 입고 있을 테니 장래에 저를 찾을 때……."

황 선생은 그녀에게 자수현으로 가서 학 현장을 만나 편지를 전하라는 임무를 맡겼다.

큰 노른자와 같던 태양이 백록원의 서쪽으로 점점 가라앉았다. 자수하의 강바닥에서 수증기와 저녁 안개가 퍼져 나왔다.

흰 사슴! 새하얀 어린 사슴이 평원의 구릉에 나타났다가 사라졌다. 그 찰나 백령의 뇌리에 하나의 기억이 떠올랐다. 백령이 미션 스쿨에 진학하여 가장 먼저 들었던 생소한 말……. 하나님이라는 이름을 들었을 때 그녀는 흰 사슴을 생각했었다. 하나님은 즉 흰 사슴, 할머니의 흰 사슴이었던 것이다. 할머니가 계신 방안 머리 위의 대들보에는 담갈색의 베줄이 걸려 있었다. 할머니는 그 베줄을 꺼내어 매듭을 지으면서 흰 사슴 이야기를 해 주시곤 했다.

그 사슴은 뿔까지도 하얀 사슴이었단다. 눈처럼 하얗고 나는 듯이 뛰어다녔지. 그 사슴이 지나가고 나면 가뭄에 노랗게 마르던 보리싹이 녹색의 이삭으로 변했어. 흐린 물은 맑게 변했지. 절름발이의 다리가 펴지고 장님도 눈을 떴어. 대머리에 머리가 나고 밉상이던 여자는 복숭아꽃처럼 아름다운 아가씨로 변했고……. 백령은 참지 못하고 할머니에게 물었다. 흰 사슴의 다리는 길어요? 짧아요? 흰 사슴 엄마는 새끼 사슴에게 전족을 해요? 흰 사슴이 만일 전족을 해서 뛰지 못하면 어떻게 해요? 할머니는 쪼그라든 입술을 대추처럼 오물거리며 불같이 화를 냈다. 쓸데없는 말을 함부로 지껄이지 말라고 호통도 쳤다.

미션 스쿨 선생은 모두 여자였다. 똑같은 옷에 행동거지나 말하는 어투도 판에 박은 듯이 똑같았다. 그저 크고 작고 뚱뚱하고 마른 차이만 있을 뿐이었다. 얼굴 표정 역시 똑같았다. 슬프거나 기뻐하는 일이 없었다. 감격할 때 역시 없었다. 또 눈물을 흘리거나 초조해하는 일도 없었다. 어떤 번뇌도 노여움도 없었다. 조급함도 사랑도 미움도 근심도 없는 늘 평화로운 모습이었다. 때문에 여러 해 동안 교육을 받은 상급반 학생들은 이와 같은 덕성을 갖출 수 있었다.

서안의 각급 행정 관리나 고급 군인, 장관, 돈 많은 장사꾼 등 상류 사회 인사들은 모두 이 학교를 졸업한 여성을 부인이나 첩으로 맞고 싶어 했다. 그래서 서안의 시민들은 다투어 딸들을 이 학교에 보내려고 했다. 이유야 뻔했다. 어쩌면 하루아침에 군 수뇌부의 장인이 될 수도 있기 때문이었다.

구둣방을 하는 고모부와 둘째 고모 역시 딸들을 이 학교에 보냈다.

고모네 큰언니는 그래서 중대장에게 시집을 갔다. 그런데 결혼 후 한 달도 안 되어 남편이 한중漢中으로 발령을 받았다. 반년 후에 큰언니는 적막함을 달랠 길 없어 산 넘고 물 건너 한중으로 남편을 찾아갔다. 그러나 그때 중대장은 이미 아주 어린 그곳 처녀와 살고 있었다. 큰언니는 중대장의 얼굴과 그 여자의 하반신을 모두 물어뜯어 놓았다. 그러자 두 사람은 종적을 감추어버렸다. 낯선 곳에 혼자 남겨진 큰언니는 친정에 돌아올 여비도 없었다. 결국 한중에서 거지가 되어 떠돌았다. 그러다 얼마 후 찻잎을 파는 차상茶商의 눈에 띄었다. 그 차상은 말투에서 큰언니가 바로 관중 사람인 것을 알았다. 그래서 그녀를 가게로 데리고 가서 출신지를 물어보왔다. 이 상인은 본래 관중 사람으로 한중에 터를 잡고 장사를 하고 있었다. 불행히 얼마 전에 상처하고는 혼자 지내는 중이었다. 그는 한중 사람을 아내로 맞으려고 했으나 이상한 사투리가 영 마음에 들지 않았다. 결국 큰언니는 그 차상의 후처가 되었다. 남자는 언니보다 스무 살이나 위였다. 그러나 언니를 너무나 사랑하고 귀여워해 주었다. 그렇게 해서 큰언니는 넉넉하게 살 수 있었다.

둘째 언니는 신문 편집자에게 시집을 갔다. 권세도 없고 월급도 적은 사람이었다. 그러나 하루하루를 평안하게 보냈다. 당연히 이 사위는 장인의 구둣방을 확장시켜 줄 돈이 없었다. 그렇다고 비싼 물건을 사주는 효도를 할 수도 없었다. 할 수 있는 일이라고는 장인어른의 고충을 시로 써서 자신의 신문에 싣는 것이 다였다.

제화공의 고달픔이여!
제화공의 고달픔이여!
일 년 내내 섣달 스무닷새까지 일하네.
삼베 줄에 손목은 찢어지고
가죽 꿰매는 송곳에 손가락은 다 찔리네.
두 손에는 천 군데도 넘는 상처요
온몸엔 가죽 비린내……

이것은 그가 맨 처음 장인을 뵈었을 때 구둣방 안에서 생생하게 느꼈던 감정이었다. 더불어 그는 당시 각종 짐승 가죽에서 풍기는 퀴퀴한 냄새 때문에 금방이라도 토할 것 같았다. 더구나 밥을 먹을 때 젓가락질을 하는 장인의 손을 보고는 이러한 감정이 더욱 깊어졌다. 그 손등은 삼베 줄로 구두를 꿰맬 때 생긴 상처투성이로 그득했다. 검고 딱딱하게 못이 박혀 살갗도 거의 죽어 있었다. 손가락에도 크고 작은 많은 상처들이 있었다. 또 어떤 손가락에는 검은색의 아교가 눌러 붙어 있었다. 새로 생긴 상처에는 핏자국도 보였다. 손바닥과 손등 어느 곳에도 멀쩡한 피부를 찾아볼 수 없었다. 상처 없는 손톱 역시 없었다.

둘째 사위는 목이 메어 밥이 넘어가지 않았다. 그리고 그날 밤 집에 돌아가서 장인을 생각하며 시를 지었던 것이다. 이어 아내를 보내 장인께 읽어드리도록 했다.

장인은 둘째 딸이 반쯤 읽어 내려가자 갑자기 신문을 가로채서는 마구 짓밟고 침을 뱉었다. 그러고도 화가 풀리지 않았는지 얼굴이 벌게지도록 소리를 질러대었다.

"이 자식, 그래 나를 완전히 뭉개버렸구나. 관리도 못 되는 주제에 이렇게 사람을 밟는 재주는 있었군그래! 아, 온 사람들이 제화공을 뭐로 보라고 이런 시를 써, 쓰긴!"

구둣방 고모부는 몹시 상심하여 다시는 이 구두공방에 둘째 사위를 들이지 않으리라 맹세했다.

백령은 고모부가 실망한 근본적인 이유가 단지 그 시 때문이 아니라는 것을 잘 알고 있었다. 그는 두 딸이 모두 내세울 것 없는 사위들에게 시집을 갔다는 것에 낙담했던 것이다.

미션 스쿨은 여인 천국이었다. 서안의 각양각색 여자들의 집합소였다. 예쁘고 똑똑한 학생들은 이미 하나둘 고관들에게 시집을 갔다. 그렇지 않은 보통의 많은 학생들은 고모네 언니들처럼 군대의 중대장이나 가난한 문인들과 결혼을 했다.

제화공인 고모부는 백령에게 자기의 두 딸보다는 장래성이 있으니 연대장 이하의 졸병들은 상대도 하지 말라고 권유했다. 다시 말해 꼭 권세 있는 사람한테 시집을 가야 한다고 당부했다. 그렇게 되면 지금처럼 별 볼

일 없는 군인들이 와서 구둣값을 깎거나 떼어먹는 짓은 안 할 거라고도 했다.

사실 고모부가 말한 것처럼 고상하고 우아한 눈빛이 단연 매력적인 백령은 미녀가 화살촉처럼 많은 미션 스쿨에서도 출중했다. 학식과 기질 역시 마찬가지였다. 심지어 그녀는 이미 몇 사람의 구혼자를 거절한 적도 있었다. 물론 거절의 이유는 한 번도 보지 못한 그 왕씨네 아들 때문이었다. 실제로 그녀는 구혼자들에게 "집의 아버님이 제가 열두 살 때에 이미 정혼을 했습니다."라고 말하곤 했다.

학교를 졸업하기 얼마 전 교무처에서는 백령에게 정부 고위 관리 한 명이 그녀를 보고 싶어 한다는 연락을 해 왔다. 그녀는 만일 구혼자라면 나가지 않겠다고 대답했다. 그러나 교무처 직원은 간곡하게 한 번만 나가 달라고 부탁했다. 가기 싫어도 나가야 된다는 것이었다. 할 수 없이 백령은 교무처로 갔다. 그가 교무처로 들어서 보니 아주 똑똑하고 단정하게 생긴 중년 남자가 탁자 앞에 앉아 있었다. 이목구비가 뚜렷하고 눈빛은 무엇이든 뚫을 듯이 날카로운 남자였다. 양쪽으로 가르마를 탄 머리는 까맣고 반질반질 빛나고 있었다. 백령이 들어서자 그 사람은 벌떡 일어서면서 미소를 지었다. 교무처 직원은 그 중년 남자를 이 성^ᄒ 정부 고위 관리의 비서라고 소개하고는 곧 나가버렸다. 그 비서는 솔직하게 말했다.

"아가씨, 저의 첫인상이 어떻습니까? 교제를 할 때는 첫인상이 중요한 겁니다."

백령도 천진난만하게 대답했다.

"왕정위^{汪精衛}(1884~1943. 광동^{廣東} 국민정부에서 손문^{孫文}을 도운 좌파 인물. 항일전쟁 중에는 일본과 타협하여 괴뢰정권의 수뇌가 됨)와 닮았어요. 정말이지, 방에 들어올 때부터 왕정위가 왜 여기에 와 있을까 하고 생각했을 정도였어요."

비서가 웃음을 머금고 말했다.

"아가씨, 과찬의 말씀입니다. 왕정위는 중국 제일의 미남자인데 제가 어떻게 감히⋯⋯."

"선생님은 중국에서 두 번째 미남자예요."

비서가 개의치 않고 화제를 바꾸었다.

"아가씨는 졸업 후 무엇을 하고 싶습니까?"

"저한테 도대체 뭐가 궁금하신 건데요?"

"만일 계속 공부하겠다면 도와드릴 수 있습니다. 취직을 하고 싶다면 일자리를 찾아 드리지요."

"저는 이미 정혼했어요."

"그 사람이 왕정위보다 잘 생겼습니까?"

"그 사람은 세계 제일이에요."

"속담에 사랑하는 사람은 곰보도 보조개로 보인다는 말이 있는데, 그런 건 아닌가요? 그 사람은 어디에 있죠?"

비서의 말투에 약간의 비웃음이 섞여 있었다.

"제17사단에요."

"잡병들이 있는 데군."

비서가 이번에는 가벼운 한숨을 내쉬었다.

"잡병들이 있는 데는 규율이 없어요. 무슨 일을 저지를지 모를 위험인물들이라고 할 수 있지요."

"그 사람은 누구든지 저를 넘보면 가만히 있지 않겠다고 했어요."

"그런 거야 두렵지 않습니다."

"저는 두려워요."

정부 기관에 있는 사람들은 이 잡병들로 구성된 17사단을 두려워했다. 비서가 두렵지 않다고 한 것은 허세일 뿐이었다. 백령이 계속해서 말했다.

"그는 나까지도 죽일 수 있는 사람이에요. 저는 그것이 두려워요. 그는 정말이지 위험인물이니까요."

....

백령은 녹조해鹿兆海와 함께하던 동전 게임을 생각했다. 그것은 새색시를 서로 빼앗으며 놀던 소꿉놀이와 비슷한 게임이었다. 그러나 이번 게임은 그들에게 서로 다른 운명을 짊어지게 했다. 장개석蔣介石이 혁명군을 배반한 후 그녀는 매일 신문에서 국민당이 공산당을 살육한다는 소식을 접했다. 서안은 음울한 테러의 공포 속에 놓이게 되었다. 그날도 오후 수업 시간이었다. 두세 명의 경찰이 교실 안으로 들이닥치더니 앞에서 세 번째에 앉아 있던 학생을 포승줄로 묶어서 데리고 나갔다. 그러더니 경찰 한 명이 교실 문에서 다시 몸을 돌려 선생님과 학생들에게 한마디를 던지고 나갔다.

"이 학생은 공산당원이오."

술렁이는 학생들을 바라보며 여선생님이 냉정하게 말했다.

"공산당원은 하나님의 어린 양이 아닙니다. 지옥에 떨어져야 합니다."

백령은 마치 자신의 몸이 보이지 않는 오랏줄에 묶인 것 같은 느낌을 받았다. 문득 녹조해의 얼굴이 떠올랐다. 군관학교에 간 그는 이 포승줄을 잘 피할 수 있을까? 그녀는 어서 녹조붕을 만나서 그의 소식을 물어보고 싶었다. 그러나 그를 찾을 수가 없었다.

오륙 일 후에 더욱 놀라운 사건이 일어났다. 그때 붙잡혀 갔던 학생이 경찰 세 사람을 데리고 와서 다른 반 학생 셋을 가리켰다. 그녀들 역시 끌려갔다. 여학생들은 이들 셋이 포승에 묶여 교문 밖으로 끌려가 죄수들을 호송하는 검은 차에 실리는 광경을 보았다.

백령은 이미 공부할 마음이 없어졌다. 그렇게 해서 종종 학교를 빠지고 녹조붕을 찾아다니게 됐다. 심지어 백록원의 먼 친척을 찾아가서 물어보기까지 했다. 녹조붕이 아주 오래전에 종적을 감추었다는 대답은 실망스러웠다. 그러나 농민협회의 간부에 관한 적지 않은 소문들은 들을 수 있었다. 백령은 그것도 큰 소득이라 생각하고 밤을 이용해 서안의 고모부 집으로 향했다가 다음날 학교에 나갔다. 그때 한 친구가 소곤소곤 귀엣말을 해줬다. 체포된 공산당원 여학생 셋이 마른 우물에 던져졌다는 얘기였다. 경찰을 데리고 왔던 그 여학생 역시 무사하지 못했다. 같은 우물에 던져졌다고 했다. 백령이 독하게 말했다.

"하나님께서도 그 어린 속죄양을 받아들이지 않으실 거야."

그녀의 운명도 그러나 그녀가 녹조붕을 만난 이후 철저히 뒤바뀌게 되었다. 그날 오후 수업을 끝내고 고모 집으로 돌아왔을 때였다. 그녀는 가게 계산대 앞에 있는 녹조붕을 보고는 너무 놀라 소리를 지를 뻔했다. 그는 보통의 양복 차림에 흑갈색의 중절모를 쓰고 있었다. 아주 가난한 선생님 같은 차림새로 구두를 구경하고 있었다. 그녀가 자신을 보고 놀라자 그는 매섭고 속 깊은 눈짓으로 그녀를 제지했다.

"왜 그렇게 멍하니 바라보고 있나? 난 녹조해의 국어 선생님이야. 조해가 자네를 데리고 와서 내 수업을 한 번 들은 적이 있었지? 잊어버렸어?"

백령은 녹조붕이 건네는 말을 듣고는 곧 천연덕스럽게 받아넘겼다.

"아, 선생님. 안으로 들어와 앉으세요."

백령이 그런 다음 고모부를 보고 말했다.

"고모부! 여기 선생님께서 구두 한 켤레 맞추시고 싶대요."

"그래? 그럼 어서 선생님을 안으로 모시고 들어오너라."

녹조붕이 조용히 말했다.

"저녁때까지만 여기에 있게 해 줘."

고모부는 꼼꼼하게 녹조붕의 발 치수를 재고는 어떤 색깔과 모양을 좋아하는지 물어본 다음 일을 하기 시작했다. 백령은 그를 안채에 있는 자신의 작은 방으로 데리고 가서 물었다.

"마른 우물에 던져질까 봐 두렵지 않으세요?"

녹조붕은 백령의 말에 놀라서 잠시 말문이 막혔다. 그러다 그녀가 어떤 의도로 이 질문을 던졌는지 생각해 보았다. 순간 백령의 눈가에서 물기가 배어나오다 수정 같은 눈물이 뚝뚝 떨어졌다. 녹조붕이 천천히 고개를 끄덕였다. 백령이 떨리는 목소리로 말했다.

"입당하고 싶어요."

녹조붕이 두 손으로 백령의 어깨를 감싸 안고 그녀를 앉히며 말했다.

"전국적으로 공산당 소탕 작전이 한창이야."

"그 소탕 작전을 보고 입당하고 싶어진 거예요."

"우리들 중에는 죽는 사람이 셀 수도 없이 많아."

"그러니까 내가 들어가서 보충하려고요."

녹조붕이 백령의 손을 움켜쥐고는 뜨거운 눈물을 흘리면서 말했다.

"지금 난 동지들을 위해 울 수 있는 장소마저도 없어……."

"전 남자가 질질 짜는 건 싫어해요."

녹조붕은 저녁때까지 있다가 백령에게 두 가지 당부를 하고 떠났다. 하나는 누구에게든 입당하고 싶다는 말을 함부로 하지 말 것이라는 당부였다. 또 하나는 계속 학교에 다니라는 것이었다. 거기야말로 가장 안전한 곳이라고 했다.

한 달쯤 지난 어느 날 저녁 무렵이었다. 녹조붕은 맞춰 놓은 자홍색 구두를 찾으러 왔다며 다시 구둣방에 들렀다. 고모부는 몸소 구두를 손님에게 신겨 주고는 공방을 한 바퀴 돌아보라고 하면서 발이 편한지 물어보았다. 혹시 작거나 크면 고쳐 주겠다고 했다. 녹조붕은 자기가 신어본 구두 중에서 제일 마음에 든다며 상해上海의 구두보다 훌륭하다고 칭찬을 늘어놓았다. 고모부는 고객이 자신의 걸작이 마음에 든다고 하자 흐뭇한 웃음을 함빡 지었다. 녹조붕은 백령이 사달라고 한 거라면서 성경 한 권을 전해달라는 부탁을 고모부에게 건넸다.

저녁때 백령이 집에 돌아오자 고모부는 성경책을 건네주었다. 그 성경책 갈피에 연락 장소가 쓰여 있었다. 라미가^{啰咪街} 15번지!

라미가는 대략 명나라 초기부터 상인들이 모여 살던 곳이었다. 그곳의 집들은 푸른 벽돌로 지어져 아주 호화로웠다. 또 골목길에까지 푸른 돌이 깔려 있어서 비바람이 몰아쳐도 진흙탕이 되지 않았다.

이곳에 사는 사람들은 서안의 최고위층 사람들이었다. 당연히 파산한 사람들은 이곳에서 바로 쫓겨나갔다. 이어 벼락부자가 된 새로운 사람들이 금방 그 자리를 메꾸었다. 라미에 들어오는 것은 곧 서안의 상류층에 진입했다는 사실을 의미했다. 녹조붕이 라미에 들어온 것은 그 점을 노린 것이었다. 특무대 헌병이나 경찰도 라미에 들어오면 기침 소리를 함부로 내지 못했으니까.

백령은 15번지를 찾아가 녹조붕을 만나자마자 다급히 물었다.

"한 달이나 도대체 어디에 있었던 거예요?"

"백록원에."

"또 갈 건가요?"

"그래야지. 하지만 이번에는 얼마간 여기 머무를 거야."

"소탕 작전이 좀 뜸해진 것 같아요. 신문에 보니 죽거나 잡힌 사람 숫자가 줄었던데요."

"체포될 사람은 다 체포되었으니까. 지금까지 체포되지 않은 사람은 체포하기 힘들 거야. 어쨌든 손실이 너무 컸어. 처음부터 다시 시작해야 돼."

"지난번에 고모 댁에서 얘기한 것 생각해 보셨어요?"

"좀 기다려 봐."

"전 성질이 급하단 말이에요."

"이건 성질 타령할 문제가 아니야."

"그렇게 어려워요?"

"이전보다 훨씬 엄격해졌지. 이번 대학살도 우리를 배신한 자들의 소행 때문이었으니까."

"전 절대로 배신자가 되지 않을 거예요."

백령이 다시 라미가 15번지를 찾았을 때 녹조붕은 친절하고도 엄숙한 태도로 그녀가 공산당에 입당하는 것이 허락되었음을 알렸다. 그가 "백령 동지"라고 부르면서 그녀의 손을 굳게 잡았다. '동지'라는 낯설고 신선한 호칭에 백령은 순간이나마 불안한 마음이 피어오르는 기분을 느꼈다. 그 래서 녹조붕의 손을 굳게 잡기만 할 뿐 잠깐 말을 잇지 못했다. 머릿속에 서는 전에 같은 반 급우가 데리고 온 경찰이 다른 동지를 체포해 가던 광 경이 떠올랐다. 백령이 말했다.

"당에 맹세하겠어요. 백령은 죽을지언정 절대로 경찰을 데리고 가 서 동지를 체포하는 배신 따위는 안 하겠다고요. 아! 나한테 다시 한 번 '동……지'라고 불러주세요."

녹조붕이 잡았던 손을 놓으면서 말했다.

"백령 동지! 내가 당의 위임을 받고 동지를 데리고 선서를 하겠소."

녹조붕이 상자 안에서 붉은 깃발을 꺼내 벽에 걸고는 차렷 자세를 한 채 오른손을 올렸다. 백령도 나란히 서서 오른손을 올렸다. 차분한 표정이 었으나 가슴속에서는 용암이 타오르는 것 같았다.

그때 대저택의 사람들은 이 집 큰아들이 최근 상해에서 사온 축음기 를 에워싸고 모여 있었다. 이 신기한 물건은 온 식구들의 호기심을 충분 히 자극할 만했다. 간드러진 목소리로 노래하는 상해 지방극이나 한창 유 행하는 레코드판도 연신 돌아가고 있었다. 그중 특히 '서양인 우스개'라는 판은 서양인 특유의 거칠면서 간지럽고 조잡한 것이었다. 그러나 온유하면서 통쾌한 소리를 냈다. 매일 밤 온 집안사람들을 그 앞으로 모이게도 만들었다. 이 서양인의 소리 덕분에 백록원에서 온 두 젊은이의 선서는 온 세계를 향해 불굴의 도전장을 내밀게 된 것이다.

선서를 마친 후 앉아서 조붕이 말했다.

"내가 입당 선서를 할 때 생각이 나는군."

"어땠는데요?"

"그때는 공개 선서였어. 아홉 사람이 같이 선서를 했는데 지금 남아 있는 사람은 겨우 세 명뿐이야. 세 사람은 국민당에게 사살되었지. 세 사람은 체포되었고. 또 한 사람은 아주 벼락부자가 되었어. 지금 내가 묵고 있는 이 집이 바로 그의 집이야."

"체포된 사람들이 밀고하지 않았나요?"

"왜 안 했겠어. 제일 먼저 나를 밀고했지. 내가 명이 긴 거지. ……국민당이 이번에 공산당을 피바다로 만들었어. 멋대로 체포하고 공개 처형하고 전국에서 피비린내가 진동했지. 유난히 이 서안만이 조용한 거야. 총소리도 없었고 교수대도 설치되지 않았고……. 모두 다 마른 우물에 던져 넣었기 때문이지. 그야말로 10대 왕조에 걸친 전국 최고 제왕의 고도古都 문명에 알맞은 처형이었어."

"중세의 야만적인 행위예요!"

"처음부터 모든 것을 다시 시작해야 돼. 백령! 지금 뭘 생각하고 있지?"

"할머니가 들려주시던 흰 사슴 이야기요. 우리 평원에 있는 그 흰 사슴 말이에요. 공산당이 그 흰 사슴 같다는 생각이 들어서요."

녹조붕이 신기하다는 듯이 눈을 껌벅거리다가 곧 가볍게 웃었다.

"그래, 정말 그렇군."

백령이 허락도 없이 녹조붕을 찾은 것은 너무 일이 급박했기 때문이었다. 이렇게 하면 안 된다는 것은 그녀도 잘 알고 있었다.

그러나 녹조해가 군관학교에서 제대를 하고 서안으로 돌아와 그녀에게 생각지도 못한 난제를 던졌다. 그는 국민당으로 전향했다. 반면 그녀는 공산당에 입당했다. 이런 사실은 두 사람에게 견딜 수 없는 고통이었다. 그녀는 자신의 노선을 변경할 수 없었다. 녹조해 역시 노선을 변경하지 않을 것이었다. 당연히 녹조해와의 두 번째 약속을 지킬 자신이 있을 턱이 없었다. 그래서 라미가의 녹조붕을 만나러 온 것이었다. 그녀는 그가 이 어려운 문제를 해결할 수 있도록 도와줄 것이라고 생각했다.

녹조붕은 그녀의 이런 위험천만한 행동을 호되게 비판했다. 다시는 멋대로 자신을 찾아오지 말라고 했다. 그러고는 그녀 대신 자신이 동생을 만나겠다고 했다…….

녹조해는 유림榆林의 부대로 돌아가기 전날 밤 구둣방으로 백령을 찾아왔다.

"좀 걷자. 난 내일 새벽에 떠나. 너랑 할 말이 있어."

백령은 조해를 따라나섰다. 걷다 보니 자연스럽게 동전을 던지며 미래를 약속하던 곳에 이르렀다. 백령은 만감이 교차하여 조해의 손을 잡고는 거의 애걸하다시피 말했다.

"조해 오빠, 국민당을 탈퇴해. 공산당에는 들어가지 않아도 좋아. 제발 국민당은 탈퇴해 줘."

녹조해가 백령의 손을 꼭 잡고 말했다.

"난 너한테 양보하라고 말하려던 참이었는데……. 난 네 말대로 국민당을 탈퇴할 수 있어. 하지만 너도 탈퇴해야 돼. 우리 둘 다 아예 아무 당에도 가담하지 말자. 너는 학생들을 가르치고 난 그저 군인으로 살자. 국민당이니 공산당이니 다 잊고 말이야."

"도대체 알고 있기나 해? 국민당이 어떻게 반대당을 몰살했는지. 체포하고서는 심문 절차도 밟지 않고 무조건 마른 우물에 집어던졌어. 그런 국민당에 가담하다니……."

녹조해가 침착하게 말했다.

"너랑 화해하러 왔는데 이렇게 말다툼만 할 거야?"

"난 사람을 마른 우물에 처넣는 일을 잊을 수가 없어."

"너, 우리 고향에서는 공산당이 어떤 혁명을 했는지 아니? 그들의 수단 역시 포승으로 사람을 묶어 가는 거야."

논쟁은 이전보다도 더 격렬해졌다. 갈등도 극심해졌다. 결국 녹조해가 타협안을 제시했다.

"그럼 이렇게 하자. 우리 누구도 상대방을 바꿀 수가 없으니까 그냥 기다려 보자고. 몇 년 기다려 보면 아마 알 수 있겠지. 어쩌면 우리가 변할 수도 있으니까."

"좋아, 나도 기다려 볼게."

"난 내일 떠나면 언제 돌아올지 몰라. 그래서 한 가지 조건이 있어."

"뭔데?"

"우리가 다시 만나게 될 때 어쩌면 아무런 결말이 없을 수도 있고 한쪽이 이미 노선을 바꿨을 수도 있어. 그렇다 하더라도 나한테 한 가지만 분명히 약속해 줘. 우리가 다시 만날 때까지 넌 어떠한 구혼자에게도 결혼 승낙을 해서는 안 돼."

녹조해가 백령의 손목을 꼭 잡고 힘주어 말했다.

"이 동전에 대고 맹세해. 만일 너를 잃게 되면 나는 평생토록 결혼하지 않을 거야."

"걱정하지 말고 떠나. 우리가 다시 싸우지 않아도 될 날만을 기대할

게.”

“우리가 함께했던 모든 일들을 나는 잊지 않고 있어. 오늘 밤 우리의 맹세도 잊지 말자.”

“마치 나를 믿지 못하겠다는 말투잖아. 누가 나를 뺏어가기라도 해?”

“사실 너를 남겨 놓고 떠나는 것이 겁이 나. 지난번에는 왜 네가 아니고 형이 온 거야?”

“조붕 오빠가 우리 문제를 해결해 주리라고 생각했어.”

“난 그날 밤 형이 얼마나 미웠는지 몰라.”

“나 참……:”

“형을 보자 순간적으로 좋지 않은 예감이 들었어. 모르지, 내가 너무 과민한 건지도……. 어찌 됐든 너를 나에게서 빼앗아간다면 설령 친형이라 하더라도 사생결단을 낼 거야.”

얼마 후 백령이 다시 녹조붕을 만났을 때 그녀는 어딘가 서먹한 감정을 느꼈다. 백령의 상태를 예민하게 알아차린 녹조붕이 조심스럽게 물었다.

“무슨 일 있어?”

“별거 아니에요.”

그녀의 모습은 녹조붕의 경계심을 더욱더 불러일으켰다.

“백령 동지, 지금은 비상시기야. 단 하나라도 속이는 일이 있어선 안 돼.”

“사생활이에요.”

“사생활이라도 비밀이 있어선 안 돼.”

백령은 녹조붕의 말에 본래의 모습으로 돌아와 솔직하게 털어놓았다.

“조해 오빠가 두려워하더군요. 오빠가 나를 자기한테서 빼앗아갈지도 모른다고.”

녹조붕의 눈이 휘둥그레지더니 서서히 얼굴까지 빨개졌다. 그러고는 곧 겸연쩍은 웃음을 지으면서 말했다.

"바보 같은 소리."

그런 일이 있은 후 백령은 조붕을 자주 만나지 못했다. 그래도 두부 거리에 있는 학교에 근무하면서 학생 운동의 책임을 맡는 것은 소홀히 하지 않았다. 중국 최고 통치자인 장개석蔣介石의 호를 따 중정中正중학교라고 이름 지은 학교에서 학생운동을 본격적으로 시작한 것이었다.

중정중학교는 서안의 성 정부가 지정한 모범학교였다. 선생과 학생들은 모두 엄격한 심사를 거쳐 들어왔기 때문에 전혀 의심을 받지 않았다. 백령은 먼저 학생들이 급식에 대해 불만인 것을 기화로 급식비의 확실한 명세서를 요구하는 학생운동을 전개했다. 결국 학생 급식비를 착복하던 교무처장이 체포됐다. 교장 역시 해직됐다. 상당한 성과를 얻었다고 할 수 있었다. 이 일로 백령은 상당히 고무되었다.

그러자 녹조붕이 백령을 불러서 당부했다.

"그러고 보니 중정중학교도 모범학교가 아니었군. 이 기회를 놓치지 말고 정치 투쟁으로까지 밀고 나가."

"자신 있어요."

녹조붕이 이어 이제 이곳을 떠날 것이라고 했다.

"어디로 갈 건데요?"

"산으로."

"얼마나 걸릴 건가요?"

"잘 모르겠어."

백령은 다시 물어보지 않았다. 녹조붕이 계속하여 말했다.

"조해가 곧 돌아올 거야. 17사단이 철수한다는군."

…………

백령은 두부 거리에 있는 학교에서 녹조해를 만났다. 그녀는 조해가 입은 하급 군복을 보고 둘이 헤어질 때가 온 것을 깨달았다. 그는 그녀의 작은 방에 앉아서 한 손으로는 찻잔을 만지며 한 손에는 담배를 들고 있었다. 북방 사막의 거친 바람에도 불구하고 오히려 발그레한 홍조를 띤 그의 얼굴에는 윤기가 흘렀다. 다만 윗입술 위에 있는 수염은 짙어져 있었다. 그녀가 웃으며 말했다.

　　"피부는 더 좋아졌네."

　　"그곳 물이 좋거든. 거기는 끝없는 사막이지. 수십 리를 걸어도 풀 한 포기, 나무 한 그루 없는 곳이야. 오로지 모래밭뿐이지. 그런데 그곳 물만큼은 최고거든. 역대 황제들이 왜 우리 관중인 서안을 수도로 선택했는지 그곳에 가 보니 알겠더라고. 그곳 물은 남자들은 모두 여포呂布 같은 용장을 만들고 여자들은 모두 초선貂蟬 같은 미인을 만들어. 나도 그 덕을 본 거지."

　　"그럼 초선 같은 미인을 만났겠네?"

　　"그래도 내가 사랑하는 여자는 백록원의 아가씨지."

　　백령은 입을 삐죽 내밀고 아무 말도 하지 않았다. 녹조해는 기분이 좋은 듯 말했다.

　　"그래도 이번에 돌아오면서 하나의 수확은 있었어. 너에게 다시는 노선을 바꾸라고 안 할 거야. 네가 변할 수 없다는 것은 기정사실이고 나도 역시 변할 수 없어. 그러니 너더러 노선을 바꾸라고 안 할 거야. 또 네가 좋다면 시집도 가. 그래도 나는 말이지……, 내가 서약한 것을 지키겠어. 너를 아내로 맞지 않는다면 아무하고도 결혼 안 할 거야. 두고 봐."

　　"그렇게 말하면 나보고 어떻게 하라는 거야."

　　"방법이 없잖아. 동서남북 어디를 돌아다녀도 내 마음속엔 너밖에 없는데."

백령이 화가 나서 말했다.

"좋아. 그럼 난 내일 시집갈 거야."

백령이 탄 우마차는 끼익, 끼익, 소리를 내면서 백록원의 언덕을 내려와 자수하로 들어갔다. 그녀가 뒤돌아보니 하천의 입구는 마치 나팔 입구처럼 보였다. 하천 입구는 곧 산언덕의 끝이었다. 눈앞에는 곧장 일망무제의 위하渭河가 나타났다. 자수하는 꾸불꾸불 흘러내려서는 위하로 들어가고 있었다.

여기까지 오자 다시 태양이 보였다. 태양은 위하와 하늘이 맞닿은 곳에 놓여 있었다. 마치 깨어진 달걀노른자처럼 황금의 즙이 빠져나와 흩어져 검은 구름 속으로 스며들고 있었다. 백령은 다시 긴장하기 시작했다. 도대체 어디로 가야 녹조봉을 찾을 수 있단 말인가!

제24장

　서안西安으로 돌아온 백령白靈은 다음날 황黃 선생에게 자수현의 정황을 보고해야 했다. 이것은 그녀가 자수현에 갈 때부터 황 선생으로부터 부여받은 임무였다. 장소는 여전히 둘째 고모부의 구둣방이었다. 백령은 수업이 끝나자 점심도 먹지 않은 채 두부 거리 골목 어귀에 있는 만두집으로 달려갔다. 그리고 황 선생을 만나 함께 구둣방으로 갔다. 백령이 고모부를 불렀다.

　"고모부, 제가 손님 한 분 소개할게요."

　주인은 손님을 보고는 마치 재물신이라도 만난 것처럼 경건한 웃음을 띠면서 다가왔다. 처조카는 고관대작은 아니더라도 며칠에 한 번씩은 손님을 데리고 왔다. 그는 손님에게 가죽의 모양과 색깔을 선택하게 한 후 발을 쟀다. 백령이 웃으며 말했다.

　"고모부, 이 손님은 아주 세심하고 까다로운 분이세요. 특히 옷차림에 신경을 많이 쓰시니까 잘 만들어 주셔야 해요."

　백령은 황 선생을 데리고 안채로 들어갔다. 이어 자신이 자수현에서 얻은 36홍군에 관한 정보를 그에게 상세히 보고했다. 황 선생이 말했다.

　"고모부가 구두 찾으러 오라는 날에 다시 오겠소."

　백령은 점심시간이 끝나 수업을 하러 학교로 돌아갔다. 그녀의 마음은 가을 호수처럼 평온했다. 중대하고도 비밀스런 임무를 원만히 수행했다는 안도감이 들어서였다. 그러나 이러한 마음이 오래 지속되지는 않았다. 자신의 숙소로 돌아오자 당장 고독과 억압, 갈망과 분노 등이 마구 뒤섞인 불안한 마음이 덮쳐왔던 것이다.

그녀는 학생들의 숙제를 고치고 앉아 있을 수가 없었다. 심지어는 자신이 중대한 비밀공작에는 적합하지 않다는 생각마저 들었다. 얼마나 많은 사람들이 서안에서 이러한 숭고하고도 비밀스런 투쟁을 하고 있는 것일까. 그녀가 알고 있는 사람이라곤 오로지 녹조붕과 황 선생 둘뿐이었다. 한편 얼마나 많은 동지들이 마른 우물에 던져졌을까 하는 생각도 들었다.

'큰고모부의 체면 때문에 손을 쓸 수가 없었다.'라던 효문 오빠의 직업적인 용어인 '손을 쓴다.'는 것은 얼마나 묘한 말인가. 그것은 곧 살아 있는 멀쩡한 사람의 죽는 날을 가리키는 것이다. 그것은 곧 이 도시의 마른 우물에 던져질 마대를 씌운다는 얘기였다.

효문 오빠는 그 말을 마치 둘째 고모부가 자신의 구두에 대해 자랑스럽게 이야기하듯 아주 자연스럽게 말했다. 마치 선생님이 학생들에게 수업을 시작하기 전에 "교과서를 펴세요."라고 말하듯 그렇게. 백령은 그때 이 여동생 앞에서 '손을 쓴다.'라는 말을 못 하도록 오빠의 따귀를 갈겨야 했다. 그러나 그러지를 못했다. 그녀는 그게 두고두고 후회가 되었다.

이제는 국가 전체가 점점 거대한 살인무기로 변해 가고 있었다. 군대를 비롯해 헌병과 경찰, 특무대의 가장 큰 임무는 이미 화북華北 지방까지 침략한 일본 군대를 무찌르는 것이 아니라 공산당 소탕 작전이었다. 당연히 자수현에서도 전문적으로 공산당을 물색하는 보안대가 창설되었다. 죽인다거나 체포한다고 말하지 않고 효문처럼 '손을 쓴다.'라는 용어를 쓰는 지방 군인을 양성하는 곳이었다.

독수리가 땅에 있는 닭을 쏜살같이 낚아채 가는 것을 '발톱을 드러낸다'^{亮爪}라고 한다. 또 늑대가 어두운 곳에서 행인을 덮치는 것을 '이빨을 드러낸다'出牙라고 한다면 효문이 녹조붕을 만나서 총을 꺼내 겨누는 것은 '손을 쓴다'出手고 할 수 있다. 비록 글자는 틀리지만 그 결과는 똑같다. 그 것은 오래도록 노려 온 사냥감을 잡아서는 이빨로 물어뜯어 입속에 넣는 것이다. 또는 찢어발기거나 마른 우물에 집어던지는 것이기도 하다.

백령은 밤의 적막이 너무 참기 힘들어서 문과 침대 사이를 서성거렸 다. 녹조붕鹿兆麟을 보고 싶은 마음이 자꾸 일어났다. 그를 라미囉咪 거리에 서 마지막으로 본 지도 벌써 반년이 지났다. 그는 36홍군으로 갔으나 부 대가 궤멸되어 백록원으로 도망쳐왔다. 거기서 효문 오빠와 맞닥뜨렸으나 다행히 재빨리 달아났다. 그는 지금 백록원 어딘가에 숨어 있을 것이었다.

그가 보고 싶었다. 그가 어떻게 되었는지도 궁금했다. 그러면 그럴수록 그에 대한 그리움은 그녀의 마음을 맴돌았다. 그녀는 자신에게 일어나는 중대한 심리변화를 알아차렸다. 어제부터 오늘까지 불과 이틀 만에 녹조 해는 그녀의 마음속에서 급격히 퇴색하고 있었다. 반대로 그의 형 녹조붕 은 점점 더 큰 자리를 차지해 가고 있었다.

"나는 진정한 군인이 되어서 국민혁명에 참여할 거야."라고 말하던 조 해의 이상과 포부에 그녀는 한 치의 의심도 없이 찬성했었다. 그러나 그 국민혁명이 봉건 군벌을 타파하는 것이 아니라 백성들을 학살하는 것으 로 변질되었을 때 녹조해의 이상과 포부는 그녀를 안타깝게 만들었다. 녹 조붕은 다행히 그 거대한 살인기구에서 빠져나왔다. 효문 오빠의 그 직업 적인 말투로 인해 그녀는 자신이 녹조붕과 이미 뗄 수 없는 관계에 있다 는 사실도 명확히 깨닫게 되었다. 그러나 지금으로서는 언제 녹조붕을 만 날 수 있을지 모를 일이었다.

이 그리움은 점점 깊어지며 사나흘 동안 규칙처럼 찾아들었다. 낮에는 수업을 하면서 잠깐 잊어버리기도 하지만 밤이 되면 밀물처럼 그녀를 덮 치곤 했다. 불면의 밤이 계속되었다.

4일째 되는 날 수업이 끝나고 나자 교문의 수위인 주씨周氏 할아버지가 그녀에게 책 한 권을 건네주었다. 황黃 선생이 주고 갔다는 그 책은 표지에 《고문관지》古文觀止라고 쓰여 있었다. 그녀는 자신의 방으로 와서 얼른 책을 펼쳐보았다. 책갈피에 종이 한 장이 끼워져 있었다. 거기에는 연필로 쓴 한 줄의 글이 적혀 있었다.

"내일 저녁때 구두를 찾으러 가겠소."

백령은 수업이 끝나자 곧바로 둘째 고모부댁으로 가서 황 선생을 기다렸다. 그러다 가만히 있지를 못하고 방과 공방 사이를 왔다 갔다 했다. 결국은 고모부 옆에 앉아서 집안 이야기를 주고받았다. 백령이 말했다.

"고모부, 이제는 아침부터 저녁까지 꼬박 일만 하지 마세요."

"어이쿠, 방법이 없구나. 아는 사람이 자꾸만 와서 구두를 주문하니 난들 어쩌겠니. 아무래도 손수 일을 해야 직성이 풀리는걸?"

고모부는 대답 끝에 역시 제화공이었던 아버지가 돌아가실 때 어떤 유언을 했는지 얘기해 주었다. 그 당시 그의 아버지 구둣방 사업은 아주 괜찮았다. 가게에서 일하는 사람들도 좀 있었다. 그런데도 그의 아버지는 매월 적어도 구두 한 켤레는 손수 지었다. 아들에게도 최소 한 달에 한 켤레는 직접 만들라고 강조했다고 한다. 고모부가 웃으며 말했다.

"지금이야 예전처럼 돈을 못 벌지만 그래도 어떻게 가위와 송곳을 안 잡을 수 있겠니?"

이때 백령은 황 선생이 중절모를 쓰고 들어오는 것을 보았다.

황 선생은 들어서자마자 고모부를 쳐다보며 말했다.

"제가 상해上海로 일을 보러 가야 하기 때문에 구두를 좀 일찍 찾았으면 좋겠습니다."

"언제쯤요?"

"모레요."

"안 됩니다. 시간이 턱없이 부족해요."

"그럼 어떡하죠? 상해는 의관으로 사람을 판단하는 곳이라는데……, 거기 가서 창피를 당하면 안 되는데……."

고모부가 할 수 없다는 듯이 말했다.

"그럼 내일 저녁에 오시오. 내가 밤을 새서라도 상해에 가서 위풍당당하게 걸을 수 있도록 해드리지요."

백령이 웃으며 말했다.

"황 선생님, 고모부의 말씀이면 안심하셔도 좋아요."

백령은 이어 황 선생을 방으로 데리고 들어갔다.

황 선생은 자리에 앉기가 무섭게 말했다.

"새로운 임무를 가지고 왔소."

백령은 자세를 바르게 하고 그 임무를 기다렸다.

"이번에는 어떤 동지를 위해서 가짜 아내가 되는 임무요."

"가짜 아내라고요? 전 결혼도 안 한 처녀예요. 아내 노릇이 무엇인지도 모르는 판에 가짜 아내 노릇이라뇨?"

"배워야죠. 다른 사람에게 들키면 큰일이니까 진짜 부부처럼 행세해야 됩니다."

"세상에, 무슨 그런 임무가 다 있어요?"

"일종의 은폐죠."

"그 동지는 어떤 사람인가요?"

"나도 모르겠소."

황 선생은 그 임무에 대한 구체적인 지침을 알려 주었다. 백령은 두부 거리에 있는 소학교에 사직서를 낸 뒤 고동색 가방을 들고 교문을 나섰다. 교문 앞에는 차 한 대가 그녀를 기다리고 있었다. 빛바랜 밀짚모자를 쓰고 있던 젊은 운전사는 아무런 말도 없이 차를 몰았다. 백령은 어이가 없어서 웃음이 피식 나왔다. 그러나 이내 냉정을 되찾았다. 이어 이 신성한 사명을 제대로 이행해 내겠다고 다짐했다.

　운전사는 구불구불한 길을 몇 번이나 지나서 퇴락한 푸른 벽돌로 지은 집 문 앞에 차를 세웠다. 운전사가 차에서 내려 대문의 녹슨 손잡이를 두드리자 정원에서 가벼운 발자국 소리가 들렸다.

　백령은 가슴이 뛰기 시작했다. 마치 진짜 남편이라도 만나는 것처럼 쿵쾅거렸다. '끼익' 하면서 문이 열렸다. 자신을 마중 나온 사람을 본 순간 백령은 하마터면 까무러칠 뻔했다. 녹조붕이었다.

　그녀는 너무 놀란 나머지 입을 다물 수가 없었다. 심장이 쿵쾅거리며 현기증이 일어 차 안에서 꼼짝도 할 수가 없었다. 그녀가 어지러워하는 것을 본 녹조붕은 운전사에게 동전 몇 닢을 건넸다. 운전사는 굽실거리며 친절하게 가방을 내려주었다. 녹조붕은 가방을 건네받고서는 고개를 돌려서 말했다.

　"집에 다 왔소. 빨리 내리시오."

　백령은 가슴속에서 피가 한꺼번에 솟구치는 것을 느꼈다. 얼굴이 화끈거리고 눈앞도 흐릿해지고 있었다. 정신을 차릴 수가 없었다. 차에서 내려 땅을 디딜 때는 마치 구름을 밟는 것 같았다. 그녀는 녹조붕을 똑바로 바라볼 수가 없었다. 둘은 함께 대문 안으로 들어서서는 마당을 가로질러 방안으로 들어갔다. 녹조붕은 둘만 남게 되자 들고 있던 가방을 내려놓지도 않은 채 갑자기 몸을 돌려 곤혹스러운 표정을 지으며 말했다.

　"세상에, 백령! 상대가 너일 거라곤 꿈에도 생각 못 했다."

　백령은 의자에 앉고 나서야 마음이 다소 진정되었다. 녹조붕이 당황하는 모습을 보니 오히려 침착해지면서 안쓰러운 생각마저 들었다. 사실 창문 틈으로 얼핏 그를 보았을 때부터 이미 그도 전혀 몰랐다는 것을 알았었다. 그와 수도 없이 만났지만 그는 언제나 노련하고 민첩했다. 이제까지 이렇듯 당황하는 모습은 한 번도 본 적이 없었다. 그는 영원히 그럴 일이 없을 것 같았다. 비록 체포되어 마른 우물에 던져진다 해도 그럴 사람이 아니었다. 그런 그가 지금 보통 사람들처럼 당황하고 불안해하고 있는 것이었다.

그녀는 자기부터 마음을 가라앉혀야겠다고 생각했다. 녹조붕은 손을 비비면서 방안을 왔다 갔다 했다.

"난 네가 파견되어 올 줄은 정말 몰랐어."

백령이 녹조붕의 얼굴에 진땀이 솟아나는 것을 보고 냉정하게 물었다.

"사전에 알았다면 어쩔 작정이었나요?"

"당연히 반대했겠지."

"왜요? 내가 싫어서요? 아니면 저를 믿을 수 없어서요?"

녹조붕은 더욱 당황하면서 황급히 말했다.

"그런 뜻이 아니야."

"그러면 계속 제가 올 줄 몰랐다고 하는 까닭은 무슨 뜻인가요?"

"네가 오해할까 봐 그랬어. 내가 고의로 일을 벌인 거라고 말이야……."

"사전에 알았다거나 일부러 이런 식의 안배를 했다면 그게 또 어때서요?"

녹조붕이 갑자기 고개를 돌리고 말했다.

"그러면 내가 너무나 비열한 인간이 되지."

백령이 여전히 담담하게 물었다.

"누가 오빠보고 그렇게 말한대요? 누가 오빠보고 그렇게 따진대요?"

녹조붕이 얼굴이 빨갛게 되어서 말했다.

"조해."

백령이 웃으며 말했다.

"그건 당신이 도덕군자라는 것을 증명하고 싶은 마음이 있기 때문이겠죠. 사실 사람들에게는 모두 얼마간의 비열한 일면이 있어요. 다만 그것의 차이가 어느 정도냐일 뿐이죠. 사소한 비열함은 그냥 눈감아줄 수도 있죠. 너무 지나치면 안 되지만."

녹조붕이 말까지 더듬으면서 말했다.

"너 정말이지……."

"그렇게 계속 변명하면 내 기분이 어떨지 생각이나 해 봤어요? 저는 뭐 알고 이곳에 온 줄 알아요? 저는 뭐 오빠보다 얼굴이 두꺼워서 여기에 온 줄 알아요? 오빠가 그런 식으로 계속 변명하는 것은 비열한 짓이에요."

녹조붕이 더욱 당황하여 머리를 감싸 쥔 채 가볍게 탄식했다.

"맙소사, 네 앞에서는 속마음을 감출 수가 없구나."

백령이 정색을 하고 말했다.

"녹조붕 동지, 백령은 당의 명령을 받들어 당신의 아내 행세를 하러 왔습니다. 임무를 부여해 주시죠. 더는 변명하실 필요 없습니다."

녹조붕이 중얼거렸다.

"이렇게 무서운 아내에게 누가 감히 지시를 하겠어?"

백령이 장난기를 머금으며 말했다.

"어떻게 가짜 부인 노릇을 해야 하는지 가르쳐 줘요."

"그야 뭐 연극이라고 생각하면 돼. 너 연극 잘하잖아."

"연극이야 두 시간이면 끝나는 것이고 무대를 내려오면 본래의 나로 돌아올 수 있단 말이에요. 하지만 어떻게 하루 종일 연극을 해요? 그런 걸 견딜 수가 있겠어요?"

녹조붕이 정상으로 돌아온 듯 아무렇지도 않게 말했다.

"사람이 없으면 우리는 동지나 남매처럼 지내지 뭐, 자기 할 일을 하면서 말이야. 그리고 사람이 오면 다시 연극을 시작하는 거야. 손님이 갈 때까지만."

"잊어버리면 어떡하죠?"

"그건 절대 안 될 말이지."

"그래도 잊으면요?"

녹조붕이 한숨을 내쉬고 어쩔 수 없다는 표정으로 말했다.

"그러면…… 우리 둘은 마른 우물에 던져지겠지."

이때 집주인 할머니가 들어와서는 먼저 백령을 힐끗 쳐다보았다. 이어 녹조붕에게 말했다.

"부인이 왔어요?"

녹조붕이 백령을 주인댁인 위魏 노부인에게 소개했다.

이 노부인은 인생의 경험이 많았다. 또 물정에도 밝았다. 세상을 약간은 얕잡아보는 사람이기도 했다. 그러나 그녀의 살찐 복부는 포용력이 있어 보였다. 또 유방은 아주 커다랗게 가슴에 솟아 있었다. 신기한 것은 눈꺼풀 아래에 있는 두 눈이 지진이 나도 꿈쩍 않을 만큼 냉정해 보인다는 사실이었다. 주인댁은 백령의 눈을 쳐다보았다. 그녀의 눈빛은 순수한 양의 그것 같았다. 이 부인은 이러한 양들을 수천, 수만은 보아왔을 터였다. 그녀가 방안의 가구 배치를 이리저리 살펴보고는 말했다.

"부족한 가구가 있으면 안에 와서 가지고 가요."

"폐를 끼치겠습니다."

위 부인은 잠깐 머뭇거리다가 나갔다. 방문 앞을 나갈 때 뒤돌아보고 웃음을 띠며 말했다.

"부인이 아주 예쁘군요."

백령은 수줍게 웃으며 칭찬에 감사하는 뜻을 전했다. 이어 방에 돌아와서 다급하게 물었다.

"조붕 오빠! 어떻게 도망쳐 나왔어요?"

"아주 곤혹스러운 도망이었지."

그가 갑자기 손바닥을 탁, 치면서 말했다.

"그 이야기는 나중에 하자."

백령은 자수현에서 학^鶴 현장을 만났던 일을 이야기해 주었다. 또 효문 오빠를 만났다는 사실도 말해 주었다.

"효문 오빠가 그러는데 큰고모부 앞에서 체면을 세워주느라고 손을 못 썼다더군요."

조붕 역시 이 '손을 쓴다.'라는 직업적인 용어에 생경한 느낌이 드는 모양이었다.

"손을 못 썼다고? 그 말 참 어울리는데?"

조붕이 화제를 바꾸어서 말했다.

"저녁 준비해야지. 우리 집 굴뚝에서 연기가 나오게."

백령은 조붕의 말을 듣자 고향 백록원에서 사람들이 하던 말을 떠올렸다. 그것은 '이웃집 굴뚝에 연기가 안 나오기를 바란다.'는 말이었다. 아마도 남이 못 되기를 바라는 심술궂은 사람이 만들어 낸 말일 것이었다. 여하튼 녹조붕이 무의식중에 한 이 말은 효문 오빠에 대한 그녀의 혐오를 가라앉히는 효과를 냈다. 백령이 쾌활하게 대답했다.

"좋아요. 이제. 우리 집 굴뚝에 연기를 내보내 봐요."

백령이 저녁으로 만든 것은 긴 국수였다. 긴 국수는 장수와 영원한 우정을 상징하는 것으로 설이나 명절에 자주 먹는 음식이다. 또 신혼 첫날 밤이나 생일잔치, 아기가 태어났을 때나 돌 등의 경사스러운 잔치에 친척들이나 친구들을 대접할 때 내놓기도 한다.

백령은 능숙하게 나무에 불을 붙였다. 그런 다음 부엌에서 정원으로 뛰어나와 조붕을 불러냈다. 이어 벽돌 굴뚝으로 뭉게뭉게 피어오르는 검은 연기를 함께 바라보았다.

백령이 고기를 잘게 다진 국수 그릇을 녹조붕 앞으로 건네면서 미안하다는 듯이 말했다.

"소금을 너무 넣었나 봐요."

녹조붕이 젓가락으로 국수를 한 번 저었다. 다진 고기를 얹은 국숫가락은 이미 노랗게 변해 있었다. 그가 소금이 많이 들어간 국물을 훌훌 들이마시고는 말했다.

"짜도 맛은 있어. 길기도 아주 길고, 쫀득한 맛도 있고. 우리 고향 맛이야."

백령도 자기 몫으로 한 그릇을 가지고 왔다. 그녀가 국수를 먹다 말고 또 참지 못하고 물었다.

"오빠는 언제 서안에 돌아왔어요?"

"공교롭게도 네가 자수현에 갔던 날 서안으로 돌아왔지."

녹조붕은 백록원에서 얼마간 평온한 나날을 보냈었다. 그러다 백록서원白鹿書院에서 효문의 총구를 피해 도망친 후로는 백록원으로 가지 않았다. 그는 북쪽 길로 해서 서쪽으로 계속 달렸다. 그곳은 구릉이 많고 나무가 많아 숨기에 용이했다. 더구나 악유산은 군대를 이끌고 자수하 입구에 와서 평원을 수색할 것이 분명했다. 어쨌거나 꼭꼭 숨어야 했다.

그의 판단은 정확했다. 보안대는 1개 중대의 병력을 보내 평원의 집을 모조리 수색하고 다녔다. 또 1개 중대는 자수하의 진입로를 수색했다.

녹조붕은 동틀 무렵 이미 서안에서 10여 리 떨어진 하류에 닿았다. 너무도 지친 그는 결국 모래 위의 수풀 더미에 눕자마자 잠이 들어버렸다. 얼마를 잤던지 소를 끌고 가던 웬 할아버지에게 발로 걷어차인 후에야 겨우 깨어날 수 있었다.

녹조붕은 노름으로 가산을 탕진하고 마누라와 자식마저도 노름빚에 저당 잡혀 이 강에 투신자살하러 왔다가 피곤해 잠이 들었다고 대충 얼버무렸다. 노인은 혀를 끌끌 차더니 노름을 끊을 아주 좋은 비책이 있다고 그에게 넌지시 일러줬다. 그는 간절한 표정으로 노인 앞에 무릎을 꿇었다. 이어 그 비책을 가르쳐 달라고 했다. 소치는 노인은 손에 낫을 든 채 굽이굽이 흐르는 강물을 바라보았다. 그리고는 그곳에서 얼마 떨어져 있지 않은 나루터를 가리키면서 말했다.

"사람을 업어 건네줘 봐!"

녹조붕이 일부러 풀이 죽은 모습으로 대꾸했다.

"사람을 업어 건네줘 봤자 겨우 동전 몇 푼밖에 받지 못하는데 그걸로 언제 마누라와 자식을 저당 잡히고 빌린 빚을 갚는단 말입니까."

노인이 말했다.

"할 수 있어. 암, 할 수 있고말고."

녹조붕은 여전히 의심스러운 표정을 지었다.

"이보게 젊은이, 자네가 사람을 업었을 때 비로소 자신이 어떻게 살아야 할지를 알 수 있을 걸세."

녹조붕은 노인의 말을 들었을 때 정말로 가슴에 무언가 다가오는 것을 느꼈다. '그래, 지금은 저 노인의 말을 따라서 하는 것이 비책인지도 모르지. 어쩌면 그것이 현재로서는 몸을 숨기기에 가장 좋은 방법일 거야.'

그는 그런 생각이 들자 바로 바지를 걷어붙이고는 물속으로 들어가 사람을 업고 건너는 자세를 취해 보았다.

윤하潤河로 불리는 이 강은 진령 계곡에서 발원하여 백록원의 서쪽 들판을 감싸고 돌아 북쪽으로 흘렀다. 또 자수로 들어오는 물은 위하渭河로 흘러갔다. 그러나 서안으로 통하는 길 가운데에는 배가 없는 나루터가 있었다. 강을 건너려면 사람의 등에 업히는 것 외에는 딱히 다른 방법이 없었다. 자연스럽게 사람을 업어 나르는 직업이 생겼다. 말할 것도 없이 이 직업에 종사하는 사람들은 무산계급으로 재주도 밑천도 없는 사람들이었다. 녹조붕이 첫 번째 손님을 등에 업고 물에 들어갔을 때였다. 그의 뇌리에 갑자기 주 선생과의 논쟁이 떠올랐다.

때는 백록서원에서 서안의 배덕培德 중학교에 들어간 이후 첫 번째 맞이하는 겨울방학이었다. 그는 주 선생을 뵈러 가서 공산주의에 대해 열변을 토했었다. 그러나 주 선생은 웃으며 반문했다.

"자네가 인간을 착취하는 제도를 없애겠다니 아주 그럴듯하게는 들리네만 자발적으로 핍박당하기를 원하는 사람도 있으니 그건 어쩌겠나?"

"세상에 그런 사람이 어디 있겠습니까?"

주 선생은 녹조붕의 반문에 하나씩 예를 들어가면서 증명했다.

"윤하에서 사람을 업어 나르는 사람들은 어디에 속할까? 자네가 핍박하기 싫다고 그의 등에 안 업힌다면 그들은 어디서 그런 푼돈이라도 벌겠나? 돈이 없으면 쌀도 못 살 것이고 말이야."

"인민정부가 그런 사람들을 위해서 직업을 구해 줘야 합니다."

"어떤 사람이 그 일이 좋아서 정부가 제공하는 직업도 마다한다면 어쩌지?"

"인민정부가 강에 다리를 놓아 차와 사람이 건너다니게 하면 자연히 그 직업은 없어질 것입니다."

주 선생이 웃으며 말했다.

"자네 인민정부의 방법은 많기도 하군."

녹조붕은 그때 일이 생각나서 쓴웃음을 지었다. 어쨌든 현재 사람을 업어 나르는 이 직업은 그가 몸을 숨기기에는 딱 맞는 일이었다. 그러다 보니 간혹 정부 하급관리를 업어 건네줄 때도 있었다. 어쩌다 많은 사병들이 우르르 몰려오면 그와 다른 노동자들이 죄다 모여 건네주기도 했다. 그랬으니 정부에서 현상금을 걸고 체포령을 내린 36홍군 정치위원인 녹조붕이 여기서 전족을 한 여인네들을 등에 업고 강을 건네주고 있을 거라고는 그 누구도 생각하지 못했다.

녹조붕은 어둡기를 기다려 서안 시내로 들어왔다. 그러나 그는 지하조 직망을 찾을 수가 없었다. 한 곳은 장소를 옮겼으니 그럴 수밖에 없었다. 또 다른 곳은 정체가 드러나 동지들이 모두 체포됐기 때문에 찾아간다는 것이 말이 안 됐다. 그는 심각한 위기의식을 느꼈다. 그렇다고 함부로 모험 을 할 수도 없었다. 그는 동성東城의 성벽 밑에 있는 빈민굴로 가서 하루를 묵었다. 그곳은 명목상은 가정식 여관이었으나 실은 매춘을 하는 곳이었 다.

다음날 오후에 그는 동쪽 성문 앞으로 들어갔다. 거기에는 유명한 양 고기 만두집이 있었다. 녹조붕이 그 집으로 들어가 혹시 아는 사람이 없 을까 두리번거리고 있을 때였다. 저쪽 편에서 아주 낯익은 얼굴이 보였다. 그는 기쁨을 감출 수가 없었다. 그 동지 역시 녹조붕을 바로 알아보았다. 그가 감격스럽다는 듯이 일어나며 "녹 형님!" 하고 불렀다. 손에는 아직 반 정도 먹다 남은 만두를 든 채였다.

순간, '저러면 안 되는데……' 하는 생각이 녹조붕의 뇌리를 스쳤다. 그와 거의 동시에 그 동지의 왼쪽에 앉아 있던 두 사람이 덮쳐왔다. 녹조 붕과 그들 사이는 겨우 대여섯 보 정도였다. 그는 이제 글렀구나 하고 생 각했다. 하지만 그러면서도 번뜩이는 기지를 발휘하는 것을 잊지 않았다. 그는 바로 마침 양고기 국물을 푸고 있던 주방장의 국자를 빼앗았다. 이 어 그들의 얼굴에 뜨거운 국물을 홱 뿌렸다. 그는 두 사람의 비명 소리를 들으면서 재빨리 그곳을 빠져나왔다. 그러고는 다시 윤하로 돌아와서 사 람을 업어 나르는 일을 계속했다. 다음날 동이 틀 때 녹조붕은 백록원 남 쪽의 진령산 아래에 있는 대왕진大王鎭 고급소학교를 찾아갔다.

녹조붕이 백령에게 말했다.

"그가 '녹 형님'하고 불렀을 때 그의 눈에서 푸른빛이 번뜩였어. 한밤중에 평원에서 마주쳤던 이리와 같은 그런 눈빛이었지."

백령이 젓가락을 탁 놓으며 말했다.

"후일 우리의 혁명이 성공하면 그런 배신자들은 꼭 처단해야 해요."

"한 사람의 배신자가 천 명의 백효문이나 악유산보다도 더 나쁜 법이지."

녹조붕은 호달림胡達林 교장의 집에서 지내게 되었다. 주위에 피부병 치료차 먼 곳에서 온천으로 요양하러 온 친척이라고 말해 놓았기 때문에 매일같이 온천에는 가야만 했다. 이후 밤에는 교장 사택의 별채에서 지냈다. 온천은 학교의 근처에 있었다. 그래서 선생들도 종종 피부병을 고치러 오는 친척들을 그곳에 머무르게 하고 있었다. 당연히 녹조붕이 그곳에서 지내는 것을 아무도 의심하지 않았다.

호달림은 녹조붕이 백록진에서 처음으로 학교발전을 추진하던 때 가입시킨 당원이었다. 때문에 그의 은밀한 보호 아래 이 진령 산허리에 있는 대왕진 고급소학교로 숨어들어올 수 있었다. 호달림은 쾌활하면서도 근면했다. 또 호방하면서도 기지가 있는 사람이었다. 대왕진에도 이미 믿을 만한 사람을 심어 두고 있었다. 학교에 당원 다섯 명을 확보하고 지부를 결성한 것이다. 또 신뢰할 수 없는 선생들은 하나둘씩 내쫓아 학교를 완전한 혁명의 거점으로 확보했다. 호달림이 녹조붕에게 말했다.

"여기서 안심하고 지내십시오. 목욕도 하고, 잘 드시기도 하고, 잠도 푹 주무시고요. 무슨 일이 있으면 저에게 말씀만 하십시오. 그대로 따르겠습니다."

"빨리 조직을 되찾아야만 하오."

"걱정하지 말고 안정을 취하십시오. 내가 대신 사람을 보내 보겠습니다."

녹조붕은 초조해서 목욕을 해도, 밥을 먹어도, 잠을 자도 마음이 편치 않았다. 급기야 초조하던 마음이 일종의 비애감으로 발전했다. 그가 혁명에 몸을 투신한 이후 단 한 번도 느껴보지 못한 감정이었다. 그는 국민당이 국공합작을 파기하면서 공산당에게 자행한 대학살 당시에도 분노가 치밀어 올랐을지언정 비애감은 느끼지 않았다. 그러나 지금은 달랐다. 무엇보다 당 수뇌부들의 과오로 인해 막 창설한 36홍군이 완전히 궤멸되었다. 또 어렵게 구축해 놓은 지하조직 역시 거미줄 걷히듯 제거되었다. 요행히 그는 도망칠 수 있었다. 그런데 그 힘겨웠던 과정을 반복하면서 새로 지하조직을 짜야 한다고 생각하니 절로 비애감에 빠질 수밖에 없었다.

호달림은 당원 한 명을 서안 시내로 파견했다. 그러나 연락이 닿지 않았다. 연이어 세 번째로 사람을 파견하였을 때에야 비로소 실마리를 잡을 수 있었다.

그때 녹조붕은 대왕진 고급소학교에서 열흘 남짓 편하게 지내는 중이었다. 실로 오랜만에 맛보는 그 안정된 생활은 피로를 완전히 씻어주면서 정신도 재무장할 수 있도록 만들어줬다. 그는 이에 힘을 입어 단호히 결정을 내렸다.

"그 동지에게 한 번만 더 가서 약속을 잡고 오시오. 나는 윤하 강변에 가서 사람을 업어 나르는 일을 하고 있겠소. 허리에 남색 끈을 매고 있겠으니 연락 방법으로 아시오."

녹조붕이 백령에게 조용히 말했다.

"강^薰 정치위원은 36홍군에 들어오기 전부터 당국과 이번 소탕 작전을 계획하고 있었던 게 틀림없어."

백령이 아까 한 말을 되풀이했다.

"우리의 혁명이 성공하면 그 배신자들부터 처치해야 해요. 그자들은 너무 비열해요."

"그 강가 놈의 처단은 혁명이 성공할 때까지 기다릴 필요도 없어."

이런 엄숙한 분위기는 이 가짜 부부의 불편한 관계도 해소시켜 주었다. 원래 녹조붕은 우물에 빠진 동지들을 대신할 임무를 띠고 서안으로 들어왔었다. 그러나 그것은 너무 위험한 일이었다. 누군가와 가짜 부부로 행세하면서 주변의 눈을 피하는 은폐 수단이 절실했다. 결국 백령과 부부 행세를 하게 됐다.

녹조붕이 백령에게 말했다.

"우리 개인의 일은 중요치 않아."

녹조붕이 그녀에게 현재의 특수한 관계를 암시하는 것 같은 말을 계속 입에 올렸다. 그렇게 마음속의 비애감을 털어버린 듯 다시 호방하게 말했다.

"우리 임무는 다시 그물을 짜야 하는 거야."

"당이 위험한 중에도 저를 택해 오빠를 도우라고 하니 영광이에요. 설사 내가 우물에 던져진다 해도 말이에요."

녹조붕이 말을 받았다.

"우물에 던져질 생각은 하지도 마. 우선적으로 해야 할 일은 그물을 새로 짜는 거니까. 그리고 파리, 모기들을 그 그물에 걸리게 해서 우리도 통쾌하게 잡아먹어 보자."

"전 그런 것들은 안 먹어요. 징그러워요."

"안 먹는 건 모두 내게 줘. 파리, 모기, 해충, 맹수……, 모두 너 대신 먹어 줄게."

밤이 이슥해져 잘 시간이 되었다. 그러나 백령은 녹조붕에게 "이제 그만 자자."라는 말을 할 수가 없었다. 순간 그녀는 자신이 어쩔 수 없는 여자라는 것을 의식하게 되었다. 남자보다는 여자가 아무래도 이런 상황에서는 몹시 어색해지면서 부끄러워하게 된다는 사실도 인정하지 않을 수 없었다. 옷 역시 벗을 수가 없었다. 결국 그녀는 "자자."는 말을 하지도 못하고 그냥 묵묵히 빗자루로 침대만 쓸었다. 가슴이 쿵쿵 뛰었다. 그녀는 우선 자신의 요를 깔았다. 또 그 옆에 다시 요를 하나 더 깔았다. 가슴속의 쿵쾅거림은 이미 귀밑머리까지 흔들리게 하고 있었다. 그녀는 베개를 놓았다가는 집어 들고 또다시 놓으며 머뭇거렸다. 그 베개는 이유 없이 그녀의 얼굴을 붉어지게 만들었다. 녹조붕은 그녀의 난처한 모습에서 뭔가를 알아챘는지 침대 바닥에서 오동기름을 먹인 기름종이를 꺼내서는 바닥에 깔았다. 이어 침대 위에 있던 요 하나를 내려서 그 위에 깔았다. 또 그녀가 들고 있던 베개를 받아 요 위에 놓으며 소곤거렸다.

"내가 벌써 준비해 놓았지."

백령은 난처함이 사라지긴 했으나 갑자기 슬픈 기분이 들었다. 그녀가 말했다.

"제가 바닥에서 잘게요."

녹조붕이 손으로 문을 가리키면서 목소리를 낮추고는 말했다.

"내가 바닥에서 자야 늑대를 막지."

그가 말을 마치고서는 후, 하는 소리와 함께 유리등 속의 불을 껐다. 이어 바닥에 누웠다. 순간 자신이 되는 대로 말한 '늑대를 막는다.'는 말이 두 가지 뜻으로 해석될 수 있다는 사실에 탄복했.

사실 녹조붕의 마음은 백령보다도 더 난처했다. 그는 어찌할 바를 모르는 백령을 보고 그녀의 단순함을 알 수 있었다. 이미 결혼한 적이 있는 그로서는 한방에서 동침한다는 것이 어떤 의미인지 모를 까닭이 없었다. 그러나 동생인 조해와의 관계를 생각하면 백령은 그의 제수씨가 되는 셈이다. 더구나 그는 지도자로서의 존엄함을 유지해야 했다. 연장자로서 체면이 깎이는 일도 하지 말아야 했다. 물론 그녀를 본 순간 자신이 당황했다는 사실을 그도 잘 알고 있었다. 또 그 당황함을 감추어야 한다는 것도 알고 있었다. 다행히 그는 내면의 긴장이나 기쁨과 슬픔을 감추는 비범한 재주가 있었다. 그는 그렇게 살아온 사람이었다.

그는 '늑대를 막는다.'는 말에 아주 만족하고 있었다. 이것은 자신의 난처함을 해결해 준 동시에 백령의 어색함도 해소해 주었다. 이 어려운 첫날밤만 지나면 이 난처함도 사라지겠지. 그는 그렇게 생각하고 바닥에 누웠다. 방안은 아주 조용했다. 백령이 아직 침대에 앉아 있는 것이 느껴졌다. 그가 담담한 어조로 조용히 말했다.

"어서 자라."

그러나 아무 대답도 들리지 않았다. 오랜 침묵 후에 백령이 바스락거리며 옷 벗는 소리가 들려왔다. 방안에 이상야릇한 기운이 감돌았다. 그것은 백령에게서 풍기는 말로 형용할 수 없는 체취였다. 그의 뇌리에 돌연 결혼 첫날밤의 기억이 떠올랐다. 진한 비애감이 먹구름처럼 몰려왔다.

백령은 역시나 단순했다. 그녀는 베개를 나란히 놓고는 난처해하다가 녹조봉이 바닥에 자리를 펴자 곧 아무렇지 않은 상태로 돌아갔다.

그러나 가슴이 뛰고 얼굴이 붉어진 이유에 대해서는 자신도 도저히 설명할 길이 없었다. 여자의 본능이었는지 그저 단순한 어색함이었는지 도무지 모를 일이었다. 그녀가 옷을 벗을 때 또 이러한 본능이 발동했다. 비록 등불이 꺼지기는 했으나 바지 단추를 끄를 때는 두 손이 떨렸던 것이다. 다행히 황망히 옷을 벗고 펴놓은 자리 속으로 들어간 다음에는 마음이 편안해졌다.

그녀는 자신을 비웃었다. 가짜 남편은 결국 가짜 아닌가. 그렇게 스스로를 다독이고 누워 있을 때 뭔가 이상하게 사람을 끌어당기는 체취가 느껴졌다. 그것은 바닥에서부터 침상 위로 올라오는 남자의 냄새였다. 백령은 그네를 타는 듯 어지러운 느낌에 빠져들었다……

　백령이 가장 아름답게 간직하고 있는 고향에 대한 추억은 청명절 때의 것이었다. 그날은 집안사람 모두가 이른 점심을 먹고 산소에 가서 분향을 한 후 아무런 격식과 상하의 구분 없이 사당에 모여서 큰 연자방아가 있는 곳으로 가고는 했다.

　마을의 북쪽 골목에는 공동의 연자방아가 있었다. 그곳에서는 1년 열두 달 사람들이 옥수수 같은 곡식들을 빻았다. 연자방아의 남쪽에는 커다란 느티나무 두 그루가 우뚝 서 있었다. 갈색의 굳건한 나무 몸통은 오랜 세월에 걸쳐 이리저리 갈라져서 속에서 새로운 빨간 나뭇가지가 늘 생겨났다. 그것은 그네를 매기에 더할 나위 없이 좋았다.

　흑왜黑娃는 큰 동아줄을 바지 허리춤에 꿰고서는 원숭이처럼 날렵하게 나무를 타고 올라가 동아줄을 나뭇가지에 단단히 매었다. 또 양쪽으로 내걸린 동아줄 끝에 땅에서 3척 정도 떨어진 위치에 발판을 매달았다.

　이어 다른 사람들이 안심하고 그네를 탈 수 있도록 자신이 시범 삼아 뛰었다. 그는 그네를 가장 높은 곳까지 구를 수 있는 사람이기도 했다. 그럴 때면 사람들은 공중으로 아득히 올라간 그를 볼 수 있었다. 그는 밟고 있는 발판을 힘껏 굴러서 그네를 매단 높은 나뭇가지를 치받아 기록을 표시하기까지 했다. 그러면 사람들은 그 기록을 깨뜨리기 위해 도전하지만 모두 실패로 끝나곤 했다.

　흑왜의 그네 타는 자세는 정말 일품이었다. 그네가 하늘에 있을 때 그의 몸은 열십자가 되었다. 또 두 팔을 오므릴 때면 휘리릭 하고 소리가 나곤 했다. 담이 약한 사람은 그때마다 저도 모르게 비명을 질렀다. 그렇게 고도의 기술을 구사할 수 있는 사람은 흑왜 외에 몇 명 더 있었다. 젊은이들은 당연하고 장년들 중에도 그런 사람이 있었다.

백가헌은 언제나 안전하다는 것을 확인한 후에 그네를 타곤 했다. 아버지의 그네 타는 모습은 평범한 수준이었다. 그러나 푸른 하늘에 유유히 떠다니는 독수리처럼 품위가 있었다.

반면에 녹자림 아저씨의 그네 타는 솜씨는 모든 사람의 박수를 받곤 했다. 그는 높이 올라가지는 못했지만 온갖 재주를 부렸다. 발판 위에 앉는 것은 기본이었다. 또 공중에서 자는 척하거나 줄에 두 팔을 의지한 채 발판에서 발을 떼어 내면서 몸을 둥그렇게 말기도 했다. 심지어 공중에서 한 팔을 놓고서 코를 풀기도 했다. 어떤 때는 일부러 방귀를 뀌어 나무 밑에서 구경하던 사람들에게 악의 없는 욕을 얻어먹기도 했다.

녹조붕은 외지에서 공부를 하고 있었기 때문에 고향에서 청명절을 지내는 일이 드물었다. 백령은 딱 한 번 청명절에 그를 본 적이 있었다. 그때 녹조붕은 군청색의 교복을 입고 있었다. 그는 흑왜의 기록을 깨뜨리려고 했다. 그러나 그의 동작은 그다지 자연스럽지 못했다. 기술 역시 별로였다. 하지만 열심히 노력해 어느 날 흑왜가 기록한 지점에 발판이 닿을 수 있었다. 그때 밑에 있던 사람들의 환호성이 터졌다. 백록촌에 또 하나의 그네타기 고수가 탄생한 것이다.

바로 그때 일이 터졌다. 그네의 발판이 그의 어깨를 넘어섰을 무렵이었다. 그가 갑자기 발판을 밀어냈다. 나무 아래 있던 사람들이 비명을 질렀다. 녹조붕은 두 팔을 그넷줄에 의지한 채 공중에서 두 번을 굴렀다. 그러더니 발판을 밟았다. 그렇게 녹조붕이 그네에서 무사히 땅에 내렸을 때 사람들은 혼절한 녹자림의 코끝을 잡고 인공호흡을 하고 있었다.

그날은 일 년에 단 한 번 있는 편안하고 즐거운 날이었다. 남녀노소와 문벌 족보의 구별 없이 모두가 연자방아 앞에서 환담을 나눌 수 있었다. 또 모두가 마음껏 그네솜씨를 자랑할 수 있는 절호의 기회이기도 했다. 아가씨들이나 갓 시집은 새댁들도 이날만은 시어머니의 간섭이나 가문의 속박에서 벗어나 댕기를 휘날리며 시원하게 그네를 탔다.

백령이 기억하기로는 그녀가 그곳에서 가장 어렸었다. 그녀는 높이 나는 어른들과 실력은 비교할 수 없었으나 그네를 탈 때면 사람들의 귀여움을 독차지했다. 그러나 그녀의 속은 그렇지 않았다. 엉덩이를 내밀고 높은 하늘을 향해 구를라치면 손에서 땀이 나곤 했다. 또 그렇게 높이 뛰었다가 다시 내려올 때는 무서운 마음도 일었다. 순간 그녀는 후우, 후우 하는 바람 소리를 들었다. 몸이 마치 떨어지는 낙엽처럼 날아갈 것만 같았다. 마음이 긴장되면서 전율도 밀려왔다.

백령은 잠을 이룰 수가 없었다. 왜 지금 그때의 그네 타던 일이 생각나는지 모를 일이었다. 그녀가 참지 못하고 조붕에게 말했다.

"조붕 오빠! 이전에 그네 탈 때 그 위험했던 일 생각나요?"

녹조붕도 잠을 못 이루고 있었던지 웃으며 말했다.

"그러고 보니 다시 한 번 고향에 가서 그네를 타봤으면 좋겠구나!"

다음날 아침 백령이 눈을 떴을 때 녹조붕은 이미 일어나 옷을 차려입고 있었다. 이부자리도 얌전히 개어서 침대 위에 놓았다. 또 바닥에 깔았던 기름종이 역시 개어서 침대 아래에 넣어놓았다. 백령은 당황해서 옷을 입고 침대에서 내려왔다. 조붕이 말했다.

"일반 가정의 관습대로라면 아내는 남편보다 일찍 일어나서 세숫물도 갖다 놓고 청소도 해야 하는 거야. 그런 후에 밥도 해야 하는 거지. 오늘은 첫날이니까 내가 용서해 주지."

백령은 혀를 쏙 내밀고는 급히 움직였다. 아침을 끝낸 후 녹조붕이 백령에게 쪽지를 건네면서 말했다.

"이것을 팔선대八仙臺의 남쪽 전각 북쪽 벽 밑에 묻고 와."

백령은 쪽지를 보자 온몸의 신경이 곤두섰다. 녹조붕이 말했다.

"넌 이제부터 경건한 도교 신도가 되는 거야. 사당 앞에 이르거든 향과 초, 지전을 사는 것을 잊지 마라."

백령은 이날부터 이러한 비밀공작을 하러 다니기 시작했다. 어느 날 백령이 조붕에게 말했다.

"그때 말하던 거미줄은 이제 다 쳤어요?"

"아직이야. 우리도 아주 괜찮은 거미들이긴 한데."

"혹 제가 가짜 부인 노릇 하면서 허점을 보이지는 않았나요? 주인 할머니가 여간 아니에요."

"왜 무슨 허점이라도 보였어?"

그 말에 백령은 아무 대답도 하지 않았다.

백령이 이 집에 온 지 대엿새쯤 되던 날이었다. 녹조붕이 출타하고 백령이 계단에 앉아서 양말을 깁고 있을 때였다. 주인댁 노부인은 인심 좋게 양말 꿰매는 나무틀을 빌려주었다. 백령은 그 나무틀을 양말 속에 집어넣었다. 과연 양말을 기워 보니 정말 편했다. 백령은 연신 부인에게 감사하다고 했다. 주인댁 노부인이 물었다.

"그런데 왜 밤에 변소를 가지?"

백령은 갑작스런 말에 어떻게 대꾸해야 할지 몰라 고개를 숙인 채 하던 일만 계속했다. 주인댁은 긴 한숨을 쉬면서 가르쳐 주듯이 말했다.

"밤에 요강을 사용하면 편하잖아. 앞으로 날씨도 추워질 거고 눈도 올 텐데 변소 가서 얼어 죽을 참이야?"

백령은 가짜 부부 행세가 탄로 났나 싶어 긴장했으나 주인댁이 별 의미 없이 이야기하는 것이라는 사실을 알고 마음을 놓았다.

"사실, 우리 집 양반이 지린내를 싫어해요. 그래서 제가 할 수 없이 변소에 가는 거예요."

주인댁은 담배를 문 입술을 삐죽이며 세상 이치를 다 안다는 듯이 말했다.

"그래, 남자들이란 종종 이상한 습관들이 있으니까. 우리 집 할아범 버릇은 더 괴팍해서……."

백령은 이 일을 녹조붕에게는 말하지 않았다. 말해 봤자 서로 난처해질 뿐이다.

"어쨌든 우리 사이가 가짜는 가짜죠 뭐. 탄로 나지는 않았어요. 내가 잘 얘기하고 넘겼으니까요. 그러나 이런 가짜 행세는 정말 어려워요."

그러나 녹조붕은 백령의 말을 주의 깊게 듣지 않았는지 다시 물었다.

"무슨 일이 잘 안 돼 가나?"

이어 신음하듯 말을 내뱉었다.

"학 현장에게 문제가 생겼어."

백령은 뒤통수를 얻어맞은 것 같은 충격을 받았다. 녹조붕이 덧붙였다.

"또 배신자의 밀고 때문이야."

백령은 충격을 견디기 힘든 모습을 보였다. 웃음을 잃었을 뿐 아니라 말도 없어졌다. 녹조붕은 정신을 차리라고 꾸짖듯이 그녀에게 주의를 주었다. 그러나 별 효과가 없었다. 그녀의 뇌리에는 계속 자신이 자수현으로 가서 만났던 그 지혜롭고 온후한 학 현장의 얼굴과 그가 마른 우물에 던져지는 환상이 떠나지 않았다. 녹조붕이 이런 백령을 보고서 정색을 하고 말했다.

"백령 동지! 중국 공산당원들은 입에 칼을 물고 사는 훈련도 해야 해. 보통의 강인함 갖고는 안 돼."

백령은 깜짝 놀라서 녹조붕을 바라보았다. 녹조붕이 한숨을 쉬면서 말했다.

"이렇게 나약해서야 중요한 일을 동지하고 어떻게 상의하겠어?"

백령이 눈물을 흘리면서 말했다.

"알겠어요, 오빠. 저도 칼을 입에 물고 살 수 있어요."

백령이 마침내 조봉의 가슴에 안겨 사시나무 떨듯 경련하며 흐느꼈다.

"전 이미…… 칼을 목 안에 넣었다고요……."

녹조봉은 온몸을 떨며 우는 백령의 어깨를 감싸 안고서는 오른손으로 그녀의 머리칼을 쓰다듬어주었다. 그런 다음 백령의 양 어깨를 잡고 떼어 내며 그녀의 눈을 직시했다.

"학 현장이 오늘 밤 처형됐어."

"또 마른 우물에 던져졌나요?"

"아니, 이번에는 총살이야. 악유산이 일부러 서안에서 백록원까지 데리고 가서 총살을 했지."

"일벌백계하겠다는 속셈이군요."

녹조봉이 백령을 의자에 앉히며 말했다.

"우리는 가슴속에 원한을 새겨 두는 연습도 해야 해."

백령은 고통의 심연에서는 빠져나왔으나 그날 이후 말이 없어졌다. 그럼에도 녹조봉이 건네주는 쪽지를 비밀스런 장소에 갖다 놓는 일은 계속했다. 쪽지는 향로 밑이나 돌 틈새에 끼워 놓을 때가 많았다. 때로는 벽돌 밑이나 측백나무 밑에 묻어두기도 했다.

그러던 어느 날이었다. 그녀가 혁명공원에서 쪽지를 가져올 때였다. 누군가가 그녀의 어깨를 탁, 쳤다. 그녀는 깜짝 놀랐다. 거의 까무러칠 지경이었다. 간신히 그녀는 고개를 돌려 자신의 어깨를 친 사람을 쳐다보았다. 놀랍게도 숨을 헐떡이면서 서 있는 녹조해의 모습이 보였다. 그가 백령의 왼팔을 꼭 붙잡고 말했다.

"내가 너를 찾으려고 얼마나 애를 썼는지 아니?"

백령은 아무 말도 할 수가 없었다. 녹조해는 그녀를 이끌고 정자로 갔다.

　그는 그녀를 찾기 위해 우선 구둣방을 찾아갔다. 이어 두부 거리에 있는 소학교에도 가 보았다. 그러나 그녀의 종적을 아는 사람이 아무도 없었다. 그래서 그는 구둣방을 하는 백령의 둘째 고모부에게 서안에서 유명한 수정 과자와 말린 고기를 선물로 잔뜩 싸 들고 가서는 비밀을 지킬 것을 약속한 후 백령에 대해서 물은 적도 있다고 했다. 그때 둘째 고모부는 '먹이던 개에게 물린 꼴'이라면서 백령을 욕하고 저주까지 퍼부었다고 했다.

　녹조해가 말했다.

　"너 정말 어떻게 된 거야?"

　백령은 그러거나 말거나 녹조해의 군복을 보면서 물었다.

　"복장을 보니 중대장이네. 아직도 야전에 있어?"

　"그런 건 물어서 뭐해? 겨우 이렇게 만났는데 설마하니 그 말밖에 할 게 없는 거야?"

　백령이 화가 나서 말했다.

　"나를 마른 우물에 처넣을까 봐 무서워서 그래."

　"그건 특무대가 하는 일이야. 나는 일개 군인일 뿐이야."

　"특무대는 뭐 국민당 아닌가?"

　"우리가 이렇게 겨우 만났는데 그런 일 가지고 싸워야겠어? 너하고 나 사이에는 국민당과 공산당의 투쟁밖에 없어? 우리가 함께 국민혁명 양성소에 있을 때는 모든 것을 함께했잖아. 서로의 마음이 하나였고 숱한 시신도 함께 날랐잖아. 우리가 지금 앉아 있는 이 밑에 묻혀 있는 시체도 우리가 나른 거고. 우리는 여기에 동지들을 묻고 공원까지 세웠어. 또 우리의 미래도 약속했는데 지금 와서 어떻게 이런 지경에……."

　녹조해는 여기까지 말하고는 목이 메는지 말을 더 잇지 못했다. 그러나 백령은 오히려 냉담했다.

"아니, 지금 달에서 내려왔어? 거의 매일처럼 서안의 마른 우물에 산 사람이 던져지는 판에 그런 꿈같은 말만 하게?"

"네가 살고 있는 곳 주소를 가르쳐 줄 수 있어?"

"안 돼."

"나를 못 믿겠다는 거야? 내가 특무대에 밀고할 정도로 비열한 놈이라고 생각해?"

"가야겠어."

"한 달에 한 번만이라도 만날 수 없겠어?"

"난 이미 결혼했어. 그런데 어떻게 외간 남자와 약속 따위를 할 수 있겠어?"

"믿을 수 없어. 지금 나한테 핑계 대는 거지? 나는 죽을 때까지 널 기다리겠어."

백령은 마음이 흔들리는 것을 느꼈다. 그러나 겉으로는 더욱 냉담하게 말했다.

"내가 마른 우물에 던져지게 되면 그때는 알은체라도 해 주면 고맙겠어."

백령이 집에 돌아왔을 때는 날이 이미 어두워진 뒤였다. 녹조붕은 침대에 누워서 눈을 감고 있었다. 백령은 쪽지를 그의 손에 쥐어주었다. 그는 그것을 훑어보더니 벌떡 일어나 백령의 손목을 잡았다. 얼굴 근육이 경련을 일으키고 있었다.

"령령, 지금 네가 가지고 온 정보가 뭔지 알아?"

"걱정 마세요. 전 칼을 삼킬 각오가 되어 있으니까요."

녹조붕이 입가에 희미한 미소를 띠고는 말했다.

"화근 하나를 해치워버렸어. 약 한 봉지로 말이지."

배신자를 제거하는 투쟁은 한시도 늦출 수 없었다. 하루를 늦추면 그만큼 마른 우물에 던져지는 동지가 많아지므로 그야말로 분초를 다퉈야 했다. 배신자 강 정치위원을 제거하는 방안으로 제일 먼저 거론된 것은 자동차에 폭약을 장치하는 것이었다. 강이 자동차를 좋아하기 때문에 그 방법이 제시되긴 했으나 사실 시행하기에는 현실적인 어려움이 많았다. 두 번째로는 강의 집에 공작원을 일꾼으로 투입하는 방안이 논의됐다. 그러나 그것도 강이 워낙 경계심이 많아서 시행하기가 힘들었다. 결국 세 번째로 택한 방안이 강이 먹는 음식에 독을 타는 것이었다.

강은 관중 사람이라 양고기 만둣국을 아침으로 먹는 것을 좋아했다. 그래서 과거에는 만두집에서 기다리는 인내심을 발휘하면서까지 먹었다. 그러나 동료를 배신하고 두둑한 상금을 받고 나서는 주로 서안에서 가장 유명한 손씨孫氏네 만두를 시켜 먹었다.

이 손씨네 만두가게는 전문적인 배달원만 해도 십여 명이 넘었다. 그들이 배달하는 대나무 바구니 속에는 보온을 위해 두 겹으로 솜을 넣은 보자기가 들어 있었다. 그리고 그들이 "짐이요, 짐!" 하고 외치면 거리를 지나가던 행인은 말할 것도 없이 경찰이라도 길을 비켜 주곤 했다. 이런 음식을 시켜 먹을 정도의 사람이라면 돈 많은 고관대작이거나 경찰 내지 군부의 요직에 있을 게 틀림없었기 때문이다.

녹조붕의 계획에 따라 손씨네 가게로 배달원 한 명이 투입되었다. 그는 얼마 후 강의 집 배달원과 교체되었다. 그러나 그가 만둣국 속에 비상을 푼 것은 일곱 번째 배달을 갔을 때였다. 강의 경계심이 완전히 풀리기까지 기다렸던 것이다. 배달원은 뜨거운 김이 무럭무럭 나는 만둣국을 강에게 건네주면서 여느 때와 다름없이 공손히 절을 한 후 말했다.

"입에 맞지 않으시면 언제든 말씀하십시오."

강은 만둣국을 젓가락으로 한 번 휘저었다. 이어 습관적으로 젓가락에 묻은 국물을 맛보고서야 먹기 시작했다. 배달원은 여전히 허리를 구부린 채 뒷걸음질로 문을 나왔다. 그런 다음 큰 정원을 거쳐 한길로 나서자마자 미리 보아둔 샛길로 도망쳤다.

강은 양고기 만둣국을 아무 의심 없이 다 먹었다. 그런 다음 포만감을 느끼며 집에서 누군가를 기다리고 있었다. 그는 공산당을 배신한 대가로 당국의 높은 직위에 올라 있었으나 그리 권력이 있는 자리는 아니었다. 물론 대문 앞에는 이 집을 지키는 특무대원까지 있기는 했다. 하지만 말이 좋아 보호하는 것이지 오히려 감시한다고 해야 옳았다.

강은 자스민 차를 한 잔 마셨다. 잠시 후 갑자기 배 속에서 마치 지진이라도 일어난 듯 꾸르륵꾸르륵 하는 소리가 났다. 그는 배를 움켜쥐면서 의자에서 바닥으로 굴러떨어졌다. 그나마 처음에는 참을 만했다. 그러나 얼마 후 그는 갑자기 찢어질 듯한 통증을 느껴야 했다.

죽음을 예감한 그는 손을 더듬어 만두 그릇을 찾아 살펴보았다. 국물이 남겨진 그릇을 휘젓자 그릇 밑바닥에 '집행인 붕▓'이라는 글자가 선명하게 쓰여 있었다.

그는 즉시 손가락을 입안으로 넣어 독물을 토했다. 그러나 이미 늦었다. 결국 음식물을 토하다 의자 밑으로 나동그라졌다…….

"집에 술 있어?"

녹조붕이 강을 처치한 과정을 대강 말해 주고는 물었다.

"이제야 겨우 한시름 놓았어."

백령이 찬장 안에서 백주를 꺼내어 녹조붕 앞에 놓으며 말했다.

"가서 안주 좀 마련해 올게요."

"괜찮아. 그저 입술만 적실 거니까."

녹조붕이 병뚜껑을 열고 백주를 잔에 가득 따라 들어 올리면서 말했다.

"우물 안에서 숨진 동지들이여, 당신들의 원수를 오늘에야 처치하였소."

녹조붕이 술을 바닥에 뿌렸다. 백령도 술을 바닥에 뿌리고는 중얼거렸다.

"학 현장님, 제가 술을 올리겠습니다."

녹조붕이 다시 자신과 백령의 잔에 술을 따른 후 말했다.

"령령, 알고 있니? 너를 통해 왔다 갔다 한 그 쪽지들이 바로 강을 황천길로 인도했다는 것을?"

"그럼 저도 그 거사에 힘을 보탠 거네요? 자랑스러워요. 그자는 사람이라고 할 수 없으니."

백령은 녹조붕의 잔에 자신의 잔을 부딪친 후 단숨에 마셔버렸다. 이어 다시 술병을 들어 녹조붕과 자신의 잔에 술을 따랐다. 그녀가 홍조를 띤 채 말했다.

"오늘 비로소 알았어요. 술이 내게 맞는다는 것을."

녹조붕은 술이 세 순배가 넘어가자 백령의 손에서 술병을 빼앗아 뚜껑을 닫았다.

"취하면 안 돼. 규율이야."

백령은 얼굴을 감싼 채 울음을 터트렸다. 녹조붕이 백령의 어깨를 감싸며 말했다.

"울지 마. 이것도 규율이야."

백령이 갑자기 일어서더니 조붕의 손을 잡고 말했다.

"조붕 오빠! 우리 진짜 부부가 돼요."

녹조붕은 너무 놀라서 아무 말도 할 수 없었다. 백령이 그의 가슴에 얼굴을 파묻었다. 이어 그를 꼭 껴안았다. 녹조붕은 뜨거운 피가 머리끝까지 끓어오르는 것 같았다.

녹조붕은 그러나 얼마 후 흥분이 가라앉자 백령과 함께 침대에 걸터앉
았다. 동시에 자신을 안고 있는 백령의 손을 풀었다. 그리고는 체면을 지키
느라 애쓰면서 말했다.

"술을 마시더니 쓸데없는 소리를 하는구나."

백령이 얼굴을 들어 진지하게 말했다.

"전 진심이에요. 이 집에 들어설 때부터 하고 싶었던 말이라고요."

"그건 안 돼, 난 고향에 처가 있는 몸이야."

"그쪽이야말로 가짜 부부잖아요."

녹조붕이 고통스러운 표정을 한 채 얼굴을 들고 머리를 쓸어내리면서
말했다.

"애초에 결혼할 생각이 없었어. 언제 내가 우물에 던져질지 모르잖아.
그래도 또 모르지, 만일 살아서 혁명이 성공한다면……."

백령이 그의 말을 끊었다.

"우리가 단 하루만이라도 진짜 부부가 될 수 있다면 전 어떤 것도 감
수할 수 있어요."

녹조붕은 갑자기 정신이 말짱해지는 것을 느꼈다. 그래서 더욱 힘 있
게 말할 수 있었다.

"며칠 후에 이 문제를 다시 진지하게 이야기해 보자. 오늘 밤에 난 먼
길을 떠나야 해."

"더 이상 가짜 노릇은 못 하겠어요. 조붕 오빠, 절 원하지 않으세요?
전 오빠의 눈에서 저를 간절히 원하는 마음을 봤어요."

녹조붕은 얼굴이 빨개지면서 아무 소리도 못 했다.

"한밤중에 오빠가 잠꼬대로 제 이름을 부르는 소리를 두 번이나 들었
어요."

녹조붕이 길게 한숨을 쉬며 백령의 눈을 들여다보았다. 백령은 녹조붕

의 작열하는 눈빛을 쳐다봤다. 마치 화산이 폭발해 용암이 쏟아지는 것 같은 열기를 느낄 수 있었다. 그녀는 행복감에 젖은 채 눈을 감고서 장엄한 순간을 기다렸다.

녹조붕이 곧 맹렬한 기세로 그녀의 어깨를 감싸 안았다. 순간 그녀는 어깨가 부스러지는 것 같은 기분을 느꼈다. 연이어 그의 입술이 그녀의 입술과 뺨, 눈, 귀, 그녀의 코를 더듬었다. 그가 그다음 탐닉한 곳은 그녀의 이마와 목덜미였다. 그의 입술은 뜨거운 화염 같아 닿는 곳마다 타오르기 시작했다. 그녀는 자신이 마치 한 척의 돛단배가 되어서 물 위에 떠 있는 것 같다는 생각을 했다. 또 자신이 푸른 하늘을 날아다니는 한 마리의 비둘기 같다는 환상도 느꼈다. 얼마 후 마침내 그의 왼손이 그녀의 겨드랑이 밑에 있는 단추를 풀었다.

그때 백령은 그의 손을 멈추게 하고는 몸을 일으켰다. 그러더니 상자 안에서 한 쌍의 붉은색 초를 꺼내어 거기에 불을 붙이고 호롱불을 껐다. 녹조붕은 놀라서 멍하니 그녀를 바라보았다. 백령이 말했다.

"전 이날을 기다려 왔어요."

그녀가 녹조붕에게 무릎을 꿇게 하고는 말했다.

"우선 천지신명께 절을 하세요."

그렇게 시간이 흘러 한밤중이 다 되었을 무렵이었다. 녹조붕이 백령의 귓가에다 소곤댔다.

"나는 이제 길을 떠나야 해."

"내일 아침에 떠나면 안 돼요?"

"나도 오늘 밤 이대로 있었으면 좋겠어."

두 사람은 힘껏 서로를 껴안고는 말이 없었다. 백령이 물었다.

"어디로 가는데요?"

"백록원."

"백록원이라고요?"

"그래, 백록원."

"얼마나 있을 건데요?"

"반달 정도."

"무슨 일인지 말해 줄 수 있어요?"

"내 일생 중 가장 큰 일이지. 이번 일이 성공하면 백록원은 역사책에 기록될 거야."

녹조붕은 이불 속에서 빠져나와서 옷을 입었다. 백령도 일어났다. 녹조붕이 그녀를 앉혔다.

"당신 집에서는 아내가 먼저 일어난다고 하지 않았나요?"

녹조붕은 이미 옷을 다 입고 있었다.

"내가 입혀 주지."

백령은 부끄러워하면서도 녹조붕이 옷을 입혀 주는 대로 가만히 앉아 있었다. 그가 마지막으로 그녀의 가슴에 있는 단추를 잠갔다. 그가 순간 살며시 그녀의 가슴에 입술을 갖다 댔다. 그녀가 본능적으로 움찔했다. 녹조붕이 고개를 들고 말했다.

"지금 문을 나서서 다시 못 돌아온다 할지라도 난 후회하지 않아."

백령은 얼굴이 하얘져서 손을 들어 그의 입을 막았다. 녹조붕이 짐을 들고 문을 나서다 더듬거리며 말했다.

"령령, 내가 너무…… 거칠게 대해서…… 너무……."

백령이 그의 말을 가로막았다.

"당신은 화산이에요……."

녹조붕이 집을 떠난 이후 쪽지를 전하는 임무도 자연히 없어졌다. 그래도 백령은 팔선대에 가서 향을 사르고 기도를 계속했다. 주인댁의 눈을 속이기 위해서였다. 하루는 옷감과 솜을 사 와서 주인댁 앞에 펼쳐놓고는 자기가 산 것이 좋은 것인지, 비싸게 산 것은 아닌지 물었다. 또 옷감을 자를 때 옷깃과 바지허리 등은 어떻게 치수를 맞추는지도 물었다. 주인댁은 곰방대를 세게 빨면서 자랑하듯 말했다.

"나는 평생 가위를 잡아 본 적이 없어. 그러니 바늘과 실도 잡아 본 적이 없지."

백령은 조붕의 옷을 본뜨고 옷감을 마름질한 뒤 햇빛이 밝게 비치는 정원에서 바느질을 했다. 모처럼 평온한 시절을 보내며 그녀는 조붕과의 첫날밤을 회상했다.

조붕은 그녀가 수줍어서 주저하는 것을 모르지 않았다. 그러나 도무지 참을 수가 없었다. 바로 그녀의 옷을 벗겼다. 그의 다급한 손길에 의해 그녀는 금방 알몸이 되었다. 그의 입술, 그의 두 손, 그의 두 팔과 다리는 금방 불이 붙었다. 그녀 역시 그와 살이 닿자 바로 타올랐다. 그의 몸이 거대한 용암을 품은 화산이 폭발이라도 하듯 요동치기 시작했다. 그녀의 몸 역시 깊숙이 파묻혀 있던 용암이 분출구라도 찾은 것처럼 뿜어져 나오려고 했다. 그녀의 피, 뼈, 살점, 그리고 털이 몸 구석구석에서 타오르기 시작했다.

갑자기 진정으로 폭발해야 할 순간에 도달했다. 그녀의 머릿속에서 복숭아꽃 향기 같은 미풍이 솔솔 불었다. 그러다 보리 이삭이 패는가 싶더니 바로 커다란 태양이 이글이글 타올랐다. 그녀가 태양의 열기로 완전히 타버릴 것 같은 순간 화산이 격렬한 폭발음과 함께 터졌다. 잠시 후 향기 나는 재와 연기만이 남았다. 용암이 분출한 후 온 세상은 다시 고요함 속으로 빠져들었다.

백령은 그 아름다운 기억을 떨쳐버릴 수가 없었다. 그녀의 눈앞에 시도 때도 없이 계속 녹조붕의 상기된 얼굴과 떨고 있는 몸이 어른거렸다. 그러다 주인댁 할머니가 세상 돌아가는 이야기를 하러 오면 이 환상은 끊어졌다. 할머니가 이상하다는 듯 입을 열었다.

"새댁네는 밤이 되면 언제나 조용하단 말이야. 마치 노부부가 사는 것처럼 말이지. 지금 이렇게 젊은데……."

백령이 무심하게 말했다.

"사는데 이러쿵저러쿵 싸울 일이 뭐 있나요?"

"그건 사람들마다 다르지. 다들 자기만 생각하잖아."

"쉴 새 없이 재잘대며 사는 사람도 있겠지만, 저흰 그냥 이렇게 조용하게 사는 게 좋아요."

"새댁네가 이사 오기 전에 살던 사람들은 낮에는 웃고 떠들다가 밤에는 난리를 피워댔지. 그 여자는 조금만 좋아도 괴성을 질러댔어. 그 병신 같은 남자하고 말이지."

백령은 그런 말을 들어도 아무렇지 않았다. 주인댁이 이런 말을 마치 쌀이니 소금이니 하는 일상처럼 덤덤하게 말해서 그런 것 같았다.

"그 남편이란 작자는 군관이었는데, 평생 여자 한 번 품어보지 못한 사람처럼 밤새도록 그 짓거리를 해대는데 지치지도 않더군. 심지어는 다음 날 떠나는 순간까지도 또 일을 치르는 거야. 너무 꼴 보기가 싫어서 내쫓았지."

백령은 더 듣고 싶지 않았다. 그렇다고 주인댁의 심사를 건드리기도 싫어서 슬그머니 화제를 돌렸다.

"그건 그렇고, 할머니는 복이 많으신 것 같아요."

주인댁은 이 말을 듣자 금방 생기가 돌았다.

"내 팔자는 좋기도 하고, 또 길기도 하지. 눈먼 점쟁이가 내 무릎을 만져보고는 나를 이기는 남자는 관직도 오르고 돈도 번다고 했어. 나를 이기지 못하는 남자는 이 세상 살기가 어렵다고 했지. 이 점쟁이 말이 아주 용하더라고. 난 열여섯에 처음 시집을 갔어. 그리고 스물다섯에 지금 이 영감님하고 결혼을 했지. 그렇게 9년 동안 일곱 남자에게 시집을 갔더랬지. 그런데 여섯 남자가 모두 내 음기를 이기지 못했어. 그중에는 농부도 있었어. 상인도 있었지. 기술자도 있고. 예술 하는 사람은 더 말할 것도 없었어. 하여간 별의별 남자를 다 겪어 보았지. 농부였던 남자는 앞문으로 들어올 때는 아주 멀쩡했어. 그런데 일을 끝내고는 뒷문으로 줄행랑을 치더라고. 나 역시 걸음도 못 걸을 정도였지. 장사하던 남자는 약골이었어. 힘이 없으니까 혀를 사용하더군. 기술자는 일 년 열두 달 밖에서 일만 하다가 어쩌다 들어오면 손 씻을 겨를도 없이 덤벼들곤 했어. 남자라는 족속은 말이야, 우리 여자보다 하나 더 달린 물건만 만족이 되면 조용해지지."

백령은 부끄러워서 얼굴이 빨개졌다. 주인댁은 그런 백령을 아랑곳하지 않고 계속해서 말을 이어 갔다.

"새댁도 세상 이치를 알아야 해. 그러려면 먼저 남자를 알아야지. 남자가 방사를 자주하는 것도 좋지 않아. 그러나 너무 안 하려 할 때는 의심해 봐야 돼. 그때는 분명 밖에서 바람을 피우고 있는 거니까. 새댁네 방사는 어때, 난 방안에서 흘러나오는 소리를 한 번도 못 들은 것 같은데?"

백령이 놀라서 물었다.

"방사가 뭔데요?"

"아니 그렇게 규수인 척할 거 없잖아? 방사가 그거지 뭐. 새댁네는 하룻밤에 몇 번이나 해?"

백령은 원망스러운 눈길로 주인댁을 쳐다보았다. 주인댁은 아무렇지도 않은 듯이 얼굴빛 하나 바꾸지 않고 말했다.

"그런 얼굴로 나를 보지 말게. 진심에서 하는 말이야. 남편이 노상 바깥으로 나돌기만 하고 집에서는 별일 없이 지내는 것을 보니 바람을 피우는 것 같아서 그래."

녹조붕은 보름 후 어느 날 저녁 무렵 돌아왔다. 백령은 그때 정원의 우물가에서 빨래를 하다가 손에 묻은 물을 털면서 그를 맞이했다. 방안으로 들어서자마자 녹조붕은 아무 말도 없이 그녀를 껴안았다.

녹조붕은 백록원 남쪽에 있는 대왕진 고급소학교로 가서 호달림 교장에게 임무를 하달했다.

"동지네 학교에서 비상대표회의를 개최하기로 당에서 결정했소."

호달림은 가슴이 벅차올랐다.

"동지의 임무는 당에 장소를 제공하는 것이오."

"구체적으로 어떻게 해야 할지를 말씀해 주십시오. 설사 내일 총살당하는 한이 있더라도 나는 눈 하나 꿈쩍 않을 겁니다."

녹조붕은 그 학교에 선생으로 있는 당원들을 소집하여 지부 회의를 열었다. 이어 구체적인 임무를 말해 주었다. 관건은 전국 각 성에서 오는 대표들을 안전하게 머물 수 있도록 대왕진의 여관이나 농가들을 물색하는 것이었다. 열흘 후 첫 번째 대표가 목욕 손님으로 가장하여 여관에 도착했다. 제1차 지부 회의는 그날 밤에 열렸다.

녹조붕이 당원들에게 말했다.

"동지들, 평범하지 않은 큰 사건이 이곳에서 발생하려 하고 있소. 우리의 거사가 성공하면 이 마을은 앞으로 청사에 길이 남게 될 거요."

대왕진에는 어느새 각양각색의 목욕 손님이 모여들었다. 우선 비단 목도리로 치장한 부잣집 부인과 긴 두루마기를 입은 부잣집 나리들이 있었다. 또 평범한 옷을 입은 농민들과 병자 등도 있었다. 모두가 변장을 하고 나타난 공산당원들이었다.

그들은 모두 최근의 체포령을 피해 빠져나온 동지들이었다. 당연히 비상대표회의가 열리는 이곳까지 오느라 온갖 고난도 겪었다. 그러나 다행히 다들 무사히 회의에 참석할 수 있었다.

그들은 대왕진 주민들의 의심을 피하기 위해 시간을 나누어서 온천욕을 하러 갔다. 회의도 이틀 동안만 했다. 정확히는 이틀 밤 동안 회의를 열었다. 회의는 대왕진 고급소학교에서 가장 허름한 2학년 교실에서 열렸다.

이틀 밤의 회의가 끝나자 대표들은 정해진 시간과 노선에 따라 조용히 온천을 떠났다. 녹조붕은 마지막 대표가 떠나고 나자 호달림을 부둥켜안고 뜨거운 눈물을 흘리며 말했다.

"호달림 동지! 당신의 공로는 태산처럼 영원할 것이오."

이번 거사가 성공리에 끝날 수 있었던 것은 자수현에서 방심을 했기 때문이었다. 그건 얼마 전에 있었던 학 현장의 총살 건으로 인해 공산당이 당분간은 자숙하리라 판단한 악유산의 오산 덕분이었다. 달리 말해 승리자의 자만심을 이용해 녹조붕이 쾌거를 이뤘다고 할 수 있었다.

녹조붕은 백령을 힘껏 껴안고 오래도록 입을 맞추었다. 그런 다음 백령의 눈동자를 보면서 말했다.

"이제 당신은 학교로 돌아가서 학생들을 가르쳐야 해."

백령이 깜짝 놀라서 쳐다보자 녹조붕이 침착하게 말했다.

"당의 비상대표회의에서 내린 결정이야. 전 중국인을 항일 투사로 동원해야 해. 당신은 학교로 돌아가서 조직을 결성하고 학생들을 항일 전선에 나가도록 부추기는 거야……."

백령이 녹조붕에게 입을 맞추면서 말했다.

"어찌 됐든 팔선대에 가서 향을 사르는 것보다는 낫겠네요."

제25장

백록원에 또 한 번의 큰 재앙이 닥쳤다.

역병이 평원의 크고 작은 마을에 퍼진 것이다. 그것은 마치 홍수가 강변 옆의 푸른 전답으로 범람하는 것처럼 밀려왔다. 마치 먹구름이 푸른 하늘을 뒤덮는 것처럼 밀려왔다. 어떠한 방법도 예방도 소용없었다. 모든 마을의 모든 사람이 속절없이 역병으로 죽어갔다. 역병은 남자와 여자, 노인과 어린이, 빈부귀천을 가리지 않았다.

이 전염병이 언제 어느 마을에서 시작되었는지, 최초로 이 전염병으로 죽은 사람이 누구인지에 대해서는 의견들이 분분했다.

그런데 백록원에서 이 전염병으로 처음 죽게 된 사람은 녹삼鹿三의 아내 혜씨惠氏였다. 녹삼의 아내는 처음에는 구토를 했다. 다음에는 설사를 했다. 그녀는 구토를 할 때는 별로 개의치 않았다. 설사를 해도 배탈이라고만 생각했다. 여름에는 으레 배탈이 나기 마련이니까. 그렇게 그녀는 이틀 정도를 버텼다. 그러다 보니 그럭저럭 괜찮아지는 듯했다. 그런데 급기야 다리가 저렸다. 일어설 수가 없게 되었다. 그녀는 누워서 신음 소리만 낼 수밖에 없었다.

녹삼은 마차에 아내를 태우고 냉 의원을 찾아갔다. 그때만 해도 설사가 좀 심하다고만 생각했다.

냉 의원 역시 그동안의 경과를 들은 후 대수롭지 않게 생각했다. 심지어는 필통에서 붓을 들어 처방전을 쓰기 전에 녹삼에게 농담까지 했다.

"자네, 이게 무슨 병인지 아나? 이틀에 한 번씩 꽃똥을 싼다는 거야."

녹삼은 냉 의원의 농담에 별것 아니라고 안심했다. 냉 의원은 붓에 검은 먹을 듬뿍 묻혀서 일필휘지로 처방전을 쓰더니 약을 지어 가라고 했다. 그리고는 녹삼이 아내를 부축하면서 문을 나설 때 한마디 당부의 말을 잊지 않았다.

"땡감 몇 개를 태워서 먹이게나."

집에 돌아오자마자 바로 약탕관을 빌려 온 녹삼은 마당에 흙구덩이를 판 다음 벽돌 세 개를 주워 걸개를 만들고 약탕관을 걸었다. 그런 후 지어 온 한약 한 봉지를 넣고는 보릿짚을 때면서 약을 달이기 시작했다. 바짝 말랐던 약재들이 물에 불어 오르기 시작했다. 곧 맑던 물이 점점 황색으로 변했다. 그러더니 잠시 후에는 붉은빛을 띠다가 나중에는 흑자색으로 변했다. 한약 냄새가 온 집안에 가득 퍼졌다.

작은아들 토왜兎娃는 땡감을 따 와서 꼬챙이에 끼워 약 달이는 아궁이에 집어넣어 구웠다. 땡감에서 하얀 즙이 나오기 시작하면서 칙칙 소리가 났다. 푸른 껍질이 노래졌다가 검게 그을렸다. 마당에서 아버지와 아들이 열심히 약을 달이는 모습을 방에 누워 바라보던 혜씨는 갑자기 무서운 생각이 들었다. 만일 자기가 죽으면 저렇게 둘이서 밥을 해먹을 것 아닌가?

녹삼은 젓가락을 가지고 약탕관의 약을 담은 보자기를 비틀어 짰다. 그리고 알맞게 식혀 아내에게 마시게 했다. 아내가 약을 모두 마신 것을 확인하고 녹삼이 막 몸을 돌릴 때였다. 뭔가 폭발하는 소리 같은 것이 들리더니 아내가 목을 내밀며 온몸을 떨기 시작했다. 그리고 방금 마신 약을 모두 토했다. 깜짝 놀란 토왜가 방금 구운 감 껍질을 까서 어머니에게 건네주었다. 혜씨는 그것 하나를 먹고서 또 토하고 말았다. 결국 혜씨는 아들의 머리를 쓰다듬어주고 한 개는 도로 내려놓았다.

연이어 사흘에 여섯 번, 세 첩의 한약이 들어가기만 하면 혜씨는 한순간도 견디지 못하고 모두 토해내고 말았다. 급기야 온 집안에 하루 종일 쓰디쓴 한약 냄새가 진동을 했다.

녹삼은 이미 말라서 장작개비처럼 된 아내를 마차에 태우고 다시 냉의원의 중의당으로 향했다. 햇빛 아래에서 본 아내의 얼굴빛은 초록색이었다. 녹삼의 마음에 갑자기 불길한 예감이 밀려들었다. 냉 의원은 혜씨의 맥박을 짚어보고 안색을 살펴본 다음 대침을 척추에 꽂았다. 잠시 후에는 천천히 흑자색의 끈끈한 피를 뽑아냈다. 냉 의원이 그 피를 자세히 보더니 또 처방전을 써 주면서 말했다.

"만일 이 세 첩의 약을 먹고도 낫지 않는다면 훗날을 준비하게."

혜씨는 이제 토하지도 않고 설사를 하지도 않았다. 배 속이 완전히 텅텅 비었기 때문이었다. 그녀도 자신의 상태를 잘 알고 있었다. 뱃가죽을 누를 경우 자신의 손가락 뼈마디가 마치 마늘쪽처럼 부스러지는 것과 같은 골절의 기분을 느꼈으니 그럴 만도 했다. 게다가 그녀는 연신 초록색의 점액을 뱉어냈다. 이 점액은 입술이 마비되자 옷섶으로 줄줄 흘러내렸다.

발병한 지 7일째 되는 날, 혜씨가 갑자기 외마디 소리를 질렀다. 그러더니 아무것도 보이지 않는다고 했다. 녹삼은 허공을 휘저어대는 아내의 두 팔을 붙들고 휑하니 파인 두 눈을 바라보았다. 심장을 칼로 도려내는 것 같았다. 그렇게 한참이나 아내의 팔을 붙잡고 있었더니 차디찬 아내의 손이 점점 따뜻해졌다. 아내는 맥없이 베개 위에 쓰러지더니 곧 조용해졌다. 두 사람은 이렇게 오랫동안 아무 말 없이 그들에게 찾아온 재난을 받아들이고 있었다.

한밤중에 혜씨는 신기하게도 일어나 앉았다. 이어 어둠속을 더듬어 빗을 찾은 후 봉두난발이 된 머리를 빗기 시작했다. 녹삼은 황망히 등잔에 불을 밝혔다. 실낱같은 희망이 녹삼의 마음속에 스쳤다.

"좀 좋아졌소?"

머리를 옆으로 하고 아무런 대꾸도 없던 아내가 잠시 후 실명한 눈으로 녹삼의 목소리가 나는 곳을 바라보면서 조용히 물었다.

"당신이 흑왜 처를 죽였다고요?"

녹삼은 깜짝 놀라서 아무 말도 못 했다. 아내가 대답을 기다리지 않고 말을 이었다.

"당신이 창칼로 찔렀어요. 뒤에서 찔렀지요?"

덤덤한 말투와 침착한 아내의 모습은 그로 하여금 차마 거짓말을 할 수 없게 만들었다.

"어떻게 알았어? 누구한테 들었어?"

아내가 머리 빗던 손을 멈추고 가시 돋친 소리로 말했다.

"방금 소아가 와서 나한테 말했어요. 그 애가 나한테 칼에 맞은 곳을 보여줬단 말이에요."

방안에 스산한 기운이 감돌았다. 등잔의 심지가 맹렬히 타들어 가더니 갑자기 꺼지려다가 다시 타올랐다. 녹삼은 머리카락이 쭈뼛 서고 온몸이 오그라드는 느낌을 받았다. 녹삼의 아내는 두 팔을 축 늘어뜨리더니 벌렁 드러누웠다. 녹삼이 황급히 굳어버린 아내의 팔을 주무르기 시작했다. 아내는 입을 앙다문 채 중얼거렸다.

"어떻게……, 자식의 아내를……. 어떻게 며느리를……."

혜씨는 다시 일어나지 못했다. 인근의 아낙네들이 몸을 씻긴 후 수의를 입혀 주었다. 세 겹의 얇은 면으로 만들어진 수의는 녹삼이 냉 의원의 충고를 듣고 미리 마련한 것이었다. 아내 몰래 양식을 짊어지고 가서 면과 바꾼 다음 일가에게 부탁해 지은 것이었다.

다음날 날이 밝자 그는 친척들에게 부고를 돌렸다. 입관은 그날 오후에 했다. 곧 흰 상복을 입은 남녀들이 백록촌에 들어서면서부터 곡을 하기 시작했다. 얇은 나무로 만든 관은 본래 녹삼이 자신을 위해 준비해 둔 것이었다. 예나 지금이나 백록원의 남자는 여자보다 명이 짧았기 때문이었다. 관을 준비한 것은 얼마 전 대기근을 겨우 넘겼을 때였다. 녹삼은 이 관을 이렇게 쓰려고 그랬나 하는 생각이 들자 더욱 비감해졌다.

녹삼은 장례식을 치르느라 바빴다. 심지어 영전靈前에 앉아 통곡 한 번 할 시간도 없었다. 묘지를 파는 것 외에 양식을 조달하면서 초와 향과 지전을 사는 등의 크고 작은 일까지 처리했으니 그럴 만도 했다. 그는 관에 아내를 눕히고 관 뚜껑에 못을 박을 때가 되어서야 비로소 친척 아이의 부축을 받은 채 그 앞에 섰다. 이제 그는 아내와 영원한 이별을 고해야 했다. 백록원에서는 장례를 치를 때면 산 사람이 이성을 잃고 관 위로 올라가 죽은 자와 함께 묻히려고 억지를 부리는 일이 종종 있었다. 그래서 남자가 되었든 여자가 되었든 마지막으로 배우자의 얼굴을 볼 때는 망자의 직계 친척들이 양쪽에서 부축을 하고는 했다. 녹삼은 열어 놓은 관 앞에 서서 초록색으로 변한 아내의 얼굴을 보았다. 그러나 관 뚜껑은 그가 미처 통곡 소리도 내기 전에 쾅당, 하고 덮였다.

사람 좋은 녹삼은 동네에서 인심을 많이 얻었었다. 때문에 백록촌의 거의 모든 여자들이 장례식에 몰려왔다. 그들은 출상할 때까지 이틀 동안 이 헐어빠진 집에 모여 임시로 친 천막에서 주방 일을 돕고 함께 통곡하곤 했다. 또 젊은 남자들은 관을 메었다. 그동안 일을 거들지 못한 나머지 사람들은 매장하는 일을 도왔다. 매장 후에도 함께 집으로 돌아와 밥을 같이 먹어주었다. 비록 중국 전통 장례식에 있어야 하는 악공이나 악기는 없었으나 정성스러웠다.

그날 밤 녹삼은 백가헌의 집으로 와서 말했다.

"오늘 밤은 집으로 가야겠네. 토왜 혼자 집에 있게 할 수가 없어."

백가헌이 이미 생각해 두었다는 듯이 대답했다.

"토왜를 데리고 와서 여기서 지내게 하십시오. 그러다가 뭐라도 할일이 있으면 하면 되지 않겠어요?"

"두 사람이나 얹혀 살 수는 없네……."

이 말에 백가헌이 화를 냈다.

"무슨 말을 그렇게 하십니까? 형님이 언제 우리 집에 얹혀 살았어요? 일을 해 주셨죠."

녹삼이 그래도 결정을 못 내리고 머뭇거리자 백가헌이 강하게 말했다.

"지금 당장 가서 데리고 오십시오. 혼자 지내게 할 셈입니까? 형님이 집으로 돌아가는 건 제가 싫습니다."

이렇게 해서 녹삼 부자는 백가헌의 집에 머무르게 되었다.

혜씨를 장사지낸 후 사흘째 되는 날 백록촌의 동쪽에 사는 남자와 서쪽에 사는 할머니 한 명이 거의 동시에 구토와 설사를 하기 시작했다. 차이가 있다면 한 사람은 설사를 한 번만, 다른 사람은 두 번을 했다는 것이다. 이 두 사람 역시 마차에 태워져 중의당으로 옮겨졌다. 그제야 두 사람의 가족들은 비로소 중의당 앞이 이곳저곳에서 몰려든 환자들로 초만원이라는 사실을 알았다.

환자들은 백록원의 원근遠近 마을에서 온 사람들로 모두 한두 번씩 설사를 한 병력을 갖고 있었다. 중의당의 문 앞은 사람들로 시끌벅적했다. 이 중년 남자와 할머니는 녹삼의 아내와 똑같은 치료와 반응을 보인 후 죽었다. 먼저 눈이 멀고 그다음 목이 막히더니 나중에는 얼굴이 소름 끼치는 초록빛을 띠었다고 했다. 이 두 사람을 묻고 며칠도 지나지 않아 또 한 젊은이가 설사를 하기 시작했다. 결국 역병은 삽시간에 인근 모든 마을로 퍼졌다.

이제 마을 사람들은 극심한 공포감에 사로잡혔다. 혜씨의 장례 때는 그렇게 많은 사람들이 찾아와 성심성의껏 도와주는 등 전통적인 고향의 정이 넘쳐나도록 했으나 이제는 그와 같은 것은 엄두도 못 낼 지경이었다. 나중에는 장례식을 치를 수도 없어서 상주가 가까운 친척들을 불러 간단히 염을 한 후 그냥 땅 구덩이에 묻었다. 역병은 곧 소를 쓰러뜨리더니 돼지와 닭까지 죽였다. 온 동네는 공포의 도가니에 빠졌다.

한때는 사람들로 들끓었던 냉 의원의 중의당에도 이제는 사람의 발길이 끊겼다. 냉 의원의 처방전이 한 사람도 살리지 못했기 때문이었다.

냉 의원이 탄식하면서 말했다.

"아무리 좋은 약도 토하면 할 수 없지. 약물이 넘어가야 하는데 그건 귀신도 할 수 없는 일이야."

이렇게 해서 백록원의 집집마다 향을 사르는 냄새가 진동하게 되었다. 크고 작은 모든 사찰에는 향 피우는 냄새와 촛불의 화염과 지전을 사른 마른 재가 떠다녔다. 가장 많은 사람들이 오는 삼관묘三官廟 안의 관음상, 관공상, 약사여래상 앞에는 사람들이 걸어 놓은 붉고 노란 비단 천이 가득했다. 스님들은 매일 그것을 걷어내고 다시 그만큼을 걸었다.

백록촌에는 온 가족이 몰살된 집도 있었다. 공포 분위기는 한층 가중됐다.

그 집 역시 백씨白氏 집안이었다. 가족이 여섯 명이었다. 마지막에 죽은 여주인의 경우 시아버지와 함께 가서 남편을 흙구덩이에 묻고 돌아온 바로 다음 날 벙어리 동생과 시아버지를 묻어야 했다. 이어 정혼을 한 딸, 그 다음에는 작은아들이 죽었다. 그녀는 가까운 친척들이 벙어리 동생을 묻어준 그날 밤 혼자 집에 돌아왔다 피로에 지쳐 잠든 뒤 다시는 일어나지 못했다.

동네 사람들은 비로소 알게 되었다. 앓지 않아도 죽는다는 사실을. 사람들은 이제 누가 죽었는지보다 누가 살아남았는지를 세었다. 가족 중에 아무도 안 죽은 집의 수가 나날이 줄어들었다.

사람들은 녹자림과 백가헌 두 집안의 가족들이 무사하자 수군대기 시작했다. 역신도 돈 많은 집에는 못 들어가는 것인가? 아니면 역신도 부잣집의 재산은 지켜주는가 하고 말이다. 그러나 백가헌의 아내인 선초가 두 번 설사를 하자 이런 질투도 사라졌다.

전염병이 온 마을에 만연하자 백가헌은 극도의 공포 속으로 빠져들었다. 녹삼의 아내 혜씨의 장례식에 참석했을 때만 해도 그 정도는 아니었다. 족장의 존엄과 자애로운 모습을 잘 유지하고 있었다. 정성껏 녹삼을 도와서 불행한 장례식을 주관해 주기도 했다. 그러나 혜씨가 그 전염병의 첫 희생자라는 사실을 알고부터 그의 공포감은 날로 더해갔다. 백가헌은 원래 무서움을 드러내는 사람이 아니었다. 그러나 이번에는 먼저 냉 의원에게 자문을 구했다.

"형님! 정말로 구해낼 방도가 없겠습니까?"

"고칠 수 없는 병은 없네. 모든 병에는 다 그것을 고칠 수 있는 방도가 있으니까."

백가헌이 눈을 멀뚱히 뜨고 냉 의원을 바라보았다. 그렇다면 어째서 한 사람도 구하지 못했단 말입니까, 하고 묻는 눈빛이었다. 냉 의원이 말했다.

"내가 보기에 이건 병이 아닐세. 이건 부정을 탄 것이야. 사악한 기운이란 말이야. 처방전은 사람만 구해내지 부정을 몰아낼 수는 없어."

백가헌이 고개를 끄덕이고는 말했다.

"나도 그런 생각을 해 보았습니다. ……그러면 어쩌죠? 앉아서 죽기만 기다리란 말입니까?"

"방도는 아직 있지. 부정을 피해야 하네."

냉 의원은 붓을 꺼내서는 종이에 커다랗게 복숭아 '도'桃자를 썼다. 그리고는 다시 쑥 '애'艾자를 썼다.

저녁 무렵에 돌아온 백가헌은 곧 녹삼과 효무를 불렀다. 이어 바로 도끼와 마차를 가지고 가서 마을 북쪽 복숭아밭의 나뭇가지를 베어오라고 지시했다. 그런 다음 거리 바로 옆의 담장에 그 복숭아 나뭇가지를 끼워 놓게 했다. 또 마을로 들어오는 청색문루 밑 주춧돌 밑에도 끼워 놓게 했다. 문루에 걸려 있는 '경독전가'耕讀傳家라고 쓴 편액에도 역시 매달았다. 그런 다음 양쪽의 커다란 문기둥에는 한 다발의 쑥을 걸어 놓았다. 그는 집 안의 모든 방문 앞에도 복숭아 나뭇가지를 놓고 나서야 비로소 마음이 얼마간 진정되는 것 같았다.

백가헌이 이렇게 하는 것을 보고 마을 사람들은 모두 복숭아밭으로 가서 가지를 베어 냈다. 그 바람에 복숭아밭은 금방 결딴이 나버렸다.

모든 집들이 복숭아 나뭇가지로 부정을 몰아내고 있을 때 녹자림의 머슴 유모아는 우마차 가득히 생석회를 퍼 와서 물을 부었다. 그러자 석회가 치직, 하면서 하얀 가루를 피워 올렸다. 녹자림은 집안 곳곳에 석회를 발랐다. 심지어는 위패를 모신 탁자 위에도 아주 두껍게 석회를 발랐다. 문밖에도, 외양간 안팎에도 뿌렸다. 이상하게 생각한 마을 사람들이 이유를 물었다.

"이 전염병은 병균이 전염을 시키는 거야. 석회는 그 병균을 죽이거든."

사람들은 처음으로 녹자림으로부터 병균이니 전염이니 하는 생소한 말을 들었다. 그랬으니 이해가 될 턱이 없었다. 어떤 사람이 비꼬면서 말했다.

"그러면 차라리 석회굴 속에 가서 살지?"

백가헌은 냉 의원에게 가서 자문을 구했다.

"녹자림이 하는 방법이 통한다면 우리도 석회 한 짐을 실어 와야 하는 것 아닙니까?"

"자림이 며칠 전에 내게 말하더군. 둘째 아들이 보내온 편지에 적혀 있더라고. 자림이 요 2년 사이 양풍(洋風)이 많이 들었어. 말도 양말을 하고. 일 역시 양풍의 일만 하더군, 또 당마저도 양당(洋黨)인 공산당이란 말이지."

백가헌은 냉 의원의 말을 듣고 깜짝 놀랐다. 녹자림과 늘 얼마간 우호적인 관계를 유지해 오던 냉 의원이 아무 거리낌 없이 사돈네를 비웃는 투로 말하지 않는가. 더구나 사위인 녹조붕이 가입한 공산당을 양당이라고 하다니!

"만일 석회가 그렇게 좋다면 형님도 이 약방 집어치우고 석회 장사나 하는 것이 낫겠습니다."

두 사람은 속이 후련하도록 웃었다. 그러면서도 백가헌의 마음은 무거웠다.

"집집마다 복숭아나무를 가져다 놓았지만 계속해서 사람이 죽으니……, 이 부정을 몰아낼 방법이 없겠습니까?"

"몰아낼 수 없다면 피해야지. 몰아낼 수 없다고 피하지도 못할 것은 없지 않은가?"

구부러진 허리를 끌고 마을로 돌아오던 백가헌의 뇌리에 많은 얼굴들이 스쳤다. 한 달여 전만 해도 길과 들, 시장에서 인사를 주고받던 얼굴들이었다. 그들의 일부는 부모를 남겨둔 채 떠나갔다. 또 일부는 처자식을 버려둔 채 세상을 등졌다. 나머지 역시 자식으로서의 효도도 못한 채, 아버지로서의 책임도 못한 채 그렇게 떠나갔다. 백가헌은 그래서 그들의 영혼이 마을과 전답을 떠나지 못하고 맴도는 것이 아닌가 생각했다. 그러다 허약한 사람이 있으면 옮겨 붙는 것이 아닌가 하는 생각도 했다. 그런 생각이 들자 백가헌은 온 집안 식구들을 어머니 조씨의 방으로 모이게 하고 어렵게 입을 열었다.

"효무, 너는 어머니를 모시고 네 처하고 산에 있는 외가댁으로 가거라. 효의도 데리고 가고."

그리고는 조씨를 향하여 말했다.

"어머니는 두 손자(효문의 아이)를 데리고 큰누님댁으로 가세요. 그 서원은 조용하니까요."

"난 그 책벌레 사위와는 뜻이 맞지 않아. 안 가겠다."

그 말을 듣고 보니 어머니가 큰누님이 시집을 가기 전에는 주 선생을 그렇게 중히 여기다 언제부터인가 싫어하기 시작한 것 같다는 생각이 들었다. 그 이유가 무엇인지 알 수는 없었다. 그러나 지금은 그것이 중요한 게 아니었다.

"그러면 서안西安의 둘째 누님댁으로 가시든지, 효무랑 같이 산으로 가세요. 어찌 되었든…… 내일은 모두 떠나야 합니다."

효무가 급히 말했다.

"아버님은 어떻게 하시고요. 아버님이 가족들과 함께 산으로 피신하세요. 제가 집을 지키고 있겠습니다."

"너 혼자선 이 집을 지킬 수 없다. 네가 가거라."

다음날 모든 가족은 역신을 피해 집을 떠났다. 유일하게 백가헌의 결정을 어긴 사람은 선초였다. 그녀는 이유도 없이 무조건 안 가겠다고 고집을 부렸다. 그렇게 해서 선초도 집에 남았다.

녹삼은 소를 몰고 조씨와 효문의 두 아들을 마을 서쪽으로 데려다주었다. 또 효무는 동생인 효의와 처를 데리고 마을의 동쪽으로 나갔다. 선초는 가족들을 배웅하고 백가헌과 텅 빈 집으로 돌아와서는 말했다.

"나더러 어떻게 당신을 두고 떠나란 말이에요. 내가 당신보다 더 소중해요?"

코끝이 찡해진 백가헌이 대답했다.

"그럼 우리 같이 견뎌 보기로 합시다. 누구의 명이 긴지."

선초가 고개를 저으며 말했다.

"만일 이 집에서 누군가 반드시 죽어야 한다면 당연히 내가 죽어야 해요."

백가헌도 고개를 저었다.

"이치로 따지자면 난 벌써 폐물이야. 내가 가야 마땅하지. 하지만 누가 갈지는 우리가 정할 수 없어. 누가 소중하고 덜 소중하고의 문제가 아니야."

선초가 손을 들어 남편의 입을 막았다. 두 사람은 말없이 서로를 지그시 바라보았다.

가족들이 모두 떠난 다음 날 선초는 역병에 걸렸다. 하루 동안 세 번이나 설사를 했다. 처음에 한 설사는 풀 같은 노란 색이어서 그녀는 별로 개의치 않았다. 두 번째 설사는 물 같았으나 변 색깔은 여전히 노란색이었다. 그녀는 내심 다행이라고 생각했다. 그러나 변소에 가는 시간이 점점 짧아지더니 세 번째는 엉덩이도 들이대기 전에 설사가 나왔다. 설사 나오는 소리가 마치 아이들이 대나무 물총으로 물을 쏘는 것 같았다. 그녀가 급히 살펴보니 녹색의 묽은 물이었다. 순간 그녀는 눈앞이 캄캄해졌다.

그녀는 변소에서 겨우 나왔다. 그러나 서서 걸을 수도 없을 정도로 맥이 빠져 있었다. 그녀는 돌아서서 어느새 파리가 앉아 있는 그 초록색 설사의 흔적을 바라보았다. 이어 혼잣말로 중얼거렸다.

"끝장이야. 이제 나는 죽었구나."

백가헌이 저녁 무렵 돌아왔을 때 아내는 정원의 돌계단에 앉아서 구토를 하고 있었다.

그는 아침 일찍 백록서원을 찾아갔었다. 가서는 아내가 집을 떠나려 하지 않으니 집에서 가까운 백록서원에 잠시 있게 하면 좋겠다는 이야기도 했다. 서원이 마을과 멀리 떨어져 있기 때문인지, 아니면 현지縣誌를 편집하느라 바빠서 그런지 누나와 매형은 전염병에 대해 전혀 모르고 있었다. 그럼에도 두 사람은 흔쾌히 응낙했다. 백가헌은 집으로 돌아오면서 내일 아침 일찍 아내를 보내기로 단단히 마음을 먹었다. 그런데 생각지도 않게 역신의 발톱이 아내의 머리채를 잡아버렸다.

백가헌은 여전히 구부러진 허리를 펴지 못한 채 중문을 들어서다 '좌르륵' 하는 소리를 들었다. 아내의 입에서 뿜어져 나온 녹색의 물이 활 모양으로 퍼지며 벽에 남아 있던 태양의 붉은빛을 덮었다. 그것은 마치 귀신이 내뿜은 무지개 같았다.

그의 뇌리에 '쾅' 하는 굉음이 울려 퍼졌다. 그는 마당에 서서 움직일 줄을 몰랐다. 구부러진 허리에 짚었던 두 손이 힘없이 내려왔다.

아내는 오히려 냉정했다. 오후에 초록빛 설사를 한 후에 그녀는 자신이 피할 수 없는 저승사자의 손에 이끌려가고 있다는 사실을 깨달았다. 그래서 처음의 당황함과는 달리 이제는 많이 진정이 된 상태였다. 첫 번째 녹색의 구토를 하고는 중문에 명청하게 서 있는 남편의 구부러진 허리를 보면서 더욱더 침착해졌다. 그녀는 수건을 꺼내서 입가에 묻은 찌꺼기들을 닦아내고는 평소처럼 온화한 음성으로 돌아온 남편을 맞았다.

"저녁 차려 드릴게요."

구부러진 허리를 부르르 떤 백가헌은 뒤뚱거리며 계단을 급히 올라왔다. 그러다 하마터면 방금 토해버린 오물에 미끄러져 넘어질 뻔했다. 그는 기가 막혀 두 손으로 아내를 꼭 붙잡고 울기 시작했다. 선초는 이 집에 시집을 온 이후부터 지금까지 남편이 우는 것을 본 적이 없었다. 마음 깊이 감동할 수밖에 없었다. 울음을 그친 백가헌이 얼굴을 들어 아내를 바라보았다.

"어이쿠, 하느님 맙소사. 당신이 나를 버리고 가면 난 어떻게 살라고……."

선초가 그를 다독거리며 말했다.

"내가 먼저 간다고 그랬잖아요. 당신 대신에 내가 갈게요…… 그게 좋아요."

백가헌은 눈물을 닦아내고는 냉 의원에게 가서 진찰을 받자고 했다. 그러나 아내는 남편에게 붙잡혔던 손목을 빼내며 반대했다.

"이 병에 누가 약을 먹고 나았다는 말은 아직 들어보지 못했어요. 이것은 다 하늘의 뜻이에요. 피하기 힘들어요. 쓸데없이 약을 달이고 어쩌고 하지 말아요. 그럴 시간 있으면 관이나 준비하세요. 당신과 한평생 함께했으니 이제는 당신이 만들어 준 관에 누워서 떠나겠어요. 두꺼울 필요 없어요. 두 치 정도면 충분해요."

말을 마친 선초는 바로 세수를 하고 앞치마를 두른 뒤 국수를 삶기 시작했다. 남편을 위해서 밥도 지었다. 백가헌은 아내의 침착한 행동을 보면서 가슴이 저렸다.

몸을 돌려 정원으로 내려온 백가헌은 벽돌 세 개를 가져다 아궁이를 만들고는 약탕관을 얹었다. 이어 거의 엎드리다시피 한 자세로 불을 붙였다. 푸른 연기가 처마를 타고 올라가 지붕 위로 퍼졌다.

아내가 도리질을 치며 약을 거부했다.

"소용없어요. 그냥 조용히 죽게 내버려 둬요. 곧 죽을 사람에게 괜히 쓴 약 자꾸 먹으라고 하지 말아요."

백가헌은 할 수 없이 녹삼을 불러서 아내를 설득해달라고 했다. 녹삼은 두 손을 소매 속에 넣고서 차분히 선초를 설득했다. 그러나 선초는 요지부동으로 고집을 부렸다. 급기야 그가 화를 버럭 냈다.

"아니, 그렇게 현명하던 사람이 어쩐 일이오? 갑자기 바보가 되었소? 왜 약까지 안 먹겠다고 하는 거요?"

녹삼의 간청과 애절한 얼굴을 보고서 아내는 마지못해 약사발을 받아 꿀꺽꿀꺽 마셨다. 그리고는 수건으로 입가에 묻은 자색의 약물을 닦았다.

그러나 막 약사발을 내리는 그 순간, 그녀는 쫘악! 하고 방금 마셨던 약물을 바닥에 토하고 말았다.

그 광경을 본 녹삼은 손으로 얼굴을 가린 채 문지방에 주저앉아버렸다. 백가헌은 주먹으로 탁자를 쾅, 내려쳤다. 약그릇이 바닥으로 떨어져 산산조각이 났다. 선혈이 그의 손에서 바닥으로 뚝뚝 떨어져서 아내가 토해 낸 자색의 약물과 섞였다.

선초의 침착함은 주인과 머슴 두 사람으로 하여금 혀를 내두르게 했다. 그녀는 하루가 다르게 구토와 설사의 횟수가 많아졌다. 그러나 변소에 가지 않거나 구토가 잦아들 경우 자신의 오래된 옷을 잘라서 적삼이나 바지 등을 만들었다. 그것들은 겨울을 뺀 세 계절 동안 가장 자주 입는 간편한 옷들이었다. 그녀는 또 여전히 남편과 녹삼을 위해서 하루 세 끼 밥을 지어주었다. 그것도 끼니때마다 다른 반찬을 해 주었다. 백가헌과 녹삼은 눈물과 함께 그것들을 삼켰다.

심지어 그녀는 전족을 할 때 사용하는 기다란 천까지 만들어 놓았다. 그날은 태양이 핏빛 같은 저녁이었다. 바늘귀에 실을 꿰고 이로 실을 끊던 그녀의 눈이 갑자기 보이지 않기 시작했다. 그녀는 갑자기 칠흑처럼 변한 세상을 향하여 소리를 질렀다. 그리고는 "여보!" 하는 소리와 함께 쓰러졌다.

이때 백가헌은 목수를 불러서 관을 짜는 중이었다. 그러다 선초가 부르는 소리를 듣고 황급히 안채로 들어갔다. 그는 그녀의 실명한 눈동자와 바싹 마른 얼굴에서 녹색 광채가 빛나고 있는 것을 발견했다. 선초는 남편의 손을 더듬어 잡고는 진심으로 미안하다는 듯이 말했다.

"이제 누가 당신에게 밥을 해 주지요?"

백가헌은 아내를 가슴에 안고서 완전히 실명하기는 했으나 아직은 온화한 그 눈빛에 대고 소리를 질러댔다.

"하늘이 이렇게 나를 버린다면 이를 악물고 버텨야겠어. 당신 말해 봐. 먹고 싶은 것, 하고 싶은 일, 다 말해 봐. 내가 다 해 줄게……. 당신을 위해서라면 뭐든지 할게."

그는 말을 하는 동안 아내의 몸에서 점점 힘이 빠져나가는 것을 느꼈다. 눈도 감기기 시작하고 있었다. 오랜 침묵 끝에 아내가 간청하듯이 말했다.

"효문이와 령령이를 한 번만 보게 해 줘요."

"어머니를 불러 올까? 효무는?"

"아뇨. 며칠 전에 피난 떠난 사람들은 부르지 마세요. 효문과 령령이는 지금 어떻게 되었을까요?"

"좋아. 내가 녹삼 형님에게 내일 아침 당장 서안으로 가 보라고 하지. 먼저 효문이를 찾아보라고 할게. 그다음에 령령이도 찾아보라고 하지."

그날 밤 백가헌은 마구간에 달린 녹삼의 처소로 가서 아내의 뜻을 전했다. 그러자 녹삼은 내일 아침 닭이 울자마자 떠나겠다고 했다. 백가헌은 허리춤에서 동전 두 닢을 녹삼의 손에 쥐어주면서 뜻밖의 말을 했다.

"우선 현으로 간 다음에 서안으로 가십시오. 현에 가거들랑 효문은 찾지 마세요. 서안에 가서도 령령이를 찾지 말고요."

백가헌은 녹삼이 의아해하며 대답이 없자 다시 힘주어 말했다.

"그 두 자식 놈은 내 생전에 우리 집 문지방을 못 넘는다고 했잖아요. 이제 와서 그 두 놈을 불러들이란 말입니까?"

녹삼이 어처구니가 없는지 얼굴을 붉히며 말했다.

"그래도 지금 마나님이 숨이 넘어갈 지경인데?"

"난 죽어도 그 자식 놈들은 안 봅니다. 온다고 해도 용서하지 않아요."

그리곤 곧 가볍게 말했다.

"형님은 우선 현에 들어가 한 바퀴 돈 후에 서안으로 들어가세요. 내일 밤은 극장에 가서 창극이나 보십시오. 그리고 그 두 놈의 소식은 들을 수 없었다고 말하시면 됩니다."

녹삼은 사흘째 되는 날 돌아와서는 동전 두 닢을 다시 백가헌에게 건네주었다. 그런 후 선초의 방으로 가서 큰 소리로 욕을 하기 시작했다.

"그 두 자식들은 어디에도 없습니다. 효문은 한구漢口로 군수품 때문에 갔는데 반 달 정도 지나야 온다 하고, 또 령령이는 종적도 찾을 수가 없어요. 둘째 고모가 그러는데 령령이를 못 본 지가 반년도 넘었답니다. 어디로 갔는지 짐작도 안 간대요. 십중팔구는 서안에 없는 것이 분명하다고요. 이제 와서 그 둘을 찾아서 뭘 하려고요……"

선초는 눈을 감은 채 뜨거운 눈물을 주르륵 흘렸다.

"알겠습니다. 이제 그 둘은 영영 못 보는군요."

선초가 그러더니 갑자기 일어나 앉으면서 소리를 질렀다. 심지어 이를 갈면서 괴성까지 질러댔다.

"보고 싶은 사람은 하나도 안 오는데 꼴도 보기 싫은 사람이 우리 집 방문을 넘어오네요."

백가헌은 아내의 소리를 듣고는 허둥지둥 다가가 그녀를 부축했다. 정말 기이한 일이었다. 선초는 요 며칠 동안 자리에 누워서 움직이지도 못했다. 그런데 갑자기 무슨 힘이 나서 일어나 앉은 걸까? 그는 등불에 불을 붙이지 않고 일부러 가볍게 물었다.

"어떤 못된 것이 우리 집 문을 넘어온단 말이오?"

"소아예요. 흑왜의 그 바람둥이 계집이에요. 우리 집 정원으로 들어와서는 적삼을 벗고서 나보고 상처를 보라는군요. 가슴에 구멍이 하나 나 있는데 등을 돌리니 등에도 구멍이 나 있어요……"

백가헌이 위로하며 말했다.

"당신이 지금 너무 허약해서 헛것을 본 것이오."

백가헌은 등불을 밝히고는 담배를 피워 물었다. 날이 밝을 때까지 아내의 곁을 떠나지 않으려는 심사 같았다. 선초는 동이 틀 무렵 숨을 거뒀다. 백가헌은 일가친척을 부르지 않았다. 산으로 피신해 있는 자식들에게조차 알리지 않았다. 그저 문중의 젊은이 몇을 불러서는 땅을 파고 그녀를 묻었다. 백가헌은 아내의 묘에 술 석 잔을 올린 뒤 지팡이를 짚은 채 중얼거렸다.

"만일 내가 이 역병을 이겨 내고 살아난다면 당신의 묘를 새로 단장해 주겠소. 그때 성대하게 살풀이도 하겠소. 지금은 우선 살아 있는 사람을 돌봐야 하니까……."

집안에 일찍이 없던 적막감이 감돌았다. 그럼에도 백가헌은 처음에는 고독조차 느낄 수가 없었다. 여전히 아내의 베 짜는 소리가 들리는 듯했기 때문이었다. 더구나 안마당으로 들어서자 하얀 베틀 위에서 하얀 천과 푸른 천 사이를 북이 이리저리 왔다 갔다 하는 광경도 보였다. 그는 의자에 가만히 앉으며 아내가 잠시 변소에 갔나 하고 생각했다.

그는 방안으로 들어서서 아내의 손때 묻은 물건들이 임자를 잃은 채 그대로 놓여 있는 것을 보고서야 비로소 고독감과 적막함을 뼈저리게 느꼈다. 더구나 이제는 지팡이를 짚고 부엌으로 들어가 솥에 물을 붓고 불도 피워야 했다. 차 한 잔 마시려 해도 직접 풍로에 불을 붙여야 했다.

그는 찻주전자에 차를 넣은 후 정원의 돌 탁자 위에 놓았다. 찻잔 두 개도 놓았다. 그런 후에 마구간으로 가서 청소를 하고 있던 녹삼을 불렀다.

"녹삼 형님! 이리 좀 와 보슈."

그의 목소리는 우렁찰 만큼 컸다. 녹삼이 바로 앞에 있는데도 마치 수백 보 떨어진 사람을 부르는 것처럼 목청이 드높았다. 녹삼은 무슨 급한 일이라도 있나 해서 빗자루를 집어던지고 재빨리 백가헌에게 다가왔다.

"무슨 일인가?"

백가헌이 몸을 돌려 천천히 정원으로 걸어 나갔다.

"이 마당에 무슨 큰일이 더 있겠어요? 차나 한잔 마시자고요. 차 맛이 괜찮아요. 형님 앉아 보십시오. 제가 끓인 차 맛이 어떤지 보세요."

녹삼은 탁자 위에 놓여 있는 찻잔과 찻주전자를 보다가 백가헌을 살펴보았다. 이내 백가헌이 왜 이렇게 큰 소리로 말하고 마른기침을 하면서 느리게 걷는지 알 것 같았다. 그것은 운명과 맞서 싸우겠다는 기개의 표현이었다. 녹삼은 찻잔을 비우면서 백가헌이 그랬던 것처럼 역시 아주 큰 소리로 말했다.

"아, 차 맛이 끝내주는군. 아주 그만이야. 이렇게 차를 잘 끓일 줄은 몰랐는데……."

두 사람은 탁자를 사이에 두고 주거니 받거니 큰 소리로 떠들었다. 모두 아무 쓸데없는 그런 말들이었다.

"녹삼 형님, 오늘 저녁은 뭘 먹을까요? 내가 만든 음식 먹어보고 싶지 않으세요? 오늘 한번 먹어보시죠."

"아무거나. 자네가 만들어주는 건 무엇이든 맛있게 먹을 거야."

"이봐요, 형님. '아무거나'라니요! 그런 말이 어딨습니까? 그런 음식도 있어요? 듣기에는 아주 그럴 듯하지만 그게 바로 사람 잡는 말이라고요. 시어머니가 며느리에게 '아무거나'라고 하면 그 입맛을 어떻게 맞추겠어요?"

녹삼이 태연하게 대꾸했다.

"내가 말하는 '아무거나'라는 것은 자네가 만든 음식이라면 뭐든지 좋다는 걸세. 나는 평생 음식 투정이라곤 해 본 적이 없으니까."

"형님이 음식 투정을 한다 해도 소용없습니다. 내가 할 수 있는 건 수제비뿐이니까요."

"어이쿠, 세상 남자들 모두 수제비야 할 수 있지. 나도 그건 할 수 있어. 하지만 수제비는 맛도 좋고 배고플 때도 그만이지. 또 만들기도 쉽고 말이야. 그냥 반죽해서 뚝뚝 떠 넣으면 그만 아닌가? 우리 둘이 번갈아 수제비를 만들어서 매일 그것만 먹자고."

밤이 되자 백가헌은 우선 뒷문을 잠그고 바깥대문을 걸었다. 그런 뒤 물담뱃대를 들고 마구간으로 가서 녹삼의 침상에 앉아 담배를 피워 물었다. 녹삼이 말들에게 꿀을 먹이는 것을 보던 그가 말했다.

"녹삼 형님! 노래 한 곡조 뽑아 보시죠."

녹삼은 잠시 머뭇거리더니 곧 한 곡조 뽑기 시작했다. 처음 부른 것은 〈군영에서 아들의 목을 베다〉란 곡이었다. 다음 것은 〈집을 떠나다〉라는 노래였다. 한참 듣고 있던 백가헌도 흥이 났는지 일어서서는 담뱃대를 들고 한 곡조 뽑았다. 그것은 비장함이 감도는 〈나라에서 도망치다〉라는 곡이었다. 백가헌은 그렇게 제법 늦게까지 녹삼과 창을 주거니 받거니 한 후 잠을 자러 들어갔다.

다음날 점심때도 백가헌은 수제비를 해 놓고 녹삼을 부르기 위해 마구간으로 갔다. 마구간으로 들어서면서는 녹삼에게 밥을 먹으라고 소리쳤다. 그러나 녹삼은 아무 대답이 없었다. 그러다 한참 후 부끄러운 듯이 목을 기울이고 간드러진 여자 목소리로 말했다.

"왜 녹삼만 부르고 나는 안 불러요?"

백가헌이 깜짝 놀라며 물었다.

"형님, 왜 그러세요? 제가 형님을 안 부르면 누굴 불렀단 말입니까?"

그러나 녹삼은 고개를 살래살래 저었다.

"저는 녹삼이 아니에요."

백가헌이 놀라서 자세히 살펴보니 가느다란 목소리와 게슴츠레하게 뜬 눈이 정말이지 평소의 녹삼과는 완전히 다른 모습이었다. 백가헌의 등에서 식은땀이 흘러내렸다. 그러나 그는 애써 더 엄숙한 목소리로 다그쳤다.

"아니, 형님이 녹삼이 아니라면 누구란 말입니까?"

"아니 저를 못 알아보신단 말이에요? 자세히 보세요. 그러면 누군지 알 거예요."

여전히 가느다란 여자의 목소리였다. 백가헌은 모골이 송연해지면서 온몸을 떨기 시작했다. 녹삼의 모습에서 갑자기 소아를 느꼈기 때문이다. 백가헌은 팔을 힘껏 치켜들어 녹삼의 따귀를 갈겼다. 이어 아주 호되게 꾸짖었다.

"이 갈보년! 내가 네깟 갈보년 따위를 무서워할 줄 알았더냐?"

녹삼이 갑자기 평소의 모습으로 돌아와서는 외마디 소리를 질렀다.

"가헌! 왜 나를 때리는 건가? 내가 뭐 맞을 짓이라도 했나?"

녹삼은 시뻘게진 뺨을 감싸 쥔 채 가헌을 다그쳤다.

백가헌은 그 자리에 굳은 채 우두커니 서 있었다. 방금 녹삼에게 귀신이 씌웠던 것인지 아니면 자신에게 귀신이 씌웠던 것인지 도무지 알 수 없었다. 아무려나 그로서는 녹삼에게 거듭 미안하다는 말을 할 수밖에 없었다. 그리고는 노기등등한 녹삼을 달래며 수제비를 먹으러 가자고 했다.

녹삼은 정원으로 들어와 탁자 옆의 앉은뱅이 의자에 앉았다. 그런 다음 가헌이 가져올 수제비를 기다렸다. 그는 선초가 세상을 뜬 후 가헌과 함께 식사를 했다. 그러나 번번이 주인이 자신에게 밥을 퍼 주고 차를 따라주는 것이 부담스러웠다. 녹삼의 마음을 아는지 모르는지 백가헌이 구부러진 허리를 한 채 한 손으로는 지팡이를 짚고 다른 한 손으로는 그릇을 가져와 녹삼의 손에 쥐어주었다.

"자, 드십시오. 빨리 들어요."

백가헌은 이어 자신의 것도 한 그릇 퍼 와서는 녹삼의 옆에 앉아서 지팡이를 내려놓고 먹기 시작했다. 녹삼은 수제비 한 그릇을 금세 다 비우고는 탕, 하고 밥그릇을 탁자 위에 집어던졌다. 그러더니 갑자기 벌떡 일어서서 배를 붙잡고 소름끼치게 웃기 시작했다.

"아, 이거 괜찮은데? 족장이 나한테 밥을 다 퍼 주고 말이야. 족장하고 내가 같은 자리에 앉아서 밥을 먹었단 말이야. 이거 정말 괜찮아. 내가 누군지 아세요, 족장? 나는 갈보년이고 화냥년이에요. 족장 당신이 이 화냥년한테 밥을 갖다 줬단 말이에요. 당신 같은 고귀한 어르신이 나한테 말이에요."

백가헌은 녹삼이 소리 지르고 떠드는 모습을 보다 말고 반쯤 남은 음식을 땅바닥에 집어던졌다. 그릇 깨지는 소리와 함께 국물이 사방에 튀었다. 가헌은 옆에 놓아두었던 지팡이를 들고서 녹삼을 쫓아가 때리기 시작했다. 녹삼은 이리저리 피하면서 정원을 가로질러 마을로 뛰쳐나갔다. 화가 난 백가헌은 젊은이 몇을 불러서 녹삼을 붙잡아 마구간으로 밀어 넣었다. 이어 곡식을 까부는 키를 씌운 후 복숭아나무 가지로 호되게 때렸다.

갑자기 녹삼이 조용해지더니 큰 소리로 말했다.

"아니, 이 사람들이 나한테 왜 이러는 거야?"

녹삼은 이상하다는 듯이 주위에 둘러서 있는 마을 사람들을 바라보았다. 가헌은 그의 목소리와 태도로 보아 제정신으로 돌아왔다는 것을 알 수 있었다.

백가헌은 안채로 들어와 휴식을 취했다. 고작해야 담배 한 대 태울 시간 정도를 쉰 다음 방에서 내려와 수건에 물을 묻혀서 얼굴을 닦았다. 좀 시원해지는 것 같았다.

그런 후에 지팡이를 짚고 문을 나서서 구부러진 허리로 남쪽을 향해 갔다. 백록원의 길고 긴 마차 길을 따라가다 보니 저녁 무렵 만산에 들어설 수 있었다. 고작 대여섯 가구가 살고 있는 마을이었다.

백가헌은 나무를 엮어 만든 집 앞에 멈춰 섰다. 남자처럼 생긴 여자가 수세미를 올린 나무 밑에 앉아서 담배를 피우고 있었다. 나무 등걸에는 다 자란 수세미가 주렁주렁 매달려 있었다. 여자는 말이 없고 말라 보였다. 검은 얼굴에 키는 아주 컸고 가슴은 평평했다. 그리고 아주 가늘고 긴 팔을 가지고 있었다. 담뱃대는 구기자나무로 만든 붉은 광택이 나는 것이었다. 담배는 겨우 한 마디가 남아 있을 뿐이었다.

백가헌이 공손히 읍을 했다. 여자가 그의 말을 기다리지 않고 물었다.

"어느 마을에서 왔소?"

백가헌이 대답하자 또 물었다.

"어떻게 난리를 피웁디까?"

녹삼의 귀신들린 모양을 자세히 말해 주니 그 여자가 긴 담뱃대를 휘저으면서 말했다.

"돌아가 계시오."

백가헌은 곧 몸을 돌려 되돌아왔다. 귀신 잡는 도사는 지금 나무집 속에서 휴식 중으로 한밤중이 되어서야 비로소 길을 떠난다고 했다.

점심때부터 시작한 녹삼의 미친 듯한 발작은 밤중까지 이어지고 있었다. 요염한 눈빛과 간드러진 행동거지는 누가 봐도 이상하다는 것을 알아차릴 정도였다. 이전의 둔중하고 과묵한 녹삼과는 너무나 달랐다. 그는 마구간에서 곡식 말리는 건조장으로, 다시 건조장에서 마구간으로 마구 뛰어다니면서 자기를 둘러싸고 있는 마을 남녀 모두에게 떠들었다.

"제가 백록촌에 들어와서 도대체 뭘 잘못했다는 거예요? 전 이제껏 남의 집 목화 한 송이 훔친 적이 없어요. 보리이삭 하나도 뽑은 적이 없고요. 또 어른을 욕한 적도 없었어요. 그런데 왜 백록촌에서는 절 못 살게 하는 거죠? 내가 나쁘다고, 내가 더러운 년이라고, 갈보년이라고 하는 거죠? 그렇지만 흑왜는 나를 싫어하지 않았어요. 마을에서 살 수 없게 하니까 저랑 흑왜는 마을 밖에 있는 움막집에서 살았어요. 족장이 사당에도 못 들어가게 해서 전 들어가려고도 하지 않았어요. 왜 저를 아직도 받아들이지 못하나요? 아버님, 저는 아버님 댁에서 보릿단 하나 안 가져왔단 말이에요. 그런데 어떻게 저를 죽일 수 있단 말이에요? 아버님! 어떻게 저를 죽일……."

녹삼이 귀신들린 것을 보고 모여든 백록촌과 인근 마을 사람들은 소아의 죽음에 대해 알게 되자 모두 혀를 끌끌 찼다. 녹삼은 사람들이 머리에 키를 씌운 후 복숭아 나뭇가지로 때려주자 비로소 잠시 정신을 차렸다. 이어 본래의 모습으로 되돌아와서는 이상하다는 듯이 눈동자를 굴리면서 말했다.

"아니, 여기 둘러서서 뭣들 하는 거요? 할일 없으니 괜히들 모여 가지고……, 저리 비켜요. 난 바쁘단 말이오."

녹삼은 말을 마치자마자 마차 안에 가득 실린 농기구를 집어던지면서 또 발광하기 시작했다. 사람들이 또 키를 씌우고는 복숭아 나뭇가지로 때렸다. 이런 소동은 여러 번이나 이어졌다. 소란도 밤늦게까지 계속되었다. 사람들은 나중에는 구경하는 것도 싫증이 났는지 하나둘 집으로 돌아갔다.

백가헌이 마구간 문을 들어서자 녹삼이 다시 소리를 지르면서 뛰어나왔다.

"족장님, 어디 갔다 오는 거예요. 절 그렇게 학대하더니 당신은 잘 살기를 바란단 말이에요? 당신도 개돼지만도 못하게 살도록 할 거야.'

백가헌이 고개를 들고 야수처럼 으르렁대는 녹삼을 노려보면서 아주 차갑게 말했다.

"이 못된 인간아, 넌 죽어서까지도 못된 귀신이 되었구나. 그래, 당장 나를 죽여 봐라. 그러면 난 염라대왕 앞에 가서 너를 고소하겠다. 만일 네

년이 이 세상에서 갈보짓을 한 것을 염라대왕이 잘했다고 하면 내가 칼산을 걷고 끓는 기름솥에 빠져도 눈 하나 깜짝 않겠다."

녹삼이 이 소리를 듣더니 갑자기 간드러진 목소리로 말했다.

"아이고, 말씀은 잘하시네요. 당신을 그냥 죽이는 것은 너무 아깝지요. 제가 왜 그렇게 하겠어요? 전 당신 스스로 차라리 죽었으면 하고 바라게 만들 거예요. 그냥 죽이는 것은 나한테 너무 손해란 말이야. 살아서 개돼지처럼 사람 똥 먹고 오물 먹도록 만들 거라고. 그리고 개처럼 짖게 하고 말이지. 실컷 그 꼴을 보고 난 다음에 마차 수레바퀴에 깔려 죽게 만들어야지. 말이 실컷 밟게 하고 승냥이와 개가 그걸 뜯어 먹게 해야지……."

백가헌이 냅다 소리를 질러댔다.

"네가 어떻게 나를 죽이든 상관 않는다. 무슨 방법을 동원해서 나를 죽인다 해도 난 끄떡 안 해. 물에 빠져 죽든, 목을 졸려 죽든, 불타 죽든, 수레바퀴에 깔려 죽든, 죽으면 죽는 거지 두려울 게 없다. 어쨌든 나는 너를 염라대왕 앞으로 끌고 가서 시비를 가려 달라고 할 거다. 두고 보자. 누가 칼산을 걷고, 누가 기름 솥에 빠질지. 누가 벌을 받을지 그때 가서 보자. 살아서도 너를 사당에 들이지 않았지만 죽어서도 너 같은 요괴는 용서할 수 없어. 이 세상이든 저세상이든 내가 있으면 네가 없고, 네가 있으면 내가 없을 것이다. 무슨 요사한 방법이 있으면 전부 해 보거라. 자, 내가 기다리고 있겠다."

녹삼이 입을 씰룩거리고 눈을 흘기면서 소리 질렀다.

"백록촌의 남녀노소를 전부 죽이고 나서 오로지 너랑 네가 좋아하는 녹삼만을 살려 놓고 나한테 빌게 할 거야……."

녹삼이 여기까지 말하다가 갑자기 외마디 소리를 질러댔다.

"아이구머니, 이를 어째. 너 이 간사한 놈아, 술사를 모셔 왔구나. 아이코, 내가 속았구나……."

녹삼이 방에서 뛰어내렸다. 이어 엎어지며 문으로 내려오더니 다시 문에서 창문을 향해 달려갔다. 그러다 또 창문에서 마구간으로 뛰어 들어갔다. 적색의 말이 놀라서 이리저리 날뛰었다. 녹삼은 황소의 배 밑으로 기어들어 갔다.

그때 머리에 붉은 비단 조각을 두른 사람이 회오리바람처럼 집으로 들어왔다. 술사였다. 그는 왼손에 노란 천을 씌운 작은 체를 들고 있었다. 또 오른손에는 헝겊으로 감은 붉은색 짧은 방망이를 들고 있었다. 백가헌은 그가 마구간에 들어서서는 사방을 살피는 것을 보았다. 술사는 아주 마르고 키가 작은 사람이었다. 누런 얼굴을 하고 있었다. 그의 오른쪽 귀 앞에는 검은 점이 하나 나 있었다. 그 검은 점에는 또 아주 긴 검은 털이 한 줌 나 있었다. 사람들은 그래서 그를 '점털 선생'이라고 불렀다.

이 점털 선생은 소의 배 밑에 숨어 있는 녹삼을 찾아냈다. 이어 그의 입에 세 번 입김을 불어넣었다. 그러자 녹삼이 희미한 눈을 치뜨면서 말했다.

"당신 누구시오? 내 마구간에 와서 뭐하는 거요?"

점털 선생은 녹삼의 저항에도 아랑곳하지 않았다. 이어서 쥐처럼 민첩하게 녹삼을 방안으로 밀어 넣고는 그의 주위를 빙빙 돌면서 입속으로 뭐라고 주문을 외워댔다. 그렇게 온 얼굴에 땀이 흥건히 배도록 주문을 외우더니 마지막에는 구유에 녹삼을 집어넣었다. 이어 체 안에서 작은 사기 통을 꺼냈다. 안에서 스르륵, 하는 소리가 나는 통이었다. 마치 쥐가 밖으로 도망가는 소리 같았다. 술사가 말했다.

"솥에 반 정도 물을 넣고 이것을 끓이시오."

백가헌은 동전 다섯 닢을 점털 선생에게 쥐어주었다. 그리고는 사람을 불러서 밥상을 차리게 하려고 했다. 그렇지만 점털 선생은 고개를 젓고 하늘을 한 번 가리킨 다음 그냥 가버렸다. 첫닭이 울기 전에 가야 하는 모양이었다.

이틀 동안은 아무 탈 없이 지나갔다. 녹삼은 원래의 그 말이 없는 모습으로 돌아가 있었다. 이전처럼 소를 끌고 흙을 나르거나 물을 길어 왔다. 다만 눈빛만은 여전히 멍한 채였다. 백가헌은 안심했다. 이런 소란을 피웠으니 분명히 머리가 좀 정상은 아닐 수도 있으리라 생각했다.

점심때가 지나 백가헌이 언제나처럼 낮잠을 즐기고 있을 때였다. 녹삼이 살며시 들어와 팔짱을 낀 채 백가헌을 흘겨보면서 비꼬듯이 말했다.

"족장님! 잠 한번 편하게 자고 있네요."

백가헌은 모골이 송연해졌다. 황급히 일어서서는 녹삼의 이상한 모습을 보았다. 녹삼이 의기양양한 태도로 말했다.

"그렇게 쩨쩨하게 돈을 주니 술사가 이틀만 나를 묶어 두고는 도로 풀어주는 거 아니에요. 또 가서 술사를 불러보시지. 내가 다시는 속나 봐라."

백가헌이 화가 나서 지팡이를 내리쳤다. 그러나 녹삼은 살짝 피해서 마당으로 내려선 뒤 또 소리를 질렀다.

"지금부터 개나 돼지가 될 마음의 준비를 해 두시지."

백가헌은 지팡이를 끌고 다시 그 남자 같은 얼굴을 한 여자를 찾았다. 그 여자가 긴 담뱃대를 털면서 말했다.

"손님이 나오는 것을 보고 귀신이 이미 도망갔습니다."

백가헌이 할 수 없이 그냥 집에 돌아오니 녹삼은 멀쩡해져 있었다. 말에게 여물도 주고 있었다. 그가 말했다.

"오후에 어디 갔었나? 안 보이던데. 어디 가서 뭘 했어?"

백가헌은 하는 수 없이 그냥 바람을 쐬러 갔었다고 했다. 그런데 말이 끝나기가 무섭게 또 녹삼이 그 간드러진 여자 목소리를 내면서 말했다.

"술사를 부르러 갔으면서 나를 속여? 당신이 문을 나서는 것을 보고는 곧장 알아차렸다고. 술사를 부르러 간다는 것을. 그래서 내가 잠시 도망가 있었지."

백가헌은 화가 나서 지팡이로 내리치려다 몸을 돌렸다. 녹삼이 쫓아오면서 계속 소리를 질렀다.

"또 가보시지. 또 가서 술사 데려오시지. 백 번을 가서 불러와 봐라. 나를 잡을 수 있나."

백가헌은 지팡이로 녹삼의 콧잔등을 후려갈기고는 말했다.

"부르래도 이제는 안 부른다. 너하고 사생결단을 낼 거야."

백가헌은 말을 마치자마자 집안으로 들어와서 안쪽 문과 바깥문 모두를 닫아걸었다. 그런 다음 탁자에 기대어 앉아서 술을 한 모금 마셨다. 이어 줄담배를 태웠다. 태양이 처마 밑으로 숨더니 금방 사라졌다. 집안은 더욱더 고즈넉했다.

백가헌은 하루낮, 하룻밤을 문을 닫아걸고 궁리한 끝에 마침내 귀신을 처치할 방법을 생각해 냈다. 저녁때가 되었다. 석양이 얼마 남지 않은 빛을 온 집안에 비추더니 이내 사라졌다.

백가헌은 그때 갑자기 진하게 풍기는 향과 초의 냄새를 맡았다. 지팡이를 끌고 냄새가 나는 쪽으로 걸음을 옮길 수밖에 없었다. 그가 동구 밖을 나서자 기괴한 광경이 벌어지고 있었다.

이전에 흑왜와 소아가 살았으나 이제는 허물어진 예의 그 움막 마당 앞에 사람들이 모여서 향과 초를 태우고 있었다. 빼곡히 들어찬 촛불이 석양 아래 반짝이며 춤을 추고 있었다. 지전을 태우는 불과 향을 피우는 연기도 하늘로 치솟고 있었다. 한 무리의 사람들이 향과 초를 태우고 가면 또 다른 사람이 오고…… 마치 냇물이 끊임없이 흐르듯 사람의 물결이 도도하게 흘러갔다.

백가헌은 너무나 놀랐다. 자신이 하루낮, 하룻밤을 집안에 있는 동안 백록촌에 이런 일이 일어나다니, 믿을 수가 없었다. 그는 천천히 언덕을 올라갔다. 구부러진 허리에 어울리지 않게 고개를 꼿꼿이 들었다.

　그는 어느 누구와도 알은체를 하지 않았다. 대신 잡초가 무성한 풀숲에 엎드려 향과 초를 태우는 남녀들을 오만하게 바라보면서 움막 앞마당과 계곡 쪽을 한 바퀴 돌았다. 그런 후 지팡이로 연신 밀려오는 검은 연기를 휘저으며 언덕을 내려왔다. 주변의 엎드린 사람들은 그가 지나가는 것을 보고도 누구 하나 인사를 하지 않았다.

　백가헌이 집으로 들어서자 세 사람의 노인이 그를 따라 들어왔다. 자기들은 마을의 대표로서 마을 사람들의 의견을 족장에게 전하는 책무를 띠고 왔다고 했다. 그러면서 어제저녁에 소아의 귀신이 녹삼의 입을 빌려서 하나의 비밀을 공개했다고 말했다. 지금 평원에 만연한 질병이 그녀가 조화를 부린 것이라는 얘기였다. 이렇게 소문이 퍼지자 어떤 사람 하나가 그 움막 앞에서 무릎을 꿇고 향을 피웠다. 그러자 반나절이 못 되어 평원 원근의 모든 사람들이 구름처럼 몰려왔다. 백가헌은 탁자 옆에 앉아서 그 세 사람의 이야기를 듣고서도 얼굴색 하나 변하지 않은 채 냉담하게 말했다.

　"좋소, 맘껏 향을 사르고 촛불을 피우시오. 누구든지 향을 사르고 싶으면 향을 사르고 무릎을 꿇고 싶으면 꿇는 거지. 하지만 나하곤 상관없습니다."

　세 노인이 다시 말했다. 소아는 녹삼의 입을 통해서 자신이 살던 움막을 수리하라고 요구했다. 또 자신의 시체를 잘 파내 입관한 후 족장인 백가헌과 녹자림이 그 관을 메고 파묻어야 한다고도 말했다. 그렇지 않으면 평원의 사람들을 전부 죽여버리겠다고 협박했다. 이렇게 해서 마을 사람들은 돈과 필요한 물건을 추렴했다. 이어 족장이 나서줄 것을 기다린다고 했다. 백가헌은 연신 콧소리로 "흥! 흥!" 소리만 내고 있다가 갑자기 지팡이를 던지면서 소리를 질렀다.

"썩 물러들 가시오. 정신 나간 사람들 같으니!"

세 노인은 생각지도 못한 족장의 반응에 서로 얼굴을 쳐다보다가 황급히 문을 빠져나갔다. 백가헌은 화가 나서 씩씩거리며 정원을 왔다 갔다 했다. 그러다 속상한 마음을 다스릴 수가 없었는지 이미 나가버린 노인들에게 욕을 퍼부었다.

"이제 보니 모두가 다 제정신이 아니로군!"

소아가 살던 움막 마당에는 촛불과 향불이 끊이지 않았다. 소문을 들은 평원의 사람들이 모두 달려와 무성한 잡초 앞에 엎드려 향과 초를 태웠으니 그럴 수밖에 없었다. 급기야 그곳은 검은 흑단을 깔아 놓은 모양이 되었다. 이후 향 피우는 장소는 점점 넓어졌다. 나중에는 계곡 쪽의 밭까지 이어졌다. 그로 인해 곳곳에 밀가루로 만든 제사 음식이 나뒹굴었다. 이처럼 사당과 절에서 피우던 향과 초가 이곳으로 몰려들었으니 삼관묘三官廟는 문을 닫아걸지 않으면 안 됐다.

백록촌의 사당 앞에 또 사람들이 밀려들었다. 일가친척들이 사당 앞과 문루 사이의 광장에 무릎을 꿇었다. 세 노인이 다시 백가헌을 찾아왔다. 그리고는 족장이 그들의 얼굴에 침을 뱉는다 해도 물러나지 않겠다는 각오를 밝혔다. 거의 하소연에 가까웠다.

"모든 사람들이 족장께 무릎을 꿇습니다. 족장께서는 어서 빨리 나서서 위령묘를 만들어 화근을 뿌리 뽑으십시오."

백가헌은 이번에는 욕을 하지 않고 냉정하게 웃으며 말했다.

"이제는 귀신을 모셔오라는 거군요. 그것도 아주 더러운 귀신을 말입니다."

세 노인은 서로 말을 맞춘 대로 족장을 설득하기 시작했다.

"귀신이든 아니든 사람들은 보호해야 할 것 아닙니까?"

백가헌이 손을 휘젓고 눈을 부라리면서 말했다.

"누구든지 그 앞에 무릎 꿇고 싶으면 꿇으라고 하십시오. 얼마든지 꿇으라고. 나보고 그 갈보년의 위령묘를 세워주라고요? 당신들이 나를 죽이면 모를까, 어림도 없는 소리 마시오."

백가헌이 이어 문 쪽을 향해 소리를 질렀다.

"어서 썩 나가시오. 다시는 이 일로 나를 찾아오지 마시오. 다시 찾아오면 내가 이 지팡이로 당신들의 앞니를 다 부러뜨려 놓을 거요."

이때 산에 머물던 효무는 부모님이 걱정이 되어서 집으로 돌아왔다. 집으로 들어서서는 바로 대청에 설치된 궤연几筵(혼백이나 신위를 모신 도구와 자리)을 목격했다. 그는 엎어질 듯 달려와 곡을 하다가 그만 기절하고는 완전히 인사불성 상태에 빠졌다.

백가헌은 방에서 나와 궤연 앞에 쓰러진 아들을 부축해 일으키려 했다. 그러다 효무의 이마에서 흘러내린 피가 얼굴을 흥건히 적시는 것을 보았다. 가헌은 재빨리 유황가루를 묻힌 종이를 태워 재를 효무의 상처에 발라 피를 멎게 했다. 그런 다음 효무의 인중을 힘껏 눌렀다. 겨우 깨어난 효무는 다시 통곡을 하고 또 혼절하기를 거듭했다. 그런 아들이 힘에 겨웠는지 백가헌은 이제 궤연 앞에 서 있지도 못할 지경이 되었다.

효무는 하얀 천을 찾아 머리를 동여매고는 어머니가 어떤 병세로 돌아가셨는지 물었다. 그런 다음 광주리에 어머니의 영혼을 황천길로 인도할 지전을 담고 산소로 향했다. 효무는 어머니의 묘 앞에서 또 한 번 통곡한 다음 기절했다가 깨어났다. 그러고 나서 지전을 태우다가 자신의 손까지 불에 덴 후에야 정신을 좀 차렸.

효무가 백록촌으로 돌아올 때였다. 노인 세 사람이 그의 앞길을 막았다. 그들은 효무에게 소아의 귀신이 녹삼에게 쓰인 일을 설명하고 나서 그를 문중 사당 앞의 광장으로 데려갔다. 그곳에 엎드려 있던 많은 일족들이 그를 에워쌌다.

효무는 저녁 무렵이 되어서야 집으로 돌아올 수 있었다. 일족들로부터 무슨 말을 들었는지 곧장 아버지에게 말했다.

"아버님, 언제까지 사람들을 저렇게 무릎 꿇게 놔둘 수는 없지 않습니까?"

"그럼 내가 어떻게 해야 할지 말해 보거라."

"제 생각엔 사람을 살리는 일이 급선무인 것 같습니다. 위령묘를 세워서 역병을 막을 수만 있다면……."

말이 채 끝나기도 전에 효무의 얼굴에 따귀 한 대가 날아왔다. 그는 아버지의 손등이 무척 아프다고 느꼈다. 무엇보다 거칠고 딱딱한 손가락의 힘이 볼때기가 얼얼할 만큼 강했다. 입이 터져 피가 흐를 정도였다. 효무가 입가의 피를 닦은 후 다시 말했다.

"아버님, 아버님 자신을 생각할 것이 아니라 이 백씨白氏와 녹씨鹿氏 전체를 생각해야 합니다. 마을 사람들이 계속해서 죽어 나가는데 온 마을 사람들이 다 죽을 때까지 보고만 계시겠습니까? 지금 사당 앞에 꿇어앉은 사람들은 비단 백씨, 녹씨만이 아닙니다. 온 평원의 사람들이 아버님이 입을 열기를 고대하고 있습니다. 사람들이 말하길 아버님께서 막지만 않으신다면 위령묘를 세우는 일은 각 마을에서 하겠다고 합니다. 사람들이 관을 멜 때 아버님께서는 한쪽에 서서 관을 메는 흉내만 되면 됩니다. 아버님의 거동 하나로 모든 사람들이 재앙을 면할 수만 있다면……. 지금 평원의 여러 마을에서는 아버님께 금 편액도 달아줄 용의가 있습니다. 녹자림 아저씨도 민심을 듣고는 모든 사람들이 평안해진다면 똥이든 오줌이든 가리지 않고 먹고 마시겠다고……. 아버님, 제가 자식으로서 못 할 말씀 한 마디 하겠습니다. 문중 사당 앞에 꿇어앉은 사람이나 그렇지 않은 사람 모두 아버지만을 원망하고 있습니다. 사당 앞에 나가보시면 금방 아실 겁니다. 그리고 그것을 보시면 마음이 변하실지도……."

백가헌은 아들이 입에서 피를 흘리면서도 꿋꿋이 자신의 의사를 굽히지 않는 것을 보고는 노여움을 풀고 조용히 대답했다.

"마을 사람들을 위해서는 목숨을 내놓고 민심을 따르라 이거구나. 네 생각도 녹자림과 같구나. 그래, 나만 홀로 외롭게 되었어. 어찌 나를 원망만 하겠니? 골칫덩어리겠지. 내가 죽기만을 바라겠지."

백가헌은 말을 마치고는 지팡이를 짚고서 대문 밖으로 나가버렸다.

녹자림은 이 좋은 기회를 놓치기 싫었다. 녹삼이 사람들 앞에서 소아를 죽였다는 진상을 털어놓았을 때 그는 놀라지 않을 수 없었다. 이어 손뼉을 치면서 기뻐했다. 그 살인사건이 세상에 명백히 드러나게 되었으니 어떻든 그에게는 득이 되면 되었지 손해가 될 것은 없었기 때문이다. 더 나아가 흑왜가 자신에 대해 품었던 원망과 복수도 이것으로 완전히 해결할 수 있었다. 더구나 역병의 공포가 아직도 남아 있는 평원의 사람들은 소아를 죽인 녹삼을 비롯하여 그의 주인인 족장 백가헌까지 원망하게 되었다. 그는 백가헌 앞에서 퇴짜를 맞고 온 그 세 노인에게 말했다.

"그럼 우리 모두가 족장 집 앞에 가서 무릎을 꿇읍시다."

세 노인은 그 후에 백효무를 종용해 녹자림을 찾아가게 했다. 그리고 그와 녹자림이 모든 일을 직접 상의하도록 했다. 또 효무에게 새 족장의 권한으로 평원의 촌장들과 연합해서 위령묘를 세우고 장사를 지내자고도 권유했다. 효무는 사당 앞에 모여서 무릎 꿇고 앉아 있는 남녀들을 보자 이상한 열정에 휩싸였다. 그래서 곧장 아무런 주저함도 없이 세 노인과 함께 녹자림의 집 마당으로 들어섰다.

녹자림이 효무의 어깨를 두드리면서 말했다.

"평원의 모든 마을이 연합해서 위령묘를 세운다고? 그 방법도 있겠지만 최선책은 아니야. 만일 그렇게 한다면 평원의 사람들이 백록촌과 백가헌을 욕할 것이 아닌가? 더구나 가헌 형님의 말을 무시하는 것은 좋지 않

아. 가장 좋은 방법은 역시 가헌 형님이 앞장서는 것이지. 그렇게 해야 도리에 맞지. 우리 다섯 명이 함께 족장을 만나 보세. 냉 의원 형님도 함께 모셔가도록 하지. 가헌 형님이 우리의 체면을 세워줄지 안 세워줄지 가서 보세나."

녹자림은 그러면서 효무의 어깨를 가볍게 치고는 다시 말을 이었다.

"자네가 이번에 평원의 사람들을 이끌고 위령묘를 세운다면, 후에 족장이 되어도 별 말이 없을 걸세."

다섯 사람은 중의당으로 갔다. 냉 의원은 아주 흔쾌히 찬성했다.

"내가 벌써 말하지 않았나. 이번 역병은 요사한 기운 때문에 일어나는 거라고. 지난 얘기는 그만두세. 사람 구하는 게 급선무이니 말이야. 사람만 구할 수 있다면야 위령묘를 세우고 장사지내는 것이 뭐 그리 대수겠는가? 사람을 상대하는 것이 설마하니 귀신을 상대하는 것보다 어려울까?"

냉 의원은 그러면서 책상에 있던 의술 기구들을 밀어버리고 의기양양하게 문을 나섰다. 그들 여섯 명이 백가헌의 집에 도착했을 때 가헌은 집에 없었다. 효무도 부친이 어디로 갔는지 짐작되는 바가 없었다. 그들은 저녁때까지 기다렸으나 가헌은 돌아오지 않았다. 그러자 그들은 가헌이 돌아올 때까지 앉아서 기다리기로 했다. 효무는 녹자림과 냉 의원 등에게 물을 끓여 차를 대접했다. 백가헌은 첫닭이 울 때가 되어서야 머리에 이슬을 얹고서 돌아왔다.

"여러분들이 여기에 앉아 있는 뜻은 저도 충분히 아는 바입니다."

백가헌이 고개를 들고 말했다.

"그러나 이 문제는 여기서 이렇게 말할 게 아닌 듯합니다. 이것은 우리 마을의, 우리 문중의 일이니 마땅히 문중 사당에 가서 상의하도록 합시다. 그러지 말고 아예 온 마을 사람들과 함께 의논하도록 하시지요. 효무야, 당장 사당에 불을 밝히고 사람들을 불러라."

사람들은 겸연쩍은 표정으로 서로의 얼굴만 바라봤다. 그러다 녹자림이 먼저 인사를 하고 나가자 세 노인도 따라 나갔다. 단지 냉 의원만은 가만히 앉아서 말했다.

　"가헌, 아우의 고집은 나보다 더하네그려."

　"기왕에 오셨으니 저하고 같이 문중의 사당에 가서 일이 어떻게 돌아가는지 구경이나 하십시다."

　지난밤 백가헌은 백록서원에 갔었다.

　"백록촌에 혼자 남아 있는 고독한 사람입니다."

　그렇게 이야기를 시작한 그는 주 선생에게 소아의 귀신이 녹삼에게 붙은 이야기를 비롯해 근래의 상황을 이야기해 주고 원망하듯 말했다.

　"글쎄, 효무 그 바보자식까지도 갈보년을 위해서 위령묘를 건립하자고 합니다."

　주 선생이 얼마간 흥미 있게 듣더니 말했다.

　"사람과 귀신이 뒤바뀌고 신과 귀신이 함께 있는 것은 난세에 종종 나타나는 일이지."

　주 선생은 만일 그 귀신이 지금 꿇어 엎드려 위령묘를 건립하자는 사람들에게 더 큰 요구를 할 때는 어찌하려고 그러는가 하고 탄식했다. 만일 백록촌의 남자들보고 모두 그녀의 바짓가랑이 사이로 지나가라고 하면 모두 어찌할 건가? 귀신에게 무릎을 꿇을 건가?

　주 선생의 말에 힘을 얻은 백가헌은 자신이 이미 생각해 놓았던 일을 설명했다.

　"제가 생각해 놓은 것이 있습니다. 그 계집의 시체를 움막에서 파내서 장작불에 사흘 밤낮을 태운 후 가루로 만들어 자수하滋水河에 뿌리겠습니다. 영원히 다시는 사람에게 들러붙지 못하도록 말이죠."

"그 부정한 재를 강에 뿌리면 강이 더러워지잖아. 그러지 말고 그 재를 사기 항아리에 담아서 밀봉하여 그 계집의 움막 속에 묻고 그 위에 탑 하나를 세워주게. 그 계집이 영원히 세상에 나타나지 못하도록 말이지."

주 선생이 알려준 방법에 백가헌은 손뼉을 치면서 좋아했다.

"좋아요, 좋아. 거 참 명안입니다. 탑을 세워서 그 요사한 기운을 눌러 놓아야지요. 아주 좋은 방법입니다."

문중 사당 안에는 굵은 심지의 등불이 타오르고 있었다. 사당 뜰과 문 밖에는 문중 사람들이 가득 몰려와 무릎을 꿇고 앉았다. 문중 사람들은 아니지만 평원에서 온 사람들 역시 바깥에 무릎을 꿇고 앉았다. 백가헌은 지팡이를 짚고 사당의 대문으로 들어섰다. 이어 곧장 대전으로 들어갔다. 그리고 큰 촛불에 불을 붙이고 향을 꽂은 후 세 번 절하고 계단 앞에 나와 섰다. 그가 구부러진 허리를 펴면서 아들을 불렀다.

"효무야! 가문의 규칙과 향약鄕約을 크게 읽거라."

효무는 등잔을 들고 벽면에 새겨진 가문의 규칙과 향약의 조문들을 읽어 내려갔다. 아들이 다 읽기를 기다려 백가헌이 말을 이었다.

"나는 족장이오. 그러니 가문의 규칙과 향약에 따라서만 일을 집행할 수 있소. 지금 읽은 규칙과 향약의 조문 어디에도 창녀를 위해서 비를 세우고 사당을 짓는다는 구절은 없었소. 세상에는 오로지 신을 공경하는 도리만 있을 뿐이오. 어디 귀신 모시라는 도리가 있단 말이오? 신은 공경해야 하지만 악귀는 쫓아야 하는 것이오. 아무리 지금 역병으로 사람들이 죽어 인심이 흉흉하다고 그렇게 아무렇게나 향을 사른단 말이오? 그 창녀를 위해서 사당을 세우고 그 관을 메라니, 그것은 나보고 그 계집의 가랑이 밑을 지나가라는 말과 같소. 그리고 그렇게 하면 나에게 금 편액을 만들어주겠다니, 그것이 무슨 금 편액이오? 그것은 그년의 월경대月經帶를 우리 집 문루에 내거는 꼴 아니겠소. 지금 모두 앞에서 분명히 말하겠소.
나는 그 계집의 위령묘를 세우지 않음은 물론이거니와 그 계집의 시체를
태워서 묻고 그 위에 탑을 세워 놓을 참이오. 그 계집이 영원히 밝은 해를
못 보도록 말이오. 누구든 위령묘를 세우고 싶은 사람이 있으면 얼마든지
세우시오. 나는 내일부터 탑을 조성하겠소."

말을 마친 백가헌은 계단을 내려와 사람들 숲을 헤치고 자신의 집으로 돌아갔다.

효무는 집으로 돌아와 부친 앞에 무릎을 꿇었다. 백가헌은 물담뱃대
를 들고서 효무가 참회하는 말을 가만히 들었다. 원래 그의 성격이라면 이
렇게 큰일을 앞두고 민심에 동요한 바보 같은 자식을 내쳤을 것이다. 이전
에 효문도 그렇게 해서 족장의 자리를 이어받지 못하고 내쫓긴 것이 아닌
가. 그러나 효무를 내친다면 다음은 어찌할 것인가? 셋째 아들 효의는 족
장의 덕행을 구비하지 못했다. 그가 효무에게 말했다.

"알았으면 되었다. 내일부터 탑을 만들어라. 탑 만드는 것을 성공시키
면 앞으로 좋은 족장이 될 수 있을 게다."

육각으로 된 벽돌탑이 흑왜와 소아가 살던 움막 앞에 세워졌다. 육각
은 백록원의 동서남북, 하늘과 땅의 여섯 방위를 의미했다. 탑신 동쪽 면
에는 해, 서쪽 면에는 초승달이 새겨졌다. 그것은 '일월정기'日月正氣의 뜻을
담고 있었다. 또 탑신의 남쪽 면과 북쪽 면에는 모두 두 마리씩 하얀 사슴
을 새겼다. 그것은 백록원에 이전부터 전해 내려오던 전설에 기인한 것이
다. 이런 고안은 주 선생이 했다.

효무는 일족을 거느리고 움막을 파헤쳤다. 그런 다음 진녹색으로 변
한 소아의 시체를 꺼내서 장작불로 태운 다음 탑 밑에 묻었다. 그 후로 녹
삼은 귀신 들린 말을 하지 않았다. 하지만 그는 날로 여위어 갔고, 두 눈

은 빛을 잃어갔다. 하루 종일 밥을 먹지 않고도 배고픈 줄을 모르다가 한 번 먹기 시작하면 걸신 들린 사람처럼 일곱 그릇이든 여덟 그릇이든 먹었다…….

제26장

역병이 할퀴고 간 백록원에는 적막만이 남았다. 역병이 만연했던 몇 개월 동안 백록촌에서 사흘 걸러 사람이 죽어 나갔으니 그럴 수밖에 없었다. 그러나 이제는 울음소리가 나도 사람들의 관심을 끌지 못했다. 그것은 그저 누가 또 죽었다는 신호에 불과했다. 9월이 되자 사람들은 추수를 했다. 그러나 수확의 기쁨 역시 만끽할 수 없었다. 올해는 비가 넉넉히 와서 옥수수와 조, 그리고 콩 같은 작물의 수확이 좋았다. 그러나 탈곡장에 즐거운 환호성은 없었다. 심지어 일부 사람들은 방금 탈곡한 곡식더미 앞에 엎드려 죽은 가족을 부르며 통곡했다. 사람이 죽었는데 곡식이 다 무슨 소용이겠는가. 더구나 추수를 하고 파종을 하는 사이에도 여전히 사람들은 죽어 나갔다.

겨울보리가 평원에서 파릇파릇 새싹을 내밀었다. 음력 10월에는 갑자기 대설이 내려 온 평원을 덮었다. 아직 낙엽도 지지 않은 나무의 가지들은 쌓인 눈과 추위를 못 견디고 부지직부지직 꺾여 나갔다.

대설이 내리고 추위가 몰려오자 역병의 발톱도 얼어붙기 시작했다. 죽어 나가는 이의 숫자도 현저히 줄어들었다. 드디어 그 무서운 역병은 동지 무렵 백록촌에서 완전히 사라졌다. 백가헌이 요괴를 누를 수 있는 육각탑의 준공을 막 끝낸 때였다.

백가헌은 산으로 피신해 있던 둘째 며느리와 셋째아들 효의孝義를 불러

왔다. 이어서 효무#와 효의 형제를 서안의 둘째 매형댁으로 보내서 할머니를 모셔오도록 했다. 할머니는 며느리의 죽음을 듣고 한탄하며 가슴 아파했다.

"죽어야 할 사람은 안 죽고 살아야 할 사람이 죽다니! 내가 더 살아서 뭐 한단 말이냐?"

그런데 이상한 것은 녹삼이었다. 두 손자가 모는 우마차에 앉아서 자신의 집 문루에 도달했을 때 조씨^{趙氏}는 한눈에 그가 이상하다는 것을 알아챘다. 그는 무뚝뚝하게 "돌아오셨어요?"라고 한마디만 하고는 곧 돌아서서 소에게 여물을 먹였다. 그러곤 저녁밥 먹을 때까지도 조씨의 얼굴을 마주하지 않았다. 저녁 먹으러 안채로 들어왔을 때에도 그냥 말없이 밥만 먹고 일어나 나가버렸다. 어떤 사람과도 말을 하지 않았다. 녹삼의 무거운 발자국 소리가 사라진 후 조씨가 아들에게 물었다.

"녹삼이 왜 저러냐?"

백가헌이 담담하게 말했다.

"녹삼 형님도 늙나 봅니다."

움막에서 끄집어냈을 때 소아의 시체에는 녹색 이끼가 끼어 있었다. 곧 각 가정에서 자발적으로 가져온 장작 더미가 움막 마당에 산처럼 쌓였다. 화염은 사흘 밤, 사흘 낮 동안 계속 치솟았다. 백가헌 등은 마지막으로 남은 나뭇재와 뼈의 재를 함께 사기 항아리에 담아서 탑 밑에 묻기로 했다. 탑을 만드는 석수가 막 구덩이를 봉하려 할 때였다. 옆에 서 있던 백가헌이 갑자기 손을 들어 잠시 멈추라고 했다. 이어 멍하니 수풀 더미를 바라보았다. 모두가 그제야 비로소 이상한 것을 발견했다. 눈이 와서 바짝 마른 수풀 더미에 나방 떼가 춤을 추고 있었던 것이다. 백가헌이 말했다.

"저건 귀신에 쓴 나방이야. 모두 저 나방을 잡게. 한 마리도 놓쳐서는 안 되네."

그곳에 모였던 사람들은 옷이나 모자를 벗어서 나방을 붙잡았다. 잡아 온 나방들이 백가헌의 발밑에 쌓였다. 순백색을 비롯해 진노란색, 검은색, 검은 바탕에 흰 반점이 있는 것 등 여러 가지 나방들이 잡혔다. 백가헌은 삽을 빌려 죽은 나방을 탑 밑의 사기 항아리 묻을 곳에 쓸어 넣었다. 그런 다음 그 위에 항아리를 올려놓고 봉하게 했다. 이어 그 위에 또 열 장의 푸른색 벽돌을 올려놓았다. 이것은 '이 세상에 영원히 오지 말라.'는 뜻을 담은 것이었다. 요괴를 진압시키는 탑이 완성되자 그것을 경축하기 위해 사람들은 북을 치고 나팔을 불며 요란하게 폭죽을 터트렸다.

탑이 건립된 후 과연 녹삼에게 더는 귀신이 붙는 일은 없었다. 그러나 그는 완전히 다른 사람이 되어버렸다. 짧은 말 외에는 하루 종일 한마디도 하지 않았다. 그저 묵묵히 어딘가에 멍하니 앉아 있곤 했다. 기억력도 나빠졌다. 늘 무언가를 잃어버리기 일쑤였다. 쟁기나 채찍을 잃어버리기도 했다. 심지어 한평생 사용한 담뱃대마저도 몇 번이나 잃어버려 다른 사람이 찾아주고는 했다. 이에 따라 그가 본래 가지고 있던 근면함과 적극성은 완전히 사라져버렸다. 점점 게을러진 그는 아무런 정신없이 앉아 있는가 하면 가축 똥을 치울 때도 서너 번씩 쉬곤 했다. 특히 충성심과 강인함, 그리고 의지로 가득하던 모습의 눈빛은 마치 심지가 다한 등불처럼, 좀먹은 나무토막처럼 힘이 없어졌다. 백가헌은 녹삼의 변화를 보고서 속으로 귀신이 씌었던 사람들은 이런 모습이구나, 사람에게 붙어서 산 사람의 정기를 다 빨아먹으니 요괴가 그렇게 영물이 되는구나 하고 생각했다. 또 병을 앓고 일어난 사람은 맛있는 음식 등을 먹고서 원기를 되찾을 수 있으나 귀신이 붙었던 사람은 바람 든 무처럼 회복할 수가 없다고도 생각했다. 그는 어느 날 토왜가 아버지에게 작두에 풀을 메기는 것이 가지런하지 못하다고 투덜댔다는 말을 들었다. 그는 정색을 하고 토왜를 나무랐다.

"그런 말버릇이 어디 있느냐. 어찌 되었든 너의 아버지가 아니냐?"

다행히도 효무와 효의는 녹삼에 대해 불손한 태도를 아직 보이지는 않았다. 그러나 멸시하는 기색이 전혀 없다고도 할 수 없었다. 때문에 그는 모두 모여서 저녁을 먹을 때 두 아들과 토왜에게 당부를 했다.

"토왜의 아버지이자 너희들의 녹삼 아저씨는 이제 늙으셨다. 내일부터는 효의와 토왜 둘이서 녹삼 아저씨가 하던 일을 맡아서 가축을 돌보거라. 그리고 아저씨는 일을 하고 싶어 하실 때 조금만 하시게 해라. 누구도 아저씨에게 억지로 일을 시켜서는 안 된다. 거친 목소리로 부르는 것조차도 용서하지 않겠다. 알아들었느냐?"

효의가 먼저 대답했다.

"알겠습니다."

효의와 녹삼은 서로 좋은 감정을 가지고 있었다. 효무 역시 그랬다. 미래의 족장으로서 점잖게 고개를 끄덕였다. 그러나 아무 말 없이 있다가 고개를 든 토왜만은 달랐다. 눈이 빨갛고 볼에는 눈물 자국이 흥건했다. 자신이 아버지에게 했던 불손한 언행을 후회하는 것이 분명했다. 조씨가 손자들에게 덧붙여 말했다.

"너희 아버지는 녹삼 아저씨를 언제나 한 식구처럼 대했단다."

효무는 땅이 꽁꽁 얼어붙자 동생과 토왜를 데리고 보리밭에 거름을 내기 시작했다. 녹삼은 처음으로 거름을 주는 노동에서 제외되었다. 효무는 녹삼이 그동안 관리해 오던 짐승도 돌보았다. 어려서부터 가축을 좋아했던 효의는 스스로 우마차를 준비했다. 드디어 그에게도 혼자 마차를 몰 수 있는 기회가 온 것이다. 토왜는 언제나처럼 말없이 시키는 대로 할 생각인 듯했다. 효무가 일을 시작하기 전에 다정한 말투로 그에게 하고 싶은 것이 무엇인지를 물었다.

"하라는 대로 할게요. 뭐든 시켜주세요."

"그럼 소를 몰거라."

"좋아요."

토왜는 그렇게 말한 후 곧 마차가 있는 곳으로 가서 가축 똥을 담기 시작했다. 마차를 몬다는 것은 우선 마차에 퇴비나 거름을 가득 싣거나 내린다는 것을 의미했다. 그런 후에도 마차 뒤에 앉아 들에 나가 또 쇠스랑 같은 것으로 거름들을 내려야 했다. 토왜는 아주 고된 일에도 이미 단련된 노동자처럼 거름을 마차에 실었다. 손바닥에 침을 퉤퉤 뱉으면서 쇠스랑도 바꿔 쥐었다. 그 모습이 어엿한 한 사람의 일꾼으로 손색이 없었다. 마차 가득히 퇴비를 실은 후에도 그는 쇠스랑을 가지고 마차 안에 혹시 빈 곳이 없는지 탁탁 두드려 보았다. 마차를 끌 때 울퉁불퉁한 길에서 거름이 쏟아지지 않게 하기 위함이었다. 그런 다음 그는 마차 뒤꽁무니에 올라타 황소가 마차 끄는 것을 도와주었다. 백효무는 효의와 토왜가 우마차를 몰고 대문을 빠져나가는 것을 보고 있었다. 효의가 채찍을 들고서 소리를 높여 가축을 몰았다. 동생의 과장된 몸짓에 효무는 웃음을 참을 수가 없었다.

백효무는 퇴비장으로 돌아와서 거름들을 잘게 부쉈다. 일 년 동안 쌓아 놓았던 거름들을 잘게 부수어야 막 자라기 시작한 보리밭의 새싹을 누르지 않기 때문이다. 이런 간단하고도 수월한 노동은 생각을 정리하는 데 도움이 되었다. 위령묘와 탑을 건립하는 논쟁 중에서 실책한 것이 두고두고 마음에 걸리는 모양이었다.

그는 막 산에서 내려와 어머니의 영전을 마주했을 때 향을 피우는 것 외에 할 수 있는 일이 없었다. 그러나 비로소 역병이 무엇인지를 절감할 수는 있었다. 게다가 사당의 문 앞에 무릎을 꿇고 간절히 비는 군중들을 목격했을 때는 더욱 마음이 흔들렸다. 당시 세 노인은 그를 에워싸고 소아의 귀신이 녹삼에게 붙은 이야기를 했다. 마을 사람들을 위해 위령묘를 세워 억울하게 죽은 소아의 영혼을 안치하자고도 졸랐었다. 노인이 말했다.

"소아가 뭐 그리 대수인가? 그저 위령묘나 하나 세워주면 되지 않겠나. 그렇게 되면 이 평원의 모든 사람들의 생명을 보전할 수가 있단 말이야. 산 사람을 돌보아야지. 귀신과 어떻게 대적할 수 있단 말인가?"

노인들은 또 녹자림 역시 그들의 의견에 동의했다면서 오로지 늙은 족장만이 고집을 부리고 있다고 했다. 백효무는 당시의 분위기에 휩쓸려 노인 대표들의 제안에 동의한 후 비장하게 말했었다.

"제가 아버님께 잘 말씀드려 보겠습니다."

백효무는 그러나 아버지의 힐책을 듣고 아버지의 뜻을 받들어 요사스런 기를 누르는 탑을 만들었다. 비록 최악의 상황에 직면하는 것은 피했으나 그런 중대한 일을 결정함에 있어 사람들에게 부화뇌동하면서 실책을 저지른 것이 부끄러웠다. 부친이 이번 일로 자신에게 실망을 하지나 않았을까 생각하니 마음도 무거웠다. 그는 자신의 잘못을 만회할 방법을 생각해냈다. 그것을 재삼 숙고한 결과는 아버지의 마음에 들리라는 확신을 갖게 될 만큼 확실했다. 그는 부친에게 밤 문안을 여쭐 때 그 일을 의논하기로 했다.

겨울의 태양이 점점 평원으로 떠오르기 시작했다. 희미한 붉은 빛이 사람의 마음을 따뜻하게 감싸주는 듯했다. 백가헌은 지팡이를 짚은 채 외양간의 퇴비장으로 나오다가 아이들이 거름을 내고 돌아오는 것을 보았다. 소를 모는 효의와 마차에 타고 있는 토왜의 모습을 보니 젊은이들의 혈기왕성함에 감동하지 않을 수가 없었다. 백가헌은 평소의 그답지 않게 농담 한마디를 건넸다.

"이거 오늘 출정은 모두 소년병들이 하는구나."

드물게 듣는 농담 섞인 격려에 신이 난 효의와 토왜는 삽시간에 거름을 마차에 가득 싣고 외양간의 퇴비장을 빠져나갔다. 효무는 부친이 아주 기분이 좋은 것을 보고 밤에 이야기하려던 것을 미리 말씀드리기로 했다. 백가헌이 지팡이를 짚고 거름더미 앞을 지날 때였다. 그는 쇠스랑을 잡은 채 조심스럽게 말을 꺼냈다.

"아버님, 문중의 족보를 보충하고 싶습니다."

거름의 숙성도를 살펴보고 있던 백가헌은 아들이 이렇게 중대한 이야기를 할 줄은 생각지도 못했기에 고개를 들고 아들을 쳐다보았다. 목에서 "음!" 하는 소리가 새어 나왔다. 백효무가 다시 말했다.

"이번 역병으로 세상을 등진 사람들이 너무 많아요. 그런 사람들을 족보에 올리고, 그리고 설에……."

백가헌은 흔쾌히 찬성했다.

"좋지."

효무가 더욱 구체적인 자신의 계획을 말했다.

"이번 일은 8할은 살아 있는 사람들의 마음을 안정시키는 의미를 가지게 됩니다. 또 2할은 죽은 이를 존경하고 위로할 수 있습니다. 사자들을 족보에 잘 안치하면 산 사람들의 마음도 얼마간은 편안해질 것이고……. 마을이 너무 삭막해요."

백가헌이 아들을 지그시 바라보다가 고개를 끄덕였다.

"그래, 이 일도 마무리를 지어야지. 사람은 죽어서 족보에 올라가면 끝이지. 산 사람이 죽은 사람을 생각하는 것도 그만둘 때가 되었어. 밤낮으로 죽은 사람만 생각하고 있을 수는 없으니 말이야."

효무는 아버지의 승낙을 얻자 흥분이 되는지 구체적인 방안을 이야기했다.

"그럼 아버님이 자림 아저씨에게 말해 주십시오. 저는 아랫사람으로서 말하기가 어렵습니다."

"아니다. 네가 가서 이야기해라. 이건 우리 집과 그 집 두 집안만의 문제가 아니야. 이것은 가문의 일이야. 네가 미래의 족장이니 나서서 가문의 일을 말한다 해서 문제될 것은 없다."

백효무는 아버지의 말을 듣고 용기백배했다. 그래서 어떻게 일을 진행할지 생각해 둔 것까지도 말씀드렸다.

"저는 이 일을 아주 성대하게 거행할 생각입니다. 그래서 마을의 삭막한 분위기를 털어버리도록 하겠습니다."

백가헌이 고개를 끄덕이며 칭찬해 주었다.

"좋아, 하고 싶은 대로 하려무나."

백효무는 이틀 밤을 연이어 녹자림을 찾아갔다. 그러나 만날 수가 없었다. 그래서 사흘째 되는 날 오후에는 녹자림이 근무하는 백록진의 보위소로 가 보았다. 녹자림은 전복현과 마주 앉아 무언가에 대해 소곤거리고 있었다. 둘은 효무가 들어서는 기척에 고개를 들고 바라보다가 얼굴빛이 굳어졌다. 효무는 그 표정과 소곤거리는 어투로 판단할 때 둘이 아마도 제삼자가 들어서는 안 되는 그런 이야기를 하고 있다고 생각했다. 그러나 백효무는 그런 것에 구애받지 않고 자신이 온 이유를 설명했다. 다 듣고 난 녹자림이 관심 없다는 투로 말했다.

"음, 족보를 보충하겠다고? 그 문제는 너희 아버지하고 상의해서 하거라."

백효무는 녹자림이 자신을 무시한다고 느꼈으나 기죽지 않고 계속 말했다.

"첫날에는 신께 제사 드리는 큰 의식이 있을 겁니다. 아저씨께서도 자리에 나오셔야죠."

녹자림은 여전히 흥미 없다는 듯이 대꾸했다.

"난 참석하지 않겠다. 보위소가 요즈음 너무 바빠."

백효무는 더는 권하지 않고 순순히 물러나며 겸손하게 말했다.

"혹시 일하는 중에 잘못이 있다면 그때마다 가르쳐 주십시오."

녹자림은 백효무를 배웅하고는 돌아오면서 전복현에게 말했다.

"백가헌이 늘 이런 일만 하더니 이제 아들마저 그것을 배웠구먼요. 머릿속엔 사당 일밖에 없네요."

전복현이 녹자림보다 더욱 조소를 담은 어조로 맞장구를 쳤다.

"족장 아닌가? 사당 일 빼고 할일이 뭐가 있겠는가? 그가 사당 밖의 세상을 알기나 하겠는가? 원래부터 그런 사람인걸!"

학鶴 현장이 백록원에서 공개 처형된 이후 녹자림은 한동안 충격에 빠져 정신을 차리지 못했다. 실제로 그 사건은 평원의 남녀노소 모두 경악을 금치 못할 일이었다. 그래서 전복현을 비롯한 대부분의 사람들은 모두 놀라서 수군거렸다.

"세상에! 이 평원에 공비(공산당)가 아직도 남아 있었던가. 학 현장도 원래가 공비였단 말이지?"

사실 녹자림도 향약鄕約을 위해 전대미문의 이 끔찍한 살인 공작에 적극 동참했었다. 당시 현縣의 배치에 따라 할당돼 불려 나온 각 마을의 남녀들은 총살장의 앞줄에 앉도록 돼 있었다. 현의 보안대가 공비를 총살하는 현장을 생생하게 지켜보도록 강요했기 때문이었다. 총살장은 백록진 남쪽의 초급소학교 옆으로 정해졌다. 총살장 밖에는 흰 석회를 뿌린 선이 그어져 있었다. 동서남북의 평원에서 소집되어 온 사람들이 그 안으로 들어오지 못하도록 하기 위해서였다. 그처럼 엄격히 통제하고 있었음에도 백록진의 보위소는 만에 하나 일어날지 모를 비상사태에 대비한 질서 유지를 책임지고 있었다. 또 소학교 주위의 담 밑과 교문 입구에서는 현에서 파견된 보안대 소속 군인들이 철통같이 보초를 섰다.

녹자림은 백록진 보위소에서 배치한 대로 촌민 대열의 맨 앞에 서서 총살이 진행되는 모든 과정을 똑똑히 지켜보았다. 곧 두 줄로 늘어선 보안대가 총을 들고 학교 문을 나섰다. 그 중간에 오랏줄로 꽁꽁 묶인 채 손문孫文 복장을 한 사람이 바로 학 현장이었다. 그의 두 팔은 병정들에게 꽉 잡혀 있었다. 또 등에는 팻말이 하나 꽂혀 있었다.

모든 현의 높으신 나리들과 각 마을의 총향약을 비롯한 향약들은 임시로 마련된 주석단에 자리를 차지하고 앉았다. 악유산은 정중앙에 앉아 있었다. 곧이어 두 줄의 보안대가 부채꼴로 늘어섰다. 학 현장은 묶인 채로 주석단 앞으로 끌려 나왔다. 그는 이미 몸조차 가눌 수 없는 상태였다. 고개가 축 늘어지고 두 다리는 몸을 지탱하지 못한 채 두 사람의 군인에게 의지하고 있었다. 순간 녹자림의 눈앞에 하나의 환영이 떠올랐다. 오랏줄에 묶인 사람이 학 현장이 아닌 자신의 아들 녹조붕으로 보였던 것이다. 곧이어 보안대 대장과 법원장의 훈화가 있었으나 녹자림은 그런 말이 하나도 귀에 들어오지 않았다. 악유산도 마지막으로 무슨 말인가를 했다. 그러나 역시 아무것도 들리지 않았다. 녹자림의 귀에는 연신 바람만이 스쳐갈 뿐이었다. 깜짝 놀란 그는 억지로 다른 생각을 했다. 학 현장이 저렇게 서 있지 못하는 것은 도대체 왜일까? 너무 놀란 나머지 다리가 후들거려서? 아니면 보안대가 너무 때려서 다리가 부러졌나? 그의 생각은 틀리지 않았다. 학 현장은 보안대원들에게 이끌려 담장 밑으로 끌려갈 때 다리를 절뚝거리고 있었다. 맞아서 뼈가 부러진 것이 틀림없었다.

앞줄에 서 있던 보안대가 학 현장이 묶여 있는 곳 대여섯 보 앞에서 포복 자세를 취했다. 그 후 방아쇠를 잡아당겼다. 총소리는 몹시 컸다. 촌민들이 바라던 그런 놀라운 광경은 없었다. 녹자림은 소란스러운 총소리 속에서 또 한 번 환각을 보았다. 난사되는 총알 속에 신음 소리 하나 없이 서 있는 사람, 그는 학 현장이 아니라 바로 자신의 아들 조붕이었다.

총살 집행이 끝나고 향약 이상의 모든 관원들은 학교의 교실에 집합했다. 악유산은 그들에게 계속해서 훈화를 했다.

"우선 여러분들에게 저의 잘못에 대해서 사과드리겠습니다. 공비 두목인 학과 함께 현부의 관청에 있었다니 고개를 들지도 못할 지경입니다. 그자가 제 눈앞에서 신분을 속이고 몇 년이나 현장 노릇을 했습니다. 우리 자수현은 전 성*에서 공비 활동이 가장 극성인 지역입니다. 백록원은 또 그 공비 소굴이란 말입니다. 우리 현의 제일 큰 공비가 바로 백록원에 있습니다. 공비의 제1지부 역시 우리 평원에 설립되어 있습니다. ……학이 본 현의 공비 두목이었는데 지금 우리가 그를 처단했으니 이제 철저하게 뿌리를 뽑아야 하겠습니다. 우리 평원에서, 그리고 모든 현에서 공비를 일망타진해야 합니다……."

녹자림의 귀에는 여전히 쉬이익! 하고 바람이 불었다. 그는 늘 악유산이 자신을 쳐다보는 눈빛이 다른 사람들과 달라 이상하게 여겼었다. 그런데 이제 그 이유를 알 것 같았다. 어느새 걸어 나간 전복현이 교실 문턱에 서서 말했다.

"악 서기가 자네에게 이야기할 것이 있다는군."

면담 장소는 교장의 작은 사무실이었다. 교장은 공손한 태도로 모두에게 차를 따라준 후 곧 나가버렸다. 방안에는 악유산을 비롯해 전복현과 녹자림만이 남았다. 악유산이 단도직입적으로 녹자림에게 물었다.

"녹조붕을 찾을 방법이 없겠습니까?"

녹자림의 머릿속에 펑, 하는 폭발음이 들렸다. 그가 황망히 변명을 했다.

"몇 년이 넘도록 그 애를 만난 적이 없소이다. 어디로 가서 찾는단 말이오?"

악유산은 녹자림이 얼굴을 붉히는 것을 보고는 손을 들어 저지했다.

"그를 보게 되거나 우연히라도 소식을 알게 되면 전해 주세요. 자수현으로 돌아와서 나와 함께 손잡고 일하기를 고대하고 있다고 말이죠. 이전에 우리 둘이 손잡은 적이 있었는데 꽤 괜찮았거든요. 그에게 잘 설명해 주세요. 내가 그를 현의 현장으로 초빙한다고요. 그의 학문과 능력을 우리 현 사람들을 위해 써 달라고 전해 주세요. 우리 두 사람은 비록 정치적으로는 적수이나 개인적으로는 친구이자 동창이거든요. 저는 늘 조봉의 학식을 흠모해 왔습니다. 그렇게 유능한 사람이 학 현장과 같은 종말을 맞이하게 된다면 얼마나 가슴 아픈 일이겠습니까?"

녹자림의 마음은 몹시 복잡했다. 이 말에 뭔가 다른 정보가 있지는 않을까, 이 말이 어느 정도가 진심일까, 또 무슨 술수는 없는가……. 악유산의 말이 계속되었다.

"나는 이제 현 당부로 돌아가야겠습니다. 나의 이런 고심을 헛되게 하지 마십시오. 정말로 그와 다시 한 번 협력하여 일해 보고 싶습니다."

녹자림은 다시 깊이 생각한 후에 역시 완곡한 어투로 어렵다는 뜻을 전했다.

"조봉은 이미 내 아들이 아니오. 이 몇 년 동안 나는 그 자식의 얼굴조차 본 적이 없어요……."

녹자림은 말을 마치자마자 바로 전복현의 얼굴을 쳐다보았다. 전복현은 대머리를 매만지며 능청을 떨었다.

"자네, 아직도 악 서기의 마음을 받아들이지 않겠단 말인가?"

악유산이 웃으며 말했다.

"그래요. 난 지금 녹 어른이 하신 말씀을 모두 믿습니다. 그렇지만 혹시 우연히 만나게 될지도 모르지 않습니까? 나도 뜻하지 않게 맞닥뜨린 적이 있거든요. 녹 어른은 그 사람 아버지니까……, 만날 기회가 더 많겠죠."

악유산이 여전히 웃으며 말했다.

"내가 참을 수가 없어요. 어서 빨리 그와 함께 일하고 싶습니다."

그날 이후 녹자림은 사흘 밤, 사흘 낮을 두고 반복해서 악유산의 말을 곱씹어 보았다. 학 현장을 총살하고 난 직후에 그런 말을 한 의도는 무엇일까? 나흘째 되는 날 녹자림은 백록창白鹿倉으로 향했다. 전복현을 찾아가 내막을 물어보고 싶었던 것이다. 녹자림은 우선 완전히 악유산의 말을 믿는다는 식으로 말했다.

"악 서기, 그 사람 참 아량도 넓더군요. 만일 조붕이 어디 있는 줄만 안다면 당장 잡아다가 악 서기 앞에 꿇어 엎드리게 하고 싶습니다."

전복현이 조용히 말했다.

"우선 서안에 가서 한번 찾아보게. 친구나 친척에게 물어보면 되잖아. 이번 기회를 놓치지 않는 게 좋겠어."

"지금 이런 판국에 개가 아는 사람 집에 있겠습니까?"

"못 찾아도 상관없지. 어쨌든 한번 갔다 오는 것이 좋을 것 같은데. 앞으로 내가 악 서기를 만나면 말하기도 좋고 말이지. 자네가 지금 열심히 찾고 있다고 하면서……."

"악 서기가 나보고 가서 찾아보라고 했습니까?"

전복현이 눈을 크게 뜨고 솔직하게 말했다.

"자림, 자네는 머리가 너무 빨리 돌아. 그래서 별일도 아닌 것을 더 어렵게 만든단 말이야. 자네가 먼저 가서 찾아봐. 조붕을 찾게 되면 좋고 못 찾아도 상관없지 않은가? 자네 죄는 아니니까 말이지."

녹자림이 결심했다는 듯이 아주 단호한 어조로 말했다.

"좋아요, 내가 가서 찾아보지요."

다음날 평원을 떠나서 서안으로 들어간 녹자림은 우선 둘째 아들 녹조해를 찾았다. 이어 악유산이 자신에게 말한 이야기의 배경과 내용을 하나도 빠뜨리지 않고 조해에게 털어놓았다. 녹자림은 조해가 악유산의 의도가 무엇인지 분석해 주기를 바랐다. 그러나 아버지의 말을 다 들은 조해는 원망스러운 듯 아버지에게 말했다.

"아버님, 정말 딱하십니다. 이렇게 명백한 말을 이해하지 못하신단 말입니까?"

조해는 아예 분통을 터트리기까지 했다.

"이건 그가 아버지를 업신여긴 거예요."

녹자림은 아들 앞에서 낯이 뜨거워 가만히 있었다. 조해가 다시 말했다.

"악유산은 학 현장을 총살시키고 지금 아주 의기양양해 있어요. 그 작자는 형님이 투항하지 않을 거라는 것을 잘 알면서 일부러 아버지에게 그렇게 말한 거예요. 그 작자는 아버지하고 조붕 형이 몰래 연락을 하고 있다고 의심하는 거란 말이에요. 이런 속셈을 모르셨다는 말입니까?"

"나도 그것까지는 생각해 보았다. 하지만 확실하게 단정 지을 수가 없었던 거야. 나도 여러 각도에서 생각해 보았다."

"그 작자는 아버지가 향약을 하고 있는 것에 의심을 품고 있다고요."

"그것도 생각해 봤다."

조해가 화를 내면서 말했다.

"아버지가 어디 가서 조붕 형을 찾는단 말이에요? 만일 그 작자가 아버지에게 그 얘길 다시 꺼내면 이렇게 말하세요. '자네는 현상금을 걸고도 못 찾는데, 내가 어디 가서 찾는단 말인가?'하고요."

녹자림이 쓴웃음을 지었다.

"내가 어떻게 그런 말을 하겠느냐?"

"좋아요. 아버지가 말하기 어려우면 제가 말할게요. 그 작자는 아주 비열한 놈입니다."

녹자림은 조해가 정말로 그렇게 할까 봐 걱정이 되었다.

"그렇게 멋대로 일을 처리해서는 안 된다."

"아버지, 기왕에 오셨으니 며칠 머물다 가세요. 양고기 만두도 드시고 연극도 구경하시고요. 그리고 돌아가셔서 못 찾았다고 하세요. 그 작자가 아버지를 설마하니 잡아먹기야 하겠어요?"

녹자림은 조해가 있는 곳에서 며칠을 머물렀다. 매일 아침에는 일찌감치 노손가관老孫家館이라는 음식점에 가서 뜨거운 양고기 만두를 먹었다. 또 저녁에는 삼의사三意社 극장에 가서 서안 일대에서 유행하는 지방극인 진강秦腔을 즐겼다. 그가 지금 걱정하는 것은 오로지 한 가지였다. 아들 조해의 지위가 악 서기보다 낮지 않을까 하는 것이었다. 군대에서 중대장이라는 지위는 자수현 서기보다 높은 걸까? 만약 그렇지 않다면 어쩌지? 그런데 조해의 말투로 봐서는 악유산이 그리 대단하지 않다는 사실을 알 수 있었다. 어쨌거나 양고기 만두를 먹고 서안 일대의 지방극을 보는 것은 녹자림의 취미였다. 이렇게 편하게 사흘이 훌쩍 지나갔다. 나흘째 되는 날 조해가 돌아와서는 허리춤의 권총집에서 총을 꺼내면서 말했다.

"오늘 그 자식한테 한 방 먹였어요."

녹자림이 무슨 말인지 몰라 멍하니 바라보자 조해가 경멸조의 어조로 말했다.

"악유산 그 자식이요."

녹조해는 연대장과 함께 군용 지프를 타고 자수현으로 가서는 곧장 악유산의 사무실로 들어섰다. 허리에 권총을 찬 채였다.

"이분은 국민혁명군 제17사단 3연대의 염冉 연대장이오."

그러자 염 연대장도 녹조해를 소개했다.

"이쪽은 중대장인 녹조해요. 녹 중대장의 부친은 악 서기 휘하의 백록진 보위소의 향약인 녹자림 선생이오. 우리는 오늘 향약의 일 때문에 특별히 악 서기를 만나러 온 것이오."

악유산은 어쩐지 미심쩍었으나 공손하게 대답했다.

"무슨 말씀이신지 모두 말씀하십시오. 제가 힘닿는 데까지 도와드리겠습니다."

염 연대장이 일부러 엄숙한 소리로 물었다.

"당신이 녹 향약에게 말한 것 있잖소. 그것 때문에 노인장께서 너무 놀라 사흘 밤 사흘 낮을 주무시지도 드시지도 못하고 있소. 그러다가 서안의 녹 중대장 집으로 와서는 고향으로 돌아가지를 못하고 있단 말이오."

악유산이 웃으며 말했다.

"그건 오해요, 오해. 순전히 오해요. 저는 단지 어르신께서 혹시나 녹조붕을 만난다면 권해달라는 거였습니다. 녹조붕이 자수현으로 돌아오면 현장을 시켜준다고요. 어르신께서 오해하셨던 모양입니다."

가만히 듣고만 있던 녹조해가 비로소 입을 열었다.

"당신이 1,000냥의 현상금을 내건 지 이미 몇 년이나 되었소. 그러나 그 1,000냥의 현상금을 아직 아무도 가져가지 못하고 있잖소. 그렇게 어려운 문제를 우리 아버지께 미룬 것이 그분을 난처하게 만드는 것이 아니란 말입니까?"

그러자 악유산은 급히 변명하고 나섰다.

"난처하게 할 의도는 절대로 없었소. 어르신께서는 본 현의 성실하신 향약이시고 나는 그분을 신임하고 있어요. 그 말을 한 것은 정말이지 녹 중대장의 형님이 우리 현을 위해서 국민혁명 대업에 참여하기를 기대했기 때문이에요."

"그런 마음 써주는 것도 사정을 봐 가면서 해야죠. 조붕 형은 농협을 만드는 일로 아버지와 원수가 되었소. 이 백록원에서 그 사실을 모르는 사람도 있소? 그런데도 아버지에게 경계심을 가지고 대하니 그분께서 어떻게 여기서 마음을 놓고 지낼 수가 있겠소?"

악유산이 과장된 몸짓으로 고개를 흔들면서 말했다.

"나도 그 일은 알고 있소. 그래서 더욱더 어르신을 존경해 왔소. 털끝만큼의 의심도 품은 적이 없소."

"백록원에 분분히 소문이 나돌고 있소. 아버지가 만일 조붕 형을 내놓지 않으면 향약의 직분에서 우선 파면한다는 것과 또 아버지를 인질로 잡으려 한다는 얘기도 돌고 있소."

"소문이란 믿을 것이 못 되오. 지금 두 분 앞에서 감히 말씀드리겠는데 내가 자수현에 있는 이상 아무도 어르신의 향약 자리는 넘볼 수 없을 거요. 가서 어르신께 확실하게 말하시오. 그리고 오해를 풀라고 전해 주시고."

"우리 아버지께서 겉으로 보기에는 아주 강하고 똑똑해 보이나 실은 담이 아주 작단 말이오. 방귀 소리만 크게 나도 주저앉는 그런 분이오. 요 몇 년 동안 총살에 교살에 별걸 다 보았으니 어떻게 담이 작아지지 않을 수가 있겠소. 내가 지금 이 권총을 당신 가슴에 겨눈다면 당신은 두렵지 않겠소?"

악유산은 머리끝까지 화가 치밀었다. 그러나 여전히 온화한 얼굴을 유지하면서 말했다.

"오해요. 순전히 오해란 말이오."

녹조해가 하고 싶은 말을 다 하고 오늘 방문의 목적이 이루어졌다고 생각했을 때 염 연대장이 말했다.

"악 서기가 별다른 의도가 없었다고 하니 이쯤 해 두지. 그럼 이제 가보겠소."

두 사람은 사무실을 나와서는 흙먼지가 가득 쌓인 좁은 자수현의 골목을 한참이나 돌아다녔다. 일부러 그곳에서 자신들의 위세를 과시하려는 의도였다.

조해의 말을 들은 녹자림은 큰 소리로 웃으면서 악유산을 조소했다.

"그래? 난 악유산이 우리 현에서 제일 높은 사람인 줄 알았더니……. 그가 겁을 낼 때도 다 있단 말이지? 아니 그 권총을 겁냈단 말이지? 하하하."

"제가 그 작자는 아주 저질스럽다고 했잖아요."

녹조해의 말에는 악유산에 대한 경멸이 묻어 있었다.

조해의 말에 따라 녹자림은 며칠 더 서안에서 양고기를 먹고 지방극을 보면서 일부러 고향으로 돌아가는 것을 미루었다. 그러다 보름 후 스스로도 자신의 볼에 살이 오른 것을 느끼게 되었을 때 이제는 돌아가겠다는 결정을 내렸다. 염 연대장은 특별히 차를 보내 녹자림을 백록원까지 모셔드리려 했다.

"괜찮아요, 괜찮아. 너무 과하지 않겠습니까?"

녹자림이 황송해하며 거절했으나 염 연대장은 자신의 뜻을 굽히지 않았다.

"이런 때일수록 위세를 몰고 가야 됩니다. 그곳의 개새끼 한 마리라도 감히 어르신을 가볍게 보지 못하게요."

자동차는 백록진을 향해 쏜살같이 달려 백록창 문 앞에 섰다. 전복현은 정부 요원이 백록창으로 파견 나온 줄 알고 급히 문 앞으로 달려갔다. 그러나 군용차에서 내린 것은 녹자림 부자와 낯모르는 군관이었다. 오는 도중에 말을 맞춘 대로 염 연대장이 말했다.

"전^田 총향약님! 녹조해 중대장의 아버님을 잘 부탁드립니다. 군인은 마음이 편해야 죽으러 가기도 편한 법입니다."

전복현은 어색한 얼굴로 웃으며 대응하고는 안으로 들어가 염 연대장을 대접했다. 염 연대장과 녹조해는 곧 차를 타고 돌아갔다.

그 이후 녹자림은 그의 일생 중 가장 멋진 날을 보내기 시작했다. 심지어 보위소에 관한 일도 자신이 직접 나서서 처리할 일을 제외하고는 아랫사람에게 시켰다. 어떠어떠한 마을의 어떠어떠한 사람의 어떠어떠한 일은 어떠어떠하게 처리하라, 모 마을의 누구누구의 어떠한 사건은 내가 말한 대로 이렇게 처리하라……. 이런 식이었다. 그는 목에 힘을 주면서 술을 마시러 쏘다녔다. 자연스럽게 시내 상점 주인들은 모두 그의 술친구가 됐다. 만일 낮에 술 먹을 기회를 놓쳤으면 밤에라도 반드시 가서 보충하고는 했다. 이뿐만이 아니었다. 백록진 보위소 소속의 각 마을뿐 아니라 먼 마을의 촌장들도 그와 좋은 관계를 맺고 싶어 했기 때문에 자주 찾아와서는 함께 술잔을 기울였다. 이렇게 그가 거의 매일 곤드레만드레 취해 집에 돌아오니 급기야 아내가 참지 못하고 말했다.

"당신, 서안에서 돌아오고부터는 아예 술독에 빠져 지내는구려."

"당신 말이 맞았소. 내가 이 나이가 되어서야 비로소 세상사를 알게 되었단 말이오."

공무든 집안일이든 그가 술 마시는 일에는 어떤 영향도 주지 않았다. 그럼에도 매일 집에 돌아와서 조붕의 아내인 큰며느리의 쓸쓸한 모습을 볼라치면 가슴이 내려앉는 것은 어쩔 수 없었다. 며느리가 그렇게 집에서 생과부로 늙어가는 것이 불쌍해서 지켜보기 힘들었던 것이다. 그러나 어떻게 할 방도가 없었다. 만일 며느리가 냉 의원의 딸만 아니었더라면 그는 며느리를 진즉에 이 집에서 떠나도록 했을 것이다. 그렇게 된다면 최소한 시아버지로서의 심리적 부담이라도 덜 수 있으련만. 그러나 그로서는 냉 의원의 준엄한 얼굴을 대할 때마다 이혼 말을 꺼낼 수가 없었다. 어느 날 그는 술 한 병을 품속에 넣고 냉 의원의 중의원인 중의당을 찾았다. 이어 악유산이 자기에게 했던 일들을 말하고는 서안에서 양고기 만두를 먹으며 지방극을 본 이야기를 했다. 마지막으로 술기운을 빌어서 마음속에 담아 두었던 말도 했다.

"형님! 그 개만도 못한 놈이 집안의 화근이 되었습니다. 멀쩡하던 우리 집이 그 자식놈 때문에 완전히 엉망이 되었습니다. 며느리도 생과부를 만들고……."

녹자림은 이렇게 직접적으로 며느리의 가련한 처지를 개탄하며 냉 의원의 양해를 구하고자 했다. 냉 의원이 말했다.

"영웅은 아녀자의 손에 패하는 법일세."

녹자림은 이 말 한마디로 많은 위안을 얻었다. 이로써 자식들의 일로 냉 의원에게 굳이 사과를 할 필요가 없게 되었다. 예전과 다름없이 지낼 수도 있게 되었다.

녹자림의 이런 행동은 당연히 전복현의 경각심을 불러일으켰다. 전복현이 현으로 회의를 하러 왔을 때였다. 악유산은 그를 찾아가 단독으로 면담을 했다. 녹자림이 혹시 녹조붕과 물밑 접촉을 하지 않을까 하는 의문을 제기하기 위해서였다. 그는 전복현의 달아오른 얼굴을 보면서 엄숙하게 말했다.

"전 총향약님은 분명 알고 있으리라고 생각합니다. 두 얼굴을 가진 자를 놓쳐서는 안 됩니다. 나는 거짓말은 절대 용서 못합니다."

전복현이 확실하게 대답했다.

"아니오! 녹자림이 단순한 인물은 아니지만 그렇다고 비적과 내통할 정도의 배짱은 없어요."

악유산은 녹조해와 연대장이 자신을 찾아왔던 이야기를 꺼냈다.

"두 병신 같은 자식들이 찾아왔었어요. 자식들이 나를 겁줘?"

전복현도 악유산이 비꼬는 어조에 장단을 맞췄다.

"개나 돼지나 허리에 총만 차면 다라고 생각하나 보오. 제깟 놈 성이 뭔지나 아는지 모르겠소이다."

전복현은 그렇게 말하면서 악유산의 비위를 맞춰줬다. 비로소 녹자림이 서안에서 돌아온 다음 그렇게 위세를 떨면서 다닌 것이 둘째 아들을 믿었기 때문이라는 사실을 알 것 같았다. 그렇지만 너무 지나치지 않은가 말이다.

전복현은 다음날 백록진 보위소를 찾아서 녹자림을 비꼬았다.

"허구한 날 술만 퍼마시다니, 세월도 좋군."

녹자림이 벌겋게 달아오른 얼굴을 한 채 말했다.

"아니, 형님. 무슨 말씀을 그렇게 하시오?"

"그렇게 술을 마시고 사방팔방으로 돌아다니면서 수양아버지 노릇이나 하고 말이지. 사람들이 말하길 당신 수양아들이라는 자들이 실은 모두 자네 친아들이라고 하던데?"

녹자림이 더욱더 뻘게진 얼굴로 말했다.

"사람들이 아들들을 데리고 와서 내게 수양아들 삼기를 부탁하는 것은 군대를 면제받을까 해서예요. 내가 마음이 약해서 거절하지 못했을 뿐이지. 수양아비 노릇하는 것이 내게 좋을 게 뭐 있겠어요. 그래, 총향약은 그런 더러운 소문을 믿는단 말인가요?"

"그런 일이 있건 없건 내가 간섭할 일이 뭐 있겠나? 그러나 보위대 정식 공무를 팽개치고 다닌다면 내가 얼굴 붉혀도 할 말이 없을 걸세."

녹자림은 켕기는 게 없지 않아 얼굴을 문지르면서 말했다.

"어떤 일도 잘못되지 않습니다. 걱정 마십시오. 내가 술 마시는 것은 좋아하지만 그렇다고 공무에 방해되는 일은 없을 거요."

전복현은 그제야 녹조해가 악유산을 찾아간 이야기를 했다.

"그럴 필요가 어딨어? 군대 밥을 먹는 자들이 언제까지 한 곳에만 주둔할 것 같은가?"

전복현의 말에 녹자림은 얼굴에 핏기가 싹 가셨다. 등골이 오싹한 듯 몸도 조금 떨었다. 그것은 치명적인 한마디였다. 전복현은 연대장이라는 말은커녕 녹조해 중대장이라는 말도 입에 올리지 않고 뭉뚱그려서 한마디로 '군대 밥 먹는 자들'이라고 칭했다. 그저 군대 밥이나 축내는 그런 무리들이라는 말투였다. 그들이 영원히 이 서안에 주둔하지 않을 것은 너무나 자명한 일이다. 녹자림 역시 영원히 아들의 비호를 받으면서 양고기 만두나 먹고 연극이나 구경할 처지가 아닌 것이다. 군대가 서안에서 철수하면 아들이 어디로 발령받을지 모른다. 그때가 되면 어떻게 권총을 차고 와서 으스댈 것인가? 악유산은 그때가 되어도 독사처럼 살아남아 있을 것이다. 세상사를 다 파악했다고 생각한 녹자림도 비로소 자신의 안목이 짧았음을 느꼈다. 그는 하는 수 없이 전복현에게 고개를 숙이며 말했다.

"젊어서 철모르고 한 짓입니다. 형님께서 악 서기를 만나면 미안하다고 전해 주십시오. 더구나 그런 얼간이들하고 왈가왈부할 것도 못 된다고 전해 주십시오."

그러나 전복현은 그 정도에서 물러서지 않고 의미심장하게 말했다.

"젊은것들이 그러는 거야 대수롭지 않네. 그렇지만 나이도 먹을 만큼 먹은 사람이 그렇게 가볍게 굴어서야……, 원."

효무가 족보에 관한 일을 상의하려고 녹자림을 찾아왔던 것은 바로 두 사람이 이렇게 심각한 이야기를 하던 중이었다. 백효무를 보내고 녹자림은 전복현을 향해 두 손을 벌려 보이며 말했다.

"백가헌 이 양반은 늘 이런 쓸데없는 일 벌이는 것을 좋아한단 말이에요."

평상시라면 세월이 가는 것이 우마차의 행보처럼 느리고도 유유자적할 터였다. 그러나 대기근이나 질병 같은 혼란이 오면 확 달라진다. 마차의 바퀴가 진흙구덩이에 빠진 것처럼, 또는 바퀴가 빠져버린 것처럼 꼼짝달싹할 수 없는 형국이 되어버린다. 차축이 부러져도 그렇게 된다. 이럴 때는 차축을 바꿔 넣어야 비로소 진창에서 빠져나올 수가 있다.

백가헌은 아버지와 할아버지, 그리고 그 이전의 할아버지가 앉았던 옻칠을 한 의자에 앉았다. 아버지와 할아버지, 그리고 그 이전의 할아버지가 쓰시던 백동 물담뱃대로 담배를 피우면서 이렇게 생각했다. 그는 정원에 서서 안개가 자욱한 맞은편 산을 바라보면서도 이런 생각을 했다. 밤이 되어 담배를 실컷 피우고 따뜻한 차를 마시면서 적막한 침상 위에 누워서도 마찬가지였다. 이런 생각을 떨쳐버릴 수가 없었다. 그는 이미 몇 년 동안 계속된 대기근과 역병, 농협의 사건들에 대해 초연해질 수 있었다. 또 삶과 사람에 대해 깊은 사고를 하게 되었다. 죽은 사람은 그 죽음의 원인이 어디에 있건 마치 진흙 속에 빠져 부러진 차축과도 같은 존재라 할 수 있다. 살아 있는 사람들이 아무리 그 차축의 좋았던 점을 이야기해도 어쩔 수 없다. 반드시 새 차축으로 교체하고 우마차를 진흙에서 빼내 다시 길을 가도록 해야 한다.

그는 지팡이를 짚고 구부러진 허리로 마을을 돌아다녔다. 그러다가 어느 집에서 어머니가 아들을 부르며 우는 소리를 듣거나 남편의 비통한 죽음을 애도하는 소리를 들을 때면 그들을 동정하기는커녕 바보 같은 짓을 한다고 비웃었다. 아버지든 어머니든 딸이든 아들이든 이 세상에 어떤 사람도 영원히 살 수는 없기 때문이다. 한 가족이 영원히 함께 산다는 것은 불가능한 일이다. 아무리 좋은 남편, 아내, 어머니나 아버지라도 일단 죽고 나면 다시는 만날 수 없다. 울고불고해도 다 소용 없는 짓이다. 하물며 이미 부러져버린 차축임에랴! 게다가 아무리 튼튼한 차축이라도 닳고 부러질 때가 오는 법이다. 그래서 죽은 사람에 대해서는 그렇게 특별히 비애를 느낄 필요가 없다.

그러나 백가헌 역시 아내 선초의 죽음에 대해서는 아주 깊은 비애를 느꼈었다. 마치 오랫동안 뭔가가 빠진 것 같은 느낌이었다. 그 빠진 것은 밤마다 그의 다리에 온기를 더해 주던 육체만은 아니었다. 우선 집안에 떠돌던 그녀의 나긋나긋한 소리가 존재하지 않았다. 또 온 방안에 가득하던 그녀의 숨결 역시 그랬다. 소리도 숨결도 아닌 뭐라고 이름 붙일 수 없는 그런 느낌을 비롯한 그 모든 것도 뻥 뚫린 채로 빠져 있었다. 하지만 그는 아내의 죽음까지도 부러진 차축이라는 담대한 결론을 내렸다.

그렇게 인생의 신비에 대해 사색할 때마다 그에게는 언제나 생각나는 것이 하나 있었다. 그것은 백록촌의 인구는 1,000명을 넘을 수 없다는 오래전부터 내려온 저주의 말이었다. 실제로 1,000명을 넘으면 반드시 무슨 재앙이라도 찾아와 인구수를 1,000명 이내로 줄여 놓고는 했다. 그는 자신의 인생에서 처음 경험한 재앙을 통해 그 저주의 말을 의심하지 않게 되었다.

백가헌은 아들 효무가 족보를 보충하는 일에 찬성했다. 마침 그것은 죽은 사람은 부러진 차축과 같다는 결론을 내린 직후였다.

백효무는 삼관묘三官廟에서 스님을 불러 족보에 오를 자격이 있는 사람들을 위한 독경을 부탁하는 것으로 족보 보충 작업을 시작했다. 그것은 장엄하고도 간결한 의식이었다. 족보에 오를 사람들은 먼저 백씨白氏와 녹씨鹿氏의 항렬에 따라 정해졌다. 또 같은 항렬이면 나이에 따라 순서가 정해졌다. 이렇게 해서 행사가 본격적으로 진행됐다. 우선 사자死者의 아들이나 손자가 그 집안의 식구를 대표하여 향 세 개를 향로에 꽂았다. 그다음에 식을 주재하는 대표가 사자의 모든 남녀 상제를 거느린 채 길게 읍을 했다. 이어 세 번 절한 다음 영전 앞에 무릎을 꿇고 예를 올린 후 옆으로 비켜섰다. 그러면 백효무가 붓으로 사자의 이름을 빨간 괘지의 선 안에 써 넣었다. 그런 다음 영전을 향해 세 번 절을 했다. 이후 다시 상제들이 세 번 절을 하고 사당을 물러났다. 이렇게 하면 다섯 명으로 이루어진 악대는 상제들이 대전을 나갈 때까지 유장한 연주를 했다. 악곡은 모든 의식이 끝날 때까지 이어지면서 상제들이 사당을 나간 다음에야 그쳤다. 스님은 상제들이 길게 읍을 하고 절을 한 후에 목어＊魚를 치고 경문을 읽었다. 스님이 독경을 마치고 목어가 울리지 않게 되면 악대들이 또 연주를 시작했다.

백효무는 엄숙하고도 공경하는 자세로 죽은 사람 중 16세 이상의 남자와 백록촌에 시집온 여인들을 모두 괘선 안에 써 넣었다. 시집을 가지 않은 여자들은 스무 살이 넘어서 죽어도 이름이 오를 자격이 없었다. 거의 모든 세대를 망라한 이 신성한 행사를 백효무는 한 치의 실수도 없이 진행했다.

백가헌은 이 두루마리 족보가 다 펼쳐지고 다시 감을 때에야 사당에 나타나서는 가문의 사람들과 함께 절을 했다. 의식이 모두 끝났을 때 백가헌은 사람들의 눈에서 한결 가벼워진 마음을 읽을 수 있었다. 그는 감격에 겨워 한마디를 토했다.

"마차를 언제까지 구렁텅이에 빠진 채 놔둘 수는 없지. 바퀴를 갈아 끼우고 나아가야지."

녹자림은 사당에 오지 않았다. 그의 집안에는 죽은 사람이 없었다. 족보를 보충할 필요가 없었다. 그러나 반드시 그것 때문만은 아니었다. 백효무가 아버지를 향하여 모든 의식의 절차가 끝난 것을 고하다가 한마디를 했다.

"제가 족보 두루마리를 펼 때와 다시 감을 때 모두 아저씨에게 알렸는데 끝내 안 오시는군요."

"그를 사람으로 여겨 몇 번이나 불렀으니 그걸로 됐다. 그가 오든 안 오든 그건 네 알 바가 아니다. 내가 보니 그 사람은 요즈음 밖으로만 나돌더군. 사람이 미치면 좋은 일이 없지. 개야 짖어대면 똥이라도 싸지만 말이야!"

백가헌은 셋째 며느리를 들일 일에 착수했다. 그는 효무에게 지시하여 중매쟁이를 초빙하도록 한 뒤 효무의 아내인 둘째 며느리에게 요리 네 접시와 술 한 병을 데우도록 했다. 그리고 중매인에게 말했다.

"그럼 잘 부탁드리겠습니다."

술과 음식을 잔뜩 얻어먹은 중매쟁이는 기분이 좋아서 여자 쪽에 가서 자신이 해야 할 말을 다 했다. 또 자신이 해야 할 일을 다 했다. 백가헌도 자기 집에서 준비해야 할 크고 작은 사항들을 일일이 효무에게 처리하도록 지시했다. 제일 먼저 해야 할 것은 밀가루를 만드는 일이었다. 하루 종일 일해도 겨우 서 말 정도밖에 빻을 수 없었기 때문에 서둘러 시작해야 했다. 더구나 음력 섣달에는 종종 해가 뜨지 않아 빻아 놓은 곡식을 말릴 수가 없기 때문에 밀가루 만드는 것이 더 더디어질 수도 있었다. 이 단순한 일은 머리를 그다지 쓰지 않아도 되는 것이므로 녹삼이 맡았다. 게다가 젊은이들은 밀가루 만드는 적막한 일을 그다지 좋아하지 않았다. 그러나 백가헌은 효무가 각자에게 배분한 이번 일을 수정했다.

"효의에게 밀가루를 갈도록 맡겨라. 그 애의 성질은 밀가루를 갈듯이 좀 갈아야 되거든."

셋째 아들 효의는 형님인 효무의 지시에 눈을 크게 뜨고 말했다.

"비료 나르는 것이나 솜 타는 일을 할게요. 그런 것이 밀가루 만드는 일보다 쉬운 일은 아니잖아? 맷돌질은 지루해. 정말 짜증 난단 말이야."

효의와 토왜는 독경 일이 끝나고 난 후 쌓아 두었던 거름을 모두 들의 밀밭으로 옮겼다. 또 토호 속에서 황토를 일고여덟 마차 파낸 다음 거름과 섞어 퇴비장에 넣어 바짝 말렸다. 그 후에 작은 수레를 이용해 헛간에 저장했다.

오랜 비와 역병으로 황토흙을 말려 저장하는 일은 다른 해보다 늦어졌다. 효의와 토왜는 언제나 짙은 안개 속에서 길바닥에 우마차 바퀴 자국을 내면서 토호 속으로 갔다. 길의 젖은 흙은 그들로 인하여 뒤집어져 마르곤 했다. 두 사람은 배가 고프면 부엌에 들어가서 옥수수를 구워 먹은 다음 솜 타는 방으로 가서 솜틀에 매달렸다. 그때마다 효무의 아내는 그들에게 수제비를 해 주었다. 일을 하다가 누구든지 배가 고프다고 하면 효무의 아내는 먹을 것을 주어서 입을 막곤 했다. 근래 들어 효무의 아내는 가끔씩 토왜를 놀리기도 했다.

"토왜야, 그렇게 효의하고 놀면 재밌어? 그럼 뭐해! 효의는 이제 장가갈 건데 말이야. 토왜는 어떻게 하지?"

토왜는 이것이 자신을 놀리는 것인 줄 알면서도 아무렇지 않게 웃어 넘겼다. 형수의 놀림에 발끈해서 소리를 지르는 것은 오히려 효의였다. 토왜와 효의 두 사람은 둘도 없는 단짝으로 늘 사이좋게 일하고 함께 솜틀을 돌렸다.

효무가 효의에게 밀가루 가는 일을 시키자 효의는 토왜와 떨어져 일을 해야 하는 것이 못마땅해 아버지에게 일렀다.

"내가 그렇게 하라고 했다."

백가헌의 말에 효의는 깜짝 놀라 아버지를 바라보았다.

"너는 곧 장가를 들어야 한다. 장가를 든다는 건 어른이 된다는 것이다. 그러니 밀가루를 갈면서 너의 그 거친 성격도 갈도록 하여라."

별 수 없이 효의는 하루 종일 방아 찧는 방에 갇히게 되었다. 황소와 적마의 꽁무니를 빙빙 쫓아다니면서 밀가루를 체에 담고 가루도 냈다. 보다 못한 녹삼이 들어와서 무뚝뚝하게 말했다.

"나가서 바람 좀 쐬고 오너라."

고집 센 효의는 녹삼을 방앗간에서 밀어내고 말했다.

"아저씨만큼 될 때까지 나를 갈 거예요."

백가헌은 침착하게 일을 진행했다. 그가 볼 때 며느리를 들이는 것은 하나의 과정에 지나지 않았다. 혼처를 정하는 일이 가장 중요했다. 얼마나 아들에게 맞는 며느리를 얻느냐가 결혼의 관건이었다. 백가헌은 백록촌 주변의 모든 집안을 떠올린 끝에 결론을 내렸다. 그것은 한 집안이 번성하는 것은 남자에게 달린 것이 아니라 여자에게 달렸다는 당연한 진리로부터 시작했다. 또 아무리 똑똑한 남자라도 이재에 밝지 못한 여자를 만나면 한평생 돈을 벌 수 없다. 뿐만 아니라 아무리 인의도덕이 뛰어난 군자라 할지라도 칠칠치 못한 여자를 만나면 한평생 고개를 들지 못하게 된다. 흑왜가 만약 정숙한 여인을 만났더라면 지금쯤 그렇게 비적이 되어 있지는 않을 터였다.

백가헌이 효의의 정혼자를 찾을 때 가장 고려한 것은 아들의 성격이었다. 효의의 천성이 너무나 고집불통이었기 때문에 며느리는 반드시 교양 있고 온화한 성품이어야 했다. 백가헌은 중매쟁이 몰래 친지에게 부탁하여 한 아가씨를 살펴보았다. 그리고 최종적으로 서강촌西康村의 여자를 선택했다. 이 아가씨는 자신의 어머니와 함께 냉 의원의 중의당에 왔던 적이 있었다. 그때 백가헌은 내실에서 그녀의 거동을 살핀 후에 바로 무릎을 쳤다. 그는 양식을 준비하고 솜다발을 묶어서 중매쟁이에게 보냈다. 백가헌은 마음이 흡족했다. 이 아가씨가 세 번째 며느리가 된다면 가장 완전한 며느리가 될 것이기 때문이었다. 효문의 결혼을 결정할 때 가장 중요하게 여긴 것은 건강이었다. 당시에는 일할 사람이 필요했기 때문에 효문보다 두 살 위인 튼튼한 여자를 들였다. 건강을 제외한 나머지는 보통이었다. 효무의 혼처를 정할 때는 냉 의원이 사람을 넣어서 사돈을 맺자는 제의를 했기 때문에 선택의 여지가 없었다. 그러나 둘째 며느리도 그다지 나쁘다고 말할 수 없었다. 단지 좀 아둔할 뿐이었다. 하지만 이번에 심사숙고하여 효의의 혼처로 정한 이 며느리는 흠잡을 데 없는 여자였다.

정월 초사흗날에 거행된 혼례식은 온 마을을 떠들썩하게 했다. 역병이 지나가고 처음으로 맞는 꽃가마였기 때문이었다. 떠들썩한 악대의 연주는 죽음이 가득했던 거리의 적막함을 쫓아버렸다. 덕망 높은 족장 아들의 결혼식이었기에 백씨와 녹씨 성을 가진 집에서는 모두 찾아와 도왔다. 녹자림은 혼례에서 집사 일을 맡아 일을 순조롭게 처리했다. 백가헌은 주인으로서 사람들을 지휘하기가 마땅치 않았으므로 안팎의 일들을 모두 녹자림에게 맡겼다. 일을 시작하기 전 그가 녹자림에게 당부했다.

"모든 일을 부탁하겠네."

"안심하십시오. 내가 오늘 술 한 동이 마실 좋은 기회를 만나지 않았습니까?"

이번 혼사를 준비하는 과정에서 가장 놀라웠던 것은 주 선생이 부인을 대동하고 처가를 찾았다는 사실이었다. 그래서 오랜만에 친정집을 찾은 백씨는 어머니 조씨와 이야기를 나눌 수 있었다. 백가헌은 주 선생을 최고의 귀빈으로 모시기 위해 서쪽의 자기 침실로 안내했다. 두 사람은 방에 들어서자 형식적인 인사말은 생략한 채 차를 마시면서 말했다.

"효문이 고향으로 돌아오고 싶다는군."

백가헌은 아무 대답도 하지 않았다.

섣달그믐이 가까워 혼사 준비가 막바지에 이르렀을 때였다. 백효문白孝文이 보안대의 병사를 시켜 한 꾸러미의 은화와 편지 한 통을 보내왔다. 정월 초하룻날 고향에 돌아와 할머니와 아버지께 세배를 한 후 셋째 동생의 혼례에도 참가하겠다는 내용이었다. 은화는 동생에 대한 그의 성의였다. 백가헌은 편지를 봉투 속에 도로 넣고 은과 함께 가져온 사람에게 돌려주면서 말했다.

"누가 자네에게 이것을 주었는지 모르지만 그 사람에게 도로 가져다주게."

백가헌은 보안대의 병사에게 먹을 것도 권하지 않은 채 지팡이를 끌면서 들어오다 갑자기 소리를 질렀다.

"효무야, 손님 가신단다!"

백가헌은 물담배를 한 모금 들이마시고는 주 선생의 말에 대답했다.

"그놈이 고향에 돌아오는 것은 그놈 자유지요. 제가 언제 막는답니까?"

주 선생이 더욱 엄숙한 목소리로 고쳐 말했다.

"그 아이는 집에 돌아오고 싶어 한다네."

"집에 돌아오고 싶으면 오라고 하죠. 제가 언제 그놈 집 문을 막고 있습니까?"

주 선생은 요리조리 빠져나가는 백가헌의 말에 할 수 없이 하하하, 하고 웃었다. 효문은 분가를 해 살던 집을 녹자림에게 팔았다. 그러나 그 집은 예전에 이미 헐려버렸다. 그러니 백효문은 이 평원에 살 집이 없었다.

"그 애가 돌아와서 처남에게 잘못을 빌고 싶다는 걸세. 그리고 어머니 묘에도 분향을 하고 말이지."

백가헌이 빈정거리듯 말했다.

"어이쿠, 그 자식이 우리 집 대문을 들어선다고요?"

백가헌은 그렇게 말하고서는 튀어나온 눈동자를 게슴츠레 뜨며 바보스럽게 말했다.

"전 그놈이 누군지도 모릅니다. 그런데 나한테 뭘 빌겠다는 건가요?"

주 선생은 백가헌의 태도에 당황하거나 노여워하지 않았다. 그 정도는 이미 예상한 일이었다.

"자네가 효문을 못 오게 하는 것은 말이 안 되지. 이치에도 안 맞고 말이야."

"제게 그런 아들은 없습니다. 이미 오래전에 잊었습니다."

"그러나 그 애는 아직 자네 아들이야. 자식이 나쁜 것을 배웠다고 모른 척하는 것은 이치에 맞지 않아. 이제는 좋은 사람이 되었는데도 계속 모르는 척한다면 그것도 이치에 맞지 않는 행동 아니겠나?"

주 선생은 여기까지 말하고는 입을 다물었다. 가헌에게 생각할 시간을 주려는 것 같았다. 그리고는 일어서서 말했다.

"나가서 바람 좀 쐬고 오겠네."

주 선생이 몇 발자국 걸어가다 다시 돌아와 말했다.

"내가 잊고 말 안 한 것이 있네. 효문이 대대장으로 승진했다네."

백가헌이 머리를 들고서 핏대를 세우면서 말했다.

"그놈이 황제가 된다 하더라도 우리 집 대문을 넘을 생각은 말라 하세요."

주 선생은 백록촌을 거닐었다. 겨울 해의 맑은 빛이 전답을 비추고 있었다. 얇게 얼어붙은 눈이 쌓여서 평원을 덮었다. 그래도 또 보리싹은 추위 속에서 강인하게 땅을 뚫고 나왔다. 그 어린 싹은 검은 흙 아래에서 나왔다. 보리밭을 덮었던 보릿짚이 눈과 비로 까맣게 변했던 것이다. 보리를 키우는 옥토는 독약도 함께 키웠다. 이제 양귀비밭을 갈아엎는 일은 없었다. 정부는 양귀비 생산을 금지하기는커녕 양귀비밭에 세금을 부과했다. 양귀비밭의 세금 수입은 논보다 수십 배 많았다. 현 정부의 금고는 날로 부유해졌다. 백성들도 처음에는 높은 세율에 놀랐으나 여러 가지로 따져 본 끝에 그래도 양귀비를 심는 것이 벼를 심는 것보다 몇 갑절 이익이라는 사실을 알았다. 처벌과는 거리가 멀게 된 양귀비 재배는 이제 유행처럼 번져나갔다. 음력 3월, 평원에는 오색의 아름다운 꽃이 피어나기 시작했다. 주 선생은 들길에 난 작은 길을 걸어가면서 개탄을 금치 못했다. 또 자신의 무능을 탄식했다. 그는 잔설 밑에 숨어 있는 양귀비 잎을 보면서 그게 마치 동면하는 작은 뱀 같다는 생각을 했다.

결혼식의 환호와 여흥은 닭이 세 번 울 때까지 계속되었다. 새신부의 얼굴을 보려는 젊은이들은 마지막까지 신방에 있다가 흩어졌다. 그러나 정적이 감도는 마을 골목에는 열광하는 그들의 소리가 아직 끝나지 않고 감돌았다. 백가헌 일가는 먼 곳에서 찾아온 친척들과 한담을 나누면서 새 신부 다루기를 끝낸 젊은이들이 돌아가기를 기다렸다. 백효무는 대문을 닫고 제수씨와 효의를 안채로 불러들여 촛불을 붙이게 했다. 백가헌은 제사상 앞의 긴 의자에 앉아 있었다. 효의는 향을 사른 후 조상에게 절을 했다. 새 신부인 강씨康氏도 치마를 살짝 들어 올리고 효의를 따라서 무릎을 꿇었다. 우아한 자태로 절하는 모습이 사람들의 마음을 움직였다. 백가헌은 엄한 얼굴로 가훈을 읽어 내려갔다. 그것은 《주자가훈》朱子家訓에서 뽑아낸 문장이었다. 마지막으로 효의가 신부와 함께 그곳에 모인 모든 가족들에게 인사를 올릴 일이 남았다. 효의가 먼저 할머니의 의자 앞에 서서 말했다.

"이분이 할머님이셔."

신부가 상냥하게 "할머님!" 하고 부르고는 고개를 숙였다. 할머니는 이가 다 빠진 입을 벌리고 웃으며 기쁨을 이기지 못했다.

"우리 아가, 절하는 모습이 너무 예쁘구나!"

효의가 백가헌의 앞에 서서 말했다.

"아버님이셔."

신부는 역시 "아버님!" 하고 부르고는 다시 우아한 자태로 절을 했다. 이어 효무 부부에게도 절을 한 다음에 여러 친척들에게도 예를 올렸다. 효무 아내가 할머니에게 이제는 합환合歡의 음식을 준비해도 되는지 물어보았다. 그러자 백가헌이 갑자기 손을 흔들며 자리를 뜨려는 사람들을 제지했다.

"빨리 가서 녹삼 아저씨를 모셔 오너라."

자신의 소홀함을 깨달은 효무가 다급하게 녹삼을 부르러 갔다. 녹삼은 천둥 같은 소리로 코를 골며 자고 있다가 게슴츠레한 눈으로 옷을 걸친 후 효무에게 소맷자락을 잡힌 채 안채로 들어왔다. 그리곤 번쩍거리는 촛불 아래서 눈을 휘둥그렇게 떴다.

"이분이 우리 아저씨야."

새색시는 또 "아저씨!" 하고 부르면서 고개를 숙였다. 백가헌은 또 한 번 가족들과 새색시를 향하여 엄중하게 일렀다.

"녹삼 아저씨도 우리 식구다."

밤에 아무리 늦게 자더라도 이 집안사람들은 '해 뜨기 전에 일어나서 집안 청소를 한다.'는 주자가훈을 지키려고 노력했다. 어젯밤에도 그랬다. 어른들은 사실 눈만 붙였을 뿐으로 발밑의 이부자리가 따뜻해질 새도 없이 일어나 앉아 있었다. 침상에서 옷을 입고 있던 백가헌은 대나무로 마당을 쓰는 소리가 여느 때와는 다르다는 것을 느꼈다. 그리고 곧 그것이 새 며느리일 거라고 생각했다.

그가 지팡이를 들고 서쪽 채로 나오자 마침 마당을 다 쓴 새색시는 방으로 들어와 요강을 비웠다. 백가헌은 쪼그리고 앉은 채 새 며느리의 시중을 받으면서 놋대야에 떠 온 세숫물에 세수를 했다. 그리고 막 문안을 하러 온 셋째 아들을 바라보았다. 색시를 쳐다보는 그의 눈빛에 일말의 부끄러움과 온화함이 스며 있는 것을 볼 수 있었다. 그는 아들이 어젯밤에 인생의 비밀을 맛본 것임에 틀림없다고 단정 지었다. 그리곤 마음속으로 '이 아비가 너에게 흠잡을 데 없는 색시를 구해 주었지.' 하고 흐뭇해했다. 백가헌은 수건으로 목을 닦으면서 효의에게 당부했다.

"의관을 정제하고 신행을 다녀오도록 하거라. 신부를 자상하게 대해야 한다. 늘 그렇듯이 뚱한 얼굴로 눈을 내리깔지 말고……."

효의는 아직도 그 신비스럽고 놀라운 여파에서 헤어나지 못하고 있었다. 합환 음식을 먹은 후 피곤했던 그는 방으로 돌아오자마자 옷을 훌훌 벗어던지고는 이불 속으로 들어갔다. 이어 몇 번 뒤척이다가 곧 잠이 들었다. 그는 사실 남녀관계에 대해선 거의 아는 게 없었다. 백가헌의 아들들은 모두 이렇게 순결했다. 아내를 얻은 후 가지는 신혼 초야의 뜻을 알 턱이 없었다. 그래서 늘 하던 대로 잠자리에 들어 곧 잠이 들었던 것이다. 그에게는 새로 만든 이불과 베개의 푹신푹신한 감촉이 평소와 다르다는 생각 외에는 없었다. 그는 잠결에 오른팔에 보드라운 피부가 닿는 것을 느꼈다. 이상한 향내도 맡았다. 그것은 마치 어머니의 젖내와도 같은 냄새였다. 그 냄새에 그는 연달아 재채기를 했다. 그리고 몸을 부르르 떨었다. 그의 몸이 따뜻한 육체에 부딪혔기 때문이다. 그 순간 그는 비로소 어리석음에서 빠져나올 수 있었다. 재채기가 끝나자 그는 몸을 돌려서 색시를 꼭 껴안았다. 이어 이 시각 이전에 그가 얼마나 순수하고 마차밖에 몰 줄 모르는 바보였는지 깨달았다. 그녀는 거부하지 않았을 뿐더러 모든 것을 그에게 의지했다. 이것이 그를 한층 자극시켰다. 그의 뇌리에서 펑, 하는 소리가 터져 나왔다. 그는 온몸이 솟구치는 것 같은 기분을 느꼈다. 아랫도리에서는 자연스럽게 사정을 하고 있었다. 그러자 비로소 얼마간 안정되었다. 얼마 후 사정의 순간은 한 번 더 왔다. 이어 세 번째로 흥분하기 시작했을 때 비로소 그는 이상향에 도달했다. 그 순간 그는 또 한 번 탄식했다. 지금 이전의 그는 얼마나 바보였던가……. 그가 세 번째의 탐색전을 완수하자 새색시는 일어나 옷을 입기 시작했다. 그녀가 옷을 다 입고 바닥으로 내려설 때 그는 또 강렬한 욕망을 느꼈다. 그래서 그녀의 팔을 잡고 이불 안으로 끌어들이려고 했다. 순간 아내가 살짝 웃더니 허리를 굽혀 그의 얼굴에 입을 맞추고는 몸을 돌려 문을 나섰다.

효의가 놋대야 앞에 앉았을 때는 이미 마음이 평정된 상태였다. 그는 부친이 방금 수건을 내려놓은 세숫대야에서 세수를 했다. 그리곤 부친에게 말했다.

"우선 토왜하고 마차로 황토를 운반하러 갔다 올게요. 걔 혼자는 어려워요. 신행은 나중에 가도 돼요."

토왜는 이미 혼자서 말을 몰고 퇴비장을 나서고 있었다. 효의가 마차 위로 뛰어올랐다. 머릿속에서 갑자기 어젯밤에 전율하던 일이 떠올랐다. 그는 토왜를 쳐다봤다. 이어 그도 분명히 어제 이전의 자기처럼 바보 숫총각일 거라는 생각을 했다. 토호 속으로 들어갔을 때 토왜가 냉랭한 목소리로 물어 왔다.

"너 어젯밤에 색시와 한 이불에서 잤어?"

효의는 움찔하면서 토왜가 이런 신비한 것을 알고 있는가 생각했다. 토왜가 계속해서 물었다.

"너 여자하고 한 이불 속에서 자는데 창피하지 않았어?"

효의는 얼굴을 붉히면서도 어른이 아이에게 훈계하듯이 말했다.

"토왜야, 어린애는 쓸데없이 그런 것을 물어보는 게 아니야."

토왜는 어이가 없다는 듯이 고개를 저었다. 이후 다시는 입을 열지 않았다. 오로지 삽질만 했다. 겨우 하룻밤 사이에 그렇게 친했던 효의가 완전히 다른 사람이 되었단 말인가? 토왜의 가슴에 일말의 쓸쓸함이 차올랐다. 그리고 담담하게 말했다.

"효의, 너는 신행이나 가라. 새 옷이 더러워지잖아. 여기 일은 내가 할

게."

　　효의는 토왜를 쳐다보면서 아무 말도 하지 못했다. 유년 시절을 함께했던 죽마고우의 정이 이제는 되돌릴 수 없는 종말을 고하는가…….

제27장

　백효문은 큰고모부 주 선생으로부터 드디어 아버지가 그를 받아들일 준비가 되었을 뿐 아니라 백록원으로 돌아오는 걸 허락했다는 말을 전해 들었다.

　그는 지금 인생의 황금기를 누리는 중이었다. 모든 일이 순조롭게 잘 풀리고 있었다. 우선 그가 몸 담고 있는 보안대가 보안단으로 승격되었다. 원래 소속되었던 2개 지대는 각 1대대와 2대대로 격상되었다. 또 주로 청년단원들로 확대 편성되었다. 효문은 1대대의 대대장으로 진급했다. 현과 성안의 안전을 책임지는 자수현부滋水縣府의 어림군御林軍 지휘관이 되기도 했다. 그의 모습은 이제 이전의 서생과는 거리가 멀었다. 현과 성안의 구석구석을 살피고 다니면서 단원을 훈련시킨다거나 보초 상태를 점검하는 등의 일처리에도 빈틈이 없었다. 그의 위엄 있는 용모는 서서히 성안 주민들의 주목을 받았다. 이름 역시 현 지역에 널리 알려졌다. 이 사실은 바로 이 부리부리한 눈매를 가진 사람이 자수현의 사회, 정치, 나아가 생활 질서에까지 영향을 끼치게 되었다는 사실을 의미했다.

　백효문은 백록원으로 돌아가기 위한 역사적인 여정을 세심하게 준비했다. 이번 여정의 가장 중대한 목적은 대대장이라는 높은 지위와 권위로 백록촌의 골목골목마다 남아 있는 자신에 대한 좋지 못한 기억들을 깡그리 없애버리는 것이었다.

그가 떠나기 위한 준비를 다 끝낸 마지막 날, 뜻밖에도 현에서 깜짝 놀랄 만한 큰 사건이 발생했다. 바로 비적 떼의 부두목인 흑왜黑娃가 보안단에 붙잡힌 것이다. 이것은 그가 대대장에 오른 이후 가장 큰 성과였다. 잡은 자와 잡힌 자인 백효문과 흑왜의 이름은 금세 자수현 곳곳으로 퍼져 나갔다. 백효문은 사태가 사태니만큼 백록원으로 돌아가려던 날짜를 늦추지 않을 수 없었다.

흑왜를 구출하려는 부류와 그를 처단하려는 자들의 움직임이 각자 은밀하고도 신속하게 진행되었다. 그러나 유독 백가헌만은 공개적인 행보를 취했다.

맏아들 효문의 귀향을 맞을 준비를 하던 백가헌은 효문이 보낸 편지를 받았다. 내용은 별로 복잡하지 않았다. 비적 우두머리를 잡아 공무가 바쁘니 귀향 날짜를 연기할 수밖에 없다는 이야기였다. 백가헌은 편지를 갖고 온 사람을 돌려보낸 뒤 곧 몸에 전대를 차고 나갈 채비를 했다. 백효무가 문을 들어서다 물었다.

"전대까지 차고 어디를 가시려고요?"

"현에 가려고 한다."

백가헌이 짧게 대답한 후 편지를 효무에게 건네주었다. 편지를 다 읽은 효무가 안도의 한숨을 쉬었다.

"이번에 큰 걱정거리 하나를 없앨 수 있게 되었군요!"

그러다 얼굴을 돌리며 의아한 듯이 물었다.

"그런데 아버지, 현에 가신다고요?"

"한번 찾아가 보려고. 흑왜를 찾아가 사식이나 넣어주고, 네 형에게 흑왜를 풀어줄 수 없는지도 물어볼 참이다."

효무는 놀라서 어안이 벙벙해졌다. 생각할 겨를도 없이 질문이 튀어나왔다.

"아버지께서 흑왜를 찾아가 보신다고요? 흑왜에게 사식도 넣어주고 형에게 도적놈을 풀어 달라고 간청까지 하시겠다고요?"

"그래."

백효무는 화가 나서 얼굴까지 벌게졌다.

"아버지 허리가 그놈 때문에 부러졌다는 걸 잊으셨어요? 아버지께선 잊으셨어도 저는 안 잊었어요."

"나도 잊지는 않았다."

"그럼 왜 그러시는 겁니까?"

"제갈량이 맹획을 일곱 번 잡았다가 일곱 번 놓아준 것을 아느냐? 내가 만일 흑왜를 구해준다면 그녀석도 심중에 깨닫는 바가 있을 게다."

"아버지께서 흑왜를 구해 주신다면 백록원의 사람들은 모두 아버지를 비웃을 겁니다!"

그러나 백가헌은 여전히 굽히지 않고 말했다.

"나를 비웃는 자는 수양이 부족한 게야!"

백가헌은 하늘이 어둑해질 즈음 백록서원白鹿書院에 도착했다. 주 선생은 평소답지 않게 격양된 목소리로 흑왜를 구해 주려는 그의 생각을 칭찬했다.

"자네는 원수를 덕으로 갚는구려! 흑왜를 구할 수 있느냐 없느냐는 차치하더라도 자네의 그 마음과 넓은 도량, 덕행은 백록원처럼 넓고 깊어 영원불멸할 걸세!"

백가헌은 말이 여기까지 이르자 매형인 주 선생에게 효문을 이쪽으로 불러올 수 있을지 물어보았다. 효문이 아직 자신과 정식으로 부자관계를 회복하지도 않았는데 먼저 보안단으로 찾아가는 것은 아버지가 자식을 뵈러 가는 우스운 꼴이 되기 때문이었다.

주 선생은 다른 사람과 함께 현성縣城으로 가서 효문에게 편지를 건넸다. 효문은 날이 어두워져서야 총총걸음으로 달려와 부친을 뵙고 무릎을 꿇었다. 백효문은 그의 부친이 흑왜를 구해 주고 싶다고 하는 말을 듣고 어안이 벙벙했다.

"아버님, 정말 이상하십니다! 전 흑왜라는 이름만 들먹여도 아버님께서 그 원수 놈을 당장 처단하라고 하실 줄 알았는데……, 정말이지 뜻밖입니다!"

백가헌은 효무에게 말했던 이치를 똑같이 되풀이했다.

"이 기회에 그녀석도 뭔가 배우는 바가 있을 게야. 그러면 곧 선량한 사람이 되겠지."

주 선생도 끼어들며 백가헌을 거들었다.

"그를 죽이게 되면 그저 사람 하나가 줄어드는 것에 불과한 걸세."

백효문은 정면으로 거절하지는 못하고 돌려 말했다.

"상부에서 이미 총살 지시를 내렸습니다. 비적은 공비와 달라서 재심, 삼심할 필요도 없습니다. 아버지와 고모부께서 무슨 말씀을 하셔도 소용이 없습니다. 저에게는 그를 살리고 죽일 권한이 없습니다."

백가헌이 간절하게 말했다.

"그럼 내가 감옥에 가서 한 번이라도 만나볼 수는 없을까?"

"안 됩니다. 아무도 만날 수 없게 되어 있습니다. 그의 비적 일당이 감옥을 칠까 봐 통로마다 두 사람씩 지키고 있어서 파리 한 마리도 들어갈 수 없습니다."

백가헌은 더 이상 방법이 없다는 효문의 말에 실망하지 않을 수 없었다. 그러자 효문이 위로하듯 말을 이었다.

"아버님, 저도 아버님의 마음을 잘 압니다. 하지만 이건 가문의 일과 비교할 성질이 못 됩니다. 그러니 단념하십시오! 흑왜가 총살되기 전에 제가 그에게 아버지께서 찾아와 구해 주려 하셨다는 뜻을 꼭 전하겠습니다.

그래서 그놈이 죽어 저승에 가더라도 아버지께 죄송한 마음이 들도록 하겠습니다!"

백효문이 현성에 도착한 것은 밤이 매우 깊은 시각이었다. 그는 수행하던 단원들을 본부로 돌아가게 한 뒤 자신은 곧바로 성문 부근의 동가^東^街로 향했다. 아내가 그에게 문을 열어주었다. 백효문이 몸을 돌려 문을 닫아걸려 할 때였다. 갑자기 누가 뒤에서 그의 목을 조르고 입을 틀어막았다. 그의 처도 똑같이 당하는 소리가 들렸다. 눈이 가려진 그는 양쪽 팔도 꽁꽁 묶이는 신세가 되어 자신의 침실로 끌려갔다. 어둠 속에서 누가 말했다.

"당신과 거래를 하러 왔소. 당신 수중에 있는 물건의 값을 불러 보시오! 아무리 많이 불러도 모두 받아들일 테니."

눈이 가려지고 입도 막힌 효문은 그들이 흑왜의 형제들이라는 것을 직감했다. 두려움이 몰려와 진땀이 흘렀다. 그래도 머리만은 꼿꼿이 쳐들고 있었다. 그 사람이 계속해서 말했다.

"당신이 그 물건을 나에게 넘겨주겠다면 아무리 비싼 대가라도 지불하겠소. 당신이 그럴 마음이 없다면 지금 당장 저 침상에 있는 부인의 배를 갈라버리겠소. 훗날 당신이 또 마누라를 들인다면 그 사람도 죽이겠소. 당신이 열을 들이면 난 그 열 모두를 죽여버리겠소. 그럼 당신은 기생집에 드나들 순 있어도 평생 마누라를 품을 순 없을 게요. 당신에게는 전처 소생의 애가 둘이 있소. 현재 부인이 임신을 하고 있으니 이미 세상 빛을 본 두 명과 아직 세상 빛도 못 본 아이 하나는 죽게 될 거요. 그러니 자손을 남길 생각도 아예 안 하는 게 좋소. 또 당신 고향집에 일고여덟 식구가 있소. 내가 죽이고 싶은 사람은 아무도 도망가지 못할 거요. 난 그들을 하나하나 천천히 처치할 거요. 마지막으로 당신의 아버지를 없애버리겠소. 당신 아버지는 지난번엔 허리가 부러졌으니 이번엔 허리를 잡아당겨 평평하게 펴 주겠소. 그럼 당신네 백씨日氏 가문은 백록원에서 눈이 녹듯 사라져 버리겠지. 그렇게 되면 당신 혼자 남아 그 고통을 맛보게 되겠지!"

백효문은 낯선 사람이 묘사하는 피비린내 나는 광경에 온몸을 덜덜 떨었다. 그는 안간힘을 썼으나 말을 할 수가 없었다.

그 사람은 조용히 자신의 신분을 밝혔다.

"난 두목 정망鄭芒이오."

백효문은 그의 이름을 듣자 더욱 긴장했다. 그러나 이 긴박한 상황 중에도 유일한 의사 표현 방법은 생각해 냈다. 그는 쫘당, 하는 소리와 함께 황급히 바닥에 무릎을 꿇었다. 정망이 말했다.

"입에 물린 재갈을 풀어주어라."

비적 두목인 정망과 보안단 백 대대장은 공동으로 흑왜를 구출해 내기 위한 계획을 세웠다. 두 가지 방법이 있었다. 첫 번째 방법은 효문이 초소에서 순찰을 돌 때 흑왜에게 몰래 철로 된 끌을 건네주는 것이다. 그러면 흑왜가 벽돌로 쌓은 석회 벽을 파서 스스로 도망치는 것이 가능할 터였다. 또 다른 방법은 큰 싸움을 일으키는 것이다. 즉 시위 군중을 대거 집합시킨 후 혼란을 일으키는 것이다. 그러면 정망이 그 기회를 이용, 비적 떼를 이끌고 가서 흑왜를 구출해낼 수 있다. 두 사람 모두 두 번째 방법은 어쩔 수 없는 경우 택할 차선책이라는 데 의견을 같이했다. 정망이 말했다.

"우리 부두목이 돌아오지 못할 경우를 대비해서 부인은 우리가 산에 모시고 가서 며칠 산수 구경이나 시켜 드리겠소. 부인을 잘 모실 테니 걱정 마시오."

이튿날 저녁 무렵 백효문은 가느다란 철로 된 끌을 흑왜에게 넣어주었다. 끌을 받아 든 흑왜의 눈이 예리한 빛을 발했다. 백효문은 저녁에 동가의 집으로 돌아왔다. 그런데 한밤중에 누가 또 창문을 두드렸다. 그는 문을 열었다. 어둠 속인지라 얼굴을 알아볼 수는 없었다.

"편지를 갖고 왔습니다."

낯선 사내의 목소리에 백효문의 마음은 긴장되기 시작했다. 그는 편지가 비적 두목 정망이 보낸 것인 줄 알았다. 그러나 불빛 아래에서 편지를 뜯어보니 아니었다. 뜻밖에도 녹조붕鹿兆鵬의 친필 편지였다. 그 역시 흑왜가 목숨을 건질 수 있도록 선처해 달라고 부탁하고 있었다. 백효문은 편지를 다 읽은 후 고개를 들었다. 편지를 갖고 온 사람이 불빛 앞으로 두어 발 나서더니 큭큭, 하고 웃는 소리를 내며 물었다.

"나를 모르시겠소?"

백효문은 순간 놀라서 외쳤다.

"한재봉韓裁縫?"

"그렇소, 답을 주시지요."

백효문이 긴장한 어조로 말했다.

"녹조붕에게 가서 전하시오. 훼방 놓지 말라고. 그가 훼방을 놓으면 놓을수록 흑왜는 빨리 죽게 되어 있으니까. 한재봉 당신도 공산당원이오? 오늘 내 집이 아니었다면 난 당신을 체포했을 거요."

한재봉이 음흉하게 웃었다.

"우리가 1대1로 대결하게 되면 당신은 내 적수가 되지 못하오. 당신 죽이는 데는 총도 필요 없이 가위 하나만 있어도 되니까……."

백효문도 지지 않으려고 억지로 말했다.

"예를 아는 사람은 손님을 해치지 않는 법이니 빨리 떠나시오! 다음번엔 봐주지 않을 거요."

한재봉이 말했다.

"녹조붕도 의를 중시하는 사람이오. 흑왜는 그와 농민협회 일로 며칠간 다투었는데 이후로 그를 따르지 않았소. 그러나 그는 흑왜의 목숨을 구해 주고 싶어 하오. 당신이 답을 해 준다면 나는 바로 돌아가겠소."

백효문은 마음을 가다듬고 방금 했던 말을 되풀이했다.

"당신들은 괜히 방해나 하지 마시오. 당신들이 끼어들면 끼어들수록 흑왜는 더 빨리 죽게 될 것이오. 또 무슨 대답이 필요하오? 빨리 돌아가시오."

흑왜가 탈옥했다는 소식은 그가 체포되었을 때보다 훨씬 더 현 전체를 술렁거리게 만들었다. 곧 각급 기관장들도 서둘러 달려왔다. 흑왜가 파낸 벽 구멍을 통해 어두컴컴한 감옥 안으로 타원형의 빛줄기가 새어 들고 있었다. 그들은 그곳을 찾아오자마자 몇 번이고 반복해서 벽 구멍을 바라봤다. 또 직접 손으로 만져도 보았다. 그러나 어느 누구도 백효문을 의심하지 않았다. 왜냐하면 흑왜는 바로 백효문이 이끄는 1대대의 대원들에게 체포되었기 때문이다.

백효문은 보초를 서고 밥을 날랐던 단원들을 혹독하게 고문했다. 오직 그들만이 감옥 안의 흑왜와 접촉할 수 있었기 때문이었다. 더구나 고문을 혹독하게 하면 할수록 그 자신은 안전할 수 있었다. 결국 고문을 못 이긴 대원 하나가 거짓 자백을 했다. 백효문은 보안단의 장^張 단장에게 고문을 당해 초주검이 된 단원을 끌어내 묻어버리자고 했다. 장 단장의 허락까지 받은 살인이 행해진 후 이 사건은 사람들의 기억 속에서 잊히게 되었다.

어느 깊은 밤이었다. 창문 밑에서 나지막하게 백효문을 부르는 아내의 목소리가 들렸다. 그는 황급히 문을 열었다. 그러다 발이 걸려 넘어질 뻔했다. 그는 아내를 부축해 방안으로 들어왔다. 밝은 곳에서 보니 그다지 고생한 것 같지는 않았다. 그제야 그는 안심을 하고 말했다.

"고생 많았소."

그의 아내는 담담하게 말했다.

"그들은 그래도 상당히 의리가 있었어요."

그녀를 집까지 데려다 준 비적은 이미 길 쪽으로 난 문을 열고 도망친 뒤였다. 백효문은 나무문 주변을 살펴보고 방으로 돌아오려다 문득 좀 전에 걸려 넘어질 뻔했던 포대 자루를 보았다. 자세히 살펴보니 잘 다듬어진 짐승가죽으로 만든 자루에 은화가 가득 들어 있었다.

"흑왜라는 사람이 돌아온 이후 비적들 모두가 절 정중히 대해 주었어요. 흑왜라는 사람은 저에게 세 번씩이나 절을 한걸요."

아내의 말을 백효문이 받았다.

"흑왜가 살아 돌아가지 못했다면 당신도 살아서 돌아오지 못했을 거요."

"흑왜라는 사람이 이 말을 꼭 전하라더군요. 당신과의 원한 관계는 이제 청산된 거나 다름없다고."

백효문은 아내의 말을 듣고 일순 놀랐으나 곧 깊은 안도의 한숨을 내쉬었다. 흑왜를 잡았을 때의 기쁨과 풀어주었을 때의 긴장이 한꺼번에 사라졌다. 더구나 쉽사리 풀어지지 않을 것 같았던 둘 사이의 원한이 완전히 사라진 것은 전혀 예상치 못한 결과였다. 흑왜는 그를 죽여 소아의 원혼을 달래주겠노라고 호언장담해오던 터였다. 일이 여기까지 이르자 백효문은 도대체 이번 일이 자신에게 잘된 일인지 아닌지 구별하기가 어려웠다. 그가 서랍 안에서 술을 한 병 꺼내면서 말했다.

"아무튼 당신이 이렇게 무사히 돌아왔으니 우리 술이나 한잔 하며 기념합시다."

두 사람은 술 한 잔씩을 비웠다. 백효문은 이제까지 쌓였던 피로가 말끔히 가신 듯 편안하게 말했다.

"이제 백록원으로 돌아갑시다!"

백효문은 만에 하나라도 일이 틀어질 경우를 대비해 다음날 사직을 하겠다는 연극까지 준비했다. 우선 긴 두루마기에다 예모를 쓰는 평상복 차림을 했다. 또 대대장 계급의 군복을 단정하게 개어 들었다. 이어 곧바로 장단장의 집으로 갔다. 두 손으로 군복을 받쳐 든 채였다. 허리춤에 차고 있던 권총은 군복 위에 얹었다. 그는 이것들을 탁자 위에 잘 보이도록 놓고 장 단장을 향해 정중하게 큰절을 올렸다. 장 단장은 그의 행동을 보고 어리둥절해하며 물었다.

"이게 무슨 짓인가?"

"단장님의 노고를 수포로 돌아가게 했으니 제가 죽을죄를 지었습니다. 그러니 제 과오를 통감하고 사직하겠습니다."

장 단장이 머리를 흔들면서 불만스러운 듯 말했다.

"어째서 이러나? 이건 도대체 어린아이의 투정인가, 아니면 서생의 의기인가?"

그러나 백효문은 더욱 간곡하게 말했다.

"현縣의 백성들을 볼 면목이 없습니다."

"자네를 문책하는 사람은 아무도 없네! 악뙤 서기나 후侯 현장도 자네가 그만두어야 한다고 하지 않네!"

그러나 백효문은 괴로운 듯 머리를 흔들며 말했다.

"스스로 낯을 들고 다닐 수가 없습니다!"

그러자 장 단장이 웃으며 말했다.

"내가 충분히 알아듣게 말했는데도 기어이 가겠단 말인가? 좋네. 자네가 정 그렇다면 나도 책임을 지고 사직하겠네!"

백효문은 장 단장이 이렇게 나올 줄은 예상하지 못했었다. 그래서 더욱 완곡하게 말했다.

"그거야말로 안 될 말씀입니다. 이번 사태는 전적으로 저의 불찰에서 기인한 것입니다. 그런데 장 단장님께서 책임을 지고 사직하겠다니요!"

장 단장은 이 말에 감동받았는지 자리에서 벌떡 일어섰다. 이어 권총을 들어 손바닥 위에 올려놓은 채 두 번을 뒤집어 보더니 효문에게 건네 주면서 말했다.

"어서 두루마기를 벗고 단복으로 갈아입게. 우리 같이 바람이나 쐬러 가세나. 이번 일은 여러 모로 사람을 놀래키는군!"

백효문의 눈에서 연극이 아닌 진심의 눈물이 흘렀다.

음력 4월 중순은 백록원에서 일 년 중 가장 좋은 때였다. 따뜻하고 온화한 날씨는 사람들을 노곤하게 만들었다. 또 이삭이 여문 보리가 뿜어내는 향기는 흡사 유향 같았다. 양귀비의 오색찬란한 꽃봉오리 역시 얼룩뱀처럼 미려함을 더해 갔다.

백효문은 마침내 아내를 데리고 백록원으로 가는 여정에 올랐다. 두 사람은 각자 말을 탔다. 이를 단원 두 사람이 끌었다. 백효문은 학식 있는 인자仁者의 풍모가 엿보이는 장포를 입고 예모를 갖춰 썼다. 또 부인은 차분한 색상의 옷을 입었다. 그 모습에 온화하고 고아한 기품이 흘러넘쳤다. 효문과 부인은 마을까지 오 리쯤 남아 있는 곳까지 와서는 말에서 내려 걸어 들어갔다. 그는 마을의 여러 골목을 지나 자기 집 문루에 도달했을 때 하마터면 자신도 모르게 '내가 돌아왔다.'고 말할 뻔했다. 동생 효무가 그를 맞으며 반겼다.

"형님, 돌아오셨군요!"

백효문은 비로소 아까부터 하고 싶었던 말을 내뱉을 수 있었다.

"그래, 내가 돌아왔다!"

안채 명청明廳으로 들어가니 부친이 지팡이도 짚지 않은 채 그가 걸어오는 모습을 지켜보고 있었다. 허리는 여전히 굽었으나 머리는 치켜든 채였다. 백효문이 "아버지!"하며 부친 앞에 무릎을 꿇었다. 그러자 곁에 있던 그의 아내도 무릎을 꿇으며 머리를 조아렸다. 백가헌은 효문을 부축하여 의자에 앉혔다. 백효문은 또 아내를 데리고 할머니 조씨를 뵈러 갔다. 그런 후에 그는 아내를 이끌고 다시 자신의 두 동생과 손아래 동서들에게 인사를 시켰다. 할머니는 두 증손자를 효문 앞으로 데리고 왔다.

"이분이 너희 아버지시다."

아이들은 약간 수줍은 듯 뒤로 물러났다. 백효문이 손을 뻗어 아이들의 머리를 쓰다듬어 주자 두 아이는 증조할머니의 뒤로 숨어버렸다. 백가헌이 효무에게 말했다.

"식사를 준비하라고 해라. 오랜만에 우리 가족이 다 같이 모여 밥을 먹자꾸나."

그러고 나서 생각났다는 듯이 효문에게 덧붙여 말했다.

"효문, 네 집사람을 데리고 녹삼 아저씨를 뵙고 오너라."

점심밥을 먹고 난 후 조상을 배알하는 의식이 진행되었다. 장유유서에 따라 백효무는 이 의식을 주재할 수 없으므로 자질구레한 일만 처리했다. 하는 수 없이 백가헌이 직접 사당에 와서 식을 진행했다. 백白과 녹麓 성을 가진 성인 남녀들이 징 소리를 듣자마자 사당으로 몰려들었다. 그들은 지난날의 과오를 뉘우치고 돌아온 사나이의 풍채를 구경했다. 그러나 뭐니 뭐니 해도 그들의 주된 관심사는 그의 새 아내에게 쏠려 있었다.

백효문은 아내를 데리고 효무를 따라 사당 문을 들어서다가 우뚝 자란 홰나무를 쳐다보았다. 문득 자신이 소아를 처벌할 때의 광경이 떠올랐다. 또 동생 효무가 자신을 징벌할 때의 광경이 눈앞으로 스쳐지나갔다. 온몸이 파르르 떨리면서 증오심이 마구 솟구쳤다. 그러나 곧 눈길을 돌리며 똑바로 정원으로 들어섰다. 그는 계단을 올라 백록 가문의 시조와 역대 조상의 위패를 모셔 놓은 제단 앞에 섰다. 대들보 위에 늘어뜨린 계보에는 조상님들의 이름이 빽빽하게 적혀 있었다. 그 아래 비워진 부분은 후손들의 이름이 오르기를 기다리고 있었다. 백효문이 붉은 초 두 개에 불을 붙여 한쪽으로 놓았다. 그러자 백가헌이 허리를 구부린 채로 제단 앞에 서서 사람들을 마주했다. 이어 크고 우렁찬 목소리로 외쳤다.

"관인후덕하신 조상님들이시여! 불효자 백효문이 고향에 돌아와 조상님들께 제사를 드립니다. 부디 조상님들께서는 관대히 용서해 주옵소서. ……상향上香."

백효문은 향통에서 다섯 개의 자색 향을 꺼내 촛불에 불을 붙인 다음 두 손으로 향로에 꽂았다. 그러고는 뒤로 물러나 부인과 나란히 서서 길게 읍하고 무릎을 꿇고 엎드려 절했다. 백가헌이 또 의식의 순서를 낭독했다.

"배향당拜鄕黨……."

백효문과 그의 아내는 몸을 돌려 사당의 안팎으로 빽빽이 들어찬 고향 사람들에게 인사를 올렸다. 고향 사람들도 맞절로 예를 표했다.

조상에게 제사를 지낸 다음 해야 하는 또 다른 중요한 일은 묘소를 참배하는 일이었다. 효무가 길을 인도했다. 효의는 지전紙錢이 가득 든 대나무 통을 들고 형들의 뒤를 따랐다. 그들 형제는 모친의 묘 앞에 섰다. 백효문은 '어머니'를 부르며 봉분 앞에 엎드렸다. 마음이 격해진 모양이었다. 그는 한참을 서럽게 울었다. 그리고는 눈물 흔적이 역력한 얼굴로 돌아왔다.

어머니께서 베를 짜시던 베틀, 그리고 아버지께서 앉아 계시는 낡은 의자, 할머니께서 새끼를 꼴 때 쓰시던 팔걸이와 차곡차곡 쌓여 있는 투박한 자기 그릇들, 낡은 집 기둥 위의 거미줄과 퀴퀴한 냄새들……. 이 모든 것들은 그의 마음 한구석에 오랫동안 가라앉아있던 기억들을 되살려주었다. 특히 고기를 잘게 다져 만든 국수 특유의 냄새를 떠올리게 만들었다. 그것은 정말 어떤 유명한 요리사라 할지라도 흉내 낼 수 없는 것이었다. 보릿짚과 목화줄기를 땔나무로 하여 불을 지펴 끓였을 때라야 이런 냄새가 났다.

그때 백효문은 분명히 깨달았다. 이렇게 되살아난 감정은 옛날에 대한 그리움일 뿐이지 자신에게는 이전으로 다시 돌아가고 싶은 마음이 추호도 없다는 사실을. 이것은 흡사 붉은 볏과 긴 꼬리 깃털을 가진 수탉이 어느 날 자기를 보호하던 달걀 껍데기를 발견했다고 해서 그 속으로 다시 들어갈 수 없을 뿐 아니라 담장이나 땔나무 위로 뛰어올라 모가지를 쭉 빼고 울어 젖히는 것을 더 좋아하는 이치와 같았다.

백효문은 아내에게 준비해 온 선물을 가지고 오도록 했다. 난주蘭州 물담배를 비롯해 영하寧夏 가죽저고리, 옷감, 사천성四川省 십교什郊 특산 담배가 아버지, 할머니, 두 동생과 제수씨, 녹삼을 위해 그가 준비한 선물이었다.

이어 백효문은 전복현을 만나기 위해 백록창으로 향했다. 집에 돌아오자마자 전복현의 초청을 받았기 때문이다. 그러나 효문은 전복현이 음식까지 주문해 놓고 있었음에도 날이 저물기 전에 보안단으로 돌아가야 한다면서 완강하게 사양했다. 다만 전복현의 의심병이 발동할까 싶어 아주 명쾌한 어조로 말했다.

"아무 때고 현성으로 와서 절 찾아주시면 정성껏 대접하겠습니다."

백효문은 녹자림을 만나고 싶었다. 그가 자신을 보안단에 소개해 주었기 때문이다. 그러나 녹자림은 집에 없었다. 그는 동생 효무에게 부탁해서 녹자림에게 사천성 십광什鄺의 특산 담배를 전해달라고 했다.

최후에 처리해야 할 문제는 집이었다. 효문이 아버지에게 말했다.

"문간방을 다시 지었으면 합니다."

"효무가 목재를 마련해 뒀으니 집을 지으려면 집터를 알아보려무나. 형제 셋이 한 문루 안에서 살 수는 없지 않겠느냐!"

백효문이 활달하게 말했다.

"그래도 이 문간방만큼은 제 손으로 다시 짓겠습니다."

녹자림에 의해 허물어진 문간방을 효문이 다시 짓겠다는 것은 과거의 치욕을 씻고 명예를 회복하겠다는 의지를 의미했다.

"이 집이 다 지어지면 아버지께선 저를 여기에 안주시키려 하시겠지만 저는 싫습니다. 제가 백록원으로 돌아와 정착하고 싶었으면 다른 터를 찾아 집을 지었을 겁니다."

"너의 뜻은 잘 알았다. 솔직히 너희 형제 셋이서 힘을 합해 집을 다시 짓는 것만으로도 이 집은 완전해지는 셈이야."

그러자 백효문이 "예!"라고 대답했다.

백효문과 아내는 위로 할머니부터 아래로 제수씨에 이르기까지 모든 가족들의 진심 어린 만류를 뒤로 하고 해 질 녘에 현성으로 돌아가는 길에 올랐다. 그는 지팡이를 짚고 배웅 나오는 아버지를 만류했다. 그러나 백가헌은 문루 앞에 있는 골목까지 나와서야 걸음을 멈추었다. 백효문은 마을 끝까지 배웅 나온 동생들과 헤어진 후에야 말에 올라탈 수 있었다.

그는 말없이 나아가다 뒤를 돌아보았다. 마을 동쪽 가파른 언덕 위로 높은 탑 하나가 서 있는 것이 보였다. 귓가에 거위가 날개를 퍼덕이는 소리가 아련히 들렸다. 그때 움막집에서의 기억은 집을 허물고 땅을 팔았을 때의 기억처럼 희미해졌다. 이것 역시 수탉이 달걀 껍데기를 대할 때와 비슷한 것이리라. 그가 백색 궐련에 불을 붙였다. 이어 힘껏 한 모금 빨았다. 갑자기 그가 부인에게 말했다.

"백록원을 벗어나지 않는 한 어느 누구도 출세하지 못할 거요."

부인이 온화한 미소를 띠며 말했다.

"하지만 당신은 늘 돌아오고 싶어 했잖아요."

"돌아오는 건 별개의 문제요!"

백효문은 더 이상 설명을 덧붙이지 않고 말을 채찍질하며 길을 재촉했다. 부인은 그의 마음을 이해할 수 없다. 그녀는 구걸해서 얻은 식은 밥과 식은 반찬의 맛을 본 적도 없다. 쉬어빠진 음식이 어떤 맛인지도 모른다.

더군다나 당시의 백효문이 어떤 모습이었는지는 더더욱 모를 것이다. 토호 안에서 들개에게 물어 뜯겨 죽을 뻔했던 그때, 그는 이미 자신이 인생의 막바지에 다다랐다고 포기했었다. 그래서 그곳에서 빠져나갈 엄두조차 내지 못했다. 토호는 그의 인생 여정의 종착역이 된 듯했다.

아! "가서 구휼로 나눠주는 죽이나 얻어 먹지."라던 녹삼의 조롱 섞인 그 말은 그를 그 생명의 액즙이 끓어 넘치는 죽 가마솥 앞으로 데려갔다. 토호에서 대형 죽가마에까지 이르는 죽음의 여정을 무사히 지날 수 있도록 만들었다. 그때 그를 일으켜 세운 것은 뜨거운 죽 한 그릇이 아니었다. 바로 끈끈한 생명의 시작이었다. 살아야지! 살아서 기억해야지. 인생에서 가장 고통스럽고 절망적인 순간은 가장 참기 어려운 때이지 생명이 끝나는 최후의 시간이 아니란 것을! 참으면서 몸부림을 치면 그것은 하나의 중요한 시작이자 새롭고 의미 있는 여정의 시작이란 사실을! 반면 마음이 약해져 더 이상 참을 수 없으면 그건 곧 죽음이자 죽으면 모든 것이 끝장난다는 것을! 백효문은 이러한 인생의 교훈으로 생명을 연장시키고 미래를 열었다. 앞날에 대한 무한한 열정과 갈망을 갖게 되었다. 그가 다시 한 번 부인에게 말했다.

"잘 삽시다! 살아야 희망이 있소!"

아내가 입을 가리고 웃었다.

"당신, 고향 갔다 오더니 기분이 좋아졌군요!"

백효문은 부인이 자신의 마음을 전혀 이해하지 못한다고 느꼈다.

백가헌이 일족 사람들의 열렬한 반향에서 얻은 것은 영광만이 아니었다. 심리적인 보상도 있었다. 그는 사람들이 수군대는 소리를 들었다.

"인물은 인물이야……."

그러자 효문으로 인해 상처받은 마음이 서서히 치유되는 것을 느꼈다. 이제 사람들은 족장 백씨 가문의 덕의德儀와 문풍文風에 대해 왈가왈부하지 않을 것이다. 그는 여전히 지팡이를 짚고 허리를 구부린 채 대문을 들어왔다가는 골목을 나서고는 했다. 외양간에 갔다가는 들판으로 나가기도 했다. 또는 목화밭을 관찰하거나 나날이 여물어가는 보리를 살펴보기도 했다. 때로는 토왜가 가축을 부리는 카랑카랑한 목소리 역시 들었다. 또 어떤 때는 갈수록 멍청해져가는 녹삼과 마주하고 잎담배를 피우거나 마을 어귀 밭에 앉아 사람들과 파종과 수확 시기 등을 이야기했다.

면화씨를 뿌리기로 한 그날 오후, 그는 지팡이를 내려놓고 대바구니를 멨다. 이어 토왜 뒤를 따라다니며 파 놓은 흙구덩이에 면화씨를 넣었다. 그는 오랜만에 축축해진 밭을 걸어보고 싶었다. 면화 밭에 씨를 뿌리고 땅거미가 질 무렵 아들들과 함께 집으로 돌아오고 싶었던 것이다. 며느리가 차린 좁쌀죽을 받쳐 들고 후루룩거리는 소리를 내며 마신 백가헌이 편안하게 아들에게 말했다.

"사람은 하찮은 동물과 같은 게야. 하루 종일 집에만 틀어박혀 아무 일도 하지 않으면 밥도 맛이 없고 잠도 잘 안 오지. 하지만 열심히 일을 하고 나면 밥도 맛있고 잠도 잘 와서 어느 왕 못지않게 기분이 좋아지거든."

아들들은 아버지의 말을 이해하지 못했다. 그러나 모두 빙그레 웃었다. 그날 밤 백가헌은 잠을 아주 달게 잤다. 효무가 마당에서 미친 듯이 그를 불러서 깨우기 전까지는. 일어나 보니 창 밖에서 불빛들이 어지럽게 움직이고 있었다. 마당에서는 며느리와 손자들의 공포에 질린 울음소리가 들려왔다. 그는 정신을 차리고 천천히 옷을 갖추어 입은 후 방문을 열고 마당으로 나갔다. 바깥에 있던 검은 제복을 입은 사람들이 그를 땅바닥으로 끌어내고 집안을 샅샅이 수색하기 시작했다. 누군가가 그의 멱살을 잡고 거칠게 캐물었다.

"어디 있소?"

"사람을 찾소?"

백가헌이 물었다.

"모르는 척하지 마시오!"

"나는 정말 당신들이 누굴 찾고 있는지 모르겠소."

"당신네들, 공비 백령을 어디다 숨겼소?"

"……."

온 가족이 마당으로 끌려 나왔다. 누군가가 권총으로 모두 땅바닥에 꿇어앉도록 위협을 가했다. 이어 나머지 대여섯 사람은 사람이 숨어 있을 만한 곳을 뒤지느라 집안을 온통 뒤집어 놓았다. 장작을 넣어놓은 창고부터 엉망이 되었다. 또 각종 농기구가 뒤집혀 나동그라지는 소리가 끝이 없었다. 그러나 그들은 결국 빈손으로 돌아와서는 캐물었다.

"어디다 숨겼어?"

백효무가 대담하게 말했다.

"그 애는 몇 해 동안 우리 집을 찾은 적이 없소."

그러나 수색하는 사람은 그 말을 믿지 않았다.

"우리는 이미 그년이 고향으로 잠입했다는 정보를 들었어."

백가헌이 말했다.

"당신네 정보가 틀렸소. 그 애는 죽어도 집에는 돌아오지 않을 거요. 그 애는 일찍이 이 늙은이를 잊었소. 나도 그 애를 내 딸이라고 여기지 않소."

그들의 협박이 집 밖까지 퍼져나갔다. 백가헌은 집안사람들에게 흐트러진 가재도구를 수습하라고 했다. 그러나 아들과 며느리들은 전부 할머니의 방에 모여들었다. 할머니는 크게 목 놓아 울었다. 완전히 이성을 잃은 듯이 큰 소리로 울부짖기도 했다.

"령령아! 이 할미는 네가 보고 싶구나……."

콧날이 시큰해진 두 손자와 며느리도 모두 눈물을 찍어냈다. 백가헌은 모친의 이성을 잃은 울음소리에 인내심을 잃고 약간 짜증난 듯이 말했다.

"어머니, 그 짐승 같은 애를 만나서 뭣하겠습니까?"

조씨가 넘어갈 듯 가쁘게 숨을 내쉬며 말했다.

"모든 게 너 때문이야! 네가 우리 령령이를…… 이 지경까지 이르도록……."

조씨가 그러면서 밖으로 뛰쳐나가려고 했다.

"너에겐 딸이 필요 없을지 모르지만 나는 손녀가 보고 싶다. 내가 성 안으로 가서 직접 찾아보마!"

조씨의 말은 백가헌을 위협하기 위한 것이 아니라 진심이었다. 아무리 효무와 효의 그리고 두 손자며느리가 만류해도 고집을 꺾지 않았다. 백가헌은 체념한 듯이 애원하는 투로 모친에게 매달렸다.

"어머니, 이렇게 춥고 늦은 밤에 어딜 가시겠어요? 내일 날이 밝거든 나가서 찾아보라고 효무에게 시키겠습니다!"

가족들이 모두 이렇게 말리자 조씨는 그제야 부축을 받고 침상 위로 올라갔다.

갑자기 찾아온 집안의 풍파는 잠시 가라앉는 듯했다. 그러나 다음날 날이 밝자 사태는 더욱 악화되었다. 백록원의 몇몇 친지들이 연달아 집에 찾아와 어젯밤 똑같이 겪었던 무서웠던 일을 호소했다. 다들 비슷한 시각에 검은 제복을 입은 사람들이 찾아와 집안 구석구석을 이 잡듯이 뒤졌다는 것이다. 더욱 놀라운 것은 그들의 요구가 한결같았다는 사실이었다.

"공비 백령을 내놓아라!"

백가헌은 친지들에게 이번 사건의 연유를 설명해 줄 수가 없었다. 그저 하나 분명한 것은 이번 사건의 심각성이 결코 가볍지 않다는 것이었다.

가장 늦게 찾아온 이는 매형 주 선생이었다. 그의 서원 역시 어젯밤 똑같이 수색을 당했다. 날이 밝자 부인은 그에게 백록촌으로 가서 무슨 일인지 알아보라고 성화를 부렸다. 주 선생은 바로 백록촌으로 가지 않고 먼저 현성으로 가서 효문에게 어젯밤의 일을 상세히 설명했다. 이야기를 다 듣고 난 효문이 말했다.

"말씀하신 상황으로 미뤄 짐작하건대 아마도 그들은 군통軍統(국민당 특무 기관의 하나로, 국민정부군사위원회조사통계국國民政府軍事委員會調査統計局의 준말)인 듯합니다."

주 선생은 가헌과 대경실색한 친지들을 보고 모두 똑같은 일을 당했다는 사실을 알았다.

"효문 말로는 그 사람들이 군통인 것 같다고 하더군."

주 선생의 말에 백가헌이 눈을 크게 뜨고 되물었다.

"대체 군통이 뭐하는 곳인가요?"

모두 군통이 어떤 곳인지 알지 못했다.

"글쎄, 나도 잘 모르겠네."

밤이 깊어서야 효무가 성에서 돌아왔다. 이어 이번 재난의 연고에 대해 대략 설명해 주었다. 국민당 정부 중앙교육부의 도陶 부장이 서안西安에 와서 학생들에게 특별 훈화를 한 것은 며칠 전이었다. 그런데 훈화 현장에서 학생들로부터 야유를 들으면서 봉변을 당했다고 한다. 특히 어떤 여자는 그에게 돌까지 던졌다. 그게 바로 백령이라고 했다. 효무의 설명을 귀담아듣고 있던 백가헌은 길게 한숨을 내뱉었다. 얼굴이 굳어졌다.

효무는 둘째 고모부의 구둣방이 완전히 엉망이더라고 했다. 고모부는 사흘 낮과 밤 동안 고문을 당했다. 그럼에도 백령의 행방을 모른다고 했다. 결국 그 여파가 가족과 주위 친척들에게 미쳤던 것이다. 백가헌이 또다시 한숨을 내쉬며 물었다.

"또 무엇을 들었느냐?"

"둘째 고모부께서는 그렇게만 말씀하셨습니다. 이번에 가장 큰 피해를 입은 건 둘째 고모부의 집입니다. 고모부께선 병상에 누워 계시고 가게는 문을 닫았더군요. 공산당원을 집에 숨겨 준 죄라고……."

이야기를 듣고 있던 백가헌이 말했다.

"정말 둘째 매형을 뵐 면목이 없구나!"

백령과 녹조붕은 조자棗刺 거리에서 행복한 시간을 보내고 있었다. 녹조붕은 성省 위원회의 지시에 따라 성안에서 학생운동을 하고 있었다. 일본이 동북東北의 세 성(중화민국 초기에 요녕遼寧, 길림吉林, 흑룡강黑龍江을 가리키던 말)을 침략하자 중국 국내 정세에 중대한 변화가 일어났다. 이 새로운 혼란은 중국에 많은 일이 일어날 것이라는 사실을 예고했다.

"일장기가 중국 동북에 꽂혔으니 중국 정계의 크고 작은 정객들의 실체가 낱낱이 까발려진 거야."

녹조붕의 말에 백령이 적극적인 찬성의 입장을 표했다.

"일본 침략자의 부대가 중국인들에게 자기 민족의 충신과 간신배 그리고 선과 악을 분별할 수 있도록 일깨워준 거예요. 어제 중정中正중학교에 갔더니 동북 지방의 성을 수복해야 한다는 정부의 호소문이 붙어 있었어요."

백령은 이때 이미 성립省立사범학교의 학생자치회 주석이 되어 있었다. 지금은 대학과 중고교의 항일 구국통일기구를 설립해 각 학교가 분산된 구국 활동을 점차 자발적으로 통일, 일치시키는 작업을 준비 중에 있었다.

녹조붕은 백령의 활동 능력에 새삼 감탄했다. 학교 공작 방면에 있어서는 백령이 그보다 훨씬 더 노련했기 때문이었다. 녹조붕은 백령의 도움으로 비밀리에 각 학교 학생 대표를 만나 그들에게 공산당 의식을 심어주었다. 강력한 지진이 중국 서북 지방의 역사적인 고성古城의 지하에서 시작되고 있었다. 이와 같은 비밀스런 생활환경하에 둘은 대담하고 강인한 의식을 갖출 수 있었다. 그와 함께 인생의 가장 아름다운 황홀경 속으로 빠져들어 갔다. 그러나 이 순간에도 가장 신성한 사명과 창 밖에 도사리고 있는 위험은 잊지 않았다. 그의 마음속에 남아 있던 위축된 감정은 이미 완전히 사라졌다. 자연스럽게 그녀와 하나가 되었다.

그들의 서로에 대한 갈망과 집착은 거의 대등했다. 그러나 각자가 뿜어내는 감정의 기초는 완전히 달랐다. 그녀는 처음에는 그에게 일종의 흠모의 감정을 가지고 있었다. 그러나 그것이 점점 애모의 감정으로 바뀌더니 나중에는 아예 영혼을 불태울 정도의 사랑으로 승화되었다. 그의 과감하고 기민한 행동과 열정적이고 호방한 기품은 그의 두 손, 두 다리, 말투, 웃음, 분노와 번뇌 속에서 흘러넘쳤다. 그의 긴 속눈썹 아래에서 반짝이는 아름다운 두 눈은 시시때때로 사람의 혼을 빨아들일 듯 번득이는 빛을 뿜어냈다. 그녀는 그의 건장한 가슴에 안긴 채 귀를 바싹대고 그의 가슴 속에서 흐르는 생명의 선율을 느꼈다.

그녀에 대한 녹조봉의 사랑은 모든 도덕과 심리적인 장애를 뛰어넘는 것이었다. 이 사랑이 점점 더 열렬하고 성숙해지면서 그녀의 마음속 반달은 점차 만월이 되어 갔다. 그녀가 그의 귀에 대고 조용히 속삭였다.

"조봉. 당신……, 아빠가 될지도 몰라요."

녹조봉이 그녀를 꼭 껴안았다. 이어 그녀의 배를 어루만지면서 말했다.

"당신은 아마 세상에서 가장 잘 생긴 아이를 낳게 될 거야! 난 우리 둘이 못생긴 편은 아니라고 자부하고 있어."

날이 갈수록 격렬해지는 항일투쟁의 열기는 그들 둘을 극도의 흥분 상태로 빠져들게 했다. 그러나 그들의 부부 관계는 이 때문에 제약을 받게 되었다. 두 사람은 항상 세밀한 행동계획을 세운 후에야 잠자리에 들었다.

이러한 잠자리는 이전처럼 그리 달콤하지는 못했다.

국민당 민국정부의 교육부 도 부장은 장개석蔣介石 위원장의 지령을 받고 급히 서안으로 갔다. 당시 장 위원장은 중국 남방 산간 지역의 공산당 홍군을 소탕하는 데 온 힘을 기울이고 있었다. 그런데 갑자기 대륙 서북 지역 학생들이 말썽을 일으키고 있다는 정보를 입수하게 됐다. 그는 교육부에 바로 전보를 쳤다. "어떻게 된 일이오? 빨리 가서 처리하지 않고!"라며 힐난하고 재촉하는 내용이었다.

도 부장은 도착하고 사흘이 지나도록 모습을 나타내지 않았다. 그러다 나흘째 되던 날 신문에 성省 교육국 국장이 파면을 당했다는 뉴스가 올라왔다. 이 소식과 함께 온갖 소문이 각 학교에 퍼졌다. 도 부장은 이곳 학생들의 무정부적인 행동에 대단히 진노했다고 한다. 급기야 이러한 사태를 눈감아준 교육국장을 힐책하며 말했다.

"사태의 심각성을 파악하지 못할 정도로 둔한 것도 큰 죄요."

도 부장은 신임 국장에게 군통과 긴밀히 연계할 것과 교육부 산하에 공산당을 소탕하는 정보기구를 신설할 것을 지시했다. 또 삼민주의청년단三靑團과 국민당 소속 학교 내에서의 빈틈없는 연락망 조직 등에도 신경 쓸 것을 명령했다. 이 소식은 학교 내의 항일 구국 운동에 촉진제 역할을 하는 동시에 반감을 일으켰다. 그럼에도 도 부장은 성의 당, 정, 군의 각 요인과 자주 만나며 각자가 학교 내의 무정부 상태를 해소하는 데 협조해 줄 것을 요청했다.

엿새째 되던 날, 도 부장은 서안의 학생 대표를 모아 놓고 일장 연설을 함으로써 자신의 서북행 여정을 마치려 했다. 백령은 이 소식을 접한 후 결성된 지 얼마 되지 않은 서안학계항일촉진연맹西安學界抗日促進聯盟의 학생 대표와 함께 도 부장에게 본때를 보여 주기로 했다. 그러나 도 부장이 훈화할 장소가 몇 번이나 변경되면서 백령의 조직에 적지 않은 불편을 주었다. 심지어 개회하기로 한 날 새벽에 확정된 정확한 장소조차 다시 민락원民樂園 강당으로 바꾸었다. 그녀는 할 수 없이 원래의 계획을 다시 수정했다. 이런 절호의 기회를 사소한 실수로 놓칠 수는 없는 노릇이었다.

민락원은 이름 그대로 민중의 오락장소였다. 이는 국민혁명이 황권을 폐지하고 평민의식을 제창한 결과로 탄생한 곳이었다. 닭 창자처럼 좁고 꾸불꾸불한 그곳 골목마다에는 작은 상점을 비롯해 음식점, 찻집, 서커스단, 기생집 등이 있었다. 그랬으니 늘 잡기, 만담, 노래, 원숭이 묘기 등의 공연이 열렸다. 뿐만 아니라 온갖 요리와 각양각색의 군것질거리도 모여 있었다.

이외에 인삼, 녹용, 호골 등 희귀한 약재를 파는 약장수도 있었다. 닭눈을 파내는 사람이나 원숭이 반점을 발라내는 사람, 눈썹을 뽑아주는 사람, 코의 군살을 제거해 주는 사람 등 각종 돌팔이 의사 역시 있었다. 서양 도박, 중국 전통의 마작, 주사위놀이, 화투 등도 각계각층의 도박꾼들에게 선택되기만을 기다리고 있었다.

그러나 뭐니 뭐니 해도 가장 인기 있는 곳은 기방이었다. 종류도 다양했다. 우선 화려하게 장식한 이층 누각으로 된 고급 기방이 있었다. 문에 아무런 장식이 없는 중하위급 매음 장소 역시 있었다. 또 잠만 잘 수 있도록 된 좁은 최하등급의 매춘굴도 없을 까닭이 없었다. 한마디로 온갖 종류의 기방들이 다양한 손님들의 방문을 기다리고 있었다. 금실로 수놓은 화려한 커튼, 대나무 껍질로 엮은 커튼, 볏짚으로 된 가리개가 걸려 있는 모든 기방의 객실에는 당연히 아침부터 저녁까지 풍류가 넘쳐흘렀다. 여기에 곳곳에 골상, 관상, 점을 보는 사람들과 과일 파는 노점상들도 있었으니 작은 골목은 꽉꽉 메워질 수밖에 없었다.

도 부장이 이런 더럽고 좁은 곳을 선택한 것은 다 이유가 있었다. 자신의 안전을 위해서였다. 이곳에선 만에 하나라도 위급한 사태가 발생했을 경우, 특히 빨갱이 학생들이 혼란을 야기했을 때 자신이 쉽게 피신할 수 있기 때문이었다.

곧 도 부장의 차가 민락원으로 들어왔다. 그러나 누구도 특별한 반응을 보이지는 않았다.

백령은 골목을 지나 식장 입구에 도착했다. 입구에 서너 명의 병사가 있었다. 사복을 입은 직원이 입장권을 검사하고 있었으나 전체적인 분위기는 약간 느슨한 듯했다. 삼엄한 경비는 없었다. 그러나 그녀는 겉으로 드러난 분위기가 느슨하다고 해서 해이해지지 않았다. 정보에 의하면 도 부장은 식장에 군인들이 빽빽이 들어선 광경을 싫어한다고 했다. 그러한 광경은 무엇보다 교육국 관리의 이미지에 맞지 않았다. 더구나 그는 평소 자신이 통이 크고 활달한 사람이라는 걸 과시하고 싶어 했다.

그러나 지방 관리가 사복 경찰을 파견한 조치에 대해서는 별다른 간섭을 하지 않았다. 그래서 골목 안을 돌아다니는 별 볼 일 없어 보이는 사람들이나 식장에 앉아 있는 학생 대표 중에 특수공작원과 경찰이 섞여 있는 것은 충분히 가능했다. 그녀는 질 좋은 남색 종이에 인쇄된 입장권을 경비원에게 건네줬다. 이어 식장 한가운데에서 약간 오른쪽에 자리를 잡고 앉아 신문을 꺼내 들었다.

도 부장이 많은 관리들과 함께 연단으로 올라갔다. 그는 인물도 출중하고 연설도 뛰어났다. 그의 행동과 말씨에서는 남경南京 정부 고위 관리의 기백이 잘 묻어났다.

그는 국제 형세에서 국내 문제에 이르기까지의 모든 현안들을 당당하고 차분하게 설명했다. 그리고는 "외세를 몰아내려면 먼저 국내를 안정시켜야 한다."는 장 위원장의 말을 재차 역설했다. 또 장 위원장이 "학생은 공부에 전심전력해야 마땅하다. 항일투쟁은 정부에게 맡겨야 한다."면서 이론, 도덕, 학습 등의 몇 가지 중요한 관점에서 강조한 말의 취지도 설명했다. 그러나 도 부장은 성스러운 지시를 오도하는 말도 서슴지 않았다. 그는 장 위원장이 강서江西의 공산당 섬멸전에서 그에게 보낸 전보의 내용을 호통을 치는 것이 아니라 학생들을 위하는 어진 마음으로 바꿔 전달했다.

"위원장님께선 저에게 서북 학생들에게 안부를 전해 달라고 부탁하셨습니다. 또 학생들의 애국심에 경의를 표하셨습니다. 아울러 학생들은 공부에 전념하면서 당과 국가를 위해 애써 주고 항일투쟁은 국가에 맡겨 줄 것을 당부하셨습니다."

그러나 그는 엄격한 심사를 통해 입장시킨 학생 중에 위원장의 뜻을 훼손시키려는 빨갱이가 섞여 있으리라고는 꿈에도 생각지 못했을 것이다. 한마디로 그들은 도 부장의 턱 아래에 벽돌을 괴면서 눈에는 모래, 귀에는 물을 집어넣으러 온 사람들이었다. 또 얼굴에는 오줌을 갈기려고 단단히 벼르고 있는 이들이었다. 이뿐만이 아니었다. 그들은 그의 털을 태우고 가죽을 긁으러 온 사람들이기도 했다. 그의 얼굴에 상처를 내거나 그의 위풍에 해를 끼치러 온 사람들이라는 사실 역시 의심의 여지가 없다. 소란의 시발점은 쪽지 한 장이었다. 꽈배기처럼 꼬인 쪽지가 연단 아래에서 위로 전달되자 회의를 진행하던 성 교육국 신임 국장이 쪽지를 읽었다. 그의 얼굴이 순간 사색이 되었다. 그러나 그는 간신히 얼굴에 웃음을 띠며 말했다.

"오늘 도 부장님의 훈도 보고에서 학생들의 질문은 받지 않겠습니다. 질문에 관해서는 따로 전문적인 회의를 개최하도록 하겠습니다."

그러나 연단 아래에서는 아무런 반응이 없었다. 오히려 쪽지들이 연달아 연단 위로 날아왔다. 신임 국장은 본색을 드러내고 큰 소리로 호통을 쳤다.

"제가 좀 전에 질문은 따로 시간을 준다고 하지 않았습니까? 내 말을 못 들은 거요?"

연단 아래에서 산발적이고도 혼란스러운 반응이 일어났다. 그러더니 회의장 안에 벌집을 쑤셔 놓은 것 같은 소란이 일었다. 순식간에 많은 학생들이 자리에서 일어나 연단 아래 통로로 모여들어 도 부장에게 질문을 퍼부었다. 도 부장은 꿈쩍도 하지 않고 입도 열지 않았다. 이때 백령이 연단 아래 군중 속으로 뛰어들면서 큰 소리로 외쳤다.

"이 일본 앞잡이를 쳐 죽이자!"

백령이 벽돌 조각을 연단 위로 던졌다. 벽돌은 한 치의 오차도 없이 정확하게 도 부장의 콧날을 맞추었다. 도 부장이 "억!" 하고 쓰러졌다. 그러자 학생들이 일제히 큰 소리를 지르며 나무의자와 발밑에서 꺼낸 벽돌을 연단 위로 던졌다. 어떤 사람은 연단 아래 진열되어 있던 화분을 집어 위로 던졌다. 금세 도 부장의 얼굴이 피로 뒤덮였다. 누군가 그를 부축하고 연단을 내려왔다. 그들은 간발의 차이로 창문을 통해 밖으로 빠져나올 수 있었다. 강당 안에서는 또 어떤 사람이 '우리의 산하를 돌려 달라.'고 적힌 플래카드를 펼쳐 들었다. 학생들은 팔짱을 끼고 플래카드를 따라 식장을 빠져나갔다.

백령도 남녀 학생들과 팔을 끼고 나아갔다. 그녀는 잠시 자신이 벽돌 담에 꼭 맞추어 들어간 벽돌 같다는 생각을 했다. 시위행렬이 단이문端履門까지 쏟아져 나왔을 때였다. 그들은 헌병과 경찰의 포위와 저지에 부딪혔다. 충돌이 일어나자 쌍방의 힘의 차이는 현저하게 드러났다. 경찰과 헌병에 맞서기에 학생들은 너무나 무력했다. 시위 대열은 금방 와해됐다. 체포된 학생들은 그 수를 헤아리기조차 어려울 지경이었다. 그러나 백령은 다행히도 무사히 그곳을 빠져나왔다.

고성古城인 서안의 가장 번화하고 불결한 모퉁이에서 발생한 우습고도 과장된 소문은 온 성으로 퍼져 나갔다. 사람들은 제일 먼저 돌을 들고 도부장을 쳐 죽이자고 외친 사람이 어떤 여학생이라고 했다. 그 여학생은 원래 학생이 아니라 북방에서 온 홍군紅軍 여사수라는 말도 돌았다. 온 성이 수색과 체포 때문에 난리가 났고 날이 갈수록 소문은 눈덩이처럼 불어나기만 했다. 당연히 국민당 특수 공작기관은 체포된 학생들을 심문하여 진술을 얻어냈다. 결론적으로 공산당이 개입하여 학생들을 뒤에서 조종했다는 사실을 확신할 수 있었다. 그들의 체포 목표는 곧 확정되었다. 백령이 사건의 주모자로 지목되었다.

백령은 뒷골목을 지나 조자棗刺 거리로 돌아왔다. 녹조붕은 초조한 마음으로 그녀를 기다리고 있었다. 간단한 짐은 이미 꾸려져 있었다.

"당신의 정체가 탄로 났어. 집을 옮겨야겠어. 내 생각에 그들은 저녁때쯤 들이닥칠 것 같아."

녹조붕이 말했다.

"그들이 나를 죽인다 해도 하나도 두렵지 않아요."

"우리는 잠시 떨어져 있는 게 좋겠어. 나는 여기서 빠져나가 그들이 우리가 함께 도망치고 있다고 생각하도록 하겠어. 당신은 여기 머물러 있는 편이 안전할 거야."

"저더러 여기 계속 머물러 있으라고요? 언제까지요? 당신과는 어떻게 연락할 수 있지요?"

"내가 이미 주인댁 위魏 부인께 잘 말씀드려 놨으니 함께 지내. 내가 돌아올 때까지 잘 기다리고 있어야 해. 무슨 일이 있어도 밖으로 나가선 안돼."

백령이 고개를 끄덕이며 말했다.

"기다리고 있을 테니 빨리 돌아오셔야 해요."

"지금 위 부인을 찾아가. 나머지 일은 내가 알아서 할 테니 걱정하지 말고."

녹조붕이 백령을 껴안은 채 어깨를 어루만지며 말했다.

"당신은 도 부장의 코를 깨 뭉개는 것에서 그치지 않고 우리 집마저 깔아뭉개는구려."

백령이 맹렬하게 조붕에게 입을 맞추었다. 그녀와 그의 입속으로 씁쓸한 눈물이 흘러들었다. 밖에서 위 부인의 목소리가 들려왔다.

"왜 아직 안 갔수?"

백령은 조붕의 품속에서 빠져나와 눈물을 닦고는 밖으로 나왔다. 그녀를 안채로 안내한 위 부인이 탁자 밑의 네모난 지하실 입구를 가리키며 말했다.

"내려가서 기다리고 있다가 내가 부르면 올라오구랴."

과연 그날 밤 인적이 끊긴 야심한 시각에 누가 찾아왔다. 백령은 지하실 안에서 위 부인과 낯선 사람이 나누는 대화를 들었다.

"당신 집에 세 들어 살던 사람은 어디 있습니까?"

"이사 갔어요. 오늘 낮에."

"어디로 이사 갔습니까?"

"난 남의 일에 이러쿵저러쿵 간섭하지 않수."

"여기에 살던 두 사람, 뭐하는 사람들이라고 했습니까?"

"장사를 한다고 했지."

"여자는요? 성이 백 아닙니까?"

"여자 성은 백이 맞수."

"남자는요?"

"아, 내가 금방 말했잖소. 두 사람 모두 이사 갔다고."

"그들은 둘 다 공비요! 당신 집에 숨어……."

"누가 이마에 '나 공비요'라고 써 놓수? 내가 그걸 어떻게 알아?"

"이 할망구가 여태까지 죽지 않고 살아 있더니 입만 살았구먼!"

"아니 이놈이 뚫린 입이라고 말을 함부로 하네! 내 남편이 반정 거사를 일으킬 때 너는 아직 네 아비 바짓가랑이에 매달려 있었다, 이놈아! 그런데 네가 감히 나를 욕해? 이 버릇없는 못된 놈아, 내가 네놈을 털보에게 데리고 갈 거다."

어지러운 발자국 소리가 멀어졌다. 얼마 지나지 않아 위 부인이 소리쳤다.

"올라 오구랴. 이제 괜찮소."

백령은 지하실에서 올라오고 나서야 비로소 위 부인이 바로 신해혁명辛亥革命 당시 서안반정西安反正의 지도자 중 한 사람인 위소욱魏紹旭 선생의 미망인이라는 사실을 알았다. 깜짝 놀랄 수밖에 없었다. 그래서 부인은 걸핏하면 수염이 기니 짧니 말을 했던 것이다. 위 부인이 말했다.

"저런 비열하고, 염치없는 놈들 때문에 세상이 혼란해지는 게야."

백령은 그제야 마음을 놓았다. 위 부인은 백령에게 자신과 함께 자자고 했다. 위 부인은 백령과 한 침상에 누워 위소욱 선생이 참가했던 동양유학귀국거사반정東洋留學歸國擧事反正 당시의 일을 들려주었다. 그 이야기가 너무 재미있어서 백령은 별 생각 없이 말을 했다.

"오래오래 사세요. 세상이 태평해지면 제가 선생님의 업적을 책으로 써 드리겠어요."

사흘이 지나고 늦은 밤에 조붕이 왔다. 녹조붕은 백령이 아무 탈 없이 잘 지낸 것을 보고는 위 부인에게 큰절을 올렸다. 위 부인은 그들이 둘만 있을 수 있도록 동쪽에 있는 자신의 집으로 가버렸다.

백령은 가만히 서서 녹조붕의 눈을 바라보았다. 그의 새로운 계획이 무엇일지 무척 긴장되었다. 녹조붕이 말했다.

"당신은 여기를 떠나 본부로 가야 해."

"어떻게 가요?"

"먼저 위하渭河 북쪽의 장촌張村으로 가. 거기서 당신을 남량南梁까지 안전하게 데려다 주겠어. 문제는 성문을 어떻게 빠져나가느냐지."

"어떻게 빠져나가죠?"

"내일 새벽 서북군西北軍 군관이 당신을 데리러 올 거야. 당신과 그는 부부로 위장하면 안전할 거야. 그가 당신을 장촌으로 데려다 줄 거야."

"그럼 우린 헤어져야 하나요?"

녹조붕은 어지러운 감정을 억누르기 위해 백령의 말에는 대답하지 않은 채 엉뚱한 말을 했다.

"당신을 데리고 갈 군관은 믿을 만한 사람이야. 그러니 마음 놓고 그를 따라가. 아마 나는 내일 오지 못할 거야."

백령이 떨리는 목소리로 물었다.

"그럼 우린 언제 다시 만날 수 있죠?"

녹조붕은 목소리를 가다듬으며 짐짓 활기찬 척 말했다.

"당신과 료廖 군단장이 서안으로 올 때 내가 성 입구에서 당신을 맞으리다."

백령이 떨면서 조붕의 품으로 뛰어들었다.

"곧 아이가 태어날 텐데 아이 이름을 지어주세요!"

녹조붕도 솟구치는 감정을 더 이상은 억누르지 못하고 백령을 꼭 껴안았다. 이어 목이 메인 듯 낮게 말했다.

"천명天明이라고 불러! 남자애든 여자애든 이 이름으로 부르라고."

그날 밤 백령은 잠을 자지 못하고 뒤척였다. 결국 웬만한 장정보다 더 요란한 위 부인의 코 고는 소리를 들으며 밤을 하얗게 지새웠다. 창문으로 햇살이 비쳐들었다. 백령은 조붕이 어젯밤 가지고 온 비단 치파오旗袍와 목이 긴 흰 양말을 신었다. 돈 많고 화려한 귀부인으로 변장하기 위해서였다. 그녀는 아침을 먹은 다음 지하실로 내려가 조용히 기다렸다. 떠나기 전에 하찮은 실수로 인해 다 된 밥에 재를 뿌리지나 않을까 하는 염려 때문이었다.

백령은 어젯밤 조붕과의 이별이 가져다준 슬픔에서 벗어나 안정을 되찾고 있었다. 곧이어 시작될 모험을 숨죽이며 기다리고도 있었다.

집안에서 무거운 발자국 소리가 들리더니 굵은 목소리의 남자가 물었다.

"형수님은 어디에 계십니까?"

위 부인이 지하실 문을 열더니 그녀에게 올라오라고 했다. 지하실 문까지 올라와 목을 내민 백령은 문 앞에 서 있는 남자를 보는 순간 아연실색하고 말았다. 녹조해가 아닌가! 녹조해도 그녀를 보는 순간 얼굴이 굳어졌다. 두 사람 사이에 어색한 기운이 감도는 것을 본 위 부인이 농담을 했다.

"어이구, 형수를 보더니만 눈을 뗄 줄을 모르네! 능력 있으면 당신도 이런 괜찮은 처자에게 장가들구라!"

녹조해가 털썩 의자에 주저앉았다. 담배를 꺼내 불을 붙이는 손이 바르르 떨렸다. 백령은 지하실에서 올라와 짐짓 아무렇지도 않은 듯 위 부인에게 말했다.

"새 옷을 입고 올 테니 여기에서 기다려 주세요."

녹조해는 담배를 깊게 한 모금 빨아들이며 아무런 말도 하지 않았다.

어제 오후 녹조붕은 대담하게도 서북군 주둔지를 찾아갔다. 녹조해는 녹조붕이 찾아온 것에 적잖이 놀랐다. 집에 큰 변고가 일어난 게 틀림없다고 생각했다. 그렇지 않으면 형이 자신을 찾아올 리가 없었다. 그가 다급한 말투로 물었다.

"집에 무슨 일이 일어난 거야?"

"그래. 하지만 큰일은 아니니 너무 긴장할 거 없어."

녹조해는 더더욱 마음이 급해졌다.

"큰일이든 작은 일이든 간에 빨리 말해 봐."

녹조붕은 그제야 가벼운 어투로 말했다.

"네 형수가 산달이 가까워져 고향에 돌아가 몸을 풀려고 하니 네가 좀 데리고 가 줘야겠다."

녹조해가 긴장이 탁 풀리는지 미간을 활짝 펴고 목소리까지 높였다.

"형이 새 신부를 얻었다고? 그런데 내게는 왜 연락도 하지 않았어? 정말 너무하는군!"

"내 처지가 그렇잖니? 이런 일을 떠벌릴 형편도 아니고."

녹조해는 형이 반 강제로 하게 된 혼인을 동정하고 있었다. 그래서 형이 비밀리에 아내를 얻을 수밖에 없는 처지도 이해할 수 있었다. 그가 흔쾌히 승낙했다.

"형수님을 모시고 가는 일이라면 이 동생이 당연히 해야지! 마침 이번 기회에 새 형수님도 만나고 잘 됐네. 그럼 언제 출발하면 되지?"

"내일."

조붕은 어디로 가서 형수를 만나야 하는지를 말해줬다. 또 어디까지 데려다 주어야 하는지 상세하게 설명해 주었다. 마지막으로 매우 유감스럽다는 듯 말했다.

"어쩔 수 없구나. 백록원으로 가서 몸을 풀어야 하지만 그럴 수도 없는 형편이니 처가로 갈 수밖에……."

녹조해는 형의 고초를 잘 이해할 수 있었다.

"잘 알았으니까 너무 염려하지 마."

녹조붕이 의미심장하게 말했다.

"정말 어쩔 수 없어서……, 너에게 부탁하는 거야."

녹조해가 호방하게 대답했다.

"난 오히려 기뻐. 형이 동생을 믿고 부탁하는데 목숨을 걸고서라도 해내야지!"

녹조붕은 출발 전의 준비 사항을 몇 가지 더 당부하고 떠났다.

녹조해는 의자에 앉아 연거푸 담배만 피워댔다. 아무리 생각해도 형이 어떻게 이럴 수가 있는지 이해할 수가 없었다. 형이라는 사람이 동생의 여자를 빼앗아 놓고 도대체 무슨 낯짝으로 형수의 산후조리를 부탁한단 말인가! 그는 지하실에서 올라오는 백령을 보고 조소하며 말했다.

"하여튼 형이 인물은 인물이군. 철면피 같으니라고! 하긴 그래야 큰 인물이 되겠지."

백령 역시 거북하기 짝이 없었다. 이런 상황은 생각지도 못했던 터라 차마 얼굴도 들 수 없었다. 그러다 울컥 화가 치밀어서 녹조해에게 소리를 질렀다.

"그럼 돌아가세요! 나 혼자 갈 수 있어요."

녹조해는 그제야 뭔가 이상하다는 것을 알아차렸다. 백령의 처가와 시가는 모두 백록원白鹿原의 백록촌白鹿村이지 위하 북쪽이 아니다. 조붕이 위하 북쪽 지방의 처가로 가서 몸을 풀 수 있도록 하겠다고 한 말은 백령을 피신시키기 위해서였던 것이다. 그는 집주인 위 부인의 의혹에 찬 눈빛을 보며 억지로 웃음을 띠며 말했다.

"내 임무는 형수님을 모셔다 드리는 겁니다. 자, 출발하지요!"

그러나 백령은 여전히 고집을 피우며 말했다.

"돌아가요. 난 폐를 끼치고 싶지 않아요."

그예 녹조해도 화가 나서 큰 소리를 쳤다

"난 형수님 때문에 멀리서 찾아왔는데 오히려 형수님이 화를 내요?"

두 사람은 한 인력거에 나란히 앉았다. 녹조해는 일부러 인력거의 가리개를 활짝 젖혀 사람들이 그와 그녀를 볼 수 있도록 했다. 안이 보이지 않으면 오히려 괜한 의심을 받을 수 있기 때문이었다. 백령은 금테 안경을 쓰고 어깨까지 오는 머리카락을 풀고 있었다. 치파오 아래로 부른 배를 보면 돌을 던진 빨갱이 학생이라고는 생각도 할 수 없었다. 게다가 그녀의 옆에는 완전 무장한 군관이 의연하게 앉아 있었다.

검문을 하던 헌병들이 인력거 안의 남녀를 힐끔거렸다. 고성의 동서 십리 길에서는 별다른 불편이 없었다. 그러다 서문 입구에서 형식적인 검색이 있었다. 녹조해는 위병에게 눈을 부라리며 호되게 나무랐다.

"내가 누군지 모르겠나? 얼간이들 같으니. 바쁘니 빨리 통과시켜!"

헌병은 아니꼬운 듯 침을 퉤하고 뱉더니 눈을 흘기며 가버렸다. 인력거꾼이 다시 달리기 시작했다. 서관西關의 좁은 길을 빠져나와 시골의 대로를 달리자 녹조해는 은화 한 냥을 꺼내며 인력거꾼의 어깨를 두드렸다. 고개를 돌려 돈을 받은 인력거꾼은 연신 고맙다는 인사를 했다.

"너무 많습니다, 너무 많아요. 그래도 선생님께선 저희 같은 비천한 놈들을 대접해 주시는군요!"

녹조해가 말했다.

"당신은 인력거만 열심히 모시오. 우리들이 하는 이야기는 들을 필요 없소!"

인력거꾼은 아첨하듯이 헤헤 웃으며 말했다.

"잘 알겠습니다, 선생님. 저희처럼 하루 끼니나 때우며 사는 놈들이 어찌 감히 선생님들 일에 간여하겠습니까. 두 분께선 아무 염려 마시고 말씀 나누십시오. 저를 사람으로 생각지 마시고 그저 인력거를 끄는 소 정도로 여기십시오."

녹조해가 고개를 돌려 백령을 보고 말했다.

"오늘부터 내겐 형이 없소. 녹조붕은 내 형이 될 자격이 없소!"

"나도 당신 형수 될 자격이 없어요."

녹조해가 더 이상 참지 못하고 분통을 터트렸다.

"난 그를 멸시하오! 과거엔 동정했지만, 이젠 그를 증오하오!"

백령이 냉담한 표정으로 말했다.

"그를 탓하지 말고 나를 미워하세요. 나를 멸시하라고요! 내가 그를 찾아가 함께 지내게 해 달라고……."

녹조해가 그녀의 말을 자르며 말했다.

"아니오! 당신은 변명할 필요 없소. 그는 이전부터 나쁜 마음을 품고 있었소! 내가 보정^{保定}에서 돌아오던 날 우리는 만나기로 했지. 그런데 당신은 나타나지 않고 그가 대신 와서 내게 말했소. 난 그때도 의심스러웠지만 그래도 형이라 믿었었소. 그런데 그는……, 사람도 아니었어!"

백령이 조급해져서 변명을 했다.

"공연한 의심을 하고 계시는군요. 저와 그는…… 나중에 다시 이야기 하지요! 그를 사람으로 여기지 않는다는 그런 생각은 제발 하지 마세요!"

"어쨌든 난 영원히 그를 보지 않겠소."

인력거가 평원의 크고 작은 마을을 지나 나지막한 언덕 앞에서 멈췄다. 녹조해와 백령은 인력거에서 내려 걷기 시작했다. 녹조해가 물었다.

"당신, 그런데 몸을 풀러 어딜 가는 거요?"

"그게 아니에요. 저는 지금 도망치는 중이에요."

"무슨 일이 생겼소?"

"제가 도 부장에게 돌을 던졌어요."

녹조해는 너무 놀라 걸음을 뚝 멈추고 백령을 쳐다보았다.

"세상에! 돌을 던진 사람이 바로 당신이란 말이오?"

"많이 놀라셨죠? 그런데도 저를 아내로 받아들이겠다고요? 누가 저를 아내로 맞이하겠어요. 누가 저를 감당하겠어요!"

"내가 비록 당신과 정치적인 견해는 다르지만 일본을 물리치고 우리 땅을 되찾겠다는 마음은 같소. 군인들도 도 부장에게 돌을 던진 것은 잘한 일이라고 해. 그 돌 때문이라도 내가 오늘 당신을 호송해 주는 것은 가치 있는 일이오. 앞으로 힘든 일을 당해도 원망하지 않겠소."

백령은 마음이 잠깐 풀리는가 싶더니 다시 흥분한 어조로 말했다.

"아직도 형을 원망하세요?"

녹조해의 얼굴빛이 다시 어두워지더니 이를 꽉 깨물고 말했다.

"그 점에 대해선……, 원망하오!"

"그럼 원망하세요! 어차피 그를 미워하는 사람은 많으니 당신 하나 더 미워해 봐야 상관없어요."

"그 사람들 중 내가 그를 가장 증오할 거요."

"잘 알았어요."

나지막한 언덕이 끝나자 높은 평지가 시작되었다. 백령은 저 먼 곳과 이쪽 가까운 곳의 몇몇 마을을 주시했다. 조붕이 가르쳐 준대로 주위 환경을 살피다 왼쪽 앞의 한 마을을 가리키며 말했다.

"바로 저기가 장촌張村이에요!"

녹조해가 1km쯤 떨어진 곳에 자리 잡은 장촌을 바라보다가 한결 누그러진 목소리로 물었다.

"산후 조리가 끝난 후 내가 당신을 다시 성으로 데리고 가면 좋겠소?"

"괜찮아요."

"여기서 얼마 동안 머물 작정이오?"

"며칠 머물지 않을 거예요."

"내가 당신을 다시 볼 수 있을까?"

"아마 삼사 년 내로는 힘들겠죠."

"마지막으로 당신에게 한마디만 하겠소. 난……, 영원히 결혼하지 않겠소.”

“아니⋯⋯, 왜 그러시는 거예요? 제발 그러지 마세요! 당신의 이런 행동은 저를 괴롭히는 거예요!”

“당신을 괴롭히려고 그러는 게 아니오. 그냥 그러고 싶어서 그러는 거요.”

“제발 그러지 마세요. 내가 이렇게 빌게요, 제발⋯⋯.”

“이제 세상에서 내 마음을 사로잡을 사람은 아무도 없소. 나는 내가 한 말은 꼭 지킬 거요. 당신도 잘 지켜보시오.”

“이건 당신이 나를 때리고 욕하느니만 못해요.”

“난 지금⋯⋯, 당신과 입 맞추고 싶소.”

백령이 녹조해를 잠깐 바라보더니 눈을 감았다. 한 줄기 쓰라린 아픔이 그녀에게 와 닿았다. 그가 손으로 가볍게 그녀의 등을 감쌌다. 이어 그녀가 자신의 품에 안길 수 있도록 천천히 팔에 힘을 주었다. 그가 가볍게 그녀의 이마에 입을 맞췄다. 곧 공손히 팔을 풀었다.

“평생 결혼하지 않겠다는 결심이 더욱 굳어졌소. 이것이 바로 그 증거요. 내가 당신과 함께 마을로 들어가는 것이 낫겠소?”

“당연하죠.”

백령은 장촌에 도착해서 여장도 풀지 못하고 그날 밤 또다시 몇 십 리 떨어진 뇌가장雷家庄으로 향했다. 이튿날엔 너무나 피곤해서 하루 종일 잠만 자야 했다. 그러나 그날 밤 또다시 80리 길을 걸어 황토 절벽 아래에 있는 용만촌龍灣村으로 향했다. 그녀는 동굴 안에 머물며 아이를 낳았다. 그래서 더 이상 예정된 날짜대로 이동할 수가 없었다.

백령을 보살펴 주는 집은 식구가 여섯이었다. 몸집이 좋은 할머니가 집안일을 주재하는 집이었다. 그 집에는 할머니 외에 아들, 며느리와 1남 2

녀의 아이들이 있었다. 아들은 이웃 마을 학교에서 일을 봐 주고 있었다. 학교에서 종을 치거나 땅을 쓰는 것 말고도 화장실 청소에 물 긷는 일까지 도맡아 하고 있었다. 그러다가 학교의 지하당원에게 포섭되어 당원이 되었다. 그가 백령에게 말했다.

"제 손을 거쳐 간 사람이 벌써 스물세 명입니다. 당신이 스물네 번째이니 안심하십시오. 번거로운 일은 생기지 않을 겁니다."

백령은 동굴 속의 침상 위에서 산후조리를 했다. 할머니가 끓여주는 미음과 바삭하게 구워진 빵도 잘 먹었다. 그러다 할머니가 익숙한 솜씨로 아이의 기저귀를 가는 모습을 지켜보더니 저도 모르게 말했다.

"할머닌 제 어머니 같으세요."

할머니가 낮게 웃으며 말했다.

"자네가 낳은 이 아이도 공산당으로 만들 셈인가?"

백령은 얼떨떨해졌다. 그러다 곧 웃음을 터트렸다.

백가헌은 보름이 넘도록 백령의 일에 대해 언급하지 않고 침묵을 지켰다. 또 가족 중 누구도 집을 수색당한 일을 바깥에 말하지 않도록 당부했다. 그러던 어느 날 저녁이었다. 그가 할머니의 침상을 지키고 앉아 있던 두 아들에게 말했다.

"너희 둘은 아직 세상일을 많이 겪어보지 못했지만 세상일엔 딱 두 가지가 있다. 그게 바로 화복禍福이야. 이 둘은 반은 같고 반은 다르다. 다시 말해서 이 둘은 서로 연결되어 있지. 체로 쳐서 쏙 빠져나가는 게 복이라면 걸리는 건 화야. 너희들이 명심해야 할 것은 복을 만났다고 좋아할 필요가 없다는 게야. 바로 이어 화란 놈이 오고 있거든. 또 화를 만났다고 상심할 필요도 없어. 이를 악물고 참고 견디다 보면 언젠가는 복이 오기 마련이니까. 너희들이 앞으로 세상일을 겪다 보면 자연히 알게 될 거야."

백효무가 알았다는 듯이 고개를 끄덕였다.

"옛말에 이르기를 '복은 화가 기대고 있는 것이요. 화는 복이 숨어 있는 것이다.'라고 했는데 바로 그런 이치를 말하는 것이군요."

백가헌이 말했다.

"내가 그다지 학식이 없어서 잘은 모르겠다만 같은 이치일 게다."

조씨는 끙끙 앓았다. 갈수록 기력도 약해졌다. 백령의 나쁜 소식을 접하고부터 몸이 쇠약해진 것이다. 더구나 그녀는 매일 더 이상 기력이 없어 울음소리조차 나오지 않을 때까지 울고 또 울었다. 심지어 종일토록 밥 한 끼 제대로 먹지 않고 물만 마셨다. 물도 끓인 것은 손도 대지 않고 오로지 우물에서 막 퍼 올린 찬물만 마셨다. 그녀는 그렇게 표주박 한가득 담긴 물을 꿀꺽꿀꺽 목구멍에 넘기고도 마음속에 타오르는 불이 꺼지지 않는다고 고함을 지르곤 했다. 며칠을 그러고 나자 더 이상 울음소리도 나오지 않게 되었다. 그저 침상 위에 누워 눈을 감은 채 숨만 쉬었다.

냉 의원은 백가헌에게 뒷일을 준비하는 게 좋겠다고 권했다. 또 그를 위로하며 말했다.

"자네는 이미 할 만큼 했네."

그래도 백가헌은 마음이 꺼림칙했다. 모친은 원래 병 하나 없이 건강했다. 그런데 백령의 소식을 듣고부터 이렇게 되었다. 조씨의 본래 성격대로라면 이만한 일에 이렇게까지 되실 양반은 아니었다. 그러나 이상하게 이 모양이 됐다. 아마 손녀에 대한 걱정이 너무 쌓여 마음의 병이 된 게 아닌가 싶었다. 그래서 거짓말을 해서라도 모친의 마음을 돌려놓고 싶었다. 그는 조씨의 옆으로 살금살금 다가가 귀에 대고 조그맣게 말했다.

"어머니, 제가 어머니께만 말씀드리는 건데요. 누님이 그러시는데 령령이 어제 서원으로 와서 누님을 만나 뵈었답니다. 몸도 건강하고 아무 탈 없이 잘 있더랍니다……."

조씨가 갑자기 눈을 번쩍 뜨더니 일어나 앉았다.

"정말이냐?"

조씨가 조심스럽게 물었다.

"어머니도 아시다시피 누님은 한평생 허튼소리라고는 한 적이 없지 않습니까?"

"령령은 지금 어디 있느냐?"

"아직 성안에 있습니다. 그 애는 간이 크고 영특하니 누구도 그 애를 잡을 수 없을 거예요. 그 애가 가족들 모두 걱정할 필요 없다고 그랬답니다. 또……, 제발 무슨 일이 있어도 자기 안부를 물으러 다니지 말라고…… 그랬다는군요."

조씨는 그제야 마음이 놓이는지 백가헌에게 말했다.

"휴……, 그랬구나. 가서 빗을 좀 갖고 오겠느냐? 이 어미 머리가 새집을 지은 것 같구나."

백가헌은 냉 의원에게 거짓말로 모친의 생명을 구한 사실을 이야기하며 껄껄 웃었다.

"제가 내일부터 환자를 치료해도 되겠습니다그려. 사람이 죽으란 법은 없나 봅니다……."

제28장

　녹자림의 며느리가 미쳤다. 그러나 마을 사람 누구도 그녀가 미친 이유는 몰랐다. 때는 막 겨울로 들어서려는 어느 늦가을 오후였다. 평소 거의 마을에 모습을 드러내지 않던 그녀가 돌연 그 구중궁궐인 사합원四合院에서 나왔다. 그녀는 새털처럼 가벼운 발걸음으로 마을 골목 여기저기를 깔깔 웃으며 돌아다녔다. 그녀의 이러한 행동은 사람들의 이목을 집중시켰다. 곧 많은 사람들에게 둘러싸인 그녀는 박장대소하다 웃음을 멈추고 수줍은 표정을 지었다. 그러더니 뭔가를 감춘 듯 신비한 눈짓을 했다. 그리고는 비밀을 이야기하듯 낮은 목소리로 이야기했다.

　"우리 시아버지는 나에게 잘해줘……. 나하고 시아버지는 그렇고 그런 관계거든……. 너희들, 우리 시어머니한테는 비밀로 해야 돼!"

　그녀를 둘러싸고 있던 사람들은 깜짝 놀랐다. 하지만 막상 이러한 무서운 사실을 듣게 되자 속으로야 어떻든 호기심을 대놓고 드러내진 않았다. 일부 고지식한 사람들은 아예 몸을 돌려 피해버렸다. 또 어떤 여자는 그녀를 타이르면서 함부로 지껄이지 말라고 나무라기도 했다. 그러자 그녀는 눈을 부릅뜨고 오히려 사람들에게 호통을 쳤다.

　"누가 허튼소릴 한다는 거야? 너희들이 우리 시아버지한테 가서 물어봐라. 그분이 누굴 좋아하는지! 너희들 나 무시하지 마! 그분의 자식도 내 침상엔 오르지 못해. 그의 아버지가 나를 빼앗아버렸거든!"

말할 것도 없이 도리를 아는 마을 사람들은 이 말도 안 되는 소리를 믿지 않았다. 그럼에도 크게 놀란 건 사실이었다. 백효무白孝武는 마을에 내려와 이런 놀라 자빠질 소리를 듣게 되자 몇몇 여자들에게 호통을 치며 나무랐다.

"아니, 냉큼 집에 데려다주지 않고 뭘 하는 거요! 왜 가만히 서서 멋대로 지껄이는 걸 보고만 있습니까?"

여자들은 백효무의 말을 듣고는 그녀를 끌고 가려 했다. 그러나 며느리는 팔을 뿌리치더니 걸음아, 나 살려라 하며 도망쳤다. 달리면서도 계속 소릴 질렀다.

"난 보위대에 있는 우리 시아버지한테 갈 거야……. 시아버지가 보고 싶거든……."

이 사건으로 온 마을이 떠들썩해졌다.

그녀는 백록진으로 갔다. 자신을 에워싸고 있는 사람들을 보자 더욱 흥분했는지 쉴 새 없이 중얼거렸다.

"시아버지는 나를 좋아하고, 나도 우리 시아버질 좋아해."

이 말은 사방팔방의 지나가던 남자들을 다 끌어들였다. 그들은 그녀의 이야기에 웃음을 참지 못했다. 그녀는 길거리를 의기양양하게 돌아다녔다. 그러자 낯선 사람들이 그녀가 가는 곳마다 구경하려고 몰려들었다. 백효무는 곧장 보위대로 갔다. 녹자림은 보위대에서 친구들과 한담을 나누고 있었다. 백효무가 굳은 얼굴로 자초지종을 설명할 때 그의 며느리는 이미 보위대 안으로 들어오고 있었다. 차마 따라 들어오지는 못하고 밖에서 안을 기웃거리는 구경꾼들이 대문 앞에 가득했다. 녹자림의 얼굴이 하얗게 질렸다. 기가 차는지 말을 꺼내지도 못했다. 그러다 앞으로 달려 나가 며느리의 따귀를 한 대 때렸다. 며느리는 비틀거리더니, 시아버지를 빤히 쳐다보며 물었다.

"아버님, 절 좋아하지 않으시나요? 왜 저를 때리세요?"

녹자림의 얼굴이 벌겋게 변했다. 그가 또다시 따귀를 때리자 며느리는 마당에 픽 쓰러졌다.

"효무, 이 화상을 집으로 돌려보내게."

녹자림이 말했다.

백효무는 여자의 팔을 붙잡고 끌고 가다시피 하면서 보위대 마당을 나 갔다. 이어 따라오는 사람들을 나무라며 말했다.

"미치광이 처음 보시오?"

곧이어 집으로 돌아온 녹자림은 며느리를 별당채로 밀어 넣고 밖에서 자물쇠를 채웠다. 이어 씩씩거리며 효무를 배웅했다.

"효무, 자넨 정말 의리가 있는 사람일세!"

녹자림은 뭐라 변명할 수도 없는 이 난처한 사건으로 인해 불안에 떨 었다. 부인인 하씨賀氏가 냉랭한 눈빛으로 그런 남편을 흘겨보며 말했다.

"당신의 명성이 백록원에서 지금보다 더 높아지게 생겼군요!"

녹자림은 물담배를 한 모금 빨았다. 그렇게 말하는 하씨를 이해할 수 가 없었다. 지금까지 하씨는 누가 그를 비웃거나 듣기 싫은 소릴 해도 전 혀 개의치 않던 여자였기 때문이었다. 아무려나 앞으로 이 미치광이 며느 릴 어떻게 해야 할지 고민이었다. 만약 그녀가 마음대로 지껄이는 허튼소 리가 냉 의원의 귀에라도 들어간다면 그의 얼굴을 어떻게 볼 것인가? 이 번 일은 너무 불시에 일어난 사건이라 미처 막을 도리가 없었다. 이 일은 엎질러진 물처럼 순식간에 백록원 전체로 퍼져나갔다.

녹자림은 자신이 직접 냉 의원을 찾아가 해명하기로 했다. 그리고는 사 람이 뜸해질 때를 기다렸다가 중의당으로 냉 의원을 찾아갔다. 그를 보자 냉 의원이 먼저 입을 열었다.

"자림 아우, 어서 앉게나. 오늘 낮에 일어난 일은 다 들었네."

녹자림의 표정이 밝아졌다. 냉 의원은 평소와 다름없이 조용히 말했다.

"소인배들의 말에 너무 연연하지 말게."

녹자림은 진심으로 감동했다.

"형님, 정말 뵐 낯이 없습니다."

"지나간 일은 잊어버리게. 딸의 병은 내가 치료할 테니 자네는 조붕에게 이혼장이나 쓰라고 하게."

"형님께서 2년 전부터 그런 말씀을 해 오셨지만 전 그래도 원만하게 처리하고 싶었습니다! 한데 갈수록 일이 꼬이니……. 지금은 이혼장 얘긴 접어두고 병부터 치료하는 게 좋겠습니다."

냉 의원은 딸의 병을 진찰하기 위해 녹자림을 따라나섰다. 곧 정원에 들어서자 딸은 아버지가 왔다는 사실을 알고는 크게 반겼다.

"아버지, 어서 방으로 들어오세요!"

창 앞으로 걸어가는 냉 의원의 뺨 근육은 잔뜩 긴장돼 있었다. 딸은 그런 아버지를 바라보더니 멍청하게 얼어붙은 모습을 보였다. 그리고는 '와앙' 하고 울음을 터트렸다.

"자물쇠를 풀어주게."

냉 의원의 말에 따라 하씨가 자물쇠를 풀고 문을 열어주었다. 냉 의원은 방으로 들어가 딸을 살펴보았다. 딸은 그제야 정신이 돌아온 듯 눈물을 닦고 부친에게 의자에 앉기를 권했다. 냉 의원이 물었다.

"애야, 어떻게 된 노릇이냐?"

딸은 무슨 뜻인지 모르겠다는 투로 말했다.

"아무 일도 없어요. 저는 잘 지내고 있어요."

"그래, 아무 일도 없으면 됐다. 좀 있으면 네 오빠가 나귀를 끌고 올 테니, 집에 와서 며칠 쉬었다 가거라."

"오라버니를 귀찮게 하실 필요는 없으세요. 전 가지 않겠어요. 보세요,

눈이 내리고 있어요. 전 아직 새 이불을 다 꿰매지도 못했는걸요."

딸은 모든 것이 정상이었다. 전혀 이상한 점이 없었다. 냉 의원은 한동안 앉아 있다 중의당으로 돌아갔다. 녹자림의 집을 나서면서는 신신당부했다.

"병이 도지거든 나를 꼭 부르게."

냉 의원이 중의당으로 돌아와 채 자리에 앉기도 전에 녹자림이 다시 찾아왔다. 말할 필요도 없이 며느리의 정신병이 다시 도진 것이다. 냉 의원은 아무 말 없이 다시 녹자림을 따라갔다. 마당에 들어서서는 조용히 귀를 기울였다. 별채 방에서 딸아이의 목소리가 들려왔다.

"전 남자가 있지만 없는 거나 마찬가지인 생과부예요. 남자가 없어서 수절하면 열녀비라도 세워주겠지만 남자 있는 생과부는 도대체 뭘 바라보고 살아야 하나요? 아버님 아들은 저를 거들떠보지도 않는데……, 시아버님은 제가 눈에 넣어도 아프지 않다니……. 조붕, 당신은 내 침상에 오르지도 못할 거야, 당신 아버지가 나를 좋아하니까……."

녹자림은 옆에 선 채 벌겋게 달아오른 얼굴을 하고 있었다. 쥐구멍이라도 있으면 들어가고 싶은 심정인 것 같았다. 냉 의원이 몸을 돌려 문을 나서더니 말했다.

"따라오게. 약을 지어주겠네."

때는 반 년 전 어느 늦은 밤이었다. 녹자림이 몸을 가누지도 못할 정도로 취해서 집으로 돌아온 적이 있었다. 당시 그는 대문을 쾅, 걷어차고 문턱을 넘다 발이 걸려 철퍼덕 넘어졌다. 그렇게 해서 문 앞에서 일어서지도 못한 채 큰 소리를 지르며 성질을 부렸다.

"네 이놈……. 빨리 와서 부축하지 않고 뭘 꾸물거리는 게냐? 뭘 멍하니 서서…… 구경이나 하고 있어!"

녹자림은 그때 문을 열어 준 사람이 문지기인 줄 알았다. 그러나 그날 밤 그에게 문을 열어 준 사람은 며느리였다. 며느리가 난처한 표정으로 말했다.

"아버님······, 저예요."

녹자림은 누구의 목소리인지 분간도 못 하고 계속해서 신경질을 부렸다.

"네가 누군지는 알아. 나를 부축하지도 않다니······. 내가 길바닥에서 얼어 죽는 꼴을 보고 싶으냐?"

며느리는 할 수 없이 손을 내밀어 녹자림의 어깨를 잡고 일으켜 세웠다. 그러나 그는 여전히 큰 소리를 지르며 신음할 뿐 몸을 추스르지 못했다. 그렇게 몇 번을 허우적대다가 겨우 일어서더니 두어 발짝을 떼곤 다시 픽, 하고 넘어졌다. 며느리는 그의 어깨를 부축하고 일으켜 세우려고 무진 애를 썼다. 그가 본능적으로 한 팔을 며느리의 어깨 위에 얹었다. 이어 그 힘에 의지하여 일어나 앞으로 걸어 나가다가 큰 소리로 말했다.

"여보, 마누라. 그래도 내겐 마누라가 최고야!"

며느리의 얼굴이 무엇에라도 데인 듯 벌겋게 달아올랐다. 그녀가 낮은 목소리로 말했다.

"아버님, 제발 그만하세요······. 전 어머님이 아니에요."

녹자림이 마침내 며느리를 알아보았는지 눈을 크게 뜨고는 발을 멈췄다.

"네 어머닌 어디 가고 네가 여기 있는 게냐? 흠, 뭐 똑같은 거 아니겠니! 너도 최고지······. 암 최고고 말고!"

그녀는 시아버지를 부축한 채 문간방을 지나 정원으로 들어섰다. 반달이 하늘에 걸려 있었다. 참죽나무의 향기가 짙었다. 녹자림은 정원에 서서 두 번이나 집이 떠나갈 듯 크게 재채기를 했다. 그러더니 조금 누그러진 어조로 말했다.

"아가야……, 너야말로 참으로 효성이 지극하구나……."

이렇게 말하고는 팔을 뻗어 그녀를 안았다. 부드러운 입술이 그녀의 이마에 닿았다. 간지럼을 태우듯 뜨거운 소주 냄새가 섞인 열기가 그의 입에서 뿜어져 나왔다. 동시에 그의 손이 홑저고리만 입고 있는 그녀의 가슴을 더듬었다. 그녀는 놀라서 비명을 질렀다. 온몸이 뜨거워지는 것 같았다. 다리가 후들거리며 정신도 혼미해졌다. 그러나 본능적으로 애원하며 말했다.

"아버님, 이러시면 안 돼요……. 빠, 빨리 손을 거두세요……."

녹자림이 말했다.

"겁낼 게 뭐가 있느냐……. 아가야, 네 몸이 무척이나 부드럽구나……."

며느리는 있는 힘을 다해 그의 손을 뿌리치고는 별당으로 뛰어 들어와 문을 잠가버렸다. 녹자림은 다시 땅바닥에 쓰러져 버둥거렸다. 며느리는 침상 위에 잠시 앉아 있다가 작은 나무창으로 밖을 내다보았다. 시아버지는 여전히 정원의 벽돌 바닥에 나동그라져 코를 골고 있었다. 그녀는 한숨을 길게 쉬었다. 시아버지께서 술에 너무 취해서 정신이 혼미해진 것이라는 생각이 들었다. 그녀는 측은한 마음에 다시 밖으로 나가 시아버지를 일으켜 안채로 가는 벽돌 계단을 올라갔다. 시아버지는 이미 완전히 인사불성이 되어 있었다. 그녀는 겨우겨우 그를 부축해서 안채에 들어가 침상에 뉘었다. 그때까지도 그는 여전히 드르렁드르렁 코만 골고 있었다. 그녀는 시아버지의 신발을 벗긴 다음 두 다리를 침상 위에 올려놓고 얇은 이불을 당겨 덮어 준 뒤 별채로 돌아왔다. 이어 날이 밝을 때까지 뜬눈으로 밤을 샜다. 밤새도록 안채에서 들려오는 시아버지가 코를 고는 소리를 들었다.

녹자림이 일어났을 땐 이미 아침을 먹을 때가 다 되어 있었다. 신발을 신으면서 그는 자신이 옷도 벗지 않고 잠들었다는 사실을 깨달았다. 또 어젯밤 술에 취해서 실수를 한 것 같다는 생각도 들었다. 그러나 구체적인 것은 기억나지 않았다. 며느리가 따뜻한 물을 담은 세숫대야를 계단 위에 올려놨다. 녹자림은 세수를 하다가 부엌 쪽을 향해 물었다.

"네 어머니는 어디 갔느냐? 또 불공드리러 간 거냐?"

"네."

부엌에서 며느리의 대답 소리가 흘러나왔다.

녹자림이 비아냥대며 말했다.

"이마가 닳도록 절한다고 해서 무슨 소용이 있다고!"

부엌에 있는 며느리는 아무 반응도 없었다. 녹자림은 마음을 놓고 대청으로 건너가 탁자 앞에 앉아 담배를 피웠다. 며느리는 먼저 고추와 마늘이 각각 담긴 접시를 가져왔다. 뒤이어 또 김이 모락모락 피어오르는 따끈따끈한 찐빵을 내놓았다. 세 번째엔 누르스름한 좁쌀죽을 큰 접시에 퍼 왔다. 그러더니 다시 부엌으로 가버렸다.

젓가락을 들고 대접 속의 죽을 젓던 녹자림은 갑자기 머릿속에서 쿵, 하는 소리와 함께 피가 거꾸로 솟는 것을 느꼈다. 대접 속에서 가축에게 여물을 줄 때 쓰는 보릿짚이 나온 것이다. 녹자림은 대접을 내동댕이치려고 머리 위로 치켜 올리다가 생각을 바꿔 천천히 탁자 위에 올려놓았다. 대접을 내던지고 나면 어떻게 마무리를 해야 하지? 분명한 것은 그가 어젯밤 무슨 체면 깎이는 실수를 저질렀다는 것이다. 조용히 그릇을 들고 가축우리로 가서 구유 속에다 이걸 버리고 아무 일도 없었다는 듯이 다시 돌아와? 아니야, 그것도 적당치 않아.

그는 재빨리 머리를 굴린 후에 다시 젓가락을 잡고 후르륵후르륵 죽을 들이마셨다. 듣는 사람까지 군침을 돌게 할 정도로 시원시원했다. 그는 보릿짚을 한쪽에 몰아 놓았다. 죽을 다 마시자 대접 속에는 보릿짚만이 남았다. 그는 부엌을 향해 큰 소리로 말했다.

"죽 더 가지고 오너라."

며느리는 부뚜막 아래 보리 짚단 위에 조용히 앉아 있었다. 그리고는 대접이 와장창 깨지는 소리와 함께 고래고래 고함을 지르는 시아버지의 불호령을 기다리고 있었다. 그러나 아무 일도 없었다. 그저 후르륵후르륵 죽 마시는 소리만 들렸다. 순간 그녀는 자신이 오히려 더 당황했다. 게다가 시아버지는 평소와 다름없이 밥을 더 달라는 소리를 했다. 마음속의 성벽이 와르르 무너지는 듯했다.

그녀는 방으로 들어가 탁자 앞에 서서 대접 속에 남아 있는 보릿짚을 힐끗 쳐다보았다. 이어 빈 대접을 들고 급히 부엌으로 돌아왔다. 용기가 없어 시아버지를 제대로 쳐다보지도 못했다. 그녀는 솥뚜껑을 열고 국자를 든 채 잠시 멈칫했다. 그러다 다시 죽을 펐다. 보릿짚을 넣을까 말까? 그녀는 이를 악물고 죽을 보릿짚 위에 담고는 부엌을 뛰쳐나왔다. 그래 어떻게 하는지 어디 두고 보자!

녹자림은 죽을 기다리는 동안 고추기름과 식초가 섞인 빻은 마늘을 발라 찐빵 하나를 다 먹어 치웠다. 이어 대접을 들고 탁자 앞에 당혹한 낯빛으로 서 있는 며느리를 가소롭게 바라보았다. 그러면서도 이번 역시 대접 속의 죽을 남김없이 깨끗하게 먹어 치웠다. 그러나 여전히 보릿짚 한 줌은 대접 바닥에 남겨 두었다. 그리고는 입을 문지르고 대문을 나서 보위대로 갔다. 그는 생각했다. 네가 나에게 보릿짚을 넣을 때 넌 분명 그 보릿짚이 다시 너에게 돌아갈 줄은 꿈에도 생각하지 못했을 거다. 누가 그 보릿짚들을 버리게 됐는지 봐라! 네가 진 거야……, 네가 진 거라고.

며느리는 설거지를 하면서 보릿짚을 버렸다. 조금 전 그녀의 마음속에 남아 있던 일말의 용기는 이제 완전히 사라졌다. 시아버지가 택한 방법은 그녀에게 다시는 보복할 용기를 낼 수 없게 만들었던 것이다. 그녀는 대접과 젓가락을 씻으면서도, 솥을 닦으면서도, 시아버지의 저의를 파악할 수 없었다. 시아버지 스스로 자신이 풀 먹는 가축보다 못한 인간이라는 걸 인정한 걸까? 아니면 소인과는 상대하지 않겠다는 건가? 그것도 아니면 또 다른 뜻이 있을까?

보릿짚 사건은 그렇게 별 문제 없이 지나갔다. 삼관묘三官廟에서 돌아온 시어머니는 아무런 눈치를 채지 못했다. 그녀의 신령에 대한 믿음은 마을에 전염병이 돌고 나서 더욱더 돈독해졌다. 백록촌에서 자기 집만 유일하게 아무도 죽지 않고 탈 없이 넘어간 것은 그동안 치성을 드린 덕분이라고 생각했다. 그때부터 시어머니는 매월 초하루와 보름에는 무슨 일이 있어도 삼관묘에 가서 밤을 새며 치성을 드렸다. 비바람도 그녀를 막지 못했다. 몸을 움직일 수 없을 정도로 앓아눕지 않는다면 잔병 정도는 전혀 개의치 않았다.

며느리는 자신이 위험에 빠졌다는 걸 깨달았다. 그녀의 마음속에선 끊임없이 시아버지께 문을 열어드릴 때의 광경이 떠올랐다. 풀무질로 불을 때며 밥을 할 때도 머릿속에선 시아버지가 그녀의 어깨를 감싸던 일이 선명하게 떠올랐다. 심지어 물레를 돌리거나 베를 짤 때도 그랬다. 신발이나 양말을 기울 때도 예외는 아니었다. 물레의 윙윙거리는 소리, 삐거덕거리는 베틀 소리, 삼 노끈이 스스 하는 소리 속에서도 갑자기 "아가야, 네 몸이 무척이나 부드럽구나." 하던 시아버지의 목소리가 들렸다. 특히 밤에 자리에 누우면 자신의 가슴을 어루만지던 시아버지의 커다란 손과 그녀의 이마에 닿았던 부드럽고 촉촉한 입술을 느낄 수 있었다. 땀에 젖은 노새의 호흡 같은 시아버지의 체취도 맡을 수 있었다.

그녀는 시아버지가 자신의 어깨를 움켜잡고 술주정하던 모습과 숨결을 떠올릴 때마다 마음 깊은 곳에서 타오르는 수치스러운 욕정을 참을 수가 없었다. 그녀는 그러한 반응에 무척 놀라면서도 자신이 너무 무지했다는 사실을 깨달았다. 녹조봉은 신혼 초야에 황망히 스치고 지나갔을 뿐 자신에게 어떤 감정도 느끼게 하지 못했다.

조부께서 조봉을 학교에서 강제로 데리고 온 날도 그랬다. 그는 옷을 입은 채로 밤을 새더니 날이 밝자마자 가버렸다. 그녀에겐 어떤 갈망이 북받쳐 올라왔지만 그건 그저 모호한 감정이었다. 그러나 이제는 구체적인 형체로 다가와 그녀를 사로잡았다. 유방을 잡혔을 때의 저릿저릿함, 부드러운 입술이 이마에 닿았을 때의 간질간질한 기분과 땀에 전 남자의 체취가 주는 자극은 생생하고 구체적이었다. 또 사실적이었다. 급기야는 혼란스럽게 그녀를 사로잡았다! 그녀는 이런 것들이 가져다주는 유혹을 이겨낼 수 없었다. 그러나 이런 감정이 모두 죄악이라는 사실도 잘 알았다. 그녀는 때로 넋이 나간 듯 시어머니의 쭈글쭈글하고 누런 얼굴을 쳐다보며 생각에 빠져들었다. 아마도 시아버지는 밤마다 그 부드러운 입술로 시어머니의 이마에 입을 맞출 것이다. 아마도 그 손으로 시어머니의 처진 유방을 주무를 것이다. 시어머니가 갑자기 눈을 흘기며 물었다.

"너, 뭘 그렇게 뚫어지게 쳐다보는 게냐?"

그녀는 화들짝 놀라 환상에서 깨어났다. 그리고는 고개를 떨어뜨린 채 아무 말도 하지 못했다. 시어머니가 한심하다는 듯 말했다.

"아직 잠이 안 깬 것 같구나."

정신없이 바쁜 보리 수확기가 한 달이나 이어졌다. 그녀는 밭에서 마당으로 부엌으로 바삐 돌아다녔다. 그러다 힘든 노동에 지쳐 누가 업어 가도 모를 정도로 잠들었다. 그러나 수확기가 지나고 무더위가 기승을 부리는 복날이 오자 그녀는 또다시 예전의 그 이상한 감정에 사로잡혔다.

점심을 먹은 뒤 그녀는 짧은 상의와 바지를 입고 침상 위에 누웠다. 시아버지의 큰 손과 부드러운 입술이 떠오르자 온몸이 근질근질해졌다. 자신도 모르게 신음 소리가 새어 나왔다.

시어머니는 평소와 다름없이 초하루와 보름이 되면 삼관묘로 불공을 드리러 갔다. 그녀는 위험에 처해 있는 두 아들을 위해 부처님께 치성을 드렸다. 어느 보름날 점심 무렵이었다. 그녀가 시아버지에게 밥을 차려 드린 후 말했다.

"아버님, 오늘은 집에서 술을 드시는 게 어떠세요? 매번 남의 집에 가서 술 드시기 귀찮지 않으세요?"

녹자림은 '귀찮다.'라는 말을 듣자 심기가 불편해졌으나 억지로 웃으며 말했다.

"집에서 술을 마시면 같이 대작할 사람이 없질 않느냐! 나는 항상 친구들과 술을 마시면서 담소를 나누지."

"저 혼자…… 집에 있으면…… 무서워서……. 문을 열어드리기도 좀…… 불편하고……."

녹자림은 갑자기 얼굴이 벌겋게 달아올라 고개를 푹 숙이고 밥만 먹었다. 얼굴의 열기가 가시고 난 뒤에야 고개를 들고 말했다.

"하하하, 그래. 그럼 오늘은 밖으로 안 나가지."

그러자 며느리가 무척 기쁜 듯이 이어 다시 말했다.

"아버님, 혹시 술을 드시고 싶으시면 오늘은 집에서 드세요."

녹자림은 밥을 삼키지도 못한 채 입을 벌리고 다물 줄을 몰랐다. 그녀의 말은 지난번 죽에서 보릿짚을 발견했을 때만큼이나 그를 놀라게 했다. 그는 나오는 대로 얼버무렸다.

"좋아……. 좋고 말고!"

일은 그날 밤 저녁에 일어났다. 녹자림은 정원의 돌 의자에 앉아 부채를 부치고 있었다. 푸른빛이 도는 낮은 돌 탁자 위에는 술 한 병과 황동 술잔 하나가 놓여 있었다. 부엌에서 기름이 지글거리는 소리가 나더니 며느리가 안주 네 접시를 나무 소반에 받쳐 들고 나왔다. 달빛 아래로 달걀말이를 비롯해 단호박 조림, 두부구이, 콩나물무침 등이 보였다. 며느리는 안주 접시를 돌 탁자 위에 놓고는 옆에 서서 물었다.

"아버님, 맛 좀 보시겠어요?"

"그래! 이 달걀말이는 짜지도 싱겁지도 않은 것이 입맛에 딱 맞구나!"

"단호박도 맛보시겠어요?"

"단호박도 아주 바삭바삭하니 맛있구나."

"지진 두부도 좀 맛보세요."

"오냐! 이 두부는 얼얼하고 매콤한 것이 맛이 아주 그만이구나!"

그녀는 네 번째 안주의 맛은 묻지 않고 술병을 잡고 술잔에 술을 가득 따랐다.

"아버님, 잠시만 혼자 드시고 계세요."

그런 뒤 그녀는 돌 탁자 한쪽에 세워 둔 나무 소반을 부엌으로 가지고 가 설거지를 했다. 부엌을 말끔히 치운 다음에는 별당채로 돌아와 찬물에 세수를 하고 목에 흐르는 뜨거운 땀을 닦았다. 이어 머리까지 빗고는 바로 나가서 시아버지를 향해 여쭈었다.

"아버님, 더 드릴까요?"

녹자림은 술과 안주를 먹으며 유유히 부채를 부치고 있었다. 둥근 달이 머리 위에서 밝은 빛을 흩뿌리며 뜰 안을 환하게 비추고 있었다. 며느리의 행동 하나하나, 말 한마디, 한마디는 그에게 어떤 예감이 적중했음을 느끼도록 만들었다. 특히 며느리가 몇 번이고 새로 바른 분 내음이 그러했다. 반평생 여자를 끼고 살았는데 어찌 이 노골적이고 서투른 연기의 참뜻을 모르겠는가? 지난번 대접에 보릿짚을 넣었을 때의 행위와 오늘 추파를 던지고 친절하게 구는 행동은 완전히 상반된다고 할 수 있었다. 당연히 그로 하여금 두 행동의 진의를 파악하기 힘들게 했다. 그는 여태까지 수많은 여자를 접해 봤다. 그중에는 못 이기는 척 넘어가는 여자도 있었으나 정절을 지키며 끝까지 거절하는 여자도 있었다. 하지만 이런 그로서도 며느리의 모순된 행동을 이해하기는 어려웠다. 좀 더 확실하게 며느리의 진의를 파악하기 위해 그가 말했다.

"너도 같이 술을 마시는 게 어떻겠느냐? 난 술만 마시면 사람들과 이야기를 하고 싶어지는구나."

"그런 모습을 남들이 보게 되면 웃음거리가 될 텐데……."

쭈뼛거리던 며느리가 걸음을 옮겨 시아버지 앞에 앉았다. 녹자림이 말했다.

"술 한 잔 하겠니?"

며느리는 술이 너무 독할 것 같다고 손을 내저었다. 이어 술을 한 잔 가득 따라 시아버지에게 건넸다. 녹자림이 술잔을 건네받았다. 그때 그의 손에 며느리의 손이 닿았다. 며느리는 피하지 않고 왼손으로 시아버지의 손목을 붙잡았다. 이로써 그는 며느리의 진심을 알아차릴 수 있었다. 곧이어 최후의 결심을 내렸다.

"술을 마시지 않겠다면 안주라도 들어 보렴. 너도 맛을 봐야 할 게 아니냐!"

며느리는 잠시 머뭇거리더니 용기를 내어 젓가락을 들고 단호박을 한 입 먹었다. 녹자림이 더 권하며 말했다.

"차게 무친 콩나물도 맛을 보렴."

며느리는 젓가락을 콩나물 접시 쪽으로 뻗었다. 이어 콩나물을 입속에 넣었다. 그러더니 갑자기 우웩, 하며 뱉어내고는 그대로 얼어붙어버렸다. 보릿짚을 먹었던 것이다. 그것은 며느리가 별당채로 돌아가 세수하고 화장하는 사이에 녹자림이 콩나물 접시에 몰래 집어넣은 보릿짚이었다. 달빛 아래에서 보면 보릿짚과 콩나물이 비슷했으니 며느리도 대책 없이 당했다

고 할 수 있었다. 탁! 젓가락을 내려놓은 녹자림이 몸을 일으키며 날카롭
게 외쳤다.

"단정하게 행동하거라! 너야말로 풀 뜯어 먹는 짐승과 다름없구나!"

며느리는 그제야 얼떨떨한 상태에서 깨어났다. 콩나물 속의 보릿짚이
보였다. 창피해서 낯을 들 수가 없었다. 눈물도 제대로 나오지 않았다. 계
속 멍해 있는 그녀의 귀에 안채로 향하는 시아버지의 발소리가 들렸다. 이
어 거세게 문이 닫히는 소리도 들렸다. 그녀는 자기도 모르게 돌 의자에
서 미끄러져 땅바닥에 주저앉았다. 그리고는 두 손으로 앞섶을 꼭 쥐었다.
온몸이 덜덜 떨렸다. 아랫니와 윗니가 부딪쳐 따닥따닥 소리가 났다. 목에
뜨거운 온기도 느껴졌다. 그녀는 목에 손을 가져다댔다. 선혈이 만져졌다.
그제야 그녀는 자신이 입술을 너무 꽉 깨물고 있었다는 걸 깨달았다. 그
제야 아프다는 감각도 느껴졌다. 그녀는 고개를 들어 하늘을 올려다보았
다. 보름달이 집 서쪽으로 기울고 있었다. 여전히 만월이었을 뿐 아니라 언
제나처럼 밝았다. 그녀는 어지럽게 흩어진 술잔과 접시, 보릿짚이 섞인 콩
나물을 보았다. 그녀는 묵묵히 젓가락과 접시를 챙겨 설거지까지 한 후
별당채로 돌아왔다. 그녀는 순간 줄을 떠올렸다. 그 줄을 걸 수 있는 곳도
뇌리를 스치고 지나갔다. 그 생각이 들자 그녀는 신발을 지을 때 쓰는 줄
을 꺼내 다섯 가닥을 합친 다음 고리로 만들려고 했다. 그러다 갑자기 손
을 멈추었다. 용기가 없었는지 생각이 바뀌었는지는 분명치 않았으나 그녀
는 줄을 침상 아래로 던져버렸다…….

그녀는 그날 밤부터 말을 하지 않았다. 시어머니가 일을 시키면 그저
묵묵히 제 할 일만 했다. 또 일이 끝나면 별당채로 돌아와 베틀을 움직였
다. 그럴 때마다 한 가지 무서운 것이 있었다. 그건 시아버지가 술에 취했
을 때 자신의 어깨를 잡고 젖가슴을 어루만지던 광경이 윙윙거리는 물레
소리와 함께 보인다는 사실이었다. 동시에 그녀의 몸속에선 자신을 어루

만지는 시아버지에게 안긴 채 부드러운 입술에 닿았을 때 느꼈던 이상한 감각도 살아났다. 그녀는 이러한 감각이 저절로 사라지도록 내버려 두었다. 때로는 그런 느낌이 좀 더 오랫동안 지속되길 바라면서……. 이런 생활이 삼사 개월 동안 지속되었다.

겨울로 접어들자 그녀는 밥을 짓는 것 외에는 별달리 할일이 없었다. 그래서 아침부터 저녁까지 실을 자았다. 그날 그녀가 아침을 먹고 난 후였다. 다섯 개줄의 면화 뭉치에서 자아낸 실을 여섯 번째 면화 뭉치의 실과 연결시키려고 실 끝을 잡아당기던 그녀에게 갑자기 몸의 어느 한 부분에서 밝게 반짝이는 불꽃이 일어났다. 그러더니 물에 융화된 듯한 부드러움이 그녀의 몸을 스쳐 지나갔다. 그로 인해 그녀는 물레 손잡이를 떨어뜨리고 말았다. 곧이어 면화 뭉치도 떨어뜨렸다. 그녀는 자신도 모르게 두 팔로 가슴을 끌어안았다. 그러면서 얼음 덩어리로 변한 듯, 눈사태가 일어난 듯 물레 앞에서 덜덜덜 떨었다. 그녀는 이러한 아름다운 떨림이 죽을 때까지 지속되었으면 했다. 그러다 갑자기 뇌 속에서 면화 실이 끊어지듯 뚝, 하는 소리가 들렸다. 그녀는 한 번 펄쩍 솟구쳐 오르는가 싶더니 바로 별당채를 뛰쳐나갔다. 그리고는 거리를 뛰면서 마을 골목까지 내달렸다. 이어 마침내 시아버지가 일하고 있는 백록 보위대로 뛰어 들어갔다…….

녹자림은 한약 세 포를 받아들었다. 그러나 바로 일어나지는 않았다. 그는 사돈인 냉 의원에게 자신의 억울한 심정을 토로하고 싶었다. 그러나 입이 잘 떨어지지 않았다. 아무리 생각해도 자신의 고충을 설명할 적합한 말이 떠오르지 않았다. 그러나 말을 하지 않고 잠자코 있으려니 너무나 억울했다. 또 냉 의원이 자신을 짐승만도 못한 인간으로 여기진 않을까 염려가 되었다. 냉 의원은 조금도 동요하지 않고 먼저 말을 꺼냈다.

"먼저 돌아가 약을 달이고 있게."

녹자림은 결국 아무 말도 하지 못하고 약봉지를 들고 문을 나섰다. 냉의원이 문까지 나와 배웅하며 한마디 당부했다.

"약을 먹고 난 후 무슨 일이 생기면 알려주게."

하씨가 약을 다 달인 후 작은 사발에 담아 며느리에게 들고 갔다. 그러자 며느리는 한사코 약을 먹으려 하지 않았다.

"저는 아무 병도 없어요. 이 쓴 약을 왜 먹으라는 거예요?"

하씨가 그녀를 달래며 말했다.

"몸 보양해야지."

그러자 며느리는 오히려 그게 독약이라며 자신을 독살하려는 거 아니냐고 따졌다. 안채에서 듣고 있던 녹자림이 하씨에게 손을 내저으며 증세가 좀 가라앉으면 먹이자는 시늉을 했다. 며느리의 병이 간헐적으로 악화되었다가 나아지기를 반복했기 때문이었다. 과연 며느리는 잠시 후에 안정을 되찾았다. 하씨가 다시 약을 들고 들어가자 그녀는 약을 단숨에 들이켰다. 그리고 얼마 지나지 않아 깊은 잠에 빠져들었다. 꿈속에서 그녀는 정다운 목소리로 속삭였다.

"아버님, 저를 껴안아주세요. 더 꼭 껴안아주세요!"

하씨가 다시 창문 틈으로 안을 들여다봤다. 아무것도 걸치지 않은 며느리가 두 손을 다리 사이에 넣고는 침상 위에서 몸을 이리저리 뒤척이고 있었다. 그녀는 안채로 들어가 녹자림에게 말했다.

"아니, 저 미친년이 색광증에 걸렸지 뭐예요."

녹자림은 잠시나마 마음을 놓았다. 하씨에게 자신의 결백을 변명할 필요가 없어진 것이다. 그가 말했다.

"난 처음부터 이 병의 원인이 설명하기 어려운 거라는 걸 알았소."

"이 병에 걸린 여자는 남자를 품어야 괜찮아져요. 약을 아무리 먹여봤자 소용없다고요."

녹자림이 아무 말도 하지 않자 하씨가 말했다.

"당신이 성안에 가서 조붕을 좀 찾아봐요. 무릎을 꿇고서라도 꼭 데리고 와야 해요. 저년과 하룻밤 재우고 그러다 애라도 생기게 되면 괜찮아질 거란 말이에요."

"도대체 그놈을 어디 가서 찾는단 말이오?"

"당신이 몰래 가서 물어 봐요. 조해에게 가서 물어보면 형이 있는 곳을 알지도 모르니……."

"일단 약을 다 먹이고 생각해 봅시다."

며느리는 약 세 포를 먹고 나서 꼬박 나흘을 잠만 잤다. 그러자 냉 의원이 이틀 동안 약 복용을 중단시켰다. 약 기운이 다 빠져나가고도 괜찮은지 지켜보기로 한 것이다. 그날 오후 며느리는 깨어나자마자 빗자루를 들고 마당으로 나가 비질을 했다. 자기 방 창문으로 그녀가 우아하게 비질을 하는 모습을 지켜보던 하씨는 마음속에서 무언가가 치밀어 오르는 것을 느꼈다. 이때 녹자림이 마당으로 걸어 들어왔다. 며느리는 시아버지를 쳐다보더니 돌연 깔깔깔 웃으며 빗자루를 치켜들고 말했다.

"아버님, 취하셨군요. 제가 부축해서 안으로 모셔 드리지요."

녹자림은 얼굴이 벌게져서 빠른 걸음으로 안채로 들어가버렸다. 다음 날 그는 성으로 조붕을 찾으러 갔다.

며느리의 증세는 갈수록 심해져 미쳐 있을 때가 더 많아졌다. 하씨는 할 수 없이 이웃집 여자를 불러 약을 먹이는 걸 도와달라고 했다. 그래도 며느리는 차도를 보이지 않았다. 갈수록 증세가 악화되기만 했다. 조붕을 찾아간 녹자림은 닷새를 찾아다니다가 빈손으로 돌아왔다. 그런 다음 완전히 실망한 어조로 하씨에게 말했다.

"조붕이 백씨라는 여자와 살림을 차렸대."

"본처라도 좋고 후처라도 좋아요! 당신은 그 애를 데리고 오기만 해요.

그럼 저 애는 괜찮아질 거예요."

"아예 그림자도 안 보이던걸."

녹자림은 곧바로 냉 의원을 찾아갔다. 자신이 성안으로 들어가 조붕을 찾은 얘기도 상세히 늘어놓았다. 그는 이것으로 며느리의 병구완을 위해 자신이 할 수 있는 모든 노력을 다했다는 사실을 보여주고 싶었다. 그러나 조붕과 백령의 관계는 차마 입 밖에 낼 수 없었다. 마지막으로 그가 말했다.

"이번엔 약효가 좀 더 센 것으로 지어주십시오."

냉 의원은 여전히 무표정하게 녹자림에게 약 봉지를 건네주었다. 며느리는 이번 약을 먹은 후에는 잠에서 깨어나자마자 완전히 벙어리가 되어 버렸다. 입을 벌려도 말소리가 밖으로 나오지 않았다. 녹자림이 인상을 찌푸리며 신음하듯 물었다.

"이번 약은 너무 센 게 아닐까?"

하씨가 눈을 흘기며 말했다.

"안 그러면 병이 낫겠어요?"

녹자림은 아내가 자신의 뜻을 이해하지 못한다고 느꼈다. 그가 여전히 신음하듯 말했다.

"냉 형님이시니까, 이렇게 센 약을 지어주신 게야."

며느리는 다시는 고함을 지르지 못했다. 또 미치지도, 베틀에 앉아 베를 짜지도 못했다. 마당을 쓰는 것과 밥 짓는 것 역시 마찬가지였다. 정말 아무것도 못했다. 그렇게 며칠 동안 밥을 입에 대지도 못한 얼마 후 물동이까지 기어가 바가지로 찬물을 들이켰다. 이후 점점 눈에 띄게 야위더니 피골이 상접해졌다. 결국 그녀는 동지섣달 어느 추운 날 밤에 침상 위에서 죽었다. 이웃집에 사는 여자들이 그녀의 옷을 벗겨내고 수의를 입힐 때였다. 어디선가 심한 악취가 풍겼다. 그녀들이 살펴보니 문드러진 그녀의 음부에서 고름이 줄줄 흐르고 있었다…….

백가헌은 이번 녹씨 집안의 일에 대해 처음부터 끝까지 완전히 침묵으로 일관했다. 그럼에도 이번 일이 일어나고 며칠 동안은 백록원의 몇몇 마을에 소문이 파다하게 나돌았다. 백록촌은 추문의 발원지였으므로 처음부터 소문이 무성했다. 어떤 이는 녹자림과 며느리 사이에 정말로 그런 관계가 있었다고 말했다. 또 어떤 이는 설마, 하며 믿으려 하지 않았다. 있었다고 하는 사람들은 여색을 밝히는 녹자림의 본성을 근거로 꼽았다. 사실 녹자림은 전소아田小娥와도 그렇고 그런 관계였다. 뿐만 아니라 백록원의 여러 마을 여자들과도 관계가 있었다.

녹자림은 수양아버지 노릇 하길 좋아했다. 여러 마을에 십여 명의 수양아들을 두기도 했다. 녹자림의 수양아들들 어머니는 대부분 미모가 뛰어났다. '수양아버지'라는 허울은 수양아들의 어머니와 아무 거리낌 없이 내왕하기에 더없이 좋은 것이었다. 녹자림은 그런 일이 없다고 잡아떼긴 했으나 사람들은 그가 짐승만도 못한 정도에 이르렀을 거라고 믿어 의심치 않았다. 문제는 그 여자들이 시종 녹자림과 어떤 관계였는지 입을 열지 않았다는 사실이었다. 그들은 그저 녹자림이 자신에게 잘해 주었다고만 말했다. 그를 비난하는 말들은 수절 과부가 미쳐서 내뱉은 터무니없는 말에 불과하다고도 주장했다. 그러나 이 일은 마을 뒷골목에서나 떠들썩했을 뿐 어떤 사람도 나서서 진위를 가리려 하지 않았다.

백가헌은 이 일에 관해선 어떤 말도 하지 않았다. 심지어 이런 말이 들리기만 해도 자리를 피했다. 그러나 솔직히 말하면 녹자림이 그런 일을 저질렀을 거라고 믿는 쪽이었다. 그는 일찍부터 녹자림이 남녀 관계에 있어서는 짐승 같은 작자라고 줄곧 여겨왔기 때문이다. 세상에는 많은 일이 있다. 그중에는 뻔히 알면서도 말을 할 수 없는 일도 있다. 또 어떤 일은 반드시 밝혀야 하나 그렇지 않은 일도 있다. 어떻게든 덮어야 한다. 그래서 그것을 잘 판단하는 것이 무엇보다 중요하다. 그가 이번 추문에 대해 왈가왈부할 수 없는 이유는 냉 의원 때문이었다. 녹자림을 비난하면 그 절반은 사실 냉 의원을 욕보이는 것이라고 해도 좋았다. 또 녹자림에게 침을 뱉으면 그 절반은 냉 의원에게 떨어지게 되어 있었다.

백가헌은 중의당으로 향했다. 냉 의원은 애석한 마음을 감출 길이 없는지 자위하듯 말했다.

"원래는 두 집안에 도움이 되고자 했는데 뜻밖에 내 자식을 죽이게 되다니……. 그러나 아무도 모르는 거 아닌가! 그 애의 확실한 병을……."

녹자림은 풍습에 따라 며느리를 위해 간단한 장례를 치렀다. 장례식날 밤 큰 눈이 내렸다.

그날 밤 백가헌은 도무지 잠을 이루지 못하고 새벽녘까지 뒤척이다가 겨우 잠이 들었다. 이것은 그의 평생 동안 아주 드문 일이었다. 이상한 꿈을 꾸고 깨어나서 다시 잠을 이룰 수 없는 것 역시 마찬가지였다. 그는 한밤중에 지팡이를 짚고 집을 나섰다. 망망한 설원을 걷고 때로는 구르기도 하면서 북쪽으로 걸었다. 날이 밝아 올 무렵에야 겨우 백록서원에 도착할 수 있었다. 그는 큰매형 주 선생에게 해몽을 부탁하기 위해 길을 떠나온 것이었다. 그때 주 선생은 눈 쌓인 마당에 서서 새벽 독서를 하던 참이었다.

주 선생은 여전했다. 새벽에 독서하는 습관을 그대로 유지하고 있었다. 그는 문을 열고 온통 흰 눈으로 덮인 풍경을 바라보았다. 백록원은 온통 눈투성이였다. 크고 작은 나무의 가지마다 흰 눈이 쌓여 있었다. 그야말로 세상천지가 온통 눈으로 덮여 있었다. 군데군데 설화도 만발했다. 세간의 온갖 때와 더러움이 완전히 눈에 뒤덮여 있었다. 그 설경은 그의 마음속에 오랫동안 응어리져 있던 우울을 말끔히 씻어내 주었다. 그는 양치질을 하고 세수를 한 다음 책을 꺼내 들었다. 이어 정원에서 책을 암송했다. 그가 큰 소리로 암송하자 고대의 철인들이 남겨 놓은 명언들이 청량한 공기 중에 울려 퍼졌다. 주 선생은 대문이 열리는 소리를 들었지만 개의치 않았다. "형님!" 하고 부르는 소리를 듣고서야 비로소 고개를 돌렸다. 온몸이 눈으로 뒤덮인 사람이 그를 향해 다가왔다. 주 선생은 그 곱사등이가 다가오는 형상을 보고 들개 같다고 생각했다. 그러나 목소리를 듣고 지팡이를 보고서야 백가헌임을 알아볼 수 있었다. 그때 누나 백씨가 허둥대며 뛰어나와 동생의 몸에 내려앉은 눈덩이를 털어주고 축축해진 신발과 양말을 갈아 신으라고 재촉했다. 백가헌이 차를 한 모금 마시더니 단도직입적으로 말을 꺼냈다.

"간밤에 이상한 꿈을 꾸었습니다."

주 선생이 놀라서 웃으며 말했다.

"아니 그럼, 꿈 때문에 그 깜깜한 밤에 눈보라를 헤치고 여기까지 왔단 말인가?"

백씨 역시 동생을 나무라며 말했다.

"눈밭에 굴러서 다치거나 얼어 죽으면 어쩌려고?"

백가헌이 짐짓 엄숙한 표정을 지으며 말했다.

"꿈이 하도 이상해서……. 제 일평생 좋은 버릇이 하나 있는데 그건 바로 베개에 머리만 붙이면 곯아떨어진다는 겁니다. 녹자림이 우리 집을 헐어낼 때도 전 평소처럼 잠이 들었습니다. 제가 잠을 설친 것은 효문의 처가 죽던 날 말고는 없습니다. 하지만 지난밤은 정말이지 이상했습니다. 탕을 마시고 며느리가 문안 인사를 할 때부터 약간 불편해서 전 일찍 쉬려고 했습니다. 마침 잠이 들었는데 숨이 막히는 것 같아 가죽 두루마기를 걸치고 침상 위에서 담배를 피웠죠. 그런데 담배를 피우려고 불을 붙이는

데 마음이 급해서 불이 잘 붙여지지 않는 겁니다. 갈수록 마음은 급해지는데도 붙여지질 않았죠. 추운 겨울인데도 이마에 땀이 배었습니다. 결국 불을 붙이긴 했습니다만 한 모금 빨자 담뱃대 속에 있던 쓴 물이 목구멍으로 넘어와 한동안 구역질을 해야만 했습니다. 한참을 그러고 나니 마음이 심란해져서 제대로 앉아 있을 수도 잠을 잘 수도 없었습니다.

전 평생 남에게 해를 끼친 적이 없습니다. 남에게 빚을 진 일도, 나쁜 일을 한 적도 없어요. 그런데 이게 무슨 일일까요? 허허허, 아마 저 백가 헌도 저승 갈 날이 멀지 않았나 봅니다. 염라대왕이 저더러 저승길을 재촉하는 듯해요. 그것도 나쁘진 않아요. 갈 사람은 가야지요. 저도 이미 살 만큼 살았는데 모진 게 목숨 줄이라고 가지 끝에 매달려 떨어지지도 않고…….

한참을 이리 뒤척, 저리 뒤척 하다가 겨우 잠이 들었습니다. 막 잠이 들었는데 백록원에 흰 사슴 한 마리가 날아오는 게 보였습니다. 제 눈앞까지 날아왔는데 흰 사슴의 눈에 눈물이 흐르는 게 보였습니다. 서럽게 눈물을 흘리면서 울었습니다! 그런데 제 눈앞에서 잠시 멈추더니 또다시 고개를 서쪽으로 돌리고는 달아나버렸습니다. 마침 머리를 숙였을 때 보니 그 흰 사슴의 얼굴이 령령의 얼굴로 변했습니다. 여전히 서럽게 울면서 "아버지!"라고 부르더군요. 저도 대답을 하다가 그만 놀라서 깨어나…….

그러고 나서 잠을 이룰 수 없었는데 어머니가 방에서 신음하는 소리가 들렸습니다. 전 옷을 챙겨 입고 가서 어머니를 깨웠습니다. 어머니도 꿈을 꾸셨다고 했습니다. 그런데 그 꿈이 저의 꿈과 똑같았습니다! 세상에 이런 기이한 일도 다 있습니까? 전 감히 어머니에게 제 꿈 이야기는 하지도 못했습니다. 그래서 어머니를 달래기만…….

처음에는 녹자림의 며느리가 억울하게 죽어서 제 꿈에 나타나 원한을 풀어 달라는 게 아닌가 하고 생각했습니다. 어제 오후 그 불쌍한 며느리

를 묻었지 않습니까? 그 애가 저에게 억울함을 호소하려던 걸까요? 그런
데 어째서 령령의 모양으로 변했을까요? 전 아무래도 더 잘 수가 없어서
이렇게 찾아왔습니다."

주 선생은 가만히 이야기를 듣고만 있을 뿐 꿈 풀이를 해 주지 않았다.

백가헌의 누님 백씨가 놀라며 말했다.

"세상에! 나도 간밤에 꿈에서 흰 사슴을 보았다. 하지만 령령의 모습은
아니었어. 흰 사슴은 날아오르다가 곤두박질쳐버렸어……."

백가헌은 한층 더 놀란 표정을 짓더니 주 선생을 쳐다보았다.

주 선생은 마음속으로 되뇌었다. '백령은 끝났구나, 어젯밤에 끝났어.'
그는 처남 백가헌에게 이 흉몽의 해석을 차마 말할 수 없었다. 그래서 아
무렇지도 않은 듯 말했다.

"눈 탓이야. 겨우내 건조하더니 때마침 눈이 내리는 게야. 때맞춰 내리
는 눈은 천지만물을 풍요롭게 하지. 이럴 때면 사람들은 이상한 기분에
젖어들 뿐 아니라 자연히 이상한 꿈도 꾸게 되는 걸세. 흰 눈이나 흰 사슴
모두 흰색이 아닌가!"

백가헌은 주 선생의 해몽을 납득하기 어려웠다. 그래도 마음속에 남아
있던 긴장과 두려움은 한결 수그러들었다. 그저 해몽이 맞기를 바랄 뿐이
었다. 그러자 한꺼번에 피곤이 몰려왔다. 녹초가 될 지경이었다. 심지어 두
다리는 이미 뻣뻣해져서 손으로 들고 침상 위로 옮겨야 할 판이었다. 그
모습에 누나와 매형은 그에게 이제는 집안일은 아들들에게 맡기고 편히
쉬라고 권유했다. 이런 나이에, 이런 몸(곱사등이)이면 마음을 편하고 넓게
가져야 한다고 타이르기도 했다. 백가헌이 말했다.

"집안일에서 손 뗀 지는 이미 오래 됐습니다!"

누님인 백씨가 반박하며 말했다.

"꿈 하나 때문에 밤새 눈을 맞으며 수십 리 길을 달려왔는데, 무슨 손

을 뗐단 말이냐!"

주 선생은 글방으로 돌아가 글을 읽으려다 백가헌에게 당부하며 말했다.

"하지만 자네, 어제가 며칠인지는 기억해 두게."

주 선생의 절묘하고도 은밀한 추측은 불행히도 맞아떨어졌다. 백령의 마지막 생명의 불꽃은 그날 밤 꺼졌다.

백가헌 등이 그 기이한 꿈을 꾼 지 이십 년이 되지 않은 어느 봄날이었다. 제복을 입은 다섯 명의 간부와 회색 군복을 입은 군인이 백록촌을 찾아왔다. 그들은 백령의 집을 물었다. 마을 사람들이 이들을 백가헌의 집으로 데리고 갔다. 이어 계단에서 햇볕을 쬐고 있는 개처럼 등이 굽은 노인을 가리키며 말했다.

"저분이 바로 백령의 부친입니다."

여섯 명이 차례로 노인과 악수를 했다. 백가헌은 악수를 하는 동작에 익숙하지 않은 탓에 약간 반감어린 목소리로 말했다.

"말할 게 있으면 말을 하고 물어볼 게 있으면 물어보시오. 노인의 손을 흔들지 말고."

여섯 명 중 한 사람이 말했다.

"어르신, 제가 지금부터 가슴 아플 말씀을 드릴 텐데 너무 놀라지 마십시오."

백가헌은 아무렇지 않은 듯 웃었다.

"늙은이라고 무시하지 마시오!"

그 사람이 말했다.

"백령 동지가 희생되었습니다……."

백가헌은 "아!" 하는 외마디 소리를 질렀다. 그리고는 완전히 대머리가 된 머리를 약간 치켜들고 눈을 찡그리며 파란 하늘 위의 태양을 쳐다보았다. 딸 백령에 대한 기억을 떠올리느라 한동안 말이 없는 것 같았다. 그런 그에게 백령이 희생됐다는 소식을 전해준 사람이 '혁명열사'라는 붉은 글자가 새겨진 팻말을 건네주었다. 백가헌은 팻말을 손 위에 올려놓고 보면서도 여전히 말을 하지 않았다. 그렇게 한참을 있더니 짧게 물었다.

"령령은 어떻게 죽었소?"

여섯 사람은 약속이나 한 듯 모두 구체적인 사망 경위를 말하지 않았다. 그저 두루뭉술하게 고생하는 대중을 영도하기 위해 혁명을 진행하다 희생한 선열이 수없이 많은데 백령 역시 그들 중 한 사람이라고만 말했다. 또 당과 인민에 충성한 훌륭한 동지였다고 입을 모아 말했다. 백가헌은 내친김에 구체적인 사망 시간도 물었다. 한 군인이 이번에도 두루뭉술하게 말했다.

"십이월 달이었습니다."

백가헌이 물었다.

"농민들이 쓰는 역법으로 말해 주시오."

군인이 사과하며 웃었다.

"음력으로 말하면 대강 십일월입니다."

백가헌이 돌연 짚고 있던 지팡이를 내동댕이쳤다. 그러더니 단호한 목소리로 말했다.

"음력 십일월 초이레!"

여섯 사람은 놀란 듯 서로 얼굴을 쳐다보더니 그에게 물었다.

"도대체 그걸 어떻게 아셨습니까?"

백가헌은 고집스럽고 당당하게 큰 소리로 말했다.

"내 딸 령령이 죽을 때 아비 꿈에 나타났었지……. 세상에 친혈육이었으니 진짜 그렇게……, 으흐흑……."

백가헌이 마침내 온몸을 맹렬하게 떨면서 울기 시작했다.

이처럼 누구도 잘 몰랐던 백령의 사망 과정을 밝혀낸 사람은 작가 녹명鹿鳴이었다. 그것은 1980년대 중반의 일이었다. 그때 백가헌은 이미 사망한 뒤였다. 그러니 백가헌은 죽는 날까지 딸의 구체적인 사망 경위를 몰랐다. 그에 반해 녹명은 이미 사망한 열사들의 처절한 투쟁을 기록한 〈혁명영웅〉이란 잡지 속에서 백령을 찾아낼 수 있었다.

녹명은 50년대 중반 백록촌에서 농업협동화 사업이 한창일 때 백가헌을 알게 되었다. 당시 백가헌의 창고에서 '혁명열사'라고 새겨진 팻말도 볼 수 있었다. 이후 그는 이때의 농민 집단화 사업을 배경으로 한 장편소설 《춘풍화우》春風化雨를 써 문단에 일대 센세이션을 일으켰다.

당시 녹명이 읽은 〈혁명영웅〉이란 잡지에서 백가헌은 완고하고 퇴락한 시대에 존재할 법한 인물의 전형으로 그려져 있었다. 그런 생활의 원형은 그에게 깊은 인상을 남겨주었다. 녹명은 또 백령의 삶과 죽음을 추억한 그 문장을 읽고 깊은 감동을 받았다. 일주일을 동분서주한 끝에 그는 겨우 그 글을 쓴 작가를 찾을 수 있었다. 작가는 백발이 성성한 노부인이었다. 그녀는 자신이 백령과는 친구였다고 소개했다.

당시 백령은 급우인 그녀와 함께 지하당에 의해 잇따라 남량南梁 본부로 이송되었다. 그러다 본부에서 당내 숙청사업 중에 생매장당하는 비극을 겪어야 했다. 그녀 역시 그때 백령이 있던 감옥 안에서 생매장당할 날을 기다리고 있었다고 한다. 그러나 절체절명의 순간 중앙 홍군이 섬북陝北에 도착했다. 이후 주은래周恩來가 당 주석 모택동毛澤東을 대표하여 직접 남량에 들러 엉망진창인 당의 내분을 수습했다. 백령의 친구인 그녀는 운이 좋게도 목숨을 건질 수 있었다. 반면 백령은 그 일이 있기 바로 사흘 전 생매장당했다……. 녹명은 깊은 사념에 빠졌다. 그를 더욱 슬프게 만든 건 그가 오십 년 만에 알게 된 새로운 사실 때문이었다. 그건 백령이 바로 자신의 친어머니라는…….

백령은 남량에 있는 홍군 본부에 들어가자 천대받던 며느리가 친정으로 돌아온 듯 편안하고도 안락한 기분을 느꼈다. 평지에서 훈련을 받고 있던 전사들을 볼 때면 저도 모르게 배꼽을 잡고 웃음을 터트리기도 했다. 그녀를 포복절도하게 만든 것은 바로 홍군 전사들이 입고 있었던 각양각색의 복장이었다.

어떤 이는 양치기들이 신는 검은 양말에 검은 바지를 입고 있었다. 또 어떤 이는 심이 들어 있는 국민당 군의 군복과 모직 제복을 입은 채 아래에는 치수가 커서 허리께를 접어 올린 수공 솜바지를 입고 있었다. 솜이 삐져나온 두루마기에다 시골 부자들이 입는 어두운 색 꽃무늬가 수놓인 비단바지를 입고 있는 이들도 있었다. 모자와 신발은 더욱더 가관이었다. 어떤 이는 정수리가 빨간 작은 모자, 어떤 이는 검은색 예모, 어떤 이는 개털 모자, 어떤 이는 국민당 군 사병 모자를 쓰고 있었다. 아예 흰 수건이나 푸른색 천을 두른 이들도 없지 않았다. 신발도 베신, 가죽신, 솜신, 짚신 등 다양했다. 복장으로 봐선 도무지 그 옷을 입은 주인들이 지금 뭘 하는 사람인지 알 수가 없을 정도였다.

먹는 것도 마찬가지였다. 사병이고 대대장이고 지대장이고 할 것 없이 모두 한솥밥을 먹었다. 심지어 최고 지휘관인 료 군단장軍團長조차도 그랬다. 식탁도 의자도 있을 턱이 없었다. 그래도 모두 땅 위에 쪼그려 앉아 도란도란 이야기꽃을 피우면서 밥을 먹었다. 수가 많지 않은 여자 대원들 역시 남자 대원들과 똑같이 쪼그리고 앉아 밥을 먹는 데 익숙했다. 백령은 처음 양파를 숭숭 썰어 넣은 좁쌀밥을 담은 그릇을 들고 쪼그리고 앉았을 때 너무 우스운 나머지 그만 뒤로 나자빠질 뻔했다.

백령은 문화교원으로 임명되었다. 전사와 군관이 돌아가며 수업을 받는 동굴 안에는 돌과 나무 그루터기, 나무 등걸 등이 놓여 있었다. 모두 돌아가며 굴에 들어오거나 돌과 나무에 앉았다. 그녀의 칠판은 솥 밑의 검댕을 묻힌 나무 판자였다. 분필은 황토 진흙을 뭉쳐 끝을 가늘게 만든 진흙덩이였다. 나중에 어느 열성적인 전사가 산비탈에서 질 좋은 회백색 석회광석을 발견했다. 그것은 바로 질 좋은 분필이 됐다. 때문에 백령은 진짜 분필로 글자를 쓰는 것 같은 느낌을 받았다.

전사들은 나무 막대기를 잡고 땅바닥에 글자 쓰는 연습을 했다. 백령이 칠판에 한 획을 그으면 전사들은 나뭇가지로 똑같이 한 획을 그었다. 백령은 전사들에게 우선 '공산당 홍군은 인민을 위해 일본을 쳐부수고 중국을 구합니다.'라는 글자를 가르쳐 주었다. 또 전사들 한 명 한 명의 이름도 일일이 따로 가르쳐 주었다. 백령은 이처럼 아직 젖비린내 나는 어린 전사들을 대하면서 뭔가 장엄하고도 신성한 느낌마저 받았다. 자신의 이름조차 제대로 쓸 줄 모르는 이 각양각색의 옷을 입은 아이들은 장차 부패한 국민당 정권을 몰아내고 이상적인 신중국을 건설할 것이다. 그들은 이 동굴에서 나에게 자신의 이름을 배우던 순간을 영원히 잊지 않을 것이다. 그녀는 전사들을 가르치면서 종종 그렇게 되뇌었다.

그녀는 위로는 료 군단장, 아래로는 소대장에 이르기까지 많은 전사들의 칭찬을 받았다. 유격대 대원들 사이에서도 그녀는 인기가 높았다. 뛰어난 일 처리 솜씨와 활발하고 명랑한 성격 덕분이었다. 그녀는 유격대원들에게 글자를 가르치고 정신교육도 시켰다. 또 그들의 옷과 양말도 기워주었다. 그녀는 종종 답례로 그들에게 고향의 민요를 불러 달라고 했다. 그들은 대부분 황토고원의 척박한 땅에서 온 아이들로 비음이 많이 섞인 노래와 애절한 음의 민요를 불렀다. 그 노래는 듣는 이의 마음을 향수에 젖어들게 했다. 그들은 거칠고 이상한 발음으로 노래를 불렀기 때문에 가사는 잘 알아들을 수가 없었다. 그래서 그녀는 항상 구절 하나하나, 글자 하나하나까지 수정을 거친 후 이것들을 관용어로 번역했다. 매번 노래를 들을 때마다 작은 종이에 적어 놓다 보니 나중에는 두꺼운 노트 한 권이 다 찼다. 그녀는 슬프고 애상적인 가사를 혁명을 고취하는 내용으로 바꿨다. 원래의 곡조에 그녀가 새로 가사를 붙이자 이 노래는 간부와 대원들 사이에서 빠르게 유행했다. 그중 한 곡은 이 홍군 유격대의 군가가 되었다.

백령은 반년 후 군단 사령부의 비서로 배치받았다. 그곳 역시 소재지는 동굴로 대여섯 명의 남녀 대원들이 있었다. 그녀는 료 군단장을 포함해서 이들 모두와 잘 아는 사이였다. 그녀가 처음으로 료 군단장을 만난 것은 그가 대원들에게 군사학을 강의할 때였다. 그의 용모는 군단장의 조건을 오롯이 갖추었다고 할 수 있었다. 예컨대 사각형의 얼굴을 비롯해 짧지만 곧게 쭉 뻗은 콧날, 사각형의 아래턱, 약간 튀어나왔으나 보기 싫지 않은 이마가 그랬다. 또 사람들로 하여금 낭떠러지 아래 깊은 골짜기를 연상케 하는 양미간 사이의 두 눈도……. 백령은 유격대원들 중에 료 군단장과 비슷한 얼굴형을 가진 사람들이 많다는 걸 깨달았다. 그것은 황토고원 북부 남자들의 전형적인 얼굴 모습이었다. 그들은 틀림없이 흉노, 몽고인의 후예이거나 한족과 피가 섞인 이민족일 가능성이 높았다. 그들은 호방하고 용감하며 지혜가 있고 겸손했다. 위하渭河 일대 평야 사람들과는 또 다른 매력을 갖고 있었다. 료 군단장은 모든 유격대원 중에서 가장 학벌이 좋았다. 군사 지식이 가장 풍부한 사람이기도 했다. 그는 황포군관학교를 졸업하고 북벌전쟁에 참전했었으나 관중 지역으로 좌천되자 바로 공산당 군대를 이끌고 폭동을 일으켰다. 그러나 폭동이 실패로 끝나자 북부 고원지대로 후퇴한 후 다시 부대를 홍군 36군으로 재편했다. 그러나 부대원들을 자수현의 진령산秦嶺山에서 대부분 다 잃었다. 지금의 홍군 역시 여전히 '36'이라는 숫자를 쓰고 있기는 하지만 지금의 그는 완전히 변했다. 더욱 총명하고 노련해져서 다시는 옛날처럼 경솔하게 행동하지 않았다. 료 군단장은 흙을 쌓아 만든 단상 위로 올라가더니 백령을 가리키며 물었다.

"동지는 언제 왔습니까? 제가 잘 모르는 얼굴인데요?"

료 군단장의 말에 백령이 활기찬 모습으로 벌떡 일어났다.

"료 군단장님께 보고 드립니다. 전사 백령은 서안에서 온 지 반 년 되었음을 보고합니다."

료 군단장은 더욱더 영문을 모르겠다는 듯이 물었다.

"관중 사람이라고 했소? 관중에도 당신처럼 아름다운 동지가 있었단 말이오?"

동굴 안에 있던 사람들이 갑자기 박장대소했다. 천하의 백령도 얼굴이 빨개졌다. 료 군단장은 새로운 것을 깨달았다는 듯이 말했다.

"난 또 아름다운 동지 형제, 동지 자매들은 모두 섬북陝北 출신인 줄 알았지."

그러더니 그는 스스로 생각해도 우스운지 껄껄껄 웃었다.

백령은 료 군단장의 동굴 집무실에 비밀 문건을 하나 가지고 갔다. 그러자 그가 갑자기 물었다.

"큰 지방에서 온 아기는 이런 척박한 땅에서 불편하지 않소?"

료 군단장은 항상 농담 삼아 그녀를 큰 지방에서 온 아기 아니면 동지 형제라고 불렀다. 한 번도 그녀를 동지 자매라고 부르거나 이름을 부르지 않았다.

"아주 좋습니다."

그녀의 대답에 료 군단장이 이맛살을 찌푸리면서 고개를 저었다.

"좋지 않아, 좋지 않아. 도대체 어디가 좋다는 거요? 여긴 양 키우는 것 외에는 아무것도 할 수 없소. 문화생활도 할 수 없고, 보리나 면화도 경작할 수 없지. 심지어 물조차 부족해. 동지는 분명히 거짓말을 하고 있는 거요."

백령이 웃으며 말했다.

"여긴 좋은 노래가 있어요."

료 군단장이 고개를 끄덕였다.

"그건 옳은 말이오. 노래만큼은 아무리 칭찬해도 지나치지 않지! 나도 여러 지방을 다녀봤소. 동지들이 살았던 큰 지방 관중도 포함해서 말이오. 그렇지만 여기처럼 듣기 좋은 노래는 없었소. 또 어떤 것이 좋은지 말해 보시오."

백령이 웃으며 말했다.

"남자들이…… 모두 잘 생겼어요!"

그 말을 듣고 료 군단장이 갑자기 생각난 듯이 말했다.

"내가 당신에게 남편감을 소개하면 어떻겠소?"

백령은 대답 대신 몸속에 숨겨 놨던 검은 주머니에서 종이쪽지를 꺼내 료 군단장에게 건넸다. 그건 길을 떠나기 전 조붕이 료 군단장에게 전하라고 준 것이었다. 본부에 있을 때도 끝까지 전하지 않고 있다가 이제야 꺼낸 것이다. 료 군단장은 쪽지를 다 읽어보고는 천천히 일어났다. 뚫어져라 그녀를 쳐다보던 료 군단장이 엄중하게 오른손을 내밀었다. 백령은 료 군단장과 악수를 나누었다. 료 군단장이 말했다.

"백령 동지!"

백령은 격앙된 목소리로 말했다.

"녹조붕 동지께서 저에게 대신 료 군단장님께 인사를 드리라고 했습니다!"

"하지만 동지는……, 왜 지금까지 있다가…… 이제야 말하는 거요?"

"저를 편애하실까 봐……."

"좋소! 이제부터 어떤 일이 있어도 당신을 보호해 주겠소. 녹조붕 동지를 대신해서……."

백령이 군단 사령부로 옮긴 이후 국민당 첩자가 은밀히 숨어들었다는 사실이 밝혀졌다. 이로 인해 부대에 큰 혼란이 일어났다. 막 활발하게 일어나 왕성한 활동을 시작한 홍군 유격대가 갑자기 치명적인 재난에 빠지게 된 것이다. 그 첩자는 혁명이라는 이름으로 투항하여 잠입한 것으로 알려졌다. 서안 지하당의 통행증도 가지고 있었다. 그는 백령보다 반년 늦게 남량으로 와서 유격대장의 수행비서로 일했다. 그런데 그런 그가 며칠 전 돌연 사라진 것이다. 유격대 정보 조직은 각종 증거를 취합, 그가 간첩이라는 결론을 최종적으로 내렸다. 곧 료 군단장과 필^畢 정치위원이 최고위 비밀 회동을 가졌다. 그러나 내용은 공개되지 않았다. 이어 숨 돌릴 겨를도 없이 그날 밤 다시 지대장 이상이 참석한 간부회의가 열렸다. 역시 내용은 공개되지 않았다.

　백령은 자신이 위험한 지경에 처하게 됐음을 감지할 수 있었다. 그것은 상식이었다. 평소에 그녀는 료와 필 두 사람의 최고회의를 포함해 각종 중요한 회의에 모두 참석할 수 있었다. 이 모든 회의와 결정은 대체로 두, 세 사람의 기밀요원이 기록하고 문장으로 다듬었다. 때로는 결의문을 작성하기도 했다. 따라서 본부의 모든 중대 결정 사항과 군단의 중요한 일들 중에서 그녀가 모르는 비밀은 존재하지 않았다. 그러나 지금 그녀는 곧 료와 필 두 사람의 최고회의에서 배제됐다. 뭔가 문제가 생겼다고 할 수 있었다. 그녀는 이때는 그래도 억지로 괜찮은 척했다. 그러나 지대장 이상의 지휘관 회의에서도 제외되자 문제가 심각하다는 것을 인정할 수밖에 없었다. 의심을 받고 있다는 우려는 그녀를 곤혹스럽게 만들었다. 특히 지대장 이상의 지휘관 회의가 열린 후에는 더욱 그랬다. 본부 내에 갑자기 조용하고 엄숙한 분위기가 감돌았기 때문이었다. 게다가 이들 지휘관의 얼굴에 떠오르던 표정은 그녀의 예감이 맞았다는 사실을 확실하게 증명했다. 그들의 표정은 백령을 의심하고 있다는 사실을 분명히 말해 주고 있었다. 그녀는 밤새도록 잠을 이루지 못하고 뒤척였다. 본부에 온 지 1년 만에 처음으로 느끼는 곤혹스러움이었다.

다음 날 아침 그녀는 전 군단의 모든 동지들이 참가하는 대회에 참석하라는 통지를 받았다. 대회에서는 필 정치위원이 반동분자를 색출하겠다는 보고를 했다. 동시에 반동분자 숙청소조의 명단이 발표되었다. 곧이어 그 자리에서 열한 명의 유격대원이 체포되었다. 백령은 아연실색했다. 그러다 돌연 한 가지 사실을 깨달았다. 군단에 잠입한 첩자로 발표된 열한 명의 유격대원들이 전부 서안에서 홍군으로 투항한 학생들이었던 것이다. 그녀는 분노를 참지 못했다. 온몸을 덜덜 떨기까지 했다.

백령은 군단에서 유격지대로 편입되었다. 이후 유격대원들은 다시는 그녀에게 이름 쓰는 걸 배우지 않았다. 해진 옷을 기워 달라고 하지도 않았다. 더 이상 민요를 들려주지도 않았다. 모두 의심과 경계의 눈초리로 그녀를 쳐다보았다. 백령은 고통스러웠지만 어찌할 도리가 없었다. 이렇게 군단 본부 내에 강력한 증오의 폭풍이 일었다. 심지어 이는 국민당 당국에 대한 증오심보다 더 강렬했다. 하기야 내부 간첩 사건이 주는 충격이 컸을 테니 그럴 수도 있었다. 그녀 역시 이해할 수 있었다. 그러나 의심을 받으면서 증오의 대상이 된 억울함과 굴욕감은 감내하기 어려웠다. 그녀는 료 군단장을 찾아가 자신의 결백을 주장하고 싶었다. 그러나 료 군단장을 만나러 가다가 여자 대원들에게 그만 잡혀버리고 말았다. 그녀들에게 함부로 돌아다니지 말라는 경고도 받았다. 그제야 그녀는 자신이 일찍부터 감시를 당해왔다는 사실을 알게 되었다.

칠팔 일이 흐른 후 두 번째 체포가 있었다. 체포당한 일곱 사람 역시 서안에서 온 학생들이었다. 백령이 생각해 보니 서안에서 본부로 온 스물한 명의 학생들 중 이제 남은 사람은 자신을 포함한 여자 두 명과 남자 한 명뿐이었다. 이제 자신도 앞서 간 사람들과 똑같은 말로를 걷게 될 터였다. 그 시간이 이제 코앞으로 다가왔다는 사실을 느끼지 않을 수 없었다.

　두 번째 체포가 있기 전 처음에 체포된 열한 명 중 다섯 명이 생매장됐다. 이튿날 각 대대大隊가 모여 있는 동굴 입구에 공고문 하나가 붙었다. 백령은 자신이 문화교원으로 줄곧 드나들던 그 동굴 앞에서 다섯 사람 모두 첩자로 판명되었다는 공고문을 보았다. 1차 체포가 있고 난 후 보름이 되던 날에는 맨 처음 체포된 열한 명 중 남은 여섯 명과 2차로 체포된 일곱 중 두 명에 대한 처단이 있었다. 모두 똑같이 파인 구덩이에 생매장되었다. 이런 방식은 대원들 입장에서 볼 때 잔인한 것이 아니었다. 탄환이 귀했던 것이다. 하기야 유격대원의 수중에 있는 총과 탄환은 적으로부터 노획한 것이었으니 그럴 수밖에 없었다. 더구나 이것들을 뺏기 위해 수많은 유격대원들이 희생되지 않았는가.

　이즈음 본부에서는 더욱 심각한 일이 발생했다. 제1대대 대대장이 반동분자 숙청소조에 의해 체포당한 것이다. 당시 대대장은 1차 고위급 회의에서 가슴을 치며 필 정치위원에게 호소했다.

　"내가 보증합니다. 절대로 그 서안 학생들 전부가 첩자일 리 없습니다! 당신이 그들 하나하나를 생매장하는 것은 자기가 스스로를 죽이는 것과 매한가지입니다! 나중에 누가 우리 군대의 깃발 아래로 투항하겠습니까……."

　회의가 끝난 그날 저녁, 이 대대장을 체포하라는 명령은 문서화되었다. 이후 의견 대립은 고위층에서부터 유격대원들 사이로 확산되었다. 균열은 맹렬하게 진행되었다. 료 군단장은 평소 자신이 아끼던 제1대대 대대장이 감옥에 갇히게 되자 최후의 인내심까지 잃어버렸다. 결국 필 정치위원이 기거하는 동굴 앞에서 그를 풀어 달라고 요구했다. 그러나 필 정치위원은 한 치도 양보하지 않고 말했다.

"대대장을 구속한 것은 우경 사상의 만연을 근절하기 위함이오. 첩자와는 별개의 문제요. 대대장을 구속하지 않으면 반동분자 숙청 작업 진행이 지장을 받게 될 것이오."

반동분자 숙청소조는 결성 당시 절대적인 권력을 부여받았다. 그들은 모든 사람을 다 심사할 수 있었다. 실제적으로 료 군단장에겐 군사 지휘권 밖에 남은 것이 없었다. 필 정치위원이 말했다.

"당신도 우경 사상의 만연을 방지하는 데 최선을 다하시오."

상황이 예사롭지 않자 일부 지휘관들이 연명으로 혈서를 써서 사형을 중지해 줄 것과 반동분자 숙청을 중지해 줄 것을 간청하는 청원 활동을 벌였다. 필 정치위원은 그러나 조금도 고삐를 늦추지 않았다. 자신과 정치적 이념이 다른 지휘관들을 전부 체포했다. 급기야 반동분자 숙청작업은 우경 기회주의자를 색출하는 투쟁으로까지 발전했다. 이후 계속해서 수많은 지휘관과 유격대원들이 체포되었다. 단지 반동분자 색출 작업에 협조하지 않았다는 이유만으로 이런 처지가 되었다. 반동분자 색출은 원래의 목적을 벗어났다. 이제는 서안에서 왔느냐의 여부도 상관없게 되었다. 또 필 정치위원과 료 군단장 사이의 의견 대립은 공공연한 사실이 되었다.

료 군단장이 말했다.

"당신은……, 당신은 그 배신자와 같은 류의 인간이야!"

료 군단장은 너무나 화가 나서 펄펄 뛰었다. 피가 거꾸로 솟는 모양이었다. 그러나 필 정치위원에게 어떤 욕을 해 주어야 할지 언뜻 떠오르지는 않는 듯했다. 결국 급한 김에 공산당을 배신하고 적에 투항한 강^黍 정치위원을 떠올렸다.

필 정치위원은 마침내 료 군단장을 체포하라는 명령을 내렸다. 이어 장교와 사병이 모두 참가하는 전체 회의를 소집하고 반동분자 색출 작업이 대대적인 성공을 거두었다고 선포했다. 그는 본부에 잠입해 들어온 일부 첩자를 색출해 냈을 뿐 아니라 홍군 내에 숨어 있던 우경 기회주의 노선과 그중 일부 골수분자들이 결성한 집단을 뿌리 뽑았다고 역설했다.

백령은 이 와중에 체포되었다. 그녀는 서안에서 온 스물한 명 중 최후의 한 사람이었다. 그것은 료 군단장이 사력을 다해 그녀를 보호한 결과였다. 그런데 료 군단장 자신마저 감옥에 갇히는 신세가 되었으니 이제는 보호해 줄 사람이 없어져버렸다.

백령이 가장 늦게 체포되었음에도 불구하고 빛의 속도로 빠르게 처형당한 이유는 백령과 료 군단장과의 사이를 탐탁지 않게 본 사람들의 압력과 그녀 자신의 불같은 성미 때문이었다.

그녀는 감옥에 갇히자 밤이고 낮이고 쉬지 않고 고함을 질러댔다. 처음에는 필 정치위원의 이름을 불렀다.

"너와 이야기를 해야겠다!"

그녀는 연달아 귀하신 필 정치위원의 존함을 마구 불러댔다. 급기야 그의 별명까지 불러댔다.

"이 필 안경쟁이 장님아!"

감옥을 지키던 유격대원은 이런 사실을 반동분자 색출소조에 보고했다. 곧 그녀를 심문한다는 결정이 내려졌다.

백령의 목은 천성적으로 쇠붙이처럼 단단했다. 감옥 안에서 어미 늑대처럼 사흘 낮과 사흘 밤을 부르짖었는데도 목소리가 여전히 맑았다. 정신역시 또렷했다. 두 눈은 반짝반짝 빛나기까지 했다.

그녀가 자신을 심문하러 온 반동분자 색출소조원들을 힐끔 쳐다보더니 말했다.

"필 정치위원을 데리고 와. 할 말이 있다."

필 위원장이 안경을 만지작거리고 주저하면서 들어왔을 때 백령은 한 치의 망설임도 없이 떳떳한 태도로 눈을 부릅떴다. 이미 격해질 대로 격해진 자신의 감정을 누그러뜨리지 못하는 모양이었다. 그녀는 마치 돌을 던지듯 말을 내뱉었다.

"듣자 하니 너 역시 관중 사람이라고?"

그녀는 료 군단장과 자신이 우스갯소리로 한 말을 인용했다.

"내가 너와 같은 관중 사람인 것이 수치스럽다!"

그 말에 필 정치위원의 얼굴이 시뻘겋게 변했다.

"교활하구나. 그러면서 가장 깊이 숨어 있었다니. 내 너를 하루빨리 저승으로 가게 해 주마!"

백령은 이미 필 정치위원이 자신에게 무슨 말을 하든 개의치 않았다. 그녀에게 가장 중요한 것은 시간이었다. 그녀는 다시는 그와 직접 말을 나눌 시간이 없으리라 생각했다. 그래서 마치 죽음을 앞둔 어미 사자처럼 필사적이고도 맹렬하게 으르렁거렸다.

"너의 행동은 근본적으로 논쟁할 필요조차 없다. 나는 지금 네가 적이 보낸 고급첩자가 아닌가 의심스럽다. 그렇지 않으면 이렇게 혁명을 파괴하고도 조금도 노출되지 않은 채 어찌 이처럼 승승장구하겠느냐! 만일 이것도 아니면 넌 야심가에 음모가다. 넌 지금 완전히 료 군단장을 대신해서 주인 행세를 하고 있구나. 만일 이도 저도 아니면 넌 바로 순수하게 어리석고 극악무도한 불한당이고 개소리나 지껄이는 망할 놈이야! 넌 혁명을 파괴하는 데만 뛰어난 재주를 갖고 있어. 혁명을 건설하는 재주는 하나도 없어! 내가 과거에 가장 증오했던 자들은 줏대 없는 배반자였지만 지금은 너 같은 동물이야. 너는 도저히 형용할 길이 없는 인간쓰레기야……."

필 정치위원은 도저히 참을 수가 없는지 책상을 내리쳤다.

"료 군단장이 너를 그렇게 싸고 돌더니 네가 그를 꼬드겼지! 내 일찍이 알아봤어. 난 네가 나를 아무리 욕해도 개의치 않아. 이 반혁명적인 미치광이야……."

백령이 냉소하더니 말했다.

"난 이미 어떻게 죽든 상관하지 않았다. 내 말로는 벌써 여기에 있었으니까. 지금 죽으나 한 달 전에 죽었거나 아무런 차이가 없어. 지금 이렇게 죽어 유일하게 좋은 점이 있다면 내가 너를 실컷 욕하고 죽을 수 있다는 거지! 네가 나를 사형시킬 때 네가 기억해 둬야 할 게 있다. 그건 바로 넌 나보다 수백 배나 하잘것없는 쓰레기라는 거야!"

…………

그날 저녁 하늘에서 눈이 내렸다. 그녀가 생매장당한 자세한 정황은 전해지지 않았다. 그녀의 생매장을 집행한 두 유격대원은 후에 산서山西 항일전투에서 전사했다고 한다. 이후 료 군단장은 주은래의 명령에 따라 정규 홍군 사단장이 되었다. 나중에 그는 황하黃河 동쪽의 항일전선 지휘 참호 안에 있다가 일본군 비행기가 투척한 폭탄에 맞아 전사했다. 필 정치위원은 연안延安으로 가 모택동과 주은래 앞에서 자신의 과오를 스스로 맹렬히 성토한 후 이름을 바꿨다. 때문에 그의 이후 행적은 찾을 수가 없다……

작가 녹명은 필 정치위원을 찾아가 자세한 이야기를 캐묻고 싶지 않았다. 중요한 것은 열사의 사망과 관련된 구체적인 과정이 아니라 이러한 사실들이 새로운 미래를 창조하는 데 도움이 될 수 있느냐 없느냐였다. 또 더 중요한 것은 이 비극적인 역사가 발생한 근원에 대한 반성이라고 생각했기 때문이었다.

제29장

주 선생이 주도하는 현지縣誌 편찬 작업이 막바지에 접어들었다. 하지만 경비가 부족했다. 이 사업을 지지하던 현장縣長이 오래전에 자수현滋水縣을 떠난 데다 새로 부임한 현장은 현지 따위에는 아예 관심이 없었기 때문이었다. 주 선생은 경비를 조달하기 위해 사방팔방으로 뛰어다녔으나 아무런 성과도 올리지 못했다.

"돈이 없어서 현지를 마무리하지 못하다니!"

주 선생은 조급한 나머지 화가 치밀었다. 글 쓰는 동인들도 다들 공감하는 눈치였다. 그러나 그들 역시 뾰족한 수가 없기는 마찬가지였다. 사람들은 주 선생을 화나게 한 현장이야말로 대단한 사람이라는 우스갯소리만 할 뿐, 별다른 방안을 내놓지 못했다. 그렇게 시간은 흘렀다.

주 선생이 수정 보완 작업을 끝내고 일부 원고에 대한 편집 작업까지 마쳤을 즈음이었다. 효문이 찾아와 조용히 주 선생을 불렀다.

"고모부님."

효문이 건네준 것은 부고였다. 부고를 본 주 선생의 얼굴이 백지장처럼 하얗게 질렸다. 부고는 녹조해鹿兆海가 소속돼 있는 17사단의 사령부에서 보낸 것이었다. 그가 중조산中條山에서 전사했다는 소식을 담고 있었다. 장례식은 백록원에서 거행하기로 했다. 녹조해가 고향 땅에 묻어 달라는 유언을 남겼기 때문이었다. 17사단에서는 자수현으로 사람을 보내 함께 협의를 했다. 17사단과 현 정부가 공동으로 장례식을 치르기로 하는 결정이 내려졌다. 효문이 말했다.

"고모부님, 17사단 사단장이 고모부님께서 직접 오셔서 몇 말씀 해 주십사 부탁해 왔습니다."

"조해의 영구靈柩는 언제 운구하지?"

"내일요. 사흘 간 조문하고 장례식을 치른 다음에 안장할 예정이에요."

"내일 새벽에 내가 운구를 해야겠구나. 내가 직접 지키겠다."

효문이 만류하면서 말했다.

"고모부님 같은 어른께서 어떻게 직접……"

"민족의 영령은 나이가 문제가 아니다. 조해야……"

주 선생은 두 손으로 얼굴을 감싸고 소리 내어 흐느껴 울었다…….

2년 전 늦가을이었다. 주 선생은 서원 뒤의 언덕에서 산책을 하고 있었다. 그곳에는 금빛을 띤 들국화가 눈이 부시게 피어 있었다. 사방이 온통 꽃향기로 물들어 있었다. 하지만 그 아름다운 들국화의 향기도 주 선생의 비정한 심정을 달랠 수는 없었다. 그는 한참 동안이나 산비탈 경사진 밭에서 일하는 사람들을 바라보았다. 또 다른 쪽에서 파종하는 농사꾼들의 모습도 물끄러미 쳐다보았다.

그러다 갑자기 이상한 생각이 떠올랐다. 만약 지금 왜군倭軍이 이곳으로 쳐들어온다면? 만일 짚을 쌓아 둔 밭이랑에 폭탄이 떨어진다면? 씨를 뿌리고 밭을 갈고 새참을 머리에 이고 가는 아낙들은 어떤 비참한 모습으로 변할까……. 순간 그의 온몸에 소름이 돋았다.

그때 차 한 대가 뿌옇게 흙먼지를 일으키며 급히 달려왔다. 그러더니 서원의 맞은편으로 다가와 속도를 늦추었다. 차는 자수하 강변에서 멈추었다. 차에서 내린 사람 중 한 명이 강 언덕을 가리켰다. 다른 한 사람은 신발과 양말을 벗고 바지를 무릎까지 걷어 올리더니 강을 가로질러 건너오기 시작했다.

주 선생은 그 사람이 군인 차림인 것을 보고는 외면하면서 늦가을의 농촌 풍경을 계속 쳐다보았다. 무너져 가는 중국은 평화로운 전원 풍경과 정반대의 상황이었다. 그는 중국의 군인들을 원망하고 멸시하고 있었다. 강대한 대국의 거대한 군대가 하찮은 왜구를 못 당한단 말인가?

문지기가 서원 바깥의 밭에서 큰 소리로 불렀다.

"녹조해가 왔어요!"

그 말에 주 선생은 두루마기를 걷어 올리고 급히 내려갔다. 서원 문 앞에 군복을 입은 녹조해가 서 있었다. 녹조해가 손을 들어 경례를 하자 신고 있던 군화에서 요란한 소리가 났다. 주 선생은 고개를 끄덕이고는 집 안으로 안내했다. 서재에 들어선 녹조해가 말했다.

"선생님, 글 좀 써 주십시오."

"고작 내 글을 달라고 먼 길을 온 거냐?"

"네, 그렇습니다."

"별 가치도 없는 내 글 하나 때문에 왔다면 네가 손해 보는 짓을 했구나."

주 선생이 비웃듯이 말했다. 주 선생의 말뜻을 이해하지 못한 녹조해는 그 말이 그저 겸손의 표현인 줄만 알고 더 진지하게 말했다.

"이제 곧 일본을 치러 동관潼關에 갈 겁니다. 갈 때 선생님의 귀한 글 한 폭을 가져갔으면 합니다."

주 선생은 그제야 녹조해가 멀리까지 찾아온 의미를 이해하고는 물었다.

"그럼 어디로 갈 거냐?"

"중조산으로 갈 겁니다."

주 선생이 의자에서 일어났다. 얼굴에 자책의 빛이 역력했다.

"조해, 날 용서하거라. 난 네가 한가해서 글자 놀음이나 하는 줄 알았단다."

조해가 급히 일어나 주 선생을 의자에 다시 앉게 했다.

"제가 어떻게 감히 선생님을 용서하겠습니까? 저희 사단장님께서도 선생님의 글을 받게 되면 막사에 걸어 두신다고 한 장 부탁하셨습니다."

주 선생은 자신의 얼굴 근육이 떨리는 것을 느꼈다. 근래 들어 시시때때로 변하는 자신의 감정을 후회하는 일이 많은 그였다. 그런데 지금 또 억제할 수 없는 감정이 북받치는 것을 느꼈다. 순간 발끝에서부터 뜨거운 피가 끓어올랐다. 그가 떨리는 손으로 조해의 양 어깨를 눌렀다.

"중조산, 그곳은 동관으로 가는 마지막 관문이지."

녹조해도 약간 흥분된 어투로 말했다.

"중조산을 지키지 못하고 일본놈들이 동관으로 들어와 관중關中을 짓밟는다면 선생님과 어르신들을 뵐 면목이 없을 겁니다."

주 선생은 벼루에 물을 붓고 먹을 갈기 시작했다. 그러자 녹조해가 대신 먹을 갈겠다고 했다. 그러나 주 선생은 단호하게 거절하고는 손아귀에 힘을 주어 먹을 갈았다. 종이도 직접 재단했다. 재단기를 들고 있는 손이 떨렸다. 그가 이어 붓걸이에 걸려 있던 붓을 들어 먹을 찍었다. 붓을 잡은 손이 여전히 떨리고 있었다. 주 선생이 오른쪽 소매를 팔꿈치까지 걷어 올렸다. 그리고는 탁자 밑에 준비해 둔 물통에 팔을 집어넣어 한참 동안을 담가 두었다. 차가운 우물물은 떨리는 손을 진정시키는 작용을 하기 때문이었다. 그가 수건으로 팔을 닦고 다시 붓을 들었다. 이젠 떨리지 않았다. 주 선생은 힘 있는 초서체로 일곱 자를 써내려갔다.

砥柱人間是此峰
역경에 굴하지 않는 튼튼한 기둥이 바로 여기 있구나.

주 선생이 붓을 멈추었다.

"내가 지은 칠언절구 중의 한 구절이다. 내가 젊고 패기에 넘칠 때 향시에 급제하여 돌아오는 길에 화산華山에 올라 읊은 시란다. 그런데 지금은 보릿짚을 짊어질 힘조차 없구나. 사단장님께 드리도록 해라."

녹조해가 북받쳐 오르는 감정을 억제하지 못하고 눈물을 흘렸다. 주 선생이 다시 새 종이를 한 장 꺼내어 써내려갔다.

白鹿精魂
백록의 숭고한 얼

주 선생이 붓을 내려놓더니 갑자기 중지를 깨물었다. 이어 족자 왼쪽 하단의 낙관 찍는 부분에 힘주어 자신의 혈흔을 찍었다. 녹조해가 주 선생의 중지에서 뚝뚝 떨어지는 붉은 핏방울을 보더니 깜짝 놀라 무릎을 꿇었다.

"선생님, 안심하십시오. 제가 일본놈들의 피를 가져다 드리겠습니다……"

"중원을 평정하는 날이 오면 나에게 알리는 걸 잊지 말게나."

주 선생은 폐지 한 장을 찢어 중지를 감싸고 앉았다. 그 모습이 온화하고 자상했다.

"조해! 내가 도울 일이 있으면 얼마든지 말해라. 내가 할 수 있는 일이라면……"

녹조해도 자리에 앉았다.

"아닙니다. 선생님께 폐를 끼치고 싶진 않습니다. 부모님은 걱정하실 테니 뵙지 않기로 했어요. 만일 부모님께서 물으시면 섬남陝南에 갔다고 해주세요."

"그 일은 걱정하지 마라."

조해가 이어 말했다.

"한 가지 선생님께 부탁드릴 일이 있는데……."

조해가 윗옷에서 동전 한 닢을 꺼내고는 어색하게 웃었다.

"선생님, 나중에 백령을 만나시면 이 동전을 전해주세요."

주 선생이 이해할 수 없다는 듯 물었다.

"동전? 동전 한 닢을 빌려서 돌려주는 거냐?"

"반 닢입니다. 우리 두 사람이 함께 한 닢을 간직하기로 했죠. 가지고 있는 사람이 상대방에게 반 닢을 빚진 게 되는 거고요."

주 선생이 웃으며 다시 물었다.

"백령이 가지고 있으면 너한테 빚지는 것이 아니냐?"

"제가 빚지는 것보다는 낫죠."

주 선생은 조해의 두 눈을 쳐다보고는 뭔가 말 못 할 사연이 있음을 감지했다.

"동전 한 닢만이 아니겠지?"

녹조해는 할 수 없이 동전에 얽힌 두 사람의 슬픈 사랑을 고백했다.

"이런 세상에!"

주 선생이 안타깝다는 듯이 탄식했다.

"그래서 어떻게 되었느냐?"

"그래서……, 제 형수님이 되었죠."

녹조해가 머쓱해 하며 말했다.

"제 형 조붕兆鵬하고 혼인했어요."

"그럼 이 동전은 금덩어리보다 더 귀중한 것이겠구나."

주 선생이 용이 그려진 동전을 물끄러미 쳐다보더니 다시 녹조해에게 건넸다.

"네가 가지고 있거라."

"계속 간직하고 있었어요. 누구한테도 동전에 관한 이야기를 한 적이 없고요. 이제 전 전장에 나갑니다. 혹시 이 동전이 왜놈들의 손에 더럽혀 질까 봐 걱정입니다."

녹조해가 동전을 다시 주 선생에게 건네주었다.

주 선생은 가슴이 뭉클해지는 것을 느꼈다. 조해가 자신에게 동전을 맡기고 거기에 얽힌 사랑 이야기를 들려준 건 전장에서 반드시 승리하고 돌아오겠다는 굳은 의지의 표명이었다.

"그럼 내가 잘 보관하지. 자네가 돌아오면 온전히 돌려주겠네. 자네가 직접 백령에게 전해주게."

녹조해가 일어나 작별의 인사를 고했다. 주 선생은 현지 편찬 작업을 도와주고 있는 동인들을 불러 모아 배웅하도록 했다. 십여 명의 동지들이 녹조해에게 정중하게 인사한 후 서원 문 앞까지 배웅했다. 녹조해가 주 선생에게 물었다.

"저에게 하실 말씀 없으십니까?"

"전장에서 돌아올 때 내게 선물을 가져다주게. 왜놈의 머리털을 말일세."

녹조해가 군대식 경례를 힘차게 한 후 말했다.

"반드시 가져다 드리겠습니다."

주 선생이 엄숙한 얼굴로 다시 말했다.

"자네 손으로 죽인 왜놈의 머리털을 가져다주게."

백록원에서 이렇게 성대한 장례식은 지금까지 없었다. 장례식은 '녹조해 장례위원회'에서 주관했다. 위원장은 17사단의 여頭 사단장이 맡았다. 또 자수현의 당 서기인 악유산岳維山과 후侯 현장은 부위원장을 담당했다.

또 국민당 부대와 각계의 유명인사 21명이 위원을 맡았다. 이들 중에는 주 선생과 백록촌의 백가헌, 그리고 전복현도 포함되어 있었다. 이외에 모든 구체적인 일들, 예를 들자면 하관하고 흙을 끼얹는 것, 천막을 치고 의자 를 빌리는 것, 음식을 준비하는 것들은 백록촌 사람들의 몫이었다.

백가헌은 17사단과 현에서 온 문상객들을 사당에서 극진히 대접했다. 신식 장례식을 치르자는 그들의 제안도 흔쾌히 받아들였다. 다만 한 가지 조건을 제시하기는 했다.

"당신들은 당신네들 신식으로 하세요. 우리는 우리 마을 방식대로 할 겁니다."

백가헌은 옆에 앉아 있던 아들 효무에게 징을 치라고 했다. 이어 문상 온 관리들에게 말했다.

"아무 걱정 마십시오."

뎅-, 뎅-, 뎅-, 뎅-.

징 소리가 힘차게 마을 구석구석에 울려 퍼졌다. 그러자 마을 사람들 이 사당 안으로 들어왔다. 뒤를 이어 남자들이 떼를 지어 뜰 안으로 들어 왔다. 징 소리의 여음이 오래도록 이어졌다. 사당 안은 사람들로 꽉 들어 찼다. 사람들은 무슨 일이 일어났는지 잘 알고 있었다. 또 그 일이 얼마나 심각한지 모르지 않았다.

백가헌이 지팡이를 짚고 사당에서 걸어 나왔다. 그리고는 짚고 있던 지팡이를 앞으로 내밀면서 몸을 지탱했다. 구부러진 허리가 약간 떨렸다.

"우리 마을의 젊은이가 세상을 떠났소."

사당 안에 침묵이 흘렀다. 백가헌의 목젖이 심하게 떨리는가 싶더니 부어 있는 눈언저리에서 뜨거운 눈물이 흘러내렸다. 늙은 노인이 눈물을 흘리는 것을 본 사람들은 숙연함을 느꼈다. 사당 안의 침묵이 적막으로 변했다. 백가헌의 목소리는 떨리고 있었다.

"조해는 녹자림의 가족이오. 그리고 우리의 가족이오. 모두 조해의 장례식에 신경을⋯⋯."

성미가 급한 한 사람이 말했다.

"어떻게 하라는 거죠? 일을 분배해 주세요."

백가헌이 두 가지 의견을 냈다.

"첫째, 사당에서 모아 둔 공금으로 조해의 장례식에 필요한 모든 것을 준비해 주시오. 둘째, 사당 창고 안에 있는 쌀로 문상객들을 접대해 자림의 부담을 덜어주도록 하시오."

마을 사람들은 이구동성으로 찬성했다. 모두 이 두 가지 의견이 내포한 의미를 잘 알고 있었다. 특히 두 번째 의견에 대해서는 더욱 그랬다. 지금 녹자림의 집에는 머슴 한 명을 제외하곤 사람이 아무도 없었기 때문이었다. 백가헌은 이어 구체적으로 역할을 분담해줬다. 차례차례 13명의 이름도 불렀다.

"자네들 열세 명은 못자리를 정리하게. 반은 묘의 테두리를 세우고 반은 벽돌을 나르도록 하게. 벽돌의 숫자를 잘 기억하고 있어야 하네. 테두리를 완성하고 벽돌도 다 준비되면 다함께 묘를 만들도록 하게."

백가헌은 다시 11명의 이름을 호명했다. 그들에게는 영구를 안치해 둘 천막을 세우도록 지시했다.

"천막을 세우는 방법은 따로 없네. 그저 현의 관리들이 시키는 대로 하게. 늦어도 내일 아침까진 다 세워야 하네. 영구차가 점심때 올 테니."

백가헌은 또다시 부뚜막을 쌓을 사람을 호명했다. 이외에 밀가루를 빻을 사람까지 하나하나 지명했다. 심지어 지방을 걸어 놓을 막대기를 놓는 위치까지 일러줬다. 마을 사람들 모두는 놀라움을 금치 못했다. 하기야 그럴 수밖에 없었다. 요즘 마을의 대소사는 모두 효무가 나서서 처리했으니까. 늙은 족장이 나서는 일은 극히 드물었다. 오늘처럼 직접 나서서 일사불란하게 일을 처리하고 마을 사내들의 이름을 하나하나 부르는 것은 더욱 그랬다. 참으로 오랜만이었다. 백가헌이 옆에 있던 아들에게 말했다.

"효무, 네가 모든 일을 책임지고 처리하도록 해라."

모든 것이 조용하고 엄숙한 분위기 속에서 진행되었다. 백효무는 실질적인 일의 진행을 책임지고 감독했다. 우선 묘지 앞에서 첫 삽을 뜨는 의식을 거행했다. 또 사당 앞에 천막을 칠 위치도 지정했다. 동네 사람들의 질문에도 답하고 문상객 역시 접대했다. 관리들에게 일의 진행을 보고하는 것은 더더군다나 잊지 않았다. 상주인 자림을 챙기는 것은 더 말할 필요가 없었다.

녹자림은 중병을 앓는 환자처럼 의자에 앉아 있었다. 얼마나 울었는지 눈두덩이 퉁퉁 부어 있었다. 장례식에도 별 관심이 없는 듯이 보였다.

"효무, 네가 알아서 해라. 네가 좋다면 나도 좋아……. 네가 알아서 해."

주 선생이 영구차를 맞이했다. 관이 영구차에서 모습을 드러냈다. 한쪽 가슴에 흰색 꽃을 꽂고 오른쪽 팔에 검은 완장을 두른 사병들이 관의 한쪽을 들었다. 또 흰 두건을 쓰고 흰 마고자를 입은 백록촌의 젊은 청년들이 다른 쪽을 들었다.

관을 든 청년들이 백록촌 어귀로 들어섰다. 관 앞에서는 군악대가 무겁고 애절한 곡을 연주했다. 관 뒤에서는 마을 사람 한 명이 슬픔에 젖은 추모곡을 나팔로 불었다. 마음이 여린 동네 아낙들은 영구차에서 시커먼 관이 내려오는 것을 보자마자 눈물을 터트렸다. 사내들 역시 자신들도 모르게 애도의 눈물을 흘렸다. 온 마을은 곧바로 울음바다가 되었다. 관이 천막 안에 들어서자 화승총 세 발이 울려 퍼졌다. 흑백으로 된 지전이 바람에 휘날렸다.

한 영웅의 영혼이 천지를 울리고 있었다. 주 선생은 백가헌의 부축을 받으며 관 뒤 맨 앞줄에서 걸었다. 이어 울지도 않고 말도 없이 묵묵히 천막 안으로 들어와서는 쌓여 있는 보릿짚 포대에 꿇어앉았다. 그렇게 그는 제자의 영혼을 달래기 위해 관 옆에서 밤을 새웠다. 백가헌이 이제 그만하고 사당이나 방으로 들어가서 좀 쉬라고 권했으나 주 선생은 아무 말도 하지 않았다. 얼마 후 백효무가 들어와서 허리를 굽히고 조용히 말을 전했다.

"고모부님, 사당에서 마馬 대대장님께서 기다리고 계십니다. 조해가 고모부님께 전해드리라고 한 것이 있다는데요."

주 선생은 천천히 사당으로 들어섰다. 그러자 마 대대장이 철로 된 상자 하나를 건넸다.

"녹 연대장님께서 임종 전에 선생님께 전해드리라고 하셨습니다."

주 선생은 그 상자를 건네받고서 잠시 만지작거렸다. 그러다 다시 마 대대장에게 주었다.

"당신이 열어보시오."

마 대대장이 손으로 상자를 열려고 했으나 열리지 않았다. 그러자 뚜껑을 어긋나게 비튼 다음 이로 열어보려 했다. 이를 본 주 선생이 다급히 말렸다.

"입을 대지 말아요. 더러운 거요."

마 대대장이 영문을 모르겠다는 듯이 주 선생을 바라보았다.

"시체의 머리털이 들어 있을 거요."

"선생님께서 그걸 어떻게 아십니까?"

마 대대장이 눈을 껌뻑거리면서 물었다.

"중조산에 가기 전 만났을 때 왜놈 머리털 한 움큼을 가져오라고 내가 부탁했었소."

마 대대장은 속이 메슥거리는지 헛구역질을 하기 시작했다. 그때 사당 안에 있던 사람들이 몰려들어 상자를 들여다보다가 그중에 손아귀 힘이 센 사람이 상자를 열었다. 상자 속에는 정말 머리털이 가득했다. 바닥에 쏟아 놓으니 한 움큼이 아니라 43움큼이나 되었다. 하나하나가 따로 묶여 있었다. 그걸 보고 있던 사람들의 눈이 휘둥그레졌다. 주 선생은 다시 감정이 북받쳐 오르는 모양이었다.

"조해! 그래, 네가 왜놈 마흔세 명을 죽였구나."

그러고는 마 대대장의 어깨에 손을 얹고 물었다.

"조해와 함께 중조산에 올랐으니 이 마흔세 명의 왜놈들이 얼마나 많은 중국 동포들을 죽였는지 말해 보게."

마 대대장은 감정을 억누르지 못하고 소리 내어 울었다.

"셀 수도 없을 만큼……."

한 가지 할일이 남아 있었다. 그건 바로 관이 안치된 천막 앞에서 마흔세 놈의 머리털을 태워 조해의 혼을 달래는 일이었다. 이 소식은 바람처럼 빠르게 마을에 퍼졌다. 사당 안은 왜놈의 머리털이 정말 사람의 머리털인지 짐승의 것인지 궁금해하는 사람들로 곧 가득찼다. 머리털은 검은색 생머리였다. 우리와 똑같은 머리털을 가진 사람들이 어떻게 이런 처참한 죄악을 저지른단 말인가? 사람들은 그렇게 생각하면서 천막 앞에서 머리털을 태웠다. 고약한 냄새 때문에 여기저기서 구역질을 하는 사람들이 많았다.

주 선생은 백가헌과 함께 녹자림을 찾았다. 녹자림은 주 선생을 보자마자 울음을 터트렸다. 얼마나 울었는지 목소리가 메마르고 탁하게 갈라져 있었다. 그렇게 한참을 울더니 갑자기 정신을 잃고 바닥에 쓰러졌다. 그러자 사돈인 냉 의원이 부리나케 달려와 녹자림과 부인에게 침을 놓아주었다. 주 선생은 서서히 깨어나는 녹자림을 일으켰다.

"우리의 훌륭한 형제가 전사했네. 자네 아들이……. 슬퍼하지만 말고 자랑스럽게 여겨야지!"

주 선생은 장례 일정에 계속 참여하지 않기로 생각을 바꾸었다. 그래서 백가헌의 집에서 간단히 요기를 한 후 날이 저물 무렵 백록서원에 도착했다.

그는 돌아오자마자 서원에 있던 장서들을 정리하기 시작했다. 장서에 수북하게 쌓인 먼지가 사방으로 흩뿌려졌다. 그 뿌연 먼지는 그의 머리 위로 내려앉았다. 그의 머리는 금세 백발이 되었다. 그는 이어 서원의 재산과 양곡 장부를 정리했다. 서원에서 세를 주고 거두어들인 소작미의 양, 지출한 양과 남은 양을 다 적었다. 현지 편찬을 위해 역대 현장들이 내놓은 돈의 지출 내역 역시 꼼꼼하게 기록했다. 그는 꼬박 이틀 동안이나 이 일에 매달렸다.

주 선생은 석양이 물든 사흘째 저녁이 되어서야 서원에서 나왔다. 이어 홀로 서원 뒤의 언덕에 올랐다. 가을바람이 불고 있었다. 들국화가 익어가는 계절이었다. 검은 비행기 석 대가 머리 위로 지나갔다. 서안西安에 폭탄을 투하하러 가는 왜놈들의 비행기였다.

아직 동관까지 들어오지 못한 왜놈들은 공중에서 서안을 폭격하기 시작했다. 17사단이 중조산에서 왜놈들을 쳐부순 것에 대한 보복이었다. 그들은 일찌감치 북경北京을 점령했었다. 그러나 서안까지는 들어오지 못했다. 그래서 공중에서 보복을 할 수밖에 없었다. 이 때문에 서안 시민들은 살 곳을 찾아 도망가기에 바빴다. 본적이 시골이거나 그곳에 연고가 있는 사람들은 식솔들을 이끌고 고향으로 대피했다. 그리고는 고향 사람들에게 서안이 지금 얼마나 처참하게 변했는지 이야기해 주었다. 곧 고도古都 서안은 죽음의 도시로 변해버렸다.

주 선생의 처제도 막내아들과 보자기 하나만 들고 백록서원으로 도망을 왔다. 남편도 처음에는 함께 피신하겠다고 하다가 구둣방을 떠날 수 없어 남았다고 했다. 처제가 서원에서 머문 지 이틀 만에 주 선생은 그만

질리고 말았다. 처제가 쉴 새 없이 수다를 떨고 거들먹거리며 허세를 부렸던 것이다. 특히 주 선생이 참을 수 없는 것은 도시인 특유라고 해도 좋을 그녀의 우월감이었다.

주 선생은 다음 날부터 처제와 눈도 마주치지 않았다. 처제의 일거수일투족에 대해서도 상관하지 않았다. 밥을 먹을 때는 급하게 먹어치우고는 앞뜰에 있는 서재로 가고는 했다. 만약 이 처제를 계속 본다면 숨이 막혀 죽을 것만 같았기 때문이었다. 처제도 형부가 자신을 대하는 눈이 곱지 않다는 사실을 느꼈다. 주 선생의 부인은 그러자 동생에게 해명하듯 말했다.

"신경 쓰지 마. 네 형부는 원래 그래."

처제가 서원에서 얼마 동안 지낸 후 제화공인 남편이 데리러 왔다. 그는 서안이 폭격으로 인한 혼란에서 어느 정도 진정되었다고 했다. 종루와 네 개의 성문에 경보기도 달았다고 했다. 그러나 비행기가 날아오지도 않는데 경보기가 울어대는 일도 종종 있다고 했다. 사람들은 이 소리가 들리면 바로 성문 밑에 마련되어 있는 방공호에 몸을 숨기기에 바빴다. 넓은 정원을 가진 집은 땅을 파서 숨기도 했다. 제화공은 아무 일 없다는 듯 말했다.

"겁낼 것 없어. 사흘 동안 비행기 소릴 못 들으니까 귀가 심심할 정도야!"

주 선생은 검은 비행기 석 대가 서쪽 하늘로 사라지는 것을 바라봤다. 지금쯤 그 제화공은 자기 마누라를 데리고 성문 밑에 있는 방공호에 숨어 있겠지……. 갑자기 나쁜 생각이 머리를 스쳤다. 폭탄이 그놈의 제화공 머리 위에 떨어졌으면 하는…….

주 선생이 산비탈에서 내려왔을 때는 날이 이미 어둑어둑해져 있었다. 함께 현지를 편찬하는 사람들이 녹조해에 대한 조문을 끝내고 돌아와 정원에 둘러앉아 이야기를 나누고 있었다. 서徐 선생이 주 선생에게 물었다.

"내일이 추모식이 열리는 날이오. 17사단 사단장하고 현의 주요 인사들도 모두 모인다 하오. 책임자가 전갈을 보내왔는데 내일 와서 몇 말씀 해 달라고 하는구면."

"난 안 가겠소."

주 선생의 거절에 서 선생이 놀라 물었다.

"안 가다니……, 어째서 그러는가?"

"묘소엔 안 가겠소. 난 전장에 나가겠소."

그곳에 있던 사람들이 모두 놀라 서로의 얼굴만 쳐다보았다. 주 선생이 진지하게 말했다.

"추모식을 한다고 왜놈들이 물러가는 것도 아니잖소. 젊디젊은 청년이 죽어나가는데 나처럼 늙어빠진 노인이 살아남아서 뭐하겠소? 서 선생, 내가 떠나면 이 일을 맡아주시오. 현지 편찬은 그대로 진행하면 되오. 서원의 장부도 다 정리해 두었소. 별로 신경 쓸 일은 없을 거요."

"난 그런 일을 맡지 않겠소. 나도 같이 전장에 나가겠소."

서 선생까지 이렇게 나오자 다른 선생들도 잇따라 전장에 나가겠다고 나섰다. 모두 의지가 대단해 보였다. 죽을 각오까지 한 것 같았다. 주 선생이 말렸지만 아무도 듣지 않았다. 결국엔 관절염을 앓고 있는 늙은이와 문지기 둘만 남기로 했다. 주 선생이 의자에서 벌떡 일어섰다.

"그럼 좋소! 내일 함께 추모식을 치른 다음 왜놈들과 싸우자는 선언을 발표합시다."

주 선생의 연설은 추모식에서 가장 큰 주목을 받았다. 장례식보다 더 많은 관심을 끌었다. 자연스럽게 여덟 노인들의 정의감은 온 백록원에 울려 퍼졌다.

이튿날 발행된 〈삼진일보〉三秦日報의 1면 기사에는 '백록원의 여덟 군자,

항전선언을 하다'라는 제목의 기사가 실렸다. 도시 전체가 깜짝 놀랄 수밖에 없었다. 사흘 후에는 상해上海 〈문회보〉文匯報에 이 기사 전문이 전재되었다. 다만 제목은 '관중의 대 유학자들이 붓을 놓고 종군하다'로 바뀌었다. 결과적으로 남쪽 지방에까지 알려졌다.

급기야 주 선생과 뜻을 같이 하겠다는 1,000여 명의 성리학性理學 동지들이 언론에 자신들의 굳은 의지를 밝히기도 했다. 주 선생이 현지 편찬위원인 선생들에게 말했다.

"신문에도 우리의 이야기가 실렸으니 이젠 후회해도 소용없소."

주 선생은 나머지 일곱 명의 선생들에게 엿새 동안의 휴가를 주었다. 집안일을 정리하고 친척들도 만나보도록 했다. 이번이 마지막 만남이 될지 모르니 그래야 한다고 했다. 엿새째 되는 날 해가 저무는 시간이 됐다. 선생들은 서원에 집합하기로 한 대로 한 명도 빠짐없이 다 모였다. 주 선생을 제외한 그들은 하나같이 자신들을 붙잡는 친지와 아들, 손자들의 애타는 만류에 부딪혔다고 했다. 그러나 다 뿌리치고 백록서원으로 돌아왔다.

주 선생은 아무 동요 없이 약속을 지켜 준 동료들을 반가이 맞이했다. 그리고 그들의 인품을 더욱 존경하게 되었다. 주 선생은 부인에게 술을 한 상 차려 동료들을 대접하게 했다. 이어 오늘만큼은 자신의 금주령을 취소하기로 하고 잔을 높이 들었다.

"우리 모두 축배를 듭시다."

동료들은 취기가 적당히 오르자 시를 읊으며 흥을 돋우었다. 주 선생은 자리에서 일어나 부인을 의자에 앉혔다. 그리고는 부인에게 술을 한 잔 따랐다. 이어 자신의 잔에도 한 잔 부었다.

"우린 이제껏 한 번도 이런 자리가 없었소. 당신은 나와 한평생 동고동락했는데 나는 소리만 요란하고 실속은 없었지. 당신을 고생만 시켰구려.

이제까지 당신한테 좋은 소리 한마디 못했지만 오늘 동지들이 모인 이 자리에서 고백하겠소. 당신만 좋다면 다시 태어나도 당신과 부부의 연을 맺고 싶소."

백씨는 부끄러운 듯 얼굴에 홍조를 띠며 뜨거운 눈물을 흘렸다.

"전 남자로 다시 태어나고 싶은데요."

주 선생이 웃으며 말을 받았다.

"그럼 내가 여자로 태어나서 당신을 섬기겠소."

동지들이 모두 배를 잡고 웃었다. 그런 다음 한 사람씩 백씨 부인에게 술을 권했다. 백씨는 사양하지 않고 여덟 잔을 모두 받아마셨다. 그리고는 빨개진 얼굴로 동지들에게 술을 권했다.

"여덟 분이 딱 한 놈씩만 죽이고 오세요."

주 선생이 침실로 돌아와 말했다.

"아까 한 말, 아주 마음에 들었소."

백씨 부인이 뭐라 대답을 하기도 전에 문이 벌컥 열렸다. 문 앞에는 녹조붕이 서 있었다. 주 선생과 백씨 부인은 어리둥절해졌다.

"조붕……?"

"선생님, 드릴 말씀이 있습니다."

조붕은 앉자마자 다짜고짜 말을 하려 했다. 그러나 주 선생이 가로채듯 그 말을 잘랐다.

"아무 말도 하지 말게나. 난 떠나야 해. 이젠 아무것도 해 줄 수가 없다고."

녹조붕이 화제를 딴 곳으로 돌렸다.

"찐빵 좀 주세요. 배가 고파요."

백씨 부인이 일어나 찐빵과 술을 가져다주었다.

"자네가 먹을 복이 있군. 술도 한잔 들게."

녹조붕은 찐빵 하나를 잽싸게 먹어치운 다음 다시 주 선생에게 말했다.

"선생님, 가지 마세요."

"찐빵이나 마저 들게."

"제 뜻이 아니라 우리 당에서 못 가시게 말리라고 절 보낸 거예요."

"나는 내 의지대로 하겠네. 난 어느 당파에도 속해 있지 않아."

녹조붕은 주 선생의 의지를 꺾을 수 없다는 것을 알았다. 그래서 찐빵과 술을 천천히 들면서 조금은 부드러운 투로 말했다.

"선생님의 선언은 참으로 감동적이었지만 우릴 슬프게 했어요. 장^蔣 위원장은 수백만의 정예부대로 일본과 싸우기는커녕 내전을 하고 있는데, 거기에 여덟 노인들께서……."

"왜놈들이 집 앞까지 쳐들어왔는데 내전 중이라니……. 중국인들이 집 바깥으로 나가서 싸워야지. 왜놈들을……."

"선생님께서는 누가 누굴 죽이고 있는지 아세요?"

녹조붕이 말을 이었다.

"우리를 집 밖으로 나가지 못하게 하고 있어요. 집안에서 다 죽이려고 한단 말이에요. 그건……."

"그만해라. 조붕, 누가 누굴 죽이는지는 중요한 게 아니야! 서로 죽고 죽이라지! 내가 왜놈들의 포신에 머리 박고 죽었는데도 우리 형제들을 또 죽이나 두고 보자!"

녹조붕이 화제를 돌렸다.

"왜놈들을 쳐부수러 어디로 가실 겁니까?"

"중조산에 가서 17사단에 합류할까 한다."

"선생님……, 17사단은 이미 중조산에서 철수하여 동관으로 떠났다는

데……."

"누가 그래?"

주 선생이 놀라서 되물었다.

"동관으로 가서 뭘 한다는 거야? 대체 왜 철수한 거야?"

"위하渭河 북쪽으로 철수했어요. 우린 그걸 내전이라고 하는데 선생님이 말씀하시는 집안싸움이죠. 장 모씨가 명령을 내렸다고 합니다. 철수해서 섬북陝北 홍군과 싸우라고 직접 17사단에 지시했답니다."

"그게 정말이냐?"

주 선생이 의심스러운 듯 되물었다.

"조해의 시신을 방금 중조산에서 옮겨 왔는데……."

"조해는 왜놈들이 죽인 게 아니라 홍군한테 살해된 겁니다!"

조붕이 고통스러운 듯 미간을 찡그렸다.

"아직 증명된 건 아니지만요……."

"증명되지 않은 일은 말하지 마라."

주 선생의 말투에는 약간의 노기가 묻어 있었다.

"조해와 너는 친형젠데 그렇게 말하는 건 듣기 싫다."

주 선생이 말을 마치고 일어나 문 앞으로 걸어갔다. 그러다 다시 고개를 돌리더니 말했다.

"난 네 말을 믿지 않아. 17사단이 철수했다는 소식도 아직 듣지 못했고."

주 선생은 조붕을 남겨 놓고 밖으로 나가버렸다. 남편의 차가운 태도를 지켜본 백씨는 어찌할 바를 몰랐다. 그런 백씨를 녹조붕이 오히려 위로했다. 그리고는 급히 떠났다.

주 선생 일행은 첫 닭이 울 즈음 백록서원을 나섰다. 이후 문 앞에 서더니 약속이나 한 듯 몸을 돌려 백록원을 향해 허리를 굽혀 세 번 절을

했다. 이어 아무 말 없이 산비탈을 내려갔다. 그들은 자수를 건너고 북령
北嶺을 넘었다. 바로 그때 참으로 아름다운 광경을 목격했다. 아침 해가 용
암처럼 이글거리면서 먼 대지에서 솟아오르는 광경이었다. 곧 검붉고 짙은
황색의 맹렬한 불길로 천지는 장관을 이루었다.

그들은 산길을 따라 고개를 내려왔다. 위하 평원이었다. 넓고 좁은 밭
이랑이 길게 이어져 있었다. 끝이 보이지 않는 보리밭은 싱그러운 새벽빛
아래 부끄러운 듯 자태를 뽐내고 있었다. 긴 두루마기와 짧은 홑적삼을
입은 여덟 명의 노老 동지들은 한걸음 한 걸음 관중 평원의 전답과 마을을
지났다. 이어 날이 어둑해져서야 위하의 나루터에 다다랐다.

나룻배로 강을 건너는 시간은 이미 지나 있었다. 주 선생이 뱃사공에
게 한 번만 강을 건너게 해달라고 간청했다. 그러나 뱃사공은 쳐다보지도
않았다. 주 선생 일행이 성가시게 굴자 뱃사공이 차갑게 한마디 던졌다.

"이건 군사 명령이에요. 나한테 애원해 봤자 소용없어요. 위에 계신 분
들에게 간청해 보세요."

이때 사병 셋이 다가와서는 이것저것 묻기 시작했다. 주 선생은 그들을
쳐다보곤 웃으며 말했다.

"다들 원기가 왕성하군. 우리한테 시간을 빼앗겨서야 되겠나? 이런 정
신으로 왜놈들을 무찔러야지."

그러자 사병들이 갑자기 총 노리쇠를 잡아당기며 주 선생 일행을 향해
총부리를 겨누고는 어느 초가집으로 몰아넣었다. 주 선생이 동지들에게
웃으며 말했다.

"여보게들! 위하도 건너기 전에 우린 아군의 포로가 됐소."

그리고는 고개를 돌려 한 사병에게 물었다.

"두 손도 들어 드릴까?"

주 선생 일행은 두 손을 든 채 다른 초가집으로 옮겨졌다. 뱃사공들이

끼니를 해결하고 잠도 자는 곳인 듯했다. 안에 들어서자 장교 하나가 일어 섰다. 녹조해의 영구를 운구해 온 바로 그 마 대대장이었다. 주 선생이 그를 알아보고서는 조소하듯 말했다.

"이 노인이 손을 정확하게 들고 있는지 좀 봐 주게."

"자네들 미쳤나?"

마 대대장이 사병들을 노려보더니 호되게 꾸짖었다. 그리고는 급히 주 선생을 부축하여 의자에 앉혔다.

"저희 사단장님께서 주 선생님과 여러분들의 항전 선언을 보시고서는 특별히 저를 이곳으로 파견하여 잘 모시라고 하셨습니다. 여러분들이 강을 건너지 못하게 하라는 명령을 받았습니다. 명령에 따라 주십시오."

주 선생 일행이 곧바로 거칠게 항의했으나 마 대대장은 전혀 동요하지 않았다.

"무슨 말을 해도 소용이 없습니다. 저는 명령에 따라야 합니다. 여러분들은 오리진五里鎭에 가서 쉬십시오. 내일 사단장님을 만나게 해 드리겠습니다."

마 대대장이 말을 계속 이었다.

"전 할일이 있어서 가야겠습니다. 사병들에게 마을까지 모셔다 드리라고 하겠습니다."

주 선생은 하는 수 없이 초가집에서 물러나왔다. 나머지 동지들도 분개하며 걸어 나왔다.

"내일 날이 밝으면 강을 건너겠소. 누구의 명령이든 상관하지 않겠소. 차라리 날 위하에 처넣으시오."

주 선생이 말을 끝내고선 땅바닥에 털썩 주저앉았다.

"해가 밝을 때까지 여기 앉아서 기다립시다."

나머지 동지들도 어깨에 메고 있던 보따리를 내려놓고 시위하듯 앉았다.

마 대대장이 큰 소리로 말했다.

"이곳에는 관계자 외에는 있을 수 없습니다. 지금 명령을 집행 중입니다. 어서 마을로 내려가십시오!"

주 선생이 물었다.

"아까는 잘 모시러 왔다고 하지 않았소? 이제 보니 순 거짓말이잖아?"

"쓸데없는 소리 하지 마시고 어서 마을로 내려가십시오."

마 대대장이 퉁명스럽게 대꾸했다. 주 선생 일행은 어쩔 수 없이 마을로 내려와 여관에서 쉬기로 했다. 고된 길을 걸어온 터라 모두 지쳐서 쓰러지자마자 바로 잠이 들어버렸다. 주 선생도 막 잠에 들려고 했다. 그때 문 두드리는 소리가 시끄럽게 들렸다. 그가 빗장을 열었다. 마 대대장과 사병 둘이 문 앞에 서 있었다.

"저희와 함께 가시죠."

일행은 다들 잠이 깨어 주섬주섬 보따리를 챙겨 들었다.

"다른 분들은 계속 주무시고 주 선생님만 따라오시죠."

주 선생은 마 대대장을 따라 묵고 있던 마을 뒤편에 당도했다. 어떤 집의 안채에 들어서니 중년 신사가 정중히 그를 맞이했다.

"주 선생님, 이 분은 여^勵 사단장님이십니다."

마 대대장의 소개에 주 선생은 예를 갖추었다.

"장군께서 수고가 많습니다."

두 사람은 인사말을 주고받고 본론으로 들어갔다.

"주 선생이 17사단에 합류하는 건 환영하지만 전장에는 나갈 수 없습니다. 사령부에 남아서 우리의 선생이 돼 주십시오."

"벼루도 부숴버렸고 붓도 다 태워버렸소. 중조산에 가는 것만이 내 목표요."

"그곳에 가시면 안 됩니다."

"어떠한 고난이라도 감수하겠소. 아무리 힘들어도 죽기밖에 더하겠소?"

"주 선생님! 선생님들은 도움이 되지 못할 뿐 아니라 우리에게 짐이 될 겁니다."

"짐이 되지 않겠소. 왜놈 하나를 죽인다면 할일을 한 거고 하나도 죽이지 못하고 내가 죽는다고 해도 누구도 원망하지 않겠소. 그리고 최전선에 못 선다 해도 사병들을 위해 밥도 짓고 국도 끓이고 칼도 갈아주고 말 먹이도 주고……. 내가 병들어 죽든 전사하든 짐이 되지 않겠소. 내 시신도 수고스럽게 가져올 필요 없소!"

"주 선생님, 제발 부탁입니다."

"난 선생이 아니라 장군님의 화부火夫이고 마부입니다."

"나도 중조산에 가질 못하는데 어찌 가겠단 말입니까?"

"적에게 패했소?"

"이기고 철수했습니다."

"이겼는데 왜 철수를 했소?"

"이겼기 때문에 철수한 거죠."

"누가 철수하라고 명령했소?"

"누구겠습니까? 중국에서 저에게 철수하라고 명령할 수 있는 사람은 단 한 사람뿐입니다."

주 선생은 더 이상 말을 잇지 못했다. 마부가 되겠다고 떼를 쓰지도 않았다.

"관중의 어르신들을 뵐 면목이 없습니다……."

17사단은 말 그대로 관중군關中軍이었다. 전임인 창설자부터 여 사단장까지 모두가 관중 사람이었다. 한 사람은 본적이 서부西府, 다른 한 사람은 동부東府 토박이라는 사실만 다를 뿐이었다. 사단장뿐만이 아니었다. 중대장과 소대장까지 전부 관중 출신이었다. 사병들 역시 삼진三秦('관중'의 다른 이름. 진秦나라가 멸망한 후 관중을 옹雍·새塞·적翟의 세 나라로 세우고, 진나라의 항장降將을 봉한 데서 유래됨)의 자제들이었다. 물론 본적이 하남河南인 관중 사람들도 없지는 않았다. 장교 몇 명과 일부 사병들이 그랬다. 그들은 살던 곳을 버리고 관중으로 도피해 온 이들의 후세들이었다.

여 사단장은 시성 두보杜甫가 "이 지방 군인들은 용감해서 후퇴할 줄 모른다."고 찬탄한 17사단의 삼진 자제들을 이끌고 동관에서 중조산으로 향했다. 중조산은 이 일로 중국에서 가장 유명한 산이 되었다. 원래 17사단은 중국의 무장부대 중에서 이름도 없는 잡군이었다. 그러나 예상 밖으로 선전했다. 동관으로 쳐들어온 일본군을 그곳에 발도 못 붙이게 했던 것이다. 당초 일본군은 그들을 무시했다. 중국 무장부대 중에서 명함조차 내밀 수 없었던 일개의 지방 잡군이었으니 그럴 만도 했다. 하지만 그들은 거의 2년을 중조산에서 일본군과 대치했다. 일본군의 코를 납작하게 만들었다. 결국 일본군은 17사단의 저항으로 중국 땅에서 가장 힘겨운 전투를 치르지 않으면 안 됐다. 한마디로 17사단은 왜놈들이 중국 서북 지방을 짓밟지 못하도록 조국을 지켜냈다고 할 수 있었다.

여 사단장이 말했다.

"주 선생님! 17사단은 정식 군대가 아니고 잡군들로 이루어진 군대입니다. 일본을 무찌르라고 동관에서 중조산으로 나를 전출시켰을 때 내가 이끈 것은 우리 군이었습니다. 그러나 아군을 이끌고 서안西安에 주둔시킬 때 사용한 무기는 전부 미국산이었습니다. 우리를 중조산에 보낼 때 명목은 있었습니다. 그것은 바로 항일이었습니다. 하지만 사실은 일본놈의 손

을 빌려 홍군을 죽이자는 속셈이었지요. 17사단이 중조산을 지킬 거라고
는 상상도 못 했을 겁니다. 내가 일본놈들을 물리치리라는 것 역시 예상
못 했을 겁니다. 저는 중조산에서 한 치도 물러서지 않았습니다. 그런데
공로패를 주기는커녕 보급품까지 끊어버렸습니다. 이후 철수하라고 강요
하더니 이젠 뻔뻔스럽게 나더러 돌아가서 휴양이나 하라고 합니다……"

주 선생이 물었다.

"그…… 그럼, 정말로 철수했단 말이오? 어디로 철수했소?"

여 사단장이 대꾸했다.

"북산北山으로 철수했습니다. 17사단이 동관으로 철수하니까 휴양하라
던 말은 까맣게 잊고 저더러 북산으로 가서 홍군을 포위한 후 토벌하라고
명령을 내리더군요. 그래, 네가 일본놈을 물리쳤으니 가서 홍군도 때려잡
아라, 하는 식이죠. 네가 홍군을 물리치면 잘 된 일이고, 홍군이 널 죽여
도 상관없다는 거죠."

주 선생은 이 말을 듣고 비통함에 빠졌다.

"이젠 다 끝이야. 중국은 끝장이야. 녹조붕이 이 말을 했을 땐 믿지 않
고 혼을 냈었는데 모든 것이 사실이라니! 여 사단장…… 녹조해는 왜놈들
이 죽인 거요, 아니면 홍군의 손에 죽은 거요?"

여 사단장이 갑자기 고개를 떨어뜨렸다.

"제발 묻지 마십시오……"

주 선생이 고개를 들었다.

"세상에! 원 세상에……. 더 이상 묻지 않겠소. 다 알겠소. 내일 날이
밝으면 백록원으로 돌아가겠소. 왜놈들이 날 죽이러 올 때까지 기다리겠
소."

"너무 슬퍼하지 마십시오. 제가 어디서 왔는지 알고 싶지 않으십니까?"

"아무것도 묻지 말라고 말했잖소."

"막 화북華北에서 오는 길입니다. 오다가 길에서 선생을 만난 거예요. 이젠 알겠습니다. 녹조해 연대장이 희생된 후에 난 이 길을 가기로 결심했습니다. 화북 쪽과 이야기가 됐습니다. 서로 싸움을 멈추기로……."

주 선생이 말했다.

"사단장네 집안싸움은 이제 끝나겠구먼……. 나는 돌아가서 좀 쉬어야겠소."

다시 백록서원으로 돌아온 주 선생은 현지를 편찬하고 있는 동지들의 친지를 제외하고는 어느 누구도 들여보내지 말라고 문지기에게 지시를 내렸다. 이후 책도 읽지 않고 남을 위해 글을 써 주지도 않았다. 새벽부터 몸을 씻고 서원 뒤의 언덕으로 올라가면 어둑해질 때까지 내려오지 않았다. 유일하게 하는 것이라고는 동지들이 나누어서 작업한 현지를 수정하는 일이었다.

그는 하루 종일 말 한마디 하지 않았다. 현 정부에다 작업에 필요한 경비를 요구하지도 않았다. 그저 서원에 있는 소작미로 막바지 작업에 필요한 경비를 조달했다. 이렇게 앞부분 10권은 완료해서 인쇄소에 맡길 수 있었다. 나머지 12권에 대한 마무리 작업에도 들어갈 수 있었다. 나머지 일은 모두 서 선생에게 맡겼다. 또 나머지 12권에 대한 수정 작업 역시 서 선생이 담당하도록 결정했다. 그가 마지막에 다시 한 번 훑어보는 걸로 끝내기로 했다.

어느 날, 서 선생이 '민국기사'民國紀事 조항에 대해 의문을 제기했다.

"주 선생, '공산군共産軍이 자수현의 동산東山에 들어왔다.'라는 조항에서 '군'軍자가 잘못된 거 아니오?"

"아니오."

"앞에서는 다 '비'匪자로 썼잖소. 고쳐야 하지 않겠소?"

"고치지 마시오."

"같은 '민국기사'에서 앞에서는 '비'匪라고 쓰고 뒤에 가서는 '군'軍이라고 쓴다면 독자들에게 흠이 잡히지 않겠소?"

"그냥 그대로 두시오. 실수를 해서 후세들에게 흠 좀 잡히는 것도 나쁘지는 않지."

서 선생이 고개를 갸웃거렸다. 여전히 의문을 풀지 못한 모양이었다.

녹조붕이 망아ᄔ兒를 보더니 정중히 인사했다.

"늦은 감이 있지만 생명을 구해 주셔서 감사합니다."

망아는 녹조붕이 무슨 말을 하려는지 바로 눈치를 챘다.

"아직도 나한테 유격대에 들어오라고 할 건가?"

녹조붕도 태연하게 말했다.

"마음을 돌릴 때까지 기다리죠 뭐."

"날 기다리지 말고 흑왜를 기다리는 편이 나을 걸세."

녹조붕이 놀라며 물었다.

"그게 무슨 뜻입니까?"

망아가 솔직하게 답했다.

"내 결심은 변하지 않을 거네. 기다려도 소용없어. 흑왜가 생각을 바꾸기를 기다리는 게 좋을 거야. 흑왜한테 말했네. 유격대든 보안단이든 가고 싶으면 가라고. 그를 따르고 싶은 형제들도 다 가라고 말이야. 나야 뭐 마대나 짊어지고 전국을 돌아다니는 게 좋을 듯싶고."

"두목이 거절한다면 흑왜도 받아들이지 않을 거요."

망아가 더 진지하게 말했다.

"자네가 흑왜를 설득했으면 좋겠네. 유격대든 보안단이든 어디로 가든 난 상관하지 않을 테니까."

녹조붕은 이상한 생각이 들었다.

"두목, 말이 이상하군요. 그 말은 날 의심한다는 뜻입니까?"

"난 진심이네. 흑왜도 날 못 믿고, 자네도 날 못 믿겠나? 난 지쳤어. 비적질도 이젠 지겹단 말이야. 여기저기 떠돌아다니며 구경이나 하고 싶네."

그때 눈을 비비면서 들어오던 흑왜가 조붕을 보고서는 놀라 주춤했다. 망아가 말을 이었다.

"못 믿겠으면 흑왜한테 물어보게. 흑왜한테도 말했으니."

망아는 말이 끝나기 무섭게 나가버렸다.

"음식이 다 됐는지 알아보고 오지. 조붕, 자네는 먹을 복도 많네."

흑왜는 안절부절못하고 있었다.

"조붕, 다시는 유격대 일을 꺼내지 마."

"방금 두목과 이야기했는데."

"실수한 거야. 자네가 지겹게 찾아와서 유격대에 들어가라고 하지를 않나, 효문은 또 보안단에 들어오라고 하질 않나. 이러니 내가 어떻게 두목과 일을 같이 하겠어?"

녹조붕이 강하게 부정했다.

"아니야! 방금 두목의 말투로 봐서는……, 생각을 바꾼 것 같던데."

"속아 넘어가지 마."

"그럼 두목은 제쳐두고 자네는 어떻게 할 건가? 유격대인가, 아니면 보안단인가? 아니면 어느 쪽도 아닌가. 자네 생각이 어떤지를 알고 싶네."

흑왜가 조붕을 힐끔 쳐다봤다. 이어 고개를 떨어뜨린 채 잠시 침묵을 했다. 녹조붕은 흑왜의 태도를 보고는 말했다.

"됐어. 말 안 해도 알겠어."

흑왜가 고개를 들고는 말했다.

"자네는 아무것도 몰라. 두목도 나도 유격대에 들어가지 않을 거야."

"그럼 둘이 보안단에 가든지."

"화가 나서 괜히 하는 말이지?"

녹조봉이 머리를 저었다.

"아니. 보안단에 들어가."

흑왜가 이상하다는 듯 눈을 껌뻑거렸다.

"효문을 위해서 하는 말이야?"

"서로 잘 되자고 하는 이야기지."

그로부터 보름이 지난 어느 날 밤이었다. 흑왜는 한 여인의 고함 소리에 잠이 깼다. 문을 열어보니 흑모란黑牡丹이 몸에 실오라기 하나 걸치지 않고 산발을 한 채 몸을 부들부들 떨었다. 그러면서 두목이 자기 방에서 죽었다고 했다.

흑왜는 흑모란을 밀치고 그녀의 방으로 달려갔다. 두목은 방안에 누워 있었다. 한쪽 팔은 복부에 깔려 있었다. 또 하나는 삿자리 속, 다리 하나는 돗자리에 널려 있었다. 또 다른 다리 하나는 바닥을 향해 퍼져 있었다. 방안은 온통 피투성이였다. 다른 형제들도 곧 모여들어 울고불고 난리가 났다. 의원이 다가와 진맥을 한 뒤 두목의 얼굴을 훑어보더니 흑왜에게 말했다.

"오배자五倍子를 먹고 죽었어."

흑왜의 얼굴이 시뻘게졌다. 그가 놀라서 부들부들 떨고 있는 흑모란의 머리채를 잡았다. 그녀가 두목을 죽였다고 생각한 것이다. 흑모란은 갑작스런 일에 놀라 사색이 되었으나 어눌하고 앞뒤가 안 맞는 말로 두목이 죽기 전까지의 상황을 설명했다.

두목은 술병을 들고 그녀의 방으로 들어왔다고 했다. 평소처럼 함께 술도 마셨다고 했다. 그녀의 이어진 말에 따르면 둘 다 거나하게 취했을 때 갑자기 두목이 온몸을 심하게 떨더니 피를 토했다고 했다. 놀란 그녀가 두목을 살폈지만 두목은 몸을 비틀면서 계속 피를 토했다. 흑왜가 말을 끊고 물었다.

"네가 술병에 오배자를 넣었느냐?"

흑모란은 억울하다는 듯 해명했다.

"나도 술을 같이 마셨는데 왜 나는 멀쩡하죠?"

흑왜가 시키지도 않았는데 몇몇 형제들이 흑모란을 바닥에 때려눕혔다. 흑모란은 땅 위에 구르면서 살려 달라고 애원했다. 더 이상 뒹굴지도 않고 소리도 지르지 않을 때쯤 흑왜가 나서서 제지했다.

두목을 죽인 살인범을 찾아내고자 하는 흑왜의 노력은 거의 한 달 간 계속되었다. 우선 그날 밤 누가 두목의 방에 들어갔는지를 조사했다. 또 흑모란 외에 누가 두목에게 술을 따라 주었는지도 확인했다. 옆에 앉아 있던 또 다른 사람은 누구인지도 가려내려 힘썼다. 의심을 받은 비적들은 곤장을 두들겨 맞았으나 자백하는 사람은 아무도 없었다. 그다음으로는 두목에 대해 평소에 나쁜 이야기를 했다든가 양심을 품고 있던 사람들을 가려냈다. 이번에도 심하게 곤장을 때렸다. 그러나 여전히 살인범은 잡히지 않았다.

흑왜는 이번 암살 사건으로 의심병이 생기게 됐다. 형제들을 의심하지 않을 수 없었다. 또 다른 형제들이 자신을 의심하지는 않을까 걱정도 했다. 그래서 아예 속 시원하게 털어놓기로 했다.

"두목을 죽인 자는 나도 죽이려 할 것이다. 다시 말해 진상이 밝혀지지 않으면 내가 두목 자리를 노려 두목을 죽였다고 의심하는 형제들도 있을 것이다."

흑왜는 살인범을 잡아내는 자에게는 두목의 자리를 주겠다는 약속까지 했다. 그러자 금세 서로 의심하고 고자질하는 일이 이어졌다. 고자질을 당한 사람이 매를 맞아 피가 터진 다리를 끌고 와서는 흑왜에게 다른 형제를 다시 고자질하는 것은 일도 아니었다. 이렇게 해서 거의 모든 사람이 한 번쯤은 남을 고자질하거나 고자질을 당했다. 결국 모든 형제들이 다 곤장을 맞았다.

그러자 산채 사람들은 범인은 흑모란밖에 없다는 결론을 내렸다. 이유는 간단했다. 형제들 중에 그녀만이 이곳에 강제로 끌려왔기 때문이다. 또 항상 두목에게 앙심을 품고 있었던 것도 이유였다. 흑왜도 그런 생각이 들어 흑모란을 끌고 와서는 심하게 쳤다. 그녀는 이전에 맞은 상처가 아직 낫지 않았는지 곤장을 이겨내지 못하고 그만 숨을 거두고 말았다.

흑모란을 개천에 내다 버린 형제들은 두목의 원수를 갚았다고 생각했다. 이 일은 여기에서 마무리 짓고 다시 '일'을 하러 가자고 했다. 그러나 흑왜는 냉소를 지었다.

"흑모란은 두목을 죽이지 않았어. 숨을 거둘 때 눈을 보고 알았어. 살인범은 아직 이곳에 있어."

살인범을 잡아내는 일이 계속되면서 산채 안에는 위기감마저 감돌기 시작했다. 그러던 중 고자질당한 형제가 고자질한 형제를 총으로 쏘아죽이고 자신도 자살한 사건이 발생했다. 견디다 못한 형제들은 흑왜에게 추적을 그만두거나 다른 방법을 동원하라고 애원했다. 하지만 흑왜는 조금도 흔들림 없이 더 강경하게 말했다.

"살인범을 찾아내지 못하면 우린 해산한다!"

그 후 형제들은 하나씩 둘씩 도망가기 시작했다. 급기야 그 좋던 산채의 인심도 사라져버렸다. 흑왜 역시 더 이상 버틸 힘이 없었다.

때마침 백효문이 산채로 찾아왔다. 그의 말 한마디에 산채 안의 난동은 잠잠해졌다.

"흑왜, 계속 이 난리를 부린다면 널 죽여버리겠어."

"좋지. 그럼 내 결백도 밝혀질 테니."

백효문은 이렇게 의리에 목숨을 거는 우둔한 충신에게는 관심이 없었다.

"이젠 그만해. 범인은 도망갔어."

흑왜가 백효문의 뜻밖의 말에 어리둥절한 표정을 지었다. 도망간 형제들은 자신과 원한 관계가 없었을 뿐 아니라 두목과도 사이가 좋았기 때문이다. 백효문이 다시 뭔가 암시하는 말을 꺼냈다.

"얼마 전에 녹조붕이 왔다 갔다면서?"

"그게 이 일과 무슨 상관인가?"

백효문이 웃으며 물었다.

"이 안에 그자가 보낸 부하가 없다고 단정할 수 있어?"

"아니. 그렇지는 않지만……."

백효문이 의기양양하게 말했다.

"내가 얻은 정보에 따르면 여기서 도망친 사람 중에 두 명이 유격대에 들어갔다고 하던데."

흑왜의 눈이 휘둥그레졌다.

"만일 그게 사실이라면 조붕은 의리도 없는 나쁜 놈이군."

흑왜는 엉켰던 실타래가 조금은 풀리는 느낌을 받았다.

"좋아! 형제들이 산을 내려갈지 물어보겠어."

결국 비적들의 거취 문제를 두고 산채 안 강당에서 회의가 열렸다. 백효문은 일이 쉽게 풀릴 것 같은 느낌을 받았다. 그래서 자신만만하게 자수현의 최근 정황에 대해 말했다.

"이건 100년에 한 번 올까 말까 한 아주 좋은 기회요. 현 정부에서는 보안단의 규모를 늘리고 포병 대대 하나를 더 편성하기로 했소. 이미 장張 단장님과 이야기가 됐소. 형제들이 하산하면 다 같은 부대에 있게 될 거요. 녹조겸이 대대장을 맡기로 했소."

비적들은 몸과 마음이 지쳐 있던 터라 백효문의 말에 귀가 솔깃했다. 그러나 먼저 나서서 일을 추진하려고 하지는 않았다. 흑왜가 '형제들의 결정에 달렸다.'고는 했으나 여전히 서로 아무 말도 하지 않고 있었다. 백효문이 더 진지하게 말했다.

"일본놈들은 중국에서 얼마 못 버틸 거요. 일본과의 싸움이 끝나면 공비들을 잡을 것이고, 그것도 끝나면 비적들을 죽일 것이 뻔하잖소. 지금은 유유자적하게 먹을 것 다 먹고 입을 것 다 입지만 그때는 그러지 못할 것이오. 그래서 말인데 이건 더할 나위 없이 좋은 기회요……."

산채 안에 무거운 침묵만이 흘렀다. 그때 군수품 조달 담당 비적이 벌떡 일어났다.

"난 늙었어. 죽어서 고향 땅에 묻힐 수만 있다면 다른 건 필요 없어."

그제야 비적들이 하나둘씩 소리를 질렀다.

"보안단에 들어가자……."

흑왜가 두 손을 꽉 쥐고는 형제들 앞에 무릎을 꿇었다.

"이 세상 끝까지 형제들과 함께 가겠소."

자수현에서 가장 규모가 큰 비적들이 보안단에 들어간다는 소식은 순식간에 퍼졌다. 처음으로 흑왜의 본명인 녹조겸이라는 이름도 알려지게 되었다. 그동안 비적들은 모두 다 진짜 이름을 숨긴 채 이상야릇한 가명을 써왔었다. 때문에 그들의 진짜 이름을 아는 사람은 거의 없었다.

백효문과 흑왜가 100여 명에 달하는 비적들을 이끌고 자수현의 대로를 걸어가자 양 옆에서 사람들이 폭죽을 터트리며 환영했다. 자수현 남부에 있는 보안단의 주둔지에서는 그들을 위해 특별히 환영 자리를 마련해주었다. 자수현 당부 서기인 악유산, 후 현장과 보안단 장 단장도 직접 와서 자리를 같이했다.

흑왜는 악유산과 인사를 나누면서 어색한 기분이 드는 것을 어쩌지 못했다. 악유산이 그런 흑왜의 손을 잡았다.

"우린 오랜 친구지? 환영하네."

흑왜가 쓴웃음을 지었다.

흑왜와 형제들이 그동안 마음속에 갖고 있던 의심은 눈 녹듯 사라졌다. 형제들은 같은 포병대로 편성되었다. 예정대로 흑왜가 대대장으로 임명되었다. 또 백효문은 그 공로를 인정받아 현 정부로부터 표창장을 받았다. 백효문은 흑왜에게 속마음을 터놓을 수 있는 기회를 놓치지 않았다.

"조겸 형, 이제 내가 진 빚은 다 갚았지?"

제30장

중화민국 정부는 백록원^{白鹿原}에 소재한 행정기구의 명칭을 바꾸는 작업에 착수했다. 우선 백록창^{白鹿倉}을 백록연보소^{聯保所}(연보소는 치안을 목적으로 하는 지방 단체의 연합)로 바꿨다. 자연스럽게 전복현 총향약의 관직도 연보^{聯保} 주임으로 바뀌었다. 또 그의 관할 하에 있는 아홉 개의 보장소^{保障所}도 모두 보공소^{保公所}로 이름을 바꿨다. 녹자림과 향약 아홉 명의 관직 명칭도 보장^{保長}으로 바뀌었다. 그다음 하부 행정 조직의 변화도 있었다. 그중에서도 20에서 30개의 세대를 한 갑^甲으로 한 것과 갑장^{甲長} 한 명을 둔 것이 가장 두드러지는 것이었다. 세대수가 많은 마을에는 총갑장^{總甲長} 한 명을 두었다.

이런 새로운 행정 관리 제도는 보갑제^{保甲制}로 불렸다. 이것은 단순히 명칭의 변경만을 의미하는 것이 아니었다. 마을에서 공산당 세력이 자생하고 만연하는 것을 미연에 방지하기 위한 목적도 가지고 있었다. 전복현은 온 마을이 새로운 명칭으로 바뀌면서 갑장, 총갑장, 보장이 임명되자 바로 연보 주임의 자격으로 연, 보, 갑 관리자 회의를 열었다. 전복현이 말문을 열었다.

"일본이 투항했으니 이제 적은 공산당만 남았소. 우리 모두 힘을 합쳐 공산당을 물리칩시다. 중화민국의 내우외환을 싹 쓸어버리면 천하가 태평해질 겁니다. 갑장은 자신이 관할하고 있는 30세대에서 공산당원이나 그들과 내통하는 자가 나오지 않도록 해야 합니다. 총갑장은 자신들의 마을에서 공산당원이 나오지 않도록 해야 합니다. 또 사람들이 그들과 내통하지 않도록 책임을 져야 합니다. 보장 역시 자신이 관할하는 크고 작은 마을에서 공산당원이 나오지 않도록 감시해야 합니다. 나도 여러분들 앞에 백록원에서 공산당원이 나오지 않도록 할 것을 약속합니다. 어느 보, 어느 마을이나 갑에서 공산당이 보였다는 말이 나오면 당장 그 책임자를 문책할 것입니다. 물론 현에서 그런 일이 발생하면 나도 문책당할 것입니다. 여러분, 이건 아주 중차대한 일입니다. 공산당은 일본과 비교도 할 수 없습니다. 일본놈은 중국을 점령했지만 결국엔 동관潼關으로 쳐들어오지 못했소. 항전 8년 동안 우리 마을에서는 왜놈의 그림자도 보지 못했소. 하지만 공산당원들은 이곳에서 태어나서 자란 비적들이오. 이마에 '공共'이라는 글자를 새기지 않아서 바로 곁에 서 있어도 알아보지 못할 거요. 그러니 방심하지 말고 경계하라는 말이오. 백록원은 공비들이 주로 활동하던 소굴이었소. 첫 번째 공산당원도 바로 여기서 생겼습니다. 현의 첫 번째 공산당 지부도 이곳에서 건립되었어요. 그런 이유로 인해 우리 백록 연보소는 공산당 집중 토벌 지역으로 지정되었습니다."

전복현은 이어 장정과 식량 징발 임무를 배분했다. 규정상 장정 두 명이 있으면 한 명을 징집해야 했다. 장정과 식량 징발은 비상시에 군사적으로 필요할 때나 공비를 토벌하기 위해 필요할 때 하는 것이었다. 곧이어 전복현이 각 보공소가 징발할 장정과 식량의 숫자를 발표했다. 그러자 적지 않은 갑장들이 멍한 표정을 지었다. 그가 이미 예상한 듯이 간단하게 말했다.

"현장님께서 분명히 말씀하셨습니다. 장정이나 식량을 내놓지 않는 자들은 공비들과 내통한 걸로 알고 사형에 처하겠습니다. 장정이나 식량이 부족하면 먼저 갑장, 총갑장 그다음에 보장 순으로 수사하겠습니다. 그때

가서 내가 너무 매정하다고 욕하지는 마시기 바랍니다."

보갑제를 실시한 후에 현에서 가장 먼저 착수한 일은 바로 공비 토벌과 장정 및 식량의 징발이었다. 백록원 사람들은 두려워지기 시작했다. 이곳에 살고 있는 최연장자의 기억 속에도 이렇게 많은 수의 장정과 식량을 징발한 적은 없었다. 심지어 청조淸朝 때도 공개적으로 장정을 징발한 적이 없었다. 황제에게 바치는 곡식을 제외하고는 어떠한 명목의 군량미 역시 거둬들인 적이 없었다. 민국 건국 이래 첫 자수현의 사史 현장도 인장세를 징수하려 했다가 이른바 '농기구 반납 사건'을 일으킨 백록원 사람들에게 돌을 맞고는 1년도 버티지 못한 채 쫓겨나지 않았던가.

장정과 식량의 징발은 이처럼 사람들의 원성을 샀다. 급기야 백록진에서 정기적으로 열리던 시장도 열리지 않게 됐다. 그러던 어느 날이었다. 백록 보공소의 보장인 녹자림이 갑자기 잡혀 가서 투옥되는 사건이 일어났다. 그러자 원성과 분노가 수그러들었다.

그날 아침 녹자림은 보공소에서 갑장 및 총갑장들과 회의를 하고 있었다. 마을마다 돌아다니면서 사내가 있는지와 그들의 나이가 얼마인지 조사한 후 누구를 장정으로 징발할지를 결정하는 자리였다.

회의는 처음부터 벽에 부딪혔다. 모든 부모들이 갑장이나 총갑장을 찾아가서 자기 아들의 나이가 어리다는 이유를 들어 제외시켜 줄 것을 간청했던 것이다. 이렇게 되자 많은 갑장들은 난감해졌다. 마을 사람들 대부분이 이웃이고 친족이니 충분히 그럴 수 있었다. 결국 보장인 녹자림에게 어떻게 보고를 올려야 할지 고심하지 않을 수 없었다. 녹자림은 갑장들과 머리를 맞대고 사내들의 띠를 맞추어 보고는 징발할 장정들을 뽑았다. 그러나 여기저기서 간청하는 탓에 그대로 명령을 내리지 못했다. 조금의 융통성도 남겨 두기로 했다.

"우선 장정들의 명단을 발표하고 트집을 잡으면 다시 검토해 보기로 합시다."

녹자림이 갑장들을 불러놓고 말했다.

"만약 나이를 속이는 자가 있다면 불러서 곤장을 때리시오. 그렇지 않으면 내가 보장직을 그만두겠소."

갑장들도 녹자림의 제안에 동의했다. 보장보다 자신들의 입장이 더 난처했기 때문이다. 녹자림의 말이 막 끝났을 무렵 검은 모자를 쓴 대여섯 명의 보안단 의용병이 들어왔다. 녹자림은 그들이 장정 징발을 감독하러 온 사람들인 줄 착각했다. 그래서 차 대접까지 했다. 그런데 그중에 대장인 듯한 자가 물었다.

"당신이 녹자림이오?"

녹자림이 고개를 끄덕였다. 그러자 무서운 표정으로 옆에서 지키고 서 있던 의용병들이 다가와서는 그를 묶었다. 같이 있던 갑장과 총갑장들은 놀라 아연실색했다. 녹자림 자신도 영문을 몰라 얼굴이 하얗게 질린 채로 소리를 질렀다.

"이게 무슨 일이오? 난 보장이오. 내가 무슨 잘못을 했소?"

대장격인 의용병이 직업적인 어투로 말했다.

"현에 가서 물어보시오. 우린 명령을 수행할 뿐이오."

녹자림은 밖으로 끌려나갔다. 그러다 발을 헛디뎌 넘어질 뻔했다가 겨우 몸을 추슬렀다. 이어 분노에 가득찬 목소리로 외쳤다.

"악卟 서기 앞에서 진상을 밝히겠소. 난 모함당한 거요."

녹자림이 잡혀간 것을 두고 갖가지 추측이 나돌았다. 우선 녹자림이 토지 면적과 장정들의 숫자를 속였다고 말하는 사람이 있었다. 또 며느리를 죽게 만들고 풍속을 문란케 한 죄로 사돈이 고발했다고 주장하는 사람도 있었다. 다른 어떤 이는 현 정부에서 녹조붕을 잡지 못하니까 그 아버지를 잡아간 것으로 추측하기도 했다. 어느 것도 확실한 증거가 없었기 때문에 이런저런 추측들은 금세 힘을 잃었다.

그러나 얼마 후 억측은 더 심화되면서 녹자림의 사생활까지 불거졌다. 녹자림이 흑왜의 여자였던 소아小娥와 그렇고 그런 사이였는데 그가 지금 현 정부 보안단의 대대장이기 때문에 보복을 하는 것이 아닌가라고 했다. 또 흑왜보다 먼저 보안단에 들어간 효문孝文 역시 녹자림에게 당한 모욕을 잊지 못한다고 했다. 이 두 상대를 만난 녹자림이 잘 될 리가 있겠는가?

백록촌에서 이 일을 가장 냉담하게 받아들인 사람은 바로 백가헌이었다. 백록촌의 총갑장으로 임명되자마자 녹자림이 잡혀가는 모습을 목격한 효무는 집으로 달려가 숨을 헉헉거리며 아버지에게 알렸다. 백가헌은 처음에는 무척 놀랐다. 그러나 곧 정신을 가다듬었다. 이어 아들의 이야기를 듣고 말했다.

"그가…… 어떻게……."

효무는 또 마을에 떠도는 소문들에 대해서도 전했다. 아들이 말해 주는 소문들을 듣고 있던 백가헌은 두 손으로 몸을 지팡이에 의지한 채 먼 산을 바라보며 마치 철인哲人이 된 듯한 모습으로 말했다.

"사람이 일을 행하는 데 있어서 중요한 것은 남이 알아주는 것이 아니다. 내 자신이다. 선한 일을 하건 악한 일을 하건 마음속에 남아 있는 법이지. 사실은 하늘이 알고 땅이 알고 있으니 천지에 새겨져 영원히 지워지지 않는 것이란다. 녹자림이 결국 곤경에 빠졌구나."

백가헌이 고개를 돌리고선 아들을 향해 말했다.

"내일 성안으로 가서 네 형을 찾아라. 자림을 구하라고 하거라. 힘이 닿는 데까지 구해 내라고 해라."

녹자림의 부인인 하씨賀氏가 가헌을 찾아왔다. 그녀의 빨갛게 부어 오른 두 볼과 눈언저리는 근심으로 가득했다. 백가헌은 전에 없이 자상하게 자리를 권했다. 그리고는 부인이 입을 열기도 전에 녹자림이 처한 상황에 대해 의논했다.

"도대체 어찌 된 일인지 모르겠소."

"이틀 동안이나 알아보러 다녔지만 사람을 만날 수도 없었어요."

"조급해하지 말고 돌아다니지도 마시오. 내일 날이 밝으면 효문을 찾아가 무슨 일인지 알아보라고 효무에게 시켰소. 이유를 알아야 대책을 강구할 수 있지 않겠소?"

백가헌의 말에 부인은 감격한 듯 말했다.

"신경 써 주실 줄 알았어요."

"누구라도 도와줄 거요."

하씨는 그제야 어제 녹삼을 찾아가서 흑왜를 통해 좀 알아봐 달라고 부탁했다가 거절당한 이야기를 했다. 녹삼은 역시 그다웠다. 고지식하게 고집을 부렸다.

"나는 어떤 일이 있어도 그 애를 찾아가지 않소. 우리는 아비와 자식 사이도 아닌데 이렇게 찾아오는 건 날 무시하는 것이오."

하씨의 말을 듣고 있던 백가헌이 웃으며 말했다.

"알다시피 그분은 좀 특이하잖소."

하씨 부인이 인사를 하려고 일어나다가 떨리는 목소리로 말했다.

"이젠 누구를 의지하죠?"

백가헌은 하씨의 말을 듣고 마음이 뭉클해졌다. 그래서 집 밖으로 나가는 하씨 부인의 뒷모습을 한참 동안이나 바라보았다. 공산당에 투신한 녹조붕鹿兆鵬은 행방이 묘연했다. 녹자림에게는 없는 아들이나 마찬가지였다. 또 둘째 아들 녹조해鹿兆海의 묘지에는 잡초가 무성했다. 녹자림의 저택에는 하씨 부인만이 남아 집을 지키고 있는 것이다.

백가헌은 지팡이를 짚고 뜰 앞에 섰다. 눈앞에 갑자기 녹자림이 어렸을 때의 모습이 떠올랐다. 그때 녹자림은 가슴에 은목걸이를 걸고 있었다.

또 등에는 은으로 만든 열쇠를 달고 다녔다. 목걸이와 열쇠 안에 각각 두 개의 방울도 들어 있었다. 때문에 소리만 들어도 녹자림이 걸어가는지 뛰어가는지 알 수 있었다.

녹자림은 그의 아버지 녹태항鹿泰恒이 자신에게 범한 치명적인 잘못을 조붕과 조해에게도 저질렀다. 무엇보다 부정직한 가풍을 아들들에게 물려줬다. 자식 교육도 엄하게 하지 않았다. 그게 녹씨鹿氏 집안의 유일한 결점이었다. 잘못되면 조상 탓이고 잘되면 자기 덕이라고 했던가. 지팡이를 짚고 마치 석상처럼 뜰에 서 있는 백가헌의 머릿속에 이런저런 생각이 스쳐 지나갔다.

그는 처세치가處世治家의 신조를 신봉했다. 그것은 자신의 경험으로도 증명되었다. 그가 효무에게 녹자림을 구하라고 한 것은 '덕으로 원한을 갚고 정의로 악을 제거한다.'는 자신의 원칙에도 부합했다.

백가헌은 녹자림이 잡혀갔다는 소식을 처음 접했을 때 예전에 그가 자신에게 저지른 짓을 떠올렸다. 백가헌은 효무가 타락한 원인도 알고 있었다. 그래서 녹자림의 비열함을 증오하면서 자신의 실수도 자책했다.

이제 녹자림은 지위도 명예도 잃을 때가 되었다. 하지만 그는 기뻐하지 않았다. 오히려 녹자림을 구하라고 했다. 그는 녹자림이 자기를 구하라고 시킨 사람이 백가헌임을 알게 된다면 어떤 표정을 지을지 상상이 됐다.

밖에서 급하게 내딛는 발소리가 들렸다. 그가 고개를 돌려보니 효무가 다가와 예상치 못한 소식을 전했다.

"아버지! 전田 주임께서 공석인 보장 직을 맡아 달라고 해요."

"어? 너에게 보장을?"

백가헌이 놀라 되물었다.

"그보다 먼저 현에 가서 네 형을 만나거라. 녹씨네 아주머니가 방금 왔었단다……. 내일 당장 떠나거라."

녹자림은 평온을 되찾았다. 당초 보안단 의용병들은 그의 팔다리를 삼 끈으로 묶은 후 자수현까지 데리고 가서는 작은 옥문으로 처넣었다. 그 는 썩는 냄새가 코를 찌르는 그 감방에서 하룻밤을 지냈다. 이어 감옥 속 에서 낯선 여명을 맞이했다. 얼마 후 작은 구멍을 통해 밥그릇이 들어왔 다. 녹자림은 밥그릇을 벽에 던져버렸다. 그럼에도 첫 번째 취조를 받은 후 에는 안정을 되찾을 수 있었다. 침대 널빤지에 기대어 고른 숨을 내쉬기도 했다. 심지어 작은 구멍을 통해 풀 냄새가 심하게 나는 옥수수죽을 건네 받았을 때는 옥졸에게 시비까지 걸었다.

"이봐, 죽 끓일 때 딴 짓 했지? 죽이 다 눌러 붙었잖아. 이건 우리 집 개도 안 먹겠다!"

하지만 녹자림은 풀 맛이 나는 옥수수죽을 남김없이 먹었다. 심지어 젓가락 끝으로 그릇에 남은 밥풀까지 찍어 먹었다. 그래도 부족했는지 밥 그릇을 핥기까지 했다. 그제야 자신이 이틀이나 굶었다는 사실이 생각났 다.

첫 번째 취조는 아주 간단했다.

"네 아들이 지금 어디 있는지 말해. 그럼 집에 보내 주겠다. 이야기할 마음이 생기면 그때 해도 좋다. 네 아들이 어디 있는지 네가 알고 있다는 충분한 증거가 있으니까 발뺌할 생각은 마라."

녹자림은 무슨 말인지 잘 알아들었다. 더 이상 긴장하지도 않았다. 화 를 내지도 않았다. 밥그릇을 던지는 일은 더더욱 없었다. 그는 이 딱딱한 침대 위에서 죽을 날만을 기다려야 한다고 생각하고 있었다. 그래서 취조 를 당할 때 단 한마디만 했다.

"내가 만약 조붕이 어디 있는지 말하지 않으면 아마 평생 이 감옥 속 에서 썩다가 죽겠지?"

취조관은 입을 삐죽거릴 뿐 대답을 하지 않았다.

녹자림은 모든 것을 참을 수 있었다. 그러나 아편을 참기는 정말 어려웠다. 가장 참을 수 없었다고 해도 좋았다. 스스로 따귀를 때려가며 참으려 했지만 정말 견디기 어려웠다. 갑자기 육중한 문을 두드리는 소리가 들리더니 백효문이 들어왔다. 녹자림은 그를 보자마자 침대에서 벌떡 내려왔다.

"효문, 빨리 아편 좀 줘!"

백효문이 주머니에서 아편을 꺼내 주었다. 녹자림은 얼른 아편을 들고 떨리는 손으로 효문이 건네주는 성냥으로 불을 붙였다. 이어 깊게 들이마시고 천천히 짙은 연기를 내뿜었다. 순간 기침이 나고 눈물이 흘렀다. 그러나 그제야 아이처럼 천진하게 웃을 수 있었다.

"배가 고프거나 목이 마른 건 참을 수 있지만, 이건 참을 수가 없단 말이야."

백효문은 빳빳한 군장 차림을 하고 있었다. 선비의 풍모를 지닌 무장의 모습이었다. 차차 안정을 찾은 녹자림이 효문을 쳐다보았다. 이어 자신의 처지는 아랑곳하지 않고 되레 효문을 위로했다.

"너무 걱정 말거라. 나야 원래 낙천적인 사람이잖니. 이 일도 잘되겠지. 오늘 와 준 것만으로도 고맙구나. 아주머니한테 가서 아편 잎 두 근만 보내 달라고 그래라. 다른 건 필요 없구."

"제가 사람을 시켜서 보내 드릴게요."

백효문이 말을 이었다.

"악 서기가 아저씨를 잡아들이라는 명령을 내렸어요. 소문으로는 아저씨가 조붕이 어디 있는지 알고 있다고 생각하는 사람들도 많아요."

녹자림이 쓴웃음을 지었다.

"악 서기가 그런 떠도는 소문을 믿다니. 정말 머리가 돌았나보구나. 너는 이 일에 상관하지 말고 담뱃잎이나 가져다 다오."

이튿날 옥졸이 녹자림을 밖으로 끌고 나갔다. 그는 문을 나서서 걸어가다 문득 지난번 심문당할 때 가던 길과 정반대 방향으로 향하고 있다는 사실을 깨달았다. 이렇게 빨리, 인생을 마감하는 걸까?

현 정부 정문까지 와서도 의혹은 가시지 않았다. 녹자림은 좁은 방으로 끌려 들어갔다. 우연인지는 몰라도 마침 악 서기가 작은 방에서 걸어 나오더니 어깨에 묶인 줄을 풀어주었다. 녹자림이 어깨를 움츠리면서 거부했다.

"풀지 말고 그냥 두시오."

그가 눈을 가늘게 뜨고 창밖을 내다보았다. 악유산도 얼굴의 미소를 거두었다.

"너무 그러지 마시오. 위에서는 내가 악인에게 관용을 베풀어서 나쁜 일을 하도록 조장했다고 모함을 했소. 그래도 성질을 부리겠소?"

녹자림이 대꾸했다.

"위에서 그런 모함을 했다 해서 나한테 죄를 물어선 안 되는 거요. 누가 국공합작國共合作을 말했지? 누가 백록 지역 창립대회에서 공비인 조붕과 어깨를 나란히 하고 주석대主席臺에 앉았지? 누가 조붕의 손을 머리 위로 들어 올렸지? 난 조붕이 공비질하는 걸 반대했소. 그런데 날 감옥에 처넣어?"

악유산이 담담하게 웃었다.

"그때는 그때고 지금은 지금이오. 사람들을 데리고 조붕을 찾으러 갔었다는데, 사실이오?"

녹자림이 고개를 들었다.

"그래서 어쨌단 말이오!"

녹자림의 딱 부러진 말투는 그 말이 진실이라는 것과 또 그 일이 그다지 중요하지 않다는 것을 동시에 의미하고 있었다. 그가 태연한 표정으로 말을 이었다.

"며느리가 병을 앓고 있었소. 여인네들이 앓는 뭐 그런 병이지. 사돈이 의원이라서 진찰을 받으려고 며느리를 직접 데리고 왔었지. 마을에 와 보니 누군가가 날 모함하고 있더군. 자수현의 서기께서도 그런 헛소문이나 믿고 나를 옥에 처넣다니. 내가 공산당이고 아니고를 떠나서 이 일로 난 이미 체면이 땅에 떨어졌소. 이젠 얼굴을 들고 살아갈 수가 없으니 차라리 여기서 죽는 것이 낫겠소."

악유산은 녹자림의 며느리가 무슨 병을 앓았는지에는 관심이 없었다. 오히려 그가 거리낌 없이 그런 이야기를 털어놓는 것에 더 놀랐다.

"정말 철면피군. 나한테 죽네 사네 할 필요 없소. 감옥에서 한둘이 죽는다고 사람들이 관심이나 가질 것 같소? 며느리를 데리고 진찰을 받으러 갔는지 조붕을 찾으러 간 건지 내가 아무런 증거도 없이 당신을 잡아넣었겠소? 잘난 척하지 마시오. 행패 부릴 생각도 하지 말고. 지금이라도 사실대로 말하는 게 신상에 좋을 거요. 잘 생각해 보고 마음이 달라지면 말하시오. 그럼 풀어줄 테니. 아침에 말하면 오후에 풀어주겠소. 복잡한 건 싫소. 당신 마음먹기 나름이오."

녹자림이 대꾸했다.

"난 이제 살고 싶지도 않고 살 기력조차 없소. 한 아이는 나라를 위해 목숨을 잃었소. 또 한 아이는 공비가 돼서 힘겨운 생활을 하고 있소. 나 혼자만 살아남느니 차라리 죽는 게 낫겠소."

악유산이 말했다.

"너무 잘난 척하지 마시오. 난 당신을 잘 알고 있소."

백록촌으로 돌아온 백효무는 아버지에게 효문을 찾아갔던 이야기를 소상히 전했다.

"악유산이 아저씨의 목을 비틀고 있어요. 아무도 손쓸 수가 없어요."

백가헌이 천천히 물담배를 빨아들이고는 다시 내뿜었다.

"우린 최선을 다했다."

효무가 화제를 돌렸다.

"아버지, 흑왜가 사당에 제사 지내러 오겠다고 하던데요."

효무가 이어 그동안 있었던 일들을 소상히 이야기하기 시작했다.

"효문 형의 집에서 밥을 먹고 있을 때 흑왜가 왔더라고요. 녹자림 아저씨가 옥에 갇혔다는 말을 전하더니 또 제사 지내러 가겠다는 말을 아버지에게 전해 달라는 말도 했어요. 저는 갑작스런 이야기에 아버지께서 허락하지 않으실 것 같아 난처한 나머지 그냥 꼭 전해드리겠다고만 대답했죠. 또 오는 길에 큰고모와 고모부를 뵈러 백록서원에도 들렀었죠. 고모부가 녹조겸이 제사 지내러 돌아간다면 나도 같이 가겠다고 아버지께 말씀드리라고 하시더군요."

백가헌이 갑자기 효무의 말을 가로채며 물었다.

"고모부가 또 무슨 이야기를 했니?"

"이 일은 아주 중요한 일이니까 하나도 빠뜨리지 말고 전해 드리라고 했어요."

백가헌이 물담뱃대를 탁자 위에 던졌다.

"멍청한 것! 왜 이제야 그 말을 해? 너는 이런 일도 제대로 처리하지 못하느냐?"

갑작스런 백가헌의 분노에 효무는 순간 아득한 기분을 느꼈다.

"흑왜 같은 사람이 어떻게 다시 사당에 발을 들여놓을 수 있겠어요?"

백가헌이 의아해하는 효무의 말을 뒤로 하고 갑자기 일어났다.

"내일 사람을 몇 데리고 가서 사당 안을 청소해. 또 향, 초, 지전을 준비하도록 해라. 그리고 모레, 현에 가서 녹, 조, 겸을 모셔와."

100여 명의 비적은 제3대대인 포병대대에 합류했다. 그러자 장裹 단장은 흑왜에게 포병대대의 훈련을 맡겼다. 군관 세 명도 포병대로 와서는 비적들에게 기본 훈련을 시켰다. 그러나 대열 정렬에만 꼬박 보름이 걸렸다. 비적들은 애당초 이런 형식적이고 단조로운 훈련에는 맞지 않았으니 그럴 수 있었다. 과거 정규 군사 훈련을 받았던 흑왜는 이런 건들거리는 비적들의 태도를 못마땅하게 여겼다. 결국 교관들에게 대든 비적 둘을 때렸다. 이어 목소리를 깔고 말했다.

"형제들은 이제 정규 군대의 일원이오. 군대의 규칙을 지켜야 합니다."

곧 총기 훈련이 시작됐다. 비적들이 가지고 있던 낡은 총은 창고 안으로 들어갔다. 대신 모두 새 총을 하나씩 받았다. 교관들은 비적들의 사격 솜씨에 놀라지 않을 수 없었다. 명중률이 대단했던 것이다. 그들의 주특기가 될 포 사격훈련은 마지막에 실시될 예정이었다. 이때는 규정에 따라 총을 거둬들이게 되어 있었다. 그러나 흑왜는 이 명령을 받아들일 수 없다고 거부했다. 장 단장이 말했다.

"포병대에는 보병총을 나눠주지 않소. 정규 군대도 마찬가지요."

"규정은 잘 압니다. 그러나 보병총을 나눠주지 않으면 대대를 해산시키겠습니다."

흑왜의 단호한 말에 장 단장이 눈을 껌벅거리다 웃었다.

"좋소. 보병총은 그대로 가지고 있도록 하시오."

흑왜는 얼마 후 장 단장 집에서 열리는 연회에 초대를 받았다. 그가 문을 들어섰을 때였다. 제1대대장인 백효문과 제2대대장인 초진국焦振國의 모습이 보였다. 장 단장은 흑왜와 인사를 나누고 부인과도 인사를 시켰다. 그러나 흑왜는 장 단장이 특별히 유명한 요리사를 불러 정성스럽게 준비한 요리를 보고도 차마 젓가락을 댈 수가 없었다. 술을 세 번 정도 돌린 후 장 단장이 흑왜에게 말했다.

"조겸, 밤에 눈을 뜨고 잔다면 다시 산으로 돌아가서 비적질이나 계속하시오."

백효문과 초진국이 하하하, 하고 웃음을 터트렸다. 보안단 안에서 제3대대장인 녹조겸이 밤에 눈을 부릅뜨고 잔다는 소문이 돌았으니 장 단장의 농담은 다 이유가 있었다. 흑왜는 농담으로 하는 말에 진지하게 대꾸하기도 뭣해서 웃고 넘겼다. 그러나 장 단장은 진지했다.

"농담이 아니오. 하산한 이후로 줄곧 혼자서 잤소?"

흑왜의 포병대대는 고관古關의 협곡에 주둔하고 있었다. 그래서 흑왜는 영내에 있겠다고 고집을 부렸었다.

"그것이 바로 군대를 통솔하는 규칙입니다."

장 단장이 고개를 저었다.

"그거야 규정이지. 하지만 당신은 날 믿지 못하고 있소. 포병 사병들에게 보병총을 나눠준 건 규정에 맞는 행위였소? 그게 다 날 믿지 못한다는 뜻 아니오? 그렇지 않소?"

흑왜는 갑작스런 질문에 말문이 막혔다. 백효문과 초진국도 어색한 표정을 감추지 못했다. 장 단장은 한술 더 떴다.

"아직 날 못 믿으면서 어떻게 함께 일을 하겠소? 내 밑에 있는 대대장이 이 단장을 믿지 못하면 어쩌란 말이오? 나는 타 지방 사람이라 여기서 믿을 사람이라곤 당신들밖에 없소."

그렇게 해서 그들은 혈주血酒를 마시기로 했다. 우선 장 단장이 먼저 손가락을 깨물어 술병 안에 핏방울을 떨어뜨렸다. 다른 세 사람도 손가락을 베어 피를 떨어뜨린 후 술잔을 나누었다. 순간 흑왜는 두목인 망아㐃兒와 혈주를 마시던 때가 떠올랐다. 그가 말했다.

"장 단장님, 백 대대장, 초 대대장! 나 녹조겸은 절대 배신하지 않을 것을 맹세합니다."

장 단장이 탁자를 주먹으로 내리쳤다.

"나는 한평생 흑왜 당신과 함께하겠소."

술자리의 분위기가 무르익자 자연스럽게 흑왜의 혼사에 대한 이야기가 나왔다. 우선 백효문이 늙은 서생의 딸을 소개했다. 또 장 단장은 마을에서 포목점을 하고 있는 사람의 딸을 입에 올렸다. 이 때문에 장 단장과 백효문은 선의의 경쟁을 하게 됐다.

백효문은 서생의 딸이 책을 읽었을 뿐만 아니라 도리를 알기 때문에 흑왜의 결점을 보완해 줄 거라고 생각했다. 그 여자는 한 번도 글을 배운 적은 없으나 유달리 총명해서 서생인 아버지의 어깨 너머로 무려 사서^{四書}까지 익혔다고 했다. 하지만 장 단장은 이런 여자는 흑왜에게 너무 부담이 될 것이라고 걱정했다. 오히려 화통하고 서글서글한 여자가 들어와서 집안일을 맡아 하거나 적지 않은 사교적인 만남에도 참석해야 한다고 생각했다.

결과적으로 흑왜에게 선택권이 주어졌다. 흑왜의 눈에는 둘 다 똑같은 여자일 뿐이었다. 흑왜는 결국 늙은 서생의 딸인 고옥봉^{高玉鳳}을 선택했다.

"단장님, 글을 읽고 도리를 아는 여자가 절 챙겨 줘야 합니다."

백효문이 정식으로 서생에게 구혼을 하러 갔을 때였다. 서생은 단 한 가지 조건을 내걸었다. 그건 사위 될 사람이 먼저 아편을 끊어야 한다는 조건이었다. 그리고 이건 딸아이가 원하는 것이라고도 했다. 그렇지 않으면 어떤 일이 있어도 결혼을 승낙할 수 없다고 했다. 흑왜는 기꺼이 고개를 끄덕였다.

그러고는 양고기 만두 여섯 개를 먹더니 형제들에게 명령했다.

"나를 대포 포신에 묶어라."

흑왜는 이렇게 해서 대포 포신 위에서 물 한 모금 마시지 않고 5일 밤과 낮을 묶여 있었다. 그런데 사흘째 되던 날 심한 폭우가 내렸다. 병사들이 흑왜를 묶은 줄을 풀어주려고 하자 그는 그들을 나무라며 물러가게 했다. 흑왜는 결국 아편을 끊을 수 있었다. 또 서생의 딸과 결혼한 후 지독한 사내라는 명성까지 날렸다.

흑왜는 마을에 집 한 칸을 마련했다. 목수들을 불러 깨끗하게 수리도 했다. 그곳에서 결혼식을 거행할 요량이었던 것이다. 결혼식이 진행되는 동안 흑왜의 마음속에서는 기쁨과 고통이 교차되었다. 새신랑답게 그는 가슴 앞에 붉은 꽃을 달고 붉은 천으로 치장한 말 위에 앉은 채 행진을 했다. 악대들이 부는 나팔 소리에 가슴이 뛰었다. 점잖은 장인의 모습을 보니 갑자기 딸을 부끄러워하던 소아小媤의 아버지가 떠올랐다. 그분도 점잖은 서생이었는데……. 흑왜는 가마와 함께 악대의 음악에 맞춰 걸어갔다. 그 순간 위하渭河 북쪽 지방에서 나무에 오르고 담장을 넘으며 소아와 밀회를 나누던 일들이 생각났다.

흑왜가 신부와 함께 신방에 들었을 때였다. 갑자기 폭죽이 터졌다. 그는 깜짝 놀랐다. 이렇게 시끄러운 와중에도 소아와 같이 신방을 치르기 위해 움막으로 들어가던 일이 또 생각나고 있었다. 흑왜는 신부의 얼굴을 덮고 있던 빨간 수건을 걷었다. 이어 얌전하게 두 눈을 내리깔고 있는 신부를 보았다. 눈앞에 또다시 반짝이는 두 눈과 정이 많던 소아의 모습이 스치고 지나갔다. 술자리가 끝나고 손님들이 다 돌아가 집안이 적막해질 때까지 이렇게 그의 뇌리에서는 현실에서의 즐거움과 고통스런 과거가 교차되고 있었다. 순간 숨을 제대로 쉴 수 없었다.

그는 신방의 문을 닫았다. 그런데도 마음은 더 허무해졌다. 겁도 더럭 났다. 맞은편 의자에 앉아 있는 여인의 얼굴이 붉게 비쳤다. 자신감이 사라지고 기억 속에 가득찬 것은 더러움과 피, 소아와 몰래 한 사랑이었다. 흑왜는 자책과 후회의 늪에 빠졌다.

신부는 탁자의 맞은편에 앉아 있었다. 진한 녹색 주름치마가 무릎과 다리를 덮은 채 땅바닥까지 끌리고 있었다. 붉은 겹저고리 속에서는 젖가슴의 윤곽이 흐릿하게 보였다. 검은 머리는 틀어 올려진 채 비취 비녀를 꽂고 있었다. 까만 눈동자, 오뚝 솟은 콧날, 앵두 같은 입술의 그녀는 정말 예뻤다. 그래도 흑왜는 오랫동안 앉아서 담배만 피워댔다.

그러다 아랫목에 있는 한 쌍의 붉은 원앙 베개를 발견했다. 순간 그는 자신이 얼마나 비겁한지 깨닫게 되었다. 조금 남아 있던 붉은 초가 어느새 다 타버리고 방안에 어둠이 내려앉았다. 흑왜는 어둠을 빌려 용기를 냈다.

"부인, 난 이전에는 사람이 아니었소. 난……."

맞은편에 앉아 있던 옥봉이 냉정한 목소리로 그의 말을 가로막았다.

"이제 과거는 잊어버리고 미래만 생각해요."

흑왜가 참고 있던 울음을 터뜨렸다. 옥봉이 그러자 그의 어깨에 손을 얹은 채 손수건으로 얼굴과 눈을 닦아주었다. 흑왜는 그녀의 가슴에 얼굴을 묻고 흐느꼈다.

"검은 머리가 백발이 될 때까지 당신을 사랑하겠소."

옥봉이 웃으며 말했다.

"안아서 침대까지 데려다주세요."

너무나도 조용하고 평화로운 분위기였다. 흑왜는 자신도 모르게 부드럽고 신중한 사람으로 변했다. 세상 무서울 것 없이 날뛰던 사내가 귀중한 물건을 들고 망가질까 봐 조심하는 모습이 그럴까 싶었다. 오히려 신부가 그보다 더 태연했다. 지나친 부끄러움도 없었을 뿐 아니라 여자가 지켜야 할 선을 넘지도 않았다. 서로에 대한 사랑을 확인한 후 애정도 표현했다. 더구나 그녀는 부드러우면서도 강한 면이 있었다. 그가 의지할 수 있는 사람이었다.

이튿날 아침 흑왜가 눈을 떴을 때 옥봉은 자리에 없었다. 주방으로 들어가 보니 그녀가 한 손으로는 풀무질을 하면서 다른 한 손으로는 무릎 위에 놓인 책을 읽고 있었다. 흑왜가 세수를 끝내자 옥봉이 진한 차를 한 잔 건넸다. 또 그릇에 달걀 하나를 담아주었다. 흑왜는 차를 마시면서 젓가락으로 달걀을 먹었다. 그러더니 갑자기 고개를 들고 말했다.

"오늘부터 공부를 해야겠어."

"하고 싶으면 하세요."

"지금 시작하면 너무 늦지 않았소?"

"옛 성인들께서는 '아침에 도를 들으면 저녁에 죽어도 좋다.'고 하셨어요. 공부는 나이가 문제가 아니에요."

"그럼 당신을 스승으로 모시겠소."

옥봉이 고개를 저었다.

"진정으로 배우고 싶다면 진짜 훌륭한 스승을 찾아야죠. 저는 할 수 없어요."

"왜 그러지?"

"당신은 내 남편이에요. 나를 스승으로 모시면 우린 부부가 아니죠. 다른 분을 찾아보도록 하세요."

흑왜는 경건한 마음으로 백록서원을 찾았다. 문지기가 그를 저지했다.

"주 선생님께서는 손님을 일절 만나지 않겠다고 하셨습니다."

"비적 두목인 흑왜가 찾아왔다고 전해 드려라."

주 선생은 뜰 앞의 그늘에서 눈을 감은 채 명상에 잠겨 있었다. 현지를 편찬하는 동료들을 돌려보낸 후의 평온함을 즐기는 듯했다. 물론 그는 그들에게 빚이 있었다. 봉급은 말할 것도 없고 하루 세 끼 식사도 대접하지 못했다. 주 선생은 현에 가서 현지 편찬의 중요성에 대해서 일일이 열거했다. 그러나 장부를 관리하는 사람은 반질반질한 대머리를 긁으며 웃었다.

"보십시오, 주 선생님! 공비 토벌이 중요합니까, 중요하지 않습니까? 악서기께서 보안단에 대포를 사 준 일은 중요한 일입니까, 아닙니까?"

주 선생은 갑자기 말문이 막혔다.

"편찬하는 일은 다 끝났고 인쇄만 하면 되오."

"공비들을 다 토벌한 후 나라가 안정되고 백성들이 편안해지면 드리겠습니다. 그때는 넉넉하게 드릴 테니 잘 찍어주세요."

주 선생은 아침에 글을 읽는 일을 하지 않게 되자 대나무 의자에 앉아 명상을 했다. 이날도 마찬가지였다. 그러다 문지기가 전하는 말을 듣고 눈을 번쩍 떴다.

"어? 그래! 내 평생 비적이 어떻게 생겼는지 본 적이 없는데 들어오라고 해라."

흑왜가 정원 안으로 들어섰다. 그의 눈에 은발의 노인이 낡은 대나무 의자에 앉아 있는 모습이 보였다. 그가 그 앞으로 다가서서 무릎을 꿇었다.

"녹조겸이 선생님을 뵈러 왔습니다."

"누군데 날 찾아왔소?"

"소인은 녹조겸입니다. 원래는 비적이었고 지금은 보안단의 포병대대장입니다. 스승으로 모시고 싶습니다."

"나도 지금은 책을 읽지 않는데 남을 가르치라고?"

"소인은 반평생을 떠돌아다니며 방탕한 생활을 했습니다. 이제는 스승님을 모시고 배우며 착한 사람이 되고 싶습니다."

"이리 앉게나."

흑왜가 일어나서 의자에 앉자 주 선생이 자조적으로 말했다.

"내 제자 중에는 상인도 있고 관리, 농부도 있는데 비적만 없었지. 자네를 받아들이면 이젠 다양한 일을 하는 제자가 다 모이게 되는군."

주 선생이 그러고는 방으로 들어가 붓과 종이를 들고 나왔다. 붓은 말라 있었다. 그러자 주 선생이 먹을 묻히고는 '배워서 좋은 사람이 되겠다'는 뜻인 '학위호인'學爲好人이라는 네 글자를 써 주면서 말했다.

"자네는 내 마지막 제자이고 이 글은 내 마지막 글이네."

이후부터 흑왜는 매일 아침 일찍 일어나 새벽이슬을 맞으면서 무예를 익힌 다음 《논어》論語를 외웠다. 모르는 구절이 나오면 자연스럽게 부인인 옥봉에게 물었다. 열흘이나 보름에 한 번꼴로 백록서원에 가서는 주 선생 앞에서 《논어》를 외운 후 자신이 느낀 바를 말하곤 했다. 오히려 주 선생이 그의 발전에 놀랄 정도였다.

"다른 사람들은 먼저 학문을 배운 다음에 일을 저지르는데 자네는 일을 저지른 후에 학문을 하는군. 다른 사람들은 재물을 모으고 승진하기 위해서 학문을 하는데 자네야말로 진정으로 수신修身하고 인간이 되기 위해서 학문을 하는군."

흑왜가 겸손하게 말했다.

"하나를 배우면 하나를 실천하겠습니다. 다시는 망나니짓을 하지 않기 위해서죠."

주 선생이 감탄하며 말했다.

"내 제자 중에서 진정으로 학문을 하는 자가 비적일 줄은 몰랐구나."

흑왜의 행동이 점점 품위를 갖추게 되자 옥봉은 더욱더 그를 사랑하게 되었다. 단장과 동료들도 이런 변화를 감지할 수 있었다. 어느 날 흑왜가 백록서원에 들어서며 침착하게 말했다.

"선생님, 돌아가서 조상님께 제사를 올리고 싶습니다."

주 선생이 오랫동안 흑왜를 쳐다보더니 입술을 떨면서 말했다.

"좋아, 조겸. 나도 같이 제사를 지내러 가겠네."

흑왜는 정말 놀라울 정도로 변했다. 예전의 나쁜 습관들은 완전히 버렸다. 더불어 훌륭한 사람이 되기 위해 자신을 채찍질했다. 성현들의 훌륭한 철학을 받아들이고 사납고 고집스런 비적의 습관을 바꾸려고도 노력했다.

또 흑왜는 더 엄격하게 포병대대를 정돈했다. 예컨대 아편에 찌든 사병들은 포신에 묶었다. 또 길거리에서 여자의 엉덩이를 만진 사병은 옷을 벗겨 나무에 묶은 후 200명의 사병들이 모두 돌아가며 한 대씩 때렸다. 예전의 보안단은 마을 사람들이 두려워하는 호랑이였다. 모두 피해 다니는 쥐새끼 같은 존재이기도 했다. 사람들이 보안단을 사고뭉치라고 부른 것은 그럴 만한 까닭이 있었다. 그러나 흑왜가 모범을 보이면서 잘못을 혹독하게 처벌하자 비적들의 행동도 완전히 달라졌다.

곧 제3대대를 모범적으로 이끈 흑왜에게 장 단장의 포상이 내려졌다. 제1대대와 제2대대도 제3대대를 본받았다. 보안단은 마을 사람들에게 인정을 받았다. 흑왜 역시 보안단과 성 안에서 명성을 크게 얻었다.

흑왜가 고향에 돌아와서 제사를 지내기로 한 날이 다가왔다. 날이 어슴푸레 밝아 올 무렵 흑왜는 아내 고옥봉을 데리고 백록서원으로 향했다. 주 선생은 이미 준비를 마치고 기다리고 있었다. 세 사람은 오솔길을 따라 걸어갔다. 날이 점점 밝아왔다. 흑왜는 군장을 벗었다. 그것은 비단이 아니라 옥봉이 베를 짜 만든 것이었다.

군장마저 벗자 그는 그야말로 소박하고 평범한 학자처럼 보였다. 하기야 말도 타지 않았을 뿐 아니라 호위병 역시 대동을 사절했으니 그럴 만도 했다. 장 단장은 "호위병을 하나 데리고 다녀야 일하는 데 편할 거요."라고 권했으나 그는 고개를 저었다. "자네한테 원한을 품은 이들도 있으니까 만일에 대비해야지."라고 충고하면서 못마땅해 한 백효문의 말도 귀에 담지 않았다.

"주 선생님이 함께하신다면 한 사단의 병사들보다 든든하죠."

해가 질 무렵 흑왜 일행은 백록촌 어귀에 도착했다. 백효무가 십여 명의 사람들을 데리고 맞이했다. 마을 어귀에서 입구까지의 길은 빗자루로 쓴 자국이 아직 남아 있을 정도로 깔끔하게 정돈되어 있었다. 마을에는 천방지축 뛰노는 아이들만 보일 뿐 어른들은 보이지 않았다.

마을 안으로 들어선 흑왜는 북받치는 감정을 억누르지 못했다. 다 낡아빠진 누각과 흙으로 지은 담벼락들, 굵고 가는 느릅나무, 참죽나무 그리고 가래나무가 살아 숨 쉬는 것 같았다.

사당 문 앞에 다가서자 폭죽 연기 사이로 백가헌의 구부정한 모습이 눈에 들어왔다. 지팡이로 겨우 몸을 지탱한 모습이었다. 흑왜는 힘겹게 몇 걸음을 옮기고서는 무릎을 꿇었다. 옥봉도 옆에서 남편의 행동을 따라 했다. 주 선생은 문 앞에 마중 나온 어른들과 인사를 나누었다. 이것은 백록촌에서 보기 드물 만큼 극진한 손님맞이였다. 백가헌은 언제나 사당에 있었지 문 앞에서 손님들을 맞이한 적은 한 번도 없었다.

백가헌이 지팡이를 문틀에 놓고 꿇어앉아 있는 흑왜를 일으켰다. 흑왜의 눈가에 이슬이 맺혔다.

"제가 잘못했습니다."

인자한 표정을 지은 백가헌이 아무 말 없이 손짓을 하며 흑왜를 비롯해 주 선생, 옥봉에게 안으로 들어가라는 뜻을 전했다. 이어 자신도 지팡이를 짚고 사당으로 걸어 들어갔다. 양 옆과 계단 위에 서 있던 마을 사람들이 흑왜를 보려고 목을 늘이며 기웃거렸다. 효무가 두 개의 촛대에 불을 붙였다. 그리고는 향을 놓은 책상 옆에 서서 사람들에게 자색 향을 세 개씩 나누어 주었다. 백가헌이 향에 불을 붙여 향로에 꽂은 다음 절을 올렸다.

"조상님, 녹조겸이 조상님들을 뵈러 왔습니다. 용서해 주십시오."

향을 사르는 흑왜의 손이 심하게 떨렸다. 그가 절을 하려고 무릎을 꿇었을 때였다. 그의 눈에서 더는 참지 못한 눈물이 왈칵 쏟아졌다.

"불효자 조겸이 조상님들 앞에서 개과천선하겠노라고 맹세합니다. 부디 못난 절 용서해 주십시오."

주 선생의 눈에도 눈물이 맺혔다. 옥봉이 흑왜 옆으로 와 나란히 무릎을 꿇었다. 흑왜가 무릎을 꿇은 채 일어나지 않자 그녀 역시 일어서지 못하고 계속 꿇어앉아 있었다. 백가헌이 위엄 있게 말했다.

"녹조겸은 지난 잘못을 뉘우치고 새로운 사람이 되기로 했습니다. 조상님들의 은덕으로 부디 용서해 주십시오. 부하들을 다룰 때도 얼마나 엄격한지 정평이 나 있습니다. 우리 가문의 영광입니다. 우리 마을 사람들이 용서의 뜻으로 그의 몸에 붉은 비단을 두르겠습니다."

백효무가 붉은 비단을 아버지에게 건넸다. 이어 백가헌이 직접 붉은 비단을 흑왜의 어깨에 둘렀다. 흑왜는 세 번 절을 올렸다. 마을 사람들에게도 절을 올렸다. 옥봉의 손에서 붉은 비단 주머니를 건네받은 흑왜가 백가헌에게 전하며 말했다.

"저희들의 작은 성의입니다. 조상님들께 향 사르는 데 보태십시오."

흑왜는 은전을 백가헌의 손에 쥐어주었다. 그리고 백가헌의 구부러진 등을 바라보면서 자신도 모르게 몸을 떨었다. 수 년 전 미친 듯이 날뛰던 자신의 목소리가 귓가에 맴돌았다. 그때는 족장님의 허리가 지나치리만큼 곧았었는데…….

사람들이 하나둘 돌아갔다. 흑왜는 백가헌과 함께 정원을 거닐었다. 순간 담벼락에 새겨진 비석의 흔적이 눈에 들어왔다. 농민협회 본부로 이 사당에 있을 때 저질렀던 일들이 생각났다. 부끄러운 마음에 머리가 절로 숙여졌다. 자신이 출자하여 새 비석을 하나 세우겠다고 백가헌에게 말하고 싶었으나 입이 떨어지지 않았다. 비석의 흔적만 봐도 부끄러움이 밀려왔기 때문이었다. 결국 다음에 이야기해야겠다고 생각할 수밖에 없었다.

"아버지가 안 보이시네요?"

흑왜의 물음에 백가헌이 웃으며 말했다.

"네 아버지는 방에서 널 기다리고 있단다."

녹삼은 흑왜가 조상님께 제사를 지내러 온다는 소식을 듣고는 "늦었어! 너무 늦어버렸어!"라고 중얼거렸다. 백가헌이 놀란 것은 당연했다.

어쨌거나 백가헌은 아들과 며느리가 올지도 모르니까 집을 청소해 두라고 녹삼에게 당부했다. 녹삼은 아내가 세상을 떠난 후 둘째 아들인 토왜兔娃를 데리고 마구간 방에서 지내고 있었다. 백가헌의 말에 녹삼이 고개를 저었다.

"집에 가려면 가. 난 상관하지 않을 테니. 만나고 싶지도 않아. 내 아들은 토왜 하나뿐이야."

백가헌은 녹삼이 고집을 부리자 버럭 화를 냈다.

"새사람이 됐다는데도 안 만날 겁니까? 자식인데 너무 심한 거 아니에요? 흑왜를 만나지 않겠다면 나도 형님을 더 이상 안 보겠어요."

녹삼이 얼굴색 하나 변하지 않고 말했다.

"좋아. 그럼 자네 얼굴을 봐서 용서하지."

백가헌은 자신의 집에서 녹삼과 흑왜가 만날 수 있도록 주선했다. 녹삼이 사람들이 모인 사당 안에서는 흑왜를 만나지 않겠다고 했기 때문이었다.

흑왜는 골목 안으로 들어섰다. 그리고 곧바로 마구간 안으로 들어갔다. 한 늙은이와 젊은 사내가 작두로 풀을 썰고 있는 모습이 그의 눈에 들어왔다. 노인은 땅에 꿇어앉아 작두에 풀다발을 넣고 있었다. 또 젊은 사내는 다리를 벌린 채 한쪽은 위에서 누르고 한쪽은 당기고 하면서 작두질을 하고 있었다. 마구간이 풀 향기로 가득했다. 흑왜가 작두대 앞으로 다가가서 무릎을 꿇고는 "아버지!" 하고 부르면서 눈물을 왈칵 쏟았다. 그제야 녹삼은 작두질을 멈추고 멍하니 아들을 바라보았다.

"돌아왔구나! 이제야 돌아왔구나!"

흑왜가 아버지를 일으켜 작두대 위에 앉혔다. 동생 토왜의 어깨에는 손을 얹었다.

"날 알아보겠니? 형이야."

토왜가 고개를 갸우뚱하더니 피식 웃었다. 백가헌이 아들인 효무에게 주 선생을 모시고 들어오라고 눈짓을 보냈다. 또 자신은 옥봉을 데리고 들어가면서 큰 소리로 말했다.

"녹삼 형님, 며느리도 왔어요."

옥봉이 "아버님!" 하고 녹삼을 부른 뒤 짚더미 위에 꿇어앉았다. 녹삼은 무뚝뚝한 표정으로 옥봉의 모습을 바라봤다. 소아가 자신에게 죽임을 당할 때 '아버님!'이라고 부르며 숨을 거두던 일이 떠올랐다. 백가헌이 녹삼 부자에게 집으로 가서 밥을 먹자고 했다. 녹삼은 거절하지는 않았으나 그렇다고 반기는 표정도 아니었다. 그저 무뚝뚝하게 백가헌을 따라갔다. 흑왜가 이상하다는 듯 물었다.

"아버지가 왜 표정이 없으시죠?"

백가헌은 아무 일도 아니라는 듯 말했다.

"늙었지, 늙어서 그렇지."

백가헌은 죽은 소아의 혼령이 붙은 뒤로 녹삼이 이렇게 되었다는 말은 차마 할 수가 없었다. 소아에 대해서는 말도 꺼내고 싶지 않았다.

"늙으면 다 이런 거란다. 나도 봐, 손발이 말을 안 듣고 둔해졌잖아!"

백가헌의 집에서 만찬이 열렸다. 처음에는 어색하던 분위기가 차차 화기애애해졌다. 하지만 녹삼의 얼굴에는 여전히 표정이 없었다. 효의孝義가 술잔이나 주고받는 것이 싫증이 났는지 다른 화제를 끄집어냈다.

"흑왜 형님, 형님은 들은 이야기도 많고 본 것도 많죠? 나라에서 백성들에게 장정과 식량을 과하게 징발하고 있는데 그러면 우리는 어떻게 살라는 겁니까?"

흑왜는 아무 말도 하지 않았다. 백가헌이 효의를 노려보며 주의를 주었다.

"오늘은 네 고모부와 흑왜를 대접하는 자리이니 쓸데없는 이야기는 하지 말거라."

그러나 주 선생이 효의를 두둔하며 한마디 했다.

"장정과 식량을 징발하는 것에 대해 논하는 게 왜 쓸데없는 일인가?"

백가헌도 할 수 없다는 듯 고개를 끄덕였다.

"그러다 좋은 자리를 망칠까 봐 그러죠. 예전에는 이렇게 많은 장정과 식량을 징발한 적이 없었는데……"

어둠이 내려앉기 시작했다. 토왜는 지전을 들고 흑왜와 옥봉을 데리고 어머니 산소로 향했다.

"형님, 저도 형님처럼 보안단에 가고 싶어요."

흑왜가 한참을 생각하더니 단호하게 말했다.

"너는 가지 말거라. 너도 떠나면 누가 남아서 집안을 책임지고 가문을 지키겠느냐?"

토왜는 더 이상 조르지 않았다. 흑왜는 잡초로 뒤덮인 어머니의 산소를 마주하자 뜨거운 눈물을 쏟아냈다. 한참 동안을 산소 앞에 머물렀다.

흑왜가 마을로 돌아왔을 때는 날이 이미 어둑해졌을 때였다. 그래도 할일은 아직 많이 남아 있었다. 날이 어두워졌는데도 친지들의 절반조차 찾아보지 못했기 때문이었다. 그는 옥봉을 데리고 친지들을 계속 방문했다. 사람들은 이구동성으로 장정과 식량 징발 때문에 얼마나 힘든지 하소연을 했다. 일부는 아들의 징집을 면할 수 있게 해달라고 사정도 했다. 흑

왜는 자신이 중생을 제도할 힘이 없는 것을 모르지 않았다. 국면을 일변
시킬 힘이 없다는 것도 너무나 잘 알고 있었다. 물론 그들의 말에 고개를
끄덕이기는 했다. 이렇게 되자 제사를 지내러 오던 처음의 경건한 마음은
어느새 사라져버렸다.

백가헌의 집으로 돌아온 흑왜는 자신을 위해 준비해둔 침상 방을 마
다했다. 대신 옥봉을 데리고 먼지가 쌓이고 쥐새끼들이 득실거리는 방에
가서 이불을 폈다. 그것도 다 낡은 면이불이었다. 옥봉에게 미안했던지 흑
왜가 변명하듯 말했다.

"우리 어머니가 주무시던 곳에서 잡시다."

옥봉은 흔쾌히 받아들였다. 순간 흑왜의 코끝이 찡해졌다.

"난 여기서 태어났소. 여기서 얼마나 더 잘 수 있을지 모르겠구려."

옥봉은 온화한 표정으로 흑왜의 웃옷을 벗겨 주고서는 면이불 속으로
들어갔다. 연기에 그을린 땀내, 은은한 어머니의 냄새가 났다. 흑왜가 떨리
는 목소리로 수줍은 듯 말했다.

"어머니라고 한번 불러 보고 싶어."

옥봉이 그 말에 몸이 떨리는지 흑왜를 꽉 껴안았다. 흑왜가 조용히 옥
봉의 팔을 베더니 그녀의 가슴에 얼굴을 묻었다.

흑왜는 날이 밝자 옥봉을 데리고 전날 찾아뵙지 못한 친지들을 방문
하고 백가헌의 마구간으로 돌아왔다.

"아버지, 집을 지어야겠어요. 토왜의 혼사도 서둘러야겠구요."

"토왜는 아직 어려."

한참을 있다가 녹삼이 다시 말을 이었다.

"집이야……, 토왜가 자라면 지으라고 하지 뭐."

"아버지하고 토왜가 목재랑 벽돌을 사서 집을 지으세요. 그다음에 혼
사 준비도 하고요. 집이 낡아서 곧 무너질 것 같잖아요."

"난 힘이 없어. 그런 일에 신경 쓰고 싶지 않아."

흑왜가 은전 꾸러미를 녹삼의 손에 쥐어주었다.

"필요할 때 쓰세요. 혼사 준비는 천천히 하시든가요."

그러나 녹삼은 은전을 다시 흑왜에게 돌려주었다.

"토왜한테 주거라. 난 필요 없어."

흑왜가 잠시 머뭇거리더니 아버지의 말대로 은전을 토왜에게 주었다. 해질 무렵 흑왜는 옥봉과 함께 현도縣都로 향했다. 주 선생은 일찌감치 그곳을 떠났다. 사람들은 흑왜가 혹시 소아가 전에 살던 곳에 가보지 않을까 하는 기대감을 가진 채 궁금해 했다. 그러나 실망하고 말았다. 흑왜는 가지 않았던 것이다. 그럼에도 어떤 사람들은 흑왜가 친인척들을 만나러 갈 때 소아의 무덤 쪽을 바라봤을 거라고 수군거렸다.

흑왜가 백록촌을 떠나는 날 밤, 백가헌은 효무에게 말했다.

"백록촌에서 나고 자란 사람은 언젠가는 사당으로 돌아오기 마련이야."

백효무는 얌전히 듣고만 있었다. 물담배를 한 모금 들이킨 백가헌이 화제를 돌렸다.

"넌 산으로 들어가거라."

백효무는 순간 아무 말도 하지 못하고 아버지를 물끄러미 바라보았다.

"얼마 전에 누가 너에게 보장 직을 맡으라고 했다고 하지 않았니?"

백효무가 고개를 끄덕였다.

"요 며칠 고모부님이랑 조겸 형님 일로 정신이 없었어요. 오늘 오후에 전 주임을 우연히 만났는데 어떻게 할 거냐고 묻더군요. 거절하는 것도 그렇고 일을 하자니 또 그리네요. 지금 보장 직을 맡으면 장정과 식량 징발 일을 맡아야 하기 때문에 사람들한테 못할 짓을 하게 될 겁니다. 더구나 자림 아저씨의 자리를 대신하는 거라서 큰 부담입니다."

백가헌이 고개를 끄덕이며 동감을 표했다.

"그래, 너도 생각을 많이 했구나. 아까도 말했지만, 산으로 들어가는 게 좋겠다."

"숨으라고요?"

"보장은 물론 총갑장도 맡지 마라. 하고 싶은 사람이 하라고 해. 어서 도망가거라. 전복현이 물으면 산에 있는 약방이 문을 닫게 돼서 처리하러 갔다고 말하마."

백효무도 맞장구를 쳤다.

"그렇게 하죠. 그게 좋겠어요. 그럼 내일 날이 밝으면 곧 떠나겠습니다. 의외의 사태가 발생하기 전에 떠나겠어요."

"그럼 가서 준비하거라. 가서 쉬고 일찍 떠나거라. 난 녹삼 아저씨하고 이야기를 좀 해야겠다."

백가헌은 술병을 들고 마구간 안으로 들어갔다.

"녹삼 형님, 우리 술이나 한잔 합시다."

백가헌이 술병을 방바닥에 놓고는 토왜에게 말했다.

"토왜야, 네가 가서 아버지랑 교대하거라."

녹삼은 아무 표정 없이 다가와 술을 병째로 들이켰다. 백가헌이 마음에 묻어둔 말을 꺼냈다.

"형님, 흑왜한테 너무 차갑게 대하는 것 같던데……."

녹삼이 아무 말도 하지 않자 백가헌이 말을 이었다.

"예전에 흑왜가 망나니짓을 했을 때 미워한 건 이해가 가지만 이제 새사람이 됐으니 마음을 푸시지요. 힘을 내서 밭도 갈고 토왜도 장가보내야지요."

녹삼은 고개를 푹 숙인 채 술을 한 모금 더 마셨다. 그렇게 연거푸 세 모금을 들이킨 후에야 비로소 입을 열었다.

"가헌, 자네 말이 맞네. 나도 힘을 내고 싶지만 그게 쉽지 않아."

"흑왜가 형님의 마음을 아프게 하고 체면을 깎았지만 이젠 개과천선했잖습니까!"

"그놈이 망나니짓을 할 땐 나도 힘이 솟았는데 녀석이 행실을 고치니까 오히려 힘이 빠지는 거 같아."

"형님, 마음 편하게 생각하십시오."

"그게 쉽지 않네."

열흘이 지나도록 녹삼은 기력을 찾지 못했다. 아니 점점 더 쇠약해졌다. 백가헌도 녹삼이 계속 쇠약해져 간다는 것을 느꼈다. 손에 들고 있는 주걱이나 바가지를 한참이나 찾아다닐 정도라면 그의 상태는 굳이 설명이 필요 없었다. 백가헌은 소아의 혼령이 그를 따라다녔던 일을 생각했다. 혼령이 빠져나가면 사람이 멍청해진다는 말을 들은 기억도 났다. 그때 이후로 녹삼은 완전히 딴 사람이 되었다. 흑왜가 돌아옴으로 해서 기력을 되찾기는커녕 더 멍청해졌다고 해도 좋았다. 정말 생각지도 못한 일이었다. 이해가 되지 않는 괴이한 일이기도 했다. 그렇게 이틀이 또 지났다. 백가헌이 혼자서 물담배를 피우고 있을 때 토왜가 들어왔다.

"좋은 술이 있다고 아버지가 오시랍니다."

백가헌은 바로 일어나 토왜를 따라 마구간 안으로 들어갔다. 녹삼이 먼저 술을 마시자고 하는 것은 예전에는 없던 일이었다. 그는 녹삼이 아마 기력을 되찾은 모양이라고 생각했다. 녹삼이 작은 문갑에서 술병을 하나 꺼내 들고는 흔들었다.

"가헌, 이 술 한잔 하세."

백가헌은 녹삼의 목소리나 행동이 예전의 그로 돌아간 것 같아 반갑게 말했다.

"그래요, 녹삼 형님. 다시 기력을 찾을 줄 알았다고요."

녹삼에게 이제까지의 멍한 모습은 전혀 보이지 않았다. 자신감이 넘치고 눈빛도 반짝였다. 백가헌도 덩달아 힘이 났다.

"오늘 밤은 형님과 함께 마구간 안에서 자고 싶네요."

녹삼이 하하하 웃었다.

"내 방이 너무 더럽지 않나? 말이라도 고맙네. 자, 술이나 마시세!"

두 사람은 술잔을 주고받다 취해서 그대로 잠이 들었다.

날이 밝았다. 백가헌이 눈을 뜨고 보니 침상 아래로 떨어진 녹삼의 몸은 이미 굳어 있었다. 코끝에 손을 대 보았으나 온기가 끊어진 지 오래였다. 백가헌은 온몸에서 힘이 빠져나가는 것을 느꼈다. 결국 녹삼의 몸 위로 얼굴을 묻으며 뜨거운 눈물을 왈칵 쏟았다.

"백록촌에서 가장 훌륭한 머슴이 세상을 떠났구나!"

제31장

흑왜黑娃는 아내와 결혼할 때 샀던 현성縣城에 있는 집을 팔기로 했다. 그리고는 서안西安 학인항學仁巷에 작은 삼합원三合院 한 채를 사서 이사하기로도 결정했다. 남의 이목에서 벗어나 호젓하게 살고 싶었기 때문이었다. 그가 현의 보안대에 있는 것과는 달리 아내는 현성 안에 살다 보니 사람들의 이목이 집중되었다. 게다가 모퉁이 하나만 돌면 바로 처갓집이었다. 이 때문에 그와 아내의 일거수일투족은 한 시간도 안 되어 처갓집에도 알려졌다.

심지어 포병대대의 병사들에게도 그들의 거동은 이야깃거리가 되곤 했다. 우선 보안단 포병대대장의 부인이 친정 앞에서 서성거리고 있어서 나다니기가 어렵다는 이야기가 돌았다. 또 그 아내가 포병대대장을 따라서 눈이 높다는 소문도 파다하게 퍼져나갔다. 태도가 거만하다거나 허영심이 많고 돈을 헤프게 쓴다는 등의 별별 근거도 없는 말들 역시 사람들의 입에 오르내렸다.

흑왜는 사람들의 입방아를 피해 이사를 가려는 뜻을 장인에게 밝혔다. 그러자 장인은 '친척은 멀리 떨어져 있는 것이 좋다. 이웃 간에는 담을 높이 쌓는 것이 좋다.'라는 속담을 인용하면서 쾌히 승낙했다.

흑왜는 옥봉과 함께 어느 날 밤 학인항으로 이사를 왔다. 둘은 이로써 사람들을 피할 수 있었다. 자신들에게 쏟아지던 가시와 같던 눈길에서도 벗어날 수 있었다.

그날 밤 옥봉은 새집의 부뚜막에 불을 지피고 요리 네 접시를 만들었다. 두 사람은 작은 방에서 음식을 먹었다. 흑왜가 말했다.

"당신, 내가 지금 뭘 생각하고 있는지 알아맞혀 보겠소?"

옥봉이 흑왜의 빛나는 눈동자를 가만히 바라보면서 다정하게 고개를 저었다. 흑왜가 겸손하게 웃으면서 말했다.

"난 선생이 되고 싶소. 어느 한적한 시골로 들어가서 서당을 열면 좋을 것 같아. 코흘리개 아이들에게 '사람의 성性은 본래 선한 것이다'人之初 性本善(《삼자경》三字經의 첫 번째 구절. 우리의 천자문처럼 중국 서당에서는 맨 처음에 반드시 이 《삼자경》을 가르쳤다. 송대 왕응린王應麟의 저서라고 함)를 가르치면서 말이야. 나는 말이야, 어른들하고 부대끼고 싶지 않아."

옥봉이 약간은 의외라는 듯이 말했다.

"주 선생님이 당신의 성격을 바꿔 놓았군요."

"주 선생님 때문이 아니야. 산채에서 내려오고부터 어쩐지 늘 의기소침해 있었어."

옥봉은 남편을 바라보면서 아무 말도 하지 않았다. 흑왜가 술 한 잔을 비운 후에 말을 이었다.

"이전에 농협 일을 하면서 많은 사람을 적으로 만들었지. 또 폭동을 일으켜 적을 만들기도 했어. 나중에는 비적이 되어서 또 사람들과 맞섰지. 지금은 적을 만들지 않고 사람들과 원만하게 지내고 있지만 뭔가 맥이 빠지는 것 같아……. 그래서 난 서당의 선생이 되고 싶어."

"그래요. 좀 있어 봐요. 제대하고 선생을 하는 것도 좋겠어요."

"피곤해. 난 지쳤어."

그들이 새집에서 하룻밤을 보낸 다음 날, 흑왜는 아내를 힘껏 껴안으며 말했다.

"형제처럼 지내는 친구들이 많지만 내가 사랑하는 사람은 오로지 당신뿐이야."

흑왜는 대략 열흘이나 보름 만에 학인항의 집으로 와서 아내와 함께 지냈다. 특별히 급한 일이 없으면 사흘이나 닷새까지도 묵었다.

집으로 올 때는 매번 보안단의 군복을 벗고 장삼을 입었다. 그래서 학인항의 이웃들은 그의 정확한 신분을 알지 못했다.

어느 날 흑왜는 기분 좋게 집에 돌아왔다. 여느 때처럼 아내가 뭘 먹고 싶냐고 물었다. 흑왜는 나물죽이 먹고 싶다고 했다. 그러자 아내가 난감한 듯 웃으며 말했다.

"이 밤에 어디 가서 냉이를 캐 온단 말이에요."

흑왜가 그러자 포대 자루를 엎고 파릇파릇한 나물들을 꺼냈다. 옥봉은 그 속에서 연하디 연한 냉이를 골랐다. 이어 씻지도 않고 입속에 넣고는 우물거렸다. 그러더니 부끄러운 듯이 말했다.

"저 있죠, 아이가 생겼어요."

흑왜가 옥봉을 껴안고는 말했다.

"정말이지 내가 이 냉이를 뜯어 온 것이 이렇게 맞아떨어질 줄은 몰랐네."

옥봉은 죽을 끓였다. 옥수숫가루를 묽게 타고 나물을 넣어서 끓이는 나물죽은 원래 사람들이 춘궁기를 견디기 위해 만들어 먹던 음식이었다.

옥봉은 아이를 가진 이후부터는 기름기 있는 음식보다 이렇게 소금기조차 없는 담백한 음식을 좋아했다. 그래서인지 이마에 솟은 땀을 닦아가면서 멀건 죽을 연거푸 마셨다. 흑왜 역시 아주 맛있게 먹었다. 그는 나물죽을 먹으면서 옛날 일을 생각했다. 그러자 갑자기 감개가 무량해졌다.

어렸을 때는 2, 3월이면 언제나 점심은 대개 이런 푸성귀 죽으로 때웠었다. 그래서 푸성귀죽만 보면 진절머리가 나곤 했었다. 그러나 백록원을 떠난 뒤로 몇 년 간은 이런 죽을 먹을 기회가 없었다.

흑왜는 그날 오후 말을 타고 포병대대가 주둔하고 있는 고관古關 협곡을 지나고 있었다. 그러다 초록 융단과 같은 보리밭을 보고는 갑자기 어렸을 때 냉이를 캐던 일을 생각했다. 그는 말고삐를 나무에 매 놓고 보리밭에서 냉이를 캤다. 이어 곧장 집으로 돌아왔다.

흑왜는 죽 한 그릇을 순식간에 먹어치운 다음 또 한 그릇을 금세 비웠다. 이어 다소 유감이라는 듯이 말했다.

"당신, 나물을 너무 잘게 썰었어."

"우리 친정어머니는 늘 그렇게 하셨어요."

"도시 사람들은 뭐든지 너무 구색을 갖춘단 말이야. 우리 어머니는 냉이 같은 것은 그냥 통째로 넣었거든. 그래서 젓가락으로 집으면 한 움큼씩 집혔는데 그게 참 별미란 말이야."

이때 똑똑 문을 두드리는 소리가 들렸다. 흑왜가 죽그릇을 내려놓고 대문 쪽으로 가며 경계하듯 누구냐고 물었다. 문 쪽에서 귀에 익은 목소리가 들려왔다.

"날세. 고향 친구라네."

녹조붕의 목소리를 알아들은 흑왜가 급히 문을 열었다.

"아니, 어떻게 여기까지 찾아왔나?"

"자네가 지구를 떠나지만 않는다면 난 자네를 찾을 수 있지."

흑왜는 녹조붕을 안채로 안내했다. 그리고 식탁 앞에서 아내에게 소개했다.

"이 사람은 조붕, 성안에서 교편을 잡고 있는 친구야."

녹조붕이 흑왜를 흘낏 바라보더니 옥봉에게 말했다.

"쓸데없는 말 말게나. 나는 공산당입니다."

옥봉이 깜짝 놀라더니 갑자기 어떤 생각이 떠오른 듯 말했다.

"세상에! 제가 어렸을 때 선생님을 지명 수배하는 포고문을 본 적이 있어요……."

녹조붕은 지나간 일에 대해서는 흥미가 없었다. 그러나 식탁에서 흑왜가 먹던 푸성귀 죽그릇을 보고는 구미가 당기는지 환호성을 질렀다.

"야! 이거 냉이죽을 먹고 있잖아. 저한테도 한 그릇 주십시오. 배가 고파 죽겠습니다."

옥봉이 죽을 가지고 왔다. 조붕은 그릇을 받아들자마자 파릇파릇한 냉이를 건져 먹으면서 말했다.

"세상에서 냉이죽보다 더 맛있는 것은 없을 거야."

"안주 좀 준비해요. 오랜만에 만난 친구하고 한잔 해야겠소."

흑왜가 아내에게 술상을 부탁했다. 그러자 녹조붕이 급하게 말렸다.

"그럴 시간이 없네. 자네에게 이별을 전하러 온 거야. 바로 떠나야 되니 술은 필요 없어."

"내 결혼식 때 자네를 부를 수가 없어서 유감이었어. 그런데 오늘밤 이렇게 어렵게 와서 술도 한잔 마시지 않겠다고?"

"나도 자네 결혼 술은 꼭 마시고 싶지만 시간이 허락지 않는군."

흑왜가 알았다는 듯이 고개를 끄덕이고서 말했다.

"자네가 하는 그 일이 빈틈이 있으면 안 된다는 건 나도 알아. 어디로 갈 건가?"

"연안延安."

흑왜는 너무 놀라서 입을 벌린 채 아무 말도 하지 못했다. 그러나 곧이어 한숨을 길게 쉬고 나서 물었다.

"떠난다니 물어보겠는데 이 몇 년 간 도대체 어디에 있었나?"

"백록원! 나는 한 번도 우리 고향 백록원을 떠난 적이 없어. 이 몇 년 간 내가 평원에서 포섭한 당원들이 자네의 그 포병대대 병력보다도 많을 거야."

흑왜가 쓴웃음을 지으며 말했다.

"우리는 이제 확실히 서로 다른 노선을 걷게 되었군."

녹조붕이 흑왜의 어깨에 손을 얹으며 말했다.

"그런 말 말게. 자네가 포병대대장을 맡고 있는 것이 다른 어느 누가 있는 것보다 나으니까. 급하면 그래도 나를 도울 수 있지 않겠나? 사람이 자네를 찾아갈 거야."

녹조붕이 그렇게 말하면서 호주머니에서 작은 책 한 권을 꺼내 흑왜에게 건넸다. 흑왜는 겉표지에 그려진 사람을 바라보았다. 사진은 흐릿했으나 대체적인 윤곽은 드러나 있었다. 사진을 유심히 살펴보던 흑왜가 깜짝 놀라서 물었다.

"이거 모택동毛澤東 아니야?"

"우리가 백록원에서 농민혁명을 일으켰던 거 기억하나? 그때 모택동도 호남湖南에서 농민혁명을 일으켰지."

흑왜는 오랫동안 사진을 바라보다가 물었다.

"이게 그가 쓴 건가?"

"읽어보면 알게 될 거야. 혁명이 승리할 날이 멀지 않았네. 중국 반동파를 소탕할 회오리바람이 불어닥칠 거야."

흑왜는 '회오리바람'이라는 말을 듣고는 입을 다물었다. 조붕이 계속 말했다.

"자네가 다 읽고 나면 주 선생님께 드리게. 선생님께서 요즈음 심기가 불편하시다고 들었는데 내가 북쪽으로 간다는 말씀을 전해드리게. 시간이 없어서 선생님을 찾아뵐 수가 없어."

흑왜가 고개를 끄덕였다. 조붕은 떠나기 전에 의미심장한 말 한마디를 남겼다.

"동향인을 조심하게나."

흑왜는 그 동향인이 백효문^{白孝文}을 가리킨다는 사실을 알고 있었다. 명쾌하게 대답할 수도 있었다.

"걱정 마."

녹조붕이 이별을 고하고 대문으로 걸어가다가 갑자기 몸을 돌리더니 아주 유감스러운 듯 말했다.

"아, 참! ……어떻게 고향의 사당에 가서 무릎을 꿇었나? 자네도 참, 자네도……."

녹조붕은 흑왜의 대답은 기다리지도 않고 어느새 대문을 빠져나가고 있었다.

국민당 정부는 수단과 방법을 가리지 않고 장정들을 대대적으로 징발한다는 계획에서 한 치도 물러서지 않았다. 급기야 한 집의 장정 두 사람 중에서 한 명을 징집한다는 법령까지 폐기되기에 이르렀다. 징발할 수 있는 장정들의 수가 정부의 대대적인 병력 확충 수요에 턱없이 모자란 탓이었다. 그러자 장정을 매매하는 듣도 보도 못한 새로운 직업이 출현하는 괴현상이 나타났다. 그건 자신의 목숨까지 바쳐야 할 정도로 대단히 위험한 직업이었다.

이뿐만이 아니었다. 각 농가에서는 장정의 유무를 떠나 일률적으로 그들의 몸값에 해당하는 세금을 내야 한다는 법령이 새롭게 등장하기도 했다. 때문에 세금을 제때 내지 않는 농가는 결과적으로 국민당 정부의 법령을 어기는 억울한 상황에 봉착할 수밖에 없었다. 그러니 전복현의 주도 아래 연보소의 보정^{保丁}(보갑^{保甲}의 장정)들은 이 세금을 내지 않을 경우 남녀노소를 불문하고 누구든지 잡아갈 수 있었다.

전복현은 이렇게 거둬들인 세금으로 장정들을 반강제로 사서 병력 충원을 했다. 그러자 장정들은 사방으로 도망가버렸다. 연보소의 보정들도 만만하지 않았다. 이곳저곳을 탐문하면서 계속 그들을 잡아들였다. 그러나 별반 효과는 없었다. 전복현은 다시 계책을 생각해냈다.

"이렇게 동분서주하면서 잡아들이자니 힘들어서 안 되겠군. 이제부터는 장정이 도망가면 그 집의 아비를 잡아오게. 아비도 도망가면 어미를 잡아와. 그것도 안 되면 누나든 할머니든 자식이든 잡아오란 말이야. 가족을 잡아들이는데도 안 오는지 두고 보자고."

이 방법은 매우 효과적이었다. 도망갔던 많은 장정들이 스스로 연보소를 찾아오는 경우가 비일비재했던 것이다. 밧줄에 묶인 채 비를 맞거나 뙤약볕 아래에 있던 가족을 위해 기꺼이 징발되는 운명 역시 받아들였다. 그러나 어떤 이들은 이를 악문 채 가축과 땅을 팔아 장정들의 몸값을 치르면서 징발에서 벗어났다. 정부와 백성을 연결하고 있던 가느다란 선에는 이제 미움과 원망만이 남았다.

국민당 정부가 백록원에서 거두어들인 세금은 유사 이래 가장 많았다. 징수 횟수는 말할 필요도 없었다. 일 년에 한 번이 아니라 두 번이나 세 번이 될 때도 있었다. 이렇게 되자 가난한 농가들에서는 이미 오래전부터 세금을 내지 못하는 지경에 이르렀다. 부농들 역시 더 이상 버틸 방법이 없었다.

백성들은 이러한 세금의 필요성과 합법성을 의심하기 시작했다. 처음에는 몇몇이 수군거리던 원망의 목소리가 점점 밖으로 터져 나왔다.

급기야 백록진의 십자로에서 전복현의 얼굴과 이름이 그려져 있는 삶은 달걀이 발견되기에 이르렀다. 그의 눈, 코, 입과 귀에는 바늘이 꽂혀 있었다. 평원의 전복현에서부터 시작된 저주의 대상은 이제 자수현의 현장과 당서기 악유산으로까지 이어졌다. 마지막에는 최고 통치자에게까지 확대되었다.

드디어 백록진의 십자로에서도 장개석蔣介石의 얼굴을 그린 삶은 달걀이 발견되었다. 눈, 코, 입 그리고 귀에는 역시 바늘이 꽂혀 있었다.

전복현 등은 세금으로 장정들을 샀다. 그들은 사실 얼마 안 되는 돈에 팔려 전쟁터로 끌려갔다고 할 수 있었다. 당연히 그곳에서 이 전쟁이 근본적으로 어떠한 이익도 없다는 사실 역시 알게 되었다. 더구나 같이 갔던 장정들이 죽어나가는 것을 볼 때는 눈이 뒤집어질 수밖에 없었다. 그들 중 대다수는 몰래 고향으로 도망을 왔다.

그들 중 일부는 전복현에게 발각되어 다시 군대로 보내졌다. 한 번 도망쳤다가 다시 끌려간 사람들은 차츰 도망치는 방법에 정통하게 되었다. 결국 그렇게 탈출할 자신이 생긴 사람들은 스스로를 팔아서 징발에 응했다. 자신을 팔아 번 돈으로는 가족들이 식량을 사도록 했다. 그리고는 연보소로 갔다가 길게는 열흘이나 보름, 짧게는 사나흘 만에 돌아오곤 했다. 이렇게 하면 그들에게는 아무 손해될 것이 없었다. 장정을 사는 제도로 인해 자신의 목숨을 담보로 먹고 사는 사람들이 생긴 것이다.

도망가는 사람들이 점점 늘어나자 정부의 방지책 역시 마련됐다. 징집돼 온 장정들을 한 줄에 묶어서 전장으로 내보낸 것이다. 그렇지만 그렇게 묶여서 어떻게 총을 쏘며 싸울 수 있단 말인가. 그렇다고 해서 포승을 풀어주면 장정들은 기회를 틈타 또 도망쳐버렸다. 이렇게 포승줄에 묶어 병사들을 전쟁터로 내보내는 정권이라면 의심할 여지 없이 세상에서 가장 잔학한 정권임이 분명했다. 또 가장 허약하고 무능한 정권일 터였다.

녹자림鹿子霖은 감옥에서 석방되어 고향인 백록촌으로 돌아왔다. 도중에 누구와도 마주치지 않았다. 그가 곧장 자신의 집 앞에 와서 섰을 때였다. 눈앞에 거의 알아보기도 어렵게 된 자신의 집이 있었다.

우선 백록촌에서 둘째가라면 서러울 정도로 아름답고 웅장하던 문루가 어디로 갔는지 보이지도 않았다. 또 백가헌의 집에서 헐어온 문채도 사라졌다. 문루를 받치는 사자조각 청석은 비스듬히 쓰러져 있었다. 헐어버린 집터에서 돋아난 동백나무 가지들이 담을 이룰 지경이었다.

녹자림은 망연자실하여 깨진 기와 파편만을 바라보고 있었다. 문득 백가헌의 집을 헐어버릴 때의 일이 떠올랐다.

마침 사랑채에서 나오던 아내가 폐허 위에 서 있는 남편을 발견했다. 전족을 한 발로 구르듯 달려와 그의 앞에 선 아내가 위로하듯이 말했다.

"당신, 너무 속상해하지 말아요. 문루와 문채는 내가 당신을 구하려고 팔았어요."

녹자림이 쾌활하게 대답했다.

"잘했소. 잘했어요. 집이라는 게 본래 팔고 사고 그러는 것 아닌가?"

"당신, 주 선생님이 말한 것 기억해요? '집은 체면 덩어리, 땅은 피곤 덩어리, 돈은 목숨을 재촉하는 애물 덩어리!'라는 말 말예요. 우리는 지금 체면 덩어리, 피곤 덩어리, 애물 덩어리가 없어졌을 뿐이에요. 그리고 당신이 무사히 집에 돌아왔으니 정말 다행이에요."

아내 하씨는 차를 따르고 담뱃대를 건네줬다. 그녀는 남편의 마음을 달래려 무진 애를 썼다.

녹자림이 감옥에 갇히기 전까지 이 가정의 안팎일은 모두 남편이 결정했다. 아내의 임무는 그저 두 아들을 양육하는 것일 뿐이었다. 그러나 조봉과 조해가 어린 나이에 백록서원으로 공부하러 집을 떠나면서부터는 할일이 없어졌다. 그녀는 그 적막함을 절에 가서 불공드리는 것으로 채웠다. 어떤 때는 하루 종일 불공을 드리기도 했다. 근방 수십 리의 큰 사찰은 말할 것도 없고 심지어 작은 암자에도 무슨 날만 되면 달려가곤 했다. 바람이 불건 비가 오건 상관없었다. 사찰 앞의 임시 시장인 묘회廟會에서 초와 향을 사 가지고 신불神佛들 앞으로 달려갔다.

그녀는 처음에는 마음의 허전함을 채우기 위해 불공을 시작했다. 그러다 나중에는 절박한 심정으로 기도했다. 또 그녀는 묵묵히 부처님을 비롯해 관음보살님과 약사여래상, 관운장 앞에 가서 빌고 또 빌었다. 언제나 생사의 갈림길에 서 있는 아들을 보살펴 달라고 빌었다.

그러다가 녹자림이 감옥에 가게 되었다. 이제는 그녀가 나설 때가 되었다. 하씨는 남자도 하기 어려운 과감한 결단력으로 일을 진행시켰다. 우선 일가친척 누구와도 상의하지 않고 시아버지와 남편이 마구간 벽과 동백나무 밑에 감추어 둔 금전과 은전을 파냈다. 이어 그 녹이 슨 은전과 아직도 반짝반짝 빛나는 금전을 남편의 생명줄을 좌지우지하는 관리들에게 바쳤다. 그녀는 그러고도 어떠한 원망이나 탄식도 하지 않았다. 오히려 스스로 마음을 위로하듯 중얼거렸다.

"이까짓 돈 감추어 두었댔자 기왓장과 다를 바가 뭐 있어? 지금이 이것들을 쓸 때야."

그녀는 이어 가축을 팔았다. 또 전답도 팔아치웠다. 문루와 문간채라고 무사할 까닭이 없었다. 머슴인 유모도 내보냈다. 그녀는 그렇게 만든 재물을 간접적이거나 직접적인 방법을 통해 차례차례 법원의 법관이나 현 정부의 현장 및 옥졸들에게 보냈다. 당 간부인 악유산에게 보낸 금덩이만이 유일하게 되돌아왔다.

녹자림이 옥에 갇혀 있는 동안 그녀는 전 재산을 써버렸다. "내가 원하는 것은 오로지 남편뿐이다."라는 그녀의 주장은 견고하면서도 단순했다. 아무런 주저함이나 망설임도 없었다.

그녀는 솔직히 남편이 온갖 여자들을 건드리고 다녀서 질투도 많이 했었다. 그러나 그는 그녀에게도 없어서는 안 될 존재였다. 작은 아들은 이미 전사했다. 큰아들도 행방이 묘연했다. 그런데 남편마저 없다면 도대체 누구를 믿고 산단 말인가? 더구나 그녀는 사실 백록촌, 아니 백록원에서 녹자림의 엉덩이 반 조각이 자신의 얼굴보다 더 값어치가 있다는 것을 너무나도 잘 알고 있었다.

그녀는 이전에 절에서 불공을 드리던 것처럼 국민당 정부 내의 여러 '신'(관리)들에게 사방팔방으로 빈 끝에 드디어 그들을 감동시키기에 이르렀다. 남편인 녹자림을 구해낸 것이다. 더구나 그녀의 안목도 남편을 구하기 위해 뛰어다니면서 자연스럽게 높아졌다. 급기야 녹자림이 깜짝 놀랄 말까지 했다.

"전 자수현의 신(관리)들을 전부 찾아다녀 보았지만 악 서기만이 고기를 안 먹는 참된 신입디다."

녹자림은 아내가 설명해 주는 그간의 사정에 대해 담담하게 물었다.

"문루와 문간채는 누구한테 팔았소?"

"어차피 판 것인데 누구한테 팔든지 매한가지 아니겠어요?"

"그건 그렇지. 난 그냥 누구한테 팔았는지 알고 싶을 뿐이오."

"살 만한 사람이 누가 있겠어요? 백효문이 마침 보안단에서 일하고 있으니까……."

녹자림이 아내의 말을 듣고 픽, 하고 웃으며 말했다.

"내가 말했잖소. 집이란 것이 팔고 사는 것이고, 짓고 헐고 하는 것이라고……. 뭐 그런 것이지!"

녹자림의 뇌리에 갑자기 백씨 집안의 집 일부를 헐어 가져오던 일이 떠올랐다. 자신도 모르게 씁쓸한 웃음이 터져 나왔다. 백씨 집안이 또 그 집 일부를 사갔다고 하니 그저 우스울 따름이었다.

"그렇게 왔다 갔다 하는 거란 말이지. 뭐 별거 아니지."

녹자림은 감옥에 있던 2년 동안 국가와 집안의 일에 모두 흥미를 잃었다. 두 아들 중에 하나는 죽고 하나는 어디로 갔는지 몰라 대를 이을 자손마저 없는데 그깟 천금만금이 다 무슨 소용이랴? 만일 자신마저 감옥에서 죽었다면 녹씨 집안은 철저하게 망하는 것이었다. 그는 아내에게 말했다.

"그래도 당신 먹고 살 논은 남겨 놓았겠지?"

"수차水車 샘이 있는 논은 남겨 놓았어요. 당신이 그때 수차를 워낙 열심히 설치해 놓아서 그 논은 팔 수가 없더라고요……."

녹자림의 마음속에서 뭔가가 용솟음쳤다.

"그래그래, 아주 좋소. 그 논을 남겨 놓았다면 우리가 먹고 사는 일은 걱정하지 않아도 되오."

날이 저물자 일가친척들과 마을 사람들이 녹자림을 보러 왔다. 대부분이 노인들이었다. 그들 모두는 장정으로 징발되는 것에서도 모자라 세금까지 내야 하는 고초를 호소했다. 큰 소리로 보공소의 보장을 욕하는가 싶더니 급기야 장개석 위원장까지 인정머리라고는 없는 짐승 같은 놈이라고 마구 비난했다. 그것에 비하면 녹자림이 향약을 할 때가 좋았다고도 했다. 녹자림은 그들의 이야기를 통해 자신이 백록촌을 떠난 후에 일어난 엄청난 변화를 알게 되었다. 어쩐지 위안이 되었다.

친척과 동네 사람들의 내방은 내리 사흘이나 계속되었다. 녹씨 집안의 멀고 가까운 친척 모두가 그를 보러 왔다. 녹자림은 지치지도 않고 자신의 억울함을 하소연했다.

사흘째가 되던 날 백가헌이 지팡이를 끌고 왔다. 이어 문으로 들어서자마자 지팡이를 내던지고는 두 손을 모아 읍을 하면서 말했다.

"자림, 자네에게 사죄해야겠네. 자네가 어려운 때에 집을 사고 헐어 간 일에 대해서 사죄하네."

녹자림이 여전히 담담하게 웃으며 말했다.

"세상의 집이란 본래 그렇게 왔다 갔다 하는 게 아닌가요?"

녹자림의 아내도 말했다.

"어서 여기 앉으세요. 집을 산 건 제가 찾아가서 부탁을 했기 때문인데 사죄라니요. 집을 사 주셔서 그 돈으로 사람을 구할 수 있었던 거니 제가 마땅히 감사를 해야지요."

백가헌이 앉으면서 말했다.

"내 원칙대로라면 자네 집을 안 샀을 걸세. 그런데 효문이 끼어들어서……. 나도 어떻게 말릴 수가 없었네. 자식이란 말이야, 커서는 아비 말을 안 듣는다니까."

백가헌이 솔직히 말했다.

"효문이 그때 자네에게 집을 팔더니 그것을 도로 사서 체면을 살리고 싶었나 봐. 비록 효문이 내 아들이긴 하지만 이 점을 자네에게 사과하고 싶었네."

녹자림은 이제 집에는 흥미가 없었다.

"가헌 형님, 내가 감옥에 들어갔다 나오고 나니 비로소 세상사를 알게 된 것 같네요. 이제는 그런 호승심好勝心도 완전히 없어졌어요. 내가 효문의 집을 사서 백씨 집안의 체면을 깎아 놓았었죠. 효문이 이제는 내 체면을 깎았구요. 이렇게 서로 체면을 깎다 보니 결국은 여기까지 온 것 같습니다."

"이제 와서 옛날에 고추장 된장 찍어 먹던 일을 말해서 뭐하겠나. 이제 최악의 상태까지 왔네."

"나빠도 할 수 없고 좋아도 할 수 없는 일입니다. 난 아무것도 상관하지 않습니다. 남은 논 몇 묘로 그럭저럭 먹고 살 수만 있다면 그만이에요."

백가헌은 세상사를 초월한 것 같은 녹자림의 모습을 보자 오히려 동정심이 생겼다. 하기야 충분히 그럴 수 있었다. 뒤를 이을 자식조차 없어질 상황에 직면하게 되면 아무리 마음이 강한 사람이라 할지라도 맥이 빠질 수밖에 없을 터이니 측은지심이 발동하지 않는 것이 이상하다고 해야 했다. 그가 문을 나서면서 말했다.

"그러고 있지 말고 우리 집에도 좀 놀러 오게나."

녹자림이 집에 돌아온 지도 엿새나 되었다. 그러나 전복현은 여전히 그를 보러 오지 않았다. 녹자림은 자조 섞인 목소리로 혼잣말을 했다.

"세상에 믿을 놈 정말 없군."

전복현이야말로 막역한 사이라고 할 만했다. 그런데 감옥에 2년이나 있다 나왔는데도 한번 와보지도 않다니. 그러나 그는 이번에도 화를 내지 않았다. 먹고 살 만한 논이라도 남아 있으니 뭐가 문제겠는가?

그때 녹자림의 이런 담담한 심정을 깨뜨리는 사람이 나타났다. 중국 전통 복장인 치파오를 입은 한 여자가 남자 아이의 손목을 잡고 마당 안으로 들어선 것이다.

"여기가 녹조해의 집이 맞습니까?"

녹자림이 계단 위에 서 있다가 대답했다.

"그렇소."

"그럼 조해의……."

"내가 그 애 아비요."

순간 그 여자는 마당의 벽돌 위에 풀썩 꿇어앉으며 말했다.

"아버님, 며느리 절 받으십시오."

"며느리라고?"

그 여자가 얼굴에 눈물이 가득한 채로 말했다.

"제가 조해의 아내입니다."

"뭐라고?"

녹자림은 깜짝 놀라서 들고 있던 물담뱃대를 떨어뜨렸다. 또 급히 계단을 내려서다가 신발 한 짝이 벗겨졌다. 뒤이어 다른 한 짝마저도 벗겨졌다. 그가 어미의 등 뒤에 숨어 있던 아이를 빼앗다시피 품에 안았다. 아이가 "으앙!" 하고 울음을 터트렸다.

"이게 우리 손주 놈이란 말이지! 이 할아비의 귀여운 손주란 말이지……."

이때 아내 하씨가 밖에서 들어왔다. 그러자 녹자림이 며느리에게 말했다.

"이분이 네 어머니다."

조해의 아내는 시어머니에게도 무릎을 꿇고 절을 했다. 녹자림이 울다가 웃다가 하면서 다시 입을 열었다.

"조해의 아내이고……, 우리의 귀여운 손자라오."

하씨는 너무도 놀라서 멍하니 있었다. 이윽고 손에 들고 있던 바구니를 떨어뜨리고는 며느리를 와락 끌어안고서 통곡하기 시작했다.

며느리는 하남河南과 섬서陝西 사투리가 심하게 뒤섞인 어조로 시부모님께 자신의 지나온 사연을 들려주었다.

그녀의 집은 북방의 금관성金關城에 있었다. 아버지는 광부였다. 어느 날 그녀는 시장에 다녀오는 길에 군인 대오와 마주치게 되었다. 그때 그녀를 본 녹조해가 병졸 하나를 보내어 그녀의 뒤를 쫓게 했다. 이어 집을 확인한 후 돌아갔다. 녹조해는 오후에 호위병을 데리고 움막 같은 그녀의 집에 찾아왔다. 그리고는 다짜고짜 부모에게 그녀를 달라고 했다. 결혼 예물과 혼수 비용은 부모가 부르는 대로 다 주겠다고도 했다. 그러나 그녀의 부모는 일전 한 푼도 바라지 않았다. 오로지 한 가지만 요구했다.

"녹 군관, 돈은 필요 없소. 우리 딸애를 도중에 버리지만 말아주시오."

녹조해는 금관성에 민가를 하나 사들인 다음 본격적으로 결혼 생활을 시작했다. 어느 날 그녀는 남편에게 조용히 물었다.

"당신은 연대장과 같은 높은 지위에 있어요. 그런데 왜 신분에 걸맞은 집안의 규수와 결혼하지 않고 나같이 천한 집안의 여자와 결혼했어요?"

조해는 아내의 말에 바로 대답했다.

"당신이 전에 내가 약혼했던 여자와 너무도 닮았기 때문이오."

녹자림은 며느리의 기이한 이야기를 듣고 있다가 불현듯 이상한 생각이 드는 것을 어쩌지 못했다. 그녀가 십중팔구는 술집 여자일 거라는 의심이 생기기 시작한 것이다. 당시 국민당 정부는 연안의 공산당을 토벌하기 위해 끊임없이 북쪽으로 군대를 파견하고 있었다. 이에 따라 자연스럽게 금관성은 매음업으로 크게 번영을 누리고 있었다. 녹자림이 의심스러운 어조를 감추지 못하고 말했다.

"조해는…… 약혼한 적이 없어!"

녹자림은 말을 마치고 나서 고개를 돌려 아내를 바라봤다. 하씨 역시 남편의 말에 고개를 끄덕이며 말했다.

"우리 조해는 어렸을 때부터 밖에 나가 공부를 해서 정혼을 한 적이 없단다."

며느리가 눈을 가늘게 뜨고 이상하다는 듯이 말했다.

"그렇지만 그이는 약혼했었다고 말했어요. 여자 쪽은……, 그 뭐더라…… 령령이라고 했는데."

녹자림이 깜짝 놀라서 아내를 바라보았다. 이어 더욱 확실한 태도로 말했다.

"그런 일 없어!"

그러더니 무언가 생각하더니 덧붙였다.

"어쩌면 그 애가…… 밖에서 저희들 마음대로 그랬는지도……."

며느리는 더 이상 아무 말도 하지 않았다. 녹자림이 다시 주의 깊게 며느리를 바라보니 아닌 게 아니라 백가헌의 딸과 어딘가 닮은 듯했다. 그제야 그는 며느리의 말을 믿을 수 있었다.

며느리는 조해의 무덤에 가겠다고 했다. 녹자림도 그동안 친척들과 마을 사람들을 맞느라 갈 시간이 없었던 터라 며느리와 손자를 데리고 조해의 무덤으로 향했다.

2년 동안 묘를 돌보지 못했는데도 주위에 심어 놓은 측백나무는 푸른 빛을 자랑하고 있었다. 무성하게 자란 나뭇잎과 가지들은 마치 성의 보루처럼 무덤을 감싸고 있었다.

그러나 풀숲은 여기저기 널려 있는 인분과 그 냄새 때문에 발을 옮기기조차 어려웠다. 이렇게 바람 한 점 통하지 않을 것 같은 빽빽한 나무숲은 행인이나 들에서 일하던 사람들에게는 볼일을 보기 딱 좋은 장소였던 것이다. 녹자림은 화가 나서 견딜 수가 없었다.

"세상에! 내가 마을에 있을 때는 개새끼조차 얼씬거리지 못했는데! 내가 감옥에 있는 동안 조상의 무덤이 마을 사람들의 변소가 되다니……."

녹자림은 함께 온 며느리 앞인지라 끓어오르는 화를 억지로 진정시켰다. 더불어 관대한 어른의 모습을 보여주려 애썼다. 이어 일일이 무덤도 소개했다.

"이것은 네 시증조할아버지의 묘, 이것은 네 시할아버지의 묘다."

녹자림과 며느리는 손자와 함께 산의 동쪽에서 서쪽으로 내려갔다. 차례로 윗대부터 아랫대로 내려간 것이다. 이어 외롭게 누워 있는 녹조해의 무덤 앞에 섰다. 바로 조해의 무덤이었다. 무덤 앞에는 청석비가 세워져 있었다. 그런데 비석에 온통 똥칠이 돼 있었다. 멀건 똥이 비석 꼭대기부터 비석면까지 흘러내린 탓에 글씨가 보이지 않을 정도였다.

녹자림도 더 이상은 화를 참을 수가 없었다. 그예 품에 안고 있던 손자를 땅바닥에 내려놓고는 큰길로 나가서 고래고래 소리를 질렀다.

"일본놈을 물리치다 죽은 사람을……! 이 백록촌 사람들은 모두 사람도 아니다. 모두 뒈져라. 이 백록촌 사람들은 염치도 모르고 양심도 없는 인간들이야. 멸족을 시켜야 할 종자들이야! 내 아들아, 너는 몸을 바쳐 이 사람들을 구해 주었는데, 이 사람들은 너의 얼굴에 이렇게 똥칠을 하는구나. 이 망나니 같은 놈들!"

며느리는 미친 듯이 외쳐대는 시아버지를 가까스로 끌고 무덤 앞으로 갔다. 그래도 녹자림은 무덤 앞에 앉아 화를 삭이느라 가쁜 숨을 몰아쉬었다.

며느리는 조해의 비석 앞에 쪼그리고 앉았다. 그런 다음 나뭇가지로 비석에 말라붙은 똥을 긁어내고는 가지고 온 소주를 부어서 씻어 내렸다. 그러자 비석의 글이 보이기 시작했다. 며느리는 무덤 앞을 청소하더니 가지고 온 바구니에서 양초와 향을 꺼내 불을 붙이고 땅에 꽂았다.

이어 지전을 태우고 땅바닥에 엎드려서 술병에 남은 소주를 따라 무덤 앞에 올렸다. 이윽고 그녀가 목을 놓아 울기 시작했다. 반면 녹자림은 어느 정도 진정이 된 듯했다. 곧 손자를 데리고 무덤 앞으로 가서 말했다.

"아가야, 아버지한테 절해야지."

아이가 "으앙!" 하고 울기 시작했다. 녹자림은 그런 손자를 꼭 끌어안고 하염없이 눈물을 흘리면서 큰 소리로 말했다.

"사람이 점잖게 참고 있는 것만이 능사가 아니다. 참고 있자니 개나 돼지나 할 것 없이 머리 위로 기어오르는구나."

며느리는 사흘을 시댁에 머물면서 시어머니의 부엌일을 도왔다. 또 시아버지께 밥도 해드렸다. 그리고는 매일 조해의 무덤에 가서 지전을 태운 다음 한바탕 곡을 하고 내려왔다.

사흘째 되던 날 밤이었다. 며느리가 시부모에게 개가하려는 자신의 마음을 솔직히 털어놓았다. 상대방은 장사꾼이었다. 과거 수십 차례 중매쟁이를 통한 혼담을 야멸차게 거절했던 상대였다. 그래도 그녀는 아이를 의붓아버지의 손에 자라게 하고 싶지는 않았다. 그래서 이곳을 찾아왔다는 것이다. 그녀가 묵직한 은전과 지폐 뭉치를 꺼내놓으면서 말했다.

"아이 아버지가 생전에 저에게 남겨준 것하고 부대에서 제게 준 위로금입니다. 이 몇 년 동안 우리 모자가 사느라고 적잖게 써버렸습니다. 남은 것은 이 정도밖에……."

녹자림은 돈 받기를 한사코 거부했다. 하씨 부인 역시 필요 없다면서 며느리의 손에 돈을 다시 쥐어주었다. 며느리가 말했다.

"조해가 남긴 돈은 모두 이 아이를 위해 써야 합니다……."

며느리는 다음 날 아침 일찍 녹자림의 집을 떠나려고 했다. 아이는 그 사실을 아는지 모르는지 곤한 잠에 빠져 있었다. 녹자림은 아내에게 손자가 잠에서 깨어나면 잘 달래주라고 당부했다. 이어 자신은 며느리를 배웅하기 위해 마을 입구의 큰길까지 나왔다. 녹자림은 이처럼 착한 며느리를 보내기가 정말 아쉬웠다.

녹자림이 집에 돌아왔을 때였다. 어디선가 아이의 울음소리가 들렸다. 그것은 분노와 반항, 절망의 절규라고 해도 좋았다. 곧 아이의 울음소리는 온 집안에 울려 퍼졌다. 놀랍게도 그 소리는 그의 가슴을 찡하게 하는 동시에 집안에 생기를 불어넣어주었다. 불과 얼마 전까지만 해도 다 허물어진 집안에는 황량하고 퇴락한 정적만이 맴돌았다. 그런데 이제 이 생기에 찬 울음소리가 일시에 그것들을 몰아내고 있었다.

마음이 다급해진 녹자림이 뛰다시피 발걸음을 옮겼다. 집안으로 들어서서는 바로 아내로부터 마구 떼쓰는 아이를 건네받았다. 손자는 아무리 달래도 소용이 없었다. 할머니와 할아버지를 거부하고 그저 발을 구르며 엄마를 내놓으라고 울 뿐이었다.

"엄마, 엄마……!"

노부부는 번갈아 가며 손자를 달랬으나 소용이 없었다. 죽어버린 아비에 엄마마저 떠나버린 손자라니! 오늘부터 이 아이는 부모 없는 고달픈 인생역정을 걸어가야 한다. 녹자림은 그렇게 생각하면서 눈이 벌게지도록 우는 손자를 쳐다봤다. 이어 갑자기 손자와 아내를 품에 안고 울기 시작했다.

"어이쿠, 불쌍한 녀석."

조용히 눈물을 흘리고 있던 녹자림의 아내 역시 더 이상 참지 못하고 대성통곡하기 시작했다. 손자는 오히려 두 노인이 우는 소리를 듣고 몹시 놀란 모양이었다. 울음소리가 서서히 잦아들었다. 그저 흑흑 흐느끼기만 했다.

그날부터 할아버지와 손자는 차츰차츰 정을 붙여갔다. 처음에는 옅었던 정도 깊어졌다. 서먹하던 감정은 자연스럽게 해소되었다.

녹자림은 서 있을 때는 아이에게 무동을 태워주었다. 또 누워 있을 때는 자신의 배에 앉아 놀게 했다. 어릴 적 기억을 되살려서 동요를 가르쳐주기도 했다. 그리고 아이가 잘못 부르면 눈물을 찍어대면서 웃었다.

아이는 평소에 잘 놀다가도 갑자기 "엄마는?" 하고 묻기가 일쑤였다. 그때마다 녹자림은 차분하게 아무렇지도 않은 척 대답해 주었다.

"네 엄마는 저기 바다에 갔단다."

손자는 점점 할아버지와 할머니를 믿고 의지하게 되었다. 녹자림이 아내에게 말했다.

"당신, 애 눈 좀 보라고. 영락없는 녹씨 종자라고. 눈썹 한 가닥까지도 닮았잖아."

아내가 녹자림의 눈을 들여다본 다음 손자의 눈에 뽀뽀를 했다. 그리고 녹자림은 볼일을 보러 나가려 했다. 그러자 아이가 할아버지를 붙잡고 안겼다. 녹자림이 말했다.

"놀러 나가는 것이 아니란다. 일을 보러 가기 때문에 너를 데리고 갈수가 없구나. 할아버지가 돌아올 때 만두를 사 가지고 오마."

녹자림은 백록 연보소로 들어갔다. 예전에는 너무나 익숙했던 곳이었다. 그 때문인지 오히려 서먹한 느낌마저 들었다. 그는 곧바로 전복현의 사무실 문을 밀고 들어섰다. 그런 다음 발걸음을 멈추고서 책상 앞에 앉아 고개를 숙인 채 뭔가를 쓰고 있는 전복현을 바라보았다. 그도 녹자림을 쳐다봤다. 순간 그의 눈에 당황한 빛이 흘렀다. 그러나 금방 웃음을 띠며 말했다.

"자네가 돌아왔다는 소식은 들었네."

녹자림은 속마음을 감추지 않고 비아냥거렸다.

"내 목숨이 길다고 봐야겠지요. 다시 이렇게 뵐 수가 있게 되었으니."

전복현이 미안해서 어쩔 줄 모르겠다는 표정을 한 채 말했다.

"매번 자네를 보러 가려고 했지만 워낙 바쁘다 보니……. 한 가지 일이 끝나면 또 다른 일이 생기고. 정말 이거 사람 못 살겠네."

녹자림이 여전히 빈정대며 말했다.

"그렇겠죠. 형님이야 공무가 다망하시니."

전복현은 개의치 않고 웃으면서 녹자림에게 들어와 앉기를 권했다.

"자자, 앉아서 차근차근 말하지. 이제 돌아왔으니 어쩔 셈인가?"

녹자림은 계속 비아냥거리는 어투를 버리지 않았다.

"이제 망해버린 집안인데……. 자식도 죽고 땅도 다 팔아버렸는데 뭐 할 게 있겠어요? 아침저녁으로 죽이라도 끓여 연명할 수 있다면 만족해야 하지 않겠어요?"

"자네가 돌아오기 전부터 계획한 일이 하나 있어. 내가 다시 자네를 기용하겠네. 그렇게 비꼬는 말만 하지 말게나."

녹자림이 전복현의 말에 약간 수그러진 어조로 물었다.

"내가 지금 거북이처럼 고개도 내밀지 못하는 마당에 할 게 뭐가 있단 말입니까."

"이제 다시 연보소에 나와서 나를 좀 도와주게."

녹자림은 대답을 하지 않았다.

녹자림은 오늘 그다지 좋은 마음으로 찾아온 것이 아니었다. 그가 감옥에 들어간 첫날 제일 먼저 떠오른 사람은 전복현이었다. 만일 전복현이 악유산 앞에 나서서 보증만 해줬다면 그는 길어야 보름이면 집에 돌아갈 수 있었다. 그러던 것이 꼬박 2년 8개월을 감옥에 있었다. 이후 오랜 시일이 지나고서야 그는 전복현에 대한 기대를 접을 수가 있었다.

그는 또 감옥에서 나온 다음 팔아버린 재산의 반 이상이 전복현의 손을 거쳐 다른 사람에게 갔다는 사실도 알았다. 그 사실을 알게 된 그로서는 쓴웃음을 지으면서 아내에게 말했다.

"금은보화를 이 사람 저 사람한테 주지 말고 전복현에게 전부 쥐어줬으면 좋았을걸 그랬어. 전복현이 악유산 앞에 가서 한마디 하는 것이 성^省 주석이 말하는 것보다 열 배 이상의 효과가 있었을 텐데."

녹자림이 오늘 전복현을 찾은 것은 나름의 속셈이 있어서였다. 그가 도대체 어떻게 나오는지 보고 싶었기 때문이었다. 대응책 역시 준비해 놓았다. 반응이 좋으면 그냥 넘어갈 것이나 여차하면 난장판을 만들어버린다는 것이 그의 생각이었다. 그랬으니 처음부터 말이 곱게 나갈 리 없었다. 만일 전복현이 의리 없이 나온다면 진짜 미친개처럼 대들고 쓴맛을 보여줄 작정이었다.

녹자림은 그러나 전복현의 정중한 대응을 목격하자 행패를 부리려던 마음을 거두었다.

"아, 나는 다시는 관직에 나가고 싶지 않아요. 다시는 사람들 앞에 나서고 싶지 않아요."

전복현이 서랍 속에서 빨간 비단 주머니를 하나 꺼냈다. 그리고는 정중하게 녹자림 앞으로 밀어 놓았다.

"자네가 감옥에 들어가고 제수씨가 다급해져서 사람들에게 주라고 나한테 가져오셨네. 그리고 나한테도 주고 말이지. 내가 안 받으려 해도 막무가내였지. 지금 자네에게 돌려주겠네."

녹자림이 붉은 주머니를 집어 들고 가만히 살펴보니 속에서 금전과 은전이 만져졌다. 그가 '탕!' 하는 소리와 함께 책상 위에 비단 주머니를 던지듯 올려놓고는 전복현에게 말했다.

"형님, 이거 너무 나를 깔보시는 거 아닙니까?"

전복현이 침착하게 대답했다.

"만일 자네의 돈을 원했다면 내가 무슨 낯으로 자네를 다시 보겠나? 다만 자네의 재산을 지켜주고 싶었던 것이네."

녹자림은 자신이 조금 전 문을 들어서면서 저질렀던 행동이 후회되었다. 성급하게 행패를 부리지 않은 것이 그나마 다행이었다. 전복현이 말했다.

"내일부터 나오게. 나 혼자서는 도저히 감당이 안 되네. 자네가 와서 도와줘야 돼!"

녹자림은 고개를 끄덕였다. 마음속으로는 앞으로 손자에게 이 할아비가 만두를 사줄 수 있게 되었구나 하는 생각을 하고 있었다.

녹자림은 심기일전하여 연보소에서 근무하기로 결정한 다음 이틀의 말미를 얻어 서안西安에 다녀오기로 했다. 서안에서는 영하寧夏의 명산품인 가죽 윗도리를 하나 샀다. 목깃에 진짜 여우털이 둘러있는 것이었다. 금도금한 안경과 검정색 중절모도 샀다. 그가 이전에 쓰던 것들은 모두 아내가 전당포에 저당 잡혔기 때문이었다.

그가 이렇게 치장을 하니 2년 동안의 감옥 생활로 피폐해진 모습은 온데 간 데 없었다. 환골탈태라는 말을 떠올릴 수 있을 정도로 완전히 새로워졌다. 녹자림이 연보소에 가려고 백록진을 지나갈 때였다. 마침 중의당中醫堂에서 나오는 백가헌과 마주쳤다.

"자림, 이렇게 차려 입고 어디를 가나?"

"전 주임이 연보소에 좀 나와 달라고 해서 가게 됐네요."

백가헌이 멀어져 가는 녹자림의 뒷모습을 보면서 중얼거렸다.

"관리 밥이 좋긴 좋은 모양이군."

백가헌은 이전보다 더욱 신중해졌다. 집안도 그런 식으로 다스려 나갔다. 그는 국민당 정부에서 장정을 징발하고 세금을 무겁게 거두던 첫해에 효무를 산으로 보내 약재 파는 일을 하도록 한 바 있었다. 효무를 산에 숨긴 것은 징병을 피하기 위해서가 아니었다. 징병하는 임무를 피하게 하기 위해서였다.

그 후의 사정은 그가 예측한 대로 되었다. 보갑의 갑장과 총갑장은 풍로 앞의 쥐 같은 신세가 되었다. 우선 마을 주민들은 그들을 보기만 하면 천하의 못된 놈이라고 욕을 퍼부었다. 상부에서도 질책과 닦달을 했다. 그들은 마치 동네북처럼 양쪽에서 두들겨 맞았다. 급기야 나중에는 징집령과 세금을 거두라는 명령이 떨어지면 이들 갑장과 총갑장이 제일 먼저 도망을 쳤다.

그러다 보니 이후부터는 갑장과 총갑장도 돌아가며 맡아야 했다. 백가헌이 농담조로 "전 중국 백관의 관직 중에서 갑장만이 서로 양보하는 관직이로군." 하고 중얼거린 것은 괜한 게 아니었다.

백가헌의 집안에서도 장정을 한 명 보냈다. 세금도 냈다. 셋째 아들 효의가 그의 집안에서 징발된 장정이었다. 그는 대오를 따라 하남으로 전쟁을 하러 갔으나 다행히 죽지 않았다. 뿐만 아니라 터럭 하나도 다친 데 없이 무사히 돌아왔다.

그러나 그가 느낀 전쟁에 대한 공포와 두려움은 대단했다. 그것은 나중에 전쟁에 대한 근본적인 증오로 바뀌었다. 그는 사람들이 죽어가는 것을 생생하게 목격했다. 아군과 적군의 시체가 뒤엉켜 쌓이는 광경도 허투루 보지 않았다. 그 모습에 고향의 보릿단을 떠올렸다.

무엇 때문에, 무엇을 위해 이런 전쟁을 해야 한단 말인가. 아직 다 자라지도 않은 젊은이들이 '핑!' 소리 한 방에 쓰러져 갔다. 효의는 자신도 죽기 싫었으나 남도 죽이기 싫었다.

그는 집에 가서 말이나 먹이고 솜틀이나 밟고 싶었다. 결국 그는 어두운 밤을 이용해 도망을 쳤다. 이어 두 달 만에 고향에 도착했다. 그러나 집으로 갈 수는 없었다.

그는 현의 보안단으로 큰형인 효문을 찾아갔다. 효문은 그에게 군복을 주었다. 그러자 효의가 말했다.

"난 군대 생활은 못 하겠어요, 형. 다른 일을 찾아 줘요."

"그럼 말이나 먹이렴."

"좋아요. 난 녹삼 아저씨에게 어려서부터 말 먹이는 것을 배웠으니까."

효의는 보안단에서 반 달 정도 말을 먹였다. 부친이 그 소문을 듣고 달려와서 그를 집으로 데려갔다.

"우리 집안사람들 모두가 보안단원이 되려고 그러느냐?"

다시 징병소집이 내려왔을 때 갑장과 보장은 백가헌의 집을 그냥 지나쳤다. 백가헌은 이상하게 생각하고 골목길을 지키고 기다렸다가 보장을 막고 물었다.

"이번에 우리 집은 몇 명이나 배당되었나?"

보장이 눈을 껌벅이며 말했다.

"어르신, 왜 이러십니까? 어르신 댁은 면제 대상입니다."

"면제?"

"그럼요. 상부에서 저한테 특별히 말했어요. 어르신 댁은 면제라고. 효문 형님이 전 주임한테 연락을 해 왔어요. 보안단에 있는 것만으로 한 사람이 충당이 된다고요. 그리고 토왜도 면제예요. 그의 형 흑왜도 효문 형님과 마찬가지로 보안단에 있으니까요. 그러니 토왜에게 숨거나 도망가지 말라고 하세요. 두 집을 건드릴 사람은 아무도 없으니까요."

백가헌은 뭔가 꺼림칙했다. 면제라니, 이것은 분명히 효문의 세력 덕분이었다. 아들의 덕을 본다는 것은 그가 이 평원에서 특별해졌음을 의미하는 것이었다. 그는 사람들의 눈초리가 무서웠다. 그는 이 일을 냉 의원에게 말했다.

"역시 벼슬자리가 좋은 것 같습니다. 아들이 관직에 있으니 징집도 면제되고 말입니다."

"왜, 기쁘지 않나? 아무리 돈을 내도 죄다 똥통에 집어넣는 격인데. 이 돼먹지 않은 국가……."

냉 의원의 몇 마디 말은 백가헌의 마음을 어느 정도 진정시켜 주었다. 다음 날 그는 아직 도망가지 않은 일가를 사당에 불러놓고 말했다.

"여러분, 오늘부터 정월 초하룻날 조상에 제사를 올릴 때를 제외하고는 나를 찾지 마시오. 어떤 일로도 효무나 나를 찾지 마시오. 지금 같은 세상에서 나는 여러분들을 도울 힘이 없소. 다만 모두 자중하기를 바랄 뿐이오……."

효문은 녹자림의 문간채와 문루를 사들이기로 했다. 백가헌은 그 일을 극구 반대했다. 효문이 냉 의원을 찾아가 말했다.

"선생님, 그 집은 제가 지난번에 선생님을 중개인으로 해서 녹씨 집안에 팔았던 것입니다. 이번에 제가 다시 선생님을 중개인으로 해서 사오고 싶습니다. ……저의 뜻을 아시겠지요?"

"자네도 체면을 생각하게 되었나? 좋아. 기백이 있군."

효문은 보안단에서 고향으로 돌아와서 보름을 머물렀다. 우선 집을 사들이는 것을 타협한 후에 원래 자리에 다시 집을 지을 것을 허락해 달라고 부탁했다. 백가헌은 고집을 꺾지 않았다.

"네가 집을 사들이는 것까지는 내가 막을 수 없다. 그러나 집을 짓는 건에 대해서는……, 전에 얘기했듯이 너는 따로 집을 지어라. 형제 셋이서 한 문루를 쓴다는 것은 별로 좋지가 않다."

효문이 솔직한 생각을 아버지에게 털어놓았다.

"아버님, 아버님 말씀이 옳으십니다. 형제 셋이서 한집에 산다면 복잡하겠죠. 그러나 제가 따로 집을 짓는 것은 2년 후에 하겠습니다. 지금은 너무 바빠서 그럴 시간이 없어요. 공비 소탕이 끝나고 천하가 태평해지면 그때 집을 지어 노후를 고향에 돌아와 지내고 싶습니다. 그런데 이번에 사들인 집은 조상님들께 속죄를 하기 위해 짓고 싶습니다. 그 집은 제가 아버님과 효무, 효의에게 지어드리는 것입니다. 저는 집이 필요 없어요……."

녹자림의 세 칸짜리 문간채와 문루를 백씨 집안으로 옮겨 와서 다시 새롭게 짓자 옛날의 위풍당당하던 풍모가 되살아났다. ㄷ자 모양의 삼합원이 본래대로 ㅁ자가 되어 중국 전통 가옥인 사합원四合院으로 바뀌었다.

효문은 이어 전처와의 사이에 낳은 두 아들을 데려갔다. 작은아들은 현 내에 있는 학교에서 공부를 계속하게 했으나 큰아들은 보안단에서 일을 보게 했다.

큰아들의 일은 쉽지 않았다. 젊은 계모를 보는 순간 아들은 곧바로 깊은 원한을 갖게 되었다. 그는 보안단에서도 유명할 정도로 고집이 셌다. 또 현에서 도박을 했고, 여자를 희롱하거나 아편도 피웠다. 심지어 보안단의 밀가루와 총까지 훔쳤다. 나중에는 아버지의 돈은 물론이고 계모가 숨겨 놓은 돈까지 훔쳤다.

효문은 큰아들이 집안의 물건까지 훔쳐갔을 때에야 비로소 아들의 못된 버릇을 알게 되었다. 아들을 흠씬 두들겨 패주는 것 외에는 선택의 여지가 없었다. 그러자 아들은 총 한 자루를 훔쳐 달아나버렸다.

이 아들이 어렸을 때, 그는 소아小娥에게 흠뻑 빠져 있었다. 그래서 아이를 한 번도 안아 본 적이 없었다. 전처가 굶어 죽은 후에는 또 아들들을 할머니 손에 맡겼으니 부자지간이라도 마치 서로를 모른 척하면서 길을 가는 사람들과 하등 다를 바가 없었다. 효문은 아들이 도망간 후에 찾지도 않았다. 그저 가볍게 동료들에게 농담을 했을 뿐이었다.

"다음번에 만나면 그 녀석은 아마 사단장이 되어 있을지도 몰라."

백가헌 역시 그런 손자를 돌봐줄 수가 없었다. 전쟁 중에도 집안은 그런대로 조용한 편이었다. 징병이 면제되었을 뿐만 아니라 각종 세금도 낼 필요가 없었다. 평원의 마을에는 이렇게 면제되는 집이 몇 있었다. 돈 많고 세력 있는 집안은 여러 경로로 줄을 대거나 다양한 수단을 사용해 면제 대상이 되었다. 면제 대상이 된다는 것은 사람과 재산의 손실을 막을 뿐 아니라 특별한 영광이기도 했다.

모든 것을 냉정하게 똑바로 보는 백가헌이 효의와 토왜에게 말했다.

"면제가 된다는 것은 좋은 일인 동시에 나쁜 일이 될 수도 있다. 절대 사람들 앞에서 그런 것을 내세우지 마라. 알겠느냐?"

그는 언제부턴가 부쩍 옛일을 떠올렸다. 자식들을 훈계할 때도 종종 옛일을 들먹였다.

"기근이 얼마나 무서운지 아느냐? 굶어 죽은 사람이 얼마나 많았는지 아느냐? 그래도 그런 것은 한 해면 지나가지. 두 번의 역질이 얼마나 무서웠는지 아느냐? 얼마나 많은 사람이 죽었지? 그러나 그런 것도 반년이면 지나가지. 그런 재앙들은 지금의 징집에 비하면 대단할 것도 없다. 봐라, 그 징집을 시작한 해부터 지금까지 각 마을의 젊은이들이 살아서 나갔다가 몇이나 돌아왔느냐? 땅을 팔고 집을 팔면서 망하는 사람은 계속해서 늘어만 가고 말이지. 무엇보다도 걱정되는 것은 이러한 세월이 언제까지 계속될지 예측할 수도 없다는 것이야."

효의는 집안을 책임져야 했다. 형들이 집안에 없었으므로 그에게 책임이 돌아왔던 것이다. 사실 그도 이미 결혼을 해서 제 몫을 할 수 있는 어른이 되었으니 그래야 했다.

그의 고집스런 천성과 솔직한 성격은 백씨 집안의 전통과 가풍을 이어받은 것이었다. 그렇기 때문에 왕왕 극단적일 때가 있었다. 또 어떤 일들은 아주 난처하게 만들기 일쑤였다. 이 방면에서 그는 효무나 효문에게 미치지 못했다.

그러나 농사일을 관리하고 가축을 돌보는 일에는 아주 일가견이 있었다. 그는 종종 무슨 작물을 얼마나 심을 것인지 부친과 다투고는 했다. 그리고는 결국 자신의 판단이 옳았다는 것을 증명해 보였다.

그러나 그에게는 치명적인 결함이 하나 있었다. 그 자신은 그것을 아직 깨닫지 못하고 있었다. 그것은 바로 결혼한 지 몇 년이 되도록 아내에게 아이가 없다는 것이었다. 백가헌은 오래 전부터 이 일을 걱정하고 있었다.

할머니 조씨 역시 그랬다. 손주며느리를 데리고 절에 가서 아들을 점지해 주기를 빌기도 했다. 그러나 아무런 효험이 없었다. 할머니는 이전에는 절에 가 본 적이 없었다. 백씨 집안은 이제껏 조상에게만 제사를 드릴 뿐이었다. 그래서 여자들이 아무 데나 가서 쓸데없이 빌고 다니는 것을 허락하지 않았다.

조씨는 처음에는 손주며느리를 데리고 백록원 서쪽에 있는 선인동仙人洞의 삼신할머니에게 가서 빌었다. 빨간 초 한 자루와 향을 피우고는 무릎을 꿇고 머리를 조아렸다. 손주며느리는 할머니가 하는 대로 따라 했다. 그리고는 수줍은 듯이 삼신할머니의 엉덩이 밑으로 손을 넣어 그 밑을 만졌다. 진흙으로 만든 갈래머리를 땋은 여자아이 인형이 있었다. 말갈기 같은 머리를 늘어뜨린 남자아이 인형도 있었다. 손주며느리는 그중에서 남자아이 인형을 만져 보았다.

손주며느리는 그것을 가져다가 매일 밤 잠잘 때에 음부 사이에 끼고 자야 했다. 때문에 손주며느리는 잠을 이루기가 어려웠다. 그럼에도 밤마다 효의와 교합을 이루는 것은 잊지 않았다. 하지만 임신의 어떠한 징조도 보이지 않았다. 마침내 효의는 참지 못하고 화를 내었다.

"당신, 도대체 어떻게 된 거야?"

그녀는 부끄러움에 울지도 못했다. 할머니는 이번에는 손주며느리를 데리고 냉 의원을 찾았다. 냉 의원은 그녀의 기색을 살피고 진맥을 한 뒤 수면과 월경이 순조로운지 물었다.

냉 의원은 우선 조상 대대로 내려오는 비법을 썼다. 다음에는 여러 가지 비방을 사용했다. 비방에 필요한 약재는 방금 울기 시작한 붉은 수탉과 방금 거세를 한 돼지나 소의 고환과 같은 물건이었다. 이러한 희귀한 물건들을 찾기란 여간 어려운 일이 아니었다. 그러나 여전히 손주며느리에게서는 아무런 징조가 없었다.

백가헌은 절망적이 되어서 냉 의원을 찾았다.

"아무래도 며느리를 친정으로 돌려보내야겠습니다."

백가헌은 효의가 후손이 없게 내버려둘 수는 없었다. 냉 의원이 웃으며 물었다.

"혹시 자네 아들에게 문제가 있다면 어쩌려고 그러나? 이번에 내쫓고 다시 며느리를 보았다가 그도 안 되면 또 내쫓……."

백가헌이 깜짝 놀라서 물었다.

"아니 남자에게도 문제가 있을 수 있습니까?"

냉 의원은 이 신비하고도 어려운 생육의 수수께끼를 알기 쉽게 비유해서 설명했다.

"오이 덩굴 가운데 어떤 꽃에는 오이가 달리지만 어떤 꽃에는 오이가 달리지 않는 것과 같은 이치일세. 단지 꽃만 피고 열매를 맺지 않는 꽃을 수꽃이라고 하지 않나? 어떤 남자들은 단지 꽃만 피고 열매는 맺지 않는 수꽃과 같지. 그러니 우선 자식 부부 중에서 누가 수꽃인지를 알아본 후에 친정으로 보내든지 말든지 결정해야 할 걸세."

"아니 그걸 어떻게 안단 말입니까?"

"몽둥이 축제에 한번 가보게."

백록원의 동남쪽 진령산에는 하나의 봉우리가 있었다. 둥글게 생긴 봉우리의 형태는 마치 옷을 다듬이질할 때 사용하는 방망이 같았다. 그 봉우리 기슭에 조그만 암자가 있었다. 또 그 안에는 아주 기이한 신이 모셔져 있었다.

그 신은 얼굴의 반은 여성의 쪽진 모습, 나머지 반은 남성이 봉두난발한 모습을 하고 있었다. 은행 같은 한쪽 눈은 인자했으나 다른 쪽 눈은 표독스럽기 그지없었다. 또 한쪽 귀는 귀걸이를 한 둥근 모습을 했으나 다른 한쪽 귀는 길게 어깨까지 내려와 있었다. 반쪽의 뺨과 턱은 둥글고 원만하게 빛났다. 반면 반쪽의 뺨과 턱은 하관이 빠르고 수염이 나 있었다. 마치 갈대밭과 같은 모습이었다. 이 외에도 한쪽 가슴은 풍만하고 윤택했으나 다른 한쪽 가슴은 근육이 울퉁불퉁하면서 검게 마른 유두가 있었다. 이뿐만이 아니었다. 세 마디도 안 될 정도의 전족을 한 한쪽 발에는 분홍빛으로 수놓은 비단 신이 신겨져 있었으나 다른 한쪽은 맨발인 채 짚신을 신고 있었다. 그리고 둔부에는 헝겊 하나를 두르고 있었다. 가장 은밀한 부분은 가려진 채였다. 그 신은 한쪽의 윤기 있고 풍만한 팔에 살며시 입을 벌린 조개를 들고 있었다. 또 다른 근육이 늠름한 팔에는 굵은 쇠로 만든 방망이를 들고 있었다. 이것이 바로 남녀합일의 몽둥이 신인 것이다(남성을 상징하는 몽둥이란 뜻의 봉棒자와 여성을 상징하는 조개란 뜻의 방蚌의 중국어 음은 모두 'bang'이다.).

매년 6월 초사흗날부터 엿새까지는 이 몽둥이 축제일이었다. 이 축제는 낮이 아니라 밤에 열렸다. 그런데 한밤중이 가장 성황을 이루었다. 인근에 사는 사람은 집에서 저녁을 먹고 나왔지만 멀리 사는 사람은 일찍부터 길을 서둘러 밤이 될 때 산에 닿고는 했다.

대체로 시어머니가 불임의 며느리를 데리고 왔다. 그들은 짐짓 친척을 방문하는 척하고 집을 나섰지만 들고 있는 대바구니에는 신께 공양 올릴 제수와 자신들이 먹을 마른 음식이 들어 있었다. 당연히 보자기로 꽁꽁 싸서 아무도 보지 못하게 했다. 우선 시어머니가 공양물을 바친 후 몽둥이 신께 향과 초를 사르면 며느리도 함께 큰절을 올린다. 그런 뒤 암자를 나설 때 만날 장소를 정하고는 시어머니가 며느리의 머리에 얼굴가리개 천을 씌워준 후 헤어진다.

그러면 나무 그늘이나 바위 뒤에 숨어 있던 남자가 나타나 여자를 데리고는 으슥한 곳으로 가서 한바탕 남녀의 일을 벌인다. 이때의 금기 사항은 어느 누구라도 그 어떤 것도 묻지 않는다는 것이다. 남자들은 대부분 공짜를 좋아하는 부근에 사는 젊은이들이다. 일이 끝난 후 며느리는 시어머니와 만나 집으로 돌아온다.

어떤 시어머니들은 한 번으로는 안심이 안 되는지 다시 한 번 향을 사르고 초를 켠 후 재차 며느리를 어두운 곳으로 밀어 넣기도 했다. 그러면서 하는 말이 아주 걸작이었다.

"기껏 먼 곳에서 왔는데 한 번으로 안심이 되겠니? 확실하게 해야지."

다음해에 아이를 얻게 되면 시어머니는 또 며느리의 손을 잡고 이곳에 와서 감사의 절을 올린다. 그때는 감사의 절이 끝나자마자 곧바로 집으로 돌아갔다.

백록원에는 이 풍속으로 인해서 생긴 욕이 많았다. 두 사람이 감정 대립이 있어 저주라도 할라치면 "누구는 양심도 저버리고 몽둥이 축제에 가서 주워 온……"이라는 말을 했는데, 그것은 가장 치욕적인 욕이었다.

백가헌은 냉 의원의 말을 듣고 아무 말도 할 수 없었다. 만일 다른 사람이 이런 말을 했다면 대번에 그의 대추나무 지팡이가 상대의 면상으로 올라갔을 것이다.

"형님, 말씀이 갈수록 심해지십니다."

냉 의원은 아무렇지도 않게 대꾸했다.

"듣기 거북하겠지만 하는 수 없지. 한번 가보는 게 어떻겠나? 임신이 되면 셋째 아들이 문제라는 걸 알 수 있을 것 아닌가? 만일 그래도 임신이 안 되면 그때는 친정으로 돌려보내고. 다시 말하자면 아들에게 문제가 있다 하더라도 임신해서 아이를 낳으면 후대를 이을 수 있지 않나? 그러면 양자를 들이는 것보다 낫지. 또 그 내막을 누가 알겠나?"

백가헌은 한동안 담뱃대만 뻐끔뻐끔 빨아 대더니 한참 후에 통명스럽게 말했다.

"그 방법은 잠시 제쳐두고 우선 아들놈이나 치료해 봅시다. 모든 문제가 아들에게 있다고 생각하고 치료해 봅시다. 만일 그래도 안 되면……."

이때 백가헌의 마음속에는 이미 냉 의원보다도 더 주도면밀한 방법이 준비되어 있었다. 그는 곧 어머니 조씨를 찾아가서 그 방법을 실행에 옮기기로 했다.

그날 밤 조씨는 손수 기름과자를 튀기고 달걀 다섯 개로 찜을 해 마구간으로 가서 토왜에게 저녁을 먹였다. 토왜는 노르스름하게 튀긴 과자와 달걀찜을 보고는 감히 수저를 들지 못했다.

"아저씨는요?"

"아저씨는 먼저 드시고 냉 의원댁으로 바둑 두러 가셨다. 토왜야! 어서 먹어라. 밥을 먹고 나면 이 할머니를 좀 도와줘야겠다."

토왜가 소탈하게 웃으면서 말했다.

"할머니, 시키실 일이 있으면 말씀만 하시면 될 텐데 이렇게 맛있는 것까지 만들어서 오실 필요가 뭐 있어요?"

"어서 먹어라. 다 먹고 나면 이야기하마."

토왜는 마파람에 게 눈 감추듯 먹어치웠다. 땀까지 뻘뻘 흘리며 먹고 나서는 연거푸 트림을 했다.

"할머니, 무슨 말씀이든 하세요. 다 해드릴게요."

"네 셋째 형수가 병이 났는데 신령님이 말하길, 숫총각이랑 같이 자야 그 악귀를 물리칠 수 있다는구나. 네가 가서 형수하고 이틀 밤만 지내거라."

토왜는 어릴 적부터 녹삼이 엄격하게 키웠던 터라 남녀 간의 은밀한 일에 대해서는 완전 숙맥이었다. 그래서 천진하게 웃으며 말했다.

"난 또 뭐라고. 그게 무슨 중대한 일이에요?"

"할머니가 해 본 소리다. 가축들 여물은 다 주었느냐?"

"한 번만 더 주면 됩니다. 여물을 주고 가겠습니다."

"그렇게 서두를 필요 없다. 신령님이 말하길 별이 다 뜬 후에 가는 게 좋다고 하셨다."

"가축들이 여물을 먹고 나면 별이 다 뜰 겁니다. 그때 가 보겠습니다."

할머니가 낮은 목소리로 토왜에게 당부했다.

"네가 셋째 형수하고 밤을 지냈다는 말은 어느 누구한테도 해서는 안 된다. 말하면 신령님이 네 혓바닥을 뽑아버릴 거야."

모든 계획은 완벽했다. 이 일은 시기의 선택이 가장 관건이었다. 그래서 할머니는 미리 효의의 아내에게 월경의 시작과 끝나는 날을 확실하게 알아봤다. 그렇게 해서 둘째 며느리가 친정의 동생 결혼식에 참석하는 때를 골랐다.

효의에게는 집에 돈이 필요하다는 핑계를 댔다. 그리고는 산에 가서 형 효무에게 약재를 달라고 한 후 나귀에 싣고 서안으로 가서 팔아 오라고 시켰다.

백가헌은 일찌감치 바둑을 두러 간다며 중의당으로 몸을 피했다. 냉의원은 고향집으로 작은아들의 혼인 준비를 하러 가고 없었다. 백가헌은 약 짓는 것을 돕는 사람과 함께 자신의 유일한 오락인 바둑을 둘 수 있었다.

집에는 오로지 셋째 며느리와 할머니뿐이었다. 토왜가 문을 나서자 할머니는 갑자기 가슴속에서 참을 수 없는 무언가가 꿈틀대는 것 같아서 담뱃대를 물었다. 가슴이 답답한 중에도 초조하게 기다리고 있자니 토왜의 발자국 소리가 들렸다. 토왜가 손주며느리의 방문을 두드리는 소리가 들렸다. 할머니의 가슴은 맹렬하게 뛰기 시작했다.

할머니는 바로 마당으로 나가 기침을 한 번 하고는 거리로 통하는 대문을 닫아걸었다. 이어 다시 손주며느리의 방을 지나면서 안에 대고 말했다.

"밤이 깊었다. 어서 자거라. 내일 또 일찍 일어나서 일해야 되니까."

할머니는 말을 마치자마자 안채로 들어가는 체하면서 도로 살금살금 나와서 고양이처럼 손주며느리의 방에 귀를 기울였다. 안심하고 잘 수가 없었던 것이다. 저 미련한 토왜가 만일 순순히 응하지 않고 소리라도 지르면 어쩌나? 할머니는 여차하면 시끄러워질 때를 대비하고 있었다.

"형수님, 제가 어디서 자면 될까요?"

"자고 싶은 곳에서 자요."

"형수님, 도대체 무슨 병인데 사람이 옆에 있어야 낫는 겁니까?"

"묻지 말아요. 물으면 신령님이 혀를 뽑는대."

얼마 동안 옷 벗는 소리가 들리더니 일순 조용해졌다. 잠깐 그러는가 싶더니 토왜가 갑자기 소리를 질렀다.

"어이쿠, 난 젖 안 먹어요. 난 이미 다 자랐는데 왜 나한테 젖을 먹이려고 그래요?"

손주며느리가 말하는 것이 들렸다.

"이 바보야, 소리를 지르면 혓바닥이 뽑힌다니까!"

토왜는 다시 참지 못하고 조그만 소리로 말했다.

"아아, 형수님 만지지 말아요……."

아마도 손주며느리가 토왜의 입을 틀어막은 모양이었다. 토왜는 꺽꺽거리면서 계속 말을 했다.

"형수님, 왜 이러는 거예요? ……어이쿠, 어머니! 형수님, 이렇게 하면…… 견딜 수 없네. 어떻게……, 아아."

할머니는 한숨을 토하고는 손주며느리 방의 창가를 떠났다. 이어 얼굴이 빨갛게 상기된 채 조심스럽게 자신의 방으로 걸음을 옮겼다. 그러다 그만 빗자루를 건드리는 실수를 했다. 그 소리에 토왜가 물었다.

"무슨 소리지?"

손주며느리가 대답했다.

"고양이야."

할머니는 방으로 돌아와서는 참지 못하고 그예 마구 욕을 했다.

"제기랄, 고양이는 무슨……. 네 할미다!"

3개월 후에 셋째 며느리는 입덧을 하기 시작했다. 백가헌은 냉 의원에게 아주 좋은 가죽옷을 선물로 보내면서 말했다.

"선생님의 의술이 보통이 아니시구려."

이렇게 백가헌은 냉 의원이 자신의 사례를 받아들이게 하면서 그의 입을 봉했다.

6월 3일의 몽둥이 축제는 아직도 멀었다. 때문에 백가헌의 며느리가 아이를 가진 것은 모두 냉 의원이 지어준 약 덕분이 되었다. 누구에게 문제가 있었는지는 중요하지 않았다.

백가헌이 두 번째로 조치할 일이 남아 있었다. 그것은 토왜를 결혼시키는 일이었다. 그는 저녁밥을 먹으면서 토왜에게 친절하게 말했다.

"토왜야, 너도 이제 다 컸구나. 장가를 들어야지? 집은 다시 수리할까 아니면 다시 지을까?"

"아버지가 말씀하셨어요. 흑왜 형님에게는 일전 한 푼도 달라고 하지 말라고요. 형님이 준다고 해도 받지 말라고 했어요. 또 형님의 이전 집에도 집을 짓지 말라고 했어요."

"음, 알았다. 너에게 돈이 얼마나 있는지 말해 보렴. 이 아저씨가 계산해 보마."

토왜는 녹삼이 죽을 때 자신에게 남겨준 돈이 얼마인지 말했다. 백가헌이 웃으며 말했다.

"그 돈으론 우렁이 색시밖에 못 얻겠다."

토왜가 부끄러운 듯 웃었다. 백가헌이 말했다.

"우선 정혼을 해라. 그다음에 집을 수리하고. 설날을 넘기면 색시를 맞아들이도록 하자. 돈은 내가 전부 대주마. 네 아버지의 정에 보답하는 거야."

할머니는 셋째 손주며느리의 배가 불러오는 것을 볼 때마다 손주며느리가 미워졌다. 얼굴도 보기가 싫었다. 심지어 손주며느리가 가져온 음식만 보아도 토할 것 같았다. 그렇다고 욕을 할 수도 없었다. 누구에게 말을 할 수도 없었다. 그렇게 해서 할머니는 점점 야위어 갔다. 그러다 보리 수확을 끝낸 후 삼복더위에 눈을 감았다.

백가헌은 본래 어려움 속에서도 나름 집안에 공이 많았던 모친을 성대하게 장사지내려고 생각했었다. 그러나 나날이 전쟁의 여파가 극심해 효심을 발휘할 수가 없었다. 마을의 젊은이들이 모두 도망간 탓에 힘쓸 이들을 찾는 것도 어려웠다. 백가헌은 모친의 영정 앞에서 맹세했다. 3년이

지나 태평성대가 되면 이 아들이 다시 한 번 성대한 장례식을 치르겠노라고……

다음해 봄에 효의의 아내는 아들을 낳았다. 토왜도 이미 새색시를 맞아들여 새집에서 생활을 하고 있었다. 백가헌은 토왜에게 2묘의 땅을 떼어주고는 색시와 함께 지내도록 했다. 이 일은 백록원에 아름다운 일화로 퍼졌다. 백가헌은 이후 다시는 머슴을 들이지 않았다. 밀 수확 때만 일꾼을 썼다.

셋째 며느리가 아이를 낳기 전 치렀던 어머니의 장례식에는 주 선생도 참석했었다. 그리고는 떠날 때 한마디를 했다.

"토왜에게 머슴을 그만두게 하고 혼자 해 보게나."

백가헌이 무슨 말인지 몰라 물었다.

"제가 혼자 하지 못하면 어쩌죠?"

"그거야 간단하지. 가난한 사람한테 그냥 줘버리면 되지 않겠는가?"

백가헌은 매형의 말을 반만 따랐다. 그래서 토왜를 그만두게 하고 2묘의 땅을 주었던 것이다. 그렇지만 나머지는 아무래도 아까워서 다른 사람에게 줄 수가 없었다.

공산당은 1949년 정권을 잡은 후 토지 개혁을 시행했다. 더불어 성분도 조사를 했다. 그때 그는 불현듯 주 선생의 말을 떠올리고는 감탄을 금치 못했다.

"성인이로다, 성인. 진정한 성인이로다!"

그는 해방 3년 전부터 머슴을 고용하지 않았다. 이 때문에 토지 개혁당시 다행히도 지주의 성분에서는 제외될 수 있었다. 주 선생은 3년 후의 일까지 예견했던 것이다.

제32장

점심을 먹은 후에 낮잠을 자던 흑왜黑娃는 밖에서 들려오는 시끄러운 소리에 잠을 깼다. 그가 들어보니 부대의 위병과 어떤 낯선 사람이 뭔가를 두고 다투고 있었다. 위병은 포병대대장이 휴식할 때는 결코 방해해서는 안 된다고 말했다. 찾아온 사람은 스스로를 흑왜의 다섯째 외삼촌이라고 주장했다. 그리고는 마치 황족의 친척이라도 되는 것처럼 소리를 고래고래 질러댔다.

"포병 대대장을 하면 외삼촌을 모르는 척해도 되나? 내가 수십 리 길을 걸어 조카를 보러 왔는데, 잠에서 언제 깰 줄 알고 기다리라는 거야! 고관이 되더니 외삼촌도 몰라본단 말이지? 그래도 그 녀석이 어릴 때 음식을 훔쳐 가서 내가 귀를 찢어 놓았던 것을 잊지 말라고 해."

위병은 그래도 요지부동이었다. 아무리 대대장의 외삼촌이라고 해도 오후 휴식 시간에는 들여보낼 수가 없다는 것이었다.

흑왜는 소란을 떠는 불청객의 목소리가 귀에 익었다. 그러나 누군지 생각이 나질 않았다. 다섯째인지 여덟째인지는 모르지만 분명히 외삼촌은 아니었다. 외가댁의 다섯째 외삼촌은 바보였다. 그것도 나이 열서넛 무렵에 요절했다.

흑왜는 창가로 가서 밖을 내다봤다. 그리고는 깜짝 놀랐다. 그는 예전의 동료 한재봉이었다. 비록 남루한 남색 옷에다 비에 젖어 버섯이라도 돋아날 것만 같은 밀짚모자를 쓰고 있었으나 불청객은 분명 한재봉 그 사람이었다. 흑왜는 온 얼굴에 가득한 수염이 불청객을 아주 늙어보이게 했음에도 곧바로 그를 알아볼 수 있었다. 그는 호위병하고 입씨름을 하느라고 침까지 튀겨 가면서 흑왜가 어렸을 때 어쨌는지 떠들고 있었다.

흑왜는 문가로 다가가 대나무 발을 걷어 올리며 말했다.

"다섯째 외삼촌, 들어오시지요."

한재봉이 여전히 투덜대면서 흑왜의 방으로 들어섰다. 문을 들어선 후에도 밖에서 들으라는 듯이 목소리를 높여 흑왜를 질책했다.

"그래, 높은 자리에 올랐다고 이 외삼촌을 모르는 척하는 거냐?"

흑왜가 웃으며 말했다.

"됐소, 빨리 앉기나 하시오. 다음에 찾아올 때는 내 할아버지로 변해 있겠는걸?"

한재봉이 모자를 벗으며 슬며시 웃었다. 흑왜가 물었다.

"몇 년 못 본 사이에 이렇게 변했으니 우리 외삼촌 할 자격이 있소. 어떻게 지내고 있소? 아직도 재봉사 일을 하고 있소? 어디에서 하고 있는 거요."

한재봉이 말했다.

"직업을 쉽게 바꿀 수 있겠소? 여전히 그 모양이지. 산에서 그저 먹고 지내오."

흑왜는 그 말을 믿을 수가 없었다.

"산에서 옷 맞춰 입을 사람이 몇이나 되겠소? 괜히 허튼소리 하지 마시오."

"허튼소리라니! 정말이오. 그런데 산에 있는 사람들을 상대로 돈을 버는 건 아니고 형제들에게 옷을 지어주고 있소."

"알겠소. 원래도 재봉사가 아니니까. 그럼 도대체 무슨 일을 하는 거요?"

한재봉이 흑왜의 말을 받았다.

"흑왜, 고상한 척하지 마오. 나는 진령산 유격대의 정치위원이오. 그해 농협이 결딴나고 나는 산으로 들어갔소. 과거에는 조붕兆鵬이 삼고초려하면서 간청하기에 당신을 우리 조직으로 들어오게 한 것이었소."

흑왜가 신음을 터트렸다.

"백록진白鹿鎭에서 당신을 보고 보통 사람이 아닌 것은 짐작하고 있었소. 말해 보오. 나를 찾아온 것은 분명히 긴박한 일이 있어서가 아니겠소?"

한재봉 역시 솔직하게 말했다.

"길 좀 빌려 주시오."

이리하여 두 사람은 하나의 묵계를 맺었다. 그건 내일부터 향후 5일 동안 유격대가 고관古關 협곡을 통과하여 북쪽으로 갈 수 있도록 흑왜가 길을 터주는 것이었다. 한재봉이 말했다.

"분명히 말해 두지만 다음에 만날 때는 내가 가짜 외삼촌 노릇을 하지 않아도 될 거요. 얼마 걸리지 않을 것이니 기다리시오."

흑왜가 참지 못하고 말했다.

"조붕이 떠날 때도 같은 말을 했었소."

한재봉이 떠난 지 3일째 되는 날 오후였다. 남색 모자를 쓰고 다리에 각반을 찬 웬 산사람 한 명이 찾아와서 위병에게 녹鹿 대대장을 만나게 해 달라고 했다. 흑왜는 마침 한재봉이 유격대를 이끌고 고관 협곡을 무사히 통과했는지 소식을 기다리고 있었다. 이 사람이 한재봉의 소식을 가지고 왔나 보다고 생각한 그는 그 사람을 만났다. 그는 놀랍게도 옛날 비적 두목인 망아芒兒를 살해한 범인을 찾아내려고 했을 때 도망친 진사왜陳舍娃였다. 그가 문을 들어서자마자 큰 소리로 말했다.

"녹 대대장님, 저를 알아보시겠습니까?"

"자네는 사왜가 아닌가? 그동안 어디에 있었나?"

진사왜는 문을 힐끗 쳐다보고는 낮은 소리로 말했다.

"유격대요."

흑왜는 하마터면 "한재봉이 보내서 왔느냐?"고 물어볼 뻔했다.

그러나 흑왜가 미처 입을 열기도 전에 진사왜가 미간에 주름을 잡으며 말했다.

"녹 대대장님, 제가 대대장님께 공을 세울 기회를 드리려고 왔어요."

"무슨 일인데? 자세히 말해 보게."

진사왜가 고개를 돌려 다시 한 번 문 쪽을 살피더니 말했다.

"내일 밤에 유격대가 고관 협곡을 지나갈 겁니다. 코앞에 고깃덩어리가 떨어졌습니다. 녹 대대장님, 이 유격대를 습격해야 하지 않겠습니까? 성공하면 승진은 떼어 놓은 당상입니다."

흑왜는 너무나 놀라서 심장이 멈출 것 같았다. 그러나 놀란 가슴을 겨우 진정시키고는 한참 후 천천히 물었다.

"자네, 그 사실을 어떻게 알았는가?"

진사왜가 아주 득의양양하게 말했다.

"몰래 들었지요. 듣자마자 녹 대대장님께 이 살찐 고깃덩어리를 선물로 드려야겠다고 생각했습니다. 산채에 있을 때 제일 존경한 분이 바로 녹 대대장님이었거든요. 그래서 유격대에 들어간 후에도 늘 후회했어요. 호시탐탐 투항하고 싶었지만 기회가 없었는데 오늘에서야 선물을 가지고 올 수 있게 되었습니다."

진사왜는 말을 마치고 히죽 웃었다. 흑왜가 천천히 가슴을 쓸어내리고 말했다.

"아, 알겠네. 자네는 유격대를 배반하고 나한테 투항하러 왔군. 역시 형제의 의리가 있어. 정말 큰 선물이네. 여보게 형제, 여기 앉아서 차라도 마시게. 자네가 이렇게 나를 믿고 찾아왔으니 다른 사람에게는 절대로 말하지 말게. 공을 가로채 가면 어떡하겠는가?"

진사왜는 과거 비적 부두목 흑왜가 자신을 믿어주는 것이 기뻤는지 득의양양하게 말했다.

"그런 걱정일랑 붙들어 매십시오."

흑왜는 일생 동안 수없이 사선을 넘나들었다. 그러나 이번처럼 당황한 적은 없었다. 그러나 곧바로 후속 대책을 세울 수는 있었다. 우선 어떻게든 이 위험인물을 붙들어 놓아야 한다. 그런 후에 그를 적당한 방법으로 처치해야 한다. 흑왜는 몇 번이고 그렇게 다짐을 했다.

"이것 참, 자네가 나한테 이렇게 큰 선물을 했는데 나는 무엇으로 보답하지? 솔직히 말해 보게. 필요한 게 무언가? 돈인가, 관직인가?"

진사왜가 마른기침을 한 뒤 근엄한 척하며 말했다.

"저는 산채에 있었을 때 일개 졸병에 지나지 않았습니다. 유격대에 들어갔을 때도 그랬고요. 언제나 남이 시키는 일만 했지요. 인간 같지도 않은 자들이 모두 저를 질책하곤 했습니다. 이참에 녹 대대장님이 저에게 하찮은 관리의 모자나 하나 씌워 주시면 좋겠습니다. 그렇게 해서 남의 앞에 고개 들고 설 수만 있게 해 주신다면 죽어도 한이 없겠습니다."

흑왜가 화통하게 대답했다.

"음, 그렇다면 큰 관직을 주어야 뭔가 위풍이 당당하지. 우선 자네는 여기서 한숨 자면서 쉬게나. 일어나면 큰 선물이 기다리고 있을 걸세."

한밤중이 되었을 때 흑왜는 진사왜를 휘하의 병사들에게 넘겼다. 그에게는 유격대가 이동하는 구체적인 경로를 조사하는 것이라고 했다. 이어 두 병사들에게 은밀하게 일렀다.

"이 골칫덩어리를 처치하게. 빠르면 빠를수록 좋네."

단꿈이 미처 깨지도 않은 상태에서 진사왜는 처단되었다.

한재봉이 다시 나타난 것은 여명이 밝아올 때였다. 아니나 다를까, 또 위병과 입씨름을 하고 있었다. 흑왜는 당장 달려가서는 비꼬듯이 말했다.

"다섯째 외삼촌, 또 약 지을 돈을 달라고 오셨어요? 외삼촌은 도대체 약을 짓는 겁니까? 아니면 아편을 사는 겁니까? 그것도 아니면 기생집에 갖다주는 겁니까?"

한재봉이 큰 소리로 욕을 하면서 들어왔다.

"흑왜, 어디서 배워먹은 말버릇이냐, 응? 아무리 가난해도 외삼촌은 외삼촌이란 말이다……."

한재봉이 곧이어 방으로 들어서서는 목소리를 죽인 채 말했다.

"흑왜, 내가 수탉 한 마리를 놓쳤소."

"좀 조심하지 그러셨소?"

"문제가 복잡하오. 원래 계획을 변경해야겠소."

"놓친 수탉은 내가 붙잡아서 이미 잡아먹었는데."

"아이고, 살았다."

한재봉이 안도의 한숨을 내쉬면서 흑왜에게 진사왜가 왜 유격대에서 도망을 갔는지 말했다. 진사왜는 사격술이 뛰어났다. 그러나 문제도 많은 사람이었다. 여자들을 겁탈하는 것이 유격대를 가장 골치 아프게 만드는 비행이었다. 한마디로 유격대의 명성에 똥칠을 하고 다녔다. 그 때문에 몇 번이나 혹독한 처벌을 받았다.

"그놈이 당신한테 투항할지도 모른다고 생각했는데 정말 그랬군. 행여 그놈이 다른 곳으로 갔으면 우리는 끝장났을 것이오."

"허락도 받지 않고 수탉을 죽여버려 미안하오."

"천만의 말씀이오. 그럼 우리는 원래 계획대로 시행하겠소."

"일을 늦추어서는 안 되오."

한재봉이 문을 나서면서 또 고래고래 소리를 질렀다.

"그래, 외삼촌이 너한테 고작 두어 번 돈 좀 달랬다고 그렇게 야단이냐? 당장 내일 굶어 죽고 병들어 죽는 한이 있어도 이제 다시는 너를 찾지 않겠다."

"내가 은행을 새로 열어 운영한다고 해도 외삼촌이 아편이나 하면서 기생집에 가는 데 쓰는 그런 돈은 못 줘요. 다시는 찾아오지 마세요."

흑왜도 빈정거리면서 맞대응했다.

모든 것은 계획한 대로 한 치의 오차도 없이 진행되었다. 이날 밤 보초병이 유격대를 발견했다고 보고했다. 흑왜가 물었다.

"쳐들어오는 것인가?"

"보아하니 아마도 지나가는 것 같습니다."

흑왜는 명령을 내렸다.

"포를 쏘게."

꽝음의 대포 소리는 오히려 유격대가 협곡을 벗어나는 것을 축하하는 예포라고 할 수 있었다. 흑왜는 곧장 단장에게 보고를 하러 갔다. 생각지도 못했는데 그곳에는 대포 소리를 들은 제1대대장인 백효문과 제2대대장인 초진국焦振國이 달려와 있었다. 흑왜는 즉각 대포를 쏜 이유를 보고했다. 제1대대와 제2대대의 병력을 동원해 추격하자고 강력히 주장도 했다. 그러나 장張 단장은 고개를 저으며 말했다.

"발이 여덟 개 달렸다 해도 따라잡을 수 없네."

그로부터 대략 열흘여가 지난 후에 보안단에서는 최고 군무회의가 열렸다. 장 단장이 성省 정부에서 하달한 전면적인 공비 섬멸 군사명령을 전했다. 현의 보안단이 수비에서 공격으로 전환해야 한다는 내용이었다. 현당 간부인 악유산이 직접 회의석상에 나와 상황을 설명했다.

"전국은 이미 공비 섬멸을 위한 총력전에 돌입하였소. 상부에서는 모두 세 곳을 중요 공격 목표로 선정했소. 우리 성에도 한 곳이 있소. 바로 공비 사령부요. 앞으로 우리 현의 보안단은 유격대를 소탕하러 진군할 것이오. 백록원은 여전히 공비의 소굴이기 때문에 우선은 각 마을의 지하 공비조직을 철저히 색출해 내야 하오."

마지막으로 그가 한마디를 덧붙였다.

"지금이야말로 철저하게 공비를 소탕할 때요. 여러분이 당과 국가를 위해서 공을 세울 기회가 온 것이오."

회의가 끝날 무렵 백효문이 흑왜를 떠보며 물었다.

"녹 대대장, 공비 한 명이 자네에게 투항해 왔다고 들었는데?"

흑왜는 깜짝 놀랐으나 곧 아무렇지도 않게 대답했다.

"그 자식은 벌써 처치했네."

"잘 알아보지 그랬나? 자네에게 투항해 왔을 때는 분명히 뭔가가 있었을 텐데."

흑왜가 가볍게 웃으며 대답했다.

"내가 왜 안 물었겠나? 그 자식은 여자를 겁탈하고는 유격대에서 처벌을 받게 되자 도망친 것이네. 뭘 모르는 바보 같은 자식이었어. 혹 그 작자가 유격대에서 보낸 미끼인지도 모르고."

백효문은 그래도 계속 추궁했다.

"우리 부대가 맡고 있는 임무로 볼 때 그런 것은 내가 담당해야 하는 건데."

"좋네. 다음에 또 유격대가 투항해 오면 바로 보내겠네. 그러면 나도 일을 더는 셈이니까."

장 단장이 갑자기 두 사람의 대화에 끼어들었다.

"책임 관계를 명확히 하면 그것으로 되었네."

악유산도 한마디 거들었다.

"지금은 비상시기니 모두 특별히 한마음으로 단결하기 바라네. 모든 힘을 공비 소탕에 모으게."

각 대대의 원래 임무에 의거해 다시 새롭게 공비 소탕의 임무가 주어졌다. 장 단장은 새롭게 병력을 배치했다. 우선 제2대대에게는 산으로 진군하여 진령산의 유격대를 소탕하도록 했다. 이어 백효문의 휘하에 있는 제1대대의 한 소대를 빼내 제2대대에 편입시킨 다음 초진국이 지휘하도록 했다. 그의 대대를 강화한 것이다. 이어 새로 모집한 병사들로 보충한 제1대대에게는 현 정부를 안전하게 방어하는 임무를 맡겼다. 더불어 각 연보소와 연계하여 적극적으로 각 마을의 지하 조직을 와해시키는 공작도 수행하도록 했다. 오로지 흑왜의 제3대대만은 별다른 변동이 없었다. 계속 고관 협곡을 방어하면서 유격대가 급습해 오는 것을 대비하라는 명령이 내려졌다. 대포는 당분간 쓸 필요가 없기 때문이었다.

흑왜는 이런 와중에도 자신의 새로운 생활 습관을 유지하고 있었다. 우선 아침 일찍 일어나서는 검무를 춘 후 태극권 연습을 했다. 그 다음에는 책을 읽었다. 오랫동안 주 선생님의 가르침을 받지 못했으나 배움을 게을리 하지는 않았다.

초진국이 군대를 이끌고 산으로 들어간 그날 밤 흑왜는 말을 달려 주 선생을 뵈러 갔다.

흑왜는 말을 서원 밖의 나무에 매놓고 집으로 들어섰다. 대문을 뒤로 하고 정원에서 평원의 언덕을 바라보는 주선생의 모습이 보였다. 낡은 등나무 의자 위에서 은발이 휘날리고 있었다. 흑왜가 길게 읍을 하여 예를 갖추고는 주 선생의 뒤에 섰다. 주 선생이 의자에서 일어서며 말했다.

"자네, 무슨 일로 여기를 왔나? 자네 집안 남녀노소가 모두 들고일어나 돼지 잡고 고양이 잡으러 간 것 아닌가?"

흑왜는 무슨 말인지 모른 채 대답했다.

"저는 여전히 같은 말에 같은 안장이라 변한 게 없습니다."

"자네, 어찌 이리 태평한가? 이번의 회오리바람이 얼마나 흉한지 모르겠나?"

흑왜는 한참을 궁리했다. 그러다 마침내 주 선생의 말씀이 무엇을 뜻하는지 알았다. 주 선생은 국민당 정부의 공산당 전면 소탕 작전을 회오리바람에 비유했다. 또 "집안 남녀노소가 모두 들고일어났다."는 말은 장개석蔣介石 아래 지방 연보소의 대소 관원들이 모두 동원되었다는 사실을 비꼬는 것이었다. 이외에 "돼지 잡고 고양이 잡는다."는 말은 공산당의 두 지도자인 주덕朱德과 모택동毛澤東을 지칭한 것이었다. 흑왜가 놀라서 물었다.

"선생님께서는 서당 밖으로는 한 걸음도 나가시지 않는데 시국에 대해서 어찌 그리 소상하십니까?"

"바람이 내 귓가에까지 닿았네."

며칠 전에 이상한 일이 있었다. 역시 석양이 아름답던 저녁 무렵이었다. 국민당 자수현滋水縣 당 간부 서기인 악유산이 백효문을 대동하고 주 선생을 찾아왔다. 그리고는 주 선생에게 현지縣誌 편찬 경비를 포함한 여러 가지 어려움을 극복한 것에 대해 경의를 표했다. 자신은 얼마 전에야 비로소 현지를 인쇄하기 위한 경비에 문제가 있다는 사실을 알았다고도 했다. 이어 자신의 과실을 덮으려는 어투로 물었다.

"선생님, 얼마나 필요하십니까?"

백효문도 따라서 말했다.

"악 서기도 학문을 한 사람입니다. 그래서 현지 편찬에 대해서 관심이 지대합니다. 그러나 공무에 바빠서 어제서야 경비 마련이 어렵다는 말을 듣고는 오늘 이렇게 문제를 해결하려고 달려온 겁니다. 고모부, 염려하지 마시고 말씀하십시오. 악 서기의 한마디면 모든 문제가 해결될 겁니다."

"총 한두 자루 값에 불과하지."

"그러면 내일 당장 보내드리겠습니다."

주 선생이 웃으며 말했다.

"됐네. 내가 서원의 측백나무 두 그루를 팔아서 인쇄비를 지불했네. 그럴 돈이 있으면 두었다가 총이나 사게. 지금은 무기가 급선무 아닌가?"

악유산은 그래도 돈을 보내겠다고 우겼다.

"그럼 그 돈은 여러 선생님들에게 드리지요. 그동안 현지를 편찬한 수고가 아주 크셨을 겁니다."

주 선생이 고개를 저으며 말했다.

"선생님들은 모두 고향으로 돌아갔네."

악유산은 화제를 바꾸었다. 커다란 목소리로 주 선생이 '항일선언'을 발표한 장거가 서안은 말할 것도 없고 전 중국에 커다란 감화를 주었다고 칭찬했다.

"중화민족의 정기를 선생님은 한 몸으로 구현하셨습니다."

주 선생은 무척 난처해했다.

"음, 그 설익은 밥과 같은 이야기는 왜 또 꺼내나."

"전선까지 가고 안 가고는 문제가 아닙니다. 선생님의 그 한 장의 성명서는 천군만마를 이길 수 있는 것이었습니다."

주 선생이 자조 섞인 어조로 말했다.

"당치도 않은 말씀이네. 국민 앞에 선언을 발표하고 실행도 못 했으니 내 체면은 떨어질 대로 다 떨어졌네."

"고모부는 이전부터 언행이 일치하시는 분이셨으니 아무도 그렇게 생각하지 않을 겁니다."

백효문이 주 선생을 위로하듯 말했다.

악유산은 계속하여 주 선생에게 국민당과 공산당이 대립하는 시국에 관련한 이야기를 이어갔다. 앞으로 3개월 내에 전국에서 철저한 공비 소탕작전이 끝나면 하나의 완전한 중국과 하나의 정당으로 대통일을 실현할 국면이 다가올 것이라는 말이었다. 그가 계속 입을 열었다.

"전 국민이 일치단결하여 반공할 수 있는 정세를 촉진하기 위해 선생님께서 다시 한 번 성명을 발표해 주시면……"

"계속 빙빙 돌리더니 이제야 요점을 이야기하는군. 나더러 무슨 성명을 발표하라는 말인가?"

"선생님께서 항일선언을 발표한 것과 같은 것입니다."

"그러나 일본은 이미 투항했잖은가?"

"물론 그렇습니다. 이 성명은 위원장(장개석)의 공비소탕을 지지하는 성명이지요."

"나 같은 것이 그런 성명을 쓰면 어디에 쓸 것인데?"

"제가 방금 말하지 않았습니까? 선생님의 명성과 인품으로 지식인의 대단결을 꾀하여 내환을 막자는 것이지요."

"알았네. 그러니까 일종의 거래를 하자는 거로군. 내가 반공 성명을 쓰면 자네가 나와 여러 선생에게 보수를 주겠다는 거지."

"선생님, 그건 너무 지나친 생각이십니다. 그 두 문제는 별개입니다."

"그러나 내가 아직 나머지 다른 여덟 선생들의 의향을 물어보지 않았으니 잘 모르겠네. 그들이 나와 같이 다시 한 번 성명을 발표하려고 할런지?"

"선생님이 초안을 잡아주시면 효문이 각 선생님들을 찾아뵙고 서명을 받으면 되지 않겠습니까?"

"그럼, 좋네. 기왕에 거래라고 하니 우선 악 서기가 얼마나 돈을 낼지 봐야겠네. 효문에게 돈을 보내게. 우리 서로 돈과 물건을 맞바꾸도록 하세나."

"선생님 말씀이 참으로……."

다음날 주 선생이 아침을 먹고 나자 효문이 정말로 돈을 가지고 서원에 왔다. 주 선생이 말했다.

"악유산이 말만 하고 실행은 않는다고 사람들이 말하던데 이번 일은 아주 빠르게 처리하는구나. 효문, 돈을 꺼내서 세어 보거라."

효문은 고모부의 말씀대로 자루 안에서 돈을 꺼내 세기 시작했다.

"은전 50원 꾸러미가 모두 열 개니까 총 500원입니다."

주 선생은 마치 탐욕스러운 수전노 같은 말투로 말했다.

"그 꾸러미들을 전부 펼쳐서 하나하나 다시 세어 보거라. 진짜 돈인지 전부 조사해 봐야겠다. 요즘은 가짜 돈이 진짜 돈보다 훨씬 많다고 하더라."

백효문은 조심스럽게 한 꾸러미 한 꾸러미 전부 종이를 떼어내고 손바닥에 올려놓고는 세었다. 은전 부딪히는 소리가 맑게 들렸다. 효문이 말했다.

"고모부, 틀림없는데요. 딱 500원입니다."

주 선생이 효문을 보고 말했다.

"그 악 서기란 사람, 바보 아니냐?"

"악 서기는 머리 돌아가는 것이 여간내기가 아니에요. 고모부 무슨 농담을 하시는 겁니까?"

"이렇게 많은 돈을 가지고 종이 한 장을 사겠다니 계산이 맞겠느냐?"

"악 서기는 고모부님의 명망을 높이 평가한 것이죠."

주 선생이 고개를 저으며 말했다.

"내 명망을 정말 높이 산다면 이 돈은 너무 적다. 500원으로 대선생의 명망을 살 수 있다고 생각하느냐?"

"저도 너무 적다고 생각합니다. 제가 돌아가서 악 서기한테 다시 얘기하죠."

효문이 당황하며 말했다. 그러자 주 선생이 고개를 돌리면서 말했다.

"사실 나 같은 건 한 푼어치의 가치도 없다. 악 서기의 거래는 허탕을 친 거야."

"고모부님, 무슨 말씀이십니까? 어서 성명을 써서 주십시오. 악 서기는 이 일을 아주 중요하게 여기고 있어요."

"아직 안 썼다."

"고모부, 시간을 말씀해 주시면 언제든지 제가 가지러 올게요."

"그러면 올 때 병사 둘을 데리고 오너라. 그리고 오랏줄도 잊지 말고."

효문이 영문을 모르겠다는 듯 물었다.

"오랏줄은 무엇에 쓰시려고요?"

주 선생이 칼날 같은 안광으로 효문을 바라보며 말했다.

"나를 묶어다가 악 서기한테 내주려무나."

효문이 얼굴이 노래지면서 말했다.

"고모부, 무슨 말씀을……?"

"너희들은 한 동족끼리 서로 물어뜯는 것이 그렇게도 재미있느냐? 그래, 이제는 나 같은 늙은이까지도 끌어들이려고? 어서 그 돈 가지고 가거라. 그리고 악 서기한테 전해라. 500원으로 종이를 사려는 거래는 수포로 돌아갔다고."

주 선생은 흑왜에게 이 이야기를 해 주고는 몇 마디를 덧붙였다.

"서원 대문에서 안내를 담당하던 장 수재張秀才도 돌려보냈네. 지금 남은 사람은 나뿐이야. 아침부터 저녁까지 여기 앉아서 나를 잡으러 오는 사람을 기다리는 중이지. 그래서 대문도 잠그지 않았어. 자네가 방금 들어올 때 나는 효문이 병사들을 데리고 나를 잡으러 오는 줄 알았네."

흑왜가 묵묵히 고개를 젓고는 화제를 바꾸었다.

"선생님, 제게 책을 한 권 정해 주십시오."

"뭐? 자네 아직도 공부하려고? 그만두게. 자네가 그동안 읽은 것도 너무 많네."

흑왜가 겸손하게 웃으며 말했다.

"선생님께서 학문에는 끝이 없다고 하지 않으셨습니까? 저는 이제 겨우 입문했을 뿐인데……."

"나는 이제 글을 안 읽고 안 쓰기로 했네. 자네에게도 권하네만 공부를 그만두게."

흑왜는 이해할 수가 없어 미간을 찌푸렸다. 주 선생이 계속 말했다.

"공부해 보았자 소용없네. 자네가 학문이 깊고 명성이 높아지면 사람들이 와서 이 성명서 써라, 저 선언문 작성해라, 귀찮게나 할 걸세."

흑왜가 비통하게 말했다.

"선생님께서는 언제나 권학勸學을 말씀하셨어요. 그런데 오늘은 이렇게 학문을 작파하라니 슬플 뿐입니다."

"학문한다는 것은 본래 수신을 기본으로 하는 것이야. 자신이 먼저 올바라야 다른 사람과 세상도 바르게 할 수 있지. 수신이 안 되어 자신이 올바르지 못하면서 다른 사람과 세상을 다스리려 한다면 이름을 도적질하고 세상을 속이는 것과 무엇이 다르겠는가? 자네가 읽은 책 중에 열에 한둘이라도 현실 생활에서 쓸 수 있다면 그 사람은 정말 대단한 사람일세. 책은 읽어보았자 사람들을 피곤하게만 할 뿐이네."

흑왜는 더 이상 선생을 조르지 않았다. 이어 다시 화제를 바꾸었다.

"한 가지 말씀드릴 것이 있습니다. 조붕이 떠났습니다."

주 선생이 흑왜를 쳐다보며 물었다.

"어디로 갔단 말인가?"

"연안延安으로요."

"음, 제 소굴로 들어갔구먼."

흑왜가 앉아 있던 청석돌 의자에서 일어섰다. 그러더니 허리춤에서 책한 권을 꺼내 주 선생에게 건넸다.

"조붕이 떠날 때 이것을 선생님께 드리라고 했습니다. 모택동이 쓴 것입니다."

주 선생이 힐끔 쳐다보더니 말했다.

"나는 이제 글을 안 읽는다고 하지 않았나? 누가 쓴 것이든 안 읽겠네."

"이 책은 저도 보았습니다. 아주 잘 썼어요. 선생님도 읽으시면 모택동의 치국 책략을 이해하실 겁니다."

"나도 모택동이 쓴 책을 보았지. 아주 잘 썼어. 그러나 손 선생(손문) 역시 재기가 있는 사람이야. 그 사람 역시 책을 아주 잘 썼어. 그 둘은 모두나라를 흥하게 다스릴 수 있는 지도자들이야. 그러나 지금 이 난세에서는 삼민주의가 맞지 않아. 또 글 안에 들어 있는 주의主義는 주의일 뿐이지. 세상이 이렇게 난세니……."

흑왜가 낮은 소리로 말했다.

"연안 쪽은 청렴결백하다고 하던데요. 민중들도 그들을 숭배하고 있답니다."

"천하를 얻은 후에도 그렇게 할지 두고 봐야지. 나는 볼 수 없을 걸세. 하지만 자네는 볼 수 있을 거야."

흑왜가 대담하게 물었다.

"선생님이 보시기에는 그들이 천하를 얻을 것 같습니까?"

그러자 꿈에도 생각지 못했던 대답이 나왔다. 주 선생은 단언했다.

"천하는 틀림없이 주덕과 모택동의 세상이 될 걸세."

흑왜의 기억 속 주 선생은 한결같았다. 점괘에 대해 말할 때는 아주 애

매모호한 대답을 해서 점을 부탁한 사람으로 하여금 오랫동안 생각하도록 만들었다. 직접적으로 가부를 판단해 주는 법은 결코 없었다. 그런데 이런 중대한 국가의 미래에 관한 일을 확고한 어조로 단정을 지었다. 흑왜는 의아하다는 표정으로 다시 물었다.

"어떤 근거로요?"

주 선생은 아주 가볍게 대답했다.

"근거야 바로 우리 앞에 있지 않나. 모두 보고 있단 말일세. 바로 국기야."

"국기라고요?"

"그래, 국기야. 국기에 청천백일靑天白日이 그려져 있는 것은 국민당 것이 아닌가? 그렇지? 그들은 단지 공중에 걸려 있을 뿐이지 않은가? 또 다른 하나에는 온 천지가 붉지 않은가?"

흑왜는 그제야 깨닫고는 깜짝 놀라며 말했다.

"그 국기를 늘 보고도 그렇게는 생각지 못했습니다……."

주 선생이 크게 웃으며 말했다.

"조겸兆謙, 방금 내가 한 말은 농담으로 넘기게나. 아마도 내 일생 중에서 마지막으로 쳐 보는 점괘일 테니."

흑왜는 존경스럽게 주 선생을 바라보았다. 노인의 머리는 새하얀 백발이었다. 마치 머리에 흰 눈이 쌓인 것 같았다.

그의 두 눈은 가을 호수처럼 평온했다. 또 마른 뺨에 곧게 솟은 콧등은 더욱 오똑했다. 코밑과 입가에는 둥근 모양의 주름이 깊게 패여 있었다. 그것은 마치 입을 중심으로 퍼져 나간 잔물결 같았다. 두 귓가에는 가느다란 실핏줄이 보였다. 얼굴 전체의 기색은 아주 투명했다. 그러면서도 신비한 광채를 발하고 있었다. 마치 한 차례 오물을 뱉어내고 실을 뽑아내려는 누에고치 속의 늙은 누에 같은 모습이었다.

흑왜가 공손하게 말했다.

"선생님, 머리가 많이 세신 것 같습니다. 지난번에 왔을 때만 해도······."

주 선생이 온화하게 웃으며 대답했다.

"누에가 늙는 것도 한순간이지."

흑왜가 재삼 선생의 건강을 당부하면서 말했다.

"제가 다시 찾아뵙도록 하겠습니다."

주 선생이 농담 반 진담 반으로 화가 난 듯이 말했다.

"그만두게. 다시 올 필요 없네. 다음에 오면 난 자네를 모른 척하겠네. 자네와 이야기도 하지 않을 거야."

그 다음 날 점심때가 지나서 인쇄소의 주인이 방금 인쇄한 10질의《자수현지》滋水縣誌를 가지고 왔다. 남색 겉표지에 29권 5책으로 만든 것이었다. 주 선생은 아직도 먹 냄새가 풍기는 책을 받아들고는 땅바닥에 무릎을 꿇고 말했다.

"이 사람의 절을 받아주시오."

인쇄소의 주인은 당황해서 서둘러 주 선생을 일으켜 세웠다. 얼마나 놀랐는지 얼굴이 백지장처럼 창백해졌다.

"세상에, 저 같은 사람에게 이런 행동은 가당치도 않으십니다."

주 선생이 눈물을 흘리면서 말했다.

"내가 이 세상에서 마지막으로 한 일이 완성되었소. 이제껏 책이 나오기만을 기다리고 있었소."

현지가 인쇄되기 전 주 선생은 현청으로 들어갔다. 새로 부임한 현장은 주 선생을 몰랐다. 주 선생 역시 새로 온 현장을 알지 못했다. 국사가 너무 바빴으므로 새로 부임하는 자수현의 대소 관리들이 관할 현의 유지들을 찾아보지 못했기 때문이다. 그들은 부임한 이후부터 그저 군량미를 거두거나 징집 같은 군사 문제와 관련된 일에만 파묻혔다. 신임 현장은 공씨贊氏였다. 얼굴에는 몇 개의 곰보 자국이 있었다. 그가 주 선생을 흘끗 보더니 말했다.

"어느 연보소에서 왔습니까? 징집 일은 모두 끝났습니까?"

"난 연보소에 있는 사람이 아니올시다. 나는 서원에서 현지를 편찬하고 있소."

"그럼 현지나 가서 편찬하세요. 여기 와서 괜히 시끄럽게 하지 말고요!"

"현지 편찬은 이미 끝났소. 이제 인쇄하는 일만 남았소. 편찬한 선생들의 품삯도 이미 다 계산되었소. 조금만 경비를 보태주면 좋겠소만."

공 현장이 목의 힘줄을 돋우면서 말했다.

"아니, 그럴 돈이 어디 있단 말입니까?"

"많이 필요하지는 않소. 총 두 자루 값이면 충분하오."

공 현장이 눈을 부릅떴다. 말투가 완전 하대하는 식으로 변해 있었다.

"아니, 이 노인장 말하는 것 좀 보게. 마치 공비 같은 말투구먼."

"공 현장, 그런 소리 마오. 공산당이 당신의 말을 들으면 기뻐 날뛸 것이오."

주 선생이 그리고는 애걸하는 투로 계속 말했다.

"인쇄할 돈 좀 융통해 주시오. 총을 두 자루만 적게 사면 되는 돈이오."

공 현장은 더 이상 참을 수 없는지 화를 내면서 말했다.

"아니, 할일이 그렇게도 없소. 현지 편찬은 무슨 현지 편찬이오? 지금이 어떤 시국인지 모르오? 빨리 돌아가시오, 바쁘니까."

주 선생이 얼굴을 붉히며 말했다.

"아니, 나를 이 방에서 내쫓다니 당신은 정말 훌륭한 현장이오. 나는 이제껏 쫓겨나 본 일이 없는데 오늘은 정말 다행이오!"

주 선생은 단념할 수가 없었다. 그래서 인쇄소까지 가게 되었다. 그가 인쇄소 주인에게 말했다.

"비용이 얼마나 들지 한번 계산해 보시오."

"제가 선생님의 책을 인쇄하는 것은 전혀 돈을 남기지 않았습지요. 이전에 인쇄한 것도 하나도 안 남겼구, 이번에도 안 남기려고는 해요. 그런데 요즘은 종잇값도 오르고 먹값도 얼마나 올랐는지 몰라요."

"나는 단지 10부만 인쇄하고 싶소. 한번 계산해 보시오."

주인은 여전히 주판을 들 생각도 하지 않고 말했다.

"부수가 적으면 적을수록 비용은 비싸집니다."

주 선생은 인쇄소 주인에게 방금 곰보 현장에게 쫓겨난 수치스러운 일을 이야기했다. 이 현지의 편찬에 쏟은 아홉 선생의 오랜 고생을 설명하는 것도 잊지 않았다. 또 이 책은 자수현의 가장 최신 자료를 집대성한 것이라는 말도 덧붙였다. 소실되거나 비에 젖지 않을까 걱정된다는 생각 역시 토로했다. 심지어 쥐가 갉아먹어 없어지지 않을까 하는 우려의 입장도 피력했다. 그래서 우선은 10부만 찍은 후 태평성대가 오면 그때 다시 인쇄를 할 거라고 했다. 주 선생이 계속 말을 이어 나갔다.

"주인장이 계산하지 않아도 실은 상관없소. 계산해 보았자 헛일이니까. 어찌 되었든 내 수중에 지금은 돈이 없소. 내가 서원의 측백나무 한 그루를 줄 테니까 100년 후에 널판으로 쓰도록 하시오. 그것으로 나는 계산을 하는 셈 치고 당신은 장한 일을 한 셈 치시구려."

주인이 손을 내저으며 호쾌하게 말했다.

"그만두십시오. 아무 말씀도 마십시오. 제가 인쇄해 드리겠습니다."

이렇게 해서 주 선생은 5일 동안 8질의 현지를 편찬에 참가했던 여덟 선생에게 일일이 나누어 줄 수 있게 됐다. 마침내 마음속에 품었던 한 가지 일을 마친 셈이었다.

여덟 선생은 모두 자수현의 산과 강 주변, 평원 등 각지에 흩어져 살고 있었다. 주 선생은 책을 보내는 김에 다시 한 번 자수현의 각지를 유람하면서 아주 깊은 감회에 빠졌다.

자수현 변경에 소재한 진령산은 정말이지 너무나 웅장하여 산 중의 대장부라 할 만했다. 이 자수현의 백록원은 전형적인 평원이었다. 평평하고 비옥한 땅은 마치 숫돌과 같은 대장부의 흉금을 지녔다고 할 수 있었다. 자수현의 자수潴水 역시 강함과 온유함이 공존하는 자존심 강한 여성 같았다.

산천은 의구한데 세상사는 점점 그에게 낯설어지고 있었다. 무엇보다 그가 백록원 들판에 덮인 양귀비를 보고 격문을 돌리던 때와는 천양지차였다. 또 기근 구제를 하던 그때와도 몰라보게 변했다. 황무지로 변한 전답을 비롯해 쇠락한 마을들, 사신과 같은 사람들의 안색 등 이 모든 것들은 분명한 사실 하나를 선명하게 예시하고 있었다. 만일 백록원이 멸망의 길을 걸어가는 것이 아니라면 이 평원의 생령들을 주재하는 왕조王朝가 끝나가고 있는 것이라는 사실을. 이런 것은 이미 명명백백 드러나고 있으니 점괘를 볼 필요조차 없었다.

그러나 이제 주 선생이 할 수 있는 일은 아무것도 없었다. 아편 밭을 갈아엎는 일도 아니었다. 식량을 풀어서 굶주리는 사람들을 구제하는 일도 아니었다.

주 선생은 다 돌리고 남은 현지 두 질 중에서 한 질은 자신을 내쫓은 현장에게 보냈다. 그리고 남은 한 질은 자신이 보관했다. 이 일이 다 끝나자 주 선생은 갑자기 몸과 마음이 아주 가벼워지는 것을 느꼈다. 그래서 아내에게 말했다.

"내 일은 모두 끝났소. 아이들을 오라고 하시오. 우리 가족이 모두 모여서 식사 한번 합시다. 우리도 이제는 서원을 떠나야 할 때가 되었소."

아내 백씨는 사람을 시켜 두 아들과 큰며느리를 오게 했다. 며느리는 아직 젖내가 나는 사내아이를 안고 왔다. 주 선생은 손자를 받아 안고는 무슨 귀중한 물건이라도 감상하듯 바라보았다. 그리고 "으앙!"하고 울어 대는 아이를 보고 말했다.

"앞으로 새로운 세상을 보는 것은 모두 너에게 달려 있다."

백씨 부인이 남편에게서 우는 아이를 빼앗아 안으면서 투덜댔다.

"아니, 갓난아이보고 무슨 알아듣지도 못할 소리를 하는 거예요?"

큰아들은 손자에 대한 부친의 기대와 바람에 아주 만족했다. 그러나 둘째 아들은 한 발 뒤에 물러서서는 조카에 대한 부친의 견해를 냉담하게 듣고 있었다. 그리고 조카가 이 사람 저 사람에게 안기다가 다시 형수의 품으로 가서 젖을 빠는 모습을 바라보았다.

점심때 백씨는 네 접시의 요리를 만들었다. 고기와 야채 각각 두 접시였다. 주식은 좁쌀이 섞인 밥이었다. 마실 것 역시 좁쌀이 들어간 멀건 죽이었다. 주 선생은 기분이 특별히 좋은지 접시의 음식을 집어 아내에게 주었다. 이어 며느리에게도 덜어 주었다. 다음에는 아들들에게도 집어 주었다. 정을 듬뿍 담은 대나무 젓가락이 이리저리 움직였다. 며느리는 시아버지의 자상함에 감동한 듯 눈에 눈물이 그렁그렁 맺혔다.

점심을 먹고 난 후의 햇빛은 온화했다. 주 선생과 아내는 해바라기를 하는 일이 거의 없었다. 그러나 오늘은 모처럼 온 가족이 모여서 맑은 햇볕을 쬐기로 했다.

큰아들 회인懷仁이 열여섯일 때였다. 주 선생은 아들을 고향집으로 보냈다. 그곳에서 집안일을 관장하도록 하다가 2년 뒤에 장가를 보냈다. 둘째 아들 회의懷義 역시 열여섯에 고향으로 돌려보냈다. 그때 주 선생은 그에게 형을 도와 토지를 경작하면서 가축을 돌보도록 신신당부를 했다. 아들 둘 모두를 슬하에 있을 때 공부를 시켜 예의범절을 익히게 한 다음 고향

집으로 돌려보내 독립하게 한 것이었다. 그렇게 그는 두 아들을 자급자족할 수 있는 농민으로 만들었다. 대신 두 아들이 군대에 가거나 정치는 하지 않도록 했다. 심지어는 상업에도 종사하지 못하게 했다. 여기에 더해 그는 젊은이들이 징병으로 끌려가고 온갖 세금을 내던 시기에 이미 큰아들에게 어떻게 세금을 내야 할지도 알려주었다. 또 둘째 아들 회의는 서원에 숨겨 놓았었다.

그러던 어느 날이었다. 전복현의 보정들이 서원까지 와서 아들을 찾았다. 주 선생이 즉각 말했다.

"내가 일본을 치러 군대에 나간다고 할 때 온 성이 떠들썩했지. 결과는 어떻게 되었나? 모두 수포로 돌아가지 않았나? 국민들 앞에 나는 거짓말쟁이가 된 거야. 내 체면이 땅에 떨어진 건 말할 필요조차 없는 사실이고. 그때 나는 맹세했네. 나는 두 번 다시 군대에는 안 갈 것이고 내 자손들도 보내지 않을 거라고 말이지. 자네 가서 전복현에게 이 말을 그대로 전하게. 또 현장이나 서기에게도 그렇게 전하게. 우리 아들은 군대에 안 가네."

회의는 이렇게 해서 난국을 피했다. 면제인 셈이었다. 그러나 무거운 세금은 회인으로 하여금 소를 팔게 만들었다. 나중에는 땅을 팔게 돼 거의 파산할 지경에 이르렀다. 주 선생이 아들에게 말했다.

"괜찮다. 우리가 이 1년 동안 바친 것은 이전의 황실에 바치던 것의 10년 치에 해당되는구나. 이처럼 우리는 국가에 대해 인의를 다하여 세금을 바치는데 국가는 백성들에게 인도 없고 의도 없구나. 그들이 다시 세금을 독촉하러 오면 그들에게 이 아비가 있는 서원으로 가서 받으라고 하거라."

그 후 회인도 더 이상 세금 독촉을 받지 않았다. 나중에 회인이 이 이야기를 아버지에게 하자 주 선생이 아주 곤혹스런 표정을 지었다.

"이 아비의 낯으로 너의 세금을 깎았구나. 그러면 마을 사람들이 나를 백안시하지 않을까 모르겠군?"

어찌 되었든 회인은 결국 마지막으로 5묘의 토지를 남겨서 완전 파산은 면하게 되었다. 그리고 몇 년 동안 아주 열심히 일한 끝에 오랫동안 비워 두었던 외양간에 송아지 한 마리를 키울 수 있게 되었다. ……그리고 지금 이 전쟁 통에도 다행히 백록서원에 온 가족이 모여 부드러운 햇볕을 쬘 수 있었다.

주 선생이 아내를 보고 말했다.

"당신, 한 번만 더 내 머리를 밀어주지 않겠소?"

"밀어 달라면 밀어 달라지 '한 번만 더'는 또 뭐예요? 이번에 깎고 다음번에는 안 깎을 사람처럼."

"이거 참, 당신도 이제 따지는 법을 배웠구려."

며느리가 재빨리 일어서서 아이를 시어머니에게 주고 부엌으로 가더니 시아버지 머리 깎을 물을 준비했다. 회인이 말했다.

"아버님, 제가 해드릴게요. 어머님은 쉬시고요."

주 선생이 온유한 어조로 말했다.

"너, 내 머리로 이발 기술이라도 배우려고 그러느냐?"

그러자 둘째가 형을 대신하여 말했다.

"형님이 밀면 전혀 아프지 않습니다. 그래서 마을 사람들도 어른이고 아이고 할 것 없이 모두 형님한테 와서 밀어 달라고 합니다."

"그래? 그거 참 잘 됐구나. 마을 어른들께 이발을 해 준다니 참 잘 됐구나. 회인, 너는 언제 그렇게 이발 기술을 배웠느냐?"

회의가 입술을 삐죽거리며 말을 가로챘다.

"형님은 제 머리로 연습을 했습니다. 처음에는 다섯 군데나 상처를 냈지요. 그래서 거기에 모두 솜을 붙였어야 했어요. 그래서 제가 형보고 나머지 반은 깎지 말라고 했어요. 남겼다가 내년에 참깨나 심자고……."

주 선생이 큰 소리로 웃었다. 너무 웃어서 눈물이 나올 지경이었다. 회인이 아주 점잖게 말했다.

"아버님, 저를 믿으시겠지요? 제가 깎아 드리겠습니다."

주 선생이 여전히 웃음을 참지 못하고 말했다.

"그래, 아비 머리에도 솜을 심을 작정이냐? 목화 심을 밭을 팔아서 세금을 냈으니 솜 심을 밭이 없지?"

"아버님, 회의가 제 이발 솜씨를 평하는 걸 곧이곧대로 듣지 마십시오. 한번 맡겨 보시면 아실 겁니다."

"난 그래도 너희 어머니의 솜씨를 믿는다. 너희 어머니는 평생 동안 내 머리를 밀어주었잖니. 내 머리 어디가 높고 낮은지 훤히 다 알지. 어디에 뭐가 났는지도 자세히 알고 있고. 눈을 감고도 아주 깨끗하게 민단다."

손자를 어르다가 주 선생을 바라보는 아내의 눈에 자애로운 빛이 가득했다. 며느리가 놋대야에 물을 가지고 와서 햇빛 아래 놓았다.

"아버님, 물이 따뜻할 때 머리를 감으세요."

주 선생이 놋대야 앞에 가서 머리를 숙였다. 이어 물을 손으로 떠올리려고 하자 아내가 소리를 질렀다.

"잠깐만요. 그렇게 급할 거 없잖아요."

아내가 손자를 며느리에게 다시 주고는 전족을 한 발을 기우뚱거리며 허리에서 앞치마를 끌렀다. 그리고 남색 꽃무늬가 있는 앞치마를 남편의 목에 둘러주고는 한 손으로 남편의 머리를 눌렀다. 또, 다른 손으로는 대야의 물을 떠서 머리를 적셨다. 주 선생이 갑자기 아내가 누르고 있는 머리를 들고는 물었다.

"검은 머리가 얼마나 있소?"

"하나도 없어요. 전부 희어요."

"자세히 보오. 검은 게 있나 없나."

"하나도 없다니까요."

"자세히 보지 않았잖소? 가서 돋보기 가지고 와서 자세히 한번 보오."

아내는 남편의 말대로 반짇고리에서 돋보기를 찾았다. 이어 이전처럼 한 손으로 남편의 머리를 눌렀다. 또 다른 한 손으로는 앞에서 뒤통수까지, 그다음에는 왼쪽에서 오른쪽까지 머리를 헤집어가며 자세히 살폈다.

이마를 아내의 허벅지에 묻고서 얌전하게 아내의 손길을 느끼던 주 선생은 갑자기 어릴 때 어머니가 자신을 이렇게 눕힌 채 이를 잡아주던 기억을 떠올렸다. 어머니 역시 이렇게 그의 머리를 무릎에 묻게 하고는 머리카락을 헤집어가며 이를 잡아 주었던 것이다. 그러면서 머리카락이 벼이삭처럼 숱이 많다느니, 그래서 이가 많다느니 말씀도 하시곤 했다. 주 선생은 아내 허벅지의 온기를 얼굴에 느끼면서 참지 못하고 말했다.

"내가 당신을 어머니라고 부르고 싶은데……."

아내가 깜짝 놀라며 말했다.

"당신, 벌써 망령이 나셨소?"

회인은 계면쩍어서 땅만 내려다보고 서 있었다. 작은아들 역시 얼굴이 벌게져서는 저 먼 곳을 쳐다보고 있었다. 며느리는 괜히 아이에게 젖을 주는 척 딴전을 피웠다. 주 선생이 머리를 들고 간절히 말했다.

"내 마음이 너무나 외로워. 어머니가 있었으면 좋겠어."

주 선생이 말을 마치고는 아내의 얼굴을 똑바로 보면서 입을 열었다.

"어머니……."

두 줄기 눈물이 주 선생의 볼을 타고 흘러내렸다. 그러자 아내가 몸을 부르르 떨었다. 이어 자상한 어머니처럼 가련한 남편을 바라보다가 그의 머리를 다시 자신의 허벅지께로 눌렀다. 계속해서 검은 머리를 찾는 척도 했다.

주 선생도 더 이상 아무런 말을 하지 않았다. 두 아들과 며느리가 자리를 피하려고 할 때였다. 아내가 손뼉을 치면서 신기하다는 듯이 말했다.

"검은 머리카락이 있어요. 윗부분은 하얀데 새로 올라오는 아랫부분은 검어요……. 당신, 흰 털 사슴이 되셨군요."

주 선생은 아내의 말을 듣고 고개를 들었다. 그러나 아무 말도 하지 않았다. 그저 조용히 한참을 그렇게 하고 있었다. 그러다 고개를 숙이고는 놋대야 가까이 다가갔다. 아내 백씨가 따뜻한 물을 적셔 가며 머리를 밀고 나자 그가 고개를 들고 말했다.

"다 밀었소?"

백씨가 면도날을 옷깃에 문지르면서 위로하는 투로 말했다.

"당신 머리가 전부 희기는 하지만 그래도 아직은 빳빳해요."

주 선생이 의미심장하게 말했다.

"머리를 다 밀었으면 나는 가야겠소."

"머리를 다 밀었는데 가지 않으면 한 번 더 밀어 달란 말이신가요?"

이미 몸을 돌려 걸음을 떼놓기 시작한 주 선생이 고개를 돌리고 말했다.

"다음 번 이발은……, 아마도 할 수 없을 거요."

그 말을 듣지 못한 백씨가 며느리에게 말했다.

"이 녀석이 젖을 떼면 나한테 다오. 여기서 기르도록 하자."

시어머니와 며느리는 다정하게 집안일을 의논했다. 두 아들도 옆에서 이야기를 주고받았다. 해는 이 따뜻한 분위기 속에서 뉘엿뉘엿 넘어가기 시작했다. 겨울의 한 줄기 빛이 정원에 모였다. 담벼락의 나뭇가지와 지붕 위에는 석양이 찬란하게 빛났다.

백씨는 며느리에게 손자를 받아 방 안에 누이려다 앞마당에 한 마리의 흰 사슴이 갑자기 나타난 것을 보았다. 그러나 사슴은 곧 처마를 넘어서 바람처럼 평원의 언덕으로 사라졌다. 순간 그녀는 자신도 모르게 남편의 모습을 떠올렸다. 얼굴빛이 새하얗게 질리고 가슴이 뛰기 시작했다. 그예 그녀가 소리를 질렀다.

"회인, 회의! 빨리 아버지한테 가 보거라……."

두 아들은 앞을 다투어 안마당으로 들어갔다. 백씨는 가슴이 쿵쾅거리면서 멈추지를 않았다. 이내 안마당에서 들려오는 두 아들의 곡성을 들을 수 있었다. 순간 그녀는 갑자기 침착해졌다. 곧이어 차분하게 며느리에게 말했다.

"아버님이 돌아가셨구나. 방금 말씀하시던 '머리를 다 밀었으면 가야겠다.'던 말을 우리가 모두 알아듣지 못했구나."

주 선생이 세상을 떠났다. 회인이 안마당으로 들어섰을 때 그는 정원의 그 낡은 등나무 의자에 앉아 있었다. 두 팔을 등의자 양쪽에 걸친 채였다. 또 방금 밀어낸 머리는 의자 등받이에 기대고 있었다. 백록원의 언덕을 바라보고 있었던 모양이었다.

회인이 "아버지!" 하고 불렀다. 그러나 주 선생은 대답이 없었다. 회의가 뒤따라 들어와 다시 "아버지!" 하고 불렀다. 역시 아무런 대답이 없었다. 형제는 동시에 아버지의 손을 잡았다. 둘의 예상대로 손은 이미 차갑게 굳어 있었다. 둘은 와락 울음을 터트렸다. 백씨는 며느리와 함께 따라 들어왔다. 이어 아버지의 발아래 엎드려 울고 있는 두 아들과 며느리에게 말했다.

"지금이 울고 있을 때냐? 빨리 가서 영당靈堂을 세우거라."

영당은 주 선생이 평소 학생들을 가르치던 서당에 세웠다. 백씨는 아들들에게 긴 책상 3개를 맞대게 하고 아버지를 모시도록 했다. 두 아들은 어머니의 지시대로 책상을 연결해서 붙였다. 이어 아주 조심스럽게 아버지를 책상에 눕혔다. 백씨도 일찌감치 준비해두었던 수의를 가지고 와서 주 선생에게 갈아 입혔다. 몸이 굳어지면 입고 있던 옷을 벗길 수 없을 뿐 아니라 수의도 입힐 수가 없기 때문이었다. 서원은 마을에서 멀리 떨어져 있었던 탓에 친척이나 마을 사람들의 도움을 받을 수가 없었다.

　며느리는 솜옷과 속옷을 벗길 때 시아버지의 벗은 가슴에 늑골이 한 줄 한 줄 튀어나온 것을 보았다. 도무지 살점이라고는 찾을 수가 없었다. 그저 노랗고 투명한 살갗만이 늑골을 감싸고 있을 뿐이었다. 며느리는 시아버지의 바지와 속옷도 벗겼다. 두 다리 역시 투명한 피부가 뼈를 감싸고 있었다. 피와 살은 이미 완전히 소진된 것 같았다. 그녀는 시아버지의 사타구니에 내리뻗은 생식기를 목격하자 너무 부끄러웠다. 자신도 모르게 눈을 돌린 채 시아버지의 발에 양말을 신겼다. 마음속으로는 시아버지의 생식기가 그렇게 굵고 긴 것이 너무나 이상하다는 생각도 했다. 속설에 따르면 '그것'이 큰 사람은 모두 혈기왕성한 강골이고, 작은 남자는 약골이라고 치부했다. 백씨는 며느리가 머뭇거리는 모습을 보고는 평온하게 말했다.

　"우선 수의를 입히고 양말을 신겨야 한다. 양말은 마지막에 신기는 게야."

　며느리는 시어머니의 말을 듣고는 바로 시아버지의 다리를 들어 올렸다. 그러자 백씨가 얼른 속바지와 솜옷 바지를 입혀 주었다. 머리에서 발까지 일체를 갈아입히자 백씨는 붉은 천으로 두 다리를 묶었다. 그때 주 선생의 두 다리는 구부러져 굳어진 채 펴지지가 않았다. 백씨는 남편의 무릎을 계속 주무르면서 아마도 의자에 앉아 눈을 감았기 때문에 다리가 굳어졌나 보다고 생각했다. 그러나 아무리 주물러도 펴지지가 않았다. 백씨가 갑자기 뭔가를 깨달은 듯 며느리에게 말했다.

　"어이쿠, 아가! 아버지 양말을 잘못 신겨 드렸구나."

　백씨는 바로 일어나 후원으로 달려갔다. 이어 헝겊으로 만든 버선을 가지고 나왔다. 백씨는 며느리가 잘못 신긴 하얀 실로 뜬 양말을 벗기게 했다. 그런 다음 버선으로 갈아 신겼다. 그러자 주선생의 굳어진 무릎이 저절로 펴졌다. 백씨가 며느리에게 말했다.

"네 아버님은 평생 서양 양말을 신은 적이 없다. 머리에서 발끝까지, 속옷부터 겉옷까지 모두 내가 짠 천으로 만든 거친 옷을 입으셨어. 이 흰 양말은 령령▒▒이 고모부에게 선물로 드린 것이야. 네 아버님은 한 번도 신지 않으셨지. 방금 우리가 너무 당황한 나머지 잘못 신겨 드렸었구나. 네 아버님은 역시……."

회인은 우선 동생 회의에게 읍내에 가서 향과 초, 황지 등 제수용품을 사오도록 시켰다. 그런 다음 아버지의 서재로 들어갔다. 과연 그의 예상대로 책상 위에는 옥으로 만든 문진 밑에 한 장의 유서가 놓여 있었다. 아래에 써 놓은 날짜는 7일 전이었다. 회인은 유서의 내용을 보고 더욱 놀랐다.

종이로 얼굴을 덮지 말도록 하라. 관은 사용하지 말기를 바란다. 또 악공을 부르지 말아야 한다. 친척과 친구들에게도 알리지 마라, 어떠한 조문객도 받아서는 안 된다. 무덤에는 기단도 쌓지 말거라. 한마디로 말해 장례식을 번거롭고 호화롭게 하지 말고 빠른 시일 내에 흙에 묻기 바란다.

회인은 곧 유서를 가지고 영정이 모셔진 곳으로 향했다. 어머니에게도 보여드렸다.

"세상에, 아버님은 어찌 저에게 이리 어려운 문제를 주셨을까요."

유서를 읽은 백씨가 놀라지 않고 말했다.

"네 아버지는 언제나 간결하고 소박한 것을 좋아하셨다. 너는 왜 이것을 어렵다고 생각하느냐?"

백씨는 유서 아래 쓰여 있는 날짜를 자세히 살펴봤다. 바로 여덟 동지에게 현지를 나눠주고 온 날이었다는 사실을 알 수 있었다. 그날 밤 주 선생은 자기 전에 그녀에게 자신이 죽은 후에 어떻게 할 것인지 말해 주었었다. 무엇보다 악공을 부르지 말라고 했다. 주 선생은 일생 동안 조용한 것을 좋아했다. 시끌벅적한 것은 참지 못했다. 유서에서도 그답게 관을 사용하지 말고 얼굴에 종이도 덮지 말라고 당부했다. 자연스러운 것을 좋아하면서 그 어떠한 구속도 싫어하는 천성의 그다웠다.

주 선생은 또 아내에게 자신이 스스로 설계한 묘실에 대해서도 설명해 주었었다. 우선 벽돌을 쓰지 말고 굽지 않은 흙으로 테만 두르라고 했다. 이어 묘실 안에는 흙 침상을 만들어 놓고 자신이 일생 동안 쓴 저서 10권을 묶어 베개로 삼아달라고 했다. 이뿐만이 아니었다. 그는 자신이 직접 조각한 벽돌 하나를 싼 소가죽 표지를 풀지 않은 채 종이와 함께 묘실 암실의 작은 구멍을 막으라고 했다. 백씨는 그 말을 들으며 핀잔을 주었었다.

"당신은 병도 없고 이렇게 잘 지내고 있는데 왜 그런 이상한 소리를 하시는 거예요? 이제 할일이 없어지니까 별 생각이 다 드는 모양이시구려. 이런 이상한 이야기를 하다니."

주 선생은 웃으며 대답하지 않았다. 백씨는 유서를 보고서야 비로소 그날 밤 주 선생이 한 말이 쓸데없는 소리가 아니었다는 사실을 알았다. 여기에 흑왜와 나누던 말, 아들며느리를 오게 해서 단란한 한 끼 식사를 한 것, 이발을 한 일, 검은 머리를 찾으라고 하던 부탁, 심지어는 자식들 면전에서 자신을 보고 어머니라고 부르던 일 등 역시 그랬다……. 그 모든 것은 그가 자신의 죽음을 미리 예측하고 한 일이었다. 백씨가 회인에게 말했다.

"모든 것을 아버지의 유언대로 하거라."

회의가 얼마 후 제수용품을 사가지고 왔다. 두 형제는 석류 등의 제수품을 영정이 모셔진 탁자 위에 올려놓았다. 그런 다음 회인이 초를 켜고 향을 살랐다. 회의는 사기 항아리에다 황천길의 노잣돈을 태웠다. 이어 형제는 영정 앞에 엎드려 목을 놓아 울었다. 며느리는 향에 불을 붙여 세 번 예를 취했다. 또 영정 옆에 놓인 의자를 붙잡은 채 곡을 했다. 모두들 이러느라 어린 손자를 돌볼 수가 없었다. 침상 위에 그냥 내버려둔 손자는 어른들이 못 돌보고 바쁘게 움직이자 울다 지쳐 급기야 목이 쉬어버리고 말았다.

백씨가 후원에서 올라와 어린 손자를 안고 영정 앞으로 갔다. 어린 손자는 여전히 흑흑 흐느껴 울었다. 어린 손자의 얼굴을 자신의 뺨에 댄 백씨의 눈에서 굵은 눈물이 뚝뚝 떨어졌다. 그러나 그녀는 곡성을 내지는 않았다.

백씨는 아들들이 한바탕 곡을 끝내자 더 이상 울지 못하도록 말렸다. 그리고는 둘째 아들에게 서원에 남아 영정을 지키게 했다. 또 큰아들과 며느리에게는 본가로 돌아가서 장례식 치를 준비를 하라고 지시했다. 묘를 파는 일이 단연 급선무였다. 내일 아침 일찍 시작하지 않으면 안 될 일이었다. 영구도 빨리 본가로 모셔서 매장해야 했다. 또 그전에 주 선생의 영혼이 본가에 머무르도록 해야만 할 터였다. 백씨는 나머지 여러 가지 일들은 그때그때 사정에 따라 처리하기로 했다. 총체적인 원칙은 주 선생의 유언에 따라 시행하는 것이었다. 그래서 회인과 며느리는 아이를 데리고 곧바로 고향의 본가로 돌아갔다.

백씨와 둘째 아들은 주 선생의 유언을 엄격하게 지켰다. 일가친척 누구에게도 부고를 돌리지 않았다. 그러나 주 선생의 사망 소식은 금방 퍼져나갔다. 회의가 읍내로 제수용품을 사러 나갔기 때문이었다. 또 본가로 돌아가는 회인이 머리에 단 상장을 보고도 알 수 있었다.

그날 밤부터 백록서원에는 조문객이 줄을 이었다. 그러나 백씨의 뜻은 완강했다. 즉각 회의에게 문을 걸어 잠그도록 지시를 내렸다. 이어 조문객들에게 조문을 일절 받지 않겠다는 입장을 피력했다. 그것이 남편의 유언이라는 사실도 밝혔다. 조문객들은 비통함을 표할 수 없게 되자 백씨에게 인정머리 없다고 불만을 터트렸다. 도무지 서원을 떠나려고도 하지 않았다. 결국 서원 밖에 모여 엄청난 기세를 이루었다. 백씨는 도저히 사태를 막을 수 없게 되자 그 자리에 꿇어 엎드려 사람들에게 용서를 빌었다. 그제야 사람들도 더는 강요하지 못했다. 그저 대문과 벽, 측백나무 등을 어루만지면서 대성통곡을 했다.

가까운 친척 중에서 가장 먼저 소식을 들은 사람은 백효문이었다. 그는 고모에게 고모부가 돌아가신 과정을 들은 후 진정으로 애도를 표했다. 그러나 고모는 그조차도 문 안으로 들이지 않았다. 효문 역시 눈물을 머금고 떠났다.

백가헌이 왔을 때는 이미 밤이 늦어 있었다. 그때까지도 서원 밖에 사람들이 모여 있는 것을 보고는 무척 이상하게 여겼다. 곧 누님이 조문객을 받지 않는다는 사실을 알고는 크게 노했다. 울면서 벽을 들이받다가 또 대문을 머리로 들이받으면서 매형의 시신을 보지 못하게 하면 벽에 머리를 부딪쳐 죽겠다고 했다. 백씨는 동생의 행동에 분개하며 말했다.

"매형과 그렇게 오랫동안 지냈으면서 아직도 매형의 성격을 모르느냐? 어찌 매형의 유언을 따르지 않고 이렇게 막무가내인가? 그래 벽을 들이받든 문을 들이받든 마음대로 하거라. 나는 상관하지 않겠다……."

주변 사람들의 만류로 가까스로 냉정해진 백가헌은 더 이상 벽과 대문을 들이받지 않았다. 그 대신 두 손으로 대문짝을 어루만지며 목을 놓아 울었다.

흑왜도 소식을 듣고 달려왔다. 이미 밤이 아주 깊은 때였다. 그가 주둔하고 있는 곳이 현성縣城에서 떨어진 고관 협곡으로 마을과는 거리가 멀기 때문이었다. 게다가 채소를 파는 장사꾼이 마을 둘을 거쳐서야 겨우 포병대로 소식을 가져왔다. 백씨 앞에 무릎을 꿇고 "사모님!"이라고 부르는 그의 얼굴에는 눈물이 샘솟듯이 흐르고 있었다. 그러나 그는 선생의 유언을 전해 듣고는 시신을 뵙겠다고 고집하지 않았다. 묵묵히 고개를 끄덕이고는 다른 사람들에게도 돌아갈 것을 권유했다.

하늘에서 눈발이 휘날리기 시작했다. 좁쌀과 같은 눈이 사르륵사르륵 나뭇가지를 때렸다. 그제야 일부 사람들은 돌아가기 시작했다. 그러나 여전히 많은 사람들은 서원 문밖에서 선생을 위해 밤을 새우려 했다. 백씨는 날이 어두워지면서 조문객들이 추위와 허기에 시달릴 것을 우려해 흑왜가 제안한 임시변통의 방법을 따르기로 했다. 흑왜는 조문객들에게 내일 바로 영구를 운반할 것이라고 말했다. 그러면서 영구를 운반할 때에 다함께 돌아가신 모습을 뵙자고 권유했다. 이렇게 말하자 사람들은 비로소 서원을 떠나 각자 집으로 돌아갔다. 남은 것은 백가헌과 흑왜 두 사람뿐이었다. 백씨가 말했다.

"두 사람은 너무 집이 머니 갈 필요 없네. 서원에 들어가 쉬게나."

흑왜가 고개를 저으며 말했다.

"저는 감히 선생님의 유언을 거스를 수 없습니다."

"선생님이 말씀하셨네. 자네가 제일 훌륭한 제자라고 말이지. 자네가 들어가 선생님을 뵌다 해도 그렇게 책망하지는 않을 걸세."

"사모님, 잘못 기억하고 계십니다. 선생님은 제가 제일 마지막 제자라고 하셨지, 제일 훌륭하다고는 말씀하시지 않으셨습니다."

"아니야. 선생님은 나에게 말씀하셨어. '정말이지 나의 가장 훌륭한 학생이 비적이리라고는 상상도 못 했다.'고 하셨네."

"그러나 저는 선생님의 허락 없이 유언을 깨뜨리고 싶지 않습니다. 전 역시 선생님의 유언을 따르도록 하겠습니다."

흑왜는 이렇게 말을 마치고는 바로 떠나버렸다. 혼자 남은 백가헌은 누님과 함께 있게 되자 거리낌 없이 대문을 밀고 서원으로 들어섰다. 이어 지팡이를 짚고서 황망히 영정을 모셔둔 곳으로 향했다. 그동안 그는 몇 번이나 넘어질 뻔했다.

백가헌은 향을 피울 사이도 없이 영정 앞에 엎드려서는 커다란 소리로 울기 시작했다. 곧 알아듣지 못할 말로 비통하게 말했다.

"백록원에서 가장 훌륭한 선생님이 돌아가셨습니다. 이 세상에 이보다 더 훌륭한 분은 없을 겁니다."

밤새 아주 큰 눈이 내렸다. 백록원 언덕과 자수하의 강물이 모두 소복을 입은 것 같았다. 회인이 고향의 주씨 일가친척들을 데리고 운구하러 왔을 때는 이미 정오가 되었다. 소달구지는 언덕 위에 세워져 있었다.

서원 문밖과 언덕에는 사람들이 빼곡히 운집해 있었다. 그들은 회인과 친척들이 넓은 널빤지에 눕힌 시신을 들고 서원 대문을 나오자 노도와 같은 곡성을 터트렸다. 곡소리가 백록원 언덕의 계곡과 골짜기에 메아리쳤다. 사람들은 영구의 뒤를 따랐다. 시신을 소달구지에 옮길 때에는 앞서거니 뒤서거니 하며 선생님의 돌아가신 모습을 우러렀다. 주 선생의 맑은 얼굴은 하늘을 향하여 누워 있었다. 눈에 씻긴 하늘은 투명할 만큼 깨끗했다. 햇빛이 흰 눈에 반사되어 눈을 뜨기조차 힘들었다.

황소는 딱딱한 나무바퀴의 달구지를 끌면서 하천을 따라 천천히 나아갔다. 노랗고 하얀 종이로 만든 돈이 하늘에서 날렸다(중국 전통 장례식에서는 영구차의 뒤를 따르면서 종이로 만든 돈을 허공에 뿌림). 악기를 연주하는 악대와 폭죽 소리도 없는 영구차는 살을 에는 추위 속에 눈길을 묵묵히 굴러갔다.

그 뒤를 따르는 군중의 행렬이 길게 이어졌다. 주 선생의 사망 소식과 그가 남긴 유언은 조용히 퍼져나갔다. 그를 존경하는 숭배자들의 마음을 격동시키기에 충분했다.

백록서원에서 50여 리 떨어진 주씨 본가로 가려면 자수하를 따라 여러 촌락을 거쳐야 했다. 아나나 다를까, 촌락마다 소문을 듣고 나온 남녀 노소의 군중이 영구차가 도착하기도 전에 눈 덮인 땅에 자리를 깔고 앉아 있었다. 그들은 눈밭 위에 초와 향을 사르는가 하면 지전을 태우기도 했다. 영구차가 지나갈 때는 주 선생의 마지막 모습을 보고 싶어 앞으로 달려가기도 했다. 푸른 하늘과 붉은 태양 아래의 새하얀 눈 위 50여 리에 달하는 길에서 촌민들이 초를 피우고 향을 사르는 모습은 큰 하천을 방불케 했다. 백록원에서 일찍이 듣도 보도 못한 영결 의식이었다.

영구차의 뒤를 따르는 군중은 계속하여 불어났다. 그럼에도 영구차는 묵묵히 앞으로 나아갔다. 무수한 검은색 흰색의 만장이 공중에서 나부꼈다.

흑왜는 서원에서부터 영구차를 뒤따랐다. 묵묵히 사람들과 뒤섞인 채 걸어 나갔다. 그는 어젯밤 포병대대로 돌아가는 중에 두 자 길이의 흰 비단을 샀다. 그리고는 절차탁마한 것 같은 만사挽詞를 흰 비단에 써 내려갔다.

自信平生無愧事
死後方敢對青天

평생 동안 부끄러운 일 하지 않음을 스스로 믿으니,
사후에 감히 푸른 하늘을 마주하네.

소달구지가 주씨 본가 마을로 들어섰다. 그러나 본가에서는 운구하는 이를 제외하고는 아무도 집으로 들이지 않았다. 조문객들은 하는 수 없이 세상을 떠난 사람을 애도하는 글을 쓴 대련對聯인 만련挽聯을 담에 붙였다. 만장挽章은 나뭇가지에 매 놓았다.

주씨 마을의 골목마다 검고 흰 만장의 물결이 일렁거렸다. 성 정부의 고관들, 상인, 주 선생의 제자들이 소식을 듣고는 모두 달려왔다. 비교적 먼 거리인 관중關中의 동부東府와 서부西府에 있는 제자들도 소문을 듣고는 길을 재촉해 달려왔다. 그들은 저마다 자신들의 존경의 마음과 재능을 끌어모아 만사를 써서 선생께 바쳤다. 이러한 행렬은 매장을 하는 7일째에 최고조를 이루었다. 그러나 가장 널리 알려진 만장의 글은 바로 비적 흑왜가 쓴 만사였다.

백가헌은 줄곧 큰 누님 댁에 있다 하관할 때에도 따라나섰다. 누님 집에서는 지팡이를 짚은 채 빳빳이 고개를 들고는 잘 들리지 않는 귀까지 쫑긋 세우면서 사람들의 이야기를 들었다.

사람들은 주 선생이 아편을 금하고 양귀비밭을 갈아엎은 일을 주로 이야기했다. 홀로 건주乾州에 가서 부대를 철수시키라고 총독에게 권했던 모험도 이야기했다. 또 문 앞에 개를 매 놓고 지방 군벌의 사령관을 내쫓은 이야기를 비롯해 기아구제의 일, 사람들이 소와 돼지를 잃었을 때에 점괘를 보던 일화 등도 입에 올렸다. 평생 동안 국산품만 애용하고 서양 것을 싫어하던 성격 역시 화제로 올렸다. 주 선생은 일생 동안 수도 없이 많은 일화를 남겼다. 모두가 선행이었다. 다른 사람에게 해를 주는 것은 없었다.

백가헌은 매형을 하관하는 전 과정을 지켜보았다. 매형은 널판 위에 뉘어져 있었다. 곧 사람들이 널판 양쪽에 끈을 달고 서서히 묘실 앞 통로로 시신을 내리기 시작했다. 이어 젊은이 넷이서 묘실의 통로에 널판을 놓고는 시신을 묘실 안으로 밀어 넣었다. 묘실 안에는 그저 아주 좁은 흙 침상 같은 것만 있었다. 또 그 위에 돗자리, 요와 이불이 깔려 있었다. 주 선생은 자신의 유언대로 흙으로 된 침상에 누웠다. 생전에 저작한 한 묶음의 책도 베고 있었다. 무덤은 젊은이들이 괭이질을 해서 통로에 흙을 넣자 바로 평평해졌다. 젊은이들이 다시 앞쪽은 조금 높게, 뒤쪽은 낮게 흙을 돋우었다. 그리고는 마지막으로 가신 님의 영혼을 부르는 기를 꽂았다. 백가헌은 이때 또 참지 못하고 큰 소리로 개탄했다.

"이 세상에 다시는 이런 선생님이 나오지 않겠구나."

수십 년 후 팔뚝에 붉은 완장을 두른 중학생들이 붉은 기를 휘두르면서 백록서원으로 몰려왔다. 붉은 기에는 노란 페인트로 '조반운동'造反運動이라는 글이 적혀 있었다. 그들은 고함을 지르면서 오래된 저택을 마구 뒤집었다. 그들이 온 목적은 '네 가지 구습'四舊의 타파에 있었다.

이는 봉건사회의 네 가지 낡은 것을 말한다. 즉 구사상舊思想 · 구문화舊文化 · 구풍속舊風俗 · 구관습舊習慣을 가리킨다. 구체적으로는 1966년 '문화혁명' 강령인 16조에 처음 나온 말로, 홍위병은 이에 의하여 '파사구'破四舊를 부르짖으면서 도로의 명칭을 바꾸고, 묘廟나 사찰 등을 파괴하는 난동을 부렸다.

한편으로는 주요 도서들을 없애는 것이 목적이었다. 이 백록서원에 역대 왕조의 봉건 잔재물들이 많이 있다고 들었으니 그럴 만도 했다. 그러나 홍위병으로 불리는 그들은 허탕을 쳤다. 이곳의 도서들이 해방 초기인 1949년에 일찌감치 자수현의 도서관으로 옮겨졌기 때문이었다. 분풀이를 할 것이 없어졌다는 사실을 알게 된 홍위병들은 분노했다. 결국 칠이 다 벗겨진 대문 위의 '백록서원'이라는 편액을 떼어내서 마당에 놓고는 불살라버렸다.

이러한 그들의 만행은 돼지의 품종을 개량하는 종축장의 직원들에 의해 겨우 제지되었다. 서원은 이미 이전에 있었던 대약진大躍進 시대에 종축장의 간판을 내걸었기 때문이었다. '대약진 정책'은 사회주의 총 노선을 말한다. 인민공사 정책과 더불어 소위 삼면홍기三面紅旗 정책의 하나였다. 모택동이 1958년에서 1960년 사이에 '15년 내에 영국을 따라잡는다.'는 구호 아래 실시하였던 농·공업의 대증산을 목표로 한 야심적인 경제정책이다. 그러나 이 대약진 정책의 실패로 인해 모택동은 국가 주석 자리를 유소기劉少奇에게 물려주어야 했다. 그리고 1961년 중국공산당 중앙전체회의에서 재심사되어 '조정調整·강화強化·충실充實·향상向上'이라고 하는 신정책으로 변경되었다.

종축장의 책임자는 백록촌 주민이었던 백흥아白興兒의 후손 백련지白連指였다. 그때는 국가 주석 모택동이 양돈 사업을 권장하던 시기로 백련지는 백록서원에서 종축장을 하겠다고 현에 건의를 했다. 현장은 그러자 백련지에게 폐허가 되어버린 서원을 사용하도록 허가했다. 백련지는 중학교도 마친 나름 지식인이었다. 또 조상 대대로 전해져 오는 가축 접붙이는 비법도 알고 있었다. 때문에 종축장을 별로 어렵지 않게 열 수 있었다.

그해에 전국에 동시에 타올랐던 용광로의 불은 곧바로 꺼져버렸다. 모택동의 지시로 전국에서 전개되었던 전국민 제철운동으로 각 지역에 건축되었던 용광로였다. 또 공공 식당의 굴뚝에서도 연기가 나지 않았다. 모택동의 인민공사 정책에 따르면 농민은 가정에서 취사를 하지 못하고 인민공사의 식당에서 식사를 해야 했었다. 그러나 이런 와중에도 백련지의 종축장은 계속 운영이 됐다. 뿐만 아니라 탁월한 성과도 올렸다.

그는 토종인 검은 돼지와 소련산인 검은 돼지를 교배하여 몇 대를 거친 후에 우성은 선택하고 열성은 도태시켰다. 결과적으로 아주 우수한 개량 신품종을 탄생시킬 수 있었다. 이 돼지는 사료를 먹을 뿐만 아니라 온갖 풀도 잘 먹었다. 때문에 모두가 새로운 품종의 돼지를 기르려 했다. 그러자 현장은 직접 이 개량종 돼지에 '흑록'黑鹿이라는 이름을 붙여줬다. 또 백련지는 그로 인해 그해 신중국 건국기념일에 성 정부의 초청을 받을 수 있었다. 종루에 올라 기념식에 참석하는 영광도 누렸다.

백련지는 맹렬하게 타오르는 불 주위에 모여서 환호성을 지르는 홍위병들에게 말했다.

"홍위병 동지들, 여러분들의 혁명 행동은 훌륭합니다. 우리 종축장 직원은 여러분들을 열렬히 환영합니다. 그러니 여러분들도 우리를 믿어 주십시오. 여기 남아 있는 '네 가지 구습'은 우리가 뿌리째 뽑아버리도록 하겠습니다."

홍위병들은 그러자 얌전히 돌아갔다.

그러나 얼마 안 되어 서원에는 자수현의 조반파造反派라는 자들이 다시 몰려왔다. 이어 이곳을 사령부로 점거한 채 돼지우리의 돼지를 마구 잡아먹었다. 암놈, 수놈, 큰놈, 작은놈, 종돈 등 전혀 가리지 않았다. 백련지 같은 수완가도 이때는 어찌할 수가 없었다. 이 일파의 사람들은 골수 보수파로 현성에도 들어가지 못하고 권력도 빼앗지 못하자 아주 살기등등해졌다. 나중에는 '한 점의 불꽃도 평원을 태울 수 있다.'는 구호와 '농촌이 도시를 포위하고 도시를 탈취해야 한다.'는 구호 아래 계속 현성을 공격했다. 이미 대권을 탈취한 조반파와도 대치했다.

'한 점의 불꽃도 평원을 태울 수 있다.'는 글귀는 모택동의 편지에 나오는데,《모택동선집》제1권에 수록되어 있다. 당시 장개석蔣介石 국민당의 공격을 받은 후 6만여 군대가 1만 명으로 줄어든 공산당 내부에서는 혁명과 공산군의 전도에 비관적인 의견이 지배적이었다. 그때 그는 이를 걱정한 임표林彪의 편지를 받고 1930년 1월 5일, 답장을 보냈다 이 글은 당시 적의 정세를 과학적으로 분석하여 혁명 대오에 희망을 심어주었다는 평가를 받았다. 거의 기념비적인 글이라고 할 수 있었다. 그것을 홍위병들은 본래의 뜻을 무시하고 남용한 것이다.

'농촌으로 도시를 포위한다.'라는 구절은 마르크스주의 사상에서 나온 말이다. 자본주의 국가에 있어서 프롤레타리아 혁명의 결정적 승리는 도시에 집중되어 있는 국가기구 파괴에 의해 얻어질 수 있다는 주장이라고 보면 된다. 모택동은 농촌 인구가 절대적으로 많고 자본주의가 발달하지 않은 중국의 실정에 비추어서 신민주주의 혁명의 올바른 길은 농촌으로 도시를 포위하는 것이라는 이론을 수립하고 실천하였고, 또 성공했다. 이후 마르크스주의를 발전시킨 것이라는 높은 평가를 받았다.

어느 날 깊은 밤에 현성의 그 재빠른 조반파는 이전의 백록서원, 즉 종축장을 사면에서 포위했다. 이어 기관총과 수류탄 및 사제 화염병의 요란한 폭음과 함께 보수파의 소굴을 탈취했다. 이로 인해 여덟 명의 남녀가 죽었다. 부상자는 헤아릴 수도 없었다. 이전에 주 선생이 강학하던 대전도 불타버리고 말았다. 종축장의 책임자인 백련지와 수십 명의 직원들 역시 혼비백산이 되어 도망갔다. 또 죽은 돼지들은 솥으로 들어가 전사들을 위로하는 음식물이 되었다. 돼지우리를 벗어나 달아난 돼지들은 농민들에게 포획되기도 했다. 농민들로서는 뜻하지 않게 횡재를 한 셈이었다.

그로부터 다시 약 7, 8년이 지난 후 또 한 무리의 홍위병들이 붉은 기를 높이 든 채 백록원을 넘어 언덕 아래로 갔다. 그들은 곧장 그곳에 있는 주가촌朱家村으로 향했다. 지난번에 먼저 온 홍위병들과 같은 학교의 학생들이었다. 원래대로라면 이 학생들은 녹조붕이 초대 교장을 지낸 바로 그 백록진 남쪽 소학교의 애송이들이라고 할 수 있었다. 그러나 이때는 이미 이 학교가 신제도인 10년제의 중소中小학교로 통일, 재편돼 있었기 때문에 난동을 부린 이들은 거의 중학생이라고 봐야 했다.

이때 중국에서는 비림비공批林批孔, 즉 임표林彪 비판에 더해 공자孔子 격하 운동이 한창 일고 있었다. 야심가인 임표가 공자의 극기복례克己復禮의 사상을 가졌기 때문이었다. '극기복례'란 《논어》論語 '안연편'顔淵篇 제12권에 나오는 말로, 본뜻은 사사로운 정을 이기고 예에 맞는 생활로 돌아간다는 의미이다. 그러나 강청江靑이 주도하던 운동에서는 이것을 왜곡하여 임표가 공자의 말을 국가권력 탈취에 이용했다고 비판했다. 이것은 홍위병과 젊은이들 사이에서 불길처럼 퍼졌다.

참고로 임표는 1971년 반혁명 쿠데타가 사전에 발각되어 소련으로 도망가던 중 비행기가 추락하여 사망했다. 그러나 문화혁명 중이던 1974년 1월, 임표와 그가 신봉하는 공자를 비판하는 이 운동의 첫 화살은 주은래周恩來를 향했다. 이는 강청이 주관한 운동으로, 모택동의 비판을 받은 주은래가 다시 반격에 나서면서 정세는 역전되었다.

아무려나 7, 8년 만에 다시 들이닥친 이 일련의 홍위병들은 과거 백록서원에서 난동을 부리던 이들보다는 그래도 규율이 있었다. 나이도 많았다. 실제로도 10학년(고교 3학년에 해당) 학생들이었다. 그들은 담임선생의 인솔하에 이 고장에서 공자를 숭배했던 대표적 인물인 주 선생을 표적으로 삼고 달려왔다. 곧 담임선생이 생산대장과 교섭을 벌였다. 묘를 파고 시체를 끌어내 매질을 하겠다는 것이었다. 생산대장은 즉석에서 승낙했다. 그에게는 묘를 허물고 나면 거기서 나온 벽돌로 우물을 만들겠다는 속셈이 있었다.

이렇게 해서 40~50명의 남녀 학생들이 아침 일찍부터 저녁 늦게까지 무덤을 팠다. 마침내 주 선생의 묘실이 파헤쳐졌다. 부스러기가 된 뼈들은 무덤 밖으로 던져졌다. 한 무더기의 책은 이미 진흙이 되어 있었다. 묘실이 구운 벽돌이 아니라 부스러기 흙벽돌로 이루어진 탓이었다.

그제야 마을의 젊은이들은 어른들이 해오던 전설 같은 말을 믿게 되었다. 아울러 노인들은 후대에 전해줄 새로운 전설을 하나 추가할 수 있게 되었다. 그들은 서로 얼굴을 바라보면서 속삭였다.

"아, 세상에! 주 선생은 생전에 이미 자신의 무덤이 파헤쳐질 것을 알았구나. 그래서 관도 안 쓰고 벽돌로 무덤을 쌓지도 않았구나."

무덤에서 나온 것이라고는 고작 잘 구워진 벽돌 하나였다. 그것은 묘혈로 통하는 작은 구멍을 막았던 벽돌이었다. 벽돌 양쪽에는 글씨가 새겨져 있었다. 10학년 학생들은 그 글의 내용을 이해할 수 없었다. 그들은 벽돌을 담임선생에게 보여줬다. 담임선생은 한참 후에야 한쪽 면에 쓴 여섯 글자를 해석해 냈다.

天作孼 猶可違
하늘이 악을 행하면 오히려 그것을 거역할지어다.

또 다른 한 면에도 여섯 글자가 새겨져 있었다.

人作孼 不可活
사람이 악을 행하면 살 수 없을지어다.

담임선생은 처음에는 몹시 기뻐했다. 끝내 비판을 가할 수 있는 증거를 찾아냈다는 성취감 때문이었다. 그러나 나중에는 불같이 화를 냈다. 벽돌에 새겨진 글귀가 함축하고 있는 반동사상 때문이었다.

당장 그 자리에서 공개비판 대회가 열렸다. 담임선생은 우선 학생들에게 열두 글자가 담고 있는 뜻을 설명해줬다. 결론적으로는 '계급투쟁소멸론'으로 자신의 말을 마무리했다.

모택동에 의하면 계급투쟁은 사회주의 혁명의 심화에 의해 약해지는 것이 아니라 오히려 강화된다고 했다. 문화혁명의 발동도 이 이론에 근거하고 있다. 한편으로 계급투쟁은 사회주의 혁명의 심화와 함께 약해진다고 하는 관점도 있다. 모택동파는 이를 '계급투쟁소멸론'이라 했다.

이때 한 남학생이 말로만 하는 비판이 성에 차지 않았는지 벽돌을 들어 힘껏 내동댕이쳤다. 그런데 그 벽돌은 양쪽으로 깨지는 것이 아니었다.

이상하게 위, 아래 두 층으로 나뉘어졌다. 이 벽돌은 원래 얇게 갈아서 붙여 놓은 것이었다. 중간에 암 장붓구멍과 수 장붓구멍을 파서 서로 끼워 맞춰 놓은 벽돌이었다. 그 안에 또 한 줄의 글귀가 새겨져 있었다.

折騰到何日爲止
이 괴롭힘 언제나 끝나려나.

학생들과 마을 사람들은 모두 깜짝 놀라 소리를 질렀다.

제33장

녹자림은 머슴 유모아를 다시 불러들였다. 그리고 자신이 감옥에 있던 동안 아내가 팔아버린 전답을 하나하나 다시 사들였다. 곧이어 비어 있던 가축우리도 다시 소와 말의 분뇨와 사료 냄새로 가득 찼다. 또 누런 털을 가진 아주 사나운 개가 집 안을 어슬렁거렸다. 집에 다시금 생기가 돌았다.

녹자림은 이전의 그 어느 때보다도 집안을 살리기 위해 애를 썼다. 지금이 바로 절호의 기회였다. 토지, 가축, 목재, 벽돌, 심지어는 결혼식용 예물까지 모든 것이 값이 떨어질 대로 떨어졌기 때문이다. 가격이 떨어지지 않은 것은 오로지 장정이라는 특수한 상품뿐이었다. 그것만은 오히려 정반대로 가격이 치솟고 있었다. 녹자림은 이 기회를 놓치지 않기로 했다. 무엇보다 허물어 팔아버린 문간채를 어떻게든 다시 지어야 했다. 나아가 백씨네가 헐어간 것보다 더욱 규모가 크고 멋진 아름다운 문루도 세워야 했다. 그러나 이 일은 좀 뒤로 미루기로 했다. 우선은 텅 비어 있는 집 안을 다시 채워 넣는 일이 급선무였던 것이다.

녹자림은 흠차대신欽差大臣과 같은 역할을 했다. 전복현은 그에게 구체적인 일도, 이렇다 할 관직도 주지 않았다.

"자네에게 장 자리 하나 줘 봤자 무슨 의미가 있겠는가? 연보소 주임도 별거 아니고 말이지. 자네는 주임 이상을 관리하게나."

전복현은 보장^{保長}, 갑장^{甲長}의 회의석상에서 선포했다.

"녹자림이 나를 대신해 일을 볼 것이다. 보장이든 갑장이든 그가 하는 말이면 그것은 곧 내가 하는 말이다. 그가 시키는 일은 내가 시키는 것과 같다. 여러분들은 이 점을 명심하기 바란다."

녹자림은 이제 백록원에서 흠차대신이 되어 무면지왕^{無冕之王}(왕관 없는 왕)의 지위를 누리게 되었다. 보장들은 그가 어디를 가든 극진히 대접했다. 심지어는 전복현에게 하는 것보다도 더 공손히 대했다. 그들은 영악하게도 전복현 앞에서는 질책을 당할까 봐 못 하던 말도 그에게는 솔직하게 털어놓았다. 전복현에게 직접 말하는 것보다 녹자림에게 이야기하는 것이 더 좋은 이유는 분명했다. 그가 돌아가서 전복현에게 전달해 줄 것이니 일이 훨씬 수월했기 때문이었다.

녹자림은 매일을 설날처럼 지냈다. 보장들은 그만 보면 술자리를 마련했다. 그들은 그의 입만 적셔주면 불만족스러운 일들이 모두 시원하게 해결된다는 사실을 간파했다. 술자리를 마련하고 선물을 주는 것은 당연한 절차처럼 되어버렸다.

그들이 녹자림을 접대하는 비용은 세금에서 충당되었다. 연소^{聯所}나 보소^{保所}의 장들은 이런 일들을 하면서 모두 자기 주머니를 따로 채웠다. 녹자림 역시 비었던 주머니가 불룩해지기 시작했다. 얼굴에도 윤기가 흘렀다.

녹자림은 처음에는 전복현이 자신에게 배정한 역할이 그다지 만족스럽지 않았다. 자신을 믿지 못해 실권을 주지 않는다고 생각했다. 그러나 나중에는 이러한 역할이 얼마나 좋은 것인지 알게 되었다.

겉으로 볼 때 그에게는 직책과 권력이 전혀 없었다. 그럼에도 평원의 보장과 갑장들은 그를 두려워했다. 반면에 장정 징집과 세금 징수를 제때에 하지 못해도 녹자림은 책임질 필요가 없었다. 또 일이 잘못되어도 그에게는 상부의 추궁이 내려오지 않았다. 또 보장들이 주는 '사례비'도 자유롭게 받을 수 있었다. 그는 아주 빨리 현 세태의 변화와 그 속의 오묘함을 간파했다.

녹자림의 직책은 전복현 주임의 명의로 각 보장들을 재촉하여 세금을 거두어들이는 일이었다. 완벽한 갑의 위치였다. 그럼에도 그는 스스로에게 아주 엄격한 제한을 두었다. 그것은 바로 장정 징발이나 세금 징수를 독촉할 때 보장들만 닦달할 뿐 절대로 갑장들을 괴롭히지 않는다는 원칙이었다. 더군다나 그는 특정한 어떤 집을 지목하여 돈이나 곡식을 독촉하지 않는다는 원칙 역시 철저하게 지켰다. 장정과 세금을 내는 백성들을 옥죄는 악역은 어차피 보장들에게 맡기면 되기 때문이었다. 자신은 그저 먹고 마신 후 돌아오면 그만이었다.

녹자림은 이날도 대접을 받고 돌아오면서 회심의 미소를 지은 채 생각했다. '전 주임이 꾀를 썼으나 역시 내가 한 수 위일세그려. 당신은 나를 대신 욕먹는 자리에 내세웠어. 그러나 난 당신의 관직에는 손도 안 대고 당신의 녹만 먹어. 이 얼마나 좋은 자리란 말인가.' 그는 내심 득의양양했다.

이렇게 됐으니 녹자림은 젊은 머슴 하나를 더 고용할 수 있었다. 그리고는 유모아와 같이 토지와 가축을 돌보도록 했다. 이제 집안 구석구석, 가축우리에서 전답까지 모든 곳에 사람이 사는 활기가 흘렀다. 마을 전체에 흐르는 쓸쓸하고 고독한 분위기와는 완전히 대조적이었다.

순간 녹자림은 감옥에서 집으로 돌아왔을 때의 그 암담하고 소름끼치던 광경을 떠올렸다. 아내 하씨ᴴᵘᵃ氏가 마당을 걸어가는 소리를 제외하면 당시 집안에서는 오래된 절간처럼 적막감만 흘렀다. 아! 쇠락한 집안은 이런 모습이로구나! 아, 내 집이 이토록 영락하였구나! 녹자림은 그때 가슴이 조이는 것을 느꼈다. 숨을 쉴 수도 없었다. 그런데 생각지도 못한 손자가 나타나서 이 쇠락했던 집안에 활력을 불어넣었다. 심연 속으로 곤두박질치던 그의 심장은 이로써 다시 뛰기 시작했다. 녹자림은 큰 소리로 아내에게 말했다.

"이 세상에서 제일 귀중한 것이 뭔지 아오? 돈? 땅? 권세? 모두 아니야. 가장 귀중한 것은……, 사람이야."

하씨는 남편의 의중을 알 수 없어 묵묵히 고개만 끄덕였다. 녹자림은 다시 자신이 깨달은 진리를 설명해 주었다.

"돈과 재산이 아무리 많아도, 권세가 아무리 커도 사람이 없으면 모두 헛것이야. 사람들은 재물을 바라지만 사람이 많아야 사는 맛이 나지. 난 옥중 생활은 견딜 수 있어도 우리 집이 이렇게 적막한 것은 참을 수 없어."

녹자림이 유모아를 고용한 지 얼마 안 되어 젊은 머슴을 또 고용한 것도 사실은 이렇게 활기찬 집안을 만들고 싶기 때문이었다. 유모아는 이미 늙어서 말수가 적었을 뿐 아니라 행동까지 굼떠서 생기 넘치는 분위기를 만들어 주지 못했다. 반면 새로 고용한 젊은 머슴은 이러한 결점을 잘 보충해 주었다. 녹자림이 젊은 머슴에게 말했다.

"아주 바쁘거나 힘들 때는 유 아저씨를 도와주려무나. 바쁜 일이 없으면 아이와 놀아주어라. 아이가 넘어지거나 다치지 않게만 하면 되는 게야."

젊은 머슴은 녹자림의 당부대로 보배 같은 손자와 아주 잘 놀아주었다. 녹자림은 연소聯所에서 돌아올 때마다 그것부터 확인하고는 했다. 손자와 젊은이는 나이의 많고 적음, 주인과 하인 관계라는 사실도 잊은 채 마당에서 노는 데에만 정신이 팔려 있었다.

젊은 머슴은 위하渭河 북쪽의 고원 사람이었다. 그런데 그의 발음이 상당히 이상했다. 녹자림을 아주 즐겁게 만들 정도였다. 그는 '중'重 발음을

'충'沖이라고 하는가 하면 '독서'讀書라는 발음은 '두실'頭失로 했다. 더욱 기가 막힌 것은 이리 '낭'狼자를 노새 '려'驢로 발음하는 것이었다. 그랬으니 진짜 노새를 '각'刦이라고 발음하는 것도 전혀 이상할 게 없었다.

녹자림은 머슴의 말을 따라 해 보다가 끝내 배꼽이 빠질 만큼 웃었다. 그것은 마치 서양말을 배우는 것 같았다. 이렇게 녹자림의 집에서는 저녁 때면 으레 웃음소리가 밖으로 터져 나오곤 했다. 그가 젊은 머슴에게 가졌던 단 하나의 불만은 아첨을 너무 심하게 한다는 것이었다. 하루는 녹자림이 정색을 하고 말했다.

"너는 일할 것은 하고, 먹을 것은 먹고, 울 일이 있으면 울어라. 또 웃을 일이 있으면 웃고, 욕할 일이 있으면 마음대로 욕해라. 그러나 아첨하는 짓만은 하지 마라."

젊은 머슴은 멍하니 입을 벌린 채 아무 대답도 하지 못했다. 젊은 머슴이 마음에 들어 데리고 온 것은 바로 녹자림 자신이었기 때문이다.

어느 날 밤이었다. 녹자림은 백록원 남쪽 평원에서 세금을 독촉한 후 돌아오는 길이었다. 달빛은 고즈넉했다. 그는 달빛 아래에서 적당히 취해 농로를 걸어오면서 창을 한 곡조 뽑았다. 그 소리에 길가의 농가에서 개들이 왕왕 짖어댔다. 그가 막 자기 집안의 산소가 있는 곳을 지나칠 무렵이었다. 검은 무덤 뒤에서 사람이 한 명 툭 뛰어나왔다. 그 바람에 녹자림은 놀라서 기절할 뻔했다. 그 사람은 녹자림 앞에 무릎을 꿇고 아저씨, 할아버지를 불러가며 제발 머슴으로 써달라고 애원을 했다. 이어 돈은 한 푼도 안 줘도 괜찮다고 했다. 식량 역시 안 줘도 좋으니 잡곡으로 만든 만두라도 먹여주면 고맙겠다고 애걸복걸을 했다. 녹자림은 길게 한숨을 내쉬고는 그 젊은이를 걷어차며 욕설을 퍼부었다.

"이 자식아, 너 때문에 놀라 죽을 뻔했잖아."

땅바닥에 엎드리고 있던 젊은이는 계속하여 자기를 머슴으로 써 달라고 졸랐다. 그리고는 자신을 더 걷어차서라도 속상한 기분을 풀라고 말했다. 녹자림은 목소리가 앳된 것을 듣고는 아마도 젊은이인가 보다고 생각했다. 자기를 더 걷어차라는 말에 얼마간 마음이 풀리기도 했다. 그가 물었다.

"어째서 하필이면 우리 집에서 머슴을 살고 싶다는 것이냐?"

"제가 보기에 나리는 좋으신 분 같아서입니다."

젊은이는 그곳에서 사흘 밤 사흘 낮을 숨어 있었다고 고백했다. 그리고 녹자림이 이곳을 지나가는 것을 몇 번 보았다고 했다.

"어린놈이 아주 음흉하구나. 내 옷을 보고 부자인 줄 알고 그러느냐? 아니면 내가 관리처럼 보여 그러느냐? 머슴으로 들어와 장정으로 징발되지 않으려는 꾀를 쓰는 것 아니냐? 무슨 생각인 거지? 사실대로 말하지 않으면 죽여버리겠다."

젊은이는 연신 고개를 땅바닥에 숙이면서 말했다.

"그렇군요. 말씀하신 그대롭니다."

"아직 어려 보이는데, 왜 집을 나왔느냐? 남의 집 규수를 겁탈했느냐, 아니면 도둑질을 했느냐? 아니면 징집을 피해서 도망친 거냐?"

젊은이는 "으앙!" 하고 울면서 말했다.

"그렇습니다, 나리. 저는 징집을 피해서 도망을 쳤습니다. 우리 집에는 형제가 셋 있는데 두 형님은 장정으로 징발돼 끌려가서 못 돌아왔습니다. 그래서 아버지가 저보고는 도망가서 목숨만이라도 부지하라고 했습니다……. 나리, 저를 받아주셔서 덕을 쌓고 선을 베푸십시오!"

녹자림은 젊은이의 말을 믿었다. 그의 어리숙한 위하 북쪽 지방 특유의 말투가 신뢰감을 갖게 만든 것이다. 그가 물었다.

"너, 이름이 뭐냐?"

"삼왜^{三纻}라고 합니다."

"삼왜야, 나를 따라오너라."

녹자림은 삼왜를 앞세우고 자신은 뒤에서 서너 걸음의 거리를 유지하면서 따라왔다. 삼왜는 때때로 돌아보며 아첨하는 말을 했다. 얼마간 누그러졌던 녹자림의 마음에 무언가 치밀어 올라왔다. 그가 모질게 쏘아붙였다.

"너 이놈, 누구에게 이런 알랑방귀 뀌는 것을 배웠느냐? 내가 제일 싫어하는 것이 남 비위 맞추는 소인배란 것을 모르느냐? 내게 한 번만 더 이런 알랑방귀를 뀐다면 지금 당장에 연보소로 널 데려가겠다. 여기 마침 장정을 잡아오라고 요구하는 문서도 있다."

깜짝 놀란 삼왜가 몸을 돌려서 또 무릎을 꿇었다. 목소리도 떨렸다.

"나리, 저는 나쁜 마음이 없어요. 저희 어머니 아버지가 늘 말씀하시길 밖에 나가면 말조심하고 남의 비위 맞추며 착하게 행동하라고 했어요……."

"우리 집 머슴은 말 잘하는 것은 필요 없다. 이제부터라도 좀 혓바닥을 굳게 하는 것을 배우는 게 좋겠다. 앞으로 좀 무뚝뚝해져야겠다 이 말이다. 무뚝뚝한 것을 배울 수 있으면 나를 따라오고 그렇지 않으면 썩 꺼져버려라."

"착한 것을 배우라는 것은 어렵지만 무뚝뚝한 것을 배우는 것은 쉽습니다. 다시는 남의 비위나 맞추는 말은 하지 않겠습니다."

"빨리 일어서거라. 내가 시험을 해 봐야겠다."

삼왜는 일어났다.

"나한테 욕을 한번 해 보거라. 무슨 욕이든지 해 봐……."

삼왜는 어찌할 바를 몰랐다.

"제가 어떻게 아무 이유도 없이 나리한테 욕을 한단 말입니까?"

녹자림이 고개를 들고 껄껄 웃었다.

"나는 하루 종일 비위 맞추는 소리만 듣고 산단 말이다. 그래서 귀 안이 돼지털로 가득 찼어. 난 오히려 욕하는 소리가 듣고 싶구나. 욕을 해 보거라, 삼왜야……."

삼왜는 녹자림의 몸에서 확 풍기는 술 냄새를 맡았다. 그가 분명히 술에 취해 이런 말을 했다고 생각했다. 정말 욕을 한다면 술이 깬 다음에 자기를 죽이지 않을까 우려가 되었다. 그래서 애원하듯 말했다.

"나리, 다른 방법으로 저를 시험해 보십시오. 그러면 제가 반드시 해 보이겠습니다."

녹자림이 앞으로 몇 걸음 나서서는 몸을 굽혔다. 이어 자신의 얼굴을 삼왜에게 바짝 붙이고 말했다.

"그래? 그럼 내 따귀를 때려 보거라."

삼왜는 대경실색하여 자기도 모르게 뒷걸음쳤다. 그리고 이 사람은 미치지 않았다면 마귀인 것이 분명하다고 생각했다. 기회를 엿보아 도망쳐야겠다고 마음을 먹었다. 녹자림이 그러자 하하 웃으며 고개를 들고 말했다.

"그것도 할 수 없지? 그러면 좋다. 그럼 내가 세 번째 것을 말해 보마. 네 물건을 꺼내서 내 얼굴에 오줌을 갈겨 보거라……."

삼왜는 녹자림의 말을 듣자마자 "엄마!" 하고 소리를 지르면서 뒤돌아 달아나려고 했다. 그러나 소용이 없었다. 녹자림이 그의 뒷덜미를 낚아채며 말했다.

"이놈, 내가 이렇게 침을 튀겨 가면서 너한테 이야기를 했는데 한 가지도 들어 주질 못하고 도망가려고 해? 내가 당장에 너를 연보소에 넘겨야 되겠다."

삼왜는 그 자리에 쭈그리고 앉아 두 손으로 얼굴을 가린 채 애처롭게 울기 시작했다. 그러자 녹자림이 마구 욕을 퍼부었다.

"왜 울어? 내가 널 때렸느냐, 욕했느냐? 오히려 나한테 욕하고, 때리고, 오줌 싸라고 하는데 그것도 못 하면서 울긴 왜 울어? 너처럼 바보 같은 놈이 우리 집 머슴이 되겠다는 거냐? 웃기지 마라."

삼왜가 울면서 애원했다.

"나리, 제발 저를 좀 보내 주세요."

녹자림이 냉소하면서 말했다.

"네 마음대로 가려고? 그렇게 쉽지는 않을걸. 내가 오늘 너를 사내대장부로 만들어 주마. 욕하고, 때리고, 오줌 싸는 이 세 가지 중에서 선택을 하거라. 자, 어서 일어나거라……."

삼왜가 부들부들 떨면서 일어섰다.

"나리, 차라리 저를 욕하고 때리세요. 저에게 오줌도 싸세요."

"잔소리 마. 그러면 좋다! 내가 한 걸음 양보하겠다. 내가 눈을 감겠다. 나도 안다. 내가 눈을 뜨고 있으면 염라대왕이라도 나를 때리지 못한다는 것을 말이야."

삼왜는 눈을 꾹 감고 에라, 모르겠다 하는 심정으로 '철썩' 따귀를 올려쳤다. 그리고는 "내가 네 어미다."라고 욕을 퍼부었다. 이어 가슴을 진정시키며 처벌을 기다렸다. 그러나 녹자림은 눈을 뜨고는 껄껄대며 웃었다.

"참 잘 때렸다. 욕도 잘하고 말이야. 삼왜야, 아주 기분이 좋구나. 다시 한 번 해 보거라. 이제는 이쪽 뺨을 때려다오."

녹자림이 말을 마치기 무섭게 다른 쪽 뺨을 삼왜 쪽으로 갖다 댔다. 삼왜는 한 번을 했는데 두 번은 못 하랴 싶어 다시 따귀를 때렸다. 그런 다음 또 "내가 네 할미다."라고 욕을 해대었다. 녹자림이 배를 붙잡고 웃어대더니 삼왜를 밀어붙이면서 말했다.

"이놈아, 넌 괜찮은 놈이다."

삼왜는 비틀거리면서 서 있었다. 녹자림은 어깨로 삼왜의 목을 감싸고 걷다가 갑자기 울면서 말했다.

"삼왜야! 우리 선조는 본래 이렇게 매 맞고 분풀이 당하던 사람이었다. 나는 이제껏 매를 맞고 분풀이를 당하는 것이 어떤 맛인 줄 몰랐다. 너, 내가 무슨 말을 하는지 알겠느냐?"

삼왜는 도저히 이 미치광이 술주정뱅이를 이해할 수가 없었다. 그저 "네네, 압니다."라고 건성으로 대답할 수밖에 없었다. 그러자 녹자림이 눈을 흘기며 야단을 쳤다.

"알긴 뭘 알아! 내가 이 나이가 되도록 모르는데. 젖 냄새나 풀풀 풍기는 놈이 뭘 안단 말이냐……"

녹자림의 5대조 선조는 가세가 기울어 생활이 힘겨웠다. 그때 슬하에 3형제가 있었는데 위의 두 형제는 남의 집으로 머슴살이를 떠났다. 막내인 셋째는 동냥을 해서 겨우 먹고 살았다.

심지어 셋째는 걸음마도 배우기 전에 엄마 품에 안겨 다니면서 밥을 얻어먹었다. 걸음마를 배우고 나서는 혼자 동냥을 다녔다. 그럴 때마다 그는 바지춤에 커다란 국자를 차고 다니면서 밥을 얻었다. 밥을 다 먹고 나면 개울에 가서 잘 씻어서 다시 바지춤에 매달았다. 사람들은 그의 이름을 알지 못했다. 그래서 그냥 '쪽박'이라는 뜻으로 '마작'馬勺이라고 불렀다. 어느 날 밤 병석에 누워 있던 그의 아버지가 그를 보고 말했다.

"이제 더 이상 밥을 얻어먹지 말거라. 네가 어렸을 때는 몰라도 이제 다 컸는데도 밥을 얻으러 다니면 사람들이 욕할 거다. 떠나거라. 가서 스스로 돈을 벌어서 살아라."

'쪽박' 마작은 이후 자신도 두 형처럼 머슴살이를 가서 돈벌이를 해야겠다고 생각했다. 그렇게 생각이 들자 아버지 앞에서 고개를 끄덕이고는 다음날 동이 트기도 전에 집을 나섰다. 이후 사람들은 쪽박의 모습을 볼 수가 없었다.

마작은 자신이 알던 마을과 사람들을 피해 북쪽으로 걸었다. 이어 자수하를 따라서 낯선 사람들이 있는 마을로 갔다. 어느 날 성문에 들어선 그는 놀라서 소리를 질렀다.

"성안은 과연 크구나!"

그는 다시는 다른 사람에게 애걸할 필요가 없었다. 그저 한 음식점을 정해 놓고 있다가 손님들이 먹다 남긴 국수나 만두 또는 고기, 야채 등을 쪽박에 담으면 되었기 때문이었다.

그러다가 그는 어떤 음식점에서 종업원으로 일하게 되었다. 담당한 것은 주방에서 불 때고 설거지하는 일이었다. 그런데 풍로 앞에서 풀무질을 하다가 고개를 들려고만 하면 주방장이 음식을 만들던 국자로 그의 머리를 때렸다. 처음에는 국자 뒷등으로 때리더니 나중에는 국자 전체로 후려 갈겼다. 때로는 머리가 터져 피가 흐르기도 했다.

그는 불을 때고 풀무질을 하는 사람은 왜 고개를 들어서는 안 되는지 도무지 알 수가 없었다. 그래서 주방장이 "불 꺼라!"고 소리 지를 때도 여전히 고개를 숙이고 있어야만 했다. 어느 날 그는 문득 그 이유를 알게 되었다. 주방장은 그가 자신의 요리 솜씨를 배울까 봐 고개를 들지 못하게 한 것이었다. 자신의 기술을 훔쳐볼 것을 두려워했다고 할 수 있었다.

'쪽박' 마작은 이 비밀을 알고 나자 오히려 야심을 키워나갔다. 병신 같은 자식, 네가 내 머리를 때리지 않았으면 난 아예 배울 생각도 안 했을 텐데. 그렇게 생각한 그는 주방장에게 의도적으로 은근히 접근했다.

우선 아침에는 세수할 물을 갖다 바치고 요강을 비워 주었다. 또 저녁에는 발 씻을 물을 대령하고 요강도 갖다 주었다. 그의 옷을 빨아 주는가 하면 이도 잡아 주고 다리도 주물러 주었다. 주방장이 담뱃대를 잡을 때면 얼른 불을 붙였다. 그는 흡족한 마음으로 마작의 비굴한 태도를 즐겼다.

그러나 주방장은 여전히 불을 땔 때 고개를 들면 머리를 때리곤 했다. 자신의 요리하는 과정을 훔쳐보는 것만은 절대 용납하지 않았다.

이렇게 잡일을 하면서 1년을 지냈다. 마작은 불 때고 식탁을 치우고 설거지하는 일에 정통하게 되었다. 그러나 요리만은 여전히 하나도 아는 게 없었다.

어느 날 밤 주인집 2층에서 여느 때와 다름없이 잠자리에 들었을 때였다. 주방장이 말했다.

"마작아, 네가 나한테 그렇게 비위를 맞춰도 다 쓸데없는 짓이다. 그런 정도의 비위를 맞추고 내 요리 솜씨를 배우려고? 어림도 없는 소리 말거라. 내가 이 요리 솜씨를 배우기 위해 얼마나 많은 피와 땀을 쏟았는지 알기나 하느냐?"

"분명히 많은 돈을 주시고 그렇게 좋은 솜씨를 배우셨겠지요? 하지만 저는 돈이 없습니다. 나중에 돈을 많이 벌게 되면 사부님으로 모시겠습니다."

주방장이 콧방귀를 뀌며 말했다.

"야야, 한 달에 고작해야 동전 몇 닢 겨우 버는 주제에 무슨 소리야. 수염이 하얗게 될 때까지 기다려도 안 될 거다."

"그럼 할 수 없지요. 평생 불 때고 그릇이나 씻을 수밖에요."

주방장이 그러자 뜻밖에 동정어린 말투로 말했다.

"내가 보니 너는 아주 영리한 놈이야. 아주 좋은 놈이지. 그래, 나한테 세 가지만 해 주겠다고 대답하면 너에게 요리를 가르쳐 주마."

"세 가지가 아니라 서른 가지라도 들어드릴게요. 요리만 가르쳐 주신다면 못 할 게 뭐 있겠어요?"

주방장이 목소리를 낮추고는 말했다.

"내가 너한테 욕을 해도 화를 내지 않는 거야."

마작은 그가 자신을 보조하라고 할 것을 기대했다가 잠시 침묵했다. 그렇게 어려울 것 같지는 않았다. 욕이야 한쪽 귀로 흘려버리면 되는 것이니까. 실제로도 그렇게 큰 손해는 없을 것 같았다. 그는 그러겠다고 대답했다.

주방장이 그러자 자신의 얼굴을 마작의 귓가에 대고는 작은 소리로 욕을 했다.

"마작아, 내가 네 어미와 붙어먹을 거다."

마작은 화가 나서 몸이 부들부들 떨렸다. 그러나 이를 악물고 참았다. 주방장이 다시 말했다.

"왜 반응이 없는 거야? 임마, 하라든지 말라든지 대답을 해야 할 거 아니야? 네가 대답을 하지 않으면 어디 가서 붙어?"

마작의 주먹이 이불 속에서 부르르 떨렸다. 담배에 절은 주방장의 구린내 나는 입을 한 대 후려갈기고 싶었던 것이다. 그러나 그는 꾹 참고 말했다.

"대답할게요."

주방장은 히히, 웃으면서 "마작아, 내가 네 할미하고 붙겠다."면서 욕을 해댔다.

"붙으세요."

주방장은 흥분해서 계속 음담을 해 대었다.

"야, 이번엔 네 누나하고 붙겠다."

"붙으세요."

주방장이 흥분한 나머지 더욱 커다랗게 웃자 아래층에서 잠을 자던 주인이 소리를 질렀다.

"자지 않고 왜 그리 떠들어? 내일 아침 일찍 일어나려면 어서 자거라."

그제야 주방장은 하품을 하면서 잠자리에 들었다. 이후에는 거의 매일 밤 잠자기 전마다 그랬다. 마치 복습하듯이 음담패설을 해댔다. 처음에는 어머니, 할머니, 누나하고 붙겠다더니 나중에는 고모, 이모로까지 범위가 확대되었다. 마작은 이제 그런 것에는 더 이상 개의치 않게 되었다. 창피하지도 않았다. 마치 무슨 공적인 일을 행하는 것처럼 그저 '붙으세요.'라고 대답만 하면 될 뿐이었다. 주방장은 이 '붙는 일'에 인이 박혔는지 잠자기 전에 붙겠다고 말하던 습관이 이제는 아궁이 앞에서도, 밥 먹다가도 자연스럽게 나왔다. 손님이 없는 틈을 타서는 더욱 그랬다. 번들번들한 입술을 움직이면서 눈을 게슴츠레 뜬 채 풀무질을 하고 있는 마작에게 말하곤 했다.

"마작아, 내가 또 네 어미하고 붙고 싶구나."

어느 날 아침나절이었다. 주방장이 아궁이에 불을 붙인 다음 솥에 기름을 둘러가면서 아주 기분 좋게 말했다.

"마작아, 내가 어젯밤 꿈에 네 누나하고 그 짓을 했거든. 네 누나는 너랑 아주 닮았더라. 두 갈래 댕기 딴 것만 다르고 말이야. 두 검은 눈동자와 속눈썹이 아주 길더라. 너희 누나가 너랑 닮지 않았니?"

마작은 화가 나서 퉁명스럽게 말했다.

"우리 누나의 두 눈은 백내장이 허옇게 끼었어요."

주방장은 모든 음담패설을 다 늘어놓고 나자 두 번째 요구 조건을 말했다. 그때는 점심이 지난 약간 한가한 시간이었다. 마작은 하루빨리 주방장의 괴롭힘을 벗어난 후 자신의 목적을 달성하고 싶어서 말했다.

"말씀해 보세요. 제가 들어드릴게요."

"두 번째 조건은 아주 간단해. 바로 이거야."

주방장이 말이 끝났을 때는 이미 그의 손바닥이 마작의 뺨을 후려친 뒤였다. 그가 물었다.

"어떠냐?"

마작은 너무 아파서 정신이 얼얼했다. 그러나 정신을 가다듬고 나자 두 번째 조건이 무엇인지 확실히 알게 되었다. 그것은 맞아 주는 것이었다. 그래서 흔쾌히 좋다고 대답했다. 주방장은 이번에는 다른 쪽 뺨을 때렸다. 더구나 이번에는 손바닥에 침을 퉤퉤 뱉고 때렸다. 그랬으니 철썩, 하고 뺨 맞는 소리가 더욱 낭랑하게 들렸다. 그가 밉살맞게 물었다.

"참을 만하니?"

마작이 눈물을 참으면서 여전히 고개를 들고 말했다.

"참을 수 있어요."

그때 지나가던 주인이 물었다.

"너희들, 뭐하는 거야. 왜 치고받고 야단이냐?"

"아뇨, 그저 장난치는 거예요."

주방장이 때리는 방법은 실로 여러 가지였다. 따귀를 때리거나 가슴을 들이박는 것은 기본이었다. 엉덩이를 걷어차는 것은 다반사였다. 이 외에도 귀를 잡아당긴다거나 콧구멍을 후비는 짓, 얼굴을 꼬집는 것 등 하고 싶은 것은 모두 다했다.

그러나 마작이 정말 참을 수 없는 것은 자신이 단잠에 빠졌을 때 주방장이 갑자기 얼굴을 물어뜯는 변태적 행동이었다. 너무 아파서 이불을 끌어안고 굴러야 할 정도였다.

급기야 음식점 주인은 마작이 학대받고 있다는 사실을 눈치챘다. 몰래 감시하기에도 이르렀다. 그러다 주방장이 마작의 귀를 비트는 것을 보고 버럭 화를 냈다.

"자네, 그렇게 마작을 괴롭혀서야 되겠는가? 봐, 마작이 자네한테 맞아서 어떤 모양이 되었는지. 온몸이 상처투성이잖아."

주방장은 히히, 웃으면서 지난번처럼 장난하는 거라고 했다. 그러나 주인장은 믿지 않았다.

"장난도 어느 정도지. 마작의 얼굴에 난 상처를 보면 사람들이 나더러 뭐라고 하겠나? 내가 이 아이를 학대한다고 할 거 아닌가! 나는 사람을 때리지 않네. 설사 내가 이 아이를 때렸다고 하더라도 남들이 뭐라고 하지는 않겠지만 자네는 때리면 안 되네."

주방장이 어색하게 웃으며 말했다.

"됐어요, 됐어. 이제부터 그런 장난은 안 하면 되잖아요."

그러나 주인은 여전히 마음을 놓지 못하고 말했다.

"아니 그래, 자네는 사람을 때리고도 장난이라고 하는가?"

주인이 이어 마작에게 물었다.

"그래, 너하고 장난한 거냐?"

마작은 한동안 미간을 찌푸리고 있다가 겨우 말했다.

"예……, 장난입니……."

마작의 말에 주인이 소매를 털고 나가면서 말했다.

"맞아도 싸구나. 변변치 못한 것……."

그날 밤 잠자리에 들었을 때 주방장은 살이 찐 손으로 마작의 상처를 어루만져 주며 말했다.

"마작아, 나는 정말이지 너하고 장난한 거야. 내가 네 어머니, 할머니, 누나하고 붙는다고 한 것도 모두 장난이야. 정말 누가 그렇게 한다면 내가 가만 안 둘 거다. 내가 너를 때리고 욕을 한 것도 모두 내가 너를 귀여워하고 좋아하기 때문이야. 그러나 주인이 이제 그런 장난을 하지 말라고 하니 그만두자. 이제 마지막으로 하나가 남았다. 네가 그것을 들어 주면 곧 요리 수업을 시작하마."

마작이 급히 말했다.

"빨리 말해 보세요."

주방장이 마작의 귀에 대고 말했다.

"내가 네 뒷문을 좀 지나야겠다."

마작이 바보같이 대답했다.

"우리 집은 앞문밖에 없는 초가삼간이에요. 울타리도 없는데 무슨 뒷문이 있겠어요? 그 먼 우리 집까지 가서 뭐 하러 뒷문을 지나간단 말인가요?"

주방장이 빙그레 웃으며 말했다.

"이 바보야. 네 엉덩이 뒤쪽 말이야."

마작은 너무나 놀라서 자리에서 벌떡 일어나 바로 앉았다. 그러다 잠시 가만히 있다가 말했다.

"제가 그동안 받은 품삯을 모두 드릴게요. 기생집에 가서 노십시오."

"기생집에 갈 돈이라면 얼마든지 있어. 네 그 몇 푼 안 되는 돈 같은 건 필요 없어."

마작이 애걸하듯이 말했다.

"그건 배설하는 곳인데 그게 뭐가 좋다구……."

주방장이 마작을 잠자리로 끌고 가며 말했다.

"황제는 삼궁육원三宮六院에 수많은 비빈이 있어도 남색(동성애)을 즐겼다고 하지 않느냐? 또 황녀들은 몰래 원숭이를 키웠단 말이지. 원숭이의 그 물건이 굵었다가 가늘었다가 길었다가 짧았다가 아주 자유자재거든."

마작이 다시 가련하게 애원했다.

"다른 조건으로 바꿔 주십시오. 칼산에 오르라거나 끓는 기름솥에 빠지라 해도 전부 하겠습니다. 하지만 그것만은……."

주방장이 대단히 실망했다는 듯이 말했다.

"좋아, 뭐 억지로 할 수는 없는 노릇이지. 그럼, 없던 걸로 치자."

마작은 마음이 급해졌다. 그렇다면 그동안 욕먹고 매 맞은 것이 모두 허사가 된단 말인가? 공든 탑이 무너지게 할 수는 없지 않은가? 그는 그렇게 생각하고 주방장의 마음을 누그러뜨리려고 달래듯이 말했다.

"그렇게 급할 거 없잖아요. 몇 번 하면…… 요리를 가르쳐 줄지……"

주방장이 기분 좋게 말했다.

"좋아, 그래야지. 남색 다섯 번에 요리 한 가지씩 가르쳐 주마."

"두 번에……"

마지막으로 그들은 남색 세 번에 요리 한 가지로 합의를 보았다.

5년 후, 녹마작은 훌륭한 요리사가 되어 있었다. 음식 만드는 기술이 사부를 훨씬 뛰어 넘어섰을 정도였다. 주인은 잘 됐다고 생각했는지 이참에 국수 같은 간단한 음식을 팔던 조그만 식당을 전문 요리집으로 바꾸었다. 이렇게 되자 성안의 유명한 음식점들이 높은 월급을 조건으로 마작을 모셔가려고 안달을 했다. 주인이 그 소문을 듣지 못했을 리가 없었다. 그는 걱정이 태산 같았다. 그래서 다른 곳에서 손을 쓰지 못하도록 먼저 나서서 마작의 몸값을 올려 주려 했다. 그러나 마작은 담담하게 주인에게 말했다.

"걱정하지 마십시오. 저는 돈만 알고 의리는 없는 그런 사람이 아닙니다. 이전에 주방장에게 매 맞을 때 말려주시던 것에 대해 저는 아직도 고마운 마음을 가지고 있습니다. 최소 5년은 주인님을 모실 겁니다."

주인은 마작의 말에 너무 감동한 나머지 눈물을 흘리다 화를 내며 말했다.

"그래? 그럼 저 주방장을 쫓아버리겠네."

"아닙니다. 저 사람도 여기서 계속 일하도록 하시지요."

어느 날 마작에게 정말로 이름을 날릴 천운이 찾아왔다. 청나라 조정의 한 고관이 관중으로 순시를 나온 것이다. 당시 그 고관은 평복으로 갈아입고는 민정을 시찰하러 나왔었다. 그러다 한 작은 음식점 앞에 사람들이 줄을 서 있는 것을 목격했다. 호기심이 생긴 그는 자신도 들어가서 요리 네 접시와 술 한 병을 시켰다. 음식을 맛보고는 탄성도 터트렸다.

"천하제일의 솜씨로고!"

음식을 다 먹은 고관은 주인을 불러 필묵을 가져오게 했다. 그런 다음 '천하제일요리'라고 휘호를 써주고는 낙관을 찍었다. 그때 손님 중의 한 명이 글씨 밑에 찍은 낙관을 알아보고는 무릎을 꿇으면서 "대인!" 하고 불렀다. 주변의 많은 손님들이 대인이라는 소리를 듣고는 너도나도 꿇어앉았다. 고관은 미소를 지으면서 문밖으로 걸어 나갔다. 주인장은 그 글을 받고는 너무나 놀라고 기뻐 바로 표구를 해 음식점 앞에 내걸었다. 이 '천하제일요리'라는 간판이 걸리자 장사는 더욱 번창했다.

녹마작의 이름은 온 성안에 퍼졌다. 급기야 고관대작이나 거상들은 무슨 축하연이나 생일을 맞을 때면 '천하제일요리' 식당의 주방장을 초청해 하객들에게 음식을 대접하는 것을 당연하게 여기게 되었다. 돌잔치 같은 것을 하는 서민들 역시 예외는 아니었다. 또 관영이나 동헌, 청나라의 병졸들도 무슨 중대한 행사나 회식이 있을 경우 반드시 손님들에게 이 녹마작이 만든 음식을 대접했다. 이렇게 해서 마작은 행사 때마다 후한 사례비를 받았을 뿐만 아니라 서안西安의 상류사회 사람들과도 교분을 쌓게 되었다.

"녹 사부님, 무엇이든 어려운 일이 있으면 염려 말고 말씀하시오."

돈 많고 권세 있는 사람들은 말할 것도 없고 거리의 부랑배들까지 모두 이렇게 말했다. 녹마작에게 드디어 복수할 날이 왔다.

이전 주방장이 막 손을 씻고 잠자리에 들려고 할 때였다. 두 병졸이 와서는 녹 사부의 일손을 도우라고 전했다. 주방장은 조금도 지체하지 않고 달려갔다. 그러나 병졸의 뒤를 따라 안내되어 들어간 곳은 군영이었다. 말의 사료를 쌓아 두는 창고 같았다. 마작은 그곳에서 혼자 담배를 피우고 있었다. 주방장이 이상하다는 듯이 물었다.

"도울 일이 있다고 하지 않았나?"

"우선 담배나 한 대 피우고 숨 좀 돌리시오."

주방장은 마주 앉아 담뱃대에 불을 붙였다. 마작이 은근하게 물었다.

"아직도 나에게 '욕하고, 때리고, 남색하는' 세 가지 일을 하고 싶소?"

주방장이 담뱃대를 입에서 빼더니 급히 의자에서 미끄러지듯이 내려
왔다. 이어 무릎을 꿇은 채 엎드리면서 연신 용서해 달라고 빌었다. 마작
이 냉소를 지으며 말했다.

"당신, 무릎 관절이 부드러운가 보지? 이렇게 땅바닥에 잘 꿇는 것을
보니."

"녹 사부, 내가 병신이오. 지금 나한테 어떠한 처벌을 가한다 해도 달
게 받겠소."

"내가 너를 욕하면 내 입이 더러워질 거야. 너를 때리면 내 손이 더러
워지겠지. 내가 네 뒤에 박으면 내 것이 더러워질 것이다."

주방장이 식은땀을 흘리면서 다시 빌었다.

"내가 사람이 아닙니다. 나는 돼지, 개, 거북이고, 짐승입니다⋯⋯."

"당신이 이전에 나한테 어떻게 욕했는지 지금 당신에게 그대로 해 보
게. 이전에 어떻게 나를 때렸는지 그대로 당신 자신을 때리게. 지금 당장
시작하라고⋯⋯."

주방장이 일어서더니 자신의 왼쪽 뺨을 때린 다음 오른쪽 뺨도 때렸
다. 그리고 자신의 귀를 찢고 또 자신의 얼굴을 꼬집었다. 입으로는 스스
로에게 욕을 퍼부었다.

"나는 우리 엄마하고 붙고, 우리 할머니하고 붙고, 우리 누나하고 붙
고⋯⋯."

마작은 의자에 걸터앉아 담배를 피우면서 이 괴물 같은 인간이 하는

짓을 감상했다.

"더 힘껏 때리고 더 한껏 욕해야지."

결국 주방장은 팔을 올릴 수조차 없게 되었다. 목이 쉬어 말도 할 수
없었다. 그래도 마치 죽은 돼지처럼 땅바닥에 쓰러질 때까지 그 짓을 계속
했다. 마작이 말했다.

"좋아, 잠시 쉬었다가 다시 하자."

주방장은 한참을 엎드려 있다가 다시 일어나 같은 짓을 반복했다. 거
의 한밤중까지 이어져 얼굴은 붉고 푸르게 멍이 들고 귀가 찢어질 지경이
었다. 끝내는 바닥에 쓰러져서 일어나지 못했다. 마작이 말했다.

"좋아. 여기서 끝내자. 이제는 세 번째 일을 할 차례다. 자 바지를 벗어
라. 빨리 벗어!"

마작이 문을 열고 계단 위에서 손뼉을 세 번 치자 다섯 사람이 들어
왔다. 그들은 모두가 성안에서 동냥을 하는 자들로 건장한 체격을 지니고
있었다. 주방장은 이미 바지를 벗고는 구석에 웅크리고 있었다.

"이보게, 형제들. 여기까지 온 이유를 똑바로 알고 있겠지?"

다섯 사람은 얼굴 가득 장난기 어린 얼굴로 모른다고 고개를 저었다.

"처음엔 나도 형제들처럼 동냥을 하러 성안에 들어왔소. 저 구석에
있는 놈은 거지만 보면 국자로 머리를 때렸소. 형제들, 오늘 당한 만큼 되
갚아 줍시다."

다섯 사람은 소매를 걷어붙이고 팔뚝을 움직였다. 마작이 말했다.

"이 작자는 엉덩이 뒤쪽 구멍을 좋아하는 짐승이오. 그러니 저 작자의
꽁무니를 좀 박아 주시오. 남색질 한 번 할 때마다 내가 은화 한 냥을 주
겠소. 누구든지 그 짓이 끝나면 바로 은화를 가져갈 수 있소."

마작이 말을 마치고는 반짝반짝 빛나는 은화를 탁자 위에 올려놓았
다. 다섯 사람은 눈을 휘둥그렇게 뜬 채 은전을 바라보면서 눈썹을 꿈틀거

렸다. 곧 서로 은화를 차지하려고 다투기 시작했다. 마작은 다섯 사람을 나이순으로 세워 놓고 다시 말했다.

"형제들, 싸울 필요 없소. 은전은 얼마든지 있소. 오히려 그대들이 그걸 다 가져가지 못할까 봐 두렵소. 자 시작하시게. 일이 끝나면 스스로 한 닢씩 가져가시오."

마작은 말을 마치고는 다른 방으로 가버렸다. 이어 한참 후 돌아왔다. 탁자 위의 은전은 반도 넘게 남아 있었다. 그러나 주방장은 이미 죽은 돼지처럼 늘어져 꼼짝도 못하고 있었다. 사타구니 밑에는 피비린내 나는 혈흔이 있었다.

"형제들, 남은 돈은 나눠 가지시게. 그리고 가는 김에 이 작자를 성벽 밑에 내다버리시게."

마작은 얼마 후 고향으로 돌아가기로 결정을 내렸다. 귀향을 위한 준비는 순조로웠다. 그는 우선 두 마리 말이 끄는 마차를 세냈다. 이어 밀가루를 비롯해 야채와 쇠고기, 양고기를 가득 실었다. 또 솥, 냄비 등 요리도구도 가득 준비했다. 그는 고향에 돌아오자마자 바로 큰형과 작은형을 불러 평원에 커다란 부뚜막을 만들고 화덕을 걸었다. 그리고 밤새 고기를 삶고는 날이 밝자마자 온 마을 사람들과 자신에게 적선했던 어르신들을 불러 음식을 대접했다. 백록촌의 어른들이 음식을 다 먹자 옆 마을로 가서 똑같이 음식을 대접했다. 나중에는 온 평원의 사람들이 모두 이 잔치를 즐겼다.

그는 보름이 넘도록 아침부터 저녁까지 손수 음식을 만들어 자신에게 적선을 베풀었던 사람들에게 나눠주었다. 사람들은 음식을 먹으면서 피곤에 지쳐 눈이 충혈된 젊은이를 보고는 눈물을 흘렸다. 밥을 빌어먹던 어린아이가 의리를 소중히 여기는 군자가 되었다니…….

적선을 하지 않았던 사람들도 잔치 음식을 먹으러 그의 집으로 찾아왔다. 그중 한 사람은 음식 접시에서 한 움큼의 보릿짚을 발견하고는 그릇을 내려놓고 바로 도망가버렸다. 그 사람은 마작에게 동냥을 주지 않았을 뿐만 아니라 오히려 그의 다리를 물어뜯던 사람이었다. 마작은 이렇게 자신에게 은혜를 베풀었던 사람들에게는 은혜를 갚았다. 또 보복할 사람에게는 보복을 했다. 그런 후에야 화덕의 불을 껐다. 그때가 바로 백가헌의 선조가 나무 궤짝에 한 푼씩 돈을 모으던 그 무렵이었다.

마작이 돈을 번 전설 같은 이야기는 고향 사람들에게 큰 자극이 되었다. 성안으로 들어가 요리 수업을 받는 것이 자연스럽게 유행처럼 되었다. 이후 가난한 집 아이들은 열너덧 살이 되면 남의 집으로 머슴살이를 하러 가는 대신 성안으로 요리 수업을 받으러 떠났다.

마작이 이룬 성공은 고생과 수치를 참으면 언젠가 출세할 수 있다는 교훈 같은 본보기가 되었다. 사람들은 이렇게 인생 역경을 극복하고 성공을 거둔 마작을 존경한 나머지 훗날 그를 '작작야'勺勺爺라고 불렀다. 이렇게 해서 나중에는 요리사들까지 '작작객'勺勺客 또는 '표표객'杓杓客으로 부르게 되었다. '작'勺과 '표'杓는 같은 의미다.

그로부터 100여 년이 흐른 지금도 백록원에서는 요리사가 여전히 수백 가지 직업 중에서도 가장 인기를 끄는 직업으로 여겨지고 있다. 백록원의 작작객들, 다시 말해 요리사들은 중국 내에서도 유명해졌다.

마작은 의심할 나위도 없이 녹씨 가문에 커다란 영향을 준 사람이었다. 집안을 일으켰을 뿐만 아니라 자신의 사상과 가치관이 있었다. 녹씨 문중에 지대한 영향도 미쳤다. 그리고 백씨 집안과는 전혀 다른 가풍과 기질을 형성했다. 그는 국자로 벌어들인 돈과 금은보화로 백록원에 집을 지었다. 토지와 가축 등도 마을에서 가장 부자가 될 때까지 사들였다. 그런 다음에는 전심전력으로 아이들을 가르치고자 했다.

마작은 국자 하나를 들고 관부와 상류 사회의 여러 장소에 가 보았기 때문에 녹씨 집안에서 고관대작들을 만난 유일한 사람이었다. 그래서 세상사의 기백과 호화로움, 큰 인물의 행동거지 등을 보고 배울 수 있었다. 깊이 가슴속에 새기기도 했다. 뿐만이 아니었다. 그런 사람들을 만나봤다는 것을 행운이라고 생각하는 동시에 열등감에도 빠졌다. 열등감은 갈수록 더해졌다. 결국에는 하나의 결론에 도달하게 되었다. 그것은 아이들에게 글을 가르쳐 과거 시험을 통해 출세를 시켜야 한다는 것이었다. 그래야만 비로소 진정한 가문의 영광이 도래할 수 있을 터였다. '나는 결국 요리사에 불과할 뿐이야. 단지 맛있는 요리를 만들어 고관대작들에게 바치는 하인에 불과하다구. 나는 화덕 앞에서 국자나 저을 뿐이야. 내가 차린 요리상 앞에 앉을 수는 없지 않은가?' 마작은 아내를 얻고 자식을 낳게 되자 곧 자신의 목표를 실행에 옮기기 시작했다.

우선 아내에게 계속하여 아이를 낳게 했다. 이후 아내는 폐경이 될 때까지 마치 암탉이 알을 낳는 것처럼 아이 열다섯을 줄줄이 낳았다. 딸 열하나와 아들 넷이었다. 그의 팔자에 아마 아이는 많지 않았던 것 같다. 살아남은 자식은 딸 다섯에 아들 둘뿐이었다. 그는 아이들이 공부를 시작하는 첫날 이렇게 말했다.

"다들 공부 열심히 하거라. 수재秀才에 합격하면 아버지가 폭죽을 쏘아 올려줄 것이고 거인擧人에 합격하면 총포를 울리면서 큰 연극단을 불러 잔치를 열 것이다."

두 아들은 그다지 머리가 없었는지 아니면 운이 나빴는지 둘째 아들만 수재에 합격했다. 둘째는 그 후로 계속 시험을 보았으나 거인에는 합격하지 못했다. 마작은 임종을 맞아 후손들에게 한 맺힌 유언을 남길 수밖에 없었다.

"잘 기억하거라. 손자나 증손자 중에서 수재나 거인, 진사에 합격하는 아이가 있으면 내 무덤에 와서 폭죽과 총소리를 내거라. 그러면 내가 우리 녹씨 집안에서 출세한 자가 나온 줄 알 테니까."

그의 한 맺힌 이 유언은 대대로 이어져 내려왔다. 그러나 그의 집안에 마작의 무덤에 가서 폭죽을 울릴 기회는 찾아오지 않았다. 그래서 녹자림은 두 아들 조붕과 조해에게 큰 기대를 걸었다. 두 아들만큼은 선조의 유언을 지킬 줄 알았다. 그런데 뜻밖에도 둘 다 중도에 학업을 포기하고 말았다.

녹마작이 겪은 인생 역정은 녹씨 문중에 처세 철학의 가훈을 남겼다. 이후 그는 철이 들기 시작한 두 아들에게 알아듣기 쉽게 이렇게 가르쳤다.

"너희들이 나중에 무엇이 되든 거기에 맞는 재주를 익혀야 한다. 용이 되거나 벌레가 돼도 마찬가지다. 관리가 되거나 백성이 돼도 그래야 한다. 농사를 짓거나 장사를 해도 크게 달라지지 않는다. 사람 밑에서 괴로움을 피할 수 없는 운명이라면 그때는 참아야 한다. 어떠한 모욕이나 치욕도 참아야 한다. 그러나 복수할 마음이 없다면 영원히 바보, 병신, 버러지로 살 것이다. 너희는 마음속으로 참으면서 기억해야만 한다. 내가 장래 어느 날, 반드시 저 사람의 머리 위에 오를 것이고 그동안 받은 모욕과 치욕을 되갚아 줄 거라는 것을 말이다. 월나라 왕 구천句踐과 같아야만 하는 것이야."

주로 그런 내용들이었다. 나름 교훈적이라고 할 수 있었다.

"아들아, 네 아버지는 바로 이 평원의 구천이었단다!"

녹마작은 그 한마디로 자신의 말을 마무리 지었다. 와신상담臥薪嘗膽, 즉 월왕 구천의 고사에 자신의 역정을 비유했던 것이다.

그는 자식들이 이해하기 쉽게 자신의 어려웠던 지난날 이야기를 들려주었다. 엄동설한에 홑옷을 입고 동냥을 하던 과정은 특별히 상세하게 얘기해줬다. 어느 마을에서 개한테 물린 횡액과 어느 마을의 절 계단에서 잤는지도 생생하게 기억해 들려줬다. 또 식당에서 주방장에게 국자로 머리

를 얻어맞던 일과 따귀를 맞고 귀가 찢어지도록 괴롭힘을 당한 일까지 빼
놓지 않고 다 말했다. 그러나 자신이 남색질을 당한 것만은 말하지 않았
다. 비교적 많이 순화시켜 그 짐승 같은 놈이 자신의 얼굴에 오줌을 깔겼
다고만 했다. 또 그때 자신은 와신상담하던 구천과 같은 생각을 가질 수
밖에 없었다고 했다. 그는 자신이 나중에 주방장에게 보복한 것에 대해서
도 상당히 다르게 말해 주었다. 성 안의 병졸들을 백여 명 넘게 데려와서
그 짐승 같은 놈에게 죽을 때까지 오줌을 깔기게 했다고 얘기했다. 이렇게
구천의 정신은 대대로 내려오면서 녹씨 집안의 정신적 재부財富가 되었다.

녹자림이 무덤 앞에서 젊은 머슴과 벌인 수작은 바로 그 선조의 정신
을 재현하고 체험해 본 것이라고 할 수 있었다. 그 정신을 발현함으로써
일종의 감응을 맛보고자 했던 것이다. 젊은 머슴 삼왜는 영리하고 민첩한
것이 장점이었다. 사람 마음을 잘 읽었다. 그래서 녹자림의 고독하고 적막
한 집안에 큰 변화를 주었다.

녹자림은 이 삼왜에게 또 불만인 부분이 있었다. 그것은 이 오래된 집
안의 고즈넉한 분위기가 표면상으로는 변화가 있었으나 근본적인 변화는
없다는 사실이었다.

특히 밤이 되어 삼왜가 유모아와 마구간으로 잠을 자러 가면 녹자림
은 오랫동안 잠을 이루지 못했다. 대들보 같은 데서 바스락 하는 소리만
들려도 깜짝깜짝 놀랐다. 심지어 앞뜰에서 무언가 떨어지는 소리만 들려
도 그는 마치 천지가 무너질 것 같은 공포감에 사로잡혔다. 그러한 순간순
간의 공포가 점점 사라지고 난 다음에는 주체할 수 없는 고독감이 엄습
해 왔다.

그럴 때 그는 힘이 쑥 빠지면서 숨조차 쉴 수가 없었다. 그는 이 세상
에 미련이 없었다. 이 백록원에도 그랬다. 백록촌에는 더 말할 필요가 없

었다. 또 백가헌 부자를 포함하여 전복현과 악유산 등등, 모든 아는 이들과 모르는 이들이 전부 바보 같고 의미 없게 느껴졌다. 이러한 사람들과 다투고 교제하는 것이 아무 쓸모가 없다고도 느꼈다. 이런 마음 때문인지 심지어 그는 조용히 이대로 잠들었다가 내일 아침에 깨어나지 않았으면 하고 바랄 때도 있었다.

그러나 그는 매일 아침 힘차게 일어났다. 일어나고 나면 또 달랐다.

겨울에는 따뜻한 가죽옷, 여름에는 비단옷을 입은 채로 연소^{聯所}에서 관할하는 각 보소^{保所}를 돌아다니면서 여전히 세금과 징집을 독촉했다.

어느 날 그가 상촌^{桑村}이라는 마을을 지날 때였다. 어느 부인이 "아저씨!" 하고 부르는 소리가 들렸다. 그는 어째 목소리가 귀에 익다고 생각했다. 그러나 기억이 나지 않았다. 그래서 고개를 돌려 보니 변소 담벼락에서 얼굴을 내민 여자가 그를 바라보며 웃고 있었다. 아! 이전에 알고 지내던 여자였다. 그러나 최근 몇 년 동안 그녀와 정을 나눈 적은 없었다. 더구나 녹자림은 이제 남녀의 일에 대해서도 염증이 나는 자신의 변화를 느끼고 있었다. 그런 변화는 큰며느리가 죽고 냉 의원과의 관계가 소원해지고 부터였다. 그는 바지를 추스르며 변소에서 나오는 여자에게 대답을 하고는 다시 가던 길을 재촉했다. 그러자 여자가 재빨리 앞질러와 그가 가는 길을 막았다. 이어 얼굴을 들이밀고 말을 걸었다. 녹자림은 사람들이 '여자만 보면 꼼짝 못한다.'라고 자신에게 했던 욕처럼 이번에도 유혹을 거역할 수 없었다. 이 여자가 그에게 남겨 준 가장 잊지 못할 것은 바로 그 입이었다. 그녀의 붉은 입술과 혀는 자유자재였다. 매끄럽고 벌렸다 오므렸다 하는 등의 모든 행동이 교태가 넘쳐 그를 정신 못 차리게 했다. 그는 이제 회색으로 퇴색한 그녀의 입술을 보자 실망감을 감추지 못했다. 그러나 잊을 수 없는 기억이 다시 그를 끌어당겼다.

녹자림은 그녀의 매혹적인 입에서 흘러나오는 "좀 들어와 쉬다 가세요."라는 말을 거역할 수가 없었다. 곧 그녀의 뒤를 따라 집안으로 들어섰다. 이어 오랜만에 눈에 익은 정원과 변함없는 집을 보게 되자 성적 욕구가 강하게 일어나는 것을 느꼈다. 그가 이 집 마당과 방에 들어올 때마다 교차되던 두려움과 달콤했던 감정들 역시 다시금 용솟음치기 시작했다. 그는 방으로 들어서자마자 여자에게 은밀한 정을 표시했다. 그런데 여자는 갑자기 태도가 바뀌어 입을 삐죽이며 앙칼진 목소리로 말했다.

"아니, 아이를 낳게 해 놓고는 죽었는지 살았는지 관심도 없단 말이에요?"

녹자림은 여자의 말에 깜짝 놀랐다. 얼굴이 창백해지면서 집에 아무도 없다고 생각하고 안심하고 들어온 것을 후회했다. 마음속에서 여자를 멸시하는 마음도 치솟았다.

'내가 감옥에 가기 전까지 사나흘에 한 번은 용돈을 주었던 것을 설마 잊지는 않았겠지? 나와 관계를 맺었던 모든 여자들은 내가 의리 없는 사람이 아니라는 사실을 충분히 증명해 줄 것이다.'

녹자림은 이렇게 생각을 한 후 얼마간의 돈을 꺼내 여자에게 주려고 했다. 그러자 그 여자가 말했다.

"당신의 아들은 이미 열다섯 살 생일이 지났어요. 지금 숨어 지내기 때문에 감히 집에 오지 못하고 있어요. 처음에는 평원에 숨었죠. 그다음에는 산속으로 갔어요. 그리고 점점 더 멀리 숨어야 했죠. 남편은 그 아이가 걱정이 되어서 어제 산속으로 아들을 만나러 갔어요."

녹자림이 혀를 쯧쯧 찼다.

"왜 그 말을 일찍 하지 않나?"

여자가 흐르는 눈물을 소매로 닦았다. 녹자림이 말했다.

"아들한테 돌아오라고 그러게. 어서 돌아오라고 해."

"돌아오라고 하고선 잡아가면 어떻게 해요?"

"내가 돌아오라고 하면 만사가 다 해결되지. 내가 보증을 서겠네. 이 백록원의 장정들은 모두 내 손을 거치게 되어 있으니 확실하게 처리할 수 있지."

"제 생각에는 당신이 그 애를 수양아들로 삼으면……."

녹자림은 여자의 말에 얼마나 기뻤는지 바로 그녀의 어깨를 감싸 안았다.

"그것도 좋은 생각이구려. 본래 내 자식이니까 말이야."

녹자림은 다시 부풀어 오르는 욕정을 억제하기가 어려웠다. 여자의 고혹적인 입술에 자신의 입술을 포갰다.

녹자림은 이렇게 해서 다시 한 가지 중요한 사실을 깨닫게 되었다. 그것은 이 평원에 자신의 수양아들들이 꽤 많다는 사실이었다. 과거 자신과 관계가 있던 여자들 사이에서 태어난 자식들을 모두 수양아들로 삼았으니까. 그 모두를 한데 모으면 8명이 앉는 식탁 서너 개를 채울 정도는 되었다. 당연히 이 아들들은 설날이 되면 그에게 와서 세배를 했다. 또 생일이면 와서 축하도 해 주었다. 징집을 피할 수 있는 보증 수표라고 할 만한 것을 얻었기 때문이었다. 녹자림은 아주 기분이 좋았다. 수양아들들이 하나같이 짙은 눈썹에 깊은 눈을 가진 데다 오관이 번듯하고 잘생겼으니 그럴 만도 했다. 하기야 그가 관계했던 여자들은 모두 아름답기로 이름난 여자들이었으니 아이들도 자연히 잘생길 수밖에 없었다. 녹자림은 이 눈이 깊고 속눈썹이 긴 아이들을 보면서 늘 녹씨 집안의 종자들이 틀림없다고 생각했다. 그의 입에서 탄성이 튀어나왔다.

"비록 내가 두 아들은 잃었으나 수십 명의 수양아들이 있구나. 그러나 애석하게도 '수양'이라는 말을 뺄 수가 없다니……."

녹자림은 모임이 있을 때면 늘 수양아들들에게 이렇게 말하고는 했다.

"너희들에게 어려운 일이 있으면 뭐가 됐든 서슴없이 말하거라. 이 아버지는 지금 나보다도 너희들을 위해서 사는 거야."

"아버님, 아버님도 무슨 일이 있으시면 저희들에게 말씀하십시오. 저희는 도와드리는 것만으로도 기쁩니다."

녹자림은 그때마다 감격에 겨워 눈물을 흘렸다.

"이 아버지가 지금 무슨 일이 있겠느냐? 아버지가 늙으니 그저 외로울 뿐이구나. 나는 아주 시끌벅적한 것을 좋아하지. 그러니 너희들이 자주 놀러 오너라. 너희들을 보면 외로움이 가시니까. 난 그것으로 만족이다……."

백록 연보소에 약탈 사건이 발생했다. 전복현은 다행히 목숨만은 건질 수 있었다. 그런데 사건 후의 여러 가지 현상들을 분석해 볼 때 주된 목표는 전복현이었던 것이 틀림없었다. 그의 방에만 세 발의 수류탄이 던져졌기 때문이다. 다행히 전복현은 그날 밤 문제의 방에서 자지 않았다. 그는 평소 자신의 방에 이부자리를 마련해 놓고 점심때만 들어가서 쉬었다. 대신 밤에는 아무 집이나 대문을 두드려 침상을 마련하게 했다. 마치 황제가 자신이 가고 싶으면 어느 궁녀의 침실에라도 들 수 있는 것과 같은 엽색 행동을 했다. 한마디로 그는 오랫동안 혼자서 밤을 지내본 적이 거의 없었다.

약탈에 대해서는 여러 소문이 돌았다. 우선 비적들이 한 짓이라는 소문이 있었다. 유격대가 한 짓이라는 얘기도 있었다. 그야말로 의견이 분분했다. 현의 보안단 제1대대장인 백효문白孝文이 몸소 사건의 정황을 조사했다. 그러나 아무런 증거도 찾을 수가 없었다. 도대체 어떤 놈의 소행인지 알 수가 없었다. 그러나 연소에 보관해 두고 아직 상부에 납부하지 못한 세금은 그들이 모두 약탈해 갔다. 연소의 보정도 다섯 명이나 죽었다. 부상자도 세 명이나 됐다. 백효문은 보정들이 모두 숨으면서 기본적으로 대항하지 않았다고 판단했다. 결국 그는 여러 가지 이해득실을 저울질해 볼 때 약탈은 '비적들의 짓'이 틀림없다고 악유산에게 보고했다. 민심을 안정시키고 공산당이 발호하는 것을 막기 위해서는 그렇게 해야 했다.

전복현은 백효문의 보고를 받아들이면서도 의심을 떨쳐버릴 수가 없었다. 아프다는 핑계로 중의당으로 간 것은 그 때문이었다. 그가 냉 의원에게 진맥을 보면서 지나가는 말처럼 물었다.

"최근에 상처에 바를 약을 사 간 사람이 없었습니까?"

냉 의원은 일순 놀라는 표정을 지었다. 그러나 바로 평소의 냉랭한 어투로 대답했다.

"없소."

전복현은 연보소 문밖에 뿌려져 있던 혈흔으로 판단해 볼 때 약탈자 중에 분명히 부상자가 있으리라고 생각했다. 부상자는 어느 마을인가 숨어 있을 것이 분명할 터였다. 그래서 냉 의원으로부터 단서를 알아보려 했던 것이다. 하지만 성공하지 못했다.

냉 의원은 전복현이 정곡을 찌르는 질문을 하자 불안을 떨칠 수가 없었다. 사실은 백가헌이 상처에 바를 약을 한 봉지 가져갔기 때문이었다.

백록진의 사람들은 사건이 일어난 다음날 아침부터 약속이나 한 듯 삼삼오오 모였다. 어젯밤에 발생한 사건에 대해 의견들도 나눴다. 이 평원에서 처음으로 발생한 교전은 이제껏 총 소리조차 들어보지 못한 주민들을 충분히 놀라게 하고도 남았던 것이다.

바로 그때 백가헌이 지팡이를 끌고 중의당으로 들어왔다. 냉 의원에게 상처에 바를 약 한 봉지를 달라고 했다. 냉 의원이 누가 다쳤느냐고 묻자 백가헌은 약봉지를 가슴에 품고는 말했다.

"제가 이 약을 사갔다는 말은 누구한테도 하지 마십시오."

냉 의원은 전복현이 추궁해 온 사실을 백가헌에게 빨리 알려야 한다는 생각을 했다. 그래서 읍내에서 만난 어느 사람에게 부탁했다.

"백가헌한테 와서 바둑 한 판 두자고 전해 주시오."

백가헌은 바둑을 두면서 냉 의원에게 약을 사 간 것과 관련한 전후 사정을 솔직히 털어놨다.

그날 밤 누군가가 급히 대문을 두드렸다. 대문을 열어 주자 들어온 사람은 오래도록 내왕이 없던 친척의 아들이었다. 그는 연보소를 약탈한 것은 자신이라고 실토했다. 백가헌은 깜짝 놀라서 훈계하듯이 타일렀다.

"네 부모님은 모두 성실하고 인의가 있는 백성이 아니더냐. 너 역시 성실한 농사꾼이 아니었더냐. 그런데 나이 40이 넘어서 이게 무슨 짓이냐?"

"아저씨 두려워하지 마십시오. 이제 시간이 얼마 남지 않았습니다. 저만이 아니라 이 평원에서 공산당에 들어간 사람이 부지기수입니다."

백가헌은 깜짝 놀랐다. '이렇게 성실한 농사꾼도 공산당을 추종하다니. 그러니 누가 공산당인지 어떻게 구별해낼 수 있겠는가?' 그는 그런 생각이 들었으나 더 묻지 않고 친척의 아들을 숨겨 주고 약을 발라주었다.

백가헌이 냉 의원에게 물었다.

"그 친척 아이는 정말 성실한 농사꾼이었는데 연보소를 약탈했어요. 그 애가 공산당이라는 것을 누가 짐작이나 했겠어요? 그렇게 볼 때 이 평원에 도대체 공산당이 얼마나 있는지 모르겠죠?"

"누가 그걸 알 수 있겠나? 전복현이 매일 공산당을 색출하고 다니지만 그 숫자도 정확히 파악하지 못했을 텐데. 만일 언젠가 공산당이 득세하면 평원의 여기저기서 너도나도 공산당이라면서 튀어나올 거야. 우리가 그때가 되면 얼마나 놀라겠는가?"

화제는 곧 자연스럽게 녹자림에게로 옮겨 갔다. 두 사람은 바둑판도 치워버리고 진지하게 이야기를 했다. 백가헌이 말했다.

"지금 이 고장에는 단 한 사람만이 잘 살고 있습니다."

"전복현 말인가?"

"그 사람은 지금 골탕만 먹고 있어요."

"그럼 자네인가?"

"아니, 제가 언제 윤택하게 지낸 적이 있습니까?"

"그럼, 나 말인가?"

"아니, 선생은 언제나 그 모양이잖습니까. 뭐 변화가 없어요."

냉 의원은 정말 모르는 것 같았다. 백가헌이 한 자, 한 자 똑똑히 말했다.

"녹, 자, 림."

"그놈은 내 머릿속에서 지워진 지 오래 되었네. 말할 가치도 없는 놈일세."

"녹자림이 하는 짓거리 좀 보십시오. 전복현의 관직을 갖고 그자의 봉록을 먹으면서 그자를 위해서는 전혀 신경을 안 쓰고 있잖아요. 오로지 수양아들 만드는 것만 급급해서……."

"감옥에서 나오면 자중할 줄 알았지. 한 며칠 집에서 그러는 것 같더니 또 이렇게 날뛰니……. 관직 중독은 아편 중독보다도 끊기 어려운가 보지?"

"그건 그 집안의 가풍이지요. 녹씨 집안은 대대로 그 모양이란 말입니다."

"내가 이 백록원에서 수십 년을 살았지만 자네가 남의 말 하는 걸 들어본 적이 없었는데……. 이거 참, 사람이 오래 살고 볼 일이구먼."

백가헌은 다시 한 번 거칠게 덧붙였다.

"우리 조상들이 한 푼 두 푼 모을 적에 그쪽 조상은 남색질을 해서 벼락부자가 되었죠."

제34장

음력 4월이 왔다. 본래 짧은 백록원의 봄이 순식간에 지나가고 초여름이 시작되었다. 온 들판에 짙은 황금색 머리를 이고 있는 보리 이삭들이 흐드러지게 패여 있었다. 대지는 마치 여인이 금방 아이라도 낳을 것 같은 신성함과 평온함을 품고 있었다.

올해도 봄과 여름은 여느 계절과 별반 다를 바 없었다. 부농이건 빈농이건 해마다 그렇듯이 올해의 계절이 작년보다 빠르니 늦느니 하며 보리를 수확할 날만을 기다렸다. 하루라도 빨리 보리를 수확해야 빚을 갚을 수 있기 때문이었다.

이 풍성한 수확철을 기대하는 사람들의 심정은 유난히 절박했다. 그래서 하루가 다르게 변해가는 황금색 들판을 보면서 성질이 급한 농사꾼들은 낫을 들었다. 혼자 작은 수레를 몰고 들로 나가 보리 이삭을 손으로 비벼보았다. 그러나 보리 이삭은 아직 물렀다. 물기도 많았다. 그러면 그들은 애석하다는 듯이 "겉은 누런데 속은 아직 멀었구먼." 하면서 수레를 끌고 집으로 터덜터덜 돌아가고는 했다.

그러다 갑자기 후끈한 남풍이 하루 반나절 동안 불었다. 이삭의 물기가 눈에 띄게 마르고 고개를 숙였다. 온 마을 사람들은 마치 기다렸다는 듯 남녀노소 할 것 없이 '보리 익는 것은 누에가 고치를 치는 것처럼 일순간이다.'라는 속담들을 주고받으면서 낫을 들고 들로 나갔다. 스르륵 삭삭,

스르륵 삭삭. 보리 베는 낫질 소리가 기분 좋게 들녘에 퍼졌다……

서기 1949년 5월 20일. 백록원은 보리 이삭이 익고 누에가 고치를 치는 순간 영원히 고장의 역사가 바뀌는 사실을 받아들여야 했다.

흑왜黑娃는 전화벨 소리를 듣자 가슴이 철렁했다. 매번 전화벨이 울릴 때마다 그 소리는 그의 심장을 때리는 것 같았다. 전화는 서쪽으로 40리 떨어진 마방진麻坊鎭의 보초병이 걸어온 것이었다. 보초병은 쉰 목소리로 말했다.

"장교 한 명이 초소에 와서 녹鹿 대대장님을 만나겠다고 합니다. 어떻게 할까요? 통과시킬까요? 그 사람은 자기 이름도 대지 않고 어디서 왔다고도 밝히지 않으면서 대대장님께 아직도 얼음사탕을 좋아하느냐고 물어보랍니다."

흑왜는 얼마 동안 멍하니 있었다. 그러다 정신을 차리고는 자신이 아직도 수화기를 귀에 대고 있다는 사실을 알아차렸다. 땀이 수화기를 타고 바닥으로 뚝뚝 떨어지고 있었다. 자신이 방금 뭐라고 대답했는지도 기억나지 않았다. 수화기에서는 지직거리는 잡음만 흘러나오고 있었다.

흑왜는 자신이 지금 당황하고 있는지 침착한지도 판단할 수가 없었다. 그래서 정신을 집중하여 방금 자신이 보초병에게 뭐라고 대답했는지, 그도 아니면 아무런 말도 하지 않았는지를 생각해 보았다. 기억이 나지 않았다. 그는 떨리는 손을 붙잡고는 곧장 탁자 위의 전화기를 들었다. 손이 계속해서 떨렸다. 아까의 보초병이 밝은 목소리로 전화를 받았다.

"녹 대대장님, 벌써 이곳을 통과하였습니다. 마침 트럭이 와서 그걸 타고 갔으니 아마 조금 있으면 도착할 겁니다."

흑왜는 전화기를 내려놓고 문으로 가서 밖의 동정을 살폈다. 문밖은 아주 조용했다. 그는 돌아와 양동이 속에 수건을 집어넣어 물을 듬뿍 문혔다. 이어 얼굴과 목을 흥건히 적시는 땀을 닦았다. 땀은 벽돌 아래로 떨어졌다가 바로 말랐다. 그는 다시 윗옷과 바지를 벗고 바가지로 물을 떠서 몸에 뿌렸다. 그때 문 밖에서 호위병의 목소리가 들렸다. 이어 귀에 익은 목소리가 들렸다.

"나한테 질문 같은 건 하지 말게. 내가 오히려 물어보겠네. 자네는 녹대대장의 본명이 녹조겸鹿兆謙이라는 것만 알고 있겠지? 하지만 나는 그 친구의 어릴 때 이름이 흑왜라는 것도 알고 있네. 그는 또 남의 집을 다니면서 '회오리바람' 놓기를 좋아했었네."

흑왜는 급히 옷을 입고 문 밖으로 달려나가며 소리 질렀다.

"나도 자네의 아명을 알고 있다네. 차마 미안해서 그 이름은 못 부르지만……."

물이 뚝뚝 떨어지는 몸에 속바지만 걸친 흑왜는 위풍당당한 장교 군복을 입은 녹조붕鹿兆鵬을 힘껏 끌어안았다. 실탄을 장전한 총을 든 호위병은 두 사람의 허물없는 만남을 보고는 어리둥절한 표정을 지었다.

흑왜가 녹조붕을 이끌고 자신의 방으로 들어갔다. 이어 안에서 문을 걸어 잠그다 다시 열고는 호위병에게 말했다.

"아무도 들여보내지 말게!"

흑왜는 그런 후 다시 문을 굳게 걸어 잠갔다. 이어 급히 옷을 입고 고개를 돌려 물었다.

"자네, 어쩌자고 여기까지 온 건가?"

녹조붕이 탁자 위의 담뱃갑에서 담배를 한 개비 꺼내 물면서 말했다.

"아무것도 묻지 말고 우선 먹을 거나 좀 주게. 어제 저녁 위하渭河를 건널 때 떡 하나 먹고는 아무것도 못 먹었네."

녹조붕은 15사단 연락과장의 신분으로 맨 처음 위하를 도하한 48연대의 사병들과 함께 서안西安으로 진공했다. 전력을 다해 마지막으로 넘어야 했던 천연 요새가 바로 이 위하였음에도 그가 진공 직전에 먹은 것은 아주 작은 밀가루 떡인 '과회'鍋盔 하나뿐이었다.

모양이 마치 투구처럼 생긴 과회는 고대 진秦나라 병사들이 멀리 정벌을 떠날 때 휴대하던 음식이었다. 그러다 나중에는 일반 백성들에게도 퍼지게 되었다. 먼 옛날의 전장에서 생겨난 음식이 후대의 전투에서도 유용하게 쓰이게 된 것이다. 그래서 이후 수많은 부녀들은 위하 북쪽 지역의 셀 수도 없이 많은 아궁이 속에서 이 음식을 정성을 다해 만들었다. 솜씨 여부는 중요하지 않았다. 이렇게 해서 온 마을마다 이 과회를 만드는 냄새가 가득하게 됐다.

녹조붕에게 분배된 과회는 가늘고 잘게 썰린 것이었다. 본래 이 음식은 전통적으로 네모반듯하게 썰게 돼 있었으나 병사들이 배낭 속에 넣기 좋도록 모양이 바뀌었던 것이다.

원래 과회 위에는 나무빗살 같은 도안을 넣는 것이 원칙이었다. 또 어떤 것에는 장미꽃 같은 문양이 들어가기도 했다. 글자를 새겨 넣는 것도 기본이었다. 그러나 녹조붕이 받은 가늘게 썬 과회의 경우 도안을 식별하기가 어려웠다.

녹조붕은 자신이 받은 과회를 보자 무척 유감스럽게 생각했다. 아름다운 도안이 잘려나가 있었기 때문이다. 순간 그의 뇌리에 어머니가 방금 구워낸 과회를 도마 위에 올려놓던 달콤한 추억이 떠올랐다.

녹조붕은 동틀 무렵 위하를 건넜다. 강 주변에 선발대가 꽂아 놓은 갈대 줄기가 보였다. 그것은 강의 얕은 곳을 알려주는 표식이었다. 그래서 그는 가장 깊은 곳의 물이 허리께까지 왔음에도 어렵지 않게 강을 건널 수 있었다. 총과 마른 식량 주머니는 머리 위에 이고 건넜다.

강을 건널 때 그의 부대는 그리 큰 저항을 받지 않았다. 그는 국민당 부대의 무장이 대포와 기관총을 상대하기에는 형편없다고 알고 있었다. 그러나 강기슭에 올라서니 그렇지 않다는 사실을 알게 됐다. 국민당 부대의 병사들은 어둠을 틈타 이미 도망을 쳐서 제대로 수비도 하지 않았던 것이다. 그래서 사로잡은 포로가 고작 세 명에 불과했다. 주변의 시신도 그리 많지 않았다. 아무리 강한 왕조라도 멸망할 때는 한 줌의 모래와 같은 것인가?

녹조붕을 비롯한 연락부대 병사들과 간부들은 서로를 격려하면서 도하에 성공할 수 있었다. 이어 삼교三橋에서 집결하기로 한 명령을 어기고 서문 밖의 비행장까지 진격했다. 국민당 부대는 마치 다 일그러진 나무 울타리처럼 순식간에 무너졌다. 비행장에는 몇 대의 비행기가 있었다. 그러나 전부 낡아빠진 것들뿐이었다. 녹조붕이 권총으로 기체를 두드리면서 말했다.

"호胡 장관이 부상병을 그대로 놔 둔 채 도망갔군."

'호 장관'은 호종남胡宗南을 지칭한다. 그는 장개석의 직계 부하 장군이었다. 황포군관학교黃埔軍官學校의 제1기생으로, 국민당 최고 지휘관이 되어 많은 전투에 참가하였으며, 1949년 장개석과 함께 대만으로 간 인물이다.

이때 한 병사가 상인 차림을 한 사람을 데리고 왔다. 서안 지구의 지하 당원으로 해방군을 맞으러 왔다는 왕이라는 사람이었다. 녹조붕은 권총으로 또 비행기 몸체를 두드리면서 정중하게 그의 말을 정정하여 주었다.

"왕 동지, 잘 기억해 두게. 이제 우리는 지하에서 지상으로 나왔네. 지상당원이 되었단 말일세."

왕 동지는 서안의 지도와 국민당 수비부대의 정황 자료를 건넸다. 그리고 적이 도망가기 전날 밤 발전소, 제분소와 굴지의 신흥공장을 폭파할 것이라는 계획을 알려주었다.

녹조붕과 대대장은 바로 성안으로 진격하기로 결정을 내렸다. 그러자 왕 동지가 그들을 도울 요량으로 귀밑이 허옇게 센 노인 기관사 한 사람을 데려왔다. 곧 전 대대가 기차에 올랐다. 기차가 칙칙폭폭 소리를 내면

서 목적지에 도착하자 맨 앞 칸에 앉았던 시골뜨기 팔로군八路軍들이 소리
를 지르며 환호했다.

이 부대의 사병들은 다시 몇 명씩 작은 팀으로 나뉘었다. 이어 재빨리
발전소와 제분소, 방직공장 등 주요 공장으로 달려갔다. 발전소로 달려간
사병들이 공장 문을 막 밀고 들어섰을 때였다. 마침 적의 특공대원들이
미제 폭탄상자를 설치하고 있었다.

녹조붕이 기차역을 빠져나올 무렵에는 서쪽 방향에서 커다란 대포 소
리가 들렸다. 그러나 그는 그에 아랑곳하지 않고 작은 골목길을 벗어나 종
루에 올랐다. 그때 종루로 올라오는 건장한 병사의 모습이 보였다. 붉은
깃발을 든 채 선두에 나섰던 이 병사는 도시 중심에 있는 명나라 때 건축
물의 담을 따라 뛰면서 소리치고 있었다. 카메라가 없는 것이 실로 유감일
정도였다. 잠시 후 커다란 대포 소리가 들려왔다. 조붕은 그 소리가 15사
단 48연대의 병사들이 서문을 공격할 때 쏜 포성이라는 것을 알았다. 서
문에 커다란 구멍이 뚫렸다. 그는 그제야 폭약을 사용해야 했을 병사들의
다급한 심정을 충분히 이해할 수 있을 것 같았다.

녹조붕은 마침내 5월 20일의 아침을 맞이했다. 그리고 자신의 눈으로
직접 구정권이 멸망하고 새로운 정권이 탄생하는 과정을 목도했다. 이것이
야말로 무수히 죽어간 열사들의 영전에 바치는 가장 고귀한 선물이 아니
고 무엇이랴?

그가 비행장으로 돌아왔을 때는 이미 오후였다. 그럼에도 일을 게을리
할 수는 없었다. 그가 한 무더기의 정보를 사단장에게 건넸다. 사단장은
그에게 격려하는 것을 잊지 않았다.

"자네도 뭐라도 좀 먹게."

그제야 그는 비로소 자기가 이제껏 아무것도 먹지 못했다는 사실을
깨달았다. 강을 건널 때 옆에 있던 병사가 총에 맞아 쓰러지는 것을 부축

하다 그만 빗살무늬와 장미의 도안을 새긴 과회를 모두 물속에 빠뜨려버렸던 것이다. 그러나 그는 이미 배고픔 따위는 잊고 있었다. 너무도 큰 환희와 벅찬 감동이 그의 위장을 마비시켰기 때문이었다. 밤이 되자 사단장은 직접 그를 불러 새로운 임무를 지시했다.

"자네 고향으로 돌아가서 자수현 보안단이 봉기를 일으키도록 책동하게."

녹조붕은 사단장이 준비해 둔 국민당 소령 군복으로 갈아입었다. 그러자 영락없는 국민당원처럼 보였다. 가죽구두가 없는 것이 유감이었다. 그러자 누군가가 비행장에서 포로의 구두를 하나 가지고 왔다. 녹조붕이 말했다.

"차가 한 대 필요할 것 같습니다."

"자전거 한 대를 준비해 놓았네. 바퀴에 공기도 빵빵하게 넣어놓았으니 지금 바로 떠나게."

이렇게 해서 그는 기분 좋은 소풍을 나올 수 있었다. 들판은 조용했다. 밤바람에 묻어오는 보리 이삭 내음은 아주 좋았다. 그 와중에도 조붕은 정확하게 보리밭과 완두콩밭의 향기를 구별했다. 자전거 체인이 빠져서 멈추고 내렸을 때는 밭에 가서 완두콩을 몇 깍지 훑어왔다. 그리고 콩깍지까지 한꺼번에 입에 넣고 우물거렸다.

마을에서는 등불 하나 보이지 않았다. 간간이 개 짖는 소리만 들릴 뿐이었다. 그나마 그 소리에 마음이 차분하게 가라앉았다.

자수하滋水河를 따라 자전거를 달릴 때 그는 별빛 아래 옆으로 펼쳐진 백록원을 보았다. 마치 칼로 잘라낸 듯한 평원이었다. 순간 그가 채 글도 익히기 전에 마음속에 각인되었던 백록白鹿이 기억 속에 되살아났다. 낡은 자전거는 자꾸 체인이 벗겨졌다. 그때마다 그는 어둠 속에서 체인을 더듬어 다시 끼웠다. 그러다 보니 자연스럽게 회상이 끊길 수밖에 없었다.

현성^{縣城}에서 40리 떨어진 마방진에 이르렀을 때였다. 그는 처음으로 불심검문을 받게 되었다. 한길에 굵은 나무를 가로질러 놓고 양쪽에 무장을 한 지방 의용군들이 서 있는 모습이 보였다. 초소는 아주 작았다. 녹조붕은 보초병의 말투에서 그가 이 고장 사람이라는 사실을 알 수 있었다. 그는 '싼'^{三(san)}이라는 발음을 '쌍'^{桑(sang)}으로 했다. 또 '보'^{伯(bo)}라는 발음은 '베이'^{貝(bei)}라고 했다. 그것은 이 마을 사람들의 특이한 발음이었다.

녹조붕은 마방진 시골 병사들의 진지한 태도를 보고 가엾고 측은한 마음이 들었다.

그들이 이렇게 철저히 지켜주는 그 정부는 이미 우리 손에 전복되었는데, 너희들은 아무것도 모르고 있다니……. 그가 가볍게 말했다.

"자네 어서 녹조겸 대대장에게 전화를 걸어 보게. 그 사람은 내 사촌 동생일세. 내가 그 사람 아버지를 쌍베이^{桑貝}라고 부른단 말이야."

녹조붕은 '삼백'^{三伯}(싼보. 셋째 아저씨) 발음을 일부러 그 고장의 발음인 '쌍베이'^{桑貝}로 했다.

보초병이 눈을 깜빡이면서 순박하게 물었다.

"어엇? 장교님, 말투를 들으니 우리 마방진 사람 같군요. 어느 마을입니까?"

녹조붕이 그의 어깨를 툭, 치며 말했다.

"고향 이야기는 다음에 하고 우선 전화나 걸게. 자네 녹 대대장에게 아직도 얼음사탕을 좋아하느냐고 물으면 되네."

이 말에 보초병은 차렷 자세로 거수경례를 올렸다. 그리고 당황해서 전화기를 땅바닥에 떨어뜨리기까지 했다. 그는 마침 저쪽에서 오고 있던 트럭을 불러 세워서 자전거를 뒤에 싣고는 녹조붕을 운전사 옆자리로 모셨다. 이어 총을 운전수에게 들이대면서 위협을 가했다.

"만일 가는 도중에 이분을 조금이라도 귀찮게 한다면 다시 돌아오는 길에 네 혓바닥을 빼서 개한테 던져주겠다."

녹조붕은 흑왜가 갖다 준 음식을 허겁지겁 먹어치웠다. 그리고 담담하게 서안이 해방되었다는 소식을 전했다. 흑왜는 별로 놀라지도 않고 퉁명스럽게 대꾸했다.

"자네가 오지 않았으면 아직도 모를 뻔했네. 여기서 서안이 백 리도 안 되는데 통보해 주는 사람도 없다니……. 하기야 도망가기 바빴겠지."

녹조붕이 단도직입적으로 말했다.

"자네, 봉기를 일으키게."

흑왜는 그 말이 무슨 뜻인지 모르겠다는 듯 '봉기'라고 따라해 보았다. 어조가 아주 무덤덤했다. 게다가 열렬한 열정도 없었다. 그렇다고 위축된 모습도 아니었다. 녹조붕은 그런 흑왜의 태도가 마음에 들지 않았다.

"자네, 일찍이 '회오리바람'이 불기를 열망하지 않았었나? 지금이 바로 그 '회오리바람'이 불 때야. 자네의 말하는 투를 보니 그다지 탐탁지 않은 것 같은데……."

흑왜가 여전히 담담하게 말했다.

"그런 말도 모두 혓바닥의 조화일 뿐이야."

그러면서 녹조붕에게 보안단의 포진 상황을 설명하기 시작했다. 흑왜의 3대대는 포병대로서 가장 먼 곳인 고관古關 협곡에 주둔하고 있었다. 공산군이 산골짜기를 넘어 성안으로 공격해 오는 것을 막는 것이 주된 임무였다. 그다음 제2대대는 보병대로서 현성 동쪽과 고관 협곡의 사이에 주둔하고 있었다. 공산군이 현성을 침공할 때를 대비한 두 번째 방어선이었다. 제1대대는 현성의 성벽 안팎에 주둔하고 있었다. 흑왜는 그 부대가 현부를 보호하는 어림군御林軍(황제의 근위병)과 같은 역할을 한다고 했다. 최후의 방어선이라는 얘기였다.

흑왜는 이어 더욱 상세하게 보안단 안의 상황을 설명해 주었다.

"제2대대장은 초진국焦振國이라고 하는 친구야. 나와는 의형제를 맺은 사이지. 좋은 사람인데 우리 쪽으로 넘어올 확률이 7할 정도 돼. 설사 봉기를 함께하지는 않더라도 방해하지는 않을 거야. 제1대대 어림군 대대장은 바로 백효문白孝文이야. 그는 장張 단장이 가장 아끼는 심복이지. 그가 전향할 확률은 4할 정도야."

녹조붕이 더 기다리지 못하고 물었다.

"그럼 장 단장이 넘어올 가능성은 몇 할이나 될 것 같은데?"

흑왜가 솔직하게 말했다.

"그 사람은 짐작하기가 어렵네."

보안단이 봉기를 일으키는 데 필요한 구체적인 방안에 대해서 두 사람의 의견은 대체로 일치했다. 사실 그것은 흑왜가 알려준 정보로 자연스럽게 내려진 선택이었다. 녹조붕이 다시 입을 열었다.

"우리 둘이 우선 제2대대장을 접선해 보자고. 제2대대장이 봉기를 원하면 남은 것은 효문뿐이지. 그리 되면 일이 쉽게 풀릴 걸세. 효문이 원하면 함께하고 그렇지 않으면 그 어림군을 처치해버리세."

흑왜가 봉기 방안에 대해 약간의 보충을 했다.

"효문이 만일 봉기를 원한다면 장 단장은 그리 문제가 될 게 없네. 그러나 효문이 말을 안 들으면 그와 장 단장을 우선 처치해야 할 거야. 보리 이삭을 뽑으면 보리 줄기야 금방 부러지지 않겠는가?"

녹조붕이 배가 부른지 젓가락을 내려놓고는 급히 물었다.

"지금 제2대대장을 찾아 나서지. 일이 늦으면 안 되네."

그러나 흑왜는 녹조붕의 그 의견에는 반대했다.

"제2대대장과의 교섭에 자네는 나설 필요 없네. 나중에 혹시 효문이 반발하면 그때 나서게. 우선 내가 말을 타고 제2대대로 갈 테니까. 자네는 잠시 눈 좀 붙이고 있게나."

완전한 개선이었다. 오늘의 승리로써 이십여 년 동안의 고난과 곡절, 비통함과 슬픔은 보상을 받았다. 그래서일까, 녹조붕은 흑왜의 침대에 누워 베개에 머리를 대자마자 코를 골기 시작했다. 그건 수십 년 동안 크고 작은 모험과 갖은 고난을 겪으면서 자연히 훈련된 결과였다. 잠들 수 있는 짧은 순간만 있으면 곧바로 잠이 드는 것이다.

그는 장화 소리에 눈을 떴다. 흑왜 옆에 건장하고 심지 곧게 생긴 사람이 서 있었다. 그 사람을 보는 순간 그는 제2대대장을 설득하러 간 흑왜의 목적이 달성되었다는 것을 알 수 있었다. 조붕이 침대에서 뛰어내려 그 사람과 악수를 했다.

"초진국 동지. 내가 이렇게 불러도 된다고 생각하오만……."

이때 마침 전화벨 소리가 들렸다. 흑왜는 전화를 들었다. 효문에게서 걸려온 것이었다. 효문은 흑왜에게 서안의 소식을 들었느냐고 물었다. 흑왜는 잠시 주저하면서 녹조붕을 바라보았다. 녹조붕이 고개를 끄덕였다. 이어 말했다.

"지금이 바로 효문을 설득할 기회야."

흑왜가 전화통에 대고 미묘하게 말했다.

"정확한지는 모르지만 정보가 있긴 있지. 이리로 와서 같이 이야기해 보세."

흑왜가 전화통을 내려놓았다. 상당히 초조한 모양이었다.

"이번에 망치를 내려치는 것이 잘 되어야 할 텐데. 그러나 잘 맞을지 어쩔지는 보장할 수가 없어."

초진국이 말했다.

"자네가 우선 효문에게 잘 말해보게. 만일 말이 통하지 않으면 내가 처치하겠네."

녹조붕도 고개를 끄덕이고 말했다.

"그렇게 하지. 나와 초 대대장은 잠시 피해 있겠네."

"아니, 그럴 필요 없어. 우리 셋이 다 함께 있는 게 좋을 거야. 효문은 눈치가 빠르니 우리 세 사람이 같이 있는 것을 보면 금방 형세를 파악할 걸세. 그렇게 되는 것이 어쩌면 더욱 말하기 편할지 몰라."

흑왜의 말에 초진국이 냉정하고도 간단하게 말했다.

"좋았어. 어찌 되었든 이 방에 들어오게만 하면 동의하건 안 하건 처리하기가 수월해지니까."

저벅저벅 장화 소리가 들렸다. 곧 문이 열렸다. 백효문은 문을 밀고 들어서다가 걸음을 멈추고 얼굴이 하얗게 질렸다. 일은 흑왜의 예상대로 흘러갔다. 최선과 최악의 시나리오가 있었으나 자연스럽게 해결된 것이다.

백효문은 제2대대장 초진국이 있는 것을 봤을 때 이상하다는 생각을 했다. 흑왜가 전화를 할 때는 제2대대장이 있다는 얘기가 없었기 때문이었다. 더구나 제2대대장이 여기에 있다는 것은 모종의 음모가 있다는 뜻이었다. 그는 또 흑왜의 옆에 앉은 군복 차림의 낯선 사람이 녹조붕임을 알아차린 순간에는 그만 발이 얼어붙고 말았다. 녹조붕이 다가와 그에게 말을 걸었다.

"우리 셋이 서徐 선생님에게 버드나무 회초리를 꺾어드린 일을 기억하고 있나? 우리가 꺾어온 회초리에 우리가 맞았었지?"

백효문이 웃었다. 이어 손을 내밀면서 대답했다.

"자네가 온 뜻은 확실히 알겠네."

그리곤 녹조붕의 손을 잡고 다시 말했다.

"나도 이 문제에 대해 생각하고 있던 참이야. 그런데 자네가 이렇게 우리 현으로 찾아올 줄은 정말 몰랐군. 마침 잘 왔네."

백효문이 자신의 말을 확실하게 증명이라도 하려는 듯이 말했다.

"내가 흑왜에게 전화를 건 것도 실은 이 일을 상의하기 위해서였어. 우리가 잘못된 길을 끝까지 갈 수는 없지 않은가 말이야."

흑왜와 초진국이 일어섰다. 이어 네 사람은 어깨동무를 하고 서로를 격려했다.

조금 뒤 백효문이 말했다.

"솔직히 말하겠네. 조겸과 나와 초진국은 형제의 의를 맺었네. 그런데 조겸이 먼저 진국에게 알리고 나중에 나한테 말했다는 것은 조금 그러네. 내게 마음을 터놓지 않은 것은 아니지만 그래도 나를 제쳐놓은 것 같아 좀 섭섭하군."

흑왜가 대답을 못하고 머뭇거리자 초진국이 그를 두둔하며 말했다.

"봉기를 일으키자고 한 것은 날세. 내가 먼저 조겸에게 말한 거야."

녹조붕이 말했다.

"말이란 물론 앞뒤가 있기 마련이네. 그러나 만일 제일 마지막으로 초진국에게 말했다면 이 사람도 자신을 제쳐놓았다고 할 거 아닌가? 그런 건 이제 그만 얘기하고 봉기에 대해서 의논해 보지."

백효문이 말했다.

"이 일은 실패할 염려가 없어. 내가 병사를 파견해서 단장과 현장 서기를 붙잡으면 간단하게 끝날 거야."

녹조붕이 말했다.

"먼저 자네의 부하에게 성문을 지키고 있으라고 하게. 그들이 도망가지 못하도록 해야지. 관건은 보안단장에게 있네. 그건 효문과 진국이 맡지. 예의를 다해 설득한 후에 병사를 투입시켜도 늦지 않아. 그를 동원해서 함께 봉기를 일으키도록 하라고. 말이 안 통할 때 체포해도 늦지 않아. 악유산岳維山은 내 친구일세. 나는 그를 한번 만나보고 싶어. 흑왜하고 같이 그를 찾아갔으면 좋겠는데."

흑왜가 말했다.

"직접 갈 필요 없어. 여기서 기다리고 있게나. 만일 일이 잘못되더라도 그편이 나을 거야."

녹조붕은 의자에 앉아서 악유산 등을 기다리고 있었다. 마음속에서 억제할 수 없는 감격과 함께 알 수 없는 불안감이 엄습해오고 있었다. 그는 이런저런 생각들을 누르고 악유산과 만났을 때 뭐라고 말해야 할지에 대해 생각하기 시작했다.

그때 한 발의 총성이 울렸다. 이어 다시 한 발이 울렸다. 그리고는 잠잠해졌다. 그는 이 총성이 어떤 의미인지 알 수 없었다. 혹시 나쁜 징조는 아닐까. 그는 문 밖에 나가 보초를 서고 있는 병졸에게 무슨 일인지 물었다. 공포에 질린 보초병은 고개만 저으며 부들부들 떨고 있었다.

녹조붕은 문득 방금 세운 계획이 너무 안이하지 않았나 생각했다. 그래서 생각지도 못한 국면을 초래한 것은 아닐까? 효문이 밖으로 나간 후 단장이 흑왜와 초진국을 습격한 것은 아닐까? 방금 울린 총성도 두 발이 아니던가?

그는 건물을 돌아서 으슥한 곳으로 가서 소변을 보는 체하면서 최악의 사태에 대비했다. 바로 그때 몇 명의 병졸이 급히 걸어오고 있었다. 사람 하나를 끌고 오는 것 같았다. 그들은 끌고 온 사람을 털썩 집어던졌다. 녹조붕은 백효문과 초진국이 들어오는 것을 보고서야 비로소 안심하고 밖으로 걸어 나갔다. 그리곤 문 밖 계단 밑에 있는 시체를 바라보았다. 백효문이 말했다.

"내가 이자를 처치했네."

"누구를 말인가?"

"단장 말일세. 그 말고 또 누가 있겠나?"

"이자가 봉기를 거부하던가? 아니면 반항을 했나?"

백효문이 귀찮다는 듯이 말했다.

"우왕좌왕하면서 결단을 내리지 못하더군. 한시가 급한데 실랑이할 필요가 있나?"

"죽였으면 그만이지 시체는 왜 끌고 왔어?"

백효문이 짧게 대꾸했다.

"자네한테 이자가 단장이라는 사실을 증명하려고."

세 사람은 다시 방 안에 모여 앉았다. 초진국이 단장과 담판을 짓던 이야기를 해 주었다.

장 단장은 그와 백효문이 함께 들어오는 것을 보고 의심스러운 듯 물었다.

"무슨 중요한 일인데 두 사람이 같이 왔나?"

규칙대로라면 그들은 여기 와서는 안 될 터였다. 주둔지에서 수비를 맡고 있어야 했기 때문이었다. 백효문이 말했다.

"서안이 이미 해방되었습니다. 우리도 봉기를 해야 합니다."

장 단장은 입을 벌린 채 아무 소리도 하지 못했다. 식은땀이 얼굴에 줄줄 흘러내렸다. 그가 급하게 눈을 깜박이면서 말했다.

"자네들이 봉기를 일으킨다면 내가 막지는 않겠네. 그래도 오랜 교분을 생각해서 나는 고향에 돌아가도록 해 주게. 군복을 벗고 밭이나 갈며 살 수 있도록 말일세."

초진국이 미처 대답도 못하고 있을 때였다. 백효문이 든 권총에서 총성이 울렸다. 총알은 장 단장의 왼쪽 가슴을 명중시켰다. 장 단장이 허리를 숙이고 두 손으로 가슴을 움켜쥐었다. 이어 천천히 고개를 들어 백효문을 뚫어지게 바라보았다. 그러자 백효문은 단장의 얼굴을 향해 다시 한번 총구를 겨누었다. 장 단장은 순식간에 외로운 담장처럼 무너져 내렸다.

이때 흑왜가 악유산을 압송해 들어왔다.

녹조붕의 뇌리에 장 단장이 효문에게 피격당한 얼굴과 갈가리 찢겨진 모습이 떠올랐다. 그럴 필요까지는 없었는데 괜히 효문이 총을 쏘았다고 생각했다.

그러다 악유산이 두 팔을 결박당한 채 방 안에 서 있는 모습을 보았다. 그도 이제는 많이 늙어 있었다. 눈가와 이마에는 제법 굵은 주름도 패여 있었다. 또 감청색의 중산복中山服(손중산, 즉 손문이 즐겨 입었던 복장으로 후에 제복이 되었음. 이전의 전문대학생의 교복과 같은 것임)은 포승줄 때문에 구겨져 있었다. 평소 반듯하게 가르마를 탄 머리도 마구 헝클어져 있었다. 눈에는 낙담의 빛이 역력했으나 두려워하는 빛은 전혀 없었다. 침착한 눈빛과 평안한 얼굴로 조용히 서 있었다.

녹조붕은 여전히 의자에 앉아서 두 팔을 팔걸이에 얹어놓고 열 손가락을 깍지 낀 채 미동도 하지 않고 있었다. 악유산이 처음 문으로 들어섰을 때 흘낏 훑어보았을 뿐이었다. 이 사람에게 어떠한 조롱의 말을 해봤자 이제는 아무 의미가 없을 것 같았다. 어떤 보복도 통쾌하지 않을 것 같았다. 이 사람과 이 사람이 충성을 다하던 그 정권은 이미 돌이킬 수 없는 지경에 빠져버렸으니까.

녹조붕과 악유산은 20여 년을 끈질기게 서로 투쟁해왔다. 녹조붕이 의자에서 일어나 악유산 앞으로 천천히 걸어갔다. 그리곤 뚫어지게 그의 두 눈을 응시했다. 악유산은 두려워하거나 피하지 않고 침착하게 녹조붕을 마주 보았다. 녹조붕이 입술을 적시고 말했다.

"이전에 나는 당신의 손에 천 원의 가격으로 매겨져 있었지. 이제 당신은 내 손에 있으나 일전의 가치도 없어."

악유산의 얼굴 근육이 잠시 경련을 일으켰다. 녹조붕이 몸을 돌리고 혹독한 한마디를 던졌다.

"당신은 나보다 싸구려야."

흑왜가 말했다.

"우선 이자를 감옥에 집어넣도록 하지."

악유산이 그제야 입을 열었다.

"총 한 발만 쏘면 귀찮은 일을 덜 텐데."

녹조붕이 손을 흔들며 흑왜에게 말했다.

"우리 모두 앉아서 회의를 하세."

녹조붕은 악유산 앞으로 가서 결박을 풀어주었다. 이어 그의 어깨를 두드려 주면서 말했다.

"당신도 앉아서 들어봐. 우리는 자수현滋水縣 보안단의 봉기를 주도하려는 세부사항을 상의하려고 하는 중이거든. 잘 보고 잘 들어줘. 당신이 20여 년을 엉망진창으로 경영해 온 반동 정권을 우리가 어떻게 멸망시키는지 잘 보란 말이야."

녹조붕이 악유산을 의자에 눌러 앉혔다. 순간 악유산은 자신을 지탱하고 있던 무언가가 통째로 무너지기라도 한 듯이 고개를 옆으로 돌린 채 눈을 감았다. 녹조붕이 시계를 보고는 고개를 들어 말했다.

"동지 여러분, 서둘러야 합니다. 지금 3분 전 0시요. 자수현은 이미 우리 인민의 손에 들어왔소……"

반년 뒤 자수현이 해방되고 첫 번째 새해를 맞았을 때 부현장인 흑왜 녹조겸은 자신의 사무실에서 체포되었다. 흑왜는 마침 자신의 당적을 회복해달라는 신청서를 쓰던 중이었다. 방 안으로 두 사람이 들어왔으나 그는 고개를 들지 않았다. 그러다 두 사람이 곧장 걸어와 붓을 빼앗을 때에야 비로소 상황을 깨달았다. 이미 두 팔은 포승으로 결박당하고 있었다. 흑왜는 소리를 질렀다.

"왜 이러는 거야? 누가 너희들을 보냈느냐?"

두 사람은 아무 대답도 없이 흑왜를 밀어서 밖으로 내보냈다. 흑왜는 곧 현성의 서쪽에 있는 감옥에 갇혔고 졸지에 죄인이 됐다. 그는 밥을 날라다 주는 사람과 간수에게 수없이 요구했다.

"현장을 만나게 해다오! 백효문을 만나야겠다. 백 현장을 만나야 한다고!"

그는 마지막에는 고래고래 소리를 질렀다.

"백 현장을 데리고 와!"

나중에는 목에서 피가 나왔다. 목소리도 나오지 않았다. 그러자 그는 나무 침대에 누워서 지나간 일을 생각하고 또 생각했다.

봉기의 의식은 다음날 오후에 거행되었다. 그의 포병대는 봉기를 축하하는 예포를 쏘아 올렸다. 녹조붕은 그 감동적인 의식에 참가하지 않았다. 대신 모든 일을 일사천리로 처리한 후 날이 밝을 무렵 고물 자전거를 끌고 서안으로 달려갔다. 사단의 일이 더 급했던 모양이었다.

그 후 녹조붕은 서안에서 이틀을 묵은 후 다시 부대를 이끌고 서쪽으로 갔다고 했다. 신강新疆 위구르라고 했으나 흑왜에게는 한마디 말도 없었다. 편지 역시 없었다. 흑왜는 지금 그가 어디에 있는지 몰랐다. 살았는지 죽었는지도 알 수가 없었다. 들리는 말에 의하면 부미전투(섬서성 부풍현扶風縣·미현眉縣 지역의 해방을 촉진한 전투)에서 사상자가 많았다는데……. 지금 녹조붕의 행방만 알 수 있다면 모든 것이 원만히 해결될 터였다.

백효문이 고개를 끄덕이지 않았다면 누가 감히 녹조겸 부현장을 체포할 수 있었겠는가? 흑왜는 죽어라고 백효문을 찾았다. 어쩌면 효문은 현 정부 자신의 사무실에서 흑왜의 목소리를 들었을지도 모를 일이었다.

거사를 성공한 후 3일째 되던 날이었다. 원래의 보안단 제2대대장이었던 초진국은 〈군중일보〉群衆日報를 탁자 위에 내던지면서 말했다.

"이것 좀 보게."

흑왜는 서북군 정치위원회 주임인 하룽賀龍*이 서명 날인한 전보문이 실려 있는 것을 보았다.

전보문은 한마디로 자수현의 보안단이 봉기한 것을 표창하는 내용이었다. 전보문의 호칭은 '자수현 보안단 제1대대장 백효문 동지'라고 되어 있었다. 흑왜는 그 전보문을 보고 나서 말했다.

"우리 전 보안단 3개 대대 1,000여 명의 병사들이 함께 봉기에 참가한 거사라는 걸 하룽 주임이 몰랐나 보군. 제1대대 300여 명이 단독으로 봉기한 것이 아니고……."

초진국이 말했다.

"아래의 문장을 다시 보게나……."

흑왜는 하룽이 제1대대를 이끌고 봉기한 백효문에게 경의를 표한 것을 보고는 혀를 끌끌 차며 말했다.

"효문 이 작자는 또 자기만 생각했군. 자네는 우리 전군 3대대가 함께 봉기한 것을 하룽 주임에게 보고하게나. 그러면 더욱 기뻐할 것 아닌가?"

"하 주임에게 이런 보고서를 올리는 것이 어째서 백효문이 할 일이란 말인가? 자네가 바로 봉기의 발기인이고 또 모두가 함께 추천한 봉기의 두령이 아니었던가? 이것은 녹조봉이 확실히 말한 거야. 효문 그 작자가 뭘 믿고 하 주임에게 자기 공을 내세운단 말인가?"

흑왜가 불만스러운 표정으로 초진국을 보고 말했다.

---

* '하룽'은 인민해방군의 주요 지도자 중 한 명으로, 훗날 중화인민공화국 국무원 부총리를 역임하고 원수로 추대된 인물이다. 1896년 생으로, 열여덟 살에 농민 게릴라 부대에 참가하여 '녹림綠林의 영웅'이란 호칭을 얻었다. 1922년 손문으로부터 비적토벌 부대인 국민혁명군 20군 군장에 임명되었다. 이후 1926년 중국 인민해방군의 기초를 다졌다. 그러나 그랬던 그도 문화혁명 시기에 박해를 받고 1969년에 사망했다. 1974년에 명예를 회복했다.

"이보게, 자네 너무 마음이 좁은 거 아닌가? 그게 뭐 그리 대수로운 일인가? 효문이 보고했으면 보고한 거지. 그가 제2대대와 제3대대를 보고하지 않았다고 해서 설마하니 우리가 함께한 봉기가 안 한 것이 되지는 않잖은가?"

초진국이 입을 삐죽이며 말했다.

"나에게 봉기를 했다는 증명서나 한 장 써 주게. 나는 그걸 들고 고향에 돌아가서 농사나 지어야겠네."

흑왜가 불같이 화를 냈다.

"그게 무슨 소린가? 이제 막 봉기를 하고 해방을 맞았어. 머리가 두 개고 팔이 여덟 개라도 모자랄 판에 어디를 간다는 건가? 자네가 가면 혁명사업은 누구와 하란 말인가? 나 혼자 그 무거운 짐을 다 짊어지란 말인가?"

초진국은 요지부동으로 고향으로 가겠다고 고집을 부렸다. 흑왜가 다급한 듯 소리쳤다.

"똑바로 설명하지 않으면 증명서를 떼어 줄 수 없네. 자네 나한테 무슨 불만이라도 있는 건가?"

"난 백효문이 장 단장을 저격했던 일이 마음에 걸리네."

반 달 후 자수현 현위원회 제1서기인 진계현秦繼賢이 부임해 온 뒤 초진국은 기어이 그의 손에서 한 장의 봉기증명서를 발급받고는 섬서성陝西省 남쪽의 고향으로 돌아갔다. 흑왜는 그가 떠날 때 간단하게 악수만 나누었다. 그와의 결의형제를 아주 불만스럽게 여겼을 뿐만 아니라 그의 마음이 좁은 것을 깔보기까지 했다.

흑왜가 감옥 안에서 한 달 넘게 있을 동안 그를 찾아오는 사람은 아무도 없었다. 면회가 금지되었기 때문이다. 그는 두 번의 공판을 받았다. 죄상은 세 가지였다. 첫째는 비적 괴수로서 군중을 살해한 것이었다. 둘째는 36홍군을 섬멸한 죄였다. 셋째는 공산당원을 살해했다는 것이었다. 흑왜는 비적의 부두목으로 산채에서 행했던 것에 대해서는 그렇다고 대답했다. 그러나 그 나머지에 대해서는 적극적인 반론을 폈다.

"나는 공부를 해서 좋은 사람이 되었소."

그는 36홍군을 섬멸한 죄상에 대해서도 적극적이고 충분한 반론을 했다.

"그것은 비적 두목 정망이 수하들을 이끌고 가서 행한 것이오. 그리고 그때 지붕 위에 있던 보초병 하나만 죽었을 뿐이오. 그 뒤에 나머지 홍군 전사들에게는 모두 은전을 나누어 주고 돌려보냈소. 더구나 정치위원이던 녹조붕을 데려다가 산채에서 치료해 주었소……."

그러나 젊은 인민법관은 흑왜의 해명을 다 듣지도 않고서 웃음을 터트렸다. 그러면서 조겸兆謙의 사람됨과 하는 일이 이름과 너무 부합되지 않는다고 비웃었다. 공로를 조작하고 이야기를 만들어 내는 것이 교묘하다며 이름과 달리 겸손하지 않다고 한 것이다.

이어서 그는 공산당원 진사왜陳舍娃를 죽인 일에 대해서는 노여움을 억제할 수 없었다.

"그자는 공산당원이 아니었소. 유격대를 배반하고 나온 자였소, 그자는 진령 유격대에 있을 때 몰래 여자들을 욕보인 후 처벌이 두려워 도망친 것이오. 그리고 나를 찾아왔는데 그자는 내가 진령 유격대의 정치위원인 한재봉과 오랜 교분이 있는 것을 몰랐소. 내가 후에 한 정치위원에게 이 대원이 필요한지 물었소. 한 정치위원은 나한테 투항했으니 나더러 알아서 하라고 했소. 난 이 '알아서 하라'는 말을 충분히 이해했소. 그래서 부하들을 시켜 그를 처단한 것이오."

법관은 이 일에 대해서는 그의 변명을 신중히 들어 주었다. 그리고 말했다.

"그것은 우리가 다시 한 번 조사해 보겠소."

감방 안으로 돌아온 흑왜는 문득 한 가지 일이 생각났다. 진사왜를 죽인 일을 아는 사람은 별로 없었다. 그 일이 있고 며칠이 지난 후 간부 회의에서 백효문이 그에게 슬쩍 물어보았을 뿐이었다. 그러자 흑왜의 마음속에 자연스럽게 의심이 싹텄다. 그렇다면 이 죄상은 백효문이 제공한 것인가? 그러나 대질할 방법이 없었다. 효문이라고 단정 지을 수도 없었다. 이 일을 아는 사람이 백효문만은 아니니까 말이다.

제2차 공판에서도 법관은 여전히 세 조목의 죄상을 다시 한 번 반복해 물었다. 이번에도 흑왜는 격렬하게 제2, 제3의 죄상에 대해서 부인했다. 단지 비적 떼에 몸담고 있을 때 행한 제1조목에 대해서는 시인했다. 그는 조금도 흐트러짐 없이 법관에게 말했다.

"자수현 보안단의 봉기는 녹조붕이 계획한 것이오. 나는 그 거사를 발기하였소. 봉기의 발기에서부터 봉기를 승리로 이끈 모든 과정이 나의 지도 아래 이루어진 것이오. 서안 주위에서 가장 거리가 가까운 일고여덟 개의 현 중에서 우리 자수현만이 유일하게 무력 충돌 없이 봉기를 승리로 이끌었소. 나는 이제껏 혁명에 대한 나의 공로를 말한 적이 없었소. 그건 당신들이 진秦 서기와 백白 현장에게 확인해 보면 알 것이오. 나의 봉기가 내가 비적일 때 저지른 죄상을 상쇄할 수는 없겠소? 그리고 제2, 제3의 죄상은 완전히 오해요……."

흑왜의 이 반론은 사실상 그의 안건을 재빠르게 귀결시키는 촉매제 역할을 했다.

3일 후 제3차 공판에서 선고가 내려졌다. 3가지 조목의 죄상은 충분한 증거가 있을 뿐 아니라 흑왜의 반론은 단지 변명일 뿐이라는 결론이 확정됐다. 흑왜는 사형 선고를 듣고는 아연실색했다. 그래서 법관이 마지막으로 할 말을 물었을 때 천천히 고개를 저을 수밖에 없었다. 흑왜는 다시 감옥에 수감되었다. 이제는 방이 바뀌었다. 사방이 밀폐된 작은 방에 밥그릇을 넣어주는 작은 구멍이 하나 있을 뿐이었다. 그의 다리에는 녹이 슨 족쇄가 채워졌다. 이틀 후 그의 아내 고옥봉高玉鳳이 외아들을 데리고 면회를 왔다. 아내는 그가 수감된 지 20일 만에 처음으로 면회를 온 사람이었다. 그는 밥을 넣어주는 작은 구멍을 통해 겨우 아내의 얼굴 반쪽만 볼 수 있었다. 아내의 얼굴은 온통 눈물범벅이었다. 말도 제대로 하지 못했다. 입을 벌렸다가는 다물고 다시 뭔가 말하려 벌리는 것이 마치 모래밭에 떠밀려온 물고기 같았다. 흑왜가 말했다.

"조붕을 찾아보오. 당신이 찾지 못하고 죽으면 우리 아들에게 찾게 하시오."

아내는 결국 울음을 터트리며 아이를 들어 올렸다. 흑왜는 구멍 속으로 눈매가 깊은 아들의 작은 얼굴을 바라보았다. 아내는 아들에게 "아빠!"라고 부르게 했다. 흑왜는 고개를 돌렸다. 자신의 눈매를 꼭 빼닮은 아이의 얼굴을 차마 볼 수가 없었던 것이다. 그는 나무토막처럼 감방 바닥으로 푹 쓰러졌다.

백가헌은 흑왜가 감옥에 갇혔다는 소식을 듣고 몹시 당황했다. 다음 날 아침 닭이 울기를 기다려 봇짐 하나를 메고 백록원을 내려간 것은 그 때문이었다.

그가 구부러진 허리를 조심하면서 자수하의 나무다리를 건널 때였다. 웬 사람이 그가 해방 후의 제1대 자수현 현장의 아버지라는 것을 알아보고는 공손하게 손을 내밀어 부축하고자 했다. 그러나 백가헌은 지팡이를 휘두르면서 그의 손을 뿌리쳤다. 이어 고개도 들지 않고 미끄러운 통나무다리를 조심스럽게 건넜다.

그는 아들 백효문의 사무실로 곧장 찾아가 고개를 빳빳이 세우고는 단도직입적으로 말했다.

"내가 흑왜를 보증하겠다."

백효문은 잠시 놀랐으나 금방 미소를 지으며 부친의 어깨 위에서 봇짐을 받아 바닥에 내려놓았다. 그리고 나서 아버지를 부축하여 의자에 앉히고는 차를 한 잔 따랐다. 현장에 취임한 이래 아버지가 자신을 찾아온 것은 이번이 처음이었다. 그는 몹시 기뻤다.

정월 보름, 현성에서는 전통적인 불꽃놀이가 있었다. 새로운 중국을 경축하는 제1회 원소절元宵節(음력 1월 15일의 명절. 우리나라의 정월 대보름과 같음. 이때는 불꽃놀이와 등불걸이 등 전통적인 축제가 다채롭게 펼쳐짐) 행사였다. 효문은 아버지를 비롯해 동생과 제수씨를 현성으로 초청하여 이 불꽃놀이를 감상하도록 했다. 그러나 아버지는 오지 않았다. 동생과 제수씨들 역시 허락을 받지 못했다. 백가헌다운 처신이었다고 할 수 있었다.

백가헌은 찻잔을 감싸 쥐고는 같은 말을 반복했다.

"내가 오늘 온 것은 흑왜를 보증하기 위해서다."

백효문이 빙그레 웃으면서 말했다.

"인민정부에서는 인정이나 체면을 봐 주지 않습니다. 처벌받아야 할 사람은 처벌받아야 합니다. 또 처벌받지 않을 사람은 처벌받지 않습니다. 억울한 일은 하나도 없습니다. 아버님은 아직도 그런 케케묵은 말씀을 하십니까?"

백가헌은 아들의 웃음소리와 경박한 태도를 보고 무척 언짢았다.

"흑왜는 너하고 같이 봉기를 일으키지 않았더냐? 그를 부현장으로 받아들일 수 없다면 고향으로 돌려보내주는 것도 안 되겠느냐?"

백효문이 엄숙하게 낯빛을 바꾸고는 말했다.

"아버지, 다시는 그런 쓸데없는 말씀은 하지 마십시오. 아버지는 인민정부의 신정책을 모르십니다. 그렇게 함부로 말씀하다 신정책을 위반이라도 하면 어쩌시려고……."

사무실은 현장에게 보고하고 지시를 받느라 들락거리는 간부들로 복잡했다. 백가헌은 자신의 뜻을 굽히지 않았다.

"흑왜는 좋은 사람이 되었어. 좋은 사람이 되었으면 마땅히 용서를 받아야지."

효문이 아버지에게 말했다.

"아버님, 우선 저희 집에 가서 좀 쉬십시오. 제가 퇴근하고 다시 말씀드리겠습니다."

흑왜에 대한 처형을 집행한 집회는 백록원 백성들의 기억 속에 가장 규모가 큰 행사였다. 처형 시간은 바로 음력 2월 2일, 백록진의 전통 축제일인 '용대두' 날에 행해졌다. 이 소식은 행사 3일 전에 자수현 정부에서 발표한 것으로 이제 막 성립된 백록향 인민정부를 통하여 각 마을에 전달이 됐다.

'용대두'龍擡頭는 음력 2월 2일의 절기를 말한다. 이날 이후 비가 자주 와서 생활하기가 좋아진다고 여겨 향을 피우고 제사를 지내는 풍습이 있었다. 그리고 '향'鄕은 현縣 아래의 행정구역이다.

향민들은 이 날을 손꼽아 기다렸다. 향 정부의 몇몇 간부들은 각 마을로 뛰어다니며 마을의 남녀노소들에게 당국의 지시를 알렸다. 용대두 행사시에 자유행동을 금할 뿐 아니라 마을의 간부나 민병대장의 지휘하에 단체로 나오라는 것이었다.

촌민들은 여태껏 대오를 지어 행진해 본 적이 없었다. 그래서 이리저리 몰려들어 대오가 끊어지기 일쑤였다. 그 때문에 팔뚝에 붉은 완장을 두른 민병들은 이리저리 밀고 당기면서 아무렇게나 뒤죽박죽 앉아 있는 남녀들을 정리하느라 정신이 없었다.

갑작스럽게 행사가 열린 탓에 많은 마을에서는 붉은 기를 미처 준비하지 못했다. 그래서 촌민들은 너 나 할 것 없이 삼관묘三官廟에 가서 향을 사 를 때 사용하는 용무늬가 있는 깃발을 가져왔다. 그리고는 용무늬를 찢어 내고 거기에 자신들 촌락의 이름을 적어 넣었다.

집회장은 백록진의 남쪽과 소학교 중간에 있는 공터에 설치되었다. 각 마을의 대오는 미리 그려진 선 안의 일정 구역 안에 자리들을 잡았다. 그 러나 한 무리의 완전무장한 해방군 전사들이 세 사람의 사형수를 임시 단상 앞으로 끌고 오자 회의장은 순식간에 아수라장이 됐다. 그동안 질서 를 유지하기 위해 기울인 노력은 수포로 돌아가고 말았다.

흑왜는 단상에 끌려 나와서야 자신과 함께 처단되는 사람이 악유산과 전복현이라는 사실을 알게 되었다. 그는 다리에 묶였던 족쇄가 풀리고 밥 그릇만 넣어주는 작은 감방 안에서 풀려날 때 자신의 생이 끝났다는 것 을 바로 감지했다. 곧 결박이 풀리고 호송차에 타자 차는 한밤중인데도 빠르게 길을 달렸다. 백록원에 도착했을 때는 이미 날이 밝아오고 있었다. 흑왜는 고향으로 돌아온 것을 직감적으로 느꼈다. 그리고는 혼자 중얼거 렸다.

"그나마 고향에라도 누울 수 있게 해 주니 다행인 셈이군."

흑왜는 단상에 서서 고개를 숙이고 있었다. 그러다 가슴속으로 밀려드 는 울분을 참을 수 없어 백효문을 향해 소리를 질렀다. 백효문은 단상 맞 은편에 설치된 주석 자리에 앉아 있었다.

"난 이 두 사람과 함께 총살당하고 싶지 않다. 나를 단독으로 처형해 주게. 내가 원하는 것은 그것뿐이야."

그러나 아무도 흑왜를 상대해 주지 않았다. 해방군 병사들이 그를 꼼 짝 못하게 붙잡았다.

백효문 현장이 인사말을 하고는 네 명의 각계 대표들이 죄수들의 죄상 을 규탄하는 발언을 했다. 이어 마지막 군사법정에서의 사형 판결을 즉시 집행하라는 명령이 선포되었다.

다른 때와는 달리 백가헌은 집회에 참석했다. 원래 이런 떠들썩한 행사에는 전혀 관심이 없었던 그답지 않은 선택이라고 할 수 있었다. 기본적으로 그는 차라리 땀을 흘리면서 솜틀기계를 밟으면 밟았지 괜히 사람들 속에 끼여서 약이나 파는 그런 광경은 볼 필요가 없다고 생각하는 사람이었다. 더구나 사람을 죽이는 데는 더더욱 가지 않았었다. 병기창을 약탈한 방화범을 처형할 때도 그는 가지 않았다. 그러나 이번 반혁명분자 악유산과 전복현, 그리고 녹조겸을 처단하는 집회장에는 참석했다.

백효문이 이 중대한 사형 집행을 하는 장소로 백록원을 선택한 것은 나름 충분한 이유가 있었다. 우선 처형을 당하는 죄수 세 사람 중에서 외지 사람인 악유산을 제외한 두 사람이 다 이 고장 사람이기 때문이었다. 또 이 중대한 활동을 주재하는 백 현장이 이 고장 사람이었던 것도 이유라고 할 수 있었다.

백가헌은 백록촌 대오의 맨 꼴찌에 서서 갔다. 그의 허리가 너무나 굽었기 때문에 대오의 행렬을 따라갈 수가 없었기 때문이다. 그는 두 손을 뒷짐 진 채 집회장으로 들어섰다. 그러나 여전히 대오의 가장 뒷자리였다.

그는 저 멀리 높은 단상에 앉아 있는 아들 효문을 바라봤다. 문득 눈이 가득 쌓인 이른 아침, 하얀 사슴의 정령을 발견했던 광경이 떠올랐다.

해방군 전사가 죄수를 끌고 사형대로 가고 있었다. 군중들 사이에서는 잠시 혼란이 일었다. 백가헌은 혼신을 다하여 사람들 속을 헤집고 단상 쪽으로 나아갔다. 흑왜의 모습이 그의 눈에 들어왔다. 흑왜는 입술이 바짝 말라서 다 터져 있었다. 또 두 눈에는 온통 핏발이 서 있었다. 흑왜는 그를 발견하자 고개를 푹 숙이고는 방울방울 수정 같은 맑은 눈물을 떨어뜨렸다. 백가헌은 그 모습을 더 이상 마주보지 못하고 고개를 돌렸다.

그는 흑왜와 같은 줄에 서 있는 전복현과 악유산이 어떤 모습을 하고 있는지는 쳐다보지도 않았다. 자기와 이 두 사람이 무슨 관계가 있단 말인가? 백가헌은 인파 속을 헤집고 나올 때 단상 위에서 녹자림의 이름을 호명하는 소리를 들었다. 백록원의 아홉 보장 역시 이곳에 끌려와 본보기로 교육을 받는 것이었다. 그는 뒷짐을 진 채 집회장을 빠져나와서 집회 때문에 상점마다 모두 철시한 백록진으로 들어섰다. 그는 갑자기 발목에 오랏줄이 걸려 있는 기분을 느꼈다. 그 오랏줄의 끝이 흑왜의 손에 있는지 아니면 효문의 손에 있는지는 알 수 없었다. 그는 비틀비틀 가다 서다를 반복하면서 겨우 냉 의원의 중의당 문 입구까지 도달했다. 그때 몇 발의 총소리가 울렸다. 백가헌은 순간 눈앞이 캄캄해지는 것을 느꼈다. 그리고 그대로 대문 앞에 넘어졌다.

백가헌이 깨어났을 때 그는 자신의 침상 위에 누워 있었다. 눈을 뜨자 많은 친척들의 얼굴이 보였다. 그는 매우 의아하게 생각했다. 많은 사람들이 침상 위아래에서 그를 둘러싸고 도대체 무엇들을 하고 있는 것인가? 그는 이 사람들이 아주 이상하게 보인다는 것을 느꼈다. 그는 손을 더듬어 자신의 얼굴을 만져 보았다. 그리고 비로소 왼쪽 눈이 붕대로 감싸여 있는 것을 알아차렸다. 백효문이 허리를 굽히며 "아버지!" 하고 불렀다. 백가헌은 오른쪽 눈으로 쳐다보며 도대체 무슨 일이 일어난 거냐고 물었다. 효문은 아버지는 조용히 정양만 하시고 아무것도 묻지 마시라고 했다. 백가헌은 고개를 돌려 의자에 앉아 있는 냉 의원을 보았다.

"형님께서도 저를 속이시렵니까?"

"이보게 가헌, 지금 자네는 정신적 충격으로 인해서 한쪽 눈이 안 보이는 거라네. 내가 자네에게 한 짓을 원망하지 말게나."

백가헌은 여전히 무슨 뜻인지 알 수가 없었다.

"자세히 말씀해 주십시오."

그러자 냉 의원이 그에게 자초지종을 말해 주었다. 그가 중의당의 대문 앞에 쓰러졌을 때 두 손은 모두 경직되어 펴지지 않았다. 두 다리 역시 말뚝처럼 굳어서 구부러지지 않았다. 또 왼쪽 눈은 마치 방울처럼 눈 가장자리로 튀어나와 안에 피가 점점이 고여 있었다.

냉 의원은 일생 동안 딱 한 번 이 병을 경험한 적이 있었다. 남쪽의 상지촌桑枝村에 살던 늙은 과부의 경우였다. 그 과부는 한평생을 수절하면서 두 아들을 길렀다. 그런데 형제가 장가를 가고 분가를 하면서 재산 때문에 싸움이 났다. 머리가 터지고 팔뚝과 다리가 부러지는 싸움이었다. 노과부는 너무나 화가 난 나머지 피가 솟구쳐 올라 눈이 멀었다. 냉 의원이 달려갔을 때는 이미 안구 위의 얇은 매미 날개 같은 각막이 터져 피가 솟구치고 있었다. 과부가 숨을 거둘 때까지도 피는 계속 흘렀다. 냉 의원이 말했다.

"너무 급해서 상의도 하지 않고 내가 수술을 했네. 이 병은 피망울이 터지면 끝장이라네."

백가헌이 왼쪽 눈을 가린 붕대를 만져 보면서 웃었다.

"터지도록 내버려 둘걸 그랬습니다."

사람들이 백가헌을 위로했다. 백효문이 낮은 소리로 냉 의원에게 말했다.

"아저씨, 이 일은 누구에게도 말하지 마세요. 소문이 퍼지면 별로 좋지 않으니까요."

한 달 후 백가헌은 다시 백록촌의 거리에 나타났다. 콧등에 안경을 하나 걸친 채였다. 조상 대대로 전해져 내려오는 돌수정을 갈아 만든 안경이었다. 안경테는 동으로 만든 것이었다. 그리고 떨어지는 것을 방지하기 위하여 검은 비단 천을 안경테에 묶어 머리에 걸었다.

이전의 굳건하고 늠름하던 백가헌의 모습은 사라졌다. 이제 그럴 필요도 없었다. 그는 백 현장의 부친이라는 명목에 걸맞게 향리 사람들에게 겸허한 태도를 보이기로 마음을 먹었다. 이것이 그가 요양을 하며 눈 치료를 하던 한 달 간 생각을 거듭하여 내린 최종 결론이었다.

옅은 갈색의 안경은 오른쪽 눈을 보호할 뿐만 아니라 냉 의원이 수술하여 빼내버린 왼쪽 눈을 가릴 수도 있었다. 왼쪽 눈은 움푹 패여 보기에 몹시 흉했다.

그의 기색은 점점 온화해져 갔다. 얼굴의 피부와 모든 기관도 긴장을 풀었다. 자연스럽게 세상을 달관한 자의 평온하고 초탈한 분위기가 드러났다. 완전히 센 백발은 안경과 더불어 철인다운 풍모를 풍겼다. 그는 한 손으로 지팡이를 짚고 한 손으로는 황소를 몰면서 평원으로 올라가 소를 놓아 먹였다. 언덕 위에 서서 저녁노을 속에 묻혀 있는 남산의 산봉우리를 하염없이 바라보곤 했다.

백가헌은 소를 끌고 유유히 집으로 돌아오는 중에 마을 밖의 길옆에서 녹자림을 보고는 걸음을 멈췄다. 녹자림은 월동이 지난 후 막 파란 싹이 돋아나는 보리밭에 엎드려 녹슨 낫으로 밭두둑의 풀숲에서 열심히 무언가를 파내고 있었다. 그의 옷은 모두 해져서 그저 더러운 천 조각을 걸친 것 같았다. 잔뜩 때에 전 회색 머리털은 귀와 목덜미까지 내려와 있었다. 누렇고 파란 얼굴 역시 눈곱과 콧물, 땟국에 절어 있었다. 그는 땅바닥에 엎드려 온 힘을 다해 연한 식물의 뿌리를 뽑았다. 이어 씻지도 않고 흙이 묻은 채 입속에 털어 넣었다. 입을 실룩거릴 때마다 온 얼굴의 근육이 들썩였다. 그래도 그는 너무나 맛있게 뿌리를 먹었다. 입가에 진흙과 뿌리의 하얀 즙이 흘러내렸다. 녹자림이 고개를 돌려 백가헌을 발견하고는 황망히 자신이 캔 뿌리들을 감추며 중얼거렸다.

"너도 먹고 싶으면 찾아라. 이건 내가 찾은 거야."

백가헌이 앞으로 다가서며 물었다.

"자림, 나를 못 알아보겠는가?"

녹자림이 고개도 들지 않고 계속 흙을 파면서 말했다.

"알지, 알고말고. 내가 이 평원에서 모르는 사람이 있나? 너는 빨리 가서 네 소나 먹여. 난 바빠."

백가헌은 녹자림이 모든 기억을 잃었다는 것을 확인하고 입을 다물었다.

녹자림은 민병대에 연행되어 단상 아래에서 비판을 받았다. 그리고는 악유산과 전복현, 흑왜가 처형되는 장면을 지켜봐야 했다. 총성이 울리는 그 순간, 그는 총탄이 자신의 귓바퀴를 스치고 세 사람의 머리를 향하는 것을 느꼈다. 귓바퀴와 머리는 불과 3센티미터 차이였다. 그는 반혁명분자를 처형하는 이 집회를 주재하는 사람이 백효문인 것을 보고 마음속으로 외쳤다.

'녹씨 집안은 백씨 집안을 영원히 이기지 못하는구나.'

그와 또 다른 아홉 보장들은 운집한 향민 앞에서 고개를 숙이고 서 있었다. 단상 위에서 한 사람씩 차례로 악유산, 전복현, 흑왜의 죄악을 선포할 때마다 단 아래의 사람들은 세 사람을 처형하라는 구호를 외쳤다.

녹자림은 그 함성을 견딜 수 없었다. 다리의 힘이 탁 풀리며 하마터면 주저앉을 뻔했다. 갑자기 머릿속에서 펑펑, 하는 소리가 들리더니 그의 어깨 위에 놓여 있던 짐을 누군가 가져가는 것 같았다. 그 순간 그의 온몸이 마치 종이를 태우고 남은 재처럼 가벼워졌다.

녹자림 앞에 있던 사람들이 이상한 냄새를 맡은 모양이었다. 어떤 사람이 깜짝 놀라더니 웃으면서 소리를 질렀다.

"녹자림이 놀라서 바지에 똥을 쌌다."

사람들은 코를 막고 입을 가리면서도 그 모습을 구경하려고 야단이었다. 이번에는 오줌이 바짓가랑이를 타고 내려와 구두 속으로 들어갔다가 발아래의 땅을 흥건히 적셨다. 악취가 퍼졌다. 민병들이 그것을 발견하고는 백효문의 지시에 따라 녹자림을 집회장 밖으로 끌어냈다.

냉 의원의 한약과 뜸도 녹자림에게는 아무 소용없었다.

그는 집안사람들에 의해 나무에 묶인 채 밥과 약을 억지로 들이켰다. 그러나 여전히 바짓가랑이에 똥오줌을 쌌다. 그의 지력은 이미 마감을 고했다. 전혀 총기 없는 생명만 이어졌을 뿐이었다. 그의 아내 하씨^{賀氏}도 이제는 더 이상 그에게 새 옷을 갈아입히지 않았다. 밥 먹을 때도 그에게 밥한 그릇이나 만두 한 개를 주며 집 밖으로 내쫓았다. 그의 몸에 배어 있는 오물 냄새는 모든 사람을 질식시킬 것만 같았다. 밤이 되면 그는 누렁이와함께 잠들었다. 개밥그릇 속에 남은 밥을 꺼내먹기 일쑤였다.

백가헌은 녹자림이 파헤친 한 무더기의 진흙과 덩굴을 한쪽으로 밀어놓다가 문득 생각나는 것이 있었다. 그것은 매매 형식을 빌려서 녹자림의 좋은 땅을 백씨 집안의 무덤으로 사들인 일이었다. 아들 효문이 현장이된 것도 어쩌면 바로 이 땅의 음덕으로 이루어진 것일지도 몰랐다. 그는몸을 구부리고는 두 손으로 지팡이를 잡고서 녹자림의 눈을 보면서 말했다.

"자림, 자네에게 정말 미안하네. 내 평생에 남에게 못 할 짓을 한 것은그때 한 번뿐이었네. 내세에 자네에게 진 빚을 갚겠네."

녹자림이 신선한 풀뿌리를 그에게 건네면서 말했다.

"자, 먹어. 너도 먹어 봐. 우리 사이좋게 지내자."

백가헌은 가볍게 고개를 젓고 몸을 돌려 그 자리를 떠났다. 돌아서는그의 한쪽 눈에서 눈물이 흘러내렸다.

음력 4월이 넘어서자 날씨가 갑자기 더워지기 시작했다. 녹자림은 실오라기 하나 걸치지 않은 채 온 마을을 뛰어다니기 일쑤였다. 아내 하씨는그를 나뭇광에 가두고 자물쇠를 채웠다. 그렇게 반년이 지났다. 그는 매일밤만 되면 소리를 지르고 울부짖으며 노래를 불렀다. 마을 사람들은 이제 그런 소란에 익숙해졌다.

겨울이 들어서고 첫 번째 추위가 백록원을 엄습해 온 날 밤이었다. 초저녁부터 떠들고 노래하는 녹자림의 소리가 들리더니 한밤중이 되면서 조용해졌다. 날이 밝아 그의 아내가 그를 발견했을 때 그의 몸은 이미 딱딱하게 굳어 있었다. 자기 전에 갈아입은 솜바지에 오줌과 똥이 뭉쳐져 누렇게 얼어붙은 채로…….

1988. 4. ~ 1989. 1. 초고
1989. 4. ~ 1992. 3. 완성

백록원

제1판 1쇄 인쇄   2025년 6월 10일
제1판 1쇄 발행   2025년 6월 12일

지은이	천중스
옮긴이	홍순도
펴낸이	김덕문
책임편집	손미정
디자인	블랙페퍼디자인
마케팅	이종률
제작	정우미디어

펴낸곳	더봄
등록일	2015년 4월 20일
주소	서울시 마포구 어울마당로 130 기린빌딩 3105호
대표전화	02-975-8007 ‖ **팩스** 02-975-8006
전자우편	thebom21@naver.com
블로그	blog.naver.com/thebom21

한국어 출판권 ⓒ 더봄, 2025
ISBN 979-11-92386-34-8 03820

주요 등장인물

백가헌
白嘉軒
백록원 백록촌(白鹿村)의 촌장이자 백씨(白氏)와 녹씨(鹿氏) 양 가문을 대표하는 족장. 여섯 아내를 줄줄이 잃은 남자가 일곱 번째 아내 오선초를 맞아들이고서야 제대로 된 가정을 이룬다. 엄격함과 의로움으로 자기 자신과 일족을 통솔, '인의(仁義) 백록촌'을 이룩한다.

녹자림
鹿子霖
백록원의 백씨와 녹씨 양대 가문 중에서 녹씨 가문을 대표하는 인물. 자신의 이익을 위해서는 무슨 일이든 하는 약삭빠른 인물. 백가헌에 대한 경쟁심에 불타 여러 가지 간계를 부린다. 국민당 정권하에서 마을 책임자인 향약이 되어 권력에 기생한다.

주朱선생
백록원 일대에서 가장 덕망 높은 인물로, 백가헌의 매형이다. 학문이 높고 사주팔자, 관상 등에도 능하고 세상을 내다보는 혜안을 가진 사람이다. 특히 청조 말에 군벌이 서안을 점령했을 때 순무 방승을 설득하여 서안의 백성을 구한 공은 백록원뿐만 아니라 서안성 내에서도 명성을 떨치고 존경받았다.

냉冷의원
백록진(白鹿鎭)에서 중의원을 운영하는 한의사. 봉건적 도덕에 철저한 청렴한 지방 명사. 그의 첫째 딸은 녹자림의 첫째 아들 녹조붕과 결혼했고, 둘째 딸은 백가헌의 둘째 아들 백효무와 결혼했기 때문에 두 집 모두 사돈 관계이다.

녹삼
鹿三
백씨 가문의 충직한 머슴이다. 아들 흑왜가 반항적이라는 것을 알고 조심을 시키지만 실패한다. 마을의 풍속을 문란하게 한 며느리를 용서하지 못하고 살인을 저지르는데, 그 죄책감에 예전의 모습을 잃는다.

백효문
白孝文
백가헌의 큰아들. 배운 것과 행동이 다른 가식적인 사람의 전형이다. 전소아와 관계를 맺어 족장 후계자의 지위를 상실하고, 아편에 중독된 방탕아에서 국민당 관료로, 해방 후에는 공산당으로 전향해서 현장이 된다.